Jan Becker

Aufgewühltes Wasser

Band 1: Die Flut

Aufgewühltes Wasser

Band 1: Die Flut

Jan Becker

2014

Carola Hartmann Miles-Verlag Berlin

CIP-Kurztitelaufnahme der Deutschen Nationalbibliothek:
Jan Becker, Aufgewühltes Wasser. Band 1: Die Flut, Berlin 2014

ISBN 978-3-937885-80-3

Herstellung und Verlag: Books on Demand GmbH, Norderstedt

Titelbild: Autor

© Carola Hartmann Miles – Verlag,
(www.miles-verlag.jimdo.com; email: miles-verlag@t-online.de)

Printed in Germany

ISBN 978-3-937885-80-3

Meiner Elisabeth,
den Mitstreitern
Manfred K., Ulrich C.
und Gunnar B. gewidmet
sowie all denen, die sich in diesem Tatsachenroman wiederfinden.

Inhalt

Band 1: Die Flut

Prolog

Es begann auf Teneriffa

Das Licht der untergehenden Sonne brach durch den Rahmen der Hibiskushecke und ließ das Schild über dem Gittertor des Jachthafens aufleuchten. Heiner Brodersen las mit Genugtuung die darauf gemalten Buchstaben: „Puerto Colón." Klang nach Entdeckungsreisen des Columbus, nach Fernweh, Salz und Weite.

Heiner Brodersen saß nicht auf einem der glitschigen Plastikstühle eines Hotels, sondern höchst komfortabel auf dicken Kissen im Cockpit seiner Jacht, die er vor Jahren auf den schönen Namen *Esperanza*, „Hoffnung", hatte taufen lassen, Hoffnung auf die Fortsetzung seines Hobbys und Lasters, nämlich des Segelns in sonnigen Breiten.

Fühlte sich gut an, das Gin-Tonic-Glas in der Hand - very British! Was konnte angenehmer sein, als mit ausgestreckten Beinen auf Deck zu sitzen und, nach Westen schauend, im diamantenen Gefunkel über dem Wasser die Sonne ins Meer eintauchen zu sehen.

Es wäre nicht fair, Heiner Brodersen als faule Socke zu bezeichnen und ihm sein gehobenes Rentnerdasein zu neiden. Als Schiffsmakler hatte er in Kiel Jahrzehnte lang dafür geschuftet, jetzt im sonnigen Süden seinem Hobby nachgehen zu können, selbst seine Frau fand Gefallen an dem schwimmenden Hotel. In Kiel hatte es stets Ärger gegeben, wenn der segelgeile Brodersen den Urlaub dazu nutzte, fernab von seiner lieben Ehehälfte vor Helgoland oder im Skagerrak bei Regatten sich und seine Besatzung zu quälen, um eine Trophäe zu gewinnen. Nun, hier auf Teneriffa war er ruhiger geworden, döste, hing seinen Gedanken nach, ließ Gin Tonic schubweise durch die ausgedörrte Kehle laufen und genoss schweigend den Sonnenuntergang. Herrlich, fast jeder Tag endete mit einem beeindruckenden Naturschauspiel. Immer wieder mit anderen Farben. Heute erlosch der Glutball hinter der schwarzen Kimm besonders auffallend umkränzt von blutrot leuchtenden Wolken.

Noch einmal blitzte ein Strahl auf, und danach versank minutenschnell die Landschaft in bläuliches Dunkel. Eben noch glänzten die Häuser wie mit Gold überzogen und die vielen Masten im Hafen leuchteten wie Lichtstäbe, jetzt überdeckte ein graues Samttuch die Insel, überall nur schemenhaft weiche Konturen. Ein für diese Breiten typischer Sonnenuntergang, keine lange Dämmerung wie im Norden. Ein heißer Tag fand sein Ende, zumindest was die Temperaturen betraf. Jetzt begann in den Touristenzentren Teneriffas das Nachtleben. Der Lärmpegel an Land stieg, für Brodersen, weit genug entfernt, weder verlockend noch störend.

Über den Hafen fächelte von See her ein sanfter Wind und brachte ein wenig Kühle, gerade ausreichend, um nicht frösteln zu machen, aber warm genug für die erfrischende Wirkung eines weiteren Gin Tonics. Glucksend schubste gerade das Eisstückchen die Zitronenscheibe beiseite. Die Vielzahl der Drinks heute Abend, noch dazu in enger Reihenfolge, hätte seine liebe Frau ihm bestimmt verwehrt, aber die Gute zog ja heute Abend mit ihren Gästen durch die Boutiquen. Das schloss jegliche Kontrolle aus. Fast zärtlich betrachtete er sein tiefgekühltes Erfrischungsgetränk.

Zufrieden mit dem Alleinsein räkelte er wohlig Arme und Beine. Für ihn gab es nichts Schöneres, als von der *Esperanza* aus die Nachtbummler auf der staubigen Promenade zu bedauern, die eben keinen kühlen Gin Tonic in der Hand hielten. Endlich am Ziel lang gehegter Urlaubswünsche angekommen, lebten die Brodersens zeitweise an Bord des eigenen Schiffes mit festem Liegeplatz am „Pasarela 10" im ihrer Meinung nach schönsten Hafen dieser Welt, auf Teneriffa.

Vor mehreren Jahren hatte die Familie ihre Segelbegeisterung auf die Kanarischen Inseln verlegt.

Der Flug dorthin war zwar immer mit einem größeren Aufwand verbunden, eben doch ein langer Weg, um einem Hobby zu frönen. Aber dafür konnte man zu jeder Jahreszeit segeln, rund um das Jahr mit Sonnenschein als Garantie. Brodersen hatte es satt, höchsten fünf Monate im Jahr von Kiel aus in Nord- und Ostsee herumzuschippern, und das zu oft bei mörderischem Wetter. Als ihn nach einem regnerischen Sommer mit nur einem Segeltörn zur Insel Bornholm wieder einmal tiefe Zweifel an dem Erholungswert dieses Sports quälten, fand er unter dem Weihnachtsbaum einen Stapel von Prospekten über Häfen, Marinas und Liegeplätze in südlichen, warmen Gefilden. Dahinter stand eindeutig die Drohung seiner Sippschaft, entweder einem Ortswechsel des Segelreviers zuzustimmen, oder die Familie würde sich anderen Lustbarkeiten zuwenden, z.B. Reisen nach Fernost oder Golfspielen. Nee, - da hätte ein Brodersen mit einer alten Familientradition brechen müssen. Segeln aufzugeben und als Landratte über den grünen Rasen zu laufen, das war nicht seine Welt. Deshalb fand er sich zu allen Konzessionen bereit, wenn nur Boot und Segeln erhalten blieben. Und ehrlich gesagt, eine Veränderung musste her. Seit seinem 65. Geburtstag signalisierten ihm seine Knochen, manches ruhiger angehen zu lassen. Regattaambitionen ade! Sonne, warme Luft und nur im T-Shirt zu segeln, das hatte schon seine Reize.

Hinter dem Drängen nach Veränderung steckte seine Frau.

Brodersen ließ sie gewähren. Ihre Vorstellung vom Segelsport war schon immer weit entfernt gewesen von der Realität in unseren nördlichen Breiten. Für eine Berlinerin vielleicht verständlich. Segeln bedeutete für sie Picknick auf See mit Kaffee und Kuchen im Cockpit. „Bitte leg das Schiff nicht immer so schief, sonst rutschen die Tassen vom Tischchen!", und dazu Sonnen im Bikini mit dem Angebot: „Möchte noch jemand Sekt?"

Stattdessen musste sie nur zu oft, bereits ab Friedrichsort – und das im Juli – in mehrere Pullover einmummelt, die Segelbesessenheit ihres Heiners gut finden. Eingepackt in figürlich entstellendes Ölzeug schaute sie ihren Mann im prasselnden

Regen unter heruntergezogener Kapuze traurig an und fragte: „Wie lange segeln wir noch, mir ist so schlecht!"

Heiner Brodersen plagte zwar jedes Mal das schlechte Gewissen, aber für das miserable schleswig-holsteinische Sommerwetter fühlte er sich nicht verantwortlich. Der Familienrat erkämpfte schließlich eine Lösung, die allen gerecht wurde.

Die Jacht fand einen Käufer, und der Brodersen-Clan stieg auf ein größeres Schiff mit verbessertem sanitären Bereich um. Letzteres auf besonderen Wunsch der Ehefrau, der es dann auch noch gelang, ihren Willen durchzusetzen, von nun an nur auf ein Schiff zu steigen, wenn das Thermometer über 20 Grad zeigte und rundherum Palmen in lauem Lüftchen ihre Wedel knistern ließen. Brodersen überließ seinem Sohn das Geschäft, schleppte die zahlreichen Koffer der ihm Anvertrauten und war von nun an in Kiel nur noch selten zu sehen.

Dafür umso häufiger im Jachthafen Puerto Colón.

Weit genug vom Bootsliegeplatz entfernt, störten die aneinander gereihten Hotels, die Kneipen und das Lustbarkeitszentrum Playa de Americas kaum. Die Touristen fanden nur selten den Weg in den Jachthafen. Solange nicht am Heck die deutsche Nationale wehte, kam auch niemand herangeschlendert und fragte:

„Wat is dat für 'n schönet Schiff, kann man dat nich mal besichtigen?"

Brodersen hatte nicht bereut, die Bénéteau, bezeichnet mit „First 51", hierher verlegt zu haben. Mit dem spanischen Hafenkapitän und seinen „Mozos" herrschte beste Übereinstimmung, eine Hand wusch die andere. Ein Geschenk dagegen war das herrliche Klima, in dem man seine Seele baumeln lassen konnte. Hierher zu fliegen und Abstand nehmen zu können von Haus und Hof daheim brachte jedes Mal Erholung pur. Von den vorzüglichen Segelbedingungen ganz zu schweigen. Und – oh große Freude, die liebe Frau genoss endlich das Segeln im Bikini.

Natürlich blieben die Brodersens nicht von ehemaligen Geschäftsfreunden und der lieben Verwandtschaft verschont. Aber bei tüchtigem Wind, einige Stunden draußen auf der offenen See durchgewalkt, schwand bei manchem schnell die anfängliche Segelbegeisterung. Sie blieben dann meistens auch nicht lange. Oft war es nicht zu vermeiden, den Gästen die Sehenswürdigkeiten der Insel zeigen zu müssen. Meistens geschah das im Schnellverfahren, sozusagen ein Sightseeing im amerikanischen Stil. Überall eine kurze Einweisung und danach konnte jeder nach eigenem „gusto" die Insel selbst erkunden. Das schaffte dem Schiffseigner und der Familie den Freiraum, den sonnigen Lebensraum und ihre *Esperanza* zu genießen. Damit war jedem gedient.

Von Jahr zu Jahr jedoch wuchs die Zahl der Besucher.

Arbeitsteilung war angesagt.

Frau Brodersen pflegte auf der *Esperanza* wie eine Schlossherrin Hof zu halten. Partys an Deck unter dem sanften Nachthimmel zählten zu den gesellschaftlichen

Höhepunkten. Brodersen betrachtete sich bei derartigen Anlässen als zum Schiffs-jungen degradiert, wenn ihm aufgetragen wurde, über die Mastspitze die bunte Lichterkette vorzuheißen. Eine widerliche Arbeit, dieses Lampengerödel hochzuzutzeln. Er tat es jedes Mal wehklagend und knurrend, erreichte aber dafür zum Ausgleich, dass seine bessere Ehehälfte ihn in Ruhe ließ, wenn sie als Guide das Landprogramm für ihre Gäste durchzog. Eine Erlösung für ihn, auf diesen Trip nicht mit zu müssen. Heiner Brodersen als Käptn und Herr der *Esperanza* gedachte nur in Erscheinung zu treten, wenn Segeln angesagt war. Nach nur kurzem Hickhack gab es zwischen den Ehepartnern darüber keine Diskussion mehr. Jeder spielte seine Rolle.

Dass immer mehr Gäste mal eben vorbeischauen wollten und dann doch zu lang blieben, das hatten die Brodersens sich selbst eingebrockt. Das so beiläufig am Telefon gesagte, gar nicht ernst gemeinte „Besucht uns doch mal auf Teneriffa zum Segeln!" nahmen die meisten als Einladung tatsächlich ernst. Der Andrang war beängstigend. In Schüben rückten Freunde, Verwandte und Bekannte aus dem kalten Norden heran. Nur mit Terminabsprachen gelang es, den Ansturm zu kanalisieren.

Für die Nichtsegler suchte Frau Brodersen Unterkünfte in der Nähe. Für die Segelbegeisterten besorgte der Kapitän die Einquartierung an Bord, zögerte dabei nicht, die zumeist Überraschten zum Küchendienst und Reinschiff einzuteilen.

Die als Gegenleistung wohlgemeinten Einladungen zu lukullischen Genüssen an Land nahm fast ausschließlich Frau Brodersen allein wahr. Er versuchte, diesen oft bis tief in die Nacht ausgedehnten Ausflügen zu entkommen. Vorgegebene Unpäss-lichkeit schützte nicht immer, aber immer öfter. Heute hatten seine Besucher ihm glaubhaft die Migräne abgenommen, so blieb er von dem Zug durch die Gemeinde verschont. Die Frauen saßen ohnehin „airconditioned" in einer Schickimicki-Modenschau im Fünf-Sterne-Hotel „Jardin Tropical", und die Herren meinten, eine neu eröffnete Bar „auschecken" zu müssen. Was das junge Volk betraf, die würden sicherlich nicht vor drei Uhr morgens an Bord zurück sein.

Wie herrlich, da nicht mitmachen zu müssen. Endlich Ruhe, ein himmlisches Geschenk, das sicherlich einen weiteren Gin Tonic wert war. Vielleicht saßen die Jungs da drüben hinter den Palmen bei „Lord Nelson". Ein in grelles rotes Neonlicht eingetauchter englischer Pub. Das schaumlose Bier litt unter dieser Farbe, es sah immer so grausam violett aus und schmeckte schrecklich abgestanden. Früher war Brodersen da des Öfteren versackt – und heute?

An Bord allein den Abend zu genießen, keine Konversation führen zu müssen, einfach mal den Mund zu halten, einen Drink oder auch mehrere zu nehmen, das öffnete Brodersen den Blick zurück in die Zeit, als er hier sein neues Schiff übernahm.

Gerade heute musste er daran denken.

Eine französische Werftcrew hatte die damals nagelneue Bénéteau zum Puerto Colón überführt. Mit großem Zeremoniell, bei dem Brodersen als Skipper unter großem Hallo in das nicht sonderlich saubere Hafenwasser geworfen worden war, taufte die Frau des Eigners seine Jacht, ihr schwimmendes Feriendomizil, auf den Namen *Esperanza*.

Weil der Pensionär zugestimmt hatte, in Zukunft nicht mehr in Nord- und Ostsee zu segeln, fand jetzt nach der Taufe der lang gehegte Wunsch seine Erfüllung, einmal von Teneriffa aus den Atlantik zu überqueren. Er musste schmunzeln. Als er seiner Frau die Absicht mitteilte, hatte diese ihn lange angesehen und ihm letztlich das Gefühl vermittelt, ihm sein eigenes Schiff ausnahmsweise für diese Irrsinnsfahrt, wie sie meinte, ausgeliehen zu haben. Sozusagen mit Erlaubnis des Familienclans durfte er über den Teich schippern.

Brodersens Gedanken schweiften über das dunkle Wasser, seine Augen blieben an den Molenköpfen hängen, von denen mal links, mal rechts die rote und grüne Hafenansteuerungsbefeuerung aufblinkte.

Wie war es ihm damals gelungen, die Besatzung zusammenstellen?

Ach ja! Bereits bei dem ersten Gedanken, einen so langen Segeltörn durchführen zu wollen, und den folgenden Überlegungen, was alles zu berücksichtigen sei, drohte die Atlantiküberquerung zu scheitern.

Schnell fand Brodersen heraus, dass die vielen wohlmeinenden Ratgeber und Besserwisser von all dem, was Tiefwassersegeln bedeutete, weder Erfahrung noch Ahnung mitbrachten. Sollte der Traum Wirklichkeit werden, dann musste über Annoncen und mit Hilfe der Segelfreunde im fernen Kiel mindestens eine kompetente fünf- bis sechsköpfige Crew zusammenkommen, vielleicht sogar zwei, eine für den Törn hin und eine für zurück.

Alle Mitsegler hatten dabei eine dreiwöchige Seefahrt einzukalkulieren. So lautete dann die Anzeige in der Segelzeitschrift „Die Yacht" wie folgt:

„Wer segelt mit: Teneriffa – Barbados? 51 ft Bénéteau,

50% Unkostenbeteiligung.

Gefragt sind Teamgeist, gute Laune und Sporthochsee-

schifferschein."

Auf die unter Chiffre aufgegebene Annonce schrieb ein Dutzend Männlein und Weiblein, aber letztlich blieben nur noch drei, nachdem einige Verwandte und gute Bekannte ihre Bereitschaft selbst zu den niedrigsten Diensten erklärt hatten, nur um mitzukommen. Einer war übrigens vorzüglicher Koch eines Hamburger Edelrestaurants. Wie unterwegs schnell festzustellen war, eine wichtigere Qualifikation als jeder Sporthochseeschifferschein.

Viel Zeit in viele Gespräche wurde während eines Besuches in Kiel investiert, um bei den Bewerbern die Spreu vom Weizen zu trennen.

Eine plötzlich krampfartig auftretende Trockenheit in der Kehle zwang Brodersen, seine Erinnerungen zu unterbrechen und den Niedergang hinab bis vor den Kühlschrank zu eilen.

Zurück mit einem frisch gefüllten Gin-Tonic-Glas, plumpste er an Deck auf die Kissen. Einmal am Glas nippend, schwelgte er gleich wieder in den Erlebnissen der Vergangenheit. Der Träumer sah plötzlich Gestalten und hörte Laute, die ihn in die Zeit zurück versetzten, als wochenlang auf der *Esperanza* nur noch die Rede von dem Ziel Barbados war. Weit weg von der Gegenwart erreichten ihn der Lärm und die Lichter der Strandpromenade nicht mehr.

Vor Brodersens Augen trat plötzlich jemand deutlicher hervor, dessen Name ihm kaum hörbar über die Lippen kam: „Hannes, Mensch Hannes, wo kommst du denn her, komm setz dich!"

Seit Jahren vergangen, war mit einem Mal alles wieder da.

Auf der Terrasse des Kieler Yachtclubs war Brodersen zum ersten Mal auf Hannes, auf Johannes Färber, einen der Bewerber getroffen.

Zuerst verwirrten seine weißen Haare. Der? Viel zu alt! Ja, er war 71, aber temperamentvoll, und in seinen Augen flackerte ein lebenslustiges Feuer. Nord- und Ostsee kannte er als Segler und als Marineoffizier, lebte nun als Pensionär in einem kleinen Seestädtchen in Schleswig-Holstein und meinte, seine Frau würde ihn nur zu gern an eine Atlantiküberquerung ausleihen, damit er endlich aufhöre mit dem Gequengel, diesen Lebenstraum nicht verwirklicht zu haben.

Brodersen lachte laut, erschrak darüber, stutzte, blickte umher, aber niemand hatte ihn gehört, niemand störte ihn darin, weiter in den Erinnerungen zu graben. Damals hatte er auch gelacht, denn diese Worte hätten die seiner eigenen Frau sein können.

Hannes kam mit, und wie sich bereits nach einigen Tagen in See herausstellen sollte, wäre es ein Verlust gewesen, hätte der Skipper ihn nicht genommen.

Brodersen spürte, wie ihn Traurigkeit beschlich. Ihn quälte die Frage, wie lange das schon her sei. Wie viele Jahre mochte es zurückliegen, dass über den Teich nach Barbados geschippert wurde?

Drei Jahre, vielleicht vier? Nein, nein, es müssen fünf gewesen sein, nein doch, es waren sieben, ach, wie die Zeit dahingeflogen war!

Der Nachdenkliche schlürfte am Glas, betrachtete die trocken gefallene Zitronenscheibe und schüttelte missbilligend den Kopf mit der Bemerkung: „Ist das Gesöff schon wieder dahin?"

Er schnalzte mit der Zunge. Was waren sie doch für tolle Mollies gewesen. Welche der hier herum liegenden Jachten hätte je gewagt, den Atlantik zu bezwingen. Alle Weicheier! Er rülpste laut über den Hafen. War doch ein toller Trip gewesen, mit einer guten Crew und dem merkwürdigen Hannes. Ach Hannes, lange hatte er nicht mehr an ihn gedacht. Was war aus ihm geworden, wo steckte er? Unvergessen, feiner Kerl, hatte manchen Streit an Bord schnell gedämpft. Ja, und guter Seemann, außerdem brillanter Nautiker, zuverlässiges Crewmitglied und nicht zuletzt großartiger Erzähler und Unterhalter.

Brodersen versuchte, die Zeit mit Hannes gedanklich deutlicher aus der Tiefe des Vergessens heraufzuholen. Da half sicherlich ein weiterer Gin Tonic. Er fröstelte und überlegte, von unten aus dem Salon eine Decke zu holen. Sah ja keiner, dass er wie ein alter Mann mit Wolldecke über den Knien da saß.

In dem Maße, wie er sein Hirn anstrengte, in den Erinnerungen zu kramen, verschwamm die Umgebung im Dunkeln. Immer deutlicher und plastischer nahm das Geschehen von vor sechs Jahren Gestalt an. 3.000 Seemeilen bis Amerika lagen vor der *Esperanza*, ohne Land dazwischen, selbst die Koje herrichten, Klo schruppen, und keine Ehefrau, die einem das Oberhemd gebügelt aufs Bett legte.

Jedoch daran dachte wohl zunächst niemand.

Keiner an Bord wagte es, die anderen merken zu lassen, wie das Kribbeln der eigenen Nerven zunahm, je dichter der Tag des Abschieds von Teneriffa heranrückte. Rumorten da nicht Schmetterlinge im Magen oder glich es mehr dem prickelnden Gefühl eines Bungee-Jumpers vor dem ersten Sprung in die Tiefe?

Die Luft roch damals wie heute nach Seetang, aus den Straßen-Cafés plärrte Musik herüber, und außerhalb der Mole donnerte die atlantische Dünung gegen die Hafenmauern. Um 23 Uhr Leinen los, Fender rein, keine lauten Worte. Unter Motor schlich die *Esperanza* vorbei an den erleuchteten Molenköpfen hinaus in die Finsternis. Zurück blieben Lichtergewirr und Pommes-Duft. Kurs 240 Grad, um gut von der Insel Hierro freizuhalten. Voraus für drei Wochen nur Wasser, nachts die Sterne und am Tage ein Strich am Horizont.

Brodersen sinnierte weiter.

Eine unvergessliche Segeltour hatte so ihren Anfang genommen, und das mit einer bunt zusammen gewürfelten Besatzung, die, selten genug bei derartigen Unternehmungen, nicht nur bereits beim Willkommensdrink im „Lord Nelson" zueinander fand, sondern auch während der gesamten Fahrt vorzüglich miteinander harmonierte.

Nicht zuletzt, weil Hannes dabei war. Wo mochte der heute wohl sein, wo war er abgeblieben? Nachdem er sie damals auf Barbados verlassen hatte, hatte niemand der ehemaligen Crew ihn je wieder gesehen noch etwas von ihm gehört. Schade!

Brodersen gründelte in seinem alkoholisierten Hirn. Ein vor zwei Jahren an ihn geschriebener Brief war mit dem Vermerk „Unbekannt verzogen" zurückgekommen. Gerüchte gingen, er solle nach Kanada gegangen sein. Vielleicht war es ihm und seiner Frau trotz aller Liebe zur Nordsee nach der Rückkehr in seine Geburtsstadt letztlich zu eng geworden.

Durch die Hafeneinfahrt setzte die Dünung jetzt stärker. Die *Esperanza* begann zu rollen. Sie zerrte an den Leinen, dass die Fender quietschten. Konnte das Schiff Brodersens Gedanken lesen? Einfach ablegen und weg von hier, irgendwo hinsegeln!

Gleich müssten doch Hannes und die anderen vom „Lord Nelson" zurück sein, dann könnte es losgehen.

Brodersen horchte in die Nacht. – Aber es blieb still.

Es kreiselte im Kopf des Träumers. War es der Gin oder das Fernweh? Vor seinen leicht zusammengekniffenen Augen geriet ein Film in Bewegung, erst holperig, bald gleichmäßiger, dann schneller und deutlicher. Er sah Hannes hinter der Steuersäule stehen.

Schräg über dem Mast der Orion, das Lieblingssternbild von Hannes. Ein markantes Sternbild, das die *Esperanza* über den Atlantik bis Barbados begleitete. In den Sternen meinte er die Ewigkeit zu erkennen. Für ihn stand hinter den Sternen die göttliche Allgewalt. Im Meer und in der Seefahrt sah er die Ursprünglichkeit des Lebens.

Seine Erzählungen fesselten und wurden nie langweilig, trug er sie doch nicht in belehrender Dozentenmanier, sondern in geselligem Plauderton vor.

Nie zuvor hatte ein Mitsegler Brodersen so beeindruckt. Johannes Färbers Biographie wies keine trüben Stellen auf, sie zeugte von der Vielfalt eines beruflichen Lebens, abgestützt auf eine liebende Frau und anerkannt von seinen beiden Kindern und Enkelkindern.

Was hatte Hannes nicht alles zum Besten gegeben. Seine Geschichten, abends nach Sonnenuntergang erzählt, waren Brodersen als die „Highlights" des Tages im Gedächtnis geblieben. Nicht nur, weil sie manche langweiligen Stunden der Überfahrt angenehm verkürzten, sondern auch, weil sie zum Nachdenken anregten. Seine Gegenwart an Bord steigerte das allgemeine Wohlbefinden.

Er glänzte mit der Begabung, seine Hörer einzufangen, auf sich zu konzentrieren. Kein Thema schien ihm fremd. Wenn er eine Story erzählte, ging er sie nie frontal an, sondern kam irgendwie von unten durch die Wurzeln nach oben ans Licht. Das, was er sagte, vermochte Gedanken zu verwirren. Fragen entstanden, wo niemandem zuvor eine Frage eingefallen wäre. Manchmal wischte der eine oder andere Zuhörer verstohlen eine Träne der Rührung weg, oder die Crew lag sich mit brüllendem Gelächter in den Armen.

Was seine Person betraf, gelang ihm unauffällig die Art des britischen „Understatements". Er witzelte nie auf Kosten anderer, eher nahm er sich selbst auf die Schippe.

Die abendlichen Darbietungen bescherten höchsten Genuss. Keine Fernsehunterhaltung hätte besser sein können. Ungehört von der Öffentlichkeit und verborgen durch die Dunkelheit servierte Hannes elegante, fast höfische Programme, gespickt mit Frivolitäten. Er führte seine Zuhörer in höchst erotische Intimsphären, in denen er selbst die Hauptrolle übernahm.

Kein Zweifel, er mischte Autobiographisches mit unerfüllten Träumen. Seine nach der Pensionierung aufgenommene journalistische Tätigkeit musste seiner rhetorischen Begabung den letzten Schliff gegeben haben. Der Altmeister beherrschte sprachlich viele Register, konnte flüstern, lange Pausen einlegen, um gleich darauf im Staccato laut zu werden, und das in mehreren Fremdsprachen, wenn es die Story erforderte.

Die ersten Tage nach dem Ablegen in Puerto Colón waren ausgefüllt gewesen mit dem persönlichen Einleben an Bord. Zunächst galt es, die Stärken und Schwächen der einzelnen Crewmitglieder herauszufinden und jeden sinnvoll im Wachplan einzuteilen. Hannes übernahm es, die Navigationssysteme nochmals zu überprüfen, und veranlasste, die gleichgroßen Genuas in Reichweite zu legen zur Vorbereitung für die Vorwindstrecke im Passatbereich. Auf sein Anraten hin wurde ein größerer Teil der Verpflegung ins Vorschiff verlagert, um das Heck weiter aus dem Wasser zu bekommen, der höheren Geschwindigkeit wegen, sagte er.

Obwohl schönstes Segelwetter das Schiff begleitete, kämpfte der eine oder andere während der ersten Seetage seinen stillen Kampf gegen die Seekrankheit.

„Nach Sonnenuntergang Treffen im Cockpit!"

Über dem Wachplan stand diese Aufforderung, rot unterstrichen, was bedeutete: Hier hat der Kapitän gesprochen!

Brodersen hatte diese Zusammenkünfte in der Regattasegelei mit häufig wechselnden Besatzungen auf seinem Schiff erfolgreich eingeführt, gedacht, um einmal am Tag alle versammelt zu sehen, Lob und Kritik zu äußern und nicht zuletzt, dass man einander besser kennen lernte. Während der ersten Seetage trat abends jeder einmal hinter das Ruder, das zwar automatisch gekoppelt war, sich aber als Vortragspult bestens eignete. Jeder berichtete aus seinem Leben, von der Familie und von noch zu erfüllenden Wünschen.

Als letzter kam Hannes dran. Danach überließ Brodersen ihm mit großer Zustimmung der Crew die Gestaltung der weiteren Abende.

Der Schiffseigner übergab ihm die *Esperanza* als Bühne und die Ruderkonsole als Vortagspult.

Mikroskopisch klein, als winziger Punkt unauffindbar in der Weite des Atlantiks, getrieben vom Passatwind, segelte eine Jacht in Richtung Amerika. Jeden Abend sammelte sich die Crew im Cockpit. Rundherum Finsternis, die Welt begrenzt durch die Sicht vom Bug bis zum Heckkorb. Voraus der vom Seegang mitschwingende Mast, gewölbte Segel und darüber die Unendlichkeit der Sterne. Still und gespannt saß man um den Ruderstand. Die Freiwachen wollten die Vorstellung nicht versäu-

men und lagen festgezurrt in ihren Schlafsäcken an Oberdeck. Ausverkauftes Haus!
–

Dann trat der Meister der Unterhaltung auf, der Entertainer, meistens beginnend mit einer flapsigen Bemerkung.

Das Schiff rollte, irgendwo knarrte das Rigg. Unter der *Esperanza* rauschte der 1000 m tiefe Ozean. Achteraus schäumte leuchtend die Hecksee. Fast in gleichmäßigem Rhythmus ebbte der Wind ab, nahm wieder zu und harfte in den Wanten. Selbst die Musik des Meeres stimmte zu dem nächtlichen Auftritt. So entstand ein perfektes Bühnenbild. Hannes übernahm das Schiff. Am Ruderrad stehend, das Gesicht im Widerschein der Kompassbeleuchtung kaum zu erkennen, sah er über seine Zuhörer hinweg, wollte wohl auch seine Zuhörer gar nicht wahrnehmen.

Leise begann seine Erzählung, erst stockend, dann flüssiger und lauter bis zum Grollen eines Vulkans. Flüsternde Zärtlichkeiten wechselten mit wüsten Wortorgien, die keine Tabus kannten, dann wieder plätscherte es mäßig dahin, bis die nächsten heißen Quellen brodelten. Wenn hoch am Himmel der ständige Wegbegleiter, der Orion, hinter den Wolken verschwand und die Nacht den Blickkreis noch stärker zusammenzog, dann schien der Erzähler bisweilen zu vergessen, dass man ihm zuhörte. Schärfer und freizügiger ging er mit seiner Vergangenheit um. Ungeschützt und bloß breitete er sein Leben aus. Brodersen entsann sich, schon kurz nach Beginn der Fahrt erkannt zu haben, dass seine *Esperanza* von Hannes bewusst als Rednerpult ausgesucht worden war. Natürlich begeisterte ihn die Atlantiküberquerung, er war ja auch in jeder Disziplin an Bord ein wertvolles und geschätztes Crewmitglied, aber es war zu offenbar, dass hier sich jemand die Zeit fernab von zu Hause ausgeliehen hatte, um auf diesem Segeltörn die Seele frei zu reden. Das Schiff und der dreiwöchige Törn ohne Landberührung dienten ihm als kleinstmögliches Auditorium und gewährleistete beste Abhörsicherheit. Hier konnte man vor ein paar unbedeutenden Zuhörern, die man danach nicht wiedersehen würde, das bisherige Leben laut Revue passieren lassen, ohne öffentliches Ärgernis zu erregen. Und er nahm wirklich kein Blatt vor den Mund. Seine Seele wurde mitten auf dem Atlantik entrümpelt. Seemännisch gesagt, „kotzte er sich aus", feiner formuliert: Er beschrieb die Rückseite seiner Biographie.

Nach 21 Seetagen hatte die *Esperanza* den Inselstaat Barbados erreicht. Einklariert im Industriehafen von Bridgetown und danach geankert in der Carlisle Bay unweit der verrosteten Pier des riesigen Hotels, endeten an diesem Abend bei Piña Colada und Planter´s Punch die unterhaltsamen Darbietungen.

Hannes wirkte erleichtert. Am nächsten Tag zog es ihn von Bord. Alle spürten, dass er mit all dem Gesagten einen Schlussstrich gezogen hatte und jetzt so schnell wie möglich und sicherlich für immer von den Lauschern seiner Beichte wegwollte. Der Crew tat das weh.

Brodersen wischte einen Tropfen von der Nase, auch er hätte ihn zu gern noch länger an Bord gehabt. Die Trennung war wie ein Riss im Segel. Hannes ging tatsächlich. Für jeden fand er zum Abschied ein paar passende Worte.

Vor Brodersens nicht mehr taufrischen Augen schaukelte die Hafenkulisse von Bridgetown. Er hatte sich vor sieben Jahren nicht nehmen lassen, seinen ältesten Mitsegler persönlich an Land bis zum Flughafentaxi zu begleiten.

Nicht zu fassen! So viele Jahre war das schon wieder her!

Damals stand im Logbuch als Datum der 18. Dezember 2006. Hannes meinte beiläufig: „Genug der Sonne und blauen See, jetzt brauche ich mal wieder den grausigen Nebel der grauen Westküste, mein gemütliches Zuhause und meine Elisabeth."

Bevor er ins Taxi stieg, nahm er seinen Skipper in den Arm, zwinkerte ihm lächelnd zu und sagte nur: „Danke". Das war mehr als ein Wort. Damit, so empfand es Brodersen noch heute, gab er ihm sein Schiff als das an ihn ausgeliehene Rednerpult zurück.

Der Seesack verschwand im Kofferraum des vorgefahrenen Airporttaxis, scheppernd fiel die Klappe zu. Hannes stieg ein. Draußen blieb der Kapitän der *Esperanza* stehen und wartete, ob Johannes Färber noch einmal mit ihm den Blickkontakt suchen würde.

Nein, vergeblich, er tat es nicht.

So endete eine verwirrende, viel zu kurze Bekanntschaft. Das empfanden auch die anderen. Während der nächsten Tage hing die Crew muffig an Bord herum, alle dachten nur an ihn.

Die *Esperanza* hatte ihm zwar als Beichtstuhl gedient, aber niemand bedauerte diese Umnutzung. Es blieb ein unvergessliches und in vielen Facetten lehrreiches Erlebnis.

Tagelang noch dröhnte der Boden unter den Füßen. Kam es von der langen Seefahrt oder wirkten die Geschichten nach?

Jetzt, sieben Jahre danach, zurück im Puerto Colón, spürte der leicht trunkene Schiffseigner wieder dieses Dröhnen, als ob die Planken schwankten und das Schiff vor dem Passatwind durch die See rollte. Vielleicht half ja dagegen ein weiterer frisch gemixter Gin Tonic.

„Dieses Mal bitte mit ein bisschen mehr Gin als in der Plörre davor!" befahl Brodersen der von ihm aus dem Kühler geholten Flasche.

Er grinste und lallte die leer gewordenen Botella an: „Sehr gut, vielen Dank, gracias!"

Wieder auf den Kissen im Cockpit und unter der wärmenden Decke, überfiel ihn Rührseligkeit. Hätte man Hannes länger gekannt, hätte man ihn vielleicht auffordern können, seine Storys aufzuschreiben. Schade, was da so alles verloren ging.

Irgendwelche Aufzeichnungen müssten doch noch vorhanden sein! Brodersens anfängliche Trübsal verflog. Ein zündender Gedanke ergriff ihn. Er stolperte den Niedergang herunter und landete vor dem Navigationstisch.

Gab es nicht Stichworte im Logbuch des Atlantiktörns? Wo war die Schwarte? Müsste doch irgendwo im Navigationsschapp liegen, und – er schlug sich vor die Stirn. Ja natürlich, der Smut, unser Hamburger Koch und Elektronik-Freak, jeden Abend, bevor Hannes aufzog, montierte der Bursche an der Steuersäule ein Mikrofon und bespielte so etwas Ähnliches wie einen Kassettenrekorder.

Hoffentlich hat er die Dinger nicht weggeschmissen!

Weiter darauf herumzudenken gelang ihm nicht mehr. Zufriedene Müdigkeit überfiel Kapitän Brodersen.

An die Heimkehr seiner Frau und der Gäste hatte Brodersen am nächsten Morgen keine Erinnerung mehr, wohl aber fand er auf dem Navigationstisch einen von ihm geschriebenen Zettel mit dem Vermerk: „Hamburg anrufen!"

Wann er das geschrieben hatte, vermochte er nicht zu rekonstruieren, aber worum es ging, das erinnerte er messerscharf.

Auf Brodersens Anruf mit der bangen Frage erhielt er die knappe Antwort: „Jo, die hab´ ich noch auf dem Boden in einer Kiste!"

Tage später bei seinem Besuch in Hamburg glitten ihm die bespielten Kassetten wie wertvolle Aktienpapiere durch die zitterigen Hände.

Von der gesamten Fahrt wie ein Tagebuch geführt, begann jede Aufzeichnung mit einigen Auszügen aus dem Logbuch, und danach war jeder der unterhaltsamen Vorträge von Hannes aufgenommen worden. Beim Hineinhören zeigte sich zwar, dass die ersten drei Tage fehlten. „Da hat dir wohl die anfängliche Seekrankheit nicht nur die Lust zum Kochen genommen", stichelte Brodersen seinen Ex-Smut. Der zuckte nur die Schultern und erwiderte: „Muss wohl so gewesen sein."

Die abendliche Träumerei und das Schwelgen in der Erinnerung an die Atlantiküberquerung hatten Brodersen bis nach Hamburg reisen lassen. Als er nun dort auf die von seinem Mitsegler besprochenen Kassetten stieß, ließ ihn der Gedanke nicht mehr los, daraus ein Buch entstehen zu lassen.

Er fand einen Autor. Der nutzte die *Esperanza* als Plattform für die Erzählung einer Lebensgeschichte.

Wie der Passatwind Brodersens Segeljacht über den Ozean leitete, so werden die Leser wie von einem achterlichen Wind getrieben durch eine Lebensbeichte gesteuert.

„Aufgewühltes Wasser" macht den Eindruck, eine Autobiographie zu sein, ist es aber nicht.

Es ist die Biographie einer besonderen Generation, einer gespaltenen Generation. Hannes Färber, der Erzähler, ist als Protagonist lediglich der Vertreter dieser Altersgruppe, die als Kinder unbekümmert die Ideologie des Dritten Reiches aufgesogen hatten, sie verherrlichte und nach dem Ende des Krieges weder vom schweigenden Elternhaus, den Lehrern, den Lehrherren noch von Vorgesetzten mit den Grundwerten der Demokratie bekannt gemacht wurden.

Sie mussten sich selbst unbekanntes Neues erarbeiten oder weiter den ungebrochenen Vorstellungen der Ewiggestrigen folgen.

Darüber spaltete sich diese Generation und geriet trotz des wirtschaftlichen Aufschwungs der Bundesrepublik zwischen gegenläufig drehende Mühlsteinräder.

Wie der Bug der *Esperanza* das Wasser des Atlantiks aufwühlte, so pflügt der Erzähler durch die Vergangenheit der ersten Nachkriegsgeneration.

Beim Blättern durch das Logbuch der *Esperanza* weist eine kleine Randnotiz daraufhin, dass der Koch Herbert Carstensen, an Bord Smut genannt, am dritten Tag der Seereise über den Atlantik damit angefangen hatte, die abendlichen Gespräche der Freiwache im Cockpit aufzuzeichnen und diese Aufzeichnungen durch ein paar persönliche Anmerkungen einzuleiten und zu ergänzen.

Und hier beginnt die interessante, nicht alltägliche Geschichte, die als

Erzählung an Bord der Segeljacht *Esperanza* jeden Abend bis tief in die Nacht hinein für Unterhaltung gesorgt hat.

Der dritte Tag auf dem Atlantik

29. 11. 2006

Leichte Brise von Backbord. Ein warmer Tag geht zu Ende. Hohe Dünung. Kurs, 240 Grad. Groß und Fock 1 gesetzt.

Phantastischer Sonnenuntergang voraus. Nach drei Tagen ist die Seekrankheit abgeklungen. Bis jetzt wurde mit Schontherapie verfahren, ab jetzt ist normale Bordroutine angesagt.

Heute stellt sich unser ältestes Crewmitglied vor.

Die Besatzung saß entspannt im Cockpit. Nach den ersten drei Tagen gab es keine Einrichtungsprobleme mehr. Jeder wusste, wohin er an Bord gehörte. Wachtörns und die Aufgabenverteilung für den Transatlantik-Törn standen fest.

Seit Auslaufen Puerto Colón war es zur angenehmen Gewohnheit geworden, mit einbrechender Abenddämmerung gemeinsam den Tag mit einem Drink zu beschließen. Von dem, der am Ruder-

rad stand, erwarteten die Herumsitzenden, unterhalten zu werden. Heute war Hannes zum ersten Mal dran.

„Hannes, erzähl doch mal, wo du herkommst und was du so erlebt hast", rief die Crew ihm zu. Hannes grinste: „Na, wenn ihr meint," lehnte sich an die Kompasssäule, spielte ein wenig den Verlegenen, nickte uns zu, räusperte sich und, statt mit der Erzählung anzufangen, begann er unerwartet ein paar Takte zu singen: "I am sailing, I am flying." –

"Wisst ihr, diese Melodie von Rod Stewart ist mir immer dann eingefallen, wenn ich zwischen Fernweh und Heimweh lebte und ich mir wie von zu Hause ausgeliehen vorkam. Einerseits vermisste ich meine Familie und zum anderen genoss ich die Freiheit. So fühle ich auch heute. Warum tue ich es mir an, über den Atlantik zu segeln, wo ich jetzt daheim neben meiner Frau auf dem Sofa dasselbe Getränk wie hier an Bord zu mir nehmen könnte, ohne dass dabei das Zimmer im Seegang schwankt. Mir ist die Erlaubnis erteilt worden, unser enges Städtchen für einige Zeit allein zu verlassen, damit ich meiner lieben Elisabeth nach der Reise neue Geschichten erzählen kann. Meine alten kennt sie nämlich schon zur Genüge. Aber ihr kennt sie nicht. Soll ich sie euch erzählen?

Bisher habt Ihr euch alle hier abends vorgestellt.

Wollt ihr auch meinen Name wissen? – Ja, hallo, mein Name ist..., aber den kennt ihr doch schon. Wir haben uns ja nun vorher tage- oder besser nächtelang im „Lord Nelson" über woher und wohin unterhalten und den Stallgeruch des anderen eingeatmet.

Unser Skipper Brodersen meint, damit die Reise nicht zu langweilig wird, soll alles erzählt werden. Jeder darf von jedem ganz genau wissen, wen er vor sich hat. Da der Kapitän immer Recht hat, füge ich mich in voller Länge, wie ihr es alle vor mir brav getan habt.

Also wunschgemäß und geschäftsmäßig mit einer Verbeugung nach allen Seiten meine amtlichen Daten:

Name Färber, Johannes, 71 Jahre alt, Blinddarmnarbe, bin noch nicht ganz verkalkt, verheiratet, ein Sohn, eine Tochter, beide längst aus dem Haus, zwei Enkelkinder und zwei Enkelhunde, die oft vom „Opa-Service" verwöhnt werden. Wir Alten wohnen da, wo das Anfahren am Berg am Deich geübt wird und beim Fahrradfahren die fehlenden Berge durch Gegenwind simuliert werden.

Sturmzerzauste Bäume, flaches Land, ein herrlich weiter Blick.

Na, wo bin ich zu Hause? Ihr werdet es erraten. –

Wie ich dort hingekommen bin? Ich werde es euch erzählen.

Da, wo ich mit meiner lieben Frau lebe, hat sich mein Lebenskreis geschlossen. In der so genannten grauen Stadt am Meer bin ich aufgewachsen, habe mit meiner Münchnerin die Ehe begonnen, beide Kinder sind dort geboren. Nach wenigen Jahren ginge es ab in die Fremde. Nun sind wir wieder da, wohnen, statt wie früher in der Deichstraße 10, jetzt in Nr. 12, wenn man so will, um zwei Punkte aufgestiegen.

Ich erzähle euch mal, wie es einem ergeht, nach langer Zeit wieder an seinen Heimatort zurückgekehrt zu sein. Ich wähle den Titel:

Die Heimkehr

1

„Die Heimkehr glich nicht der Heimkehr des verlorenen Sohnes.

Die Stadt Neidum tat nicht so, als hätte sie auf die Färbers gewartet, ein Willkommen hätte anders ausgesehen. Aufsehen erregen wollten wir ohnehin nicht, nur heimkehren.

Beruflich das Leben bei der Marine verbracht, die die jugendliche Sehnsucht, an fremde Gestade verschlagen zu werden, zu stillen versprach, sind wir, meine Frau Elisabeth und ich, nach der Pensionierung reumütig und ernüchtert in die windige Ecke meiner Heimat zurückgekehrt. Es ist ein besonderes Fleckchen Erde!

Das regengepeitschte Winterhalbjahr ertragen viele der Einwohner meines reizenden Städtchens nur Dank einer hochprozentigen Flüssigkeit, und sie würden auch niemals wegziehen; denn nach jedem verregneten Sommer hoffen sie auf besseres Wetter. Doch darüber sind schon viele Generationen gestorben, der Wechsel trat nie ein. Da jetzt auch noch das Kulttier, die Krabbe, als bis dahin wichtigste Haupteinnahmequelle nicht mehr willig ist, sich tonnenweise an Land bringen zu lassen, liegt es wohl am friesischen Gemüt, vor dem Gedanken an ein Wegziehen erst einmal die nächste Flut abzuwarten.

Übrigens, hat schon jemand von euch Krabben gepult? So richtig gekonnt, drehen hinter dem zweiten Ring des Rückenpanzers und dann das Fleisch herausziehen? Und zwar nicht lange fummeln und die Krabbe dabei zerquetschen, sondern im Akkord. Meine Frau kann das besser als ich. Als Junge bin ich oft zur Aufbesserung des Taschengeldes auf Krabbenkuttern mitgefahren. Am Heck stand der Kochkessel, aus dem im Hafen die frischen Krabben sowohl an die Genossenschaft geliefert als auch von Kunden auf der Pier literweise als Delikatesse begeistert gekauft wurden. Für ein Litermaß gefüllt mit Krabben zahlte man in den 70er Jahren am Hafen 1.- DM. Dafür bekommt man heute nicht mal eine Hand voll. In Heimarbeit oder auch mit Maschinen, aber nicht sehr effektiv, wurden die Dinger gepult.

Habt ihr eine Vorstellung, wie das heute gemacht wird? Ich werde es euch verraten. Weil bei uns die Löhne so hoch sind, lässt die Genossenschaft den Fang tiefgekühlt in Lastern durch Frankreich und Spanien nach Marokko karren. Dort sollen, so sagen die Fischer meiner Heimatstadt, in Hallen zahnlose alte Weiber sitzen, die das Pulen mit den Lippen besorgen und das Krabbenfleisch in einen Eimer spucken. Zurückgeflogen und im Kühltresen unserer Fischgeschäfte edel angeboten, werden den nichtsahnenden Kunden fast Kaviarpreise abverlangt. Krabbenpulen ist eine Wissenschaft. Die weiblichen muss man hinter dem zweiten Schalenring nach links drehen und die männlichen nach rechts. Wie die Geschlechtlichkeit festzustellen ist? Ganz einfach! Man muss den Tierchen zwischen die Beine gucken.

Da ich keine altweibergepulten, sondern selbstgepulte Krabben preisgünstiger essen wollte, bin ich in meine Geburtsstadt zurückgekehrt. Nein, das wäre übertrieben, an den Krabben allein lag es nicht, das elterliche Haus galt es zu übernehmen. Ich habe es nicht bereut, zurückgekehrt zu sein. Um ehrlich zu sein, ich mag diese herbe Gegend. Letzteres darf ich allerdings nicht zu laut in Gegenwart meiner Frau sagen. Denn obwohl aus Bayern, gezeugt von sächsischen Eltern, erhebt sie den Anspruch, dass nur sie den kühlen Norden liebe. Um das zu unterstreichen, geht sie bei Weststurm oben auf den Deich, öffnet den Mantel, lässt den Wind ihre Förmchen pressen und ruft dabei: „Ich liebe diese Stadt, das Watt, den Wind – das ist meine Nordsee!"

Nun, ich bin in dieser Gegend aufgewachsen, was soll ich dazu sagen. Nur schön, dass sie sich zu Hause fühlt. Wir haben uns lange überlegt, wohin nach meiner Marinezeit?

Nun erwarten die Färbers, wenn nichts Außergewöhnliches geschieht, den Herbst und Winter ihres Lebens in den regengepeitschten Marschen Nordfrieslands.

Wir sind nicht nach München gezogen. Dieser Wunsch verschwand schon frühzeitig von Elisabeths Wunschliste. Sie brauchte aufgewühltes Wasser, Ebbe, Flut und Sturm als belebende Elemente ihres Denkens und Handels.

Zwischen der heute pragmatisch sachlichen Einschätzung meiner Stadt und dem, was damals in mir bohrte, als ich nach dem Abitur fluchtartig aus diesem von mir als so langweilig empfundenen Kaff wegwollte, liegen Welten. Viele Erfahrungen und Erlebnisse in meinem Berufsleben ließen den Wunsch wachsen, irgendwann wieder zu den Wurzeln meiner Kindheit zurückzukehren. Der Wunsch ist erfüllt worden. Dass meine Frau, die ihr München meinetwegen aufgegeben hat, mir gefolgt ist und obendrein das Land der weiten Horizonte liebt, dafür bin ich ihr dankbar und verehre sie bis zum Ende ihrer Tage.

"Fährst du mich im Rollstuhl, wenn es eines Tages sein muss?", hat sie kürzlich gefragt.

„Was für eine Frage, meine liebe Elisabeth", habe ich gerührt antwortet. Sie hat immer zu mir gehalten, auch dann, wenn ich mal aus der Reihe getanzt bin. Sie hat mich immer wieder eingefangen. Elisabeth hat meine Mutter und danach den schwierigen Vater über viele Jahre bis zum Tode gepflegt, hat nie gemault und mir sogar erlaubt, mit euch jetzt über den Atlantik zu schippern.

Ich habe richtig Heimweh nach ihr. – Wenn das keine Liebeserklärung ist!

Sie ist immer mit mir umgezogen. Wie oft bin ich dienstlich versetzt worden, wie lange oft weg gewesen. Meine beiden Kinder haben bis zum Abitur fast ein Dutzend Mal die Schule wechseln müssen, waren auf englischen, norwegischen Schulen und in denen der verschiedenen Bundesländer mit den jeweilig unterschiedlichen Schul- und Lernsystemen.

Meine Frau – als wir heirateten, war sie gerade 19 – hat mit mir schöne Tage genossen, aber auch schwierige ertragen müssen.

Wirklich einander ganz eng näher gekommen sind wir uns nach der Pensionierung, nachdem die dienstliche Aushäusigkeit vorbei war, die Kinder endgültig das Haus verlassen hatten, der Hund tot war und beide Elternteile nach ihrem Ableben unsere Freiheit nicht mehr beeinträchtigten.

Obwohl wir uns in langjähriger Ehe zusammengerauft haben, konnte jeder sich seine Individualität bewahren. Wir sind keine siamesischen Zwillinge geworden. Es gibt viele Gründe, sie gern im Rollstuhl durch die Stadt zu schieben, aber ich wünsche uns beiden, dass es nicht geschieht. Seit Oktober dieses Jahres wohnen wir 18 Jahre an ein- und demselben Ort, noch nie sind die Färbers so lange irgendwo sesshaft gewesen. Das ist gewöhnungsbedürftig, weil wir erstmalig unsere und anderer Leute Macken und sonderbare Eigentümlichkeiten feststellten.

Mancher, der in einem Berufsleben steht, das mit vielen Umzügen verbunden ist, wird mich darum beneiden, wieder in dem Heimatort wohnen zu dürfen und vor allem darum, dass der Partner ohne Murren mitgezogen ist. Was ich allerdings bei meiner Rückkehr vorfand, war nicht mehr die Stadt meiner Jugend. Nicht die Mauern zeigten Veränderung, aber die Menschen.

Oder lag es an mir, an uns? Die alten Freunde behandelten mich wie einen Fremden. Sie lebten in ihrer eigenen Welt, einer Welt, die ich vor vielen Jahren bewusst verlassen hatte. In meine Erinnerung an die turbulente Zeit der pubertären ersten Mädchenanmache oder die Streiche meiner Abiturklasse passten die meisten spitzbäuchig gewordenen Herren und heute rundlichen Elkes und Swantjes nicht mehr hinein. Die meisten blieben am Ort, wurden gediegene Handwerksmeister oder haben die Praxen und Kanzleien ihrer alten Herren übernommen. Sind zur Ausbildung mal kurz außerhalb der Sichtweite des Kirchturms geraten, aber immer schnell wieder zu Mamas Kochtöpfen zurückgekehrt. Die Betrachtung des eigenen Weltbildes und die politische Ausrichtung gediehen im Dunstkreis des elterlichen Herdes. Wer, je nach Geldbeutel, vier Wochen Australien bereiste, die Chinesische Mauer sah oder im „Ballermann“ auf Mallorca ein paar Weiber und Biere gestemmt hat, wird in akademischer Edelrunde oder am Kneipen-Stammtisch als allwissender Kosmopolit und großer Zampano gefeiert: „Der kennt die Welt, der hat den Weitblick!“

Ein derartig eingeengtes Lichtraumprofil hatten wir nicht erwartet. Wie sollten wir damit umgehen? Nach den vielen in- und ausländischen Ortswechseln jetzt endlich heimgekehrt, gab es für uns den Begriff des Fremdseins nicht. Also galt es eine Barriere zu überwinden. Zunächst sind wir offen wie ein Scheunentor auf unsere Umwelt zugegangen, haben ehemalige Klassenkameraden, Freunde von der Feuerwehr, dem Fußballclub, Kaufleute, Segelkameraden und die örtliche Geistlichkeit zu Grillabenden, Weinproben und gepflegtem abendlichen Essen und großzügig zu runden Geburtstagen eingeladen. Nicht, um unbedingt wieder eingeladen zu werden, sondern um Kontakt zu finden. Sie kamen alle, fanden den Abend wunderbar, unkompliziert, lobten das Essen und freuten sich, dass wir wieder da waren. Aber das war es auch schon. Es kam kein Anruf des Dankes oder gar irgendwann eine Gegeneinladung. Zuerst berührte uns dieses Schweigen schon.

Waren wir zu protzig gewesen oder hatte ich eine zu große Klappe geführt? Es dauerte lange, bis ich begriff, wo der Haken saß. Wir passten nicht mehr in das Raster unserer alten Freunde. Wenn zum Beispiel Ehepaar Zahnarzt Petersen zu einer Geburtstagsfeier einlud, saß Frau Meyer neben Herrn Knutzen, und das schon seit 36 Jahren an derselben Stelle. Beide wussten alles von einander, was der andere dachte, glaubte, unter welchen Krankheiten beide litten und wem sie politisch ihre Stimme gaben. Da gab es keine ärgerlichen Problemthemen. Übrigens, die beiden kannten einander aus der Sandkiste. Ihren Wohnort hatten beide nie verlassen. Doch, Frau Meyer, einmal: die Erbtante in Flensburg war endlich gestorben. Als in der Runde ein Freund des Hauses dahingegangen war, kam niemand auf die Idee, beim nächsten Geburtstag die freie Stelle neu zu besetzen, vielleicht mit einem Jüngeren, nein, der Platz blieb jahrelang leer, jedoch jedes Mal mit Namensschildchen versehen und eingedeckt. Ob der Nachbar mit dem leeren Stuhl die seit Jahrzehnten eingefahrene Unterhaltung geführt hat, ist mir verborgen geblieben. Einen Fremden dazuzubitten, kam nicht in Frage. Im Fußballclub dachte ich, zunächst am Mittwochs-Stammtisch wieder aufgenommen zu werden, ehrenamtlich bot ich mich an, im Management des Vereins mitzuwirken.

„Nee, die meisten kennen dich nicht, vielleicht später.“

Sie waren alle sehr freundlich, duzten mich gleich. Ja, an mich erinnerten sie sich noch gut. „Du warst doch damals so ein Spiddel, ein Spargeltarzan, hast in der Jugend Linksaußen gespielt, gar nicht mal so schlecht.“ Mit einer Saalrunde glaubte ich mich wieder einkaufen zu können. Die kam zwar prächtig an, hat aber nichts genützt. Dennoch bin ich häufig zum Stammtisch gegangen, bis ich feststellen musste, nie mehr von der alten Clique aufgenommen zu werden. Unausgesprochen, wohl letztlich auch nicht so klar gedacht, sah man in meinem beruflichen Weggang den endgültigen Abschied von den am Ort Verbliebenen. „Und jetzt kommt er wieder und glaubt, seinen alten Platz einnehmen zu können!“ So mögen sie gedacht haben.

Selbst diejenigen, mit denen ich früher eng freundschaftlich verbunden war, hatten innerhalb des Vereins ihren eigenen Klüngel, mit dem sie saufen gingen, Tennis spielten, Reisen machten, eben unter sich blieben und bleiben wollten. Keiner kam auf den Gedanken, mich zu fragen, ob ich vielleicht mitmachen wollte. Nein, ich war nicht mehr einer von ihnen, obwohl das Mitglied Färber aus der Ferne dem Verein treu den Clubbeitrag überwiesen hatte. Und das über 50 Jahre!

Elisabeth erging es nicht anders. Sie versuchte den Faden wieder aufzunehmen, den sie vor vielen Jahren durch meinen berufsbedingten Ortswechsel hatte fallen lassen müssen. Überall, wo sie anklopfte, wurde sie freundlich aufgenommen, aber es blieb die fühlbare Distanz. Beispielhaft gelang es nicht, in einem Kurs der Volkshochschule warm zu werden, einer seit Jahren festgefügten Gemeinschaft, die erfolgreich jeden Neuling wegbiss.

Für die lebenslustige, immer fröhlich aufgelegte Elisabeth, die keinem etwas neidete und im gesellschaftlichen Umgang mit Menschen aller Art geschult war, öffneten sich zwar die Türen, aber auch nur einen Spalt weit. Als Unterhalterin war sie gefragt, als Lückenbüßerin, wenn es irgendwo an etwas mangelte, aber wenn sich der Intimkreis der Ureinwohner traf, blieb sie draußen vor.

Auch gab es so etwas wie den inneren Informationskreis, der Neubürger ausschloss, oder schärfer formuliert, korrupte Machenschaften, die zum Beispiel dazu führten, dass die Alteingesessenen bereits Grundstücke unter sich aufteilten, bevor die Ratsversammlung die Erschließung des Gebietes bekannt gab.

Unübersehbar trieben Klüngel- und Vetternwirtschaft ihr Unwesen. Im Mittelpunkt stand das städtische Bauamt. Die historische Altstadt verlor stückweise ihr Gesicht durch hineingezwängte festungsähnliche Beliebigkeitsbauten. Die von einer Stadt an der Ostseeküste kopierte Baumschutzverordnung galt nicht für betuchte Bauherren. Während Häuslebauer am Stadtrand belangt wurden, wenn sie ihre kranken Obstbaum fällten, verschwanden ungeahndet über Nacht gediegene alte Baumbestände, um nicht das ohnehin eingeengte Gesichtsfeld der sich prominent dünkenden Altbürger einzuschränken. Mindestens einmal wöchentlich brodelte es in Neidums Überraschungsküche. Vielfältig weit gesteckt war das Feld der Erstaunlichkeiten!

Als katholisch Erzogene, wenn auch nicht praktizierend, suchte Elisabeth am Ort die Nähe ihrer Glaubensgemeinschaft. Als erstes stellte die Geistlichkeit die Frage, ob ich als ihr protestantischer Mann gewillt sei, das Kirchengeld zu bezahlen. So abgeschreckt konvertierte meine Liebe nach längerem Überlegen und wurde Mitglied der nordelbisch-lutherischen Gemeinde.

In Neidum überragte der Turm der St. Marien-Kirche den Marktplatz. Anfang des 19. Jahrhunderts im Stile des Klassizismus von wohlhabenden Bürgern und dem fürstlichen Hof des nahen Schlosses gestiftet, pflegten auch die heutigen Pastoren das Image als Amtskirche, sich nur für die im Klingelbeutel besser klingenden Namen der Stadt zuständig zu fühlen.

Der Volksmund nannte den Kirchturm wegen seiner Form den Leuchtturm. Allerdings ging wenig Licht von ihm aus.

Gerade als Elisabeth den Antrag zur Mitgliedschaft abgab, hatte sich der Küster erhängt, und die beliebteste Pastorin war von ihren weniger geachteten Pastorenkollegen weggemobbt worden. Die von der Kanzel Nächstenliebe und Vergebung predigten, betrieben unter der Kanzel die Inquisition. Als Folge blieben die Gottesdienste nur spärlich besucht, es hangelte Austritte. Seitdem diente das Gotteshaus mehr als Konzerthalle und erfreute die Beachtung als Museum.

Wir fanden schließlich in Heide in einer evangelisch-freikirchlichen Gemeinde das, wonach wir suchten.

Wieder im vor Jahrzehnten verlassenen Nest warm zu werden, schien schwieriger als erwartet. Schwang nicht bei einigen, die den beruflichen Ausflug in außerheimische Gefilde verpasst hatten, ein gewisser Neid mit, dass der unstete pickelige Flegel von damals als ausgeglichener und einigermaßen gutsituierter Pensionär zurückgekehrt war? Die kleinstädtische Gerüchteküche brauchte nicht lange, um irgendeine Story über die Rückkehrer in Umlauf zu setzen. Was da hinter unserem Rücken getuschelt wurde, erfuhren wir erst viel später. Der Anlass mag lächerlich erscheinen.

Ich hatte einem angesehenen Geschäftsmann unbewusst auf die Füße getreten, noch bevor der Umzugswagen vor unserm Hause hielt. Der Fehltritt hatte Folgen. Was daraus entstand, glich einem Rinnsal, das plötzlich zu einem reißenden Fluss wurde. Hier die Geschichte:

Ein Jahr vor dem Auszug aus meinem letzten Standort Wilhelmshaven hatten wir angefangen, den neben meinem Elternhaus erworbenen Altbau in wochenendlichen Arbeiten umzugestalten. Kurz nach dem Kauf klingelte das Telefon. Möbelspedition Schröder, das führende Umzugsunternehmen an unserem künftigen Alterssitz, ein alteingesessener Familienbetrieb, machte ein Angebot. Der jetzige Chef sei mit mir auf der Grundschule in der derselben Klasse gewesen. Wie schön, aber erinnern konnte ich mich nicht.

Sie hätten erfahren, ich würde in einigen Monaten umziehen. Woher wussten die das?

Im Personalreferat meiner Dienststelle verdienten sich einige Angestellte mit ihrem Wissen zusätzliches Geld, indem sie Umzugfirmen für gutes Geld informierten. Alle wussten davon, alle schwiegen. Vorgesetzte winkten ab, wenn sie darauf angesprochen wurden. Sollte ich mich aufregen? Außerdem wollten wir uns keiner unbekannten Spedition anvertrauen. Über 30 Jahre waren wir mit ein- und derselben Firma umgezogen. Diese Spedition kannte unsere Möbel und Empfindlichkeiten. Nie hatte es Schäden gegeben, also sollte sie auch den letzten Umzug durchführen. Firma Schröder bekam eine höfliche Absage. Mag für uns damit das Thema abgeschlossen gewesen sein, nicht aber offenbar für diese an meinem Pensionssitz monopolartig herrschende Umzugsfirma. Was nun geschah, konnten wir nicht erahnen, allerdings eines Tages kopfschüttelnd erfahren. Heute lachen wir über die Geschichte.

Sie begann so:

Während der Umbauphase unseres Hauses schafften wir mit zunehmender Bewohnbarkeit von Wilhelmshaven aus Gartengerät und andere Habseligkeiten im eigenen Kombi oder mit Hilfe eines Firmenwagens meines Schwiegersohnes in meine alte und nun bald wieder neue Heimatstadt. Als es darum ging, Handwerker mit den verschiedenen Arbeiten zu beauftragen, gelang es bis auf den Dachdecker nicht, ortsansässige Firmen zu verpflichten.

Überteuerte und vage Angebote, angebliche Terminschwierigkeiten und andere nicht nachvollziehbare Absagen der Firmen zwangen uns, an Handwerksbetriebe der benachbarten Städte und Gemeinden heranzutreten. So kam die Kücheneinrichtung aus Wilhelmshaven, den Umbau des Bades führte eine Firma aus Flensburg durch, Maurer und Tischler reisten aus Dithmarschen an, ein Freund besorgte „schwarze" Elektriker und Klempner, und der Architekt, der den Ausbau der Dachgauben konzipierte, half uns aufgrund einer Empfehlung guter Bekannter. Zukünftige Nachbarn, auf die offensichtliche Ablehnungshaltung der örtlichen Betriebe angesprochen, schüttelten den Kopf. Nein, eine Erklärung dafür fiel ihnen nicht ein. Sie würden anrufen, und kurz darauf stünden bei Ihnen die Handwerker vor der Tür. So einfach, nicht aber bei uns. Erst, als ein neues Dach das Haus zierte, kam die Erleuchtung, die uns die Augen öffnete.

Die Deutung war ganz einfach. Der Dachdecker wusste, woran es gefehlt und was wir falsch gemacht hatten. Allerdings kam die Aufklärung mit einer kleinen Verzögerung; denn er schien uns offenbar nicht zu trauen, ihn für die geleistete Arbeit unverzüglich entlohnen zu können. Es herrschte eine eigentümliche Stimmung; denn kaum hatte der Geselle die letzte Dachpfanne aufgelegt, stand bereits der Chef mit der Rechnung in der Tür. Betrag DM 25.000,--. Kein Pappenstiel, aber das entsprach dem Kostenvoranschlag und war auch so einkalkuliert. Seit dem Hauskauf lagerte ein gewisses Sümmchen bei der örtlichen Bank, damit Einkäufe bei den Baumärkten mit Barabhebungen schnell getätigt werden konnten, also auch hier kein Problem. Warum erzähle ich diese allgemein übliche Praxis.

Nun, weil der Dachdeckerchef auf meine Frage: „Auf welches Konto möchten Sie den Betrag überwiesen haben?" herumdruckste und schließlich murmelte, ob es nicht gleich in bar ginge.

Wer hat schon auf einer Baustelle derartige Beträge in bar herumliegen? Ich vertröstete ihn auf den nächsten Tag mit der Zusage, das Geld heute noch zu beschaffen. Er zog ab und ich zur Bank. Diese vorsintflutliche Begleichung von Rechnungen war uns fremd. Bis nach Mitternacht klebten meine Frau und ich Tapeten, diskutierten über den Dachdecker und fielen irgendwann todmüde in die Feldbetten. Um sieben Uhr klingelte es. Um Gottes Willen, wer kann das sein, brennt es irgendwo?

Schlaftrunken an die Haustür getaumelt, wen fand ich da draußen? Den Dachdecker.

„Meine Güte, haben Sie gestern etwas Lebenswichtiges vergessen?" war meine zornige Frage.

„Nee, aber ich bin hier gerade vorbeigekommen. Vielleicht könnte ich das Geld ja schon abholen!"

Vor der Tür weiter zu verhandeln, schien nicht ratsam; denn trotz der frühen Stunde in apriliger Dämmerung ließen sich hinter den bewegten Gardinen der Nachbarhäuser interessierte Mithörer und Gaffer vermuten. In das künftige Wohnzimmer hineingebeten, bekam der frühe Besucher einen prallgefüllten Umschlag in die Hand gedrückt, den er gierig aufriss. Mit wurstigen, aber flinken Fingern zählte er mit immer breiter werdendem Grinsen die Scheine.

„Alles in Ordnung, stimmt!"

Hastig die von mir hingehaltene Rechnung quittierend, wollte er gleich wieder raus, aber ich ließ ihn nicht. Jetzt kam ich an die Reihe. „Einen Augenblick mal!", er hielt inne, „ich möchte von Ihnen noch etwas ganz Bestimmtes wissen."

Während der gute Mann die Scheine zählte, hatte ich mir nämlich einige Fragen zurechtgelegt: „Gehen wir mal davon aus, dass ich bis zum Ende unserer Tage in dieser Stadt Ihr Kunde bleiben möchte. Sie haben, soweit ich das bisher feststellen konnte, gute Arbeit geleistet, und an einem Dach gibt es ja immer etwas zu reparieren."

Der Meister witterte weitere Aufträge, streichelte den Umschlag und schien plötzlich Zeit zu haben, fand zwischen den Farbtöpfen auf der Trittleiter einen Sitzplatz und schien interessiert zu sein.

Ich setzte nach: „Kunde zu bleiben setzt gegenseitiges Vertrauen voraus... oder? Als Antwort kam ein kurzes:" Jo!"

„Nachbarn haben mir bestätigt, dass Ihr Betrieb bei keinem anderen als bei mir diese mittelalterliche Art und Weise des Geldeintreibens vorgenommen hat. Nun mal raus mit der Sprache guter Mann, warum um Gottes Willen bei mir. Hatten Sie Angst, ich würde Sie bescheißen?" Er wand sich wie ein Aal. „Ja, das ist so, ne, was soll ich sagen, irgendjemand in der Stadt meinte, oder einige, die ich nicht kenne, haben gesagt, Sie hätten kein Geld, um Rechnungen bezahlen zu können!"

Ich bohrte nach: "Und womit habe ich mir diese Verdächtigung eingehandelt, stand das im Rathaus am schwarzen Brett oder aus welcher Gerüchteküche kommt diese Unverschämtheit?"

„Ich hab´ keine Schuld, das ist in der Stadt so erzählt worden. Ich bin gewarnt worden, der da in die Deichstraße 12 beim nach Heide verzogenen Henningsen einzieht, sei, ne, wie heißt das doch, sei insolvent oder so."

Er sendete jetzt ohne Aufforderung, es ging ihm ab wie ein dringendes Bedürfnis. Offenbar erleichterte es sein Gewissen. „Hier Ihre nächsten Nachbarn haben gesehen, wie das Umzugsgut stückweise in den letzten Monaten ins Haus gekommen ist, manchmal sogar in einem Eineinhalbtonner. Überall haben die Leute erzählt, der muss alles selbst machen, eine Umzugsfirma kann er sich nicht leisten, war ja auch nur ein ganz kleines Licht bei der Bundeswehr und jetzt pensioniert, da bleibt nicht viel übrig!"

Das war ein Wink mit dem Zaunpfahl. Meine Frau, die seit geraumer Zeit am Türpfosten lehnte und begleitend zur Offenbarung des Dachdeckermeisters hin und wieder mit dem Finger an die Stirn tippte, kam mir mit ihrer Frage zuvor:

„Welche Umzugsfirma hier am Ort hätten Sie uns empfohlen bzw. würden Sie empfehlen? Richtig umziehen werden wir ohnehin erst, wenn das hier keine Baustelle mehr ist.“

Offenbar den letzten Satzteil überhörend, antwortete der Meister, als wenn er für eine Werbung Prozente bekommen würde: „Da kommt nur die Möbelspedition Schröder in Frage. Wer nicht mit ihr umzieht, hat in unserer Stadt bis in die nächste Steinzeit verschissen!“

„Und was Herr Schröder rundherum erzählt, gilt hierzulande als bare Münze oder besser kann zur baren Münze gemacht werden“, fiel mir dazu ein.

Der Meister nickte und meinte, er hätte jetzt genug gesagt und möchte gerne gehen. Vor der Tür sah er mich wie mit treuen Hundeaugen an und sagte: „Nichts für ungut, Herr Färber, ich freue mich, dass ich bei Ihnen die Dacharbeiten gemacht habe, meinen Handwerkskollegen und anderen werde ich erzählen, dass sie falsch gelegen haben. Diese verfluchten Gerüchtemacher!“

Erstaunlich, erstaunlich. Die folgenden Arbeitswochenenden begleitete ein Hochdruckgebiet ungeahnter Freundlichkeiten. Nicht allein, weil es in den Wonnemonat Mai hineinging, sondern weil völlig unbekannte Menschen anklopften, um uns zu gratulieren, ausgerechnet in ihre Stadt gezogen zu sein. Alte Schulfreunde kamen, gaben Tipps, was noch am Haus zu machen sei. Selbst einige Ratsherren und Vertreter der verschiedenen Parteien machten ihren Besuch, nicht ohne die Absicht zu verhehlen, uns bei der nächsten Kommunalwahl als Stimmvieh zu gewinnen.

Im September rollte aus Wilhelmshaven unser Umzugswagen vor. Als alle Möbel standen, alle Bilder an den Wänden hingen und die Teppiche lagen, nahm die Spedition, der wir so oft unser Hab und Gut anvertraut hatten, mit viel Sekt tränenreichen Abschied von uns, einem ihrer treuesten Kunden. Tags darauf klingelte es an der Tür am laufenden Band, Blumensträuße füllten das Haus, von Taxis oder dienstbaren Geistern gebracht.

Alle lobten: „Wie schön, dass gerade sie das Haus des alten Henningsen gekauft und so herrlich wieder hergerichtet haben!“

Willkommensgrüße der örtlichen Geschäftswelt, des Handwerks und der Behörden anlässlich unseres Einzugs in die Deichstraße 12 zeugten davon, dass unser Dachdeckermeister als Stimmungsmacher und Gerüchteverbreiter im positiven Sinne gute Arbeit geleistet hatte. Wir hätten ihm einen der Blumensträuße schicken sollen!

Nach den im Vorfeld des Umzuges aufgetretenen Schwierigkeiten, die von uns als Hürde, wie wir meinten, souverän genommen worden war, begann jetzt das Eintauchen in die kleinstädtische Gesellschaft. Dieser offenbar nicht endende Vorgang glich einer Entdeckungsreise, die dann und wann eine Auszeit verlangte, um Erholung zu finden. - Wie jetzt hier an Bord!

In einer Kleinstadt zu leben, hat zweifellos seine Reize. Alles ist überschaubar, nichts und niemand verschwindet in der Anonymität. Erstaunliches, Idyllisches, aber auch Erschreckendes und Unverständliches werden geboten. Wehe dem, der mit den Alteingesessenen nicht auf einen Nenner kommt, der nicht warm wird.

Ich beobachtete und fand es beängstigend, wie gar manche heimgekehrte Pensionäre nicht wieder den gewünschten Kontakt zu ihrer alten Heimat fanden. Sie sind nach einigen Jahren enttäuscht weggezogen. Die schillernden Darbietungen der herrschenden Gerüchtekultur konnten sie als um Integration bemühte Neubürger nicht ertragen. Wir haben anfangs auch gelitten, lernten jedoch schnell, uns richtig zu verhalten. Allein schon der Name der Kleinstadt Neidum entsprach dem Naturell seiner Bewohner, neidisch zu sein auf den Nachbarn, der möglicherweise etwas besser gestellt war. Selbst unter den besten Freunden grassierte diese Krankheit.

Um nicht anzuecken, aufzufallen, blieben wir unauffällig. Elisabeth spielte in einem Bridgeclub und an jedem Freitag trafen wir uns in einer Gymnastikgruppe.

Die Alteingesessenen wurden zutraulicher, waren aber mit Vorsicht zu genießen. Die Gerüchteküche wurde bedient von zwei älteren Damen. Die eine war zuständig für die Nordstadt nördlich des Hafens und die andere für die Altstadt und den Südteil. Das südlichere und größere Stadtgebiet war der einen zugefallen, weil sie nachweislich eine echte Alteingesessene war. Den Einflussbereich der nördlichen Gerüchtedame begrenzte die Tatsache, ein ehemaliger Flüchtling aus dem Osten zu sein.

Die Süd-Schludertante gewann im Laufe der Zeit die Oberhand. Ein von ihr angelegtes Netzwerk versorgte die Intrigantin mit aktueller Information. Danach die Wertung durchgeführt, stiegen oder fielen die Sympathieaktien gewisser Leute, die ins Fadenkreuz geraten waren. Elisabeth wäre beinahe als Zubringerin angeworben worden. Der Herrin über Wohl und Wehe in der Stadt schenkte man vorbehaltlos Glauben, obwohl sie log, hinterhältig und verschlagen war, schamlos übertrieb, dümmliche Argumente vorbrachte und letztlich Rufmord betrieb. Sie verteilte Gefälligkeiten, aber auch Rügen. Wen sie nicht mochte, wer ihr quer gekommen war, der verlor sein Gesicht. Über ein italienisches Restaurant, in dem sie angeblich nicht bevorzugt bedient worden war, sprühte sie Gift und Galle, bis die Gäste ausblieben. Nur ein Kniefall des Gastwirts rettete vor der Insolvenz. Seitdem isst sie dort umsonst und ihre Lobgerüchte empfehlen eine ausgezeichnete Küche.

An einem Abend stellte mir Elisabeth die Frage, was ich unter dem Begriff „Bürgerkunde" verstehen würde. Nun, lange her, in der Volksschule lehrte Lehrer Engelkind, was in der Stadt so alles im Laufe der Jahrhunderte geschehen war.

Das war lokaler Geschichtsunterricht. Elisabeth lächelte verschmitzt: „Nein, mein Lieber, das ist ganz etwas anderes. In kleinen Frauengruppen wird die städtische Gesellschaft durchgehechelt, jeder einzelne und vor allem die neu Hinzugezogen. Bei Kaffee und Kuchen wird geschludert.

„Wisst ihr schon, die Blonde aus der Bäckerei, die hat was mit ihrem Chef angefangen, und Willy von nebenan ist nach Dollerup gezogen, weil seine Frau ihn rausgeschmissen hat, der hat die Magd von Bauer Hinrichsen geschwängert, und Elise vom Blumenstand, erst ist sie im Krankenhaus unten rum ausgeräumt worden und nun hat sie auch noch Krebs.“

Bei derartigen Meldungen der Nachrichtenbörse erlischt der Wortschwall für 20 Sekunden Mitleidsbekundung mit anschließenden Kommentare wie: „Dascha Sünde“ oder „Kannst nix bi moken, dat is as dat is!“

Politisch hatte die SPD in der Stadt das Sagen und das seit 40 Jahren. Bis zum Boten hinunter war das Personal sozialdemokratisch verfilzt. Geld und Einfluss dagegen lagen in den Händen alteingesessener Geschäftsleute, die beim Kaiser, im Dritten Reich und jetzt auch in der Bundesrepublik ihre Stellung behauptet hatten. Um dem roten Rathaus zu zeigen, wer letztlich die Geschicke der Stadt leitete, trafen sich die Ewiggestrigen periodisch im Kornspeicher am Hafen in der Chefetage des über die Region hinaus bekannten Getreidegroßhändlers zu von vaterländischen Reden begleiteter deutscher Hausmannskost, sangen die erste Strophe des Deutschlandliedes, hielten sich an den Händen und wünschten der Demokratie ein baldiges Ende. Jetzt, wo ich das erzähle, hat nachsichtig und sanft die Biologie die meisten dieser Herren dahingerafft.

Von meinem Dienstherrn als redegewandt und sachlich bewertend beurteilt, glaubte ich als Mitglied der Ratsversammlung die Geschicke meiner Heimatstadt mitgestalten zu können. Die Mitgliedschaft in irgendeiner Partei wäre Voraussetzung gewesen, aber der Fraktionszwang hätte keine freie Meinungsäußerung zugelassen.

Die Bindung an eine Partei hatte ich schon vor Jahren enttäuscht aufgegeben. Loyalitätsverhalten gegenüber meinem Dienstherrn und das Maulhalten hatte ich mir ausreichend lange genug quälend antun müssen.

So wollte ich nicht mitmischen. Vielleicht auch gut so.

"Nee, Frau Bürgermeisterin, nicht mit mir!“

So sind die Färbers am Ort geblieben und bemühen sich seitdem, ohne Verbiegungen weiter in Frieden mit den Ureinwohnern zu leben. Was jedoch nicht daran hindert, dann und wann über nicht nachzuvollziehende Absurditäten zu staunen, über Eigentümlichkeiten, die offenbar nur in einer Kleinstadt möglich sind.

Gar manches könnte ich berichten, Amüsantes, Unglaubliches und Trauriges. Morgen erzähle ich mehr – wenn die Crew es möchte und der weite Atlantik nicht zuhört.

Ja, wollt ihr! – gut! – dann bis morgen Abend an dieser Stelle!

Gibt es noch einen Gin Tonic?“

Der vierte Tag auf dem Atlantik.

30.11.2006

Wieder ein herrlicher Tag. Das Blau des Atlantiks wird immer leuchtender. Achterlicher Wind. Alles ausgebaumt. Beide Genuas ziehen. Hohe Fahrt. Skipper Brodersen nennt das: "Die Hanne läuft!“

Hannes stellt sich, vom Kapitän dazu ermutigt und von der Beatzung begrüßt zu seinem abendlichen Vortrag hinter das Steuerrad. Na, was hat er heute zu berichten?

Die Esperanza-Besatzung lümmelt sich bereits im Cockpit, um die Sitzkissen wurde noch gestritten. Im Westen versackte die Sonne mit letztem Aufblinken hinter dem Horizont. Der Bierkasten stand bereit. Für Hannes hatte eine fürsorgende Seele ihm eine Flasche auf die Steuerkonsole gestellt, die er sich als Rednerpult auserkoren hatte.

Die abendliche Vorstellung begann, besser gesagt der Vortrag oder war es Unterhaltung, weil kein Fernsehprogramm zur Verfügung stand. Hannes beugte sich vor und fing an:

„Mein Thema heute Abend:

Jugend unterm Hakenkreuz

2

Gestern, als die Freiwache unter Deck ging, fragte mich der Skipper, ob ich in der nächsten Erzählung nicht einen Sprung zurück machen könnte in meine Jugend und zwar in die Zeit, die niemand aus dieser Besatzung miterlebt hat, in die Jahre des Dritten Reiches, die ich zwar entscheidend nicht beeinflussen konnte, aber als ein begeistertes Mitglied des Jungvolks gut erinnere.

Ich bin als Kind und bestimmt als Jugendlicher ein Nazi gewesen. Befehl und Gehorsam bestimmten die Zeit. Wir glaubten an eine glorreiche Zukunft. Helden wurden gezeugt, junge Menschen zu Helden erzogen, die danach heldenhaft ihr Leben für Führer, Volk und Vaterland hingaben. Unser großer Führer Adolf Hitler sah eine Jugend heranwachsen, die, wie er selbst sagte, für ihn hart wie Krupp-Stahl, flink wie Windhunde und zäh wie Leder sein sollte. Dem wollte ich nacheifern und die Welt das Fürchten lehren.

Der kleine Färber hat alles geglaubt, was da gesagt und gesungen wurde. Als am Ende nichts daraus wurde, war der Gutgläubige nicht nur erschüttert, er hat vor Wut geheult.

Erst in den folgenden Jahren, als die vielen Untaten des Dritten Reiches publik wurden, lernte ich mühsam um, und allmählich überkam mich das Gefühl der Erleichterung, nicht den deutschen Endsieg gefeiert zu haben.

Aber ich kenne in meiner heutigen Umgebung viele Ewiggestrige, denen das Heldenhafte des Großdeutschen Reiches bis zu ihrem Lebensende nicht auszutreiben sein wird. Das Gefährliche daran ist, dass es zumeist Begüterte sind, die über ihr Geld Einfluss nehmen. Zumindest ist es in dem Landstrich so, aus dem ich komme. Wenn die biologische Lösung diese Menschen zum Schweigen gebracht hat, dürfte vielleicht endlich Ruhe eingekehrt sein, es sei denn, wir lassen zu, dass die von den alten Nazis herangezogene Brut in Wirtschaft und Politik ans Ruder kommt.

Soll ich wirklich meine Erinnerungen vor euch ausbreiten, die Erfahrungen und Erlebnisse, die ich machen durfte oder musste, soll ich erzählen von einer Zeit, die in den letzten Jahren ausgiebig und oft ermattend von allen Seiten beschrieben worden ist?

Ist das wirklich nötig?

Wenn ihr glaubt, dass ich euch damit unterhalten kann, vielleicht sogar etwas bisher Unbekanntes rüberbringe, mach ich das gern.

Ihr könnt gerne abwinken, sollte es zu langweilig werden!

Vielleicht ist es gar nicht so verkehrt, aus dem Blickwinkel eines damals pubertierenden Heranwachsenden die Nischen oder einen ganzen Sektor auszuleuchten, der bisher nur den Sünden und Verfehlungen der Erwachsenen jener Jahre gewidmet worden ist.

Als Kind und heranwachsender Jugendlicher habe ich die damalige Zeit genossen. Der Krieg war für einen Jungen spannend. Da war was los! Keiner hing lahm herum. Das Jungvolk hat mich begeistert, ein toller Haufen. Für unseren Führer wäre ich durchs Feuer gegangen. Kannte ich etwas anderes?

Hannes Färber wurde hineingeboren in die Hitlerzeit. Die Mutter hat brav, wie der Führer es wollte, ihm zwei Kinder geschenkt, und was besonders wertvoll war, nach dem Bruder Rudolf wieder einen Jungen, die beide, Gott sei Dank, nicht mehr als Kanonenfutter zum Einsatz kamen.

So sehe ich das heute. Damals als Kind empfand ich das anders, ganz anders. Für mich, der den Krieg bis zum 10. Lebensjahr weit ab von jeder Front, verschont von Bombenangriffen in einer kleinstädtischen Welt erlebte, bedeutete der Nationalsozialismus das Höchste aller Dinge. Ich kannte nur das, was mir meine Eltern, Lehrer und andere Erwachsene erzählten. Die mir anerzogene Autoritätsgläubigkeit ließ keine Zweifel zu. Von der großen Politik hatten wir „Youngster" keine Ahnung, aber eines war früh schon in die Herzen eingebrannt: Wir Deutschen waren die Größten!

Mit diesem überheblichen An- und Ausspruch nun hinein in die Erzählung, wie ich meine Kindheit und Zeit als Jugendlicher in einer Kleinstadt zurzeit des Dritten Reiches erlebte:

Geboren 1935 beginnen meine Kindheitserinnerungen erst recht spät Gestalt anzunehmen.

Ich weiß, es gibt tolle Leute, die behaupten, sich an ihre Windeln zu erinnern, - ich nicht. Wenn überhaupt und dürftig, dann an einige Ereignisse der ersten Schuljahre, und die nur blitzlichtartig erhellt. Zum Beispiel sehe ich da den krummbeinigen Gustav von nebenan und mich, den kahlgeschorenen Hannes September 1941 mit Schultüten vor der Haustür stehen oder uns beide im darauffolgenden Winter bewaffnet mit einem Holzgewehr und beschützt von Papphelmen einen Iglu bewachen.

Vor mir tauchen schimpfende und prügelnde Lehrer auf, ich höre Alarmsirenen, die uns routinemäßig nachts in den Keller und später in den nahen Bunker jagten.

Ja, mein Buch der Vergangenheit hat viele beschriebene und auch unleserlich bekrickelte Seiten. Da das menschliche Langzeitgedächtnis besser funktioniert als die Erinnerung an das eben Erlebte, leiden viele Menschen an ihrer Vergangenheit, möchten vieles verdrängen und vergessen. Oder die weit zurückliegenden Geschehnisse glänzen durch eine goldene Ummantelung, strahlen mit jedem Jahr leuchtender, werden verharmlost oder lächerlich gemacht. Das liegt nun einmal in der Natur des Menschen, das Gedächtnis vergisst das Unangenehme.

Meine Kindheit im Dritten Reich kannte beides, Erfreuliches und Aufregendes. Letzteres allerdings musste ich erst viel später als Ungeheuerliches und aus der heutigen Sicht als Unbegreifliches erkennen. Ich steige ein in die Zeit um 1941/42.

Mein Vater, der im Krieg als Hauptmann einer in der Nähe stationierten Luftwaffeneinheit oft mittags missmutig nach Hause kam, beschimpfte fast regelmäßig unsere Mutter, nicht weil ihm das Essen nicht schmeckte, sondern weil das Radio, der Volksempfänger, ihm keine Siegesmeldungen mehr servierte.

An Wochenenden saß unser Vater, der sich für sehr wichtig hielt, gebeugt über einem Reißbrett und zeichnete hochherrschaftliche Gutshäuser, stets davor eine riesige Hakenkreuzflagge.

Seine beiden Vettern, hohe Tiere in der Partei, hatten ihm den Floh ins Ohr gesetzt, in dem bald besiegten Russland größere Ländereien zugeteilt zu bekommen, um Rittergutsbesitzer zu werden. Dass er als studierter Bauingenieur und Berufssoldat von Landwirtschaft nichts verstand, kompensierte für ihn seine Parteizugehörigkeit. Nach dem Kriege in seinen Wünschen umgeschwenkt, wollte er mit der Familie in Südamerika Kaffee anbauen. Gott sei Dank wurde am Ende aus beiden Träumen nichts, weder in Russland noch in Übersee.

Der Haushaltsvorstand kannte keine Zeit für die Familie. Entweder beschäftigten ihn der Dienst oder seine Träume. Um nicht die Geistesblitze des in tiefen Gedanken versunkenen Hobbyarchitekten mit dümmlichen Fragen zu stören, nahm die stets fürsorgliche Mutter uns beide, meinen vier Jahre älteren Bruder und mich, aus der Schusslinie. Sie kannte ihren cholerisch veranlagten Gatten und bewahrte uns oft vor Schlägen mit der sogenannten neunschwänzigen Katze. Vater hatte nämlich zur Züchtigung seiner Söhne eine Peitsche mit mehreren Lederstriemen auf dem Küchenschrank liegen. Sie lag nicht da zur bloßen Ansicht, sondern wurde nur zu häufig geschwungen, sei es, weil die Schulnoten nicht dem entsprachen, was der harte Vater verlangte, weil eine Tasse zu Bruch ging, wir beim Zuckernaschen ertappt worden waren oder mit dem Fußball eine Fensterscheibe zerbröselten.

Vom Vater unter Leistungsdruck gestellt und gefordert, immer der liebe Sohn zu sein, das vergällte mir bald die Schule so sehr, dass ich selbst später noch zu Abiturzeiten vor Klassenarbeiten unter Magenschmerzen litt. Mein Alter lehrte mich, die Schule zu hassen.

Die Angst vor einer Lehranstalt, vor den Lehrern, wäre sicherlich nicht so groß gewesen, hätte mir mein Vater nicht ständig die angeblich großartigen Leistungen der Nachbarskinder und gleichaltrigen Verwandten ständig unter die Nase gerieben. Mich beschimpfte er als Faulpelz und Nichtskönner, als jemanden, der ihm ständig Sorgen bereitete, die Kinder seiner Kollegen dagegen bezeichnete er als „Koryphäen". Diese von ihm mit spitzen Lippen ausgesprochene Bezeichnung, mit der er sich vor mir als hochgebildet profilieren wollte, wurmte mich. Was war eine Koryphäe?

Es brauchte lange, bis ich beim heimlichen Durchsuchen des elterlichen Bücherschrankes im Volks-Brockhaus die Erklärung für dieses Wort fand. Aha, da stand es:„ Koryphäe – (aus dem Griechischen) – ist ein hervorragender Fachmann“. Was für ein Wort, dachte ich mir. Wer von uns Kindern konnte schon ein hervorragender Fachmann sein? Als Nebenprodukt des Stöberns in der Literatursammlung stieß ich auf einen schweren Wälzer mit dem Titel „Der Mensch“. Auf einigen farbigen Klappbildern konnte man nackte Körper auseinanderfalten, und was besonders aufregend war, die wichtigsten Teile von Männlein und Weiblein zeigte dieses Buch erregend genau und beschrieb sogar, was man damit machen konnte. – Faszinierend!

Später haben Rudolf und ich mit roten Ohren beim Lesen unter dem Licht einer Taschenlampe aus dieser Lektüre die ersten Ratschläge geholt.

Aber zurück zu meinen unzulänglichen Leistungen in der Schule.

Komischerweise hackte der Alte nur auf mir herum. Selten, dass er Rudolf Vorhaltungen machte. Mich dagegen prügelte er, wenn es mir nicht gelungen war, den vermurksten Deutschaufsatz vor ihm zu verbergen. Der Züchtigung folgte in abgehackten Sätzen die unvermeidliche Standpauke: „Sieh mal deinen Vetter Horst an, der ist nur zwei Klassen weiter als Du, in Latein schreibt der nur Einsen, in Mathe hat er eine Eins und sonst auch ein hochintelligentes Bürschchen, der wird seinen Weg schon machen, - und du, ein Versager! Womit habe ich das verdient?“ Schlug die Hände vors Gesicht und machte einen theatralischen Abgang.

Gut, dass er endlich ging; denn die Frage, die er mir stellte, hätte ich ihm nicht beantworten können. Schweigen war in diesem Fall ohnehin die beste Antwort. Mir gellen seine lautstarken Vorhaltungen heute noch in den Ohren. Einmal konnte ich triumphieren. Der hochgelobte Horst verbrachte in den ersten Nachkriegsjahren mit seinen Eltern die Sommerferien bei uns an der Nordsee. Die Tengelmanns wohnten im westfälischen Ahlen. Seine und meine Mutter waren Cousinen.

Horst war ein feiner Kumpel, immer zu Streichen aufgelegt und keineswegs eine Strebertype, wie Vater ihn gern hinstellte. Während der Ferien erwähnte keiner von uns die Schule, aber jeden Tag mussten wir drei, Rudolf, Horst und ich unter dem Kirschbaum eine Stunde lang irgendeinen Schulstoff pauken.

Horst hatte vor sich ein Schulbuch liegen und eine Aktentasche. Darin, von einem Bleistift gestützt halb geöffnet, sichtbar ein aufgeschlagener „Lore Roman“. Das waren damals billige Liebeshistörchen, richtige Schmachtfetzen. Die las er still vor sich hin mit flüchtigem Blick auf das Schulbuch gerichtet. Wir Brüder schwiegen dazu. Über seine von unserem Vater so gepriesenen Leistungen ließ sich so kein Bild machen, bis er im folgenden Jahr dieselben Schulbücher auf den Tisch legte. Ich muss ihn wohl unverschämt angegrinst haben, ich ahnte eine für meinen Alten erdrutschartige Feststellung gemacht zu haben: „Na, backen geblieben?“

„Na und?“, winkte er ab. „ Zwei Fünfen haben die mir reingewürgt, in Latein und Mathe, was soll’s!“

Mein Herz hüpfte vor Freude, nicht weil Horst sitzen geblieben war, sondern ich genoss bereits die Vorfreude, beim Abendessen, vor versammelter Runde Vater diese herrliche, mich befreiende Neuigkeit unterzujubeln. Schließlich saßen wir alle am Küchentisch, Vater, Mutter, Onkel Richard und Tante Else – seit dem letzten Jahr noch dicker geworden – und wir drei Jungs.

Vater zeigte sich von der höflichen Seite, wie er es immer tat, wenn andere Frauen in der Nähe waren. Die vollbusige Else erzählte von ihren Freunden, die im Ruhrgebiet bereits viel Geld verdienten und nicht so ärmlich lebten wie wir im Norden. Als rheinische Frohnatur liebte sie das Wort zu führen, beachtet zu werden, wusste alles besser, konnte alles besser und übertrieb schamlos.

Sehnsüchtig wartete ich auf meinen Einsatz.

Irgendwann musste sie doch mit den schulischen Leistungen ihres Sohnes anfangen zu strunzen oder wie wir sagten auf den Putz hauen. Jedoch nicht sie, sondern völlig unerwartet wechselte Vater plötzlich das Thema – und was wollte er wissen?

„Na, Horst, wie ging es denn mit der Schule in diesem Jahr?" Dabei sah er mich von der Seite an, um gleich die Gelegenheit zu nutzen, mich auszuzählen. Aber es kam ganz anders, besser als ich zu hoffen gewagt hätte. Horst guckte frech in die Runde, seine Mutter schwieg urplötzlich und wie Glockenschläge hallte es durch die Küche: „Ich muss die Klasse noch einmal machen, wegen Latein und Mathematik, zwei glatte Fünfen!" –

Endlich! Ich hätte ihn küssen können. Tante Else bekam einen roten Kopf. Mutter lächelte wie die Mona Lisa, Horst genoss die Wirkung seiner Worte und nickte mir zu. Nur Vater schien es im Halse zu würgen. Bitterböse sah er die Else an, die ihm die Glanzleistungen ihres Sohnes im vorigen Jahr vorgelogen hatte. In die eingetretene Stille hinein haute Rudolf mit der flachen Hand auf den Tisch, dass die Tassen klirrten. Er lachte und lachte, bis Vater hochschnellte, über den Tisch langte, ihm eine Ohrfeige gab und brüllend befahl: „Weg ihr Rotznasen, ich will euch nicht mehr sehen!"

Doch keiner von uns Jugendlichen machte Anstalten, den Hintern zu heben. Unser „Alter" fiel wie ein Sack in seinen Stuhl zurück und schloss die Augen. In dieser gefährlichen, knisternden Situation wuchs ich über mich hinaus und wagte erstmalig in meinem Leben, meinem Vater zu widersprechen oder besser gesagt, die Stirn zu bieten: „Es stimmt also gar nicht, dass deine Koryphäen das sind, was du mir immer verkaufen willst!"

Danach herrschte am Tisch vibrierende Ruhe.

Nach langem Schweigen verließen wir Jungs als erste den Ort der väterlichen Niederlage.

Ein paar Tage hielt der Dämpfer. Es dauerte nicht lange, bis er wieder in den gewohnten Trott verfiel. Dieses verfluchte Hervorheben von Leistungen anderer machte mich wütend und vertiefte mit zunehmendem Alter den Graben zwischen meinem Vater, der Schule und mir. Mutter mischte sich nie ein, sie litt im Stillen.

Das Erlebnis mit Vetter Horst muss im Jahr 1947 oder 1948 gewesen sein, da hatte ich mich im Gymnasium bis zur Obertertia oder Untersekunda hochgehangelt. Jahre vorher während der Nazi-Zeit gefiel es unserm Vater, seinen beiden Söhnen mit ganz anderen Beispielen die Angst vor schulischem Versagen einzujagen.

Unvergesslich ist mir das fast vergötterte Idol seines Schwagers gewesen. Onkel Walter Schmieder, Mutters Bruder, 20 Jahre älter als ich, ist Rudolf und mir wie ein Spiegel unentwegt vor Augen gehalten worden. Beiläufigen Bemerkungen jedoch konnte ich entnehmen, dass mein Vater dem Schwager die Parteikarriere als Jurist zutiefst neidete: „Seht mal, was aus dem geworden ist. Sein Vater war nur Lokomotivführer und sein Sohn ist ein hohes Tier im Reichministerium des Inneren. Der sitzt mit dem Parteigenossen Himmler an einem Tisch und lebt im Dunstkreis unseres Führers, und das, weil er in der Schule nicht versagt hat!"

Immer wieder wurde diese Platte aufgelegt, dabei kannte ich den Onkel nur von Fotos. Sollte mich das beeindrucken? Nun ja, stolz war ich schon auf ihn.

Vater drückte mir eines Morgens einen Umschlag mit einer Geldspende in die Hand, die ich in der Zentrale der Hitlerjugend abzugeben hatte. Im Büro des Fähnleinführers hing an der Wand das Bild von Walter Schmieder. Schließlich war er 1933 der Gründer der Hitlerjugend in unserer Stadt gewesen. Ich muss es wohl sehr ergriffen angestarrt haben; denn in meine Andacht hinein fragte ein vorbeigehender Uniformierter: „Kennst du den?" „Ja", stammelte ich, „Ja, das ist mein Onkel Walter."

Daraufhin ergriff der Fragesteller meine Hand und sagte mit Ehrfurcht in der Stimme: „Da kann ich nur gratulieren. Eifere dem nach, da habt ihr einen ein ganz tollen Mann in eurer Familie!" Riss den Arm hoch, rief laut „Heil Hitler!" und haute die Hacken zusammen.

Durch das Hackenknallen schien in mir ein Knoten geplatzt zu sein. Seitdem sehnte ich mich nur nach einem: Hoffentlich bald alt genug zu sein, um Mitglied beim Jungvolk zu werden.

Ob unsere Familie in der Stadt angesehen war oder wie wir als die Färber-Familie in der kleinstädtischen Gesellschaft gehandelt wurden, interessierte mich überhaupt nicht. Für mich war wichtig, mit wem ich Streiche aushecken konnte.

Wenn Vater an hohen nationalen Feiertagen hemdsärmlich in Hosenträgern im Garten mit Kollegen einige Kästen Bier leerte, bekam ich aus respektvoller Entfernung mit, dass Größen der Stadt durch den Kakao gezogen wurden und die Herren spöttisch darüber lachten. Aus Vaters Dienststelle erinnere ich mich noch ganz deutlich an den Zivilingenieur Friedmann, der sehr häufig zu diesen Gelagen kam und nie vergaß, Mutter ein paar Blumen mitzubringen. Oft hat er sich mit uns Jungs lange

Gespräche geführt und viele Fragen gestellt. Wenn es im Garten zu laut wurde und die ersten Kampflieder ertönten, nahm Friedmann sein Bierglas und leistete Mutter in der Küche Gesellschaft. Da saßen wir zusammen und haben viel gelacht, während draußen der Geräuschpegel wuchs.

Bevor das Gartenfest aus dem Ruder zu laufen drohte, verließ Herr Friedmann die Stätte der bierseligen Fröhlichkeit.

Mit unserm Vater verband ihn spürbar keine sonderliche Freundschaft. Zwischen meinem polterigen Vater und Friedmann dem Feingeist schien die Chemie nicht zu stimmen. Aber warum kam er zu den Gartenfesten, mochte er meine Mutter so gern?

Wenn der Gast die lustige Runde für Vaters Geschmack viel zu früh verließ, pflegte er ihm hinterher zu rufen: „Da geht er schon wieder, der Zivilunke, der kann nichts ab, kein Saufen, keine Weiber!"

Zivilist Friedmann machte daraufhin an der Gartenpforte eine Verbeugung und rief: „Ich muss ja morgen wieder nüchtern sein und das Vaterland verteidigen. Dank und Empfehlung an die Offiziergemahlin!" Winkte und verschwand in der Dunkelheit.

Mutters Titulierung empfand ich als blöd, aber vielleicht war es spöttisch gemeint, vielleicht wollte er meinem „Alten" eins auswischen. Der freundliche Herr Friedmann ist mir im Gedächtnis geblieben, weil er nach Kriegsschluss der Familie Färber als ganz anderer Mensch und in ganz anderer Aufmachung begegnen sollte.

Mutter spielte bei den Zusammenkünften im Garten stets die Bedienstetenrolle, der Hausherr machte im Haus nie einen Finger krumm. Aber das war das Leben meiner Eltern, nicht das meinige. Was juckten mich die Alten und wie sie miteinander umgingen? Die Welt, wie ich sie mir vorstellte, sah anders aus. Mit Gleichaltrigen machte ich mich auf die Suche, fand Anschluss und Freunde. Wenn Vater abends im Stile eines Verhörs aus uns beiden Jungs herausfinden wollte, was wir ausgefressen oder angestellt hatten, logen wir das Blaue vom Himmel herunter. Jede ehrliche Antwort hätte uns mit Sicherheit Prügel eingebracht, also berichteten wir ihm, was er hören wollte. Wenn nicht meine Mutter stets ihre liebende Hand über mich gehalten hätte, wäre mir mein Elternhaus nichts mehr als eine Schlaf- und Essstelle gewesen. Mein Vater hemmte mich, ich empfand ihn als Störfaktor. Wie viel mehr fühlte ich mich zu meiner Rotte, zu meiner „Gang" hingezogen.

Wenn heute über „Jugendgangs" schauerliche Geschichten berichtet werden, muss ich lächeln. Wir waren damals nicht viel besser, dafür aber wesentlich jünger und trotzdem selbstständiger. Ich meine, die Jugend früher verfügte über mehr Selbstbewusstsein.

Die kargeren Umstände verlangten mehr Durchsetzungsvermögen. Das wurde draußen an der frischen Luft bis in die Abendstunden auf die Probe gestellt. Je nach Jahreszeit gab es die unterschiedlichsten Spiele, die alle das eine gemeinsam hatten, man brauchte dazu keine besondere Kleidung oder technisches Gerät, vielleicht mal einen selbstgeschnitzten Hockey-Schläger oder einen Fußball, bestehend aus einer aufgeblasenen Schweinsblase mit Tuch umwickelt.

Wie oft bin ich abends mit blutenden Knien nach Hause gekommen. Wir sind durch die Wiesen gestrolcht, haben uns im Watt im schlammigen, blaugrauen Klei-boden gesuhlt und sind auf selbstgebauten Flößen in den Prielen geschippert. Verlassene Schiffe im Hafen waren unsere „Kommandozentralen". Bei Indianer- und Versteckspielen durften nur die Mädchen mitmachen, die am geheimen Ort auch mal für den "Onkel Doktor" schwärmten.

Wer hat diese Anfangsentdeckungsmöglichkeiten nicht genutzt?

Aber natürlich konnte man uns auch in der leidigen Schule finden.

Stubenhocker galten als Aussätzige. Als erniedrigendste Strafe für was auch immer galt der Stubenarrest, besonders gern von meinem Vater verhängt. Heute, ganz anders, sind die Stubenhocker kaum auf die Straße zu bringen, zu verführerisch sind die Computerspiele und der Wohlstand, der fast jedem Kind ein eigenes Zimmer vollgestopft mit Spielzeug beschert hat.

Wir lebten auf der Straße, ein zähes, fröhliches Völkchen. Von uns ließ sich keiner hängen, keiner litt unter Fettleibigkeit, war unsportlich, aufsässig, undiszipliniert oder interessenlos.

Ja, ich weiß, die Welt ist anders geworden! Jede Zeit hat ihre Macken, auch die meinige war, spät festgestellt, nicht ideal.

Meine Kind- und Jugendzeit unterlag einer indoktrinierenden Systemsteuerung. Das weiß ich heute. Dass die damals vorgegebene Richtung politisch in den Abgrund führte, konnten meine Jahrgänge nicht voraussehen, geschweige denn ahnen. Es sah doch alles so rosig aus! Meine politische Orientierung und Meinungsbildung geschah an Vorbildern und an Erlebnissen. Besonders im Gedächtnis geblieben ist mir ein Ferienerlebnis. Es blieben die einzigen Ferien meiner Kindheit. Mit acht Jahren durfte ich meinen Onkel im besetzten Posen besuchen. Die Familie lebte in einer weißen Villa am Stadtrand, dicht am Botanischen Garten. Zugang nur für Deutsche!

Als Oberstfeldmeister des Reichsarbeitsdienstes war der Vetter meines Vaters dorthin versetzt worden, um den Polen zu zeigen, was deutsche Herrschaft bedeutete. Was er dienstlich dort wirklich zu tun hatte, ist mir nie gelungen aus ihm herauszuquetschen.

Was war ich beeindruckt, wenn er mit seinen Kollegen in den Hof einritt und in Gutsherrenart dem Stallburschen sein Pferd übergab. Vor dem eleganten Haus und in dem großen Garten sanken die polnischen Bediensteten in die Knie und huldigten dem Reitersmann, wenn er zum Mittagessen den Kiesweg hinaufschritt. Wenn einer der demütig verharrenden Polen zu früh den Kopf hob, zog mein lieber Onkel ihm eins mit der Reitpeitsche drüber und brüllte irgendetwas auf Polnisch.

Im Haus servierte ein bekopftuchtes Mädchen, das mich als Neuankömmling mit scheuen Augen musterte. Als ihr dabei die Suppe aus der Terrine schwappte, keifte meine Tante gleich los, griff das Mädchen und sperrte sie für die Dauer des Mittagessens in die Besenkammer ein. Zu essen bekam die Kleine an dem Tag zur Strafe nichts.

Vor dem Haus in der Allee standen Bänke. In großen Lettern in deutsch und polnisch geschrieben stand daneben auf einem Schild „Nur für Deutsche“. In den Straßenbahnen Posens gab es vorn den Wagen für Deutsche, hinten für Polen. Bei den Geschäften dieselbe Trennung. Nebenan in einem noch schöneren Haus wohnte ein ganz hohes Tier, dem mein Onkel immer unterwürfig überzogen und lauthals den Hitlergruß entgegenschmetterte. Sein Sohn, der nur in der Uniform der Hitlerjugend herumlief und in diesem Aufzug mit uns spielte, genoss bei uns Kindern höchste Anerkennung. Er war bei allem, was wir taten, Vorbild und Leithammel.

Zwischen zwei Villen lag eine verlassene Baustelle, überwuchert mit Unkraut. Hier bauten wir nach Weisung unseres Anführers Unterstände und, was ich zunächst nicht verstand, ein Gefängnis. Während der Baupausen gab es Geländekämpfe, selbst die Mädchen prügelten mit und schnäuzten anschließend aus blutigen Nasen.

Höchste Alarmbereitschaft wurde ausgerufen, wenn auf der Straße fremde Kinder oder Jugendliche vorbeiliefen. Komischerweise rannten die immer weg, wenn sie uns auf den Wällen der Baugrube entdeckten. „Das sind Polacken und die da sind Judenlümmel, auf sie mit Gebrüll“, schrieen die deutschen Nachbarskinder.

Jeder ergriff bereitliegende Knüppel und eine lustige Jagd begann.

„Rache für Stalingrad!“, rief unser Anführer. Was er damit meinte, wagte ich nicht zu hinterfragen, ich habe es gedankenlos mitgebrüllt.

Wer ein „Polackenkind“ oder eine „Judensau“ ergreifen konnte, schleppte es in unser Gefängnis. Die Gittertür, ein Matratzenrost, fiel zu und die „stinkenden Untermenschen“, über die wir alle lachten, weinten sich die Augen aus, bis sie am

Abend mit Fußtritten hinausgejagt wurden.

Deutlich, fast fotografisch gestochen, habe ich diese Szenen immer noch vor Augen. Damals meinte ich, diese Behandlung sei mehr als dringend erforderlich gewesen, um Nichtdeutschen Ehrfurcht vor uns beizubringen. Aber irgendwie in der Magengegend fühlte ich mich bei der Prügelei mit mir fremden Kindern nicht ganz wohl. Am nächsten Tag waren die Bedenken stets verflogen, da wurde weiter geprügelt.

In Uniform, in voller Pracht, holte mich mein Vater im Sommer 1943 in Posen wieder ab. Für mich endeten Ferien, wie ich sie noch nie erlebt hatte. Mit leuchtenden Augen berichtete mein Vorbild später zu Hause von der hervorragenden Position seines Vetters und ich von meinen Erlebnissen, die meine Mutter Kartoffel schälend mit niedergeschlagenen Augen kommentarlos über sich ergehen ließ.

Warum diese ansonsten lustige Frau unsere Freude nicht teilte, habe ich damals nicht begriffen.

Wieder zu Hause bei meiner Rotte zu sein, gefiel mir besser als das Spielen mit der hochnäsigen Gruppe in Posen. Ich kam gerade rechtzeitig. Einer der Älteren hatte neue Ideen entwickelt und ein neues „Hobby" vorgestellt. Es ging um das Sammeln von Bombensplittern. Die gewachsene Luftbedrohung Deutschlands bescherte uns täglich neue Sammlerstücke. Wenn die Bomberschwärme von Westen kommend den Himmel mit ihren Kondensstreifen durchkämmten, sahen wir Jungs nicht ängstlich, sondern staunend und abwartend nach oben. Das Brummen hunderter Flugzeuge erfüllte die Luft. Unsere Kleinstadt bot kein lohnendes Ziel, der Anflug galt sicherlich wieder mal Kiel. Dort regnete es Tonnen von Luftminen, Bomben und Phosphorstäben. Ganze Straßenzüge standen in Flammen. Menschen loderten, von brennendem Phosphor besprizt, Spreng- und Splitterbomben, einige gemeinerweise mit Zeitzündern versehen, zerrissen die Häuser, oft erst, wenn die Bewohner zurücgekehrt waren. Nach jedem Angriff berichteten die Tageszeitungen darüber. Der Geschichtsunterricht kannte nur noch dieses Thema. Wer das Unheil heraufbeschworen hatte, wagte niemand anzudeuten, hätte sicherlich auch keiner von uns verstanden.

Dass die großdeutsche Luftwaffe zuvor die Kathedralenstadt Coventry in Schutt und Asche gelegt hatte und Propagandaminister Goebbels freudig aus dem Volkempfänger tönte, dass diese Stadt ausradiert worden sei, hat mich weder erschüttert noch irgendetwas in mir bewegt. Selbstverständlich waren immer die bösen Alliierten die Schweine und wir armen Deutschen die bedauernswerten Leidenden. Wenn unsere Lehrer, alle stramme Nazis, „von den feigen Angriffen der Tommies und Amis erzählten", brannten unsere Herzen vor Wut. Jeden von ihnen hätten wir gern mit bloßen Fäusten gewürgt oder erschlagen. Entsprechend aufgeputscht gefielen uns die Kampflieder, die der Musiklehrer mit uns probte. Laut grölend sind wir nach der Schule mit dem neuerlernten Liedgut durch die Straßen gezogen. Einige Texte kenne ich heute noch.

Beim Aufheulen der Warnsirenen verfielen die Straßen in Todesstarre. Plötzliche Stille. Dafür ballerten die Flugabwehrbatterien ihre Salven um so lauter in den Himmel. Am Tage zeichneten die explodierenden Granaten braunschwarze Wölkchen ins Blaue und des nachts zuckende grelle Blitze. Für unsere Rotte das Zeichen, die jeweiligen Straßenzüge und Kleingärtnerkolonien nach heruntergefallenen Geschosssplittern abzusuchen. Als unsere Alten mit den jüngsten Kindern in Bunkern saßen, zogen wir los. Es galt schöne Stücke zu finden. Da gab es bizarr zerrissene und metallisch schillernde, große und kleine Teile, prächtige Tauschobjekte, einige zeigten herrliche Deformierungen. Jeder der vom Himmel mit großer Wucht herabfallenden Eisenbrocken hätte einen Menschen erschlagen können, aber wer dachte schon daran. Für uns deuteten Sirenengeheul und donnernde Geschütze die nächste Möglichkeit an, einer Sammlerleidenschaft zu frönen, wie heutzutage das Briefmarken- oder Steinesammeln. Insgeheim kam uns Sammlern jeder Bomberanflug und vor allem die Schießerei sehr gelegen.

Der Krieg, die Durchhalteparolen der Partei, Namen wie Josef Goebbels, Göring und natürlich der unseres hochverehrten Führers Adolf Hitler waren stets anerkennend in unser aller Munde. Mit dem Begriff Nationalsozialismus verband ich Angenehmes, Vorbildliches, Rechtmäßiges und mit Blick voraus eine großartige Zukunft. Ohne bisher vom Jungvolk politisch bearbeitet worden zu sein, spürte ich bereits als Achtjähriger, mit dem stolzen Gruß „Heil Hitler" einer Volksgemeinschaft anzugehören, die allen anderen Völkern überlegen sein musste.

Ich habe es nie als Zwang empfunden, zu Kundgebungen geschickt zu werden; denn Freizeit hatten wir genug, niemand engte sie ein, es sei denn, mein Vater fing mich an der Pforte ab, um mich mit Gartenarbeiten zu beauftragen. Vor meinem Vater hatte ich Respekt. Wann immer ich abends nach Hause kam, quälte mich das schlechte Gewissen; denn zu beichten hatte ich immer etwas. Erlösend wirkte deshalb die Nachricht, Vater würde für drei Monate nach Reval (heute Tallinn) in Estland versetzt und danach für einen weiteren Monat nach Gotenhafen abkommandiert werden.

Als er endlich abzog, sind Rudolf und ich vor Freude in den Betten auf- und niedergesprungen und haben uns mit den Kopfkissen bombardiert. Mutter schien auch erleichtert zu sein. Plötzlicher Frieden kehrte ein. Die erheblich reduzierte elterliche Aufsicht haben wir weidlich ausgenutzt. Mutter hat nie gemeckert. Vieles ging uns leichter und unbekümmerter von der Hand, selbst eine Fünf im Aufsatzschreiben bedeutete familiär keinen Weltuntergang mehr.

Warum gerade unser Vater nach Estland musste, ist mir bis zur Öffnung der östlichen Archive ein Geheimnis geblieben. Erst 1992 gelang es mir, herauszufinden, dass ein politischer Freund, der nach der deutschen Besetzung Estlands im Jahre 1941 als Gebietskommissar das berüchtigte KZ Klooga verwaltete und ausbaute, ihn als Lagerfachmann und logistischen Berater angefordert hatte. Wer kannte damals Klooga und wer kennt es heute? Wohl kaum jemand, deshalb die folgende Erklärung:

Im KZ Klooga sind bis in den Sommer 1944 Tausende von Ostjuden und Sinti umgebracht worden, nicht von der SS oder der GeStaPo, sondern von Angehörigen der Wehrmacht!

Nie hat Vater später darüber ein Wort verloren. Ostern 1944 kehrte er zurück, kurz darauf überrannte die Rote Armee die baltischen Staaten. Von seiner Dienstreise an die Ostfront hatte er Mutter einen Ring Mettwurst mitgebracht. Beim Ostereiersuchen fand sie das nahrhafte Geschenk am Apfelbaum hängen.

Das ist mir von Vaters Dienstreise an die angebliche Front in Erinnerung geblieben. Wer unseren Vater nach Estland beordert hatte, erfuhr ich erst viele, viele Jahre nach dem Krieg. In einem kürzlich erschienenen Geschichtsbuch las ich einen

Artikel über die Karriere von ehemaligen Nazis in der Bundesrepublik und fand dabei den Gebietskommissar und SS-Obersturmbannführer Matzeler, den Herrn über Leben und Tod im KZ Klooga.

Foto und Lebensdaten machten ihn identisch mit dem Vorsitzenden der CDU-Fraktion des Landes Schleswig-Holstein 1958-1965. In den Unterlagen eines Onkels fand ich 1992 dazu die Bestätigung.

Dazu mehr an späterer Stelle!

Bis dahin zunächst zurück in die Welt meines damals begrenzten Horizontes.

Von meinem siebten bis zehnten Lebensjahr verlief mein Leben bis auf den Ferienaufenthalt in Posen ohne Höhepunkte. Aber Langeweile empfand ich nie. Der Krieg erweiterte das Spektrum der Freizeitgestaltung, so das Granatsplittersammeln und die spielerische Verwertung von aufgefundener Munition. Wenn man in der elterlichen Werkstatt eine Granate in den Schraubstock spannte, ließ sich das Geschoss herausdrehen und mit dem Stangenpulver konnte man herrliche Feuer entzünden, selbst ganz feuchtes Material ging in Flammen auf. Mittlerweile älter geworden, interessierte mich alles, was vom Himmel fiel, feindliche Flugzeuge, ihre Bewaffnung sowie anderes militärisches Gerät und vor allem, was man damit anstellen konnte. Ein von vielen beneidetes Spielzeug war ein selbstgebauter Drachen, der riesig groß war, zumindest in meiner Erinnerung. Wie bei einer Prozession ist das Himmelsgefährt auf den abgeernteten Kartoffelacker getragen worden. Nachbarskinder hatten mit Hilfe ihres Vaters braune Fallschirmseide auf ein dünnes Lattengerüst aufgenäht, einen langen Schwanz mit eingebundenen Papierfetzen daran befestigt und dazu eine Schnur, die wohl Hunderte von Metern lang war. Der erste laut beklatschte Start im kühlen Oktoberwind fand sogar Beachtung in unserer Lokalpresse.

Nun die Antwort auf die sicherlich aufkommende Frage "Woher stammte die Fallschirmseide?" „Die stammt von einem Tommy, der bei Kellinghusen mit einem Fallschirm in einem Baum hängen geblieben ist", erzählten die Kinder des Drachenbauers. „Nachdem die Polizei den toten Engländer abgefahren hatte, holte sich jeder etwas von dem Fallschirm, unser Papa hat ein Stück abbekommen und die Schnüre abgeschnitten."

So schöne weiße Schnüre habe ich nie wieder gesehen. Fein aufgeribbelt und aneinandergeknotet stieg damit der Drache bis hinein in die dunklen Herbstwolken. Ich glaube, er stieg höher, als die Fesselballons, die als Sicherung gegen Tiefflieger bei jedem Alarm um die Stadt herum hochgelassen wurden.

Ein unvergesslicher Drachen! Ein sensationelles Spielzeug!

Neben den allgemeinen Spielen und den Spielgefährten stand die Zugehörigkeit zu der eigenen Rotte an erster Stelle. Es gab in unserer Siedlung zwei Rotten. Wie oft haben wir uns geprügelt und gegenseitig bekämpft. Die Mädchen spielten die Krankenschwestern und wir waren die Kämpfer. Das Gefecht begleitete eine schwarze

46

Standarte mit einer weißen Sonnenrune, ähnlich wie das Hakenkreuz. Bevor es zur körperlichen Auseinandersetzung kam, flogen Flaschen, nicht leere, sondern mit Wasser und Karbid gefüllte. Die explodierten über den Köpfen des Gegners und ein Hagel von Glassplittern flog durch die Gegend. Unsere Krankenschwestern hatten immer etwas zu tun; denn der „Feind" verfügte über die gleichen Waffen. Heute noch ziert mich eine Narbe auf der Stirn.

Unsere Rotte erwies sich als die stärkste. Sie war die angesehenste im Wohnviertel, weil Ewald, der Junge vom Schlachter, mit seinen Bärenkräften alle anderen in die Flucht schlug. Wenn nicht irgendwo etwas Parteiliches veranstaltet wurde, zog ich mit der Rotte durch die Marschen. Aus dem kindlichen Herumplanschen im Watt wurden Hackordnungsspiele wie das Erklettern von Lichtmasten bis dicht an die Stromleitungen oder Schwimmen durch reißende Priele. Alles Mutproben, um im Ansehen der Gruppe zu wachsen und so in der Hierarchie aufzusteigen. Nicht immer ging es gut und lief ohne Schäden und Verletzungen ab.

Da gab es zum Beispiel vor einer Seeschleuse ein Vorflutbecken. Früher sog eine Windmühle in einer zum Becken hin ansteigenden oben offenen fünf Meter breiten Röhre das Wasser an. Statt der Mühle besorgte jetzt in einem Häuschen ein großer Elektromotor das Entwässern der hinter dem Deich liegenden Wiesen. Wir genossen den Anblick des hochgeschaufelten, spritzenden Wasser, bis einer auf die Idee kam, dem Schauspiel ein Ende zu bereiten.

Ein dicker Pfahl, zwischen Röhrenwand und die rotierende Spirale gesteckt, führte zum abrupten Stopp und einem donnernden Blitz im Steuerhäuschen. Ein bejubelter Erfolg, doch besser, nichts wie weg!

In der folgenden Nacht tobte ein mörderisches Gewitter. Es goss stundenlang in Strömen. Gullys brachen auf, Straßen standen unter Wasser, Polizeiautos rasten mit Blaulicht und tatütata in Richtung Deich. Was war geschehen? Mir schwante Böses. Südlich der Stadt, so weit man sehen konnte, erstreckte sich statt der Wiesen ein großer See. Bis zu den Bäuchen warteten Hunderte Rinder im Wasser auf Hilfe. Mittags wusste meine Mutter mehr: „Irgendwelche Banditen haben mit der Absicht, Volksgut zu vernichten, am Vorfluter einen Sabotageakt verübt. Nun sei der infame Brite schon bei uns tätig."

Ach liebe Mutter, wer hat dir das eingequatscht, das sind doch nicht deine Worte. Nein, sie stammten vom Kreisleiter, der gleich um die Ecke in einer Villa wohnte. Ich sah sie mit treuen Augen an und stimmte in ihre nachgeplapperten Vermutungen mit ein: „Eine Sauerei, die müsste man alle erschießen!" Damit entkam ich jeglicher Verdächtigung.

Heimlich traf sich die Rotte in der Dunkelheit auf der Außenmole und schwor, die Schnauze zu halten. Nie ist es gelungen, die Täter zu finden. An diesen Zusammenhalt, auch wenn es hier um mehr als einen Dumme-Jungen-Streich ging, erinnere ich mich rückblickend immer noch mit Genugtuung. Wir waren eine zusammengeschweißte Gruppe. Das hielt so lange, bis eines Tages in den Unterricht in Begleitung des Direktors der Fähnleinführer der hiesigen Hitlerjugend kam und uns mit einem schneidigen Heil Hitler begrüßte.

Nach seiner flammenden Rede auf den Führer und mit der Begeisterung für den Endsieg trat die gesamte Klasse in das „Deutsche Jungvolk" ein. Als fast 10-Jähriger hatte ich seit Herbst 1944 die Ehre, mich „Pimpf" nennen zu dürfen. Schluss mit dem Herumstrolchen nach Lust und Laune mit Gleichgesinnten.

Von nun an wurde mit Gleichgeschalteten marschiert, gesungen, Appelle gehalten und im Hinblick auf die spätere Verwendung an der Front im Wald mit anderen Braunhemden geprügelt, Gefangene gemacht und Verhöre durchgeführt. Ich war begeistert. Meine Mutter zeigte Entsetzen über mein blaues Auge und die Schrunden an den Beinen vom Kampf um die Fähnleinflagge, die ich beim letzten Geländespiel dem Gegner nicht überlassen wollte. Ich dagegen strahlte über die Ehrenkordel, die mir der Bannführer für Tapferkeit vor dem Feinde verliehen hatte.

Braunhemd, schwarzes Halstuch, von gekordeltem Lederknoten gehalten, und schwarze Hose mit Koppel ersetzten seitdem die bisher getragene, jetzt als dämlich empfundene Zivilkleidung. Mein Titel lautete nach der Verleihung der Kordel: Hordenführer.

Beim Marsch durch die Stadt, vorneweg die Fanfaren und Trommler, ergriff mich stets ein Rauschgefühl, abgehoben zu sein von denen, die vom Straßenrand uns zuwinkten. Damit es im Gleichschritt knallte, nagelten wir uns Nägel mit großen Köpfen in die Schuhsohlen, Wir sangen Kampflieder mit Texten, die mir wie eingeritzt im Gedächtnis geblieben sind. Da gab es Strophen, derer ich mich heute schäme, aber wie gesagt immer noch erinnere, z.B. „Judendärme glitschen, Judendärme glitschen, Judendärme glitschen an dem Kantstein entlang."

Das wurde mit Begeisterung gesungen – und es gab noch schlimmere Texte. Juden, ganz klar, wie alle Ostvölker eine auszurottende Rasse. Alles Unheil kam von diesen Typen. Unser friedliebendes Deutschland hatten sie in den Krieg getrieben. Das glaubte ich.

Eine andere Darstellung war mir nicht bekannt oder vermittelt worden. Ich hatte mir angewöhnt, im Bäckerladen, auf dem Schulhof, überall, auch zu Hause, mit etwas knarrender Stimme wie ein Frontberichterstatter „Parteireden" zu halten.

Einige der mir Zuhörenden lächelten betroffen, andere fanden meine Sprüche hervorragend. Ich plapperte alles nach, was aus dem Radio kam oder auf Kundgebungen zum Besten gegeben wurde. Meinen Vater amüsierte das, meine Mutter wiegte nur leise den Kopf, sie hielt den Mund.

Beim Blick zurück auf die Geschichte Schleswig-Holsteins fällt auf, dass im Vergleich mit anderen Landstrichen besonders entlang der Westküste nationalsozialistisches Gedankengut fruchtbaren Boden fand. Obwohl es in der Stadt weder jüdische Geschäfte noch eine jüdische Gemeinde gab, hielten offenbar alle Bürger eine

48

antisemitische Grundeinstellung für zeitgemäß und absolut gerechtfertigt. Dafür führten sie persönliche Gründe an.

Fast alle alteingesessenen Familien pflegten enge verwandtschaftliche Bande zu den Großbauern in der Umgebung. Während der Inflationszeit und der anschließenden Weltwirtschaftskrise verloren viele Landwirte wegen Überschuldung ihre Höfe an zumeist jüdische Bankiers und Geldverleiher.

Diese persönlich erlittenen Verluste schürten den Hass gegen das Judentum. Von den Nationalisten propagandistisch in rassistische Hetze umgesetzt, fand die anfangs noch unbedeutende Nazi-Partei an der Westküste bereits Ende der 20er Jahre eine sprunghaft zunehmende Gefolgschaft. Den Juden die wirtschaftliche Misere Deutschlands anzulasten, das entsprach ganz und gar den Erfahrungen der mich umgebenden Menschen. Für mich, der wie ein Schwamm alles aufnahm und glaubte, eine selbstverständliche Einstellung.

Je länger der Krieg dauerte, desto aggressiver und verächtlicher klangen die Hetzparolen gegen alles Fremde und Andersrassige.

Die alliierten Bomberattacken trugen erheblich dazu bei, die Wut anzuheizen. Nicht allein die Niederlage einer ganzen Armee bei Stalingrad zum Jahresbeginn 1943, die dem Propagandaminister Goebbels ein Reizmittel in die Hand legte, um am 18. Februar 1943 im Berliner Sportpalast einer fanatisierten Menge ein donnerndes Jaaaa zu entlocken, als er die Frage stellte: „Wollt ihr den totalen Krieg?“ – sondern das brutale Niederbomben der vollkommen wehrlosen Bevölkerung in den Städten steigerte den Durchhaltewillen, der wiederum von der Partei schamlos ausgenutzt wurde.

Wie zynisch der auch in England umstrittene „Bomber-Harris“ seine „Air raids“ organisierte, das glich modernen Terroraktionen. Unvergesslich bleibt die „Operation Gomorrha“ – die Bezeichnung verrät die Absicht - , als Ende Juli/Anfang August 1943 Tausende Tonnen von Bomben aller Art 20 Quadratkilometer der Stadt Hamburg dem Erdboden gleichmachten. 40.000 Menschen verbrannten in dem Feuersturm. Oder wer denkt nicht an die sinnlose Zerstörung Dresdens in den letzten Kriegstagen?

Diese Untaten, parteipolitisch aufgeputscht serviert, machten die Jugend zu blinden Eiferern. Hätte man Kamikaze-Unternehmungen von uns verlangt, wir wären gegangen.

Es erwischte mich genau in dem Alter, wo ich am leichtesten manipulierbar war.

Mit dem Eintritt in das Deutsche Jungvolk endeten die Flausen, Streiche und die Unbekümmertheit unserer kindlichen Tage. Die zivile Rotte verschwand über Nacht und tauchte im Jungvolk als „Schar“ wieder auf. Mein älterer Bruder, der ein halbes Jahr nach meinem Eintritt in das Jungvolk in die höhere Kategorie der Jugendorganisation, in die Hitlerjugend, übernommen worden war, ließ mich spüren, dass höhere und seriösere Ziele seinen Lebensinhalt ausmachten. Dem Vorbild musste ich folgen. Kein Türklinkenbeschmieren mit Senf mehr, keine Heftzwecken mehr auf den Lehrerstuhl, keine Sieltore mehr blockieren oder Krabbenkutter losbinden – vorbei. Als „Pimpf" hatte man sich von nun an gefälligst der Partei zu widmen, dem Dienst an Führer, Volk und Vaterland.

Ich kannte niemanden, der das als störend empfand oder verweigert hätte.

Zu Hause wurde die Zwiesprache mit meiner Mutter wortarmer, sie war wohl zu abgespannt, wenn sie abends von ihrer dienstverpflichteten Arbeit nach Hause kam. Man hatte sie nämlich einberufen, um im Parteibüro von morgens bis abends Karteien zu sortieren. Eine Tätigkeit, über die sie unverhohlen innerhalb der eigenen vier Wände schimpfte. Kein Wunder, dass die begeisterten Berichte über mein braunes neues Leben sie offenbar verletzten. Also erzählte ich nichts mehr. Dabei hätte ich ihr so viel erzählen können. Zum Beispiel diese Begebenheit:

Eines Tages nach einem Fahnenappell auf dem Marktplatz zu ungewöhnlich später Abendstunde wurde die Parole ausgegeben: "Nieder mit dem Propst!" Danach Abmarsch zur Kirche und Aufstellung vor dem Pastorat. Ein anderes Fähnlein belagerte die Rückseite des Hauses und drang in den Garten ein.

Plötzlich flogen Steine, Fensterscheiben klirrten.

Vor uns stehende SA-Leute und Hitlerjungen riefen wie einstudiert im Chor: „Weg mit der Kirche, weg mit der Bibel, weg mit diesen Zuhälter- und Viehhändlergeschichten, weg mit Jesus, diesem Juden!"

Ich habe diesen Text nie vergessen, ich muss damals furchtbare Angst gehabt haben, war ich doch als Kind zum Beten angehalten und jeden Sonntag zum Kindergottesdienst geschickt worden. Meine Mutter betete immer noch zum Essen, und verstohlen haben wir als brave Söhne mitgemurmelt, in letzter Zeit allerdings fast nicht mehr.

Was jedoch da gebrüllt und getan wurde, ging mir gegen den Strich, nur zeigen wollte ich meine Aufgewühltheit nicht. Was sich jetzt in der Dunkelheit vor und hinter dem Pastorat abspielte, verschlug mir die Sprache, empörte mich. Es kam noch schlimmer.

Johlend kamen einige Hitlerjungen angelaufen. Einer zog an einem Band eine blutende, erbärmlich schreiende Katze hinter sich her, von Taschenlampen angeleuchtet. Dann hallten Hammerschläge durch die Nacht, und an der Haustür des Propstes hing das angenagelte zuckende Tier.

„So wirst du enden, wenn du so weiter machst!" schrieen die Tierquäler mehrere Male, bis die Polizei auftauchte. Aber nicht, um dem Spuk ein Ende zu bereiten, sondern sie brachen in das Haus ein, kamen gleich wieder heraus, zwischen ihnen den Propst, barfuß und nur mit einem Morgenmantel bekleidet. Unter Beifall und Gelächter schoben die behelmten Ordnungshüter den alten Mann in den vorgefahrenen Gefängniswagen.

Ende der Veranstaltung!

Ich kann mich nicht erinnern, wie ich an diesem Abend nach Hause gekommen bin, ich glaube, es wurde der Befehl gegeben: "Nach hinten weggetreten!"

Ich muss gleich weggerannt sein. Zwei Tage später berichtete die Lokalzeitung, der Propst sei von bisher unbekannt gebliebenen Tätern bedroht und deshalb von der Polizei in Schutzhaft genommen worden. Was Schutzhaft bedeutete, hatten schon andere erfahren müssen. Politisch nicht Durchschaubare oder so genannte Unverbesserliche wurden zur „eigenen Sicherheit" nach Schleswig ins Zuchthaus gebracht, kahl geschoren und erst wieder entlassen, wenn sie öffentlich bekannten, auf die Parteilinie eingeschwenkt zu sein. Diese erzieherische Maßnahme, Widerspenstige mit Zwang auszurichten, fand ich gar nicht so schlecht. Schließlich starben täglich an der Front und bei Bombenangriffen viele Menschen, da sollten diejenigen, die sich drücken wollten oder gegen Hitler opponierten, entweder in ein Arbeitslager geschickt oder gleich an die Wand gestellt werden. Aus der Schutzhaft entlassen worden zu sein, bewies, wie großzügig die Partei mitten im Krieg mit Querulanten umging.

Im Schulunterricht und bei Kameradschaftsabenden trichterte man uns offenherzigen, begeisterungsfähigen Burschen die Unfehlbarkeit und Größe des Führers ein. Die Partei war alles und Adolf Hitler der Größte, der größte Feldherr aller Zeiten. Da gab es keinen Zweifel.

Unser Propst kam nach einigen Tagen wieder frei. Na also! Großzügig und gerecht war die Partei.

Doch die Frage, die ich niemandem zu stellten wagte, blieb unbeantwortet, warum die Partei über den Propst verärgert war. Hatte nicht der Kirchenmann gerade vor einem Monat zum 1. Mai auf dem Marktplatz während des Festgottesdienstes verkündet, und so stand es auch in der Zeitung, dass unser Führer Adolf Hitler ein von Gott gesandtes Werkzeug sei zum Segen und Aufbau unseres Vaterlandes? – Und nun das. Warum?

Am nächsten Morgen beim Frühstück kam mein Warum wegen gestern sofort auf den Tisch.

Ich hoffte auf eine plausible Erklärung und erzählte ausschweifend von meinem gestrigen Erlebnis. Bevor jedoch meine Mutter reagieren konnte, pfiff mich mein Bruder in ungewohnter Schärfe an: „Halt endlich das Maul, das geht dich überhaupt nichts an, und wenn du als Pimpf noch etwas werden willst, dann vergiss das Ganze und damit basta!"

So hatte ich Rudolf noch nie erlebt. Ich fügte mich und fragte nicht mehr. Erst nach dem Krieg erfuhr ich die Antwort und konnte mir auf die für mich gespenstische Szene vor dem Pastorat nachträglich einen Reim machen. Es gab da nämlich folgendes Vorspiel: Bei allen Parteiveranstaltungen spielte die SA-Kapelle des Wilhelm Scheibner, eines jungen drahtigen Absolventen des Konservatoriums, Chorleiter des hiesigen Bundes Deutscher Mädchen, kurz BDM genannt, und natürlich glühender Verehrer des Führers. Nachdem mit einem städtischen Zuschuss die Orgel der Stadtkirche restauriert worden war und wieder gut klang, wollte der Bürgermeister mit Unterstützung eines hohen Parteifunktionärs aus Kiel, der übrigens später in der Demokratie unter dem Kanzler Adenauer zu einem mit Bundesverdienstkreuz ausgezeichneten Minister aufstieg, mit allen Mitteln dem Scheibner die Stelle als Kantor verschaffen.

Der Propst erhob Einspruch. Einem Kantor, der sich gleichzeitig zu den die Religion ablehnenden Nazis bekannte, die Orgel anzuvertrauen, das konnte er als Mitglied des Kirchenvorstandes und gläubiger Christ nicht gutheißen. Er ließ Scheibner abblitzen, verweigerte ihm sogar den Zugang zur Kirche.

Wie die Partei darauf reagierte, das hatte ich letzte Nacht miterlebt.

Die kriegerischen Ereignisse, die im Jahr 1944 dichter heranrückten, lenkten zwar von der Beobachtung der Kirchenführung ab, ließen aber mehr denn je, besonders uns junge Leute, jeden verdächtig erscheinen, der nicht sofort den überzeugten Parteigenossen erkennen ließ. Schließlich verdächtigte in unserer kleinen Stadt bald einer den anderen, nicht an den baldigen Sieg zu glauben. Ein von der GeStaPo ausgeklügeltes Bespitzelungssystem überwachte, beschattete und nervte im Allgemeinen und im Besonderen die Mitglieder der Kirchengemeinde. Die Waffen der Partei waren Hausdurchsuchungen – meistens nachts – und zermürbende Verhöre. Andachten und Vorträge wurden abgehört, Gottesdienstbesucher notiert. In Uniform hatten wir nach dem Gottesdienst vor dem Portal zu stehen, um uns bekannte Bürger aufzuschreiben und an die Parteizentrale zu melden. Eltern, die es wagten, ihre Kinder außerhalb der offiziell zugelassenen Konfirmationsunterweisung ins Pastorat zu schicken, steckten wir befehlsgemäß vorgefertigte missbilligende Schreiben als Warnung in die Briefkästen, anonym unterschrieben mit „Ein wohlmeinender Bürger".

Heute würde ich sagen, wir agierten als Handlanger des Systems und obendrein als üble Denunzianten. Wir sahen in allen unseren Tätigkeiten absolute Rechtmäßigkeit und fühlten uns als künftige Helden der Nation der Vollstreckung jedes Befehls verpflichtet. So jung ich war, bei Gefallenenehrungen und der dazugehörigen zu Herzen gehenden Musik durchzog mich jedes Mal ein heiliger Schauer, und der Wunsch entbrannte, irgendwann auch für mein Vaterland ehrenvoll sterben zu dürfen.

Die Bombennächte in Kiel, Hamburg und anderswo berührten mich gefühlsmäßig wenig. Im Bekanntenkreis beklagte die eine oder andere Mutter den Tod ihres Mannes oder Sohnes. Ernsthaft hat mich das nicht beeindruckt. Für den Führer den Heldentod zu erleiden, galt als Ehre. Selbst über den Tod meines Lieblingsonkels, der bei der SS diente, vergoss ich keine Träne, ich war eher stolz auf ihn.

Außer uns Fanatisierten gab es ältere Parteigenossen, zumeist Lehrer, die ihre Schüler über die Eltern aushorchten und danach mit jeder vermeintlich parteischädigenden Äußerung zum örtlichen GeStaPo-Chef rannten. Da man jeder Anzeige und selbst der lächerlichsten Verdächtigung nachging, verkehrte bald niemand mehr mit Freunden und Nachbarn. Es kam zu gesellschaftlicher Ausgrenzung und Isolation. Unsicherheit zerstörte die kleinstädtische Idylle. Der kleine Schwatz über die Theke, am Fenster oder auf der Parkbank fand nicht mehr statt. Vielfach schien eine Denunziation, besonders in der Geschäftswelt, weniger politische Interessen zu verfolgen, sondern vordergründig auf das Ziel ausgerichtet zu sein, missliebige Konkurrenten aus dem Feld zu schlagen.

Noch heute sind sich einige Kaufleute in meiner Stadt spinnefeind, weil nach dem Krieg herauskam, dass dieser und jener Branchenkollege mit einer ungerechtfertigten Anzeige aus purem beruflichem Neid und aus Missgunst die politischen Bluthunde losgehetzt hat.

Einige Geschäfte überlebten die fiese Denunziation nicht. Sie gingen in Konkurs. Das dem NS-System anzulastende Denunziantentum vernichtete die in einer Kleinstadt so gediegene und gepflegte Gerüchtekultur. Ach, wie war das schön, selbst für uns Kinder, die wir das gar nicht so richtig einordnen konnten, wenn erzählt wurde, dass der seriöse Anwalt Jürgensen während der Mittagspause im Hafen seine knackige Sekretärin auf einem Segelboot immer so heftig vögelte, dass rund um das Boot kleine Wellen entstanden. Jetzt kursierten andere Gerüchte, Gemeinheiten, die bald lebensbedrohliche Inhalte annahmen, bis letztlich niemand mehr wagte, den Mund aufzumachen. Friedhofsstille trat ein. Ab Sommer 1943 mehrten sich Besorgnisse, dass doch wohl der Krieg nicht mehr zu gewinnen sei. Wieder waren es mein älterer Bruder und meine Mutter, die zu Hause flüsternd mit zuvor absicherndem Blick aus dem Fenster mir drohend nahe legten, nichts Politisches oder irgendwelche dummen Witze zu erzählen. Bei letzteren lachte man leise über nazifeindliche, somit für den Erzähler lebensgefährliche. Den Kopf kosten konnte außerdem die Verbreitung von Gerüchten ganz besonderer Art, erzählt von Fronturlaubern. Im Osten, ja selbst in Niedersachsen gebe es Lager, wo Tausende Menschen vergast würden, nur weil sie unsern Führer nicht mochten.

Konnten Deutsche so etwas tun, fragte ich mich.

Sie taten es; denn plötzlich verschwanden Menschen auch in unserer Stadt, Handwerker, Lehrer, Kaufleute, ein Buchhändler, ein Werkmeister der Stadtwerke, ein angeblich Homosexueller und andere. Sie waren als Volksschädlinge erkannt und in Arbeitslager gebracht worden, zur Umerziehung.

Dass derartige Parasiten eingelocht gehörten, war doch klar.

Die Bekanntgabe dieser Leute in der Zeitung fand breiten Beifall.

Den Buchhändler reichte die GeStaPo seiner Frau nach einem Jahr als Urne über den Ladentisch zurück. Die meisten endeten, wie wir heute wissen, in Konzentrationslagern.

Diejenigen, die noch vor Ende des Krieges zurückkamen, schwiegen eisern über das Erlebte und Erlittene. Waren sie eingeschüchtert worden? Sicherlich und offenbar so sehr, dass später nicht einmal das Glücksgefühl über das Ende des Krieges ihre Zungen zu lösen vermochte. Die meisten zogen vor, nach 1945 ihrer Heimatstadt den Rücken zu kehren. Einige wanderten sogar aus. Sie konnten es nicht ertragen, weiterhin in derselben Stadt zusammenzuleben mit ihren Denunzianten, von denen niemand nach Kriegsende belangt worden ist. Nur eine Jüdin kam zurück. Sie überlebte die Todeslager Auschwitz und Bergen-Belsen. Viel später hörte ich von ihrem Schicksal. Dass sie in die Stadt ihrer Peiniger zurückkehrte, habe ich bis heute nicht begriffen. Wer von den älteren Bürgern der Dame auf der Straße oder in einem Geschäft begegnete, muss ein schlechtes Gewissen gehabt haben. Es sollen viele Alteingesessene erleichtert aufgestöhnt haben, als sie eines Tages die Todesanzeige von Erna Goldschmidt, genannt Sarah, in der Zeitung lasen.

Da Bombenangriffe und Kriegsgeschrei die Kleinstadt bisher verschont hatten, blieb das Schreckgespenst der Not und des Leidens bis zum Kriegsschluss von uns entfernt. Von der Propaganda offenbar geschickt überdeckt, drang kein Angstgefühl bis in unsere Stadt. Niemand litt oder spürte die Nachteile des Krieges. Geld gab es genug, alle hatten Arbeit, an Lebensmitteln und an Gelegenheiten zu lustigen Festen fehlte es anfangs nicht. Was uns zusammenschweißte und alle beseelte, alt wie jung, war eine maßlose Wut und grenzenloser Hass auf alles, was als feindlich zu bezeichnen war.

Da gab es klare Kategorien: Juden, Tommies, Amis, Zigeuner, Russen, Polacken und natürlich auch die Volksschädlinge in den eigenen Reihen. Wir aber, wir waren die Zukunft der Welt, die deutsche Herrenrasse, von Gott so gewollt. Die Eltern taten alles, besonders mein Vater, das Deutschlandbild und unsere Zukunft nicht in grauen Farben darzustellen. Meine Mutter sorgte sich ständig, die hungrigen Mäuler zu stopfen. Wie schon gesagt, es gab zunächst noch genug Lebensmittel, aber qualitativ wurde es immer mickeriger und letztlich auch in der Menge weniger, bis kriegsbedingt einschleichende Mangelwirtschaft alle Güter und Nahrungsmittel mit Bezugsscheinen und Lebensmittelkarten rationierte.

Wir hatten einen großen Garten, der intensivst genutzt wurde. Mutter pflanzte an, Vater erledigte das Leichtere, er erntete. Sein einziger schweißtreibender häuslicher Einsatz bestand im Frühjahr im Umgraben. Erst als erwachsener Mann habe ich begriffen, wie sehr meine Mutter sich für uns abgeschuftet hatte. Wenn sie nicht gerade die Hemden und Hosen flickte, stand sie in der Küche, im dampfenden Waschkeller oder kroch im Garten auf den Knien herum. Je länger der Krieg dauerte, desto mehr strapazierte der Wunsch nach dem Sattwerden die Sinne.

Wie die heutige „Fun-Gesellschaft" an Urlaub, Hobbys und andere Lustbarkeiten zu denken, dafür gab es in den letzten Kriegsjahren keinen Anlass und kein Bedürfnis.

Mit Kampfliedern, mit vaterländischen Gesängen betäubten wir unsere Sinne. Welche Wirkung hätte wohl „Hard Rock" und „Heavy Metal" auf die damalige Jugend gehabt?

Das Magenknurren hätte diese Musik übertönt.

Wenn ich daran denke, welche Köstlichkeit ein „Falscher Hase" war, ein mit viel Brot verlängerter Hackbraten und Bratkartoffeln, die in aus Bucheckern herausgepresstem Fett knusprig wurden oder leckeres Rübenmus, das allerdings ohne Fett fast immer im Topf anbrannte. Dennoch fühlten wir Jungen den Mangel nicht sehr; aber die Älteren müssen umso stärker schweigend unter der Kargheit gelitten haben. Jeder sah ein, dass die Versorgungslage nicht besser sein konnte, schließlich musste die kämpfende Truppe vorne an der Front bevorzugt verpflegt werden, damit sie uns den Feind vom Halse hielt.

3

Ende 1943 machte unser Vater die Bekanntschaft mit dem Ortsgruppenführer der an den östlichen Stadtrand angrenzenden Gemeinde Hartenholz. Als einem der wohlhabendsten Bauern der Umgebung gehörten ihm weite Ländereien.

Die Claussens besaßen den größten Hof mit allem nur denkbaren Viehzeug, vor allem riesige Rinderherden. Nach einem Besuch dort mit unserer ganzen Familie erwuchs daraus eine Bekanntschaft, die eine nahrhafte Quelle erschloss. Jedes Mal, wenn wir Stadtleute von dem Hof Abschied nahmen – stets im Schutze stockdunkler Nacht – baumelten an den Fahrradlenkern prallgefüllte Beutel mit Essbarem. Beim Schlachtfest, wo auf der Tenne von dem an die Wand gelehnten Gerüst das aufgeklappte Schwein stückweise in brodelnden Kesseln verschwand und in Gläsern als Schwarzsauer, Leberwurst oder eine andere lang entbehrten Leckerei im bäuerlichen Keller die Regale füllte, fiel auch für die Färbers mancher Happen ab.

Was meinen Alten und den Ortsgruppenführer zusammengebracht hatte, habe ich nie herausgefunden, war mir letztlich auch egal. Die beiden mochten sich. Oft sind wir bei den Claussens auf dem Hof gewesen, nie haben sie uns besucht. Warum nicht? Komisch!

Meine Mutter half der Bäuerin in der Küche, die beiden Herren in der guten Stube verbesserten bei einem Schnaps die Welt.

Claussens hatten einen Sohn, Georg hieß er, genau so alt wie mein Bruder. Ein bulliger Kerl mit rotem Gesicht, kleinen Schweinsäuglein, die lustig blinzelten, und auf dem hochgeschorenen Kopf wackelte ein blonder Pürzel. Wir sind gemeinsam durch die Felder gezogen, haben auf dem riesigen Heuboden getobt und sind abends, wenn die schweren Kaltblutpferde von der Feldarbeit auf den Hof zurückkehrten, auf den schweißnassen Tieren zum Hufewaschen in den nahen Teich geritten. Das Landleben faszinierte mich.

Jedes Mal, wenn wir uns trafen, zeigte mir Georg etwas Neues. Einmal durfte ich dabei sein, als der Eber auf die Sau stieg. Wie ein Schaschlikspieß drängte der Bursche seinen blanken rosa Stiel von hinten in das Schwein hinein, das begeistert quiekte. Georg grinste über meine Fassungslosigkeit und fragte:

„Hast du so etwas noch nie gesehen? Mensch, das ist das Leben. Hier machen zwei Schweine mehrere andere Schweine, kleine Ferkel!"

Ich muss wohl den Kopf geschüttelt haben. Ein junger Mensch mag heutzutage längst aufgeklärt sein. Zu meiner Zeit schwiegen die Eltern darüber und überließen es der Jugend, irgendwann und irgendwie die eigenen Erfahrungen mit der Sexualität zu machen. Natürlich ließ meine Fantasie zu, dass das, was ich bei den Schweinen gesehen hatte, auch übertragbar sein müsste, auf das, was Frau und Mann zueinander brachten.

Wie unterentwickelt mein Gehirn diesbezüglich reagierte, ärgert mich heute noch. Eines Nachts, als aus dem elterlichen Schlafzimmer unüberhörbar furchtbar stöhnende Geräusche meiner Mutter und ein rhythmisches Knirschen der Matratzenfedern bis zu mir ins Kinderzimmer drangen, wollte ich zu einer Rettungsaktion starten. Mein Bruder konnte mich auf dem Flur abfangen und boxte mich zurück ins Bett. „Du Idiot", zischte er, „du hast ja von nichts eine Ahnung, die kuscheln gerade und wollen beim besten Willen nicht gestört werden." Begriffen habe ich von der nachfolgenden Erklärung wenig. Was da im Einzelnen so ablief, wusste mein Bruder allerdings im Detail auch nicht, alles nur Vermutungen.

Meine Mutter, die vor uns Jungs ihre Nacktheit immer sorgfältig verbarg, habe ich dann täglich erleben müssen, als ich sie als bettlägerige 90-Jährige mehrere Jahre habe trockenlegen und pampern dürfen – oder eher müssen.

Meine sexuelle Aufklärung kannte mehrere Stufen. Nachdem mich Rudolf vor dem elterlichen Schlafzimmergestöhne abgefangen und beschimpft hatte, schlich ich öfters zu dem Bücherschrank und studierte die entsprechenden Seiten in dem dicken Buch „Der Mensch". Beim Lesen so ganz nebenbei meinen Kleinen zu massieren tat richtig gut. Der eigenen theoretischen Einweisung sollte bald die Einführung am lebenden Objekt folgen.

Georg führte den Unerfahrenen an ein Thema heran, das die Eltern als sündig und verwerflich bezeichneten, obwohl sie selbst in den Sommernächten die angebliche Sünde praktizierten. Dass meine Mutter überhaupt mit meinem Vater schlief, habe ich bis zuletzt nicht begriffen. Aber offensichtlich ging es hier um die Erfüllung ehelicher Pflichten. Georg war es, der mich aufgeklärt hat. Wie sein Rammler das machte, fand ich weniger aufregend, umso dramatischer verlief die Deckszene mit dem Hengst. Die brünstige Stute stand festgezurrt in einem Verschlag, als der erregte Hengst, nervös, wild schnaubend und mit rollenden Augen herangeführt wurde. Erst musste er die Stute beschnuppern, was sie mit auskeilenden Hufen beantwortete. Unter dem Hengst hing oder stand eine schwarze Granate, die mächtig auf- und nieder wippte. Hinter der Stute stieg der Hengst auf, konnte aber seinen Apparat nicht in die Stute einführen. Sofort griffen die Knechte ein, steuerten das Ding ins Ziel und flupp, drin war es. Der Stute schien es zu gefallen und der Hengst ließ nicht locker nachzustoßen, bis er mit Schaum vor dem Maul abglitt und davon trabte. Denselben Zirkus erlebte ich mit dem Bullen. Dieses mal schon ungerührter. Nachdem der Bulle am Nasenring zurückgebracht, leise schnaufend in seinem ummauerten Geviert stand und im Kuhstall die abendliche Melkerei einsetzte, kam Georg heran und fragte so ganz beiläufig, ob ich nicht mal einen kleinen, schönen Waldi anfassen möchte.

„Einen Hund?" fragte ich erstaunt. „Nee", lachte er, „etwas kleines, feuchtes Wuscheliges." Er sah sich sichernd nach allen Seiten und holte aus einem Beutel ein Weckglas hervor, bei der letzten Hausschlachtung mit leckerer Leberwurst gefüllt.

„Habe ich gerade aus dem Keller geklaut", grinste er. „Sieh mal, dafür als Gegenleistung kannst du einen wuscheligen Waldi kitzeln."

„Ja, Donnerschlag, spann mich doch nicht auf die Folter, ja, gern will ich den Waldi kitzeln, wo ist er denn?"

Georg zog mich in den Kuhstall, wo gerade Mägde und Knechte nach der Melkerei die Kannen im Kühlraum zusammenstellten.

„Da drüben, die sich gerade die Hände abtrocknet, das ist Waldi. Sie ist unsere polnische Hilfsarbeiterin. Heißen tut sie Wladislawa. Vater gab ihr den Namen Waldi. Seit kurzem weiß ich, warum er sie so nennt. Nachdem ich die beiden im Heu überrascht habe und sie weiß, dass ich weiß, was sie getrieben haben, zeigt sie mir ihren Waldi, wenn ich etwas Essbares mitbringe. Na, hast du begriffen, was los ist?" Ich ließ meine Fantasien spielen. Konnte es mit dem zu tun haben, was im Schulhof unter vorgehaltener Hand und beim Jungvolk die Runde machte, von wegen Mann und Frau und was sonst noch dazu gehörte?

Mensch, natürlich, fiel mir ein, das hatte ich doch schon bei anderen tierischen Vorführungen auf dem Hof gesehen Was nun mit dem Waldi werden würde, darauf war ich gespannt. Georg wusste besser Bescheid als mein Bruder, der den Bauernjungen als Besserwisser abstempelte und ihn deshalb nicht ausstehen konnte. Rudolf ist nur einmal bei den Claussens gewesen und dann nie wieder mitgekommen. „Das ist ein Bauernlümmel und blöd ist er auch", schimpfte er. „Außerdem gehört er zu dem Fähnlein III, das von uns bei Geländespielen immer Dresche kriegt!"

Damit hatte er Georg abgeschrieben. Ich dagegen fand das Leben auf dem Bauernhof abwechslungsreicher als bei uns in unserem Wohnviertel. Von Georg in immer neuere Erlebniswelten eingewiesen zu werden, fand ich herrlich. Was gab es für mich unbedarftes Stadtkind Schöneres? Heute nun sollte ich Waldi sehen. Waldi war also kein Hund, sondern die dralle Polin. So wie das Mädchen guckte, ahnte ich, was mir bevorstand. Beim Anblick der Magd klopfte das Herz zum Zerspringen, ich bekam feuchte Hände und stotterte heraus: „Und die zeigt mir was Schönes?"

„Na klar, und für dieses Einweckglas mit Wurst darfst du ihren Waldi anfassen", flüsterte Georg vielversprechend.

Waldi hatte den Wink mit dem Glas verstanden. Sie nickte uns zu und kletterte die Leiter auf den Heuboden hoch. Wir hinterher. Georg schob mich hinauf.

Neben der Leiter stand Stacho, so hieß der polnische Kriegsgefangene, der seit Herbst 1939 auf dem Hof arbeitete. Uns gab er grinsend den guten Rat: „Nur anfassen, nix merr, sonst Chef sagen!"

„Blöder Hund" dachte ich mir, „was wollte der Polacke schon Herrn Claussen sagen."

Auf dem staubigen Dachboden angelangt, den ich ja schon vom Versteckspielen in den riesigen Heumassen kannte, führte von der Bodenluke entlang der Wand eine Gasse bis zu einem kleinen halbrunden Fenster, durch das die Abendsonne schien. Georg puschte mich vor sich her und flüsterte: „Komm, nun mach schon, dahinten wo das kleine Fenster ist, da ist die Waldi."

Ich stapfte los. Ja, da lag sie im Heu, ihr Kleid bis zum Bauchnabel hochgekrempelt, ganz still.

Georg mit leiser Stimme dicht an meinem Ohr: „Na siehst Du, was sie für einen schönen Waldi hat?"

Die junge Polin, lass sie 16 gewesen sein, lag mit ausgebreiteten Armen da und machte, als sie uns gewahr wurde mit der Hand eine fordernde Bewegung, auf die Georg sofort reagierte. Er drückte ihr das mitgebrachte Weckglas in die Hand, dessen Inhalt sie mit ihren dunklen Augen kurz musterte, den Kopf wieder ins Heu legte und die Augen schloss, das Weckglas aber nicht aus der Hand ließ.

Sie hatte ihre Beine weit gespreizt. Staunend musste ich feststellen, dass eine Frau zwischen den Beinen behaart war. Aha, das war also der Waldi, wirklich ein schöner Waldi, dunkelbraun und flauschig. Wie schützend umrankte das Gewöll eine reife Zwetschge, die schon ein wenig aufgeplatzt zu sein schien. Die Liegende griff meine Hand. Ich ging willig auf die Knie, um dem Phänomen näher zu sein. Das schien Georg verdächtig. Er meinte, offenbar als der Ältere in der Vorrangrolle zu sein, stieß mich beiseite und keuchte: „Lass mich erst mal ran, ich zeig dir was, was du nachher machen kannst!"

Mit der flacher Hand strich er über den kleinen Hügel zwischen ihren Beinen, nahm dann den Zeigefinger und ließ ihn da verschwinden, wo die Zwetschge so rosig auseinander klaffte. Ein paar Mal hin und hergefummelt, da fing das Mädchen an zu zappeln und rutschte mit dem Hintern kreisförmig im Heu herum. Georg bekam hektische Flecken im Genick, seine Handbewegung wurde heftiger. Beim Zuschauen überliefen mich plötzlich heiße Schauer. Mir wurde es unheimlich warm. Jetzt wollte ich auch mal. Irgendwie keuchte es fordernd aus mir heraus: „Georg, nun bin ich dran!" Er reagierte sofort: „Gut, komm her, knie dich hierher und pass auf. Wenn du ihr in den Schlitz fasst, muss du oben versuchen so etwas wie ein Erbschen zu finden. Wenn du das erwischt, wird Waldi wild."

Ich hockte mich wie empfohlen dicht an ihren Oberschenkel.

Also erst einmal das Gewuschel streicheln. Oh, es fühlte sich viel härter an, als meine Haare auf dem Kopf, der Waldibewuchs glich mehr dem Haarkleid von Nachbars Ziege. Und jetzt als nächstes in den weichen, feuchten Schlitz mit dem Finger hinein und wie Georg gesagt hatte, oben das kleine Erbschen finden.

Junge, Junge, das war spannender und aufregender als alle Nahkampfspiele des Jungvolks oder frühere Indianerspiele. Das Erbschen konnte ich leicht finden, nein, es hatte die Größe einer Bohne und kam mir irgendwie entgegen. Ich ließ meinen Finger darum spielen, und siehe Waldi reagierte, ich meinte zu spüren, mehr noch als bei Georg. Ich kam in Fahrt, konnte nicht mehr aufhören und sie auch nicht. Die junge Polin warf den Kopf hin und her, stöhnte immer lauter, lutschte sich die Lippen und hob den Hintern in demselben Takt, wie ich das Böhnchen kitzelte.

Plötzlich riss mich jemand zurück ins Heu. Mit funkelnden Augen stand Stacho hinter mir und brüllte mit heiserer Stimme: „Schluss, ihr weg, - alles genug" – und wies mit dem Finger in Richtung Bodenluke. Wir gehorchten und schlichen davon. Kurz bevor ich auf der Leiter in den Kuhstall hinabstieg und zurückblickte, meinte ich Stacho auf Waldi liegen zu sehen. Im vom Staub durchfluteten Licht der Sonne tanzten Mücken und darunter federte in schnellen Bewegungen Stachos nackter Hintern auf und nieder. Aber ich konnte mich natürlich auch getäuscht haben.

Abends im Bett ließ mich das Erlebte lange nicht los. Zum ersten Malhatte ich so etwas wie aufsteigende Wärme in meinem Unterleib gespürt, als ich die Waldi streichelte. Zwar reichte die Wärme noch nicht dahin, wohin sie einige Jahre später umso stärker pulsierte und sich oft erst in viele Taschentücher ergoss.

4

Erst im Frühjahr 1945 sahen wir uns bei den Claussens wieder. Zugern hätte ich mit Georg noch einmal die oder den Waldi gestreichelt, aber es ist nicht mehr dazu gekommen. Georg hatte, wie man heute bei der Jugend sagt, keinen „Bock mehr darauf." Die Polin würdigte uns keines Blickes mehr. Auch Stacho reagierte irgendwie bösartig. Wenn er uns sah, rief er etwas auf Polnisch, was keiner von uns verstand, aber nach der Gestik mussten es Schimpfworte sein, die ihr Zuhause weit unter der Gürtellinie hatten. Dem Stacho musste jemand Böses angetan haben, doch Georg wusste von nichts, und Herrn Claussen zu fragen, hätte ich nicht gewagt.

Vielleicht lag es an Folgendem.

Jeden Abend kam ein Militärlaster vorbei, sammelte die polnischen Arbeiter ein und brachte sie morgens wieder auf den Hof. Im Führerhaus saßen zwei Gefreite der

Wehrmacht, hinter dem Sammler fuhr ein bewaffneter Motorradfahrer zur Sicherung des Transports.

Stacho als Kriegsgefangener musste wie alle die anderen auf den Bauernhöfen zur Arbeit eingeteilten Zwangsarbeiter jede Nacht in dem naheliegenden Gefangenenlager verbringen. In dem saukalten Dezember 1944 soll Stacho einige Tage verschwunden gewesen sein.

Es war um die Weihnachtszeit. Claussen hatten uns zur Weihnachtsgans eingeladen. Ich weiß es so gut, weil ich nach dem Braten, den ich nicht gewöhnt war, stundenlang gekotzt habe.

Fettes zu essen, waren wir Städter nicht mehr gewohnt!

Während die Frauen in der Küche werkelten, kam ich zufällig in Claussens gute Stube, wo mein Vater und der Bauer lauthals über Stacho lachten und Witze rissen. Als sie mich sahen, trat schlagartig Stille ein. Nie zuvor bin ich von meinem Vater so unerwartet angebrüllt worden: „Raus hier, verdammt noch mal raus hier, nächstes Mal klopfst du an!" Ich muss wohl vor die Tür gesprungen sein. Was war in die beiden gefahren, was hatte ich verkehrt gemacht? Bisher durfte ich doch jederzeit ohne anzuklopfen in das Zimmer. Erst 50 Jahre später erfuhr ich, was damals die beiden Herren wussten und darüber witzelten. Es ging damals um Jurek Stachowski, genannt Stacho, der als einer der wenigen polnischen Unteroffiziere die überfallartige Beschießung der Festung Westerplatte durch das deutsche Linienschiff „Schleswig-Holstein" überlebte und in Kriegsgefangenschaft geriet. Vier Jahre lang schuftete Stacho ohne Widerworte für Bauer Claussen, der einzige Lohn war eine gute Verpflegung. Als es an allen Fronten an Soldaten fehlte, mussten die letzten Reserven aufgeboten werden. Was lag näher, als die Bewacher der Kriegsgefangenen abzuziehen. Bisher schützte die so genannte Haager Landkriegsordnung als internationales Abkommen die Kriegsgefangenen vor politischer Willkür. Nun sollten die polnischen Soldaten unterschreiben, als Zivilisten von ihrer Heimat deportiert worden zu sein, so wie die Magd Waldi. Eigens für diese „Umwidmung" erließen die Nazis die so genannte Polenstrafrechtsverordnung. Da Stacho zu denen gehörte, die nicht unterschreiben wollten, weil sie befürchten mussten, nach der erzwungenen Unterschrift als Zivilisten möglicherweise in einem KZ zu enden, karrte eine militärische Spezialeinheit die Widerspenstigen aus dem Kriegsgefangenenlager zu einem Gebäude am Hafen und sperrte die polnischen Soldaten in ein Kellerverlies. Dann wurde geflutet. Stundenlang ließ man sie bis zum Hals in dem gefrierenden Wasser stehen. Zwischendurch holten deutsche Soldaten die Gequälten aus dem Keller und ließen sie so lange im Hof in der Dezemberkälte stehen, bis die Kleidung am Leibe festfror, dann ging es wieder in das Wasser, mehrfach wiederholte sich diese Tortur. Jedes Mal wurde „während der Pausen", wie ein schneidiger Leutnant es nannte, das Angebot verlesen, den Status des Soldaten aufzugeben und zu unterschreiben. Als einer der Polen zusammenbrach und im Wasser zu ertrinken drohte, brach Stacho als dienstältester Unteroffizier den Widerstand seiner Kollegen, vermittelte, und alle unterschrieben.

Stacho ist zu den Claussens zurückgekehrt und blieb bis zum Einmarsch der britischen Truppen am Himmelfahrtstag 1945. In einer unbeheizten Kammer neben dem Kuhstall hat er das Ende des Krieges herbeigebetet. Mit Handschlag soll er sich bei seinem Bauern, dem Ortsgruppenführer verabschiedet haben. Waldi und er sind in einem Jeep der britischen Militärpolizei davon gefahren. Waldi verschwand auf Nimmerwiedersehen, Stacho ist zwei Jahre später zurückgekommen, allerdings nicht zu den Claussens.

Stacho starb am 23. April 1997 in Deutschland. Er fand nach der so sehr herbeigesehnten Heimkehr in seinem zerstörten keine Verwandtschaft mehr, kehrte nach Schleswig-Holstein zurück, heiratete eine Kriegerwitwe und wurde Bauer. Auf dem Sterbebett hat er sein Leben Revue passieren lassen, erzählte von den schönen Tagen bei den Claussens, aber auch erstmalig von dem eben Geschilderten.

Hätte er geschwiegen, wüssten sicher nur seine früheren Schergen, mein Vater und Bauer Claussen von der Tortur in dem Keller des Hafengebäudes unserer kleinen Stadt.

Seitdem mache ich um dieses Bauwerk einen großen Bogen. Als ich von Stachos Rückkehr und seinen fürchterlichen Erlebnissen erfuhr, wurde mir klar, warum ich vor Genuss des Weihnachtsbratens von meinem Vater so furchtbar angebrüllt worden bin. Beide, mein Alter und Parteifunktionär Claussen, müssen von der fiesen Behandlung des Zwangsarbeiters gewusst haben.

Heute lebt niemand mehr, der biologische Gang der Welt hat ein Tuch darüber gedeckt, Täter, Mitwisser und Opfer gibt es nicht mehr, aber mit Vergessen und Verdrängen ist der Nachwelt nicht gedient. Als 10-jähriger Pimpf, begeistert von den Idealen des Nationalsozialismus, hätte ich 1945, wenn mir mein Vater von Stachos „Behandlung" erzählt hätte, höchstens mit den Schultern gezuckt. Was gingen mich die Untermenschen, diese Polacken an und den Stacho, den mochte ich sowieso nicht. Andere Probleme schienen näher zu rücken.

Ich sehe noch deutlich meinen Vater, dicht das Ohr mit angelehnter Hand auf den knarrenden und rauschenden Volksempfänger gerichtet, um die aufmunternden Worte unseres Führers zu hören. Mutter und wir Jungs mussten mucksmäuschenstill sein, selbst lautes Atmen quittierte er mit tadelndem Blick. Was da aus dem Kasten klang, kam mir mehr wie Bellen vor, für Vater jedoch schien es die Verkündigung neuer Hoffnungen zu sein. Hochrot im Gesicht riss er dann und wann die Hände in die Luft und schrie zu dem aus dem Radio heraustönenden Beifall: "Ja, ja, jawoll, es soll nicht an uns liegen, befiehl, wir folgen dir!"

Stets nach den häufiger werdenden Reden des Führers und seines Propagandaministers Goebbels versammelte er seine Familie, um zu erklären, dass nach dem gewonnenen Krieg Deutschland viel größer und schöner werden würde und wir alle eine strahlende Zukunft vor uns hätten. Hitler würde jetzt Wunderwaffen einsetzen, die ersten weitreichenden Raketen, denen der Gegner nichts entgegensetzen könnte. London würde in Schutt und Asche versinken. Außerdem seien für unsere Luftwaffe als Neuerfindung rasend schnelle Düsenjäger entwickelt worden, die von nun an die feindlichen Bomberschwärme wie die Fliegen vom Himmel fegen. Die paar Verluste an der Ostfront und sonst wo sind zu verkraften. Jetzt erst beginnt der heroische Kampf des deutschen Volkes, der uns am Ende den Sieg bescheren wird.

„Lass die Banditen erst einmal unseren Boden betreten, denen werden wir ihnen die Hölle heiß machen!"

Diesem häufigen Ausspruch meines Vaters konnte ich nur zunicken.

Was Vater und andere Erwachsene sagten, musste zutreffen. Zum Frühstück oder beim Frühappell beim Jungvolk vom Fähnleinführer aus der Zeitung vorgelesen, motivierten Durchhalteparolen und Versprechungen bis ins Frühjahr 1945, ja bis zum Ende. Parolen an den Wänden der zerstörten Städte wie „Unsere Mauern brechen, aber unsere Herzen nicht" sollen selbst von den Ausgebombten „geglaubt" worden sein. Auf uns Jungen hatten diese Parolen eine Rauschwirkung. Ich erinnere mich an einen Ausmarsch des Jungvolks im Januar 1945. An einer geschlossenen Bahnschranke mussten wir halten. Ein langer Güterzug rumpelte vorbei. Auf mehreren Waggons stand mit großen Buchstaben geschrieben „Räder rollen für den Sieg." Jedes Mal, wenn dieser Spruch vorbeirollte, rissen wir, ohne dass dazu ein Befehl erteilt worden war, den rechten Arm hoch zum Führergruß und schrieen aus voller Kehle, einer lauter als der andere „Sieg Heil, Sieg Heil, Sieg Heil!"

5

Vor dem letzten Kriegsschweinebraten bei den Claussens exerzierte unser Fähnlein fernab von Eltern und Zuhause in einem Lager auf der Insel Sylt Guerillataktik. Das wir Jungen das letzte Aufgebot sein würden, ahnte niemand. Militärisch ging es zu, knallhart mit Frühsport, Waschen draußen an einem Waschkoben, kilometerlange Märsche durch die Dünen, Dienst an der Waffe, an dem Wehrmachtskarabiner K98. Was war ich stolz, damit umgehen zu können und gute Trefferergebnisse zu erzielen. Am besten war die Verpflegung. Der Küchenbulle verriet es uns, es sei dasselbe wie auf den U-Booten. Fleisch zum Mittag, Wurst und Schinken zum Abend, herrliches Brot und andere lang vermisste Herrlichkeiten.

Zurück zu Hause allerdings herrschte überall gedrückte Stimmung.

Zum ersten Mal habe ich meinen Vater auf dem Flugplatz besucht. Das Fähnlein machte dort einen Informationsbesuch. Mit dem Flugdienst hatte mein Alter gar nichts zu tun, sondern mit der Bewachung und Versorgung des neben dem Flugplatzgelände liegenden Barackenlagers. Davon hatte er nie etwas erzählt.

Hier zeigte man uns die kürzlich installierte moderne Elektroumzäunung, in der ausbrechende Gefangene, vom Schlag getroffen, „verrecken" würden. Gefangene bekamen wir nicht zu Gesicht. Wo waren die bloß? Zurzeit unserer Abwesenheit auf Sylt schien die Siegesstimmung in der Stadt einen Dämpfer bekommen zu haben.

Was war geschehen?

Auf die Nachrichten und Erzählungen konnte ich mir keinen Reim machen, und fragen – wer hätte das gewagt. Auffällig für mich die mürrischen Mienen. Wenn im Radio Meldungen durchgesagt wurden, rannten die Erwachsenen gleich hin, um Neuigkeiten zu erfahren. Ich erinnere mich an markige Reden und frenetisches Geschrei, das aus dem kleinen schwarzen Kasten herausquäkte, der zwar Volksempfänger hieß, aber, von mir als Beleidigung empfunden, „Goebbels-Schnauze" hieß. Selbst hoch geachtete Parteimitglieder nannten neuerdings das Ding so. Beschissene Vorbilder!

Der Herbst zog von Westen heran mit Regenböen und stürmischem Wetter als Vorbote des weiteren Geschehens. Wenn Vater abends nach Hause kam und hastig das Abendbrot verschlungen hatte, saß er meistens anschließend auf der Veranda an dem runden Tisch und starrte bis zur Dunkelheit nach draußen. Mutter, die ihm mit dem Strickzeug still gegenüber saß, ermahnte uns, ihn nicht zu stören: „Geht nur, wir haben jetzt unsere Dämmerstündchen!"

So nannte sie die Stromsperre, die bis oft in die Nacht reichte. Trotz der mickrigen Kerze, die ihren Nähkorb erleuchtete, mussten die Wolldecken vor den Fenstern fest zugezogen sein, wegen der Fliegergefahr. Dabei nahm niemand Luftalarm und Flakschießen mehr bewusst wahr. Bisher verschont geblieben, empfand niemand die Bedrohung mehr. Man war stoisch geworden, müde, nahm nichts mehr ernst. Bei Sirenengeheul in die Bunker rennen, das tat kaum noch jemand. Auch wir blieben in den Betten liegen.

Granatsplitter sammeln taten wir Jungen auch nicht mehr. Es brachte keinen Spaß mehr, weil während des Alarms zur Einnebelung der Stadt aus überall installierten Tonnenanlagen ätzendbeißender Nebel durch die Straßen waberte. Das Zeug brannte furchtbar in den Augen. Also blieben wir daheim, zumal seit kurzem zu Hause ein besseres Klima herrschte.

Vater hatte sich verändert. Er trat uns gegenüber nicht mehr so verschlossen auf, fand sogar manchmal freundliche Worte, fragte nicht wie früher nach unserem Wohlergehen in der Schule. Abends blieb er fast immer zu Hause. Dem Parteilokal in der nahen Gastwirtschaft, das für ihn lange Zeit große Anziehungskraft besessen hatte, schien er den Rücken gekehrt zu haben. Auffällig verhielt Vater sich gegenüber der früher so intensiv betriebenen Hobbytätigkeit. Das Reißbrett verschwand auf den Dachboden, er hat es nie wieder aufgestellt. Seine Gutshofentwürfe fand ich eines Tages in der Mülltonne. Ich habe gestaunt und nicht gefragt „Warum?" – Warum er seine Träume als künftiger Großagrarier in der Kornkammer der Ukraine, von der er so geschwärmt hatte, nicht verwirklichen wollte. Politisch schien ihn nichts mehr zu interessieren. Wenn wir Jungs in Uniform das Haus verließen, schien er uns mit einem abfälligen Zucken in den Mundwinkeln nachzuschauen.

Ob er nicht auch mit dem Kopf geschüttelt hat?

Zu einem Gespräch über die heraufziehenden Zeichen der Zeit ist es nie gekommen, erst nach dem Krieg. Er hat uns nicht getraut. Wie viele andere Erwachsene meinte er wohl, seine Frau und sich vor seinen fanatischen Söhnen in Schutz nehmen zu müssen. Nicht zu Unrecht. Jede unbedachte Bemerkung hätten wir sicherlich weitererzählt und damit Vater und Mutter ans Messer geliefert. Wir blickten auf das neue Deutschland als hörige Anhänger des Führers.

Bis zum Einmarsch der britischen Truppen glaubten mein Bruder und ich an den Endsieg, an keine Alternative. Im Gymnasium trugen jetzt die Lehrer Uniformen als eingezogene Offiziere der Heimatfront. Ob Physik oder Geschichte, Studienrat Gerke machte nur noch auf Politisch, schlug mit dem Zeigestock an die Reitstiefel und sprach von der unbesiegbaren Herrenrasse. Der Direktor Georg Schauer suchte in jeder Lateinstunde den Vergleich einstiger römischer Heroen mit denen der letztlich siegreichen deutschen Wehrmacht. Er lobte den ruhmreichen Leonidas und dessen heldenhaften Untergang bei den Thermopylen. Wir hingen an den Lippen unserer Lehrer und glaubten ihnen jedes Wort. Wenn sie uns im Biologieunterricht gefragt hätten: "Welcher Elefant hat die größeren Ohren, der afrikanische oder der indische?" – wir hätten im Chor geantwortet:" Der deutsche Elefant!"

Und wo wachsen die Bananen? Bananen konnten nur deutsch sein, obwohl keiner von uns bisher eine derartige Frucht in Natura gesehen hatte. Unzweifelhaft gab es beim Gegner keine Bananen. So etwas war dem Feind nicht zuzutrauen. Diese völlig idiotische Ansicht passte damals in die ideologische Dialektik. Wir sollten stets positiv denken, fröhlich sein und Zuversicht versprühen und als Jungs niemals weinen. Ein deutscher Junge spürt keinen Schmerz!

Provozierend, gemäß Befehl, betrat die Hitlerjungen und auch wir als Pimpfe die Geschäfte und begrüßten den Geschäftsinhaber, die Angestellten und die Kundschaft mit einem schneidig lauten „Heil Hitler". Entsprach der Gegengruß nicht unserer Vorstellung, war er zu zögerlich, zu lasch oder zu leise, ging das entsprechend ausgefüllte Beurteilungsprotokoll gleich auftragsgemäß an den GeStaPo-Chef. Jedem wurde ins Gesicht gesehen. Ein schiefer Mundwinkel galt als defätistische, miesmacherische Meinungsäußerung."

Plötzlich Stille. – Nur das Knarren des Riggs drang durch die Nacht und achteraus rauschte die Hecksee.

Hannes hatte aufgehört zu senden, blickte mit finsterer Miene seine schweigenden, erstaunten Zuhörer an, in dem er ruckweise den Kopf jedem einzeln zuwandte. Zog das Kinn an, drückte die

Brust raus, wurde größer, griff mit der linken Hand ans Ruderrad, streckte den rechten Arm zum Gruß aus und brüllte ins Dunkel: „Heil Hitler!"

Alle zuckten zusammen.

Hannes genoss die Betroffenheit, wartete noch ein wenig, nahm dann wieder saloppe normale Körperhaltung an und grinste. „Ja, meine Lieben, guckt nicht so traurig, so war ich, so waren meine Jahrgänge, so geschehen vor 60 Jahren. Ob heutzutage ein junger Mensch wieder ebenso denken und handeln könnte? Schüttelt nicht den Kopf! Ich sage euch, es ist möglich.

Junge Menschen lassen sich verbiegen, verführen und in jede beliebige Richtung drehen, wenn sie in die Hände entsprechender Demagogen fallen. Und das geschieht nicht mit einem Knall, sondern zunächst unauffällig schleichend. Die Volksverführer treten nicht auf als stinkende Luzifer, sondern kommen als Mephistos daher, elegant und im Nadelstreifen.

Lassen wir es für heute genug sein.

Wenn ich über uns in den Nachthimmel blicke, erfreut mich immer wieder das mächtige Sternbild des Orion, das riesige Lichttrapez mit dem Dreigestirn in der Mitte. Es wird uns durch jede Nacht bis nach Barbados begleiten, hinter uns aus dem Meer auftauchen, an der Backbordseite aufsteigen, über uns hinwegziehen und in der Morgendämmerung voraus im Nordwesten versinken. Wir segeln hier im Luxus und genießen die nächtliche Sternenshow.

Oft muss ich daran denken, dass die Sterne auch meine Winterzeit 1944/45 schweigend beleuchtet haben. Damals hatte ich keinen Sinn dafür, heute dafür umso mehr. Skipper, wie wär's zum Abschluss mit einem „Night-cap", mit einem guten „Gute-Nacht-Tröpfchen?"

Der fünfte Tag auf dem Atlantik

01 .12. 2006

Heute rollt die *Esperanza*: Windstärke Beaufort 6 bis 7. Wir müssen den Nordostpassat zu fassen haben. Hinter uns in Deichhöhe heranrollende Wellen laufen unter dem Schiff durch, heben es sanft an und eilen dann schäumend voraus. Unter dem Kiel 1000 m Wasser. Ein bewegendes Gefühl. Das Tagesetmal muss mehr als 190 Seemeilen erreichen. Bei der rauschenden Geräuschkulisse wird Hannes brüllen müssen, wenn wir ihn verstehen wollen.

Bei anbrechender Dunkelheit sind alle im Cockpit versammelt. Hannes ist wie immer pünktlich und verkündet das heutige Thema:

Die Freuden einer Panzersperre

6

„Bisher brauchte ich mich bei dem lauen Lüftchen nicht anzustrengen, konnte meine Erzählungen im Normalton anbringen, heute müsst ihr dichter heranrücken, die Begleitmusik ist sonst zu laut. Aber die Kulisse passt zu meinem Thema. Im heranrückenden Winter 1944/45 rückten auch die Volksgenossen dichter zusammen. Einige aus Angst vor dem Ende, vor der Ungewissheit, andere mit der wütenden Entschlossenheit, keinen Quadratmeter dem heranrückenden Gegner kampflos in die Hände fallen zu lassen.

Zu welchem Verein zählten mein Bruder und ich?

Ganz klar zu den wild Entschlossenen, die für den Führer kämpfen wollten. Im Oktober 1944 waren die ersten Bomben auf den naheliegenden Flugplatz gefallen. Im November krachte ein britischer Bomber in eine Scheune nördlich der Stadt und explodierte. Er muss wohl angeschossen worden sein; denn wie Duftwölkchen segelten vom blauen Himmel bräunliche Tupfer herab, Fallschirme, an denen die Besatzung zur Erde glitt. Georg Claussen, mein bäuerlichen Freund, den sie als Flakhelfer von der Schulbank eingezogen hatten, erzählte bei einem seiner weniger gewordenen Besuche auf dem Hof, dass sie von der Flak-Batterie aus mit Mannschaftswagen zur Landestelle der Fallschirme rasen mussten, um die teilweise schwer verletzten Briten davor zu bewahren, von der herbeigeeilten Bevölkerung erschlagen zu werden.

Fast zeitgleich geschah etwas Ungewöhnliches. Eingepfercht in Viehwaggons trafen aus dem Konzentrationslager Neuengamme bei Hamburg Häftlinge ein, die in einige der Baracken des ortsnahen Flugplatzes verfrachtet wurden. Durch die uns vor einigen Tagen vorgeführten Elektrozäune würden die sicherlich nicht entkommen. Nun wusste ich endlich, womit mein Vater sein Geld verdiente. In Reval, heute Tallinn, wird er im Auftrag des Reichskommissariats sicherlich ähnlich tätig gewesen sein. Ihn danach befragend, erhielt ich eine saftige Ohrfeige. Bis zum Dezember 1944 setzte der Arbeitsdienst die ausgemergelten Gestalten beim Bau des sogenannten Friesenwalles nördlich der Stadt ein, eines Befestigungswerks, das bereits von Anfang an als militärisch unsinnig galt. Vor Monaten hatte der Zustrom von Flüchtlingen aus den Ostgebieten begonnen und nahm ständig zu. Sie kamen zu Fuß und mit überladenen Pferdewagen. Hunderte fielen am Bahnhof erschöpft aus den überfüllten Zügen. Krankenschwestern brachten ihnen Tee, und wir als Pimpfe halfen bei der Einquartierung in Turnhallen, Schulen, Behördenkellern und Tanzsälen. Dankbar von jedem Schüler zur Kenntnis genommen, fiel damit für unbestimmte Zeit der Unterricht aus. Wir rissen herbeigeschaffte Strohballen auseinander, legten sie als Matratzen aus, bauten Feldbetten, sorgten für Notverpflegung und brachten Kranke in die spärlich ausgerüsteten Hilfskrankenhäuser der Stadt. Wie ich mich erinnern kann, geschah dieser Dienst nicht aus befohlener Menschenliebe, sondern aus der

Überzeugung, mit dieser Arbeit dem Führer zu dienen, treu bis zum Sieg oder Tod. „Führer befiehl, wir folgen dir! Heil Hitler! Wir taten unsere Pflicht bis zum Umfallen. Der Winter 1944/45 zeigte Drohgebärden. Ungewohnte klirrende Kälte bis minus 30 Grad und das bei der schleswig-holsteinischen Feuchtigkeit brachte manche Aktion zu einem knirschenden Stopp, nicht aber den weiteren Zuzug von Vertriebenen. Täglich kamen mehr, bis im Frühjahr 1945 die Gesamtbevölkerung um mehr als 125% zugenommen hatte. Wut überkam mich, nicht auf die sonst so wortgewaltigen Parteigenossen, die selten genug erschienen, sondern auf den Feind und das ganze Gesocks, die uns, wie wir glaubten, in diese Notlage gebracht hatten. Der bis in die Nächte reichende Arbeitsdienst kannte keine psychologische Betreuung, niemand ermunterte, tröstete oder lobte unsere Arbeit. Konfrontiert mit dem Elend des sich neigenden Krieges standen wir 10- bis 14-jährigen Angehörigen des Jungvolks, die meisten noch Kinder, allein auf weiter Flur. Eine schier unzumutbare Aufgabe lastete auf den jungen Schultern. Nur die Uniform stärkte das Kreuz. Ich sah in diesen Tagen und Wochen um mich herum viele Menschen sterben, Alte und Kleinstkinder. Wenn ich heute junges Volk sehe, mit T-Shirt, Baseball-Cap, Jeans mit tiefhängendem Hosenhintern, als wenn sie Pampers tragen würden, in der Hand die Dose eines Energizer-Gesöffs, die anschließend provozierend auf der Straße plattgetreten wird, dann frage ich mich, wie diese verwöhnten Zeitgenossen das ausgehalten hätten, was uns in demselben Alter abverlangt worden ist. Um das gleich richtig zu stellen, zum einen sehne ich meine Kindheit nicht zurück und zum andern gönne ich der heutigen Jugend ihre Freiheit und ihre individuellen Möglichkeiten. Allerdings – an die Adresse der heutigen Jugend gerichtet und auch an die Jüngeren hier an Bord – wäre mir sehr lieb, wenn die geschichtlichen Ungeheuerlichkeiten meiner Kindheit nicht in Vergessenheit geraten würden – als mahnendes und wirkungsvolles Nachdenkmaterial!

Der Ortsgruppenleiter der NSDAP organisierte Ende 1944 bis zum 10. Mai 1945, dem Tag, als die ersten Einheiten der 11. Britischen Panzerdivision durch die Straßen lärmten, in Verbindung mit der Leitung des Jungvolks, der Hitlerjugend und dem Bund Deutscher Mädchen, die Betreuung der Flüchtlinge und deren Unterbringung. Aus meiner Pimpf-Schar waren wir zu zweit, dazu gehörten zwei bezopfte ältere BDM-Mädels. Wir vier hatten einer älteren hageren, hässlichen Krankenschwester zur Hand zu gehen und alle ihre Befehle auszuführen. Gerannt wurde den ganzen Tag. Im Gedächtnis geblieben ist mir die Sterbeecke in der kleinen Turnhalle der Realschule. Umschichtig musste einer von uns bei den Todkranken sitzen. Unsere Kommandeuse, die Schwester Rabiata, wie wir sie nannten, erteilte die Weisung, sie zu rufen, wenn der Tod unmittelbar bevorstand. Wie sollte ich das erkennen können? „Ganz einfach", erklärte sie, „wenn die Nase und das Dreieck darunter bis zum Mund weiß wird, dauerte es noch höchstens 20 Minuten. Ruf mich dann!" Ungeheuerlich, würde man heute sagen, einen so jungen Menschen mit dieser Aufgabe zu betrauen. Komisch, mich hat es nicht geschaudert. Zu der Zeit lebte der Tod zwischen uns, hatte seinen Schrecken verloren, schien immer gegenwärtig zu sein. So früh mit dem Ende aller Dinge Bekanntschaft zu machen, hat mich irgendwie schneller erwachsen, aber nicht verhärtet werden lassen. Doch ich gebe zu, es gab Sterbefälle, deren Dramatik mich jungen Menschen nächtelang gequält hat. „Herrgott warum, warum gerade dieser Mensch?" – die wohl ewige Frage, auf die es bekanntlich keine Antwort gibt. Ich brauchte Trost. Wie oft bin ich zu Hause, wenn Vater es nicht merkte, nachts zu meiner Mutter ins Bett gekrochen und habe leise vor mich hin geheult. Sie fragte nicht, wusste es wohl weshalb und streichelte mich liebevoll. Von den in kalten Winternächten eintreffenden Flüchtlingsfuhrwerken holten die älteren Hitlerjungs die offenbar demnächst Sterbenden und brachten sie in die besagte Sterbeecke. Da lagen sie nun. Zumeist verhärmte Ältere mit eingefallenen Wangen, zahnlos in schäbige Mäntel gehüllt und auf den Tod wartend. Besonders nach der Ausladung, nach der ersten Unterbringung in der von einem viel zu kleinen Kanonenofen mäßig gewärmten Halle, nach dem Zuspruch durch Krankenschwestern und anderen und dem Gefühl, endlich dem Grauen entronnen zu sein – begann das Sterben. Nach den Anstrengungen der Flucht, nachdem der letzte Zufluchtsort mit Aufbietung aller Kräfte und der letzten noch zur Verfügung stehenden Energie erreicht war, trat der Zusammenbruch ein, das völlige Nachlassen der Widerstandskraft. Nicht nur die von Hunger ausgemergelten Alten, sondern auch Kleinkinder und Säuglinge, die auf der Flucht häufig von verdorbenen und zu knappen Nahrungsmitteln und Schneewasser ernährt wurden, starben nach kurzer Zeit. Ärztliche Kunst und angewandte Medikation kamen zu spät.

Bei einer Inspektion am 4. Advent verfügte der Bannführer, uns Jüngere aus dem, wie er sagte, „vorzüglich bisher geleisteten Samariterdienst" herauszunehmen. Entlassen nach Hause freute ich mich auf Weihnachten, ohne zu wissen, was das folgende Jahr bringen würde. Ob es zu Hause am letzten Kriegs-Heiligabend einen Weihnachtsbaum mit Kerzen und silbernen Kugeln und ob es einen bunten Kuchenteller und Geschenke gegeben hat, ich glaube nicht, sonst könnte ich mich erinnern. Wahrscheinlich haben die Eltern notgedrungen darauf verzichtet. Vor mir sehe ich nur deutlich den Adventskranz, erst mit einer, zuletzt mit vier brennenden roten Kerzen, in die wir wortlos abends hineinstarrten und unseren Gedanken nachhingen. Umso deutlicher ist mir die Parteifeier im Kasino und in der Kantine des Flugplatzes im Gedächtnis geblieben. Mit weißen Papiertüchern belegte Tische, darauf gedeckt je Gast ein Geschenkteller mit zwei Boskop-Äpfeln, knallhartem Schiffszwieback, Aachener Printen, Streuselkuchen und lange nicht mehr gelutschten zuckersüßen Himbeerdrops. Endlich mal ein Fest. Krankenschwestern reichten Eltern und Kindern grüne und rote Kaltgetränke oder Muckefuck, einen aus Gerste gebrannten Ersatzkaffee. Viel besser als die Beköstigung gefiel mir das Unterhaltungsprogramm. Ein Komiker unterhielt die Menge mit Witzen und Kurzreimen. Die Witze, wohl bewusst auf unser Alter zugeschnitten, hatten das Qualitätsniveau der sogenannten Klein-Erna-Witze. Klein Erna fragt Rudi: „Willst du mal sehen, wo ich am Blinddarm operiert worden bin?" – „Ja los, zeig her", sagt Rudi, „zeig mal!", und Klein Erna weist auf das Hafenkrankenhaus unten an der Elbe. Brüllendes Gelächter im Saal. Heute, wo Bumsvergnügen und Schärferes jedem Jugendlichen in Bild und Ton wie ein Nachtisch serviert werden, gibt es auch keine Klein-Erna-Witze mehr. Wo uns damals die Ohren rot wurden und das Stottern anfing, wächst den heute aufgeklärten, frühreifen Knaben nicht einmal das Schwänzchen. Da für kabarettistische Einlagen im Dritten Reich angeblich kein Bedarf bestand, sorgten unpolitische, dämliche Reime für Fröhlichkeit. So zum Beispiel dieser, der alle verzückte:„Am Bahndamm stand ein Sauerampfer, sah immer einen Zug und niemals einen Dampfer, der arme Sauerampfer!" Dieses tolle Wortspiel honorierte die Gesellschaft ebenfalls mit donnerndem Applaus. Es gab mehrere Höhepunkte der Feier. Die SA-Kapelle spielte schmetternde Märsche unter Leitung des von der Kirche abgeblitzten Möchtegernorganisten Scheibner. Zum Glanzstück der Veranstaltung gedieh die Ansprache unseres Nachbarn, des Kreisleiters Blixen.

Mir sprach er aus dem Herzen, auch wenn ich nicht alles verstand. Blixen lobte den Führer, verbreitete Hoffnung auf ein siegreiches Ende des Krieges, mahnte aber auch, fest zu bleiben im Glauben an den Führungsanspruch des Deutschen Volkes. „Mögen unsere Mauern brechen, aber unsere Herzen nicht!" Den Spruch kannten alle zur Genüge, aber er kam immer wieder gut an; denn in unserem Städtchen hatte noch jeder Einheimische sein Dach über dem Kopf.

In der Lokalzeitung, die ich lange aufgehoben habe, prangte des Kreisleiters großartige Rede auf der ersten Seite. Da stand unter anderem: „... Jeder Internationalismus müsse aus dem deutschen Volk verbannt werden, nur national könne ein Volk regiert werden, das wieder aufwärts steigen wolle". Dann schlug er sich als ehemaliger Melker aus Dithmarschen an die Brust und „outete" ein von vielen wohl bezweifeltes Bekenntnis: „Ich bin ein Sohn meines deutschen Volkes und nicht ein internationaler Prolet!"

Mögen manche Parteigenossen den Blixen nicht gemocht haben, bei dieser Weihnachtsfeier belohnten die Anwesenden die Ausführungen ihres wenn auch nicht bei allen hochangesehenen Kreisleiters mit minutenlangem brausenden Beifall. Welche Ehre, dass er überhaupt zu dieser Feier gekommen war! Noch ergriffen von dem Gehörten, erlauschte ich einige Sätze der am Tisch mir gegenüber Sitzenden. Was flüsterten die da? „Blixen, dieses Arschloch, zu nichts nütze, nur ein großes Mundwerk, den sollten sie mal an die Front schicken, statt ihm die Zeit zu geben, mit tittigen Weibern im Hamburger Puff herumzuhuren." Mir schwanden die Sinne.

Was sagten die da über diesen honorigen Mann?

Auch hier, wie bei vielen meiner Vorbildern aus brauner Zeit, kam die schmerzliche Ernüchterung erst viel später mit der Feststellung: Blixen ist wirklich ein Schweinehund gewesen! Eine Erkenntnis, die sich erst später einstellte. Zur Weihnachtsfeier 1944 hatte ich diese Erkenntnis noch nicht. Woher auch?

Neue Weihnachtslieder fanden an diesem Abend großen Anklang. Den ersten Preis gewann die Neukomposition „Hohe Nacht der klaren Sterne." „Stille Nacht, Heilige Nacht", galt als erledigt, abgeschrieben, viel zu religiös. Viel Applaus erntete der gemischte Chor aus Hitlerjungen und BDM-Mädels mit: „Als die goldne Abendsonne sandte ihren letzten Schein, zog ein Regiment von Hitler in den Kampf hinein", und mit dem Marschlied „Braun ist unsere Farbe, braungebrannt sind wir".

Zum Abschluss erhielten verdiente Parteimitglieder Ehrungen in Form von Anstecknadeln und Urkunden, ausgehändigt von einem Urgestein der NSDAP, unserem Bürgermeister Onnen Hamkens. Dieser gute Mann hatte bereits 1928 die Ortsgruppe gegründet und errang bei der Reichstagswahl im September 1930 die Vormachtstellung der Nationalsozialisten in der Stadt. In der letzten Zeit, munkelte man, hätte er Alkoholprobleme, würde dummes Zeug über seine Partei äußern und schien auch heute zur Weihnachtsfeier nicht der Nüchternste zu sein.

Mitgerissen von den vielen Ansprachen, Liedern und Darbietungen endete die Kaffeetafel mit dem gemeinsam gesungenen „Horst-Wessel-Lied". Alle standen auf, erhoben den rechten Arm zum Gruß in Richtung auf den Führer, der überlebensgroß aus einem Bild von der Kantinenwand auf uns herunterblickte. „Die Fahne hoch, die Reihen fest geschlossen. SA marschiert mit ruhig festem Schritt......". Es wurde mit Inbrunst gesungen, einige hatten Tränen in den Augen.

Am Ausgang verteilten ältere Hitlerjungs kostenlos Bücher. Man konnte wählen zwischen „Hitlerjunge Quex" von K.A. Schenzinger und dem von beiden Kapitänleutnanten und U-Boothelden Korth und Lüth geschriebenen Prachtwerk „Angriff, Ran, Versenken".

Ich nahm das letztere und las es in derselben Nacht unter der Bettdecke mit Hilfe einer Taschenlampe bis zur letzten Seite. Am nächsten Morgen beim Frühstück erfuhren meine Eltern von meiner künftigen Berufswahl: Offizier bei der Kriegsmarine mit dem Ziel, U-Bootkommandant zu werden.

Vom Januar 1945 erinnere ich, dass er seit Jahren der kälteste Wintermonat war. Das eisige Klima – oder war es ein gewisser Pessimismus – ließen die Stadt politisch still werden. Was an den Fronten geschah, erklärte der Vater anhand einer großen Landkarte, auf der er mit roten und schwarzen Strichen ohne viel Kommentar der Familie zeigte, wie von allen Seiten der Feind dem Großdeutschen Reich auf den Pelz rückte.

Um Ablenkung zu finden, gingen die Eltern mehr denn je ins Kino und schwärmten von Heimat- und Liebesfilmen mit zum Beispiel einer gewissen Christina Söderbaum, die mein Vater respektlos als Reichswasserleiche belachte, weil sie in jedem Film, in dem sie mitspielte, zum Schluss aus Liebeskummer den Tod durch Selbstmord in einem See suchte. Zu einer Filmvorführung durfte ich sogar mit. Ein Schauspieler mit Namen Willy Birgel ritt über Stock und Stein für Deutschland. Sehr ergreifend! Die Besuche im sogenannten Lichtspielhaus belebten mit unverfänglichen Diskussionsthemen das Familienleben. Es wurde wieder gelacht. Doch das verging uns bald.

Am 30. Januar meldeten die Nachrichten die Versenkung des Passagierdampfers *Wilhelm Gustloff* in der Ostsee. Das Schiff mit Kurs West, überladen mit Flüchtlingen, sank nach einem U-Boot-Angriff mit über 5000 Menschen an Bord. Der Gegner muss gewusst haben, welches Elend an Bord zusammengedrängt hockte und vor allem, dass er kein Kriegsschiff vor den Torpedorohren hatte – und dennoch haben es die Russen abgeknallt wie einen räudigen Hund.

Zehn Tage später versenkte der Iwan in demselben Seegebiet den mit dem Roten Kreuz gekennzeichneten Verwundetentransporter *Steuben*. Mehr als 3.600 Menschen starben in der eiskalten See.

Wie weggeflogen, wie weggewischt war die Bedrücktheit über die wenig hoffnungsvollen Frontberichte. Diese unmenschlichen Ereignisse kurbelten den fast eingeschlafenen Durchhaltewillen wieder an. Goebbels brauchte gar keine feurigen Reden zu halten. Jetzt regierten die Wut und der Wille, Zähne zu zeigen, besonders bei uns Jungen.

7

Bei der Hitlerjugend, berichtete mein Bruder, hätten beim letzten Appell zwei schneidige SS-Offiziere die über 16-Jährigen angesprochen und geworben für ehrenvolle Einsätze in Sonderkommandos. Einige Tage später boten Werber der Kriegsmarine attraktive Spezialaufträge an wie Fahren mit Einmann-Torpedos oder auf Sprengbooten. Mein Vater wurde weiß im Gesicht, als Rudolf davon erzählte und warnte: „Wisst ihr, was diese Kommandos sind – Selbstmordkommandos, Einsätze ohne Wiederkehr. Gott sei Dank, dass ihr noch nicht so alt seid" wandte sich kopfschüttelnd ab und stöhnte: „Jetzt stellen sie schon das letzte Aufgebot zusammen, wo soll das hinführen!"

Ende März 1945 trat ein, was mein Alter befürchtet hatte: die Aufstellung des letzten Aufgebots. Wer noch kriechen und geradeaus gucken konnte, wurde zum Volkssturm verpflichtet.

Grünes, grobes Leinenzeug schlabberte den Alten um die Körper, Hilfsuniformen, zusammengehalten ähnlich wie bei Bettbezügen mit flachen Knöpfen aus rauem Aluminium. Dazu eine Armbinde zur Kennzeichnung als Hilfssoldat und obendrauf eine steife Schirmmütze. Helme gab es nicht. Waffen auch nicht, dafür Spaten, um überall in der Stadt und um sie herum Unterstände und Schützengräben auszuheben. Nach einer gemeinsamen Erklärung des Ortsgruppenleiters, des Kreisleiters und des Landrates sollte die Stadt wie eine Festung gehalten werden.

Meinen 10. Geburtstag im Januar hatte ich bereits aushäusig bei einem Kameradschaftstreffen im Heim des Fähnleins gefeiert, im Freien mit einem Spaten in der

Hand. Unser Fähnlein bestand in den letzten Kriegsmonaten aus zwei Zügen der Jüngsten, den 10- bis 14-jährigen, insgesamt etwa 60 Mann. Ja, wir fühlten uns als Männer!

Hinzu kamen einige der jüngeren Hitlerjungen. Die älteren waren Anfang März abkommandiert worden in die Hamburger Gegend zum Grabenschippen. Jeden Morgen sammelten wir uns an verschiedenen Punkten am Stadtrand und marschierten zusammen mit einem Bauzug des Volkssturms seit dem 15. April vier Kilometer auf der heutigen B 5 nach Süden bis zu einer Stelle, wo die Straße in der Südermarsch mit einer Brücke über eine breitere Au führte.

In die Brückenpfeiler schlugen Pioniere Sprengkammern ein, die bei Annäherung des Gegners mit Dynamit oder TNT gefüllt werden sollten. Hier entstand mit Hilfe von Spaten, Schaufeln, Eimern, Äxten und Pferdefuhrwerken eine Panzersperre. Wie einst Anno 1500 die Dithmarscher Bauern in dem nicht weit entferntem Hemmingstedt das feindliche Ritterheer durch einen Wall stoppten und besiegten, so gedachten wir an dieser Stelle im Jahre 1945 die nach Norden vorrückenden britischen Truppen zu vernichten.

Für uns gab es keinen Zweifel, wenn das Wasser durch die aufgerissenen Schleusen das Land überflutete, bliebe dem Tommy nur die höherliegende Straße, auf der wir sie einzeln abknipsen würden. In Erinnerung an unseren nun schon zwei Jahre zurückliegenden bösen Streich mit dem Vorfluter und den fast ertränkten Kühen waren wir sicher, es würde an unserer Panzersperre Geschichte geschrieben werden. Je höher das Bollwerk wuchs, desto mehr fieberten wir Jungen dieser Entscheidung entgegen. Schnee und feuchtkalter Westwind, der über die weite Marsch fegte, störte uns nicht, umso mehr aber die alten Volkssturmleute. Sie murrten und fluchten vor sich hin. Wir betrachteten sie im Kreis der Gleichaltrigen als unnutzes Friedhofsgemüse, das bald nach dem großen Sieg „auf dem Kompost" die letzte Ruhe finden würde.

Der Dienst an der Sperre teilte den Tag. Die eine Hälfte stand im Zeichen des Schuftens und die zweite in Schießübungen. Mit dem MG 42 kam ich nicht klar. Körperlich zu leicht, konnte ich beim Dauerfeuer den Schaft nicht fest genug halten, so dass die Mündung auf dem Gabelbein zu stark weghüpfte. Viel besser ging es mit der Panzerfaust. Außerdem zählte ich zu den wenigen, die aufgrund der guten Schießergebnisse während des Ferienlagers auf Sylt bei gelegentlichen Schießübungen im „Muni-Bunker" einen Karabiner K 98 abholen durften. Scheibenschießen mit dem K 98 machte Spaß, aber vor der Panzerfaust hatte ich Respekt. Entlang der Au lag die Schießbahn, 50 m entfernt stand eine panzerähnliche Scheibe. Ellenbogen aufstützen, das Rohr auf die rechte Schulter, wie gelernt Hacken flach, damit der Feuerschweif der rückstoßfreien Waffe nicht die Schuhe verbrannte. Visier hochklappen. Ich höre heute noch den Feldwebel kommandieren: "Ziiiel auuffassen, Entsichern, Feuer freiii!" Dann kam der große Moment. Mir schlug das Herz bis zum Halse. Den Abzug langsam anziehen, scharf nach vorn durchs Visier peilen,

72

bisschen anheben und durchziehen. Mit einem rauschenden Schuuuuuii raste das rhombusartige Projektil mit seiner tödlichen Ladung auf die Zielscheibe zu und explodierte dahinter. Nur oben am Rand getroffen. „Scheiße!"

„Nicht verzweifeln, mein Junge", grinste der Feldwebel, „Übung macht den Meister!"

Die Schießübungen verliehen Selbstsicherheit, weil die Treffergebnisse immer besser wurden. Meine Schar, wir waren sieben, grub sich einen eigenen Unterstand. Darüber als Dach Eisenbahnschwellen, bedeckt mit Erde und Tarnnetzen. Zur Brücke hin und über die Marschwiesen bis zum etwa 600 m entfernten Eisenbahndamm ermöglichte ein 30 cm breiter geschützter Sehschlitz einen guten Einblick in das Gelände. Vom Unterstand aus verlief parallel zur Au ein wenig erhöht und befestigt mit herangekarrtem Bauschutt ein Schützengraben, nach vorn mit Grassoden belegt und alle drei Meter mit einer Schießscharte versehen. Hier wollten wir sieben das Großdeutsche Reich verteidigen. Als die Panzersperre fertiggestellt und von hohen Parteigenossen lobend begutachtet worden war, begannen an dem Verteidigungsobjekt kriegsnahe Manöver.

Bei Nachtalarm, von unserem Scharführer, einem Bäckersohn aus der Hafenstraße, aus den Betten gescheucht, rannten wir von Zuhause zu unseren Stellungen. Jeder versuchte der Erste zu sein.

Um den Dienst an der Sperre nicht eintönig werden zu lassen und als Belohnung für gute Leistungen, kam hin und wieder ein Mannschaftswagen vom Flugplatz und fuhr die eine oder andere Schar zum Hafen, wo wir eine große Barkasse besteigen durften. Für mehrere Stunden ging die Fahrt durch die Priele hinaus aufs Wattenmeer. Als Höhepunkt der Seefahrt warf der Bootsteurer Handgranaten ins Wasser. Jedes Mal, wenn die Fontäne zusammengefallen war, kamen viele Fische an die Oberfläche mit den Bäuchen nach oben. Die Unterwasserexplosion hatte ihnen die Schwimmblase zerfetzt. Mit einem großen Käscher aufgefischt uns ins Boot geholt, bekam jeder seine Ration, die ich stolz abends meiner Mutter auf den Tisch legte. Diese lustigen und gleichzeitig nahrhaften Seefahrten liebte ich sehr. Wie stupide war dagegen das Angeln an der Au vor meiner Panzersperre.

An die letzte Seefahrt, am 30. April 1945, erinnere ich mich noch genau. An der sonst immer verlassenen Außenmole lagen in Päckchen viele gleiche, aber völlig unterschiedlich bemalte Schiffe, weiß, dunkelblau oder auch zweifarbig. „Vorpostenboote", beantwortete einer der Stammbesatzung unsere neugierige Frage nach dem Schiffstyp, „genauer gesagt KFKs, Kriegsfischkutter!" Komisch, dass die nicht mehr ihre graue Marinefarbe hatten, und was sollen die aufgezogenen Netze zwischen Mast und Brückenaufbauten? Der Barkassenführer, der hier täglich vorbeifuhr; schüttelte den Kopf und konnte diese an ihn gerichtete Frage nicht beantworten.

„Vielleicht, "meinte er, „sind die nur heute hier – aber wohin die wohl wollen?" Im Vorbeifahren blickten alle gespannt hinüber. Vor den Booten fuhren Militärlaster hin und her. Leute rannten herum und schleppten Taschen und Gepäck auf die Vorpostenboote.

Warum diese Hektik? Keine Ahnung!

Für die Fahrt zurück wurden wir auf der Pier wieder eingesammelt und auf den schmalen Sitzen des Wehrmachttransporters zusammengepfercht. Bei der nächsten Kreuzung bremste der Fahrer scharf und blieb stehen. Trotz der frühen Dämmerung war alles gut zu erkennen. Zwei Feldgendarmen, wegen der am Hals hängenden Dienstplakette despektierlich als „Kettenhunde“ bezeichnet, winkten eine schnell herankommende Kolonne vorbei. Zwei Motorräder mit Beiwagen knatterten an der Spitze, gefolgt von mehreren edelglänzenden schwarzen Limousinen, es müssen Horchs gewesen sein, dahinter einige Militärlaster mit zugezogenen Planen.

Wer oder was könnte das gewesen sein? Sicherlich ganz hohe Tiere! Während der Weiterfahrt gab es ein lustiges Rätselraten. Einer hatte deutlich bei den Kradfahrern am Stahlhelm die SS-Runen gesehen, ein anderer behauptete, durch einen Schlitz der zugezogenen Wagengardinen senffarbene Uniformen erkannt zu haben.

Das können „Goldfasane“ gewesen sein. So nannte man die uniformierten höchsten Würdenträger der Partei.

Warum besuchten so hohe Herren unsere kleine, unwichtige Stadt?

Als am Abend über den Gartenzaun Fischer Henningsen erzählt, dass am Nachmittag die geheimnisvollen Vorpostenboote hastig den Hafen verlassen hatten, ließ sich aus dem Erlebnis auf der Kreuzung ein Reim machen. Danach seien die noblen Staatskarossen, offensichtlich leer, nach Norden abgedüst. Vielleicht nach Flensburg-Mürwik, wohin Großadmiral Dönitz aus Berlin mit Teilbereichen der Reichsregierung verlegt hatte. Diese Neuheit war uns beim morgendlichen Flaggenappell verkündet worden.

Die endgültige Lösung des Rätsels brachte nach dem Krieg die Auskunft einer Krabbenkutterbesatzung. Sie sahen am nächsten Tag im Seegebiet Mittelhever aus größerer Entfernung durchs Fernglas, wie von den Vorpostenbooten mit Schlauchbooten Menschen auf wartende U-Boote übergesetzt wurden. Sicherlich Politspitzen und Offizierfreunde des Herrn Dönitz auf der Flucht.

Aber was wusste ich damals als pickeliger Pimpf davon!

Wieder zurück an der Panzersperre, rief uns der Fähnleinführer zu: "Herumschließen! Was ihr so eben gesehen habt, habt ihr nicht gesehen. Hier geht es um eine geheime Kommandosache. Jeder Verrat wird mit dem Tode bestraft. – Weggetreten!"

Donnerwetter, ich war ungewollt Zeuge einer höchst wichtigen Angelegenheit geworden. Natürlich hätte ich darüber kein Wort verloren.

Außer dem befohlenen Flaggenschmuck zum 1. Mai zog dieses Mal keine Militärmusik durch die Stadt. Überall Stille. Vater war selbst an diesem hohen Nationalfeiertag in Uniform auf dem Fahrrad zum Dienst gefahren und ich wie gehabt frühmorgens zu meiner Panzersperre marschiert. Was war los? Die Stammbesatzung stand wie eine Herde Schafe dichtgedrängt zusammen, einige flüsterten. Am Flaggenmast hing leblos die Hakenkreuzflagge auf Halbmast, das Zeichen der Trauer. Ohne Appell oder irgendwelche Erklärung von Seiten der Führung zu dem Trauerfall musste der ganze Haufen antreten. Der Fähnleinführer kommandierte: „Rechts um, im Gleichschritt Marsch!" Und ab ging es in Richtung Stadt bis zum nordöstlich gelegenen Flugplatz.

Während des Marsches kursierten die wildesten Gerüchte. Der Führer sei gestern meuchlings in Berlin ermordet worden, eine andere Meldung hätte verkündet, dass Hitler bis zum letzten Atemzug gegen den Bolschewismus kämpfend für Deutschland gefallen sei. Der Großadmiral Dönitz sei Hitlers Nachfolger. Vielleicht sollten wir nach Berlin geflogen werden, um die Reichshauptstadt gegen die Russen zu verteidigen. Wir rätselten, ob es wohl fortan „Heil Dönitz" heißen würde. Es kam ganz anders. Der Weg führte in die Kleiderkammer des Flugplatzes. Zuerst die älteren Hitlerjungen, dann wir, das Jungvolk. Aus Beständen, die niemand sich erklären konnte, verteilte der Kleiderkammerbulle – so sah er auch aus – lehmfarbene Uniformen und dazupassende Käppis. Der Stoff fühlte sich irgendwie filzig an und war dick. An Hand der Löwenköpfe schlussfolgerten wir: dänische Uniformen. Warum gab man uns nicht Feldgrau, schließlich wollten wir als deutsche Soldaten in den Kampf ziehen.

Keine Diskussion. Am Ausgang erhielt jeder eine schwarze Armbinde mit dem goldgelb geschriebenen Schriftzeichen „Volkssturm" und darunter das von der Hitlerjugend bekannte schwarz-weiß-rote Abzeichen mit dem Hakenkreuz in der Mitte, genannt die HJ-Salmiakpastille. Um die Uniform zu „nazifizieren", trennte Mutter die dänische rotweiße Kokarde von der Mütze und ersetzte sie durch ein HJ-Hakenkreuz. Besonders wir Jüngsten fühlten uns durch die einheitliche Uniformierung aufgewertet, fühlten uns endlich mit den älteren Hitlerjungen und vor allem mit meinem Bruder gleichwertig und damit abgesetzt von den Alten des Volkssturms, die weiterhin ihren abgeschabten Drillich trugen. – Jetzt konnte der Tommy kommen.

Aber der ließ sich Zeit. Erst mit der Überquerung der Elbe und dann mit der des Nord-Ostsee-Kanals. Es war zum Verrücktwerden. Wir wollten uns endlich im Kampf bewähren. Jeder Tag an der Panzersperre zerrte an den Nerven, Schießübungen gab es nicht mehr, nur noch warten. Die Älteren spielten Skat, wir Jungen gingen an der Au angeln. Keiner konnte mehr zu Hause ruhig schlafen, immer auf der Hut, um ja nicht den Einsatzbefehl zu verpassen. Zermürbend!

Was Vater und Mutter in dieser Zeit taten, dachten oder sagten, kann ich nicht erinnern. Ich war nur noch mit dem Wunsch beschäftigt, besser als mein Bruder ganz groß als Held an der Panzersperre herauszukommen.

Eines Abends kam Vater aufgeregt, aber schweigsamer als sonst vom Flugplatz zurück. Auch Mutter, die gestern mit ihren Rabattmarken den ganzen Tag über erfolglos versucht hatte, beim Kaufmann 150 Gramm Butter zu erstehen, wirkte verstört. Die Eltern saßen in der Küche und tuschelten miteinander. Was war geschehen?

Rudolf und ich standen abwartend auf der Türschwelle. Wagten erst an den Tisch zu gehen, als Vater mit einer einladenden Handbewegung seine Söhne an den Tisch winkte: „Setzt euch!" Nach einer kleinen Pause weihte er uns in seine Kenntnisse ein, nur mit leiser Stimme und dabei den Blick aufs Fenster gerichtet, ob auch draußen niemand zuhörte: „In der Innenstadt ist seit heute Mittag der Teufel los, ein riesiges Chaos. Der amtierende Bürgermeister, der Rechtsanwalt Gepardt, hat nichts mehr im Griff, ist ja auch ein Weichei."

Mutter, ganz gegen ihre Art, fiel ihm ins Wort: „Ja, aber was hat das mit dem Chaos zu tun? Wo kommen die ausgemergelten Gestalten in gestreifter Kleidung her, die bettelnd durch die Straßen ziehen? Einige sah ich wie gestorben auf Parkbänken sitzen. Vor dem Krankenhaus spielten sich unglaubliche Szenen ab. Menschen schrieen und weinten, - und nicht zu glauben, unsere Polizei schlug mit Gummiknüppeln auf sie ein. Rundherum standen viele Gaffer, manche von ihnen pfiffen oder lachten sogar. Nur weg, habe ich gedacht und bin fast den ganzen Weg bis hierher gelaufen."

Vater lehnte sich gewichtig zurück, betrachtete Mutter wie jemanden, den man nicht ganz ernst nehmen darf. „Gut, dann werde ich euch mal den wahren Sachverhalt schildern: „Unser richtiger Bürgermeister, der Hamkens, hat der Stadt gefehlt, ihm wäre die Sache nicht aus dem Ruder gelaufen. Das ihn vertretende Weichei hätte uns vom Flugplatz anfordern sollen. Meine Truppe hätte den Querulanten Dampf unter dem Hintern gemacht. Aber ihr wisst ja, den Hamkens hat die Partei zur Dauerausnüchterung nach Sylt verbannt. Nun, was blieb dem Landrat anders als übrig, als unseren kleinen drahtigen Polizeimeister Großestricker mit seinen Mannen zu beauftragen. Ein vorzüglicher Polizist und ehrenvoller Parteigenosse, der manchen Volksschädling schon zur Strecke gebracht hat. Prügelnd und tretend hat er das Gesocks bis zum Abend wieder ins Lager zurückgetrieben."

Vater war wieder der alte Parteigenosse, lange hatte ich vermisst; ihn mal wieder für die gute Sache sprechen zu hören und er fuhr fort: „Angeheizt worden ist die Situation durch das unvorhergesehene, gleichzeitige Eintreffen eines Lazarettzuges, voll mit frisch Verwundeten. Auf dem Bahnhofsvorplatz lagen auf blutdurchtränkten Pritschen stöhnende Soldaten. Andere Uniformierte mit Arm- und Kopfverbänden irrten umher, einige liefen an Krücken durch die Straßen. Wohin mit ihnen? Die Krankhäuser waren überfüllt, Schulen, Säle und Kirchen vollgepfercht mit Flüchtlingen. Krankenschwestern, am Ende ihrer Kräfte, flehten die Ärzte an, ihre Verwundeten aufzunehmen. Dazwischen rannte Großestricker mit seinen Leuten herum und fing die Häftlinge ein, ja, er holte sie sogar aus den Krankenhausbetten. Einige star-

76

ben bei dieser Aktion. Und stellt euch vor, Parteigenosse Bauer Claussen wurde vom Landrat genötigt, die toten Häftlinge mit einem Leiterwagen abzuholen und vor den Deichen im Vorland in eine Grube zu werfen. Die Totengräber des Städtischen Friedhofs besorgten den Rest."

Dann trat eine kurze Pause ein. Vater sah uns an, räusperte sich und murmelte: „Das wars!"- und wollte aufstehen.

Mutter legte ihre Hand auf seinen Arm und sah ihn bittend an: "Furchtbar die Sache mit den Verwundeten, aber du hast uns nicht erklärt, woher die Gestreiften herkommen, die du als Häftlinge bezeichnet hast, bitte sag es uns!" Rudolf und ich nickten dazu.

„Also, dann, aber kein Wort davon, an wen auch immer, ich wäre erledigt", fuhr er fort und machte dazu ein grimmiges Gesicht, „vor Monaten ist ein Teil des Barackenlagers am Flugplatz umfunktioniert worden zur Außenstelle des Hamburger KZ Neuengamme, ihr wisst, ein Arbeits- und Umschulungslager für Typen, denen unsere Partei nicht passt, für Arbeitsscheue, Homosexuelle, geistig Behinderte, Ganoven, Juden und so weiter, und so weiter. Damit sie, wenn sie mal ausbrechen sollten, sofort erkannt werden, laufen die in gestreifter Sträflingskleidung herum. Was ist dabei so besonders? Rudolf und Hannes haben bei einer Besichtigung die Zaunanlagen und das Lager gesehen. So und damit basta. Ab ins Bett, ich will jetzt meine Ruhe haben!"

Wir beiden Jungs saßen noch einige Zeit auf der Bettkante. Das eben Gehörte war nicht vollständig. Es blieb die Frage, warum konnten die Gestreiften ausbrechen, nicht nur einige, sondern offenbar alle? Und das bei den elektrischen Zäunen, deren tödliche Wirkung beim Besuch des Fähnleins von einem Wachmann, der einen hineingejagten Hund opferte, überzeugend demonstriert worden war.

Vaters Erzählung von dem KZ hatte mich überrascht. Bisher wusste ich nur von einem Gefangenenlager, in dem „Polacken", „Iwans" und später auch „Makkaronis" hausten, die am Tage entweder in der Landwirtschaft oder im Straßenbau schuften mussten. Die trugen ihre verschlissenen Uniformen, die Russen sogar ihre witzigen Käppis. Keiner von denen kam in gestreiften Klamotten daher.

Vielleicht brachte der nächste Tag an der Panzersperre weiteres Licht in mein Dunkel. Das Kalenderblatt zeigte den 2. Mai 1945.

Zum frühen Tagesbeginn heulten die Alarmsirenen auf. Luftalarm, jetzt schon, und das erstmalig am Morgen. In gelernt geduckter Haltung durch die Gärten und entlang der Hausmauern zu unserem täglichen Sammelpunkt gehuscht, trafen wir auf behelmte Feldgendarmen, Polizei, die dort bereits standen. Unser Bannführer selbst war erschienen. Als er uns sah, rief er schon von weitem: „Geht zurück nach Hause, heute fällt der Dienst an der Panzersperre aus!" Was war geschehen? Etwas Ungewöhnliches musste es sein, aber was? Vater schien die verlässlichste Quelle zu sein. Dieses Mal ließen mein Bruder Rudolf und ich nicht locker. Den Herrn Hauptmann, der später als sonst abends nach Hause kam, fingen wir an der Gartenpforte ab. Wir wollten von ihm genau wissen, was da draußen vor sich ging. Hatte unser Dienstausfall zu tun mit den gestreiften Personen, von denen wir noch nicht alles wussten? Unser Alter, bisher als wortkarg erlebt, schien irgendwie dankbar zu sein, seinem Herzen Luft machen zu können, zog uns und Mutter in die Veranda, schaute wie üblich nach draußen, ob auch kein Nachbar in der Nähe war. Dann fing er an zu senden. Erlebten wir eine Märchenstunde oder hielt er eine Beichte? Es sprudelte förmlich aus ihm heraus:

„Ich habe seit Jahren, vor allem während meiner Zeit in Lettland und Estland mit Lagerbau für politische Häftlinge zu tun gehabt. Wenn ihr so wollt auch mit deren Bewachung. Irgendwie muss gestern jemand durchgedreht sein. Die Lagerleitung ist ermordet worden. Gestern Morgen fanden zwei Angestellte des Lagers den Oberlagerführer Semovic auf einer Toilette mit durchgeschnittener Kehle. Er, ein eingedeutschter Jugoslawe galt als glühender Verehrer des Führers, ja mit seinem Schnäuzer ähnelte er ihm sogar. Eine Riesensauerei ist das. Vom Wachpersonal keine Spur, alle desertiert. Alle Zellen standen offen und das Haupttor auch. Da steht Todesstrafe drauf, und deshalb heute die militärische Suchaktion, der Alarm, die Bevölkerung zu Hause zu halten und eben für euch die Pause an der Panzersperre. Alles andere, was sonst passiert ist, habe ich euch gestern beim Abendbrot erzählt. Noch Fragen?" Sein Blick genügte, um uns mitzuteilen, bitte keine mehr.

Ich konnte jedoch nicht anders. „Ja bitte nur noch eine: Was geschieht mit den ausgebrochenen Häftlingen?"

Noch heute höre ich die Antwort, die er im Aufstehen abwinkend gab: „Keine Sorge, mein Jung, das Gesocks ist wieder eingesackt. Unser Landrat hat da massiv eingegriffen!"

Wer dieser Landrat war, woher er kam, der seit Januar 1945 mit harter Hand das wachsende Flüchtlingschaos, die Lebensmittelknappheit und die angebliche Undiszipliniertheit der hungernden Bevölkerung in den Griff zu bekommen versuchte, ist erst Jahrzehnte später aufgeklärt worden. Als kleine Hilfe zur Erinnerung. War nicht mein Vater von einem Parteifreund vor zwei Jahren nach Estland berufen worden, um dort an der Erweiterung eines Lagers mitzuwirken? Mir als jungem Burschen ist nicht aufgefallen, dass der Landrat und der Gebietskommissar im Osten ein- und dieselbe Person waren. Vater muss es gewusst haben. Er hat darüber eisern geschwiegen und sein Wissen mit ins Grab genommen. Die Ausbruchaffäre wurde totgeschwiegen und offensichtlich zur Zufriedenheit der örtlichen Parteileitung gelöst. Am nächsten Tag durften wir wieder zu unserer geliebten Panzersperre. Zurück zur Tagesroutine. Alles schien wie immer zu sein. Nur unsere alten Volkssturmleute kamen nicht mehr. Sie seien als Wachpersonal zum Arbeitslager abkommandiert worden, hieß es.

Damit war alles wieder im Lot, ja noch besser, jetzt gab es keine alten Säcke mehr, die uns Weisungen erteilten, nur noch spritziges Jungvolk und Hitlerjungen in einheitlicher Uniform mit dem klaren Auftrag, einem von Süden heranrückenden Feind hier vor unserem Festungswall die Karten zu legen.

Von den Gräben aus übten wir jetzt Entfernungen schätzen, stapelten Munition und verstärkten die Unterstände. Hinter meiner Schießscharte, von der ich einen guten Überblick über die Brücke hatte, lag ein Stapel Panzerfaustköpfe in einem verschlossenen Erdbunker, sehr vertrauenserweckend!

Ach, wenn es doch endlich so weit wäre, diese Dinger dem Tommy in den Leib zu rammen. Im hinteren Gefechtsstand krächzte ständig das Radio. Mitten in die morgendliche Flaggenparade schrie der Wachhabende aufgeregt die Neuigkeit, die gerade aus dem Radio gekommen war: "Kameraden, Kameraden, sie sind über die Elbe, aber noch südlich des Kanals. Die Tommies ziehen mit einer Spitze auf die Westküste zu!"

Mich fieberte, meine Wangen wurden heiß, die Bewährung stand unmittelbar bevor. War die aufflammende Hitze Glücksgefühl oder gar Angst? Blödsinn, ein deutscher Junge kennt keine Angst!

Mittags kursierte eine allerdings beängstigende Meldung. In der Lübecker Bucht hätten britische Bomber zwei große Passagierschiffe und vor Travemünde U-Boote angegriffen. Tausende von Toten seien zu beklagen. Der Feind kam also wirklich näher!

Seitdem plagte mich nachts die wachsende Sorge, als Heimschläfer zum großen Ereignis vielleicht zu spät zu kommen. Wir Jüngeren wurden abends immer noch nach Hause geschickt. Die Älteren kampierten seit Mitte April in einem Zeltlager oder in den Unterständen. Mein Bruder Rudolf durfte sogar im Wachhäuschen auf einer Pritsche schlafen. Wie habe ich ihn beneidet. Die große Freude, aushäusig leben zu dürfen, trübte ein Schulerlass. Seitdem kam nämlich zweimal in der Woche auf einem Fahrrad der Studienrat Beiderfeld angeradelt und quälte die älteren Gymnasiasten mit Latein, Deutsch und anderen Fächern. Wir Jüngeren blieben von dieser Tortur verschont. Je mehr magere Pferde täglich überladene Flüchtlingskarren durch unsere Panzersperre zogen, gefolgt von abgerissenen Gestalten, Frauen mit Babys im Arm und ältere in Lumpen gehüllte Menschen, desto sicherer konnten wir sein, in absehbarer Zeit nicht mehr in die zu Flüchtlingsheimen umfunktionierten Schulen zu müssen.

Letzteres schien uns bedeutender als das vorbeiziehende Elend.

8

Der mit Ereignissen gespickte 3. Mai begann mit herrlich warmem Wetter. Als wir singend wie jeden Tag zum Morgenappell unseren Kampfplatz erreichten, erwartete uns eine Überraschung. Gebannt starrte die Sperrenbesatzung über die Wiesen in die Morgensonne. Was gab es dort zu sehen?

Östlich von der Panzersperre, verlief die Bahnlinie, die unsere Schar, wie bereits berichtet, vom eigenen Unterstand bestens im Blickfeld hatte. Ein langgezogenes Ungeheuer, überzogen mit Tarnnetzen, darunter eindeutig Geschütze verschiedenen Kalibers, war dort seit Mitternacht in Stellung gegangen. Ein Eisenbahngeschützzug! In dem dicht an die Geleise reichenden Erlenwäldchen standen einige Zelte, der Fuhrpark der Einheit und ein Funkwagen. Verdeckt von den Bäumen des Wäldchens parkte die Lok, kaum zu sehen.

Welch ein gutes Zeichen für einen baldigen Kampfbeginn. Es schien loszugehen. Der Puls klopfte, Hitze stieg mir ins Gesicht.

Gespickt mit Kanonenrohren, gehörnt wie ein Drache wie das sympathische Ungeheuer dort stand, fanden wir Jungs schnell einen Namen dafür, natürlich wir, die Ferienlagergruppe aus Sylt.

Der wehrhafte Drache hieß seitdem der oder die *Hörnum*.

Aber was sollte der Eisenbahngeschützzug gerade hier? Was hatten die da drüben vor? Bevor jemand diese Frage beantworten konnte, fuhr ein Kübelwagen in die Sperre. Ein Kübelwagen bei der Wehrmacht war dasselbe wie bei den Amis der Jeep, zumindest was den Zweck betraf. Heraus sprang der Kreisleiter Blixen und zwei Hitlerjungs in schwarzen Uniformen. Einer von ihnen brüllte: „Alles antreten, aber flott, marsch, marsch!"

Sie gingen die Front unseres Haufens ab. Blixen griff an den Gürtel, der seinen Bierbauch einschnürte, hob die rechte Hand und rief: „Heil Hitler, Kameraden!" – „Heil Hitler, Herr Kreisleiter!" scholl es zurück. Dann fuhr er fort: "Unsere Stadt wird nicht kapitulieren. Es liegt jetzt an euch, dass sie gehalten wird. Zu eurer Verstärkung steht östlich der Sperre ein starker Partner, bewehrt und bewaffnet mit Geschützen. Um euch für das bevorstehende Gefecht, das euch zu Helden machen wird, vorzubereiten, hat die Parteileitung entschieden, ältere, kampferprobte Angehörige der SS-Division „Hitlerjugend" als Zugführer einzusetzen."

Die Neuen traten vor und Blixen verschwand mit seinem Kübel in Richtung Stadt.

Unser Zug, die Jüngsten, bekam den Ältesten, einen Wiener mit Namen Alois Ameisbilchner, der markig befahl, um ihn einen Kreis zu bilden, aus seinen Taschen silberne SS-Totenkopf-Abzeichen hervorkramte und jedem von uns eins in die Hand drückte. „Näht euch diese Ehrenzeichen an die Spiegel eurer Jacken, damit der Tommy sieht, dass er Deutschlands Elitetruppen vor sich hat".

Das ging runter wie Honig. Da werden unsere Mütter heute Abend wieder etwas zu tun haben. Kaum ausgesprochen, heulte am Wachhäuschen die handgekurbelte Sirene auf.

„Tiefanfliegende Flugzeuge von Süden her, in die Deckung!"

Flach wie die Flundern hingeschmissen, aber gleich danach den Kopf hoch und über den Grabenrand gepeilt. Klein wie Hornissen mit sirrendem Motorengeräusch zogen mehrere doppelrumpfige Flugzeuge weit südlich vorbei. Über uns auf dem Grabenrand stand unser SS-Mann, das Fernglas vor Augen, und berichtete: „Tommies, eindeutig - Jagdbomber Typ Mosquito, sie drehen ab, Feiglinge! – Entwarnung, weitermachen!"

Kurz darauf wieder Fliegeralarm. „Ja, verdammt noch mal", fluchte unser Wiener. Rechts von mir deuteten einige Freunde nach oben. In großer Höhe, silbrig von der Sonne beschienen, aber weit über den Explosionswolken der Granaten, die der Flakgürtel rund um die Stadt eifrig in den Himmel ballerte, zog ein feindliches Flugzeug seine Runden. „Ob der uns hier unten entdecken kann?" fragten wir uns. „Nee, glaube ich nicht", meinte mein Nachbar, grinste mich an und stichelte mit der Bemerkung: "Der sucht den Flugplatz, um deinem Alten eins auf die Rübe zu geben!"

Vielleicht hatte er Recht, aber vielleicht suchte der Vogel das Monster da hinten auf den Gleisen, den Eisenbahngeschützzug. In diese Vermutungen mischte sich unser SS-Mann ein. „Statt zu quatschen denkt mal ein bisschen nach. Glaubt ihr, die Maschinen heute morgen und der Tommy da oben fliegen aus Jux und Tollerei über unsere Botanik? Die machen Vorfeldaufklärung für die bevorstehende Offensive. Die wollen euch an den Arsch kriegen. Zu Hackfleisch werdet ihr verarbeitet, wenn ihr denen nur eine Chance lasst!" Mit offenen Mündern wurde er angestarrt. Seine Worte gingen unter die Haut. Natürlich waren wir bereit, alles zu geben. Keiner sagte etwas, aber in die eingetretene Stille knisterte der Schwur eines jeden von uns: „Lass sie kommen, wir werden ihnen die Hölle bereiten".

Der Zugführer spürte, was in uns vorging und nutzte die Gelegenheit, seine Truppe zu motivieren: „Von jetzt an bis zu unser aller Bewährungsprobe werde ich euch mit aller Härte zu euerm eigenen Nutzen auf diesen Einsatz vorbereiten! – Wollt ihr das?"

Wie ein gequälter Aufschrei kam aus den jugendlichen Kehlen: „ Jaaaa!" Kaum war der verhallt, setzte der Indoktrinator fort:" Wir werden exerzieren bis zum Umfallen, Mutproben werden abgefordert und Grabenkämpfe geübt!" Stummes zustimmendes Nicken und leuchtende Augen bestätigten dem Ameisbilchner, unser aller SS-Idol, dass er nach Gutdünken über seine Truppe verfügen konnte.

Wir wollten im Vergleich mit dem anderen Zug an der Sperre zu einer besonders harten Elite „geschmiedet" werden. Er hämmerte uns jungen Burschen ein, im Kampf keine Gefangenen zu machen, die müsste man nämlich bewachen. Das würde zu viel Zeit und Umstände machen, kostete vor allem Leute, die dann für den

Einsatz fehlten. Einzige Lösung: Mit den Gefangenen um die Ecke gehen und sie dann „rrrtsch umlegen".

Alle nickten wieder, klar, nur so ging es, das ließe sich machen; nur wer von uns hatte ein Schießeisen? Nur die älteren Hitlerjungen, von uns Pimpfen nur zwei, und einer war ich!

Er ahnte die Frage und wusste gleich die Antwort: „Wenn es soweit ist, kriegt jeder von euch eine Knarre! – Aber ich warne jeden, wer dann kneift, den lege ich selbst um."

Dass ihm damit ernst war, konnte man abends am Lagerfeuer seinen Erzählungen, seinen „Kriegserlebnissen", entnehmen. Er berichtete über die Taten der SS in Polen. Detailliert bis ins Einzelne und für uns spannend und schauerlich zugleich, sprach er von Massenexekutionen an Juden. Ich sage euch: „Die mussten selbst ihr Grab, ihre Grube ausschachten. Dann stellten wir das Verbrechergesindel an den Rand, traten höflich zur Seite und „rrrtsch" umgelegt. Die Nächsten, die dran kamen, hatten diejenigen, die am Rand liegengeblieben waren und noch zuckten, in die Grube hineinzuwerfen und durften dann selbst Aufstellung nehmen. Und „rrrtsch" weg damit, die nächsten Patienten bitte!"

Unvergesslich bis zum heutigen Tag ist mir diese Schilderung im Gedächtnis geblieben. Ob er wirklich schon als 18-Jähriger diese Grausamkeiten miterlebt hat oder nur vom Hören und Sagen kannte? Komisch, damals haben mich die Geschichten nicht bewegt, ich habe sie einfach nur zur Kenntnis genommen und auch kein Verbrechen darin gesehen.

Als ich meinem Vater abends die tollen Erlebnisse unseres Zugführers als die ganz große Neuigkeit erzählte, da brüllte er gleich los: „Eine Unverschämtheit von diesem Kerl, derartigen Blödsinn zu verbreiten!" Stand auf, haute mir eine runter und ließ das Abendbrot unberührt auf dem Tisch stehen. Mutter schaute ihm kopfschüttelnd hinterher und sagte zu meinem großen Erstaunen: „Was kann der Junge dafür, wenn deine Super-Parteigenossen solche Geschichten verbreiten, die offenbar doch Wahrheiten sind?" Vater stockte im Türrahmen, drehte sich abrupt um, machte ein wildes Gesicht und knirschte zwischen den Zähnen hervor: "Mein Gott, Frau, halt den Mund, du lieferst uns mit deinen Bemerkungen an den Galgen du weißt doch, wo Hannes seit Wochen hingeht und wer seine Vorgesetzten sind!"

Ich verstand überhaupt nichts, wurde auch gleich ins Bett geschickt.

Die Fenster meines Kinderzimmers standen offen, unten auf der Terrasse lief ein hitziges Gespräch. Über was diskutierten die Eltern? Mutter, die ihre beiden Jungs stets vor Vaters Wutausbrüchen in Schutz nahm, uns sogar gegen die Hiebe des ausrastenden Vaters zu verteidigen versuchte, sie, die von unserem „Alten" oft wie ein Schaf behandelt und als „blöde Kuh" beschimpft wurde, führte da unten das Wort. Vater wirkte gelangweilt, winkte häufig ab zu dem was sie sagte oder machte bei ihren Redepausen abfällige Bemerkungen.

Klar und deutlich konnte ich meine Mutter verstehen: „Ich habe es satt, nur immer dir zu Diensten sein zu müssen und dafür angeschnauzt zu werden. Deiner Sekretärin fasst du unter den Rock, oder meinst du, ich habe auf der letzten Weihnachtsfeier nicht gesehen, wie ihr schmusend hinter der Garderobe euch befummelt habt. Ich möchte nicht wissen, was bei dir so im Dienst geschieht. Allen Weibern gegenüber bist du die Höflichkeit selbst. Ach, der Herr Hauptmann, mit Handkuss gnädige Frau und so, und zu Hause führst du dich auf wie die letzte Wildsau. Rudolf ist dankbar, dir zur richtigen Zeit entkommen zu sein und Hannes prügelst du, anstatt ihm zu erklären, was die Stunde geschlagen hat".

Erregt fuhr sie fort: „Wir leihen unsere Söhne aus an verzweifelte Irre, die immer noch glauben, den Krieg mit Kindersoldaten gewinnen zu können, und du Feigling sagst kein Wort dazu oder unternimmst irgendetwas, um wenigstens Hannes aus der ersten Linie herauszuholen. Steh auf, wenn du wirklich der Kerl bist, für den du dich hältst!"

Nach dieser niemals zuvor und nie wieder danach unserem „Alten" gehaltenen Standpauke, stieß sie den Stuhl zurück und verschwand im Haus. Kurz darauf hörte ich Mutter die Treppe heraufkommen, krachend fiel die Schlafzimmertür ins Schloss.

Kindersoldaten hatte sie gesagt, ich ein Kindersoldat?

Über der Grübelei, was anzustellen sei, um ihr zu beweisen, ein Held zu und nicht wie Vater ein Feigling zu sein, muss der Schlaf den Kindersoldaten eingelullt haben. Erst wie ganz aus der Ferne, dann ganz deutlich drang das Auf- und Abschwellen der Fliegeralarmsirene in mein Bewusstsein. Der Wecker zeigte halb eins, stockfinstere Nacht. Durch das geöffnete Fenster kroch stärker werdendes Gebrumm wie von Hunderten von Ventilatoren heran. Früher wären wir mit dem Kopfkissen unterm Arm gerannt, entweder in den mit Balken verstärkten Keller oder in den nächsten Bunker am Bahndamm. Doch das machte längst keiner mehr.

Im Haus blieb es ruhig. Ich blieb still liegen, sah zum Fenster hinaus in den dunklen Nachthimmel und genoss das Spiel der sich kreuzenden Lichtstreifen der Scheinwerfer, die den nahenden Bomberverband, die Nacht abtastend, zu erfassen suchten. Dazwischen blitzten die gelbroten Explosionen der Flakgranaten – ein tolles Schauspiel.

In dieser Nacht, ein paar Tage vor der Kapitulation des Dritten Reiches, prasselten, wie später Archive offenbarten, von mehr als 500 britischen „Lancaster"- und „Halifax"- Bombern abgeworfen, über 200 Tonnen Sprengmaterial auf das bereits zu 85% zerstörte Kiel.

War das notwendig? War das ein Racheakt kurz vor dem Sieg der Alliierten?

Die Scheinwerfer erloschen, die Flak schwieg, nur der Wind knisterte in den Zweigen. Weiterschlafen, nichts Ungewöhnliches war passiert. Da bimmbamm, bimmbamm. Die Hausklingel schrillte durch die Stille, dann heftiges Klopfen an der

Tür. Ich hörte Mutter eilig die Treppe hinunterlaufen. „Wer ist da, was ist los?" rief sie ängstlich.

Die Tür ging auf. Dann sprach sie ruhiger: „Ach, Sie sind es, meinen Mann wollen Sie sprechen, jetzt mitten in der Nacht", und lauter kam es von unten: „Wilhelm, dein Typ wird verlangt."

Ich hatte die Tür meines Zimmers ein wenig geöffnet. Unten im Flur standen zwei behelmte Offiziere und ein Feldwebel. Der Leutnant machte Vater, der im Nachthemd oben an die Treppe geschlurft war, Meldung: „Herr Hauptmann, wir haben einen Einsatz, in der Südermarsch ist ein britischer Bomber notgelandet." Na, das war etwas für meinen Alten, und auch mir entfleuchte ein leises Ööööiih. Was für eine Sensation, endlich kriegte Neidum mal einen Tommy zu sehen. Im Schlafzimmer polterte es, das muss der vom Schrank heruntergefallene Stahlhelm gewesen sein. Ruckzuck angezogen, war Vater in Uniform die Treppe herunter und stand nun im Flur mit militärisch wichtiger Miene. Ihn von oben in Uniform zu sehen, mit Koppel, Pistole und Stahlhelm, den er sich vor dem Flurspiegel unter seinem Kinn festzurrte, dazu kein Wort sagte, auch nicht zum Abschied zu seiner Frau, die ihm die Tür aufhielt, das hatte schon etwas Martialisches an sich. Er stürzte hinaus. Irgendwie kopflos. Als wenn es galt, eine Heldentat zu begehen oder wie ein Abschied für immer. Zu gern wäre ich mitgekommen.

Die Vierergruppe raste in einem „VW-Kübel" die Deichstraße herunter. Zum Frühstück soll er bereits wieder im Hemd mit Hosenträgern am Frühstückstisch gesessen haben. – Ich traf ihn an dem Morgen nicht mehr.

Ich war schon längst unterwegs zu meiner Panzersperre, streckenweise im Laufschritt. Von weitem sah ich Rudolf mir entgegenkommen, deutlich zu erkennen an seinen O-Beinen. Gestikulierend und immer wieder hinter sich zeigend, rief er von ferne: „Mensch komm, beeil dich, keine hundert Meter vor unserer Sperre liegt eine „Lancaster" auf dem Acker."

Völlig aus der Puste berichtete er weiter auf unserm gemeinsamen Weg: „Tote und Verwundete sind bereits abgeholt worden, wir haben sie gesehen, ich glaube Vater ist in dem Kommando dabei gewesen." Als wir ankamen, stand die gesamte Truppe bereits am vorderen Rand der Sperre und bettelte die Zugführer an, den Tommy-Bomber anfassen zu dürfen. Unser Wiener bekam vom Chef den Auftrag, mit kleinen Gruppen abwechselnd dorthin zu gehen.

Was für ein Gefühl, auf dem Pilotensitz Platz zu nehmen, in einem Seitenfach fand ich etwas Braunes mit der weißen Aufschrift „Cadbury". Ameisbilchner herbeigerufen fasste es mit spitzen Fingern an und warnte: „Das könnte vergiftet sein, sieht aber aus wie Schokolade." Brach ein Stück ab und schob es sich grinsend in den Mund. „Schmeckt nicht giftig, wollt ihr auch mal?" Jeder durfte ein Stückchen abbeißen, bevor er den Rest selbst verschlang.

Das in einer halbrunden Kanzel unversehrt gebliebene Maschinengewehr zog uns an. Abmontieren durften wir nichts, aber eine Handvoll Munition habe ich mir in die Hosentaschen gestopft und später nach Hause geschmuggelt.

Den Nachmittag an der Sperre hatten wir dienstfrei. Aus der Stadt eilten Neugierige herbei, denen wir fachkundig und stolz den Briten vorführten, aus der Entfernung versteht sich; denn nachdem die Sperrenbesatzung vom GeStaPo-Chef scharf getadelt worden war, die „Lancaster" besucht zu haben, ließ man uns nicht mehr an den Tommy heran.

Der nächste Tag, ebenso maienhaft warm und sonnig wie der gestrige 3. Mai, brachte der Sperre einen anderen, höchst unangenehmen Besuch. Unser Wiener nannte es tags darauf „Unsere Feuerprobe!" Der Tag fing ganz harmlos an. Friedlich in der Marsch lag der zerbrochene feindliche Bomber, über dem als Frühjahrsvorboten einige Kiebitze flatterten. Plötzlich dieses Sirren in der Luft, im Tiefflug rauschten mehrere Flugzeuge über unsere Köpfe. Eindeutig Briten! Kaum, dass sie vorbeigeflogen waren, standen wir Pimpfe, wieder heraus aus der Deckung, auf den Unterständen und verfolgten die Flugmanöver. Parallel zu dem Eisenbahngeschützzug rasten die Maschinen tiefer als die Bäume. In einer Kurve kamen sie der Sperre näher. Toll, wie beim Messerflug in steilen Kurven an den Flächenenden Kondensstreifen entstanden! Vielleicht sollte ich Pilot werden und nicht, wie bisher erträumt, U-Bootkommandant!

Selbst ein Flugzeug als schneidiger Leutnant im Luftkampf gegen England zu fliegen und natürlich die Tommys reihenweise abzuschießen, das wäre die Erfüllung eines Traumes.

Das Lied der Helden der Lüfte wie Galland, Mölders und andere kamen mir in den Sinn: „Die deutsche Maschine, sie wackelt, sie wackelt, wir haben den Tommy besiegt!"

Rundherum wohl ähnliche Gedanken. Keiner in den Gräben der Panzersperre sagte ein Wort, alle sahen gebannt den Briten nach.

Die Darbietung, so bedrohlich sie war, glich einer Flugvorführung. Anflug, Steilkurve, hoch und wieder runter, dann parallel zum Eisenbahngeschützzug in Augenhöhe mit den Kanonen. Ungestört von irgendeiner deutschen Abwehr. Die *Hörnum* schwieg.

Wo blieb denn bloß unsere Hausflak, wo die eigene großartige Luftwaffe? Nichts zu hören, nichts zu sehen!

Jetzt geigten die Tommies hier ungehindert herum. Drüben, nur ein paar hundert Meter entfernt, dazwischen Wiesen und nur ein bisschen verdeckt durch ein Erlenwäldchen verharrte der Eisenbahngeschützzug in Schweigen.

Nach einer weiten Schleife kamen die Maschinen wieder. Noch tiefer als zuvor. Eine direkt auf uns zu, bestimmt keine 20 m hoch. Um die gelbe Propellernabe kreiste die glänzende Scheibe des Propellers, die Tragflächen glichen dünnen Strichen. Irgendjemand brüllte: „Volle Deckung!" – Gar nicht nötig. Einige lagen längst flach im Graben und verdeckten mit den Händen das Gesicht.

Diese feigen Memmen! Aber ich rutschte auch zusammen und verschwand unterhalb des Grabenrandes. Mein Nachbar in Hockstellung neben mir flüsterte: „Ein Jäger, eine Spitfire, soll besser sein als unsere Me 109!"

Konnte ich mir nicht vorstellen, schüttelte den Kopf und entgegnete: „Blödmann, kann doch gar nicht sein!"

Aus der weiteren Diskussion wurde nichts, denn etwas Unerwartetes lenkte uns ab. Nicht das herandröhnende Flugzeug, sondern jemand, der hinter mir auf dem Grabenrand herumsprang.

Wer war das? Zugführer Ameisbilchner! Dem heranrasenden Feind wutverzerrt das Gesicht zugewandt, trommelte er mit den Fäusten auf seine Brust und schrie aus Leibeskräften: „Hier ist die deutsche Brust, hier ist die deutsche Brust!"

Er tobte so lange, bis der Schatten des britischen Jägers über die Panzersperre hinweggebraust war. Wieder aufgestanden, aber immer noch im Graben stehend, müssen wir ihn fassungslos angestarrt haben. Hasserfüllt strichen seine Blicke strafend über die Truppe. Die Fäuste in die Hüften gestemmt und nach Luft schnappend, brüllte er jetzt lauter als zuvor: „Ihr Mistkäfer da unten im Dreck, ihr wollt Deutschland retten, liegt da unten wie abgehacktes Astwerk. – Los marsch, marsch, hier neben mich gestellt und dem Feind ins Auge gesehen. – Angst? Dass ich nicht lache. Deutsche Bäume sterben im Stehen!"

Schnell wieder auf den Beinen und aus dem Graben herausgeklettert, verfolgten wir neben ihm die nächste Luftakrobatiknummer. Irgendwie imponierte uns der „Ameisi", wie wir ihn nannten. Er als Mitglied der SS-HJ durfte weiterhin seine schwarze, gutsitzende Uniform tragen, wir in den von unseren Müttern zurechtgepassten braunen dänischen Beuteuniformen sahen eher schlampig aus.

Als Österreicher war er deutscher als mancher Reichdeutsche. Ihn in der Nähe zu wissen, vermittelte Vertrauen und Sicherheit, selbst dann, wenn er große Sprüche klopfte.

Den dritten Anflug auf den Eisenbahngeschützzug flogen die drei Spitfire schräg zu dem Geleis. – Da! Welche Veränderung!

Wie von Geisterhand weggerissen, fielen die Tarnnetze herab. Ein Höllenlärm setzte ein. Leuchtspurstreifen zischten durch die Luft, MGs hämmerten und das scharfe Tuck, Tuck, Tuck der 3,7 cm Flak trommelte dazwischen.

Mitten in das Feuerwerk flogen die Briten hinein. Plötzlich ein gelbroter Feuerball, Bruchteile von Sekunden später erreichte unsere Ohren ein Donnerschlag. Mit kreischend metallischem Geheul fielen Teile in die Wiese. Dreck spritzte auf. Eine der Spitfires hatte es in der Luft zerrissen. Jetzt qualmten die Reste in einem Trichter nicht weit entfernt von der gestern notgelandeten Lancaster.

Wieder war es Ameisbilchner, der als erster aus der Deckung aufsprang, tanzte vor uns wie ein Rumpelstilzchen, klatschte in die Hände und ermunterte die um ihn Herumstehenden zu jubeln und Hurra zu schreien. Das Jubeln wollte kein Ende nehmen. Ins Bewusstsein drang die Tatsache, eben ein Stück des Krieges erstmalig miterlebt zu haben.

Die Begeisterung nutzend rief Ameisbilchner in die fröhliche Menge hinein: „Jungs, alle mal herumschließen!" Alle folgten ihm willig. „Stellt euch mal vor, in ganz Deutschland gibt es mehr als Tausend solcher Panzersperre wie die unsere. Und an jeder wird wie hier ein Bomber oder ein Jäger vom Himmel geholt, damit wäre schon der größte Teil der Royal Airforce erledigt!" Dabei verdrehte er die englische Bezeichnung so, dass es klang wie „Eier Fortze". Großes Gelächter ermutigte ihn, lästerlich fortzusetzen.

„God shave the King.- Äh, kennt ihr nicht, gell? Macht nix. – Bald werden wir noch mehr Feinden die Fresse polieren und das Fell rasieren, sollen sie nur kommen!" Wandte sich ab, rülpste laut und trollte hinüber zum rückwärtigen Gefechtstand, aus dem Gejohle und das Klirren von Flaschen zu hören war.

„Die saufen schon wieder", wagte Kläuschen neben mir zu bemerken. Kläuschen gehörte zu unseren Kleinsten. Pipifax, wie Ameisbilchner ihn getauft hatte, konnte einem Leid tun, er diente als Meldeläufer. Für alle anderen Aufgaben schätzten ihn seine Vorgesetzten als zu schwächlich ein. Mit seiner runden Nickelbrille und dem eiförmigen Gesicht unter dem hochgeschorenen Kopfputz glich er ein wenig dem höchsten SS-Führer Himmler. Das mag wohl der Grund gewesen sein, dass „Ameisi" den Jungen außer einigen Frotzeleien in Ruhe ließ, bei Übungen sogar auffällig schonte.

Jetzt, wo Kläuschen in der Maiwärme das Braunhemd hochgekrempelt hatte, wirkten seine weißlichen dürren Ärmchen noch knochiger. Aber man sah wenigsten unter der filzigen langen „Dänenhose" nicht mehr wie im letzten Jahr seine langen gestrickten Strümpfe. Wie uns allen, hatte auch meine Mutter mir wegen der kalten Tage ein wärmendes Leibchen mit Gummibändern und daran angeknöpft grob gerippte braune Strickstrümpfe aufgenötigt.

Ekelhaft diese Weiberbekleidung! Draußen außer Sichtweite konnte man sie runterrollen und als Socken tragen. Lieber frieren als unmännlich sein! Kläuschen beeindruckte das nicht, wenn er für diese Verkleidung Spott erntete. Allgemein jedoch mochten wir unseren Jüngsten gern. Der Bursche spielte ausgezeichnet Mühle. Sobald es eine Ruhepause, Dienstunterbrechung oder Zeit zur freien Verfügung gab, zog Kläuschen drei dunkle und drei helle Knöpfe aus der Tasche, drehte eine Grassode um, klopfte sie glatt und breit, zeichnete das Mühlespiel auf und fragte in die Runde: „Na, wer möchte mich bei Mühle schlagen?" Jeder, der sich darauf einließ, verlor gegen unseren Kleinsten. Einmal kam Ameisbilchner daher, betrachtete das Spiel und meinte von oben herab: „Na Pipifax, wie wär´s mal mit uns beiden. Deinen Zugführer wirst du ja wohl gewinnen lassen?“

Der ganze Zug stand um die beiden Spieler herum, als Kläuschen ihn mit ein paar Zügen erledigte. Schweigend verließ der Zugführer die Kampfarena, die Zuschauer freute es. Der Kleine war ein Talent, nicht von ungefähr hat Klaus Darga später an Schacholympiaden teilgenommen. Außerdem hat er über seine Heimatstadt ein großartiges Geschichtsbuch geschrieben, durch das wir uns im Jahr 1995 nach langer Trennung wiedertrafen.

In der Panzersperre sicherte ihm die Brettspielbegabung große Anerkennung, auf die er selbst gar nicht so viel Wert legte. Damals strebte er eher danach, als deutscher Junge heldenhaft kämpfen zu dürfen. Dafür gab es zustimmendes Kopfnicken von allen Seiten. Schließlich sehnte ich mich auch danach, dass an der Sperre endlich etwas geschah. Nach dem Abflug der Briten lag eine eigentümliche Stille über der Marsch. Ein Hauch von Frühling. Heute würde man sagen: Frieden. Dieses Wort oder diesen Begriff jedoch hätte zu der Zeit niemand verstanden, wäre wohl auch als Provokation empfunden worden.

Die vom Eisenbahngeschützzug zu dem Flugzeugwrack gelaufene Gruppe von Wehrmachtsangehörigen kehrte gerade zurück und begann, wieder die Tarnnetze über die Geschütze zu ziehen. Wohlig wärmte die Sonne. Nach den vielen Wochen der Feuchtigkeit und Kälte spross das erste Grün in den Wiesen. Herrlich, dem Brennholzsammeln entronnen zu sein, keine Schularbeiten machen zu müssen und jetzt wohlig ausgestreckt im Gras liegen zu können. Über der Panzersperre trillerten die Lerchen.

Nach der glorreichen Vernichtung der Spitfire ließ „Ameisi“ den Tagesdienst ausfallen. Kein Marschieren auf der Straße, kein Robben durch die nassen Wiesen. Nach der aufregenden und erfolgreichen ersten Tagehälfte schien dieser 4. Mai bequem und freundlich zu enden.

Die wie immer mit großem Hallo begrüßte Ankunft des Küchenwagens mit der Gulaschkanone im Schlepp erzeugte wohliges Glücksgefühl. Jeden Tag kam das dampfende, wohlriechende Gespann pünktlich um 13 Uhr angerumpelt. – Ein Höhepunkt des Dienstbetriebs! Allein wegen der reichhaltigen Verpflegung, die niemand von uns zu Hause mehr bekam, lohnte es sich, an der Panzersperre das Vaterland verteidigen zu dürfen. Bis zu diesem Tage zählte Erbsensuppe aus der Gulaschkanone zu meinen Lieblingsgerichten, bis etwas Ungewöhnliches mir den Appetit für alle Zeit verdarb. Ich sehe noch deutlich das Kochgeschirr vor mir, gefüllt bis zum Rand mit Erbsen, Wurst und Fleischbrocken. Bis zur Bewegungslosigkeit wurde zugelangt und Nachschlag geholt. Die letzte Portion hütete jeder für den Heimweg. Wie oft habe ich ein gefülltes Kochgeschirr meiner Mutter mitgebracht, die mit dem leckeren Inhalt für uns alle abends eine verlängerte Suppe oder ähnliches gezaubert hat.

Wohlmeinende Parteigenossen in der Großküche des Flugplatzes kochten für uns. Das glaubten wir eifrigen und zufriedenen Esser. Dann trat die Wende ein. Plötzlich sprang neben mir einer auf, stieß das Kochgeschirr um und kotzte gleich daneben ins Gras. In der herausgeschwappten Erbsensuppe schwamm eine dampfende fette Maus. Ein ekeliger Anblick!

Jeder stocherte sofort im eigenen Napf herum, mir und den anderen war der Hunger vergangen, es würgte im Halse. Schließlich ergriff das kleine Kläuschen die glitschige Maus am Schwanz und rannte, sie kreisend über den Kopf schwingend, zum Küchenwagen. Alle sprangen auf und liefen ihm hinterher. Dort stand brav aufgereiht die Schar vom Ostgraben. Daneben vom Eisenbahngeschützzug ein vielleicht 18-jähriger Gefreiter, der gerade mit großem Beifall empfangen worden war. Herzlichen Glückwunsch zum Abschuss der britischen Maschine!

Seit dem Vortag kam einer von den Soldaten auf einer Beiwagenmaschine über den Feldweg zur Essensausgabe gerattert und holte zwei große verschließbare Kessel mit Erbsensuppe für die Zugbesatzung ab. Hinein in diese Gruppe brauste jetzt, mit Löffeln auf die leeren Kochgeschirre schlagend, unsere Schar heran. Entsetzt und abwehrend hob der Küchenunteroffizier die Schöpfkelle hoch, bis er die Maus wahrnahm und Neugierde zeigte. Plötzlich Stille. Die hochgehaltene Fleischzulage fesselte alle Blicke.

„Was ist das?" rief jemand von hinten. Wir drehten uns um. Der Fähnleinführer hatte den Krach gehört und kam angelaufen. „Eine Maus – die muss in der Gulaschkanone gewesen sein. Ich habe sie nicht beim Austeilen bemerkt, aber ihre Jungs sagen, das Tier war im Essen", entschuldigte sich der Unteroffizier.

Unser Chef sah in die Runde und entschied kurzentschlossen: „Verpflegung einstellen, alles dicht machen, abrücken. Ich werde sofort den Küchenbullen anrufen", schüttelte den Kopf, murmelte etwas von Sabotage und verschwand in Richtung Gefechtsstand zum Feldtelefon. Der Gefreite sprang wutentbrannt auf sein Motorrad, gab Gas und knatterte mit den leeren, scheppernden Essensbehältern zum Erlenwäldchen runter.

Die Bemerkung Sabotage blieb nicht ungehört. Wieso Sabotage?

Bevor der Küchenwagen abfuhr, sah sich der uns zum Freund gewordene, leicht dickliche Herr der Gulaschkanone von seinen enttäuschten Fans umstellt. Ohne, dass jemand ihn gefragte hatte, fühlte er sich wohl zur Rechtfertigung genötigt, obwohl ihn keine Schuld traf: „Ich könnte mir Sabotage vorstellen, wisst ihr überhaupt, woher das Essen kommt? Aus der Küche des Häftlingslagers. Seit dem Chaos am 1. Mai, seit dem die Häftlinge Freiheit geschnuppert haben, ist alles möglich. Einige von ihnen arbeiten in der Großküche unter strenger Aufsicht. Bestimmt gibt es da so miese Typen, die nicht nur heute Scheiße, Dreck oder tote Mäuse in die

Kochkessel geworfen haben. Gestern zum Beispiel hat jemand vom Flugplatz beim Frühstück einen Schneidezahn verloren. Wollt ihr wissen, weswegen? Die Brötchen kommen aus der KZ-Bäckerei, in einigen steckten kleine Schuhnägel. Wenn das keine Wehrzersetzung, wenn das keine Sabotage ist! Gestern diese Sauerei und heute die Maus!" Ganz hart Gesottene hörten ihm noch länger zu.

Bald rollte der Küchenwagen davon. Wir sahen ihn zum letzten Mal. Auch für die Eisenbahngeschützzugbesatzung – was für ein langes Wort! – wurde der 4. Mai zum letzten Tag. Nicht, dass unser wehrhafter Nachbar weggefahren wäre, nein, es kam ganz anders. Das vertraut gewordene Monstrum, das mit seinen vielen in den Himmel gereckten Geschützrohren in der Nähe zu wissen gut war und mit unserer Namensgebung an die schönen Wochen der Schießausbildung in *Hörnum* auf Sylt erinnerte, endete ganz schrecklich.

Die Hoffnung auf den Endsieg hatte nach dem heutigen Sieg über die Briten neuen Auftrieb erfahren – und alles dank der *Hörnum*! – aber diese Hoffnung erfuhr einen fürchterlichen Knick.

Einige von uns lagen wieder in der Sonne, andere diskutierten über die schier unglaublichen Aussagen des Küchensoldaten. Seit langem saß Rudolf mal wieder bei mir. Sonst zog er es vor, mit seinen gleichaltrigen Hitlerjungen zusammen zu sein. Die hatten ihre Stellung unmittelbar an der Brücke, wo sie, seitdem es wärmer geworden war, in Einmannzelten übernachteten.

Wir Brüder sprachen über dieses und jenes. Über Mutter, über Vaters Eigentümlichkeiten, bis schnell anschwellend ein Geräusch von Westen drohend wie ein Gewitter heraufzog. Seit dem Morgen ein bekanntes Gedröhn. Ein Gebrumm mit singendem Oberton.

Rudolf reagierte als erster: „Ich muss rüber zu meinen Kameraden, geh in Deckung. Mit Sicherheit sind das Tommies, die kommen zurück!" Klopfte mir auf die Schulter und verschwand in gebückter Haltung im Laufgraben. Da – aus dem blendenden Sonnenlicht traten schnell größer werdende Punkte hervor. Flugzeuge, größere und kleine, rasten im Tiefflug heran, genau auf die Panzersperre zu oder auf die *Hörnum*? Die Geräusche nahmen zu. Überall auf den Wällen, Bunkern und der Straße standen mit einem Male braune Gestalten und stierten in Richtung der anbrandenden Welle.

Eingekleidet in die erdfarbenen dänischen Uniformen wirkten wir wie Murmeltiere, steil aufgerichtet vor ihrem Bau, starr den Blick auf die Gefahr gerichtet. Niemand sagte oder tat etwas, mir fiel auch nichts ein, wie gelähmt. Im Kopf schwirrten die Gedanken. Wieso unternahm der Gefechtsstand nichts? Hatten wir nicht Maschinengewehre in den hinteren Unterständen? Wo steckte Ameisbilchner? Wo die hohe Führung? Keiner schrie Alarm. Ich wollte, aber irgendetwas schnürte mir die Kehle zu, ich hatte Angst, mit einem Male weiche Beine. Ich konnte mich nicht mehr bewegen.

90

9

Wie aus weiter Ferne drang lautes Rufen in mein Bewusstsein und löste die Erstarrung. Unten aus dem Graben schrie Kläuschen aus Leibeskräften: „Komm runter da, beweg dich, Hannes, lauf, lauf!", drehte selbst um und rannte in Richtung unseres Unterstandes. Ich noch immer wie betäubt hinterher.

Kläuschens Schreckensschrei hatte alle „Murmeltiere" aufgescheucht. Hinein in die Gräben gesprungen, einer über den anderen hinweg. Gestoßen und gepufft stolperten die tapferen Verteidiger der Panzersperre durch die Laufgräben in die erdbedeckten Unterstände. Keuchend, nach Luft japsend fand ich meine Schar im sicheren Unterschlupf wieder. Da brach der Höllenlärm los.

Wie eine anbrandende Welle stieg der Motorenlärm an, kam näher und näher. Jetzt mischte ein Stakkato hämmernder Schläge mit. Es heulte und fauchte. Kopf an Kopf und zusammengedrängt, die Hände an die Bohle gekrallt, sozusagen die Fensterbank der überdachten Schießscharte – Kläuschen der Kleine stand auf einer Kiste –, ein Feuersturm rauschte heran, britische Tiefflieger. Gelbrote Feuerschweife von Raketen, dazwischen Ketten von Leuchtspurmunition der Bordkanonen fegten über die Panzersperre hinweg direkt auf die *Hörnum* zu. Als die Angreifer vorbeihuschten, regneten Geschosshülsen vom Himmel. Sie klimperten, klackten, hopsten und sprangen vor dem Ausguck auf und nieder. Kläuschen, der von seiner Kiste hinauslangen konnte, griff nach einer der fast Hereingeflogenen. Kaum berührt, verzerrte er das Gesicht: „Scheiße, die ist glühend heiß!" Der über uns hinwegrasenden Feuerwalze folgten die Schatten der Flugzeuge. Um die *Hörnum* sprühten funkelnde Streifen, weiße Sternchen platzten, Dreckfontänen spritzten, - dann mit einem Mal Totenstille. Was war da drüben auf dem Eisenbahndamm los? Nichts, keine Bewegung!

Wir guckten uns wortlos an. Bruchteile von Sekunden später, im letzten Moment wahrgenommen, flogen fast in Augenhöhe mit dem Unterstand zwei doppelrumpfige Mosquito-Jagdbomber in enger Formation vorbei, deutlich an den Hoheitsabzeichen als Briten zu erkennen. Aus dem Tiefflug schnellten sie steil nach oben. Weg waren sie. Wohin? Aus dem Unterstand nach hinten raus in den Graben gelaufen, sahen die Neugierigen die beiden in den Himmel steigen, an den Flügelspitzen kräuselnde Kondensstreifen. Jetzt lagen sie auf dem Rücken, zogen nach unten durch, drehten eine Rolle und stießen wie Habichte erdwärts direkt auf die *Hörnum* zu. Da, von beiden fielen dunkle Pakete ab. „Das sind Bomben!" rief einer. Kein Zweifel. Ein durchdringendes Pfeifen durchschnitt die Luft. Wieder hinein in den Unterstand und gerade noch rechtzeitig am Ausguck, sahen wir, wie sich im Erlenwäldchen und auf dem Bahndamm die Erde in den Himmel hob. Der Unterstand bebte, Sand rieselte von der Decke, Balken quietschten. Vier Donnerschläge folgten aufeinander. Hochgewirbelte Teile flogen in die Wiese. Eine schwarzumrandete Glutwolke, explosionsartig auseinanderberstend, rollte über die Marsch auf die Panzersperre zu. Aus dem Qualm jagten wie Feuerwerkskörper große und kleine Brocken nach allen Seiten. Immer wieder stiegen neue riesige Funkenfontänen auf, dazwischen piff, krachte und donnerte es. Manchmal klang es wie Peitschenknall. Der Boden wackelte. Eine der Bomben musste das Munitionslager des Eisenbahnge-schützzuges getroffen haben.

Auf der Straße ein schepperndes Geräusch, in der Nähe ein dumpfer Schlag. Schmutzig braunweißer Qualm zog mit dem leichten Ostwind auf die Panzersperre zu. Dahinter musste die *Hörnum* sein oder das, was von ihr übrig geblieben war. Es roch nach Schwefel, Gummi, nach Verbranntem, ganz eigentümlich, nicht nach Holz, sondern widerlich süßlich. Friedhofsruhe. War der Angriff vorbei?

Zögernd, den Himmel ängstlich absuchend krochen aus den Gräben blassge-sichtige Gestalten hervor. Alle blieben in sicherer Entfernung zum nächstbesten Unterschlupf. Niemand wagte auf die Straße zu gehen. Im Nordosten wälzte der Wind eine dunkle Rauchwolke auf die Stadt zu. Lag da drüben nicht der Flugplatz?

Im Norden wummerte es. Die Flak war aktiv. Weiter im Süden hörte man mal näher, mal weiter entfernt das Gehämmer von Bordkanonen. Spitfire und Co. flogen noch in der Gegend herum. Also kein Grund, unvorsichtig zu sein.

Um ehrlich zu sein, uns Jugendlichen zitterten die Beine. Der Krieg hatte zum ersten Mal in Neidum zugeschlagen. Auf das rasenbewachsene Dach des Gefechts-stands kletterten drei unserer Führungsleute. Der Fähnleinführer, Ameisbilchner und der andere, den Namen habe ich vergessen. Mit Ferngläsern vor den Augen sahen sie bewegungslos in die Richtung des Eisenbahngeschützzuges. Das interessierte natür-lich jeden. Die Neugierde trieb uns zum Gefechtsstand. Manchmal entstanden Lü-cken in den vorbeiziehenden Rauchschwaden.

Dort drüben auf dem Eisenbahndamm brannte die *Hörnum* in ganzer Länge. Das Prasseln des blakenden Feuers konnte man hören. Dass Eisen brennen konnte? Wie ein Knäuel verdreht, umwunden mit verbogenen Gleisschienen, umgekippt mit den Rädern in der Luft, einige Geschütze zerbrochen mit geknickten Rohren. So lag unser wehrhafter Partner in viele Stücke zerrissen da hinten im Dreck.

Was war mit dem Erlenwäldchen geschehen? Wie aus einer gespenstischen Ne-belwand, dem stinkenden Rauch, ragten schwarzverkohlte Stümpfe hervor. Zer-drückte LKWs und andere nicht erklärbare dunkle Haufen qualmten. Dahinter, zum ersten Mal konnte ich die Lokomotive erkennen. Bisher hatte das Erlenwäldchen sie abgedeckt. Aber wie sah die aus? Sie lag auf der Seite, der Kessel abgerissen gleich einer platt getretenen Dose. Der vielzackige wehrhafte, unbezwingbar geglaubte Drache, unsere *Hörnum* existierte nicht mehr. Schweigend gingen die Blicke hinüber. Ob die Briten unsere Panzersperre ebenfalls so beharken würden?

Der Fähnleinführer schlich in den Gefechtsstand ans Feldtelefon, kam gleich wieder heraus und sagte halblaut in die Runde:

„Keiner von euch verlässt die Panzersperre. Vom Flugplatz kommt der Stabs-arzt mit einigen Sanitätern. Steht ihnen nicht im Wege und bitte keine blöden Fra-gen, besser noch, haltet den Mund!"

Er trat nicht mehr so stramm auf wie sonst, ich glaubte, Feuchtigkeit in seinen Augen gesehen zu haben. Wie gelähmt und wortkarg mit stierem Blick gaffte das Jungvolk auf die Trümmer der *Hörnum*. Erst das Heranbrausen eines „Sankas“, eines Sanitätsautos mit riesigem Roten Kreuz daraufgemalt, gefolgt von einem Pritschenfahrzeug mit entsprechender Flagge brachte wieder Bewegung in die Truppe. Sie fuhren ohne Gruß vorbei in den Feldweg hinein und hinunter zum einstigen Erlenwäldchen.

Vom Dach des Gefechtsstandes beäugten unsere Chefs weiterhin die Lage mit ihren Ferngläsern. Dabei sprachen sie ständig miteinander. Kaum jemand, der nicht fragend zu ihnen hochsah. Könnten die nicht mal sagen, was da unten los ist?

Wieder war es Kläuschens Idee, wie er, ohne viel Worte zu machen, dem Fähnleinführer eine Auskunft abringen konnte. Er drehte der *Hörnum* demonstrativ den Rücken zu und blickte mit Händen an der Hosennaht auf den „Feldherrnhügel“. Es dauerte nicht lange, bis alle verstanden hatten, was er damit bezweckte.

Ein stummer Fingerzeig von oben brachte die Truppe auf die Anhöhe. Eng gedrängt auf dem Dach des Gefechtsstandes wie eine Schutz suchende Schafsherde, aber mit einheitlicher Blickrichtung, warteten viele schweigende Fragesteller auf eine Antwort.

Ameisbilchner setzte das Glas ab, stieß den Fähnleinführer an. Leicht bissig kam es ihm über die Lippen: „Sehen Sie sich mal die Meute an, die hat was vor.“ „Ach was“, winkte der Angesprochene ab, „die Jungs möchten wissen, was die Nillenflicker am Eisenbahndamm machen.“ Diese Bezeichnung hatte ich zwar bisher nie gehört, ahnte aber, was damit gemeint war. Das Sanitätspersonal genoss beim Kommiss und folglich auch bei den vormilitärischen Jugendorganisationen keinen guten Ruf, obwohl sie an der Front bis zum Umfallen operierten und Verwundete versorgten. Das Vorurteil unmilitärisch zu sein bestimmte das Image. Und die Sanitäter taten alles, mit ihrem Äußeren und im Auftreten abfällige Bemerkungen zu fördern. So auch jetzt.

Der Fähnleinführer schaute seine erschütterte Kinderschar an und meinte trösten zu müssen: „Da unten ist nichts übrig geblieben. Die Sanis sammeln Leichen ein, die meisten sind verkokelt bis zur Größe eines Kommissbrotes, - Scheiße so was!“

Drehte sich um, kletterte vom Dach und verschwand im Gefechtsstand. Schaukelnd rumpelten die beiden Sanitätsfahrzeuge nach etwa zwei Stunden auf die Hauptstraße zurück. Dort hielten sie. Aus dem ersten stieg einer aus, wohl der Stabsarzt, bat den wartenden Fähnleinführer zu sich, während die Sanitäter heraussprangen und uns mit abwehrenden Handbewegungen anwiesen, nicht näher zu kommen. Die Bezeichnung dieser Halbsoldaten als „Nillenflicker“ durchzuckte mich. Mit ihren weißen, blutverschmierten und verdreckten Kitteln konnte ich mich wohl abfinden, aber zu diesem Aufzug einen Stahlhelm zu tragen, reizte zu dummen Bemerkungen. Und dazu dieses wichtigtuerische Abwehrgewinke! Waren wir nicht auch Soldaten, wenn auch noch ganz junge, die damit rechnen mussten, heute oder morgen wie unsere Kameraden von der *Hörnum* fürs Vaterland das Leben lassen zu müssen. Warum sollten wir nicht sehen dürfen, was Sache war?

Diese Gedankengänge erschrecken mich heute, aber damals war wohl der erste Schock bereits nach kurzer Zeit abgefallen. Die aus den teilweise offenen Kartoffelsäcken herausragenden Leichenteile auf dem abfahrenden Laster müssen damals meine Seele nicht belastet haben.

Dass der 4. Mai 1945 so ereignisreich zu Ende gehen würde, hätte niemand voraussagen können. Dieser Tag, der erste warme Maientag des Jahres, endete an der Sperre mit einer Musterung und pathetischen Ansprache des Fähnleinführers. Vom Durchhalten, einer ernsten Prüfung, von Helden, von Blut und Tränen, der Ballung aller Kräfte, jetzt dem Tommy die Zähne zeigen und schließlich vom Endsieg war die Rede.

Mir stieg es heiß in den Nacken, das war eine Rede nach meinem Sinn. Als am Ende das Sieg Heil kam, brüllte ich mit aller Kraft: „Sieg Heil, Sieg Heil!“

Der allgemeinen Begeisterung folgte die Ernüchterung durch einen Nachsatz unseres Chefs: „Heute Nacht und morgen wird die Bewachung unserer Panzersperre von der örtlichen Standortwachkompanie übernommen. Befehl von höchster Stelle. Blindgängersuche und Untersuchung des Zuges sind die Begründung für eure eintägige Beurlaubung. Heil Hitler, weggetreten.“

„Heil Hitler, Fähnleinführer!“

Irgendwie missmutig, schlecht gelaunt, wohl auch sauer über die Beurlaubung schlenderte der Haufen in kleinen Gruppen stadtwärts. Zum ersten Mal nach langer Zeit kamen Rudolf und ich gemeinsam zu Hause an.

Mutter hatte Tränen in den Augen und nahm uns beide gleichzeitig in ihre Arme: "Gott sei Dank, dass ihr unbeschadet heimgekommen seid, kommt rein, es gibt gleich Abendessen.“ „Wo ist Vater, wollten wir wissen?“

„Der sitzt draußen auf der Terrasse, ist ziemlich fertig, stellt euch vor, der Flugplatz ist bombardiert worden. Ein Depot ist ausgebrannt, zwei Ju 52 sind zerstört, und komischerweise ist das Lager mit den Häftlingen angegriffen worden. Viele Tote. Geht zu ihm, er ist stinksauer, als wenn er die Misere zu verantworten hätte“, und leise fügte sie hinzu: „Seid vorsichtig, keine Reizthemen!“

Nein, er war nicht unfreundlich, sondern eher überrascht, uns beide zu sehen. Deshalb die Frage: „Hat es eure Stellung erwischt?“ Kopfschüttelnd konnten wir ihn trösten. „Die nicht, aber den Eisenbahngeschützzug hat es zerbröselt.“

Am Tisch erzählte er in aller Einzelheit, was Mutter uns bereits berichtete hatte, wie es ihm und dem Flugplatz ergangen war. Vom beschädigten Häftlingslager sagte er nichts. Wir haben ihn nicht danach gefragt und stattdessen die grausamen Erlebnisse an der Panzersperre geschildert.

94

Für unsere morgige Beurlaubung zeigte er Verständnis.

Da Rudolf und ich in einem Zimmer in Etagenbetten schliefen und das zusammen nach Wochen zum ersten Mal wieder gemeinsam, gab es viel zu erzählen. Vor allem schmiedeten wir Pläne für den morgigen Tag. Sollte man nicht ganz unauffällig, verkleidet als Zivilist, an die *Hörnum* herankommen?

Träume über das Erlebte, gemischt mit Gedanken an die taktische Gestaltung des nächsten Tages müssen die Nachtruhe bestimmt haben. Ich glaube, eingeschlafen bin ich sehr spät. Kein Wunder, dass wir beide erst um neun Uhr schlaftrunken in die Küche torkelten. Vater war längst im Dienst und Mutter verwöhnte uns. Beim „Muckefuck"-Eingießen – Kaffee wie immer aus gebrannter Gerste – lächelte sie und sagte einen Satz, der unkommentiert im Raum hängen blieb: „Ach wenn doch dieser fürchterliche Krieg endlich zu Ende wäre, egal wie, damit ich euch alle endlich wieder morgens am Tisch bei mir hätte."

Rudolf kam in Vaters Gartenhose und einem ausrangierten weißen Oberhemd und ich in einer ausgebeulten schwarzen Trainingshose mit Pullover zum Treffpunkt an der hinteren Gartenpforte. Wir fühlten uns in geheimer Mission unterwegs.

Auf dem Wiesenweg, der zum Deich führte, war niemand zu sehen. Autos durften hier ohnehin nicht fahren. Wer konnte damals schon ein Auto sein eigen nennen? Der Weg endete an der Parallelstraße zum Deich, die wir, auf Deckung bedacht, entlangschlichen, die Hecken und Zäune der angrenzenden Häuser auf unserer Seite.

Diese Vorsichtsmaßnahme war angebracht. Aus der Stadt dröhnten zwei Laster heran, davor ein schwarzes Personenauto. Nichts wie über die Hecke ins Versteck!

Wer war das? Das sah so dienstlich aus. Auf den offenen LKWs, turmhoch bepackt mit Aktendeckeln, Kartons und paketähnlichen Bündeln saßen einige Personen, die wie schützend mit den Armen die Ladung festhielten, damit auch nichts während der Fahrt herunterfiel. Wir schauten uns an und stellten fast gleichzeitig die Frage: "Hast du den einen erkannt?" Ameisbilchner ohne Mütze, aber in Uniform, saß hoch oben auf den Kartons!

10

Großes Erstaunen. Der war doch auch beurlaubt für heute. Was hat er da oben auf dem Wagen zu tun? Wo fuhren die hin?

Unmittelbar vor dem Hafen, wo die Straße abbog, drehte der eigentümliche Konvoi nach links ab und verschwand durch den Deichdurchstich ins Vorland. Diese Durchfahrt hatte zu beiden Seiten Betonmauern mit Führungsschienen, in die bei winterlichen Hochfluten danebenliegende schwere Balken eingelassen wurden.

Wir auf den Deich hoch. Die Neugierde trieb uns. Das geplante Unternehmen „Durchschlagen bis zur Ex-*Hörnum*" rangierte achteraus. Auf der Seeseite des mir wohlbekannten Vorfluterbeckens hielt die Kolonne. Aus dieser Entfernung gelang es nicht zu sehen, was da geschehen sollte. Also näher heran!

Durch die Gräben und entlang der Landseite des Deiches bis an die Schleuse des besagten Vorfluters pirschend, blieben wir beim Anschleichen unentdeckt.

Genau auf der anderen Seite mussten sie jetzt sein. Ganz langsam den Deich hochgerobbt und zwischen windzerzausten Grasbüscheln auf der Deichkrone vorsichtig den Kopf gehoben, erblickten wir folgende Szene:

Ameisi rollte, unterstützt von zivilen Hilfskräften, zwei offene Ölfässer von dem einen LKW, einige Frauen und Männer zerrten bergeweise Hefter, Akten, Kartons und Papierbündel hastig von der Ladefläche und stopften sie in die Ölfässer. Ein kleiner untersetzter Drahtiger in Breecheshosen und Reitstiefeln schleppte einen Kanister heran, brüllte: „Weg da, weg da", goss Flüssigkeit auf das herausquellende Papier, fummelte in seiner Hosentasche herum und warf etwas Aufflammendes in beide Fässer. Puff, hohe Flammen schlugen empor, nur Feuer, kaum Rauch.

Eine Hektik herrschte da unten! Ameisi rannte zu einem naheliegenden Wattloch, stach den Spaten hinein, grub und grub. Als das Loch ihm tief genug erschien, kamen die Papierbündel an die Reihe, eins nach dem andern wanderte in die mit Wasser gefüllte Grube.

Wer waren die anderen? Der Kleine in der grünen Breecheshose mit dem grauen Arbeitskittel, der die Leute zur Eile antrieb, den kannten wir doch, aber woher? Rudolf fiel es als erstem auf: „Weiß du, wer das ist, unser Polizeimeister Großestricker. Dass ich nicht gleich drauf gekommen bin! Weil er den Tschako nicht trägt, entstellt ihn seine wenig haarumsäumte Platte."

Tatsächlich der Großestricker, der scharfe Hund hier als Arbeitsantreiber und Aktenvernichter! Bisher kannten wir ihn nur mit Dienstkopfbedeckung, die er wohl auch aufbehielt, wenn er zu seiner Frau ins Bett stieg. Dieser Tschako war ein hochpoliertes schwarzes Gebilde, teils Topf, teils Pickelhaube oder Helm, mit vorne einem Schirm, der dem Großestricker bis auf die Nase reichte. Darüber der Polizeistern und als Dekoration über den Helm hinausragend in ovaler Form die Kokarde. Deswegen von uns „der Putzenpickel" genannt. Putz war die despektierliche Bezeichnung der Polizei. Was Großestricker betraf, gab es wohl niemanden in der Stadt, der für diesen übereifrigen Parteigenossen eine andere Bezeichnung verwendete. Und nun sahen wir ihn vor uns sozusagen in Tarnkleidung. Daneben standen in sicherem Abstand zu den brennenden Tonnen zwei Herren in langen dunklen Mänteln, auf den Köpfen breitkrempige Hüte. So ein Ding hatte unser Vater im Kleiderschrank in einem Leinensack liegen, eine Kopfbedeckung, die er erst nach dem Krieg aufsetzte zu Beerdigungen und als Zuschauer bei Fußballspielen der hiesigen Bezirksliga. Wer einen „Homburger" trug, zählte zur feineren Gesellschaft oder glaubte, dazuzugehören.

Stets darauf bedacht, nicht entdeckt zu werden, wurde jetzt der Bespähungspunkt dichter an die beiden Herren verlegt. Es musste doch möglich sein, festzustellen, wer da unten den Aktenvernichtungsprozess beaufsichtigte.

Nach Verlegung der Erkundungsposition auf dem Deich konnten wir nun direkt auf die beiden da unten herunterblicken. Die Herren zeigten wenig Interesse für die vor ihnen stattfindende Aktion, vielmehr ins Gespräch vertieft und miteinander diskutierend ging es offenbar um ein heißes Thema. Der Große wiegte dann und wann den Kopf und machte nur sparsame Handbewegungen, der Dicke, nach den Mundbewegungen zu urteilen, redete wie ein Wasserfall. Unter dem einen Homburger mit den für ihn typischen eiförmigen Brillengläsern und dem nach vorne geschobenen Kinn erkannten wir Rechtsanwalt Gepardt, der immer noch den wegen Suff und anderer Unregelmäßigkeiten beurlaubten Bürgermeister Hamkens vertrat.

Und wer war der andere?

Erst als der Große den Hut abnahm und mit einem Taschentuch die Stirn wischte, kam uns die Erleuchtung. In Zivil sah dieser Mensch ganz anders aus. Nicht mehr so bedrohlich wie in der Parteiuniform. Er wirkte eher wie ein lieber Onkel – der Kreisleiter Blixen.

Von See wälzte eine weiße Wand auf den Deich zu, Seenebel, typisch für die Jahreszeit, wenn warmer Frühlingswind aus Südwest über das kalte Nordseewasser auf die Küste zuwehte. Erfahrungsgemäß kroch feuchte Kühle heran. Uns reichte es ohnehin, die Neugierde war gestillt. Als Blixen auf den Wagen zuging, wieselte Gepardt an ihm vorbei, riss die hintere Autotür auf, zog den Hut, ließ mit vielen Verbeugungen seinen Kreisleiter einsteigen, stieg danach selbst auf der anderen Seite ein und ab ging die Fahrt.

Für uns das Zeichen zum unauffälligen Aufbruch.

Der feuchte Seenebel zog bereits über den Hafen, und so schlenderten wir wortlos auf der Deichinnenseite zurück. Warum diese von höchster Stelle beaufsichtigte Verbrennungsaktion? Wie oft haben wir zu Hause altes Papier oder überflüssig gewordene Schulbücher im Ofen und draußen im Garten verbrannt. Warum machten die das hier und in derartigen Mengen?

Schon mal im Hafengelände, zog es uns in den Nordteil. Auffällig viele Menschen liefen oder hasteten in dieselbe Richtung. Einige zogen leere Karren und Bollerwagen. Das waren vierrädrige Holzwagen mit Holzspeichenrädern, die über das Pflaster polterten. Daher vielleicht die Bezeichnung „Bollerwagen“.

Wenn jemand zu dieser Zeit mit einem derartigen Gefährt unterwegs war, gab es irgendwo etwas zu holen, einzusammeln oder, wie wir sagten, zu ergattern. Deshalb nicht zögern, einfach mitgehen, mal sehen! Vor dem Tor des abgesperrten, militärisch bewachten Außenhafens lief eine Menschenmenge zusammen. Die ganze Stadt wusste, dass hier so genannte Notverpflegung für die Wehrmacht, Ersatzteile aller Art, Kleidung und Wolldecken eingelagert waren.

Einer sagte es dem anderen, dass letzte Nacht eingebrochen worden sei. Die wildesten Gerüchte verbreiteten, welche Herrlichkeiten geklaut worden seien und was darin alles lagerte. Blutjunge bewaffnete Soldaten patrouillierten entlang des Stacheldrahtzaunes, riesige Warnschilder prangten am Tor und an den Wänden der Lagerschuppen: „Wer plündert wird erschossen!" Und was tat die Menge? Sie trat in die Zäune, drohte und schrie die Wachen an, von denen einige das Gewehr bereits in Anschlag hielten. Einer neben mir rief laut, andere stimmten mit ein: „Jungs geht nach Haus zu Mama, bevor der Tommy kommt!"

Wir empfanden das als Unverschämtheit, die Soldaten taten doch nur ihre Pflicht, genau so wie wir an der Panzersperre. Waren die alle verrückt geworden? Vor dem Tor kamen immer mehr Leute zusammen. Von hinten drängte es auf den Zaun zu. Frauen kreischten, einige pöbelten, verfluchten den Krieg, schimpften auf die NSDAP und die Bonzen. Letzteres ein völlig neues Wort für uns. So etwas hatten Rudolf und ich noch nie erlebt. Auf allen bisherigen Kundgebungen, Veranstaltung, Appellen und Reden der Parteiführer herrschte disziplinierte Stille und am Ende wurde Hurra und Heil Hitler gerufen oder begeistert geklatscht. Aber das hier!

Um nicht hineingezogen zu werden, hielten wir uns zurück, kletterten auf eine Mauer und betrachteten den Auflauf wie eine Kinoszene. Vor uns eine tobende und schreiende Menge, deren Ausmaß man in dem dichter werdenden Seenebel nicht erkennen konnte. Es schien, als ob in der Zwischenzeit alle Stadtbewohner heranfluteten und Einlass in die angeblich vollgestopften Wehrmachtsschuppen forderte. Rudolf zupfte mich am Arm: „Sieh mal, wer da kommt!"

Aus einer Nebenstraße ratterte ein schwarzes Auto heran, darinnen saßen unsere beiden Homburger von vorhin. Der Wagen stoppte kurz und fuhr dann mit quietschenden Reifen um das Kaiser-Wilhelm I.- Denkmal in Richtung Stadtmitte.

Uns schwante Böses. Sicherlich holte der Kreisleiter Blixen jetzt die Standortwachkompanie, die mit dem grölenden Mob kurzen Prozess machen würde. Es muss eine halbe Stunde später gewesen sein, immer noch beschimpfte die Menge die Soldaten innerhalb des Lagergeländes und forderte die Öffnung des Tores. Da rollte von hinten kommend mit aufgeblendeten Scheinwerfern ein militärischer Mannschaftswagen auf die Ansammlung zu, erzwang eindringlich hupend den Durchlass bis zum Tor, das kurz geöffnet wurde. Erstaunlich, in dem Wagen saß niemand. Und noch erstaunlicher, die Bewachung des Lagers wurde von dem Fahrer herbeigewinkt. Sie stiegen alle ein. Der Wagen fuhr wieder aus dem Depot heraus, das Tor blieb offen stehen.

Wie gelähmt und schweigend schauten alle hinter dem entschwindenden Wagen her. Ein Aufschrei löste die Spannung. Plötzlich wie ein Sog zog es die Menschen durch das Tor in das militärische Gelände. Vorne krachte und knackte es. Von Brechstangen ausgehebelt brachen Türen und vergitterte Fenster auf. Eine Welle von

Gestalten schwappte in die Hallen, einige fielen hin, andere kletterten über die Gefallenen und drängten weiter.

Wir mitten drin. Hineingeschoben in einen der Schuppen lagen Berge von Wolldecken im Weg, um die sich die Menschen prügelten. Rudolf hielt eine fest, die ihm gleich entrissen wurde. In einer Ecke bis zur Decke aufgestapelte Dosen, dort drüben Regale gefüllt mit Uniformen und Stiefeln, sogenannten Knobelbechern.

Eine Abteilung, an der alle vorbeihasteten, bot Hakenkreuzfahnen an. Jeder griff zu, was er fassen konnte. Aus Angst, dafür bestraft zu werden, diese unerwartete Chance wahrgenommen zu haben, wurde gerafft und schnell das Weite gesucht. Überladene Bollerwagen, von denen das eine oder andere herunterfiel, rumpelten hastig davon.

Rudolf und ich trafen uns wieder zu Füßen von Kaiser Wilhelm. Er saß in Kauerstellung auf der Erde und hielt ein Paar nagelneue Knobelbecher an die Brust gepresst. Ich zeigte ihm meinen zu einem Beutel geknoteten Pullover und verkündete stolz: „Essbares, mein Lieber, Dosen mit Wurst und Fleisch!"

Er guckte mich traurig an. Dann brach es weinerlich aus ihm heraus „Wir und die alle sind Schweine, Verbrecher, wir haben geplündert. Kannst du morgen mit guten Gewissen wieder zur Sperre gehen?" – Warf angewidert in weitem Bogen die Stiefel ins Gras und zog mit hängendem Kopf ab. Ich folgte ihm schweigend, aber die Dosen behielt ich und habe sie zu Hause im Keller hinter den leeren Einweckgläsern versteckt.

Als wir beide durch die Tür in die Küche traten, stand Vater vor der Anrichte und fummelte am Radio herum. Mutter rührte auf dem Herd in einer dampfenden Suppe, deutete auf ihn hin und legte den Zeigefinger auf die Lippen, eine Weisung, die auf dicke Luft hinwies.

Ob der Alte schon wusste, wo wir herkamen?

Nein, er fragte nicht danach, sondern schüttelte das Radio, das nur pfeifende und quäkende Laute absonderte. „Verflucht noch mal, warum geht das blöde Ding nicht mehr", schimpfte er vor sich hin. „Eben noch die Meldungen vom gestrigen Tage und jetzt ist der Ofen aus."

Er riss den Stecker aus der Dose, schaute uns verstört an, fiel schwerfällig auf den nächsten Stuhl, schlug die Hände vors Gesicht und stöhnte wie jemand, der den letzten Atemzug tat.

„Nicht der Kasten ist dahin, die Tommys werden den Kieler Sender geschnappt haben. Bald sind sie bei uns, und damit ist Großdeutschland im Arsch!"

Rudolf versuchte ihn zu trösten und machte eine ungewohnte Geste, die ich sehr bewunderte. Er legte eine Hand auf Vaters Schulter; der stieß sie nicht fort, sondern ließ ihn gewähren. Mutter staunte, vergaß das Umrühren. So etwas hatte sie bei ihrem Wilhelm noch nie erlebt. Er, der Unnahbare, über allem Schwebende, Unfehlbare zeigte erstmalig eine weiche Stelle.

Auf keinen Fall durften wir ihm jetzt erzählen, wie wir den Tag verbracht hatten. „Was kam denn als letztes aus dem Radio?" wollte Mutter wissen. Diese Frage sollte wohl zum einen von uns ablenken und zum anderen ihn zum Erzählen bringen. Vater tat unbekümmert. Er versuchte zu verheimlichen, wie sehr ihn die gegenwärtige militärische Lage bedrückte. Komisch, ich fühlte mich überhaupt nicht betroffen.

Sah Rudolf noch immer traurig aus? Nein! Ob seine Gedanken um das Feuer vor dem Deich oder um die weggeworfenen Stiefel kreisten, vermochte ich nicht zu ergründen, das konnte ich ihn später im Bett fragen. Wäre gegenwärtig sicherlich zu brisant gewesen.

Mutter brach das Schweigen, indem sie ihren Mann mit der Bitte abzulenken verstand, endlich zu erzählen, was heute und gestern an der Front geschehen sei. Der Herr Hauptmann, nach seinem „Schwächeanfall" wieder der Meister im Ring, schlüpfte in die Rolle des Kriegsberichterstatters, machte eine allwissende Miene und legte los: „Gestern, seit dem Morgengrauen haben die Engländer pausenlos Angriffe gegen deutsche Stellungen geflogen. Aber nicht nur das. Die Konzentration der Luftabwehr um das Hauptquartier in Flensburg-Mürwik hat die Royal Airforce ermutigt, auf den Straßen wehrlose Volksgenossen auf Fahrrädern zu beschießen. Selbst in der südlichen Marsch haben sie Jagd auf Kühe, Gänse und Schafe gemacht. In See sind harmlose Fischerboote versenkt worden und auf dem Hindenburgdamm ist von dem Zug ein Waggon nach dem andern zersiebt worden, bis sie den Lockführer töteten und die Zielscheibe zum Stehen kam. Eine Sauerei! Die eingeschränkte Verfügbarkeit eigener Jagdflugzeuge ist vom Gegner schamlos ausgenutzt worden. Sportliches Tontaubenschießen haben sie veranstaltet. In flegelhaft extremen Tiefflug sind sie über unseren Flugplatz geflogen, eine Spitfire hat sogar frech auf der Rollbahn aufgesetzt und ist wieder durchgestartet. Ohne auf Gegenwehr zu stoßen haben die rachsüchtigen Briten gestern am helllichten Tag auf das zerstörte Kiel noch einmal Hunderte Tonnen Bomben abgeworfen. Als wenn sie nicht mit Dresden schon das Maß aller Dinge überschritten hätten. Verdammt, wo hat der fette Göring bloß seine modernen Abfangjäger gelassen?"

Bei dieser Bemerkung zuckte er zusammen und winkte ab: „Letzteres habe ich nicht gesagt, verstanden und Schluss jetzt. Morgen seid ihr wieder an der Panzersperre. Wenn der Tommy kommt, zeigt ihm, dass ihr keine Memmen seid!"

Die Eltern schickten uns an diesem Abend ungewöhnlich früh ins Bett. Aus dem Wohnzimmer drangen hin und wieder Geräusche durch die Decke in unser Zimmer, als wenn etwas herunterfiel, Stimmen, mal laut, mal leiser waren zu hören, aber nicht zu deuten.

Mit Rudolf darüber zu diskutieren oder über das Tagesgeschehen zu reden, dazu hatte ich keine Lust.

Schließlich kehrte Ruhe ein. Am Morgen fühlte ich mich wie gerädert. Irrsinnige Träume quälten. Rudolf meinte beim Frühstück, ich hätte nachts geschrieen und unverständliches Zeug gesabbelt.

Der Tag begann wie zu Baubeginn der Panzersperre. Gemeinsam verließen wir das Haus, jeder traf am Sammelplatz auf seine Schar mit dem wartenden Scharführer, und ab ging es am Straßenrand entlang im Gänsemarsch zum Frühappell zur Befestigung.

In einem Strickbeutel – unverschämt unmilitärisch sah das aus – hatte Mutter uns Brote mitgegeben. Der Küchenwagen würde ja mittags nicht mehr kommen, das hatte uns der Fähnleinführer vorgestern mit auf den Weg gegeben.

Der Frühappell begann zwar mit einer schneidigen Begrüßung, aber das Heißen der Flagge fiel aus. Die Stange lag zerbrochen am Straßenrand. Die Flaggleine soll nicht mehr zu bewegen gewesen sein. Die Rolle an der Spitze sei von einem Geschoss zerfetzt worden, hieß es. Sicherlich ein Treffer der britischen Bordmunition! Um an die Flagge zu gelangen, hatten gestern die Soldaten der Standortwachkompanie den Mast umgelegt und dann liegen lassen.

Die auffälligste Veränderung bestand darin, dass der Fähnleinführer ganz alleine vor der Front stand, keiner der beiden Zugführer wie üblich neben ihm. Er musterte uns lange, nahm Haltung an und kommandierte laut in den Morgen hinein: „Besatzung Panzersperre Süd stillgestanden! Ich habe folgende Meldung zu verlesen. Am 4. Mai fiel für Volk und Vaterland die gesamte Besatzung eines Eisenbahngeschützzuges. Sie gaben ihr Leben für uns und unsere Stadt. Wir werden sie in heldenhaftem Gedanken in unseren Herzen bewahren." Nach kurzer Pause folgte der Befehl: „Zur Ehrung der Gefallen mit Blickrichtung auf die Stätte, wo der feige Albion unsere tapferen Männer vernichtet hat – Abteilung kehrt!" Der Sand knirschte unter den Füßen, danach Stille. Nur der Wind spielte im trockenen Gras, die Vögel schwiegen. Niemand wagte zu hüsteln. Tief ergriffen glitt der Blick über die Wiesen bis zu dem ausgebrannten Eisengewirr und den verkohlten Baumstümpfen.

Mein Gott, alle tot. Den jungen Gefreiten, der vorgestern so wütend gewesen war, weil die Gulaschkanone wegen der Maus nichts mehr austeilte, ihn gab es nicht mehr.

In diese Gedanken hinein kam wie aus weiter Ferne das Kommando: „Ende der Trauerminute, ganze Abteilung kehrt!"

Wieder mit dem Fähnleinführer Aug in Auge hörten wir die Begründung für das Fehlen von Ameisi und seinem Kameraden: „Eure Zugführer sind mit Wirkung des heutigen Tages abgezogen und höheren Aufgaben zugeordnet worden. Und weiter. Ab sofort endet der Dienst an der Sperre um 18 Uhr. Die bisher über Nacht als Wachen eingeteilten Angehörigen des dritten Zuges der HJ werden bis auf weiteres von einem Zug der Standortwachkompanie abgelöst. Anschließend Scharführer zu mir in den Gefechtsstand zur Dienstplanbesprechung und Ausgabe der Parole. Panzersperre stillgestanden, Sieg Heil!" „Sieg Heil, Fähnleinführer!" „Nach hinten weggetreten!"

Der Dienst begann an diesem Tag mit einem Anschiss. Beim Angriff der Engländer seien wir zu spät in die Gräben gesprungen und hätten zu lange wie blöd auf die Flugzeuge geguckt. Als Maßnahme, den Verein zu beschleunigen, würde heute das schnelle Aufsuchen einer Deckung geübt. In Marschformation aufgestellt ging es nach der Musterung über die Brücke auf der Straße nach Süden. Jedes Mal, wenn vorn der Fähnleinführer sich umdrehte, wussten wir, was passierte. Er zeigte entweder in eine Richtung und rief: "Tiefflieger!" oder es kam zum Beispiel nur der Ruf: „Tiefflieger von rechts!"

Anfangs rannten wir uns auf der Straßenmitte gegenseitig über den Haufen, weil die einen rechts oder andere links in den Straßengraben sprangen. In den Gräben schimmerte manchmal das Wasser, man endete bäuchlings in einer eiskalten Pfütze, auf einem matschigen Maulwurfhaufen, oder die glitschigen Kackperlen der dort grasenden Schafe rutschten in die Ärmel. Trotzdem maulte keiner. Mittags begann der Rückmarsch. Mit verdrecktem Gesicht, die Uniform durchnässt, aber mit fröhlichen Gesichtern und – drei, vier mit dem Lied: „Oh du schöner Westerwald über deine Höhen pfeift der Wind so kalt...." zog die erschöpfte Meute im Gleichschritt über das holperige Pflaster.

Weit und breit am wolkenlosen Himmel kein feindliches Flugzeug zu sehen. Heute hätten die Briten uns nicht überrascht.

An der Sperre angekommen hieß es „Weggetreten zur Mittagspause". Nach dem gestrigen Nebeltag schien seit den Morgenstunden die Sonne, wärmte und trocknete die feuchten Klamotten. Jeder ließ den einen oder anderen von seinem mitgebrachten Butterbrot abbeißen. Kläuschen war beim mutigen Sprung von der Straße in ein Wasserloch gefallen und triefte vor Nässe. Unser Scharführer bemerkte das, nahm ihn mit in den Gefechtstand, zog ihm die nassen Sachen aus und brachte unseren Jüngsten in eine Decke gewickelt auf den Armen tragend zu uns zurück. Mit großem Hallo wurde unser eingepackter Kleiner empfangen. Alle streckten ihm ihr Butterbrot hin. Überall hätte er reinbeißen können.

Ja, die Kameradschaft war ausgezeichnet. Diesen stark ausgeprägten Zusammenhalt und diese Hilfsbereitschaft habe ich später in meinem Leben unter Erwachsenen nie wieder erlebt.

Für den Nachmittag verkündete der Dienstplan: „13 Uhr, Übung Anschleichen an den Feind". Das verlief so:

Ein Zug bildete einen Beobachtungskreis um die Panzersperre. Der andere Zug bezog Aussichtsposition auf dem Dach des Gefechtsstandes und die älteren Hitlerjungen standen als Schiedsrichter irgendwo auf den Unterständen oder auf den Wällen der Laufgräben. Von außen nun sollte jeder versuchen, so lange wie möglich unerkannt in die Nähe des Gefechtsstandes zu gelangen, wie, war jedem freigestellt. Einmal entdeckt und vom Gefechtsstand angesprochen, war das Kriegsspiel für den Betreffenden zuende.

Die Zeit verging wie im Fluge. Der Ehrgeiz packte jeden, zu den letzten Entdeckten zu gehören. Eine kurze Musterung mit Weisungen für den nächsten Tag beendete den diesmal wirklich spannenden Dienst. Kurz vor Sonnenuntergang trafen vier Soldaten von der Standortwachkompanie ein. Alte Säcke, meinten wir, hätten auch Volkssturmleute sein können. Einer dicker als der andere, ein Feldwebel und drei Stabsgefreite. Einer von uns rief: "Die Heeresmuckel sind wieder da, wir können nach Hause gehen."

Die nahmen von uns keine Notiz. Machten lässig Meldung beim Fähnleinführer, stellten ihre Karabiner zu einer Pyramide zusammen, legten die Helme auf die Bank vor dem Gefechtsstand und verschwanden nach innen, um Karten zu spielen.

Zu Hause angekommen, kitzelte kurz vor der Gartenpforte Brandgeruch meine Nase. Aus dem Garten hinter dem Haus trieb weißlicher Qualm Rußteilchen über das Dach. Brannte der Schuppen oder die verfallene Gartenlaube? Rudolf und ich sind gleich nach hinten gerannt. Nein, Vater stocherte mit einer Forke in einem Flammenberg, aus dem graue Fetzen und schwarze Blattflocken von der Hitze in die Luft getrieben wurden. Was verheizte er da?

Neben ihm stand der Wäschekorb, aus dem er Hefte und Bücher in die Glut warf. Wir stürzten auf den Korb zu. Schweißig rot im Gesicht wollte er uns abwehren: „Haltet euch da raus, das alles muss verschwinden, kommt mir nicht mit dummen Fragen in die Quere!"

Aus den Flammen rutschten plötzlich ein paar verkohlte Bücher heraus direkt vor Rudolfs Füße. Er griff nach dem versengten Stück. Ein Teil des Einbandes ließ erkennen, was da im Feuer lag. „Das ist ja einer meiner Karl-May-Bände!" schrie er, „was soll das? Weil ich mal unter der Bettdecke einen davon mit einer Taschenlampe gelesen habe und du mich dabei erwischt hast, deshalb verfeuerst du die jetzt?" Rudolf schäumte vor Wut, geriet völlig außer sich, sprang auf Vater zu und trommelte mit beiden Fäusten auf ihn ein. Als dem Angegriffenen nicht gelang, seinen Sohn mit dem Forkenstiel abzuwehren, schlug er ihm brutal ins Gesicht, dass Rudolf im hohen Bogen auf den Kiesweg stürzte. Rudolf rappelte sich wieder auf die Beine, hielt die Hand vor die blutende Nase und stolperte ins Haus. Ich stand wie gefroren daneben, während Vater hastig mit der Forke auf die Glut einschlug. Rudolf, kurz im Haus verschwunden, kam gleich zurück und rief: „Hannes, Hannes komm mal, dein Bücherregal ist fast leer!"

Im Türrahmen stoppte er mich. „Sieh ins Wohnzimmer, der ganze Teppich liegt voller Bücher." Mutter kniete auf dem Boden, in den Händen eine herausgezogene Schublade. Als sie uns sah, legte sie die schwere Lasst stöhnend hin, erkannte unsere fragenden Blicke und wusste eine Antwort. „Gestern haben euer Vater und ich alle Bücher durchgesehen, ob vorne oder sonst irgendwo ein Hakenkreuz zu finden war." Aha, das war das gestrige abendliche Gerumpel unten im Wohnzimmer gewesen!

„Vater meint, wenn die Tommys bei einem so etwas finden, wird derjenige sofort erschossen. Los, fasst mit an", und nach einem Seufzer „Dass Bücher so schwer sein können!", hob sie die vollgepackte Schublade an und schleppte sie mit unserer Hilfe hinaus zu unserem Alten. Der schnauzte schon von weitem: „Beeil dich, das Zeug muss schnellstens weg!" Herr Hauptmann schien die Hosen voll zu haben. Wovor hatte er Angst? Wo gab es denn einen Tommy zu sehen? Wir warteten seit Tagen an der Panzersperre sehnsüchtig darauf, dem Gegner gegenüberzustehen. Drehte unser Alter durch? Die taten ja so, als hätten wir den Krieg bereits verloren.

Hatte er erfahren, dass das Rathaus gestern am Deich tonnenweise Akten verbrannt hat und er jetzt Ähnliches tun müsste. Was für ein Blödsinn und warum? Mein schönes großes Märchenbuch – weg, verbrannt. Ich habe es nach 40 Jahren mit tränenden Augen in Bremen in einem Antiquariat wieder an die Brust drücken können.

Der Maientag, der für uns so schön und erlebnisreich an der Panzersperre Frühlingsstimmung verbreitete, endete daheim dumpf und traurig. Rudolf lag schmollend im Bett. Vater den Literaturverheizer hörte ich nebenan über dem Waschbecken prusten, ich selbst stierte gelangweilt in das funzelige Licht der Tischlampe, sah vor mir die brennenden Bücher. Mutter saß mir gegenüber. Sie strickte an einem Strumpf. Das tat sie immer, wenn sie nicht angesprochen werden wollte. Aber die gute Frau bewegte nicht nur die Hände, wohl auch ihr Gehirn. Man spürte förmlich wie es hinter ihrer Stirn arbeitete. Auf dem Tisch lag die lokale Zeitung, der ich bisher keine Aufmerksamkeit hatte zukommen lassen, bis Mutter innehielt, mich mit feuchten Augen anschaute und mit einer Kopfbewegung auf die Zeitung wies. Meine Blicke fielen auf die aufgeschlagenen Blätter. Eine Seite nur Todesanzeigen. Auch die Rückseite. Schwarzumrahmte Felder mit Eisernen Kreuzen und Eichenlaub umrankt. Namen von Gefallenen fielen ins Auge, die 18 und um die 20 Jahre alt waren. Das hatte es schon öfters gegeben. So im Frühjahr 1943, als Stalingrad gefallen war. Auch in unserer Straße beklagten damals einige Familien den Verlust ihrer Männer, Väter und Söhne. Warum jetzt wieder?

Ach ja, die Überschrift mit dem ehrenvollen Hinweis auf den Heldentod für Volk und Vaterland erinnerte an den englischen Angriff von vor zwei Tagen. – Hatte ich fast schon vergessen oder verdrängt.

Allein von der *Hörnum* kamen 38 und auf dem Flugplatz acht Soldaten um und drei Zivilisten. Keine Notiz von den Toten des Häftlingslagers, von denen Vater erzählt hatte. Mutter muss mich wohl beim Lesen aufmerksam gemustert haben, welche Wirkung die Todesanzeigen auf mich machten. Wenn ich mich erinnere, rührten sie nichts in mir. Keiner von uns war betroffen und niemand aus der näheren Familie, schließlich herrschte Krieg.

„Müsst ihr morgen da wieder hin?" kam es leise über ihre Lippen. „Na klar, warum nicht, bisher habe ich mich nicht bewähren können und das will ich und ebenso Rudolf, das weiß ich!"

Diese kecke Antwort hat meine fürsorgende Mutter später oft zitiert, ja mir vorgehalten, wie verbohrt ich zu der Zeit gewesen bin. Fast angewidert ist sie aufgestanden, hat das Strickzeug hingeworfen und schluchzend das Zimmer verlassen. Ich hörte sie noch sagen: "Mein Gott, mein Gott, wenn doch dieser Irrsinn bald vorbei wäre" und dann noch „Meine armen, armen Kinder!"

Vater habe ich an dem Abend nicht mehr gesehen. Als Mutter ins Schlafzimmer schlich, hörte ich ihn schnarchen Der nächste Morgen begann wie immer. Gemeinsames, allerdings wortkarges Frühstück. Mutter steckte uns zwei Brotscheiben mit irgendetwas darauf in die Blechdose und füllte Wasser in unsere Feldflaschen. Vater schwang sich in Uniform auf seinen Drahtesel. Wir trabten los zur Sammelstelle. Was an den beiden folgenden Tagen an der Panzersperre geschah, muss nicht sehr beeindruckend gewesen sein. Kläuschens Mühlespiel-Turnier bestimmte den Tagesablauf.

Ansonsten war unser Bollwerk gegen den Feind das ruhigste Plätzchen weit und breit, fast schon unheimlich still. Den Fähnleinführer sah man nur zu den Musterungen, Flaggenparaden gab es seit dem Umfallen des Mastes nicht mehr, das Feldtelefon schwieg, und anders als sonst war das den ganzen Tag krächzende Radio des Gefechtsstandes abgeschaltet.

Wo steckte bloß der böse Feind? Kein Flugzeug, nichts!

Das Kalenderblatt neben der Küchentür zeigte den 8. Mai.

Vater und Mutter schienen irgendwie beunruhigt, aber weshalb erzählten sie uns beiden nichts. Vater wirkte zerknittert, war blass. Er war offenbar wütend oder sah man Tränen in seinen Augen? Der Übervater, der starke Mann! Was mochte ihn verletzt, gekränkt haben, was betrübte ihn?

Bevor Vater auf seinen Drahtesel stieg, nahm Mutter ihn zum Abschied liebevoll in den Arm und winkte dem davonradelnden Hauptmann nach. Für uns sollte es das letzte Mal sein, den Vater in Uniform gesehen zu haben. Am Abend war alles anders. Rudolf und ich bekamen neben der täglichen Wegzehrung ebenfalls ein Küsschen. Meine Güte, was war in unsere Mutter gefahren? „Kommt heil wieder zurück!" rief sie als wir gingen.

Nachdem seit Tagen weder Nachrichten noch Frontberichte die Stadt erreichten, bot das morgendliche Treffen auf dem Sammelplatz die Gelegenheit, Neuigkeiten und Gerüchte aller Art zu hören, die als Gesprächsstoff für den ganzen Tag reichten. Seit heute Morgen gab es keine Zeitung mehr. Das Papier sei ausgegangen, hieß es. Dementsprechend laut ging es zu. Einige schimpften über das Gehörte, andere lachten, worüber ließ man uns Dazugekommene nicht wissen. Mal nachfragen oder lieber nicht? Kaum jedoch, dass wir den Sammelplatz erreicht hatten, kam von Süden auf der Straße in voller Fahrt mit aufblinkenden Scheinwerfern ein Fahrzeug herangerast. Ein Militärauto, spaßhaft wegen seiner Form, ein Kübel genannt. Bremsen quietschten. Alle stürzten auf den offenen Wagen zu. Was ist geschehen? Unsere vier von der Standortwache saßen darin und der Fähnleinführer. Der sprang auf, krampfte die Hände an den oberen Rand der Windschutzscheibe und brüllte mit ängstlich überkicksender Stimme: „Haut ab, haut ab, der Tommy ist durch die Sperre. Sie sind hinter uns her mit Panzern, mit vielen Panzern!" Wild schaute er nach hinten. „Es dauert nicht mehr lange, dann sind sie hier, nichts wie weg!" Der dicke Feldwebel gab Gas, dass es den Fähnleinführer fast umriss. „Weg da, wir müssen weiter zur Berichterstattung!" Was tun? Ratlose Gesichter. Ganz klar, unser Chef türmte, floh vor den Briten. Der Kübel verschwand hinter einer Staubwolke. Die ersten rannten bereits in Panik die erste Querstraße herunter. Rudolf zog seinen Bruder am Arm und flüsterte: „Komm, der Ofen ist aus. Hast du den durchgedrehten Fähnleinführer gesehen, der zur Berichterstattung, dass ich nicht lache. Der und die anderen im Kübel ohne Stahlhelme, ohne Waffen und die Schulterstücke abgerissen. Lass uns ab hauen!"

Neben mir, der starke Ewald, der immer das große Wort führte, meinte: „Ich werde bestimmt zuhause in der Schlachterei erwartet. Wenn ihr mich braucht, ihr wisst ja, wo ich bin. Tschüss." Schon sah man ihn laufen. Wie ein aufgescheuchter Vogelschwarm schwirrten die tapferen Vaterlandsverteidiger auseinander. Nach dem anfänglichen Geschrei trat eigentümliche Ruhe ein. Ein kleiner Rest, ein Häuflein von vielleicht 10 Pimpfen und Hitlerjungs schaute gespannt und neugierig nach Süden die Straße herunter. In der Ferne näherkommendes Gedröhn vermischte sich mit Gerassel. Jemand griff mir in den Nacken und zerrte. Ich hörte Rudolf: „Verdammt noch mal, komm jetzt, das sind sie. Die knallen uns alle ab, wenn wir hier rumstehen, ich hau ab!"

Ich zögerte, wollte gerade auch gehen, da sah ich Kläuschen auf einem erhöhten Stein auf der Böschung sitzen. Ich zu ihm hin und angeschrieen: „Bist du verrückt, wie auf einem Präsentierteller bist du hier die beste Zielscheibe, los weg da!" Der Kleine schüttelte den Kopf: „Nö. Ich bleib hier, die tun mir nichts, ich bin viel zu klein. Außerdem habe ich noch nie einen Panzer aus der Nähe gesehen und noch nie einen von diesen angeblich furchterregenden Tommies." Sprachloses Erstaunen. Wusste er nicht, was da auf uns zukam, unterschätzte der Kleine die Gefahr? Es nahte der alles vernichtende Feind, der Schweinehund, der verlogene, blutrünstige Albion, der deutsche Städte in Schutt und Asche gelegt und Hunderttausende Landsleute umgebracht hatte, der jetzt uns niederwalzte und das Vaterland besetzte. Da kamen Unmenschen, schlimmer als Tiere auf uns zu. —

Alle diese Propagandasprüche zuckten durch den Kopf und ließen ein fürchterliches Bild vor dem inneren Auge entstehen. Hatten wir nicht miterlebt, wie die *Hörnum* niedergemacht worden war. Jeder, der nicht auf der Stelle die rettende Weite suchte, würde in wenigen Minuten dasselbe Schicksal erleiden.

Und was machte der Pipifax? Unglaublich, Kläuschen zeigte keine Angst, stützte beide Ellenbogen auf die Knie, das Kinn auf die gefalteten Hände gelegt und blickte gespannt dem stärker werdenden Gedröhn entgegen.

Was blieb uns übrig. Ihn da allein zu lassen, nein, das kam nicht in Frage. Wie die Hühner auf der Stange hockte der Rest der Panzersperrenbesatzung neben dem Mühleexperten und wartete. Mir klopfte das Herz bis zum Halse, den anderen ging es wohl ähnlich, keiner sagte etwas. Schweißperlen auf der Stirn, stoßweiser Atem, nasse Hände, und um das Zittern der Knie nicht zu zeigen, hielt ich die Arme fest um die Beine gepresst. Aufregend, aufregend!

Da, etwa 300 bis 400 Meter entfernt in der Kurve tauchten braunolivfarbene Stahlkolosse auf, schwarze Auspuffgase umnebelten die Nachfolger. Wie Perlen auf einer Schnur rasselte eine Kolonne heran, Panzer, Panzerspähfahrzeuge, dazwischen Mannschaftswagen und Jeeps. Was wird geschehen, wenn die uns sehen?

Nichts geschah. Der Boden bebte, als der erste Panzer vorbeidröhnte, ein riesiger Kasten. Mit den Ketten schien er das Pflaster zu zermalmen. Gegen die hätten wir antreten sollen?

Mir wurde mulmig in der Magengegend. Stumm und innerlich wie abgewürgt saßen die jungen Zuschauer auf der Böschung und nahmen die Parade ab. Die Motoren fauchten und hatten einen ähnlich singenden Ton wie die der Flugzeuge. Die Luft roch süßlich, der Geruch von Benzin, den wir gar nicht mehr kannten, weil unsere Wehrmacht zuletzt nur Dieselmotoren fuhr.

Und die Soldaten, die vorbeifuhren, sahen wie normale Menschen aus. Komisch! Keine wutverzerrten Fratzen oder Drohgebärden. Einige saßen lässig auf den Panzern, andere auf den Turmluken der Lastwagen hinter den Maschinengewehren. Sie schauten herüber, da, der eine winkte sogar. Neben mir wollte ein Hitlerjunge die Hand zum Gegengruß heben, irgendjemand haute sie ihm runter: „Du Blödmann, das ist kein Kumpel oder Kamerad, das ist der Feind!"

Ich hatte mir die Engländer ganz anders vorgestellt, viel biestiger, mit brutalem Gesichtsausdruck und vor allem viel größer.

Die Uniformen glichen den uns angepassten dänischen, aber irgendwie brauner. Die Helme kannte ich aus Filmen, aber nur wenige hatten die flachen Suppenschüsseln auf den Köpfen. Die meisten trugen eine Art Baskenmütze, in der heutigen Bundeswehr verulkt „Pizza" genannt. Je länger der Zug wurde, desto mehr legte sich unsere Anspannung. Links neben mir der Anton weinte, andere schluchzten, auch mir kullerten plötzlich die Tränen über die heißen Wangen. Nicht Traurigkeit, sondern Wut über unsere eigenen Vorgesetzten, die sicherlich gewusst hatten, wieweit der Tommy tags zuvor von der Panzersperre entfernt gewesen war, beseelte die Gemüter. Wo steckten die Vorbilder? Uns allein zu lassen und jetzt diese Ohnmacht! Wochenlang hatten wir geschuftet, die Panzersperre als uneinnehmbares Bollwerk auszubauen, dann die Schießübungen, Zugführer Ameisbilchners knallharte Vorbereitungen auf den Ernstfall, Kreisleiter Blixens motivierende Rede, dass der Gegner an diesem Bollwerk, sollte er überhaupt so weit kommen, zerschellen würde – und nun?

Keine Sau hatte uns geweckt, zu den Waffen gerufen. Alles umsonst.

Wie gerne hätte ich trotz allem Respekt den so selbstsicher Vorbeiziehenden meine Panzerfäuste in den Leib gejagt. Bei drei geknackten Panzern hätte es bereits ein Eisernes Kreuz gegeben. Da wäre Vater endlich stolz auf mich gewesen. Zum Heulen, die Tommies verdarben mir die große Chance der Bewährung. Sie waren zu früh oder wir zu spät gekommen. Mit jedem weiteren passierenden Fahrzeug zerfiel ein Stück Hoffnung, je wieder für das Vaterland einen sinnvollen Dienst verrichten zu können.

Nur stumpf und wie bei einem über die Kinoleinwand flimmernden Film, der nicht mehr interessierte, nahm ich meine Umwelt wahr. Rechts und links die schweigenden Kampfgenossen bewegten wohl dieselben Gedanken: Alles Scheiße! Was ist zu tun, wohin sollen wir gehen, wer sagt uns, wie es weiter geht? – Einfach aufstehen und nach Hause gehen?

Mitten hinein in diese fast philosophischen Betrachtungen scherte der gerade vorbeigeeilte Jeep aus der Kolonne aus, drehte um, kehrte zurück und blieb vor der Böschung stehen. Darin saß der Fahrer mit einem Käppi, neben ihm jemand mit einer Schirmmütze, dahinter hockte die Maschinenpistole im Anschlag ein suppenschüsselgeschützter Soldat. Als links aus dem Jeep der offensichtlich höhere Dienstgrad heraussprang, ging ein Raunen durch unsere Reihe: „Die haben ja das Steuer auf der falschen Seite!"

Der elegant wirkende Offizier, als solcher deutlich an dem goldschimmernden Uniformknöpfen, der Schirmmütze und dem glänzenden Gebilde auf den Schulterstücken zu erkennen, trug an dem hellbraunen Koppel, versehen mit einem schräg über die Brust zur Schulter laufenden Lederband in einem Etui eine schwere Pistole.

Mit den Händen beiderseits auf die Hüften gestützt, blieb er am Straßenrand stehen und schaute jeden einzelnen musternd an. Ich wurde das Gefühl nicht los, dass der Brite besonders mich am längsten betrachtete, dabei lächelte er freundlich.

Wie die biblische Gestalt, die Lot, bewegte niemand ein Glied, wie zu Salzsäulen erstarrt harrten wir der Dinge, die da kommen sollten. Hinter dem Offizier ratterten die Fahrzeuge weiter in Richtung Stadt. Mindestens eine Minute der Lähmung schien zu verstreichen, zwei fremde Welten, unversöhnliche Todfeinde sahen einander in die Augen. Nur eine Frage marterte das Hirn: "Was wird der Kerl da unten an der Straße mit uns jetzt machen?"

Da stand Kläuschen auf, nahm stramme Haltung an, legte theatralisch die linke Hand ans Koppelschloss, wie einst bei dem Gelöbnis, dem Führer bis in den Tod zu dienen, danach streckte er den rechten Arm aus, langsam und Aufmerksamkeit heischend. Mit offenen Mündern folgten wir seiner unbegreiflichen Aktion. Auch die Tommies sahen nur auf ihn. Mit gellender Stimme, die den Straßenlärm überschallte, tönte es aus seiner Kehle: „Heil Hitler, Herr Engländer!"

Bruchteile von Sekunden lang glaubte ich, jetzt zieht er die Pistole und knallt den Kleinen ab. Aber was war das? Ebenso laut wie er rief der Offizier, unglaublich, in akzentfreiem Deutsch zurück: „Vielen Dank für die freundliche Begrüßung, komm, Junge, nimm den Arm runter, der Krieg ist vorbei, geh nach Hause!"

Ein Engländer sprach einwandfreies Deutsch. Erstaunlich, wie war so etwas möglich? Erleichtert hörte man ein Aufatmen. Alle schauten auf Kläuschen, einer fing an zu klatschen, andere fielen mit ein. Ein befreiendes Lachen beendete die bisher frostige Atmosphäre.

Unten die Tommies lachten auch. Der Offizier griff in seine Hosentasche und warf kleine bunte Päckchen zu uns hinauf. „Das ist Kaugummi, nur kauen, nicht herunterschlucken!"

Er winkte, wir winkten und weg war er mit seinem Jeep.

Aus den Päckchen ließen sich beigefarbene längliche Plättchen schälen. Es reichte für alle. Wie die Kühe mit kauenden Malbewegungen probierte der Kiefer Festigkeit und Geschmack dieser neuen Entdeckung. Mit jeder Kaubewegung zermahlte ich in meinen Gedanken alles bisher Erlebte. Aber ein Fünkchen schwelte weiter und damit die Frage. Es kann doch nicht alles umsonst gewesen sein?

Die Beschäftigung mit den Kaugummis lenkte die Aufmerksamkeit von den vorbeiziehenden Truppen so sehr ab, dass niemandem das letzte Fahrzeug der Kolonne aufgefallen war. Die britische Karawane müsste sicherlich jetzt den Flugplatz erreicht haben.

Dass sie zu den Einheiten der 11. Panzerdivision gehörten, verriet das Abzeichen an den Fahrzeugen und an den Oberarmen der Uniformen. Auf leuchtend gelbem Grund eines Wappens prangte ein schwarzer Stierkopf mit roten Hörnern.

Leiser werdend und bald ganz verschwindend verebbte das Gerumpel und Gerassel der Kettenfahrzeuge. Ratlos horchten wir in die mittägliche Stille, nur über uns die trillernden Lerchen, in der Ferne ein blökendes Schaf. Keine anderen Menschen als wir schienen auf der Welt zu sein. Und diese Welt hatte sich gerade vor einigen Minuten verändert. Was hatte der englische Offizier gesagt: „Der Krieg ist aus, geht nach Hause!" Ja, dann lasst uns mal!

Die erste Begegnung mit der Besatzungsmacht bedeutete das Ende nicht nur der Zusammengehörigkeit des Fähnleins, sondern auch der mit dem Dienst gewachsenen Kameradschaft. Einer nach dem anderen stand auf, keiner sagte „Tschüss" oder „Auf Wiedersehen", man lief in verschiedenen Richtungen davon.

Mich verwirrte dieser plötzliche Zerfall der seit Wochen eingeschworenen Kampfgemeinschaft. Gestern noch Begeisterung und wilde Entschlossenheit, den Briten die Stirn zu bieten, heute zerplatzten alle Träume und Wünsche. Enttäuscht, verbittert, kopfschüttelnd über die unverständliche Wende liefen die Helden davon. Hätten Ameisbilchner oder der Fähnleinführer gesagt: „Jungs, geht nach Hause, der Krieg ist aus!", das wäre verstanden worden.

Doch die hatten sich „verpisst", stattdessen hatte ein Tommy das Ende aller Hoffnungen verkündet.

Wir aus unserem vorstädtischen Wohnviertel liefen nicht so schnell auseinander. Vielfach fand man den einen oder anderen später auf der Schulbank wieder oder in Sportverbänden. Kläuschen dagegen, der mehr zu Innenstadt hin wohnte, begleitete uns am heutigen Tage zum letzten Mal auf einer von ihm angezettelten Mission. Ihn quälte ein Geheimnis, das er zum Schluss unserer Gemeinsamkeit offenbaren wollte. Er tat es. Danach verschwand er für viele Jahre aus meinem Gesichtskreis. Zu viert saßen die letzten verhinderten Möchtegernverteidiger der Panzersperre zusammen und hörten Kläuschen zu, den niemand je wieder gewagt hätte, Pipifax zu nennen.

Er hatte einen Plan. Unser kleiner Großer meinte, wir sollten gerade heute noch einmal die Panzersperre besuchen. Kein Tommy sei weit und breit zu sehen, und jetzt zur Mittagszeit, wo jeder gute Deutsche vor dem Trog saß, wäre es die beste Möglichkeit, unentdeckt zu bleiben. Zuerst schlug er vor, die HJ-Abzeichen, die Kordeln und das schwarze Halstuch in die Taschen zu stecken oder wegzuwerfen. Unser Kleinster übernahm jetzt das Kommando.

Erst schlichen wir durch die Gräben. Als doch niemand kam, ging es weiter in aufrechtem Gang bis zu unserer ehemaligen Stellung.

Alles schien dort in bester Ordnung zu sein. Die Tür zum Gefechtsstand stand offen, davor lagen die Karabiner der tapferen Wachsoldaten. Unter der Bank wie achtlos hingeworfene Töpfe – die Stahlhelme der geflohenen Vertreter der Standortwachkompanie. Vom Fähnleinführer hing die Mütze am Haken. Im Herd glühte die Kohle, die Kaffeetassen standen gefüllt auf dem Tisch. Daneben hingeworfen zeugten Skatkarten von einem fluchtartigen Aufbruch. Wie eilig die Verteidiger der Panzersperre davongerannt waren, das hatten wir ja heute Morgen auf dem Sammelplatz bereits erlebt.

Warum wollte uns Kläuschen das alles unbedingt zeigen, und das so unmittelbar, nachdem die Briten offenbar ohne jeglichen Schusswechsel durch die Panzersperre durchgezogen waren?

Er tat geheimnisvoll und winkte seine Mitstreiter an den ersten Munitionsbunker, die Pforten mit schweren Vorhängeschlössern gesichert. „Seht mal durch die

110

Entlüftungsschlitze, könnt ihr die Kisten mit der MG-Munition zählen?" Jeder quetschte das Gesicht an die Schlitze. „Na, was seht ihr", fragte der Kriminalist. „Nee, ich seh nix." Stellte der erste fest. „ Ich auch nicht" staunte der nächste. „Der Bunker ist leer, alles weg!"

„Kommt mit zum Lager der Panzerfäuste" forderte Kläuschen und lief voraus. Dort angekommen, gab es dieselbe Feststellung, und das noch einmal bei den Karabinern und der Gewehrmunition. Alle Bunker geräumt, aber fest verschlossen. Wütend wollte ich über unseren Kleinsten herfallen, jemand hielt mich zurück: „Du Schweinehund, du hast das gewusst!" Er aber winkte ab.

„Nein ihr Lieben", konterte er, „ich bin nicht der Schweinehund, sondern diejenigen, die an dem Tag, als wir nachts alle nach Hause mussten, den Laden geräumt haben und uns im Glauben ließen, wir würden das nicht merken. Unsere Chefs oder die Partei oder wer auch immer, die hätten uns hier gegen die Tommies ins offene Messer laufen lassen. Stellt euch vor, wir hier ohne Waffen den wilden Mann markierend. Was glaubt ihr? Ein paar Salven der Panzer, und wir wären im Arsch gewesen, abgemurkst ohne die Möglichkeit der Gegenwehr. Wann unsere eigenen Leute die Bunker geräumt haben, möchtet ihr wissen? Denkt mal nach. Wie wäre es mit dem Tag, als Ameisi nicht wieder kam. Der Fähnleinführer muss der einzige gewesen sein, der von der Räumung wusste, das arme Schwein, der durfte uns nichts sagen. – Und, wann ich das bemerkt habe? Erst gestern. Ich habe in die Kuhle des Muni-Bunkers A gepinkelt, dabei mal durch die Schlitze geguckt und eben diese verwirrende, unerklärliche Feststellung gemacht. Neugierig geworden, habe ich die übrigen Bunker auch inspiziert. Überall dasselbe. Hätte ich euch meine Entdeckung verraten dürfen oder gar dem Fähnleinführer melden? Der überraschende frühe Einmarsch der Tommies hat uns das Leben gerettet, so sehe ich das. Ich war heute Morgen glücklich, dass wir es nicht bis zur Panzersperre geschafft haben, bevor der Herr Engländer kam. Ich werde diesen Ort für immer vergessen und den ganzen Hitlerjugendfirlefanz dazu. Endlich Schluss damit. Ich will nichts mehr davon wissen."

Kläuschen, richtig wütend, machte eine militärische Kehrtwendung und schlenderte mitten auf der Straße in Richtung Stadt, warf mal hier die Naziarmbinde in den Graben, dort den Knoten, da das schwarze Halstuch und zuletzt zog er das Braunhemd über den Kopf und schmiss es aufs Pflaster. Mit nacktem Oberkörper ging er weiter.

Wir ließen ihn gehen und folgten ihm auf der uns so vertraut gewordenen Allee mit dem Holperpflaster in respektvollem Abstand.

Ungewöhnlich bereits zur frühen Nachmittagszeit zurück, trafen wir Mutter zu Hause am Küchentisch sitzend an, kein Nähzeug oder Topf in den Händen, keine Schürze um, sondern in einem festlichen Kleid. Vor ihr lag die aufgeschlagene Bibel und eine Kerze brannte auf einem Untertässchen. Selten sind wir so liebevoll in die

Arme genommen und gedrückt worden wie an diesem Tage. „Setzt euch zu mir, es ist schön, dass ihr da seid, ein herrlicher Tag!"

Mal lachte, mal weinte sie, erzählte wie ein Wasserfall von Jugenderlebnissen, von den Zeiten als wir noch klein waren. Und wie schön es wieder werden würde. Sie fand andächtige Zuhörer. Solange, bis draußen das Geräusch eines hingeworfenen Fahrrades durch das geöffnete Küchenfenster drang. Mutter sprang auf: "Oh, wie schön, Vater ist auch endlich zu Hause!"

Sie wollte ihm entgegenlaufen, aber da flog schon die Tür auf. Vor ihr stand unser Hauptmann mit fahlem Gesicht ohne Koppel, ohne Schulterstücke. Den Hoheitsadler von der Brust abmontiert und die gelben Luftwaffenspiegel von den Revers abgerissen.

Mutter streckte ihm die Hände entgegen. Der Ex-Offizier übersah es. An den Tisch gesetzt vergrub er das Gesicht in seine Hände und stöhnte: „Dass Großdeutschland untergegangen ist, dass wir den Krieg verloren haben und meine Uniform kastriert worden ist, das ist alles nicht so schlimm. Schlimm, ist, dass eure Mutter hier an diesem Tisch einem Spion schöne Augen gemacht hat, von wegen Gruß an die Offiziergemahlin und so. Euch hat er nicht Geschichten erzählt, sondern ganz gemein ausgehorcht. Und mit mir hat er im Garten Bier getrunken, um von hintenrum dienstliche Dinge zu erfahren. Ich könnte mich in der Luft zerreißen! Wisst ihr überhaupt von wem ich rede? Na, dämmert´s, - vom Zivilingenieur Friedmann. Gafft nicht so! Als die Tommies kamen, mussten wir alle in unseren Büros bleiben. Dann klopfte es und wer stand da vor mir, ein britischer Offizier. Nun, so etwas hatte ich erwartet. Aber noch einmal hingesehen, nein, den kenne ich doch, ein langjähriger Kollege von mir. Seit 1936 wuselte er auf dem Flugplatz herum. Und wie stellte der sich vor: "Herr Hauptmann Färber, ich bin der Major Friedman!"

Mich hat es fast vom Stuhl gerissen. Dieser Kerl hat jahrelang als Spion wie eine Laus in unserem Pelz gesessen und jeden Furz, der auf dem Flugplatz gelassen wurde nach drüben auf seine Insel gemeldet. Man sollte den Friedmann würgen.

Den Gedemütigten muss diese Begegnung so angeekelt haben, dass er den Namen mit Schaum vor dem Mund ganz gehässig aussprach wie „Mäidschär Frydmään". Immer wieder schüttelte er den Kopf und wiederholte: „So eine Sauerei, wir alle haben ihm vertraut, alles erzählt und jetzt das."

Ich wollte den Zerknirschten heute nicht ärgern und ihm sagen, seinen Major schon vor ihm kennengelernt zu haben; denn dessen war ich mir sicher, dass der Offizier im Jeep Friedmann gewesen sein muss. Er hatte mich zwischen den anderen auf der Böschung sofort erkannt. Deswegen sah er auffallend lange in meine Richtung. Dass Vater heute am letzten Kriegstag innerlich am Boden lag, konnte man nachvollziehen. Wir ließen ihn in Ruhe, verschwanden in unser Zimmer. Wie würde die Zukunft aussehen?

Kein Heil Hitler, kein Sieg Heil mehr, aus und vorbei. Keine Panzersperre, keine Pimpfe, keine Hitlerjugend und keinen Vater mehr in Uniform. Was würde mit den vielen Hakenkreuzfahnen geschehen? Schwererwiegende Probleme quälten uns nicht.

Eine neue Zeit mit grundlegenden Veränderungen, deren Bedeutung wir Jugendlichen lange Zeit nicht begriffen haben, begann an diesem Tage. Die erste Nacht in der britischen Besatzungszone wurde zu keiner „good night". Wer konnte in dieser Nacht schon ruhig schlafen. Wilde Alpträume machten mir zu schaffen.

Lag es an den aufregenden Erlebnissen oder an dem aus Versehen heruntergeschluckten Kaugummi von Major Friedmann?"

Damit war Hannes am Ende des heutigen Vortrags angelangt. Niemand in der Runde stellte ihm eine Frage, alle schienen betroffen zu sein. Bis auf die Nachtwache zog die Crew wortlos unter Deck. Nur unser Smut machte noch eine zutreffende Bemerkung: „Mein Gott, was muss das für eine beschissene Zeit gewesen sein!"

Der sechste Tag auf dem Atlantik

02. 12. 2006

Tagsüber sehr guter und kräftiger Segelwind, ab 18:00 Uhr abflauend auf Bf 3. Fliegende Fische und, erstaunlich, trotz der fernen Küsten einige Seeschwalben. Das Schiff liegt ausgezeichnet in der See. Gut ausgetrimmt. Gegend Abend eine englische Jacht gesichtet. Wegen der hohen Dünung erst auf Entfernung von zwei Seemeilen entdeckt. Sie lief unter Passatsegeln in sicherer Entfernung vor unserem Bug nach Steuerbord durch.

Heute erstmalig keiner seekrank gewesen. Chefkoch Herbert Carstensen serviert deshalb ein „Fünf-Gänge-Menü". Stimmung gut und wie unser Jüngster sagt: „Stimmung erste Sahne!"

Wegen Rationierung des Wassers ist heimlich zu viel Mineralwasser getrunken worden. Wurde unter Verschluss genommen – Bier, Wein und Sonstiges nicht. Die Sonne brennt. Skipper verlangt, ständig Kopfbedeckung und Hemden zu tragen.

Winde zwar achterlich, aber nicht beständig. Heute Durchschnittsgeschwindigkeit nur 5 Knoten. Tagesroutine langweilig, alle warten auf die nächtliche Kühle.

Heute Abend ist Hannes wieder gefragt.

Nach dem erstklassigen und reichlichen Menü will er uns erzählen, wie erbärmlich die Lebensumstände und vor allem die Verpflegung während der ersten Nachkriegsjahre waren.

„Wir haben an Bord großartig gegessen und nehmen es eigentlich als selbstverständlich hin. Die norwegische Überlieferung erinnert an grausame Zeiten, die denen im Nachkriegsdeutschland nicht unähnlich war. Diese norwegische Sitte des Dankens ist etwa 200 Jahre alt. Sie ist auf eine große Hungersnot zurückzuführen. Eine Einladung zum Essen war damals etwas Hochwillkommenes, vielleicht hat sie dem einen oder anderen Norweger sogar das Leben gerettet. Heute mag das Danken eine Floskel im reichen Norwegen sein, aber dient als Erinnerung, dass es einmal anders war und dass man politisch wachsam bleibt, nicht wieder in eine Notzeit zu geraten.

Die in Deutschland kriegsbedingte Hungerzeit liegt gerade mal 60 Jahre zurück. Wer von den jungen Menschen unserer Zeit kann sich zurückversetzen in die Elendsjahre 1945 bis 1948? Wer oder was erinnert daran? Die Eltern, die Schule? Alles vergessen und verdrängt?

Deshalb überschreibe ich den heutigen Abend mit dem Titel:

Stunde Null und danach

11

Die Stalingradberichte, Bücher und Filme über den Holocaust, Wahrheiten und Unwahrheiten über Geschehnisse im Dritten Reich scheinen in einer Überflussgesellschaft ihre warnende Kraft verloren zu haben. Viele Bundesrepublikaner möchten von all dem nichts mehr hören, lesen, sehen oder erinnert werden. Mit der Bemerkung „Wir haben damit nichts zu tun gehabt" wird schnell das Thema gewechselt. Die Alten sind empört.

Vielleicht sind dagegen die Erzählungen eines damals politisch zwar angebrüteten, ansonsten aber charakterlich nicht verbogenen Jugendlichen glaubhafter und ehrlicher als die Stories der aussterbenden Kriegsteilnehmer, die den Nazis ermöglichten, an die Macht zu kommen. Für einen damals „Fast-Teenager" brach 1945 mit der Kapitulation keine Welt zusammen, aber von einem Tag auf den anderen war alles anders. Die Erwachsenen konnten sich das erklären. Wer aber sagte es mir? Die ängstliche, schweigsame Mutter? Der Vater, der nur in den eigenen vier Wänden den Mund voll nahm, nach außen hin keine eigene Meinung kundtat? Ihm vertraute ich schon lange nicht mehr.

Niemand zeigte uns Jungen, wohin der weitere Weg führte. Bisher gab es einen Fähnleinführer, darüber die Politgrößen und an der Spitze den gottgleichen Adolf, aller Deutschen Feldherr und Führer. Wo waren die jetzt? Alle in der Vertiefung verschwunden. Nicht einmal „Heil Hitler" durfte man mehr sagen. Wenn ich in gewohnter Weise die Nachbarn grüßte, lachten die oder riefen: „Halt's Maul!"

Mühsam erlernten wir das „Guten Morgen, Guten Tag und Guten Abend". Oft noch kam ein Gemisch über die Lippen wie „Heil, ach ja Morgen". Mit „Moin, Moin" ging es an der Waterkant am besten.

Die damals Erwachsenen, Täter wie Opfer, haben nach dem Krieg tonnenweise literarisches Material produziert, um sich vor ihrer Nachwelt zu rechtfertigen oder bedauern zu lassen.

Bisher jedoch ist niemand, der in das Dritte Reich hineingeboren wurde und mit kindlichem Gemüt das Ende dieser Diktatur und den Beginn der von den Besatzern befohlenen Freiheit empfunden hat, zu Wort gekommen.

Ich glaube, mit meinen Darbietungen eine Marktlücke zu schließen. Besonders die Jahre 1945 bis 1948 mit ihren oft skurrilen Nachkriegserlebnissen sind mir wie ins Gehirn eingebrannt unvergesslich geblieben. Selbst der erste Tag nach dem Einmarsch der britischen Truppen gehört dazu. Nun, wie startete Deutschland in den ersten Morgen nach dem Untergang des Dritten Reiches?

Der friedliche Neubeginn begann in unserer Familie wie folgt:

Vater war, als wenn es keine Veränderung gegeben hätte, in seiner wie er sagte verhunzten Uniform zum Dienst, zum Flugplatz geradelt. Mutter machte Inventur.

Zählte im Keller, in dem von ihr mit Vorhängeschloss bewachten Vorratskeller die verbliebenen Dosen mit Eingemachtem. Besonders hütete sie die letzten Reserven, die Gläser mit Blut- und Leberwurst von den weit zurückliegenden wenigen Schlachtfesten bei Bauer Claussen.

„Wir sind so lange nicht mehr bei denen gewesen", klagte sie beim Frühstück. „Sollte Vater ihn nicht mal wieder besuchen? Vielleicht ist das gegenwärtig nicht so passend, er als Ortsgruppenleiter wird sicherlich jetzt andere Probleme haben."

Der Bestand an Kartoffeln bereitete die größte Sorge. Vier Zentner hatten im Herbst die große Lattenrostkiste gefüllt. Da die Brotmarken nie ausreichten, füllten wir uns die Bäuche mit Kartoffeln, mit Minimum Fett gebraten oder zumeist als Pellkartoffeln, die brannten wenigstens nie an.

In der Gartenlaube keimten unter Zeitungspapier die zur Aussaat bestimmten Erdäpfel. Die durften nicht angetastet werden. Sie bedeuteten Überlebensgarantie für das nächste Jahr. Jeder Quadratmeter im Garten war Nutzfläche. Selbst die städtischen Anlagen verwandelten die Stadtgärtner in Kartoffeläcker. Die Blumenrabatten, den Schlossgarten und die Parkanlagen. Das Brückengeländer über den Stadtgraben und Bänke endeten als Feuerholz.

Doch zurück zum ersten Morgen der so gepriesenen Freiheit, die das wieder tönende Radio verkündete. Übrigens konnte sich kein Mensch erklären, woher die Musiksendungen kamen, ständig unterbrochen von Suchmeldungen und Anweisungen an die Bevölkerung.

Was aus Vater werden würde, bereitete Mutter erhebliche Sorgen. Außer Soldat zu sein, hatte er es zivilberuflich nicht weit gebracht. Als junger Mann erwarb er in Eckernförde im Fachbereich Bauwesen an der dortigen Bauschule das Diplom als Bauingenieur, das ihm sicherlich beim Errichten von Lagern dienlich gewesen ist. Nach dem Fachstudium hatte er sich bei der Post beworben. Sieben Jahre ließ die Post ihn warten, bis er als technischer Beamter übernommen wurde. Jetzt als Parteimitglied und Offizier bot ihm das neue Deutschland sicherlich keine Stelle mehr an. Und was uns Jugendliche betraf, hingen wir in der Luft. Vom Neubeginn in den Schulen sprach niemand.

Zu erst einmal zog Mutter mit uns auf den Boden, untersuchte alle Schränke nach Anziehsachen. In den letzten Monaten kannten Rudolf und ich nur Uniform, als Pimpf und Hitlerjunge trug man höchst selten Zivilklamotten.

Ich erinnere mich an meinen abenteuerlichen Aufzug. Da es in den Sommer hineinging, reichte eine kurze Hose, meine schwarze Hose des Jungvolks, dazu ein bläuliches Hemd von Vater und darüber ein aus Wollresten gestrickten Pullover, ich glaube, „Westover" genannt.

Zum Herbst und den folgenden Winter kamen dazu meine in einem Kochkessel mit Eichengerbsäure fast violett eingefärbte exdänische Uniformhose und Jacke, jetzt versehen mit unterschiedlichen Knöpfen, und auf dem Kopf eine bei einem

Straßenhändler gegen ein Frotteetuch eingetauschte Mütze eines französischen Fremdenlegionärs. Rudolf sah nicht besser aus, nur, dass er eine von Vaters Uniformjacken auftragen durfte.

Wie wir damit auf andere wirkten, interessierte nicht. Menschen nach dem Tragen kostspieliger Designergarderobe einzuschätzen, wie das heute vorkommt, wäre niemandem in den Sinn gekommen. Viel wichtiger bedeutete uns, satt zu werden.

Bereits seit dem ersten Morgen der Besatzungszeit klapperten wir beiden Brüder mit unserem Handkarren, dem Bollerwagen, durch die Gegend, den Jagd- und Spürsinn ausgerichtet auf die Suche nach Ess- und Brennbarem. 1945 waren Jugendliche genau so verfressen wie in der Wohllebe unserer übersättigten Republik. Immer Hunger! Der krasse Unterschied jedoch bestand darin: Mal eben zum Kiosk zu laufen, dort eine Currywurst zu reißen oder drüben einen Big Mac reinzuziehen, das gab es nicht. Es gab gar nichts, es sei denn, man beklaute den Nachbarn oder den Tommy.

Mit dem Tag des Einmarsches der Briten war in der Stadt und überall jegliche kommunale Verwaltung, jedes öffentliche Leben erstarrt. Geschäfte, Betriebe, Handwerk und Handel hatten die Hände in den Schoß gelegt und warteten auf Weisungen der Besatzungsmacht. Nahrungsmittel gab es am Anfang überhaupt nicht. Die alten Bezugsscheine nahm kein Geschäft an, in den Schaufenstern herrschte ohnehin gähnende Leere. Die Kunst der Selbstversorgung garantierte das Überleben. Einbrüche, Prügeleien, Messerstechereien und Plünderungen gehörten zum Stil der Nahrungsbeschaffung.

Recht und Ordnung kannte niemand mehr. Die Stadtpolizei war aus Angst vor den Tommies aufs Land geflohen.

Konfrontiert mit der Hilflosigkeit der Behörden, vor allem das erdrückende Flüchtlingsproblem zu lösen, gab die Besatzungsmacht ihre anfängliche Zurückhaltung schnell auf und half auf vielfältige Art und Weise.

Britische und dänische Hilfsorganisationen führten die Speisung und später die Schulspeisung der zahlreichen unterernährten Kinder und Jugendlichen ein. Zunächst erfolgte die Bestäubung mit Antiläusepulver, danach die Untersuchung von Militärärzten. Mir bescheinigte man erhebliches Untergewicht. Mit entsprechend leidendem Gesicht vor der Haferflockensuppenausgabestelle angetreten, hielt ich meinen Blechnapf hin. Die rundliche dänische Rote-Kreuz-Schwester sah mich freundlich an, füllte mir eine doppelte Portion hinein und manchmal drückte sie mir ein Stückchen Schokolade in die Hand, das abends gemeinsam in kleine Häppchen aufgeteilt als Höhepunkt des Tages langsam weggelutscht wurde.

Außer der Angst, am folgenden Tag nicht mehr satt zu werden, empfanden meine Eltern die Gefahr enteignet zu werden als die nächst größte. Bei den abendlichen Gesprächen nahm dieses Thema einen großen Raum ein. Gerüchte kursierten, ehemaligen Offizieren, Beamten, von den Besatzern als stramme Nazis eingeschätzt, würden die Engländer die Häuser wegnehmen und sie wirklich Bedürftigen zuteilen. Dazu zählten in erster Linie die Flüchtlinge, deren Zahl nach der Kapitulation erheblich anschwoll. In den Monaten Mai und Juni 1945 lagen in den Buchten der westlichen Ostsee Hunderte Schiffe vor Anker, überfüllt mit Flüchtlingen aus dem Osten. Englische Marineeinheiten hatten die Ausschiffung und den Transport der Neuankömmlinge übernommen. Das bedeutete nicht nur für Neidum eine menschliche Überschwemmung, sondern ebenfalls für das weitere Umland. Täglich trafen auf dem Bahnhof unserer Stadt oder mit britischen Militärlastern auf den Marktplatz herangekarrt weitere unterzubringende Heimatlose ein. Wochenlang wimmelte es auf dem Platz von dunkel gekleideten Menschen, die still auf Koffern, Leinenbündel und Rucksäcken hockten.

Offensichtlich willkürlich hatte der britische Stadtkommandant im Rathaus ein paar Ratsherren und Angestellte aufgefordert, das Problem zu lösen. Zu den Auserwählten gehörte der von den Nazis eingesetzte Hilfsbürgermeister Gebhard, der jetzt in seiner neuen Rolle beflissen den neuen Herren diente. Mit ihm an der Spitze zog eine Kommission durch die Wohnviertel und inspizierte Häuser und Wohnungen. In ihrem Gefolge kofferschleppende abgerissene Gestalten und schreiende Kinder.

Mutter stand hinter der zugezogenen Gardine und betete laut, dass uns keiner dieser Jammergestalten als Mitbewohner zugeteilt werden würde. Wir empfanden das als nicht so bedauerlich, es müsste doch ganz lustig sein, auf diese Weise neue Spielgefährten zu gewinnen. Rudolf und ich sahen der Begegnung mit der Hausbelegungskommission eher erwartungsvoll entgegen.

Mutters Gebete wurden letztlich nicht erhört. Es wäre wohl auch unverständlich gewesen. Zwar hatten wir als Einheimische weder Hab noch Gut verloren und mussten nicht die Heimat verlassen, so dass die dem Kriege folgenden Elendsjahre gemessen an dem Schicksal der Flüchtlinge weniger tragisch erscheinen mögen. Aber was jetzt kam, glich vieles aus. Die Not machte alle gleich.

Sechs Jahre hatte der Krieg gedauert. Sechs Jahre lang lag unsere Kleinstadt am Rande des grausigen Geschehens und blieb von Bombenangriffen, von größeren Schäden und Verlusten verschont. Was Krieg bedeutete, besonders ein verlorener, das bekam die Bevölkerung erst jetzt schmerzlich zu spüren.

Harte Jahre zogen ins Land, die viel Einfallsreichtum erforderten, um zu überleben. Einheimische und Heimatvertriebene litten gemeinsam. Dabei sind mir die Jahre 1945 bis 1948 als die entbehrungsreichsten im Gedächtnis geblieben.

Vater wurde eines Abends vom Flugplatz in einem Jeep nach Hause gebracht. Hinten auf dem Rücksitz hatten sie ihm das Fahrrad angebunden. Der englische Fahrer sprang heraus, half das altersschwache, aber kostbare Gefährt herauszuheben und öffnete ihm sogar die Gartenpforte. Er salutierte höflich, Vater grüßte zurück mit einer Mischung von gerade ausgestrecktem Arm und Winke, Winke, sagte noch etwas und strahlte, als er unsere staunenden Gesichter sah.

„Na, was sagt ihr?"

„Nicht schlecht, bist du jetzt ein Tommy geworden?"

„Blödsinn, die brauchen mich zum Abwickeln dienstlicher Angelegenheiten und das mindestens für ein Jahr, und seht mal, was ich euch mitgebracht habe."

Aus Pergamentpapier wickelte er dreieckig geschnittene weiße weiche Scheiben, dazwischen Fleisch und Salatblätter. Was war das?

Üppig belegtes Weißbrot, hell wie Schnee, doch zusammenpressbar wie ein Schwamm. Das sollte zuerst unserer Mutter gezeigt werden. Triumphierend legte Vater das kleine Päckchen ihr auf den Tisch. Sie tippte mit dem Finger drauf. „Brot ohne Körner und so herrlich weiß, ob das schmeckt?"

Jeder bekam ein Stückchen. Das Weiße empfand ich als Pamps, aber das herrliche Fleisch dazwischen. Jeder Biss ein langentbehrter Genuss, und der Salat, das kannte ich ja. Also, Salat aßen die Engländer offensichtlich auch.

„Habe ich in der Kantine gekauft, heißt jetzt Cafeteria und das was ihr da esst, heißt „Sendwitsch" oder so ähnlich", belehrte der zum Hilfsarbeiter bei den Tommies degradierte Hauptmann seine Familie. Es gab viel zu erzählen. Ohne ihn würden die Engländer auf dem Flugplatz gar nicht klar kommen. Vater saß wieder auf hohem Ross.

Zwischendurch ließ sich die Frage platzieren: „Wie kommst du an den Jeep, bringt der dich jetzt jeden Tag?" Vater schien darauf gewartet zu haben. Zurückgelehnt und mit selbstsicherer Geste, wie zu Adolfs Zeiten, sprach der Haushaltungsvorstand ausführlich von seinen Fähigkeiten, die von seinen neuen Vorgesetzten sofort erkannt worden wären und ganz besonders hätte ihn sein Freund der Major Friedmann für diese Tätigkeit empfohlen. Mutter nickte, schluckte, erwiderte nichts.

Wir auch nicht, dachten aber unser Teil. Vorgestern war Friedmann der Schweinehund, heute schon Freund. Unser Alter, - ein Wendehals, ein Heuchler!

Diese Verhaltensweise legten manche an den Tag.

Das Dritte Reich oder gar damit etwas zu tun gehabt zu haben, hatten alle in unserer Straße nach wenigen Tagen aus dem Gedächtnis gestrichen. Irgendwie amüsierte uns Jungen das. Nun, wir hatten ja auch keine Verantwortung gegenüber unserer Familie oder anderen. Je überzeugender man seine Nähe zur untergegangenen NSDAP zu verschleiern verstand, desto erfolgreicher nahm der berufliche Neuanfang seinen Lauf. Seit dem Tage des Einrückens der 11. Britischen Panzerdivision gab es über Nacht keine Nazis mehr. Sie tauchten unter oder blieben abwartend in ihren Ämtern sitzen. Und wer blieb, den schonte die kleinstädtische Großzügigkeit, vielleicht war es auch Betroffenheit. Die feurigsten Redner und Verfechter der braunen Gesinnung saßen bald wieder an den Schaltstellen. Der britische Stadtkommandant brauchte Fachleute.

Soweit ich das als Jugendlicher zu übersehen vermochte, zeigten alle Bekannten lauthals Sympathie für die Tatsache, den Endsieg nicht errungen zu haben. Einige zeigten Charakter. Sie boten weder der britischen Militärregierung noch den sich einrichtenden demokratischen Organisationen ihre Dienste an. Vornehm im Hintergrund abwartend, verbrannten sie belastendes Material oder versteckten es bis zum heutigen Tag.

Andere, weniger Skrupellose warfen das Parteiabzeichen in den Hafen, vergaßen alles was vorher war und strebten mit britischer Unterstützung wichtige Ämter in dem nun demokratischen Staatswesen an. In unserer kleinen überschaubaren Stadt geschah der Gesinnungswechsel auffällig mit oft so lächerlich anmutendem Gehabe, dass es sich lohnt, an späterer Stelle darauf zurückzukommen.

Nachdem Vaters Fahrrad zur Verfügung stand, stahlen Rudolf und ich uns oft damit fort. Die Eltern durften es nicht wissen, denn dieses Gefährt war Gold wert. Wer hatte schon zu der Zeit ein Fahrrad? Gehütet wie der Augapfel, oft geflickt und getätschelt, stellte es für die gesamte Familie das Verkehrsmittel dar, mit dem man ausschwärmen konnte, um Nahrhaftes herbeizuschaffen. Rudolf radelte und ich, auf der Stange hinter den Lenker gequetscht, saß mir den Hintern lahm. Wo es in der Umgebung angeblich etwas zu besorgen gab, waren wir zur Stelle. Da bis zum Oktober 1945 die Schulen von Flüchtlingen nicht geräumt waren, schien die Freiheit grenzenlos und zeitlich uneingeschränkt zu sein, und das vom Morgen bis zum Abend.

Eines Morgens beim Bäcker – die Bäckersfrau kreuzte gerade die Brotmarken fälschlicherweise mit einem Bleistift an, so dass wir die Striche zu Hause ausradieren und damit bei einem anderen Bäcker noch einmal dieselbe Brotration einheimsen konnten – hörte ich im Hintergrund die Unterhaltung von zwei Erwachsenen. Sie redeten von einer heute Nacht gestrandeten Schute draußen im Fahrwasser. Und ganz große Ohren wuchsen mir, als sie darüber tuschelten, dass die eine von dem Schlepper gezogene Schute im Hafen entladen worden sei. Jede Menge Verpflegungsgüter aller Art hätten die Briten abgefahren. Wegen der Absperrung wäre es nicht möglich gewesen genau zu erkennen, was die Lieferung beinhaltete. Ich im Eilschritt nach Hause, das Fahrrad geschnappt und Rudolf gesucht. Er wusste sofort Bescheid. Schnell einen Kartoffelsack auf den Gepäckträger geklemmt, und weg waren wir. Von der Deichkrone aus gesehen lag die Schute im Wattbereich neben einer der Pricken des Hauptfahrwassers gut eine halbe Meile vor der Küste.

Sorgfältig abgedeckt, verschwand das Fahrrad unter Reet und Gras. Dazu die Schuhe und Strümpfe, denn barfuß lief man besser. Wegen der Ebbe müssten wir fast trockenen Fußes an das Schiff herankommen können. Doch der Boden wurde tiefer und weicher.

Bis an die Knie stieg der Modder. Jedes Herausziehen der Beine aus dem zähen gurgelnden Schlick schmerzte. Mit den Händen den Boden zur Seite drückend gelang das Vordringen nur im Schneckentempo. Nach wenigen Metern immer wieder eine längere Pause. Die Kräfte ließen nach. Kein Wunder, dass außer uns niemand zu dem verlockenden Ziel unterwegs war. Nur einen Steinwurf weit galt es noch zu überwinden. Die Rinnsale des Wassers nahmen zu, der Priel kam dichter heran. Der Strom war gekentert und die Flut setzte ein. Zurück? Nein, das wäre zu gefährlich, zu weit entfernt das trockene Vorland. Das Sacktuch zur Rolle gedreht, jeder fasste ein Ende an, rutschten Rudolf und ich zuletzt mit Robb- und Schwimmbewegungen auf dem Bauche über den glitschigen Wattboden auf die Schute zu. Völlig erschöpft, klitschnass, die Kleidung fast zur Unkenntlichkeit mit dem grauen Kleiboden verdreckt, betraten wir die Planken des Schiffes. Gott sei Dank lag es hinten so tief im Schlick, dass man ohne Mühen an Bord gelangen konnte. Es lag so tief, dass die hintere Ladeluke fast gänzlich voll Wasser stand. Sie war aufgebrochen, offensichtlich waren in der Nacht schon Leute mit ähnlichen Absichten wie wir hier gewesen.

In dem Wasser der Ladeluke wurde die verdreckte Bekleidung gewaschen. Auf dem von der Sonne aufgewärmten Eisendeck ausgebreitet, trocknete sie bald. In der Zwischenzeit erfolgte die Inspektion des Schiffes, nackend. Es war ein einfacher Lastprahm ohne Steuerhaus ohne alles, aber mit einer geheimnisvollen Ladung. Deswegen unser Besuch. Also, was gab es denn zu erbeuten? Die vordere Ladeluke sperrte ein mit Eisenbändern und schweren Vorhängeschlössern gesicherter Riegel Da gab es kein Eindringen. Es blieb die hintere Luke. Teilweise überflutet schimmerten unter der Oberfläche rundliche silberne Fässer oder große Dosen. Rudolf tauchte hinab und kam mit einer flachen aber großen Dose wieder hoch. Was mochte da wohl drin sein? Die Etiketten fehlten oder die Feuchtigkeit hatte sie aufgelöst. Egal, etwas Essbares würde sicherlich darin sein, also mitnehmen. Wir tauchten jetzt beide und hatten zuletzt an die zwanzig der Tellerminen ähnlichen Gebilde an Deck stehen.

Das schien uns genug, denn der Sack fasste nicht mehr und offen hätte man das Beutegut schon allein wegen der neugierigen Nachbarn nicht transportieren dürfen.

Wie aber zurückkommen? Inzwischen zog das auflaufende Wasser mit ziemlicher Geschwindigkeit an der Schute vorbei. Wir guckten uns an. Zurückschwimmen, das wäre ein Klacks, denn die Flut setzte auf die Küste zu, irgendwo würde man schon an Land kommen. Aber die vielen Dosen? Ohne dass jemand etwas sagte, begann die Suche nach irgendetwas Hölzernem oder Schwimmbaren, mindestens so groß, um den gefüllten Sack zu tragen.

Ein paar Bretter lagen am Ankerkasten, zwei Rettungsringe hingen achtern, viel zu klein für die Last. Sollte die Expedition umsonst gewesen sein? Da lockte uns ein kleines Vorhängeschloss an einem verrosteten Kasten zwischen den Ladenluken im Deck, an dem wir mehrfach vorbeigegangen waren. Mit einer Eisenstange schnell erbrochen, bot uns der Kasten zwei Tuchsäcke, die so neu wirkten, als wären sie erst kürzlich hier hineingelegt worden.

Vorsichtig wurde das Schnürband gelöst, es könnte ja ein Sprengsatz darin versteckt sein, wie die Propaganda uns eingeschärft hatte. Heraus kam ein gelbliches gummiertes Paket, das eng um eine patronenähnliche Aluminiumflasche gezurrt war. Ausgerollt sah das Ganze wie ein Ei aus. Rudolf spielte an dem roten Verschluss der Flasche, und plötzlich kam mit einem pfeifenden Ton Leben in das Ei. Aufgeschreckt sprangen wir hinter die Ladeluke in Deckung.

Nichts passierte, keine Explosion. Langsam herangeschlichen – da lag ein wulstiges Gummiboot, ein Schlauchboot. Nie zuvor hatten wir derartiges gesehen oder davon gehört.

Nach unseren spärlichen gymnasialen Englischkenntnissen entzifferten wir die aufgedruckten Hinweise: Es musste ein Einmannschlauchboot der Royal Airforce sein. Es gehörte zum „Sea Survival Kit" fliegender Besatzungen. Wie es als Rettungsmittel an Bord der Schute gelangt sein konnte, sollte nicht von Bedeutung sein, aber dass wir es gefunden hatten, löste unbändige Freude aus. „Cool" oder „superaffengeil" hätten heutige Jugendliche ihre Entdeckung gepriesen. Da dieses neudeutsche Vokabular in meiner Jugendzeit nicht gängig war, mussten die Berliner Lobeswort knorke und dufte dafür herhalten.

Die im Wasser der überfluteten Ladeluke auf Belastung getestete Dosenfähre bestand die Prüfung mit Auszeichnung. Sorgfältig den Sack hineingeladen, einige Dosen auf den dünnen Boden als Ballast zur Stabilität danebengelegt, obendrauf gebündelt unsere fast trockenen Klamotten, und langsam glitten das Schlauchboot und wir über das Heck der Schute in das ziemlich kalte Wasser. Das gelbe Ding kam in die Mitte. Eine Hand klammerten wir jeweils fest an die rund um das Boot führende Leine, und mit sanftem Abstoß begann die Fahrt. Der Strom spülte in Richtung Fahrwasser und wie erwartet weiter auf den Hafen zu.

Fast ohne Schwimmbewegungen glitten wir dahin. Mit viel Kraft allerdings musste der Kurswechsel unterstützt werden, um in den Seitenpriel zu steuern, wo die versteckten Fahrräder lagen.

Erschöpft, frierend, aber glücklich kletterte das Expeditionskommando über die Graskante, fand die Räder unversehrt, ließ die Luft aus dem Transportmittel, rollte es zusammen, zog die Kleidung an, lud den Sack auf den Lenker und machte sich fröhlich über den grandiosen Erfolg auf den Heimweg. „Was für eine Überraschung!" werden die Eltern sicher ausrufen und die Hände vor Freude über dem Kopf zusammenschlagen.

So gegen 16 Uhr muss es gewesen sein, als Rudolf und ich in die Nähe unseres Hauses kamen. Vor der Gartenpforte entlud ein Laster Militärbetten und Koffer ab. Rundherum standen wild gestikulierende Leute. Mittendrin unsere Mutter mit aufgelösten Haaren. Herr Gebhard mit seinem Homburger auf dem Kopf dirigierte die lautstarke Diskussion mit einer Liste in der Hand. Kein Zweifel, die Einquartierung stand vor der Tür.

Nachdem das Rad mit dem Beutegut an der Menge vorbei hinten ums Haus herum in die Gartenlaube geschoben worden war, stellten wir uns mit dazu. Mutter ganz außer sich wiederholte immer wieder: „Das können sie doch nicht mit uns machen, mein Mann ist nicht da, und so viele Leute in unser Haus, wie soll das gehen, wie soll das gehen!"

Es musste gehen, denn der Laster fuhr ab und zurück blieben, wie es hieß drei Parteien. Ein Ehepaar und ein Kleinkind, eine Mutter mit ihrer halbwüchsigen Tochter und, wo wir beide ganz fasziniert hinschauten, eine tollgebaute Blondine, die, während die andern diskutierten, in einen langen Pelzmantel eingehüllt gelangweilt auf einem ihrer beiden Koffer saß und eine Zigarette rauchte.

Die Beine übereinandergeschlagen hatte sie den Mantel unten auseinander gleiten lassen und ermöglichte einen tiefen Einblick. Besonders der eine wippende hochhackige rote Lackschuh zog die Blicke an. Neben mir Rudolf machte eine bei ihm zuvor nicht festgestellte Geste. Er griff sich zwischen die Beine, lief im Gesicht rot an und stöhnte: „Das gibt Ärger, die ist eine Granate, warte ab, wenn Vater kommt, wie der reagiert!" Was in meinem fast 15-jährigen Bruder bei dem Anblick dieses „geilen Frettchens" vorging, konnte ich als pickeliger 11-Jähriger nur erahnen.

Das Unabwendbare akzeptierend, schlug Mutter freundlichere Töne an, winkte uns beide heran und verteilte Aufgaben, Kofferschleppen. Rudolf rannte gleich raus zur Blonden, um ihr beim Tragen zu helfen. In der Küche lief nach der ersten flüchtigen Bekanntschaft und der Besichtigung der Zimmer die Verteilung. Blondy, mit Namen Anna Hellblink aus Königsberg, bestand darauf, das Erkerzimmer zur Straße zu bekommen. Niemand widersprach ihr, zumal sie gerade ein Päckchen mit Zigaretten herumgehen ließ. Alle griffen gierig zu, selbst Mutter, die Rauchen verabscheute. Zigaretten bedeuteten damals Tauschwährung und rangierten höher als heutzutage Trüffel oder Kaviar.

Die folgenden beiden Tage standen im Zeichen der totalen Hausumräumung. Rudolf und ich mussten dabei Vater ersetzen, der als Ernährer der Familie den Tag über bei seinen Tommies auf dem Flugplatz verbrachte, dafür abends allerdings die schwersten Arbeiten durchführte, wie zum Beispiel in den von den Flüchtlingen belegten Zimmern das Durchstemmen von Löchern in den Schornstein, um Kanonenöfen anzuschließen.

Die Zentralheizung nutzte nichts mehr, bei soviel Familien hätte es Abrechnungsschwierigkeiten gegeben. Da es ohnehin keinen Koks mehr gab, erwuchs hier gar kein Problem. Nach Brennmaterial musste jeder selbst auf Suche gehen. Die alten Kanonenöfen aus Großvaters Zeiten standen wieder hoch im Kurs. In den Zimmern an den Schornstein angeschlossen, waren sie für jede Familie ihre eigene Wärmequelle. Wer so ein Ding nicht aus alten eigenen Beständen beschaffen konnte, ließ bei Freunden oder handfertigen Nachbarn Öfen und Ofenrohre anfertigen. Das Werkmaterial bestand aus Wrackteilen, eisernen Ringen, flach geklopften Stahlhelmen, Granathülsen und sonstigen Blechresten. Diese Leistung gab es nur gegen härteste Währung. Dazu gehörten Zigaretten, Schnaps, echter Kaffee oder Buntmetall, wie Kupferrohre und Kupferdraht aus ausgegrabenen Telefonleitungen der Wehrmacht.

Um die Wärme voll auszunutzen, führten lange Ofenrohre mit wild verschnörkelten Windungen zum Schornsteinschacht. Damit das mühsam ergatterte Brennmaterial nicht in fremde Öfen wanderte, stapelte jede Familie den eigenen Vorrat im Zimmer.

Die Frenkens lebten zu dritt im elterlichen Schlafzimmer. Die Ehebetten und den Schrank hatten wir die enge Treppe hinuntergeschleppt ins Esszimmer neben der Küche. Der Schrank versperrte die große Schiebetür zu Blondys Erkerzimmer, ehemals Vaters Herrenzimmer. Das herzugeben fiel ihm besonders schwer. Dort pflegte Herr Hauptmann einst an einem wuchtigen Schreibtisch zu sinnieren, verwaltete die Hausakten und träumte von der rosigen Zukunft. Obwohl er nie mit der Jägerei etwas zu tun gehabt hatte, zierten die Wände mehrere Geweihe kapitaler Hirsche und ein größerer heller Fleck, wo bis vor kurzem das Führerbild gehangen hatte. An den Geweihen hängte Fräulein Hellblink jetzt ihre BHs und Höschen zum Trocknen auf. Den Schreibtisch nutzte sie als Schuhschrank und Speisekammer.

Den fast geleerten Bücherschrank ließ Blondy einige Tage später von einem sie abends besuchenden Herrn auf ihrer Zimmerseite vor die Durchgangstür schieben. Ob sie das für uns nicht mehr zugängliche Buch mit dem aufklappbaren Menschen gefunden hatte? Vielleicht kannte sie es schon!

Frau Kaludrichkeit und ihre hässliche Tochter erhielten unser Kinderzimmer, gerade die! Unsere Bleibe wurde die dunkle Rumpelkammer mit schrägen Wänden und einem kleinen Fenster. Schon aus diesem Grunde mochten Rudolf und ich die Kaludrichkeits nicht. Außerdem meckerten und klagten sie ständig. In der Küche räumten sie nie die Reste weg.

Mit 10 Personen täglich in der Küche und im Bad klar zu kommen erforderte Nerven und Organisationstalent, zumal als einzige Kochquelle nur eine „Hexe“ zur Verfügung stand. Was war in diesem Sinne eine Hexe? Die Antwort: Ein Miniherd, befeuert mit Holz! Auf dem Gasherd, Gas gab es nicht mehr, thronte die aus dünnem Blech zusammengelötete Feuerstelle, so groß wie eine Spielzeugkiste oder zwei nebeneinandergestellte Weinkartons. Auf zwei Plattenringen bereiteten vier Familien mit ihrem im Körbchen mitgebrachten Töpfchen und Brennmaterial nacheinander die kargen Mahlzeiten. Streng nach Liste standen die Küchenzeiten fest.

Anna Hellblink scherte nach kurzer Zeit aus. Zumeist aushäusig aß sie wohl woanders und ansonsten bereitete sie ihr Süppchen oder für Mutter beneidenswert ihren Kaffe auf dem Kanonenofen ihres Zimmers zu.

Die Frenkens kamen aus Dresden. Kurz vor dem verheerenden Feuersturm, verursacht durch den sinnlosen britischen Bombenangriff, waren sie auf abenteuerliche Weise zu Fuß und mit der Bahn nach Westen gelangt. Sie mussten alles zurücklassen. Frau Frenken, trotz ihres Schicksals immer freundlich, half Mutter oft im Garten und in der Waschküche, wo die beiden Frauen alle sechs Wochen im feuchten Dampf des kochenden Waschkessels mit der damaligen Technik kämpften. Die bestand aus einem eingemauerten von unten mit Holz befeuerten Waschkessel und einem großen Holzbottich, in dem mit Wasserdruck getrieben ein Holzkreuz die Wäsche walkte, aus der dann die am Bottich montierte Mangel im Handbetrieb das Wasser herausquetschte. Heute stehen solche Folterapparate im Museum. Vater mied diese Stätte der Arbeit, Weibersache, meinte er geringschätzig, aber wir Jungs sind oft zum Drehen der Mangel angestellt worden.

In Verbindung mit der Waschorgie seien hier noch einmal die Kaludrichkeit und ihr Marjelche erwähnt. Mutter nannte die beiden masurische Schlampen. Ein Blick in deren Zimmer bestätigte diese Bezeichnung, da sah es aus wie bei Hempels unterm Sofa. Nun, das war deren Sache, aber den Zorn der Hausgemeinschaft erregte eine wirkliche Sauerei. Im Waschkeller stank es in letzter Zeit wie in einem Urinal. Der Duft kam aus dem hochgemauerten Wasserreservoir, in das das von außen geführte Regenwasser hineinlief, das Mutter wegen der Weichheit zum Waschen benutzte. Irgendjemand pinkelte entweder direkt in das Becken oder draußen in die Dachrinne. Vater entdeckte durch Zufall die Übeltäterin als er morgens abgeholt wurde. Frau Kaludrichkeit leerte gerade den Nachtopf in die Dachrinne und das, obwohl sie von dem Wasserreservoir im Keller wusste. Seitdem hatte sie keinen leichten Stand mehr und zog auch bald aus.

Die Frenkens dagegen waren um Anpassung bemüht. Der kleine sympathische Mann gehörte als Konzertpianist zur Sächsischen Staatskapelle Dresden. Was ihn zutiefst betrübte war der Verlust seines geliebten Arbeitsgerätes. Eines Tages hielt ein Lieferwagen vor der Tür. Ein älteres abgeschabtes Klavier wurde abgeladen und vor die Haustür gestellt. „Ist für Euren Flüchtling Frenken", riefen die beiden Träger durchs Küchenfenster. Frenken stürmte überglücklich die Treppe herab, bat Mutter um einen Küchenstuhl und saß gleich vor den Tasten, vergaß die Umwelt, spielte und spielte. Die Nachbarschaft lief zusammen, klatschte nach jedem Stück Beifall. Die beschwingte Musik verbreitete Versöhnlichkeit.

Gegen Abend sollte es regnen, also ins Haus mit dem bleischweren Ding. Frenkens wohnten, wie bereits gesagt, in der ersten Etage. Kräftige Männer, die bisher dem Konzert zugehört hatten, packten an und zwangen das Klavier durch die Haustür. Zu eng. Kein Problem, die schwere Tür wurde ausgehängt. Wie nun die Treppe hoch, die im unteren Teil um 90 Grad um die Ecke schwang? Hochkant, nach links, nach rechts gedreht? Es klappte nicht. Jemand brachte Seile. Dem Klavier um den Leib geschnürt, führten zwei Mann das Zuggeschirr nach oben zum Treppenabsatz.

Sie zogen, andere schoben von unten. Kommandos aller Art begleiten den Kraftakt von allen Seiten. Die am weitesten wegstanden, assistierten mit den besten Empfehlungen. Millimeter um Millimeter zwang die Arbeitsgruppe den schwarzen

Klotz, dessen Saiteninnereien wegen der groben Behandlung hin und wieder klagend klirrten, die Treppe hoch. Unter dem Gewicht splitterten einige der Stufen. An den Wänden hinterließ die Aktion tiefe Schrammen. Halbgeschafft erst mal eine Pause! Das nach oben geführte Seil befestigte das Ziehkommando durch die geöffnete Tür unserer Rumpelkammer am Fensterkreuz.

Die schweißtreibende Arbeit belohnte Mutter in der Küche mit einem Glas Wasser. Keiner achtete indessen auf das in halber Treppenhöhe verkeilte Klavier.

Plötzlich ein Donnerschlag. Oben zersplitterte ein Fenster. Glas rieselte von oben herab. Alle starrten aus der Küche auf die Treppe. Das schwarze Ungeheuer rutschte ab, machte einen Überschlag, zerschmetterte das Treppengeländer und fiel krachend gegen die untere Wand, wo es in tausend Stücke zersprang. Weiße und schwarze Tasten flogen wie Granatsplitter durch die Luft. Abreißende Saiten heulten auf, klirrten und jammerten. Ein Konzert besonderer Art. Das Klavier spuckte seine Eingeweide aus und blieb zertrümmert unten vor der Haustür liegen. Eisiges Schweigen. Alle sahen auf Herrn Frenken. Wie würde er reagieren? Ihm standen die Tränen in den Augen. Er schaute uns an, schnäuzte ins Taschentuch, lächelte ein wenig verklemmt, zuckte mit den Schultern und sagte im sächsischen Dialekt: „Nu, es hat nicht sollen sein, wir haben Dresden überlebt, man kann in dieser Zeit nicht Träume erfüllen." Ging auf meine Mutter zu, nahm ihre Hände und versprach, den Schaden am Treppenhaus zu reparieren. Stundenlang sind die Reste nach draußen getragen worden. In unserem Zimmer fehlte das ganze Fenster. Überall lagen Glassplitter und zerbrochene Fensterrahmenteile herum. Hatten die wirklich geglaubt, dass ein Fensterkreuz ein Klavier halten könnte?

Die Frenkens und die nachbarliche Konzertgemeinschaft gingen tagelang ein und aus, kamen mit Holzlatten für die Fenster, mit Glasscheiben, mit Zement, schafften eine irgendwo aufgetriebene Tapetenrolle heran und halfen zu reparieren.

Erst 10 Jahre später bei einer Grundüberholung konnten die letzten Spuren beseitigt werden. Übrigens, der einzige, der getobt hat, war Vater als er heimkam. Natürlich hat er tags darauf mit Hand angelegt, den Schaden zumindest provisorisch zu beheben.

Viele Erlebnisse mit der erzwungenen Hausgemeinschaft, ihren Sorgen und Nöten blieben unserem Vater erspart. Er als ehemaliger Offizier lehnte es ab, wie er sagte, „teilzuhaben an der Lösung des von ihm nicht verschuldeten Flüchtlingsproblems!" Wurde er dennoch damit konfrontiert, verschwand er unter dem Vorwand körperlichen Unwohlseins ins Schlafzimmer und kroch ins Bett.

Wie zuvor im Dritten Reich, erlebte er sein Zuhause abends nach Dienst und an Wochenenden, zumeist im Bett. Doch diese Schonzeit lief nur so lange, wie die Tommies ihn brauchten. Noch benötigten sie ihn am Flugplatz.

Seine Freizeit füllte er auffällig mit der Bemühung, Anna Hellblink näher zu kommen. Wie immer gegenüber anderen Frauen ließ er seinen Charme spielen, lächelte, schob der Dame den Stuhl unter den Hintern und half ihr mit galanten Worten in den Mantel. Heute nennt man das wohl „Anbaggern". Unermüdlich tänzelte er um Anna herum. Und wie reagierte Mutter? Sie schmunzelte; denn genau so deutlich wie Vater um das nach süßlichem Parfüm duftende, zu jeder Tageszeit hochgeschminkte „Tittentier", wie wir Jungs sie heimlich nannten, herumschwänzelte, zeigte Anna unserm Alten ihre Abneigung und kalte Schulter. Mutter und Fräulein Hellblink kamen gut miteinander aus, nicht zuletzt, weil wir alle davon profitierten. Von den abendlichen Herrenbesuchen, die Mutter kommentarlos duldete, Vater dagegen mit eifersüchtigen Bemerkungen zur Kenntnis nahm, fiel so manches Stück Schokolade, Sahnemilchdöschen, Zigaretten und sogar einmal ein richtiger Whisky in den elterlichen Schoß.

Anna war nicht nur eine Bereicherung, was ihr Beschaffungstalent betraf, sondern wurde, ohne dass sie es je erfahren hat, die erste Lehrmeisterin unseres jugendlichen sehr verklemmten Sexuallebens. Als Spanner erfuhren wir durch sie die intimsten Techniken, Stellungen und andere Praktiken am lebenden Objekt. Schlagartig setzte eine von den Eltern nicht bemerkte Aufklärungskampagne ein, die manches in uns Jungs veränderte.

Und das alles ohne Bezahlung, wir brauchten nur hinzusehen. Mitmachen, nein, da bot sich keine Chance. Blondy vögelte oder besser ließ sich nur von Besatzern vögeln, nicht wegen der Liebe, sondern der Naturalien wegen. Das hatten wir nach kürzester Zeit begriffen. Eines Abends etwa gegen 22 Uhr sollte ich aus der Gartenlaube eine der aus der Schute geborgenen Dosen hereinholen. Rudolf und ich hatten nach langem Zögern von unserem erfolgreichen Beutefeldzug berichtet. Vater wollte, nachdem es ruhig im Haus geworden war, unbedingt spät abends ungestört den Inhalt untersuchen, als er die übrigen Hausbewohner im Schlaf wähnte. Wegen der Sperrstunde, kein Deutscher durfte nach 22 Uhr auf der Straße sein, stellten die Stadtwerke den Strom ab. In den mondlosen Nächten überzog eine Finsternis das Land, die man sich heute gar nicht vorstellen kann. Mehr darüber belustigt als zerknirscht hieß es: "Es ist dunkler als in einem Bärenarsch!" Drinnen erhellten Kerzen mäßig die Räume, so auch heute die Küche. Leise in die blauschwarze Nacht hinausgetappt und um die Hausecke geschielt, ob niemand von der Straße her meine nächtliche Aktion verfolgte, bemerkte ich, wie ein uniformierter Tommy durchs Erkerfenster ins Zimmer stieg, begleitet von Annas Kichern, die ihren Gast mit Kerzenlicht begrüßte.

Warum hatte der Kerl nicht an die Haustür geklopft? Zurück mit der Dose, wisperte ich Rudolf diese Frage ins Ohr. Er sollte es mir erklären. Der aber grinste und zeigte mir einen Vogel.

Das spannende Öffnen der Dose brachte mich von weiteren Fragen ab. Stück für Stück stemmte Vater mit dem verrosteten Öffner den Deckel auf. Darin lagen in einer Lake viele karottenähnliche rötlichweiße Stücke. "Die sehen aus wie riesige Krabben", meinte Mutter. Vater schüttelte erstaunt den Kopf: „Das sind nicht nur

Krabben, das sind Hummerschwänze, eine Delikatesse der oberen Zehntausend!" Er hielt die Kerze darüber „und das hier auf unserem Tisch in dieser Hungerzeit, gebt mal ‚ne Gabel". Vor unseren Augen fischte er ein Ding aus der Dose und verschlang es gierig fast in einem Stück. Danach, wollte er wissen, wie viele Dosen in der Gartenlaube lagerten. Auf meinen Lippen erstarb die Zahl, weil Rudolf mich unter dem Tisch tretend zur rettenden Lüge verleitete: „Zehn oder elf, nicht mehr". Vater nickte: „Gut, morgen werde ich die verstecken, alle bei mir abliefern, aber probiert mal, ganz lecker." Jeder bekam von ihm auf einer Untertasse ein Stückchen zugeteilt. Mutter kaute darauf herum, mir schmeckte der Hummer auch nicht besonders gut, zu fad, zu lasch, Krabben waren viel würziger. Vater dagegen genehmigte sich noch einen ganzen. Dann verschwand er mit der Dose im Keller. „Meinetwegen kann ihm allein davon schlecht werden" meinte Mutter abwinkend, „das ist nichts für mich!"

Rudolf und ich gaben der Mama einen Gutenachtkuss, gingen aber nicht nach oben, sondern verdrückten uns in den Garten. Mit Zeichensprache deutete ich eine mögliche Entdeckung an. Rudolf folgte willig, er ahnte, dass ich ihm etwas Ungewöhnliches mitzuteilen gedachte.

Rein zufällig wurden wir dann Zeugen der ersten Unterweisung in Sachen Liebe.

Aus dem schmalen, dem Garten zuwandten Seitenfenster des Erkers, von einem Weigelienstrauch zugedeckt, leuchtete Kerzenschein. Die großen Fenster nach vorn lagen im Dunkeln, sicherlich mit Wolldecken zugehängt. Wir schlichen gebückt an das kleine Fenster heran, drückten den Strauch beiseite, Rudolf als der größere hinter mir, so schoben wir uns langsam nach oben, bis wir beide Kopf über Kopf eine erstaunliche Entdeckung machten.

Annas Bett stand im Erker mit dem Fußende uns zugewandt, rechts davon brannte eine Kerze. Eine ideale Beleuchtung für den Zuschauer! Da waren zwei Menschen, die einer ganz besonderen Beschäftigung nachgingen. Anna saß splitterfasernackt auf der Bettkante und zeigte die rechte Seite. Vor ihr stand ein nackter Mann in jeder Beziehung in voller Größe. Allein der Pimmel war sehenswert, dagegen hatte ich ein kleines Würstchen. Wie der steil nach vorne zeigte! Wie ein Zeigestock direkt auf Annas lächelndes Gesicht gerichtet. Im Kerzenlicht schimmerte die Spitze bläulich und glänzte.

Und was machte Anna mit dem Riesenpimmel? Sie streichelte ihn, griff dem Tommy zwischen die Beine, die er willig öffnete, massierte mit ihren schlanken Händen sanft die Bällchen und stülpte ihren Lippenstiftmund über die Pimmelspitze. Dabei blieb es nicht. So wie ihre Wangen pumpten, lutschte und saugte sie an dem Ding. Er hatte ihren Kopf gepackt, fuhr mit den Finger durch die blonden Haare, drückte sie mit rhythmischen Bewegungen hin und her oder griff an ihren mächtigen Busen, der bei dieser Behandlung größer zu werden schien. Sie wippte jetzt mit dem Hintern, spreizte die Beine.

Mir lief der Schweiß den Rücken herunter. Die Knie zitterten. Rudolf hinter mir keuchte, aber keiner verlor auch nur ein Wort. Mucksmäuschenstill wollten wir diese Vorführung bis zum Ende beäugen. Annas Lutschbewegungen wurden immer heftiger und der Gute vor ihr knickte langsam in den Knien ein. Dann gab Anna auf und ließ den Pimmel aus ihrem Mund, der steil nach oben wippte. Sie suchte etwas an ihrer rechten Seite, tastete hin und her bis sie einen runden Gummiring gefunden hatte, die sie dem aufgeregten Pimmel bis an dessen Wurzel überstreifte. So etwas hatte ich Mutter vor kurzem fälschlicherweise als Luftballon gezeigt, die daraufhin einen feuerroten Kopf bekam, mir das Ding entriss und eine Ohrfeige verpasste. Das hatte diese ansonsten friedliche, liebevolle Frau nie zuvor getan. Sie schimpfte wie ein Rohrspatz ohne jegliche Erklärung für ihr Tun und Schreien zu geben. Auf der Straße nach langem Fragen erfuhr ich, wofür der „Fromms" gut war. Diese Kenntnis kam mir bei dem nun folgenden Szenenwechsel zustatten.

Mit weit geöffneten Beinen lag sie da, nur die Glasscheibe trennte Pärchen und Spanner. Einen besseren Logenplatz hätten wir uns nicht aussuchen können. Der Kerl hüpfte buchstäblich auf sie drauf und schob seinen Apparat in Annas dunkel bewaldeten Schoß, wo er stoßweise ganz in ihr verschwand, dann wieder erschien, um gleich wieder tief in die Muschi einzudringen. Mir kam dabei die Waldi beim Bauern Claussen in den Sinn und der wippende Hintern von Stacho, dem polnischen Zwangsarbeiter. Das was hier geboten wurde, war allerdings um Klassen besser und vor allem lehrsamer. Anna in der letzten Phase schlang ihre langen Beine, an den Füßen die roten, hochhackigen Pumps, um die Lenden des sie heftig durchschaukelnden Mannes, der im Staccato offensichtlich dem Höhepunkt zustrebte.

Rudolf hielt den Anblick nicht länger aus. Er ließ mich allein. Stolperte hinüber zur alten Kastanie, lehnte an den Stamm, machte den Hosenstall auf, umklammerte mit den Fingern seinen steifen Pimmelmann und rieb ihn wie ein Berserker. Ich zu ihm hin und in der Dunkelheit genau zugeschaut. Er trieb das so lange, bis es aus ihm herausspritzte. Dabei stöhnte er gottserbärmlich. „Tut das weh?" wollte ich wissen. „Nein", zischte er mich an, mach's selbst, dann wirst du es fühlen". „Hast du das schon öfters gemacht, ich meine deinen Pimmel massiert", bohrte ich weiter. „verdammt noch mal, ja abends unter der Bettdecke, wenn ich mir vorstelle, die Anna oder irgendeine Fotze zu ficken. Reicht diese Auskunft?"

Rudolf gebrauchte da ein Vokabular, das ich bei den älteren Nachbarsjungen gehört hatte, als sie mir die Funktion des Gummiüberziehers erklärten – aber diese Worte konnte mein Bruder niemals in unserem Hause gehört haben.

Ob ich Mutter oder gar Vater fragen sollte, was diese neu erlernten Worte bedeuteten? Möglicherweise waren sie ihnen unbekannt. Ich glaube heute noch, zumindest, was meine Mutter betrifft, dass wir, ihre beiden Kinder in dunkelster Nacht ganz leise unter geschlossener Bettdecke gezeugt worden sind. Und um willig gewesen zu sein, muss die gute Frau sicherlich zuvor eine Flasche Wein inhaliert haben.

Da sie alles unterhalb des Bauchnabels als unanständig betrachtete, dürfte diese Unterstellung nicht unbedingt verkehrt sein.

Vielleicht war es auf Vater zurückzuführen, dass sie frigide wirkte. Er mit seiner brutalen, fordernden Art muss ihr wohl bereits frühzeitig die Freude am Geschlechtverkehr genommen haben.

Manchmal konnte Rudolf wie unser Alter furchtbar grob sein, mich beschimpfte er gern als Sensibelchen. Vielleicht traf das zu. Zynische, verletzende Bemerkungen taten mir weh, nicht nur, wenn sie mich betrafen, sondern zum Beispiel auch für den Bereich der neuen jugendlichen Lebenserfahrungen, den Anna mir eröffnete.

Die schönste, gefühlsamste und wohltuendste Verbindung der Geschlechter mit Bezeichnungen herabzuwürdigen wie eben ficken, poppen, bumsen oder knüllen widerstrebte mir.

Oder andererseits die umschreibende Bitte: „Kann ich mit dir schlafen?" Dieses Herumreden gefiel mir auch nicht. So etwas Idiotisches für eine Aktivität höchster Bewegung und Agilität!

Warum nicht das herrlichste aller Hochgefühle schlichtweg mit dem freundlichen Wort „Lieben" bezeichnen. Ja, ich weiß, es gibt noch eine andere Art von Liebe.

Ich habe alle Frauen, die mir später zu diesem besonderen Hochgefühl verholfen haben, für die Zeit des Zusammenseins mit dem Herzen geliebt. Anders hätte ich keinen Ständer bekommen.

Das zuvor erwähnte Vokabular beleidigte nach meinem jugendlichen Empfinden nicht nur den Akt, sondern auch die Partnerin, würdigt ebenso den Mann herab, der damit auf das Niveau des Puffverkehrs absackte, wo das Abspritzen zur Erreichung des hormonellen Ausgleichs mit dem Zahlen unterschiedlicher Geldbeträge zu erreichen war. Zugegeben, das klingt vulgär. Bei Anna und anderen Damen des horizontalen Gewerbes, meinte ich, würden die brutalen Ausdrücke passen, schließlich ging es denen um den Kommerz, nicht um Liebe, so wie ich es verstand.

Schon von Anfang an glaubte ich, was die „Liebe" betraf, eine richtige Bewertung getroffen zu haben. Mein Handicap ist jedoch immer gewesen, ohne eine Schwester aufgewachsen zu sein. Vielleicht hatte ich anfangs einen zu großen Gefühlsabstand zum und eine zu große Achtung vor dem anderen Geschlecht.

Über die gebotene Möglichkeit, mehr als nur durch Bilder zu lernen, gelobten wir Brüder uns eisernes Schweigen. Kein Wort zu niemandem über unsere Lehrmeisterin und die lehrreichen häufigen „Peepshows". Es gab da eine technische Schwierigkeit.

Begierig auf weitere Unterrichtsstunden müsste es doch möglich sein, nachts mitzubekommen, wann über das Erkerfenster eingestiegen wurde. Das Wachsystem, das wir uns einfallen ließen unterlag dem Zeitpunkt der einbrechenden Dunkelheit,

der während der Sommernächte elend lange auf sich warten ließ. Schrecklich dieses
Warten! Immer umschichtig musste einer von uns etwa eine halbe Stunde nach Einsetzen der Finsternis aus dem Fenster der Rumpelkammer das Seitenfenster von
Annas Erker beobachten, ob dort Licht auf die Zweige des Weigelienstrauches fiel.
Zur Umkehr des Lichteinfalls half uns eine geschickt montierte Silberfolie aus einer
englischen Zigarettenschachtel. Die in den Zweigen unmittelbar am Fenster schräg
aufgehängte Folie glänzte, wenn Fräulein Hellblink ihre Vögelkerze zündete. Für uns
die stille Aufforderung, zum Unterricht die Plätze einzunehmen. Im Hochsommer
wegen der langen Tageszeit passierte da unten wenig, da trieb sie es wohl im Grünen.
Der Spätherbst allerdings bescherte ein dichtes Programm und die häufigste Gelegenheit, die Kenntnisse zu vertiefen, zu verfeinern und sozusagen die Voraussetzungen für die Praxis zu schaffen.

Anna, die ein paar Häuser weiter mit einer Berufskollegin verkehrte, lud diese
immer dann ein, wenn unsere Eltern außer Haus waren. Dann kamen gleich mehrere
Herren. Uns wurde so mancher flotter Dreier vorgeführt oder, unvergesslich, die
Stellung „Neunundsechzig."

Muss die erklärt werden? – Von Mal zumal wurde ich abgebrühter, aber auch
schärfer. Längst hatte ich gelernt, allein im Bett meine Gefühle zu befriedigen.

Zum Winter hin beendeten wir Brüder die nächtlichen Ausflüge. Irgendwie war
es langweilig geworden. Theoretisch meinten wir, in Sachen Geschlechtsverkehr
ausreichend informiert zu sein. Andere Abenteuer galt es zu erleben. Anna Hellblink
war abgehakt.

Für ihren Unterricht jedoch blieben wir ihr von Herzen dankbar.

12

Bis zum erneuten Schulanfang stromerten wir am Tage durch die Stadt. Ins Kino
sich einzuschleichen gelang nicht. Britische Posten standen davor, alle Vorstellungen
waren nur für die „Besatzer" und deren Freundinnen reserviert. Anna habe ich auch
einmal am Arm eines schicken Offiziers hineingehen sehen.

Das Strandhotel hatten die Sieger umfunktioniert zum Offizierclub. In die
Sporthallen kam kein Deutscher hinein. Leere Auslagen der Geschäfte zeugten vom
Warenmangel. Dafür verkauften kleine Buden an den Straßenecken knallrote und
giftgrüne Brausen, die den sommerlichen Durst löschten, aber fürchterlich nach
Chemie schmeckten.

An Bäumen, Häuserwänden und sonstigen freien Flächen hingen handkrickelig
beschriebene Zettel, manche mit Fotos versehen. Familien, auf der Flucht durch
Kriegseinwirkungen auseinandergerissen, suchten nach Lebenszeichen der Verschol-
lenen. „Wer hat meinen Mann so und so, da und da gesehen. Bitte melden in der
Kellerwohnung XY". Oder: „Mein dreijähriges Kind, in einem roten Schal eingewi-

ckelt und mit brauner Fellmütze, ist mir auf der Flucht vor Stettin abhanden gekommen. Wer kann Auskunft geben?" Mütter suchten ihre Söhne mit Aufrufen wie: „Gefreiter Egon Meyer, Zweites Sächsisches Infanterieregiment, zuletzt gesehen bei der Einschiffung in Gotenhafen, melde dich beim DRK-Suchdienst."

Die Auswirkungen des Krieges, das Elend der Flucht und der Bombennächte, alles das, was bisher fern geblieben war, wurde den verschont gebliebenen schleswig-holsteinischen Kleinstädtern erst jetzt bewusst. Papierene Hilfeschreie zeigten das Ausmaß der nicht geahnten Katastrophe. Als eine der ersten zugelassenen behördlichen Institutionen arbeitete eine Flüchtlingsmeldestelle des Roten Kreuzes. Am Bahnhof in der ständig vollgepferchten Wartehalle warteten Hunderte vor der Tür des Suchdienstes. Täglich fielen und krochen aus den ankommenden Zügen weitere ausgezehrte Heimatlose.

War schon der Marktplatz seit Wochen die Verteilerstelle für die Flüchtlingstransporte, so lenkten jetzt die Briten die Neuankömmlinge auf den Exerzierplatz vor der Stadt. Neben herrschaftlichen Kutschen standen klapperige Panjewagen, Ackerfahrzeuge und Pferdegespanne aller Art, beladen mit bleichen in Tücher eingewickelten Menschen und ihren geretteten Habseligkeiten. Die Zugtiere abgemagert, die meisten am Ende ihrer Kräfte. Jeden Morgen fuhr der Kadaverwagen mit verendeten Pferden zur Verbrennungsstelle. Seit Wochen ohne Dach über dem Kopf, schliefen die erschöpften Flüchtlinge auf Stroh in den offenen Wagen. Nun warteten sie auf das weitere Geschehen. Es herrschte eine gespenstische Stille, kaum, dass jemand laut sprach oder mehr Schritte ging. Die Kraft fehlte. Das größte Problem war die Hygiene. Es gab keine Toiletten. Auf Balken saßen Männlein und Weiblein in einer Reihe und machten in schnell ausgehobene Gräben. Die Luft darüber geschwängert mit schwarzen Fliegenwolken verbreitete einen bestialischen Gestank. Je heißer es wurde, desto unerträglicher. Rot-Kreuz Schwestern versorgten Kranke und nahmen schreiende Babys in ihre Obhut. Tote lagen unter Decken auf der Erde, bis sie abends der Friedhofsgärtner auf den Leichenwagen zerrte. Keiner half ihm dabei.

Gott sei Dank regnete es diesen Sommer wenig, das half sicher diesen Armen. Ein anderer Kommentar oder eine andere Mitleidsbekundung fiel uns dazu nicht ein. Der „Exer", im Krieg Sammelplatz der Parteiorganisationen für den 1. Mai-Umzug und von klatschenden Zuschauern umrahmt, wenn die Garnison nach Schweiß und Leder riechendes Schauexerzieren bot, glich jetzt einem menschlichen Müllhaufen, der nach Moder, Fäulnis und Urin stank. Als ob Not und Hunger ansteckend sein könnte, mieden die Einheimischen diese Stätte. Aus Neugierde sind Rudolf und ich einmal oder zweimal dort gewesen. Nicht, weil uns die Mutter es verboten hatte, sondern weil diese Fremdlinge ein Deutsch sprachen, das ganz anders klang als das gewohnte Unsrige. Mit denen wollten wir nichts zu tun haben.

Alleine, nur mit meinem älteren Bruder loszuziehen, machte auf die Dauer keinen Spaß. Ich meinte zu spüren, dass er darauf drängte, seine Wege allein gehen zu wollen. Als Älterer glaubte er, bereits ein gestandener Mann zu sein. Damals erschien mir der Altersunterschied von vier Jahren wie ein Jahrzehnt. Oft hänselte er seinen kleinen Bruder und nannte mich den Klotz an seinem Bein. Besonders auffällig blieb er immer häufiger vor einem Nachbarhaus stehen, wo die bezopfte Lehrerstochter Gisela wohnte.

Abends ärgerte ich ihn: „Du bist verliebt, du bist verliebt!"

Er stritt alles ab oder jagte mich zur Tür raus. Abends im Bett meinte ich zu hören, dass er wieder übte. Was er konnte, konnte ich auch. So übten wir beide leise vor uns hin.

Bald verschwand Rudolf bereits morgens, ohne mir zu sagen, wohin er wollte. Ich ahnte wohin. Ob er bei Gisela schon mal ran durfte? Gefragt habe ich ihn lieber nicht.

Bevor unsere gemeinsamen Unternehmungen endeten, konnte ich ihn überreden, noch einmal mitzukommen zur Panzersperre. Ich erinnere das so genau, weil wir den alten Stellungen kaum Aufmerksamkeit widmeten, wohl aber dem Bahndamm, wo die Briten den Eisenbahngeschützzug auseinandergenommen hatten. Dort zelebrierten wir eine Wahnsinnstat, die uns das Leben hätte kosten können. Die einst so heiß geliebte Panzersperre lag tot und verlassen da. Der Gefechtsstand, die Holzbunker, die Unterstände, die Balken der Gräben, alles verschwunden. Alles Hölzerne, abgebrochen, herausgerissen und sicherlich schon verfeuert.

Wir wagten uns den Feldweg hinunter durch die Wiesen zu den Schienen. Eine gewisse Scheu vor dem Ort, wo vor unseren Augen vor etwa einem halben Jahr die einzig erlebte Kriegshandlung abgelaufen war, galt es zunächst zu überwinden. Die Geleise lagen bereits wieder in ihrem Schotterbett und auf den Schwellen. Der Bahnbetrieb lief wieder. Das wussten wir. Wie anders hätten die Flüchtlings- und die britischen Versorgungstransporte unseren Bahnhof erreichen können. Wie aber sah es links und rechts der Strecke vor dem abgebrannten Erlenwäldchen aus? Aus den Gräben ragten halbversunkene Eisenbahnräder und ein Stangengewirr heraus, links und rechts des reparierten Schienenstrangs rosteten umgestürzte Geschütze, zerrissene Waggonteile, verdrehte Stahlplatten und die plattgedrückte Lokomotive. Manche Eisenteile hatten scharfe Kanten. Dazwischen herumzuturnen war gefährlich, aber gerade das reizte. Auf einmal hielt Rudolf inne und zeigte auf eine unter einer Plane halbversteckten Kiste. Die Klappverschlüsse sprangen leicht auf. Was war da drin? Eingewickelt in Ölpapier wunderschön glänzende Granaten, Hülse und Gefechtskopf aus Messing. „Geschosse der 3,7 cm Flak, und noch vorzüglich intakt," murmelte Rudolf, griff eine Granate und wog sie in der Hand. Hochinteressantes Buntmetall für jeden Schrotthändler, hätten die Erwachsenen gesagt.

Wir dagegen sahen den Sammlerwert und dachten über die Möglichkeit einer anderen Verwendung nach. Die nun folgende Idee lässt mich heute noch gefrieren. Drüben im Erlenwäldchen stand verlassen eine Werkbank, Reste der Versorgungseinheit des einstigen Eisenbahngeschützzuges, darauf ein riesiger Schraubstock.

Rudolf nahm eine Granate und schraubte sie zwischen die Backen des Schraubstockes, bis sie richtig fest saß. „Los, such mit, ich benötige einen Hammer, eine Stange oder ähnliches, dazu einen Splint oder langen Nagel!" Was wollte er? Wir beide suchten lange im Gras, bis ein Stück Vierkanteisen und eine Art Eisendorn gefunden wurde. Rudolfs Augen fieberten vor Erregung. Vor der Werkbank erklärte er das folgende Vorhaben: "Sieh mal, hier im Boden der Granathülse ist ein kreisrunder Punkt. Da schlägt beim Abfeuern ein Stift ein, der den Granatkopf auf die Reise schickt. Das gibt einen furchtbaren Knall. Man hält den Dorn auf diesen Punkt und drischt mit aller Kraft mit dem Eisen drauf, da sollst du mal sehen, wie das Ding abgeht!"

Den Dorn auf den roten Punkt am Boden der Hülse gerichtet, sah ich, wie Rudolf mit verkniffenen Lippen das Vierkanteisen in meine Richtung schwang. Was dann geschah, muss sekundenlang die Besinnung gelähmt haben. Es blitzte, donnerte, mir knickten die Beine weg. Im Gras vor der Werkbank auf dem Rücken liegend fanden wir uns wieder.

Im Schraubstock rauchte die leere Hülse. Rudolf bewegte die Lippen, aber meine Ohren machten nicht mit. Der Kopf brummte. Ich rappelte mich auf, langsam kehrte mein Hörvermögen wieder, und wuchs die Freude über das gelungene Experiment.

Rudolf nickte mit der um Zustimmung heischenden Frage: „Gut, nä? Machen wir noch mal!"

"Was, denselben Scheiß noch mal?" versuchte ich abzuwehren.

„Na klar, vorher muss etwas in die Ohren rein, ich hab da was". Aus der Hosentasche holte er einen Putzlappen und riss ihn in kleine Streifen. Diese Lappen kannte ich. Rudolf nutzte sie im Bett, wenn ihn die Wollust überkam und entsorgte das feuchte Tuch morgens in der Mülltonne.

„Ich will aber keinen Ohrstopfen aus deinem versauten Lappen!" winkte ich ab. „Nix da, ist ganz frisch, kannste nehmen!"

Also neue Granate aus dem Kasten geholt, sorgsam festgedreht, ein bisschen fester; denn die vorige war durch den Abschussdruck ein wenig nach hinten gerutscht – hätte ja auch ganz rausfliegen und uns umbringen können, aber wer dachte schon daran.

Ohren zugestopft. Alles klar! Dorn drauf und zugehauen. Der nächste Versuch überraschte nicht mehr. Es krachte und blitzte, ich meinte sogar den Feuerschweif hinter dem Geschoss festgestellt zu haben. Dieses Mal zwang der Abschuss niemanden in die Knie.

Nach diesem Erfolg sollte als nächstes Abenteuer herausgefunden werden, was für ein Antriebsmittel die Granate beschleunigte. Pulver, na klar! Aber was für ein Pulver? Wenn man die Hülse mit aller Kraft zwischen die Backen des Schraubstocks einquetschte, klaffte sie vorn ein wenig auf, so dass mit viel Drehen und Abbiegen schließlich das Geschoss herausgebrochen werden konnte. – Eigentlich eine Irrsinnstat! Herausfiel ein Bündel spagettidünner schwarzglänzender Stäbchen. Eines davon, mit dem Streichholz gezündet, brannte wie ein Wunderkerze, aber viel intensiver und viel schneller. Selbst wenn man draufpinkelte, erlosch das Feuer nicht.

„Da wäre doch was für Mutters Hexe, damit sie das feuchte Holz zum Brennen kriegt, die wird sich freuen", jubelte meine Bruder.

In die übrigen Streifen des besagten Putzlappens eingewickelt, gelangten mehrere Pakete von zehn aufgebrochenen 3,7-cm-Granaten in das Versteck des Gartenhäuschens, neben die restlichen sorgsam gehüteten Hummerdosen.

Ein altes Zigarrenkästchen, bis zum Rand mit den Stäbchen gefüllt, kam gerade zum richtigen Moment, als Mutter vergeblich versuchte, in der Hexe ein Feuerchen zu entfachen. Von Rudolf überzeugend demonstriert, nahm sie seitdem zum Anzünden nur noch das Granatenpulver. Vater blieb uninformiert, vielleicht hätte er das Zeug sonst als feuergefährlich aus der Küche verbannt. Unauffällig stand das Kästchen unterhalb der Brenner des stillgelegten Gasherdes. Eines Abends, als die Hexe auszugehen, zu erlöschen drohte, wollte Vater ein paar Scheite nachlegen, stocherte viel zu heftig in der Glut herum, so dass die Funken herausflogen.

Einer davon muss wohl bis in das Kästchen gelangt sein; denn mit einem dumpfen „Buff" stieg plötzlich ein orangefarbener Feuerball bis zur Decke, verpuffte im Nu und hinterließ einen riesigen öligen Fleck an der Decke. Unser Alter stand wie versteinert da, begriff nicht, was mit ihm geschehen war. Seine Hände, das Hemd und vor allem das Gesicht glänzten wie schwarz lackiert. Mutter starrte ihn entsetzt an, er sah sie fassungslos mit fragenden, angstgeweiteten Augen an. Und was taten wir. Wir bogen uns vor Lachen, so lange, bis er über uns herfiel, uns anbrüllte und losprügelte. Rudolf konnte ihm durch die Küchentür entkommen. Ich dagegen erhielt die volle Ladung. Immer auf die Kleinen!

Die Schmerzen der Ohrfeigen waren ein Nichts, gemessen an der diebischen Freude, vor Mutters Augen den angeschwärzten, ängstlichen Vater gesehen zu haben. Für jeden Unfug, nun auch für den heutigen, mit Schlägen gezüchtigt zu werden gehörte damals zur Tagesordnung. Diesen festen Bestandteil meiner Jugenderlebnisse habe ich niemals in die Erziehung meiner Kinder einbezogen, obwohl es den Eltern manchmal in den Fingern juckte.

Zu sehr hat mein Vater mit seiner brutalen Erziehungsmethode zwischen ihm und seinem Nachwuchs einen tiefen Graben entstehen lassen, den ich, selbst mit bestem Willen, bis zu seinem Ende nie völlig habe zuschütten können.

Bei mir haben die Prügel ohnehin nichts bewirkt. Keine Besserung, eher das Gegenteil. Vielmehr wurden meine Streiche mit zunehmendem Alter frecher, ausgefeilter und technisch komplizierter. Ich brauchte oft lange, einen bis ins Detail geplanten Unsinn reifen zu lassen. Rudolf dagegen handelte viel spontaner. Aber der fiel seit kurzem total aus. Jetzt, wo seine Hormone ihn zum anderen Geschlecht trieben, seine kicksende Stimme plötzlich dunkel klang und er stundenlang vor dem Flurspiegel stehend dicke Pickel in seinem Gesicht ausquetschte, stand er nicht mehr zur Verfügung. Mit dem war nichts mehr anzufangen. Also ging ich allein auf die Pirsch und suchte nach Gelegenheiten, irgendwo irgendwelche Dummheiten zu machen. Anschluss an Gleichgesinnte zu finden fiel nicht schwer. Wie zu Adolfs Zeiten zog ich mit einer Schar, nun „Gang" genannt, durch die Gegend. In der Gruppe gedieh das Gefühl der Stärke, wie zuvor beim Jungvolk, nur das Militärische gab es nicht mehr. Die Gang übte keinen Zwang aus, wenn man ein paar Mal nicht zum Treffen erschien. Deswegen wurde niemand ausgeschlossen oder gar gerügt. Diese lockere Verbindung gefiel mir. So blieb ausreichend Zeit, eigene Ideen zu entwickeln.

Beim Herumstöbern auf dem Dachboden stieß mein Fuß eines Nachmittags an eine alte Aktentasche, in der Patronen lagen. Sie stammten von dem vor der Panzersperre vor Monaten notgelandeten Lancaster-Bomber. Gerade weil Zugführer Ameisbilchner es streng untersagt hatte, hatte mich die herumliegende Munition der Bordkanone zur Mitnahme verführt. Was konnte man mit den Geschossen machen? Wegschmeißen wie Vater, der seinen Luftwaffendolch und die Dienstpistole hinter dem Garten in den Teich der Kiesgrube geworfen hatte, oder gar dem Tommy zurückzugeben?

Nein, das wäre zu blöd gewesen. Eine bessere Idee kam mir in den Sinn. Tagelang gedieh der Gedanke, mit der kleinen Munition dasselbe anzustellen wie mit den Flakgranaten vom Bahndamm: nicht die Dinger von einem Schraubstock abzuschießen, sondern sie aufzubrechen, das Geschoss abzumontieren, um in der Hülse an das Pulver zu gelangen.

Immer, wenn es ruhig im Hause war, schlich ich in die Kellerwerkstatt, das Hochheiligtum meines Vaters, stets verriegelt und verschlossen. Längst wussten alle im Hause, wo der Schlüssel hing. Ungestört gelang es mir in mehreren Tagen, mit allen möglichen Zangen und Hebelwerkzeugen einige der Hülsen zu knacken. — Wozu und wofür?

Auf dem Schrank in der Rumpelkammer, in der ich seit einigen Wochen alleine hauste – Rudolf durfte nämlich in das von den Kaludrichkeits verlassene Kinderzimmer zurückziehen – lag ein großer Karton, fast schon vergessen, gefüllt mit grauen unterschiedlich großen Holzteilen. Dazu eine Bauanleitung. Auf der Deckelinnenseite war es beschrieben als das zerlegbare Modell des britischen Schlachtschiffes *Hood*. Als den großen Renner, von der Kriegspropaganda zum lehrreichsten Spielzeug des Jahres hochgelobt, schenkten die Eltern uns beiden Jungs den Baukasten zum Weihnachtsfest 1941.

Zur Erinnerung an ein kriegerisches Ereignis sei das Schicksal der *Hood* kurz erwähnt: Bevor das deutsche Schlachtschiff *Bismarck* sank, vernichtete es am 24. Mai

1941 die *Hood*, eines der größten Kriegsschiffe der Royal Navy, mit einer spektakulären Volltreffersalve. Soweit die Seekriegsgeschichte.

Nun zu dem gefundenen Weihnachtsgeschenk von 1941.

Diesen einzigen Erfolg deutscher Schlachtschiffe im II. Weltkrieg hatte die Spielzeugindustrie vermarktet mit einem gewinnträchtigen Verkaufsschlager, einem Baukastensatz der *Hood* aus Holz. Die einzelnen Teile, Geschütze wie Aufbauten ruhten auf einem Federsystem, das, ausgelöst über einen Knopf an der Bordwand, das Kriegsschiff zerlegte und in alle Richtungen fliegen ließ. So lautete es auf dem Beipackzettel, der außerdem jedem deutschen Knaben ans Herz legte, das großartige Ereignis der explodierenden *Hood* auf diese Art und Weise noch einmal als Sieger mitzuerleben.

Das Spielzeug litt allerdings unter einem erheblichen Mangel. Das gewünschte In-die-Luft-Fliegen konnte ums Verrecken nicht erreicht werden. Von einem mitgelieferten klitzekleinen Mini-U-Boot sollte ein mit Gummibändern gespannter Torpedo auf den Auslöseknopf am Schiffsrumpf gefeuert werden. Vater, Rudolf und ich hatten uns Weihnachten 41 bis in die Nacht in der Küche auf dem Bauche liegend gequält, den verfluchten Knopf zu treffen. Immer ging es daneben oder in die Aufbauten. Schließlich drückte Vater entnervt mit dem Daumen auf den „Sprengknopf" und ließ die *Hood* hochgehen. So endete das unerfreuliche Spielchen. Zusammengesucht und verpackt in den Kasten, verschwand die *Hood* in der Rumpelkammer. Auf einmal war das Spielzeug wieder da.

Warum hatten wir damals aufgegeben? Gab es einen Konstruktionsfehler? Diese Frage beschäftigte mich. Lag es an der Zielgenauigkeit, war die Geschwindigkeit des Torpedos zu gering, weil die Gummibänder keinen Druck brachten? Die Erkenntnis reifte, kein U-Boot mit einem wirkungsvolleren Holztorpedo zu entwickeln, sondern so etwas wie eine Armbrust oder einen Bogen und damit einen langen Stahlnagel als Pfeil auf den Auslöser am Rumpf des Schiffes zu schießen. Gesagt, getan. Am Wasserrand der Kiesgrube hinter dem Haus wuchsen Kopfweiden. Aus einem abgeschnittenen elastischen Zweig entstand, gespannt durch ein festes Band, ein strammer Bogen, dazu konstruierte ich Pfeile aus leichtem Reet, vorne beschwert mit einem Nagel und hinten Steuerflügel aus Dosenblech. Heimlich begannen im Sichtschutz des Gartenhäuschens die ersten Schießversuche und Zielübungen auf alte, an den Bäumen befestigte Bierdeckel. Nach einigen Verbesserungen und mit wachsender Erfahrung erhöhte ich meine Treffsicherheit ganz erheblich.

Eines Tages, als alle Hausbewohner über Land die Bauern um Essbares anbettelten, hatte ich freies Manöver für eine Übung am Objekt. Innen vor der geschlossenen Haustür wartete die aufgebaute *Hood* auf den Todesschuss. Ich hockte am Ende der Küche unterm Fenster, die Tür zum Flur weitgeöffnet. Distanz Küche und Flur bis zur *Hood* exakt fünf Meter. Auf dieser Entfernung hatte ich auch draußen auf die Bierdeckel geschossen.

Noch einmal nach draußen gehorcht, nein, keiner sah zu oder kam gerade. Erster Versuch. Schuss, zack, der Pfeil wippte oberhalb des Mastes in der Haustür. Nach dem dritten Versuch endlich das erlösende Resultat. Treffer, aber wie erbärmlich! Mit sanftem Klick sprang die Feder hoch und die Aufbauten fielen herab. War das zu Weihnachten 41 auch so mickerig gewesen? Absolut unbefriedigend!

Zusammengesammelt, Baukasten, Pfeile und Bogen unterm Bett in der Rumpelkammer versteckt; dann sann ich nach über eine krachende, donnernde, wirklich explosionsartige schiffszerfetzende Aktion. Da fiel mir die Wirkung der Pulverstäbchen ein.

Wie aber die mit Pulver vollgepackte *Hood* nicht einfach abfackeln, wie Vater mit der Kiste unter dem Gasherd, sondern mit einer Sprengung hochgehen lassen? Kleinere Pulvermengen, mit dem Hammer bearbeitet, krachten unter dem Schlag wie Blitze.

In der Werkstatt auf einem Regal lagen gestapelt Aluminiumhülsen, doppelt so dick wie Bleistifte. Die auf 10 cm Länge gesägt, unten zugekniffen, Pulver hinein, festgestopft mit einem Metallstab, der genau in die Öffnung passte und nur eben aus der Hülse herausragte, dann unten an der Hülse und am Kopf des Metallstückchens ein Band angebracht, über den Kopf wie ein Lasso geschwungen und an eine Wand geschlagen.

Ergebnis: Die Ladung zündete wie ein peitschender Gewehrschuss. Könnte das die Lösung für die Vernichtung der Spielzeug-Hood sein? Zunächst blieb es eine Lösungsmöglichkeit.

In meinem Gehirn entstanden die wildesten Pläne. Sobald die Theorie in die Praxis umgesetzt werden sollte, wuchsen die Probleme. Die Technik mit der Hülse und dem hineinschlagenden Dorn, der das Pulver knallen ließ, schien ausgefeilt. Wie aber die in den Rumpf des Schiffes einzubringende Hülse aus einigermaßen sicherer Entfernung treffen und das mit solcher Wucht, dass es zur Zündung kam? Der Sommer ging dahin mit Basteln, Werkeln und Herumkonstruieren, dabei immer auf der Hut, nicht von meinem Alten erwischt zu werden. Solange der beim Tommy beschäftigt war, konnte ich sorglos hinter dem Gartenhäuschen experimentieren. Rudolf erschien meistens nur abends und Mutter interessierte mein Tun nicht. Die Tatsache, mich in ihrer Nähe zu sehen, zerstreute jegliche Bedenken, dass ihr Sohn Dummheiten ausheckte.

Zwischen zwei Brettern auf Holzböcken vor der Rückwand des Gartenhauses entstand eine Teststation, eine Beschießungsanlage. Mehrere Hülsen in Reihe, alle sorgfältig mit unterschiedlich großen Pulverladungen gefüllt, wurden hier mit Pfeil und Bogen beschossen. Alle Versuche schlugen fehl. Die Bögen nahmen immer größere Ausmaße an. Als Bogensehne kam im Hafen geklautes Angelgarn zur Verwendung. Teppichstangen mit immer schwerer werdenden Spitzen flogen als Pfeile durch die Gegend. Einige durchbohrten die Rückwand, doch keine traf ins Herz, in die Hülse.

Um die Chance des Treffens zu erhöhen, wuchs die Zielfläche. Die Wahl fiel auf eine pulvergefüllte Patronenhülse der Bordmunition, die Öffnung wie bei den vorherigen Aluminiumhülsen auf den Schützen gerichtet. Doch welche Enttäuschung. Nach mehren Fehlversuchen landete der Pfeil zwar genau auf den Punkt, drang in die Hülse tief ein, wippte vor sich hin, aber nichts, keine Explosion .

Verdammte Scheiße, warum denn nicht!

Die Durchschlagskraft musste noch immer zu gering sein. Die war mit einem Weidenruten-Bogen nicht zu steigern. Etwas Gediegeneres musste her. Also beim Schrotthändler Ratzlewski über den Zaun gestiegen; da fiel mir ein zwei Meter langes elastisches Flachbandeisen vor die Füße, mit meiner jugendlichen Kraft eben noch zu biegen. Mit Vaters Uralt-Bohrmaschine an beiden Enden mühsamst an beiden Enden für die zu spannende Angelschnur durchbohrt, gedieh das Stahlband zu einer gefährlichen Waffe. Heute würde man sagen, der Kerl hat aufgerüstet.

Der Bogen hatte eine mörderische Wirkung. Durch mein ständiges Trainieren, verbunden mit verbesserter Schießtechnik, die mit dem Flacheisen den Bogenpfeil auf fast maximale Hochspannung brachte, schien das Maximale erreicht zu sein. Doch trotz exakter Treffer keine Explosion.

Schließlich holte ich aus meinem Versteck eine intakte Patrone, demontierte im Keller den kleinen Schraubstock, schleppte ihn nach draußen und befestigte das Ding auf der Fensterbank des Gartenhäuschens. Wie mit der Flak-Granate am Bahndamm begannen jetzt Versuche mit der Bordmunition. Mittlerweile betrug die Distanz zum Ziel keine drei Meter mehr.

Den Bogen auf die Erde gestellt. Mit dem Pfeil den roten Punkt am Hülsenboden anvisiert und Schuss. Der erste knapp daneben. Noch einmal. Meine Kraft reichte erfahrungsgemäß höchstens für drei Schießversuche. Bogen gespannt und ab zum zweiten Mal. Ein Knall zerriss die nachmittägliche Stille.

Den Bogen weggeworfen und vor Freude gehüpft. „Ich hab es, ich hab es!"

Plötzlich stand Mutter neben mir und fragte: „Was machst du hier, was war das?", und mit erschrockenem Gesicht blickte sie in alle Richtungen. Den im Gras liegenden Bogen sah sie nicht und den Schraubstock auch nicht. Konnte sie auch nicht, der war weg.

„Wo ist der abgeblieben?" sinnierte ich in mich hinein.

Mutter ging kopfschüttelnd zurück und rief mir noch zu: „Von der Küche aus hörte sich das an, als wenn etwas gegen die Hausmauer geflogen sei, schau doch mal nach."

Der Schraubstock, die Hülse fest eingeklemmt, lag zusammen mit dem Fensterbrett vor dem Gartenhäuschen auf dem Kiesweg. Die heiße leere Hülse dampfte. Aber wo steckte das Geschoss? War da nicht etwas mit der Hausmauer?

Tatsächlich, in der Ziegelsteinmauer unter dem Küchenfenster steckte in einem kreisrund hineingebrochenen Trichter das deformierte Geschoss. Das Ergebnis meines Treffers. Sagenhafte Wirkung! Innerlich nickte ich mir anerkennend zu. Hatte das lange Experimentieren doch endlich zu einem Ergebnis geführt. Jetzt konnte der Zeitpunkt für die stilvoll heroische Versenkung der *Hood* im selbsterteilten Tagesbefehl festgelegt werden.

Einige Tage verstrichen. Es musste eine Zeitspanne gefunden werden, die garantierte, niemanden im Hause zu haben. Verrückterweise plante ich, die Aktion dort durchzuführen, wo sie zu Weihnachten 1941 gescheitert war, im Bereich der Küche und dem angrenzenden Flur.

An einem Sonntag, einem wunderschönen Spätsommertag, startete die „Operation Sink the Hood". Das vorbereitete Schlachtschiff, statt des albernen Holzknopfes steckte an dieser Stelle eine scharfe Patrone der britischen Bordmunition, war fest mit dem Rumpf auf einem dicken Brett fixiert. Das Schiff sollte mit der Munition des eigenen Landes zugrunde gehen. Irgendwie hatte das Ganze etwas Festliches, meinte ich. Wegen des hohen Abschusspunktes, bedingt durch den langen Bogen, musste das Zielschiff höher gestellt werden. Es thronte auf einem Hocker, der wiederum stand auf dem dahingeschobenen Küchentisch direkt vor der Innenseite der Haustür.

Von meiner Position, den Bogen unten auf einem Fußschemel, mit zitterigen Händen den Pfeil mit extra spitzgefeiltem Stahlkopf eingelegt, zielte ich auf den roten Punkt der aus dem Rumpf herausragenden Hülse. Das Herz klopfte, der Tag X nahte.

Irrsinnige Gedanken flimmerten vorbei. An der Panzersperre konnte ich mich im Kampf mit den Tommies nicht bewähren, sie kamen zu früh. Jetzt nahm ich dafür Rache an der *Hood* und der gesamten britischen Marine, die unsere stolze *Bismarck* versenkt hatte.

Ich hörte mich brüllen: „Sink the Hood, the Hood, the Hood!" Mit schweißnasser Hand den Bogen gefasst, die Bogensehne bis zum Äußersten gespannt, die tödlich verwundbare Stelle anvisiert und – weg. Ein dumpfes „Klonck" folgte. Der Pfeil federte eben unter der Hülse im Brett. Ein Seufzer. Wieder beim ersten Schuss daneben! – Ärgerlich! Noch einmal!!

Die Stahlspitze meines Geschosses saß zu fest, um sie herauszuziehen. Mit dem Abbiegen des Pfeilschaftes durch ein Band, angebunden am Tischbein, gelang es, das Schussfeld wieder frei zu machen. Nach kurzer Pause, tief durchgeatmet, antreten zur nächsten Salve!

Hochkonzentriert, nur nicht zu lange bis zum Erlahmen zielen, die Pfeilspitze von unten nach oben ins Ziel führen und – „Feuer!"

Was jetzt geschah, blieb unvergesslich – und die weiteren Folgen auch. Um mich herum nach einem dröhnenden Hammerschlag nur Staub und Qualm. Etwas pfiff am Kopf vorbei, Glas klirrte, Scherben regneten mir ins Kreuz, und voraus auf dem Tisch ein brodelndes, knirschendes Geräusch, das nach einem weißblauen Blitz in ein gleißendes kreisrundes Licht überging, das sich durch die Haustür fraß und verpuffte. Den Bogen beiseite legend, tastete der leicht benommene Schütze durch verkohlte Holzreste und Mörtelbrocken nach vorn zur Versenkungsstelle. Der Tisch stand noch, Teile des Hockers und angesengte rauchende Splitter staken rundherum in den Wänden und der Decke. Tapetenfetzen hingen herunter. Der Fußboden, halb die Treppe hoch, die Haustür, eigentlich der ganze Flur glich einem Schlachtfeld.

Oh, das würde Ärger geben, waren doch kürzlich die Wände nach dem Absturz des Frenken-Klaviers renoviert worden. Aber wie sah die Haustür aus? Dort, wo die *Hood* verschwunden war, konnte man durch ein schwarzes tellergroßes Loch ins Freie sehen. Offensichtlich hatte ich aus meiner Sammlung Leuchtspurmunition verwendet, das in dem festen Eichenholz der Haustür zunächst steckengeblieben war und dann den Weg nach außen freibrannte. Wie nach dem Abfackeln der Pulverstäbchen in der Küche klebte ein schwarzer öliger Film auf dem Terrazzo, an den Wänden, überall, wo man hinsah. Die Innenseite der Haustür schien frisch geteert zu sein. Durch das zerbrochene Küchenfenster in den Garten sah ich auf dem Kiesweg die Patrone. „Aha", dachte ich mir, „das Ding ist dir am Kopf vorbeigeflogen." Hätte tödlich sein können! Nicht dieser Gedanke, ganz andere bewegten mich.

Wo sollte ich anfangen aufzuräumen oder zu versuchen, den Schaden zu vertuschen? Nein, das ließ mein Stolz nicht zu. Wer hatte die *Hood* versenkt? Meinem Vater war es damals nicht gelungen, sollte er doch kommen und wie gewohnt mir den Arsch versohlen.

Der Sieger blieb auf dem Schlachtfeld mit dem Bogen in der Hand auf einem Küchenstuhl sitzen und wartete auf die Heimkehr der Eltern. Die Zeit verstrich, niemand kam. Durch die zerbrochene Scheibe hinter mir drang Vogelgezwitscher und ein unangenehmer Windzug, der das Loch in der Haustür als Ausgang nutzte.

Die Sonne schien bis in den Flur. Bisher wirkte die fensterlose Eichentür wie ein Bunkerschott. Vielleicht könnte Vater an der durchgebrannten Stelle ein Fenster einsetzen, so ein Bullauge wie bei den Schiffen. Trotz dieser erbaulichen Gedanken verdrängte die Angst vor Vaters despotischer Gerichtsbarkeit allmählich meinen Stolz über die gelungene Versenkung der *Hood*. Gemessen an meinen bisherigen Streichen und dem bisher nachgefolgten Strafvollzug, würde der Alte dieses Mal bestimmt so etwas Ähnliches wie die Todesstrafe verhängen. Wie würde die Strafe ausfallen?

Aus Langeweile schob ich den verschmierten Tisch zurück in die Küche. Das ermöglichte dem Richter, den Schuldigen schneller zu vernehmen. Danach hockte der Sünder wieder auf seinem Stuhl, wartete und dachte an das Ausmaß der bevorstehenden Folter.

Bei diesen Gedanken wurde es plötzlich dunkel vor der Haustür. Zwei weit aufgerissene Augen schauten durch das Brandloch in den Flur. Die Tür ging auf, klemmte ein wenig, schob knirschend Mörtel beiseite, und vor mir stand unsere Hausnutte Fräulein Hellblink, hielt entsetzt die Hand vor den überrot geschminkten Kussmund und starrte mich und meinen Bogen fassungslos an. Ich muss wohl für sie wie ein mittelalterlicher Bogenschütze ausgesehen haben. Tonlos kam es aus ihr heraus: „Was ist hier geschehen?“ Anna schaute zurück auf die Haustür. „Hast du das alles kaputt gemacht?“ Auf den hohen Stöckelschuhen machte sie eine schnelle Kehrtwendung, fingerte den Schlüssel aus dem Handtäschchen und schloss die Tür zu ihrem Zimmer auf. Bevor die Tür ins Schloss fiel rief sie kichernd: „Pass nur auf, dass dich dein Alter nicht erschlägt!“

Diese Worte hatten gefehlt, wirklich sehr tröstend und erbaulich. Mein Hintern schmerzte schon bevor er traktiert wurde.

Das Strafgericht mit dem Inquisitor nahte. Draußen Stimmen und Knirschen auf dem Kiesweg. Dann Stille. Vor dem Loch in der Haustür wurde es Nacht. Eine Hand langte hinein. „Zurück, Einbrecher“, hörte ich Vaters Stimme. Wieder Stille. Plötzlich flog mit einem Krachen die Tür auf. Auf der Schwelle stand mein Erzeuger mit drohender Haltung, in der Hand ein Knüppel. Wie zur Salzsäule erstarrt blieb sein suchender Blick an mir und meinem Stahlbogen hängen.

Danach entdeckte er die Scherben, die Holzsplitter, den schmierigen Ölfleck. Die aufsteigende Wut schien ihn zu erwürgen. Stoßweise kam es über seine Lippen, erst leise, dann lauter, bis zuletzt die Luft voller Donner war: „Was hast du hier angestellt, verdammt noch mal, was hat dich geritten, das Haus zu verwüsten, du Nichtsnutz, du erbärmlicher Versager, nur Scheiße im Hirn!“ Hinter ihm Mutter, die ich wimmern hörte: „Ach du meine Güte, ach du meine Güte, was hat das Hänschen nur gemacht!“

Bevor der Alte für den nächsten Brüller Luft holte, fiel mir der Satz ein: „Ich habe die *Hood* versenkt!“ Er sah wild um sich.

„Wer oder was ist die *Hood*, alles Spinnkram, du hast unser mühsam erspartes Haus vernichtet, das wirst du büßen!“, drehte um, griff vom Küchenschrank die berüchtigte Peitsche, die verhasste neunschwänzige Katze, riss mir den Bogen aus der Hand und warf mich bäuchlings auf den Küchentisch. Ich war wie gelähmt, wehrte mich nicht. Was hätte ich gegen die Brachialgewalt eines Erwachsenen erreicht? Ich fügte mich in das Schicksal.

„Zieh dem Kerl die Hose runter, ich will den blanken Hintern sehen“, schrie der Tobende. Mutter musste mir die Hose herunterziehen. Dann begann die Tortur.

Er schlug mir wie von Sinnen mir aufs Hinterteil, brüllte dabei unverständliches Zeug. Im Hintergrund kreischte Anna Hellblink. Mutter schrie nach jedem Schlag: „Aufhören, aufhören!" Ich biss die Zähne aufeinander, heiße Blitze durchzuckten meinen Körper, ich drohte wegzuduseln, jeder Hieb brachte mich weiter weg von dieser Welt. Fast schon weggedämmert hörte ich ein Gepolter, dicht neben mir einen schneidenden Befehl „Schluss jetzt!" Die Schläge setzten aus.

Mühsam auf den Tisch abgestützt, sah ich Rudolf mit geballten Fäusten neben mir stehen. Er war dem kopflos auf mich eindreschenden Vater in den Arm gefallen, um ihn abzudrängen. Jetzt standen sich die beiden wortlos gegenüber. Rudolfs Augen schimmerten wie hartes Eis. Der Alte, weiß im Gesicht, warf die Peitsche hin, ging zur Tür hinaus und wie so oft, wenn Probleme zu lösen waren, nebenan ins Bett.

Mein Bruder fingerte mit zitternden Händen ein Messer aus der Küchenschublade und säbelte von der neunschwänzigen Katze die Lederstreifen ab. Eins hatte ich schon einmal gewagt abzuschneiden, er schnitt alle ab und warf den Stock durch die zerbrochene Scheibe nach außen.

„Damit ist jetzt für alle Mal Schluss in diesem Hause, und ihr Weiber seid feige Memmen", damit meinte er die sprachlos gaffenden Zuschauer, unsere Mutter und Anna, „habt keinen Handschlag getan, den Alten zu bremsen, der hätte Hannes vor euern Augen umgebracht, pfui Teufel!" Rudolf spuckte auf den Boden und ging hastig aus der Küche.

Die Bewunderung für meinen Bruder wirkte wie ein Wundpflaster. Einige Striemen auf dem Rücken und Hintern brannten wie Feuer, waren zum Teil aufgeplatzt und bluteten. Die beiden Frauen schleppten mich hinauf in die Rumpelkammer, wo ich drei Tage lag. Nicht nur, weil der Alte Stubenarrest verordnet hatte, sondern weil ich beim besten Willen nicht gehen konnte. Rudolf besuchte mich oft und hörte mir grinsend zu, wenn ich ihm meine Story über die Vorbereitungen und die gelungene Versenkung der *Hood* erzählte.

Fräulein Hellblink brachte mir Kaugummi und Süßigkeiten ans Bett, und Mutter, immer noch tief beeindruckt von Rudolfs Kritik an ihrer unterlassenen Hilfeleistung, kühlte mir stündlich die Wunden mit Umschlagtüchern und undefinierbaren Kräuterauflagen. Der prügelnde Vater fand nicht den Weg zu seinem Sohn.

Während der langen schlaflosen Nächte zog so manches vor meinen Augen vorbei. Die Zeit am Deich, die vielen ausgeheckten Streiche, ich in der Uniform als Pimpf, das Erlebnis mit der *Hörnum*, die Schule mit ihren Querelen, die bald wieder beginnen sollte, und vor allem der ständige Ärger mit meinem Alten. Der hatte mir das letzte bisschen Anerkennung seiner Person und das letzte Fünkchen Liebe zu ihm endgültig herausgeprügelt.

Das blieb nicht nur eine Feststellung, geboren aus Wut und den erlittenen Schmerzen, sondern gedieh zu einem unüberbrückbaren Gefühlsabstand. Alles, was danach mit meinem Vater geschah, was ihn betraf im Guten wie im Schlechten, hat mich nie wieder berührt oder interessiert. Ein Band der Höflichkeit verband mich mit ihm, nichts mehr und nichts anderes.

Die *Hood* veränderte mein Leben. Wie und wann der verursachte Schaden behoben wurde, ist mir entfallen. Sicherlich habe ich jede Gelegenheit genutzt, mich als helfende Hand zu entziehen. Während der Vater zur Randfigur degenerierte, zog ich Mutter mehr ins Vertrauen, ließ sie dichter an mich heran, trotz ihrer Frömmelei und oft schafigen Dummheit, was den Umgang mit meinem Vater betraf.

Seit dem Schulbeginn im Herbst 1945 gingen Rudolf und ich getrennte Wege. Er absolvierte die Mittelschule, lernte Maurer, lebte danach als Bauschüler in Eckernförde, später studierte er in Kiel an der Ingenieurschule und verschwand danach nach Kanada.

Ich habe das sehr bedauert. Vater strunzte gern beim Gespräch mit Nachbarn mit den Leistungen seines älteren Sohnes: „Ganz erfreulich diese Entwicklung, er hat dieselbe Berufswahl getroffen wie ich in meiner Jugend, macht übrigens jetzt Karriere. Man sieht, der Apfel fällt nicht weit vom Baum!"

Mutter dagegen weinte, wenn sie seine Briefe las. Rudolf lebte in Victoria auf Vancouver Island. Erst in den 60er Jahren besuchte er uns zum ersten Mal, war mir fremd geworden, sprach englisch gefärbtes Deutsch, war nicht mehr mein Rudolf.

Erst viel, viel später, nach dem Tode der Eltern, ist unser Kontakt wieder vertieft und herzlicher worden.

<h2 style="text-align:center">13</h2>

Nach Rudolfs Abschied änderte sich zunächst nichts. Ich unterstützte meine Mutter bei den Sammeltouren über Land. Vater blieb zuhause, und wir beide rackerten uns ab. Noch immer klingt mir der Bettelspruch in den Ohren: „Hebbt Se nich een lütten beeten Boddermelk för mine Kinner." Mutter übte ihn vor dem Flurspiegel mit Frau Frenken, wenn sie mitkam, um bei den Bauern der Umgebung für ihre Kinder etwas Milch zu erbitten.

Nur mit Plattdeutsch gelang es dann und wann, das Herz der nordfriesischen Landwirte zu erweichen. Als Sächsin hatte Frau Frenken schlechtere Karten als meine Mutter. Aber nicht nur die Flüchtlinge hatten bei ihren Bettelgängen im Umgang mit den Einheimischen Probleme, sondern auch viele der Bediensteten des Flugplatzes, die im Laufe des Krieges in unsere Stadt gezogen waren. Keiner von ihnen kannte eine Fischerfamilie oder hatte Kontakt mit der ländlichen Bevölkerung gesucht, geschweige denn ein Wort Plattdeutsch gelernt. Das rächte sich jetzt. Zeigte eine der abgehärmten Frauen einer Bäuerin nach ungewohnt langem Fußmarsch die Tauschware wie Zigaretten, den zu verscherbelnden Familienschmuck, das seit Generationen gehütete Silberbesteck, selbst Eheringe, edle Vasen oder eben nur Frotteehandtücher, und stotterte dabei verlegen den mühsam erlernten Bettelspruch, sah sie nur zu oft im Hintergrund die Erfolglosigkeit ihrer Bitte. Da stand schon ein hierher verirrter Steinway-Flügel, überladen mit echten Orientteppichen, darauf acht-los hingeworfen eine Mistgabel. Aus der Küche roch es verführerisch nach Bohnen-kaffee. Kurz zuvor hatten offenbar Besserbetuchte Höherwertigeres angeboten und erfolgreich eingetauscht. Man ließ sie stehen. Die Mütter sind davongerannt und haben hinter dem nächsten Knickwall ihr Elend ausgeheult.

Die Not fand ihre Erpresser auf dem Lande.

Aber es gab auch Landwirte, die mit den Städtern ins Moor zogen und Torf sta-chen, um ihnen mit Heizbarem über den Winter zu helfen, die ihnen Arbeit be-schafften und sie bewirteten. Brennmaterial hatte allerhöchsten Stellenwert. Kohle kannte kaum noch jemand. Die Besatzungsmacht beanspruchte jedes „schwarze Goldstück". Kein Wunder, dass die Wälder wie gefegt aussahen. Jedes Stück Holz und jeder Baumstubben wanderte in die Kochhexen und Kanonenöfen.

Wer Kohlen stehlen konnte, tat es mit gutem Gewissen. Mutter machte mich auf eine Möglichkeit aufmerksam, wo ich meine Energie austoben konnte. Nachdem ich hoch und heilig versprochen hatte, keine dummen Jungenstreiche mehr zu ma-chen, half der reumütige Sohn ihr bei den fast täglichen Ausflügen zu vermutlich nahrhaften Quellen. Dazu gehörten die Kohlentransporte. In einer Kurve vor den Hafenanlagen, wo die einlaufenden Züge langsamer fuhren, erkletterte ich zusam-men mit anderen Jugendlichen die Waggons. Unter Beifall der am Bahndamm war-tenden Erwachsenen rissen wir die Seitenschotten auf, damit Briketts und Koks herausfielen. Sofort verschwand die Beute in Säcken und Eimern. Bei der Verladung auf die Schiffe nach England fehlte dann so manches „Goldstück". Heizmaterial, Nahrungs- und Genussmittel zählten zu den Mangelgütern. Schwarzhändler trieben damit einen regen Tauschhandel. Abends standen sie in dunklen Ecken herum. But-ter, Brot, Zigaretten, Damenbinden, Nylonstrümpfe und sonstige Seltenheiten wech-selten die Besitzer, alles zu Wucherbedingungen. Keiner hinterfragte, wo der Mann mit dem Schlapphut das Zeug ergaunert oder die grellgeschminkte Dame das Ange-botene erworben hatte. Das verheerende Geschäftsgebaren verführte zum Klauen. Geklaut wurde alles, was nicht niet- und nagelfest war. Skrupellos plünderte die Be-völkerung staatliche Einrichtungen, vor allem die verlassenen militärischen Anlagen, obwohl britische Posten davor standen. Werkzeug, technisches Gerät und vor allem Buntmetalle verschwanden in den Kellern. Für viele Nachkriegsbetriebe ist es später ein erfreuliches Startkapital gewesen.

Den strafrechtlichen Tatbestand des Diebstahls überschrieb die Not mit dem nicht belasteten Begriff „Organisieren" oder „Kompensieren", wenn es darum ging, die Engländer zu beklauen. Am leichtesten gelang es, die britischen Jeeps auszurau-ben. Wenn die Soldaten in der Deichstraße vor unserem Haus parkten, am Fenster mit Anna oder ein paar Häuser weiter bei ihrer Kollegin den Bummspreis aushandel-ten, dann war das Auto meistens unverschlossen und unbewacht. Für uns die einladende Gelegenheit, die mitgebrachten Gastgeschenke zu entwenden. Von Zigaretten bis zu Biskuits teilten wir uns hinter der nächsten Hecke die Beute, während in der Ferne der fluchende Tommy den Motor aufheulen ließ und wütend davonfuhr.

Obwohl diese Art der Beschaffungskriminalität eher als eine tägliche Herausforderung an die eigene Intelligenz empfunden wurde, so nahmen jedoch verschiedene Eigentumsdelikte nicht mehr zu tolerierende Ausmaße an. Selbst in der nächsten Nachbarschaft ging es hoch her. Jeder verdächtigte jeden, wenn etwas abhanden gekommen war. Das waren alles keine Kapitalverbrechen, sondern mehr die ärgerlichen Verschiebungen der Eigentumsverhältnisse. Die Achtung vor Recht und Ordnung rutschte auf den Nullpunkt. Und immer ging es ums tägliche Brot, ums Sattwerden.

Meyers von nebenan hatten beim Bauern einige Hühner erstanden und im Garten einen Stall angelegt. Kaum, dass sie die ersten eigenen Eier genossen hatten, gackerten zwei Tage später keine Hühner mehr bei Meyers. Einige Häuser weiter soll es abends herrlich nach Gebratenem gerochen haben. Aber wer wollte beweisen, dass der verführerische Duft von Meyers Hühnern stammte.

Vater brachte eines Tages zwei halbwüchsige belgische Riesenkaninchen mit. Je größer sie wurden, desto kräftiger stanken die behelfsmäßig zusammengenagelten Ställe. Mir fiel es zu, loszuziehen, um Löwenzahn und anderes Grünzeug zu zupfen. Als Sonderverpflegung bekamen die nimmersatten Karnickel hartes Brot und vom Munde abgesparte Milch. Der Stall musste ausgemistet werden, und an trockenen Tagen hopsten die Schlappohren auf dem Rasen in einem aus Latten und Maschendraht zusammengezimmerten Auslauf herum. Tag für Tag war ich mit dem Viehzeug beschäftigt. Als sie endlich schlachtreif gemästet waren, freute sich die ganze Familie an einem Herbsttag auf das große Fest. Beim Anstehen vor dem Bäckerladen erzählte ich von dem uns bevorstehenden Ereignis. Die Umstehenden, alle bekannte Nachbarn, hörten interessiert zu. Ich prahlte mit dem Gewicht meiner beiden Belgier und beantwortete meiner Zuhörerschaft jegliche Fragen. Am nächsten Morgen schaute Vater, kurz bevor ihn der britische Jeep abholte, nach den Karnickeln und polterte in die Küche zurück mit der Nachricht: „Man hat uns beklaut, die Ställe sind aufgebrochen, und unser Braten schmort bestimmt woanders, nur, weil Hannes nicht aufgepasst hat!" Die unterstellte Begründung war blödsinnig, aber mich wurmte der Diebstahl. Durch meine vollmundige Auskunft vor dem Bäckerladen war meine Arbeit von mir selbst zunichte gemacht worden. Das hätte ich wissen sollen. Einer von denen in der Warteschlange musste Max und Moritz gestohlen haben, kein Zweifel.

Abends schlich ich aus dem Haus und stellte die Nase in den Wind. Um alle Häuser der Nachbarschaft bin ich herumgekrochen und versuchte Bratenduft zu erschnuppern. In der einsetzenden Dämmerung bin ich über die Gartenzäune gestiegen und habe die Abfallgruben untersucht und siehe da, an einer Stelle glaubte ich fündig geworden zu sein. Im Garten des ehemaligen Kreisleiters Blixen ganz am

146

Ende unserer Straße lag unter Küchenabfällen ein braunes Fell, ganz frisch und blutig, daneben noch eins. Waren das die Reste meiner Munkies? Oder hatten die Blixens selbst geschlachtet, hinten am Zaum standen nämlich Kaninchenställe. Aber die Farbe der Felle waren eindeutig meine Belgier. Was tun?

Vater wusste die Antwort: „Eine Frechheit von dir, die Blixens zu beschuldigen. Der Kreisleiter ist ein hochangesehener Mann in der Partei gewesen und sitzt jetzt im Gefangenenlager bei Neumünster, Frau Blixen muss nun ihre fünf Kinder alleine durchbringen. Denen geht es nicht so gut wie uns, weil ich euch vom Tommy so manches mitbringe. Also reg dich ab und halt über den Verlust deiner Karnickel das Maul!"

Wie immer schwieg meine Mutter dazu. Ich tat es auch, aber Kaninchen habe ich mir zur Pflege nie wieder aufs Auge drücken lassen.

Dazu blieb in den folgenden Monaten auch keine Zeit. Ich begleitete Mutter auf den Bettelgängen und zum sogenannten Stoppeln auf den abgeernteten Feldern. Als Transportmitteln diente der Bollerwagen oder Vaters Fahrrad. Ab Juni, Juli krochen wir auf Knien über die Gerste-, später Roggen- und Weizenfelder, sammelten Ähren oder pickten die einzelnen Körnchen aus der Erde. Wenn die Bauern hinausfuhren, die Kartoffeln einzubringen, warteten Hunderte Menschen am Feldrand auf den Abzug der mit Kartoffeln vollgeladenen Pferdefuhrwerke. Dann wurde der Acker zur Nachsuche freigegeben. Mit einer kurzschäftigen Hacke durchpflügten wir den Boden und suchten nach Kartoffeln. Bis in die Nacht hinein, bis man nichts mehr sehen konnte, rutschten Mutter und ich auf der Erde herum und füllten mühsam den mitgebrachten Jutesack. Erst spät, aber glücklich über die Ausbeute erreichten wir oft erst kurz vor Mitternacht unser Haus. Vater lag dann meistens schon seit Stunden im Bett und schimpfte über die Störung durch die erschöpften Spätheimkehrer.

Da alle Menschen, die ich kannte, täglich auf Bettel-, Hamster-, Organisier- oder Sammlertour waren, fand niemand diese Beschaffungsart diskriminierend, erniedrigend oder entwürdigend. Mir als jungem Burschen ist jedoch eines Tages der Kragen geplatzt. Noch auf ihrem Sterbebett hat mir meine Mutter die so oft von ihr erzählte Geschichte in Erinnerung gerufen.

Es muss nach dem heißen Sommer 1947 gewesen sein. Regen hatte eingesetzt, ein warmer Wind aus Südwest fegte über kahle, abgeerntete Äcker. Meine Mutter und ich krochen wieder einmal in gebückter Haltung über ein Kornfeld. Die Stoppeln stachen durch die Hose, zerkratzten die Unterarme, der vom Regen schlammig gewordene Boden quatschte in den Schuhen. Als Kleidung umhüllten uns alte Uniformstücke, derbes Zeug, mit dem der Volksturm hätte kämpfen sollen, nun lagen wir damit im Dreck. Zwei einsame Gestalten auf einem bis zum grauen Horizont reichenden Feld. Seit Stunden war zwischen uns kein einziges Wort gefallen, nur der Wind harfte sein monotones Lied.

Obwohl mir fröstelnd kalt war, das Wasser rann den Rücken herunter, spürte ich plötzlich wie ein heißer Schauer mich durchfuhr. Wut stieg auf. Da lag meine Mutter gebeugt am Boden, zusammengesunken wie ein Häufchen Elend, das Kopftuch festgezurrt, keine Bewegung, nur die Hände suchten den Boden ab. Ich ein paar Meter entfernt ebenfalls in kriechender Haltung, nicht um, wie bei den Pimpfen gelernt, den Feind anzuschleichen, sondern als erbärmliches Würstchen auf Futtersuche. Ein wild aufschäumendes Gefühl riss mich auf die Füße, vom schnellen Aufstehen aus stundenlanger gebückter Haltung zuckte ein stechender Schmerz durchs Kreuz, der mir zunächst die Luft nahm. Aufbäumen, aufrichten, linke Hand ans Koppelschloss – dort wo jetzt ein verdreckter Bindfandenknoten die Hose festhielt – der rechte Arm reckte sich hoch, gestreckt bis in die Fingerspitzen, und mit aller Kraft fuhr es mir aus dem Munde: „Heil Hitler, Heil Hitler, Heil Hitler, Heil Hitler." Zu jedem Brüller gehörte eine militärische Kehrtwendung, damit alle Welt mich hören sollte. Mutter hockte steil aufgerichtet am Boden, nahm die Hand vor den Mund, winkte hektisch ab, rief: „Junge, hast du den Verstand verloren!", sprang auf und sicherte nach allen Seiten, ob mich jemand sehen könnte. Mir war es offenbar scheißegal. Ich schrie mich in Rage. Nach Absolvierung des mindestens ein Dutzend Mal vorgebrachten ehemals Deutschen Grußes folgte die nächste Platte: „Sieg Heil, Sieg Heil", und danach mit Inbrunst alle Strophen des verpönten Horst-Wessel-Liedes „Die Fahne hoch..."

Wie von einem Stein erleichtert, der auf meinem Herzen gelastet hatte, fühlte ich mich danach besser, erschöpft oder doch noch beschissener, so sehr, dass ich mich in Mutters Arme flüchtete und laut losheulte. Dankbar fühlte ich ihre rissigen, aber wärmenden Hände auf meinen Wangen. Stumm sind wir nebeneinander Händchen haltend nach Hause gegangen.

Was mag der Grund gewesen sein, derartig auszuflippen, - und das zwei Jahre nach Kriegsschluss, wo manche vorgaben, die Nazizeit bereits vergessen zu haben? Sehnte ich mich nach dem Jungvolk, nach der Zeit als Pimpf zurück? Das muss es wohl gewesen sein. Vor meinen jugendlichen Augen tauchten fast vergessene Erinnerungen auf. Ich sah vor mir die dampfende Gulaschkanone mit der Erbsensuppe, keiner ist hungrig davongegangen. Da wurde gelacht, gesungen und auch Blödsinn gemacht. In der Gemeinschaft, wo einer den anderen respektierte, war alles leichter. Jeder kannte seine Pflichten und Aufgaben. Es herrschte Ordnung und Achtung vor dem Eigentum der anderen. Ich, der ich die Schrecken des Krieges nicht am eigenen Leib erfahren hatte, konnte das Leiden nicht ermessen, erlebte nur Positives im Jungvolk. Dass am Ende jeder herangezogen wurde, den bösen Feind zu bekämpfen, empfanden mein junges Gehirn und Herz als Selbstverständliches. Jetzt irrte ich allein durch die Gegend, niemand begeisterte mich für irgendetwas, nirgendwo gab es eine Gruppe Gleichaltriger, in der man Geborgenheit fühle, auch in der Schule nicht. In unserer Straße mieden mich die Nachbarjungs, weil mein Alter jeden verprügelte, der aus unserem Garten einen hineingeflogenen Fußball herausholen wollte. Als ob ich Schuld hätte.

Über diese Unart meines Vaters und die Folgen für mich werde ich an anderer Stelle ausführlicher erzählen.

Ich selbst fühlte mich unausstehlich, mittlerweile 14 Jahre alt, pickelig, sommersprossig, dürr wie eine Hopfenstange und gelangweilt. Was sollte ich von der neuen, der Nachkriegszeit halten? Alles was vorher war, nannte man Diktatur, und das galt als schlecht. Die von den Besatzern eingeführte Demokratie, in der alles erlaubt zu sein schien, wo jeder Recht hatte, jeder alles sagen durfte, sollte die große Freiheit sein. Wo war die Freiheit, die Geborgenheit, wo Freundlichkeit? Alle liefen mit fahlen, missmutigen Gesichtern herum, mufften und waren grantig. Das sollten die Kennzeichen der Demokratie sein? Die Demokraten brachten ja noch nicht einmal einen einheitlichen Gruß zusammen. Sagte ich im Bäckerladen „Guten Morgen" antwortete man mir mit „Guten Tag". Auf „Guten Abend" erhielt ich im Gegenzug ein „Guten Tag". Ein dämliches Durcheinander!

Zuhause half mir niemand, die Welt zu verstehen. Vater wetterte jeden Tag mehrmals gegen das was er erlebte, hörte oder las. Mutter wirkte bedrückt.

Bisher hatte die neue Zeit uns, den Färbers, keine besseren Lebensverhältnisse gebracht, im Gegenteil, nur Not und Elend. Nachbarschaft in dem Sinne des Wortes existierte nicht mehr. Jeder jagte nach Essbarem, versuchte den anderen zu übervorteilen. Nachts verrammelten Vater die Türen, um nicht beklaut zu werden, aber wenn sich die Gelegenheit bot, klauten wir selbst. Rundherum nur Egoisten. Es ging ums Überleben. Ich sehnte mich plötzlich nach der Vergangenheit, nach der untergegangen Jungvolkgruppe. Ich sah an mir herunter. Alte verschlissene Klamotten, drückende Holzschuhe mit Autoreifenresten als Sohlen, immer Hunger und dann dieses verdammte Herumstreifen, Betteln bei den zumeist hochnäsigen Bauern, das beschwerliche Heranschaffen und Sammeln. Da muss mir der Kragen geplatzt sein.

Nach dem Wutausbruch ging das Sammeln ein wenig erleichtert weiter. Mir blieb nichts anderes übrig. Ich versuchte mir begreiflich zu machen, dass der Rückfall in die steinzeitliche Tätigkeit des Sammelns und Jagens entweder als Strafe der Besatzungsmacht oder gar als typisches Kennzeichen des neuen Systems zu werten war.

Das mag eine verrückte Denkweise gewesen sein. Wer aber belehrte mich eines Besseren?

Immer weiter führten die Wege hinaus aufs Land. Nur ein Gedanke steuerte das Hirn: Sammeln, sammeln! Wenn es nicht die Suche nach Nahrungsmitteln war, dann für die städtische Kräutersammelstelle, Blätter von Waldhimbeere, Scharfgabe, Huflattich, Arnika und anderen Pflanzen, die zu Heiltees verarbeitet wurden. Dafür gab es ein paar Groschen oder ein halbes Schwarzbrot. Die schwerste Knochenarbeit bescherte die Rübenernte. Die klumpigen Zuckerrüben, entweder aus dem Acker gehackt oder unbemerkt durch den Zaun gekrochen von einem beladenen Fuhrwerk geklaut, konnten nur mit dem Bollerwagen abtransportiert werden. Die eigentliche Arbeit fand zuhause im Waschkeller statt. Jede einzelne Rübe musste säuberlichst gewaschen und geraspelt werden. Diese Masse in eine geliehene Saftpresse gefüllt und mit gewaltiger Kraftanstrengung gedrückt, spendete eine wässerige Flüssigkeit, die in den darunter stehenden Bottich plätscherte.

Berge von Zuckerrüben ergaben höchstens zwei bis drei volle Eimer. Mit dem Einfüllen des Rübensaftes in den vorgeheizten Waschkessel begann die Sirupproduktion. Stundenlang stand eines der Familienmitglieder rührenderweise vor dem dampfenden Kessel, immer wieder musste Holz nachgelegt werden. Das zog sich über Mitternacht hinaus. Die Soße wurde zwar brauner, aber blieb stundenlang noch dünnflüssig, bis irgendwann – Hallelujah! – der Rührstab Widerstand verspürte. Der Einkochprozess des klebrigen, süßlichen Saftes eilte dem Ende zu. Mutter, die daneben auf dem Stuhl eingeschlafen war, weckte ich mit einem Freudenschrei: „Hol die Gläser, er dickt, er dickt!" Mittlerweile hatte der entweichende Zuckerdampf die Kleidung, die Wände, einfach alles herum klebrig werden lassen. Aber dieses Erfolgserlebnis, Sirup als einziges Süßmittel selbst hergestellt zu haben, machte mich überglücklich. Stolz trug Mutter die Gläser mit dem goldbraunen Inhalt in den Vorratskeller. Abgeschlafft auf der Kellerbank, die müden Knochen ausgestreckt, gab es zur Belohnung eine Scheibe Brot, üppig mit Sirup bestrichen. Es war der Himmel auf Erden!

Jeder Monat, jede Jahreszeit kannte ein Sammelprojekt, oder besser gesagt, wir hatten gelernt, wann, was und wo es etwas zu ergattern gab. Ob Brombeeren oder Himbeeren, Schlehen, Holunder und Pilze aller Art, an denen, die gegessen, dann und wann mal jemand starb. Der Herbst führte in oft bisher unbekannte Gebiete. Bis ins Schleswigsche, wo Buchen wuchsen, sind wir mit dem Fahrrad gefahren, um dort Bucheckern zu sammeln. Ich saß hinter dem Lenker auf der Stange unseres einzigen Herrenfahrrads und Mutter kämpfte keuchend gegen den Wind, der stets von vorn wehte. Da die Sperrstunde nicht mehr bestand, sind wir morgens um fünf losgeradelt und erreichten so gegen acht unser Zielgebiet. Anfang November plagte bereits der erste Bodenfrost. Die kleinen Buchensamen mit klammen Fingern aus dem eisigen Waldboden zu pulen, das tat ganz schön weh. Pausen konnte man sich nicht leisten. Die lange Anfahrt musste sich lohnen. In dem Sammeldepot am Rathaus am nächsten Tag einen halben Zentner abgeliefert, ergab als Gegenleistung einen Liter Speiseöl. Gemessen an der Arbeitszeit und dem Aufwand der langen, oft qualvollen Fahrt in den weit entfernten Buchenwald, eine beschämende Ausbeute, irgendwie als Beschiss empfunden.

Das Öl wurde gehütet, eine Kostbarkeit, mit der sparsam und behutsam umgegangen wurde. Butter kannte ich nur aus meiner Kinderzeit, der Geschmack war meinem Gaumen fremd geworden. Ende November sammelten Mutter und ich unter weitaus schwierigeren Bedingungen noch einmal etwa dieselbe Menge Bucheckern. Auf dem teilweise schon angefrorenen Boden herumgekrochen erstarben langsam die in der Erde kratzenden Finger. Die Heimfahrt gegen den eisigen Westwind dauerte ewig lange. Als endlich der Kirchturm in der Dämmerung auftauchte, glaubten wir, das Ende der Radtour gepackt zu haben. Aber es kam anders. Von hinten in eigentümlichen Kurven beleuchteten die Scheinwerfer eines näherkommenden Autos mal die rechte, mal die linke Straßenseite. Mutter stieg ab, hielt mich zurück. Wie schauten erwartungsvoll auf das, was da heranschaukelte. Bremsen quietschen, der Wagen hielt. Vier Männer in schwarzen Uniformen sprangen heraus. lachten und schrieen, ja brüllten in einer Sprache, die nicht englisch war. Es klang, als ob Stacho fluchte, der polnische Zwangsarbeiter von Bauer Claussen. Das waren Polen! – Sie stanken nach Schnaps.

Einer stolperte auf uns zu, fuchtelte plötzlich mit einer Pistole herum und feuerte in die Luft. Die anderen lachten noch lauter. „Matka, wo geklaut, herzeigen!" schrie der zweite und riss den Sack mit Bucheckern vom Gepäckträger, schlitzte ihn mit einem Messer auf, griff hinein und warf den Sack angewidert auf die Straße. „Deitsche frässen Schwainefutter, sollen sie daran verräken!" Ein anderer torkelte auf meine Mutter zu, hielt die Hände wie zum Würgegriff hoch und lallte: „Pani, ficki ficki!" Dass „Pani" Frau hieß, habe ich erst später erfahren, das andere bedurfte keiner Erklärung. Dieser besoffene Kerl, schoss es mir durch den Kopf, und das mit meiner Mutter? Während sie verängstigt die Arme vors Gesicht hielt, trat ich dem Herannahenden mit aller Wucht ans Schienenbein. Der jaulte auf, knickte ein, hinkte weg. Der Pole war so betrunken, dass er nicht registrierte, woher der plötzliche Schmerz herrührte. Das muss uns beide wohl gerettet haben. Der Sackaufschlitzer, offensichtlich der Chef, winkte seine Brut zum Wagen zurück, torkelnd kroch er hinters Lenkrad und ließ den Motor aufheulen. Fast nicht mehr hineingekommen, hatte der Letzte schon die Flasche am Hals. Der Wagen machte einen Satz, die durchdrehenden Reifen schleuderten Steine hoch. Die Bande kurvte in Richtung Stadt. Mutter liefen Tränen über die Wangen, als wir kniend auf dem nassen Pflaster herumrutschten und mit den Händen die weit verstreuten Bucheckern zusammenfegten. Was waren das für Kerle?

Dass Polen und Briten gemeinsam in der Stadt für Ordnung sorgten, wussten wir. Die Briten hatten zur Unterstützung ihrer Militärpolizei einige der aus dem Lager befreiten Polen uniformiert, zu Hilfspolizisten ernannt und ihnen Waffen in die Hand gedrückt. Als ihr Hauptquartier diente die Volksschule gegenüber dem Stadthotel. Offensichtlich mit Rachegelüsten versahen manche der ehemaligen Kriegsgefangenen ihren Polizeidienst, plünderten Bauernhöfe aus, vergewaltigten die Mägde in den Kuhställen, räumten nachts die wiedereröffneten Kneipen aus, stahlen Bilder aus dem Stadtmuseum, usw. Sie führten ein Schreckensregiment, das bald selbst dem britischen Stadtkommandant missfiel.

Um sie loszuwerden, wartete er offenbar auf einen besonderen Anlass, den ihm seine lästig gewordenen Hilfstruppen bald servierten. Als bei einer Hochzeitsfeier im

Stadthotel die Polen von der Straße aus durch die geschlossenen Fenster mit Maschinenpistolen in die Decke des Festsaals ballerten, um aus Jux und Tollerei die Gesellschaft einzuschüchtern, beendeten die Engländer die Zusammenarbeit mit ihren „Freunden". Innerhalb einer Woche musste das polnische Kontingent die Sachen packen. Ein Sonderzug, dem niemand nachwinkte, brachte sie in ihre Heimat. Noch wochenlang sangen die Kinder einen zwar nicht sinnvollen, aber unvergesslichen Ohrwurm, der den Polen gewidmet war: „Policke, Polacke, was kostet die Hacke, die Hacke die kostet Policke, Polacke".

Oder alberne Sprüche machten die Runde wie: „Ist der Polack noch so dumm, spielt er doch Harmonium".

Ob mit oder ohne Polen, das Leben wurde für uns nicht leichter. Zuvor das Weihnachtsfest erinnere ich nur wie im Nebel. Die im Wald abgehackte kleine Fichte, liebevoll geschmückt, aber ohne Kerzen, haben wir schweigend am Heiligabend angestarrt. Mutter las aus der Bibel die Weihnachtsgeschichte vor und weinte dazu. Zur Feier des Weihnachtstages servierte sie jedem ein Zuckerei. Das Eigelb wurde mit Sirup gequirlt und das Eiweiß zu Schaum geschlagen und untergerührt. An Salmonellen dachte damals niemand!

Diese kleine Leckerei entsprach dem heutigen Gänsebraten. Wie haben sich die Zeiten geändert und wie undankbar sind wir geworden!

Vater verlor im Januar seine Arbeit beim Tommy. Er, der für die Besatzungsmacht unentbehrlich zu sein glaubte, saß tagelang stumpf vor sich hinbrütend in der Küche am Fenster. Eine Woche ging das so, bis Mutter ihn so weit hatte, zur Arbeitsvermittlungsstelle ins Rathaus zu gehen. Dort herrschten die Briten. Ihn als ehemaligen Offizier schickten sie im Winter zum Steineklopfen beim Straßenbau. Was mich innerlich anrührte, vielleicht sogar amüsierte: zwei Monate lang musste seine Gruppe „meine" Panzersperre einebnen. Wenn er auch murrte, andere Arbeit gab es nicht. Der Flugplatz war tot, alle Bauaktivität lag am Boden. Fast alle technischen Betriebe der Stadt waren während des Krieges Zulieferer des Flugplatzes gewesen, jetzt gab es keine Aufträge mehr. In der großen Werft stellten ein paar verbliebende Arbeiter aus Granathülsen Milchkannen und Aschenbecher her. Nur die Fischer begannen langsam wieder mit Booten auszulaufen. Wer jedoch nahm die Fische ab, wer konnte sie kaufen oder gegen Naturalien eintauschen. Nur geringste Mengen von Dieselöl bewilligten die Briten. Damit blieb der Aktionskreis der Fischerei lächerlich klein. Zahlen belegen, dass anfangs in unserer Stadt die Arbeitslosigkeit über 50% betragen hat und noch im Jahr 1949 bei 38,5% lag!

Aber zurück zu meinem Lieblingsbeschäftigungsort, zu meiner Schule. Die Wiedereröffnung der Schulen bedeutete nicht, dass der Unterricht in den bekannten Klassenräumen stattfand. In Nebenräumen der Kirche und in verlassenen Werkshallen saßen die Schüler dichtgedrängt beim Schichtunterricht beisammen.

Wir Quintaner als zweite Klasse des Gymnasiums trafen uns zu unregelmäßigen Zeiten in den unterschiedlichsten Räumen. Eigentlich hätte an der Tür stehen müssen „Quarta". Aber fast ein Jahr ohne Schule bedeutete so viel wie „sitzen geblieben" zu sein. Darüber vergoss kein Schüler eine Träne der Enttäuschung. Als das Gymnasium mit zumeist demselben Lehrerkollegium wie zu Nazi-Zeiten den Unterricht wieder aufnahm, konnte die Schule dem Ansturm der neuhinzugekommenen Flüchtlingskinder nicht standhalten. Von den Tommies beschlossen, gab es keine Aufnahmeprüfung mehr, so dass jedes Kind einen Gymnasialabschluss ohne Eingangstest anstreben konnte.

Ich erinnere mich an eine qualvolle Aufnahmeprüfung als Sextaner. Da wurde so erheblich gesiebt, dass am Ende nur eine Klasse mit 30 Schülern übrig blieb. Aus Angst, von meinem Vater erschlagen zu werden, wenn ich die Aufnahmeprüfung nicht schaffen würde, saß ich stundenlang mit nassgepinkelter Hose vor den gestellten Aufgaben. Das Warten auf die Mitteilung der Kommission ob oder ob nicht geriet zur Qual. Vater beäugte mich wortlos den ganzen nächsten Tag, bis die erlösende Mitteilung hereinflatterte: Ihr Sohn Johannes hat die Aufnahmeprüfung bestanden. Da hieß ich wieder sein lieber Junge und sein „Pinzemänni". Was immer das heißen sollte, ein Onkel, den mein Vater nicht ausstehen konnte, pflegte mich so zu nennen.

Als das Gymnasium den Betrieb wieder aufnahm, sahen in sechs Räumen je 50 bis 80 lernwillige Sextaner der unausbleiblichen Bildungskatastrophe entgegen. In den höheren Klassen ging es zahlenmäßig weniger chaotisch zu, dafür aber mangelte es an gediegener Lehrmaterie. Ohne Weisungen eines zu der Zeit noch nicht vorhandenen Kultusministeriums irrten die Lehrer durch selbstgemachten Lehrstoff. Studienrat Gerke, den ich zuletzt im Geschichtsunterricht in Infanterieoffiziersuniform schaumige Durchhalteparolen hatte predigen hören, verbreitete jetzt griechische und römische Geschichte, säuselte von den Anfängen der Demokratie im antiken Athen und verherrlichte die römische Kunst. Von der Geschichte der Neuzeit, selbst von Friedrich dem Großen oder gar Bismarck erfuhr ich bis zum Abitur kein Wort.

Um ja nicht anzuecken, blieben die alten Nazis in Deckung und mieden politisch brenzlige Themen. Einige Lehrer kehrten erst nach Monaten zurück. Eingesammelt von der Besatzungsmacht hausten sie im Sammellager Gadeland bei Neumünster zum Zwecke der Umerziehung. Vater nannte es „Gehirnwäsche".

Den ehemaligen Direktor stellte die britische Aufsichtsbehörde als einfachen Studienrat wieder, ein und der Harmloseste von allen, unser Deutschlehrer, durfte die Lehranstalt erst wieder betreten, nachdem er ein Jahr lang als Postbote von Haus zu Haus gelaufen war. Verständlich, dass die Lehrerschaft zum einen vorsichtig in der Themenwahl verfuhr, zum anderen alles daran setzte, der massenhaft aufgetretenen Schülerplage Herr zu werden. Mit politisch unverdächtiger Mathematik, Biologie, Kunsterziehung und Deutsch in abgewogenem Maße legten sie die Messlatte der

Leistungen so hoch und ahndeten selbst das kleinste Vergehen mit dem Rausschmiss, dass nach zwei Jahren die gewohnte Schülerzahl wieder erreicht war. Während der ersten Jahre buhlten die Pauker um die Gunst der Klassenkameraden vom Lande. Englischlehrer Kunert rief laut vor der gesamten Klasse seinem Nachhilfeschüler Vielzeit zu: „Sag deinen Eltern, dass sie heute Abend für mich nicht schon wieder Hühnchen braten, bitte einmal etwas anderes!"

Auch andere Gelüste galt es zu befriedigen. Da schaute eines Tages der ehrwürdige, weißhaarige Studienrat Plötz unsern Bobby, den Sohn des Tabakhändlers, lange an, stotterte erst ein wenig über vergangene Lebensfreuden, bis er endlich mit dem Angebot herausrückte, dass Bobby seinen Lehrer einen Tag lang Gustav nennen dürfte, wenn ihm eine schöne Zigarre mitgebracht würde. Bobby erfüllte den Wunsch, wagte aber nicht, den alten Herrn beim Vornamen zu nennen.

Die Mangelwirtschaft trieb seltsame Blüten und ließ manche Hemmungen fallen. Nicht nur was die Beschaffungsweise betraf, sondern auch der Einfallsreichtum bei der Gestaltung des Speisezettels führte zu ungeahnten Gaumenfreuden. Aus dem Nichts entstanden unvorstellbare Gerichte, für den heute verwöhnten Gaumen nicht immer schmackhaft, aber sättigend. Und das zählte!

Mindestens für die Zeit der ersten drei Jahre nach dem Kriege setzte in unserer Gegend „Küchenchef Schmalhans" die Mahlzeiten auf den Tisch. Zurückblickend ist erstaunlich, welche Fantasie und Überlebensstrategien manche Menschen entwickelten, um Nahrung herbeizuschaffen und vor allem, daraus etwas Genießbares herzustellen. Unglaubliche Kreationen entstanden, eine Leistung, die viel zu wenig von der nachfolgenden Generation gewürdigt worden ist. Wer hat schon die Mangelrezepte aufgeschrieben?

Manche Mutter und Hausfrau ist dabei über sich hinausgewachsen und zum Ernährer der Familie geworden. Sie zauberten Brotaufstriche und erfanden Gerichte, die heutzutage undenkbar erscheinen.

Aus Birnen und Grieß entstand Schmalz. Aus dem Rest der ausgepressten Zuckerrüben, vermischt mit geriebenen Karotten, Marmelade. Aus zwei Teilen gebrannter Gerste und einem Teil gerösteter kleingehackter Wurzeln der Pastinake, angereichert mit geheimnisvollen Kräutern, braute man den nicht sonderlich zungenfreundlichen Kaffeeersatz. Schlimm wirkten die Ergebnisse heimischer Bierbrauversuche oder die Waldmeisterbowle mit dem Alkohol aufgeknackter Schiffskompasse. Die wässrige, bläuliche Buchweizengrütze dagegen und die Suppe von ausgekochten Kartoffelschalen schmeckten lieblich und galten als Delikatesse.

Viele Naturprodukte werden in der Gegenwart wieder als die ganz neue Erkenntnis für gesunde Ernährung angepriesen. Gesundheitsapostel laden stressgeplagte Manager ein zu teuren Kräuterseminaren. In schlossartigen Schönheitsfarmen werden überdrehten Damen unserer High Society zu unverschämten Tagessätzen Hungerkuren verpasst mit Breichen, Säften und Wildsalaten, angeblich handverlesen und gesammelt auf Hochgebirgswiesen. Sicherlich stammt das Grünzeug vom nächsten Gärtner. Nicht die Übersättigung, sondern die Not lehrte damals, was Wald und Wiese Nahrhaftes und Vitaminreiches zu bieten hatten. Auf dem Tisch lagen Brennnesseln, Huflattich, Sauerampfer, Gelbsenf, Vogelmiere, Löwenzahn, Sanddorn, Hagebutten, Knollen und Wurzeln aller Art. Mutter kochte im Frühjahr aus den jungen gefiederten Blättern der Vogelbeere einen giftgrünen Tee, der nach Mandeln schmeckte. Fleisch zählte lange Zeit zu den Raritäten. Die Schlachtbestände der Bauern, alles Schweine- und Rindfleisch blieben den Besiegten vorenthalten und sind von der Besatzungsmacht nach England verschifft worden. Nur durch „Beziehungen" und über bestochene Vermittler gelang es, aus sogenannten Schwarzschlachtungen an das lang Entbehrte zu gelangen. Das vielseitig tätige Fräulein Anna Hellblink besorgte durch Einsatz ihres willigen Fleisches hin und wieder eine kleine Ration. Dann und wann brachte Vater einen Brocken Pferdefleisch mit und einmal gab es einen Rehbraten. Das Tier war hinten im Garten in die Jauchegrube gefallen. Ein Geschenk des Himmels! Unter Absicherung nach allen Seiten schleppten wir das erschlagene Tier ins Gartenhäuschen. Dort an einen Haken der Decke gehängt, weidete Vater den Rehbock aus und schlug ihn aus dem Fell. Im Schutze der Dunkelheit, und zu den Stunden, als weder Anna noch die Frenkens im Hause waren, begann die Braterei. Der betörende Duft durfte die Küche nicht verlassen, um ja nicht die Nachbarschaft aufmerksam zu machen. Vater und ich hatten zuvor alle Fensterritzen und die Schlüssellöcher mit Moos abgedichtet. Mutter, klitschnass vor Erregung, brutzelte auf der kleinen Kochhexe die Fleischteile an oder kochte sie ein, während Vater hinter ihr stand, sie zur Eile antrieb und ich draußen als Wachposten ums Haus lief.

Fleisch – allein das Wort – betäubte die Sinne. Wer konnte sich das leisten? Noch schwieriger war es, an Fette und Öle heranzukommen. Nicht allen gelang es, durch Schwarzhandel oder Sammeln von Bucheckern an bescheidene Mengen dieses Stoffes heranzukommen.

Rizinusöl und Öl aus Dorschleber verbannten manchen Hungrigen nach genüsslichem Verzehr für Stunden auf die Toilette. Viele ehemalige Angestellte des Flugplatzes erkrankten, einige erlitten sogar lebenslang Lähmungen, weil das angebliche Speiseöl aus gestohlenen Schmierölbeständen einer militärischen Anlage stammte. Das Öl war mit Blei vergällt.

Als zum Ende des zweiten Nachkriegsjahres die Besatzungsmacht die Versorgungslage der hungernden Bevölkerung immer noch nicht im Griff hatte, gab es die ersten Protestaktionen. Die gesamte Ernte Frieslands verschwand in Schiffsrümpfen in Richtung England, so auch alle anderen landwirtschaftlichen Produkte. Die früher mit den schwarzbunten Kühen gesprenkelten Marschwiesen leuchteten in unberührtem Grün. Was zuvor hier graste, hing bereits in englischen Kühlhäusern.

Einige Mutige gingen zum Stadtkommandanten und versuchten ihn zu bewegen, zivilen Betrieben zu erlauben, in den leerstehenden, ehemals militärisch genutzten Gebäuden am Hafen und auf dem Flugplatz eine neue Existenz aufzubauen. Sie wurden abgewiesen.

Alles, was nach Meinung der Sieger zur möglichen Fortsetzung kriegerischer Auseinandersetzung oder gar zur militärischen Wiedernutzung geeignet sein könnte, musste vernichtet werden.

Briefe und Bittgänge prominenter Bürger, die nachweislich mit dem Dritten Reich nichts zu tun gehabt hatten, fanden bei der Besatzungsmacht keine Beachtung. Monatelang ließ man die Bittsteller warten. In der Zwischenzeit wurde demontiert, was zu demontieren war, nicht nur der Maschinenpark des Flugplatzes, sondern auch Werkbänke, Werkzeugmaschinen, der Fahrzeugpark und Generatoren selbst der kleinsten zivilen Betriebe, alles ging als Reparationsleistung auf die Insel. Was an Schiffsbrücken, Kränen und Hallen übrig blieb, sprengten die Sieger in die Luft, die Verwaltungsgebäude, Flugzeughallen und den großen Unterkunftsbereich.

Mit Protestmärschen und durch Eingaben des ersten schleswig-holsteinischen Ministerpräsidenten nach dem Kriege, Hermann Lüdemann, glaubte man die britische Zerstörungswut bremsen zu können. Schließlich überbrachte der stellvertretende britische Gouverneur, Brigadier de Havilland, dem Ministerpräsidenten die Entscheidung seiner Regierung. Ganz anders als erwartet war zu lesen: „....hinsichtlich der militärischen Einrichtungen jedoch stehen Sicherheitserwägungen an erster Stelle, und die Regierung Seiner Majestät hat nach langer und äußerst wohlwollenden Überlegung die endgültige Zerstörung dieser Anlagen entschieden".

Im Dezember 1948 krachten die Sprengungen. Wie lächerlich und sinnlos dieser Akt war, zeigte die weitere Entwicklung.

Nach ihrer Zerstörungsaktion interessierte die Besatzungsmacht nicht, was mit dem Gelände geschah. Als daraufhin in einer stehen gebliebenen Werkhalle auf dem Flugplatz als erster ziviler Betrieb ein Jagdwaffenhersteller einzog, kamen herbe Zweifel auf an der Begründung für die Zerstörung der militärischen Anlagen.

Keine acht Jahre später wurde noch deutlicher, dass die britischen Sprengungen mehr als sinnlos gewesen waren. Sogar mit britischer Unterstützung zogen wieder deutsche Streitkräfte in das Gelände des Flugplatzes ein und übernahmen die Liegenschaften am Hafen. Das Blatt hatte sich gewendet. Die ehemaligen Kriegsgegner Deutschland und Großbritannien machte jetzt die NATO-Mitglieder zu Waffenbrüdern.

Einmal unten, einmal oben, die Bevölkerung tat sich schwer, die Wende zu beklatschen. In Bonn feierte man 1949 die Entstehung der Bundesrepublik und 1955 den Beitritt zur NATO. Allerdings beides weiterhin unter den kritischen Augen der ehemaligen Kriegsgegner.

So ergeht es den Verlierern des Krieges. Churchill soll einmal klagenden deutschen Nachkriegspolitikern gesagt haben: „Wer einen Krieg beginnt, soll vorher überlegen, ob man ihn gewinnt. Danach entscheidet der Sieger, wer Kriegsverbrecher ist!"

Wirkliche Hilfe aus dem Ausland kam von einer der Siegermächte, nämlich aus den USA. Wenn auch die sogenannten CARE-Pakete zumeist in der amerikanischen und nicht in der britischen Besatzungszone zur Verteilung kamen, so spendeten die Amerikaner doch im Rahmen der groß verkündeten humanitären Unterstützung säckeweise Maiskorn in den Norden. Warum nicht Weizenmehl? Deutsche von Amerikanern befragt, was ihnen am meisten fehlen würde, gaben die Antwort: „Korn!" Für die US-Hilfsorganisation war „Corn" eben nach ihrem sprachlichen Verständnis „Mais". Nun entluden in Hamburg und Bremerhaven US-Frachter Tausende Tonnen Mais. Daraus sollte Brot gebacken werden. Ein bisher unbekanntes Experiment, das mit dem gelblichen Maismehl beim Backen zu einer bröseligen Masse führte, die nur in Eimern nach Hause getragen werden konnte.

Mit Plakaten auf den Litfasssäulen und über den Rundfunk wurde angekündigt, es solle zum ersten Mal Brot ohne Brotmarken geben. Ich erklärte mich bereit, früh morgens beim Bäcker als erster vor der Tür zu stehen. Um vier Uhr begann mein Warten, und siehe da, bald standen bis zur Öffnung des Ladens um sieben Uhr Hunderte von erwartungsvollen Menschen in einer langen Schlange.

Warum ich das so gut erinnere?

Der mickerige Hannes Färber wartete als erster direkt vor der Ladeneingangstür, die eine große Scheibe hatte. Als im Geschäft das Licht anging, drückte von hinten die Menge nach vorn und presste mich immer fester an die Scheibe. Mir blieb langsam die Luft weg, zur Seite gab es kein Entkommen. Mit angstgeweiteten Augen kam drinnen die Bäckersfrau herbei und drehte den Schlüssel. Doch zu spät. Mit mir, flach wie eine Flunder auf das Glas gedrückt, splitterte die Scheibe klirrend und scheppernd vor den Verkaufstresen. Ich lag der erschreckten Frau zu Füßen, umgeben von scharfkantigen Scherben. Sie hob mich auf: „Hast du dich verletzt?" Nein, nirgendwo tropfte Blut – Glück gehabt. Zum Trost drückte die Bäckersfrau dem Erschreckten zwei große braune Tüten mit Brot an die Brust und es hat nichts gekostet. Und was geschah zuhause mit dem Tüteninhalt? Die amerikanische Spende kam als Pfannekuchen und als Brotsuppe auf den Tisch. Doch genug jetzt von dem Erfindergeist in karger Zeit; denn viel schlimmer als der Mangel quälte Einheimische wie Flüchtlinge die Ungewissheit über verschollene Familienmitglieder.

Die Hungerjahre mit ihrer vielfältigen Nachkriegsnot, die erniedrigenden Bettelgänge, die beengte Wohnungslage, die Arbeitslosigkeit, die ständige Sorge um das tägliche Sattwerden und im Winter die Furcht vor dem Erfrieren – alles das war ein Nichts verglichen mit der Angst der vielen Frauen und Mütter um ihre Männer und Söhne, die vermisst waren oder irgendwo in einem Gefangenenlager saßen.

Wenn es hieß, an irgendeinem Bahnhof in Schleswig-Holstein würde ein Transport entlassener Soldaten ankommen, radelten die Frauen 20 bis 50 Kilometer dorthin. Magere, abgerissene Gestalten fielen aus den Zügen ihren Liebsten in die Arme. Was konnte es Schöneres und Glücklicheres geben auf dieser Welt und in dieser Zeit, als den fürchterlichen Krieg überlebt zu haben. Viele hofften viele Jahre, bis sie schmerzhaft erkennen mussten, dass der Krieg ihnen auch das Letzte genommen hatte.

Um mich herum setzte die Verbesserung der Lebensverhältnisse erst langsam nach der Währungsreform 1948 ein. Vater erhielt auf der Bank DM 40,-- als Startkapital. Über Nacht platzten die bisher leeren Schaufensterauslagen in der Stadt aus den Nähten. Plötzlich gab es alles zu kaufen, aber zu Preisen, die nur Kriegsgewinnler oder die Leute erfreuen konnten, die über mehr verfügten als nur zur Miete zu wohnen. Nach dem Straßenbau fand Vater eine weniger anstrengende Arbeit, die ein paar der neuen Geldscheine einbrachte. Für einen Schlüsseldienst feilte er in der Küche am Schraubstock Schlüssel und reparierte Schlösser. Wie oft, wenn ein Schlüsselrohling abbrach, dröhnten Flüche durchs Haus. Mutter ertrug seine Tobsuchtsanfälle und die Verschmutzung des Küchentisches mit Fassung. „Warum arbeitest du nicht in deinem Werkzeugkeller?" „Verdammt noch mal", herrschte er die gute Frau an, „da unten ist das Licht so beschissen und schließlich verdiene ich hier mit meiner Hände Arbeit eure Brötchen!" Damit hatte der Alte nicht ganz Unrecht. Bis in die fünfziger Jahre hing bei den Färbers der Brotkorb elend hoch.

Der familiäre Heilungsprozess kannte drei Stufen. Wie schon angedeutet kletterten wir nach der Währungsreform eine Stufe hoch, danach die nächste in den Jahren 1953 bis 1955, als die Arbeitslosigkeit spürbar zurückging. Und dann die dritte Stufe, als im Sog des im Norden spürbaren Wirtschaftswunders auch die schleswig-holsteinischen Kleinstädte etwas davon mitbekamen.

Mit dem Abbruch der ersten Flüchtlingslager begann in unserer Stadt ein neuer Zeitabschnitt. 1953 wohnten immer noch um 2.500 Vertriebene in maroden Baracken am Stadtrand. Die letzten der verfallenen Unterkünfte verschwanden erst im Frühjahr 1969!

Hatten zwar die Vorboten des Nachkriegswohlstandes die Stadt an der Küste zunächst nur zögerlich erreicht, so wogten ab 1965 die Wellen des ersten Wohlergehens zaghaft durch die wieder aufgeblühte Hauptverkehrsstraße. Die Geschäftsauslagen verrieten es, und der Verkehr nahm zu.

Eines Tages kaufte Nachbar Meyer sein erstes Auto, bestaunt und beneidet, so beneidet, das bald fast alle nachzogen, nur bei den Färbers hat es nie dazu gereicht. Jedes Wochenende verbrachten die stolzen Familienväter mit Waschen und Polieren ihres mühsam zusammengesparten Statussymbols.

Nach der ersten Autoanschaffwelle folgte die Whiskywelle, keine Party ohne „Racke Rauchzart", dann kam die Hühnerfresswelle, gefolgt vom Steakgrillen und bald, vom Nachbarn nicht gegönnt, der erste Urlaub an der sonnigen Adria.

Jahrzehnte sind seitdem vergangen.

Abgelenkt von einem noch nie da gewesenen hohen Lebensstandard sind zu Beginn des 21. Jahrhunderts die Kriegsereignisse und die nachgefolgte ärmliche Zeit in Vergessenheit geraten. Vergangenheitsbewältigung mit Vergessen zu erreichen stellt jedoch keine Lösung dar. Vergangenheit kann ohnehin nicht bewältigt werden. Geschehen ist geschehen!

Dann und wann die Vergangenheit zu erinnern mag als lästige Mahnung empfunden werden, sollte jedoch bei Zukunftsentscheidungen stiller Berater sein.

14

Ich möchte Wohlstandsbürger nicht länger nerven mit der Kärglichkeit der Nachkriegsjahre. Es ging ja mit der Bundesrepublik aufwärts, und was daraus geworden ist, wird jedem tagtäglich vorgeführt. Mit den damals sich langsam verbessernden Lebensbedingungen wuchs das Bedürfnis der Bevölkerung zu erfahren, wie es nun weiter gehen sollte. Die Gründung der neuen Republik 1949, die Trennung von BDR und DDR, wobei pressemäßig darauf Wert gelegt wurde, die Bezeichnung DDR in Anführungszeichen zu setzen, ein gewisser Bundeskanzler Adenauer hatte gerufen, ihm solle der Arm abfallen, wenn ein Deutscher je wieder eine Waffe in die Hand nehmen würde – alles das war für die Kleinstadt im Friesischen hohe und weitentfernte Politik. Andere örtliche Fragen warteten auf Antworten.

Die Lokalzeitung, seit 1946 vom Stadtkommandanten wieder zugelassen, veröffentlichte Leserbriefe und behandelte kommunale Anliegen. Wer durfte Bürgermeister, wer Ratsherr werden. Was hieß „unbescholten", „politisch nicht belastet"? Was war wichtiger, einen Fachmann einzustellen, der bei den Nazis in der Stadtverwaltung gesessen hatte, oder jemanden, der von nichts eine Ahnung hatte, dafür aber politisch als unbedenklich galt?

Was Demokratie im Einzelnen bedeutete, ist den meisten begrifflich nie erklärt worden. Viele meinten, darunter sei zu verstehen, alle Freiheiten zu besitzen, tüchtig Geld zu verdienen, viel zu essen, sich bereits am Donnerstag auf einer die Woche beschließenden „Afterworkparty" volllaufen zu lassen und überall hinreisen zu können.

Von einem Tag auf den anderen hatte die britische Besatzungsmacht die Kehrtwendung von einem totalitär geführten System zur Demokratie verlangt, einer politischen Staats- und Lebensform, deren Grundprinzipien der jüngeren Generation völlig unbekannt waren. Lehrbücher darüber gab es noch nicht.

Alles schien fremd und feindlich, oft sogar lächerlich.

Zuhause saßen die zumeist arbeitslosen Väter haareraufend über einem Fragebogen, der sie „entnazifizieren" sollte. Fast jede Familie in Stadt und auf dem Lande war von diesem soziologischen Großversuch der Siegermächte betroffen. Mit Hilfe eines mehrseitigen Papiers erhoffte man, zu einer tiefgreifenden politischen Säuberung zu gelangen. Die örtliche britische Verwaltung zielte mit den Maßnahmen der „denazification" und der „reeducation" vor allem auf den öffentlichen Dienst. Anhand der geforderten 128 Antworten des auszufüllenden Frageformulars wurde ab Sommer 1945 über Entlassung, Gewährung einer Pension oder Weiterbeschäftigung entschieden.

Für die Briten galt jeder als schwerwiegender Nazi, dessen Titel auf „......rat" endete. Zum Beispiel Regierungsräte, Amtsräte oder Studienräte. Von der Militärpolizei verhaftet, verschwanden die Herren bis zur Entnazifizierung bis zu zwei Jahre erst einmal hinter Stacheldraht. Das zuvor schon erwähnte Hauptlager für Zivilinternierte in Neumünster-Gadeland war zeitweise mit mehr als 10.000 politisch Verdächtigen gefüllt.

Zur Jahreswende 1945/46 bildete die britische Militärregierung beratende deutsche Entnazifizierungsausschüsse, die als Schicksalsgötter auftraten. Gar manche ihrer Entscheidungen stieß auf herbe Kritik bei denjenigen, die im Dritten Reich als stille Regimegegner oder gar als Opfer ins berufliche Abseits gedrängt worden waren und jetzt ihre Rehabilitation einklagten. Die Tommies sind auf keine dieser Klagen eingegangen!

Bald besetzten viele der „alten Kämpfer" wieder ihre eben verlassenen Posten. Die Briten wussten, wen sie vor sich hatten, unternahmen aber nichts, dieser Entwicklung Einhalt zu gebieten. Dabei unterstellten sie, dass alle Deutsche Nazis seien und in gleichem Maße mitschuldig an Hitlers Verbrechen. Diese Verallgemeinerung der Sieger führte in unserem kleinen Städtchen zur Solidarisierung der so Beschuldigten. Einer entlastete den anderen. Man stellte sich gegenseitig lobende, politisch reinigende Leumundszeugnisse aus, die der Volksmund „Persilscheine" nannte.

So bescheinigte mein Vater seinem Waffen-SS Vetter Sigismund, der in Tübingen bereits eine Anwaltskanzlei aufgemacht hatte, völlige Harmlosigkeit, ja sogar Regimefeindlichkeit.

Der Reichsarbeitsdienstvetter, der mit Familie aus Posen zu seiner Schwester nach Rendsburg geflohen war, bat um schriftliche Bestätigung, dass sein Aufenthalt in Polen nur dazu gedient hätte, Moore trocken zu legen. Und mein Alter, der Ex-Hauptmann Färber erhielt von guten Freunden den „Persilschein", der ihn als fürsorgenden, humanen Vorgesetzten darstellte, der lediglich, um Unterbringungsnöte der estnischen Bevölkerung zu lindern, unter Hinteranstellung persönlicher Belange im Osten Barackenlager errichtet hatte. Mutter hüstelte, als diese Sätze von dem Hochgelobten verlesen wurden.

Überfordert von den Papiermengen dieser Art und der geringen Möglichkeit, den Wahrheitsgehalt der ellenlangen, oft vorsätzlich unleserlich ausgefüllten Fragebögen zu überprüfen, endete die „Entnazifierungs-Kampagne" letztlich wirkungslos im Papierkorb.

Die politische Säuberung scheiterte. Im ganzen Norden erhielt niemand den Bescheid "hauptschuldig" oder „belastet". Der in Schleswig-Holstein gut bekannte Gauleiter Hinrich Lohse, der oberste Nazi im Lande und nachweislich brutale Judenverfolger in den besetzten Ostgebieten ging als „minderbelastet" und schließlich als „entlastet" aus dem Befragungsverfahren hervor. Man konnte ihm nachweisen, als Reichskommissar Ostland in Riga den Tod von über einer Million Juden mitverschuldet zu haben. Dafür 1948 zu 10 Jahren Zuchthaus verurteilt, kam er jedoch mit Hilfe guter Freunde nach drei Jahren frei und erhielt für viele Jahre eine stattliche Pension, zuerkannt von der ersten demokratischen Kieler Landesregierung.

Die Briten erwarteten ganz offensichtlich von der Fragebogenaktion wenig Auswirkung auf die Demokratisierung. Nach anfänglichem Eifer erlahmte das Interesse an der ursprünglich von den Amerikanern erdachten Befragungsaktion. Sie bearbeiteten den wachsenden Aktenberg nur noch halbherzig und legten diesen „dirty job", wie sie es bezeichneten, in deutsche Hände. Als einziges Land in der britischen Zone schuf Schleswig-Holstein ein Gesetz zur Entnazifizierung, das nach einem Jahr die Neueinstufung in eine niedrigere Belastungskategorie ermöglichte. Hier zeigte sich bereits der Einfluss der „alten Kämpfer" in den entsprechenden Gremien.

Die Lokalzeitung berichtete über die mich verwirrende Entwicklung. Bald wusste ich als junger Bursch nicht mehr, was ich an der Demokratie gut oder schlecht finden sollte. Einmal wurden meine großen Vorbilder in den Dreck gezogen, dann wieder hochgelobt.

Plötzlich beurteilte mein Vater einige vor wenigen Monaten von ihm noch hochgeschätzte Leute als Schweinehunde und Verbrecher, dann am nächsten Tag befand er deren Berufung zu Ämtern in der Kreisverwaltung als ein gutes Zeichen der Zeit und als Vorboten baldiger Rückkehr zur gewohnten Ordnung. Ich habe lange gebraucht zu begreifen, dass er sich zurücksehnte nach dem, was vergangen war. Die Spielregeln der Demokratie hasste er.

Friesland und seine Bauernschaft taten sich schwer mit der neuen Ordnung. Hier hatte der Nationalsozialismus schon früh einen fruchtbaren Boden gefunden. Kein Wunder, dass die Westküste nach 1945 als das Dorado für jene galt, die etwas zu verbergen hatten. Gar manche Nazi-Größe fand auf dem Lande bei ehemaligen Parteigenossen Unterschlupf und wurde erst spät aufgespürt. Zu den Bekanntesten zählten der KZ Ausschwitz-Kommandant Rudolf Höß und der Nazi-Chefideologe Alfred Rosenberg.

Nach dem Zusammenbruch der Dritten Reiches standen Millionen Menschen vor dem beruflichen Nichts. Höher Qualifizierte für Jahre einzusperren, weil sie in der Administration Hitler-Deutschlands gedient hatten, half weder den Siegern noch den Besiegten. Bewusst scheint die britische Militärregierung bei dem Entnazifizierungsprozess die Eliten der Wirtschaft, der Gesellschaft und Behörden geschont zu haben. Beim Aufbau eines neuen Deutschlands vorhandene Kräfte grundsätzlich auszuschließen und selbst politisch unbelasteten Nachwuchs heranzuziehen, daran lag den Briten herzlich wenig. Sie beuteten die Besiegten zwar materiell aus, übergaben ihnen aber die Verwaltung und damit die Aufgabe, mit eigenen Kräften aus dem Elend herauszufinden. Die Aufgabe, das zerbombte Deutschland wieder aufzubauen, legten sie bereitwillig denjenigen in die Hände, die sich anboten. Wer in dem neuen demokratischen Staatswesen wieder eine wichtige Rolle übernehmen wollte, dem halfen alte Freunde und die Besatzungsmacht.

Im Büßergewand und mit Schamröte im Gesicht einher zu laufen war nicht gefragt, - Anpacken war gewünscht. Mit dem Zeugnis des Entnazifizierungs-Ausschusses in der Hand galten alle „Sünden" als getilgt. – Wie vor Luthers Zeiten mit dem Ablass oder wie nach 1990 die Bundesrepublik mit den Stasi-Leuten der DDR verfahren ist. Bis auf ganz krasse Ausnahmen nahm die großzügige Demokratie ihre Erzfeinde säugend an die Brust. Was die Nazi-Zeit betraf, nahm in der Schule die Diskussion über dieses Thema eine große Bandbreite ein. Die Lehrer schwiegen zumeist dazu, die Schüler führten die Wortgefechte. Viele Fragen blieben offen.

Wie war es möglich, von einem Tag zum anderen so zu tun, sich so zu verhalten, als ob man völlig unbeteiligt 12 Jahre Hitlerzeit hingenommen habe? Wir befragten unsere Altvorderen und erhielten keine Antwort. Lediglich der schnelle Gesinnungswandel fiel auf.

Mit einem Male dienten Männer und Frauen des Dritten Reiches mit angeblich großer Überzeugung einem demokratischen Staatswesen, das ihnen kurz zuvor verhasst gewesen war. Gelang hier eine Wende um 180 Grad?

War es skrupellose Karrieresucht oder der ernsthafte Wunsch, nach der Enttäuschung mit Hitler nun mit einer besseren Politik manches wieder gut machen zu wollen?

Wer mag beurteilen können, ob sich nicht doch der eine oder andere glaubhaft läuterte und nach dem Kriege eine lobenswerte und ehrliche Kehrtwendung gemacht hat.

Als älterer Schüler, dann als Erwachsener und während meiner ganzen Berufszeit habe ich versucht, darauf eine erklärende Antwort zu finden. Mein Vater, meine Verwandtschaft – alle Zeitzeugen, die dazu einiges hätten sagen können, blieben aus Scham und Betroffenheit stumm. Erst viele Jahre später ist mir eine wohltuende Ausnahme bewusst geworden: der berühmt berüchtigte Onkel Walter Schmieder. Ihm war nachgesagt worden, der schärfste Nazi weit und breit gewesen zu sein, und dennoch war es ihm gelungen, kurz nach dem Kriege Bürgermeister seiner Heimatstadt zu werden. Es war seine Frau, die mich vor etwa fünf Jahren Einblick nehmen ließ in den Nachlass ihres Mannes – was in mir die Feststellung reifen ließ, dass es tatsächlich Nazis gegeben hat, die zwar weiterhin rechtsaußen lebten, aber den Kurswechsel in die Demokratie überzeugend schafften, wie eben Walter Schmieder.

162

Seine Eltern lebten in der Bahnhofsstraße. Ich kann mich nicht entsinnen, dass wir sie während des Krieges besucht hätten. Ich weiß nicht warum. Vielleicht war es Vater, der von seiner Verwandtschaft nicht viel hielt. Mutter zeigte auch kein großes Interesse. So lernten Rudolf und ich weder Onkel, Tanten noch unsere Cousinen kennen. 1950 fiel ein schwarzumränderter Brief durch den Briefkastenschlitz in der Haustür. Opa Carl war gestorben. Zur Beisetzung kamen nur wenige. Am Tag der Trauerfeier in der Bahnhofsgaststätte bin ich zum ersten Mal meiner Oma Hedwig begegnet. Wir mochten uns beim ersten Anblick. Sie nahm mich in den Arm, sagte nur: "Schön, dass ihr da seid", und strich mir mit ihrer abgearbeiteten runzeligen Hand über die Wange. Nicht weit von ihr saß ein abgehärmter Mann mit dünnem Haar, schmalem Gesicht und einer scharfen Nase. Durch eine schwarzgerandete Hornbrille blickten wache Augen und musterten unentwegt die anwesende Gesellschaft.

„Das ist der Onkel Walter", raunte mir Vater zu, „der mit dem Führer an einem Tisch gesessen hat". Den kleinen Schüler Hannes muss er wohl übersehen haben. Ich war viel zu scheu, ihn zu begrüßen. Später zuhause und in den kommenden Jahren hörte ich oft oder las in Zeitungen von der Karriere meines Onkels.

Als er 1990 starb und bei den Beisetzungsfeierlichkeiten der Ministerpräsident, Abgeordnete aus Bonn, hohe Würdenträger aus dem Ausland, Vertreter von Verbänden, Parteien und Organisationen aller Art ihm die letzte Ehre erwiesen, erwuchs in mir der Wunsch, Einzelheiten über seinen Lebenslauf zu erfahren.

In einem eleganten Neubauviertel im Norden unserer Stadt wohnte seine Witwe noch mehrere Jahre. Wir, die jungen Färbers, lebten bereits zu der Zeit wieder in Neidum. Vater und Mutter standen uns nicht mehr im Wege, angeblich unbequeme Verwandte zu besuchen. Eines Tages hielt es mich nicht mehr. Ich wollte zu dem Teil der Sippschaft endlich Zugang finden, den mein Vater sich selbst und uns verschlossen hatte.

Es war ein schwerer Angang. Was würde die Tante sagen, wenn ich als fast 60-Jähriger an ihre Tür klopfte und mich als ihren Neffen vorstellte? Eine zierliche, gebrechlich wirkende alte Dame öffnete die Tür und blinzelte ins blendende Sonnenlicht, musterte den Besucher von oben bis unten und hörte sich sein Sprüchlein an.

„Aha, du bist der Hannes", lächelte sie verschmitzt und fügte hinzu, "wird ja endlich Zeit, dass du dich mal blicken lässt, die Tage arbeiten gegen uns beide mein Lieber, komm rein!" Bei Tee und Keksen kamen wir uns näher. Sie erzählte, ich erzählte.

Meine Frau und ich empfanden es als Bereicherung, Tante Karla endlich kennen gelernt zu haben. Als wir uns näher kannten, drängte ich darauf, Details über das Leben des Onkels zu erfahren. Die Tante spürte offenbar, dass mich die Neugier plagte. Einmal wieder bei Keksen, Tee und Thema Walter Schmieder, stand sie auf, griff nach meiner Hand und führte mich einige Stufen hinunter in das Souterrain.

Mühsam schloss sie eine Tür auf. Muffige Luft schlug uns entgegen. „Ja, ja, seit seinem Tode habe ich hier nichts mehr angerührt, das ist Walters Studierstube. Stundenlang hat er über den Akten gehockt, geschrieben und Zigarren gepafft bis in die späte Nacht. Ich hab' ihn gewähren lassen". Die alte Dame tätschelte mir die Schulter. „Rundherum auf den Regalen Ordner, Briefe, Dokumente, Aufzeichnungen aller Art, nach Jahrgängen gesammelt, was soll ich damit. Wenn du Lust hast, sie mal durchzustöbern, tu es, ich würde mich über deinen Besuch freuen". Das war mehr, als ich erwarten konnte.

Einen ganzen Winter verbrachte ich in der Studierstube meines Onkel, habe gelesen, Notizen gemacht, danach stundenlang mit der Tante über dieses oder jenes gesprochen, zuhause diskutiert mit meiner Frau über Entdeckungen in dieser Fundgrube, die besser als alle Geschichtsbücher Erkenntnisse über das Dritte Reich und was unmittelbar danach in unserem Lande geschah vermittelte.

Der begeistert Hitlerjunge Walter Schmieder und spätere Staatssekretär im demokratischen Deutschland hatte penibel Buch geführt über sich und seine Weggefährten – und alles das durfte ich jetzt erfahren.

15

Im Frühjahr 1992 saß ich zum ersten Mal allein in dem verräucherten Arbeitszimmer meines vor zwei Jahren verstorbenen Onkels. Wo sollte man beginnen zu suchen? Der Schreibtisch gab nicht viel her. Alte Brillen, ausgetrocknete Kugelschreiber, leere Zigarettenpackungen, Briefpapier. Über seine bundesrepublikanische Vergangenheit etwas zu erfahren, lag mir nicht als erstes am Herzen. Dass er Bürgermeister und anschließend Staatssekretär in der Landesregierung gewesen war, wusste jeder in der Stadt. Was davor war zu erfahren forderte meinen Forscherwillen. Irgendwo in einem der vielen Ordner in den Regalen müsste dazu der Schlüssel liegen. Hatte ich nicht als junger Bursche sein Bild im Büro des Fähnleinführers gesehen, hatte nicht ein Hitlerjunge mich zackig gegrüßt, als ich von mir gab, das sei mein Onkel? Er muss ein ganz großartiger und mitreißender Jugendführer gewesen sein. Sie haben ihn verehrt. Es müsste doch am Ende, nach dem Durchstöbern des sorgfältig zusammengestellten Materials, das im Zimmer bis an die Decke reichte, festzustellen sein, wie jemand sich von einem begeisterten Nazi zu einem ebenso überzeugten Demokraten hat wandeln können. Das wollte ich herausfinden!

Durch Spinnenweben hindurch und über Staub glitt meine Hand von Aktenheftern und über Buchrücken zu zusammengebündelten Schriftstücken. In einem Unterschrank kam etwas Interessantes zu Tage. Wahrscheinlich hätte ich die Schiebetür wieder zugeschoben, wenn nicht eine schwarze Kladde herausgerutscht wäre mit einem krickelig beschriebenen Aufkleber. Das stand drauf: „Genosse Matzeler". - „Matzeler, Matzeler", woher kannte ich diesen Namen, woher nur?

Die kleine, schwer zu lesende Handschrift des guten Walter Schmieder wirkte wie Pfeffer in den Augen, aber die Wissbegier war größer als der Schmerz. Nach ein paar Seiten „klingelte" es. Ja, das war derselbe, der als Gebietskommissar meinen Vater während des Krieges nach Estland zum Barackenbau angefordert hatte, und es war auch derselbe, der seit Januar 1945 als Landrat in unserer Stadt die politische Fuchtel geschwungen hatte. Nach kurzer schamhafter beruflicher Pause gelangte dann der ehemalige SS-Obersturmbannführer hochdekoriert in der Bundesrepublik zu höchsten Ehren.

Selten hat eine Lektüre auf mich so viel Anziehungskraft ausgeübt wie diese. Unter dem Mantel versteckt nahm ich die Kladde abends mit nach Hause und las und las.

Onkel Walter hatte den politischen Werdegang des Wolfgang Matzelers lückenlos beschrieben. Warum? War er sein Intimfeind gewesen oder hatten die beiden sich verkracht, waren sie Freunde gewesen, die durch noch von mir Festzustellendes irgendwann getrennte Wege gegangen sind?

Nach achtwöchigem Studium wusste ich mehr, mehr von anderen Weggenossen meines Onkels und mehr von Wolfgang Matzeler und seinem Verhältnis zu Walter Schmieder.

Beim Blick zurück in meine Zeit als Pimpf, als Jugendlicher und auch als erwachsener Mann erinnere ich nicht, dass jemand viele Worte machte über die Menschen, die in Stadt und Land die Macht ausübten. Dass es nach dem Kriegsende wieder dieselben waren, schien offenbar niemanden zu erschüttern, zumindest was die Stadt betraf, in der ich aufgewachsen bin. Walter Schmieder hat seine Aufzeichnungen nicht an die große Glocke gehängt, schließlich war er ein Kind dieser Zeit. Man fragt sich, wie ist es möglich gewesen ist, dass zu Beginn der Bundesrepublik viele bekannte hochgestellte politische Persönlichkeiten des Dritten Reiches das Ruder in der Demokratie übernehmen konnten.

Ich meine, an der Person des Wolfgang Matzeler lässt sich dieses Phänomen erklären. Erst die Öffnung der Archive der Baltischen Staaten 1990, des Ostens insgesamt und auf meine Heimatstadt bezogen der Nachlass des in demselben Jahr verstorbenen Staatssekretärs Walter Schmieder hoben den Schleier, der exakt 45 Jahre lang die Gräueltaten gewisser Nazi-Größen vor der Entdeckung geschützt hat. Der Einblick in die Akte erklärte vieles.

Ich bin dem in unserer Stadt von allen Seiten hofierten Staatsrat Matzeler nur einmal bewusst begegnet. Durch einen Zufall. Während eines Kurzurlaubs bei meinen Eltern im Sommer 1970 sind mein Vater und ich zum Friseur Heilmann gegangen, weil mein Alter am Abend zuvor ständig an meiner Frisur herumgemäkelt hatte. Die Haare seines Sohnes waren ihm zu lang. Um des lieben Familienfriedens willen ließ ich mich erweichen, bestand aber darauf, dass der Vater ebenfalls unter die Schere kam. Wir betraten in dem Moment den Frisiersalon, als Herr Matzeler auf den

Stuhl gebeten wurde. Meister Heilmann umschwänzelte seinen Kunden, tänzelte herum und flötete demütigste, untertänigste Töne: „Guten Morgen, Herr Staatsrat, wünsche wohl geruht zu haben. Möchten Herr Staatsrat ein Kissen oder etwas zu trinken, einen Kaffee oder frisches Wasser, haha, ich hätte auch einen Obstler anzubieten, ganz etwas Feines, darf ich ihnen das Tuch umlegen, nicht zu eng am Hals, natürlich nicht, wie geht es Ihnen, Herr Staatsrat?" Niemand im Salon fand beim Friseurmeister und seinen Gesellen mehr Beachtung, sie alle konzentrierten sich nur noch auf den hochgestellten Landrat. Matzeler ertrug mit eisernem, aristokratisch dargebotenem Gesicht die sklavische Lobhudelei, er schwieg. Ob er den Tanz um seine Person genoss oder nicht, war schwer festzustellen Außer dem pausenlos plappernden Friseur Heilmann summte nur die Haarschneidemaschine.

Vater stand im Türrahmen wie versteinert und starrte auf den Spiegel, als ob er in dem Gesicht von Matzeler ein Gespenst sah. Er zog mich am Ärmel: „Komm, lass uns gehen, mir ist nicht gut". Drehte sich um und ging auf leisen Sohlen zur Tür hinaus. Draußen sog Vater, der ein alter Mann geworden war, laut die Luft ein und sagte: „Ich kann den Kerl nicht ausstehen, ihn zu sehen bereitet mir körperliche Schmerzen!"

Auf dem Heimweg habe ich mehrfach versucht, aus ihm herauszubekommen, warum. Er setzte ein paar Mal an, schüttelte dann den Kopf und schwieg wieder. Jahre später auf dem Sterbebett wollte er noch einmal davon anfangen, aber der Mund blieb verschlossen. Sein Geheimnis ist schließlich mit ihm unter die Erde geraten.

Haben die beiden in Tallinn mit dem Holocaust etwas zu tun gehabt?

In Walter Schmieders Unterlagen fand ich zwar nichts über meinen Vater, wohl aber viele Einzelheiten über den Gebietskommissar und dessen Tätigkeit in Estland, die im Nachhinein erkennen lassen, dass mein Vater zur Erledigung eines bautechnischen Auftrags dorthin abkommandiert worden war. Und was da gebaut wurde, z.B. im KZ Klooga, bedarf heute keiner Erklärung mehr.

Das bereits erwähnte kürzlich erschienene allumfassende Geschichtsbuch über unsere Stadt klammert erstmalig die Zeit des Dritten Reiches nicht aus. Der Autor recherchierte u.a. in einem Tallinner Archiv und fand heraus, unter Angabe der Archivnummern und der Seitenangabe, dass im Juni 1969 auf Anweisung des sowjetischen KGB alle Unterlagen über Wolfgang Matzeler von Moskau angefordert worden waren, wo gegen Matzeler Anklage wegen Massenmordes erhoben worden war. Welche Überraschung, über den Autorenamen fand ich Kläuschen wieder, unseren Pipifax von der glorreichen Panzersperre. Starken Tobak, den der damals schon mutige Pipifax verbreitete, was ihm auch heftige Kritik der Kriegsgedienten einbrachte! Welch ein Vorwurf! Was musste da geschehen sein?

Kein Wunder, dass Matzeler beim Einstieg als Landrat im Januar 1945 den Bürgern unserer Kleinstadt gar manches sorgsam vorenthalten hatte, zu dem später niemand gewagt hätte, dem Staatsrat unbequeme Fragen zu stellen.

Kläuschens Kapitel „Drittes Reich" in seiner viel diskutierten Stadtchronik und Onkel Walters Aufzeichnungen lasen sich wie Thriller. Als guter Freund des seit Hitlers Machtübernahme 1933 in Kiel residierenden Gauleiters Lohse besuchte Rechtsanwalt Matzeler als einer der Kieler Bürgermeister die karriereförderlichen, feuchtfröhlichen Abende auf dem stadtnahen Gutshof Lindholm, einem Staatsgut. Hier stellte Hinrich Lohse für das vom Führer befohlene, in Riga einzurichtende Reichskommissariat Ostland ab 1941 seine ihm ergebene Mannschaft zusammen. Mit auf der Liste für eine Führungsposition stand der 40-jährige Wolfgang Matzeler.

Der gute Draht zu seinem Gauleiter brachte Matzeler im „Ostland" gleich zwei Verwendungen, die des ständigen Vertreters des Leiters einer der vier Hauptabteilungen im Kommissariat und die eines Gebietskommissars, der Arbeitsebene des Holocaust.

Als Kommissar, zuständig für das nördliche Gebiet Estlands, zeichnete er verantwortlich für die Durchführung des zuvor dargestellten Aufgabenkatalogs, der die Vernichtung der Juden anordnete. In Matzelers Zuständigkeitsbereich lag das berüchtigtste aller Lager, das KZ Klooga, bekannt als Massentötungsstätte für Ostjuden, deutsche Juden, Roma und Sinti.

Kurz bevor im Herbst 1944 die Rote Armee heranrückte, erging aus dem Büro des späteren biederen Staatsrats der Befehl zur schnellen Hinrichtung aller Restinsassen. Danach zurückgekehrt nach Kiel, besetzte Wolfgang Matzeler wieder die für ihn freigehaltene Planstelle als Bürgermeister. Gleichzeitig übernahm er kommissarisch die in unserer Stadt aus Kriegsgründen verwaiste Position des Landrats.

So wie Onkel Walter es beschrieb, erhielt Obersturmbannführer Matzeler von höherer Warte den Auftrag, in der von Flüchtlingen überfüllten Kleinstadt für Ruhe und Ordnung zu sorgen, die Bevölkerung zu motivieren, nicht am Endsieg zu zweifeln. Dem Vertreter des beurlaubten Bürgermeisters Onnen Hamken, dem sich gegenüber der Partei eher ängstlich verhaltenden Rechtsanwalt Gebhard, stellten die Nazis ihren bewährten Vertrauensmann, den ehemaligen Gebietskommissar, an die Seite. In Wirklichkeit bestimmte von nun an der Landrat und mit ihm der Kreisleiter Blixen das Geschehen. In ordnungsrechtlichen Angelegenheiten war Matzeler ohnehin weisungsbefugt. Zum Ende des Krieges veranlasste er drakonische Strafen und traf manch unmenschliche Entscheidung. Das drohende Zusammenbrechen des Dritten Reiches, neueintreffende Flüchtlingstrecks, das Ausbrechen epidemieartiger Krankheiten, mehr als eineinhalbtausend Kriegsverwundete in den Krankenhäusern und Hilfslazaretten der Stadt sowie dramatische Ver- und Entsorgungsschwierigkeiten verleiteten die nervöser werdenden politischen Kräfte zu unangemessenen Maßnahmen.

Gerade einige Tage im schön gelegenen Landratsamt am Schreibtisch, klopfte es an Matzelers Tür. Ein guter Bekannter aus Estland hatte ihn an der Westküste ausfindig gemacht. Vor ihm stand der SS-Arzt Dr. Fritz mit seiner blonden hochbeinigen estnischen Freundin. Das Gespräch im Dienstzimmer des Landrats – von der Sekretärin, seiner späteren Ehefrau, nicht belauscht und aktenkundig gemacht – führte zu einem erstaunlichen Ergebnis.

Bereits am nächsten Tag wurde der erst kürzlich eingesetzte Chefarzt des hiesigen Kreiskrankenhauses abberufen. Matzeler hatte bewirkt, dass ab sofort Dr. Fritz die von ihm gewünschte – oder eher geforderte – Stelle übernahm.

Bis heute rätselt die hiesige Ärzteschaft über diesen Vorgang. Hat hier jemand jemanden unter Druck gesetzt und warum? Soweit nachzuvollziehen, gehörte der Chirurg Fritz in Estland zum Stabe des Sonderkommandos des SS-Standartenführers Paul Bobel. Im Auftrag des höchsten SS- und Polizeiführers Heinrich Himmler hatte Bobel die Massengräber aus den Jahren 1941 und 1942 zu öffnen, die Toten des Holocaust zu bergen, zu verbrennen und damit die Spuren und Beweise zu beseitigen. Über die Notwendigkeit dieser Maßnahme müssen Gebietskommissar Matzeler und der leitende KZ-Arzt Dr. Fritz aneinandergeraten sein. Der Einmarsch der Russen in Estland beendete den Streit vorzeitig. Im Landratsamt setzte offenbar Dr. Fritz diese vom Zeitgeschehen überholte Auseinandersetzung fort. Was mag Fritz über Matzeler Karriereschädigendes oder gar Parteiabträgliches gewusst haben, was dem Landrat hätte gefährlich werden können? Dr. Fritz blieb nur kurze Zeit. Seine Tätigkeit als Chefarzt des Krankenhauses endete abrupt. Die britische Besatzungsmacht spürte ihn auf und verhaftete den intriganten SS-Offizier im September 1945 vom Operationstisch weg. Er ist nie wieder in unsere Stadt zurückgekehrt.

Mit dem Einmarsch der Alliierten endete die Karriere des vielseitigen Rechtsanwalts, Bürgermeisters der Stadt Kiel, Gebietskommissars, SS-Offiziers und Landrats. Sollte man glauben, - aber weit gefehlt! Es kam ganz anders.

Erst als die Bremsen des britischen Jeeps vor dem Landratsamt quietschten, nahm Matzeler in seinem Büro das Führerbild von der Wand. Belastende Akten konnten nicht gefunden werden. Man ließ den Landrat unbehelligt bis Ende Mai 1945 in seinem Dienstzimmer sitzen. Dort wartete er hoffnungsvoll auf eine baldige Wiederverwendung. Doch die erreichte ihn nicht so schnell. Erst einmal schickte ihn der britische Stadtkommandant nach Hause, wo ihn seine Sekretärin tröstete, die er schließlich heiratete. – Ein Bratkartoffelverhältnis, wie man in der Stadt lästerte.

Nach kurzer Atempause und ausgefülltem Entnazifizierungsbogen betrat Matzeler 1950 wieder die politische Bühne. – Jetzt als politisch Geläuterter und angeblicher Demokrat. Er begann als Parteivorsitzender der DP, der „Deutschen Partei", die, als äußerst rechts eingestuft, nicht weit entfernt vom Gedankengut der Nazis lebte. Es war die Partei der „alten Kämpfer".

Bereits mitbestimmend im Kreistag, nahm er bald wieder auf dem ihm altvertrauten Sessel Platz, erst noch als stellvertretender, dann als hauptamtlicher Landrat. Matzeler gelang es mit Hilfe einiger einflussreicher Parteifreunde, seinen Chef vom Landratsstuhl zu verdrängen. In seiner Tätigkeit als Landrat jetzt unter anderem politischen Vorzeichen findet Matzeler in den Aufzeichnungen meines Onkels großes Lob. Im Vergleich zu dem britischen Versuch, als ersten Nachkriegslandrat einen politisch unbelasteten Krabbenfischer einzusetzen, war Matzeler, was Fachkompetenz betraf, sicherlich die weitaus bessere Wahl. Dazu vermerkte Walter Schmieder in der Matzeler-Kladde als Randnotiz: „Fischer Steeken als Landrat war ein ehrenwerter, unbescholtener Mann, aber fachlich völlig unbedarft, regelte haushalts- und verwaltungsrechtliche Vorgänge wie z.B. die dringend anstehende Lösung, in der Stadt das Fäkalienproblem zu lösen, mit Sprüchen wie ….“wie hebbt bet nu op'n Emmer scheeten, so kann dat jo ok wieter gahn!“

Der Fischer war politisch völlig harmlos, Matzeler dagegen erstrebte das Ziel, an die Hebel der Macht zu gelangen. Als im Rathaus die DP in einem Wahlblock aufging, wechselte der gewandte Jurist über zu einer mehr „demokratisch mittig“ orientierten Partei. Dort fand er nicht nur alte Freunde, sondern auch die Seilschaft, die ihn nach oben zog. Neben der Tätigkeit als Landrat erlebte ihn die Landesregierung in Kiel von 1954 bis 1965 als Abgeordneten der CDU im Schleswig-Holsteinischen Landtag und Vorsitzenden der CDU-Landtagsfraktion.

Nach vielen Wochen emsiger Arbeit in der Studierstube meines Onkels gelang mir, nicht nur das politische Leben der Rechtsanwalts Matzeler auszuloten, sondern auch bei der Betrachtung des Lebenslaufes von Walter Schmieder herauszufinden, wo die beiden sich gehakelt haben. Der mit Ausnahme meines Vaters von unserer Familie als unverbesserlicher Nazi dargestellte Bruder meiner Mutter erschien mir nach dem Studium der Akten in einem ganz anderen Licht. Dass mein Vater zu ihm Abstand wahrte, lag lediglich daran, dass er seinem dynamischen, agilen, hochintelligenten Schwager das Wasser nicht reichen konnte. Für mich als Sohn eine schmerzliche, aber nachvollziehbare Tatsache.

Im Vergleich zu dem sich mit der Aura des nationalsozialistisch unbefleckten Staatsdieners umgebenden Matzeler trat Walter Schmieder nach dem Kriege erfreulich offen, ohne Verheimlichung seiner Nazi-Vergangenheit in das politische Rampenlicht des neuen Deutschlands. Nie verhehlte er, ein begeisterter Hitlerjunge gewesen zu sein und fast bis zum Ende auf den Sieg des Führers gehofft zu haben. Als Oberregierungsrat im Reichsministerium des Inneren tätig, im Dunstkreis von Hitler und Himmler, hat er bis zuletzt die schändlichen Missetaten der Diktatur nicht glauben wollen. Zu Beginn der 50er Jahre bewarb sich der Verwaltungsjurist als Bürgermeister unserer Stadt. Nur mit knapper Mehrheit gewählt, schaffte er den ersten Schritt in die Politik der Demokratie. Anfangs als unehrlicher Wendehals und verkappter Nazi angefeindet, später einstimmig von allen demokratischen Parteien im

Rathaus gewählt, führte Dr. Walter Schmieder seine Stadt in eine bessere Zeit. Was gab seine Vita her:

16

Dr. Walter Schmieder, 1930 NSDAP-Mitglied, 1952 Bürgermeister (parteilos).

Eine etwas pathetischer aufgemachte Überschrift über das Leben dieses Mannes sagt mehr aus: Vom begeisterten Hitlerjungen zum erfolgreichen Demokraten. Für die Jahrgänge, die sich die nationalsozialistische Bewegung auslieh und vor ihren Wagen spannte, tritt Walter Schmieder beispielhaft aus der betreffenden Menschengruppe hervor. Seine überlieferten ersten Ansprachen 1933 bis 1936 als Führer des Jungvolks und Stammführer des Fähnlein 1, dem auch ich mich zugehörig fühlte, Zeitungsartikel über ihn und seine Auftritte zeigen deutlich, was die geschickt aufgemachte Parteipolitik und Indoktrinationspsychologie der Nationalsozialisten selbst bei intelligenten jungen Menschen zu erreichen vermochte.

Schmieder war beigeisterungsfähiger als mancher seiner gleichaltrigen Freunde. Er verfiel der „braunen" Ideologie mit Haut und Haaren. Vielen anderen ging es ebenso. Energischer wiederum als manche seiner Zeitgenossen, schaffte er den Weg zurück aus den Trümmern seiner Jugendideale. Nach dem Krieg schob Dr. Schmieder seine politische Vergangenheit beiseite – ohne sie jedoch zu vergessen. Dieses Verhalten war für ihn die einzige Möglichkeit, in dem neuen, dem anderen Staatsgebilde beruflich Fuß zu fassen. Als der Glaube der Schmiederschen Altersgruppe an den Endsieg bitter enttäuscht wurde und fürchterliche Vergehen des einst verehrten Führers ans Tageslicht traten, gehörte Schmieder zu denen, die mit Gleichgesinnten – überzeugt oder angepasst – in der Demokratie da aufs Neue anfingen, wo das Schicksal sie abgestellt hatte. Schmieder scheute nicht den Neuanfang in seiner Heimatstadt. Er begann als unauffälliger Kräutersammler. Andere wie mein Vater klopften Steine, feilten Schlüssel, rodeten Baumstämme und versahen die niedrigsten Arbeiten. Sie taten es alle nicht als freiwillige Buße oder aus Demut, eher verfluchten sie die Briten, die sie dazu zwangen. Viele verzweifelten an dieser Erniedrigung. Walter Schmieder nicht. Er betrachtete diese Lebensphase als Denkpause.

Als ihm die neue politische Umgebung die Chance bot, seine Fähigkeiten als Verwaltungsjurist anzubieten, tat er es. Er versuchte keinen beruflichen Neubeginn durch Abtauchen in einer fremden Stadt, sondern bewarb sich da, wo sein bewegter politischer Lebenslauf jedem deutlich und klar vor Augen lag, in seiner Heimatstadt. Hier kannte man ihn nur zu gut. Als Walter Schmieder und ein Mitbewerber vor den Stadtverordneten zur Wahl des Bürgermeisters ihre Programmvorträge hielten, lebte er mit seinen Eltern bereits 40 Jahre am Ort.

Die Entscheidung fiel knapp zu seinen Gunsten – ein Glücksfall für die Stadt und später für das ganze Land, wie sich bald herausstellen sollte. Der Lebenslauf meines Onkels, hinein in das Dritte Reich und aus demselben wieder heraus, ist nicht nur ein Stück Stadtgeschichte, sondern ein Stück Gesellschaftsgeschichte jener Jahre. Viele Menschen seiner Altersgruppe werden sich darin wieder finden.

Die Aufzeichnungen des ruhelosen, wohl auch eitlen, vielseitigen, an allem interessierten, aber auch fordernden Walter Schmieder geben manche, wenn auch späte Antwort und vor allem mehr Aufschluss über das, was überängstliche, feige Zeitgenossen ihren Kindern vorenthalten haben.

Die Medien, aber nur wenige der Alteingesessenen begehrten auf, als Walter Schmieder eine neue Karriere in der Demokratie startete. Die einen schüttelten den Kopf über die Rückkehr des stadtbekannten Nazis in die Politik, andere beneideten ihn um die Wandlungsfähigkeit und bewunderten seinen Mut.

Je mehr das Studium seiner literarischen Hinterlassenschaft mich ihn kennen lernen ließ, desto schmerzhafter bedauerte ich, dass meine Eltern mich von ihm und seiner Familie ferngehalten hatten. Viele der Fragen, die nach dem Krieg in mir jungem Mann bohrten, hätte er sicherlich beantworten können. Seine Mutter, die gute Oma Hedwig, traf ich erst bei der Beisetzung ihres Mannes Carl. Ihn hatte Vater mir als glatzköpfigen Kneipengänger beschrieben, der wenig umgänglich war. Ob das so zutreffend gewesen ist? Ebenso fand ich nie eine Begründung, warum meine Mutter, die sieben Jahre jünger als ihr Bruder Walter war, erst nach dem Krieg wieder den Kontakt mit ihrer engsten Verwandtschaft gesucht hat. Wo lag das Problem, wo die Wahrheit?

Onkel Werners Aufzeichnungen sagten darüber nichts aus, dafür über sein Leben umso mehr. In einem Hefter beschrieb er seine Jugendzeit, in vieler Hinsicht vergleichbar mit der meinigen. Der Unterschied jedoch bestand darin, dass er zu den Jahrgängen gehörte, die bewusst als Mitbegründer die Ideologie Hitlers verbreitet, getragen und gelebt hatte. Ich dagegen war ein gelehriger Nachahmer.

Walter war zwei Jahre alt, als die Familie des Reichsbahnbeamten Schmieder im Herbst 1913 aus dem damals deutschen, seit 1920 dänischen Ribe kommend in unserer Stadt in die Bahnhofstraße zog. Vater Schmieder, ein Kaisertreuer, lehrte seinen Sohn als erstes die Ehrfurcht vor dem Thron. Ein paar Jahre später musste der Junge mit ansehen, wie der treugediente Mann 1918 unter der Abdankung des Kaisers litt und die „Sozis" der Weimarer Republik zutiefst verachtete. Für die kurz vor dem I. Weltkrieg geborenen Walter-Schmieder-Generation sind das Kaiserreich und danach der Weimarer Parlamentarismus prägende Jugenderlebnisse gewesen. Sie bestimmten das weitere politische Denken und Handeln dieser Altersgruppe.

Mit sieben Jahren jubelte Walter Schmieder mit seiner Schulklasse dem Kaiser zu. In demselben Jahr zu Weihnachten sangen sie auf der Straße das Lied „Oh Tannenbaum, oh Tannenbaum, der Kaiser hat in'n Sack gehau'n". Als er neun war, hämmerten in bedenklicher Nähe die Maschinengewehre der Kapp-Putschisten. Mit 18 erlebte er Hitler, mit 21 dessen Machtübernahme, mit 28 den Kriegsbeginn; mit 33 die Niederlage und mit 38 die Gründung der Bundesrepublik Deutschland. Viermal wechselte in seinem Leben die Staatsflagge ihre Farben, viermal verbunden mit völlig unterschiedlichen Weltanschauungen. Ziemlich viel verlangt von einem in einer Kleinstadt Aufgewachsenen, jedem dieser Wechsel gerecht zu werden, zumal die Alteingesessenen geschichtlich zwischen zwei Stühlen saßen. Als Schleswig-Holsteiner zwischen der dänischen Vergangenheit und der nachgefolgten preußischen Bevormundung.

Wie fand der junge Walter seine Leitlinie?

Er formte aus den Erzählungen seines erzkonservativen Vaters ein eigenes Weltbild. Fasziniert von dem Vorbild des Preußenkönigs Friedrich des Großen gründete er als 10-Jähriger einen Jugendclub, den er Fridericus Rex, abgekürzt F.R. nannte. Schulfreunde folgten anfangs seinen Ideen und machten ihn zu ihrem Kommandanten, eine Funktion, die der eitle Walter gern ausfüllte.

Wie tief bereits im Jahre 1925 nationalsozialistische Propaganda in die Schüler eingedrungen war, zeigte ein in den Unterlagen aufgefundener, in ungeübter Schreibmaschinenschrift formulierter Aufruf, unterzeichnet mit „gez. Schmieder".

Da hieß es unter anderem: „...der F.R. ist nationalsozialistisch, d.h. schwarz-weiß-rot, und Förderer der Staatsverfassung des Dienens und nicht der schwarz-rot-goldenen jüdischen Staatsverfassung des Verdienens".

Von einem Kind unbeholfen formuliert, stammte diese aufwieglerische Aussage sicherlich von den ihn umgebenen Erwachsenen. Sie wurde auch nicht gerügt. Trotz eifrigen Werbens für seine Organisation liefen dem guten Walter die Anhänger weg, nicht aus politischen Gründen, sondern weil sie lieber Fußball spielten.

Da die Ideale des F.R. zu wenig Anklang fanden, gründete im Jahre 1927 der jetzt 16-jährige Gymnasiast eine andere, ähnliche Organisation, die Jugendgruppe der Deutschen Kolonialgesellschaft. Mit Wut und Tränen in den Augen hatte er ein Buch gelesen über die verlorenen deutschen Kolonien in Afrika. Den Titel „Kumbuke Bwana" = „Komm wieder Herr" empfand er nicht nur als Wunsch der farbigen Askaris, sondern als an ihn persönlich gerichteten Auftrag, die nach dem I. Weltkrieg von England besetzten Gebiete mit Gleichgesinnten für Deutschland zurückzufordern. In nachempfundenen selbstgeschneiderten Uniformen der ehemals kaiserlichen Kolonialtruppen zogen die Jugendlichen singend in Marschformation durch die Stadt, angeführt von Walter Schmieder. „Heia Safari, heia Safari", hallte das Lied von den Häuserwänden wider. Das erfreute die Veteranen des I. Weltkrieges. Sie klatschten Beifall aus den Fenstern.

Nach zwei Jahren gefiel dem Gründer der Verein nicht mehr. Die Vorstandsarbeit überließ er den anderen, blieb aber Mitglied. Dem viel belesenen 18-Jährigen, dem die Philosophen Nietzsche, Schopenhauer, Kant und Heidegger nicht weiterhalfen, bleiben auch die Studienräte des Gymnasiums auf Fragen nach den Konflikten zwischen dem Methodischen und Erlebnisbedingten alle Antworten schuldig. Ihr Schüler Schmieder war ihnen unheimlich und ihm die Lehrer offenbar politisch zu

172

unentschlossen und zu lasch. Er zog die Konsequenz, wechselte zwei Jahre vor dem Abitur die Schule. Auf dem Flensburger Realreformgymnasium begegneten ihm nicht nur gleichgesinnte Erzieher, sondern auch ein ihm seelenverwandter Freund, mit dem er zeitlebens verbunden blieb.

Kai Uwe v. Hassel hieß der junge Mann, den 67 Jahre später der Bundespräsident Roman Herzog als vorbildlichen Politiker und vor allem überzeugten Demokraten lobte.

Damals jedoch war das ganz anders. Beide schwärmten für Hitler. Walter bewies seine Sympathie 1930 durch Eintritt in die NSDAP. Trotzdem nahm er nicht alles für bare Münze, was die Partei als Wahrheiten verbreitete. Stets kritisch, wollte er sich selbst ein Urteil bilden. So zum Beispiel, ob die Russen wirklich verabscheuungswürdige Untermenschen waren und die Franzosen charakterlose Schwächlinge – wie die Parteizeitungen schrieben.

In den Sommerferien des Jahres 1930 führte ihn die erste politische Entdeckungsreise nach Frankreich, von seinem Vater Carl mit Vorurteilen überhäuft. Paris im Flaggenschmuck feierte bei seiner Ankunft gerade ausgelassen den Nationalfeiertag. Walter schien von der Stadt und von dem quirligen Leben der Franzosen nicht beeindruckt gewesen zu sein; denn seine Reisenotizen sind herb, abwertend und negativ.

Da ist zu lesen, „... dieses Volk hat seinen Höhepunkt überschritten, ... es ist nicht zur Führung berufen. Da regen sich in Deutschland Kräfte, die im Nationalsozialismus Form geworden sind. Diese Kräfte wollen Deutschland reif machen für die Führerrolle in Europa".

Im Herbst desselben Jahres trat Walter Schmieder aus der NSDAP aus. Sein Freund v. Hassel war darüber entsetzt, aber Walter erläuterte ihm seine Pläne. Nach der Reise in das „dekadente" Frankreich wollte der Tatendurstige am eigenen Leibe erfahren, wie in der Sowjetunion der gefürchtete Kommunismus die Menschen beherrscht. Um nicht durch NSDAP-Mitgliedschaft die aufwendigen Passformalitäten zu erschweren, empfahlen Parteigenossen ihrem wagemutigen Reisenden, offiziell auszutreten. Dann begannen die Vorbereitungen für die Fahrradtour nach Leningrad: Mit dem Schiff nach Memel und anschließend durchs Land bis an die Newa.

In der damaligen Zeit ein tollkühnes Unternehmen!

Die Eltern schlugen entsetzt die Hände über den Kopf zusammen, die Lehrer in Flensburg warnten davor. Alle unterschätzten den fast 20-Jährigen. Ihn trieb nicht die Abenteuerlust, er plante keine Fahrt ins Blaue. Walter Schmieder suchte vielmehr in dem sowjetischen Russland die Bestätigung seiner schon längst vorgefassten Meinung über die dort lebenden Menschen zu finden. Allein in den Machtbereich des Klassenfeindes vorzustoßen, schien bei fortschreitender Planung einige Bedenken auszulösen. Mitfahrer wurden gesucht. Durch die Kolonialgesellschaft in der Jugendarbeit erfahren, organisierte der stets um Gemeinschaft Bemühte zu Pfingsten 1931 ein Zeltlagertreffen in den Dünen von St. Peter-Ording.

Ziel war, geeignete Teilnehmer für die Leningradfahrt zu finden. Das Auswahlverfahren hatte Onkel Walter selbst entwickelt. Ein vielseitiges Programm erwartete die Jugendlichen: Orientierungsläufe, Kampf- und Kriegsspiele, Übernachten im Freien, Sport, Exerzieren, Intelligenzaufgaben, Singen am Lagerfeuer usw.

In einem Heftchen benotete der Organisator nach einem eigenwilligen Bewertungsschema die Qualitäten seiner möglichen Ost-Begleiter. Da gab es, um nur einige zu nennen, die Rubriken Selbstzucht, Durchsetzungsvermögen, Ehrlichkeit, Vaterlandsliebe, Geschichtsbewusstsein, Kultur und Äußeres.

Vielleicht war die an das Lagervergnügen gelegte Messlatte zu hoch. Am Ende erreichte niemand die Qualifikation oder hatte gar die Lust an der langen Fahrt verloren. Schließlich wollte v. Hassel seinen Freund nicht alleine losziehen sehen. Doch kurz vor der russischen Grenze verließ ihn der Mut. Er kehrte um. Walter radelte unverdrossen weiter, geplagt von der russischen Augusthitze, durch die Schlaglöcher staubiger Straßen in Richtung Nordosten zur Newa-Mündung. In Leningrad staunten die deutschen Konsulatsbeamten über den drahtigen, braungebrannten Radfahrer, der allein die weite Strecke unter größten Entbehrungen zurückgelegt hatte. Alle Achtung! Zurück in seiner Heimatstadt veröffentlichte die hiesige Lokalzeitung den von ihm vorgelegten Reisebericht, und in Vorträgen erzählte der Weitgereiste von den Erlebnissen. Sie brachten wenig Persönliches, dafür viel Politisches, ähnlich wie nach der vorjährigen Paris-Reise - : „....gegen Abend laufen wir im Hafen von Memel ein. Wieder liegt vor uns geraubtes Land....“

Bei der Beschreibung der Stadt Narwa und der vom deutschen Ritterorden gebauten Festung Hermannsburg klingt Verachtung für das Ostvolk an: „... ihr Turm ragt kühn in die Höhe und legt Zeugnis ab von deutscher Kraft. Auf dem jenseitigen Ufer liegt ein plumper Bau, Iwangorod, die Russenfestung.“ Dann wird der Politreisende deutlicher: „.... nur ein Europa, von einem kräftigen Deutschland geführt, kann der Gefahr trotzen, die vom Osten droht. Und daher bäumt sich der Nationalsozialismus als eine urdeutsche Bewegung gegen den Kommunismus auf. So sehen wir den Platz, an den uns das Schicksal stellt: unter die Führung Adolf Hitlers.“

Das war ein klares Bekenntnis.

Zur Abrundung seines Weltbildes unternahm der Hitlerverehrer nach vorzüglich bestandenem Abitur eine Zugreise auf den Balkan bis nach Istanbul, durch Griechenland, mit dem Schiff nach Brindisi und über Italien zurück in den kühlen Norden.

Der seit frühester Jugend mit dem Parteiprogramm vertraute Walter Schmieder reiste nicht nach West-, Ost- und Südeuropa, weil ihn die fremden Landschaften und Kulturschönheiten lockten. Vielmehr wollte er als ideologisch Vorprogrammierter die unterschiedlichen Rassewertigkeitsmerkmale der jeweiligen Völker vor Ort selbst

174

entdecken. Über die Wertigkeiten der Rassen hatten Ärzte und sogenannte Volkskundler in einer Beilage zum „Völkischen Beobachter" Betrachtungen angestellt, die den Gymnasiasten überzeugt haben. Da ist von der primitiven Rasse mit den dinarischen Hinterköpfen die Rede. Typisch für die Bewohner des Balkans. Der flache in den Nacken übergehende Schädel lässt keinen Raum im Hirn für genügend Substanz. Also sind derartig angeblich missgebildete Menschen dumm und nicht geeignet, sich mit blonden, hochgewachsenen Ariern zu mischen. Diese Beurteilung fußte auf frühen Überlegungen Hitlers. In Walter Schmieders Bibliothek fand ich eine Abhandlung des Führers aus dem Jahr 1920.

Da belegt Hitler mit seinem Ausrottungswahn im Hinblick auf die Gewinnung deutschen Lebensraumes im Osten die dortigen Völker mit rassistischen Merkmalen und versieht sie mit Titeln wie: Deutsche als Herren- und Kriegerrasse, Polen und Russen als Fellachen und Kulis, damit abgestempelt als Untermenschen, Juden, Roma und Sinti als Parasiten.

Diese Katalogisierung muss dem politisch eifrigen Walter gefallen haben. Nicht allein, weil Hitler rassentheoretische Überlegungen anstellte, sondern weil längst vor ihm sein Lieblingsphilosoph Friedrich Nietzsche die Theorie einer zur Herrschaft berufenen Eliterasse entwickelt hatte. Und das konnte für ihn nur das deutsche Volk sein!

Mehrere Aktenpakete befassten sich mit dem Aufbau der Jugendverbände. Für mich besonders wissenswert, weil ich selbst dazu gehört hatte, aber damals von der Entstehungsgeschichte der Hitlerjugend wenig erfuhr. Vielleicht interessierte es mich nicht.

Jetzt umso mehr; denn mein Onkel Walter schien überall mitgemischt zu haben und ist letztlich erkennbar die zentrale Figur der Jugendbewegung in unserer Region gewesen.

An das Abitur in Flensburg schloss sich das Studium der Rechts- und Staatswissenschaften an. Bis ins Frühjahr 1933 blieb Walters politische Arbeit liegen. Nach zwei Semestern zurück aus München, ließ er im Gegenzug zu Gunsten der parteipolitischen Arbeit das Studium für ein Jahr ruhen, weil die Parteiführung ihn beauftragt hatte, in seiner Heimatstadt die Zusammenlegung aller Jugendverbände zu organisieren. Während die Hitlerjugend einer anderen Führung unterstand, wurde Walter Schmieder mit der Führung des Jungvolks beauftragt, das anfangs einen sogenannten Stamm von 120 Jugendlichen umfasste. Die Jüngsten waren zehn, die Ältesten 14 Jahre alt. Das Ganze firmierte unter der Bezeichnung „Fähnlein 1". Parallel dazu entstanden in anderen Stadtteilen die „Fähnlein 2" und „3". Als elitärstes Fähnlein galt das des Jungstammführers Schmieder. Seine Jungs wären für ihn durchs Feuer gegangen, nur ein Wort von ihm, sie hätten es getan.

Der junge Mann war zweifellos eine Führerpersönlichkeit, Manager und Erzieher zugleich, der die Jugend zu motivieren und sie vorbehaltlos für die Ziele des

Nationalsozialismus zu begeistern vermochte. Stolz verwiesen die Jüngsten, die „Pimpfe", an ihren Braunhemden auf das Fähnleinabzeichen. Ja, das konnte ich nachempfinden, mir ging es als Pimpf genau so. Welche Ehre, beim Marsch durch die Stadt die Standarte des Fähnlein 1 vorantragen zu dürfen! Beim Lesen der schon vergilbten Seiten kehrten meine Gedanken nach so vielen Jahren oft zurück in die Zeit vor 1945.

Energiebündel Schmieder kletterte höher in der parteilichen Jugendorganisation und gelangte zu höchsten Ehren. Zeitweise leitete er vertretungsweise den regional größten Verband, den „Band 163" Neumünster.

Nebenbei studierte Walter in Berlin und im folgenden Jahr in Kiel. Wann immer der von seiner Truppe verehrte Jugendführer Zeit für sein Fähnlein hatte, konnten die Jungs zuhause viel erzählen. Im Stadtwald oder im Vorland bei den Deichen kämpften die Fähnlein gegeneinander und trainierten unbewusst für den Krieg. Stets ging es um die Fahne des gegnerischen Fähnleins. Da wurde schon mal kräftig draufgehauen. Schleichend verdrängte kriegsvorbereitende Vorausbildung die einst kindlichen Indianerspiele.

Wehmut überkam mich beim Lesen dieser Aufzeichnungen. Da kam das wieder hoch, was mich, wie gestern schon berichtet, zwei Jahre nach dem Krieg dazu verleitete, wütend „Heil Hitler" zu schreien. Natürlich hatte ich als Pimpf und angehender Hitlerjunge nicht gespürt, durch diese Spiele für einen politischen Missbrauch vorbereitet zu werden. Wettkampf und Bewährung standen für mich im Vordergrund. Ausgepowert. Wie man heute sagt, sank man abends ins Bett, glücklich oder traurig über das Erreichte oder Erlittene. Die Gemeinschaft war alles. Durch Walter Schmieders erste Tagebücher wehte der Wind des Aufbruchs und des ergebenen Vertrauens in seinen Führer. Woran er glaubte, verbreitete er mit Fleiß und Eifer.

Auf seine Führerqualitäten aufmerksam geworden, ernannte der Regierungspräsident den Hitlerjungen Schmieder zum staatlichen Jugendführer des Kreises. Versehen mit diesem Amte brauchte der Student bei seinen Aktivitäten nicht mehr Rücksicht zu nehmen auf die hiesige Ortsgruppe und verfügte außerdem über zusätzliche Geldmittel für die Jugendförderung. Dazu gehörte unter anderem eine Reise mit dem Jungvolk nach Ostpreußen.

Um seine Gefolgschaft heiß zu machen für die Forderung des Führers, verlorenes Land im Osten wieder heim ins Reich zu holen, organisierte Stammführer Schmieder in den Sommerferien 1935 eine Fahrt an die Weichsel mit Marsch zur Marienburg. 33 Pimpfen wurde ein indoktrinierendes Erlebnis bereitet. Sie besuchten das Schlachtfeld von Tannenberg, die Werke des Deutschen Ordens und sahen die Grenze. Schmieder, der agierende Reiseorganisator, sprach seine Gruppe als Soldaten des Führers an, die zu lernen hatten, was Deutschland war und ist und was der Osten war und ist.

Der Marsch zur Marienburg ist im Tagebuch mit deutlich spürbarer Ergriffenheit kommentiert. Da heißt es: „....wir sehen rechts deutsches Land und immer wieder die Schandtaten des Versailler Schanddiktats – die Weichsel ist polnisch!"

Eben von dem Ausflug aus dem Osten zurück, geriet die Gruppe in der Stadt in eine aufgeregte Menschenansammlung. Die Leute schrieen: „Der Führer kommt, der Führer kommt!"

„Wann?" „Morgen früh!"

Seit Tagen bügelten die Frauen Uniformen und Hakenkreuzfahnen. Auf dem Marktplatz probte der Fanfarenzug der Hitlerjugend. Auf dem Flugplatz übte die Luftwaffeneinheit das Antreten und „Sieg Heil"-Grüßen mit rhythmischem Armheben auf Kommando ihres Obersten. Überall herrschte große Aufregung.

Wie sehr unsere Kleinstadt, so weit abgelegen vom fernen Berlin, diese Begegnung herbeisehnte, las ich in einem aufgefundenen Zeitungsartikel, der das hervorragende Ereignis am folgenden Tage mit Datum 31. August 1935 ergriffen beschrieb:

„... ist es doch das erste Mal, dass der Führer unser Heimatstädtchen berührt. Viele, viele Volksgenossen hatten Adolf Hitler noch nie von Angesicht gesehen, und nun sollte ihr Herzenswunsch in Erfüllung gehen. Grund genug, sich einmal so recht von Herzen zu freuen. Zur Gewissheit wurde es, als die brausenden Kolonnen in den Straßen der Stadt aufmarschierten. Schon um 06:30 marschierte die Hitlerjugend mit schmetternden Fanfaren durch die Straßen. Ein Sprechchor rief: „Der Führer kommt zwischen acht und neun Uhr durch die Stadt, Flaggen heraus". Im Nu war alles in ein Flaggenmeer getaucht. Girlanden wurden über die Straßen gespannt, die Häuser mit frischem Grün geschmückt, und eine festlich gestimmte Menschmenge sammelte sich in der Hauptstraße."

Soweit der Artikel in der Lokalzeitung.

Als der Führer, trotz des regnerischen Wetters, im offenen großen Mercedes durch die Hauptstraße fuhr, bereitete ihm das an beiden Seiten dichtgedrängte Volk einen ungewöhnlichen Empfang. Sie standen alle mit brav ausgestrecktem rechten Arm, aber der sonst übliche Jubel der Massen blieb aus. Hitler glitt durch eine Gasse, gesäumt von einer schweigenden Menschenmenge, aus der nur vereinzelt schwache „Heil"-Rufe zu hören waren. Hier und da rannte eine Mutter mit ihren auf den Arm genommenem Kind auf den Wagen zu, aus dem Hitler huldvoll den Blondschopf streichelte. Das freute die Umstehenden, aber ansonsten herrschte gespenstische Stille. Beim Einüben kurz zuvor hatten alle noch begeistert lautstark mitgemacht. Jetzt steckte ihnen offenbar ein Kloß im Halse.

Was war der Grund? Enttäuscht, dass der Führer nicht gewaltiger wirkte als auf den Plakaten? Oder war es das übermächtige Charisma dieses Mannes, das seinen Bewunderern die Stimme verschlug? Walter Schmieder bedachte in seinem Tagebuch den Führerbesuch mit nur wenigen Zeilen.

Sein beruflicher Weg führte ihn immer weiter weg von seiner Truppe und der ihm so sehr am Herzen liegenden Jugendarbeit. Nach der Ersten juristischen Staatsprüfung und der danach folgenden Übernahme als Gerichtsreferendar zog es ihn nach Schleswig und Itzehoe, wo er seine spätere Frau kennen lernte. Endgültig im Jahr 1937 kam es im „Hauptquartier" seines heimischen Fähnleins zur traurigen Abschiedsfeier. Im Elternhaus eines seiner besten Freunde, für das Fähnlein das Büro und der Treffpunkt der Jugendlichen, prangte im Flur die für sie alle verbindliche Weisung:

„Trittst du in dieses Haus hinein, soll dein Gruß Heil Hitler sein!"

Walter war für sie nicht aus der Welt. Nach seinem Fortgang kehrte wieder Fröhlichkeit ein. Doch der überzeugte Gruß beim Betreten des Hauses sollte den Hitlerjungen bald im Halse stecken bleiben. Der Krieg griff nach ihnen.

Am selben Tag, als Walter Schmieder die große Staatsprüfung absolvierte, wurde er eingezogen. Bewundert von den Angehörigen des Fähnleins, weil er für den Führer kämpfen durfte, schickten sie ihm die Fähnleinfahne an die französische Front.

In einem feurigen Brief baten sie ihn, ihre Standarte im vordersten Graben aufzupflanzen, sichtbar für den Franzmann, damit sie im heißen Gefecht die ersten Weihen des Krieges empfing.

Draufgängerisch wie zuhause und stets aus der Mittelmäßigkeit herausstrebend, verdiente sich der Gefreite Schmieder beim Kampf um die Stadt Toul das Eiserne Kreuz.

Er überraschte mit nur 20 Mann 400 französische Soldaten, die glaubten, von mindestens einem Bataillon umziegelt worden zu sein. Walter bat den Oberst in gepflegtem Französisch, ihm in die Gefangenschaft zu folgen. Eine tollkühne Leistung, die zuhause großen Beifall auslöste.

Wie sehr das Fähnlein das Kriegsgeschehen um seinen ehemaligen Anführer und jetzigen Helden verfolgte, vermittelt einer der an Walter Schmieder gerichteten Briefe eines Hitlerjungen, der heute zu den einflussreichsten Geschäftsleuten unserer Stadt zählt. Anlässlich des Waffenstillstands an der Frankreichfront beschreibt er Walter seine Gefühle: „....Dank an den Führer, Dank an den Helden aus unserem Fähnlein, ... anders als 1918, ... machtvoll und stolz klingen die Lieder der Nation, ... Heil und Sieg."

Der Glaube an das ständige Siegen wurde erstmalig erschüttert, als die Todesnachrichten zweier gefallener Hitlerjungenführer aus den eigenen Reihen eintrafen. Sie blieben nicht die einzigen. Seit dem Russlandfeldzug nahm die Zahl der Toten im Bekanntenkreis der ehemaligen Hitlerjungen zu. Stille zog ein, jubeln tat niemand mehr.

Walter Schmieders Karriere als Soldat endete in Litauen. Kurz nach seiner Heirat im April 1941 wieder zurück an der Front, verwundete ihn ein Infanteriegeschoss am rechten Fuß, so dass er wehruntauglich wurde. Man entließ ihn als Leutnant der Reserve nach Glückstadt, wo seine Frau lebte und als Kreisfürsorgerin tätig war. Die Partei ließ ihn dort nicht zur Ruhe kommen. In Berlin erinnerte man sich seiner Verdienste um die Jugendarbeit und kannte ihn als schneidigen, führerergebenen Parteigenossen. Um ihm außerdem als Kriegsverwundeten einen Bonus zukommen zu lassen, berief man den Regierungsrat Dr. Walter Schmieder in das Ministerium des Inneren, in die Hauptstadt des Reiches: Ein neuer Lebensabschnitt im Dunstkreis Adolf Hitlers begann.

Von Sommer 1942 bis in den Herbst 1943 war Walter Schmieder vom Ministerium des Inneren zum Jugendführer des Deutschen Reiches abgeordnet und hatte dort die Stellung als Bannführer und Hauptabteilungsleiters des Ressorts „Umquartierung, Flüchtlingswesen und Kinderlandverschickung". In die Anfangszeit der Schmiederschen Tätigkeit in der Reichshauptstadt fiel der Besuch einer kleinen Delegation des heimischen Fähnleins. Sie wollten ihren so hoch aufgestiegenen ehemaligen Stammführer beglückwünschen. Schmieder führte sie in das pompöse, zurzeit nicht besetzte Arbeitszimmer des Reichsjugendführers Artur Axmann und setzte sich – den Hitlerjungen stockte der Atem – auf den riesigen Lederstuhl hinter dem gewaltigen eichenen Schreibtisch. Walter trommelte mit den Fingern auf die marmorne Tischplatte, lächelte und sagte: „Hier bin ich häufig!" Das muss seine HJ-Freunde endgültig überzeugt haben, Walter war der Größte. Wer sich so etwas erlauben durfte, stand wohl erst am Anfang der Parteikarriere. Tief beeindruckt reisten sie an die Westküste zurück und verkündeten das Gesehene.

Das Reichsministerium des Inneren, kurz RI genannt, war zu Hitlers Zeiten umfangmäßig eine gigantische Behörde. Aus Furcht der Parteiführung, dass dieser Beamtenapparat politisch undurchsichtig werden könnte, sind damals immer wieder Sachgebiete ausgegliedert worden. So gingen aus dem RI die Sachgebiete Wissenschaft, Schulwesen, Erwachsenenbildung und Jugendverbände an das Ministerium für Wissenschaft, Erziehung und Volksbildung über.

Warum ist das erwähnenswert?

Es zeigt auf, wie der weitere Weg durch das wie verschlungenes Unterholz anmutende Behördenlabyrinth selbst für einen intelligenten Juristen nicht immer zu finden und vor allem nicht immer zu ergründen war, was hinter den jeweiligen Türen politisch entschieden wurde. Gewachsen in der Jugendarbeit, hatte Walter Schmieder gehofft, in das Ressort „Jugendverbände" hineinzukommen. Doch das blieb ihm verschlossen. Das RI gab nicht nur Sachgebiete ab, es produzierte auch neue und diente so überwiegend als organisatorische Hülle für weitere politisch selbständige Sonderbehörden, die sich nicht in die Karten sehen ließen. Die Verselbstständigung ging oft so weit, dass die ursprüngliche Zuordnung zum RI bezweifelt werden musste. Beispielhaft dafür war die Entwicklung des Reichsjugendführers, in dessen Bereich der Regierungsrat Dr. Walter Schmieder hineingeriet. Der Reichsjugendführer als Leiter des Amtes innerhalb der Reichsleitung der NSDAP verselbstständigte sich so auffällig zu einem eigenständigen, nicht mehr kontrollierbaren machtvollen Gebilde, dass im August 1943 der Reichsführer der SS und Chef der deutschen Polizei Heinrich Himmler von Hitler den Befehl bekam, diese und andere Organisationen wieder einzufangen.

So erlebte Walter Schmieder den gefürchteten Himmler als Reichsminister des Inneren noch zwei Monate im Amt des zurückgestutzten Reichsjugendführers und blieb danach bis zum Ende des Krieges Referent einer Abteilung des RI, die mit dem Rückzug der deutschen Truppen unter steil ansteigendem Arbeitsdruck geriet.

Walter Schmieder und seine Dezernenten bearbeiteten jetzt die Vorgänge der Umquartierung ausgebombter Flüchtlinge. Als koordinierender „Referent für die Räumung feindbedrohter Gebiete" trat er dafür ein, nicht das übliche Prinzip der „verbrannten Erde" zu verfolgen. Allein bis Herbst 1944 konnten vier Millionen Deutsche planmäßig evakuiert werden, bis Januar 1945 weitere vier Millionen. Danach gerieten acht Millionen aus dem Osten in Bewegung, die jede Koordinierungsbemühung lächerlich erscheinen ließ. Schließlich trat der Zeitpunkt ein, wo auch Walter Schmieder nicht mehr wusste, welcher Wahrheitsgehalt den Reden Hitlers und Goebbels beigemessen werden konnte. Je näher die Russen heranrückten, desto größer wurde die Angst. Berlin lag in Trümmern. Was tun? Am Ort bleiben oder wohin verlegen?

Der Führer beabsichtigte, zusammen mit dem „Deutschen Volk" bis zum Untergang auszuharren. Ob das deutsche Volk das wirklich herbeisehnte?

Fürsorglich um seine Familie bemüht und aus der Erfahrung der Kinderlandverschickungen heraus hatte Walter seine junge Familie in das Gebiet des heutigen Tschechien in Sicherheit vor den alliierten Bombenangriffen gebracht. Als Protektorat Böhmen und Mähren galt dieses bereits seit 1938 besetzte Gebiet als ziemlich sicher. In dem kleinen Podiebrad, südöstlich von Prag, besuchte der besorgte Ehemann Frau und Kinder, sooft es dienstlich möglich war, oder er schrieb und berichtete über die fortschreitende Zerstörung Berlins.

Einem Brief, den ich einer Mappe fand, datiert vom 15. September 1944, ist zu entnehmen, wie er noch immer auf eine glückliche Wende des Krieges hoffte, vielleicht auch das nur sagte, um seine schwangere Frau zu trösten: „ .... ich möchte, dass unser drittes Kind, das in entscheidungsvollen Tagen geboren wird, ein Unterpfand dafür sein möge, dass unserm Volk der Stern nicht sinke!"

Im Frühjahr 1945 überschlugen sich die Ereignisse. Zum Durchhalten ermuntert, ernannte mit Unterschrift Himmlers das RI Walter Schmieder zum Oberregierungsrat.

Zwei Monate später gab er seiner Frau in Podiebrad eilige Anweisungen, alles für die Flucht über Berlin nach Schleswig-Holstein zur Stadt seiner Eltern vorzubereiten. Kurz darauf musste sie fliehen. In Berlin traf er seine Frau auf dem Bahnhof bei der Durchfahrt in der Nacht vom 17. auf den 18. April 1945. Das kurze Wiedersehen gab ihm so viel Hoffnung, dass er dass, was er sich zweifellos antun wollte, unterließ. Den zwei Tage zuvor verfassten Abschiedsbrief hat er erst viele Jahre später seiner Frau in den Schoß gelegt. Der nie abgeschickte Brief auf sieben eng beschriebenen Doppelseiten enthält Passagen, die von der Nachfolgegeneration nicht verstanden werden, weil sie nicht den demagogischen Kräften der Naziideologie begegnet sind. Wie Walter Schmieder, so fühlten sich die meisten Deutschen betrogen. Sie hatten sich ausleihen lassen an eine brillant formulierte und betörende Idee, die sie anfangs blendete und dann in den Dreck stieß. So muss Walter Schmieder gefühlt haben, so mögen viele seiner Zeitgenossen zum Ende des Krieges empfunden haben, wie einige Zeilen aus Walters Brief spüren lassen. Davon einige Passagen, mit Erlaubnis seiner Witwe hier veröffentlicht:

„ ferne Kriegsgeräusche, die russische Artillerie beschießt Berlin ...

.... auf der Bühne meines Lebens, jetzt den Schlussmonolog, nein!

.... dass ich zu guter Letzt diese wilde Welt verlassen habe.

.... kein Mensch gedeiht ohne Vaterland und unser Marsch für das Vaterland war von einer Glaubenskraft getragen, wie ihn selten ein Volk und eine Generation aufgebracht hat. Die Geschichte mag über uns anders entschieden haben.

.... und man darf die Opfer und Leiden meiner Kameraden und der Million deutscher Männer, Frauen und Kinder nicht als Nichtwürdigkeit ansehen.

(An seine Kinder gerichtet:)

.... Eure Erziehungssysteme kann ich nicht kennen, aber tut immer ein Mehr als euch die Institutionen geben können, auch wenn es die Masse nicht verlangt.

.... dass junge Triebe nicht nur wachsen sollen und dürfen, sondern dass sie der harten Zucht bedürfen.

(Wieder er zurückblickend:)

.... Eigentlich bescheiden geblieben und ehrgeizig nur, wenn ich eine gute Sache zu vertreten hatte.

.... ich habe von jedem Menschen, der meinen Weg kreuzte, das Gute geglaubt".

Soweit aus dem am 15. April 1945 verfassten, beinahe letzten Brief des Oberregierungsrats Dr. Walter Schmieder.

Während der letzten Kriegsmonate lag über Deutschland der Nebel der Ungewissheit. Ab dem 1. Januar 1945 ging es endgültig dem „Tausendjährigen Reich" an den Kragen. Von Osten überrollte die Rote Armee die Reichsgrenzen und löste eine gewaltige Fluchtwelle aus. Für den in ihrem Land von den Nazis begangenen Holocaust an 20 Millionen Menschen rächten sich jetzt die Ostvölker auf oft bestialische

Weise an der deutschen Zivilbevölkerung. Dem Volk geschah, was der von ihnen beklatschte Führer zu Kriegsbeginn versprochen hatte: Siegen oder mit ihm untergehen! Im April 1945 begann die Auflösung des RI. Die ersten Abteilungen wurden nach Westen verlegt. Walter Schmieders Abteilung war eine derjenigen, die am längsten blieb, bedingt durch die enge Zusammenarbeit mit dem Oberkommando der Marine. Beide versuchten bis zuletzt, die Bahn- und Überseetransporte der Ostflüchtlinge zu steuern. Als in Berlin die Lage zu brenzlig wurde, beauftragte Hitler Ende April seinen potentiellen Nachfolger, den Großadmiral Dönitz, mit noch intakten Abteilungen der Ministerien nach Schleswig-Holstein überzusiedeln. So kam auch Walter Schmieder über die Zwischenstation Plön nach Flensburg, wo Dönitz am 30. April nach dem Selbstmord Hitlers bis zur Kapitulation die Regierungsgeschäfte eingeschränkt weiterführte.

Nach der Besetzung des nördlichsten Landes durch britische Truppen ließ die englische Militärregierung Dönitz, den Nachfolger Hitlers, bis zum 23. Mai 1945 gewähren, um den Dienstbetrieb geordnet aufzulösen. In dieser Zeit gelang es Walter Schmieder, an einem Wochenende als Anhalter und zu Fuß von Flensburg bis zu seinen Eltern in der Bahnhofstraße durchzukommen. Dort sah er endlich seine Familie wieder. Welch ein Glück, überlebt zu haben, keine Angst mehr haben zu müssen! – Die Freude dauerte nur wenige Stunden. Liebe Nachbarn hatten den Besuch des Heimgekehrten der britischen Militärpolizei gemeldet, die ihn kurz darauf im Elternhaus verhaftete und in das bereits mehrfach genannte Internierungslager Neumünster-Gadeland brachte. Zusammen mit zahlreichen anderen Parteigrößen und zufällig Inhaftierten erteilte man ihnen hier Unterricht über den alle Staatformen überragenden Vorteil eines demokratischen Staatswesens. Neben der intensiven Umerziehung sahen sie Filme über unglaubliche Verbrechen der Hitler-Diktatur, von Leichenbergen in den Konzentrationslagern, von sinnlosen Erschießungen usw. Manchem wurde schlecht. Selbst diejenigen, die in hohen Parteiämtern gesessen hatten, gingen die Augen über. Einige, die besser informiert waren, wandten sich ab und schwiegen bis ins Grab.

In Walter Schmieders gewissenhaft und wohl auch lückenlos geführten und umfangreichen Aufzeichnungen ist keine Zeile zu finden, kein Vermerk und keine Andeutung, die darauf schließen lässt, dass er trotz seiner Tätigkeit im RI Kenntnis von den Verbrechen des Nationalsozialismus gehabt hat.

Warum ist der kunst- und kulturbeflissene neugierige Rechtsgelehrte offenbar nie während seiner Dienstzeit auf die Ungeheuerlichkeiten der Nazis gestoßen? Als kritischer Geist hatte er seine Umwelt stets mit wachen Augen betrachtet. Und trotzdem blieb er ein Unwissender? Jüdische Bänker und Sozialdemokraten beäugte er mit größter Skepsis. Der östliche Kommunismus war ihm zuwider, die Kultur der Ostvölker jedoch schätzte er höher ein als die der Amerikaner. Der dänischen, französischen und der englischen Sprache kundig, kannte er sich in der Literatur vieler

Völker aus. Obwohl ganz und gar auf der Linie der Partei, verabscheute er Goebbels'sche Hasstiraden und öffentliche Beschimpfungen des Krieggegners.

Parteipolitisch ist Berlin für ihn kein Sprungbrett gewesen. Er, dem als Sohn eines preußischen Beamten Eigenschaften wie Zucht, Ordnung und Gehorsam als höchste Tugenden eingeimpft worden waren, konnte nur befürworten, dass Kriminelle, Arbeitsscheue, Wehrunwillige und Feinde der Partei in Lagern zu harter Arbeit herangezogen wurden. Es muss ihm unterstellt werden, bis zuletzt nicht geahnt, vielleicht auch gar nichts davon gehört zu haben, dass der so hoch geschätzte Führer und seine Schergen in den Lagern und anderswo Massenmorde anordneten. Vielleicht ist Walter Schmieder in seiner Behörde nie auf die Problematik gestoßen. Für ihn bestand kein Anlass, zu hinterfragen. Es mag dem ähnlich gewesen sein – auch wenn der Vergleich hinkt – dass auch heutzutage ein Ministerialbeamter keinen Gedanken daran verliert, wie es in einem Abschiebelager für Asylbewerber zugeht. Es sei denn, es ist sein Ressort.

Doch zurück in die Zeit, als für die Kriegsgeneration eine Welt zusammengebrochen und am Ende des Zukunftstunnels kein hoffnungsvolles Licht zu sehen war. Im März 1947 endete Walters Internierung. 36 Jahre war er alt. Wieder zuhause bei seinen Eltern und seiner Familie, erreichte ihn der Brief eines Freundes, dem es unvorstellbar schien, „....den tatendurstigen Walter hinter Stacheldraht zu sehen". Er saß ja nun nicht mehr und blieb auch nicht in der Wohnung sitzen. Zwar verhinderte bis in den Februar 1949 eine sogenannte Beschäftigungsbeschränkung, an seinen Beruf als Verwaltungsjurist anzuknüpfen. Außerdem machte die für zwei Jahre bestehende Auflage, der örtlichen Kriminalpolizeistelle monatlich einmal „Guten Tag" zu wünschen, einen beruflich bedingten Ortswechsel unmöglich.

Um die Familie zu ernähren, ging Walter für drei Monate ins Moor und schuftete als Torfstecher. Darüber schrieb er Ende des arbeitsreichen Quartals an einen früheren Kollegen. In dem Brief erwähnte er unter anderem: „ .... ich habe meine Anpassung vollzogen. Die erste äußere Station meiner Anpassung war das Torfwerk. Seit dem Sommer bin ich wieder „Angestellter". Wo das?

Eine Hamburger Firma eröffnete im Sommer 1947 in unserem harmlosen Kleinstädtchen eine Drogenerfassungs- und -bearbeitungsstelle, die den Torfstecher anstellte, obwohl er die Materie nicht kannte. Aufgrund seiner Einsatzfreude und seiner organisatorischen Fähigkeiten betraute man ihn bald mit der Leitung der hiesigen Filiale. Jetzt pflegten er und seine Frau als Gärtner Pflanzgutkulturen und wühlten in einem 1 ha großen Kräutergarten, als ob sie zeit ihres Lebens nicht anderes gemacht hätten. Auf die Dauer sah der Verwaltungsjurist Dr. Walter Schmieder jedoch keine Bleibe in dieser Branche. Trotz der Liebe zu seinen Heilkräutern suchte er nach einem Beruf, der seiner Qualifikation entsprach. Warum nicht Politiker werden?

Andere ihm gut bekannte ehemalige NSDAP-Genossen saßen bereits in schleswig-holsteinischen Rathäusern. Warum sollte er nicht auch versuchen, da hineinzukommen? Noch vor Abschluss des Entnazifizierungsverfahrens bewarb er sich im Januar 1949 um die Geschäftsführerstelle des schleswig-holsteinischen Landtages. Als Referenz gab er seinen früheren Schulfreund Kai Uwe v. Hassel an, der zum Demokraten gewandelt seit 1947 in Glücksburg auf dem Bürgermeistersessel saß.

Mit Zustimmung und Beifall der bereits im öffentlichen Dienst etablierten Nazis konnte Onkel Walter rechnen. Aber da fand ich in der Mappe Briefe, die mich stutzig machten. Zwei Sozialdemokraten, die in der Zeit des Dritten Reiches in unserer Stadt nichts zu lachen hatten, empfahlen die Einstellung des ehemaligen NSDAP-Genossen Schmieder. Es waren der Landtagsabgeordnete Eugen Leitner und der jetzige Kreisjugendpfleger Herbert Dolmanski.

Für mich eine sowohl berührende als auch nicht ganz verständliche Fürsprache. Trotz der Unterstützung seiner früheren politischen Gegner schaffte Walter Schmieder den Sprung auf die politische Bühne nicht, noch nicht.

Als endlich im Frühjahr 1951, vom Entnazifizierungs-Hauptausschuss rechtskräftig verfügt, Dr. Walter Schmieder in die Gruppe V, der „Entlasteten", eingestuft worden war, sah er kein Hindernis mehr, Bürgermeister seiner Heimatstadt werden zu können.

Der offenbar politische Gewendete und als solcher offiziell Anerkannte sah vor der eigenen Haustür das Elend. Noch immer war die Stadt mit Flüchtlingen überfüllt. Die überforderte Kanalisation stank zum Himmel. Wassernot herrschte. Öde Schaufenster trotz der Währungsreform. Das fehlen kaufkräftiger Kunden hatte das anfänglich vielversprechende Sortiment in den Geschäften zusammenschmelzen lassen. Graue Menschen schlichen durch die Straßen. Ausgefahrenes Kopfsteinpflaster. Farblose Hausfassaden. Grünflächen in der Stadt zu Kartoffelfeldern umgepflügt. – Ein Bild der Armut. Wohnungs- und Existenznot führten zu wachsender Kriminalität. Viele alteingesessene Familien kehrten ihrer Stadt den Rücken, um im Ruhrgebiet Arbeit zu finden.

Keine der schleswig-holsteinischen Städte konnte den traurigen Rekord der hiesigen Arbeitslosigkeit überbieten. Mit 30% stand sie im Sommer 1951 führend in der Statistik an der Spitze mit keiner Aussicht auf Besserung.

Walter Schmieder wollte sich und seine fachliche Kompetenz einbringen, um Veränderungen mittragen zu können. Das ging nur über das Rathaus. Wie aber da als ehemaliger Nazi hineinkommen?

Im Stadtrat herrschte ein liberalkonservativer Wahlblock. Seit 1950 hatte die britische Militärregierung die Bildung einer sogenannten Flüchtlingspartei zugelassen, die als „Block der Heimatvertriebenen und Entrechteten" (BHE) auftrat. Um nicht von Flüchtlingen und dem 1948 gegründeten dänisch orientierten „Südschleswigschen Wählerverband" (SSW) im Stadtparlament überflügelt zu werden, stellte ein besorgte Gruppe den kleineren Block der „Schleswig-Holsteinischen Wählergemeinschaft" dagegen, der später in der CDU aufging. Beide Blöcke firmierten zusammengeschlossen unter der Bezeichnung „Deutsche Wahlgemeinschaft" (DWG).

Ja, wenn man das so las, muss die Bildung demokratischer Parteien am Anfang verwirrend schwer gewesen sein.

Und dann stellte sich bei mir beim Weiterstudieren der Zusammenhänge und Abhängigkeiten ein unerwartetes Aha-Erlebnis ein. Nicht zu glauben, auf dem Stuhl des Vorsitzenden der „Deutschen Wahlgemeinschaft" saß der altbekannte und von Walter Schmieder so ausführlich beschriebene Landrat aus nationalsozialistischer Zeit, der ehemalige SS-Obersturmbannführer Wolfgang Matzeler. Zugleich war er Vorsitzender der am äußersten rechten Flügel angesiedelten „Deutschen Partei", die einen Teil der deutschen Wahlgemeinschaft ausmachte.

Den 18. April 1950 vermerkte Walter Schmieder in seinem Tagebuch als historisch. An diesem Tage brachte er seine Bewerbung für die Bürgermeisterstelle ins Rathaus. Von seinem Freundeskreis war er dazu ermuntert worden. Das war eine Gruppe innerhalb der Wählergemeinschaft, die nicht als Partei verstanden sein wollte, sondern als Bruderschaft, eine Interessengemeinschaft von Beamten, Angestellten und Offizieren, die im Dritten Reich führende Positionen innehatten. Sie wünschten, bei der Gestaltung der demokratischen Gesellschaftsordnung nicht abseits zu stehen. Bei ihnen sah Walter Schmieder seine neue politische Heimat und vermutete da die Kraft, die im behilflich sein könnte, auf den Sessel des Bürgermeisters zu gelangen. Der erste Versuch ging daneben.

Ende April 1950 wurde ein bisher als Stadtdirektor bestelltes CDU-Mitglied zum Bürgermeister gewählt. Walter Schmieder genügte zunächst die Aufgabe, einer der Sprecher der Bruderschaft zu sein, die in der Öffentlichkeit als „Gemeinschaft der Kriegsgeneration" (GKG) bekannt wurde. In der Rolle als Sprecher der GKG geriet der ehrgeizige Rathausneuling allerdings auf eine Schiene, die er lieber hätte vermeiden sollen. Eines Tage überredete ihn der Vorsitzende der DP Matzeler den Kollegen Schmieder, ihn nach Heide zu einer Tagung der „Bruderschaft Schleswig-Holstein" zu begleiten. In einem Gasthof sprachen die Referenten hauptsächlich von der „....zu wenig engagierten Kriegsfrontgeneration, die aus ihrer Lethargie zu wecken sei und deren Gewinnung für die aktive Politik beschleunigt werden müsse".

Rechtsanwalt Matzeler führte das Wort. Er forderte die ehemaligen nationalsozialistischen Funktionäre zur Mitarbeit auf. Seine damaligen DP-Freunde mahnte er, möglichst geschlossen der Bruderschaft beizutreten, um deren Ziele zu erreichen.

Das wohl wichtigste Ziel dieser Gruppierung war, der jungen, aus dem Krieg zurückgekehrten Generation die Rückkehr ins Berufsleben zu ermöglichen. Das entsprach ganz und gar den Wünschen meines Onkels, hatte er doch gerade erlebt, dass man in seiner Heimatstadt einen betagten, fachlich unbedarften Mann zum

Bürgermeister kürte, offenbar nur, weil er im Dritten Reich nicht aufgefallen war. So sah der gute Walter nichts Anrüchiges darin, bei diesem Treffen mit der Führung der Bruderschaft auf Landesebene betraut zu werden. Ein großartiger Start für die weitere Karriere, meinte er. Tags darauf ging eine dpa-Meldung an alle Zeitungen mit der Überschrift: „Kriegsgeneration schloss sich zusammen!" Weiter erfuhren die Medien: „Rund 70 Delegierte aus den Kreisen Schleswig-Holsteins schlossen sich in Heide zu einer Organisation der Kriegsgeneration auf Landesebene unter der Führung von Dr. Walter Schmieder zusammen....".

Die Bruderschaft innerhalb des Blocks der auf unsere Stadt bezogenen Wählergemeinschaft verwirklichte ihr Ziel, parteiunabhängigen Kandidaten den Weg nach oben frei zu machen und das mit Walter Schmieder als Bahnbrecher. Gegen den zahlenmäßig schwachen Protest von SPD und dem dänischen SSW zog er Ende September 1951 als Ratsherr ins Stadtparlament ein. Als der bereits nach zwei Jahren amtsmüde Bürgermeister darauf bestand, Ende 1952 in Pension zu gehen, bewarb sich Ratsherr Schmieder beim Magistrat um die ausgeschriebene Stelle. Damit trat er eine politische Lawine los. Monatelang füllte das „Come back" des ehemaligen schneidigen Hitlerjungen mit dem längst widerlegten, aber immer wieder aufgetischten Vorwurf, „Gefolgsmann des Reichsjugendführers" gewesen zu sein, die Seiten der Zeitungen mit polemischen Beiträgen. Heftigste Kritik schlug ihm aus der regionalen „Schleswig-Holsteinischen Volkszeitung" entgegen. Unter Protest der SPD kam es im Saal des ehemaligen NSDAP-Hotels im Juli 1952 zur entscheidenden Bürgermeisterwahl, in der der Stadtverordnete Dr. Schmieder 14 Stimmen und sein Mitbewerber, der Kellinghusener Bürgermeister Mahrt, 11 Stimmen erhielt.

Bis zur Amtseinführung versuchte die politische Gegnerschaft alles aufzubieten, Schmieders Wahl rückgängig zu machen. Schließlich traf im Rathaus ein Brief des schleswig-holsteinischen Innenministers ein. Es war der Widerspruch gegen die Wahl des Dr. Schmieder zum hauptamtlichen Bürgermeister. Da stand geschrieben:

„.... die gegen Herrn Dr. Schmieder in der Presse, vornehmlich in der Schleswig-Holsteinischen Volkszeitung vom 18.7. und 14. 8 1952 erhobenen Vorwürfe geben Veranlassung zu sorgfältiger Prüfung. Es liegt im wohlverstandenen Interesse der künftigen kommunalen Arbeit, dass die Vorwürfe, die sich auf die politische Tätigkeit des Herrn Dr. Schmieder beziehen, restlos aufgeklärt werden. Die erhobenen Vorwürfe gehen dahin, dass er Vereinigungen der jüngeren Vergangenheit angehört bzw. angehört hat, welche die Grundsätze der Demokratie nicht bejahen, sondern vielmehr dieselben zu unterhöhlen beabsichtigen. Durch sofortige Wirkung ist die Stadt gehindert, an Herrn Dr. Schmieder eine Urkunde über die Ernennung zum Bürgermeister auszuhändigen, usw., gemäß Paragraph, Paragraph ..., Absatz ..., Absatz....".

Der „Abgebremste" blieb erst einmal im Hintergrund, in Leserbriefen und bei Rathausdebatten schlugen die Wellen der Erregung hoch. Da wurde Kai Uwe v. Hassel, seit kurzem der parlamentarische Vertreter des Landesinnenministers, be-

186

schuldigt, seinen alten NSDAP-Parteifreund in die gewünschte Stellung „durchgepaukt" zu haben. Schmieder als Landessprecher der „Kriegsgeneration" wurde mit einem der ersten Bürgermeister unserer Stadt verglichen, der 1931 als angeblicher Demokrat gewählt wurde und danach als Nazi auftrat. Verleumdungen und schlimmste Unterstellungen führten zur sogenannten Bürgermeisterkrise, die erstmalig nach dem Kriege die Stadt und vor allem Dr. Schmieder weit über die Grenzen Schleswig-Holsteins bekannt machte. Der Presserummel sorgte für Popularität, die er als angenehm und förderlich empfand, ohne selbst darauf Einfluss genommen zu haben. Nach einem Monat räumte der Innenminister alle aufgestellten Barrikaden beiseite und gab Dr. Schmieder den Weg frei zur Amtseinführung. Alle Beschuldigungen hatten sich als nicht zutreffend erwiesen. Die ministerielle Aufforderung an die opponierenden Stadtvertreter, belastendes Material vorzulegen, endete in einer Fehlanzeige.

So mussten einige Ratsherren grollend die Worte der Herrn Innenministers Dr. Dr. Pagel zur Kenntnis nehmen, die da lauteten: „Nach eingehender Prüfung der Unterlagen ziehe ich den mit Erlass vom 19. August 1952 vorsorglich erhobenen Widerspruch gegen die Wahl des Herrn Dr. Schmieder zum hauptamtlichen Bürgermeister zurück, da das vorgelegte Material nicht ausreicht, um die Eignung des Gewählten rechtlich auszuschließen".

Der bisherige Bürgermeister trat wie angekündigt am 30. September 1952, zurück und am nächsten Tag wurde der zuvor demokratisch gewählte Dr. Schmieder in das freigewordene Amt eingeführt. Er hatte sein Ziel erreicht. Die Wende war gelungen. Mit ihm trat nach dem Krieg erstmalig ein Jurist, Verwaltungsfachmann und Finanzexperte an die Spitze der Stadt.

Die verwaltungstechnischen Abläufe stellten in dem demokratischen Kommunalbereich keine anderen Anforderungen als die des Dritten Reiches. So fand er sich schnell in das Amt hinein, blieb aber mit seinen alten Kameraden der „Kriegsgeneration" eng verbunden. Sie hatten ihn schließlich auf den Schild gehoben und seine Wahl möglich gemacht.

Unter ihnen gab es Verknöcherte, Ewiggestrige und Unbelehrbare, die er als ihr Stadtoberhaupt nicht ablehnen wollte. Andererseits war er nicht nur ihr, sondern auch der Bürgermeister derjenigen geworden, die von ihm ein eindeutiges Bekenntnis zur Demokratie verlangten. Walter Schmieder musste überlegen, inwieweit er auf des Messers Schneide zu tanzen fähig war. Allen gerecht zu werden, vor allem den weit voneinander abweichenden Wünschen der politischen Gegenpole zu entsprechen, hätte ihn sicherlich im Amt aufgerieben. Zwei Begegnungen und ein Brief von unverbesserlichen Kampfgenossen erleichterten ihm die Entscheidung, von der „Bruderschaft" seiner Kriegsgeneration endgültig Abschied zu nehmen. In seiner Eigenschaft als Landesssprecher der Kriegsgeneration konnte der Bürgermeister nicht umhin, im November 1952 in Bielefeld an einer Tagung teilzunehmen, die in der nunmehr seit 1949 bestehenden Bundesrepublik Deutschland als „Reichstagung der Bruderschaft" stattfand. Das Treffen begann mit einer Vorbesprechung bei dem ehemaligen SS-Obersturmbannführer der Leibstandarte Adolf Hitler, Schindholzer. Anwesend war außerdem der frühere SS-Gruppenführer und Generalleutnant der Polizei, Beutler. Man debattierte über schleswig-holsteinische Verhältnisse. Dabei fand besondere Beachtung, dass dort seit der Landtagswahl ein deutlich wahrzunehmender Rechtsruck zu verzeichnen sei, wobei als äußerst erfreulich die Wiederverwendung einiger bekannter Nationalsozialisten empfunden wurde. Begeistert begrüßten die anwesenden Herren den jetzigen Bürgermeister Dr. Schmieder, der „nun allmählich eine bekannte Person geworden sei".

Auf der Bielefelder Tagung sprach er als Repräsentant der „Bruderschaft" Schleswig-Holsteins. Auf der Rückreise muss ihm wohl bei der Durchsicht der Tagesnotizen aufgegangen sein, dass die „Reichsbruderschaft" politisch eindeutig ganz andere Ziele verfolgte als die bloße berufliche Integration ehemaliger Parteigenossen in das demokratische Arbeitsleben.

Mit einem Male sah er seinen Anwaltskollegen Matzeler, den Eiferer in Sachen Bruderschaft, mit ganz anderen Augen. Das Bielefelder Treffen und eine Besprechung mit Vertretern der „Kriegsgeneration" in einem Hinterzimmer eines Lokals unserer Stadt muss der Anlass gewesen sein, dass Walter Schmieder endgültig auf Distanz ging.

Ein ungewöhnliches, als vertraulich zu behandelndes Schreiben der hiesigen Ortsgruppe der alten Kämpfer unterstützte Schmieders Entscheidung, mit seinen Freunden zu brechen. Man mahnte ihn, endlich in seiner Eigenschaft als Bürgermeister tätig zu werden, „....fähige Kameraden in politische Positionen zu lancieren". Weiter las er: „....die Gemeinschaft der Kriegsgeneration darf nicht aufgelöst werden. Damit würden wir uns lächerlich machen, den Eindruck erwecken, dass die ganze GKG nur dazu gedient hat, um Dr. Schmieder zum Bürgermeister zu verhelfen....". Das Schreiben erinnerte an den „Werwolf". Es verlangte von dem Bürgermeister, eine ähnliche Organisation zu schaffen, mit dem Ziel, in demokratischen Institutionen Sitz und Stimme zu erlangen, um danach den „Apparat" nationalsozialistisch zu durchdringen.

Obwohl bis zum Ende seiner Tage politisch stark rechtskonservativ eingestellt, erschreckte dieses Ansinnen den guten Onkel Walter. Als jetzt bundesrepublikanischer Bürgermeister, erkannte er den Wolf im Schafspelz. Schließlich waren die „Werwölfe" diejenigen gewesen, die in den Jahren 1925 bis 1929 als 150%ige Nazis die demokratische Weimarer Republik zu Fall gebracht hatten.

Walter Schmieder ging seiner Arbeit nach. Er vernachlässigte die „Bruderschaft", die ohne ihn als Leitfigur bald an Bedeutung und Einfluss verlor. Einige Mitglieder tauchten in anderen rechten Parteien unter, andere verschwanden aus dem Rathaus.

Die Entwicklung der Heimatstadt planmäßig zu fördern, vor allem Wohnung und Arbeit für die zahlreichen Vertriebenen und Heimkehrer zu schaffen, die Verbände und Vereine aktiv am kommunalen Leben wieder zu beteiligen, verstand er als vorrangige Aufgabe. Die 10 Jahre nach Kriegsschluss von ihm veranlasste erstmalige Erhebung fehlenden Wohnraumes offenbarte erschreckende Zahlen. Obwohl Hunderte von Familien abgewandert waren, lebten über 20.000 Menschen weiterhin in beengten Verhältnissen, 4.000 mehr als zum Ende des Krieges, weil der Zustrom von Flüchtlingen erst 1946 versiegte. Beim Wohnungsamt registrierte man fast 3.000 Wohnungssuchende. Nicht dazu zählten die mehr als 2.500 Vertriebenen, die im Jahr 1955 immer noch in den verrotteten Baracken am Stadtrand hausten.

Nach jahrzehntelanger Vernachlässigung riefen Wohnungs- und Straßenbau nach Lösungen. Walter Schmieder brachte sie. Trotz der Aufgabenflut zeigte die Entwicklung der Stadtfinanzen eine spürbare Aufwärtsentwicklung des Wirtschaftslebens. 1956 konnte die mittlerweile tadellos funktionierende Stadtverwaltung auf einen erstmalig seit 1948 ausgeglichenen Haushalt stolz sein.

Ein anderes zu behebendes Übel forderte den Bürgermeister heraus: die Fäkalienbeseitigung, die dörfliche Kloeimerkultur der Stadt. Besonders die Altstadt brauchte eine Vollkanalisation. Ende 1958 gab es keine stinkenden Fuhrwerke mehr, die mit den überschwappenden Eimern über das Gassenpflaster karrten. Einen Teil der Kosten auf die Grundstückseigentümer umlegend, scheute sich der energische Bürgermeister nicht davor, mit seinen unpopulären, aber segensreichen Maßnahmen die anstehende Wiederwahl zu gefährden. Ein weiterer Stolperstein, dem er nicht ausgewichen war, stellte die Forderung nach Remilitarisierung der Stadt dar. Hier winkten viele der so dringend erforderlichen Arbeitsplätze. Zum Verdruss vieler Stadtverordneter warnte Schmieder vor einer zu großzügigen Wiederbelebung des Flugplatzes und anderer der früheren technischen Bereiche. Seine Ansprache ist überliefert. Da heißt es unter anderem: „..... unsere Stadt ist zu klein und ihrer Struktur nach zu vielseitig, als dass sie wieder wie einst ihr ganzes wirtschaftliches Schicksal auf das Vorhandensein militärischer Anlagen aufbauen dürfte." In dieser Richtung trat der von seiner Erziehung her militärfreundliche Mann als Mahner auf. Was nicht bedeutete, darauf zu verzichten, Bundeswehreinrichtungen in einem gesunden Verhältnis zur sonstigen Wirtschaft in unserer Kleinstadt heimisch werden zu lassen.

Walter Schmieders unermüdliche Zielstrebigkeit, seine Ausgewogenheit, der stets sachliche Umgang mit dem politischen Gegner in Augenhöhe, gepaart mit Fachwissen, und der sichtbare Erfolg veranlasste die Ratsversammlung, auf die für Oktober 1958 gesetzlich mögliche Ausschreibung des Bürgermeisteramtes zu verzichten. So wählten linke wie rechte Ratsherren den vor sechs Jahren noch so sehr umstrittenen „Alt-Nazi" einstimmig für 12 weitere Jahre als ihr Stadtoberhaupt.

Politik bedeutete für ihn niemals Kirchturmpolitik. Weit gespannt war sein Horizont, umfassend auch das Interesse weit über Deutschland hinaus. Mit Städten in

England, Schweden und in Afrika suchte und knüpfte er partnerschaftliche Beziehungen, die als kommunalen Verbindungen bis heute bestehen.

Wenn Walter Schmieder nicht im Rathaus an seinem Schreibtisch saß, arbeitete er zuhause in seiner „Studierstube", die ich bei meinen Recherchen durchstöbern durfte, an kritischen Besprechungen von verwaltungsjuristischen, verfassungsgeschichtlichen oder sozialphilosophischen Büchern. Der Ruf seines überragenden Verwaltungskönnens führte ihn in Vorstände zahlreicher Gremien. In vielen Ehrenämtern, die er gewissenhaft wahrnahm, genoss der hochgebildete und arbeitswütige Rechtgelehrte hohes Ansehen.

Walter Schmieder hielt es nicht in seinen Grenzen. Unter Hingabe des wohlverdienten Urlaubs suchte er die Völkerverbindung. Er reiste bevorzugt in die armen Länder, nach Afrika, Afghanistan und Bangla Desh. Richtete Seminare aus und erarbeitete erste Richtlinien für die Entwicklungshilfe. Die Bundesregierung ließ sich von ihm beraten. Hohe afrikanische Verwaltungsbeamte baten ihn 1960 zu Besprechungen nach Berlin. Hätte die Bundesrepublik bereits vor 1973 einen Sitz in den Vereinten Nationen gehabt, der rührige Dr. Walter Schmieder wäre sicherlich der erste deutsche UN-Delegierte gewesen.

Im Februar 1967 war unser Bürgermeister dem Angebot vom Ministerpräsident Dr. Lemke gefolgt, in die schleswig-holsteinische Landesregierung einzutreten. Mit der Nähe zu Lemke geriet mein lieber Onkel wieder in die Nähe alter Nazis. Die Seilschaft der sich in der Demokratie unter dem Bundeskanzler Adenauer hochgedienten ehemaligen Parteigenossen war immer noch wirksam.

Lemke und Walter Schmieder kannten sich als Seelenverwandte und als ehemalige Parteigenossen. Beide hatten in ihren Heimatstädten nach Hitlers Machtübernahme als eifrige Führerverehrer gewirkt, Walter als schneidiger Hitlerjunge und Lemke als Bürgermeister. Am liebsten in SA-Uniform hielt Lemke feurige Reden und forderte nationalsozialistische Mitbürger auf, „...den Hammerschlag des Dritten Reiches auszuführen!" Nichts anderes war damit gemeint als Juden, Parteifeinde und Anpassungsunwillige auszulöschen.

Heute ist nicht mehr nachvollziehbar, dass die damalige junge CDU diesen Mann bereits im Jahre 1954 zum Kultusminister, dann zum Innenminister und schließlich 1966 zum Ministerpräsidenten des Landes Schleswig-Holstein kürte. Vielleicht zählte Lemke auch zu denen, die innerlich eine politische Kehrtwendung vollzogen hatten, vielleicht! Schon vor Schmieders Berufung nach Kiel durch seinen alten Parteifreund ahnten die Ratsherren, das ihr ungewöhnlich begabter Verwaltungsfachmann auf Dauer nicht in unserer kleinen Stadt bleiben würde. Als er nach 14 Jahren Amtszeit zur Landesregierung ging, stellte die Statistik bei der üblichen Auflistung der Verdienste fest, das Walter Schmieder zum Zeitpunkt des Ausscheidens als Bürgermeister wie kein anderer zuvor (und bisher auch kein Bürgermeister nach ihm) größere Erfolge für Stadt und Land als seine persönliche Leistung verbuchen konnte. Bis zu seinem Tode blieb Walter Schmieder seiner Heimatstadt eng verbunden.

Vielleicht hätte ich einen anderen Vertreter der Kriegsgeneration darstellen sollen, um aufzuzeigen, wie in diesem Falle ein glaubhafter Wandel von der Diktatur zur Demokratie möglich war. Walter Schmieder jedoch ist für mich in meiner Stadt der einzige gewesen, der auf die bohrenden Fragen der Nachfolgegeneration überzeugende Antworten gegeben hat.

Als nach der Katastrophe die Jugendlichen ihre Väter fragten: „Wo bist du im Dritten Reich gewesen?", hat der ehemalige Bannführer der Hitlerjungend und Hauptabteilungsleiter im RI Walter Schmieder gesagt, wo er gewesen war, und vor allem, warum er für Hitler geschwärmt hat. Dabei ging es ihm nicht um entschuldigende Erklärungen, sondern um Aufklärung und Warnung vor totalitären Systemen. Nie hat er die Wurzeln der ihm früh eingepflanzten Gesinnung verleugnet. Das Kriegsende brach ihm nicht den Willen, weiter dienen zu wollen, eine Einstellung, die manchem heute fremd erscheinen mag.

Ihn quälten bis zu seinem Tode die Gedanken an die Zeit 1930 bis 1945. – Jahre, die Walter Schmieder gefordert und geprägt hatten, die er nie verdrängte und verschwieg, die ihn aber auch nicht losließen, die er aufzuarbeiten, redlich aufzuarbeiten suchte, um mit sich ins Reine zu kommen. Stets auf der Suche nach der Wahrheit, hat er nicht, wie die meisten seiner Mitbürger, wie meine Verwandten, wie mein Vater, den einfacheren Weg des Vergessens, Verdrängens und Schweigens gewählt. Seine durch viele Recherchen ergänzte Biographie ist als eine kollektive zu verstehen. Sie ermöglicht, den „braunen", bisher sorgsam versteckten Zeitabschnitt meiner Kindheit zumindest in Teilbereichen zu begreifen und zu beurteilen.

Es war schon ein Glücksumstand, wenn auch sehr spät in meinem Leben, in der „Studierstube" meines Onkels auf eine Zeit zurückblicken zu dürfen, die mich damals als Jugendlicher sehr verwirrt hat. Und das waren weniger die Jahre vor dem Kriegsende als die „Teenager-Epoche" danach."

Hannes stand nach diesem Vortrag noch eine Weile schweigend hinter dem Ruderrad, sah über den Mast in die dunkle Nacht, dann nach Backbord, wo der Orion funkelte, blickte uns an und sagte:

„Schön bei euch zu sein, ab morgen erzähle ich euch einiges über meine Zeit als alternder Teenager, eine Zeit, die sicherlich von mir und meinem Jahrgang ganz anders bewältigt wurde als wie ihr Jüngeren sie erlebt habt.

Gute Nacht!"

Er setzte sich heute nicht wie sonst nach seinem Vortrag ins Cockpit zwischen seine Mitsegler, um Fragen zu beantworten oder den Abend mit etwas Trinkbarem ausklingen zu lassen, sondern verschwand schnell unter Deck in die Koje. Alle schwiegen, am Rumpf vorbei zog der Atlantik, das Heckwasser rauschte. Rundherum Nacht und darüber ein wunderbar leuchtender Sternenhimmel.

Der siebente Tag auf dem Atlantik

03. 12. 2006

Heute Schoten ausgewechselt. Sie waren durchschamfielt und durch das Salzwasser hart wie Draht geworden. Der Passatwind weht seit Stunden mit schlappen drei Beaufort. Seit den Morgenstunden kommt der Wind genau achterlich. Rollfock nach Steuerbord ausgebaumt. Groß weggenommen und gleichgroße Genua nach Backbord ausgebracht. Schiff macht harmonische Bewegungen. Vom Ziel Barbados noch 1.400 Meilen entfernt.

Der ruhige Kurs veranlasste zwei unserer Foto- und Filmexperten, die Crew zu nerven.

Sie kletterten den Mast hoch, und danach ließen sie sich im Schlauchboot hinterherziehen. Dem Skipper hat es aus Sicherheitsgründen nicht sonderlich gefallen. Da freuen wir uns schon mehr auf den Abend mit Hannes.

Er stand bereits an seinem Rednerpult hinter dem Ruderrad, als die Crew im Cockpit die Plätze einnahm. Eben war mit dem letzten Aufblitzen voraus die Sonne hinter der Kimm in der unendlich erscheinenden Weite des Atlantiks untergegangen. Sanft schwebten wir dahin, die beiden Vorsegel prall vom Wind gefüllt, das Schiff glich einem Schmetterling. Eine tolle Abendstimmung!

Mitten hinein in die sprachlose und doch vom Meer umtoste Stille platzte die Frage von Hannes:

„Hat euch schon jemand gefragt, ob ihr noch einmal jung sein möchtet, so ganz von vorne anfangen?" Nach kurzer Pause: „Nein, ihr braucht nicht zu antworten, ich sag euch meine Meinung. Ich möchte weder als Jugendlicher in die heutige Zeit zurückversetzt werden, noch die wiederholen, auf die ich persönlich zurückblicken kann. Ich danke meinem Schöpfer, dass es mir so ergeht wie es geht.

Mit meinen Erinnerungen an die ersten 10 Jahre nach dem Krieg, die Jahre der Pubertät, der ersten Liebe und des Hineinfindens in eine völlig neue Zeit verwirrend. Ich könnte glatt mehrere Vortragsabende mit diesem Thema füllen, natürlich nur wenn ihr wollt."

Natürlich wollten alle! —

Die Kompassbeleuchtung fiel auf das Gesicht des Vortragenden:

„Gut, dann fange ich mal an mit dem beliebten Thema:

Meine schönen Flegeljahre

17

Suup di full und freet di dick und hol dat Mul vun Politik! Das ist Friesenphilosphie.

Mir ist damals zwar aufgefallen, dass meine Eltern oder allgemein die Älteren Schwierigkeiten hatten, in die neue Lebensform hineinzufinden, die zumeist unverständlichen politischen Gegebenheiten zu akzeptieren, aber die Gründe dafür zu hinterfragen, hatte ich nicht gewagt. Leute, wie mein Onkel Walter, der seinen Weg aus den Trümmern zerstörter Ideale in eine ihm völlig fremde politische Welt suchte, umgaben mich zwar, aber ihre Probleme besprachen sie mit Gleichaltrigen, nicht mit uns Jugendlichen. Da war etwas, was die Älteren bedrückte. Das war zu spüren. Die Menschen wirkten verbissen. Jeder und jede Familie kämpfte allein mit den Alltagssorgen. Die gewohnten Versprechungen eines Führers, sie in eine rosige Zukunft zu leiten, gab es nicht mehr. Jeder musste mit einem Male ohne Anleitung zurechtkommen. Niemand zeigte den Weg, der zum Horizont führte. Plötzlich auf sich selbst gestellt zu sein löste Unbehagen, wenn nicht sogar Ängste aus. Ich kann mich nicht erinnern, dass es während der Jahre bis zu meinem Schulabschluss in unserem Hause Tage unbeschwerter Fröhlichkeit gab, dass ausgelassen gefeiert wurde oder meine Eltern draußen im Garten mit Freunden ein Gläschen geleert haben.

Lachen und klirrende Flaschen verband ich mit der Zeit unter dem Hakenkreuz. Was jetzt geschehen würde, betrachteten die Kriegsverlierer mit Skepsis. Dabei tat die ältere Generation alles, um auf die Beine zu kommen. Wir Jugendlichen dagegen schienen dabei nur lästig zu sein. Die Eltern unternahmen nichts, uns zu helfen oder eine Richtung zu geben, die für das weitere Leben hätte hilfreich und entscheidend sein können. Sicherlich wussten sie selbst nicht, wohin sie das ihnen von der Besatzungsmacht aufgedrückte demokratische System führen würde. Durch meine Teenagerjahre musste ich ohne Beistand, ohne Ratgeber gehen.

Zuhause herrschte bald nicht mehr die Not der ersten Nachkriegsjahre. Nach der Währungsreform 1948 ging niemand mehr zur Kartoffelnachsuche oder zum Ährensammeln auf die Äcker, jedoch die rosigen Zeiten des Wirtschaftswunders erreichten Schleswig-Holstein erst viele Jahre später.

Wenn unsereiner Sport trieb, geschah das draußen an der frischen Luft. Die Straße vor unserem Haus war ungewöhnlich breit, damals nicht gepflastert und ideal zum Fußballspielen. In Ermangelung eines Vereins – den es wohl gab, aber wer von uns Jugendlichen hatte das Geld, da Mitglied zu werden – jagten wir einem Ball nach, den ein Nachbarjunge aus einem britischen Jeep geklaut hatte. Ein Fußball aus echtem Leder, wer hatte so etwas Wertvolles schon. Von weiter entfernten Straßen kamen viele und baten, mitspielen zu dürfen. Unser Ältester überprüfte die Befähigung des Kandidaten. Unser bester Torwart stellte sich zwischen die Torpfosten – das waren auf die Straße gerollte leere Benzinfässer – und dann begann das Qualifikationsschießen. Nachdem mich keine Hitlerjugend mehr beschäftigte, fand ich endlich wieder eine Gruppe, die den Straßenfußball zum Inhalt ihrer Treffen machte.

Meinem Vater und dem Nachbarn Henningsen missfiel das Fußballspielen vor ihren Grundstücken. Sie schimpften zwar über den Lärm und Staub, blieben aber zunächst friedlich. Bei einem Fehlpass oder der Faustabwehr des Torwarts flog schon mal der Ball über die Hecke in den Garten, brach eine Rose ab oder scheuchte die Hühner auf. Um den Ball zu holen, wurde artig durch die Gartenpforte gegangen und darauf geachtet, nichts zu zertreten. Stand jemand im Garten, grüßte der Eindringling höflich und bat, den Ball holen zu dürfen. Mit zunehmender Spielfreudigkeit unsererseits nahm auf der Gegenseite die Duldung der Anwohner ab. Mich als Mitspieler ärgerten besonders die pöbelnden Zwischenrufe meines Vaters. Eines Tages lauerte er unbemerkt im Garten darauf, dass der Ball ihm vor die Füße flog. Er packte das Leder, rannte damit ins Haus, warf die Tür zu – und Schluss.

Mit offenen Mündern blickten alle auf mich, bis einer rief: „Geh, hol den Ball!" Ich ins Haus und im Wohnzimmer vor meinen Vater gestellt: „Was soll das, wer hat dir etwas getan? Gib bitte den Ball her!" Vater lächelte säuerlich: „Gut, aber wenn das Ding noch einmal in unseren Garten fliegt, seid ihr den Ball los." Er warf ihn mir zu und ich lief mit Siegerlaune wieder zum Spielplatz auf die Straße. Alle klatschten, aber über die Aussage meines Alten haben sie gelacht. Es dauerte nicht lange bis das Ungewöhnliche geschah, es muss vielleicht eine Woche später gewesen sein.

Niemand bemerkte Henningsen hinter der Hecke. Udo köpfte den Ball aus Versehen in seinen Garten. Auf dem Weg zum Gartentor kam Henningsen ihm entgegen, den Ball wie eine Trophäe unter dem Arm. Wir dachten, er würde ihn uns zuwerfen, aber weit gefehlt. An den Wartenden stolzierte er vorbei. Plötzlich stand auch mein Alter am Zaun und winkte den Nachbarn zu sich: „Na, hat's endlich geklappt, nun ist es vorbei mit dem störenden Straßentheater," zog aus der Tasche ein Messer und stach es in den kostbaren, für uns unersetzlichen Lederball, schnitt dann wie ein Berserker quer durch die entlüftete Hülle und warf mit bösem Grinsen den Rest auf die Straße: „Da habt ihr eure Freude, wer nicht hören will, muss fühlen!"

Vater nahm Henningsen unter den Arm. Beide zogen an uns Sprachlosen vorbei. Bevor die Haustür ins Schloss fiel, brach ein Wutgebrüll los. Einer schrie: „Färber, du feige Sau, das wirst du büßen!" Alle rannten auf den Zaun zu, rüttelten an der Gartenpforte, hoben die Fäuste und nahmen eine feindliche Haltung ein. Ich stand mitten auf der Straße wie versteinert, als die johlende Menge plötzlich auf mich zukam. Mit wutverzerrtem Gesicht stieß der Brüller von vorhin mir vor die Brust: „Du bist doch der Sohn von dem Arsch, sieh zu, dass wir einen neuen Ball kriegen, so lange sitzt du auf der Reservebank oder kannst dich meinetwegen ganz und gar verpissen!"

Einen Ball wie den verlorenen zu erwerben? Wer sollte das bezahlen? Ich, der ich kein Taschengeld kannte, oder mein Alter? Hoffnungslos! Mit hängendem Kopf bin ich davongeschlichen. Mein eigener Vater hatte mir zu diesem Rausschmiss verholfen. Wie hatte man ihn tituliert? „Feige Sau und Arsch!"

Die in mir aufsteigende Wut formulierte dieselben Worte. Ja, so wie er gegenüber Mutter und mir täglich auftrat und jetzt gegenüber meinen Spielkameraden, hielt ich die grobe Bezeichnung für zutreffend. Schade, dass Henningsen und sein Kumpan die Beschimpfungen nicht gehört haben.

Vater, der am Tisch selten etwas sagte und abends schweigend im Sessel hockte, hatte mit dem Straßenfußball endlich wieder ein Thema, über das er ausführlich räsonieren konnte: „Bei der Hitlerjugend hätte niemand gewagt, gegen die Erwachsenen aufzumucken. Jetzt in der Scheißdemokratie geht alle Achtung vor dem Alter in die Knie. Es wird höchste Zeit, dass etwas gegen die Verkommenheit der Jugend unternommen wird .... „‚ und so weiter und so weiter. „Wir spielen doch nur Fußball, wo sollen wir denn spielen? Auf den Plätzen dürfen wir nicht, und auf den Wiesen ist es verboten, wagte ich seine Vorhaltungen zu unterbrechen.

„Ich will das nicht in unserer Straße" fuhr er mich an, „und jetzt Schluss mit der Diskussion." Ich machte noch einen Vorstoß und fragte: "Und wer ersetzt den Ball?" Er lächelte wieder säuerlich und sagte: „Hat doch einer von euch geklaut, hast du selbst verraten. Klaut beim Tommy wieder einen!", schlug sich lachend auf die Oberschenkel mit der leisen, aber unüberhörbaren Bemerkung: „Damit ich den auch abstechen kann" haha, haha. Mir fiel wieder die Beschimpfung ein: „Färber, du bist ein Arsch!" War er doch, oder?

Tage später Gejohle auf der Straße. Es wurde wieder Fußball gespielt. Mich hatte niemand gefragt, ich war abgemeldet. Nur wegen meines Alten. Traurig, von dem eben gewonnenen Freundeskreis ausgeschlossen worden zu sein, blieb mir nur die Dachluke zum Zuschauen und bot einen guten Überblick. Sie hatten Warnposten aufgestellt. Einer stand an unserer Pforte und einer drüben vor dem Henningsen-Grundstück. Da die Spieler mit Überraschungsangriffen von Färber und Henningsen rechnen mussten, wurden die in die Gärten geflogenen Bälle nicht mehr auf dem Wege durch die Gartenpforten geholt, sondern mit einem Sprung durch die halbhohen, weichen Ligusterhecken. Jedes Mal, wenn mein Vater, der hinter den zugezogenen Gardinen auf seinen Einsatz wartete, losspurtete, hüpfte gerade der Ballholer durch die Hecke. Prustend stand er dann an der Gartenpforte, von dem schnellen Lauf erschöpft, und wünschte die ihn auslachende Meute zur Hölle. Einmal gelang es ihm, einen im Garten zu packen. Aus der Bodenluke musste ich mit ansehen, wie er auf den Jungen eindrosch. Mir war das nicht unbekannt.

Mittlerweile verkam die Fußballszene zu einem Kriegsschauplatz. Nachts rissen Unbekannte zusätzliche Löcher in die ramponierte Hecke. Ich war der Sündenbock, auf dem Schulweg flogen mir Steine um die Ohren. Abends standen häufig fremde

Leute vor unserm Haus und begutachteten die Schäden. Vater blieb erbarmungslos, zuletzt schlugen Henningsen und er mit Holzlatten auf jeden ein, der vermeintlich auf der Straße Fußball spielen wollte.

Eines Tages war es soweit, dass die ganze Stadt darüber sprach. Es hieß in einer Zeitungsnotiz, aufgebrachte Anwohner der Deichstraße würden harmlose Jugendliche blutig prügeln. Das weckte die Polizei auf. Es klingelte an der Tür und wer stand da mit wichtiger Miene: Polizeimeister Großestricker. Vater muss ihn angestarrt haben wie ein Wesen aus einer fremden Welt, als er keuchend fragte: „Großestricker – Sie!", und nach einer langen Pause: „Nicht zu fassen, aber kommen Sie herein!" Kannten wir doch Großestricker als den im Dritten Reich gefürchteten Spitzel, erfolgreichen Denunzianten und brutalen Helfershelfer der GeStaPo, den schlimmsten Schergen der Nazis in unserer Stadt.

Der britische Stadtkommandant hatte zugelassen, diesen stadtbekannten Polizisten wieder als Ordnungshüter einzusetzen. Vater mag bei dem Anblick des ihm wohlbekannten ehemaligen Parteigenossen die Frage durch den Kopf geschossen sein, wer wohl von den wieder im Rathaus sitzenden früheren Parteifunktionären den Großestricker empfohlen haben konnte. Darüber herrschte eisernes Schweigen. Nun in dem neuen System als selbstständiger Polizeichef zu herrschen, gab ihm eine nie zuvor erträumte Machtfülle an die Hand. Darüber hat es vielen seiner Zeitgenossen bis heute die Sprache verschlagen. Hinter geschlossenen Türen wurden zwischen Vater und dem Oberpolizisten irgendetwas ausgehandelt, was das Fußballspielen in der Deichstraße beendete. Worüber die beiden eine Einigung erreichten, ist nie bekannt geworden.

Wegen Großstrickers Ernennung zum höchsten Polizisten der Stadt verließen einige Bürger, die als „Unangepasste" während des Krieges im sogenannten Arbeitlager Nordmark bei Kiel eingesessen hatten, ihre Heimatstadt. Sie konnten es nicht ertragen, weiterhin mit ihrem Denunzianten am selben Ort zu leben, mit einem Mann, der nicht nur nach dem Ende der Nazis unbehelligt blieb, sondern sogar als Hüter der Rechte Karriere machte.

Ich als Jugendlicher habe mir darüber keine Gedanken gemacht. Vater zeigte unverhohlene Freude, den Parteigenossen Großestricker wieder in Amt und Würden zu sehen, einen ideologisch Besessenen, der mit unheilvollem Übereifer manchen Bürger unserer Stadt ans Messer geliefert hatte. In dem Nachkriegsdeutschland, das in Bonn skrupellos hohe und höchste Nazi-Parteibonzen in Ministersessel hievte, gar nicht verwunderlich. Warum sollte das in dem „braunen" Schleswig-Holstein anders sein?

So habe ich das alles als Teenager nicht empfunden. Erst viele Jahrzehnte später, durch Selbststudium der Geschichte und letztlich lokal in der Studierstube des Onkel Werner, erfuhr ich, aus welchem Stall der angeblich demokratisch gewendete Ministerpräsident Lemke, sein Staatsrat Matzeler und manch anderer gekommen waren, alle ehemalige Nazis, die in meiner Jugendzeit an den Hebeln der Macht herumwerkelten. In der Schule gab es keinen Unterricht, der die Vor- und Nachteile der demokratischen Regierungsform behandelte, geschweige denn die Sünden der Vergangenheit ausleuchtete. Die Lehrer, selbst Hurraschreier des Dritten Reiches, wichen dem Thema aus. Meine Jahrgänge konnten mit dem neuen System auch nichts anfangen, für uns war das neue Deutschland eine von fremden Mächten besetzte Kolonie, aufgeteilt in eine relativ humane britische, amerikanische und französische und nach der Abtrennung des Osten in eine feindliche sowjetische Besatzungszone. Von einer Befreiung von der Diktatur sprach niemand, eher von Orientierungslosigkeit und Zukunftssorgen. Der Mangel an allen Dingen dämpfte jegliches Lustgefühl auf Demokratie.

Besonders im Norden. Als die Bayern bereits in Jesolo am Strand der Adria den Vino tranken, klapperten wir mit selbstgebastelten Holzlatschen durch den Nordseesand und jubelten über die Wiedereröffnung der Stadtbrauerei. Neben Bier verkauften die Kioske das Trendgetränk „Danziger Goldwasser". Da kam Freude auf. Angeheitert sangen die angefeuchteten Kehlen des befreiten Deutschlands dann gern den albernen Schlager "Wir sind die Eingeborenen von Trizonesien, hei schimmela, schimmela, schimmela, schrumm. Wir sind ja keine Menschfresser, aber küssen umso besser....."

Über Politik schwieg man, Soldaten und Krieg galten als Tabuthemen. Wenn dennoch ein Wort darüber fiel, sprang garantiert jemand auf, zeigte auf seinen Beinstumpf und empfahl: „Suup die full und freet die dick und hol dat Mul vun Politik!"

Die Selbstmordrate stieg. Auch Vater murmelte von Derartigem, er hatte die Hoffnung aufgegeben, beruflich wieder auf die Beine zu kommen. Mit dem Tag der Kapitulation endete für ihn jegliches Engagement. War es bewundernswerte Überkorrektheit oder abgrundtiefe Angst gewesen, als er nach dem Zusammenbruch zum Flugplatz gefahren war, auf dem Schreibtisch den Luftwaffendolch, seine Auszeichnungen und die von zuhause mitgebrachte, vom Dienstherrn ausgeliehene Schreibmaschine ablegte? Mitarbeiter berichteten mir später, er soll dabei gesagt haben: „Das alles gehört jetzt dem Sieger!" Kaum sei Herr Hauptmann zur Tür raus gewesen, hätten Kollegen das Zeug gegriffen und später an die Briten gegen Zigaretten verhökert.

Im kleinen wie im großen Stil machten sich bisher tugendhafte Soldaten, Beamte und Angestellte über die Konkursmasse des Dritten Reiches her. Mit denen wollte Vater in Zukunft nichts mehr zu tun haben. Angewidert von dem primitiven Verhalten seiner ehemaligen Kameraden, zog er einen Schlussstrich und nahm seitdem übel. Kurz bevor die Briten den Flugplatz besetzten, wurde mit LKWs abgefahren, was abzufahren war, und in Scheunen der Umgebung versteckt.

Nach der Währungsreform sind in unserer Stadt Betriebe entstanden, die ihre Existenz einzig und allein auf Wehrmachtsmaterial gründeten. Werkbänke, Werkzeug, Buntmetalle, Öle, Fahrzeuge, Bauholz, Zement, Steine, ganze Büroausstattungen, Küchen- und Kantineneinrichtungen, Porzellan und Geschirr blieben einige Jahre unter Stroh versteckt, bis die Briten es leid waren, Nachforschungen anzustellen.

Vater kannte einen Techniker, der nach dem Kriege eine Fahrschule aufmachte. Aus allerlei Ersatzteilen, natürlich vom Flugplatz von der dortigen Fahrbereitschaft geklaut, entstand der erste Fuhrpark. Einem britischen Oberstleutnant verkaufte er die Limousine des Flugplatzkommandanten, neu lackiert, die Sitze ausgebessert. Von dem Geld erfüllte sich der Fahrlehrer einen langgehegten Traum. Aus dem Ruhrgebiet kam er eines Tages mit einem BMW bei uns zuhause vorgefahren. Vater stieg ein, entgegen seiner Abneigung gegen alte Kollegen. Ich durfte auf die hintere Bank, und los ging es. Auf einer geraden Strecke sollte die Höchstgeschwindigkeit erreicht werden. Der Motor heulte auf. Mir wurde kotzig auf dem Rücksitz, weil die Kiste schwankte und ächzte, das Dach vibrierte. Ein mörderischer Krach erfüllte das Wageninnere. Die Tachometernadel in dem knisternden Armaturenbrett hüpfte, zitterte, eigentlich zitterte alles. Vater saß schweigend zusammengesunken in seinem Sitz. Der Fahrer neben ihm krampfte das Lenkrad, nickte zufrieden, strahlte und klopfte mit dem Zeigefinger immer wieder auf den Tacho: „Jetzt haben wir's, das ist Spitze, das ist Spitze!" Wenn ich heute daran denke, wie viel der Tacho anzeigte, schäme ich mich das auszusprechen, es waren 80 Stundenkilometer. Damals eine Wahnsinnsgeschwindigkeit.

Zu meiner Jugendzeit mit einem Personenkraftwagen an staunenden Passanten vorbeigefahren zu werden, verursachte das Gefühl abgehobener königlicher Erhabenheit. Wer bereits vor Anfang der 60er Jahre einen PKW sein eigen nannte, galt als etwas Besonderes, dem unterstellte die Allgemeinheit, mafiaähnliche Verbindungen zu haben. Obwohl alle aus dem Krieg und den Trümmern als fast gleicharme Mäuse hervorgekrochen waren, gelang gar vielen, schnell nach oben zu kommen. Dazu zählten nicht nur die Seilschaft der ehemaligen Parteigenossen, sondern auch tüchtige, umsichtige und risikobereite Unternehmertypen.

Mein Vater zählte weder zu der einen noch zu der anderen Kategorie. Er blieb zuhause sitzen. So krebsten wir mit seiner geringen Pension durch die Jahre. Während ich in der Schule Latein büffelte, zog Mutter in Stadtbereichen, wo sie niemand kannte, an Vormittagen mit einem Bauchladen von Haus zu Haus, sie hatte die Vertretung für Kernseife übernommen.

Eines Tages kündigte Fräulein Hellblink. Sie war die letzte der Flüchtlinge, die bei uns eingewiesen worden waren. Mutter und die Dame des horizontalen Gewerbes waren Freunde geworden. Ich liebte Anna, nein, - nur platonisch. Sie war ein Kumpel, eine freundliche, unkomplizierte Frau, der Mutter oft ihr Herz ausschüttete. Wie oft bin ich bereits im Türrahmen abgewiesen worden, wenn die beiden in der Küche ratschten, traurig waren oder lachten. Mich freute es, wenn Mutter lachte, denn viel zu lachen hatte sie bei meinem miesepeterigen Alten nicht.

Mit dem Abschied von Anna versiegte eine Quelle. Wie oft hatte sie Mutter Herrlichkeiten mitgebracht, die es bei uns anfangs überhaupt nicht und später nur in Edelgeschäften gab, z. B. Seidenstrümpfe mit einer dunklen Naht von der Hacke bis in frivole Höhen. Vater zwang Mutter, sie gegen Nahrungsmittel einzutauschen oder Geld daraus zu machen, denn solche aufgeilenden Strümpfe wollte er nicht an seiner Frau sehen. Das gleiche betraf die geschenkte rosa Unterwäsche. Er bezeichnete es als Pufffirlefanz. Dafür verschlang er mit Genuss die von Anna hingelegte Schokolade, bestrich das Brot fingerdick mit „Nuttenbutter" oder paffte geschenkte Zigarren. Eine habe ich ihm stibitzt und an der Kiesgrube mit zwei Freunden geraucht. Wir haben alle drei anschließend stundenlang auf der Toilette gesessen. Mir ist tagelang übel gewesen.

Fräulein Hellblink schien mit einem englischen Major ernsthafte Absichten zu haben. Mutter war bis ins Detail informiert. Mir hat sie Andeutungen gemacht. Anna zog in die naheliegende Villa des ehemaligen Kreisleiters Blixen. Annas Freund oder Verlobter, wie sie sagte, ließ die Blixens hinauswerfen. Der britische Stadtkommandant hatte es so verfügt. Blixen war es nicht gelungen, von seinen ehemaligen Parteigenossen in eine neue Karriereseilschaft aufgenommen zu werden. Sie ließen ihn fallen wie eine heiße Kartoffel. Und so endete der ehemalige Melker auf dem Weg über die haushohe Stellung als Kreisleiter am Ende als Straßenarbeiter mit seiner Familie in Meldorf. Ein beruhigendes Beispiel dafür, dass nicht alle hohen Nazifunktionäre in unserer Demokratie eine einflussreiche Wiederverwendung fanden.

Oder war Blixen eine Ausnahme?

18

Mit großer Freude nahm Vater nach Annas Auszug das Erkerzimmer wie zuvor als sein Herrenzimmer in Beschlag. Der Bücherschrank rückte wieder an die Wand und machte die Durchgangstür zum Wohnzimmer frei. In einem Malergeschäft erstand Mutter einen Restposten Tapeten, der eben ausreichte, um das Zimmer neu zu tapezieren. Alle diese Arbeiten führte sie durch, ich half als Assistent, Vater beaufsichtigte das Ganze. Die Musterung der Tapete empfand ich als schrecklich, dafür war sie preisgünstig gewesen. Zur farblichen Reparatur der von Annas Freiern abgetretenen Fensterbank schenkte der Malermeister uns einen kleinen angebrochenen Topf mit weißer Lackfarbe. Einen ganz großen Sieg errang Mutter, als es ihr gelang, ihrem Ehemann die an den Wänden angebrachten Hirschgeweihe abzuringen. Sie wurden nicht wieder aufgehängt, sondern endeten auf dem Dachboden.

Endlich wieder allein in den eigenen vier Wänden! Vater zeigte nach langer Pause gute Laune. Die währte, bis er einen Brief erhielt, über den er und seine Frau hinter verschlossener Wohnzimmertür stundenlang diskutierten.

Was mochte das für eine bestürzende Mitteilung sein, fragte ich mich als Lauscher am Schlüsselloch.

Beim Abendbrot teilte Vater mit steinernem Gesicht die Neuigkeit mit: „Deine Oma wird bei uns wohnen, du musst wieder in die Rumpelkammer umziehen."

Für die Oma Hedwig, die ich in der Bahnhofstraße seit Opa Carls Tod schon mehrfach besucht hatte, wo ich immer eine Schreibe Brot mit Butter und Zucker bekam, gab ich gern mein Zimmer her, das ich, nachdem Rudolf gegangen war, wieder besetzt hatte. Das war kein Thema. Mutter aber bemerkte, dass ich in die falsche Richtung dachte und sagte: „Nein, nein, es ist nicht Oma Hedwig, es ist die andere Oma, die du gar nicht kennst, die Mutter von deinem Vater."

„Ja, und warum kenne ich die nicht?"

Vater druckste herum: „Das ist eine lange Geschichte. Die Oma Clara und dein Opa Johann haben sich scheiden lassen, als ich zwei Jahre alt war. Sie ging nach Bremen mit meiner Schwester, deiner Tante Ella, die du auch nicht kennst. Dort heiratete deine Oma den Buchbinder Bettermann. Mit dem ist sie nach dem I. Weltkrieg nach Brasilien ausgewandert. Das war 1919, nachdem deine Tante Ella in Kiel einen türkischen Marineoffizier geheiratet hatte, mit dem sie dann nach Istanbul gezogen ist. Oma Claras Mann starb in Brasilien irgendwo im Urwald. Sie blieb noch einige Jahre dort, verpachtete ihre Facenda an einen deutschen Nachbarn und reiste zu ihrer Tochter in die Türkei. Dort lebte sie, bis das Land mit dem Kriegsende deutsche Staatsbürger auswies. So gelangte meine Mutter nach Deutschland. Wie sie schrieb, wohnt sie zurzeit in Frankfurt. Nun möchte sie zu uns kommen."

Meine Güte, was für eine interessante Oma, eine Frau, von der ich bisher nichts wusste. Die weltweit Gereiste wollte nun zu uns ziehen. Endlich mal etwas Aufregendes nach dem täglichen oft tristen Einerlei in unserem Haus. Die Eltern ließen die Oma kommen.

Ein paar Tage später klingelte es an der Tür. Mutter machte auf, ich stand neugierig hinter ihr, vor ihr eine ältere, schlanke, herrisch wirkende Dame in einem eleganten feuerroten Mantel, um den Hals wehende schwarze Straußenfedern als Schal und auf dem Kopf einen breitrandigem schwarzen Hut mit Schleier. „Ich bin Frau Bettermann", flötete sie. Mutter machte eine einladende Bewegung, trat zur Seite und ließ die Dame in den Flur treten.

Sie wandte Mutter den Rücken zu und machte eine Bewegung, die andeutete, sie wolle von ihr den Mantel abgenommen bekommen. Mutter tat es, dann nahm Frau Bettermann mit Schwung den eleganten Hut ab, streifte die bis an die Ellbogen reichenden glänzenden Handschuhe von den gepflegten Händen und schritt weiter. „Ist mein Sohn nicht im Hause? Machen sie mir doch bitte einen Tee, echten Kaffe werden sie sicherlich nicht haben. Dann bemerkte sie mich. „Ach, das ist bestimmt mein Enkel, der Johannes nicht wahr, ja, ja, kommt ganz nach seinem Großvater."

Ohne ein Wort zu sagen, gewohnt, Befehle entgegen zu nehmen, war Mutter in der Küche verschwunden und suchte nach der Lindenblütenteedose, dieweil Oma Clara im Wohnzimmer in einen der Sessel glitt, schlanke Beine zeigte, mit langen

200

Fingernägeln ein silbernes Etui aufklappte und eine Zigarette anzündete, den rotgeschminkten Mund spitzte und einen kreisrunden Ring in die Luft blies.

Sie lächelte: „Gefällt dir das?" Ich muss sie fasziniert angeblickt haben, nickte, aber kein Wort kam mir über die Lippen. Doch in meinem Kopf rumorte es. Was war das für eine Frau. Vater hatte gesagt, sie müsste 70 Jahre alt sein. Das konnte nicht stimmen. Sie wirkte eher wie Anna Hellblink, nun ja, ein paar Jahre älter, aber topfit, tolle Frisur, ein Filmstar oder ein Wesen aus einer anderen Welt. Nach guten 10 Minuten kam der Tee, Mutter servierte und drückte verlegen ihren Hintern schweigend in den nächsten Sessel. Man spürte, wie sehr sie sich danach sehnte, dass ihr Mann kommen würde, um mit ein paar verbindlichen Worten den ungewöhnlichen Gast, der so ganz anders war, in unsere Familie einzuführen. Schließlich wollte sie bei uns länger bleiben. Endlich polterte es draußen. „Nun wird er Sie begrüßen", hörte ich meine eingeschüchtert wirkende Mutter wispern. Vater trat ein, ging auf seine Mutter zu, nahm sie ein wenig widerstrebend in die Arme und sagte: "Herzlich willkommen in unserem Hause, ah ich sehe, du bist schon beköstigt worden."

Die weitere Unterhaltung plätscherte dahin. Mutter weichte mehr und mehr auf. Obwohl einander bisher unbekannt, nur von Erzählungen oder so, fand die Runde schnell zum verbindlichen Du. Das neue Familienmitglied nahm mich in den Arm. Hauchte einen Kuss auf meine Wange. Ein schweres Parfüm entströmte ihrem Körper. Und dann wurde ich hinausgeschickt.

Am nächsten Tag brachte der Güterverkehr auf einer Karre einen riesigen Überseekoffer, der die Treppe in mein ehemaliges Kinderzimmer hinaufgewuchtet wurde. Von hieraus versuchte die Oma Clara vier Jahre lang auf alles Einfluss zu nehmen, was im Hause, draußen und im näheren Umkreis geschah. Mutter degradierte sie zur Hausmagd, Vater erduldete es.

Mir dagegen hat die rüstige alte, gutaussehende Dame mit ihren Geschichten über Land und Leute den Blick geweitet für viele musische Dinge, für Geschehnisse in der weiten Welt und mir nicht zuletzt Tipps gegeben, wie ein junger Mann mit dem weiblichen Geschlecht umzugehen hat.

Abends erzählte sie von den Nächten im brasilianischen Urwald 1000 Kilometer von der Küste entfernt im Estado do Goias. Auf 300 ha hätten sie Zuckerrohr angebaut. Die nächsten menschlichen Ansiedlungen lagen zwei Tagesreisen entfernt. Die eine Stadt hieß Jaraguá, die andere Pirenópolis. Riesige Schlangen und große Ameisen seien ihr über die Terrasse gekrochen. Oft habe sie beim Reiten durch die Plantagen einen ausgewachsenen Jaguar gesehen, der sie verfolgte. Ihr Mann kam eines Tages nicht von der Jagd zurück. 13 Jahre nach seinem nie aufgeklärten Tod bewirtschaftete sie die Fazenda allein mit Hilfe nahe wohnender Indios. Einmal hätten sie auf der Reise zu deutschen Nachbarn auf einer Lichtung übernachtet, auf der ein mannshohes, verfaultes Holzkreuz stand. Am Fuße des Stammes schwer zu entziffern stand in portugiesxh auf einer Metallplatte eingeritzt: „Onde a sombra..“, danach vom Rost zerfressen, undeutlich zu entziffern die Worte „e mais comprida“.

Was das wohl bedeutete? Einer der mitgerittenen Indios erzählte, dass man in seinem Stamm eine Sage von dunkelgekleideten weißgesichtigen Männern erzählte, die vor Hundertern von Jahren ihrem Volk gedroht hätten, alle Flüsse in ein Flammenmeer zu verwandeln, wenn sie, die Ureinwohner, ihnen nicht verraten würden, wo Gold zu finden sei. Letztlich seien die Eindringlinge alle getötet worden. Die letzten hätten hier an dieser Stelle gelebt. Willy Bettermann, ihr Mann, sei immer wieder zum Kreuz gekommen und habe über den verstümmelten Spruch gerätselt, bis er, als die Sonne kurz vor dem Untergehen war, an dem Punkt ein Loch aushob, wo vom höchsten Ende des Kreuzes der Schatten hinfiel. Er wollte schon aufgeben, da stieß das Buschmesser, die Machete, die er zum Graben nutzte, auf Steine. Es war ein Steinkästchen, gefüllt mit fingernagelgroßen Goldstückchen, alten Münzen und einem goldenen Ring. Er hat sie später den Indios gezeigt, die haben entsetzt die Hände gehoben und sind Tage lang nicht zur Arbeit erschienen. Wochen danach ist Willy von einem Jagdausflug nicht zurückgekehrt. Alles Suchen blieb erfolglos. Ich vermute, dass man ihn umgebracht hat.

Oma Clara hatte eine Schatulle in der Hand, aus der sie einen Ring herausfingerte und mir hinhielt: „Sieh mal, dieser goldene Ring ist aus dem Fund.“

Heute zählt er zu Elisabeths Preziosen, ist aber grob gearbeitet, kleine Goldklauen umfassen einen honigfarbenen Topas, laienhaft hergestellt zum Beginn des 17. Jahrhunderts und aus unbehandeltem, schierem Gold, wie ein Juwelier den Urwaldring viele Jahrzehnte später beurteilte.

Wenn das nicht ein Beweis eines abenteuerlichen Lebens war! In der Schule habe ich ihre Erzählungen noch ein wenig angereichert weiterverbreitet. Wie haben die Mitschüler mich um diese Oma beneidet! Ihren Geschichten von Buschfeuern, von betrunkenen Indios, die den Zuckerrohrschnaps literweise tranken, von gefährlichen Vogelspinnen, die man morgens aus den Reitstiefeln herauskippen musste, von giftigen Fröschen und anderem gefährlichen Getier konnte ich stundenlang zuhören. Jeden Tag überraschte sie uns mit neuen Storys, aber auch mit Einfällen, die in der Haushaltsführung Verwirrung stifteten. Die Frau hatte einen Hang zur Kleptomanie.

Wer aber hätte in der selbstsicher auftretenden, elitär wirkenden Dame eine Ladendiebin vermutet. Es dauerte eine gewisse Zeit, bis ich bei einem tuschelnden Gespräch der Eltern dieses Wort zum ersten Mal hörte. Was bedeutete Ladendiebin? Ein Begriff, der heute in aller Munde ist.

Es gab da einen kleinen frühen Hinweis auf Omas Hobby. Wenn sie aus dem Haus ging, immer schick angezogen, im Sommer in einem engansitzenden beigen Kostüm, oft mit einem bunten Regenschirm, aber selten ohne den großen Hut, den der Wind ihr des öfteren vom Kopf gerissen hatte, bestand sie darauf, nicht begleitet zu werden. Sie wurde sogar richtig böse, als ich einmal mehrfach bat, mich in die

Stadt mitzunehmen. Nachbarn nannten sie einen bunten Vogel, so auffallend war noch niemand in dieser Gegend herumgelaufen. Ich dagegen fühlte mich geschmeichelt, mit ihr gesehen zu werden. Oft kam sie erst bei Dunkelheit heim, legte schmunzelt mal eine Wurst, ein Glas Marmelade, für Vater einen Rasierpinsel, dann für Mutter einen Schal oder andere lange entbehrte Kostbarkeiten auf den Tisch.

„Ich bin heute von einem gutaussehenden älteren Herrn ins Cafe Haltermann eingeladen worden, anschließend ist er mit mir in ein Geschäft gegangen und hat das für mich erstanden."

Damit zerstreute sie alle Verdächtigungen. Mutter, die ehrliche Haut, zweifelte dann nicht mehr an dem ehrlichen Erwerb. Sie nahm dankbar die Geschenke an, mit der die gute Oma indirekt das Haushaltsgeld aufbesserte.

Vater bat sie eines Abends mit ins Gartenhäuschen, nachdem ein Paar hochhackige Lackschuhe auf dem Küchentisch gestanden hatten. Oma rauschte danach heulend die Treppe hoch in ihr Zimmer und schmiss die Tür zu. – Sie beruhigte sich bald wieder, aber es gab nach der lautstarken Auseinandersetzung im Gartenhäuschen keine Geschenke mehr.

Eine Woche später schien alles wieder beim Alten zu sein. Ein ganzer Schinken lag auf dem Tisch, der Räucherduft erfüllte das Haus. Oma Clara schnitt jedem davon eine große Scheibe ab. Über den Erwerb erzählte sie eine abenteuerliche Geschichte. Gierig kauend hörte die Familie ihr zu. Vater schmeckte es offenbar so gut, dass er ihr dieses Mal glaubte.

Beim Zubettgehen stellte ich in meinem Zimmer eine Veränderung fest. Von meinen wenigen Spielsachen war das Schuco-Auto verschwunden, das in meinem Zimmer auf einem Regal einen ganz besonderen Platz einnahm. Es war das einzige technische Gerät, das Rudolf und ich besaßen, vor Jahren von dem SS-Onkel Sigismund geschenkt. Es war ein weißer Zweisitzer aus Blech, ein Kabrio mit roten Sitzen, vollständigem Miniatur-Armaturenbrett, Schalthebel und einem beweglichen Lenkrad. Unter dem Bauch drehte, wenn das Auto aufgezogen war, ein Extrarädchen. Jedes Mal, wenn der Schuco auf dem Tisch über den Rand hinauszuflitzen drohte, dirigierte das kleine Rädchen das Spielauto wieder zurück.

Wer konnte diese Kostbarkeit entwendet haben? Die Oma? Zurück in die Küche gelaufen, wo die Alten immer noch an dem Schinken herumschnippelten, habe ich sie lauthals des Diebstahls bezichtigt. Bevor Vater wegen meiner angeblichen Unverschämtheit handgreiflich wurde, bekannte Oma Clara sich schuldig. Der Schinken auf dem Tisch, die vollen Backen meines Vaters und das Schuldbekenntnis der Diebin, endete mit dem elterlichen Statement: „Heute ist es wichtiger, was Vernünftiges zu essen zu haben, als nutzlose Sachen aufzuheben. Du bist kein Kind mehr!" Damit war ich abgeschmettert. Oma ermunterte dieses Urteil zu weiteren Klauereien.

Nach und nach verschwanden die Kasperlpuppen, mein geliebter Teddy und anderes. Ich schwieg dazu.

Aber Omas Beschaffungskriminalität erschlaffte bald. Ihr war eine andere Variante eingefallen.

Nach mehreren Versuchen, brieflichen Kontakt mit der türkischen Verwandtschaft aufzunehmen, brachte der Postbote ein großes ziemlich zerfleddertes Paket. Clara, sie wollte von mir nicht als Oma bezeichnet werden, packte es aus. Wir standen staunend herum. Nüsse, Schokolade, nach Knoblauch riechendes hartgeräuchertes Fleisch, in Staubzucker gewälzte Honigwürfel, gefüllt mit Pistazien, Beutelchen mit Gewürzen und jede Menge Zigaretten kramte sie aus dem Sesam hervor. Das war eine Überraschung. Auf einem beigelegten Photo sah ich zum ersten Mal meine Tante, den türkischen Onkel und die Cousinen. Das Mädchen hieß Inci. War die hübsch!

Der Onkel hieß Mehmet. Tante Ella sah meinem Vater sehr ähnlich. Die glutäugige Inci mit ihrem schwarzen Haar glich ihrem Vater, der Vetter Haluk dagegen war fast blond.

In dem Jahr, als ich geboren wurde, hatte Oma Clara Brasilien verlassen mit dem Ziel, das weitere Leben in der Türkei zu verbringen. Nicht allein, weil Herr Bettermann im Urwald verschwunden, ihr das harte Leben im Busch mit den quälenden blutsaugenden Zecken und Mücken unerträglich geworden war, sondern weil sie der Propaganda des Hitler-Deutschlands misstraute, verlegte sie ihren Wohnsitz nach Istanbul. Um nicht zur Erziehung und Aufzucht ihrer türkischen Enkel herangezogen zu werden, suchte sie eine Beschäftigung im deutschen Hospital direkt am Bosporus.

Zuhause bei uns fiel nie ein Wort über die ferne Verwandtschaft. Ich glaube fast, dass erst der Brief seiner Mutter Clara Vater veranlasst hat, seiner Frau nach den vielen Ehejahren etwas davon zu erzählen. Jetzt, wo Clara die Verbindung hergestellt hatte und mindestens vier bis fünf Mal im Jahr ein türkisches Fresspaket die Deichstraße 10 erreichte, erinnerte mein Alter sich an seine Schwester. Seit 1919 galt sie für ihn als verschollen, jetzt, nach 30 Jahren, kehrte sie in sein Gedächtnis zurück. Tante Ella schrieb herzzerreißende Briefe, die vor Sehnsucht trieften. Onkel Mehmet musste ein knallharter Pascha sein. Die ersten Jahre ihrer Ehe lebte sie nur im Haus, ging tiefverschleiert. Ihr erstes Kind wurde von einer Amme versorgt. Die Moslemfamilie duldete nicht, dass die christliche Mutter das Kind stillte. Erst nachdem Kemal Pascha Atatürk die Türkei modernisierte, das Land in eine laizistische Republik verwandelte, in der Staat und Religion getrennt waren, da durfte auch Tante Ella auf die Straße, durfte nackte Arme und Beine zeigen und sogar hin und wieder einmal eine eigene Meinung haben. Oma Clara reiste damals in eine bereits veränderte Türkei, doch die absolute Herrschaft des Mannes blieb ungebrochen. Tante Ella und ihre Mutter lebten wie in einem Harem. Es sei schon vieles besser geworden, erstmalig nach dem Krieg, nach 1945, seien zum Mal Frauen zur Universität zugelassen worden, schrieb Tante Ella. Sie empfand das als einen schwindelerregenden Fortschritt. Ihr größter Wunsch fand immer wieder Erwähnung in den Briefen: Einmal im deutschen Sommer unter dem sonnendurchfluteten Laub hoher Buchen zu gehen und wogendes Korn zu sehen, über das der kühle Abendwind streicht.

Lange bevor die Bundesrepublik anatolische Bauernsöhne als willkommene Arbeiter in Deutschland schamlos ausnutzte, konnten die Färbers dank Oma Claras Aktivität nicht nur auf eine freundschaftliche, sondern sogar auf verwandtschaftliche Beziehung zur Türkei hinweisen. Wer konnte das damals schon. Ich habe das Bild von der Inci meinen Klassenkameraden gezeigt und mit der exotischen Schönheit meiner Cousine geprahlt. „Jawoll, ich habe eine Cousine in der Türkei, die werde ich bald besuchen!"

Eine unverschämte Lüge, denn woher hätte man das Geld nehmen sollen. Für uns lag die Türkei drei Jahre nach dem Krieg in unerreichbarer Ferne. Den ersten Flug dorthin unternahmen meine Frau und ich 25 Jahre später, aber gesehen habe ich meinen Schwarm Inci früher. Das werde ich später erzählen!

Oma Claras Ausflüge in die Stadt beschränkten sich seit dem Disput mit meinem Vater auf wenige Male in der Woche. Zum „Shoplifting" muss ihr wohl in der Kleinstadt der Boden zu heiß geworden sein. Stattdessen schrieb sie Bettelbriefe an alte Freunde. In Istanbul kannte sie die Chefetage des bereits erwähnten deutschen Krankenhauses, in London lebte eine jüdische Familie, die 1938 aus Bremen dorthin geflohen war. Briefe gingen nach Paris und Sao Paulo in Brasilien. Für mich faszinierend und von Mutter bestaunt, schrieb die elegante Dame die Briefe in der jeweiligen Landessprache. Sie sprach fünf Fremdsprachen, nur mit ihrem Deutsch haperte es.

Über Jahre versorgten uns ihre Freunde mit Lebensmitteln, Schuhen, oft steckten Dollarnoten darin, Süßigkeiten, Tabak, Zigaretten, Schreibpapier und kitschige Unnotwenigkeiten, die heimlich im Mülleimer verschwanden.

Die Tatsache, dass Vaters Mutter die Wirtschaftlage der Färbers erheblich verbessert hatte, drängte meine Mutter immer mehr ins Abseits. Spielte sie bisher die Rolle des von Vater erniedrigten Hausmütterchens, so verfuhr Oma Clara mit ihr wie mit einem Hausmädchen. Auf geschickte Art und Weise übernahm sie das Kommando. Bestimmte, was gekocht werden sollte, wann Wäschetag war, wer im Garten zu arbeiten hatte und letztlich, dass ich Geigenunterricht zu nehmen hätte, sie würde das bezahlen.

Ein lauer Sommerabend im Gartenhäuschen bescherte mir diese Überraschung. Vater hatte ein wenig angesäuselt von ein paar Gläschen Bier die lange nicht gespielte Geige vom Boden geholt und uns seinen Lieblingsschlager „Hörst du mein heimliches Rufen....." vorgefiedelt.

Es war so grässlich und so jaulig, dass Oma Clara aufsprang, ihm die Violine entriss und erregt keifte: „Lass die Finger davon, du Dilettant, dein Sohn hat eher eine musische Ader, der holt aus dem Ding mehr heraus!" Packte das Instrument in den schäbigen Geigenkasten, schaute mich fordernd an und sagte: „Morgen suchen wir für dich einen Lehrer, und ich werde dir beim Üben helfen!" Hätte ich gewusst, was da auf mich zukommen würde, nie hätte ich zustimmend genickt.

Nach ein paar Tagen war es soweit. Clara nahm mich an die Hand und die Geige unter den Arm. Ab ging es zur ersten Unterrichtsstunde. Bei einem ihrer Caféhausbesuche hatte sie den Geiger angesprochen, der ihrer Meinung nach ganz passabel spielte und gewillt war, einem Anfänger Unterricht zu erteilen. Clara, die ihre Gesprächspartner offensichtlich ganz bewusst mit Namensverdrehungen auf Distanz hielt und ihnen das Gefühl vermittelte, die Überlegene, die Fordernde zu sein, sprach den verlegenen, schmächtigen Musiker immer mit Herrn Pabischwan an, obwohl er Fabian hieß. Unsern Nachbarn, den plumpen Henningsen, den sie auf den Tod nicht ausstehen konnte, begrüßte sie hämisch grinsend mit Henkelmann, den Kaufmann an der Ecke mit Namen Harbeck nannte sie Halsweg. Sie war ein intelligentes, arrogantes Aas, besonders verletzend, wenn jemand nicht nach ihrer Pfeife tanzte.

Den Unterricht im Wohnzimmer von Herrn Fabian fand ich erträglich, aber das Üben zuhause unter der strengen Aufsicht der Lehrmeisterin bedrückend. Die Aufgabe, die Geige zu halten, dazu den Bogen zu führen und obendrein noch erträgliche Töne abzusondern, strapazierte die Nerven der Hausbewohner und der Umgebung. Jeden Tag mindestens eine Stunde wurde ich traktiert. Geigen und den Takt zu halten bereitete mir die größte Schwierigkeit. Dem abzuhelfen nahm Clara zwei Topfdeckel und schlug scheppernd dazu den Rhythmus. Wenn ich nach der Folterstunde halb betäubt durch die Gartenpforte auf die Straße floh, neckten mich die Nachbarjungs: „Großartig, du geigst wie Paganini!"

Aus späterer Sicht habe ich der strengen Dame für manche heimliche Beschimpfung Abbitte getan, denn sie als mein „Coach" verhalf mir durch scharfes Training, innerhalb von zwei Jahren im Schulorchester des Gymnasiums und später in Schleswig in einem kleinen Kammerorchester mitzuspielen.

Da kommt mir eine Episode aus der Schulzeit in den Sinn. In der feuchtkalten Turnhalle waren zur Weihnachtsfeier alle Schüler versammelt. Unterhalb des Rednerpultes neben dem leuchtenden Tannenbaum saß das Orchester. Zur Einstimmung erklangen weihnachtliche Weisen, dann folgten endlose Reden.

Die vielen Menschen in der kalten Halle steigerten die Feuchtigkeitsmenge, tödlich für die Streichinstrumente. Nicht allein, dass sie verstimmten, sondern die Saiten drohten zu reißen. Und so war es dann auch, und bei wem geschah es? Bei mir! Das war so:

Der Direktor mitten in seiner flammenden Ansprache redete von Weihnachten in den Gräben von Verdun: „Heiligabend, Nebel wabert über die Granatkrater und hängt in den zerschossenen Bäumen. Singt da nicht jemand? Ja, aus dem gegenüberliegenden französischen Schützengraben ein auch den Deutschen bekanntes Weihnachtslied. Ein deutscher Landser legt den Helm ab, steigt auf den Grabenrand, singt mit... und was geschah?" Große Kunstpause. Der Redner blickte in die andächtig, ergriffen lauschende Menge als erwartete er die Antwort.

Bevor der Direktor, theatralisch mit der Hand weit ausholend, stimmgewaltig zur Lösung ansetzte, knallte meine A-Saite mit Donnerschlag weg, genau hinein in das, was über seine Lippen kam, nur zu spät:„ ... ein Schuss!"

Die gewünschte Wirkung war dahin, einige lachten. Wild schaute er ins Orchester, entdeckte mich als den angeblichen Saboteur seiner Rede und brüllte: „Raus, raus, raus!"

Was blieb dem Beschimpften übrig? Brav stand der Übeltäter auf, ich hätte sowieso nicht mehr mitspielen können, und verließ den Saal. Einige dachten, vielleicht glaubte auch er es, es sei ein gut organisierter Schülerstreich gewesen. Beim Weg hinaus grinsende Gesichter, viel Beifall und Schulterklopfen.

Nachdem im Hause Färber selbstgemachte Musik nicht mehr auf Gegenwehr stieß, der von seiner Großmutter zum Unterricht Erkorene nicht mehr angewidert vom Geigen, sondern vom Violinespielen sprach, da verbesserte sich das Verhältnis zwischen mir und Clara auf ganz erstaunliche Weise. Ich spürte einen Hauch von Anerkennung. Oft lächelte sie mich an, streichelte mir über den Arm. Dabei bemerkte ich, wie schön ihre Hände waren und wie abgearbeitet die meiner Mutter. Ihr silberblondes gelocktes Haar wippte neuerdings bei jedem Schritt im Stil eines Pagenschnitts. Das machte sie jünger. Ein Unbekannter hätte die hochgewachsene, sportlich wirkende Clara Bettermann niemals als Oma bezeichnet. Großmütter liefen nach allgemeiner Vorstellung in dunkler Kleidung herum, sahen verhärmt aus und grau wie Mäuse. Selbst meine Mutter wirkte im Vergleich mit ihrer Schwiegermutter älter, schon allein, weil sie auf Mittelscheitel mit Nackenknoten beharrte und altmodische, hochgeschlossene Kleidung trug, während Clara neben Farbenfreudigkeit dann und wann sogar ein großzügiges Dekollete wagte.

Seit dem Frühjahr wuchs ich spargelartig in die Höhe, war viel zu schlank, aber zäh und kräftig. Meiner Mutter konnte ich auf den Scheitel sehen und Clara in ihre blauen Augen. Eine Veränderung kroch durch meinen Körper. Herzpochende Sehnsüchte und eigentümliche Träume begleiteten das Heranwachsen. Bisher gingen quälende nächtliche Phantasien nicht in Erfüllung. Nur nach Handanlegen gelang der Druckausgleich. Auf der Oberlippe sprossen die ersten Flusen, und immer häufiger plagten mich feuchte Erregungen. Oft fasste ich wilde Entschlüsse, einer der Klassenkameradinnen oder einer der Nachbarstöchter näher zu kommen, aber letztlich bekam ich nur rote Ohren. Ich verkroch mich hinter der Geige und fand dabei aushilfsweise ein wenig Befriedigung.

Nicht nur die musikalischen Anfangserfolge hat die gute Clara miterlebt. Meine Mutter war im Laufe von zwei Jahren so sehr von dem mehr und mehr dominierenden Hausgast ins Abseits gedrängt worden, dass die Eltern den Entschluss fassten, ihr ans Herz zu legen, in ein Altersheim zu gehen. Aber sie wagten lange nicht, den Wunsch zu äußern. Erst als meine Mutter der Verzweiflung nahe war, wagte Vater die Entscheidung zu fällen. Darüber vergingen zwei weitere Jahre. Meine biederen Eltern und die weitgereiste, impulsive Clara passten nicht zusammen.

Nicht dass, wie es heißt, Jung und Alt aus Altersgründen aneinander gerieten. Vielmehr lag es an der unterschiedlichen Interessenslage von Färber und Bettermann. Höchst selten gelang es, eine Gemeinsamkeit zu erzielen. Keiner in der Familie glich dem anderen. Jeder hatte seine Macken und pflegte ein individuelles Rollenverständnis ohne jegliche Kompromissbereitschaft. Eine Aussprache mit allen Beteiligten wäre von Nöten gewesen. Doch das hätte Vater als Gesichtsverlust strikt abgelehnt. Also blieb es wie es war. Vater als unverändert selbstherrlicher Macho befand sich auf dem Wege, phlegmatisch zu werden, Mutter blieb Befehlsempfänger ohne Eigeninitiative, und die quirlige Clara Bettermann, die uns mit immer neuen Ideen und Aktionen aufscheuchte, wurde zunehmend als lästig empfunden. Sie störte die Friedhofsruhe in der Deichstraße 10. Mir dagegen gefiel ihre aufmüpfige Art, aber welchen Beitrag hätte ich leisten können, die Situation zu ändern? Der junge Hannes Färber saß zwischen zwei Stühlen.

Eines Morgens, als auf dem Frühstückstisch wieder einmal Eier fehlten, überzeugte Clara die Anwesenden von der zwingenden Notwendigkeit, endlich und sofort Abhilfe zu schaffen, Hühner anzuschaffen. Das bedurfte gewisser Vorarbeit. Vater verlor einen Teil seiner im Keller befindlichen Werkstatt. Hier wurde der Hühnerstall mit Legekästen und einer Stange eingerichtet, die er nach Anweisung seiner lieben Mutter in der Art bauen musste, wie sie es in Brasilien getan hatte. Zuerst wehrte sich Vater mit Händen und Füßen gegen das seiner Meinung nach blödsinnige Unterfangen, bäuerliche Zustände in seinem Hause einzuführen, Mutter dagegen schien nicht abgeneigt zu sein, doch ihre Stimme zählte nicht.

Auch dieses Mal gelang es Clara, ihren Willen durchzusetzen. Sie schmierte ihm Honig um den Bart, flötete in den höchsten Tönen, lobte ihn als umsichtigen Haushaltsvorstand, zupfte an seiner verflossenen Offiziersehre, die ihm immer noch wichtig war, und stellte sich als schwächliche Frau dar, die ihn um einen Gefallen anflehte. Sie verstand ihn zu nehmen. Nachdem er mit hoheitlicher Miene und großer Geste eingewilligt hatte, nahm Clara ihn in die Pflicht. Die raffinierte Frau schien eine diebische Freude daran zu haben, ihren Sohn herumzukommandieren.

Erstmals in seinem Leben wagte jemand, ihm zu widersprechen, an seinem Tun und Lassen Kritik zu üben. Und obendrein eine Frau. Das erschütterte ihn bis in die Grundfesten seiner Selbstherrlichkeit. Vater litt darunter, mir ging es runter wie Honig.

Mit zunehmendem Alter entdeckte ich weitere Schwachstellen meines Vaters. Dass er im Hause Färber der Größte sein wollte, alle seinem Willen zu dienen hatten, niemand Zweifel äußern durften an seiner Unfehlbarkeit, darauf hatte ich mich eingestellt und ging ihm aus dem Wege. Clara wagte es, dagegen zu halten. Sie nutzte jede Gelegenheit, seinem unberechtigten Stolz und seinem Paschaverhalten Grenzen zu ziehen. Insgeheim mochte sie ihn nicht, das spürte ich. Meine Erzählungen von seinen Prügelorgien, als ich die *Hood* versenkte, und wie er die fußballspielenden Kinder gepeinigt hat, das machte sie wütend. Außerdem missfiel ihr Vaters kleinbürgerliche Überheblichkeit, die, wie sie wusste, mit nichts begründet war. Wenn sie von ihren Reisen erzählte, von den langen Jahren allein im brasilianischen Urwald, von den Mühen der Zuckerrohrernte, von der Jagd, vom Reiten, von der stürmischen Überfahrt von Rio in die Türkei, von dem dortigen Leben als Frau und ihrer Arbeit im Istanbuler Krankenhaus, dann pflegte Vater stets abzuwinken mit der Bemerkung: „Du hättest im Krieg hier sein sollen, die Bomben, die Kämpfe und wie wir gelitten haben!"

Wie ich es selbst erfahren hatte, schmälerte er grundsätzlich die Leistungen aller anderen, nur das, was er tat, hatte Sinn. Vater glaubte, in allen Bereichen entscheidend mitreden zu können.

Dabei stellte er weder eine Leuchte der hiesigen Gesellschaft dar, noch war er als ehemaliger Hauptmann ein hochrangiger Offizier gewesen. Meine Mutter wusste längst, was sie von ihrem Mann zu halten hatte. Sie lebte unauffällig fügsam in seinem Schatten. Nicht so seine Mutter Clara. Sie bezog Abwehrstellung. Je mehr sie Gefallen an mir fand, desto giftiger ging sie mit ihm um, möglicherweise erwachten in ihr Rachegelüste, mit denen sie ihrem Enkel einen Dienst erweisen wollte. Wenn er den Mund zu voll nahm, verletzte sie ihn mit ihrer spitzen Zunge. Manchmal so von hinten herum, dass er den beleidigende Sinn ihrer Worte erst später begriff.

Der Hühnerstallbau bewies diese Vermutung.

Mürrisch und hinhaltend versuchte er den Bau zeitlich zu verschleppen, die zu beschaffenden Bretter, Latten, Nägel und Schrauben kamen nach und nach ins Haus. Da ich früh in die Schule musste, erlebte ich bereits frühmorgens, wie Oma Clara im Arbeitsdress händeklatschend Vater aus dem Bett zitierte: „Aufstehen, Aufstehen, die Hühner warten und der faule Hahn liegt noch in den Federn!" Sie ließ ihm kaum Zeit zum Rasieren und Frühstücken.

Nachmittags musste ich ihm als Assistent helfen. Sie saß hinter uns auf einem Hocker, gab Anweisungen, rügte, lobte, wenn überhaupt, nur mich oder machte bissige Bemerkungen, die meinen Alten betrafen. „Meine Güte, ich denke du hast ein Diplom als Bauingenieur und hältst die Wasserwaage wie ein Maurerlehrling. Hannes, zeig deinem lieben Vater mal, wie man das macht."

Ein anderes Mal stichelte sie: „Mit solchen dicken langen Nägeln willst du die dünnen Bretter zusammennageln? Dort im Kasten sind Schrauben, nimm die!" Vater kochte vor Wut, deutlich an der anschwellenden Zornesader auf seiner Stirn zu beobachten. Jetzt musste er platzen. Ja, er tat es, drosch auf den Nagel ein und keuchte dazu: „Ich bin kein Dünnbrettbohrer, steck dir die Schrauben sonstwo hin, hier wird solide Nagelarbeit gemacht!" und schlug noch heftiger zu. Ergebnis: das dünne Brett zersplitterte, der Nagel steckte im Balken, das Brett fiel ihm vor die Füße. Den Hammer nach unten haltend schnappte Vater nach Luft und ließ den Kopf hängen. „Komm, mein lieber Sohn – sie nannte ihn nie beim Namen – , nun versuch es doch mal mit den Empfehlungen einer schwachen Frau, die kein Technikerdiplom hat, nimm diese kleinen, niedlichen Schrauben, Hühner mögen das lieber!"

Sie hielt dem Schweißtriefenden ihr gepflegtes Händchen hin, gefüllt mit Schrauben, lächelte triumphierend freundlich und überreichte ihm gleichzeitig einen Schraubenzieher mit der Bemerkung: „Ein passender Schraubenzieher aus deiner wohlausgerüsteten Werkstatt, da ist offenbar alles vorhanden, was ein fleißiger Handwerker verwenden kann." Sie machte eine kleine Pause und fügte hinzu: „Wenn man wüsste, wie man mit dem Werkzeug umzugehen hat."

Ich zwang mich, das Grinsen zu unterdrücken, denn ungeachtet meines Alters, pflegte Vater bei der Vermutung vernachlässigter Hochachtung immer noch auf mich einzuschlagen.

Die eifrige Oma trieb Vater zur Arbeit an, überprüfte jeden Handschlag aufs Genaueste. Obwohl nur am Rande beteiligt, nervte mich das sehr, wie viel mehr musste es meinen Alten reizen. Durch eine Klappe im Kellerfenster, die von der Küche aus über eine Umlenkrolle geöffnet werden konnte, sollte das Federvieh seinen Weg nach draußen finden.

Clara führte das Wort. Vater versuchte, gegen die Unterjochung aufzubegehren, fand jedoch kein Mittel dagegen. Ich blieb stiller Beobachter. Immer häufiger gerieten meine Eltern wegen der Oma in Streit, der Ton nahm zynische Klänge an.

Die Vorfälle, bei denen Clara ihren Sohn demütigte, nahmen zu. Meines Erachtens war er aber selbst schuld, denn er lief jedes Mal in die von ihr gestellte Falle. Sein Verhalten oder seine Reaktion fielen stets so aus, wie sie es erwartete.

Da fällt mir eine Episode ein, wo Clara ihn in Gegenwart von Mutter, mir und der gerade angereisten westfälischen Verwandtschaft regelrecht vorführte, ich würde sagen sogar lächerlich machte. Im Hausflur herrschte großes Hallo. Für Mutter begann wie nun schon seit drei Jahren die herrliche, unbeschwerte Sommerzeit mit Tante Else, Onkel Richard, meinem Vetter Horst und seiner Schwester, der dicken Käte. Wenn der Besuch Leben ins Haus brachte, verlor Vater sichtbar den letzten Einfluss über seine Familie, was ihm nicht sonderlich behagte. Tante Else übernahm, konkurrierend mit der Clara, auf Grund ihrer ansteckenden Fröhlichkeit, die Regie und ihr Mann garnierte jedes Gespräch mit Witzen und frechen Kommentaren. In die Umarmungen und in das Gelächter der Begrüßung rauschte Vater, gestört im Mittagsschlaf, von oben die Treppe herunter, winkte seinen Gästen nur oberflächlich zu und keilte sich hastig durch die Menge hindurch in Richtung Keller. Vom Flur aus führte eine Treppe hinab ins Untergeschoss, nach obenhin verschlossen durch eine Tür. Das Schloss, ein Schnappschloss, ließ sich vom Flur aus nur mit einem Schlüssel öffnen, der steckte immer. Von der Kellerseite her gab es einen Handgriff. Vater auf dem Wege zu seinem Arzt, eine seiner Lieblingstätigkeiten, hatte im Keller seine Schuhe auf einem Regal stehen, die er holen wollte. Die Stimmen erstarben, alle schauten auf ihn und seine unverständliche Hastigkeit. Viel zu gewaltsam drehte er den Schlüssel. Was geschah? Er brach ihn ab! Erst ratlos, dann besorgt, zum Termin zu spät zu kommen, schlug er mit der Faust auf die Tür, stierte den abgebrochenen Schlüssel an, dann uns und schrie: „Wer, verdammt noch mal hat den Schlüssel so blöde in die Tür gesteckt, dass er gleich beim Anfassen abbricht? Ich muss zum Arzt, ich muss sofort zum Arzt!"

Keiner hielt ihn auf, als er nach draußen rannte. Was nun?

Im Gartenhäuschen fand er schließlich einen Kuhfuß, eine Eisenstange mit einem gebogenen Hebel. Wir alle hatten im Flur ein Spalier gebildet, um ja dem Rasenden nicht im Weg zu stehen. Dann kam er wutschnaubend wieder ins Haus gelaufen und fiel mit dem Kuhfuß über das Kellertürschloss her. Die ersten Holzspäne flogen. Von uns unbemerkt war Clara, von dem Lärm um ihren Mittagsschlaf gebracht, in die Küche geschlichen und stand plötzlich mit einem Küchenmesser neben ihrem tobenden Sohn.

Sie legte ihm ihren Arm von hinten auf die Schulter. Er zuckte, hielt inne, sah auf das hochgehaltene Messer, wich zurück und stotterte: „Was soll das?" Sie lächelte frech und überlegen: „Lass mich mal!" Gebannt folgten wir dem, was nun geschah. Ich stand am nächsten.

Sie legte das Messer schräg an, führte die Klinge mit Schwung in Höhe des blockierten Schlosses auf den Schnapper zu und.... flupp, die Tür sprang auf.

Heute macht man so etwas mit einer Kreditkarte. Aber damals kannte offenbar nur die geschickte Oma diesen kriminellen, aber erlösenden Eingriff. In das allgemein staunende Schweigen fiel Vaters unglaubliche Bemerkung: „Das hätte ich sowieso als Nächstes unternommen, wenn meine Methode nicht zum Erfolg geführt hätte."

Nach diesem Ausspruch ist minutenlang so gelacht worden, dass den Zuschauern die Tränen in den Augen standen, nur mein Alter stand da wie versteinert. Man spürte, er war zu Tode beleidigt, glaubte sein Gesicht verloren zu haben.

Clara als Heldin des Tages nutzte die Chance ihm noch einen Hieb zu versetzen: „Wo rohe Kräfte sinnlos walten, hilft nur die Intelligenz der Frau. Mit den Waffen der Frau ist jeder Mann zu schlagen." Und hielt triumphierend das Küchenmesser hoch.

Tante Else klatschte, stieß Mutter an, die erst zögernd, dann immer heftiger in die Hände klatschte. Vater verdrückte sich die Treppe hoch, verschwand im Schlafzimmer und ward bis zum Abend nicht mehr gesehen.

Für mich blieb diese Erniedrigung meines Vaters bis heute bildhaft im Gedächtnis. Ein anderes Mal habe ich meinen Alten explodieren sehen, als seine Mutter ihn an den Pranger stellte. Das war so: Nach dem Essen folgte der obligatorische Abwasch. Die Frauen standen am Waschbecken. Eine säuberte das Mittagsgeschirr und die andere trocknete ab. Wenn ich zuhause war, fiel mir zu, das Porzellan in die Regale, das Besteck in die Schubläden und die Töpfe in den Küchenschrank einzuordnen. Vater lag dann meistens schon schnarchend im Bett. Er bestand auf sofortigem Verdauungsschlaf, wie er sagte, sein Arzt hätte ihm das angeraten.

Das arbeitende Personal wirkte währenddessen in der Küche, Mutter stellte als letztes die Töpfe ineinander, danach begann auch für uns die ruhige Nachmittagsstunde. Etwa eine Stunde später hörte ich aus der Küche nicht zu erklärende Geräusche. Ich legte die Schulhefte beiseite und schlich die Treppe hinab, Tür auf und was sah ich? Mutter versuchte mit aller Kraft zwei Töpfe auseinander zu bekommen, der obere saß bombenfest in dem unteren, wie festgeklebt. Bei den Drehbewegungen schleiften die Töpfe über den Tisch, daher diese Geräusche. Plötzlich stand Vater hinter uns: „Was ist hier los? Was soll dieser Lärm?"

Wir zeigten auf die festverkeilten Töpfe. Ich gebe zu, eine Lösung wusste ich auch nicht. Dafür warf sich Vater in die Brust: „Weg da, das ist doch ein Klacks." Riss an dem oberen, drückte auf den unteren, haute mit der Faust auf den Topfboden. Nichts half. Er rannte in den Keller und kam wieder hoch mit einem Flachmeißel und einem Vorschlaghammer. Mit wuchtigen Schlägen wollte er den Meißel vom Rand her zwischen die Töpfe treiben. Mutter wimmerte: „Du machst sie kaputt, das sind die besten, die wir haben!" „Halt den Mund, erst den Mist verzapfen und jetzt mir in die Arme fallen, hau ab!" Das Haus dröhnte von den Schlägen. Nicht lange, da stand die Oma im Türrahmen.

„Ist der Berserker wieder am Werke?" fragte sie mit verächtlichem Ton in der Stimme. „Ob es da nicht eine sanftere Möglichkeit gibt, die Töpfe zu trennen, als mit dem Hammer dreinzuschlagen?" Vater legte das Werkzeug aus den Händen: „Bitte, dann mach du es!"

Sie füllte das Waschbecken mit heißem Wasser, setzte die verkeilten Töpfe hinein, öffnete darüber den Wasserhahn und ließ in den oberen eiskaltes Wasser fließen. Ein kurzer Ruck an den Griffen. Wasser ausgeleert, und mit ausgebreiteten Armen in jeder Hand einen Topf präsentierte die Oma meinem verdutzten Alten und der erleichtert aufatmenden Mutter ihr Wunderwerk.

Sein Standardsatz in solchen Situationen „Wollte ich gerade auch machen, aber du bist mir zuvor gekommen" kam ihm fast tonlos über die Lippen. Diese gelogene Behauptung muss die Oma fürchterlich gereizt haben, ihre Augen wurden ganz schmal, sie stellte die Töpfe auf den Tisch, trat vor ihn hin:

„Ich will dir mal was sagen. Ich weiß, warum Deutschland den Krieg verloren hat. Weißt du weshalb? Weil die Wehrmacht offensichtlich nur über so unfähige, ja dämliche Techniker verfügt hat wie du es bist. Du und studierter Ingenieur, ich könnte mich totlachen!" Drehte sich um, ging ins Wohnzimmer und schmiss die Tür ins Schloss.

Ihr Glück, denn Vater sprang auf und brüllte: „Ich bringe die Hexe um, ich werfe sie aus meinem Haus, ein Scheusal, sie bleibt keinen Tag länger, das Maß ist voll, ist voll, ist voll!"

Er tobte bis in die Abendstunden.

Zurück zu dem Hühnerprojekt. Wochenlang gab es nach Fertigstellung keinen Fortschritt. Die Besatzung fehlte. Im Hühnerhof wuchsen Brennnesseln und anderes Unkraut. In der näheren Umgebung gelang es nicht, preiswerte Jungtiere zu erwerben. Meine Eltern machten oft hämische Bemerkungen. Erstmalig schien es dem Organisationstalent nicht zu gelingen, mit seinen Ideen erfolgreich zu sein. Sie gab nicht auf. Schließlich schrieb sie einen Brief an eine Schulfreundin, die einen reichen Bauern in der Marsch geheiratet hatte. Nach langem Suchen fanden die beiden wieder zusammen.

30 Jahre lagen dazwischen.

Schriftverkehr hin und her, bis eines Tages feststand, wo Clara die Hühner herholen würde, von ihrer Schulfreundin in der Nähe von Albersdorf. Dort war sie als Tochter eines Bauunternehmers aufgewachsen, der beim Bau des Nord-Ostsee-Kanals, damals Kaiser-Wilhelm-Kanal, für den Bauabschnitt Hochdonn bis Grünthal verantwortlich war. Zu dieser Zeit lernte mein Großvater Jacob das sicherlich verwöhnte, gut aussehende Mädchen auf einer der Baustellen kennen, heiratete und schwängerte sie. Beides ohne begeisterte Zustimmung ihrer Eltern. Armer Bauarbeiter und reiche Unternehmertochter, wie sollte da eine Ehe auf Dauer halten?

Während der Sommerferien 1952, ich war 17, unternahmen meine Großmutter und ich eine Fahrt in ihre Vergangenheit. Zuerst nach Albersdorf.

In Albersdorf mit einem Linienbus auf dem Marktplatz angekommen, winkte sie jemanden heran, drückte ihm etwas in die Hand, der darauf äußerst willig ihren Koffer und meine Tasche hinüberschleppte zum Hotel „Goldenes Kalb". Sie lächelte, als ich zögerte hineinzugehen. „Komm nur, wir werden hier Quartier beziehen!" Drinnen trat Clara, damenhaft angezogen, mit einer Selbstverständlichkeit auf, sofort Beachtung zu finden, dass ich nur staunen musste. Die Wirkung blieb nicht aus. Auf dem Tresen stand ein Glöckchen. Sie griff danach und bimmelte fordernd, bis nach hastigem Getrabbel der schwer atmende Hotelier vor uns stand. „Sie wünschen?" prustete er atemlos.

„Zwei Einzelzimmer im ersten Stock nach hinten hinaus. Wissen Sie, ich kenne ihr Haus und viele ihrer Zimmer aus meiner Jugendzeit, bin mal wieder im Lande und möchte ein paar Tage bei ihnen wohnen. Leben ihre Eltern noch, dann fragen Sie mal, ob sich jemand an die Tochter von Bauunternehmer Schrötter erinnern kann."

Er schüttelte den Kopf, wusste aber, dass man uns nicht irgendein Schrottzimmer anbieten konnte. So erklärte mir die erfahrene Clara später den Sinn ihres Gesprächs. Ich selbst, zum ersten Mal in meinem Leben in einem Hotel, hatte nicht die geringste Ahnung, wie man sich zu verhalten hatte.

Ausgepackt, Sachen in den Schrank gehängt, Bett auf die Qualität der Matratzen getestet; dann trafen wir uns vor dem Hotel zu einem Spaziergang durchs Dorf.

Zielstrebig zog es sie in eine bestimmte Richtung, bis wir vor einem mit hohem Eisengitterzaun umfriedigten Grundstück standen.

Der Putz des weißlichen Hauses mit großem Balkon bröckelte und zeigte Risse. Gebaut in der Art des Jugendstils prangte oben am Giebel von Blumen umschnörkelt der Name „Villa Clara“. Eine weinerliche Stimme hörte ich neben mir. „Das ist mein Elternhaus, meine Mutter hieß wie ich, mein Gott wie das Anwesen heruntergekommen ist.“ Sie drückte das Kreuz durch, richtete sich steil auf, pochte mit dem Regenschirm aufs Pflaster, sah mit harten Augen auf das Haus und sagte: „Gehört mir schon seit Jahrzehnten nicht mehr, aber die Kiesgruben, die hole ich mir zurück!“

Anteile daran besaß sie, wie wir erst nach ihrem Tode feststellten, bereits seit dem Ableben ihrer Eltern. Ihr Vater, vom Baugerüst gestürzt, hatte fast 10 Jahre gelähmt an einen Stuhl gefesselt in dieser Villa verbracht. Ich spürte ihre Ergriffenheit.

Einige der Grubenanteile hatte sie klammheimlich nach der Währungsreform verkauft. Das erklärte die Herkunft der Geldscheine, die sie meinen Eltern und mir gelegentlich und unerwartet in die Hand drückte. Das mag wohl auch der Grund gewesen sein, warum mein arbeitsloser Vater sie geduldig ertrug und ihre Herrschaft im Hause Färber zum Nachteil meiner Mutter schweigend hinnahm. Der einzige, der nicht unter ihr zu leiden hatte, war ich, ja in letzter Zeit spürte ich so etwas wie liebevolle Zuneigung, in ihren Augen lag ein besonderer Glanz, wenn sie mich anschaute.

Abends im Hotel nach dem Essen, ich durfte zum ersten Mal ein Glas Wein trinken, rief sie ihre Freundin in Schafstedt an. Mit Grete Theissen war sie zur Schule gegangen. Nun sollte nach langer brieflicher Vorbereitung morgen das lang ersehnte Treffen sein. Grete regierte nicht nur als Bäuerin auf einem der größten Höfe in der Marsch, sondern war auch Herrin eines riesigen Landbesitzes. Hunderte von Kühen, alles Milchvieh, eine nach dem Krieg wieder aufgenommene Pferdezucht und Ländereien im schleswig-holsteinischen Mittelrücken zählten zu Gretes Eigentum.

In einem fremden Bett und zum ersten Mal in einem Hotel schlief ich schlecht, war wohl auch aufgeregt über die bevorstehenden Erlebnisse; so war ich der erste im Frühstückszimmer und habe dort geduldig gewartet. Wir waren die einzigen Gäste im Hotel. Ich wartete und wartete, endlich knirschte die Treppe, aber das waren keine damenhaften Schritte. Waren abends spät noch andere Gäste gekommen? Um die Ecke bog mit Schwung jemand in einem Aufzug, den ich nur aus dem Kriegsfilm „Willy Birgel reitet für Deutschland" kannte. Erst sah ich nur die untere Hälfte. Schwarzglänzende Reitstiefel, darüber beigefarbene Breeches. Weiter nach oben eine hochgeschlossene schwarze Jacke, die am Hals mit einem weißen Seidenschal abschloss. Und oberhalb des Schals das strahlende Gesicht meiner Oma Clara. Sie schüttelte ihre weißblonde Frisur, warf eine Reitgerte, so hieß die Peitsche, wie ich später aufgeklärt wurde, und ein Paar Handschuhe auf das nahestehende Sofa, stemmte die Hände auf die Hüften, sah mich lächelnd an und fragte: „Na, wie seh' ich aus?"

Mir blieb die Spucke weg. Das sollte meine Oma sein? Da stand eine schlanke, durchtrainierte Frau in ihren besten Jahren, wirkte in ihrem Aufzug vielleicht ein wenig zu jugendlich, aber der Reitdress passte zu ihr. Ich muss sie mehrmals von oben bis unten angestarrt haben, bis sie das eingetretene Schweigen brach. „Ja, mein lieber Hannes, heute werden Grete, für dich Frau Theissen, und ich wie in jungen Jahren einen Ritt durch die Felder wagen. Mal sehen, ob ich das noch kann. Wie du siehst, die Klamotten passen mir noch, kein Gramm zugenommen." Dabei drehte sie sich im Kreis, damit ich ihre Behauptung bestätigen konnte.

„Du siehst toll aus!" Mehr brachte ich nicht hervor.

Als wir am Frühstückstisch saßen, rollte vor dem Fenster eine zweirädrige Kutsche mit großen Rädern vor, getragen von dünnen Speichen. Davor ein pechschwarzes Pferd, das schnaubend die zottige Mähne schüttelte. Vom Bock stieg, auf dem Kopf eine Ballonmütze, ein riesiger rotgesichtiger Kerl, polterte durch die Eingangstür, sagte überlaut: „Moin, moin" und trat an unseren Tisch: „Dach ok, ik bünn de Söhn vun Grete, ik schall Se avhalen."

Schaute uns dabei prüfend an, drehte die Mütze in den klodeckelgroßen Händen und fragte: „Se sind doch Fru Bettermann, nich?"

Wir beide nickten.

Die Fahrt nach Schafstedt führte über holperige Wege durch Marschwiesen bis zu einem reetgedeckten Gebäude, dessen Dach außer beim Eingang bis fast an die Erde reichte. Der First ragte so hoch hinauf, dass sicherlich eine Kirche hineingepasst hätte.

So gewaltig erschien mir das Bauernhaus der Theissenfamilie. Ein Knecht riss das Scheunentor zur Tenne auf und wir fuhren wie in eine Halle hinein.

Grete Theissen erwartete uns. Sie trug ebenfalls eine Reitmontur. Die beiden Frauen hatten sich offenbar abgesprochen. Nach einem Pläuschchen in der guten Stube bei Tee mit Kandis und ein paar Tröpfchen sahniger Milch gingen die beiden Frauen Arm in Arm zu den Pferdestallungen. Claras Pferd erschien mir erschreckend hoch, aber als ob sie so etwas täglich absolvierte, hob sie den linken Fuß in den Steigbügel und glitt mit Schwung in den Sattel. Ein kurzes Winken. Hoheitsvoll preschten die beiden Damen den Feldweg davon. Ich stand allein, fühlte mich auch so.

Knechte und Mägde sah ich nicht, die waren bei der Feldarbeit. Gleichaltrige Jugendliche gab es nicht, nur den vierschrötigen Sohn der Grete Theissen, die seit einem Jahr Witwe war.

Er hieß wie ich Hannes, das brachte uns zusammen. Von der harten Arbeit gezeichnet wirkte er viel älter als ich vermutet hatte. „Ik bünn föfti Johr, aber so lang Modder leven deit, bünn ik nich mehr als de Grootknecht, dat is bi uns so!" Er zeigte mir die Pferde. Besonders eines liebte ich sehr, es hatte ein dunkles Fohlen.

Der erste Tag verging schnell. Die Stute ließ mich bald an ihr Junges heran, das mir über die Wiese folgte und sich anfassen ließ. Das war ein herrliches Erlebnis.

Spät nach dem Abendessen mit Frau Theissen und ihrem Hannes brachte uns die Kutsche zurück ins Hotel.

Ich war ganz aufgekratzt, roch nach Pferd und Heu. Ab in die Dusche, hatte Clara gesagt, bevor wir uns vor den Hotelzimmern trennten. Zu Hause kannte ich nur eine Zinkwanne, die jeden Sonnabend mit heißem Wasser gefüllt wurde. Hier nur für mich allein verfügte ich über eine Dusche, welch ein Luxus. Jederzeit kaltes und warmes Wasser, man sollte es nicht glauben, lief über einen Hebel gesteuert über den Körper und das soviel und solange man wollte.

Daheim musste erst unter dem eingemauerten Kessel in der Waschküche Feuer gemacht werden, um das Wasser heiß zu machen. Nach dem Abtrocknen blieb ich erst einmal nackend auf der Bettdecke liegen, nebenan rauschte bei Clara die Dusche. Ich stellte mir vor wie jetzt an ihrem Körper das Wasser herunterlief, der den Seifenschaum abspülte. Ob sie ohne ihren Reitdress genau so sportlich aussah, kam mir in den Sinn. Ihre Brüste waren unauffällig, ich meinte bisher nichts Außergewöhnliches festgestellt zu haben. Ich ertappte mich, neugierig zu werden, sie sehen zu wollen. Mein Gott, sie war doch meine Großmutter, eine alte Frau. Was für blödsinnige Gedanken! Aber ihr mich betrachtendes Lächeln in letzter Zeit und ihre Streicheleinheiten glaubte ich als gesteigerten Sympathiebeweis zu deuten. Und vor allem, wie sie sich für mich in die Bresche warf, wenn Vater an mir herummäkelte. Das war mehr als großmütterliche Zuneigung. Ob sie mich mochte, ich meinte auch meinen Körper. Wie oft hatte ich mich in letzter Zeit beim nächtlichen Onanieren dabei erwischt, ihren nackten Körper vor mir zu sehen.

Drüben rauschte immer noch die Dusche.

Zwischen meinen Beinen entstand Spannung. Mein Kleiner zeigte steil in die Höhe, ohne das ich ihn angefasst hatte. Junge wo willst du hin? Bursche, was hast du mit mir vor? Bläulich schillerte der Kopf, der sich auf einem, ich darf sagen nicht unbeachtlichen Schaft gegen die Zimmerdecke reckte. Mir wurde ganz warm, die Schläfen pochten. Wie im Trance zog ich den Schlafanzug an, konnte mein gutes Stück mit den Hosenknöpfen kaum bändigen.

216

Vor der Tür zur Nachbarin, auf Zehenspitzen hingeschlichen, packten mich wilde Zweifel. Vielleicht, wenn ich jetzt hineinginge, würde sie mich anbrüllen, ohrfeigen und meinem Vater die wildesten Geschichten erzählen. Verdammte Skrupel! Was konnte ich schon verlieren? Ich würde das Gegenteil behaupten, die Eltern mochten die Oma ohnehin nicht. Sie würden mir glauben. Ich sah meine Hand wie automatisch vor mir höflich anklopfen. Ich tat Dinge wie vom Trieb gesteuert, öffnete die Tür, ohne etwas gehört zu haben. Niemand hatte „Herein" gesagt. Da stand sie, eben aus der Dusche heraus, nur das Frottetuch um den Leib geschlungen. Eine Wolke von Parfüm hing in der Luft. Ich muss einen blutroten Kopf gehabt haben. Ihr Blick glitt an mir herunter, lächelte ein wenig kopfschüttelnd, als sie merkte wie ich krampfhaft meinen kleinen Großen herunterdrückte. „Na junger Mann, irgendwelche Probleme oder möchtest du mir bloß Gute Nacht sagen?"

Was für eine Antwort erwartete sie wirklich, pulste es mir durch den Kopf. Sie verschwand unter der Bettdecke und forderte mich mit einer Handbewegung auf, an der Bettkante Platz zu nehmen. Sie löschte die Deckenbeleuchtung, nur auf dem Nachttischchen brannte ein kleines rosa Lämpchen. Es war richtig gemütlich. Brav setzte ich mich hin. „Erzähl mal was du heute gemacht hast?"

Ich brabbelte vor mich hin, aber meine Gedanken waren woanders. Irgendwie befand sich die Unterhaltung plötzlich auf einer ganz anderen Schiene. Sie hatte mich gefragt, ob ich als kräftiger junger Mann bereits eine Freundin hätte. Dann, ob ich schon mal ein Mädchen gestreichelt hätte? Nein, noch nie sei ich ganz eng mit einem Mädchen zusammen gewesen. Unaufgefordert berichtete ich von meinen und Rudolfs Abenden vor dem Fenster von Fräulein Hellblink. Das interessierte sie, sie fragte nach immer kleineren Details, bis ich ihr ohne Hemmungen alles erzählte. Alles vibrierte in mir, selbst als ich von den gewagtesten Stellungen der Anna und ihrer Freier sprach, hörte sie mir lächelnd und zunickend zu. Während die Geschichten aus mir heraussprudelten, glitt ihre Hand von meinem Knie immer weiter in meinen Schoß hinab, dabei sah sie mich mit ungewöhnlich warmen Augen an. An meinem Rücken spürte ich ihr Knie, das langsam wie in Zeitlupe auf und nieder strich. Mich muss plötzlich der Wahnsinn getrieben haben, ich nahm meine linke Hand, fuhr nach hinten unter die Bettdecke, packte ihr Knie und fingerte mich vorwärts bis ich da landete, wovon ich immer geträumt hatte. Sie schloss die Augen, stöhnte leicht auf. Meine Finger spürten Weichheit und Feuchte. Im Gegenzug schob sie meine Schlafanzughose herunter und befreite meinen Kleinen, der zu einem stattlichen Gebilde herangewachsen war, aus seiner Dunkelheit, packte ihn mit der einen Hand und mit der anderen mich. Die Bettdecke flog weg. Da lag sie, die erste nackte Frau, die mich haben wollte. Ich ließ alles mit mir geschehen. Ohne mein bewusstes Zutun steuerte sie mich auf ihren Körper und mein vor Erregung zitterndes wichtiges Teil dahin, wo ich eben noch die Hand hatte.

Umringt von wohlig feuchter Wärme und völlig tief in ihr verschwunden, breitete sie die Beine aus, zog meinen Kopf auf ihre Brust, die nach dem mir bekannten süßlichen Parfüm duftete. Ich küsste ihre Brustwarzen, die ein wenig eingefallen waren, aber immer noch da saßen, wo sie hingehörten. Ihre Arme hielten mich fest, ihre Hände streichelten meinen Po. War das herrlich! Unter mir fing sie an, den Hintern zu bewegen, was mich veranlasste, tiefer in ihren Schoß einzutauchen und wieder langsam heraus, genüsslich jeden sanften Stoß genießend bis daraus eine rhythmische Bewegung wurde. Je mehr ich das machte, desto lauter wurde ihr Stöhnen, bis sie kurz aufkeuchte und die Hände von mir ließ.

„Ich brauch mal eine Pause, mein Gott, ist das schön mit dir, für das erste Mal bist du ein Naturtalent!" Ich blieb auf ihr liegen.

Sie küsste mich auf den Mund und flüsterte danach: „Du bist ein junger Mann, dem die Frauen hinterherlaufen werden, pass auf dich auf! Ich habe übrigens seit der Türkei keinen Mann mehr gehabt, du bist seit langem der erste. Zeig mir doch mal dein schönstes Stück, ich habe ihn bisher nur gespürt, das war wunderbar."

Ich zog ihn heraus und setzte mich auf ihren Bauch, sie griff nach meinem Hintern, um mich noch weiter zu sich zu holen. Jetzt lag mein Steifer zwischen ihren Brüsten. Ich kniete weiter vor, da nahm sie ihn, küsste ihn von den Bällchen bis hoch zur Spitze, saugte daran, ließ ihn über ihr Gesicht gleiten. Mir schwanden die Sinne. Ich hörte sie sagen: „Komm mach's noch mal, steck ihn rein." Ich hätte mich sowieso nicht länger beherrschen können. Kaum wieder zwischen ihren Beinen, zu einem wilden Staccato hingerissen, federte ich in sie hinein, was sie mit heftigen Bewegungen ergänzte, bis es wie eine Welle über mich kam. Das erste Mal in meinem Leben ergoss sich mein heftiger Samenstoß in eine Frau und nicht wie bisher unter der Bettdecke in ein Taschentuch.

Wir ruhten eine gute Stunde schweigend nebeneinander bis sie sagte: „Komm lass uns schlafen, ich bin müde. Morgen ist wieder der Alltag. Ich küsste ein wenig verlegen ihren Busen und schlich über den Korridor in mein Zimmer. Ein Glückgefühl durchschauderte den jugendlichen Lover, bis der Schlaf die Träume ablöste.

Am nächsten Tag fühlte ich mich klein und irgendwie schuldig.

Warum? Vielleicht lag es an der spröden Erziehung meiner Eltern.

So schlenderte ich, von Gewissensbissen gepeinigt am Morgen schon früh die Treppen hinunter in den Frühstücksraum. Wie wird sie sich verhalten? Überschwänglich mich wie in den Liebesfilmen mit Küssen begrüßen oder mit abweisender Kälte, weil sie vielleicht auch unter Schuldgefühlen litt? Schließlich hatte sie mich verführt, oder? Die verrücktesten Gedanken schwirrten durch den Kopf.

Nichts von alledem geschah. Mit einem freundlichen „Guten Morgen, wieder im Reiterdress, schwebte sie herein, erwähnte mit keinem Wort das nächtliche Zusammensein. Nichts Ungewöhnliches in ihrer Stimme. Ich war beruhigt. Wir sprachen vom Reiten, von den Pferden, ich erzählte von dem zutraulichen Fohlen und sie von ihrer Freundin Grete. Heute würden wir miterleben, wie auf der Tenne die Bäuerin die Arbeit verteilte – ein fast hoheitsvoller Akt.

Wieder in der Kalesche vom Sohn Hannes abgeholt, trafen wir rechtzeitig zu dem angekündigten Zeremoniell ein.

Unter dem kathedralhohen Scheunendach stand hinten vor der Wand zum Wohntrakt auf einem Podium ein schwarzer lederner Ohrensessel, daneben eine Lampe, das einzige Licht.

In dem schwachen Lampenschein entdeckte ich eine große Schar von Männern und Frauen, die im Halbkreis um das Podium versammelt waren. Sie murmelten halblaut, einige kicherten, andere husteten. Da öffnete sich die Tür. Zuerst erschien Hannes mit einer tablettgroßen Ledermappe unter dem Arm, hielt die Tür auf, winkte in die Menge, die ehrfurchtsvoll verstummte. Auf das Podium schritt Frau Theissen, nicht im Reitkostüm, sondern bekleidet mit einem bodenlangen schwarzen Kleid, das seidig glänzte. Wie Clara mir zuwisperte, nannte man das weiße Halskrägelchen Brüsseler Spitze, gehalten von einer großen kreisrunden silbernen Ornamentspange, einer so genannten Fibel. Ihr weißes Haar leuchtete wie Schnee, züchtig als Knoten im Nacken zusammengesteckt. Hoheitsvoll blickte sie über ihr schweigendes Gesinde, als sie mit einem kraftvollen "Guten Morgen, ihr Lieben" auf den Stuhl zuging. Hurtig sprang der Sohn herbei, schob den Sessel heran und legte ihr die große Mappe in den Schoß. Umständlich nestelte sie aus einem Täschchen eine Brille, setzte sie auf und begann in plattdeutsch die Tagesarbeit zu verteilen, machte Notizen, stellte Fragen. Jeder oder jede Gruppe, von ihr eingeteilt, zog ab, bis wir zuletzt im Hintergrund stehend von ihr nach vorn gewinkt wurden.

Sie glich einer Gestalt aus den Geschichten Theodor Storms, wie eine Marschenkönigin. Nachdem die Mägde, Knechte und auch ihr Sohn die Scheune verlassen hatten, wurde sie wieder zur Grete. Wir gehörten eben nicht zu ihren Untergebenen.

Nach drei Tagen und drei Nächten, in denen Clara, so durfte ich sie nennen, wenn wir allein waren, mir einige Liebespraktiken beigebracht hatte, trat für sie unumstößlich wieder der Alltag ein.

„Kein Wort zu niemandem, was zwischen uns gewesen ist, ist das klar!" Ihr scharfer Ton flößte mir Respekt ein. Am letzten Tag rollte nachmittags die Kutsche vom Hof, direkt zum Marktplatz in Albersdorf, wo der Bus abfuhr. In zwei Weidenkörben kauerten sechs Hühner und ein Hahn, neben dem Reisegepäck steckten in zwei sackartigen Taschen ein Schinken, Schmalz, Eingemachtes und einige Mettwürste. Im Bus gackerten die Hühner im Kofferraum, die kostbaren Fresspakete hielten wir auf den Knien.

Angesichts so vieler guter Sachen fiel die Begrüßung zuhause friedlich und freudig aus, selbst die Oma wurde gelobt. Der Friede jedoch hielt nicht lange. Clara und Vater gerieten immer häufiger aneinander. Mutter forderte letztlich von ihrem Mann mit einem von ihr bisher nicht gezeigten Mut die Entscheidung: „Entweder geht sie oder ich!"

Die Hühner waren es schließlich, die Vater ermutigten, zu einer oma-feindlichen Entscheidung zu kommen. Ein Streit um das morgendliche Herauslassen des Federviehs, vom Hahn seit Stunden krähend angemahnt, führte zum Rausschmiss von Clara Bettermann.

Sie selbst hatte den Eklat gar nicht verschuldet, ihn aber ausgelöst. Wie so oft, lag die Schuld bei meinem Alten.

Er aß zwar, je nach Legeerfolg und Menge, am liebsten jeden Morgen zwei Eier, kümmerte sich aber einen Dreck um die Fütterung. Den Stall, die Reinigung und was sonst mit dem Federvieh zusammen hing, das überließ er Mutter und mir. Es wäre für ihn ein Leichtes gewesen, auch einmal morgens aufzustehen und von der Küche aus die Klappe zu ziehen, damit die Hühner in den Auslauf hinaus konnten. Nein, er blieb liegen, obwohl wir einen Wachplan „Hühnerwecken" aufgestellt hatten. Er verschlief demonstrativ seine Aufgabe. Oma Clara wurmte das so sehr, dass sie, zwei Topfdeckel aufeinanderschlagend, durch das Haus zog und dazu laut sang: „Die armen Hühner, die armen Hühner, der Hahn ist wach, aber der alte Sack schläft immer noch!"

Im Keller krähte der Hahn, oben im Haus krakeelte sie, und das so lange, bis Mutter vor Wut weinend in die Küche stürmte und die Klappe hochzog. Oma Clara konnte meine gereizte Mutter nicht dazu bringen, endlich einmal Charakter zu zeigen, Widerspruch zu leisten und ihren Mann aus dem Bett zu jagen. Nein, Mutter litt als Märtyrerin, beschimpfte alle Hausbewohner, beklagte heulend ihr jämmerliches Leben, das seit Oma Claras Einzug in die Deichstraße 10 noch beschissener geworden sei.

Die Koffer standen schon unten im Flur, bevor Vater halb weinerlich, sich selbstbedauernd, seiner Mutter empfahl, umgehend sein Haus zu verlassen. Es sei nicht unbedingt sein Wunsch, aber er müsse auf die nicht ihm ganz verständlichen Gefühle seiner Frau Rücksicht nehmen. Er hätte sie gern weiter behalten. So oder so ähnlich hatte der Feigling das formuliert, erzählte die noch erboste Mutter mir einige Tage später. Die Hinauskomplimentierte verließ das Haus so schnell, dass ich meiner Lehrmeisterin in Sachen Geige und Liebe nicht mehr Auf Wiedersehen sagen konnte. Als ich aus der Schule kam, war sie schon weg. Sie verschwand in der Nähe von Hersfeld in einem Altersheim, wo sie ein Jahr später starb.

Der Ordnung halber schrieb Vater einen Brief an die Istanbuler Adresse und teilte seiner Schwester Ella das Ableben ihrer Mutter mit. Damit glaubte Vater nicht nur vor Oma Clara, sondern auch vor der türkischen Verwandtschaft seine Ruhe zu haben. Zu Notzeiten hatte er die Hilfe der fernen Schwester gern angenommen; jetzt, wo es bei uns alles zu kaufen gab, wollte der Bruder von den Türken nichts mehr wissen, diesen filzigen Muselmanen, wie er sagte.

Es mögen ein oder zwei Jahre ins Land gegangen sein, ich weiß es nicht mehr so genau, da hielt eines Tages ohne Voranmeldung ein schäbiger Ford vor unserem

Haus. Eingezwängt von Ballen und Koffern blickten erwartungsvolle dunkle Augen auf die Hausnummer: ein Jubelschrei, sie hatten die richtige Adressen gefunden. Aus dem Auto quetschten sich mehr als ein halbes Dutzend Türken heraus, stürmten auf uns zu, küssten jeden, den sie umarmen konnten, verteilten Süßigkeiten, Zigaretten, gepunzte Kupferschälchen. Namen schwirrten um die Ohren. Sie nahmen das ganze Haus in Besitz, holten Gläser aus den Schränken, schenkten Raki ein. Ein Riesenlärm, Mutter sah dem Überfall mit angstgeweiteten Augen zu, Vater schüttelte überall Hände, fand in dem Gewühl seine Schwester, sie sahen einander lange an, bis sie schluchzend an seine Brust sank. Plötzlich Stille. Bisher übersehen und im Wagen sitzen geblieben, schritt ein älterer Herr den Kiesweg herunter auf uns zu. Die Männer neigten die Köpfe, die Frauen und Kinder wichen zurück.

Lächelnd, würdevoll, aufrecht und selbstsicher ging der Älteste des Clans durch die Gasse auf Vater zu. Das konnte nur Onkel Mehmet sein. Ich höre noch heute seine Worte. In akzentfreiem Deutsch, deutlich klar sprach er: „Ich bin unter Mühen einen langen Weg gefahren, um meiner Ella noch einmal ihr Heimatland zu zeigen. Ihr Bruder und seine Familie sind unser nördlichstes Ziel, wir haben euch gefunden, Inschallah, Euerm Gott und Allah sei es gedankt." Winkte nach allen Seiten und nahm Vater in den Arm.

Mich haben die Worte zu Tränen gerührt. Ella, Mutter, andere Tanten und die Inci, von der ich nicht die Augen lassen konnte, verschwanden in der Küche. Die anderen Männer, höflich begrüßt, interessierten mich weniger. Vetter Haluk, etwas älter als ich, besuchte in Istanbul das deutsche Gymnasium. Er sprach ebenfalls vorzügliches Deutsch. Außer evet, was Ja heißt, konnte ich kein weiteres Wort Türkisch. Wir haben uns prächtig verstanden.

Sie blieben nur eine Nacht. In jedem Zimmer auf Teppichen, in den Sesseln, in den Betten zu zweit schlief die türkische Verwandtschaft, bis morgens um fünf die klare Stimme des Onkel Mehmet mit scharfen, fremdartigen Lauten die Männer weckte. Ich sah sie die Treppe herunterlaufen, durch die Haustür nach draußen. Ich hinterher und durch die halbgeöffnete Tür geschaut. Was hatten die vor, so früh am Tag?

Eben schob die Sonne ihr Licht über die Wiesen, trotz der Sommerzeit fror ich. Auf dem Rasen vor dem Haus mit dem Blick in die aufgehende Sonne knieten sie nieder, jeder auf einem Laken; vielleicht war es auch ein kleiner Teppich. Sie folgten dem Beispiel ihres Ältesten, der ganz vorne die Arme hob und dann den Oberkörper tief noch unten beugte. Sie murmelten wiederkehrende Sprüche, es klang wie Allah u Akba oder so.

Dann dämmerte es mir. Hatte die Oma Clara nicht von den Gebeten in den Moscheen gesprochen, von dem Gebetsrufer, dem Muezzin, der jeden Andersgläubigen morgens mit seinem Singsang nervt und um den Schlaf bringt.

Nach dem Frühstück wirbelte die Reisegruppe durcheinander, es wurde wieder gedrückt, gelacht, geweint, auf die Schultern geklopft, in die Arme genommen, der Segen Allahs herbeigefleht und der Wagen vollgepackt. Inci durfte ich unter Aufsicht ihres Vaters nur die Hand geben. Ich meinte beim Abschied Kullertränen in ihren Kirschenaugen gesehen zu haben. Ein Mädchen, fremd, exotisch, verführerisch schön und doch unerreichbar.

Plötzlich Stille. War es ein Traum gewesen, ein Spuk? Nein, da hinten bog das überladene Türkenauto in einer Staubwolke um die Ecke. Ein letztes Winken. Vater und Mutter standen am Gartentor, ihr freundlich anmutendes Winke Winke glich mehr einem Abwinken und ich hörte sie dabei stöhnen: „Gott sei Dank, dass wir die wieder los sind!" Diese ungastliche Bemerkung tat mir weh.

Die schnelle, überhastete Abfahrt der orientalischen Verwandtschaft hinterließ in mir ein taubes Gefühl. Mit ungewöhnlicher Herzlichkeit hatten sie uns begrüßt und selbstverständlich uneigennützige Gastfreundschaft erwartet. War unser Verhalten nicht eher abweisend gewesen? Hat die uns angeborene steife Hartleibigkeit, die norddeutsche Stoffeligkeit nicht abwehrend gewirkt? Ich fühlte mich beschämt. Aber was hätte ich allein tun können? Mutter und Vater saßen leidend in der Küche, nicht weil sie so fühlten wie ich, ganz im Gegenteil, sie klagten: „Das war ja wie die Türken vor Wien! Eine Unverschämtheit, uns mit so vielen Kanaken zu überfallen", schimpfte Vater kopfschüttelnd, „nächstes Mal suche ich das Weite, wenn die anrücken!" Und wie regierte Mutter? Sie wagte, ihren Mann darauf aufmerksam zu machen, dass ihn seine Schwester vielleicht zum letzten Mal in ihrem Leben besucht hat.

„Papperlapapp, habe ich sie darum gebeten? Clara hat damals Ella mitgenommen, als sie nach Bremen zog, ich bin zu den alten Tanten geschickt worden, die selbst am Hungertuch nagten. Ihr hat ihre Mutter alles zugeschoben, und ich konnte sehen, wo ich blieb. An der Kaserne hat sich mich später abgegeben, damit ich dort eine Zuhause finden sollte. Der Ella hat sie mit dem Oberleutnant Mehmet eine kostspielige Hochzeit ausgerichtet, zu der ich noch nicht einmal eingeladen worden bin. Mit meiner Türkenschwester habe ich nichts mehr am Hut. Das ganze war ein Spuk, den wir schnell vergessen sollten."

Also doch ein Spuk. Vater, nachtragend und böse wegen eines seit Jahrzehnten zurückliegenden Familienstreits, verbaute mir den Weg zu meiner Traumfrau, der Inci. Heimlich habe ich wochenlang ihr Foto vor dem Einschlafen geküsst und es noch lange in meiner Brieftasche aufbewahrt. In der Deichstraße 10 kehrte danach für kurze Zeit Ruhe ein. Mutter ging ihrer Routine nach, Vater folgte seinen Wünschen, ich ackerte mich widerwillig durch die Schule, Latein und Mathematik als Hassfächer, die anderen lagen mir besser.

Hier brach Hannes seinen Vortrag ab.

Er blickte in die Gesichter seiner Zuhörer, die offensichtlich nicht damit einverstanden waren, den Abend bereits jetzt zu beschließen.

„Komm, Hannes, mach weiter. Die lauen Tropenwinde wehen, erzähle noch ein paar sexy storys!" Alle lachten. Jeder malte sich in Gedanken eine schöne Inci, vielleicht hing auch Hannes an dem Bild.

Er jedoch mimte den Verdurstenden und setzte sich zu den anderen ins Cockpit mit der Aufforderung: „Kann mir mal jemand einen kräftigern Gin Tonic anfertigen, bitte nicht so einen schlappen wie gestern!" Nach ein paar Minuten stand Hannes wieder hinter seinem Rederpult, die Automatik bewegte geisterhaft das Steuerrad, hinter ihm fiel das Licht der Hecklaterne auf das quirlende Heckwasser. „Gut, wenn ihr möchtet," begann er, „aber weiter geht es mit einem Sprung nach vorn.

Ich denke da gerade an ein Klassentreffen meiner Abiturklasse nach 50 Jahren:

19

„Da wurden nicht nur Geschichten über die Pauker wieder aufgewärmt, über Streiche gelacht, von Liebschaften und Erlebnissen berichtet, die ich längst vergessen hatte, sondern auch aus dem Blickwinkel des reiferen Alters noch einmal die Krämpfe und Kämpfe durchgefochten, die aus der Pubertät, ich nenne es mal zur Mannwerdung führten.

Das Gymnasium in unserer Kleinstadt produzierte pro Jahrgang um 20 Abiturienten. Heute bei gleichgebliebener Einwohnerzahl um die 100. Ob die alle studieren wollen und alle einen befriedigenden Job finden, oder ob unsere Gesellschaft akademisches Proletariat als Sozialempfänger züchten möchte?

Würde man sich nach 50 Jahren wiedererkennen? Da hatte ich so meine Zweifel. Meine Frau dagegen konnte nicht erwarten, aus anderem Munde die ihr von mir oft erzählten Storys zu hören. Sie ging vergleichsweise unbeschwert dorthin, in mir dagegen wucherten Erinnerungen an ganz bestimmte Typen, die mir schon damals nicht lagen.

Wir trafen uns in einem Hotel in Berlin, sozusagen auf neutralem Boden, weit entfernt von dem Ort, wo die meisten sich zuletzt gesehen hatten. Viele der Klassenkameraden, die nicht nur unter väterlichem Schutz ihre Schul- und Universitätszeit absolviert, sondern auch gleich danach am Wohn- und Schulort Papas Praxis oder Anwaltskanzlei übernommen hatten, kannten sich näher. Ich aber musste mich darauf vorbereiten, vielleicht meinen Nebenmann von damals nach seinem Namen zu fragen.

So gingen meine Frau und ich den langen Korridor entlang auf das „Jagdzimmer" zu, den Treffpunkt. Über der doppelflügeligen Tür hing das Geweih eines Zwölfenders. Von innen schallte Gelächter und Gläserklirren. Ein kleiner Dicker stolperte heraus, sah uns, blieb stehen, musterte mich. Über sein breites Gesicht, das in diesem Moment einem Rugbyball ähnelte, huschte ein Lächeln: „Mensch, natürlich kenne ich dich, du bist doch Hannes Färber." Und schon lag er an meiner Brust. Ich sah auf eine polierte Glatze. „Wer könnte das sein?", zuckte es mir durch den Kopf.

Indem ich ihn bei den Schultern nahm und ein bisschen auf Distanz brachte, konnte ich ihm in die Augen schauen. Da kam die Erleuchtung, denn die nicht alternden Augen blitzten wie früher.

Das war unser bester Barrenturner, einst ein kräftiger, herkulischer Sportler, damals durchtrainiert ohne ein Gramm Fett auf den Rippen, schwarz gelockt und mit buschig drahtigen Augenbrauen. So zeichnete ihn mir die Erinnerung. Bela Bethusy, der eingedeutschte Ungar und Mädchenverführer unserer Stadt, stand vor mir. Er lachte wie ehedem, laut im hohen Diskant. Aber Junge, wie hast du dich verändert. Natürlich kam mir das nicht über die Lippen. Wie sich ein Mensch in 50 Jahren körperlich so ruinieren kann!

Belas Figur glich einem Fass, darauf ohne Hals und ohne eine Fluse der Kopf wie ein glänzender Knopf, oder besser noch, wie es mir beim ersten Anblick durch den Kopf geschossen war: aus dem ehemals schmalen Gesicht des Abiturienten Bethusy war ein querliegender Rugbyball geworden. Das Fass ruhte auf kurzen Säulen, die schwankend den Bela und mich an seiner Hand zu den anderen brachten. Er zeigte auf eine Gruppe, die gerade in einem berstenden Lacher um einen Graukopf herumstanden. Bela zwinkerte mir zu: „Das ist Rolf Stumm, immer noch der Alte, immer im Mittelpunkt", und zu meiner Frau gewandt: „Dr. Stumm, Volkswirt, Anlageberater, bescheißt die Leute heute immer noch, jetzt sogar offiziell mit Spitzengehalt!" Rolf, Gastwirtssohn aus einer kleinen Nachbargemeinde, hatte als einziger vom Lande die Anfechtungen und Intrigen seiner städtischen Mitschüler bis zum Abitur überlebt. Früh hatte er ein Gespür dafür entwickelt, sich keinem der Klassenkameraden, die sich der Hautevolee zurechneten und deren Eltern mit der Lehrerschaft kungelten, zu öffnen. Mir ist er immer eine gute Stütze gewesen. Als Mathematikgenie erklärte er uns, was der Lehrer nicht zu vermitteln vermochte, und mich lehrte er, wann man den Mund halten sollte und wann nicht. Im gutsitzenden Armani-Anzug mit einer poppigen Krawatte, auf der markanten Nase eine elegante randlose Brille, gestikulierte er jetzt zu lautstark vorgetragenen Geschichten, schäumte fast über und faszinierte seine Zuhörer, besonders unsere Mädchen, die ihn als reife, teils recht korpulent gewordene Frauen umringten. Außer dass er wie wir alle alt und grau geworden war, hatte er nichts von seinem Charme verloren.

Nicht weit von ihm entfernt saß mit Nackenknoten, fahlem Gesicht, verkniffenen Lippen, eingewickelt in ein viel zu enges graues Wollkleid, behängt mit viel Schmuck, eine gelangweilte verblichene Schönheit im tiefen Sofa, entspannt in breitbeiniger Ruhestellung.

Das war, wie mir zugeraunt wurde, die Frau von Rolf. Und wer war diese Frau? Die damals so schlanke, hübsche Gerda, die dem Rolf nicht nur in der Klasse schöne Augen gemacht, sondern ihm bis nach dem Studium so lange nachgestellt hatte, bis er sie entnervt heiratete, so erzählte er später selbst nach einigen Schoppen Wein.

Ich hätte sie nicht wieder erkannt.

Die beruflich in meiner Heimatstadt verbliebenen ehemaligen Klassenkameraden hatten vergleichsweise wenig zu berichten, aber es gab auch andere. Besonders die Karrieren der Mädchen interessierten mich und noch mehr meine Frau. Zwei, die früher immer zusammenhockten wie Zwillinge, waren Gudrun und Gerlinde, die einander so nahe waren, dass sie damals für Geschwister gehalten wurden. Sie trugen die gleichen Frisuren und kleideten sich gleich.

Die Gudrun mit dem etwas volleren Gesicht ging mit mir. So nannte man das in meiner Jugend, wenn sich zwei mochten. Wir sind gemeinsam im Kino gewesen, sind Händchen haltend durch den Park gegangen. Auf der Schülerreise nach Heidelberg saßen wir im selben Zugabteil, und als es in einem Tunnel ganz dunkel wurde, habe ich gewagt sie zu küssen. Nach dem Abi-Ball durfte ich sie nach Hause bringen. Da haben wir im Flur ein wenig intensiver geknutscht. Das war auch alles gewesen. Warum habe ich mich so gescheut, handfester zu werden? Ob das daran lag, dass ich mir alles, was mit der Schule zusammenhing, vom Halse halten wollte? Wir haben uns danach aus den Augen verloren.

Einer meiner Klassenkameraden, dem ich im Amtsgericht meiner Heimatstadt zufällig über den Weg lief, hatte mir vor Jahren von den beiden erzählt. Gudrun sei in der Schweiz und lebe auf einer Alm, ihre Freundin die Gerlinde sei Bankfrau in Paris. Heute sollte ich sie wiedersehen. Elisabeth wusste von meiner platonischen Jugendliebe und freute sich auf die Begegnung.

Zuerst stieß ich auf die Bänkerin. Ohne ihr früheres Jungmädchenfett wirkte sie jetzt verwirrend schön. Dezent geschminkt, schlank, attraktiv, geschmackvoll gekleidet, ganz Geschäftsfrau, klapperte sie mit den Wimpern und parlierte mit leicht französischem Akzent. Ja, Gerlinde hatte etwas aus sich gemacht. Über ihren Mann im fernen Paris verlor sie kein Wort. Während andere die Fotos von Kindern und Enkelkindern zeigten, war ihr wohl der Kindersegen versagt geblieben.

Ganz anders „meine" Gudrun. Als sie mich erkannte, rauschte sie mit einem Jauchzer durch die Menge , schlug mir fast das Sektglas aus der Hand, zog mich an ihren mächtigen Busen und setzte einen Schmatzer an. Wir sahen uns tief in die Augen. Ihre strahlten wie früher in tiefem Blau, aber Tränen kullerten über ihre tieffaltigen Wangen, die ich so frisch und rosig in Erinnerung hatte. Ihre Schultern wirkten von körperlicher Arbeit gebeugt. Ihre Hände, mit der sie die meinigen nahm und um ihren Hals legte, zeugten von der harten Tätigkeit einer Bäuerin. Sie waren zerfurcht, geschwollen und hart wie Leder. Gudrun weinte und lachte, legte ihren Kopf an meine Schulter und wirkte glücklich. „Dass ich dich wieder getroffen habe. Ich bin so froh hier zu sein." Und zu meiner Frau gewandt, der aus Mitgefühl ebenfalls die Tränen in den Augen standen, schluchzte sie: „Dass er mir damals entkommen ist, werde ich mir bis an mein Ende nicht verzeihen." Gudrun ließ mich während des ganzen Treffens nicht aus den Augen. Ich glaube, wenn Elisabeth nicht dabei gewesen wäre, hätten Gudrun und ich wohl die meiste Zeit im nahen Hotelbett verbracht und das nachgeholt, was wir als Pennäler nicht gewagt hatten.

Gudrun und Gerlinde, wie sehr verändernd wirken doch Beruf, Umgebung, der Partner und die Gesellschaft. Die beiden, gestartet mit gleichen Voraussetzungen, lebten nach 50 Jahren in verschiedenen Welten.

Bis zum Morgengrauen sprachen wir über Schicksale, Höhen und Tiefen. Eine der Klassenkameradinnen berichtete über ihre großen Erfolge als Malerin, ein anderer als Dramaturg an einer der größten Schauspielhäuser Deutschlands von skurrilen Ereignissen hinter der Bühne. Von einigen jedoch, die nicht gekommen waren, ging die Kunde von geschäftlichem Misserfolg, von bösen Krankheiten und Tod.

Zwei waren da, die uns Mut machten, dass man nach langem Weg noch zueinander finden kann. Einer unserer Stillen heiratete nach gutem beruflichen Start seine Mitschülerin, die er bereits aus der Sandkiste kannte. Ihm begegneten zwei Mädchen in der Sandkiste, auch die andere war Mitschülerin. Beide liebten unseren Udo. Und Udo machte mal der einen, mal der anderen schöne Augen, aber heiraten tat er eben nur eine. Die Enttäuschte verließ die Stadt, brach jeden Kontakt mit ihm ab und blieb Junggesellin. Udo machte politische Karriere und war glücklich mit seiner ehelichen Entscheidung. Sein Leben lief in geregelten Bahnen. Er liebte seine Frau und seine Kinder. Die Pensionierung nach heftiger beruflicher Reisetätigkeit bescherte der Familie einen beschaulichen Lebensabend. Doch der währte nur kurze Zeit. Da schlug ohne Vorwarnung die Geißel unserer Zeit zu. Innerhalb weniger Wochen raffte der Krebs die geliebte Ehefrau dahin und hinterließ einen verzweifelten Udo, der zwei Jahre hilflos umherirrte, bis er eines Tages auf einer Vernissage vor der Frau stand, die er aus seinem Herzen nie verbannt hatte. Jetzt saßen die beiden eng umschlungen neben uns. Spät, aber nicht zu spät fanden sie wieder zueinander. Alle waren berührt von dieser fast kitschig anmutenden Liebesgeschichte.

Nachdem jeder von jedem wusste, was er oder sie in den vergangenen Jahrzehnten durchlebt und erlebt hatten, blieb nicht aus, die gemeinsame Schulzeit noch einmal Revue passieren zu lassen.

Da fiel wieder das Wort Schule, das heute für mich immer noch ein Reizwort ist. Lehrerinnen sind mir ein Gräuel, besonders die pensionierten. Sie wissen alles besser, können alles und sind dennoch mit sich und der Welt unzufrieden.

Jetzt, wo wir zusammensaßen, häuften sich die Erinnerungen. Vieles tauchte wieder auf, was verschollen schien. Je mehr der erste Begrüßungsabend, mit viel Bier und Wein begossen, die Nacht verkürzte, desto offener wurden die Gespräche. Nicht nur jagte eine lustige Geschichte die andere, auch Unangenehmes wurde schonungslos aufgetischt. Manches hatte wie ein Schwelbrand 50 Jahre lang im Unterbewusstsein gekokelt und loderte nun plötzlich auf. Jetzt, wo niemand mehr auf sein schulisches Wohlergehen oder die Gunst der Mitschüler Rücksicht nehmen musste, nannte der jeweils Erzählende Namen und Tatsachen. Oft herrschte betretenes Schweigen.

Einige der vorgetragenen Schulerlebnisse geißelten nicht nur die Lehrerschaft, sondern auch den damaligen schlechten Klassenzusammenhalt, was, wie meine Frau jetzt zu hören bekam, nicht allein von mir so empfunden worden war.

Einiges musste mir entfallen sein, kehrte aber wieder ins Gedächtnis zurück. Ein paar dieser Histörchen und Begebenheiten sind als Ergänzung zu den bereits berichteten Einschulungsgeschichten aus den Chaosjahren nach 1945 erwähnenswert.

Wie ging es damals zu in einer sogenannten Erziehungsanstalt, die schlicht eine Oberschule war, aber gern Realreformgymnasium genannt sein wollte? Nach der Schülerschwemme im Herbst 1945 hatte sich etwa seit 1950 die Schülerzahl wieder normal eingependelt. Der Direktor legte Wert darauf, dass bevorzugt Söhne und Töchter der einflussreichen Bürger das Gymnasium besuchten und gefördert wurden. Die Schule als städtische Einrichtung lebte unter anderem von Spenden hochherziger Geschäftsleute. Da war es gut, deren Kinder im Unterricht pfleglich zu behandeln. So muss wohl aus dem Rathaus die nicht schriftlich ergangene Weisung an die Lehrerschaft gelautet haben. Die Kinder von Bauern, die während der Hungerjahre unmittelbar nach dem Kriege bei den Lehrern aus verpflegungstechnischer Sicht hoch im Kurs gestanden hatten, mussten einen Sympathieverlust beklagen. Einige waren sogar ausgesondert worden. Mir klingen noch die Standardsätze meines arroganten Mathelehrers in den Ohren, gerichtet an Vertreter der bäuerlichen Schüler, wenn eine Klassenarbeit daneben gegangen war: „Geh zu deinem Vater auf den Misthaufen, da bist du besser aufgehoben als hier!" oder „Zu dämlich um mathematisch eine Wurzel zu ziehen, Rübenziehen wahrscheinlich umso besser, dafür mag das dörfliche Hirn wohl ausgelegt sein."

Selbst in der Oberstufe hörte das Hänseln nicht auf. Der einzige Unterschied, wir wurden mit „Sie" angesprochen. Da empfand man die Beleidigungen als noch verletzender.

Es galt die Zähne zusammenzubeißen, denn das Abitur wollte jeder schaffen. Wenn die Klasse eine Gemeinschaft gewesen wäre, hätte man auch damals den Paukern einen spürbaren Streich spielen können. Aber Spione lauerten überall. Besonders zu vermuten in der Gruppe oder Clique der Mitschüler, deren Eltern mit den Lehrern gesellschaftlich verkehrten.

Besonders vorsichtig mussten die Klassenkameraden sein, deren Väter nach dem Krieg aus welchen Gründen auch immer beruflich ins Abseits geraten waren. Zum Beispiel die Söhne oder Töchter von Flüchtlingen oder Offizieren des Hitlerreiches. Ich durfte mir keinen dummen Scherz erlauben. Gegenüber einem Klassenkameraden, dessen Vater mit dem Studienrat X oder Y Tennis spielte, Abträgliches über Pauker zu vermerken, hätte fast tödliche Folgen gehabt. Am nächsten Tag wäre der Betreffende zum Direktor gerufen worden. Den Scherzchen, die meine Klasse mit den Lehrern anstellten, mangelte es an Bösartigkeit. Inszeniert von der „High Society Clique", erwuchsen daraus auch keine Strafaktion.

Dennoch haben einige Schülerstreiche Spaß gemacht.

Bei einigen Lacherfolgen hatte der Zufall die Hand im Spiel. Die Fenster unseres Klassenzimmers lagen nur knapp einen Meter über dem Erdboden. Hinter dem hinteren Fenster begann der umzäunte Hof des Hausmeisters. Dort hielt er seine Hühner. Eines Tages hüpfte mitten im Unterricht bei geöffnetem Fenster von außen eine neugierige Henne aufs Fensterbrett. Das brachte den Sohn des Bankdirektors auf die Idee, in der Pause, als alle auf dem Schulhof tobten, von den Fensterbänken bis zwischen die Schulbänke Brotbröckchen zu verstreuen. Draußen schmiedeten wir einen Schlachtplan. Um die Ecke herum konnte man den Hühnerhof und die geöffneten Fenster sehen, durch die eine Henne nach der anderen in den Klassenraum hüpfte. Zum Stundenbeginn schlichen wir auf Zehenspitzen zwischen eifrig pickenden Hühnern zu unseren Sitzplätzen, einer schloss vorsichtig die Fenster. So wartete die Klasse mit dem gesamten Federvieh des Hausmeisters, etwa 20 Stück auf den Lateinlehrer. Eintretend schaute der ein wenig verdutzt, weil es so ruhig war, dachte an nichts Böses, sondern fiel gleich über den Lehrstoff her. Es ging um Theseus und Ariadne.

Studienrat Preißler pflegte mit der flachen Hand auf den Buchdeckel zu klopfen als Aufforderung, zu dem gerade durchzunehmenden Thema Stellung zu nehmen. Diese Geste war das abgesprochene Zeichen, die bisher unter den Schulbänken friedlich sich verhaltenden Hühner aufzuscheuchen.

In das „Narrate de Theseo et Ariadna" aus seinem Munde brach ein Riesenlärm los. Plötzlich war die Luft voller Federn. Hühner sprangen auf das Katheder, gackerten hysterisch, flogen gegen die Wände, gegen die Scheiben. Wo immer sie landeten, wurden sie erneut aufgescheucht. Vorne schrie der aufgebrachte Pauker: „Machen Sie die Fenster auf, lassen Sie die Tiere raus!" Er wedelte mit uns die Hühner durch den Raum. Natürlich wurden die Fenster aufgerissen, aber wir stellten uns so geschickt davor, dass keine Henne nach draußen entkam. So ging die Jagd weiter. Das kopflos umherirrende Federvieh bekleckerte aus Angst die Schulbänke und den Fußboden. Aus schierem Versehen – natürlich – sprang die Tür auf und einige Tiere flüchteten mit Angstgeschrei durch die Korridore. Überall stoppte der Unterricht, aus den Türen liefen Schüler heraus. Jeder wollte sehen, was oder wer im Flur den Lärm verursachte. So viele Menschen machten die Hühner noch verrückter. Der Herr Direktor eilte herbei zur Begutachtung des Tatortes. Bevor er die Klasse betrat, ließen wir das Hühnervolk entwischen und saßen mit unschuldigen Mienen auf den Bänken. Einige hatten bewusst Federn ins Haar gesteckt, bliesen zarte Daunen in die staubige Luft, überall lagen Federflaum, Hühnerdreck, Schmutz und heruntergefallene Bücher. Der Klassenälteste hatte sofort den Hausmeister zu holen, dem vor versammeltem Publikum verletzte Aufsichtspflicht vorgeworfen wurde. Der nahm gelassen die Rechtweisung an, jeder merkte ihm an, dass er sofort „gecheckt" hatte, wer die Verursacher des Hühnertheaters gewesen waren. Über der bedächtig durchgeführten Reinigung des Klassenzimmers verging die Unterrichtsstunde. Das gefiel uns allen sehr.

Eines Wintertages ein noch schönerer Streich! Es hatte mehrere Tage hintereinander geschneit. Meterhoher Schnee, für unsere Breiten sehr selten, lag im Schulhof und fing an zu tauen. Ideale Bedingungen für ausgiebige Schneeballschlachten. Die sofort verboten wurden, als die erste Scheibe zu Bruch ging Durch die während der Pause geöffneten Fenster musste ein Schneeball seinen Weg bis an die Decke des Physiksaals gefunden haben. Durch die Raumwärme in Auflösung begriffen, tropfte das Wasser mit hellem Glockenklang auf die Steinplatte des Experimentiertisches, als der schmächtige Dr. Sichtig den Bunsenbrenner anzündete. Wir sahen wie er gespannt an die Decke und lauschten den fallenden Tropfen. Bis jetzt ein unerhebliches Ereignis, bis Physiklehrer Sichtig das Stichwort lieferte. Er zeigte nach oben und dachte laut: „Nach den tiefen Temperaturen der letzten Nächte ein möglicher Rohrbruch im Obergeschoss?" Mit wehenden Rockschößen seines weißen Arbeitskittels verließ er die Klasse. „Muss gleich mal den Hausmeister holen", murmelte er dabei. Da bot sich die unvorhergesehene Gelegenheit, draußen von der Fensterbank eine Handvoll Schnee zusammenzugrapschen. Der Längste kletterte auf den Experimentiertisch, der Kleinste mit dem Schnee in der Hand auf die Schultern des Untermannes, und klatsch! Mitten in der feuchten Stelle an der Decke haftete wieder Schnee.

Alle hofften, dass Dr. Sichtig nicht so schnell zurückkommen würde. Er tat uns den Gefallen, hat wohl erst nach langem Suchen den Hausmeister gefunden. Vom Schnee war nichts mehr zu sehen, dafür ein weit größerer Feuchtigkeitsfleck, als die beiden eine Zeichnung der Haustechnik auf der ersten Bank ausbreiteten.

Sie diskutierten: „Lief da nicht ein Wasserrohr im Deckenbereich?" Nein. Oder kam das Wasser aus dem Steigrohr in der Mauer, oder dies, oder jenes? Der Klassenälteste sah drohend um sich, wenn unser Grinsen zu frech wurde. Wir warteten die weitere Entwicklung ab. An einen konzentrierten Unterricht dachte niemand mehr.

In die Diskussion der beiden Experten läutete das Pausenzeichen. Die Klasse jubelte. Eine Stunde Unterricht war dahin. Das Ziel eines jeden Schülerstreichs.

Aber war das wirklich ein intelligenter Streich? Vielmehr doch eher ein Zufallstreffer, ein Scherz, ausgelöst durch einen versehentlich an die Decke geflogenen Schneeball, der den Physiklehrer einen Rohrbruch vermuten ließ. Mit der, wie wir meinten, gewonnenen oder auch verlorenen Stunde schien das Thema abgehandelt zu sein.

Aber es kam anderes.

Am nächsten Morgen schleppten Handwerker eine lange Trittleiter und Rohr-
gestänge durch das lärmende Schülergedränge im Treppenhaus. Ich folgte ihnen. Die
Neugierde trieb mich. Die Tür zum Physiksaal stand offen. Dort hinein verschwand
das Mitgebrachte. Die Blaubekittelten blieben nur kurz, schlossen die Tür und gingen wieder nach unten, um offenbar weiteres Handwerkszeug zu holen. Draußen an
der Tür baumelte ein Schild mit der Aufschrift „Wegen Bauarbeiten geschlossen"

Na, das wollte ich mir angucken! Ich sicherte nach links und rechts, kein Lehrer
war zu sehen, nur gelangweilte Schüler trotteten vorbei. Niemand beachtete mich, als
ich in den Raum schlüpfte. An der Decke zeugte ein zackiger brauner Kreis von dem
gestrigen Wasserfleck, aber von Feuchtigkeit keine Spur mehr.

Da trat mich der Teufel. Warum sollte mir nicht etwas einfallen, das Spielchen
weiter zu treiben, sozusagen zu Lasten der Herrensöhne in meiner Klasse, denen
selbst der dümmste Streich nichts anhaben konnte. Wegen meiner schlechten Noten
und des Gefühls, auf Grund meines arbeitslosen und kranken Vater in der Klassengemeinschaft nur geduldet zu sein, war ich stets im Hintergrund geblieben, wagte
keine Widerworte, war richtig feige geworden. Heute würde man so einen Typen als
Weichei oder als „Loser" beschimpfen.

Nein, dieses Mal wollte ich mitmischen. Wo war der Schneid geblieben, das
Draufgängertum, der Wagemut, den mir das Jungvolk eingebläut hatte? Wenn da
noch irgend Etwas in mir steckte, dann sollte es jetzt getestet werden. An der Schule
gab es keinen Zugführer Ameisbilchner, der „ganze Kerle" verlangte. Heute schlichen die meisten, alle von ihren Papas mit viel Taschengeld ausgestattet, mit krum-
men Rücken herum. Jugendorganisationen, die dem entgegenwirkten, gab es nicht
mehr. Das war nachdem verlorenen Krieg verpönt. Wer nach Disziplin rief, wer
Ordnung und Gehorsam forderte, geriet in den Verdacht, ein unverbesserlicher Nazi
zu sein. Der Musiklehrer, ein ekelhafter Typ, auf den ich noch zu sprechen komme,
fragte nach Liedern, die wir singen könnten. Ich schlug vor: „Hoch auf dem gelben
Wagen." Der schimpfte gleich los: „Mit Marschliedern hat Großdeutschland die
ganze Welt unglücklich gemacht." Ich sei wohl noch nicht kuriert. Ein paar Jahre
später sang der Bundespräsident Scheel dieses Lied. Meinen Vorschlag niederzu-
machen, das musste gerade dieser Kerl wagen, der vor 1945 an derselben Stelle jede
Musikunterrichtsstunde mit der Nazihymne „Die Fahne hoch...." begonnen hatte.

Am Gymnasium gab man sich lässig, führte große Worte, berief sich auf die
Leistungen seines Vaters oder drohte mit dessen Einfluss. Das war die neue Masche.

Je weiter es in den Klassen nach oben ging, desto weniger spürte man so etwas
wie Klassengemeinschaft. Das war genau das, was bei dem Klassentreffen endlich
mal offen angesprochen wurde. An einer Klassenfahrt zwei Jahre vor dem Abitur
hätte ein gutes Drittel der Mitschüler nicht teilnehmen können, wenn nicht aus einem besonderen kommunalen Fond dazugezahlt worden wäre. Da jeder vor der

Klasse aufgerufen wurde, der einen Zuschuss bekam, amüsierten sich die Herrensöhne köstlich über uns „Proletarier". Schließlich würden ihre Väter in den Fond einzahlen, den wir, ich gehörte auch dazu, jetzt plündern würden. Gegen die Grabenziehung innerhalb einer Klasse unternahmen die Lehrer nichts. Auch in anderen Klassen existierten Cliquen, die nur miteinander und untereinander verkehrten, ja, sogar auf dem Schulhof in Igelstellung zusammenstanden, um Fremdlinge abzuwehren. Ich hatte da bei meinen Mitschülern nach den Berufen ihrer Eltern vier „Kasten" ausgemacht, fast wie in Indien.

Die der Anwälte und Bankleute, die der Ärzte und Apotheker, die der Geschäftsleute, und deutlich davon abgesetzt und spürbar von den anderen geschnitten die Gruppe der Geringverdiener, Arbeitslosen und der nach dem Krieg gesellschaftlich Geächteten. Die Klassenkameraden qualifizierten ihren Dünkel nach der Bedeutung ihrer Väter. Das war keine Feststellung von empfindsamen Seelen, sondern als normales kleinstädtisches Verhalten überall gang und gäbe und so von der Allgemeinheit akzeptiert. Mich widerte diese Art von Klassifizierung an, die sich ja schon darin offenbarte, dass es die heutzutage noch immer brutale Unterteilung in Volks-, Mittel- und Oberschule gab. Dabei tönten die Politiker der ersten Nachkriegsregierung, dass der Weg nach oben frei sei für jeden Begabten und die Förderung dementsprechend stattfinden würde. Alles Theorie!

In der Nachbarschaft, bei uns zuhause, in der Verwandtschaft, in der Schule und auch später musste ich feststellen, dass wie gottgegeben eine Volkschule die Lernanstalt der Arbeiterkinder war, die Mittel- oder Realschule dem Niveau der Handwerkerkinder entsprach und das Gymnasium bevorzugt als Ausbildungsstätte der Akademikersprösslinge angesehen wurde.

Wem es gelang, dennoch aus dem Kreis herauszutreten, in den er hineingeboren war, und in einer höherwertigen Ausbildung einen Abschluss zu machen, der fand Bewunderung.

Jung an Jahren und verwirrt über diese unbegreifliche Erscheinungsform der Gesellschaft, bewegten mich revolutionäre Gedanken. Wut und Hass nagten an meinem Herzen. Sollte ich zurückkehren zu dem Denken der Vergangenheit oder mal zu den Gesprächsabenden der Partei mit der roten Fahne gehen, zum Versammlungslokal der KPD? Jetzt im leeren Physiksaal zischten mir irrsinnige Gedanken kreuz und quer durch den Kopf. Sie machten das Herz heiß und ließen den Puls klopfen. Hier und heute wollte ich mich bewähren und meinen versnobten Klassenkameraden endlich beweisen, nicht feige, sondern ein ganzer Kerl zu sein.

Mein Gott, gleich würden sicherlich die Handwerker wieder durch die Tür kommen. An der Wand lehnte die große Trittleiter, hoch bis fast an die Decke.

Neben der Tafel in das kleine Becken tropfte der Wasserhahn auf einen Schwamm.

Schnell die Leiter unter dem braunen Fleck an der Decke aufgestellt, den Schwamm gegriffen, noch einen Guss darüber, das Taschentuch darunter gehalten, die Leiterstufen hoch und quatsch, quatsch den Schwamm in den staubtrockenen, porösen Putz ausgedrückt. Herrlich, wie die Feuchtigkeit nach allen Seiten drang. Die Leiter wieder runter, Schwamm ins Becken und die Leiter an die ursprüngliche Stelle zurückgestellt.

Hatte der Dr. Sichtig nicht gestern von Rohren in der Wand geredet?

Ich noch einmal den Schwamm angefeuchtet, an der Wand die Leiter hoch. Oben den triefnassen Schwamm satt ausgedrückt, so dass das Wasser in schmaler Bahn herunterlief.

Jetzt sah es wirklich nach einem Rohrbruch in der Wand aus.

Mit ein paar Griffen die Spuren meines üblen Handels verwischt und nichts wie hinaus. Langsam die Türklinke von innen gedrückt, durch einen Spalt hinausgeschaut. Hier liefen gerade die Kleineren den Korridor entlang. Ich unauffällig aus dem Physiksaal hinaus, die Treppen runter und hinein in meine Klasse, wo niemand mein Erscheinen und meine Erregung wahrnahm.

Der Unterricht begann, ich weiß nicht mehr in welchem Fach. Meine Gedanken hingen im Physiksaal, der direkt über dem Klassenzimmer war, unter der Decke. Ich hörte Schaben und dann gleichmäßiges dumpfes Klopfen. Ob oben ein Maurer oder Klempner den Putz oder die Wand aufmeißelte? Ich blickte in die Runde. Keiner registrierte die Geräusche, auch der Bankdirektorssohn und sein kleiner Kumpan nicht, der Filius vom Amtsrichter. Beide hatten wohl längst ihre gestrige Schneeballaktion vergessen.

Als dieser Streich erzählt wurde, hallten plötzlich Peters' stramme Schritte durch den Raum.

Ich war wie gelähmt. Da sprang Rolf Stumm auf, hastete zur Tür, versperrte ihm den Ausgang, breitete die Arme aus und rief: „Halt, halt, halt, so nicht. Wo sind wir denn, hier werden Jugendstreiche, die fünf Jahrzehnte zurückliegen, zur Belustigung erzählt. Was immer dich gekränkt haben mag, das liegt so weit zurück, ist doch alles verjährt, komm setz dich hin und sauf dir einen an. Dass Hannes sich damals dazu nicht bekannt hat, war doch logisch. Ihn hätten die Pauker gefeuert. Über dir und deiner Clique hat das Geld eurer Väter wie ein Schutzschild gewirkt. Haben wir das nicht des Öfteren erlebt? – Komm, vergiss es, wir sind ja auch nicht nachtragend!"

Rolf versuchte den Erregten an die Schulter zu fassen und zurückzubringen. Doch Paul Peters schlug ihm die Hand weg, riss die Tür auf und rannte raus. Da geschah etwas, was ich bei Rolf bisher nie erlebt hatte, ihm auch gar nicht zugetraut hätte, er brüllte so laut, das aus einer Nebentür der Kellner hereinstürzte. Den Davoneilenden und seine ihm hinterherrennende weinende Frau beschleunigte ein Donnergetöse, eine Schimpfkanonade, die alles das preisgab, was den Rolf während

232

der Schulzeit an seinem Klassenältesten, dem Herrn Bankdirektorssohn Peters, gestunken hat: „Du hast dich nicht geändert, du dämliches kleinkariertes, selbstgerechtes kleinstädtisches Arschloch. Du und deine Kumpane seid immer freigekauft worden. Hat dir dein Papa nicht auch den Sparkassendirektorposten als seinen Nachfolger zugeschustert? Muss wohl so gewesen sein, denn in Mathe und Physik sind dir die Ergebnisse von anderen gebastelt worden, zum Beispiel von mir. Oder? Hau bloß ab du Lahmarsch!"

Er schmiss die Tür zu, dass die Frauen zusammenzuckten, lächelte verschmitzt, legte eine kleine Kunstpause ein und fragte leise: „War was?"

Peters ist am nächsten Tag abgereist. Ich hatte ihn vorher des Öfteren in der Stadt gesehen, gegrüßt, aber ansonsten mit ihm keinen Kontakt gehabt. Nun, nach seinem Wutausbruch, wich ich ihm aus. Als Bankdirektor saß er im Vorstand vieler Vereine, nutzte die Macht des Geldes und wollte auch mich viele Monate nach dem Klassentreffen, anlässlich einer uneigennützigen Spendenaktion in Misskredit bringen. Es ist ihm nicht gelungen.

Aber zurück zu dem Klassentreffen. Nach einigen aufmunternden Witzen und ein paar weiteren Gläschen wusste jeder noch ein paar Geschichten aus der Schulzeit vorzubringen.

Da ging es um die Lehrerschaft und deren Macken.

Jetzt als Lachnummer, früher allerdings mit großen Schmerzen verbunden, trat der Musiklehrer Baumann im Geiste vor uns auf. Baumann strafte seine Schüler für Fehlleistungen damit, dass er sie an den Ohren packte und von der Schulbank hochriss. Bei manchem ist Blut geflossen. Er war ein riesiger Kerl mit langen angeklatschten Haaren. Aus dem Hinterhalt pflegte man ihm zuzurufen: „Herr Major, sie haben ihre Brillantine vergessen!" Das fuchste ihn gewaltig. Seine Speckmähne sollte künstlerisch wirken, was nicht zu ihm passte, denn sein Gehabe glich das eines Exerziergefreiten. Mich erinnerte die Art und Weise, wie er meinen Liedvorschlag „Hoch auf dem gelben Wagen" abgeschmettert hatte, an Verdächtiges. Mit dem Herauskehren seiner Schöngeistigkeit und übertrieben herausgehängten Verachtung des Nazi-Regimes bemühte er sich offensichtlich, irgendeinen dunklen Fleck in seiner Vergangenheit zu verdecken. Studienrat Baumann war während des Krieges zeitweise als Lehrer beurlaubt gewesen. Es hieß mit Sonderauftrag an der Ostfront. Das lag Jahre zurück.

Trotzdem wirkte er im Musikzimmer fahrig und unkonzentriert, wenn er zum Unterrichtsbeginn unten in der Vorhalle, was oft geschah, Polizeibeamte oder ihm unbekannte Leute gesichtet hatte, die den Direktor besuchen wollten. An so einem Tag litten wir besonders. Einer in der Runde erinnerte sich.

Seit Monaten durchpflügte Baumann in jeder Musikstunde seinen geliebten „Freischütz". Überfüttert mit dem Stoff, nannten wir den musikalischen Quälkram den „Schreifritz". Der Maestro haute dabei in die Tasten, traktierte den altersschwachen Flügel, drehte sich um, zeigte auf einen und fragte: "Aus welchem Stück der Oper und den dazugehörigen Text, aber flott!" Schweigen im Saal, keiner wollte es wissen. Er drosch noch einmal in die Tasten, atmete schwer, riss den Kopf herum, hinter den dicken Brillengläsern lauerten böse dreinblickende Augen. Schäumend kam es ihm über die Lippen: „Ja, es ist der Freischütz, aber an welcher Stelle ist diese Passage? Tausend Mal habe ich sie vorgespielt." Er spitzte den Mund, schüttelte die fettglänzenden Haare in den Nacken und blickte an die Decke. Eine arrogante Geste höchster Überlegenheit. Wir die Blöden, er der Meister! Wieder keine Reaktion, keiner hob den Finger.

Jetzt stand er vor den Tasten und hämmerte mehrere Male hintereinander die Melodie in den Flügel.

Nach dem Vorspielen ein hektischer Blick in die Runde, der Maestro schnappte nach Luft: „Verdammt noch mal, seid ihr alle Idioten, einer von euch Kunstbanausen muss es doch wissen!"

Wir saßen auf schmalen Bänken. Das Musikzimmer war ein kleiner Raum gleich hinter der Aula, in dem der Flügel wie abgestellt wirkte. Das Monstrum drohte uns zu erdrücken. Die in der ersten Reihe saßen, hingen schon fast über der Tastatur und in gefährlicher Nähe der fleischigen Hände des gewalttätigen Musiklehrers. Ganz vorn, mit gebogenem Rücken, den Kopf nach vorn gebeugt, mit dem Kinn fast im Flügel, hockte Jacob Ducret. Ein Spaßvogel mit einem herausfordernd todtraurigen Gesicht. Jedes Mal, wenn Baumann mit der linken Hand tief im Bass seinem Gesicht nahe kam, schreckte er übertrieben zurück, fiel dann wieder nach vorn. Er reizte damit den Pauker bis aufs Blut. Studienrat Baumann blickte den Jacob von oben wie ein Habicht an, wenn dieser theatralisch zurückzuckte, aber über ihn herzufallen, dazu gab ihm der clevere Schüler zu wenig Anlass.

Aber beim Unternehmen „Freischütz", nach dem mehrfach dargebotenen Stück des vor Erregung schwitzenden Musiklehrers, unterlief dem Jacob ein unverzeihlicher Fehler. Der Anlass war der: Baumann spielte und sang jetzt dazu. Vorher hatte er gebrüllt: „Anschließend will ich wenigstens wissen, wer das im Freischütz vorträgt!"

Seine Stimme klang sonst gar nicht übel, ein satter Bass. Nach den vielen erfolglosen Versuchen, seinen dummen Schülern eine Antwort zu entlocken, ähnelte seine Stimme heute jedoch dem Krächzen eines Raben. Er fuhrwerkte über die Tasten und seinem Munde entkamen Töne und Text: „Nein länger trag ich nicht die Qualen, die Angst, die jede Hoffnung raubt, ... bammbammbammbumm, bammbammbammbumm, bammbammbammbumm, bammbammbamm bumm, bammbammbammbumm. - Pause -.

Das letzte bumm verhallte. Spätestens nach dem letzten Ton hätte jeder die Antwort geben können. Mit dem Rücken zum Flügel gewandt stierte der Musiklehrer in die schweigende Klasse und fragte leise, fast flötend, dabei mühsam seinen Zorn unterdrückend: „Woran erinnert euch das, wie klingt das?"

Unabgesprochen schien Einigkeit darüber zu bestehen, den Pauker auflaufen zu lassen. Er glich jetzt einem offenen, bis zum Rand gefüllten Benzinfass, das nach Feuer verlangte.

Selbst lautes Atmen hätte ihn entzünden können. In diese gereizte Stimmung hinein räkelte Jacob, unser Berliner den Kopf hoch, sah wie so oft mit traurigen Augen den unmittelbar vor ihm stehenden Baumann an. Niemand wagte zu glauben, dass er etwas sagen würde. Ja, er tat es – ein Lebensmüder? „Ick erinnere mich, ick weiß wie dat klingt."

Über Baumanns Gesicht huschte ein süßsaures Lächeln, er nickte dem kleinen Jacob zu und fragte, Freundlichkeit heuchelnd: „Na und?"„Dat hört sick an wie'n Fischkutter, der morgens ausläuft, wa!"

Es muss Sekunden gedauert haben, bis das Gesagte Baumanns Ohren erreichte. Dem gingen mechanisch die Hände hoch, die Finger spreizten sich zu Klauen, das Gesicht wurde zur verzerrten Grimasse. Dann stieß er zu wie ein Falke auf die Beute, packte den Jacob an den Ohren, riss ihn wie einen schweren Sack von der Bank hoch bis in Augenhöhe, schüttelte ihn und ließ den Gepeinigten vor dem Flügel auf den Boden fallen.

Ein Aufstöhnen ging durchs Musikzimmer.

Baumann rieb angewidert die Hände, weißliche Fetzen flogen davon – Hautfetzen. Beim Betrachten seiner Hände hielt er inne. Sie waren blutverschmiert. Hochgerappelt, leise winselnd, mehr kriechend als stolpernd hatte Jacob die Tür erreicht, hielt beide Hände an die Ohren, am Hals troff ihm das Blut in den Kragen.

„Stell dich nicht so an, geh ins Sekretariat, und lass dir ein Pflaster draufkleben", bellte ihm sein Folterer hinterher. Jacob stieß die Tür auf und taumelte ängstlich zurückblickend die Treppe hinunter. „Mach mal einer die Tür zu", lautete der folgende Befehl.

Als wenn nichts geschehen wäre, versuchte Baumann, den Musikunterricht fortzusetzen.

Niemand in der still gewordenen Runde erinnerte sich nach so vielen Jahren, wie das Ende dieser Stunde erreicht wurde. Was jedoch fast alle erinnerten, war, wie es mit Baumann weiter ging. Erstmalig und sensationell für unsere Schulzeit und speziell für unsere Schule, erschienen Jacobs Eltern kurz darauf vor dem Direktorzimmer. Dass Eltern etwas unternahmen, um gegen Lehrer Beschwerden vorzutragen, hatte es bisher nicht gegeben. Sie kamen nicht nur zur Beschwerde, sondern mit ärztlichem Attest und mit einem Anwalt sollen sie gedroht haben. Leider hat der gute Jacob beim Klassentreffen nicht dabei sein können, um seine Geschichte persönlich zu erzählen. Er verunglückte tödlich bei einer Bergtour während des Jurastudiums in München. Aber er überlebte seinen Peiniger.

Kurz vor dem Abitur flog morgens das Gerücht durch die Korridore: „Baumann hat den Löffel abgegeben, gestern Abend ist er vor seinem Haus tot zusammengebrochen!"

Nie hat der Tod eines Paukers größere Freude ausgelöst, als der Klassenlehrer den ewigen Abschied des Musiklehrers offiziell verkündete. Tage danach hing eine übergroße Todesanzeige am schwarzen Brett, einen Tag später mit einer handschriftlich zugefügten Notiz versehen. In den gedruckten Text: „Ein nimmermüdes Herz hat aufgehört zu schlagen," hatte Jacob mit Unterschrift seines vollen Namens zwischen „nimmermüdes" und „hat" ein paar Worte eingefügt, so dass die Todesanzeige vervollständigt jetzt wie folgt zu lesen war: „Ein nimmermüdes Herz und zwei nimmermüde Hände haben aufgehört zu schlagen."

Jacob ist dafür nicht gerügt worden, selbst Kollegen von Baumann sollen beim Lesen verstohlen gegrinst haben.

Nach dieser Geschichte hob der ehemalige Mitschüler Carsten Zielke die Hand. Ob er nicht von seinem ihm unvergesslichen Intimfeind, dem stellvertretenden Direktor Oberstudienrat Egon Runzel, eines seiner Erlebnisse zum Besten geben dürfte. Alle klatschten zustimmend. Plötzlich sah jeder den schmalgesichtigen Englischlehrer mit seiner einsamen weißen Locke auf dem Kopf wieder vor die Klasse treten. Zielkes Erinnerungen an seine jahrelangen Kämpfe mit Runzel waren uns plötzlich wieder gegenwärtig.

Zielke erzählte seine Geschichten in einer Weise, als ob ein anderer Zielke gemeint war. Alle lauschten ihm.

„Wen Runzel nicht mochte, aus welchen Gründen auch immer, den versuchte er bei jeder sich bietenden Möglichkeit zu blamieren, zu demütigen, ja lächerlich zu machen. Wie ihr wisst, war die Wahl der Antipathie auf den damals gertenschlanken, langhaarigen Carsten Zielke gefallen.

Hatte Runzel einen schlechten Tag, spürte man das schon, wenn er morgens in die Klasse hineinfegte, schwungvoll zum Katheder eilte, die abgewetzte Aktentasche darauf knallte und aus der Jackentasche sein kleines Notizbuch zückte. Genüsslich bleckte er sein Pferdegebiss, man meinte, ein Pferd wiehern zu hören.

Die Lesebrille auf die Nasenspitze gerückt, den Bleistift zwischen den Fingern balancierend ließ er seine Blicke über die Köpfe schweifen. Beim wem blieben sie hängen, natürlich wieder beim Zielke.

Mit engstehenden Augen, die dem Wüterich wie Funken sprühend hervorquollen, fokussierte er den armen Kerl, kam ihm näher und näher. „Ja, wissen wir denn eine Vokabel aus dem gestern gelesenen Stück?" fragte er in einer Weise, die das nein schon beinhaltete. Der Zielke, damals schüchtern und wenig wortgewandt, erhob sich aus der Bank, blickte hilflos herum und schwieg.

„Aha, wieder nicht aufgepasst und zuhause nichts gelesen. Oder ist Herr Zielke doch zu einer Meinungsäußerung fähig?"

Dichter rückte der Pauker dem Armen auf die Pelle, das aufgeschlagene Notizbuch und den Bleistift drohend angehoben. Jetzt stand Runzel seinem „Lieblingsschüler" schon fast auf den Füßen. Der wirkte durch den Frontalangriff des Lehrers wie paralysiert, schaute ihn an wie das Kaninchen die Schlange. Runzel schien es eine diebische Freude zu bereiten, den mit hochrotem Kopf dastehenden Zielke in Verlegenheit zu bringen.

„Ich höre, ich höre." Dabei legte Runzel die Hand ans Ohr. Zwischen Daumen und Zeigefinger den Bleistift hochhaltend, kroch er fast in den Schüler hinein, wartete ein paar Sekunden, schnellte hoch, übersah die Klasse wie ein Hahn den Hühnerhof und verkündete mit triumphierender Stimme: „Zielke, fünf, fünf, fünf. Wieder eine fünf. Mach so weiter, die Rechnung wird bald präsentiert!"

Was konnte der verdutzte, ja überrumpelte Zielke anderes tun, als zurück in die Bank zu plumpsen. Zumindest war er aus der Schusslinie des Paukers geraten. Der suchte bereits ein neues Opfer. Jetzt vorgewarnt, gelang dem nächsten Aufgerufenen irgendeine ausgefallene Vokabel in den Raum zu plärren. – So fies war der Runzel, jetzt ist er schon lange unter der Erde. Ich gönne es ihm. Zielkes Zuhörer lachten und beklatschen seine Geschichte.

Was mich betraf, so wollte ich meine Erlebnisse mit Runzel nicht vortragen. Ich bin in der Obertertia wegen Englisch kleben geblieben. Mich hat er wegen mangelnder Leistung in diesem Fach nicht versetzt. Heute kann ich darüber lachen. Englisch wurde meine Berufssprache, und vor einer Kommission habe ich als 30-Jähriger, also 10 Jahre nach dem Abitur, die Dolmetscherprüfung bestanden. Ob Runzel das gefreut hätte?

Vor einigen Jahren, da muss er sicherlich schon über 90 gewesen sein, sah ich ihn mühselig die Beine voreinandersetzend über den Marktplatz gehen. Missbilligend betrachteten seine verkniffenen Äuglein eine Gruppe Jugendlicher, die mit den Füßen Bierdosen platttraten. Wo Runzel früher mit dem Feuer eines alttestamentarischen Racheengels über sie gekommen wäre, ging er jetzt, leicht vornübergebeugt und etwas kurzatmig, schweigend vorbei, ein Mann, dem man nicht nur seine Jahre ansah, sondern auch seinen ehemaligen Beruf.

Je später der Abend wurde, desto vergoldeter und fantastischer plätscherten die Erinnerungen.

Ein Mitschüler mit dem ausgefallenen Namen Gensfleisch verstand es, den Englischexperten in einem anderen Fach auf die Schippe zu nehmen. Runzel unterrichtete nämlich auch Erdkunde. Eines Tages zeigte der Lehrer auf der Weltkarte die Inselgruppe Indonesien und erklärte die Bedeutung der beiden Inseln Banka und

Biliton. Bis heute habe ich die Namen nicht vergessen. Denn was Gensfleisch, der stinkendfaul war und auch daraus keinen Hehl machte, sich als waghalsige Unverschämtheit leistete, gedieh zum Vorbild für andere. Auf den Runzel-Hinweis, Banka und Biliton würden 30% der Weltzinnförderung bestreiten, hob Gensfleisch die Hand, wurde aufgerufen und verkündete: "Herr Oberstudienrat, ich lese jeden Tag die Frankfurter Allgemeine und da stand vor einigen Tagen, ich weiß gar nicht mehr in welcher Ausgabe, dass die beiden Inseln bereits seit einem Jahr 36 % der Weltzinnförderung erreicht haben."

Alles von Gensfleisch nur so dahergesagt, schlicht erlogen!

Dem Runzel fiel der Unterkiefer herunter, er riss die Augen auf, staunend kam es ihm über die Lippen: „Donnerwetter Gensfleisch, alle Achtung, liest die Frankfurter Allgemeine. Banka und Biliton, 36 %, ja, ja, muss ich mir merken."

Fasste wie mechanisch in die innere Jackentasche, fand dort sein Erdkundeleistungsnachweisheftchen oder wie er das Ding genannt haben mag, dazu den berüchtigten Bleistift und notierte, freundlich dem Schüler zugewandt: "Eins, sehr gut!"

Als Folge brauchte der freche Gensfleisch in diesem Fach keine Leistung mehr zu zeigen, wurde auch nicht mehr befragt, er wusste ja alles. Die Gensfleisch'sche Methode machte Schule. Erstaunlich, wie oft die Pauker auf einfach so in den Raum gestellte Behauptungen hereinfielen oder durch abgesprochene Tricks gesteuerte Antworten nicht als Blendwerk erkannten, sondern als gediegene Kenntnisse bewerteten.

Mir ist es auch einmal gelungen. Zwar nur im Fach Religion, führte aber immerhin zu einer nicht zu verachtenden Spitzennote, für mich neben dem Fach Kunsterziehung eine einsame, aus dem Gestrüpp der anderen mieseren Noten hervorragende Bewertung.

Religion an der Schule empfand ich als das nutzlose Unterfangen, uns Jugendlichen das beizubringen, was im Elternhaus nicht gelebt und vermittelt wurde. Wenn ein Pastor oder christlich überzeugtes Mitglied der Gemeinde den Unterricht geleitet hätte, wäre dabei sicherlich manches Wort auf fruchtbaren Boden gefallen. Aber mit Frau Lippisch hatte die Religion die miserabelste Wahl getroffen. Vom Direktor bestimmt, musste sie nach der bestehenden Schulordnung neben ihrem Lehrfach Biologie ein zweites belegen. Sie hatte geschickterweise Religion gewählt, weil es dazu offenbar keinerlei Unterrichtsvorbereitung bedurfte. Wir spürten das sofort.

Jungfer Lippisch, eine verknöcherte Junggesellin mit Damenbart und herben Gesichtszügen, war eine überzeugte Atheistin, die am Karfreitag ihre Wäsche auf die Leine hängte und damit protzte, nie eine Kirche von innen gesehen zu haben. Bibeltexte schienen ihr unbekannt zu sein, stattdessen zitierte sie Kant und Nietzsche. Politisieren tat sie aus einer Ecke weit links außen, und um dem Namen Religionsunterricht gerecht zu werden, hatten wir zermürbend lange Choralstrophen auswendig zu lernen. Danach bemaß sie die Leistung und vergab die Noten. – Eine ekelhafte Methode angewandt von einer stets vergrätzten Frau!

Zurückblickend haben wir gefühllosen Pennäler der knitterigen Dame, eingewickelt in immer denselben Faltenrock und mit braunkariertem Pullover über ihrem Negativbusen, sicherlich Unrecht getan, sie als „rachitische Schnepfe" zu bezeichnen. Wer weiß, welche fürchterlichen Kriegserlebnisse die arme Frau mit sich herumschleppte, unter denen sie immer noch litt. Aber sie kam uns auch nicht entgegen. Zum Schutze ihrer Zerbrechlichkeit lebte „Lippi" wie hinter hohen Festungsmauern. Niemand mochte sie. Ihr Religionsunterricht war ungenießbar.

Als einmal über Nacht alle 12 Strophen des bekannten Paul-Gerhardt-Chorals „Befiehl du deine Wege" auswendig gelernt werden sollten, bin ich beim Lernen nach der dritten Strophe im Bett eingeschlafen.

Am nächsten Morgen fiel mir die Gensfleisch-Methode ein. Beim gelangweilten Blättern in den letzten Seiten des Gesangbuches fiel der Blick auf die Lebensdaten von Paul Gerhardt. Statt der vielen Strophen lernte ich sie auswendig, um zu Beginn des Unterrichts meinem Banknachbarn flüsternd darum zu bitten, ob er nicht mal fragen könnte, wer der Paul Gerhardt eigentlich gewesen ist. Der grinste und verstand meine Absicht. Noch bevor die gefürchtete Abfrage der Strophen begann, hob Kurt die Hand und platzierte die Frage: „Fräulein Lippisch, können Sie uns sagen, wer der Dichter dieser unendlich langen Gesänge war?"

Bei diesem unerwartet großen Interesse huschte ein erfreutes Lächeln über ihre faltigen Wangen: „Ja, das ist wirklich eine gute Frage, weiß denn jemand etwas über Paul Gerhardt?"

Niemanden in der Klasse interessierte die Lebensgeschichte des Mannes, dessen dichterische Ergüsse uns Qualen bereitete. Aquariumhafte Stille setzte ein.

Ich zögerte noch ein wenig, räusperte und erhob mich, tat ein wenig verlegen. Jetzt strahlte Jungfer Lippisch, wandte sich mir erwartungsvoll zu: „Ja, Färber dazu einen Beitrag, - wirklich?"

Gespielt schüchtern heuchelte ich Überraschung, aufgerufen worden zu sein, stotterte bewusst die ersten Daten, dann fließender sprudelte das oberflächlich Erlernte aus meinem Munde: „Ich glaube, er wurde 1607 in der Nähe von Wittenberg geboren, ich meine, Pastor ist er gewesen …" usw., usw.

Kaum waren die letzten Worte in die schweigsame Klasse abgesondert, die angewidert dreinschaute, einige schmunzelten allerdings dabei, hatten wohl gemerkt, dass ich trickreich als Blender mit Minimalkenntnissen jonglierte, eilte die begeisterte Lippisch zum Katheder und schrieb hinter meinen Namen die Höchstnote. Danach erging es mir bei ihr wie dem guten Gensfleisch bei Runzel. Zeugnisnote Eins in Religion – und das bis zum Ende der Schulzeit.

Dem Kurtchen bin ich hochgradig dankbar gewesen. Seitdem schummelten wir bei Klassenarbeiten als Team und tauschten unter der Bank unsere Spickzettel aus. Sehr erfolgreich!

Nach den Schülerstreichen und sonstigen Mätzchen glitt die Unterhaltung hinüber zu den delikaten Beziehungsthemen, zu Liebeleien und Verhältnissen, die heute niemanden mehr erregen würde, aber damals wie ein Lauffeuer durch die Stadt fegten, aufgeputscht wurden und manchem die Ohren rot werden ließ. Heute bei dem Klassentreffen amüsierten wir uns darüber. Jetzt nach Mitternacht, wo manche – es waren damals schon die Prüden – bereits gegangen waren, wusste der eine und andere Geschichten zu erzählen, die nach einem halben Jahrhundert noch prickelten. So wie die folgende:

Eines Morgens betrat der Direktor die Klasse, in seinem Gefolge der für die Oberklassen zuständige und für uns neue Mathelehrer Damaschke sowie eine langbeinige Brünette im züchtigen, hochgeschlossenen schwarzen Kleid, das selbst uns Halbwüchsigen die tadellose Figur nicht verbarg. Donnerschlag, war die hübsch. Sie wurde als Referendarin im Fach Chemie und Mathematik vorgestellt, die für kurze Zeit, wie es hieß, am Gymnasium hospitieren würde. Das durfte nicht wahr sein, diese Granate, hochbeinig bis oben hin und mit einem mörderischen Busen sollte uns den drögen Stoff Mathematik beibringen? Das würde doch keiner aushalten, geschweige denn, bei dieser Frau an Mathematik zu denken. Erstmalig eine junge Frau, die sich erheblich von den ausgetrockneten, berufsmüden Altlehrerinnen abhob.

Der Schulalltag vereinnahmte auch die Schöne. Wir gewöhnten uns an die Dame, die leider nur wenige Unterrichtsstunden bei uns war. Rolf Stumm schien jedes Mal leicht durchzudrehen, wenn die Referendarin die Klasse betrat. Unser Mathegenie genoss es, mit ihr in unverschämter Weise „mathematisch" zu flirten, und sie machte lächelnd das Spielchen mit.

Es gab jedoch einen anderen, der ihr erfolgreicher den Hof machte, ein stilles Wasser, nämlich ihr Lehrerkollege Damaschke. Der vierfache Familienvater, zwei seiner Töchter saßen in einer der unteren Klassen, flatterte auffällig um die Brünette herum. Beim Schulfest vor den Sommerferien tanzten die beiden mehr als verschlungen zu später Stunde und danach sollen sie das Fest heimlich verlassen haben. Damaschke zählte bei den Schülern zu den positiven Erscheinungen. Als Vater im Umgang mit Kindern und Jugendlichen geübt, gelang es ihm zum Beispiel selbst mir mathematische Funktionen so verständlich zu machen, dass im Abi schließlich die Note Drei stand. Ich war ihm dankbar. Mochte er doch mit der Schönen ins Bett gehen. So dachten viele, warum sollte er nicht.

Weniger begeistert von seinem veränderten Liebesleben zeigte sich seine Frau. Eine füllige Unscheinbare, kurz davor, aus dem Leim zu gehen, stand neuerdings mit dem Fahrrad zum Schulschluss vor dem Schultor und passte ihren Ehegatten ab.

Damaschke tat stets erfreut und folgte ihr willig. In Wirklichkeit muss er an etwas anderes gedacht haben.

Vor Beginn der Herbstferien unternahm die Klasse eine Busfahrt in die Geest. Das ist der sandige Mittelrücken Schleswig-Holsteins. Dort verläuft von Nord nach Süd der mittelalterliche Ochsenweg, heute noch als breites sandiges Band zu erkennen, gesäumt von ausgedehnten Tannenwäldern. Das Ganze firmierte unter der Bezeichnung „Geschichtliche Exkursion" Was immer dort erzählt wurde, ging ins eine Ohr rein und zum anderen heraus. Begrüßt haben wir alles, was von der Schule wegführte, so auch diesen Tag.

Der Herr Direktor hatte verfügt, der Mädchen wegen, nicht nur einen Lehrer, sondern auch eine Lehrerin als Aufsichtsperson den Ausflug begleiten zu lassen. Von wegen der Moral!

Geschlechtergetrennt in zwei Grüppchen führten Damaschke und die Brünette die gemischte Klasse über den Ochsenweg. Es war ein herrlicher herbstlicher Tag, ein typischer Altweibersommertag. Windstill, warm und feucht, ein hervorragendes Wetter, um Pilze zu suchen.

Dieser Vorschlag nach dem offiziellen Vortrag über die geschichtliche Bedeutung des Ochsenweges kam von Damaschke. Nach zwei Stunden, so erklärte er, sollte eine bestimmte große Tanne der Sammelpunkt sein. Alle strebten auseinander. Der Mathelehrer und seine Referendarin waren als erste verschwunden. So nahmen wir Jungs unsere Mädchen pilzesammelnderweise oder auf andere Art unter die Fittiche, ganz entgegen der Absicht und Weisung der Schulleitung. Uns sollte es recht sein.

Mein Schulbanknachbar Kurt, die Luise und ich fanden nur ein paar mickerige Pfifferlinge und suchten weiter. Kurt kannte erstaunlich viele Pilzsorten und meinte, an anderer Stelle erfolgreicher zu sein. Er wollte unbedingt tiefer in die Schonung eindringen. Die mannshohen Bäume standen jedoch so dicht und die Nadeln stachen so sehr, dass wir uns zurückschlugen. Wieder heraus aus dem Dschungel, endete die Dreiergruppe unter einem Jägeransitz. Einer ermahnte den anderen, leise zu sein, vielleicht könnte man von oben aus Wild sehen. Schweigend die Leiter erkletternd, nahmen die ermatteten Waldläufer den Ansitz in Beschlag.

Durch einen breiten Sehschlitz schweifte der Blick über den Wald bis zu abgeernteten Feldern und Wiesen, auf denen schwarzbunte Kühe grasten. In der Ferne Gelächter und Rufen. Das waren die andern, die am Rand des Tannenwaldes irgendeinen Blödsinn trieben. Ansonsten schwieg die Natur. Luise flüsterte etwas von einem typischen Herbsttag, typisch sei dafür, dass nicht wie im Frühling die Vögel zwitscherten, sondern die Stille. Kurt erzählte von Rehwild, Rebhühnern und tollwütigen Füchsen, von dem Sinn und Zweck des Ansitzes, der Notwendigkeit der Hege und Pflege des Wildbestandes. Er als Förstersohn musste es wissen, und wir hörten ihm gern zu, saßen zu dritt auf der harten Bank und schauten hinaus. Plötzlich knackten schräg voraus Tannenzweige.

Kurt legte den Zeigefinger auf die Lippen und ermahnte uns mit dieser Geste zum Schweigen. Keine 20 m vor dem Ansitz konnte man schräg nach unten in der Tannenschonung auf eine freie moosige Grasfläche sehen. Sie ähnelte einer kleinen Insel umringt von engstehenden künftigen Weihnachtsbäumen. Da mussten wohl sehr früh einige Baumstecklinge eingegangen sein. Gespannt folgten die Blicke den schwankenden Zweigen, die wie eine Welle dem kleinen grünen Fleck immer näher kamen. War das spannend! Ich lehnte mich an den Forstexperten und wisperte ihm fragend ins Ohr: „Wildschweine?"

Er schüttelte den Kopf: „Nein, nein, die gibt es nicht nördlich des Nord-Ostsee-Kanals. Das muss etwas Höheres sein, vielleicht Damwild."

Da klafften die Zweige auf. Und wer betrat leicht zerzaust die grüne Insel? Die beiden, die ihre Schüler zum Pilzesuchen weggeschickt hatten, der Damaschke und die Brünette.

Die hatten ganz was anderes im Sinn, als selbst Pilze zu finden. Er blickte sichernd in die Runde, entdeckte nichts Störendes, griff seiner Schöne an die Schultern und streifte ihr die Bluse auf den Rücken. Sie ließ ihn gewähren, ja drückte ihre Knie ihm zwischen die Beine, fummelte an seinem Hemdkragen, kroch ihm förmlich ins Hemd, fasste seinen Hosengürtel, machte ihn auf. Drückte die Hose nach unten. Er zog hastig ihr den Rock herunter.

Alles geschah mit einer unvorstellbaren Hastigkeit, Finger und Hände überall. Schon lagen die beiden aufeinander. Damaschkes heller Hintern leuchtete wie ein weißer Fleck aus dem Grün, wippte dabei auf und ab, während sie ihre langen Beine immer weiter noch oben spreizte. Nach den lehrreichen Vorstellungen von Anna Hellblink hatte ich Derartiges lange nicht mehr erlebt. Mir wurde ganz heiß. Neben mir hörte ich tiefes Durchatmen. Luise saß ja neben uns, schien ganz weit weg zu sein, blickte wie gebannt auf die Sexszene, blaurot liefen ihr Wangen und Ohren an. Ich stieß Kurt an, der schmunzelte. Luise keuchte, schlug die Hände vor die Augen und stöhnte: „Ich kann das nicht mit ansehen, ich will weg hier!"

Kurt legte behutsam die Hand auf ihre Schulterund sagte leise: „Gut, dann geh, aber leise, und wenn du unten bist, lauf links an der Schonung vorbei zu den anderen und ruf zwischendurch in den Wald hinein: „Wildschweine, Wildschweine!"

„Ich denk, es gibt hier keine Wildschweine", konterte sie ein wenig empört.

„Ja, stimmt ja auch, aber Damaschke weiß das sicherlich nicht, wir werden ihm jetzt da unten die Tour vermasseln, mach´ es so, wie ich es dir sage!"

Sie schlich grußlos die Leiter herunter. Ein paar Äste knackten. Wir sahen sie hastig davonrennen. Ein wenig hysterisch, aber genau passend kam kurz darauf ihr erster Aufschrei: „Wildschweine, Wildschweine!" Kurt nahm beide Hände vor Nase und Mund, ging dicht an den Sehschlitz heran und wie ein kapitaler Eber grunzte er von oben über die Schonung.

Ich blickte neugierig auf die aufreizenden heftigen Bewegungen da unten im Gras. Schon ein wenig weiter weg wieder Luise: „Wildschweine, da sind Wildschweine in den Tannen."

Jetzt wieder der Tierstimmenimitator: „Grunz. Grunz, - grunz, grunz."

Es klang überzeugend echt. Mal drehte er sich nach hinten, dann nach rechts, dann wieder direkt auf die Grasfläche zu. Gefährliche Töne, als wenn aus verschiedenen Richtungen herdenweise Wildschweine die Tannenschonung durchstreiften. Noch weiter entfernt unterstützten jetzt, wider besseren Wissens, andere Klassenkameraden die Hilfeschrei ähnlichen Rufe von Luise: „Hier sind Wildschweine, Wildschweine, Wiiiildschweineee!!"

Die Wirkung blieb nicht aus. Die Brünette stieß ihren Beschäler beiseite, sprang auf hielt das schnell gegriffene Höschen vor ihre Muschi, blickte irritiert nach allen Seiten in die Tannen. Er wollte sie schützend in den Arm nehmen, sie wehrte ihn ab und schrie: „Weg hier, ich will weg hier!" Überstürzt, mit ängstlicher Eile kämpften die beiden da unten mit ihren Kleidungsstücken. Halb angezogen preschte Damaschke durch die Tannen auf unseren Ansitz zu, sie folgte ihm mit Schuhen in der Hand. Den Ansitz muss er wohl als Richtungsmarke und Ausweg aus der Tannenschonung entdeckt haben. Jetzt standen sie genau unter uns, durch die Ritzen der Bretter deutlich zu sehen, murmelten sie was nicht zu verstehen war. Wir hielten den Atem an. Wenn die uns hier oben entdecken würden?

Nichts Derartiges geschah, durch den Sehschlitze sie verfolgend warteten Kurt und ich ab, bis sie um die nächste Ecke verschwunden waren, kletterten eiligst hinab und suchten den Weg rechts um die Tannenschonung, fanden noch einige Pfifferlinge, gesammelt in einem zusammengeknoteten Taschentuch. Pünktlich zur Abfahrt mischten wir uns unter die anderen am vereinbarten Treffpunkt.

Im Bus saß die Brünette hinten bei den Mädchen und Damaschke vorne schweigend beim Fahrer. Luise ist Kurt und mir tagelang ausgewichen, sie tat so, als hätten wir sie gegen ihren Willen in eine Peepshow hineingeschleppt.

Beim Klassentreffen nach vielen Jahrzehnten hat sie herzhaft darüber gelacht. Ihr Mann kannte die Story.

Die Plebejergruppe, so nannten wir uns bewusst als Abgrenzung zu den Klassenkameraden der High Society, erfuhr erst durch die Herrensöhne, sicherlich in deren Familien aus den Plaudereien über die Lehrerschaft breitgetreten, dass Damaschke seine Liebschaft zur Referendarin immer lockerer in der Öffentlichkeit herausstellte, bis der sogenannte Ehrenrat des Lehrerkollegiums ihn zu einer Disziplinarstrafe verdonnerte und die Brünette vorzeitig an ein anderes Gymnasium versetzte. Schade, sie wäre als kommende Studienrätin ein Gewinn gewesen. Rolf Stumm erklärte, er habe stundenlang richtig getrauert.

Von ganz anderer Qualität war eine andere Beziehung zwischen Lehrer und Schülerin. Wie in einem Kitschfilm erlebte die Schule eine Liebschaft, in der eine Oberprimanerin kurz vor dem Abitur aus dem Bett ihres Lateinlehrers nicht mehr herausfand. Eine aparte Geschichte, die bei dem Klassentreffen zu vorgerückter Stunde alle wieder beschäftigte.

Studienrat Paulsen, ein schneidiger Vierziger, als Sport- und Lateinlehrer von Heide an unser Gymnasium versetzt, brachte frische Luft in die muffigen Gänge der Schule. Als neuer Klassenlehrer fielen ihm alle Sympathien in den Schoß. Seine Art mit den Schülern umzugehen, war so ganz anders als die der alten Pauker.

Er forderte Leistung, und es machte Spaß, bei ihm Leistung zu bringen. Wieso war ein so tüchtiger Lehrer von Heide hierher versetzt worden? Nach längerer Schnüffelei sickerte die Antwort durch: Paulsen war strafversetzt worden wegen eines Techtelmechtels mit einer Abhängigen, also Schülerin.

Würde er in unserer Klasse bald ein neues Opfer finden? Opfer ist vielleicht eine dümmliche Bezeichnung, aber unsere Mädchen schwärmten in einer Weise von ihm, die lammähnliche Opferungszüge annahmen, von der männlichen Schülerschaft heftig belästert.

Paulsen war wirklich ein schöner Mann. Aus seinem fein ziselierten markanten Gesicht – die alten Griechen hätten es attisch-jonisch genannt – blitzten feurige Augen, und über der hohen Stirn wippten dunkle lockige Haare. Durchtrainiert und mit breiten Schultern ließ er in der Turnstunde die Muskeln spielen, imponierte uns und noch mehr den Mädchen. Wenn er am Reck die Riesenwelle drehte oder am Barren turnte, verließen die größeren, geschlechtsreifen Schülerinnen ihre Turnlehrerin, ließen sich von der Nachbarhalle ansaugen und umsäumten – einige mit feuchten Augen – das Turngerät, an dem Paulsen männliche Kraft zeigte. Schmachtend bejauchzten sie jede seiner Bewegungen. Wir, von unseren Mädchen stehen gelassen, kritisierten lauthals die übertriebene weibliche Verehrung des Paukers. Natürlich war das schierer Neid!

Ein göttlicher Mann, meinte die Allgemeinheit. Sicherlich gab es unter seinen Lehrerkolleginnen manche, die so empfanden und von einer derartigern Schülerzuneigung träumten. Doch lange bevor wir tumben Toren es bemerkten, hatte Schönling Paulsen seine Wahl getroffen. Sie fiel auf Annegret. Eine blasse, äußerlich nicht auffällige Mitschülerin. Sie hockte unauffällig gekleidet in einer der hinteren Bankreihen als stilles Mädchen mit zu großer Brille.

Über Monate hütete das ungewöhnlich ungleiche Paar sein Geheimnis. Als eines Tages die Nebeldecke über der Heimlichkeit zerriss, löste die Enthüllung wie bei einer berstenden Wasserbombe in der Kleinstadt eine riesige Gerüchtewelle aus. „Die und der, nein, unmöööglich!"

Annegret kannte ich gut. Wenn im Sommer die westfälische Verwandtschaft mit Horst und Käte Leben in die Bude brachte, saßen wir als Nachbarskinder oft in der Gartenlaube von Annegrets Eltern mit anderen zusammen, rauchten schon mal gemeinsam eine Zigarette oder schlürften ein Gläschen „Danziger Goldwasser", einen überaus süßen, klebrigen Likör!

Von diesen Abenden sind mir alle Mädchen noch in Erinnerung geblieben. Es waren diese lauen Abenden weitab von den Eltern, wo man mal anzufassen wagte, ja, sogar küsste, ein wenig knutschte, fummelte. Wie alt waren wir? 17, 18? Nie wäre einer von uns Burschen weiter gegangen. Die Angst, als junger Bengel eine Nachbarstochter zu schwängern und von den Eltern, weiß der Teufel, vielleicht zur frühzeitigen Heirat gezwungen oder in die Verbannung geschickt zu werden, wirkte besser als das sicherste Verhüterli. Kondome zu verwenden schien nicht die Lösung zu sein. Also suchten wir heranwachsenden Männer oft reifere Frauen in der weiteren Umgebung, um ungefährdet den jugendlichen Druck abzulassen. In Annegrets Gartenlaube ging es gesittet zu. Wir saßen im Kreis um einen Bierkasten oder bei anderen Gesöffen, sprachen über Kinofilme oder Geschehnisse in der Schule. Ich bemühte mich, stets einen Platz gegenüber der geilen Gisela zu finden. Geil, eine Bezeichnung, die heute eine viel harmlosere, ich würde sagen falsche Bedeutung hat. Gisela, eine hochgewachsene, wohlproportionierte Blondine konnte einen verrückt machen.

Wenn sie sich in der Runde nach vorn beugte, um aus dem Bierkasten eine Flasche herauszunehmen, klaffte, von ihr provozierend gewollt, der obere Ausschnitt des luftigen Sommerkleides so weit auf, dass man nicht nur ihren rosareifen Pfirsichbusen sah, sondern mitten hindurch bis in ihren flaumigen Schritt.

Mein Gott, war das aufregend. Aber herangelassen hat sie niemanden von uns. Da gab es offenbar Ältere.

Oder ich denke an Inge, wenn die vom süßen „Danziger Goldwasser" einen kleinen Schwips hatte, griff sie meinem Vetter Horst sanft zwischen die Beine, zog seinen Kopf zu sich herab und küsste ihn filmreif ab.

Zurückblickend verschwimmt dagegen das Bild von Annegret in dieser Runde. Ich glaube, sie saß nur da, grau, hoch zugeknöpft und lächelte versonnen. Annegret und ich trafen uns zwei Mal in der Woche in der Stadtbibliothek. Die Stadt hatte die Stelle für zwei Schüler der Oberstufe ausgeschrieben. Wie durch ein Wunder fiel das Los auf Annegret und mich. Für fünf DM im Monat arbeiteten wir da jeweils für vier Stunden. Das war damals nach der Währungsreform ein hochwillkommenes Taschengeld.

Es war eine großartige Gelegenheit, kostenlos Bücher auszuleihen für sich selbst und die gesamte Familie. Meine Mutter hatte zuvor noch nie so viele Bücher gelesen.

Während der Abendstunden in der Bücherei haben Annegret und ich wenig miteinander gesprochen, und wenn, dann nur über belanglose Dinge. Sie saß an der Registratur und verbuchte Ausleihe und Rückgabe. Ich lief herum, half Kunden, gewünschte Bücher zu finden oder sie in die Regale zurück zu stellen. Die staubige Anhäufung von Büchern gefiel mir nicht sonderlich, Annegret jedoch machte den Eindruck, schon seit Jahrzehnten hier als Bibliothekarin tätig zu sein. Eines Abend, nach vielen Wochen gemeinsamen Tuns, sagte sie beim Abschied vor der Tür so ganz beiläufig: „Tschüss – und übrigens, nächstes Mal komme ich nicht mehr, auch nicht morgen zur Schule, ich heirate." Drückte mir Sprachlosen die Hand und verschwand im Dunkeln.

Mir dröhnte der Kopf. „Was hat die graue Maus eben gesagt? Sie heiratet, jetzt, ein Jahr vor dem Abi, wen denn?" Als wenn jemand mir einen Hammer vor die Stirn geschlagen hätte. Ich meinte zu taumeln. Mit Riesenschritten bin ich nach Hause gerannt. Unterwegs bohrte der Gedanke in mir: wem soll ich das erzählen oder besser nicht, hat die nur gesponnen, lieber den Mund halten, diese Neuigkeit werden sicherlich andere Besserwisser verkünden. Dass Annegret gerade mir das gesagt hat? Verrückt, gerade mir, was sollte ich mit ihrer Heiratsankündigung anfangen?

Zuhause habe ich nichts erzählt, bin schnell ins Bett gegangen, habe noch lange gegrübelt, wer wohl der Glückliche oder Unglückliche sein könnte.

Am nächsten Morgen trieb die Neugierde zur Schule. Ob Annegret wirklich nicht kommen würde? Vielleicht war das nur ein Scherz von ihr.

In der Schule Routine wie immer, nur Annegrets Platz blieb leer. Jedes Mal, wenn während des Unterrichts von draußen vom Korridor ein Laut in die Klasse drang, glaubte ich, gleich würde Annegret verspätet hereinkommen. Sie kam nicht, auch nicht am nächsten Tag, dem letzten Schultag vor den Herbstferien.

Die 14 Ferientage bin ich oft um das Haus von Annegret herumgeschlichen, habe versucht, sie vielleicht in der Gartenlaube zu treffen oder ihren jüngeren Bruder abzufangen und auszufragen. Nichts. Nachbarn sagten, die Familie sei verreist.

Der erste Schultag danach begann mit einem Donnerschlag. Überall standen auf den Gängen, im Schulhof und in den Klassenräumen kichernde Grüppchen zusammen und palaverten. Was gab es Neues? Ich konnte es ahnen. Es ging um Annegret.

Am Genauesten wusste es Sparkassendirektorssohn Peters. Er befahl die Tür zu schließen, stellte sich hinter das Katheder und verkündete: „Leute, wir sind unseren Klassenlehrer los. Er ist irgendwo ins Hannoversche versetzt worden, und nun kommt der Clou! Wollt ihr wissen, weswegen? Er hat geheiratet. Na, wen? Was meint ihr? Unsere Annegret!! Mit der ist er davongezogen."

Es dauerte lange, bis jemand etwas dazu sagte.

„Unglaublich", stöhnte Kurt neben mit, „nicht wegen des Heiratens, aber Paulsen hätte doch die Schönste der Schönen erwählen können, aber nicht die schlichte unattraktive Annegret."

Andere Kommentare fielen ähnlich aus, manche, besonders die der Mädchen, waren gehässig und verletzend. In der Stadt rumorte es. Tagelang beherrschte das Thema die Klatschrunden. Die wildesten Geschichten geisterten umher.

So zum Beispiel diese:

Paulsen hätte gar nicht beabsichtigt, Annegret zu heiraten, aber er sei vom stellvertretenden Direktor Runzel dazu gezwungen worden. Runzel war, das wusste Paulsen nicht, ein Onkel von Annegret. Ob Paulsen sich vielleicht beim Sommerfest die Annegret im angesäuselten Zustand schöngetrunken hat, sie sich vornahm und entjungferte, was sie am nächsten Tag ernüchtert ihren Eltern gebeichtet hat? Die wiederum schalteten Runzel ein, der Paulsen vor die Alternative stellte: Entlassung aus dem Schuldienst oder Heiraten.

Das schien die Glaubwürdigste aller Gerüchte zu sein.

In einer Großstadt hätte kaum jemand über diese von zwei Menschen zu fällende Entscheidung viele Worte verloren, in unserer Kleinstadt wirbelte es tagelang das Herbstlaub auf.

In der Zeitung stand keine Anzeige über die Hochzeit. Von dem vieldiskutierten Ereignis, behandelt wie im Kriege eine Geheime Kommandosache, erfuhr die neugierige Öffentlichkeit nichts. Nicht nur Paulsen und Annegret verschwanden über Nacht, auch das Haus von Annegrets Eltern stand eines Tages leer. In größter Eile sei nachts der Möbelwagen gepackt worden, eine Taxe hätte die Familie zum Bahnhof gebracht. Sie seien grußlos davongefahren, hieß es.

Das war alles, was die Nachbarn berichten konnten.

Jetzt, nach 50 Jahren, interessierte niemanden mehr das Warum und Wie, aber alle Klassenkameraden hatten mittlerweile erfahren, was aus dem Paar geworden war. Es war wohl nicht die große Liebe. Nach zwei Jahren scheiterte die Ehe. Paulsen hatte sich mit etwas Flotterem davongemacht. Annegret saß danach wieder auf der Schulbank, holte das Abitur nach, studierte, wurde Bibliothekarin und lebte seitdem ein einsames Leben irgendwo in Deutschland zwischen Bücherregalen. Wo, das wusste niemand.

Im letzten Schuljahr kursierten noch weitere delikate Beziehungsgeschichten durch Schule und Stadt. Aber offensichtlich vorsichtiger geworden, um nicht in die Fänge des Moralapostels Runzel zu fallen, fanden liebestolle Schülerinnen mit ihren noch liebestolleren Paukern an fernen Orten zusammen. Viele Lehrer kamen da ohnehin nicht in Betracht, aber dem jugendlich wirkenden Herrn Direktor trauten die Klatschweiber unserer Stadt manches zu und hielten ihn stets im Visier. Unverheiratet und undurchschaubar, musste er doch eine Liebschaft haben. Hat er nun mit der knackigen Oberprimanerin, der Tochter des hiesigen Feinkostladens oder hat er mit der anderen schon mal oder so oder auch? – das war bei Kaffee und Kuchen im schulnahen Stadtcafé das wichtigste Thema. Was da alles erzählt wurde!

Direktor Brauer war aus ganz anderem Holz als der draufgängerische Paulsen. Wirkte immer leicht gekränkt, hielt auf Distanz zu den Lehrerkollegen und noch mehr zu seinen Schülern. Er schien auf einem anderen Stern zu leben. Wir, die wir ihn ehrfurchtsvoll grüßten, sah er gar nicht. Er blickte durch die Menschen hindurch. Lediglich zu Schulfeiern und bei der Verabschiedung der Abiturklassen trat er vor sein Volk aufs Podium, hielt gesalbte Reden, gespickt mit griechischen und lateinischen Sinnsprüchen wie „Non scholae sed vitae discimus". Nicht für die Schule sondern fürs Leben lernen wir.

Mit theatralischen Handbewegungen, die leicht angegraute Mähne nach hinten streifend, mit dramatischem Mienenspiel, großen Kunstpausen und fingerspreizenden Gesten setzte er Höhepunkte in seinen Reden, denen er selbstverliebt lauschte. Das imponierte insbesondere die Eltern, wenn sie ihn zum ersten Mal hörten. Zwar jeweils für die Situation und den Anlass modifiziert, hielt er jedoch nichts anderes als Standardvorträge und das seit Jahren.

Immer wieder dasselbe.

Als Mitglied des Schulchores, der seit Jahren bei den Abiturfeierlichkeiten hinter dem Direktor stehend den musikalischen Rahmen bildete, wusste ich fast schon im Voraus um die kommende Geste und konnte die Sprüche auswendig mitplappern. Als ich nun selbst ein Jahr vor dem Schulabschluss war, stand der gute Brauer wieder vor den ergriffenen Eltern und zeigte intellektuelles Profil. An einer bestimmten Stelle pflegte er eine Bibelstelle umzumodeln und philosophisch auszuführen.

Wieder war es soweit.

Ich wusste exakt, was kommen würde. Jetzt wird er den rechten Arm anheben und in den Saal rufen: „Der Mensch lebt nicht vom Brot allein" – eine große Kunstpause einlegen, sich langsam vorbeugen, den Zeigefinger heben, von rechts nach links stumm den Kopf bewegen, den Blick über seine Zuhörer gleiten lassen und dann fast donnernd weiter fortsetzen „Nein" – kleine Kunstpause – , „sondern von dem Geist, der in uns wohnt!"

Mich wurmte das, weil die Bibelstelle etwas ganz anderes sagt.

Nun holte er hörbar Luft und setzte wieder an. Genau wie im vorigen Jahr dieselbe Gestik, gefolgt von dem Satz: „Der Mensch lebt nicht vom Brot allein" – die gezierte Pause begann, der Zeigefinger ging hoch, die Kopfdrehung endete. Nun musste das laute „Nein" kommen. Aber ich war schneller. Irgendwas trieb mich aus den Reihen des Chores, ihm das Wort wegzunehmen. Der freche Färber rief von hinten über den Kopf des Direktors hinweg, fast gebrüllt, in die Menge: „Neiiin!"

Friedhofsstille im Saal, nur mein Nein echote zurück.

Wie von einem Peitschenschlag getroffen und schmerzhaft gekrümmt verharrte der Redner am Pult, schien in die Ferne zu lauschen, ob etwa er selbst zu früh oder gar ein anderer im Saal gesprochen hätte. Nahm die Hand vor den Mund, blickte verwirrt nach rechts, nach links. Dann riss es ihn herum, traurig starrte er den Chor an, der wie auch ich mit einheitlich versteinertem Blick geradeaus durch ihn hindurchsah. Unser Dirigent, der am Rande des Podiums saß, hielt die Hände vors Gesicht. Mir wurde angst und bange. Was war da meinem Mund entglitten, was hatte ich angerichtet? Von hinten knufften mich Mitsänger anerkennend in die Rippen. Das wirkte aufmunternd.

Im Saal folgte dem Schock ein Rumoren, Füßegeschabe, hier und da prustete jemand, laut zu lachen wagte niemand. Die heilige Einstimmung der Abiturfeier war dahin. Direktor Brauer fummelte in den Notizen seiner Rede, versuchte die Unterbrechung zu überspielen, hob die Stimme. Sie klang nicht mehr fest und überzeugend, eher weinerlich. Er fand nicht mehr zu seiner Rede zurück und war schließlich froh, ans Ende gelangt zu sein. Das Aushändigen der Zeugnisse war ihm nur noch eine verpflichtende Tätigkeit.

Der Chor hätte die Feier entweiht, sagten die einen. Andere Eltern meinten, selten innerlich so gelacht zu haben.

Diese und viele andere Erinnerungen an die Schulzeit wurden durchgehechelt, wieder aufgefrischt und aus der Vergesslichkeit ans Tageslicht gezerrt.

Im Morgengrauen, es muss gegen vier gewesen sein, hockte der harte Kern der ehemaligen Abiturklasse 1956 noch immer zusammen. Längst lagen die Jacketts über den Sesseln, die Krawatte war gelockert, und unsere Damen hatten die hochhackigen Schuhe abgestreift.

Rolf Stumm fand noch mal den Weg zurück zu dem Eklat mit Peters, dem Sparkassendirektorssohn, dem damaligen Klassensprecher. Rolf, jetzt gut verdienender Anlageberater, legte den Finger in die offenbar nie verheilte Wunde der Kluft, die in den kargen Nachkriegsjahren zwischen den Mitschülern der schnell wieder Reichgewordenen und den materiell Minderbemittelten bestand. Allein die Tatsache, auf eine weiterführende Schule gehen zu können, ja zu dürfen, nicht von den Eltern nach der Volksschule zur Arbeit geschickt worden zu sein, war damals für viele von uns ein nicht erkanntes Privileg.

Zu der nachdenklich gewordenen Runde sprach am Ende nur noch Rolf. Er erzählte von seinem Zwillingsbruder. Die Eltern, Gastwirtsleute auf dem Lande, standen vor der Entscheidung, wer aufs Gymnasium gehen und wer ein Handwerk erlernen sollte – die Gastwirtschaft brachte in den ersten Jahren nach dem Kriege nicht viel. Beide auf die Schule in die Stadt zu schicken, dazu reichte das Geld nicht. Rolf hatte abends keine zerschundenen Hände, der Bruder nannte die seinigen Vierkantpfoten. Während Rolf seinen Eltern Geld kostete, verdiente der Bruder als Lehrling bei der Hagen-Werft im Jahre 1947, also kurz vor der Währungsreform, monatlich Fünf Reichsmark. Fünfzig Pfennig konnte der Junge davon behalten, das andere hatte er seinen Eltern zu geben. Für Reichsmark gab es kaum etwas zu kaufen. Die Werft hatte ohnehin in der kargen Zeit keine Aufträge, aber beschäftigt zu sein, im

Arbeitsleben zu stehen, ermöglichte es den findigen Lehrlingen, an Materialien heranzukommen, aus denen sich etwas machen ließ.

Das Löten von Milchkannen aus Weißblech, das Zimmern von Kleinmöbeln aus Mahagonieholzresten oder die Anfertigung von Aschenbechern aus den Böden von Granathülsen erbrachte mal ein Stück Speck oder einen Sack Kartoffeln, aber um Zigaretten und Schnaps zu erwerben, dazu brauchte man ein helles Köpfchen. Rolfs Bruder verfügte darüber. Er fand im Schrott der Werft fingerdicke Messingrohre, sägte daraus Ringe, feilte sie nach außen halbrund und gravierte auf der Innenseite mit einem scharfen Stichel 585 ein, den angeblichen Goldwert des so entstandenen Eheringes. Nicht zu fein poliert, schließlich sollten es gebrauchte Ringe sein, zog der Lehrling nachts mit einem oder zwei Ringen in das Viertel der Schwarzmarkthändler, nuschelte etwas von einer seltenen und kostbaren Tauschware, zeigte Interessenten im Licht der mitgebrachten dynamogetriebenen Taschenlampe in der hohlen Hand ausgeleuchtete die Gravur. Das überzeugte die Kunden.

Als Gegenleistung verlangte der Lehrling mit eisernem Gesicht 120 Zigaretten. Und er bekam sie, jedes Mal, aber seinen Handelsort musste er ständig verlegen, schließlich fuhr er abends mit dem Zug oder Bus zu den entlegensten Schwarzmärkten. Vater Stumm rauchte selbst gerne mal eine, aber mit den ergaunerten Zigaretten des Sohnes finanzierte die Familie nicht nur ihr tägliches Leben, sondern auch die Ausbildung von Rolf. Der eine Bruder ermöglichte dem anderen den Besuch des Gymnasiums.

Bei diesen Worten traten dem harten Anlageberater die Tränen in die Augen: „Ja, ja, meinem Bruder bin ich ewig dankbar.“

Während die Schulerlebnisse im Hintergrund verschwanden, traten Fragen auf nach denen, die nicht zum Klassentreffen gekommen waren. Was ist denn aus dem oder jenem geworden?

Die allein in der Runde saßen, mussten sich die Frage gefallen lassen, wo sie ihre Partner gelassen hatten. Nachdem die vielen Geschichten uns nach 50 Jahren wieder nähergebracht hatten, fiel zur morgendlichen Stunde auch die Scheu, Unangenehmes und Tragisches zu erzählen. Zum Beispiel unsere kleine Erika. In den Jahren pummeliger geworden, war sie bisher bei der Unterhaltung immer zurückhaltend gewesen. Jetzt mit einem Male, vielleicht hatte der Wein ihr die Zunge gelöst, breitete sie ihr Leben vor ihren ehemaligen Klassenkameraden aus. Es glich einer Beichte.

Nach dem Betriebswirtschaftsstudium hatte Erika in Düsseldorf bei einer kleinen Baufirma in der Geschäftsführung angefangen, und wie das Schicksal so spielte, verliebte sie sich in den Chef, einen feurigen Italiener. Sie heirateten, und bald darauf wurde sie Mutter eines Sohnes, den die italienische Verwandtschaft so sehr verwöhnte, dass alle Welt den dunkelhaarigen Stammhalter den Kaiser nannte. Zwei Jahre später, weniger bejubelt, gebar sie eine Tochter. Beide Kinder gediehen prächtig, die

Firma blühte, der Umsatz und die Aufträge verlangten ständig eine Expansion des Betriebes bis zu einer Großfirma. Giovanni, aus armen Verhältnissen eines Fischerdorfes am Po-Delta hervorgegangen, genoss den Reichtum, kaufte seiner Frau alle Annehmlichkeiten dieser Welt und verwöhnte seine Kinder. Sie wohnten in einer Villa am Stadtrand von Düsseldorf, besaßen eine Motoryacht und fuhren die größten BMWs.

Der unheimlich schnelle Aufstieg hielt an und schien unendlich weiter zu gehen, bis 1983 eine Katastrophe über die Familie hereinbrach. Eines Freitagabends baten die beiden Kinder die vor dem gemütlich brennenden Kamin sitzenden Eltern um die Erlaubnis zu einem längeren Ausgang zu einer Diskothek. Und ob der Vater ihnen nicht ausnahmsweise seinen Siebener-BMW überlassen könnte, sie wollten noch zwei Freunde abholen. Vater Giovanni konnte selten den Kindern einen Wunsch abschlagen, auch war er an dem Abend müde und hatte keine Lust, länger zu diskutieren. Er warf seinem Sohn Vittorio den Wagenschlüssel zu, und weg waren die beiden.

Gegen zwei Uhr schrillte die Haustürglocke. Und was danach kam, erstickte die arme Erika in Schluchzen. Vittorio, gerade 18 geworden, und Elena, 15, endeten an einem Baum. Nach dem Bericht der Polizei musste der junge Führerscheininhaber die Gewalt über den Wagen verloren haben. Mit 160 km/h raste der BMW in einen Alleebaum, der Wagen und alle vier Insassen wurden buchstäblich zerrissen. Erika zeigte ein Foto herum, das kurz vor dem Unfall aufgenommen worden war. Zwei blutjunge, hübsche Menschen wurden ausgelöscht.

Giovanni hat tagelang getobt, sich bittere Vorwürfe gemacht, den Wagen ausgeliehen zu haben, beschimpfte seine Frau, die ihn in seiner Großzügigkeit hätte bremsen sollen. Tags darauf war er verschwunden, im Büro lag eine Nachricht für Erika und den Betrieb: „Bin für einige Tage zu Papa und Mama nach Italien gefahren, bitte mich in Ruhe lassen. Komme bald zurück. In Liebe Dein Giovanni."

Er kam nach 14 Tagen zurück, sagte nicht viel, schloss seine Frau weinend in die Arme. Giovanni arbeitete seitdem verbissener, kam später nach Hause. Trotz der Mehrarbeit drückte eine unvorhersehbare Konjunkturflaute den Betrieb bis fast an den Rand des Konkurses. Erika stieg wieder in der Baufirma als Chefsekretärin ein. So war sie ihrem Mann tagsüber näher und begleitete die ihm schwerfallende Trauerarbeit. Der Tod ihrer Kinder quälte die Eltern über Jahre. Sie litt nach innen, er nach außen. Mehrere Jahre kränkelten beide und auch der Betrieb. Nicht, dass es an Aufträgen gemangelte hätte, aber die schlechte Zahlungsmoral der Kunden trieb Giovanni immer wieder zu den Banken, um Kredite aufzunehmen. Von seiner Motoryacht hatte er sich längst verabschiedet. Die stillen Abende vor dem Kamin, klagte Erika, nagten an den Nerven. Giovanni stierte oft stundenlang ins Feuer und sagte nichts.

Etwa fünf Jahre gingen ins Land, bis die Alltäglichkeit zurückkehrte. Der Firma ging es wieder besser, und die beiden planten nach langer Pause einen Urlaub in Italien. Nicht bei den Verwandten, das war beschlossene Sache, sondern nur zu zweit in einem schönen Hotel an der Adria südlich von Rimini im Badeort Gabicce Mare. Geschäftliche Umstände zwangen zu einer getrennten Anreise. Erika flog von Düsseldorf mit leichtem Gepäck und Giovanni wollte einige Tage später nachkommen. Er hatte noch in Verona und Venedig zu tun, lud seinen Porsche – BMWs hatte er nach dem Tode seiner Kinder nie wieder angefasst – mit den Koffern seiner Frau und seinen Sachen, und auf ging es über den Brennero nach Bella Italia. Zuerst zu Geschäftsfreunden nach Venedig. Danach, die Morgensonne stand noch tief im Dunst über der Adria, preschte Giovanni auf der E55 von Venedig nach Süden. Seit Tagen hatte er nur Italienisch gesprochen und gesungen. Aus dem Radio schmachteten heimatliche Weisen. Giovanni war gut drauf. Voraus lag die flache Po-Ebene, links zur Adria hin das weite Flussdelta. Ja, die Gegend war ihm nicht unbekannt, wohnte nicht ein Onkel hier in der Nähe? Als kleiner Junge und später in den Sommerferien war er hier oft bei Verwandten am Meer gewesen.

Wo war das nur, wie hieß der Ort?

Ach dummes Zeug, weg mit diesen Fragen und Gedanken. Keine 200 Kilometer weiter wartete seine deutsche Frau auf ihn, auf ihre Kleider und Schuhe, die er auf den Hintersitzen säuberlich in Kleidersäcken verstaut hatte.

Vor ihm lag jetzt die Brücke über den Hauptstrom des Po. Weiter ging die Fahrt, vorbei an Taglio di Po. Danach wurde die Straße einsamer. Es war heiß geworden, die Luft über dem Asphalt flimmerte, der Porsche schnurrte. Da links voraus ein verbeultes, kaum leserliches Hinweisschild. Was stand darauf? „Porto Tollo“.

Giovanni trat auf die Bremse. Ließ den Wagen ausrollen, kam vor dem Schild zum Stehen. Porto Tollo, Porto Tollo, mein Gott, das kleine Nest, längst vergessen. Ob es noch so ist wie vor 30 Jahren, und vor allem ein bisschen weiter im verschlafenen Fischerkaff Bonelli, ob es dort die Tante Maria und den Onkel Giuseppe noch gibt? Ob die noch leben?

Wie von Geisterhand gelenkt steuerte Giovanni das Schild an, rumpelte von der Fernstraße herunter auf einen sandigen Weg weiter in Richtung Adria. Vergessen war plötzlich das Reiseziel Gabicce Mare, vergessen, dass dort seine Frau auf ihn wartete.

Links und rechts schimmerten Reisfelder im Wasser. Schlanke Pappeln säumten den Straßenrand. Er träumte vom Angeln, sah sich als Jungen auf dem Boot seines Onkels, meinte ihn winkend in der Ferne zu sehen. Am Ortsschild Bonelli vorbei hielt Giovanni an, blickte auf die geduckten Häuser des Dorfes seiner glücklichen Ferien und bemerkte noch mehr. Vor der kleinen Kirche drängte eine Menschenmasse, die einem Hochzeitspaar zujubelten, die innehielten, als sie ihn sahen. Ein älterer Mann kam auf den Porsche zu, Giovanni stieg aus, ging ihm entgegen. Der faltige, zahnlose Alte musterte ihn, von den Bügelfalten bis zum schneeweißen

Hemd, kam dichter heran, sah dem Fremdling prüfend in die Augen, grinste, drehte sich der Menge zu, riss die Arme hoch und schrie: „Giovanni, es ist Giovanni, er ist zu Eurer Hochzeit gekommen. Er hat uns nicht vergessen!"

Welcher Giovanni? Staunten die vor der Kirche versammelten Leute von Bonelli. Ist es der Neffe von Giuseppe di Lorenzo, der später nach Deutschland ging?

Bruchteile von Sekunden verharrte die Menschenmenge vor der Kirche in Schweigen, dann tuschelten einige, sahen sich fragend an, bis plötzlich zwei ältere Frauen mit erhobenen Armen auf den erstaunt dastehenden Giovanni zuliefen und kreischend schrieen: „Si, si, si Giovanni, benvenuto, benvenuto!"

Das war der Startschuss für die übrigen. Selbst die für dörfliche Verhältnisse pompös in weiß gehüllte Braut raffte ihr Kleid und rannte mit dem Bräutigam an der Hand auf den unerwartet erschienenen Ankömmling zu. Der wurde umarmt, geküsst, gestreichelt und kaum zu glauben, alle behaupteten, den Giovanni zu kennen. Das eine war die Schwester seiner Tante Maria, die längst nicht mehr lebte und die anderen, die Enkel, Neffen und Nachkömmlinge von Onkel Giuseppe. Pater Vincente, der alte, weißhaarige Dorfgeistliche, dem man ehrfurchtsvoll eine Gasse bis zu dem Gast bahnte, verkündete die Begebenheit als großes gottgewolltes Wunder, dass jemand zu nach so vielen Jahren zu den Wurzeln seiner Jugend zurückgekehrt sei und das gerade zu dem Zeitpunkt der Hochzeit.

Giovanni standen die Tränen vor Rührung in den Augen. Er durfte die Braut küssen, die sicherlich eine ferne Verwandte, vielleicht sogar eine Nichte war. Mit Schulterklopfen drängte und schob man ihn auf das Festzelt zu, das zwischen der Kirche und der einzigen Dorfkneipe anlässlich des Festes errichtet worden war. Zurück blieb der Porsche. Getätschelt von der Jugend. Jeder wollte mal in dem deutschen Ferrari sitzen. Nie zuvor hatte ein so schönes Auto den Dorfplatz erreicht. Der reiche Onkel aus Deutschland war gekommen.

Giovanni, gleich am Tisch rechts neben der Braut hingesetzt, musste erzählen. Flinke Hände brachten Karaffen mit Wein. Dampfende Schüsseln mit langvermissten Herrlichkeiten verbreiteten aromatische Düfte, hinein mischte sich das schwere Parfüm blühender Apfelsinenbäume, die den Marktplatz säumten. Von der See wehte seit dem Sonnenuntergang eine leichte salzige Brise. Giovanni glaubte wieder der Kleine zu sein, der damals hier die Ferien verbrachte. Wunderbar! Vergessen schien zu sein, wohin er eigentlich wollte. Neben dem Hochzeitspaar platziert, dachte er pausenlos nach über ein Geschenk, das, nach den ihn musternden Augen zu urteilen, das ganze Dorf von ihm erwartete. Nach mehreren Gläsern Rotwein fand er einen Vorwand, die lustiger werdende Runde kurz zu verlassen. In der hereingebrochenen Dunkelheit schlich er zu seinem Wagen. In dem krokodillederbezogenen Schönheitsköfferchen seiner Frau fand Giovanni im Schmuckfach ein kleines Kästchen mit einem Smaragdring, sternenförmig eingefasst von Diamanten, und daneben in einer

Schatulle seine geliebte wertvolle Rolex. Ohne lange zu zögern, griff er die beiden Kostbarkeiten und nahm wieder neben der Braut Platz.

Nachdem der Mandolinenspieler mit weinerlichem Tenor für seine Lieder über Herz und Schmerz heftig beklatscht worden war, hob Giovanni zu seiner großen Rede an. Lobte Land und Leute, beschwor die Vergangenheit, hätte sich nichts sehnlicher gewünscht, als endlich hierher zurückgekommen zu sein, prostete unentwegt besonders den jüngeren Frauen zu, die ihm kichernd zuwinkten, bis er sich als der ganz großer Gönner mit viel Getue der Braut zuwandte. Er pries sie als die Schönste im Lande, die Kunde der Hochzeit sei zu ihm bis nach Düsseldorf gedrungen und deshalb hätte er keine Mühen und Kosten gescheut, den teuersten aller Ringe, den die besten Juweliere des Rheintales zaubern konnten, mitzubringen und in Bonelli, seiner wirklichen Heimat, einer feurigen Italienerin an den Finger zu stecken.

Die Braut soll puterrot im Gesicht geworden sein, als Giovanni das Geschenk überreichte. Das Bewusstsein, Erikas Lieblingsring, den er seiner Frau nach der Geburt des Sohnes geschenkt hatte, jetzt im Überschwang der Gefühle an eine ihm unbekannte Frau weiterzuverschenken, hatte der Rotwein ihm bereits aus dem Gehirn gestrichen. Ebenso leicht fiel ihm der Abschied von der Armbanduhr, deren Wert er dem jungen Bräutigam erst einmal erklären musste.

Der Wirt stellte eine Platte mit Ziegenkäse in die Tischmitte, eine von Giovannis Jugenderinnerungen. Das veranlasste den italo-deutschen Bauunternehmer, gleich mehrere Flaschen des teuersten Rotweins auf Kosten seiner Firma zu bestellen. Alle jauchzten und langten zu.

Die Stimmung stieg, Gelächter schallte über den Marktplatz. Braut und Bräutigam hatten das Fest längst verlassen. Pater Vincente schwankte gegen Mitternacht am Arm seiner Haushälterin hinüber zur Pfarrei. Jetzt rückten die unverheirateten Dorfschönen dem Gast aus Deutschland immer dichter auf den Schoß, die jungen Männer drängten ihn, ein paar Runden mit dem Porsche fahren zu dürfen. Sie schleppten den mit viel Wein, Ziegenkäse und Grappas abgefüllten Giovanni hinüber zu seinem Wagen, aber er blieb standhaft, den Schlüssel gab er nicht heraus. Dafür zog er für die Frauen die Koffer aus dem Wagen, öffnete sie und verteilte alles was darinnen war, Kleider, Kostüme, Unterwäsche, Strümpfe. Danach warf er den Inhalt des Schmuckköfferchens mit beiden Händen in den nächtlichen Himmel. Er bog sich vor Lachen über die Gierigkeit, wie die Frauen auf dem Boden herumkrochen, die Ringe und Ketten aus dem Staub sammelten und sich fluchend und heulend um die Beute prügelten.

Was danach geschah, ist nicht überliefert. Nicht nur Giovanni muss in dieser Nacht einen Filmriss gehabt haben.

Mit schmerzenden Gliedern und dröhnendem Kopf soll er beim ersten Morgengrauen, von krähenden Hähnen geweckt, auf einer Couch in der Wirtsstube aufgewacht sein, von einer mitleidigen Seele mit einem Tischlaken zugedeckt. Nach draußen leicht fröstelnd auf den Marktplatz hinaustaumelnd, entdeckte er seinen Porsche, beide Türen weit geöffnet, davor die aufgeklappten Koffer mit herumliegenden Höschen und BHs, das leere umgestülpte Schmuckköfferchen und am Gartenzaun hängend den aufgeklappten Anzugsack, in dem alles fehlte: Sakkos, Schuhe, Krawatten, Hemden, die eleganten Anzüge.

Bei der späteren Zeugenbefragung durch die Polizei wollte der Wirt einen aufheulenden Motor gehört haben, so gegen halb fünf.

Unmittelbar vor der engen Brücke, etwa 2 km von Bonelli entfernt, fand die Unfallaufnahme an zwei Pappeln entlang der Straße Schleif- und dann auf der Straße Bremsspuren, die zum Brückenpfeiler führten, an dem der Porsche zerschellte und Giovanni in den Tod riss. Er war nicht angeschnallt gewesen.

Erika erfuhr erst zwei Tage später von dem Unglück.

Sie hat nach langen Überlegungen von weiteren Untersuchungen in dem Dorf abgesehen. Was ihren Giovanni bewegt haben mochte, die Reise zur ihr in Bonelli zu unterbrechen, gab sie vor schnell verstanden zu haben. Was in dem Dorf geschah, begriff sie erst später.

Seine über Jahre verdrängte, lange angestaute, nicht verarbeitete Trauer um den Tod der Kinder ist in dem Dorf seiner Jugend ausgebrochen wie ein Vulkan. Die Lava der Gefühle hat ihn umgebracht, wahrscheinlich schon, bevor er in den Pfeiler raste.

Alle, die Erikas Erzählung zugehört hatten, blieben mucksmäuschenstill. Keiner wagte, dazu einen Kommentar zu geben oder tröstende Worte zu finden, zu dramatisch schien allen dieser Schicksalsschlag. Wir saßen wie gelähmt. Nur einer erhob sich, ging zu ihr hinüber und nahm sie liebvoll beschützend in den Arm. Die freundliche Geste von Pierre Niosi, damals der scheue Schüler aus der hintersten Bank, wirkte erlösend. Pierre, Vater Deutscher mit italienischen Großeltern, Mutter Französin, galt damals in der Klasse als Außenseiter. Nach dem Abitur nach Frankreich ausgewandert, studierte er dort Religionswissenschaften und lebte seitdem in Taizé als einfacher katholischer Priester. Früher von uns Schülern wegen seiner tiefen Religiosität oft veräppelt, genoss er dagegen heute höchste Anerkennung.

Damit endete der lange Tag und das nächtliche Beisammensein. Schweigend, fast auf den Zehenspitzen davonschleichend, suchte jeder sein Hotelzimmer.

Am nächsten Morgen, dem Abschiedstag, spielte wie bei der Ankunft unser Musikgenie auf dem Flügel im Saal neben der Rezeption. Ein Mix von Gershwin über Mozart bis zu modernen Schlagern.

Hans Mankrell mit gewaltiger grauer Mähne, die hinter hoher Stirn und breiterem Scheitel in den Nacken fiel, hatte wohl den größten Sprung von uns allen aus kleinstädtischem Milieu in die großstädtische Welt geschafft. Generalmusikdirektor

der Bayrischen Staatsoper im Nationaltheater am Max-Joseph-Platz war er geworden
– wer hätte in unserem Kaff diese Karriere vorauszusagen gewagt?

Wenn damals unserem Musiklehrer der Stoff ausgegangen war, bat er oft in fast
untertäniger Weise seinen Schüler Mankrell, uns etwas von seinem Können zu bieten. Vielleicht war der Pauker der einzige, der die besondere Begabung ahnte.

Bei Hans war man sich nie im Klaren, ob er, wenn er an dem ausgeleierten
Schulflügel Platz nahm, uns auf den Arm nehmen wollte oder den Pauker. Aufgefordert, den Flügel zu bedienen, ging Hans, seiner Konzertgemeinde übertrieben jovial
zuwinkend, nach vorn, uns zugewandt machte er Faxen, zum Musiklehrer hin nickte
er ehrerbietig, besetzte den Klavierschemel, stand wieder auf, drehte den Schemel ein
Stückchen höher, machte Sitzprobe, stand wieder auf, drehte ihn wieder herunter.

Danach betrachtete er peinlich genau jede einzelne Taste, zupfte hier und dort
ein Staubflüschen, rieb es zwischen den Fingerspitzen und ließ es mit wegwerfender
Geste beiseite fallen.

Dann folgte die Fingermassage. Vor dem Gesicht faltete er die Hände, spreizte
die Finger und bog sie gegeneinander nach hinten. Danach nahm er jeden einzelnen
Finger vor, zog daran, dehnte die Gelenke, bis es knackte, jedes dieser Geräusche mit
einem Lächeln quittierend. Wenn wir ihn nicht im Schulalltag als normalen Menschen erlebt hätten, wäre jeder geneigt gewesen, ihn als arroganten Affen zu titulie-
ren. Aber so gebärdete er sich nur vor dem Musiklehrer, den er nicht ausstehen
konnte. In der Klasse herrschte andächtige Stille, wer dennoch aufmuckte oder hüstelte, den verwies der Lehrer, ehrfurchtsvoll auf den Pianisten blickend, mit dem
Zeigefinger auf seinen Mund deutend zur Ruhe.

Jetzt schwebten die durchgewärmten Hände über den Tasten, jetzt würde es
losgehen – . Nein, immer noch nicht.

Hans senkte die Hände in den Schoß, lehnte sich zurück, blickte zur Decke und
sprach jedes Mal mit fast flötender Stimme in die Stille seine Ankündigung, die ungefähr so lautete: „Herr Studienrat, meine Freunde," – Pause – „ich spiele jetzt aus der
Sonate von dem und dem und Köchelverzeichnis so und soviel die Sätze, usw.
usw.".

Bevor Hans in die Tasten drosch, sah er noch einmal zu uns herüber, zog, was
der bereits ergriffene Lehrer nicht registrierte, irrsinnige Grimassen und blitzte mit
seinen dunklen Augen. Schlagartig wieder ernsthaft fiel er dann über den Flügel her,
ein Feuerwerk von Klaviertönen prasselte auf uns hernieder, dann urplötzlich
schmeichelnde melodische Weisen, abgelöst von erdbebenartiger Gewalt. Hans vergaß seine Umwelt, wenn er spielte, atmete mit den Passagen, beugte den Körper bei
schnellen Sätzen nach vorn, federte zurück, brillierte, litt und kämpfte mit Schweißperlen auf der Stirn bis zum Schlussakkord. Ich konnte ihm teilweise folgen, weil ich
selbst Geige spielte, aber die Mehrzahl der Klasse begriff nicht die Qualität der dar-

gebotenen Leistung. Klassische Musik war sicherlich damals für die meisten ein Buch mit tausend Siegeln.

Wenn Hans endete, ermunterte der Lehrer uns zum Klatschen, ohne diese Anweisung hätten es die meisten bestimmt nicht getan.

Andere haben seine Fähigkeiten erkannt, gefördert und ihn das werden lassen, auf das die Klasse beim Wiedersehen nach 50 Jahren so stolz war. Hans Mankrell aus Friesland, heute der bekannteste Musikdirektor in Bayern, der jetzt zum Abschluss des Klassentreffens für uns auf dem Hotelflügel spielte. Ja, wir konnten stolz auf ihn sein.

Die vielen Erzählungen und Geschichten gingen mir danach lange Zeit durch den Kopf. Nicht dass mir noch weitere schulische Ereignisse eingefallen wären, aber parallel zu dem oft tristen Schulalltag tauchten bisher verschollene Erinnerungen auf, die mir besonders in den letzten drei Jahren vor dem Abitur vielerlei Probleme bereitet hatten. Bei meiner Mutter mich auszuweinen, verbot mir der jugendliche Stolz. Mit meinem Frust den Vater zu belästigen wäre sinnlos gewesen, er hätte mich nicht verstanden.

Die Phase, aus dem Schatten der jugendlichen Unbekümmertheit herauszutreten, ist mir unsäglich schwer gefallen.

Was da so alles geschah, wird morgen berichtet.

Gute Nacht, ihr Lieben, heute habe ich auf einen Schlaftrunk keine große Lust."

Der achte Tag auf dem Atlantik

04. 12. 2006.

Zum Frühstück gab es für jeden eine Tafel Schokolade. Bis in den Nachmittag viel Wind, Schiff rollte sehr stark, von Hand gesteuert. Jeder kam mal dran, war anstrengend. Abends abgeflaut, Automat wieder eingeschaltet. Normale Bordroutine. Haben die Hälfte der Strecke zurückgelegt.

Position 38 Grad 15,4 Min West, 20 Grad 02 Min Nord.

Von Tag zu Tag bricht die Dunkelheit schneller herein. Die Sonne versinkt an Steuerbord voraus jedes Mal wie ein verglühendes Stück Eisen im Meer. Schräg über uns ein wenig achteraus steigt dann am schwarzen Nachthimmel das Sternbild des Orion aus dem Wirrwarr der vielen Sterne hinauf in den Zenit, - von Hannes, wie er sagt, extra da oben zu unserem Begleitschutz hingehängt.

Wir sitzen wieder im Cockpit und warten auf ihn, auf Hannes, unseren allabendlichen „Entertainer". Beim Abendessen ist er gebeten worden, noch ein bisschen über seine Schulzeit, seine

Teenagerjahre zu erzählen und zwar besonders über die, wie gestern angedeutet, die quäligen Jahre vor dem Schulabschluss, von der Zeit, von der er meinte, weder Fisch noch Fleisch gewesen zu sein. Bis spät in die Nacht sprach Hannes über:

Fernweh und Seelenschmerz

20

„Das Klassentreffen in Berlin nach 50 Jahren liegt etwa ein halbes Jahr zurück. Es schwemmte manche Erinnerung frei, die jetzt, aus der Distanz besehen, lustige, aber auch traurige Einsprengsel hergab.

Die Schulzeit bestand ja nicht nur aus dem halben Tag des Absitzens in einem muffigen Klassenraum, sondern bestimmte den Ablauf des ganzen Tages über ein Jahrzehnt. Die leidigen Schularbeiten plagten, besonders der Zwang, stets eingebunden und an die Schule gefesselt zu sein. Schule war für mich Freiheitsberaubung. Kam am Morgen auf dem Weg zur Penne hinter dem Güterschuppen des Bahnhofs der hohe Turm des Gymnasiums in Sicht, tat mir bereits der Magen weh.

Ich beneidete einige der Nachbarskinder, die nicht wie ich von den Eltern zum Gymnasium geboxt worden waren, sondern einen Beruf hatten wählen dürfen und vor allem schon über ein Lehrlingsgehalt verfügten. Ich fühlte mich wie einer der Ärmsten, wenn die heranwachsende Horde am Hafenkiosk mit eigenem verdienten Geld eine Buddel Bier kaufen konnte und mir selbst dazu die „Piepen" fehlten. Krischan der Maurerlehrling brüllte jedes Mal, wenn ich vorbeischlenderte: „Heh, du arme Gymnasialsau, willst ´n Bier, ich spendier dir eins!"

Taschengeld gab es nicht, die „Lehrmittel" fraßen das Ersparte auf. Diese Ausgaben trafen die wirtschaftlich Schwachen ganz erheblich. Rudolf, mein älterer Bruder, steckte mir bei seinen wenigen Besuchen im Elternhaus dann und wann ein paar Münzen in die Jackentasche. Manchmal gelang mir, mit anhaltendem Gejammer bei meiner Mutter eine Mark zu ergattern.

Damit war der Kinobesuch gerettet. Nicht, dass ich faul gewesen wäre. Für die alte Frau Vollstedt an der Ecke unserer Deichstraße habe ich Mülleimer und Briketts geschleppt. Dafür gab es ein paar Groschen, oft aber nur ein Butterbrot mit Salz oder Zucker. Zweifellos eine Köstlichkeit, Geld fürs Kino wäre mir lieber gewesen, aber das wagte ich nicht zu sagen. Es gab nur ein Kino in der Stadt mit verkommenem Gestühl und verschlissenen Bühnenvorhängen. Das störte niemanden. Die „Kurhaus-Lichtspiele" – der Name sagte schon, dass diese Räumlichkeiten einmal andere Zeiten erlebten – ermöglichten mit den häufig wechselnden Programmen, in eine Traumwelt abzugleiten. Wenn der Novemberwind durch die Straßen pfiff und zuhause die Decke auf den Kopf zu fallen drohte, schlich ich mich in die Vorhalle des Kinos und studierte die Aushänge. Filme wie „Ben Hur", Robin Hood" und die damals schon als Schmachtfetzen bezeichneten Liebesfilme mit superblonden amerikanischen Filmschönheiten beflügelten meine Fantasie. Oft danach im warmen Bett ließ ich den Film in Gedanken weiterlaufen, versetzte mich in die Rolle des Filmhelden, zog mit Genuss das weißhäutige dicktittige Filmhäschen aus, bestieg es mit

Wonne und wachte erst auf, wenn mein Kleiner kraftvoll seine Träume ins vorgehaltene Taschentuch entleerte.

Die Filme lenkten ab von der Schule und der tristen Wirklichkeit draußen. Stets war Vorsicht geboten, abends nicht einem der Pauker über den Weg zu laufen. Besonders der gefürchtete Runzel vertrieb seine Freizeit damit, den Schülern vor dem Kinoausgang aufzulauern. Warum?

Er meinte, wir sollten zuhause lernen und uns nicht in der Stadt herumtreiben. Das Unglück, ihm in die Hände gefallen zu sein, führte zu einer Standpauke am nächsten Tag und noch schlimmer zur Eintragung ins Klassenbuch wegen „schlechter charakterlicher Veranlagung". Automatisch übertrug er diese seine persönliche Einschätzung auf die Leistungsbeurteilung des jeweiligen Schülers. Auch abends mit einem Mädchen gesehen worden zu sein, führte zu dieser Eintragung. Nicht nur ich hätte den Kerl umbringen können.

Aber zurück ins Kino.

Seit dem Frühjahr 1948 hatte die britische Besatzungsmacht die „Kurhaus-Lichtspiele" der Bevölkerung zurückgegeben. Der Hunger nach Filmen, die eine heile Welt vorgaukelten, zog die Menschen magnetisch an. Obwohl feste Anfangszeiten bestanden, scherte sich der Kinobesitzer nicht darum. Er hielt hier das Monopol und machte den Beginn der Vorstellung abhängig von der Besucherzahl. Noch ein bisschen warten, vielleicht kommt ja noch ein Spätentschlossener. Keiner murrte, selbst, wenn zu früh angefangen worden war.

Der Herr der Filme benötigte zu allem viel Zeit. Zuerst als Kartenverkäufer, dann am Eingang als Kontrolleur und als Platzanweiser. Wenn ihm die Kasse voll genug schien, schlurfte er als Filmvorführer in seinen Verschlag zu dem Projektor.

Stets in ausgetretenen Filzpantoffeln daherkommend, hörte er nur ungern auf den Namen „Schlappengustav".

Auf Moral und Ordnung im Saale bedacht, hielt Schlappengustav den Filmstreifen an, wenn ihm in den Sitzreihen ein schmusendes Pärchen auffiel. „Noch eenmol un ji fleegt rut!", schimpfte er von hinten aus seinem Kasten oder machte das Licht an. Unter 18 in „nicht jugendfreie" Filme hineinzukommen, ist bei ihm nur wenigen gelungen. Außerdem legte Gustav nach eigenem Ermessen die Altersgrenze fest. Der ständige Streit mit dem Sittenwächter endete, als ein gleichaltriger Freund, der im Nachbarhaus des Kinos wohnte, eine Möglichkeit anbot, die sogar das teure Eintrittsgeld einsparte.

Von dem Boden des angrenzenden Hauses, über eine Bodenstiege im Treppenhaus erreichbar, führte ein Weg durch eine Luke auf das Gewölbe über dem Kinosaal. Durch die Spalten des in die Decke eingelassenen meterbreiten Entlüftungsgrills konnte man ungehindert die Kinoleinwand beobachten. Wer zuerst ankam, lag vor einem Spalt der Deckenrosette, wer später seinen Weg hierher fand, musste in Hockstellung mit einem etwas eingeengten Sichtfeld Vorlieb nehmen. Wen im Laufe der

Vorstellung ein menschliches leichteres Rühren plagte, kein Problem, der entsorgte es in einen gleich danebenstehenden 20-Liter-Marmeladeneimer, der monatelang vor sich hindunstete und immer nachgefüllt wurde.

Eine Tages hing ein Schild an der Kinotür: „Wegen Renovierung geschlossen!"

Niemand ahnte Böses, bis die Lokalzeitung mit großer Aufmachung über den Schaden berichtete. Aber nur Eingeweihte kannten die Ursache. Schlappengustav erblickte eines Morgens mit Schrecken oben in der gewölbten Gipsdecke neben der Rosette einen riesigen braunen Fleck, der ständig an Größe zunahm. Nach den anhaltenden Herbstregenfällen der letzten Tage sicherlich verursacht durch einen Dachschaden. Aber nein, Bauarbeiter fanden einen stinkenden durchgerosteten Marmeladeneimer und eine kleine Luke zum Boden des Nachbarhauses. Sie wurde zugemauert. Schlappengustav hat uns junges Volk danach zwar intensiv gemustert, wenn wir vor der Kasse standen, aber nie mehr nach dem Alter gefragt.

Irgendwann gab es Schlappengustav nicht mehr. Nach ihm ist alles anders geworden. Nicht nur der Preis für den Eintritt in die „Kurhaus-Lichtspiele".

Wer hätte früher gewagt, in seinem Kino zu rauchen oder mit Poppkorn zu rascheln. Die Sucht ins Kino zu gehen war nichts anderes als die Suche nach einer anderen Welt. Heraus aus der kleinstädtischen Enge, dem Verfolgtsein von Eltern, guten Ratschlägen, Drohungen, Paukern und Schule. Mein Fernweh nahm krankhafte Formen an. Entweder zog ich mich in mein Zimmer zurück und spielte Geige. Das bot Sicherheit vor Störungen von außen. Oder ich schlich aus dem Haus hinunter zum Hafen. Besonders wenn dichter Nebel über dem glucksenden Wasser lag und kein Wind wehte, mummelte ich mich warm ein und träumte an der Kaimauer stehend von Palmen und Hula-Hula-Mädchen. Die Schiffe schemenhaft verschwommen, die Häuser hinter einer grauen Wand kaum zu erkennen, und das diffuse, wie von Wasserdampf eingehüllte Leuchten der Straßenlaternen, das auf dem glänzend nassen Kopfsteinpflaster rätselhafte Lichteffekte zauberte – das alles ließ die Gedanken in die Ferne schweifen. Eines Tages lag auf der anderen Seite des Hafenbeckens, aufgeslippt in der Hagen-Werft, eine Brigg, ein alter Frachtsegler. Man hatte das Schiff aus dem Wasser gezogen, um es abzuwracken. Wie oft bin ich um den Oldtimer herumgestrichen! Wo mochte der überall gewesen sein, was mochte er erlebt haben? Am späten Abend eines weiteren Nebeltages hielt es mich nicht mehr. Die Pforte neben dem Werfttor leise öffnend, trieb es den Sehnsüchtigen zur Stellleiter, die achtern an der Bordwand lehnte. Hinaufgeklettert stand ich verloren allein an Deck, im Nebel verschwanden das Vorschiff und die Masten über mir. Von der Reling in die feuchtwallende Dunkelheit blickend, erlebte ich ringsum den weiten Ozean. Der Nebel verhüllte wie eine Wolke das Werftgelände und die weitere Umgebung. Bei jedem Schritt knarrten die Planken, in der Takelage quietschte ein Block, Tauwerk lag umher. Meine Hand spürte und fasste das großspeichige Ruderrad, eine Drehung nach rechts, eine nach links, irgendwo klimperten die Ketten, die zum Ruder führten.

Ich muss Stunden an dieser Stelle verharrt haben. Durch den Kopf schossen die wildesten Gedanken. Warum nicht einfach zuhause die Sachen packen und zur See fahren, anfangen als Schiffsjunge auf einem Kümo, einem Küstenmotorschiff, oder selbst auf einem Seelenverkäufer wie diesem. Irgendwann würde der heutige Schüler sicherlich bei der Hamburg-Süd als Kapitän die Weltmeere befahren und nicht immer hier in unserem kleinen Küstenkaff lateinische Vokabeln lernen müssen. Wofür eigentlich Latein? Kein Mensch, den ich kannte, sprach Latein.

Bei hellem Licht besehen holte die Realität alles wieder ein, aber die Träume konnte niemand nehmen. Es gab keinen, mit dem ich über meine Sehnsüchte hätte quatschen können. Ob jemand zugehört hätte? Einmal in einer schwachen Stunde habe ich meiner Mutter einen Blick in meine Wunschwelt gewährt. Sie meinte, das seien die Auswirkungen der Pubertät, wenn meine Pickel weniger würden und die Sommersprossen, dann wäre diese Phase überstanden und bis dahin sollte ich tüchtig lernen.

Kurt, mein Banknachbar, zeigte Verständnis. Ja, er würde auch lieber im Wald herumstreifen. Förster sein wie sein Vater, das könnte er sich vorstellen. Aber seine Eltern hätten gesagt, sie würden das nur unterstützen, wenn er bis zum Abi durchhielte.

Der Förstersohn nahm mich nach der Schule seitdem oft mit in den nahen Wald. Wie damals bei dem Schulausflug, wo er die Wildschweine imitierte, wusste er nicht nur Bescheid über Pilze, sondern spürte im Frühjahr Gelege von Enten und Blesshühnern auf, deutete Spuren im weichen Waldboden und fand dicke Kröten. Einmal fiel uns sogar eine sogenannte europäische Wasserschildkröte in die Hände, unscheinbar und klein, aber wie Kurt sagte, eine Seltenheit, eine Sensation für unsere Region. Wir nahmen sie mit und bauten im elterlichen Garten einen Teich, bepflanzten den Rand mit heimischen Gewächsen. Fast ein halbes Jahr wurde das langsame Tier täglich Mittelpunkt des Interesses. Jeder, der die Schildkröte sehen wollte, brachte statt Eintrittsgeld Regenwürmer oder Maden als Futter mit. Trotz dieser vorzüglichen Behandlung ist die Kleine eines Tages über die umgebende Mauer geklettert und auf Nimmerwiedersehen verschwunden. Damit endete auch meine Begeisterung als Waldläufer. Kurt und ich sannen nach, wie man neben Schularbeiten andere, nicht kostenträchtige Langeweilebekämpfungsmöglichkeiten ausfindig machen könnte. Dieses Mal kam eine vom Gymnasium vorgeschlagene Freizeitbeschäftigung zur Hilfe. In Zusammenarbeit mit den hiesigen Sportverbänden, dem Fußball-Tennis-, Ruder- und Segelclub wurde den Schülern der Oberstufe angeboten, in einem oder zwei der Vereine für ein Jahr ohne Beitrag zum Schnuppern Mitglied zu werden. Keine schlechte Idee! Wo war die Liste?

Wir beide wollten hoch hinaus. Da im Tennisclub Schläger gestellt wurden – er und auch ich hätten nie das Geld gehabt, uns einen eigenen Schläger zuzulegen - schrieben wir unsere Namen in die Rubrik Tennis.

Das Schnupperkursverteilungsgremium tagte mehrfach im Lehrerzimmer, bis am schwarzen Brett der Aushang erschien. Alle drängelten und suchten die Namen. Wie nicht anders erwartet, belegten die Akademikersöhne und –töchter die Plätze im Tennisclub. Ohne das Kreuzchen in das entsprechende Feld gesetzt zu haben, fanden Kurt, die Gebrüder Schrader und ich uns dem Ruderclub und Fußballverein zugeordnet. Die Brüder Hermann und Manni Schrader, Söhne des Hausmeisters der kleinen katholischen Kirche am Stadtrand, galten als stille Außenseiter. Wegen ihrer in unseren Breiten damals seltenen Religionszugehörigkeit wurden sie von den protestantischen Lehrern und Mitschülern zwar nicht gemieden, aber als Sonderlinge behandelt. Während des Religionsunterrichts mussten sie draußen vor der Klasse auf dem Flur herumstehen. Dass Kurt nicht den Sprung in den Tennisclub schaffte, verdankte er seinem Vater. Vom rührigen SPD-Ratsherrn bis zum Landtagsabgeordneten aufgestiegen, war der vom Dienst freigestellte Förster manchem der heimischen Geschäftsleute, die bereits im Dritten Reich in der Stadt das Sagen hatten, hier und da auf die Zehen getreten. Da passte sein Sohn sicherlich nicht in den Kreis derer, die in dem illustren Tennisclub den Ton angaben. Und was mich betraf, hätte ich mir gleich von Anfang an ausrechnen können, nicht aufgenommen zu werden. Wir vier sind in den Ruderclub gegangen und ich außerdem, mehr aus Wut, in den Fußballverein. Der Sportwart der Fußballer betrachtete mich lange von oben bis unten und meinte: „Na, da hat uns die Penne ja einen schwächlichen Hänfling geschickt." Ob es mich gekränkt hat? Nein, im Gegenteil, es hat mich beim Training so angestachelt, dass Hannes Färber nur wenig später in der A-Jugend eine feste Position als Mittelläufer erkämpft hatte, was sein Selbstbewusstsein beflügelte. Um noch fitter zu werden, bin ich selbst bei Eis und Regen vor dem Abendbrot über den Deich fünf Kilometer gelaufen und an Wochenenden bis ins Nachbardorf über eine Strecke von etwas 20 km. Ich war sehnig, zäh, leicht und schnell. Der international bekannte Langstreckler Herbert Schade war mein Vorbild. Beim Rudern fanden wir uns in einem Vierer ohne Steuermann zusammen, eine richtige Kampfgemeinschaft, die manche Regatta erfolgreich bestritt. Die beiden großen Schraders saßen als die Kräftigsten in der Mitte, Kurt war der Schlagmann und ich hockte vorn. Für keine Drecksarbeit waren wir uns zu schade, Klo schrubben, Halle fegen, Kaffeegeschirr abspülen, im Winter Boote abschmirgeln und im Frühjahr lackieren, das alles schweißte Manni, Hermann, Kurt und mich untrennbar zusammen. Das in der Klasse abhanden gekommene Zusammengehörigkeitsgefühl, bei den Ruderern fand ich es wieder. Ob alt oder jung, Mädchen oder Jungen, alle gingen freundlich und hilfsbereit miteinander um. Das war fast wie zu Zeiten des Jungvolks, eine echte Kameradschaft. Endlich eine Gemeinschaft, in der man sich wohlfühlen konnte.

Neben unserem Vierer lag im Gestell der Zweier einer Frauenmannschaft. Die beiden Damen skullten, rissen also an zwei Rudern, fachmännisch Riemen genannt. Zu der einen fühlte ich mich irgendwie hingezogen. Ihr Lachen füllte die Halle, wo sie auftauchte, herrschte Fröhlichkeit. Um das krause, blonde Haar zu bändigen, lief sie mit zwei abstehenden Stummelzöpfen herum, auf den Lippen stets ein Lächeln, und aus den wunderschönen strahlend blauen Augen schlug einem Wärme entgegen. Sie ruderte seit Jahren. Diese sportliche Tätigkeit ließ Oberarme gedeihen, die mehr als kräftig waren, breite Schultern wuchteten das Boot über den Kopf bis zum Anleger, und beim Einsetzen ins Wasser zeigte sie einen strammen Po und Beine, die Muskeln spielen ließen. Bei der Gelegenheit, ihr beim Bücken von vorn ins Turnhemd zu schauen, blieb mir fast die Spucke weg. Da federten zwei Fußbälle nebeneinander.

21

Dieses fast mollige, aber wohl dimensionierte Weib hieß Helene. Jedes Mal, wenn wir uns begegneten, perlte mir das Blut wärmer durch die Adern.

Aber was sollte das Schwärmen. Ich war gerade mal 18 und sie über 30. Trotzdem blieb ich nach dem Training länger in der Halle, half bei irgendwelchen Arbeiten oder verfolgte den Zweier auf der Strecke in einem Skiff, in einem Einsitzer, den ich auf grund meiner Eifrigkeit rudern durfte, und ich tat es nur zu gern, um in ihrer Nähe zu sein. Helene und ihre Freundin fuhren einen scharfen Stil, ich musste mich schon tüchtig in die Riemen legen, um ihnen zu beweisen, schneller zu sein. Nachts geisterte Helene durch meine Träume. Ob sie wusste oder ahnte, dass meine Blicke ständig auf ihr ruhten und ich mir die wildesten Gedanken machte? Sicherlich nicht. Wer war ich schon, ein hochaufgeschossener Schnösel ohne besondere Qualitäten.

Wer war diese junge Frau? Mit vorsichtig gestellten Fragen begann meine Detektivarbeit.

Vor Jahren sei sie mit Freundinnen abends die Hauptstraße rauf und runter gezogen, um Jungs anzumachen, die auf der anderen Straßenseite mitliefen. Sie hätte es mit vielen gehabt, ein richtiger Wanderpreis sei sie gewesen. Um aufzufallen, trug sie bei der Männerjagd einen weißen Flauschmantel, der furchtbar gehaart haben soll, und wenn sie dann mit einem Knaben hinterm Deich zur Sache gekommen sei, hätte dieser am nächsten Tag verräterische weiße Flusen am Zeug gehabt. Mancher bürstete diese Flusen gar nicht ab, behielt sie sozusagen als Abschusstrophäe und protzte damit am nächsten Tag vor seinen Kollegen. Sie muss ein toller Feger gewesen sein. Meine Güte, solche Auskünfte hätte ich nicht erwartet. Ja, auf einer Silvesterfeier im Club hätte sie oben ohne auf dem Tisch getanzt. Später hätte der Vorstand um sie gewürfelt. Wochenlang sei sie danach verschwunden gewesen. Seitdem war es um sie als das Kind, das keine Traurigkeit kannte, sichtlich ruhiger geworden. Ob sie einen festen Freund hatte? Das sah nicht danach aus.

Ihr Spitzname „Die fromme Helene" kam also nicht von ungefähr.

Das Gehörte über ihre wilde Vergangenheit schmerzte. War vielleicht gar nicht wahr, manches bestimmt auch übertrieben. Aber wie mit einem Dorn im Herzen betrachtete ich meinen Schwarm jetzt mit etwas gedämpfteren Gefühlen und beo-

264

bachtete Helene aus größerer Distanz. Nach dem Rudern standen wir oft im Clublokal oder davor in der Halle mit einer Flasche Bier zusammen, erzählten über das Training oder lauschten den Witzen der Älteren. Nach einem Jahr, nachdem wir alle vier aus Begeisterung an der Sache als ordentliche Mitglieder aufgenommen worden waren, behandelten die eingefleischten Ruderer uns wie ihresgleichen. So blieb der eine oder andere von uns Schülern auch mal länger in der lustig werdenden Runde. Ich blieb immer dann, wenn zu übersehen war, dass Helene auch bleiben würde. Ich wollte mehr über sie erfahren, suchte ihre Nähe und genoss ihren Duft aus Salz, Schweiß und Kernseife.

Beim Witzeerzählen stand sie den Kerlen nicht nach, da brach offenbar ihre Vergangenheit als Vielgeliebte hervor. Als ganz großen Brüller servierte sie an einem dieser Abende, vom Bier schon leicht angeschickert, einen Witz, der, aus ihrem Munde gehört, meine heimliche Liebe ein wenig knickte, zum anderen signalisierte, dass ich mir mit ein wenig Mühe bei ihr vielleicht doch meine Träume erfüllen könnte. Da stand sie nun umringt von grinsenden Zuhörern und erzählte: „In Dithmarschen kommt ein Bauer mit seiner Kuh zur Besamungsstation. Die Kuh wird festgebunden und der Bulle am Nasenring an die Kuh herangeführt. Der Bulle wedelt schon mit seinem glänzenden Schaft und versucht auf die Kuh aufzuspringen, aber die Kuh wehrt sich, schüttelt den Bullen ab und drückt ihr Hinterteil schützend an die Wand. Die Angestellten versuchen es nicht noch einmal, sondern führen den Bullen ab und holen einen anderen, noch feurigeren herein. Wieder dasselbe Theater. Der Bauer schimpft, schließlich ist er einen langen Weg mit seiner Kuh auf einem Hänger hierher gefahren. Die Knechte werden laut. Es entsteht ein Riesenkrach. Davon aufgeschreckt, kommt der Chef der Bullenbesamungsstation herein und fragt: "Was ist hier los?" „Jo", sagt der Bauer, „wat mien Koh is, de will nich so, de drückt jümmer de Mös an de Wand un de Bull kümmt nicht an se ran!"

Der Chef guckt in die Runde, sieht sich die widerspenstige Kuh an und fragt: „Woher kommt denn das Tier?" Worauf der Bauer antwortet: "De kümmt ut Hohenweststedt."

Mit abwinkender Geste dreht sich daraufhin der Chef ab, und über seine Lippen kommt: „Ja, da kann man nichts machen, da habe ich Verständnis, meine Frau kommt nämlich auch aus Hohenweststedt!"

Helene erhielt von den lachenden Männern donnernden Beifall, die Mädchen hysterisch kreischten. Mir war klar, das war ein mit allen Wassern gewaschenes Weib, das schon manches erlebt hatte. Ihre burschikose Art mochte ich nicht, aber wenn ihre Augen strahlten, ihre Zöpfchen wippten und der Busen dazu, dann stieg mir der Saft in den Lenden.

Innerlich kopfschüttelnd nahm ich diese Regung zur Kenntnis.

Helene blieb unerreichbar. Darüber ging der Sommer dahin.

An einem warmen Septembertag trafen wir uns in der Halle, um mit dem Vierer, wie wir es nannten, noch einen Schlag nach draußen zu machen. Auf das Wellblechdach hämmerte ein Gewitterregen, der nicht aufzuhören schien. Auf dem Ratzeburger See sollten wir in 14 Tagen an einem Ausscheidungsrennen teilnehmen, jede Trainingsstunde zählte. Endlich hörte das Geprassel auf. „Los jetzt", rief Kurt.

Auf dem Schwimmponton, von dem aus die Boote ins Wasser gesetzt wurden, glänzten die Pfützen. Gerade als das Boot über die Köpfe geschwenkt wurden, rutschten mir die Schuhe weg und ich klatschte mit der rechten Hüfte auf die glitschigen Planken. Ein stechender Schmerz durchzuckte das Becken. Verdammt noch mal!

Manni Schrader vor mir maulte: „Mensch, komm hoch, wir können den Dampfer nicht allein halten." Wie sehr ich mich auch bemühte aufzustehen, irgendwas hielt mich am Boden fest. Dann wurde es schwarz vor Augen und erst wieder hell, als über mir die Deckenlampe des Clubheims aufleuchtete. Ein paar Leute standen herum und nickten: „Na, wieder da, versuch mal auf die Beine zu kommen!" Es ging, aber mit Schmerzen. Der Sportwart stützte den Invaliden und ließ mich auf seinem Fahrradgepäckträger aufsitzen. „Halt dich an mir fest, ich fahr' dich nach Hause. "Mutter fing gleich an zu jammern, während Vater, am Küchentisch sitzend, mich nur kurz betrachtete und mit einem uralten Witz zur Aufmunterung beitragen wollte. Er trällerte ein Liedchen mit dem Text: „Das kommt vom Segeln, das kommt vom Rudern, das kommt vom Schiffleinfahren auf hoher See." Und dann noch den Zusatz: „Komm, stell dich nicht so an, das wird schon wieder!"

Am nächsten Morgen taten alle Knochen weh. Da der Hausarzt ohnehin zu Vater kommen würde, sollte ich im Bett bleiben und abwarten. So die mir hochwillkommene Empfehlung meiner Mutter. Dr. Helwig untersuchte mich und meinte: "Nichts Besonderes, einen blauen Hintern wirst du bekommen, die Schmerzen im Kreuz kriegen wir weg mir einigen Massagen. Da habe ich eine gute Krankengymnastin an der Hand. Ich schreibe dir eine Überweisung."

Klappte sein Köfferchen zusammen, gab mir einen Klaps auf die Schulter, kehrte im Hinausgehen auf der Türschwelle noch einmal um und sagte irgendwie vielsagend lächelnd: „Die Helene Madsen bekommt das schon hin."

Wer war Helene Madsen? Der Schmerz verdrängte das Denk- und Kombinationsvermögen. Das Erkenntniserlebnis trat erst später ein.

Der Weg zur und von der Schule dauerte doppelt so lange, ich lahmte langsam vor mich hin. Erst am nächsten Tag stand der Patient vor dem Schild „Krankengymnastin Praxis Helene Madsen". Die Haustür stand offen und im Flur führte der Weg direkt zu einer Tür mit der Aufschrift „Wartezimmer". Dort hockte ich mich auf einen der Stühle, nahm eine Illustrierte und wartete. Es war mucksmäuschenstill im Raum, nur von draußen drang das Rauschen des Straßenverkehrs herein. Gedämpft klang aus dem Zimmer vor mir mit der Aufschrift „Behandlungszimmer" fröhliches, mir irgendwie bekanntes Lachen, das sich von innen der Tür zu nähern schien. Die Tür sprang auf, gickernd und gestikulierend kam eine fremde Frau heraus, die zurückwinkend rief: „Also dann bis Morgen, Tschüüs." Wohl ein Patient, dachte ich und versenkte mich wieder in die Lesemappe. Über den Rand der Illustrierte blickend traten zwei Sandalen in mein Blickfeld mit nackten Füßen und Beinen. Der Blick ging höher und blieb an einem blauen Kittel mit Reißverschluss hängen. Ganz nach oben schauend, hörte ich eine mir äußerst bekannte Stimme: „Na, wer schickt dich denn her zu mir?"

Wer stand da? – Helene in einem ärmellosen Arbeitskittel, die zotteligen Haare mühsam als Nackenknoten zusammengesteckt.

In ihre ausgestreckte Hand legte ich die Überweisung von Dr. Helwig. Sie sah sich das Papier an, durchdrang mich mit ihren schönen blauen Augen und fragte: „Euer Hausarzt?

Ich nickte. Sie ging zu einem kleinen Katheder, einem Stehpult, das neben der Tür zum Behandlungszimmer stand, machte ein paar Notizen, hielt die Überweisung noch einmal hoch, betrachtete die Unterschrift des Arztes, grinste mich an und bemerkte mit Schmalz in der Stimme:" Ja, ja, Olaf Helwig und ich, wir spielen uns die Bälle zu." Und zu mir gewandt mit fast behördlichem Ton: „Du bist auch so ein Ball, er hat mir aufgeschrieben, was dir fehlt. Wohl beim Booteinsetzen ein bisschen blöd angestellt, was?"

Mir blieb bloß stilles Nicken. Sie wirkte plötzlich so haushoch überlegen. In der Körpergröße überragte ich sie, trotzdem fühlte ich mich jetzt bescheiden klein.

Durch die von ihr aufgerissenen Tür bat sie mich mit einer Handbewegung ins Behandlungszimmer. Die sah aus wie eine Folterkammer. In der Mitte stand ein breites Bett mit aus Messing geschwungenem Kopfteilrahmen, innenverziert mit Rosetten und Phantasieblumen. „Ein Erbstück, ein Jugendstilbett, jetzt entwürdigt zum Durchkneten von Patienten", hörte ich Helene hinter mir sagen.

Es hatte die Größe einer französischen Liege. Über die ganze Breite und Länge lag ein Sperrholzbrett und darauf eine der bekannten harten Turnmatten. Das war wirklich ein Foltergerät. Darüber hingen von einer Eisenrohrkonstruktion wie von einem Baldachin Griffe an verschieden langen Hanfseilen.

Heute mag eine derartige Praxis anders aussehen, aber alle, die von Helene auf dieser Pritsche bearbeitet worden waren, klagten anschließend nicht mehr über Schmerzen.

Jetzt war ich dran. Klare Kommandos befahlen mir, die Schuhe auszuziehen, Hemd aus, Hose über den Stuhl, Bauchlage einnehmen – vorher hatte sie ein Laken über die Turnmatte gebreitet - und die Unterhose ein Stückchen nach unten. Ich spürte, wie sie mir die noch ein wenig weiter herunterzog. Mein Gott wie das mich durchkribbelte, die Helene fummelte an mir! Und sie würde mich massieren, wie herrlich dachte ich, unter ihren Händen wie Wachs dahinzuschmelzen. Von wegen dahinschmelzen.

Aus einer Dose mit dem Aufdruck „Melkerfett," die auf einem Tischchen neben dem Folterbett stand, fingerte Helene einen schmierigen Klacks, rieb damit die vom Rudern harten Hände ein. Dann verschwand sie hinter mir, holte noch einmal Luft, und danach vergingen mir die Sinne. Das sollte Massieren sein, es glich eher einem Boxkampf. Durch die geschwungenen Blumen des messingverschnörkelten Kopfteils entdeckte ich jetzt erst zwischen den Fenstern einen bis an die Decke reichenden Spiegel. Rechts in der Ecke lagen zwei braune Medizinbälle und links in der Ecke hing ein Skelett, der Schädel mit einer Schlaufe an einem Kartenständer befestigt.

So interessant diese Entdeckungen aus der Bauchlage auch waren, als viel anregender empfand ich den Blick in den Spiegel. Ohne ihr direkt zuzusehen, konnte ich darin jede der Bewegungen der hinter mir auf der Matte knienden Helene verfolgen. Sie quälte mich mit Handkantenschlägen, sie drosch auf mein Kreuz ein, drückte die Nackenmuskeln bis an den Hals, drohte mein Becken zerbrechen zu wollen, alles ertrug ich, wenn sie nur nicht aufhörte ihren Körper so aufreizend zu bewegen und den Busen wippen zu lassen.

Oft rief sie: „Ist es zu hart?" „Nein", keuchte ich. Denn je härter sie zufasste, desto mehr schwankte das Bett mit der heftig schaukelnden Helene. Ich sah nur ihren blonden krausen Scheitel. Sie schaute konzentriert auf ihre Arbeit, ich dagegen dachte an etwas ganz anderes. Helene kniete auf der Matte zu beiden Seiten meiner Oberschenkel. Nach vorn gebeugt griff sie so ihre Patienten von hinten an. Um bequemer massieren zu können, hatte sie den Kittel ein wenig hochgeschubst und berührte so ungewollt mit ihren warmen nackten Oberschenkeln die meinigen.

Bei jedem Massagetermin dasselbe Glückgefühl.. So dicht waren wir einander bisher nie gewesen. Der ärmellose tief ausgeschnittene Arbeitskittel mit dem ein paar Zentimeter heruntergeglittenen Reißverschluss gab nicht nur ihre kräftigen Arme frei , sondern gewährte bei der vorgebeugten Massierhaltung einen abgrundtiefen Einblick vorbei an zwei vom Schweiß polierten schimmernden Halbkugeln bis zu ihrem Bauchknöpfchen.

War mir schon beim Rudern die unverschämte Größe des Busens aufgefallen, so steigerten jetzt die vibrierenden Erschütterungen ihrer Brüste durch die Massagetätigkeit mein Lustgefühl bis ins fast Unbezähmbare. Ihr Busen glich einem Meisterwerk der Natur. Heute hätte ein Schönheitschirurg eine entsprechende Siliconaufpolsterung dieser Größe mit Typ 75 C betitelt und die Anfertigung mit € 6.032,-- in Rechnung gestellt, inklusive Mehrwertsteuer. So gelesen in der Illustrierten, die in Helenes Wartezimmer lag.

Helene brauchte diese Aufbesserung nicht. Bei ihr war alles echt, deswegen so aufregend.

Wenn sie mir zum Ende der Behandlung einen Klaps auf den Po gab, wartete ich ab, bis sie an der Tür war, um unbeobachtet meinen sperrigen Kleinen in die Hose zu zwängen. Der Abschied verlief stets nichtssagend. Sie kreuzte von den 10 verordneten Massagen jeweils eine ab, nannte mir den nächsten Termin, sagte nicht, wie ich es anfangs erwartete: „Na dann sehen wir uns beim Rudern", sondern einfach nur: "Bis dann und Tschüüs!" – Draußen war ich.

Das gleiche Verhalten zeigte Helene beim Ruderclub. Sie tat so, als wäre ich nicht ihr Patient. Ich begriff, sie trennte messerscharf zwischen Beruf und Freizeit.

An einem wunderschönen sonnigen, windstillen Oktobertag betrat ich die Praxis zu der letzten Behandlung. Im Wartezimmer saß sonst niemand. Ich wusste, nie wieder würde ich der Helene so nahe sein wie bei den Massagen. Trotz des aufmunternden Wetters schleifte mein Gemüt am Boden. Sie muss das gemerkt haben und massierte mich beim letzten Mal weicher, ich glaubte sogar gefühlvoller. Keiner von uns sprach ein Wort, eine besondere Stimmung schwebte durch den Raum.

Zu meinem Kopfende schien an beiden Fenstern die tiefstehende Sonne durch die leicht angestellten Lamellen der heruntergelassenen Jalousien. Im Spiegel gesehen leuchtete der hinter mir liegende Raum wie aufgeteilt in dunkle und helle Streifen, die Wände, die Tür und die Helene in goldenes Streifenlicht getaucht. Gold lag auf ihrem Haar, dann wieder auf ihrer Stirn. Sie saß heute aufrechter, sie schien wie ich in den Spiegel zu blicken, dann und wann auch in die Sonne, die ihre Augen anstrahlte. Ihre Halspartie und die runden, braunen Schultern traten in einem Lichtband hervor, das bei jeder Massagebewegung über ihre halbverdeckten wunderschönen Brüste tanzte.

Es dauerte eine ganze Weile, bis ich feststellte, dass heute der Reißverschluss mindestens zwanzig Zentimeter weiter offen stand. Deshalb konnte ich mehr von dem Busen bewundern. Zugleich ließ der weiter aufklappende Kittel zu, meine gierigen Augen dahin vordringen zu lassen, wo Helene kein Höschen trug. Trug sie nie eins oder vielleicht nur heute?

War das ein Wink oder meine Entdeckung ein bloßer Zufall? Ich hätte schreien sollen: „Helene hör´ auf und schmeiß´ mich raus!"

Sie strich sanft über meinen Rücken, nicht so brutal wie sonst. Zwischen meinen Beinen verlor ich die Konetrolle, mein Kleiner wuchs und wuchs, bohrte ein Loch in die Matratze. Jeder weitere Massagegriff steigerte die Bluttemperatur. Die Schläfen fingen an zu pochen. In mir drohte etwas zu platzen. Wenn ich mich jetzt herumdrehe und einfach zeige, was mich quält, mehr als „Raus hier!" wird sie nicht sagen können, schließlich habe ich sie nicht angefasst. Und dann werde ich gehorsam gehen und am nächsten Tag aus dem Ruderclub austreten. Irre Gedanken kreuzten einander, die des unsäglichen Verlangens und die der feigen Verzagtheit.

Bisher war ich immer bis zum Finalklaps brav auf dem Bauch liegen geblieben, jetzt stützte ich mich auf, wilde Entschlossenheit packte den Patienten, betrachtete

Helene im Spiegel. War sie wirklich so versunken in ihrer Arbeit wie es aussah oder zeigte sie abwartende Gelassenheit? Nein, ich wollte mir keine quälenden Fragen mehr stellen. Mit einem Ruck drehte ich mich um, zog die Unterhose mit schnellem Griff noch weiter herunter und ließ vor ihr das aufstehen, was in Thailand als Phallusdenkmal von Frauen mit Blumen bekränzt wird. Verunsichert über meine Frechheit, meiner Sache absolut nicht sicher, starrte ich sie herausfordernd oder eher mehr fragend an: Was würde ihre Reaktion sein? Nichts geschah, im Raum nur Stille. Sie sah nach unten, strich mit dem Handrücken sanft an dem Erregten von der Wurzel bis zur Spsitze. Dann trafen sich unsere Blicke. Eine Mischung von nonnenhaftem Ernst und verständnisvollem Lächeln glitt über ihr Gesicht. Als ich viele Jahre später im Louvre das Gemälde der Mona Lisa sah, tauchten vor mir Helenes damalige Gesichtszüge auf. Ohne ihre Augen von mir zu lassen, die plötzlich weich und zärtlich glänzten, richtete sie sich auf ihren Knien auf, fasste langsam nach dem Reißverschluss ihres Arbeitskittels, ratschte ihn auf und warf den blauen Lappen über ihre Schultern hinter sich.

Zum ersten Mal durfte der Hannes Helene in ganzer Schönheit bewundern: Rund, knackig, der steile beachtliche Busen mit zwei Knöpfen, die aus einem großen Hof hervortraten, ihre weichen Hüften und das alles in dem diffusen Licht des Behandlungszimmers. Sie rutschte ein wenig auf den Knien auf mich zu, kam auf die Hände gestützt näher, hob ihren wonnigen Hintern an und senkte ihn wieder. Meine Spitze fühlte etwas Wuscheliges, dann aber, als würde ich selbst in einen höllischen oder himmlischen Abgrund versinken, wurde es warm und weich. Ihre Blicke gingen über mich hinweg, während sie bedächtig maßnehmend auf und nieder wogte. Ich konnte nur stille halten, denn mit ihren Unterschenkeln hielt sie mich auf der Turnmatte fest.

Das durch die Jalousieen gefilterte Sonnenlicht schwang im Rhythmus der heftiger werdenden Bewegungen schneller an ihrem Körper auf und nieder.Über halbgeöffnete Lippen drangen unverständliche Laute an mein Ohr. Sie fing an auf mir zu reiten. Bis jetzt hatte ich nicht gewagt, sie anzufassen. Nun glitten meine Hände an ihren Armen hoch zu den Schulten und stützend unter den Busen, der immer gewaltiger mit hüpfenden Ausschlägen auf mich niederkam. Ihr Stöhnen wechselte ins Klagen. Ich zog Helene an mich, sie ließ es geschehen. So bekam mein kleiner Großer Bewegungssfreiheit. Wie von Sinnen muss ich wohl das Kommando übernommen haben. Zugern hätte ich sie geküsst, aber sie schien lediglich darauf aus zu sein, den Höhepunkt zu erreichen. Das war purer Sex, was sie trieb. Mir sollte es recht sein. Was hätte es auch gebracht, als Pennäler mit einer 10 Jahre älterern Frau ein Liebesverhältnis aufzubauen.

Diese Gedanken zuckten nur Bruchteile von Sekunden durch mein Hirn, das ganz woanders tätig war. Ich wollte ihr jetzt beweisen, wozu ein junger Bursche fähig war. Mein Unterleib federte wie mit Hammerschlägen in sie hinein bis sie schluchzend zusammensank. Ein eigentümliches Gefühl durchrieselte den Reiter. Ich hatte

270

die selbstsichere, starke Helene besiegt. Was ich bisher krampfhaft zurückgehalten hatte, strömte jetzt mit größtem Vergnügen in sie hinein. Ein herrliches, ein befreiendes, ja stolzes Gefühl!

Ich blieb ruhig liegen, mein Kleiner flutschte langsam aus ihr heraus. Irgendwo summte eine Fliege. Eine Wolke war vor die Sonne gezogen und ließ das Licht um uns ersterben. Der Raum war wieder nur ein Behandlungszimmer, grau und unpersönlich. Mich fast zu Tode erschreckend, riss Helene sich los, hüpfte von der Matratze, griff nach dem blauen Arbeitskittel, streifte ihn über, stolzierte auf die Tür zu und weg war sie. Wie betäubt sah ich ihr nach.

Fast geschäftlich klang ihre Stimme, offensichtlich stand sie im Wartezimmer am Bürokatheder: „Die Behandlung ist vorbei, es waren 10 Massagen, hier liegt die Bestätigung, komm´ beeil dich, ich muss noch woanders hin!"

Ich stopfte mir das Hemd in die Hose, zog die Schuhe an, nahm den Zettel, gab ihr artig die Hand. Sie lächelte meines Erachtens ein wenig zu sparsam, schließlich hatten wir beide gerade sehr intensiv einander sehr lieb gehabt oder vielleicht ihrer Meinung nach nur mal so tüchtig gebummst. Sie schloss die bisher stets unverschlossene Praxistür auf und entließ ihren Lover wortlos auf die Straße. Das war meine Liebeserfahrung mit der frommen Helene. Einerseits ein lang ersehntes Erlebnis, aber und letztlich ernüchternd und traurig machend. Jedoch die Massagen, besonders die letzte hatte meinen Rücken wieder fit fürs Rudern gemacht. Das war doch schon etwas! Unter die Träumerei konnte ein erfolgreicher Schlussstrich gezogen werden.

Als ich Dr. Helwig wieder traf und den besagten Zettel gab, grinste er genau so wie vor Wochen, als er mir die Überweisung zur Heilpraktíkerin Helene in die Hand drückte. Dieses Mal nach meiner Erfahrung im Behandlungszimmer verstand ich seine süffisanten Worte: „Na, hat es was gebracht bei der Helene, war´s schön?" Ich habe nur genickt und konnt es mir denken: Die beiden hatten wohl auch mal was miteinander, er und die vielgeliebte fromme Helene.

22

Der zweite Rudersommer und die Schulferien rückten heran. Wir hatten uns qualifiziert, mit einem Gigboot – das waren die schweren geklinkerten Trainingsvierer – eine Fahrt ins Blaue zu machen. Auf Empfehlung älterer Clubmitglieder planten die Schrader-Brüder, Kurt und ich mit Zelt, Verpflegung und sonstiger Ausrüstung unter der Küste bis in die Eidermündung zu gelangen und dann soweit wie möglich den Fluss hinaufzurudern.

Sorgfältigst wurden die Mengen der mitzunehmenden Last berechnet, denn schließlich fasste das Boot nur das Notwendigste. Ältere Ruderkameraden, die das Revier und den Fluss kannten, betätigten sich als wertvolle Ratgeber. Einer stellte uns sogar sein Vier-Mann-Zelt zur Verfügung. Bei stets hungrigen Jugendlichen, die über so gut wie kein Taschengeld verfügten, musste der zusammenzustellende Verpflegungsvorrat genau durchkalkuliert werden. Jeder versprach, zuhause die Speisekammer und den Vorratskeller zu beklauen. Wegen der Zerbrechlichkeit kamen keine Glasbehälter, sondern nur Dosen in Frage. Zu Hause aber fand ich nur Weckgläser. Meine Mutter wusste Rat. Sie zeigte mir in der Stadt im „Konsum" ein Regal, auf dem Dosen standen mit dem Aufdruck „Pichelsteiner-Topf". Die Inhaltsangabe verriet neben Kohl eine angemessene Fleischeinlage und das pro Dose für nur DM 0,89!

Vier Dosen schenkte mir meine Mutter von ihrem knappen Haushaltsgeld, und ich kaufte vier von meinem mickerigen Taschengeld. Beim nächsten Treffen, als das Abhaken der Strichliste begann, konnte ich Vollzug melden, nur Kurt hatte seinen Anteil noch nicht zusammengebracht. Beim Abschied gab ich ihm den Tipp mit dem „Konsum". Bei der Beladeprobe einen Tag vor dem Auslaufen standen mit einem Male 32 Dosen „Pichelsteiner" auf der Bank. Die Schraders waren auf dieselbe preisgünstige Adresse gestoßen.

Großes Gelächter, egal, dann gibt es jeden Tag dasselbe. Keine weitere Diskussion, hinein damit ins Boot. Als nächstes verschwanden das sperrige Zelt in der Vorpiek, der Petroleumkocher und die Pfanne im achteren Teil. Eine Dose Honig, Marmelade und einen kleinen Sack mit Kartoffeln, ein paar Messer, Gabeln und Blechnäpfe verkeilten wir neben den Rollsitzen, und oberhalb der Füße, in alten, quer über das Boot gebundenen Militärsäcken, hatte jeder die zusätzlichen Kleidungstücke zur Hand. Viele Hände halfen. So trennten wir uns mit Fröhlichkeit und wünschten, es wäre schon Morgen.

Der erste Ferientag begann mit eitel Sonnenschein. Schnell das Frühstück heruntergeschlungen. Die Mutter, die mir einige belegte Brote in einem Leinenbeutel in die Hand drückte, wurde zum Abschied flüchtig geküsst, und dann nichts wie weg zum Ruderclub.

Völlig aus der Puste erreichte ich das bereits offenstehende Hallentor, davor saß Kurt auf der Bank, das Gesicht in beide Hände gestützt. Ich bremste meinen Eilschritt ab, hielt inne. War er krank? War jemand gestorben?

Erst als ich vor ihm stand und antippte, blickte er mich traurig an, sagte kein Wort, hob die Hand und zeigte über die Schulter in die Halle. Kein Mensch weit und breit zu sehen, aber in der Ecke lag lieblos hingekippt alles das, was wir gestern in stundenlanger Arbeit in dem auf Böcken aufgestellten Gigboot verstaut hatten. Das Boot selbst lag mit dem Kiel nach oben bereits wieder im Lagergestell.

Ja, verdammte Scheiße, was war hier geschehen? Welcher Saukerl wollte uns die Tour vermasseln? Ich muss furchtbar geschrien und getobt haben. Von dem Gebrüll angelockt, stand plötzlich der Hallenwart neben mir und versuchte mich zu beruhigen. Was der jetzt versuchte zu erklären, entfachte die Wut noch mehr. Man hätte übersehen, dass für das Boot eine weitaus ältere Anmeldung für einen Ferientörn vorlag und zwar für die Damenriege. Ich konnte mir schon denken für wen, und richtig, auf der Namensliste stand unter anderem Helene Madsen. Hätte ich dass vor der letzten Massage gewusst, ich hätte in ihrer Folterkammer wohl anders reagiert.

Wie benommen und sprachlos hockten schließlich alle vier auf der Bank vor der Halle. Minuten vergingen, bis Manni Schrader als erster den Mund aufmachte: „Wisst ihr was, es lohnt nicht, dieser Schweinerei hinterherzujammern, vielleicht haben die Weiber ja wirklich lange vor uns die Zusage bekommen, und der Hallenwart hat das verschwitzt. Was haltet ihr davon, wenn wir mit dem Fahrrad irgendwo hinfahren und da zelten?"

Die Traurigkeit verflog bei diesem Vorschlag. Ich aber knickte gleich wieder ein. Brilliante Idee, aber woher sollte ich ein Fahrrad nehmen. Vater, der angeblich Kranke, fuhr zwar nicht mehr damit. Es stand im verschlossenen Werkzeugkeller zwischen dem Gerümpel des ehemaligen Hühnerstalls. Nicht einmal Mutter durfte es benutzen. Und das sollte ich jetzt ausgeliehen bekommen für eine längere Tour? Nein, niemals würde er es hergeben. Das konnte ich mir abschminken. Wie automatisch muss ich wohl diese Sätze vor mich hingeplappert haben.

„Aber dein Alter kann doch nicht so borniert sein, nicht selber zu fahren und es im Keller verrotten zu lassen!"

Uns war klar, ich konnte nur mit, wenn ich dieses Fahrrad bekam.

Wir vereinbarten, uns abends zu treffen. Bis dahin sollte ich meinen Alten aufweichen. Die Klamotten blieben erst einmal in der Halle liegen.

Mutter schoss gleich mit fragendem Gesicht aus der Haustür als sie die Gartenpforte knarren hörte. „Mein Junge, mein Junge, hast du etwas vergessen oder fehlt dir etwas?"

Am Küchentisch erzählte ich ihr die Malesche. Sie seufzte:

"Wie traurig und wie gemein von deinen Ruderkameraden!"

Dann nahm ich ihre Hände, das hatte ich lange nicht mehr getan. Ich spürte, wie ihr bei dieser Berührung das Herz aufging. Genau das brauchte ich als gute Voraussetzung für die vorzubringende Bitte: „Rudern ist ja nun mal dahin, die anderen haben den Vorschlag gemacht, stattdessen mit dem Fahrrad zu fahren. Wir wollen in Richtung St. Peter und dort in den Dünen zelten, aber wie gesagt mit dem Fahrrad, und wer hat hier im Hause die Hand auf dem Gerät – unser Vater."

„Ach ja", wieder seufzte sie, „wenn er das nur herausrücken würde, zum Einkaufen könnte ich es so gut gebrauchen, immer diese Schlepperei vom Konsum hierher."

Im Flur schlurfende Geräusche, die Küchentür ging auf und Vater, gerade aus dem Bett, stand vor uns. „Setz dich zu uns, du Armer", flötete Mutter in schmeichelnder Weise, „wie geht es dir denn heute, hast du schon das Frühstück im Bett beendet. Wir brauchen dich, um ein Problem zu besprechen."

Er sah mich fragend an. Ich nickte ihm zu. Leutselig, sogar ein wenig lächelnd, was selten war, wollte er wissen, worum es sich handelte. „Der Junge braucht dringend dein Fahrrad", stellte Mutter in den Raum. „Seine Ruderfahrt ist geplatzt, kein Boot. Jetzt wollen die Vier mit dem Fahrrad los."

Er blickte in die Runde. „Wisst ihr, was ihr da verlangt. Das Fahrrad war und ist unser einziges Mittel, um in schlechten Zeiten als Transportmittel zu dienen, das ist kein Lustgerät für Ferienfahrten. Im Osten droht der Russe, und so wie es jetzt bei uns zugeht, wird es bald nicht mehr sein. Dann müsst ihr wieder raus auf die Kartoffeläcker und Verpflegung heranschleppen, ja, ja, wartet nur ab, bald gibt es wieder Krieg."

Mutter und ich sahen uns an. Vater hatte sich nicht nur in seine nicht vorhandene Krankheit geflüchtet, sondern schien auch sonst nicht mehr mit dem Tagesgeschehen vertraut zu sein. In unser Staunen hinein sagte Mutter einen Satz, den ich ihr nicht zugetraut hätte.

„Mein Lieber, du hast ja recht. Aber meinst du nicht, Hans müsste das Rad überholen und auf einer längeren Fahrt testen, ob es weiterhin für den Ernstfall zu gebrauchen ist? Es im Keller herumzustehen und verrosten zu lassen, davon wird es nicht besser, oder?"

Minutenlang abwartende Stille. Vater genoss, dass alles jetzt von ihm abhing, von seiner Entscheidung. Und da geschah etwas Ungewöhnliches. Er musterte mich, ja er lächelte, machte mir das Zeichen aufzustehen und ihm zu folgen. Bereits halb abgewendet und auf dem Weg hinaus auf den Flur kam der unvergessliche Satz: „Ich will mal nicht so sein, wir gehen in den Keller, gucken uns den Drahtesel an, und wenn er noch fährt, kannst du ihn behalten, aber aufmotzen muss du ihn selbst." Ich traute meinen Ohren nicht. Ich hätte ihn umarmen können. Aber derartige Gefühlsausbrüche hasste er, ich hielt mich zurück, aber innerlich hüpfte mein Herz. Donnerschlag was für eine Wende. Vater gab mir den Schlüssel für den Kellerraum.

Bis zum abendlichen Treffen mit den Freunden musste es gelingen, das verstaubte Gerät mit den platten Reifen fahrfähig zu machen. Mein ganzes Reisegeld ging dafür drauf, die mühsam ersparten 5,-- DM. Beim Fahrradhändler Feddersen versuchte ich zu handeln, so gut es ging. Es konnten auch gebrauchte, bereits geflickte Schläuche und gebrauchte Ventilgummis sein, ein wenig Öl für die Kette. Und eine Birne für den Scheinwerfer. Ein Pedal musste erneuert werden. Zuletzt klimperten nur noch 40 Pfennig in meiner Hosentasche. Fünf DM oder zeitgemäßer 2,50 Euro mag heutzutage ein lächerlicher Betrag für eine Fahrradreparatur sein. Vergleichsweise kostete zu der Zeit eine Karussellfahrt auf dem Jahrmarkt 10 Pfennig.

Den ganzen Tag trieb mich der Ehrgeiz, all mein Tun und Denken war darauf gerichtet, das Rad herzurichten. Vom Arbeiten verschmiert und verdreckt saß ich schließlich erschöpft aber glücklich auf dem Gartenstuhl vor meinem zweirädrigen Eigentum. Zur Schule und sonst wohin würde jetzt alles schneller gehen. Als 18-

Jähriger ein eigenes Fahrrad zu besitzen war vergleichbar mit der Freude eines heute Gleichaltrigen, der vom Vater den Führerschein und obendrein ein Auto geschenkt bekam. Ich bin die Deichstraße rauf und runter gefahren, in wilden Haken um die Alleebäume gekurvt und war unendlich glücklich.

Bewusst bin ich abends am Treffpunkt später eingetroffen, um meine Freunde umso erregter in Freudenschreie ausbrechen zu hören, als ich mit surrendem Dynamo und hellem Licht eintraf. „Mensch, das ist ja eine uralte Herkules, bleischwer, aber unverwüstlich. Gratuliere. Spitzenklasse. Nun können wir ja loslegen!" Genau die Reaktion hatte ich erwartet.

Mit der Verzögerung eines Tages, ohne dabei dem Ruderbetrieb eines Blickes zu würdigen, beluden wir in der Clubhalle unsere Räder mit den Habseligkeiten und strampelten los.

Es begann so, wie wir es uns vorgestellt hatten. Auf den einsamen, damals noch verkehrsarmen Straßen ging es der Sonne entgegen. Links und rechts weite Wiesen, im Westen schimmerte die Nordsee. Durch das Reet der Gräben pfiff der Wind. Mal zogen Möwen vorbei oder kreischende Austernfischer, Kiebitze, die fliegenden Putzlappen glichen, begleiteten uns. Kamen mit Gepäck beladene Radfahrer entgegen, rief man „Servus", der Gruß der radelnden, vom Fernweh getriebenen Touristen jener Zeit. Der erste gefahrene Ferientag verlief ohne Komplikationen, todmüde fielen vier verhinderte Ruderer kurz vor Dunkelheit in einer Feldscheune ins duftende Heu. Mit dem nächsten Tag begann der Abschwung der Begeisterung. Es goss in Strömen. Niemand von uns hatte an Regenzeug gedacht. Aber es kam noch übler. Manni Schrader klagte am folgenden Abend über Zahnschmerzen, das bedeutete eine Reiseunterbrechung im nächsten Ort. Kurt litt unter Durchfall und musste alle 10 Minuten vom Rad in den Graben.

Einen Tag später, kurz vor St. Peter, unserem Ziel, riss Hermann Schrader die Kette: Aus Solidarität haben wir unsere Drahtesel 20 km geschoben. Im mühsam erreichten Ferienort gab es damals noch keinen Campingplatz, man verwies uns nach Böhl, weit außerhalb des Kurortes. Entfernt von jeglicher menschlichen Behausung wurde zwischen den Dünen bei stürmischem Wetter das Zelt aufgerichtet. Dabei die Feststellung: Wo sind eigentlich die Heringe zum Festmachen der Halteseile, weg! Vergessen? Hat jemand einen Hammer oder so? Auch nicht! – Vergessen! Als Pflöcke dienten schließlich die Fahrräder, die diagonal abgelegt und mit Leinen angebunden das Zelt aufrecht hielten. Das enge Zelt zwang zum nächtlichen kuscheligen Aneinanderdrücken von vier kurzbehosten Gestalten, die alle Kleidungsstücke als Decken nutzten und am Morgen wieder in vier Häuflein nebeneinander legten. Schlafsäcke kannten wir nicht. Außer einer Turnhose hatte ich nichts Langbeiniges für die Nacht mitgenommen. Als zweite befand sich meine Lederhose im Gepäck. Dieses vielgeliebte, speckige Ding, vor Jahren von den westfälischen Sommergästen als Geschenk überreicht, passte hinten und vorne nicht mehr, drohte meine edelsten Teile abzuwürgen, aber trennen wollte ich mich nicht davon. Für Jugendliche in den

50er Jahren war eine Lederhose das Höchste. Am nächsten Tag polsterten wir das harte Lager mit Heu aus einer nahen Futterkrippe. Die Morgentoilette fiel aus, zu kompliziert. Sanitäre Anlagen gab es weit und breit nicht. Stattdessen wurde der naheliegende Dünenbereich in vier Hygienesektoren aufgeteilt. Ein durch eine ausgelegte Leine gekennzeichneter Sicherheitspfad verhinderte Überraschungen. Die Gefahrenzone je Sektor begann bei 20 Metern. Baden im Watt gelang nicht. Entweder war Ebbe und das Wasser nur am Horizont zu sehen, oder dringende Besorgungsgänge beschnitten unsere Freizeit. Die Spaziergänge in den Ort standen unter dem Zeichen des Händewaschens und des heimlichen Klauens von Johannisbeeren aus den naheliegenden Gärten. Die Sandbank von St. Peter-Ording lag außer Reichweite, niemand verspürte die Lust, bis dahin zu laufen. Soweit gefiel uns das Ganze, trotz der weiten Wege. Der zweite Tag servierte eine herbe Überraschung. Der Petroleumbrenner, zuhause noch funktionsfähig, war ums Verrecken nicht in Gang zu setzen. Das karge Frühstück mit ausgetrocknetem Schwarzbrot, dünn mit Honig bestrichen, hatte nicht lange vorgehalten. Die knurrenden Mägen mussten nun zur einzig verfügbaren Kochquelle eine Alternative finden. In verschiedene Richtungen setzte die Suche nach Steinen ein, um eine Feuerstelle zu bauen. Nun, in einer Dünen- und Wattgegend Steine zu finden ist vergleichsweise genau so selten wie auf der Straße eine volle Zigarettenschachtel. Eine Baustelle, die vier Kilometer entfernt lag, konnte sicherlich einige Ytong-Steine entbehren. Holz in den Dünen zu finden war ein Glücksfall.

Aus einem Kiefernwäldchen weiter landeinwärts erbrachte die Sammelaktion nach Stunden einen kleinen Reisighaufen.

Nachdem nun alle Voraussetzungen geschaffen waren, endlich als erstes mindestens vier „Pichelsteinertöpfe" in einem Topf heiß zu machen, begann die Suche nach den Streichhölzern. Das Rätselraten begann: Wer hat sie denn? Kurt hielt die Schachtel triumphierend in die Höhe. Um den Wind abzuhalten, drängten wir uns auf den Knien zusammengerutscht an die Feuerstelle. Papier und Heu zurechtgelegt, kleingeknicktes Reisig drumherum. „Los, Kurt auf geht's!" Ratsch, ratsch – nichts. Noch einmal. Ratsch ratsch, ach du Elend, abgebrochen. Das nächste Streichholz, ratsch, ratsch. Der Pulverkopf zerbröselte, ohne einen Funken abzugeben. „Mensch, das Zeug ist nass", entfuhr es dem langen Hermann Schrader, „wartet mal, ich hab da ein Brennglas, die Sonne scheint gerade. Lasst mich mal ran, ich mach' euch Feuer."

Kleine Benngläser waren damals ein beliebtes Spielzeug, um mit dem fokussierten Licht der Sonne zum Beispiel Ameisen zu verbrennen. Und Hermann schaffte es, ein graues Wölkchen stieg auf, das Papier entflammte, dann das Heu. Wie die ersten Menschen, denen es gelang Feuer zu machen, tanzten wir jubelnd um die Feuerstelle. Jetzt konnte es losgehen mit dem „Pichelsteinertöpfen".

Her mit dem Dosenöffner. Dieses Mal war ich dran, die langersehnte Mahlzeit zuzubereiten. Die Dose fest auf den Boden gestellt, alle schauten erwartungsvoll zu.

276

Den Dorn des Öffners zielsicher auf den Dosenrand gesetzt und mit der Faust draufgehauen. Dem metallischen Knacken folgte ein hoher Fistelton, und gleich darauf schoss eine bräunliche Fontäne an meinem Gesicht vorbei. Aus dem Loch blubberte eine schaumige gallertartige Masse, die furchtbar stinkend in den Sand tropfte. Entsetztes Schweigen, bis einer sagte: "Kann ja vorkommen, die war faul."

Überflüssiger Kommentar, empfand ich, dafür war der Beweis zu deutlich. Vorgebeugt und den nächsten „Pichelsteinertopf" gegriffen. Dieses Mal gingen die Zuschauer auf Distanz, und ich lehnte mich beim Dosenöffnen so weit zurück wie möglich.

Wieder dasselbe. Ohne ein Wort zu sagen holte Kurt alle anderen Dosen hinter dem Zelt hervor und stellte sie vor mich hin. Ich schaute in die Runde. Kopfnicken. Eine nach der anderen. Aufgedreht, Ergebnis: Alle 32 waren schlecht, ungenießbar. Unsere einzige Verpflegung dahin! Eine der Dosen, näher untersucht, zeigte das Fertigungsdatum 1944. Sie stammten aus Kriegsbeständen!

Schweigend saßen wir um das Feuer. Wenigstens ein Feuer anzumachen war uns Ferienexperten gelungen. Bisher das einzig erfolgreiche.

Wir teilten das letzte Brot, die Marmelade, den Honig, die Handvoll geklauten Johannisbeeren und stierten in die prasselnden Flammen bis das letzte Stückchen Holz verfeuert und die Glut erloschen war. In der heißen Asche blieben die letzten Kartoffeln zurück. Im Westen über dem Meer grummelte es, hin und wieder zischte ein Blitz durch die Dunkelheit, kleinlaut krochen wir ins Zelt. Ins miefige Heu eingekuschelt ging die Traurigkeit schlafen. Mal sehen, was der Morgen bringen würde.

Es muss wohl nach Mitternacht gewesen sein. Schwere Tropfen pochten aufs Zelt, erst in größeren Abständen, dann heftiger bis es schließlich wie ein Wasserfall rauschte. Helle Blitze um uns herum ließen das graue Zelttuch aufleuchten, gefolgt von krachendem Donnern. Im Trockenen geborgen und geschützt, fühlte ich mich richtig wohl, auch den anderen wach gewordenen erging es so. Bis jetzt drang kein Wasser ins Zelt ein. In das Rauschen des Regens polterte mal näher mal weiter entfernt unregelmäßiges Getrappel. Aufgeschreckt lauschten die Zeltbewohner, niemand vermochte die Geräusche zu deuten, war wohl nicht so wichtig, also weiter schlafen.

Plötzlich brandete das Gepolter dichter heran, immer bedrohlicher werdend, Manni Schrader zog den Zeltreißverschluss auf. Dunkle Schatten jagten vorbei, gefolgt von einem harten Schlag gegen die Zeltwand. Wir stürzten und kugelten übereinander, das Zelt brach zusammen, die Stöcke knickten weg, ein Fahrrad rutschte ins Zelt. Gewieher und Hufschlag tobten davon. Irgendwo waren, vom Gewitter erschreckt, Pferde ausgebrochen, durch die Dünen gejagt und in unsere Halteseile geraten, die das Zelt mit den Fahrrädern verbanden.

In dem in der feuchtetriefenden Dunkelheit provisorisch aufgerichteten Zelt dämmerte jeder sehnsüchtig mit angezogenen Beinen, umgeben von Feuchtigkeit, dem Morgen entgegen. Kein Wort unterbrach den plätschernden Regen, aber alle dachten dasselbe: Ab, nichts wie zurück nach Hause!

Mit dem ersten Grau am Horizont begann das Einpacken. Nebenbei, aus der feuchten schmierigen Asche herausgefischt, halbrohe Kartoffeln, unser Frühstück. Der Regen hatte die Glut viel zu früh gelöscht. In eine mit den Händen gegrabene Kuhle warf jeder das, was er nicht zurückschleppen wollte. Der sperrige Petroleumkocher kam als erster hinein. Darauf die Ytongsteine der Feuerstelle, ich warf meine zu eng gewordene Lederhose hinein: Mit der Abkehr von diesem geliebten Kultstück, das meine Freunde als meinen Sackkneifer betitelten, nahm ich symbolhaft Abschied vom Burschendasein und meinte außerdem damit demonstrativ kundzutun, nie wieder an Ferientouren mit dem Fahrrad teilnehmen zu wollen.

Plattgetreten verschwanden die enttäuschenden „Pichelsteinertöpfe" und sonstiger Unrat in der Grube. Eine Dose hatte ich mir als Souvenir auf den Gepäckträger geschnallt. Die zersplitterten Zeltstöcke blieben ebenfalls zurück. Über alles wurde Sand geschüttet, Kurt steckte obendrauf ein schwarz angebranntes Ästchen, das wie ein Kreuz aussah. Damit beerdigte auch er seine Lust an weiteren Campingvergnügen.

Mir ist diese Fahrt ein traumatisches Erlebnis geblieben. Camping und Zelten habe ich seitdem gemieden wie der Teufel das Weihwasser, habe auch meinen Kindern stets davon abgeraten.

Die Rückfahrt verlief unspektakulär. Wütend gegen den Nordwestwind strampelnd erreichte die Vierergruppe in einem Tag spätabends die Heimatstadt. Wortlos mit kurzem Handwinken trennten wir uns am Stadtrand. Der beseelende Gedanke, etwas Saftiges zu essen und den schweißstinkenden Körper im heißen Wasser der Badewanne aufweichen zu lassen, hat wohl jeden von uns die letzten hundert Meter im Eiltempo radeln lassen.

Selten habe ich mich so sehr nach meinem Zuhause gesehnt. Bin Mutter in die Arme gefallen, habe mich erschöpft an den Küchentisch gesetzt und alles mir Vorgesetzte mit Heißhunger verschlungen. Im Waschkeller dampfte bereits die große Zinkwanne. Ein Bad mit eingebauter Wanne und Dusche gab es damals bei uns noch nicht. Stundenlang lag ich genüsslich in der Brühe, bis sie ganz kalt war, verkroch mich danach ins Bett. Bis zu meiner Berichterstattung müssen wohl zwei Tage ins Land gezogen sein.

Dem Reisebericht lauschten die Eltern gern. Mutter rief Oh und Ah und bedauerte mich, Vater dagegen hörte besonders interessiert zu, als die Geschichte der verfaulten Dosen in den Mittelpunkt rückte, die Mitgebrachte stand auf dem Tisch.

Er betrachtete sie und legte mit einem Male eine Platte auf, wie ich es seit Jahren nicht mehr gewohnt war. Plötzlich ballte er wieder kämpferisch und drohend die Faust und fuhr Mutter an: „Siehste, der Konsum, der Sozi-Saftladen, das ist genau so ein Kriegsgewinnlerverein, wie die ganze übrige demokratische Bagage. Verrottete

Kriegsbestände den Leuten anzudrehen, um dickes Geld zu machen. Das Zeug hätte Hannes und seine Kameraden vergiften können. Da gehst du gleich morgen hin und beschwerst dich. Lasst euch das Geld zurückgeben. Und wenn da der Obersozi-Geschäftsführer nicht mitspielt, nichts wie hin zu meinem NSDAP-Parteifreund, dem Polizisten Großestricker, der damals als Polizeimeister und jetzt als Polizeichef das Heft in der Hand hat. Du weißt ja, bei Adolf war er der große Mann, und nun, weil die schlappen Christlichen und Sozis nichts auf die Beine stellen, haben sie ihn wieder zum Arm des Gesetzes gemacht! Für den wär' das ein Fressen, der würde den Sozis Beine machen." Schlug mit der Faust auf den Tisch, stand wortlos auf und verschwand im Wohnzimmer auf der Couch.

Mutter ist tatsächlich losgezogen, kam aber tieftraurig wieder zurück. Sie hatte es nicht gewagt, den Geschäftsführer zu sprechen oder gar bei der Polizei vorstellig zu werden. Die Dose warf sie in den Müll. Ich hätte sie lieber in St. Peter vergraben sollen. Die Beichte ihres Mangels am Mut führte zu einer dreitägigen Schweigepause zwischen ihr und Vater. Dass er selbst etwas hätte unternehmen können, kam ihm nicht in den Sinn. Oder war er zu feige?

Es hat mindestens eine Woche gedauert, bis wir vier verhinderte Ruderer wieder zusammenfanden. Diese misslungene Ferientour, ausgelöst durch die uns versagt gebliebene Wanderfahrt mit dem Boot, verursachte zweierlei: Nicht nur, dass jedem von uns die Lust am Zelten verflogen war, sondern auch die Begeisterung für das Rudern hatte einen Riss bekommen, der völlig aufklaffte, als die Schrader-Brüder zum Ende der Sommerferien Kurt und mir eröffneten, dass sie wegziehen würden. Der Vater hatte in einer Pfarrei im Münsterländischen eine besserbezahlte Stellung bekommen. Damit fiel das Urteil. Der Vierer existierte nicht mehr.

Daraufhin kündigten Kurt und ich unsere Mitgliedschaft im Ruderclub. Jeder ging danach anderen Interessen nach, aber auf der Schulbank blieben wir vereint.

Ich trauerte dem Rudersport gar nicht so sehr nach. Fußballspielen interessierte mich auch nicht mehr. Das Lauftraining hatte ich längst aufgegeben. Das Fahrrad erschloss ein neues, bisher unbekanntes Umfeld, das es jetzt zu entdecken galt.

23

Als erstes besuchte ich meinen Onkel in Schleswig. Das war der aus dem Osten geflohene Oberstfeldmeister des ehemaligen Reichsarbeitsdienstes, bei dem ich während des Krieges in Posen die Ferien hatte verbringen dürfen. Ihn erinnerte ich noch in Uniform hoch zu Ross und die Tante, wie sie mit dem Besen auf ihre polnische Haushaltshilfe eindrosch. Nun mit dem Fahrrad dorthin fahren zu können machte große Freude, vor allem, weil der gleichaltrige Vetter Verbindung zu einem Jugendorchester in Schleswig hatte, das ich kennen lernen wollte. Vielleicht konnte ich da mit meiner Violine einsteigen, mal sehen.

Mit dem Besuch in Schleswig öffnete eine neue Welt ihre Pforten. Den Geigenkasten in einem Rucksack auf den Rücken geschnallt, von einem steifen Westwind getrieben, radelte ich zum Vorspielen, wurde zum Mitspielen in der zweiten Geige angenommen und durfte im Dom zum 1. September an den Proben zu Händels „Messias" teilnehmen. Halleluja! Da die Proben stets für Samstagsabend angesetzt waren, stand die Schule nicht im Wege.

Nachdem die Erschöpfung von der Ferientour verflogen war und bevor die Fahrerei nach Schleswig begann, traf Ende Juli wie in jedem Jahr die westfälische Verwandtschaft ein. Dieses Mal im eigenen Wagen, einem kleinen Renault. Vater schlich nach der überschwänglichen Begrüßung mehrfach um das Auto herum und nahm Onkel Richard auf die Seite. „Sag mal, wie hast du das gemacht? Das Ding muss doch ein Vermögen gekostet haben?"

Neugier und Neid schwangen in seiner Stimme. Richard lachte, und in breitem westfälischen Dialekt sprudelte es aus ihm heraus: „Dat war gar nich so doll, woll, mit Raten wird dat wat. Anne Zeche wird gezt mehr Kohle gemacht und da kriegste mehr Kredit, nee. Mich hab'n se zum Obersteiger befördert. Wir hab'n en bisken gespart und voriges Jahr is dat wat Elses Omma is, gestorbn und von dat Erbgeld obendrauf, da is dat kleine Ding rausgesprungen. Siehste so einfach is dat." Der immer fröhliche Richard nahm Vater an die Schulter und schob ihn lachend ins Haus.

Die Zeit mit der Tengelmannfamilie stand immer im Zeichen ausgelassener Lebenslust. Es war die Zeit des Lachens, der Witze und der Unbeschwertheit. Die Älteren saßen abends entweder im Gartenhäuschen oder im Erkerzimmer und prosteten sich zu. Wir, das Jungvolk, wie mein Vater zu scherzen beliebte, Käte, Horst und die seit zwei Jahren von Käte mitgebrachte Freundin Katja Zeichner aus Beckum vergnügten uns währenddessen mit Gleichaltrigen in den nachbarlichen Lauben.

Wenn ich spät ins Haus schlich, ließ der Geräuschpegel im Haus oder Garten erkennen, wie sehr die Alten der Bowle zugesprochen hatten. Onkel Richard und die in jedem Jahr auffällig fetter werdende Tante Else bezahlten den Eltern den Ferienaufenthalt mit Naturalien, hauptsächlich mit geräuchertem Schinken, Mettwürsten und jeder Menge Alkoholika. Der Hausvorstand, ganz außergewöhnlich, verstaute die Herrlichkeiten nicht in der Speisekammer zum späteren Eigenverzehr, sondern veranlasste Mutter, sie aufzutischen. Vaters Spezialität, eine Erdbeerbowle, erhielt ihre Prozente durch Rum und Weinbrand, die besonders die Früchte zu gefährlichen Leckereien hochstilisierten.

Als zu später Stunde Richards immer schmutziger werdende Witze laute Lacher auslösten, schlichen wir in die Küche, wo der große irdene Topf mit dem Gesöff auf dem Tisch stand, holten Tassen aus dem Schrank und sicherten uns im schnellen Salventakt unseren Anteil. Auf der Treppe zu den Schlafzimmern, wankten dann die Stufen. Besonders die kichernden Mädchen zeigten Wirkung und krochen bäuchlings nach oben. Die Tengemanneltern schliefen in den elterlichen Betten. Meine Eltern nächtigten in dem ehemals Rudolfschen Zimmer. Meine Rumpelkammer besetzten die beiden Mädchen. Horst und ich hatten unsere Schlafmatratzen auf dem Boden unter den Dachpfannen. War die Treppenstiege hochgezogen, konnte uns niemand mehr erreichen.

An den lustigen Abenden, an denen die Alten keine Kontrolle ausübten und nicht merkten, dass die Jugend, statt in den Betten zu liegen, als heimliche Trinker ihre Spielchen machte, saßen Horst und ich oft in den Betten der Mädchen. Er spielte Klampfe und die Mädchen erfreuten uns mit tänzerischen Einlagen, die heutigen Tabledance-Vorführungen in nichts nachstanden.

In einer Kiste in der Abseite fanden die beschickerten Tänzerinnen wallende Tücher, großkrempige Hüte und Chiffonschals, mit denen sie unten an unserem Bettende vorbeitingelten. Draußen der Flur war die Umkleidegarderobe. Jedes Mal, wenn Horst eine bestimmte Melodie auf der Gitarre anschlug, folgte der nächste Auftritt, mit jedes Mal weniger verhüllten Damen.

Die beiden Freundinnen, beide 17 Jahre alt, reizten mit ihrer körperlichen Unterschiedlichkeit. Käte breit gebaut, wippte vorbei mit ihren Brüsten, die wie reife Kalebassekürbisse herunterhingen, und ließ ihren runden Bauch rotieren, was einer türkischen Bauchtänzerin Ehre gemacht hätte. Die Bewegungen der hochgewachsenen Katja dagegen glichen der einer Gazelle. Sie ließ einen Schal vor den klimpernden Augen abgleiten, Kopf und Hände zuckten im Takte der Musik wie die einer indischen Tempeltänzerin. Und als sie dann auch noch ihren Busen entblößte, dessen steil hochstehende Zitzen denen eines Schmalrehs glichen, da musste ich fluchtartig das Bett verlassen und floh über die Bodenleiter zu meiner Matratze. Nee, was zu viel war, war zu viel!

Horst unterbrach das Spiel und rief: „Komm, sei kein Frosch, komm wieder runter:"

Ich hielt mich stille. Die Vorführdamen schienen auch keine Lust mehr zu haben, warfen Horst aus ihrem Zimmer und schlossen die Tür zu. Der Hinauskomplimentierte murmelte etwas von blöden Gänsen, schob die Gitarre auf der schmalen Stiege zum Boden hoch, zog die Leiter an, warf Hose und Hemd in die Ecke und sich selbst auf die Matratze. „Machste mal die Taschenlampe an?"

„Warum?" „Ich will dir was Scharfes zeigen."

„War doch scharf genug heute Abend", entgegnete ich. „Ich zeig dir was, was du noch nie gesehen hast, gib mal die Taschenlampe rüber." Also gut. Unter dem Kopfkissen versteckt lag die Lampe, ich gab sie ihm. Licht blitzte auf, und im weißen Kegel der Taschenlampe leuchtete ein buntes Faltbild auf, ein Poster, das Vetter Horst an einen Nagel am Schornstein aufhängte.

Ich richtete mich auf. Junge, Junge, das war wirklich messerscharf. Auf dem Großfoto drängte eine nackte farbige Schönheit ihre Reize in Position, als wenn sie unbedingt mit einem ins Bett wollte.

Horst nestelte mit der Taschenlampe herum und befestigte sie so zwischen Dachpfanne und Lattenrost, dass das Licht auf die geile Schönheit fiel. „Dat is ´n Pin-up-Girl, so nennt man diese Weiber" klärte er mich auf. „Hab ich von unserm Bahnhofskiosk, is aus ´ner Zeitschrift, und weißte, wat du damit machen kannst? Pass auf!" Horst stellte sich etwa ein Meter entfernt vor das aufgeilende Bild, holte aus der Schlafanzughose seinen erregten Ständer heraus und fing an ihn heftigst zu massieren. Ich sah ihm interessiert zu. Er hatte einen relativ kurzen, aber dicken. Ich schaute an mir herunter, der war schlanker, dafür länger. Mich hielt es nicht mehr auf der Matratze. Was er konnte, konnte ich auch. Also danebengestellt und Eigenmassage durchgeführt.

Horst sah an mir herunter und grinste. „Soll ich deinen mal machen und du machst meinen, mal sehen wer zuerst fertig ist?"

Also Griffwechsel durchgeführt und lustig über Kreuz vor der verführerisch lächelnden Schönheit den Ernstfall geprobt. Wer wen zuerst fertig machte, weiß ich nicht mehr. Aber das Spielchen haben wir häufig in diesem Sommer wiederholt, manchmal sogar mit einer Stoppuhr, um festzustellen, wer am schnellsten in den Staub vor den Schornstein spritzte.

Am Frühstückstisch saßen die harmlosen Jungs einträchtig neben den braven Mädchen, ohne jegliche Hintergedanken. Beim Mittagessen wurde gebetet. Die Jugend am Küchentisch. Käte als Klosterschülerin prädestiniert als Vorbeterin. Die nordischen Protestanten und katholischen Westfalen in ökumenischer Brüderlichkeit.

Als wir andächtig den Kopf senkten und auf Kätes Befehl die Augen schlossen, stand Käte heimlich auf. Hatte sie „Im Namen des Vaters, des Sohnes und des Heiligen Geistes" das Gebet beendet und schauten wir auf, da dampfte bei ihr schon das dickste Stück Fleisch auf dem Teller. Ihrem Amen folgte ein siegreiches Grinsen. Damit hat sie uns nur einmal überlistet, die Scheinheilige.

Die gemeinsamen Ferien gingen schnell dahin. Die Tengelmanns luden meine Eltern oft zu Autofahrten in die Umgebung ein, während wir vier durch die Gegend strolchten. Manchmal glaubte ich zu spüren, wie die Katja mich so merkwürdig ansah, aber das rührte mich wenig, auch der Abschied von ihr tat nicht weh. Eine der schönsten, abwechslungsreichsten Sommerferienzeit ging zu Ende, die das Fahrradfiasko hatte vergessen lassen.

24

Der Schulbeginn überraschte mit einer Schülerfahrt nach Kiel. Dort sollte die HDW-Werft besucht werden. Nicht ohne Hintergedanken hatten das Land sowie einige Reeder und Wirtschaftsverbände diese Werbefahrt finanziert, um bei künftigen Abiturienten Interesse für technische Berufe und Seefahrt zu wecken.

Mich langweilten die Drehbänke und riesigen Motorenblöcke, meine Blicke blieben hängen an den himmelhohen Masten zweier Frachtsegler. Da lagen nebeneinander die „Pamir" und „Passat", die von der Werft überholt worden waren und wieder zwischen Südamerika und Europa in Fahrt gesetzt werden sollten. Mich packte ein irrsinniges Fernweh. Hinten am Ruderrad stehen, zum Himmel hin die gigantischen Masten, ein schwindelerregender Wahnsinn! –

Was für ein Blick!

Der Bootsmann bemerkte unsere nach oben gerichteten Blicke. „Stellt euch vor, da in 40 Metern Höhe über Deck im Sturm in den Rahen zu stehen und die Segel zu bergen, da müssen Kerle her, keine Waschlappen!" Stumm wurde ihm zugenickt.

An den weit ausladenden Rahen sah ich in Gedanken Segel, die der Wind blähte, unter mir begann es zu rauschen, und wie schon einmal, als ich im Nebel träumend am Ruder der morschen Brigg in unserem Hafen stand, trug mich die Sehnsucht fort.

Hier aber, das war kein Traum. Ich stand an Bord eines dieser reaktivierten Großsegler. Das war Realität. Es gab also die Möglichkeit, mit diesen Oldtimern zur See zu fahren. Hier anzuheuern bedeutete die weite Welt zu sehen. Während der Rückfahrt spielten die Hände mit zwei uns geschenkten Postkarten. Immer wieder sah ich sie mir an. Sie zeigten die beiden Vollschiffe unter weißen Segeln mit schäumender Bugwelle.

Der Ausflug nach Kiel ist mir nicht gut bekommen. Mit den Gedanken ganz woanders, vergeigte ich danach eine Klassenarbeit nach der anderen. Wenn nicht gerade Seefahrtsflausen das Hirn blockierten, dann immer häufiger die sommergebräunte Tänzerin Katja aus Beckum. Ein wildes Sehnsuchtspotpourri lähmte mich.

Da kam wie gerufen ein Besucher, den meine Eltern mir erst einmal in dem Verwandtschaftsklüngel einordnen mussten. Auf dem Sofa saß ein untersetzter kräftiger Mann mit wettergegerbtem Gesicht, wässrigen blauen Augen und schwieligen Händen.

„Ich bin dein Onkel Hanny, stellte er sich vor, „der Schwiegersohn von deiner Großtante Anna, aber das ist nicht so wichtig, bin gerade mal im Lande, und dachte, ich guck mal vorbei."

Vater stellte ihm ein Bier hin und daneben ein gefülltes Schnapsglas.

Onkel Hanny erzählte, eine Geschichte nach der anderen, eine fantastischer als die andere. In mir klangen Glocken. Er erzählte von fernen Ländern, schönen Frauen auf Tahiti, schwerem Seegang in der Biskaya, von giftigen Schlangen, die beim Entladen in Hamburg aus den Ladeluken schlängelten und noch vieles mehr.

Hanny Malkowski, gediegener Kapitän bei der Reederei Hamburg-Süd, befuhr wegen seiner Malaria-Krankheit seit zwei Jahren nur noch mit einem Zwei-Luken-

Frachter die europäischen Nordmeere. *Silena* hieß sein Schiff. Jetzt konnte er seine Frau häufiger sehen. „Alle meine Kinder", gab er lachend zu, „sind damals bei der Durchfahrt des Nord-Ostsee-Kanals entstanden". Damals wie heute treffen die Seeleute ihre Frauen nur bei dieser Gelegenheit. Jetzt konnte er seine Frau sogar manchmal bei Ostseefahrten mitnehmen.

Dieses Mal sei sie bei ihren Verwandten in München, und weil sein Schiff mit Maschinenschaden in Rendsburg liege, wollte er eine Rundreise bei der Verwandtschaft machen. Das war die Erklärung für das unverhoffte Auftauchen. Ich meinte zu spüren, dass die Eltern ihn gern mochten. Sie freuten sich aufrichtig über seinen Besuch und boten ihm an, über Nacht zu bleiben, was er gern annahm. Dass dabei Vaters Biervorräte und schließlich die ganze Flasche Schnaps draufging, zählte an diesem Abend nicht. Wir lauschten gespannt seinen traurigen und lustigen Erzählungen.

Eine von Onkel Hannys Geschichten rührte fast zu Tränen. Oft habe ich sie später zur Weihnachtszeit als Beitrag wiederholt und damit meine Zuhörer beeindruckt.

Ich erzählte sie stets so, als wenn ich Kapitän Malkowski gewesen wäre:

„Es war im Dezember 1950. Wir hatten Kohle geladen und sollten damit nach Horten/Norwegen in den dortigen Militärhafen. Uns allen war an Bord nicht ganz wohl bei dieser Fahrt, denn fünf Jahre nach dem Krieg, fünf Jahre nach dem Ende der deutschen Besetzung Norwegens musste die Besatzung damit rechnen, nicht sehr freundlich aufgenommen zu werden. Zwei meiner Maschinisten hatten sogar an Bord des Schlachtschiffes *Tirpitz* gedient, dass im Tromsö-Fjord von Engländern versenkt worden war. Am liebsten hätten sie vorher abgemustert.

Die Reederei wusste um unsere Gefühle, und da wir außerdem um die Weihnachtzeit in Horten liegen bleiben würden, hatten Gespräche auf einer mir nicht bekannten Ebene stattgefunden, die unseren Frauen oder nächsten Verwandten die Möglichkeit boten, in einem Wohnheim der norwegischen Marine mit der Besatzung der *Silena* Weihnachten zu feiern. Die Reederei ermöglichte ihnen den Flug von Hamburg nach Oslo.

Nach dieser erfreulichen Mitteilung, die der Funker uns auf den Tisch flattern ließ, sah die Reise nach Horten schon ganz anders aus. Die Weihnachtstimmung wuchs. Einlaufen war geplant für den frühen Nachmittag am 23. Dezember.

Oben im Vormast hatte der Schiffsjunge bereits den Tannenbaum festgebunden. In der Gefrierlast betrachteten der Smut und sein Kochgehilfe wohlgefällig die eingelagerten Gänse, und in den Decks schnürte jeder ein kleines Päckchen für seine Liebste, die in Horten auf der Pier warten würde. Welch ein wärmender Gedanke!

Aber es kam anders. Ab dem Eingangsfeuer in den Oslo-Fjord, dem Leuchtturm Faerder Fyr, krachten immer dickere Eisschollen gegen den Rumpf. Stunden vorher hatte zwar ein Eisbrecher die Rinne freigebrochen, aber der Südwest schob von Stunde zu Stunde das Eis wieder zusammen. Mühsam stampfte die *Silena* vorwärts. Jetzt setzte zu allem Überfluss auch noch heftiger Schneefall ein, der die Sicht gegen Null gehen ließ.

Die Anforderung eines Eisbrechers wäre ins Leere gegangen, denn in Norwegen feierte man am 23. Dezember den sogenannten „Lille Juleaften“. Da ging kein Mensch mehr auf die Straße. Das Schiff machte kaum noch Fahrt, tastend polterte der Bug durch die Schollen bis zum Abzweiger nach Horten. Dorthin war keine Rinne zu entdecken, alles dicht, eine weiße Fläche. Die Sicht hatte sich so verbessert, dass man in drei bis vier Meilen Entfernung die Lichter der Stadt sah. Wir aber saßen fest. Was würden die Frauen denken?

Ich beratschlagte auf der Brücke mit dem Ersten Offizier und dem Leitenden Ingenieur, was zu tun sei. Wir einigten uns auf einen Funkspruch an die Reederei, beschrieben die Situation und baten um Benachrichtigung des verhinderten Empfangskomitees. Mit einem Bordtelefon den Hafenkapitän zu erreichen war zu der Zeit in Norwegen nicht möglich. Also Maschinen abstellen, Anker vorfieren, Wache aufziehen, abwarten!

Am nächsten Morgen, einem windstillen eisigen Beginn des Heiligabend, erreichte die *Silena* der Funkspruch, dass bei den Besuchern in Horten alles wohl sei, wenn auch mit trauriger Stimmung, aber trotz allem Ungemach wünsche die Reederei ein Frohes Fest.

Die hatten gut reden, die saßen in der warmen Stube am reichlich gedeckten Tisch im Kreise der Familie oder schmückten gerade den Tannenbaum. Von diesem Gedanken angestoßen, durchzuckte mich als Kapitän plötzlich die Idee: Wir haben ja alles an Bord. Die Tanne wird vom Vortopp runtergeholt und in den Gemeinschaftsraum gestellt. Dort wird Heiligabend gefeiert, zünftig nach Seemannsmanier.

„Smut, schmeiß den Ofen an. Alle Gänse hinein, Rotkohl und Kartoffeln zum Braten. Zigarren aus der Zolllast, Schnaps und Bier heute bis zum Anschlag auf Kosten der Reederei.“ Die wird das schon zahlen, dachte ich mir. Tat der Zahlmeister bei der Heimkehr sogar mit einem Lächeln.

Die Feier wurde für 17 Uhr angesetzt. Eintragung ins Logbuch: Heiligabend vor Horten. Fest im Eis. Weihnachten, volle Fahrt voraus!

Kurz vor 17 Uhr klopfte es an der Kajüttür. Der Smut guckte durchs Schott und meldete: „Käpten, es ist alles klar, es kann losgehen. Wir sind alle in Weihnachtsstimmung!“ „Na denn“, konnte ich nur erwidern.

Frisch rasiert, die Uniformjacke gegen den dicken Pullover getauscht, ging ich über Deck. Im Lichte der Mastenbeleuchtung leuchtete die das Schiff umgebende Eisfläche, die Wache grüßte auf dem Weg zum Gemeinschaftsraum im Vorschiff.

Der Duft von heißem Rum schlug mir entgegen, und was sah ich: Findige Köpfe und eifrige Hände hatten den Tannenbaum mit Silbersternen aus der Folie von

Zigarettenschachteln geschmückt, Eiszapfen aus Toilettenpapier gedreht. Rote Kerzen, mit Draht festgebunden, brannten an den Zweigen. Die zwölfköpfige Besatzung stand im Kreis drum herum und prostete mir mit einem Grog zu. Vom Steward am Eingang das wärmende Getränk in die Hand gedrückt bekommen, konnte ich das Glas heben. Nun erwartete man die weihnachtliche Ansprache.

Das war nicht so meine Sache, aber mit Prost, Hinweis auf das schöne Fest und Verkündung des sicherlich baldigen Zusammentreffens mit unseren besseren Hälften in Horten gelang es mir doch, Fröhlichkeit zu erzeugen. Alle dachten bereits an das angekündigte üppige Heiligabendessen. Wer zuhause an Land konnte 1950 schon erwarten, bis zum satten Abwinken einen Gänsebraten zu verzehren. Während die Jüngeren der Kombüse halfen, die Teller aufzudecken, und wir Älteren noch einmal die Gläser voll schenkten, polterte die Wache den Niedergang herunter und rief: „Leute, da kommt ein Licht von der Küste auf uns zu!“

Schnell etwas übergezogen oder Decken über die Schultern gelegt, fanden wir uns an der Reling wieder und starrten in die Nacht. Der Mondeskahn zog durch die Wolken und erhellte die uns einfrierende weiße Pracht. Kein Lüftchen wehte. Funkelnd in der Ferne das Lichterband von Horten. Da saß nun irgendwo unsere Zielgruppe und feierte ohne uns. Alle mögen das gedacht haben, aber keiner sagte etwas. Mir wurde das Fernglas gereicht.

Tatsächlich, ein schwankendes Licht, sah aus wie eine Laterne, hielt direkt auf uns zu. Das Glas wanderte weiter. „Ich höre Hundegebell!“ „Nee, das ist knackendes Eis“. „Ach was, du hörst den Weihnachtsmann“. „Das sind Eisfischer“. So oder so ähnlich flogen die Kommentare hin und her.

„Kommt, lasst uns unter Deck gehen, ich habe Hunger“, ermunterte der Erste Offizier die Leute abzubrechen, „das Herumstehen auf dem eisigen Deck bringt nichts.“ Schon auf dem Weg, nahm ich noch einmal das Glas und betrachtete den wackelnden Lichtpunkt, und fast hätte ich es geschrieen: „Da kommt wirklich der Weihnachtsmann!“ Die Besatzung drängte wieder an die Reling. Jetzt konnte man das Phänomen mit dem bloßen Auge erkennen. Ein Hundeschlitten hielt auf die *Silena* zu. Kläffendes Gejapse und dazwischen Glöckchengebimmel drang an aller Ohren. Von einer Stalllaterne angestrahlt, leuchtete der rote Mantel des Schlittenführers.

Neben mir heulte plötzlich unser Jüngster, der Schiffsjunge, Rotz und Wasser. „Nun kommt das Christkind auch zu mir!“ Die Tränen kullerten ihm am Pullover runter und gefroren zu weißen Streifen. Ich klopfte dem 14-Jährigen auf die Schultern. Wohl jedem standen die Tränen jetzt in den Augen, es wurde ganz still, dichter und dichter knirschte das Gefährt heran und hielt gute 20 Meter vor der Bordwand.

Eine bärtige Gestalt, deutlich im Licht der Decksbeleuchtung zu erkennen, sprang von dem Schlittenbock, winkte und rief: „God Jul, god Jul!“, und weiter in Deutsch-Norwegisch: „Ich bin der ordförer von Horten, ich bringe sie presanger von deres Frauen und mange hilsen." Begeisterter Beifall und Hochrufen folgte seiner Begrüßung.

Alle Achtung, der Bürgermeister selbst brachte Geschenke und Grüße von unseren Frauen. Die Jakobsleiter flog über die Bordwand nach unten und viele Hände halfen dem Norweger an Bord. Die liebevoll gepackten, mit Namenschildchen versehenen Geschenke wurden geholt, verteilt und die Hunde gefüttert. Erst weit nach Mitternacht entließen wir den unerwarteten Gast, Hunger und Durst gestillt, mit seiner Zusicherung, morgen wieder zu kommen.

An der Reling stehend sahen alle ihm lange nach. Als danach die Lichter erloschen, war jedem bewusst, einen unvergesslichen Heiligabend erlebt zu haben.

In den drei Tagen bis zur Ankunft des Schleppers wurde die *Silena* zum Besuchsziel vieler Hortener. Unsere Frauen, die Freunde der unverheirateten Besatzungsmitglieder, Schulklassen kamen an Bord, auch norwegische Familien mit Kind und Kegel, die uns im Gegenzug in ihre Häuser einluden. Als offizielles Begrüßungskomitee erschienen Offiziere der norwegischen Marine und Behördenvertreter. Wie auf einer Ameisenspur herrschte pulsierendes Leben zwischen Schiff und Hafenmole. Alle wollten den eingefrorenen „Tysker" willkommen heißen, der als erstes deutsche Schiff nach dem Kriege bei dem Versuch scheiterte, Horten in friedlicher Mission anzulaufenden. Nun saß er fest im Eis. Alle fanden das lustig. Sie kamen auf Skiern, jung und alt, auf Schlittschuhen, mit Hundeschlitten, sogar auf Fahrrädern und zu Fuß. Der Koch stand schweißtriefend in der Kombüse und backte pausenlos Förtchen, bis das Mehl ausging und an Bord kein Tropfen Alkohol mehr zu finden war.

Als das Schiff mit Hilfe des Eisbrechers unter großem Hallo an der Pier festmachte, blieb die *Silena* die Attraktion. Nie hätten wir gedacht, so freundlich begrüßt zu werden, wo doch gerade vor Horten bei den vorgelagerten Inseln Bolaerne zehn Jahre zuvor Deutsche und Norweger sich im Kampf gegenübergelegen hatten."

Das war eine von vielen Geschichten, die Onkel Hanny an diesem Abend erzählte. Sie beeindruckte mich am meisten.

Am nächsten Tag fuhr ein Taxi vor. Beim Abschied drückte mir Kapitän Malkowski einen Zehnmarkschein in die Hand. „So viel!", soll ich staunend bemerkt haben. Er wollte in die Bahnhofsstraße zu Oma Schmieder. Mutter hatte es ihm empfohlen. Wir waren erst kürzlich bei der Mutter meiner Mutter gewesen und hatten im Haushalt ein wenig aufgeräumt. Die freundliche alte Dame war doch schon recht kümmerlich geworden. Obwohl alle ihre Kinder in erreichbarer Nähe wohnten ... – gut, der Sohn Walter, der gerade wieder eine politische Karriere anstrebte, hatte keine Zeit. Aber die anderen Geschwister? Nein, sie überließen es meiner Mutter, der es wirtschaftlich am schlechtesten ging.

Vater sagte wie immer nichts dazu. Mutter, die gute Seele, nahm wie immer die Last auf ihre Schultern. Sie hat sich nie gewehrt.

Der Besuch des Kapitäns brachte mich in arge Gewissenskonflikte. Noch mehr als der Besuch in Kiel bei den „Windjammern" gingen mir seine Geschichten durch den Kopf. Eine Entscheidung musste her. Sollte ich die Schule hinschmeißen und zur See gehen oder in der nächsten Woche nach Schleswig radeln, um dort mitzugeigen? Nach zwei Tagen erleichterte eine satte Fünf in einer Lateinarbeit die Entscheidung. Still und heimlich die Schulbücher nachts unters Bett geschoben und in die Schultasche eine Unterhose, einen Pullover und eine lange Hose gestopft, das Sparschwein mit dem Zehnmarkschein geknackt, den Ausweis eingesteckt, das reichte, um bis Rendsburg zur Nobiskrugwerft zu kommen, wo die *Silena* im Dock lag.

Mutter staunte zwar, dass ich nach dem Frühstück das Fahrrad stehen ließ und angeblich zu Fuß zur Schule wollte, aber ansonsten schöpfte sie keinen Verdacht. Oben im Bett, würde sie später meine Notiz finden: „Will bei Onkel Hanny an Bord fahren, Tschüss bis bald. Euer Hannes".

Als ich gegen Mittag mit dem Bus vor der Nobiskrugwerft ankam, ließ mich die Wache gleich durch, zeigte mir sogar noch den Weg zur *Silena*. Da lag sie, mein Traumschiff, eine steile Stelling führte hinauf an Deck. Oben über die Reling gelehnt, stand eine vierschrötige Type und paffte aus einer kurzen Pfeife. Ich sah ihn an, er mich. Nach Minuten nahm er den Knösel aus dem Mund, beugte sich vornüber und fragte mit knarriger Stimme: „Büst du de Niee?" Ob ich der Neue sei, wollte er wissen. Ich der Neue? Die suchten offensichtlich ein neues Besatzungsmitglied. Also rief ich hoch: „Jo, dat bünn ick!"

Die Pfeife machte eine einladende Handbewegung. Ich kletterte hoch. Oben angekommen schlenderte mein Wegweiser voraus bis neben den Ankerkasten, riss eine ächzende verrostete Tür auf und zeigte in ein dunkles Loch. „Dat is dien Logis, wenn de Ole kümmt, hol ick di." Drehte mir den Rücken zu und ließ mich allein.

Die Kammer roch nach frischer Farbe, wohl gerade neu gestrichen. Längs der schrägen Bordwand ein Holzkasten mit Einstieg. Das musste meine Koje sein. Auf der rostgesprenkelten Matratze lag ein frisches Laken, Kopfkissen, Bettbezug, Handtuch und eine Wolldecke. Im Blechspind an der Wand des dahinterliegenden Kettenkastens hingen drei Bügel. Neben der Tür, besser ein Schott genannt, nicht mit Türgriff, sondern zwei Vorreibern wie bei einem Druckschott auf einem U-Boot, fristete ein kleines zerbeultes Waschbecken sein Dasein, darüber ein Spiegel, in dem man zwischen den Flecken der zersetzten Siegelsilberfolie nur schwerlich den Betrachter erkennen konnte.

Auf dem Rücken auf der Koje liegend, tastete ich mit den Augen jede Ecke meines neuen Zuhauses ab. Nicht an Land, sondern an Bord zu sein, davon zeugte das große Bulleye gleich rechts über dem Kojenkopfende. Wohlig streckte ich mich aus. Für den Anfang meiner Seefahrtszeit hätte es nicht besser kommen können. So döste und träumte ich vor mich hin, bis es am Schott bullerte. Eine mir bekannte raue Pfeifenraucherstimme rief: „He ist dor".

Kurz die Haare kämmen – dann folgte ich hastig dem einzigen Besatzungsmitglied, das ich bisher kennen gelernt hatte. Der zeigte achtern auf eine Kajüttür, machte eine Geste, dass ich ja das Anklopfen nicht vergessen sollte und verschwand in einem Luk.

Nun galt es, das Herz zusammenzunehmen und die richtigen Worte zu wählen. Auf das Anklopfen hin ertönte von drinnen ein scharfes „Herein!" Mit leicht unsicherem Schritt trat der hoffnungsvolle Schiffsjunge Hannes dem Käpten unter die Augen. Über Onkel Hannys Bauch spannte ein viel zu enger Rollkragenpullover. Unter den ausgebeulten Hosen schauten ein paar Filzpantoffeln heraus Er wirkte leicht verlottert. Sein Bart musste drei Tage alt sein, aber die freundlich listigen Augen, so wie ich sie von dem Besuch bei uns in Erinnerung hatte, ließen Verständnis und Güte ahnen. Das machte mir Mut. Bevor ich losstottern konnte, nahm er mich in den Arm und sagte nur: „Schön, dass du mal vorbeikommst". Mich auf die ihm gegenüberliegende Bank schiebend, fing er allerdings an, die Stirn zu runzeln. Sein Lächeln verschwand. „Sag, solltest du nicht heute in der Schule sein?" Die Frage blieb unbeantwortet. „Wissen deine Eltern, dass du hier bist?"

Was für eine Antwort war nun fällig? Also machte ich einen Ausfallschritt nach vorn und sprudelte meinen Wunsch heraus: „Onkel Hanny, ich möchte bei dir fahren, ich will nicht mehr zurück." Plötzlich ganz Respektsperson, kniff er die Augen zusammen und wiederholte die Frage, jetzt noch genauer: „Wissen deine Eltern, dass du nicht mehr zur Schule gehen und bei mir anheuern willst?" „Ach was, natürlich nicht, die hätten mich doch nie gelassen", jammerte ich los.

Er schlug erst mit der flachen Hand auf den Tisch, hob sie und haute mir seine große Pfote an die Ohren, nicht hart, aber spürbar und knurrte: „So nicht, mein Lieber, so geht das nicht." Schon wieder freundlicher empfahl und erklärte er mir die Schritte, wie man zur Seefahrt kommt. Als 18-Jähriger war ich ohnehin spät unterwegs, aber die Einwilligung der Eltern sollte schon vorliegen. Gesundheitsuntersuchung und Heuerbuch, das hörte ich als weitere Voraussetzungen zur Verwirklichung meiner Träume. Na ja, daran sollte es nicht scheitern, dachte ich erleichtert.

Und dann sah der Kapitän fast strafend auf seinen Möchtegern-Schiffsjungen herab und verkündete mit härter klingender Stimme: „Und das will ich dir mit auf den Weg geben, wenn du bei mir fährst: Dein lieber Onkel bin ich nicht!"

Damit war für ihn alles gesagt. Onkel Hanny drückte auf einen Klingelknopf an der Wand. Kurz drauf erschien der Smut. „Noch ein Gedeck für den jungen Mann, Karl!"

Nach dem reichlichen Essen mit viel Fleisch und Gemüse und einem Bier dazu wäre ich gern länger in der holzgetäfelten Kaptänskajüte geblieben. Sie war so gemütlich und kuschelig. Aber der Alte, wie ihn die Besatzung nannte, musste noch zum Werftbüro. Ich begleitete ihn und er mich zum Werfttor.

„Grüß die Eltern, mach' ihnen klar, was du willst. Erzähl ihnen, wo du heute gewesen bist. Mach's gut, mein Jung." Machte eine Kehrtwendung, winkte noch einmal und ging.

Mit einem Gefühl, gemischt aus Traurigkeit und Glück, schlich ich in die Deichstraße 10. Mutter öffnete stumm die Arme und drückte mich an ihren Busen. Das tat gut. Vater saß zähneknirschend am Tisch und schien wütend zu sein. Sie wussten alles. Die Schule hatte den Hausmeister vorbeigeschickt, der die Eltern fragte, warum ich nicht zum Unterricht erschienen sei. Irgendjemand soll mich morgens an der Haltestelle gesehen haben, als ich in den Überlandbus einstieg, und hatte die Neuigkeit prompt den Eltern mitgeteilt. Außerdem war meiner Mutter beim Bettenmachen der Zettel in die Hände gefallen.

Mit Engelszungen, bitteren Vorwürfen und Drohungen bin ich stundenlang bearbeitet worden, nicht zwei Jahre vor dem Abitur alles hinzuwerfen, um zur See zu fahren. Das könnte ich nach dem Abi machen, aber nicht jetzt. Murrend bin ich eingeknickt. Das, was schließlich überzeugte, war das Argument des Schulgeldes, das die Eltern bisher und auch weiterhin gewillt waren, sich vom Munde abzusparen. Ich ließ mich bekehren. Schlenderte morgens wieder unwillig in die Penne. Nur Kurt erfuhr von dem missglückten Versuch, abzuhauen.

Den folgenden Sonnabend wippte der Geigenkasten auf meinem Rücken. Die abgeernteten Felder zu beiden Seiten der Landstraße sahen einen einsamen Radfahrer in Richtung Schleswig fahren zur ersten Orchesterprobe der diesjährigen Wintersaison. Ich musste selbst über den schnellen Programmwechsel schmunzeln.

25

Eben noch derbes Seemannsleben im Sinn, gleich darauf hochkulturelle Feingeistigkeit. Ich lebte in einem ständigen Wechselbad der Gefühle. War ich nun Fleisch oder Fisch?

So sehr die lange Strecke mit dem Fahrrad anstrengte, oft bei heftigem Gegenwind oder wenn einem im Winterhalbjahr der nasse Schnee um die Ohren flog, ich habe es gern gemacht. Eine ganz andere Welt umgab mich in Schleswig. Am Anfang galt es, den Kampf mit den Noten zu bestehen, um in die schwierige Händel-Materie hineinzukommen. Höchste Konzentration war gefragt. Doch im Laufe der Proben wuchs die Sicherheit, dann glitt der Blick schon mal und immer häufiger über den Notenständer zu einem fremdartig anmutenden Wesen, das ihr Cello ungewöhnlich liebevoll behandelte. Sie atmete im Tempo des Bogenstrichs, schien wegzutreten zu sein, wenn Musik sie umfloss.

Die Pause galt es nutzen, den einen und anderen kennen zu lernen. Meine Zweite-Geige-Kollegen nahmen ihren Neuen freundlich in den Kreis auf. Wir lachten und schäkerten mit der hübschen blonden Klarinette oder der dunklen Querflöte, aber das geheimnisvolle Cello saß meistens träumend abseits oder blätterte in der Partitur.

Wer war dieses Mädchen? In der Anwesenheitsliste stand der Name: Irina Przygodda. Wie spricht man das aus? Ein guter Grund, sie danach zu fragen und vielleicht ein bisschen mehr zu erfahren. Sie lächelte und sah mich mit ihren großen grünen Augen an. Wohl oft nach der Aussprache ihres Namens befragt, empfand sie es nicht als aufdringlich oder als Neugierde, darüber Auskunft zu geben. Strich durch ihr schulterlanges dunkles Haar, spitzte den auffallend großen Mund und formulierte langsam das Wort „Prizi-godda – so spricht man das aus." Lächelte ein wenig und beschäftigte sich wieder mit den vor ihr liegenden Noten. Ihre Mimik und das Verhalten signalisierte nur zu deutlich: „Das war's, lass mich in Ruhe!"

Mich in der nächsten Pause auf einen der Stühle halblinks schräg hinter sie setzend, betrachtete ich das abweisende Mädchen genauer. Mein Jahrgang musste sie wohl sein. Ihre hochangesetzten leicht geröteten Wangenknochen ließen das Gesicht mit den großen Augen und dem volllippigen Mund breit erscheinen. Mit ihrem Stupsnäschen ähnelte sie der polnischen Zwangsarbeiterin Waldi, die ich während des Krieges auf dem Hof des Bauern Claussen kennen gelernt hatte. Verglichen mit den anderen weiblichen Orchestermitgliedern hatte Irina einen makellosen Teint, fast porzellanfarben. Ob sie jemals pubertär einen Pickel gehabt hat, kam mir in den Sinn. Sie schien weit entfernt und unerreichbar wie der Mond zu sein. Stets verließ sie die Probe als erste. Niemand wusste anfangs, wohin sie eilte. Sie spielte ihr Cello hinreißend, fühlte sich offenbar auch wohl in unserer Gesellschaft, aber selbst nach einem Konzert blieb sie nie länger. Es sei denn, der Dirigent bat sie, zu bleiben und einige Lieder aus ihrer Heimat zu spielen.

Vor drei Jahren als Aussiedler aus Kasachstan nach Schleswig gezogen, lebte die Familie zusammen mit einem Völkergemisch in dem ehemaligen Kreiskrankenhaus, das zu einer Asylantenherberge verkommen war. Erst seit kurzem bewohnten sie am Stadtrand eine Schlichtwohnung, die für Irina, wie sie sagte, ein Himmelreich gegenüber früher sei.

Wir saßen andächtig im Halbkreis und warteten auf ihre Soloeinlage. Sie ging zu ihrem Cello, hob es auf den Stachel, knickste und sagte mit einem kurzen Lächeln: „Bitta serr." Setzte den Bogen an und spielte bald, abgeschieden von der Welt, grundtief herzzerreißende russische Weisen. Und das mit einer Inbrunst, die sie offenbar ihre Umwelt vergessen ließ. Aus ihrem Gedächtnis strich sie Ort und Zeit, so dass jedes Mal, wenn ihre Zuhörer applaudierten, Irina wie aus einem Halbschlaf aufschreckte. Aus jedem Stück schlug einem Heimweh, Sehnsucht und Seelenschmerz entgegen.

Für Irina bedeutete das Cello mehr als für mich eine Geige, mit der mich die Oma bekannt gemacht hatte. Das einzige, was Irina aus Kasachstan unversehrt bis Schleswig gebracht hatte, war ihr über alles geliebtes Musikinstrument, ihr ein und alles. Sie ließ es nie aus dem Auge. Das Mädchen aus den fernen Steppen Russlands lebte unter uns und mit uns, aber dennoch ganz woanders, an einem Ort, den sie schützend in ihrer Seele festzuhalten versuchte.

Während der Herbstferien bot die Domgemeinde den jüngeren Orchestermitgliedern übers Wochenende eine Freizeit in einer evangelischen Begegnungsstätte am Westensee an. Die Älteren ermunterten uns, da auf jeden Fall mitzumachen. Da gehe es locker zu, das Essen sei vorzüglich, und abends am Lagerfeuer zu singen wäre ein Erlebnis. Man brauchte nichts mitzubringen außer einem Pullover, Wanderschuhen und guter Laune.

Den Unkostenbeitrag für diesen Ausflug konnte ich mir leisten.

Übers Wochenende ging es sowieso selten nach Hause, denn bei meinem Nebengeiger durfte ich im Gästezimmer übernachten. Seine Eltern mochten mich und begrüßten, dass ihr Sohn Thomas im Orchester einen Freund gefunden hatte. Ich allerdings hatte Sympathieprobleme mit ihm. Er wusste um meine Sehnsüchte und machte darüber dumme Witze. Ich würde beim Spielen wie ein Geier zur ihr rübergieren „Möchtest ihr wohl gern mal untern Rock picken?" Diese Frage, von ihm frech grinsend immer wieder gebetsmühlenartig wiederholt, ärgerte mich, obwohl, ehrlich beantwortet, dieser Gedanke mich ständig beseelte. Als die Teilnehmerliste außerdem offenbarte, dass Irina mitfahren würde, keimte in mir die Hoffnung auf, vielleicht in der wie angepriesen lockeren Stimmung am Westensee dichter an die russische Schönheit heranzukommen.

Die Begegnungsstätte lag idyllisch, fernab vom nächsten Dorf inmitten eines Tannenwäldchens, das an den See grenzte. Nach dem Abendessen stand ein Gottesdienst mit anschließendem Singen auf dem Tagesplan. Auf aus Baumstämmen grob geschlagenen Bänken trafen wir uns in einem Rund, das einem römischen Amphitheater ähnelte. Der warme Oktobertag und die jetzt in das Rund hineinscheinende Abendsonne ließen uns dankbar den Tag mit Singen beschließen. Neben mir sang Irina mit glockenheller Stimme.

Nach dem letzten Lied bat ich sie, mich zum See hinunter zu begleiten. Sie zögerte nicht, nickte, als wenn sie das Angebot erwartet hätte. Das herbstliche Laub, wie golden angestrahlt, und das blendende Glitzern des Sees vor uns ließ mich romantisch werden. Ich legte meinen Arm auf ihre Schulter. Sie ließ es gewähren, lächelte, seufzte, aber sagte kein Wort. Ein Glücksgefühl strömte durch meine Adern. So verschlungen spazierten wir dem See entgegen, aber keiner von uns beiden fand den Anfang zu einer Konversation.

Sie belohnte mein Schweigen. Als ich die Hand von ihrer Schulter erst zu ihrer Hüfte und dann weiter nach unten auf den runden Po gleiten ließ, glaubte ich, dass Irina noch fester an mich heranrückte.

Direkt an der Wasserlinie des Sees stehend, genossen wir den Abendfrieden. Enten zogen vorbei, eine leichte Brise ließ das trockene Reet geheimnisvoll rascheln, und die letzten Sonnenstrahlen spiegelten das Wasser an unseren Kleidern. Ich bog mich herunter, um ihr eine Schnecke aufzuheben. Zu ihren Füßen angekommen, spürte ich, wie eine Hand nach meinem Kopf fingerte. Sie streichelte mich. Ich sah sie lange an, sie mich. Wieder waren es die großen grünen Augen, die faszinierten. Bei meinem Blick hoch zu ihr entdeckte ich zwischen den Beinen ihrer hellen Hose, wie ein dunkler Fleck größer wurde. Sie merkte wohin ich fragend blickte. Bruchteile von Sekunden später fasste sie mich beim Schopf und presste mein Gesicht tief in ihren Schoß. Meine Lippen wurden feucht. „Es gehört dir, nimm es gleich, sonst zu spät!", hörte ich Irina flüstern. Dann stieß sie mich zu Boden und lief davon. Bevor die Verwirrung verging, war sie verschwunden. Nun aber hinterher.

Ich hatte Irina in eine Waldschneise hineinlaufen sehen, die nach etwa 200 Metern auf einer Lichtung endete. Da lag eine bunte Jacke, ihre Jacke. Herangeschlichen bot sich ein verführerisches Bild. Oben herum völlig bekleidet, aber unten völlig nackt lag Irina auf ihrer Hose mit weitgespreizten Beinen. Nur ihrer Mimik ließ sich entnehmen, was sie von mir erwartete.

Ich küsste ihren feuchten Schritt, er duftete nach einem fremden Parfüm. Als ich ihrem Mund näher kam, wartete sie, dass ich in sie eindrang. Kein Seufzer kam über ihre Lippen. Die Augen geschlossen, den Mund mit den Perlenzähnen ein wenig geöffnet, den ich mit heftigen Küssen ergebnislos versuchte zu einer Gegenleistung zu bringen, so lag das russische Weib regungslos unter mir. Wie sehr meine Bemühungen die verschiedensten Varianten anboten, Irina ließ alles ohne Gegenreaktion geschehen.

Das hatte ich noch nicht erlebt, bisher hatten meine Partnerinnen stets den Höhepunkt erreicht. Wie lange sollte ich mich jetzt beherrschen? Als es mir kam, bin ich erst einmal abgeschlafft und traurig auf ihr liegengeblieben.

Sie streichelte wieder meinen Kopf, klopfte auf meinen schweißigen Rücken und sagte leise: „Zweite Geige serr gutt!" Meinem fragenden Blick nicht ausweichend folgte ein Satz, den ich bis heute nicht vergessen habe: „Russische Frauen verschenken erst Körper, Seele viel, viel später."

Schweigsam umarmt brachte ich Irina an die Tür ihrer Schlafbaracke. Einen Kuss gab sie mir nicht. „Vielleicht morgen", meinte sie augenzwinkernd.

Den nächsten Abend sind wir wieder Arm in Arm zum See hinuntergegangen, haben ein wenig gekuschelt, aber nicht mehr. Zum letzten wollte sie Distanz. Zwischen uns stand eine Mauer.

So blieb es manchmal auch in Schleswig. Nicht, dass wir nicht wieder miteinander geschlafen hätten und das zumeist an den unmöglichsten Orten und zu unvorstellbar unpassenden Gelegenheiten. Das wäre nicht das Überraschendste gewesen, wohl aber, dass sie ihre Feuer anzündete, wenn ich es am allerwenigsten erwarten oder erhoffen konnte. Meine Zuneigung zu ihr schwankte zwischen heißem Begehren und ersterbendem Verlöschen. Sie ließ kein Zeichen erkennen, dass ich den offenbar weiten Steppen ihrer kasachischen Seele näher kam.

Zum Spätherbst hin verlegte das Orchester die Proben vom Dom ins Stadttheater, der Wärme und herbstlichen Feuchtigkeit wegen. Auf dem Weg nach einer der Proben, hinter der Bühne zum Ausgang hin, klappte plötzlich neben mir eine der Künstlergarderobentüren auf, eine Hand griff nach der Schulter und zog mich hinein. Irinas Augen leuchteten, die Bluse noch an, aber unten nackt. Was danach kam, verlief identisch mit unserm Vergnügen auf der Waldlichtung am Westensee.

Ein anderes Mal sind wir abends im November bei Schneeregen durch den Stadtpark geschlendert. Es herrschte widerliches Wetter, kein Mensch außer uns unterwegs. Mit einer Pudelmütze über den Ohren, einer langen Steppjacke und darunter einem knöchellangen bunten Häkelrock schien sie das trostlose Umfeld nicht zu stören. An einer Parkbank angekommen, umstanden von mannshohen Rhododendrenbüschen, setzte Irina sich hin, griff nach unten an den Saum des Rocks und zog ihn hoch, bis er wie ein Rettungsring oberhalb ihres Bauchknöpfchens auf den Hüften saß. Ein Höschen entdeckte ich nicht. Ihr plötzlich strahlendes Gesicht lud mich ein: „Zweite Geige, gib mirr Wärme, bitta serr!"

Konnte ich den schönen ungeschützten Leib weiterhin dem Regen aussetzen? Nein, ich habe ihn, so wie sie es gewohnt war, liebevoll zugedeckt und alles gegeben, was meine Lenden hervorbrachten. Ihre Reaktion darauf fiel aus wie bereits bekannt, blieb fast geschäftsmäßig kühl. Sie nahm es hin und schwieg, sowohl während als auch danach. Das Weib gab mir Rätsel auf.

Vor Weihnachten stand auf allen Litfasssäulen die Ankündigung unseres Konzerts. Die letzten Proben mit dem Domchor vertieften die Gewaltigkeit des „Messias". Es machte mich stolz, dabei sein zu dürfen. Meine Schleswiger Übernachtungsgastgeber hatten mir ein seinem Sohn zu eng gewordenes Jackett geschenkt, dazu lieh mir mein Vater seinen schwarzen Beerdigungsschlips. Auf die ausgebeulte Hose schien der Dirigent nicht so sehr zu achten, die verschwand ohnehin hinter den Notenständern. An dem lange vorbereiteten Abend war der Dom bis auf den letzten Platz besetzt. Als, von devoten Dienern begleitet, der zu spät kommende Ministerpräsident, nach allen Seiten winkend, endlich auf seinem Ehrensitz Ruhe gab, trat angespannte Feierlichkeit ein. Vor mir an die tausend Gesichter, schweigend auf unseren Einsatz wartend. Ich fixierte den Dirigenten, noch einmal ein kurzer Blick auf Irina, sie sah so locker aus. Das nahm mir das aufkommende Lampenfieber. Der Taktstock vibrierte in der Luft. Ich fiedelte mein erstes großes Konzert. Es gab Passagen, in denen eindeutig Irinas Cello herauszuhören war. Sie spielte göttlich. Wenn sie doch bei den irdischen Gelüsten ebenso himmlisch wäre! Das jetzt beim „Messias" denkend auszuschmücken, musste ich unterdrücken.

Erschöpft und schwitzig streckten wir die Beine aus, als der Beifall und die Lobesworte verklungen waren. Zur Feier des großen Erfolges hatte der Bürgermeister eine Stunde später zu einem Empfang ins Rathaus eingeladen. Sekt und belegte Brötchen würde es geben. Dort herrschte großes Hallo. Dem Orchester und auch dem Chor war der Druck genommen, alle sprachen von einem großartigen Erfolg.

Ich aber suchte Irina. Irgendetwas in mir trieb mich immer wieder zu ihr hin. Die einzige, die fehlte, war Irina, typisch! Thomas, ebenfalls zweite Geige, der genau wusste, was meine herumirrenden Blicke suchten, grinste, und nicht ohne Häme kam es ihm aus dem Brötchen kauenden Munde: „Bemüh dich nicht, mein Lieber, der Dirigent, der Schluri, gerade eben geschieden, ist mit der Irina gleich nach dem Konzert verschwunden. Der vögelt jetzt bestimmt deine Cello-Madga."

Wenn nicht so viele Leute um uns gewesen wären, ich hätte ihn auf der Stelle erwürgt. Unbeherrscht vor Zorn, drückte ich ihm stattdessen das Brötchen so tief in den Mund, dass er zum Entsetzen der Nahestehenden einem weißhaarigen älteren Herrn alles, was er gegessen hatte, mit lautem Geröchel auf Hose und Schuhe erbrach.

Meine diese Schweinerei auslösende Gewalttat hatte niemand bemerkt. So blieb ich im Hintergrund, bis der Thomas hilfesuchend mit dem Taschentuch um sich sah. Dann griff ich mir den Kerl und schleppte ihn in die Toilette. Half ihm schweigend, seinen Anzug zu säubern. Hinten in der Ecke schimpfte und giftete der Angespuckte und versuchte ebenfalls, die von Thomas ausgekotzten Brötchenreste mit Toilettenpapier zu beseitigen.

Thomas zeigte Reue, raffte sich an mir hoch und hüstelte: „Tut mir leid, ich ahnte nicht, wie verknallt du in Irina bist, lass uns nach Hause gehen. Die Eltern warten ohnehin auf uns beide. Da gibt es bestimmt zur Belohnung ein Gläschen Wein für die Teilnahme an dem gelungenen Konzert."

Wir gingen gemeinsam, unsere Geigenkästen unter dem Arm. Jeder hing seinen Gedanken nach. Es regnete, teilweise mit Schnee vermischt, ein scharfer Südwest wehte. Thomas drängte nach Hause, ich auch, aber zu dem meinigen, gute 30 km entfernt. Kurz vor der Haustür teilte ich Thomas meine Entscheidung mit: „Ich werde gleich meine Sachen packen und mit dem Fahrrad nach Hause fahren. Wir sehen uns dann wieder, wie vereinbart, zur Probe Mitte Januar. Für erste habe ich die Schnauze voll, ich will weg hier!"

Thomas rannte die Treppe hoch, klingelte wie wild. Sein Vater öffnete: „Was ist los? Kommt rein."

„Hannes will heute Nacht noch nach Hause, bei diesem ekelhaften Wetter, mit dem Fahrrad!", sprudelte er seinem Vater entgegen. Der Vater winkte ab und ging ins Wohnzimmer. „Ach was, kann er doch morgen." Ich ließ mich nicht beeindrucken, weder von dem mit Kerzen erleuchteten Tisch, den Leckereien auf den Platten, noch von dem Duft des Rotweins.

Heute könnte ich mich immer noch dafür ohrfeigen, damals diese Gastfreundlichkeit ausgeschlagen zu haben. Ich ging dumpf ins Gästezimmer, hängte das geschenkte schwarze Jackett über die Stuhllehne, zog die dicksten Strümpfe, den dicksten Pullover an, darüber die Regenjacke. Stopfte den Geigenkasten in den Rucksack und band, wo er oben herausschaute, einen Jutesack herum. So trat ich auf den Flur. Im Türrahmen standen stumm meine Gasteltern. Als ich ihnen die Hand gab, mich bedankte für Kost und Logis und artig eine schöne Adventszeit wünschte, da brach es aus der Mutter hervor: „Lieber Hannes, tu uns das nicht an, es ist gleich Mitternacht. Du wirst Stunden unterwegs sein. Wenn dir etwas passiert! Die Straßen sind glatt, warte bis morgen. Was ist denn geschehen? Habt ihr beiden euch verkracht?" Dabei schaute sie prüfend auf ihren Thomas. Der wagte den Mund aufzumachen. Dieses Mal war ich ihm sogar dankbar dafür: „Hannes hat Liebeskummer. Ihm ist heute Abend seine Freundin durchgebrannt."

Für mich ein entscheidendes Argument, mich jetzt in Frieden ziehen zu lassen. Der erste, der einsah, dass mir nicht zu helfen war, war der Vater. Er griff den Kellerschlüssel vom Bord neben der Haustür und nahm mich mit in den Keller. Auf den ersten Stufen stehend winkte ich zurück. Mutter Mommsen liefen die Tränen über die Wangen. „Ich komme ja wieder, alles Gute." „Gleichfalls, alles Gute, mein Junge", rief sie hinterher. Unten stand bereits das Fahrrad vor der Tür, auf dem Lenker eine Mütze mit Ohrenklappen und Lederhandschuhe. Ich sah Vater Mommsen fragend an. „Geschenkt", sagte er lächelnd, „hau ab und gute Fahrt!"

Die ersten Kilometer auf der glitschigen Chaussee machten keine Schwierigkeit. Im Schutz von Knicks, Wäldchen, einigen Häusern und den mit Schnee beklatschten Stämmen der Alleebäume vermochte der halbschräg von vorn kommende Wind uns nur wenig zu packen, uns, das waren mein treuer Drahtesel und ich. Als aber die offene Geest dem einsam Dahinradelnden links und rechts der Straße nur schwarze Fläche zeigte, kein Baum oder Strauch mehr im Wege stand, da wurde Schwerstarbeit verlangt. Der Südwest zerrte an Rad und Fahrer. Rundherum blauschwarze Nacht. Ich hatte den Dynamo abgestellt, die Reibung am Vorderreifen nahm Kraft, und die Funzel leuchtete bei dem einsetzenden Schneeregen ohnehin nicht weit. Nach kurzer Zeit der Eingewöhnung durchdrangen die Augen die Schwärze der Dunkelheit viel weiter. Kein Auto überholte, kein Auto kam entgegen. Die von Vater Mommsen geschenkte Mütze schräg über die Stirn gezogen, blieb die linke Gesichtshälfte ein wenig geschützt. Aus dieser Richtung schüttete der Wind nämlich immer größer werdende Flocken auf das unter dem Schnee verschwindende Pflaster. Tief gebeugt über den Lenker, verbissen voraus den Weg erahnend, freute ich mich über jede Stalllaterne, jedes erleuchtetes Fenster in Straßennähe. Es gab nur wenige dieser Wegweiser. Irgendwann verschwand das letzte Licht. Von nichts mehr abgelenkt, nur im Rhythmus des ständigen Tretens, schweiften meine Sinne durch den Raum, erst ziellos, dann wie ein Film voraus auf die nasse Straße projiziert. Ich fing an, dem Phantom nachzujagen, schneller zu treten, um das scheinbar davoneilende Kinostück nicht zu versäumen. Erst verschwommen, dann immer deutlicher sah ich meine Mutter mit Rudolf an der Hand, glaubte Vater schimpfen zu hören, sah Oma Clara mit nacktem weißem Körper auf einem Pferd vorbeireiten, beide Beine sittsam der mir zugekehrten Seite zugewandt. Ihr folgten überlebensgroß lachende Dosen, meine Pichelsteinertöpfe, blitzartig verschwunden und ersetzt von den schweren wippenden Brüsten der Helene Madsen. Da, das nächste Bild. Irina lag wie tot mit weitgeöffneten Beinen im Heidekraut. Dann sprangen alle auf, tanzten einen wilden Reigen. Neue Gesichter erschienen. Onkel Richard hielt sich den Bauch, daneben mit traurigem Gesicht die Katja aus Beckum. In den Ohren rauschte Musik „Halleluja, Halleluja, Halleluja", dazwischen klagte ein Cello, und von einem vielstimmigen Chor dröhnend gesprochen der Satz: „Russische Frauen verschenken erst Körper, Seele viel, viel später". Das echote im Kopf wieder und wieder. In der Ferne meinte ich höhnisches Gelächter zu hören.

Blitzende Sterne wirbelten plötzlich voraus über das Pflaster. Die Beine versagten, ich hielt an und stieg ab. Mir kreiselte es, war wie betäubt. Schwieg der Wind? Tatsächlich, nichts mehr! Die schwarze Nacht atmete kaum. Eigentümliche Ruhe. Ein Spuk? Totenstille rundherum. Unheimlich! Ganz mechanisch rollte das Rad, am Lenker meine Hände wie angewachsen, ein paar hundert Meter bis zu einer Milchkannenbank am Straßenrand. Erst mal pinkeln, das erleichterte. Den Nacken hoch zog Müdigkeit. Einfach hinlegen und erfrieren, dann wäre alles vorbei. Ein schauerlicher Gedanke, nein, niemals, der Thomas würde sich totlachen. Langsam setzte das Hirn wieder ein und produzierte jetzt unbehagliche Zweifel. War das überhaupt die richtige Straße, gab es da nicht auf halber Strecke eine Abbiegung? Wie weit war ich bisher gefahren? Verrückte Phantasien schlichen ins Gemüt. Vielleicht radelte ich gar nicht mehr auf dieser Welt. Bin wohl schon über den Erdkreis hinausgefahren? Sah ich Gespenster? Schemenhaft hinter der Milchkannenbank leuchteten leicht phosphoreszierend die Stammreste alter Kopfweiden aus dem Dunkel. In einem Graben gluckste Wasser. Modergeruch wehte herüber. Das Gedicht vom Erlkönig dämmerte im Unterbewusstsein. „War ich auch schon so weit wie das fiebernde ächzende Kind? Hätte ich nicht besser in Schleswig bleiben sollen? Was für eine windelweiche Frage! Blödsinn!! Aufgeben? Da, wo Milchkannen abgestellt werden? Nee! Selbst erschrocken über meine Restenergie brüllte ich in die scheißkalte, saufeuchte, bärenarschdunkle Nacht. „Neiiiin!!"

Lauschte dem verhallenden Schrei ein wenig nach, fand wieder Mut, bestieg meinen Drahtesel, und auf ging's; irgendwann, und wenn es hell sein würde, irgendwann müsste ein Ortschild am Wegrand stehen. Beim mühsamen, erneuten Antreten schabte die nasse Hose auf den Knien. In die Pedale schien jemand während der Pause Blei hineingegossen zu haben. Mich fröstelte, nein, um ehrlich zu sein, ich fror ganz erbärmlich. Wie sehnte der geplagte Körper sich nach Wärme, nach Trockenheit, nach Geborgenheit, nach einem Bett.

In den Schuhen quatschte das Wasser, die Hände taten weh. Von den Schultern den Rücken runter perlte eisiges Wasser. Mechanisch stampfte ich die Pedale, das brachte Wärme. Jeder Straßenbegrenzungsstein, der vorbeischlich, meldete, dass es vorwärts ging.

Als der Körper wieder wie eine Maschine lief, suchte ich für mein Hirn Ablenkung, um im Kopf warm zu bleiben. Ich ließ Erlebnisse erscheinen, die Fragen stellten und Antworten erwarteten. Bei dieser tristen Radelei durch Nacht und Einsamkeit schien dies mir die beste Methode zu sein, die Eintönigkeit und Langeweile zu vertreiben. Andere als die Bilder zuvor durchfurchten nun Herz, Sinn und Seele. Bewusst gesteuert befragte ich meine Seele nach dem Warum meiner bisher wenigen intensiven Begegnungen mit dem anderen Geschlecht. Während ich hier auf der Straße dahinirrte, störte niemand mein Eigenverhör. Hier konnte ich laut denken und sprechen, niemand hörte zu, und vorwärts ging es auch. Als erstes tauchte Irinas Bild auf. Als wäre sie von mir abgewaschen, spürte ich gar keine Wut mehr, dass sie aus meinem Leben das Weite gesucht hatte. Selbst wenn es wahr wäre, dass sie mit dem Dirigenten geschlafen hätte, ich bedauerte es nicht mehr. Die hat mich gar nicht geliebt, oder? Hab' ich das Russenweib geliebt? Ich wollte ein bisschen kuscheln, sie wollte es – und das war es auch schon. Genauso muss es mit der männermordenden Helene gewesen sein. Wo fing bei dem Gehopse eigentlich die Liebe an?

Das Erlebnis mit der Oma Clara, peinlich oder doch ein Schlüssel zum Tor einer neuen Welt? Und dennoch kann es nicht Liebe gewesen sein, bestimmt nur Neugierde. So und so ähnlich hakte ich in Gedanken meine Gefühle ab.

Die Mädchen meiner Klasse zogen vor dem inneren Auge auf. Komisch, es gab da einen Schwarm, wir lächelten uns an, auf der Klassenfahrt mal Händchen gehalten, mal einen flüchtigen Kuss, aber das Bedürfnis nach mehr war nie gewachsen. Geliebte? Nein! Kumpel? Ja! – Oder das Gefummel mit den Nachbarstöchtern in den Gartenlauben in den lauen Sommernächten, hinterm Deich, beim Baden oder sonst wo – alles Spielereien!

Von dem besonderen Funken, der da überspringt, wie ihn einschlägige Bücher beschrieben, hatte ich bisher nichts bemerkt.

Ich durfte die Philosophiererei nicht so weit treiben, dass meine Beine das Treten vergaßen. Um hier wieder alles unter Kontrolle zu bringen, wurde das Thema kurz ausgeschaltet, aber auch gleich wieder ein. Tüchtig einige Meter den Hintern vom Sattel hoch und stehend getreten, hingesetzt und schnell zurück zum Thema Liebe. Liebten meine Mutter und mein Vater sich? Dass sie sexuell miteinander harmonierten, konnte ich mir beim besten Willen nicht vorstellen. Nun ja, Rudolf und ich waren der Beweis, dass es in grauer Vorzeit einmal anders gewesen sein musste. Aber zu dieser Rubrik der körperlichen Liebe wollte ich keine Antwort, denn das, was ich als junger Mensch bisher bei unserer ehemaligen Hausnutte Fräulein Hellblink sah oder selbst erlebte, meinte ich als pure Befriedigung, als Sex einstufen zu können.

Wie sah die richtige Liebe aus? War das die richtige Liebe, was meine Mutter still und leidend vorlebte? Die aufopfernde Liebe zu ihren Kindern und vor allem die schafige, unterwürfige Liebe im Umgang mit meinem Vater, der ständig eine Machonummer abzog und sie demütigte, sollte das die Erfüllung sein? Aber die beiden mussten doch früher Liebende gewesen sein. War das irgendwo auf der Strecke geblieben?

„Die Liebe ist eine Himmelsmacht" schmetterte der Tenor im Radio, und Mutter verdrehte die Augen, als wenn sie sich daran erinnerte oder vielleicht immer noch darauf wartete. Wer log hier wem was vor? Wenn die Alten schon körperlich einander nicht mehr mochten, warum respektierten sie sich nicht als verschworene Kampfgemeinschaft, die über Jahre in Lieb und Leid so manches erlebt und gemeistert hatten? Und noch schlimmer, der Dirigent hatte sich sogar scheiden lassen. Hat der seine Frau vorher nicht geliebt? Mir schwirrte der Kopf. Jetzt vögelte er die Irina, um bis an ihre Seele vorzustoßen.

Voraus, von unten die tiefhängenden Wolken angestrahlt, dämmerte ein milchiger Schein. Das könnte die Lichtreflektion von Neidum sein. Neue Kraft aus müden Gliedern fuhr in die Pedalen. Vom Vorderreifen spritzte der Schneematsch zur Seite. Bald würde die Tour der Tortur zu Ende sein. Gott sei Dank!

Zurückgekehrt zur innerlichen Betrachtung musste ich feststellen, mir immer noch nicht die Frage beantwortet zu haben, wann und wie zwei Menschen verspüren, ineinander verliebt zu sein, ohne gleich das Bedürfnis zu verspüren, übereinander herfallen zu müssen. Darüber jetzt nachzudenken, während unten herum die Pedalen getreten wurden, dürfte eine ablenkende und belebende Wirkung haben. Würde man plötzlich voreinander stehen, festgewurzelt, ohne mehr Zeit und Raum wahrzunehmen? Blicke verfangen sich, tauchen ineinander und schwupp, glaubt man füreinander bestimmt zu sein? Gab es das wirklich, was die auf dem Klo gelesenen Lorehefte schleimig, tränenreich beschrieben, die Liebe auf den ersten Blick? In meiner jugendlichen Vorstellungswelt eine kaum begreifbare, aber sehnsüchtig erwartete Möglichkeit.

Ich versuchte, in die Rolle des Glücklichen hineinzuschlüpfen. Für den pausenlos Dahinradelnden verursachte der Gedanke tatsächlich einen Wärmeschub, der Körper und Seele gleichermaßen wohlig temperierte. Ich konstruierte mir eine schlanke dunkelhaarige Glutäugige, die mit wiegenden Hüften auf mich zustrebte, immer dichter herankam, nicht vorbeitändelte, sondern direkt vor mir stehen blieb. Lässig, lasziv aus dem Schlitz des Wickelrocks, wie ihn modegerecht alle die Mädchen meiner Klasse trugen, stellte sie ein Bein vor, das oberhalb des Knies einen wohlgeformten Oberschenkel zeigte. Mein Gott machte mich diese Vorstellung an. Da zeigte selbst bei der Kälte mein Kleiner Erregung. Dieser verführerisch hochgeschlitzte Wickelrock wirkte auf uns Jungs äußerst erotisch, und den Mädchen ermöglichte er den schnellen Zugang zu den Spickzetteln, versteckt unter den durchsichtigen Strümpfen.

Ich blickte in ein weich leuchtendes Augenpaar, auf schön geschwungene Lippen, die noch zweifelten, ob sie zwischen Lächeln und Schweigen eine Entscheidung fällen sollten. Ewigkeiten vergingen, bis die Lippen des fremden und doch schon vereinnahmten Wesens mit einem zarten Lächeln Zuneigung signalisierten. So sollte es wohl sein, das Glücksgefühl. Es marterte das jugendliche Hirn. Da stand also die Frau meines Lebens, seit Beginn der Welt nur für Hannes Färber vorbestimmt.

So oder ähnlich gaukelte die Fantasie die Idealfrau vor, natürlich von erlesener Schönheit, viele Modelle zogen vorbei, mal gedanklich an andere Orte verlegt oder den Frauentyp gewechselt. Farbenreich ausgeschmückt sehnsüchtelte der geplagte Radfahrer danach, den geliebten Menschen zu finden. Das himmlische Ereignis müsste doch irgendwann eintreten. Ich nahm mir fest vor, zukünftig nicht nur der Vögelei wegen nach Mädchen Umschau zu halten. Etwas Ernsthaftes sollte es beim nächsten Mal sein, - keine Irina mehr!

Der milchige Lichtfleck unter den Wolken lenkte ab von der Spinnerei, die so wohltuend wie ein Wundpflaster den müden Leib aufgeheizt hatte. Jetzt jedoch flogen die Gedanken voraus auf das bald erreichte Ziel, weg mit diesen Traumvorstellungen! Die nasse, kalte Wirklichkeit saß wieder spürbar im Nacken. Trotz der nicht weichen wollenden Dunkelheit zeichneten sich Baumgruppen ab, die bekannt vorkamen. Ja, da drüben führte der Weg zum ehemaligen Flugplatz. Die ersten Straßenlaternen, nur jeder zweite brannte, beleuchteten das glänzendfeuchte Pflaster. Rundherum eisiges Schweigen, Leere, nur das Klatschen der Reifen störte die Friedhofsstille. Der kürzeste Weg führte durch die Innenstadt. Jetzt schepperte von den Wänden der toten Häuser das Tretgeräusch des Fahrrades zurück. Neidum, was bist du doch ein langweiliges Kaff!

Zehn Minuten später quietschte die Pforte an der Deichstraße. Klamme Fingen nestelten den Rucksack vom Gepäckträger und das Fahrrad wurde, möglichst jeden Krach vermeidend, in die Gartenlaube geschoben. Jetzt galt es eine Antwort auf die Frage zu finden: Wie unbemerkt in das Haus zu gelangen?

Es blieb nur das Klingeln an der Haustür. Obwohl zaghaft gedrückt, bimmelte die Glocke furchtbar laut durch die Morgenstille. Es dauerte und dauerte, dann endlich ein schlürfendes Geräusch herannahte. Blendendes Licht überschüttete mich und knurrend folgte von innen die Frage: „Wer ist denn da?"

Vater, der nicht nur Gewitter, sondern auch Einbrecher über alles fürchtete, pflegte abends das Haus wie eine Festung zu verriegeln. Auch jetzt brauchte er lange, bis von innen die Schieber und der Schlüssel das Schloss freigaben, um die Tür ein wenig misstrauisch einen Spalt zu öffnen. Mit wirren Haaren, Stoppeln im Gesicht und verschlafenen Augen musterte er mich und grummelte: „Was fällt dir ein, mich zu dieser Zeit aus dem Bett zu holen, wo kommst du überhaupt her, eine Frechheit ist das!"

Drehte um und schlurfte davon die Treppe hoch. Herzlichkeit hatte ich ja gar nicht erwartet, aber ein solches Willkommen?

Im Waschkeller ausgezogen, die nassen Klamotten über die Leine gehängt, mit allem was an trockenen Tüchern da unten herumlag, abgetrocknet und bibbernd zurück in die Küche. Im Herd glühte noch die Kohle. Im Backofen lag ein Ziegelstein, der, in ein Handtuch eingewickelt, als Wärmflasche diente. Auch der war noch warm. Also her damit und die Treppen hochgeschlichen. Den Geigenkasten hätte ich beinahe in der Küche vergessen. Noch einmal hinunter und ihn geholt. Mein geliebtes Instrument war trocken geblieben, aber um es an die Temperatur zu gewöhnen, landete der Kasten halbgeöffnet auf dem Schrank. Mit einem Wollpullover und einer Trainingshose bekleidet, zwei Paar Socken übereinander und dem warmen Ziegelstein verkroch ich mich unter die Bettdecke.

Etwas Kühles auf der Brust weckte mich. Ich blinzelte. Auf der Bettkante saß unser Hausarzt Dr. Helvig und horchte mit einem Gerät meine Lunge ab. Noch halb im Schlaf drangen seine Worte an mein Ohr: „Etwas erhöhte Temperatur, aber die Bronchien sind in Ordnung, aber schlapp ist er, was hat der Bursche bloß gemacht?

Mutter stand daneben. Ihre Berichterstattung reichte mir, ich hielt die Augen geschlossen, verspürte selbst keine Lust, einen Kommentar abzugeben.

Sie sollte mich pflegen, zwei Tage nicht in die Schule lassen. Mit dieser erfreulichen Empfehlung verließ der Doktor das Zimmer. Mutters Pflege mit ihrem ausgeprägten Helfersyndrom würde sicherlich übertrieben ausfallen, aber dieses Mal nach den irrsinnigen Strapazen sehnte ich es herbei.

Die Weihnachtsferien befreiten von der Schule. Zum Adventskaffee spielte ich Lieder, die vierte Kerze brannte auf dem von Mutter selbst gebundenen Kranz. Sie verstand es, herrliches Gebäck zu machen. Diese ruhigen Schummerstunden im Kerzenlicht verbreiteten eine friedliche Stimmung, allerdings nur dann, wenn Vater aushäusig war, was in letzter Zeit auffallend häufig geschah.

Rudolf würde zum Fest nicht nach Hause kommen. Beruflich, schrieb er, sei er unabkömmlich. Ich glaubte, den wahren Grund zu wissen. Die mit Vater verbrachten muffigen Heiligabende und Mutters gekünstelte Bemühungen, Vaters Griesgrämigkeit zu überspielen, hatten ihm letztes Jahr die weihnachtliche Stimmung verdorben.

Vater, der die Rolle des angeblich Kranken immer überzeugender zu spielen verstand, gewann Mutters ganze Aufmerksamkeit. Dass ihm alle Wünsche von den Augen abgelesen wurden, genoss er sehr, wenn sie jedoch als Gegenleistung dafür mal ihm ein Danke oder gar eine streichelnde Umarmung entlocken wollte, stieß er sie stets mit einem harschen „Nein" zurück oder machte eine abweisende, angewiderte Handbewegung. Ich verstand den Alten nicht.

Zur Weihnachtszeit schien Mutters Bedürfnis nach liebevoller Anerkennung den Höhepunkt anzustreben. Da Rudolf dieses Jahr dem Hause fern blieb, musste ich befürchten, Mutters unaufhörliche Nötigungen, mehr zu essen, mehr zu schlafen, ihre selbst gebackenen Kuchen nicht zu verschmähen und die, wie ich wohl bemerkte, vom Munde abgesparten Geldscheine anzunehmen, um mir was Schönes, wie sie sagte, kaufen zu können, allein ertragen zu müssen. Da es ihr nicht gelang, ihrem Ehemann Liebesbezeugungen zu entlocken, so stülpte sie all ihre Herzlichkeit, Fürsorge und Nächstenliebe bis zum Maße der Erdrückung über ihren noch im Hause verbliebenen Sohn und erwartete von ihm Gesten und Sätze überschwänglicher Dankbarkeit. Dabei galt es tunlichst jedes Wort auf die Goldwaage zu legen. Dass sie mir das Frühstücksbrot in kleine Häppchen geschnitten ans Bett brachte, wollte ich nicht akzeptieren. Um ihr ja nicht weh zu tun, versuchte ich sie mit behutsamen Worten zu bitten, es zu unterlassen. Stets misslang diese Bemühung. Den Kopf in den Nacken geworfen und den Mund gespitzt, das tat sie immer, wenn sie beleidigt war, säuselte die Missverstandene: „Ich habe es doch nur gut gemeint".

Ach liebe Mutter, wenn ich heute zurückdenke, was hat Vater dir wehgetan wie wenig habe ich als ungarer Jüngling dich verstanden und dich viel zu wenig geachtet!

Man konnte den mütterlichen Liebesbezeugungen nur entfliehen, in dem man tagsüber das Haus verließ, währen der Schulzeit kein Problem, aber qualvoll in der Ferienzeit und das besonders in der Weihnachtszeit, da hatte Mutter besonders dicht am Wasser gebaut.

Tagsüber zog ich ziellos in der Gegend herum, betrachtete alte Inschriften auf Grabsteinen des städtischen Friedhofs, zählte im vereisten Hafen die Krabbenkutter oder suchte in der Hagen-Werft nach geheimnisvollen Resten abgewrackter Schiffe.

26

Dabei geriet ich, angelockt durch lautes fröhliches Lachen, in eine Gruppe von Gleichaltrigen, die in einem zugigen Schuppen einem alten ehemaligen Marinekutter das Unterwasserschiff abschliffen. Trotz der Kälte herrschte eine tolle Stimmung. Auf einem kleinen Brenner kokelte der Wassertopf, daneben stand eine Rumflasche. Mich entdeckend, rief einer: „Na, willste mitmachen, kriegst ´nen Grog, und arbeiten kannste gleich auch. Hier haste ´ne Abziehklinge." Mir wurde ein heißer Grog in die eine Hand gedrückt und das Werkzeug in die andere. Ich musste lachen, die anderen auch. Irgendwie gefiel mir der lustige Haufen.

Am anderen Tag erschien ich in Vaters Blaumann und schuftete an dem Boot bis in die Abendstunden. Viel geredet wurde nicht, aber ich merkte, wie man mir auf die Finger sah. Als wir zum Abschluss die Plane über das Boot zogen, sprach mich der Längste der Gruppe an. „Spindel" nannten sie ihn. „Wir sind ein Teil der Jugendabteilung des Segelvereins und könnten jemanden wie dich gut gebrauchen."

An einem der nächsten Tage nahm mich Spindel mit ins Clubheim. Es lag draußen am Außenhafen, umgeben von aufgebockten Bootsrümpfen, deren Planen im giftig böigen Dezemberwind knatterten und an den Befestigungen zerrten. Spindel grinste: „Bei solchem Sauwetter wird natürlich nicht gesegelt, aber unsere Kutter-crew ist Spitze, die würde auch jetzt loslegen, wenn es darauf ankäme. Wenn du Lust hast und ranklotzt, kannst du nächstes Jahr mit auf die Schleiwoche zum Regattase-geln. Auf einem Hänger bringt der Club das Boot nach Schleswig, und danach geht es auf der Großen Breite zur Sache. Gewinnen ist dabei für uns nicht mal so wichtig, aber die Crew vom Louisenlunder Internat zu schlagen und, noch viel wichtiger, der hochnäsigen Brut vom Hamburger Edelverein NRV das Heck zu zeigen, das macht Laune. Komm mit, ich zeig dir die Clubanlagen."

Das klang vielversprechend, gefiel mir auch, also wurde ich Mitglied. Einmal in der Woche hockten wir auf dem Segeltrockenboden, lernten Koten zu schlagen, büffelten Theorie oder trafen uns in der Hagen-Werft, um den Kutter so vorzuberei-ten, dass er bei wärmeren Wetter gestrichen werden konnte. Was ein Kutter eigent-lich war, lernte ich als erstes. Die Marine fuhr diese Dinger an Bord ihrer Schiffe sowohl als Rettungsboote als auch als Trainingsgerät zum Rudern. Die Besatzungs-macht, die nach dem Krieg dem Club alle Segelyachten weggenommen hatte, über-ließ den geprellten Seglern einen dieser Marinekutter, den die Tommies selbst nicht segeln wollten. Das Boot gefiel ihnen offensichtlich nicht, zu klobig, zu langsam. Der Club, froh, endlich wieder einen segelnden Untersatz für die Jugend zurückgewon-nen zu haben, erhob den Kutter zu einer Regatta-Klasse. Andere Segelclubs folgten dem Beispiel. Mit der Originalbeseglung, einer Luggertakelung an zwei Masten, tra-fen sich die Jugendabteilungen einmal im Jahr auf der Großen Breite östlich von Schleswig auf der Schlei. Da wurde mit einer 6-bis 8-köpfigen Besatzung dem Teufel das Ohr abgesegelt. Ehrgeizig wurde gekämpft. Ein unvergessliches „Highlight" jedes Segelsommers. Dreimal konnte ich daran teilnehmen. Einmal sind wir sogar Erste geworden. Das Rudern mit dem Kutter als Notlösung, wenn uns draußen vor den Prielen der Wind verließ, hatte mit der Technik des Ruderns, wie ich es im Ru-derclub erlebt hatte, nichts zu tun. Zehn Leute saßen auf harten Duchten, also Sitz-bänken, und pullten das schwerfällige Boot mit langen Riemen.

Seit dem Dezemberabend in der Werft von dem neuen Hobby so eingenom-men, ist mir nur der Beginn der Segelei, die mich bis heute nicht losgelassen hat, im Gedächtnis geblieben. Ich kann mich nicht erinnern, wie damals zuhause das Weih-nachtsfest und der Jahreswechsel gefeiert wurde. Es muss nicht ungewöhnlich berau-schend auf mich gewirkt haben. Meine abendliche Beschäftigung im Winterhalbjahr blieb das Geigespielen und das Lesen. Nun im Segelclub, richteten die Träume ihrer Fühler wieder in die Ferne. Dementsprechend suchte ich mir in der Stadtbibliothek die Lektüre aus.

Einer der Lieblingsschriftsteller wurde A. E. Johann. Er schrieb Bücher mit dem Titel „Schneesturm, Heimweh und nächtlicher Bambus" oder „Die Blumenhöl-le am Jacinto". Hemingways „Der alte Mann und das Meer" und Saint-Exupérys „Wind, Sand und Sterne" trieben meine Gedanken in tropische Gefilde, aufs Meer hinaus und in regenschwangere, schwüle Urwälder. Selbst das Schicksal eines Robinson Crusoe, für mich von Daniel Defoe packend geschildert, wäre mir willkommen gewesen.

Der Januar 1954 ließ die Westküste im Schnee versinken. Mutter gab mir das Geld, um mit dem Bus zur ersten Orchesterprobe nach Schleswig zu fahren. Mein Herz pochte, als ich von meinem Stuhl aus auf der Seite der Cellospieler die Irina erwartete. Sie kam nicht, stattdessen nahm ein schlaksiger Bursche dort Platz, der sein Cello völlig unkonventionell o-beinig mit den Unterschenkeln einklemmte. Beim Spielen sah das aus, als ob ihn vom Schoß bis zum Hals ein großer brauner Hund angesprungen hätte, den er mit dem Cellobogen streichelte und mit der linken Hand im Genick fasste.. Aber wo blieb Irina? Thomas, mein Nebenmann, erschüttert über meine Erzählung von der Heimfahrt, wusste alles. Irina spielte sei kurzem im Göttinger Sinfonieorchester. Unser Dirigent soll sie dahin vermittelt haben.

Dem Orchester habe ich noch drei weitere Jahre die Treue gehalten. Zusammen mit dem Domchor wurden in dieser Zeit Werke aufgeführt wie die Matthäus-Passion, die As-Dur-Messe von Schubert, Stücke von Schütz und Praetorius und andere. Insgesamt eine interessante Phase meiner Jugend, die jäh abbrach, als die Berufsausbildung und dann der Beruf mir die Geige für viele Jahre aus der Hand nahmen. Das Vorabitur 1955 und schließlich die Hauptprüfungen im Februar 1956 banden alle Kräfte. So dicht dran zu sein, endlich die Schule verlassen zu können, das zwang mich nächtelang hinter die Bücher, schon aus dem Ehrgeiz, meinem Vater zu beweisen, nicht das Weichei zu sein, für das er mich hielt. Ihn schätzte ich eher als das weitaus weichere Ei ein, das allerdings anzudeuten gewagt hätte einen autoritären Erdrutsch verursacht.

Im März fiel die Todesanzeige von Richard Tengelmann durch den Briefschlitz der Haustür. Mutter heulte herzzerreißend. Vaters einziger Kommentar: „Eindeutig zu Tode gesoffen!"

Im April wieder eine herbe Überraschung. Eben war ich von der Schule durch die Tür, da sprang Mutter vom Küchenstuhl hoch, drückte mich fest an ihre Brust und schluchzte unter Tränen: „Gott sei gedankt, dass du uns erhalten geblieben bist. Stell dir vor, die *Silena* ist mit Mann und Maus untergegangen. Onkel Hanny gibt es nicht mehr. Wenn wir dich letztes Jahr gelassen hätten, wärst du jetzt auch tot."

Das tat weh. Wie konnte das geschehen? Die nach Stunden wiederholte Nachricht im Radio berichtete keine Einzelheiten, aber die Zeitung am nächsten Tag widmete der Katastrophe eine ganze Seite. Die in Flensburg beheimatete *Silena* kenterte in schwerem Schneesturm östlich von Bornholm und sank, ohne ein SOS-Signal abgesetzt zu haben, offenbar in Sekundenschnelle.

Später erfuhren wir durch die Witwe den Grund für das Kentern und das schnelle Sinken. Onkel Hanny war mit Koks von Stettin nach Kalmar in Schweden unterwegs. An Oberdeck hatte die Mannschaft mit Maschendraht und Holzverstrebungen Käfige gebaut, die mehrere Meter hoch zusätzlich mit Koks aufgefüllt worden waren. Die aufgepeitschte See spülte bei Temperaturen unter Null viel Wasser in die Decksladung, die vollgesogen vereiste und schließlich den Schwerpunkt des Schiffes so hoch über die Wasserlinie ansteigen ließ, dass durch eine hohe Welle ausgelöst das Schiff schlagartig kenterte und unterging.

Tagelang mied ich den Hafen und die Gedanken an Seefahrt und ferne Gestade. Die Geschichten von Onkel Hanny, dem kernigen Seemann, sind mir noch heute gegenwärtig. Sein Tod verunsicherte mich. Wollte ich nicht zur See fahren? Zwei Jahre vor dem Schulabschluss behandelte der Unterricht das Thema „Was kommt danach?" immer häufiger. Unsere Herrensöhne feixten. Sie betraf es nicht. Sie konnten in die Fußstapfen ihrer Väter treten. Deren Ausbildung stand fest, und die Finanzierung galt als gesichert. Keiner wäre so blöd gewesen oder hätte es gewagt, dem Wunsch des Vaters nicht zu entsprechen. Wir „Plebejer" dagegen standen im Schulhof eng zusammen und diskutierten heftig über die Aussichten und Möglichkeiten in der auf uns zukommenden Arbeitswelt.

Ich hatte gerade von Cerams „Götter, Gräber und Gelehrte" gelesen. Archäologie, ja, das könnte mich interessieren. Oder vielleicht auch Theologie, denn die vielen Gespräche mit meinen Gasteltern in Schleswig, die unauffällig als gläubige Christen sehr viel Gutes taten, hatten manches in mir verändert und mich nachdenklicher werden lassen. Angedacht und gleich wieder verworfen! Wäre das Studium der Volkswirtschaft nicht attraktiver als Theologie, oder die Forstwirtschaft oder vielleicht die Ausbildung zum Zahnarzt? Es riss mich von einem zum andern. Wer aber sollte ein derartiges Studium bezahlen?

Vaters finanzielle Situation schien besser geworden zu sein. Er zählte nach neuerlichem Gesetz zu den 131ern. Was immer das bedeutete. Er schmunzelte bei der Mitteilung über die Höhe seiner Pension, verwehrte uns jedoch die Einsicht. Von dem offensichtlichen Geldsegen spürte der Haushalt nichts. Mutter bekam jeden Monatsersten unverändert eine mickerige Summe auf den Tisch gelegt. Was mit dem anderen Geld geschah, blieb viele Jahre ein Geheimnis.

Beim Anblick des auf dem Tisch liegenden Betrages verging mir der Mut, nach einer Unterstützung für das Studium zu fragen. Etwas dazu zu verdienen, in den Semesterferien oder in der Freizeit entweder in der Fischerei oder beim hiesigen Bierverlag, wäre keine Schwierigkeit gewesen, jedoch ohne Hilfe der Eltern kam ein Studium nicht in Frage.

Die neu gewonnenen Freunde des Segelvereins veranstalteten manch lustiges Fest, das nichts mit dem Sport zu tun hatte und zumeist völlig ungeplant geschah. Einer von den Jungs fuhr eines Tages mit einer Isetta vor. Ein Fahrzeug mit vier Rädern, einem Osterei ähnlich, das man von vorn durch die über die gesamte Front aufklappende Tür bestieg oder, was einfacher war, durchs Sonnendach. Das Ding fasste normalerweise nur zwei Personen, aber die gestellte Frage lautete: Wie viele passen hinein? Drinnen bedrängten sechs den Fahrer, indem sie einander die Beine um den Hals legten. Oben auf dem Dach mit den Füßen unter dem Dach verkeilt hockten vier, die je nach Kurvenlage wie beim Motorrad der Schmiermaxe oder beim Segeln bei Schieflage des Bootes sich nach außen lehnten. Angesäuselt von einigen Bieren ging es dann vom Clubheim knatternd und johlend durch die Innenstadt unter lautstarken Freudenbekundungen der Beteiligten und fensteraufreißenden Beschimpfungen der im Schlaf Gestörten.

Außerhalb der Ferien fanden diese von den Eltern als Exzesse kritisierten Ausfälle seltener statt. Da sah ich mich so eingebunden, dass ich mir derartige Vergnügen allein zeitlich und schon gar nicht finanziell leisten konnte. Montags an der Ausgabe der Stadtbibliothek tätig, am Wochenende Geigen in Schleswig und dazwischen Pauken, Pauken. Als Ausnahme genehmigte ich mir dann und wann einen Kinobesuch. Seltener in dem alten als in dem neuen Kino, das am Nordrand der Stadt seit kurzem gebaut worden war, ein Kino, in dem während der Vorführung Bier ausgeschenkt wurde. Sogar Rauchen war erlaubt. Die sensationelle Attraktion nannte sich „Tivoli“. Der Bauherr glaubte, mit einer großen Bühne und Orchestergraben für Schauspiele, Varieté-Vorführungen und Kabarett in eine Marktlücke gestoßen zu sein. Der Ungewöhnlichkeit wegen strömten in den ersten Monaten die Leute aus ganz Friesland herbei und bewunderten die Einrichtung.

Bald jedoch erschlaffte das Interesse. In Neidum nölten die Alteingesessenen und äußerten ihr Missfallen über den „nümodschen Krom“. „Nee, dat hebbt vi fröher nich hatt, dat brukt vi nu og nich.“ Sie hatten zwar selbst keinen Fuß in das Kino gesetzt, wussten aber, dass es nichts taugte. Der Rufmord besiegelte in zwei Jahren das Schicksal des „Tivoli“, erst der Konkurs und danach Unterstellschuppen der städtischen Reinigungsfahrzeuge.

Zuvor aber erfreuten wir Jugendliche uns an dem „Tivoli“. Es gab Nachmittagsvorstellungen zum halben Preis, zu 50 Pfennig. Der Reiz dieser Kinobesuche waren die Zwischenrufe des Publikums. Einzelne Filmszenen erhielten freche Kommentare, gute bekamen Beifall, schlechte wurden ausgebuht.

In einem Film hatte sich die knackige Romy Schneider als junge Internatsschülerin in ihre Lehrerin Lilli Palmer verliebt. Diese lesbische Zuneigung führte in die Katastrophe. Da hing am Ende die arme, lebensmüde Romy im fünften Stock über dem Geländer des Treppenhauses, während unten die Schülerinnen, um ihre verzweifelte Lehrerin geschart, nach oben flehten, nicht in die tödliche Tiefe zu springen.

Im Kino herrschte ergriffenes Schweigen, nur das Schniefen und Schluchzen vieler Zuschauer war zu hören, bis plötzlich einer der Jungs aufsprang und rief: „Los Mädchen spring, spring. … spriiiiiing!“ Ein Aufheulen ging durch den Saal. Ältere und jüngere Frauen sprangen auf, prügelten mit Regenschirmen und Fäusten auf ihre sich vor Lachen krümmende männliche Nachbarschaft ein. Plötzlich stoppte der Film, Licht ging an, der Kinobesitzer stürmte herein, riss die Seitentüren auf und schrie hysterisch: „Raus hier, alle raus, heute läuft nichts mehr, ich lass mir von euch Kunstbanausen nicht mein Kino in den Dreck ziehen!"

So wie jedes Gerücht lief die Nachricht schnell durch Stadt und das Umland, dass es während der Nachmittagsvorstellungen in dem neuen Kino hoch hergehen würde.

An einem anderen Tage, das Tivoli war wieder voll besetzt, lief ein seichter Film, der mich allein aus dem Grunde interessierte, weil auf dem Plakat tropische Strände, Palmen und Südseeromantik angepriesen wurden. Die Handlung selbst rührte mich wenig, obwohl Topstars wie Rita Hayworth und Humphrey Bogart mitwirkten. Verloren, abgeschnitten von der Welt, mussten die beiden als einzige Überlebende eines Schiffsuntergangs auf einer Insel ihr Leben fristen. Obwohl seit Monaten fernab von jeder Zivilisation, lief Rita Hayworth aufgedonnert mit übertriebenem Make-up und blonder Lockenmähne hinter dem Pater Humphrey her und versuchte ihm die Kutte auszuziehen, um den katholischen Geistlichen sündig werden zu lassen. Der flimmernde Streifen forderte Zwischenrufe heraus, die immer häufiger, frecher und lauter wurden. Dementsprechend fiel der Beifall aus oder es wurde geschrieen. Der Film war wirklich, wie mein Nebenmann bemerkte, „unter aller Sau!" Es dauerte nicht lange, bis der Filmvorführer den Streifen wieder einmal anhielt.

Nur gleißendes, blendendes Licht füllte die Leinwand, ansonsten bleib der Saal im Dunkeln. Den rechten Seitengang entlang lief eine Gestalt nach vorn, an der Bühne die Treppe hoch und bis zur Mitte der Bühne. Die Menge johlte und schimpfte über die Unterbrechung.

Doch wer stand da oben im Licht, hob den rechten Arm und versuchte die Kinogänger zur Ruhe zu bewegen? Der Polizeimeister Großestricker, ohne Kopfbedeckung, aber in voller Uniform, zu der Zeit mit Breeches und in langen Stiefeln, die linke Hand vor dem Bauch am Koppelschloss. Überlebensgroß projizierte der Lichtkegel aus dem Vorführraum seinen Schatten auf die Leinwand. Der Kinobesitzer hatte den zufällig vorbeigehenden obersten Polizeibüttel vor der Tür abgefangen und um Hilfe gebeten. Nun stand die stadtbekannte von Jung und Alt gefürchtete Größe da oben und reckte drohend den Arm hoch. Jeder der Kinogänger wusste um die Karriere dieses Mannes: Großer Nazi und Denunziant und jetzt als angeblich Geläuteter wieder in Polizeidiensten.

Niemand mochte ihn.

„Mensch!" Vor mir entfuhr es einem Älteren wie eine siedendheiße Erinnerung und er brüllte in den Saal: „Deutsche Männer, deutsche Frauen, den kennen wir doch. Unser Führer ist zurückgekehrt, Sieg Heil, Sieg Heil!" Wie früher aus den Radios oder bei den Jungvolkappellen donnerte es mit einem Male aus Hunderten von Kehlen: „Sieg Heil, Sieg Heil!"

Alle Kinobesucher waren aufgestanden, grüßten wie einst bei einer großdeutschen Vereidigung, streckten den rechten Arm zum Hitlergruß in die Höhe. Das

Sieg-Heil-Rufen wollte kein Ende nehmen, wurde immer rhythmischer. Großestricker, geblendet vom Licht, überrascht von der Begrüßung, stand festgewurzelt auf der Bühne, wie gelähmt und bekam minutenlang den Arm nicht herunter. Solange er, wie zu einer biblischen Salzsäule erstarrt, so verharrte, schrie die Menge Sieg Heil, darunter eingemischt die alten Goebbels-Parolen wie „Wollt ihr Kanonen statt Butter?" „Ja", riefen einige, „Führer, wir folgen dir!" In den hinteren Reihen stimmten sie das Horst-Wessel-Lied an. Gar nicht mal so unmelodisch, stellte mein geübtes Ohr fest. Auch der Text steckte noch in den Köpfen.

Lauter und lauter füllte die Nazi-Hymne das Kino, und vorn immer noch unbewegt Großestricker, den rechten Arm wie zum Hitler-Gruß erhoben. Die Erinnerung hatte ihn eingeholt.

„Die Fahne hoch, die Reihen fest geschlossen, SA marschiert, in ruhig festem Schritt......". jetzt sang das ganze Kino.

War ich eigentlich in einer Filmvorführung oder auf einer Parteiversammlung, waren alte Zeiten zurückgekehrt? Einige bekamen glänzende Augen – und das alles geschah eine Dekade nach dem Krieg!

Irgendjemand musste zur Vernunft zurückgefunden haben. Der Griff nach dem Lichtschalter erlöste Großestricker auf der Bühne.

Mit der plötzlich eingetretenen Dunkelheit wechselte die spukhafte Veranstaltung in Gelächter und vereinzeltes Händeklatschen. Durch die aufgezogenen Seitentüren fiel Tageslicht herein und im Handumdrehen verlief sich die amüsierte Menge.

Das war wieder eine herrliche Story für die städtische Gerüchteküche!

Der Klamauk im „Tivoli" offenbarte, wie sehr wir Nachgewachsenen immer noch im Saft des Altgestrigen standen. Das Nachdenken darüber brachte in mir eine bisher unbekannte Saite zum Klingen. Ich spürte in mir immer stärker einen Oppositionsgeist wachsen, der mehr und mehr alles das, was Erwachsene erfreute und lobten in Frage stellte. Dazu gehörten auch die Filme und Schauspieler meiner Jugendzeit, von meinen Eltern und ihrer Altersgruppe hoch verehrt. Da flimmerte eine heile Welt in Farbe und Sonnenschein über die Leinwand. Man lebte in Wohlstand und weißen Villen, umgeben von grünen Parkanlagen, fuhr dicke Autos und litt dennoch unter Liebesleid und Herzensschmerz. Alles vorgegaukelt, ekelhaft!

Mich kotzten plötzlich diese Kino-Schmachtfetzen an. Die samtweiche Ruth Leuwerik, der schleimige Herzensbrecher O.W. Fischer, Schönling Karl-Heinz Böhm und die tränenüberströmte Maria Schell, um nur einige meiner „Lieblinge" zu nennen, sülzten einem die Ohren voll. Nein, ich hatte als auslaufender Teenager davon die Nase voll.

Auf der Suche nach anderen Abwechslungen blieb das kleinstädtische Angebot begrenzt. Ohne dass ich es begründen zu konnte, drohte mich die Umgebung zu erdrücken. Oft fühlte ich mich in meiner eigenen Haut nicht mehr wohl. Zu Hause meine Gefühle und Wünsche zu äußern hatte ich schon vielfach versucht, blieb aber stets an dem Unverständnis der Eltern hängen. Mutter, die Sensiblere, glaubte meine Sehnsüchte stillen zu müssen, in dem sie das Gespräch auf das andere Geschlecht brachte:

„Hast du denn keine Freundin, junge Männer in deinem Alter haben doch alle ein Mädchen, ich meine nicht gleich zum Heiraten, aber eben so als Freundin." Ich winkte ab, seit Irina war mir die Lust vergangen.

An einem Sonnabend, einem lauen Mainachmittag, wider Erwarten und noch nie geschehen, baten mich die Eltern, mit ihnen ein paar Straßen weiter mitzukommen zum Baurat Möller.

Die gute dunkle Hose und das helle Hemd sollten zu diesem Besuch angezogen werden. Ich tat es widerspruchslos, zögerte aber und fragte mich, was das wohl sollte. Schließlich siegte die Neugierde. „Baurat Möller war doch einer von Vaters Vorgesetzten auf dem Flugplatz. Der hat zu einem Gartenfest eingeladen, und du sollst dabei sein" klärte mich Mutter auf.

Wann waren die Eltern in letzter Zeit schon einmal irgendwo hingegangen und gar zusammen? Möller, Möller, ja, kennen tat ich ihn, vom Guten Tag sagen, aber sonst? Hatte er nicht einen Sohn, zwei oder drei Jahre jünger als ich, und eine Tochter, die Ellen, so in meinem Alter? Mir nicht unbekannt, aber nie irgendwie aufgefallen. Die Möller-Kinder gehörten nicht zu meinem Gesichtskreis.

Bei Möllers schäumte, als wir ankamen, bereits das Bier, und auf dem Grill schmorten leckere Hähnchen.

Viele der Nachbarn kannte ich, auch sie hatten ihre Halbwüchsigen mitgebracht. Zumeist ältere Knaben im artigen Anzug und mit Brillantine in den Schmalzlocken. Auffällig war, dass ich gleich feststellte, dass zum Beispiel keine Mädchen aus unserer Gartenlaubenrunde dabei waren, wie z.B. die rattenscharfe Gerlinde und andere ansehnliche Nachbarstöchter. Warum keine Mädchen? Misstrauen beschlich meine Seele. Und, richtig eingeschätzt, die Lösung des Rätsels erfolgte kurz darauf. Die Tür zur Terrasse flog auf und wie abgesprochen und von Vater Möller geschickt in Szene gesetzt, hüpfte mit einem Juchzer das liebe Ellelein aus dem Haus zwischen Gäste und Gastgeber. Baurat Möller, ein markanter Typ, breitete die Arme aus, nahm seine Tochter vorsichtig in den Arm, um ja das zerbrechliche Wesen nicht zu beschädigen. Dabei hätte er figürlich nichts am Ellelein zerstören können, wohl aber an ihrer Takelage. Sie stellte ein künstliches Gebilde dar, nichts an ihr schien echt zu sein. Aus dem weißen Kleid, tief dekolletiert, drohte der hochgezuzelte Busen herauszuhupfen. Das Gesicht, wie in einen Tuschkasten gefallen, stark gepudert, die Augen schwarz gerändert, als wenn sie im Kohlenkeller gewesen war und dazu den Mund mit einem feuerroten Lippenstift hochglänzend vergrößert, - ein Filmstar! Die angeklebten Augenwimpern klapperten wie die Fühler eines Maikäfers. So stand das Ellelein vor der erstaunten Grillparty.

Der alte Möller, leicht verunsichert, überspielte die eingetretene Stille mit der Bemerkung: „Unsere Tochter ist gerade aus den USA zurück und hat dort bei Freunden ein wenig deren Lebensgewohnheiten und Geschmack übernommen."

Wo war ich hingeraten? Hatten Mutter und Vater wirklich geglaubt, ich könnte mich für das Ölgemälde interessieren? Während die anderen Fräulein Möller hofierten, langte ich tüchtig beim Grill zu und verringerte Möllers Biervorrat.

Vater schwieg auf dem Heimweg, Mutter dagegen schwärmte von der Gesellschaft und vor allem vom Ellelein. Das wäre doch eine tolle Freundin, so gepflegt und gut gekleidet, und die Familie Möller, ganz ehrenwerte Leute mit einem guten Ruf in der Stadt. Das mochte ja alles stimmen, aber für mich stand fest, da würde ich nie wieder hingehen. Ich ließ meine Mutter reden, widersprach nicht, machte mir aber meine eigenen Gedanken.

Vielversprechender wurde eine andere Begegnung, die Wiederauflage einer Bekanntschaft aus den Tagen, in denen ich als Pimpf im Dreck der Panzersperre lag. Eines Tages tuckerte ein alter Mercedes vor der Gartenpforte, aus ihm stieg, leicht ergraut, aber wiederzuerkennen, der Bauer Claussen aus Hartenholz. Mit ihm verband mich sein Sohn Georg, der mir an dem Polenmädchen Waldi die erste sexuelle Lehrstunde vermittelt hatte und natürlich die Erinnerung an die Schlachtfeste in fleischarmer Zeit.

Dem Bauer Claussen als hochwillkommenem Gast servierte Vater gleich einen Schnaps, und als Gegenleistung nahm er uns drei in seinem Auto mit zu einer Lustfahrt, wie er sagte. Während der Fahrt erzählte Claussen, wie es ihm nach Kriegschluss ergangen war. Als Ortsgruppenleiter seiner Gemeinde hatten ihn die Briten zur Umerziehung für zwei Jahre in Neumünster-Gadeland eingesperrt. Als Entnazifizierter konnte er anschließend jedoch die Finger nicht von der Politik lassen und trat in die sogenannte „Deutsche Partei" ein. „Der Laden", so witzelte Claussen, „galt als Auffangbecken alter Nazis. Da konnte man unterbrochene Verbindungen knüpfen und neue Karrieren aufbauen, ha, ha, ha!"

Vater, der neben ihm saß, zeigte säuerliche Gesichtszüge. Claussen merkte es, schlug ihm mit der Hand auf die Schulter und meinte: „Na, Färber, hat bei Ihnen wohl nicht ganz so geklappt." Mein Alter nickte: „Ja, so ist es. Nein, ich hatte die Schnauze voll, und krank bin ich immer noch, ich habe keine Lust mehr, irgendeiner Regierung zu dienen."

Mich beeindruckte diese Äußerung. So ausgebrannt schien Vater doch nicht zu sein. Claussen schwieg für einige Minuten. Dann fiel ihm wieder etwas ein, er erzählte und erzählte. Für einen angeblich mundfaulen friesischen Bauern ungeheuerlich viel und ohne Pause. „Den Hof mussten wir aufgeben, verpachtet. Georg hat sich nach dem Krieg davongemacht. Als ich armes Schwein in Neumünster hinter Stacheldraht saß, ist Georg ohne Vorwarnung weg, einfach so, und ist in der Fremdenlegion untergetaucht. Seitdem ist er nie wieder in Hartenholz gewesen. Er lebt in

Marseille, kürzlich traf ein Foto ein. Schreiben tut der Lump nie an mich, nur an seine Mutter. Auf dem Bild, was soll ich sagen, ist er kahlgeschoren, und neben ihm eine typisch französische Schlampe. Da haut doch der Kerl einfach ab und geht zu unserem Erzfeind, den Franzosen. Dort lässt er sich mit den Weibern ein, die haben doch alle Syphilis!"

Während der ganzen Fahrt lief dem Claussen die letzte Vergangenheit wie ein Strom aus seinem Munde, gespickt mit Schimpfworten auf alles, was ihn umgab. In seiner Brust glühte immer noch das Hakenkreuz. Wir hörten betreten zu und rührten uns erst, als er ohne seinem Gehöft auch nur einen Blick zu widmen daran vorbeifuhr. „Wollten sie nicht abbiegen?" unterbrach ihn meine Mutter. Er winkte ab. Die Unterbrechung stoppte seinen Redefluss, und er wechselte das Thema. „Wir wohnen nicht mehr auf dem Hof, sondern auf dem Gut des Grafen, den von Knieselbecks. Wir wollten nicht in der Nähe des Pächters wohnen. Sie werden staunen, wenn Sie gleich sehen, wo wir jetzt leben." Er bog in eine Eichenallee ein. Dieser Feldweg rührte in Mutter und mir unangenehme Erinnerungen auf, Erinnerungen an frühere Betteltouren über Land. Nie hatten wir es damals gewagt, die zum Gut führende Straße zu betreten. Der Gutsverwalter jagte auf jeden, der sich dem Herrensitz näherte, seine Köter los. Selbst jetzt im Auto beschlich uns ein eigentümliches Gefühl. Mutter und ich tauschten Blicke. Wir beide dachten an dasselbe. Claussens Dauergerede plätscherte dahin.

„Ich bin seit drei Monaten Bürgermeister von Hartenholz. Von guten alten Kampfgenossen vermittelt, mein Lieber", dabei sah er Vater von der Seite an. Der guckte nach vorn und nickte. Claussen sendete weiter: „Nun ja, die Gemeinde wollte unbedingt jemandem haben, der bereits bei Adolf als Gefolgsmann die Probleme in die Hand zu nehmen verstand. Da hat die örtliche CDU mich gewählt. In dem Verein bin ich schon lange Mitglied. Bei der DP war ja nichts mehr zu holen. Der Graf, selbst SS-Mann gewesen, hat gleich meinen Amtssitz im alten Verwaltungsgebäude renovieren lassen. Wir wohnen gleich gegenüber. Hinterm Haus ist ein kleiner Garten, in dem meine Frau so ein bisschen herumpuschelt. Alles vom Besten, sie werden es gleich sehen."

Das Ende der Allee öffnete den Blick auf einen großen, grobgepflasterten Platz, umgeben von einer Steinmauer, dahinter ein Rasen mit einem Springbrunnen. Links und rechts der Rasenfläche begrenzten uralte Linden die Auffahrten, die vor dem Herrenhaus vor einem wuchtigen Portal unter einem Säulenvorbau zusammentrafen. Darüber wiesen verschnörkelte Initialen am Mauerwerk und die Jahreszahl 1710 auf das Baujahr und den ersten Eigentümer hin.

„Das ist früher ein Fluchtsitz der Gottorfer Herzöge gewesen, hier an der Grenze zwischen Geest und Marsch in der friesischen Einöde", erklärte Claussen mit wichtiger Miene. „Am Ende der 20er Jahre erwarb der jüdische Bankier Samuel Goldmann das Anwesen, man sagt für ein Appel und ein Ei. Ein glatter Geldfeilscher, der von Landwirtschaft überhaupt nichts verstand und schon gar nicht in unsere Gegend passte. Den hat die Partei 1934 gleich eingesackt und mit Kind und Kegel in die Walachei geschickt. Da ist er sicherlich auch hergekommen. Heute wird ja immer behauptet, die seien vergast worden. Alles Blödsinn!"

Ich schluckte, war aber zu feige, etwas dagegen zu sagen.

Über diese Geschichtsbetrachtung schlug der Herr Bürgermeister sich schallend lachend auf die Knie. Er wusste noch mehr zu berichten. „Danach kamen die von Knieselbecks hierher. Ich kann mich noch deutlich daran erinnern. Der heutige Eigentümer, Gernot Friedrich Graf von Knieselbeck, hochdekoriert im I. Weltkrieg und einer der ersten Parteigenossen in unserem Gau, erhielt den Zuschlag bei der Versteigerung des Herrensitzes. Ich kann sehr gut mit ihm. Ich glaube, er mag mich auch."

Vor dem imposanten Herrenhaus, in einem Viereck angelegt, reckte links eine riesige reetgedeckte Scheune den First in den Himmel, rechts lag der langgestreckte Kuhstall. Davor zu beiden Seiten des Platzes das Haus der Gutsverwaltung, auf das Claussen stolz hinwies: „Da amtiere ich mit zwei Angestellten und einer Tippse und drüben", er lenkte den Wagen dahin, „neben den Remisen, wo die gräflichen Kutschen drin stehen, ist unser neues Zuhause. Meine Alte wird sicherlich schon den Kuchen auf den Tisch gestellt haben."

Die quietschenden Bremsen riefen Frau Claussen an die Tür. Sie öffnete. Eine Wohltat, sie zu sehen, unverändert, strahlend und freundlich wie vor Jahren, stand die Gute mit offenen Armen auf der Türschwelle: „Willkommen, willkommen. Wie schön, sie endlich mal wiederzusehen, ach, Frau Färber, wie oft habe ich an Sie gedacht."

Sie nahm Mutter in die Arme und führte sie ins Haus. Wir trotteten hinterher, gleich in die sogenannte „Gute Stube". Ein Raum mit hoher stuckverzierter Decke. Auf dem weißgedeckten Tisch dampfte die Kaffeekanne und daneben ein mächtiger mit Sahne und Schokolade verzierter Kuchen, der mir das Wasser im Munde zusammenlaufen ließ.

Der Kuchen schmeckte vorzüglich, der Kaffee war mir zu bitter und ungewohnt, zu Hause gab es dieses edle Gesöff nur selten bei höchsten Familienfeierlichkeiten oder wenn im Sommer die Tengelmanns bei uns waren.

Gott sei Dank schwiegen die beiden alten Herren am Tisch. Claussen hatte beim Eintreten ins Haus sein Politikgeschwafel eingestellt, und da ihm offensichtlich in Gegenwart seiner Frau kein anderes Thema einfiel, füllte er die Redepause mit Kuchenkauen und Kaffeeschlürfen. Die beiden Frauen gluckten zusammen, nahmen ihre Männer gar nicht wahr und erzählten über den Umzug vom Hof zum Gut, von den Hühnern, dem Garten und wie prächtig ich gediehen sei. Claussen nahm schließlich Vater am Arm, deutete auf die Zimmertür und beide gingen hinaus. Draußen auf der Diele klappte eine Schranktür, und das kurze Klingen von Glas verriet, dass die Herren sich wie in alten Zeiten einen Schnaps genehmigten.

Frau Claussen horchte kurz auf: „Oh, oh, er darf das gar nicht, sein Arzt hat es ihm verboten", und zu Mutter gewandt: „Ich versuch' immer wieder, ihm die Flaschen zu verstecken, aber er findet sie doch wieder."

Das war nun etwas, wo Mutter mithalten konnte. Krankheiten, ja, ein unerschöpfliches Thema. Erst tauschten die Damen die Erfahrungen mit ihren Leiden aus, dann ging es über die Nachbarschaft her und dann, nach einem scheuen Rundblick, wurden die Ehemänner durchgehechelt. Ich hatte mich, von den Frauen gar nicht wahrgenommen, auf das mit vielen Kissen bestückte Sofa neben den hohen Kachelkofen gesetzt. Die Kissen lagen oder besser standen in Reih und Glied nebeneinander, alle in der Mitte so eingeknickt, das zwei gleichgroße Zipfel hoch standen. Hier musste wohl jeden Morgen in die Kissenreihe mit gezieltem Omakarateschlag Zucht und Ordnung gebracht werden. Ich wagte mich nicht dagegen zu legen. Gelangweilt fuhren meine Finger durch die Seiten einer Jägerzeitschrift, aber mit den Ohren verfolgte ich das Gespräch der Frauen. Jetzt wurde gerade das Leiden meines Vaters behandelt. Das Thema interessierte mich brennend.

Mutter beklagte seine Depression, seine Nervosität, alles Erscheinungen, die erst nach dem verlorenen Krieg eingetreten seien, auf die sie jetzt sehr viel Rücksicht nehmen müsse. Schlafen täten sie schon lange nicht mehr miteinander. Aber was sollte das auch in ihrem Alter. Er habe eine schwere Kindheit gehabt und sei auch einige Jahre älter als sie. Das gelte es zu berücksichtigen. Er müsse gepflegt werden und viel an die frische Luft. Seit kurzem sei eine Besserung festzustellen. In Heide habe er einen alten Kriegskameraden getroffen, der ihn gebeten hat, hin und wieder mal vorbeizukommen. Da würde er jetzt häufiger hinfahren und auch über Nacht bleiben. „Jedes Mal, wenn mein Mann dann zurückkommt, wirkt er viel fröhlicher. Ich bin wirklich dankbar, dass er jemanden getroffen hat, der ihn aufzumuntern versteht. Alfred soll der Gute heißen."

Das, was Mutter über den Gesundheitszustand meines Alten zum Besten gab, konnte ich nicht ganz nachvollziehen, aber dass Vater häufiger aushäusig blieb, konnte ich bestätigen. Anfangs hatte es mich gewundert, aber nicht sonderlich gestört. Wenn er mich nicht sah, konnten wir uns auch nicht aneinander reiben. Mutters Art und Weise, mit ihrem Ehemann klar zu kommen, betraf mich nicht. Ich ging seit langem meine eigenen Wege.

Hufegeklapper draußen auf dem Holperpflaster, Stimmen und vorbeipolternde Leiterwagen ließen mich vor die Tür laufen. Claussen und Vater standen auch vor dem Haus. „Die kommen vom Feld, es ist Feierabend", rief Bauer Claussen mir zu.

Frauen mit Kopftüchern, Forken auf den Schultern, grüßten herüber. Schwerfällige Pferde mit zotteligen Mähnen drängten an die Tränke neben den Stallungen, und ein Traktor mit dem Geräusch eines Fischkuttermotors rumpelte vorbei, der dieselben runden Auspuffgaskreise in den Himmel paffte wie die einzylindrigen Glühkopfmaschinen der Boote.

Dazu wieder die Erklärung von Claussen: „Das ist unser ganzer Stolz, ein Lanz-Bulldogg. Der stärkste Trecker weit und breit. Übrigens der Hof braucht immer Hilfsarbeiter. Hättest du nicht Lust, während der Ferien dein Taschengeld aufzubessern? Ich könnte das mit der Gutsverwaltung festmachen. Jeden Morgen holt ein Wagen die Leute von der Stadt und bringt sie abends wieder hin. Aber sei dir darüber im Klaren, das ist Knochenarbeit. Morgens um sechs Uhr steht der Wagen an der alten Ulme am Ortsausgang, und abends bist du nicht vor acht zu Hause." Bauer Claussen musterte mich von oben bis unten. Sollte ich ihm meine Muskeln zeigen?

Ich sah ihm ins Gesicht: „Ich mach' da mit. Von Ferienbeginn, na, sagen wir mal 14 Tage. Ist das in Ordnung?" Er nickte. „Geh'n wir mal rüber ins Büro. Da ist bestimmt noch jemand."

Ein muffiger Raum mit dunkler Wandtäfelung schluckte uns. Hinter einem Schreibtisch, wie verloren, hockte eine bebrillte ältere Dame, umgeben von Regalen, vollgestopft mit vergilbten Akten. Sie sah erschrocken auf, als wir den Raum betraten, lächelte aber gleich, als sie Claussen erkannte, der auch gleich loslegte: „Ja, da habe ich für Sie einen Städter, Sohn eines guten Bekannten, der in den Ferien auf dem Hof Geld verdienen möchte. Was geben Sie ihm denn?"

Wieder dieser musternde Blick.

Dann stand sie auf, holte einen Aktendeckel vom nächsten Regal, blätterte darin und flötete in meine Richtung: „Für die Stunde 82 Pfennig auf die Hand, wird wöchentlich am Montag abends nach Feierabend um 18 Uhr ausgezahlt. Junger Mann, wann soll's denn losgehen?"

Am Wandkalender suchte ich den Ferienbeginn. Sie notierte meinen Namen, Adresse und so weiter. Und schon waren wir wieder draußen in der ländlichen Luft, vom Stall muhten die Kühe herüber, und vom Säuresilo wehte ein ungewohnt moderig süßlicher Duft.

Wieder in der guten Stube, stellte mich Bauer Claussen den Eltern und seiner Frau als den neuen Landhilfsarbeiter Färber vor. Frau Claussen kam mir entgegen, nahm mich in die Arme und sagte: „Mittags kannst du bei uns essen und dich dann auf dem Sofa ausruhen, bis es wieder losgeht." Besser hätte es nicht kommen können. Erstmals richtiges Geld verdienen. 82 Pfennig die Stunde, das war für mich damals eine unwahrscheinlich hohe Summe, und das 14 Tage lang. Das kam was zusammen. Damit konnte ich mit dem Segelverein zur Schleiwoche, abends ungehemmt meine Bierchen trinken und endlich mal so viele Würstchen essen, wie ich wollte und konnte. Und dann noch das Angebot von Frau Claussen, ohne Gegenleistung bei ihr mittags zu essen und danach auf dem Omakaratekissensofa auszuruhen.

Ich glaubte, sie wollte in mir ihren Georg aufleben lassen, der ihr abhanden gekommen war. Mir war es recht.

Auf der Rückfahrt war Claussen schweigsamer als auf der Hinfahrt. Beim Aussteigen drückte er mir zum Abschied lächelnd die Hand und bemerkte: „Dann bis bald auf den schweißtreibenden Feldern der Knieselbecks.“

Vor dem Zubettgehen saßen wir seit langem einmal wieder gemeinsam am Küchentisch und ließen den Tag passieren.

„Komisch“, meinte Mutter, „Frau Claussen hat kein einziges Wort über ihren Georg gesagt, was da wohl vorgefallen ist?“ Vater wusste die Antwort, was mich entsetzte: „Das war ein fauler Kerl, der sich nicht in die Notwendigkeiten der Landwirtschaft einfügen wollte, ein verluderter Bursche. Immer nur Weiber im Kopf. Ihr habt ja gehört, Fremdenlegion und geile Weiber. Das passt doch alles zusammen. Die Claussen sollten eher froh sein, dass sie ihren Sohn los sind.“

Ich sah den harmlosen Georg mit seiner Stoppelfrisur vor mir auftauchen. Nee, der war nicht aus den Beweggründen gegangen, wie sie mein Vater leichtfertig hinstellte, dem war sicherlich das politische, ewig gestrige Geschwätz seines Alten auf die Nerven gegangen. Nur in der Flucht von Haus und Hof hat er die Befreiung gesehen. Wollte ich nicht auch ausrücken und mit Onkel Hanny davonfahren? – Oh, Georg, wie ich dich verstehe.

Mit diesen Gedanken, Mutter kurz über die Hand gestreichelt, habe ich die Tischrunde verlassen und bin ins Bett gekrochen.

Mit einem Male war nur noch das am Rumpf der „Esperanza“ vorbeirauschende Wasser zu hören. Hannes hatte das Steuerrad, seine Rednerbühne, verlassen und setzte sich ins Cockpit zu seinen Zuhörern, fischte aus dem neben dem Niedergang stehenden Bierkasten ein „Dithmarscher Pils“, ließ den Beugel knallen und prostete der schweigenden Runde zu.

Skipper Brodersen brach das Schweigen: „Soll schon Schluss sein? Komm, die Nacht ist so herrlich warm, pack noch einen drauf!“

Hannes setzte die Flasche ab, nickte dem Fragenden zu und sagte: „Gut, einer geht noch, nur erst mal kleine Bierpause, geht gleich weiter.“

Die nächtliche, die Tropen ahnende Brise verbreitete Wohlbefinden, man räkelte sich. Über der Tiefe des Atlantik und unter der Kuppel des Sternengeglitzers hatten die bisherigen acht Tage Seefahrt das Zeit- und Raumgefühl schwinden lassen.

Nur die Geschichten von Hannes erinnerten an ein früheres Leben in einer zurückgelassenen Welt.

Da stand er auch schon wieder im grünlichen Licht der Ruderkonsolenbeleuchtung, an seinem Rednerpult und meinte schmunzelnd:

„Ich glaube, es ist an der Zeit, euch, denen es so gut geht, die ihr beruflich ausgesorgt habt, ausführlich über meine damaligen Querelen der Berufsfindung und deren Begleiterscheinungen zu berichten.

„Bis jetzt habe ich euch von dem Geplänkel zwischen Schule und Elternhaus erzählt. Noch ein Jahr trennte mich vom Schulabschluss. Ein um den anderen Tag drohte entweder mein Vater, einer der Pauker oder jemand, den ich nicht danach gefragt hatte, mit dem Sprüchlein: „Warte nur, bald beginnt für dich der Ernst des Lebens.“

Der Eindruck wuchs, dass die Älteren einem mit einer gewissen Häme Angst machen wollten, dass nach einer zwar nicht immer ergötzlichen, aber doch bisher von beruflichen Zwängen nicht eingeengten Jugendzeit für allemal diese Freiheiten nie mehr wieder kämen. Einerseits ersehnte ich diesen Übergang; andererseits beschlich mich, verunsichert durch die Möglichkeit, für das bevorstehende Berufsleben die falsche Entscheidung treffen zu können, ein mulmiges Gefühl. Damals entschied man sich nicht für einen Job, sondern für eine Tätigkeit, die mindestens bis zum 65. Lebensjahr das Auskommen ermöglichte, wonach die Rente oder Pension einem den Lebensabend sicherte. Häufig zwischendurch zu wechseln kam niemandem in den Sinn. Einmal in die falsche Tretmühle geraten, gab es so gut wie kein Herauskommen mehr.

Was aber passte zu mir, was würde mir gefallen? Alles hatte ich mir schon vorgestellt und alles wieder verworfen. An die naheliegende Wahl, Berufsoffizier wie Vater zu werden, brauchte ich nicht zu denken, zu dem Zeitpunkt gab es kein deutsches Militär. Es wurde zwar viel darüber geredet, aber die allgemeine Stimmung brandete dagegen. Außerdem hatte der Bundeskanzler Adenauer versprochen, dass es nie wieder deutsche Soldaten geben würde. Darauf konnte man sich verlassen. Die Deutschen hatten ohnehin nach bitteren Erfahrungen vom Kriegspielen die Schnauze voll.

Noch musste ich mich nicht festlegen. Jetzt vor den Sommerferien galt es, vermittelt von Bauer Claussen, auf dem Gut der von Knieselbecks ein paar Scheine zu verdienen, um anschließend die Kutterregatten auf der Schlei genießen zu können ohne finanziell so eingeengt zu sein. Die Eltern dagegen meinten, das sei eine gute Gelegenheit, in die Landwirtschaft hineinzuschnuppern. Vielleicht würde mir am Ende in den Sinn kommen, dort beruflich anzufangen. Auch mit dem Abitur gäbe es da Möglichkeiten. Landwirtschaft hat mit Essen, Trinken und Gesundheit zu tun. Landwirtschaft hat goldenen Boden.

27

Mein Einblick in die Landwirtschaft geschah von ganz unten. Hannes Färber erlebte den von den Eltern empfohlenen Traumberuf auf der untersten Stufe, als Hilfsarbeiter. Das war weniger als Tagelöhner. Pünktlich morgens um sechs wartete ich an der alten Ulme am Ortsausgang. Vater hatte auf dem Dachboden aus einer Kiste einen graugrünen Leinenanzug mit Blechknöpfen herausgeholt und mir als Arbeitskluft gegeben, eine demilitarisierte Uniform aus der Zeit des Volkssturms. Dazu eine Schirmmütze, wie sie die Gleisarbeiter bei der Bahn trugen.

Stumm standen in kleinen Grüppchen zumeist ältere Leute herum, Frauen mit Kopftüchern, Männer mit Kappen und Ballonmützen. Sie erinnerten mich an die Flüchtlinge, die vor einigen Jahre in ihren Panjewagen auf dem Marktplatz angekommen waren. Sie musterten mich nur kurz und versanken dann wieder in wartende Teilnahmslosigkeit.

Lauter werdend rollte ein Pferdefuhrwerk durch den stillen Morgen heran, der Kutscher hielt, machte eine kurze Handbewegung, und das Völkchen bestieg den offenen Leiterwagen. Es war ein gewöhnlicher Erntekarren, nur dass er gummibereifte Räder hatte. Die eingesammelten Frühaufsteher schaukelten zusammengepfercht auf der holperigen Straße landeinwärts. Auf einem schmalen Brett sitzend drückte mich ein Bärtiger fast außenbords. Er lächelte. „Jungchen, sätz dich auf dem Äck und halt dir fäst." Dabei leuchteten seine Augen. Dem alten Ostpreußen bereitete es Freude, einen jungen Burschen an seiner Seite zu haben.

Meine Einschätzung traf zu. Die meisten waren tatsächlich Flüchtlinge aus dem Osten, die am Stadtrand immer noch in einem der verrotteten Barackenlager lebten.

Als der Vogt geschniegelt, gebügelt, mit Pomade im Haar, vor das ärmlich gekleidete Häuflein trat, das geduldig auf dem Knieselbeckschen Gut vor der Pferdetränke auf die Einteilung zur Arbeit wartete, kam mir das Ganze vor wie eine Mischung aus Morgenappell beim Jungvolk und der mit meiner Großmutter erlebten Dienstbesprechung auf dem Hof von Grete Theissen in Schafstedt. Vorne die abgehobene Führung, ganz hinten die demütigen Befehlsempfänger. Kurze Augenmusterung, dann der erste Einsatzbefehl: „Ihr dahinten, die vier Reihen in die Rüben, ab dafür mit dem Wagen da rechts außen!"

Nun entdeckte der Vogt mich. „Du bist der Neue von Bürgermeister Claussen? Du heißt Hannes Färber?" Ich rief laut: „Jawoll!"

Er hielt die rechte Hand ans Ohr: „ Ich versteh' nix, - lauter!" Wollte er mich testen?

Irgendetwas in mir trieb mich, festzustellen, wo er angesiedelt war. Ich nahm militärische Grundhaltung ein und brüllte mit Leibeskräften über die Menge: „Hannes Färber meldet sich zum Dienst!"

Erst eisige Stille, ihm ging der Mund auf, dann lachte er aus vollem Halse und klatschte mit der Gerte an den Schaft der Reitstiefel. „Bist wohl verwandt mit Claussen, was? Nicht schlecht!"

Rundherum wurde gekichert. Ostpreußischer Dialekt lobte mich: „Der Lorbas. Der Lorbas, nei, nei, was soll man dazu sajen".

Danach schien es ratsam, keine weitere Meinungsforschung zu betreiben und zu gewissen Themen lieber den Mund zu halten. Die Geschichten, von Bauer Claussen bei unserem letzten Besuch über sich und von seinem angeblich guten Freund, dem ehemaligen SS-Offizier und heutigen Gutsbesitzer erzählt hatte, ließen vermuten, aus welcher politischen Richtung der Wind über die Knieselbeckschen Felder strich.

Mein Platz war in der zweiten Gruppe der Rübenverzieher. „Komm", zog mich der alte Ostpreuße am Ärmel, „wir jähen in de Wruken." Dieses Mal auf einem ungefederten, mit hölzernen Speichenrädern durch die vielen Schlaglöcher rumpelnden Leiterwagen brachte einer der Knechte seine Menschenladung mit dem Pferdegespann zum Arbeitsplatz. Dort wartete ein bunter Haufen auf den Einsatz, nicht nur die aus der Stadt Herbeigekarrten, sondern auch die Tagelöhner, Mägde und Knechte, die Kätner des Hofes und deren Kinder. Längs des Knicks am Feld legte jeder seine Habseligkeiten ab, ich meine Jacke und den Rucksack, in den Mutter auf Anraten von Frau Claussen ein Handtuch und ein Unterhemd zum Wechseln gesteckt hatte, daneben meine Erinnerungsstücke aus der Jungvolkzeit, die Weißblechdose mit dem Frühstücksbrot und die mit braunem Filz bezogene wassergefüllte Feldflasche. Dann befahl der Großknecht, am Feldrand Aufstellung zu nehmen. An jeden verteilte er kurzstielige Hacken.

Vor mir fast bis zum Horizont lag ein grüner Acker mit kleinen Pflänzchen. Jedem wurde drei Reihen zugeteilt mit dem Auftrag, vier Finger Abstand zwischen den stärksten zu lassen. Alles andere sei wegzuhacken oder rauszuziehen. Auf geht's!

Nach zehn Metern hing ich schon hinterher. Keiner sagte ein Wort, man hörte nur das Geräusch des Hackens und den Wind. Alle merkten meine Ungeübtheit. Wenn ich wagte, leicht stöhnend das schmerzende Kreuz durchzubiegen, feixten die anderen. Mir lief der Schweiß in Strömen von der Stirn, und der Volkssturmanzug klebte auf dem Kreuz. Stunden schienen vergangen zu sein, als um neun Uhr der Großknecht von seinem Sitzplatz am Knick herüberrief: „Föftein!" Was soviel bedeutete wie fünfzehn Minuten Pause.

Meinen Rücken hatte ich noch nicht ganz gerade gebogen, da waren die anderen schon an mir vorbeigelaufen. Ich hinterher zu meiner Jacke und dem Rucksack. Wie bei einem Verdurstenden in der Wüste lief das Wasser aus der Feldflasche in mich hinein. Dass die Landarbeit so hart sein würde! Wer hätte das gedacht? Und 14 Tage sollte das so weiter gehen.

Links und rechts im Knick Gekicher, ein paar quiekende Frauenschreie und derbes Männerlachen. Aber ich war viel zu kaputt, um mich danach umzudrehen. Wie ein ausgezählter Boxer auf dem Ringboden liegend hoffte ich, dass die Erholungspause ewig währen würde.

Nach dem Wiederbeginn rann die Zeit bis zum Mittag langsam dahin. Zurück auf dem Gut, eilte das Arbeitsvolk in das Haus der Gutsverwaltung und setzte sich an einen langen Tisch. In der dahinterliegenden Großküche gossen rotbäckige Frauen aus Kesseln Suppe in Terrinen und schaufelten dampfende Kartoffeln in riesige Töpfe, die auf den Tisch geschoben wurden. In dem hallenähnlichen Gebäude herrschte ein furchtbarer Lärm, Teller klirrten, Besteck fiel klimpernd vom Tisch auf den glatten Betonfußboden. Mit beiden Armen breit vor dem Teller liegend, mampfte jeder in größter Hast seine Portion in sich hinein, sprang auf und schlenderte hinüber zur Scheune, um im Stroh den Mittagsschlaf zu halten. Dafür stand weniger als eine Stunde zur Verfügung. Ich habe nur einmal an dem Essen teilgenommen. Danach bin ich zu Mittag immer zu Frau Claussen gegangen. Sie hatte es mir ja angeboten und freute sich über ihren Gast. Zuvor das durchgeschwitzte Hemd gewechselt, dann saßen wir schweigsam zusammen. Sie kochte vorzüglich. Der müde Gesättigte fand danach auf dem Omakaratekissensofa eine liebevoll hergerichtete Ruhestätte vor. Kaum ausgestreckt fiel ich todmüde in einen bewusstlosen Schlaf. Mit lächelndem Gesicht und einem Glas Brombeersaft in der Hand weckte mich Mutter Claussen immer rechtzeitig zur nächsten Schicht.

Zur Mittagszeit pünktlich um 12 Uhr und zum Feierabend um 18 Uhr heulte vom First der Scheune ein langgezogener, weit hörbarer Sirenenton. Für alle das Signal, das Arbeitsgerät fallen zu lassen und so schnell wie möglich zum Gut zurückzukehren. Bescheiden waren die dran, die zur Essensverteilung von den weit draußen liegenden Feldern herangekarrt wurden. Da ging wertvolle Zeit verloren. Zum Abend störte das weniger.

Mit großem Getöse kehrte abends um 18 Uhr von allen Seiten die Belegschaft zu dem am Tage verschlafen wirkenden Gutshof heim. Da schaukelten mit Heu hochbeladene Pferdegespanne in die Scheune. Der dröhnende Lanz-Bulldog-Trecker polterte mit klobigen Eisenrädern über das Kopfsteinpflaster. Mägde und Knechte brachten Arbeitsgeräte in die verschiedenen Schuppen. Der Vogt ritt zu der einen oder anderen Gruppe hin. Vor den Stallungen sammelten sich die Pferde. Hier wurde geschimpft, da drüben gelacht. Der Gutsverwalter stand da mit einer Liste, umgeben von den Großknechten, befragte den einen oder anderen und machte Notizen.

Wir, das Arbeitskommando aus der Stadt, nicht mehr am Geschehen beteiligt, warteten an der Pferdetränke auf die Heimfahrt. Das dauerte oft eine geschlagene Stunde, einige maulten, mir aber machte es Spaß, dem Treiben zuzusehen. Besonders interessierten mich die Pferde. Seit dem Besuch beim Bauer Theissen in Schafstedt vor Jahren mit meiner Oma Clara faszinierten mich diese Tiere. Das war mehr als Hund und Katze oder die zu Hause endlich abgeschafften dämlichen Hühner. Den Pferden haftete eine gewisse Göttlichkeit an.

Später habe ich in München ein Theaterstück gesehen. Da ritt vor schwarzem Hintergrund eine nackte Frau auf einem Schimmel über die Bühne. Ich sehe das Bild wie gestochen vor mir. Pferd und Mensch. Ob es da eine Seelenverwandtschaft gibt? Viele künstlerische Darstellungen in der griechischen und germanischen Mythologie verherrlichen diese Verbindung. Pferde bedeuteten mir mehr als eben nur vierbeinige Zug- oder Reittiere zu sein, ohne dass ich als Stadtjunge viel darüber wusste.

Ich freundete mich mit einem der Stalljungen an. Während die ostpreußischen Mithilfsarbeiter stumpf auf den Abtransport warteten, bemühte ich mich, an die zotteligen Kaltblüter heranzukommen, ihnen den Hals zu klopfen, ihre weichen Nüstern zu streicheln. Besonders die Liese mochte mich. Bevor ich mittags bei Frau Claussen im Wohnzimmer einschlief, stibitzte ich aus einer Dose ein oder zwei Würfelzuckerstückchen, auf die die kluge Liese jeden Abend bereits wartete.

Mit einem Klaps auf den breiten Hintern entließen die Stalljungen ihre Pferde nach der Ausschirrung zum Hufewaschen in Richtung des Tümpels hinter der großen Scheune. Die mächtigen Tiere trabten allein dahin, gingen ins Wasser und kamen ohne Anleitung wieder zurück in den Stall. Oft folgte ich ihnen zu Fuß. Zu gern hätte ich dabei auf Lieses breitem Rücken gesessen. Der ältere Stallknecht, ein riesiger Mensch, muss mir wohl einige Tage zugesehen haben, bis er sich vor mir aufbaute und in gequältem Hochdeutsch hervorbrachte: „Kannst gern drauf reiten, allerdings ohne Zaumzeug, schön festhalten, dann fällst du auch nicht herunter. Nur nicht beschleunigen, das vertragen Kaltblüter nicht, ganz ruhig. Willst du? Soll ich dir raufhelfen?" Ich muss gestrahlt haben, knickte wie bei anderen gesehen das Bein an, und schwupp, war Lieses warmer Rücken unter mir wie ein breites Sofa.

„Sitzt du gut da oben?" Liese scharrte mit den Hufen und wollte los.

Bevor der Stallknecht ihr auf den dicken Hintern klopfte, wollte ich nicht nur ja und danke sagen, sondern ihm auch mitteilen, Plattdeutsch snacken zu können. „Wat ick noch seggen wullt. Mit mi kannst og plattdüütsch snacken, ich bünn vun de Küst."

Er staunte: „Na, denn man to, dann man gau".

Ich trat Liese mit den Hacken sanft in die Seite und ab ging es zum Tümpel, im Bauch ein Glücksgefühl, dass das dicke Pferd mit seinem schaukelnden Gang noch verstärkte.

Zurück vom Teich mit beiden Händen in den oberen Bogen über der Stalltür greifend, ließ ich das Arbeitstier unter mir durchlaufen und schwang zurück auf den Boden. Jeder weitere Feierabend endete auf diese Weise. Schöner konnte es nicht sein.

Die harte Arbeite kräftigte. Den ganzen Tag lang an der frischen Luft, Mutter Claussens Fürsorge, die gute Verpflegung und die Gewöhnung an den Tagesablauf ließ mich den Abend bald nicht mehr als Halbtoten erleben. Ich fühlte mich eher fit und wohl. Anfangs zu Hause von Mutter bedauert, konnte ich sie jetzt überzeugen, wie sinnvoll der Besuch bei den Claussens gewesen war, um mir diese Beschäftigung zu ermöglichen.

Vater wollte natürlich gleich wissen, ob meine Freude an der Arbeit bedeuten würde, nach dem Abitur Agrarwirtschaft oder ähnliches studieren zu wollen. Nein, nein, dazu wollte ich mich nicht äußern – abwarten!

Für drei Tage ging es anschließend in die Rüben. Danach musste der Raps auf Hocken gesetzt werden was heute von Maschinen erledigt wird. Am Abend vorher hatte mir einer der Tagelöhner einen Tipp gegeben: „Jung, treck di Handschoh an und pack di Papier in de Arms, sunst warst bannich wat belebn!" Handschuhe? Ja, das konnte sein, aber Papier um die Arme wickeln? Was sollte das? Nach Feierabend im Pferdestall wollte ich das vom Stallknecht genauer wissen. Der grinste und beschrieb, wie das harte abgeschnittene Rapsstroh beim Aufsetzen der Hocken die Haut wie Glas aufritzte.

Zum Erstaunen meiner ostpreußischen Mitstreiter erschien Hilfsarbeiter Färber am nächsten Tag an der Sammelstelle mit gepolsterten Unterarmen. Zeitungspapier in mehreren Lagen vom Handgelenk bis zu den Ellbogen unter die Hemdsärmel gesteckt und zum Festhalten des Ganzen Weckglasgummiringe darüber gestreift, dazu alte langschäftige Handschuhe.

Während der Fahrt wisperten die anderen und amüsierten sich über mich, den feinen Pinsel, der seinen Alabasterkörper schonen wollte. Ich ließ sie reden und freute mich im Stillen: „Auf dem Feld werden die an mich denken". So kam es denn auch.

Die spröden splitternden Halme des Raps stachen selbst durch die Papierlagen, abends sah ich aus wie damals, als man mich beim Schlangestehen durch die Türscheibe des Bäckerladens drückte. Überall, besonders an der Brust und an den Oberarmen blutige Streifen und Punkte. Meine Ostpreußen hielten auf der Rückfahrt den Mund. Sie tupften mit verzerrten Gesichtern ihre Wunden.

Aber weniger diese widerlichen Hautabschürfungen und Stiche, sondern vielmehr ein anderes, ganz besonderes Erlebnis ist mir von dem Rapsfeld in Erinnerung geblieben. Da geschah etwas, was mich geschichtlich zurückversetzte in die Zeit der Leibeigenschaft, die in Schleswig-Holstein eigentlich seit 1800 als abgeschafft galt.

Mitten in der Arbeit, Staub wirbelte umher, hielt der Trecker mit der Mähmaschine genau neben unserer Kolonne. Mit ein paar ersterbenden Puff, Puff, Puffs verreckte der Motor. Der Fahrer sprang vom Trecker, zeigte hinüber zum Feldrand und schrie in die plötzliche Stille: „Die Herrschaft, die Herrschaft kommt!"

Zwei Reiter in dunklen Jacken, beigefarbene Hosen, mit glänzenden Reitstiefeln und samtenen Reitkappen auf eleganten Pferden, einer schien eine Frau zu sein, galoppierten in wohl 200 Metern Entfernung auf dem Feldweg vorbei, ohne der Landarbeit die geringste Aufmerksamkeit zuteil werden zu lassen. – Warum sollten sie auch?

Ich war der einzige, der aufrechtstehend den Reitern nachsah.

Da schlug mir völlig unerwartet der Treckerfahrer von hinten die Mütze vom Kopf und schimpfte: „Minsch, nimm de Mötz av und mok een Diener, dat ist de Grov!"

Er selbst stand in gebeugter Haltung, hatte seine Kappe in der Hand und schielte wie jemand, der gerade Prügel bezogen hatte zu den Reitern hinüber. Jetzt bemerkte ich erst, dass die Frauen eingeknickt und mit Blick auf den Boden in Richtung des verschwindenden Grafen mittelalterlich demütig und ergeben zusammengesunken waren. Bei den ansonsten raubeinigen Kerlen sah das nicht viel anders aus. Nur dass sie nicht auf den Knien lagen.

Bis zum Abend ging mir die Frage nicht aus dem Kopf, wer wohl diese erniedrigende Verbeugung verlangte – und das in unserer Zeit, wo nach dem Krieg jeder nach Freiheit lechzte und Unterwürfigkeitsgesten lautstark ablehnte.

War auf dem Gut der von Knieselbecks die Welt stehen geblieben?

Nicht, dass die Welt in diesem mir bisher fremden Umfeld stehen geblieben wäre, aber sie war anders. Anders insofern, als die Wirtschaftsführung des Gutes zwar den Gegebenheiten der Nachkriegszeit entsprach, war jedoch die um ein neues politisches Denken und Handeln bemühte Demokratie vor dem Hoftor des Herrensitzes geparkt worden.

Auf Gut Knieselbeck hielt man an alten Herrschaftsstrukturen fest. In der Stadt dagegen geschah das andere Extrem, und uns Jungen wurde es besonders in der Schule nahegebracht: Die Medien, das Rathaus und die jüngeren Lehrer machten alles Traditionelle nieder. Alles, was zuvor hoch im Kurs stand, wurde verteufelt, lächerlich gemacht und geistig zum alten Eisen geworfen. Das nahm manchmal Erscheinungsformen an, die zerstörerisch wirkten.

Zum Bespiel warfen die Kneipen in der Stadt die seit Jahrhunderten vom Tabakqualm geschwärzten Holztäfelungen und das gediegene altehrwürdige Inventar auf die Straße, strichen die Wände rosa, montierten Kaltlicht verbreitende Neonröhren unter die Decke, stellten Musikboxen, spinnenbeinige Nierentischchen und Stahlrohrsitzmöbel ins Lokal. Das galt als der letzte Schrei. Da wurde die neue Zeit mit amerikanischem Flair eingeführt. Die Alteingesessenen mieden seitdem ihre ihnen nicht mehr vertrauten Gastwirtschaften, während die Jugend begeistert glaubte, auf diese Art und Weise den überholten Muff loszuwerden. Ich als Zeitgenosse teilte diese Meinung, hielt mich für modern und meinte den armen Tröpfen auf dem rückständigen Lande überlegen zu sein.

Besonders auf Gut Knieselbeck spürte man, wie der Hof gleich einer eingeschworenen Familie in Igelstellung gegangen war und den Zeitgeist abwehrte. Der Graf schien die Uhr nicht nur angehalten, sondern sogar zurückgestellt zu haben. Er praktizierte einen vorkaiserlichen Führungsstil und konservierte vorsintflutliche Sitten und Gebräuche. Diese Abkapselung blieb nicht verborgen. In den ersten Jahren nach dem Krieg waren Behördenvertreter der neuen Landesregierung dem konservativen Grafen auf den Leib gerückt. Wie bei allen schleswig-holsteinischen Großagrariern beabsichtigten sie, seinem Gut durch eine Bodenreform einige hundert Hektar

wertvollen Ackerbodens und Weiden zu Gunsten der Flüchtlingsbauern zu entstei-
ßen.

Die adelige Familie hatte vorgesorgt und das Gut bereits unter vielen Verwandten aufgeteilt, als die Bodenreformer vor der Tür standen. Sie zogen ergebnislos ab.
Danach fiel alles wieder in die Hände des ursprünglichen Eigentümers zurück. Es
blieb wie ehedem. Niemand stellte Fragen. Im Laufe der Zeit, die ich auf dem Hof
verbrachte, und in Gesprächen mit den Claussens am Mittagstisch lernte ich das
Leben dieses Landghettos von seinen unterschiedlichen Seiten kennen. Von oben
nach unten herrschte eine straffe hierarchische Ordnung. Ganz oben in geheimnis-
umwitterter Ferne thronte die gräfliche Familie. Der Graf selbst trat wie in barocker
Zeit als feudaler Herrscher auf, der von Teamentscheidungen nichts hielt.

Zweimal im Monat empfing der Graf den Gutsverwalter und den Vogt in der
Bibliothek seines Hauses. Dienstboten huschten in devoter Haltung herum, brachten
Keks und Tee. Er selbst stand an einem Stehpult und gab Anweisungen, denen die
beiden Befehlsempfänger nicht zu widersprechen wagten.

Danach folgten die Berichterstattung und die kurze einseitige Fragestunde. Daraus formulierte der unterkühlt wirkende von Knieselbeck seine Rahmenbefehle, die
für den Zeitraum von 14 Tagen dem Gutsverwalter und dem Vogt einen gewissen
Spielraum ließen für eigene Initiativen, die oft mörderische Akkordleistungen forderten. Das machte die beiden zu gefürchteten Arbeitgebern, da sie selbst in der Angst
vor ihrem Herrn lebten.

Die Befehlspyramide sah wie folgt aus.

Ganz weit weg in den Wolken der Graf, dann lange nichts, bis an der Spitze der
Pyramide der Gutsverwalter mit seiner Büroorganisation auftrat. Er lebte in einem
ansehnlichen barocken Haus gegenüber von Claussen. Ihm untergeordnet war der
Vogt mit seinen Großknechten. Der Vogt und seine Familie wohnten wie der Ver-
walter in unmittelbarer Nähe des Herrensitzes, während die Großknechte mit ihrer
kinderreichen Schar in alten Fachwerkhäusern entlang der zum Hof führenden Eichenallee ihr Zuhause hatten. Aus der Leibeigenschaft hervorgegangen, verfügten sie
als sogenannte Instleute über Pachtland, ein wenig Vieh, bezogen einen mickerigen
Barlohn, dafür aber reichlich Deputat. Unter Deputat fiel die Zuteilung von Naturalien, von Hofprodukten aller Art und Brennholz für die offenen Feuerstellen auf der
Diele. Gas oder moderne Herde fand man in diesen Häusern nicht. Weil der Graf
seinen Angestellten am beruflichen Ende eine Betriebsrente zahlte und im Krank-
heitsfall aushalf, bestand ein Abhängigkeitsverhältnis, das zwar familiären Charakter
hatte, aber doch ausbeuterisch war; denn die Armen mussten dem Grafen jederzeit
ohne Bezahlung zu Hand- und Spanndiensten zur Verfügung stehen. Das ging so
weit, wie Claussen verriet, dass sie selbst bei schlechten Wetterlagen ihre eigene Ernte erst verspätet und nicht mehr ertragreich einbringen konnten.

Die Tagelöhner, Knechte und Mägde, die versteckt im Wald in armseligen Katen hausten, hatten ähnliche Verpflichtungen und Privilegien wie die Großknechte, nur alles mehrere Stufen niedriger. Und wir, die Gelegenheitsarbeiter aus der Stadt, zählten letztlich zum Staub zu Füßen der Personalpyramide, zum gesellschaftlichen Nichts. Eigentlich konnten die ostpreußischen Flüchtlinge und ich dankbar dafür sein, überhaupt auf dem Gut arbeiten zu dürfen; denn wir galten als Außenstehende der Hofgemeinschaft und damit weniger als die Tagelöhner. Es dauerte sogar mehrere Tage, bis die festangestellten Landarbeiter gnädigerweise mit uns ein paar Worte wechselten.

Als eines Abends das Töchterchen des Grafen mit einem Geigenkasten unter dem Arm aus der Kutsche stieg und am Pferdestall vorbeilief, sagte ich so beiläufig zum Stalljungen: „Das Musikinstrument spiele ich auch." Der guckte mich entgeistert an, schluckte, schaute hinüber zum herrschaftlichen Fräulein, fixierte danach mich, sah wieder hinüber zu dem Mädchen und stellte kopfschüttelnd fest: „Vertell mi nix, nee du, dat givt dat nich, dat künn blots de odeligen Lüüd." Er glaubte tatsächlich, dass nur die Adeligen Geige spielen könnten. Am liebsten hätte ich am nächsten Tag mein Instrument mitgebracht. Dass ich, der Hilfsarbeiter, außer stumpfer Arbeit etwas Feineres leisten könnte, das war für ihn undenkbar. Schüttelte wieder den Kopf, winkte ab und verschwand im Dunkel des Stalls.

Derselbe Stalljunge, am nächsten Tag nach seinen Eltern befragt, wurde nachdenklich: „Die kenne ich nicht, ich wohne bei Tante Elise im Wald in der Kate mit vielen anderen."

Wo er denn zur Schule gegangen sei, wollte ich wissen. Das wusste er und zeigte auf das Torhaus des Gutes. „Dor boben." Da war eine staatliche Zwergvolksschule eingerichtet. Der einzige Lehrer, von der Kommune bezahlt, lebte jedoch unter der Fuchtel des Grafen, der ihm einerseits Deputat zuschob, andererseits mit einer Negativbeurteilung beim Schulrat drohte, wenn er die Kinder nicht im Bedarfsfall zur Erntearbeit freistellte. Und das geschah häufig. Deshalb wuselten so viele Kinder auf den Feldern herum. Jetzt in den Ferien schufteten die Kleinen von morgens bis abends auf dem Hof, in den Stallungen oder mit uns im Ernteeinsatz.

Auffällig selten rief eine Mutter nach ihrem Kind oder ein Vater schimpfte mit seinem Sohn. Das junge Volk trat stets in Grüppchen auf, Einzelgänger gab es nicht. Es kam nicht vor, dass mal ein Mädchen sich an der Schürze einer Frau ausheulte oder ein Junge an der Hand eines Mannes ging. Rau und herzlich war der Ton. Jeder fühlte sich zu jedem hingezogen, und die Kinder hatten viele Eltern. Das Zusammenleben auf dem Gutshof glich eher dem in einer Wohnkommune, wo jeder mit jedem verwandt war und keiner daran Anstoß nahm, wenn man häufig die Partner wechselte. Für mich, bei prüden Eltern aufgewachsen, eine ungewöhnliche, aber zu überdenkende Lebensform. Jedoch bei längerem Nachdenken nicht das Ziel meiner Träume. Mutter Claussen, von mir eines Tages vorsichtig formuliert über das Geschlechterverhalten auf dem Hof befragt, bekam zuerst einen roten Kopf, erzählte aber dann wispernd hinter vorgehaltener Hand, was da so alles ablief, wer mit wem und wie der Graf das Ganze im Griff behielt. Sie stellte es schonend dar, aber ich verstand es ganz eindeutig: Es wurde vom Großknecht bis nach unten mit den Mägden kreuz und quer gevögelt, hemmungslos und ohne Bedenken. Wenn die lustigen Freizeitspielchen in der Scheune, im Wald oder in den Knicks zur Fruchtfolge führten, wurde das auf dem Hof nicht als verwerflich empfunden, ja sogar freudig begrüßt und besonders vom Grafen positiv bewertet. Denn mit jeder neuen Frucht wuchs ihm auf längere Sicht preisgünstiges Personal zu. Die Frauen kümmerten sich um die Schwangeren und deren Geburten.

Aus einem vom Grafen gespeisten Gutsfonds wurde den jungen Müttern geholfen. Die Kinder wuchsen entweder adoptiert, was wiederum aus dem Fonds bezahlt wurde, bei den Knechts- und Tagelöhnerfamilien auf, oder Tante Elise zog in drangvoller Enge ihrer Kate die Kleinen groß. In der Hofschule nur mit dem Notwendigsten an Bildung versehen, standen die 14-Jährigen anschließend bis zum Ende ihrer Tage auf der Lohnliste des Grafen als Knechte und Mägde, die, um den Kreis zu schließen, wieder nach Lust und Laune mit wem auch immer für Nachwuchs sorgten.

Stets versorgt und wegen des geringen Kontakts mit dem Stadtvolk ohne Kenntnis anderer Lebensformen, muckte niemand auf, jeder fügte sich in das Schicksal. Der Hof, nur zehn Kilometer von einer quirligen Kleinstadt entfernt, lebte sein eigenes als behütet empfundenes Dasein auf einer eigentümlich beengten Insel der Glückseligkeit, ähnlich wie hinter Klostermauern.

Die soziale Absicherung von der Wiege bis zur Bahre trotz meines Erachtens unterster menschlicher Lebens-, Wohn- und Arbeitsbedingungen gefiel all denen, mit denen ich auf dem Hof zu tun hatte. Die fürsorgliche, wenn auch spartanische Betreuung in allen Lebenslagen durch den Gutsherrn führte zu Auswüchsen ganz besonderer Art.

Mutter Claussens schwer zu entschlüsselnde Erzählungen über den Umgang der beiden Geschlechter auf dem Knieselbeckschen Gut widmete ich ab der zweiten Woche mein besonderes Interesse. Was da geschah, wollte ich in Natura einer näheren Betrachtung unterziehen. Wie locker Männlein und Weiblein offenbar miteinander verkehrten, war mir bereits am ersten Tag auf dem Feld in den Pausen aufgefallen. Das Gejuchze und Gekreische der Weiber aus den Verstecken in den Knicks ließ manches vermuten.

Während der Tage der Heuernte und nachdem wir städtischen Außenseiter akzeptiert waren, fielen die Hemmungen. Kaum war der Pausenruf „Föftein!" verklungen, verzogen sich die Paare hinter dem einen oder anderen Heuhaufen und fielen in die horizontale Lage. Plötzlich leuchtete überall, wo man hinsah, weißes Fleisch auf. Mit einem Male schien das ganze Feld in rhythmische Bewegung zu geraten. Nachmittags dasselbe, nur dass die Paarungen gegenüber dem Morgen als unterschiedlich auffielen.

Es störte niemanden, dass die Kinder dazwischen herumtobten und Fangen spielten. Die meisten von ihnen entstammten ohnehin den Arbeitspausen der Älteren. Sie nahmen selbst keine staunende Notiz von der Bumserei. Für sie als Landkinder war es das Natürlichste auf der Welt. Bis auf einige Meter bin ich dann selbst leicht verlegen an den hüpfenden Heuhaufen vorbeigegangen und habe die verschiedenen Macharten verglichen. Oft saßen keine paar Meter davon entfernt die anderen Arbeitskollegen und mampften, von all dem nicht berührt, ihr Frühstücksbrot.

Eines Nachmittags hatte die Heuernte den angrenzenden Wald erreicht. Auf dem Knick mit dem Blick in den Wald hinein saßen die Frauen und einige ältere Arbeiter, lamentierten, klatschten in die Hände, riefen Bravo, lachten und amüsierten sich.

Was gab es da zu sehen? Ich mischte mich unter die Zuschauer.

Mit dem Rücken zu mir stand eine Gruppe von Männern, und wenn eine Blicklücke auftrat, entdeckte ich den hell schimmernden Hintern einer auf einem Heuballen knienden Frau, dick und gewaltig, zwei rosige Backen getrennt von einem dunklen Strich. Jedes Mal, wenn der weiße Hintern verschwand, trat mit heruntergelassenen Hosen ein kleinerer Hintern ins Blickfeld, der wild federnd sich bewegte, kurz darauf erschlaffte, sich umdrehte und was kam dann ins Bild? Ein Kerl zeigte siegreich wippend seinen Pimmel in Richtung der Frauen auf dem Knick, die daraufhin begeistert aufheulten. Sie bejubelten, wie vor ihnen eine ihrer Kolleginnen den Gruppenfick genoss. Anders war das nicht zu bezeichnen.

So etwas hatte ich noch nie erlebt.

Wie magnetisch verleitete diese Massenvögelei zum Hinsehen. Mindestens zehn oder zwölf Männer standen um die Kniende herum und hielten ihr steifes Glied in der Hand. Diejenigen, die bereits ihren Saft gegeben hatten, kehrten zum Knick zurück, freundlich von den übrigen Frauen begrüßt. Eine Magd neben mir muss wohl mein staunendes Gesicht bemerkt haben, stieß ihre Nachbarin an und geiferte los: "Hier is noch einer, der hat noch nich, den Schwanz kennt Hilde sicher noch nich, lass sie mal raten, wer dat is."

„Ja, los, nichts wie drauf", schrieen die anderen. Hände packten zu und schoben mich in Richtung des weißen Fleischberges. Ich muss gestehen, der Anblick der Fickszene hatte meinen Kleinen Stück um Stück größer werden lassen, aber das Angebot, als Lochschwager der anderen an den dicken, schweißnassen Hintern da vorn zitiert zu werden, ließ alle Wollust in mir schlagartig erschlaffen. Ich riss mich los und bin gelaufen und gelaufen. Hinter mir dröhnendes Gelächter und schlimme Schmährufe: „Dat is een Eunuch, de hett keen Steert, de hett gor keen, ha, ha....!"

Am nächsten Tag bei der Arbeitseinteilung machte sich keine der Mägde mehr über mich lustig oder erwähnte den gestrigen Tag. Es ging wieder ins Heu. Ich musste dieses Mal in die Scheune. Das mit Disteln durchsetzte Heu fiel in großen Ballen von einem Laufband auf uns herunter. Um nicht unter der Last begraben zu werden, ließen wir die Forken fliegen, die das Heu verteilten. Die Gefahr, vom Nachbarn dabei aufgespießt zu werden, ließ mich in respektvollem Abstand arbeiten. Es war glühend heiß, stickig und dunkel unter dem hohen Dach. Verstaubt und von den Disteln zerstochen endete der Abend an der Pferdetränke beim Waschen.

Für mich war es der letzte Tag für diese Saison.

Den folgenden Montag bin ich zum Feierabend auf dem Fahrrad zum Gut gefahren, nicht in Arbeitsklamotten, sondern mit langer Hose, weißem Hemd und Jackett. Zuerst zu Frau Claussen mit einer von meiner Mutter in buntes Papier eingepackten Tafel Schokolade als Dankeschön für die mittägliche Betreuung. Sie nahm mich beim Abschied in den Arm und verdrückte eine Träne. Sie dachte wohl an ihren Georg in Marseille.

Im Verwaltungsbüro schob die Sekretärin einen braunen Umschlag über den Tresen, meinen Lohn. Mit gespielter Selbstsicherheit nahm ich den Umschlag lässig an, steckte ihn in die Jackentasche, tat so, als ob ich es eigentlich gar nicht nötig gehabt hätte, hier auf dem Gut zu arbeiten, und verabschiedete mich. In Wirklichkeit pochte das Herz. Die Neugierde würgte, das erste verdiente Geld nachzuzählen. Draußen, kurz um die Ecke, nach links und rechts gesichert, ob niemand zusah, fuhren die zittrigen Finger den Klebestreifen auf. Im Briefinneren knisterten ein paar Scheine und klimperten einige Münzen. Daneben lag die schreibmaschinengeschriebene Abrechnung, die erste Lohnmitteilung meines Lebens.

Wenn das der Start in den sogenannten Ernst des Lebens gewesen sein sollte, wollte ich nun genau wissen, was das in Heller und Pfennig in den 14 Tagen gebracht hatte. Natürlich ließ sich das ausrechnen, aber den Lohn für den vergossenen Schweiß und die vielen kleinen Wunden in Scheinen ausgedrückt zu sehen stellte eine besondere Befriedigung dar. Genüsslich glitt die flache Hand über das Geld, insgesamt 39.36 DM.

Da konnte einem richtig schwindelig werden. – So viel Geld? Nie zuvor sah ich eine derartig große Summe auf einem Haufen. Überwältig vom Glück kaufte der Landarbeiter seiner Mutter im Blumenladen einen kleinen Strauß und dem Vater neben dem Kino im Tabakladen eine Zigarre.

Das Jahr darauf gab es noch einmal eine Saison auf Gut Knieselbeck. Der Kaltblüter Liese erkannte mich sofort und wieherte. Zwei andere Geschehnisse aus dieser Zeit sind mir wohl aus dem Grunde im Gedächtnis geblieben, weil sie so blutrünstig waren. In dem Schuppen neben dem Pferdestall kreischte täglich eine Kreissäge, die mit ihrem auf und niederschwingenden Ton weit in die Gegend hinein die Luft vibrieren ließ. Zufällig kam ich vorbei, als ein Arbeiter beim Durchschieben eines Stammes dem Sägeblatt zu nahe kam. Plötzlich flog im hohen Boden seine abgeschnittene Hand vor mir in den Sand. Wie mechanisch beugte ich mich danach, hob sie auf und wollte sie ihm geben. Dann muss ich wohl aufgeschrieen haben und umgefallen sein. Seitdem kann ich keine Kreissägen mehr sehen und noch weniger hören.

Das andere Blutbad geschah mitten auf dem Feld. Eine der hochschwangeren Mägde, die bis zuletzt mitarbeiteten, fasste sich mit einem Male mit beiden Händen wehklagend ins Kreuz und sackte auf die Erde. Frauen eilten herbei, wir neugierigen Männer wurden mit bösem Blick auf Distanz gehalten.

Vor mir lief etwas ab, was mir bisher niemand erklärt hatte, die Geburt eines Kindes unter freiem Himmel. Was da geschah, wurde begleitet von Zurufen und Handgreiflichkeiten, dazwischen das Jammern und Schreien der Gebärenden. Plötzlich ein erleichtertes Aufstöhnen, dann Stille und in die hinein zunächst ein feines, dann stärker werdendes Babygeschrei. Alle lachten und klatschten. Jetzt durften auch wir die junge Mutter begutachten. Ich sah überall Blut. Wie geschlachtet in einer Blutlache lächelnd eine Frau, Schleim verschmiert ihre Oberschenkel und Kleidung. Der kleine Wurm in einen Lappen gewickelt, war ebenfalls blutbesudelt. Daneben lag etwas mir Unerklärliches, langgezogenes Blutiges.

Sah aus wie ein Gedärmgeschlinge; einer der streuenden Hunde schleifte es im Maul zwischen den Beinen der Herumstehenden hindurch und rannte damit über das Feld davon.

Die Geburtshelferinnen wischten sich das Blut mit ausgerissenen Grasbüscheln von Händen und Armen, nachdem sie die erschöpfte Mutter auf einen Heuhaufen gebettet hatten. Noch ein paar freundliche Worte, und weiter ging es mit der Arbeit. Wenig später brachte ein Leiterwagen die Magd und ihr Kind vom Feld.

Am nächsten Morgen saß die junge Mutter mit ihrem Kind, in ein Steckkissen gewickelt, schon wieder zwischen den anderen auf der Bank vor dem Pferdestall und wartete auf die Arbeitseinteilung.

Das kannte ich in der Stadt anders. Bei den Nachbarn gegenüber von Henningsen hieß es seit Wochen, dass dort ein Baby ankommen würde. Je näher der sogenannte Stichtag heranrückte, desto häufiger standen Frauen vor der Gartenpforte und bekakelten die bevorstehende Geburt. Eine Hebamme lief die letzten Tage mehrfach ins Haus. Der Vorlauf des von mir erstmalig als erschreckend blutiges Ereignis erlebten Menschwerdungsvorganges beherrschte tagelang den Tratsch in unserer Straße. Und als es endlich so weit war, stand die Menge dicht gedrängt vor der Haustür, gab gute Ratschläge, tröstete den werdenden Vater und bejubelte schließlich das Gebrüll des in weißen Windeln vorzeigten neuen Erdenbürgers.

Erst eine Woche danach wagten sich Mutter und Kind an die frische Luft, dicht umlagert von der neugierigen Nachbarschaft. Das lief auf Gut Knieselbeck ganz anders ab. So wie die Mägde hinter dem Knick in aller Öffentlichkeit besamt wurden, so brachten sie ihre Leibesfrucht auf die Welt, standen auf und arbeiteten wieder.

Wie mit der Geburt, so nüchtern ging man auf dem Land mit dem Sterben um. Zumindest ich erlebte es so in meinen Arbeitsferien. Eines Tages hieß es, der alte Tagelöhner Paul Kuhn hätte das Zeitliche gesegnet. Diese Nachricht betrübte niemanden, sondern erhellte die Gesichter. „Dor givt de Grov eenen ut." „Und een halven Dag kreeg vi Lohn und brukt nix dorför to doon", flüsterte ein anderer.

So war es denn auch. Nach der Mittagspause führte der Vogt die gesamte Belegschaft im Gänsemarsch zum Herrenhaus. Dort in der hochgewölbten Eingangshalle stand ein offener Sarg, umrahmt von zwei großen Buchsbaumtöpfen und zwei wuchtigen dreiarmigen Leuchtern, auf denen Kerzen brannten. Davor ein Kranz mit einer Schleife. Nicht deutlich zu erkennen, aber zu vervollständigen las ich etwas von Pflichterfüllung und letzten Gruß.

Nie hatte ich einen Toten in einem Sarg liegen sehen. Die Hände auf der Brust über einem Sträußchen Kornblumen gefaltet, lag Paulchen Kuhn ganz friedlich da mit eingefallenen Wangen, scharfer Hakennase und einem müden Gesicht, das wie aus Wachs gegossen schien.

Wispernd und scheu drängte sich die Arbeiterschar in die Halle, die sie nur bei derartigen Anlässen betreten durfte. Links und rechts im Hintergrund führten breite teppichbelegte Marmortreppen mit üppig geschwungenem Geländer in den ersten Stock, die stuckverzierten weißen Wände waren behängt mit goldumrahmten Gemälden, auf denen röhrende Hirsche von Jagdhunden gebissen wurden und würdige pompös gekleidete Ahnen aus großen Bilderrahmen streng auf ihr Arbeitsvolk herabblickten. Das Getuschel erstarb, als oben eine Tür knarrte und ein hochgewachsener schmalgesichtiger älterer Herr bis zum vorletzten Treppenabsatz herunterschritt. Das konnte nur der Graf sein. In wohlklingenden Sätzen würdigte er das Leben von Paul Kuhn, den ich selbst nie kennen gelernt hatte, der mir aber irgendwie leid tat, wie er dort in einer Kiste lag.

Was der Graf sonst noch sagte, plätscherte vorbei. Meine Blicke irrten vom Sarg an der Ahnengalerie hoch und wieder runter, tasteten über die gebeugten Köpfe der Anwesenden und versuchte in den Gesichtern das Ausmaß der Trauer zu lesen. Es gab keine Tränen, den Blick höflich aber teilnahmslos gesenkt, dankten die meisten sicherlich ihrem verstorbenen Kollegen für den bevorstehenden freien Nachmittag.

Nach der Rede des Grafen geschah etwas für mich Ungewöhnliches. Er machte eine Verbeugung in Richtung des Toten, drehte sich um und verschwand wieder im oberen Stockwerk. In die Stille hinein knarrte jede der Treppenstufen. Als die Tür oben zufiel, betrat der Vogt den unteren Treppenabsatz, faltete mit auffordernder Geste die Hände und begann das „Vater unser" zu beten. Mit lauter Stimme und erstaunlicherweise des Textes mächtig fiel die Trauergemeinde mit ein. Bei den Gottesdiensten in der Stadtkirche kannte außer dem Pastor kaum jemand das „Vater unser". War das einfache Landvolk frommer? Nach dem Amen war dann die Feierlichkeit im Herrenhaus zuende.

Warum leitete kein Geistlicher die Trauerfeier? In Hartenholz stand doch eine Kirche. Drüben im Esssaal der Gutsverwaltung versuchte ich das herauszufinden. Nach schnell abgelegter Trauer wurde dort schon wieder gelacht und gewitzelt. Gräflich gespendeter Kaffee, Kuchen und danach mehrere Kästen Bier und ein paar Flaschen Schnaps belebten die Runde. Hier wurde jetzt Paulchen Kuhns „Fell versoffen".

Die Wahrheit um den Tagelöhner Kuhn war die: Auf der Lohnliste führte das Gut ihn als Dissidenten. Ja, das Wort kannte ich aus dem Lateinischen. Das sind übersetzt Abweichler, politisch Unzuverlässige oder Andersgläubige. Die letzte Bedeutung traf offenbar auf Paul Kuhn zu, deswegen war kein Pastor gekommen. Er und seine Familie lebten abseits am Moor in einer Kate. Sie mieden die ausschweifenden Orgien hinter den Knicks, hatten wenig Kontakt zur Gutsbelegschaft, waren aber wegen ihrer Hilfsbereitschaft und Freundlichkeit überall beliebt.

Heute waren die Mutter und ihre vier erwachsenen Kinder im Herrenhaus zurückgeblieben, weil ein Beerdigungsinstitut aus Heide den Sarg abholte. Dort sollte Paulchen Kuhn auch im engsten Familienkreis in Begleitung eines besonderen Geistlichen unter die Erde gebracht werden. Die Kosten dafür trug der Graf.

Warum nach Heide?

Die Kirchengemeinde Hartenholz hatte es abgelehnt, den Dissidenten Kuhn auf ihrem Friedhofbestatten zu lassen, obwohl der unauffällige Tagelöhner nie kirchfeindlich aufgefallen war. Oder doch? Paul Kuhn und seine Familie zählten zu den Baptisten. Sie unterschieden sich in ihrer gelebten Gläubigkeit von Protestanten lediglich dadurch, dass ihnen die Kindstaufe nicht biblisch erschien, sie bevorzugten die Erwachsenentaufe. Das machte die Familie zu Dissidenten, zu Abweichlern. Mit solchen Leuten wollte die evangelisch-lutherische Kirchengemeinde Hartenholz nichts zu tun haben.

Mir Jugendlichem, in dem seit längerem ein oppositioneller Geist heranwuchs, der sich gegen alte Zöpfe in der Gesellschaft richtete, gefiel die Familie Kuhn. Schade, dass ich sie nicht früher kennen gelernt hatte.

Im Rückblick erwiesen sich die beiden Jahre auf dem Gut Knieselbeck, die nach Meinung meiner Eltern die Konfrontation mit dem Ernst des Lebens bringen sollte, für mich als lehr- und aufschlussreich. Nur schlichte körperliche Arbeit bis zum Zusammenbruch zu verrichten und meine Lustgefühlte im Heu und hinter dem Knick zu befriedigen, nee, das sollte nicht meine Welt werden. Die Erkenntnis war: Wenn du im beruflichen Leben nicht ranklotzt, nicht nach oben kommst, dann bleibst du unten wie ein Tagelöhner, der von seinem Vogt, seinem Vorgesetzten brutal ausgenutzt wird.

Wie Sebastian Haffner in einer seiner Erinnerungen sich als Haussohn sah, der außer der familiären Auflage, brav seine Schularbeiten zu machen von allen anderen Verantwortungen befreit war, so fühlte auch ich mich als übermäßig behüteter und wohl auch nutzloser Jemand. Dieses Abgeschottetsein wirkte so sehr beschützend, dass mir Kenntnisse über die auf mich bald zukommende Berufswelt bis zuletzt vorenthalten blieben. Sicherlich, Lernen, Gehorchen, Unterordnen gehörten von Anfang dazu, aber von dem späteren Konkurrenzgerangel, den korrupten Machenschaften und anderen Hässlichkeiten erfuhr man als naiver Schüler erst, als die Schule und Mutters Schürze außer Reichweite waren.

Was hatte ich als jetzt 20-Jähriger bisher erlebt?

Die einzigen persönlichen Erlebnisse, die tiefer eingedrungen waren und ein paar Narben, Erfahrungen, ja vielleicht sogar charakterliche Prägungen hinterlassen hatten, waren jene ersten heißen, lustvollen und schmerzlichen Experimente mit der Liebe gewesen, und das bisher immer nur mit reiferen Frauen. Das Suchen nach der den Körper befriedigenden Liebe, das jeder junge Mensch dieses Alters anstellt, interessierte mich damals mehr als alles andere.

Wie ein Spürhund nahm ich jede Duftnote auf, die in diese Richtung führte, und verfolgte sie. Das war für den Haussohn, natürlich ohne Wissen der Eltern, das eigentliche erstrebenswerte „Leben“.

Verwirrend wirkte die unbekümmerte Art und Weise, wie die Geschlechter auf dem Gut Knieselbeck mit einander umgingen. Waren die Menschen in der Stadt dekadenter, verdorbener oder war es umgekehrt? Letztendlich meinte ich herausgefunden zu haben, dass man auf dem Lande in Sachen Fleischeslust weniger verlogen war.

Dass Landarbeiter in ihrer Freizeit keine Bücher lasen, sondern nur herumvögelten, lag in der Natur der Sache. Die Mägde und Arbeiterinnen boten sich an wie reifes Obst. Ihnen durch das Lesen eines guten Buches eine andere Art von Lustgefühl vermitteln zu wollen hätte Hohngelächter ausgelöst. Dem Gutsherrn lag nichts daran, seinen Arbeitsbienen ein anderes Niveau zu vermitteln. Und so lebten sie, wie sie es täglich erlebten. Im Kuhlstall sahen schon die Kinder, wie der Bulle an die Kuh herangeführt, und tags darauf, wie ein Kalb aus der Kuh herausgeholt wurde. Tief mit dem einen Arm von hinten in das Muttertier hineinlangend, zogen die Geburtshelfer das Neugeborene heraus. Ich sah so etwas zum ersten Mal. Ein Kälbchen, mit Heu abgetrocknet, stolperte über die eigenen Beine und leckte den Geburtshelfern mit der rauen Zunge die Hand. Im Pferdestall, meinem Lieblingsort nach der harten Arbeit, keilte der Hengst, wenn er heiß war mit den Hufen krachend gegen das Gatter, und die Stuten stießen brunstige Laute aus. Die weichen keuchenden Nüstern flatterten.

Wenn von Hahn und Henne bis zum Großgetier der Herrgott beim Schöpfungsakt nicht nur an die Nachwuchszeugung gedacht hatte, sondern ebenfalls für den Genuss der freizeitlich betriebenen Machart herzallerliebstes Wonnegefühl schenkte, warum mussten die Menschen als Geschöpfe Gottes für so etwas Schönes verdammende moralische Verhaltensregeln erfinden? Auf Gut Knieselbeck schien man dem Himmel näher zu sein. Das hier lebende Völkchen verstand die Liebe anders. Sicherlich liebte man auch woanders freier, ungehemmter, aber hier auf dem Lande ging es fast kommunistisch zu. Ein Ort der freien Liebe.

Wenn es einen juckte, tat man es, einfach so. Und niemand nahm Anstoß daran.

Einige Tage vor dem Ende meiner Zeit auf dem Gut trat noch einmal die große Verführung an mich heran. Nicht wie in einem billigen Pornofilm durch eine konstruierte Szene, sondern ganz unerwartet und aus zunächst unverständlichem Anlass.

Bei der Rückkehr von der Feldarbeit zerrissen ein lautes Gequieke und dann ein schriller Schmerzensschrei die Stille. Ich hielt inne, muss wohl ganz entsetzt geschaut haben. Der neben mir stehende Pferdeknecht bemerkte es, sah mich mitleidig an und zeigte mit der Peitsche in die Richtung. „Dor achtern hebbt se een Söch avstoken, kiek di dat mol an."

Hinter der Gutsküche lagen die Schweineställe. Alles, was von dem mittäglichen Gemeinschaftsessen übrig blieb, wanderte in die Koben der Schweine, einige davon zählten geschlachtet zum Deputatsanteil der Gutsarbeiter. Heute war wieder eins dran, geschlachtet zu werden. Das wollte ich mir nicht entgehen lassen. Der Transportwagen in die Stadt fuhr ohnehin erst in einer Stunde.

Ganz anders als heute, wo schlanke Schweine beim Schlachter landen, wurde damals auf Fett gemästet. Und so lag hinter einem Verschlag auf einer Pritsche eine riesige Fünf-Zentner-Sau. Ein Angeliter Sattelschwein hatte gerade sein Leben ausgequiekt. Alle Viere von sich gestreckt, war es umstellt von Mägden, die ständig zur Küche liefen, mit kochendem Wasser zurückkamen und das tote Tier abbrühten. Eine Magd schwang mit beiden Händen ein gebogenes Messer und schabte, am Kopf beginnend, die Borsten vom Leib des Schweins. Am Hals klaffte eine breite Wunde, aus der das letzte Blut tropfte. Aha, an dieser Stelle wurde die Sau abgestochen. Das Blut, in Eimern aufgefangen, köchelte bereits auf dem großen Herd in der Küche, wo auch die anderen Vorbereitungen liefen, die Gedärme auszukochen und die weitere Verarbeitung der zu zerlegenden Sau vorzunehmen. Es herrschte Festtagsstimmung. Selbst der Vogt ließ sich sehen, drückte einem der Knechte eine Schnapsflasche in die Hand. Der lief damit zu den Frauen, die um die dampfende Sau herumstanden. Jeder, die einen Schluck aus der Pulle nahm, fasste er kurz unter den Rock, was mit einem freudigen Juchzer beantwortet wurde.

Viele Hände griffen zu, das auf dem Rücken rasierte Schwein nun aufs Kreuz legen, wie auf einem Streckbett zur Folter ausgestreckt. Zwei der Mägde banden die Pfoten an die vier Eckpfeiler der Pritsche. Wie eine fette Frau schien mir das Schwein da zu liegen, die Arme weit ausgebreitet, die Schenkel empfangsbereit weit geöffnet. Nur die erstaunlich große Anzahl der Brustwarzen ließ den Vergleich nicht zu. Wieder dampfte heißes Wasser in die Luft. Nun standen nur noch zwei Frauen um die Sau herum. Die eine rasierte und die andere holte das heiße Wasser und goss es über den aufgewölbten Schweinebauch.

Die Mägde, beide nicht viel älter als ich, bemerkten, wie ich sie neugierig umschlich. Für sie war der unbedarfte Städter nach einigen Tagen bereits Teil ihres Arbeitskreises geworden. Sie kannten und mochten mich. Wie oft hatten sie schon versucht, mich aus der Reserve zu locken, entweder mit deftigen, zotigen Witzen oder eindeutigen Bewegungen. Bei dem gegenwärtigen blutrünstigen Geschäft, das Heftigste stand ja noch bevor, die Zerteilung des riesigen Tieres, war kaum damit zu rechnen, von den Mädchen angemacht zu werden. Von meiner Seite war da überhaupt nichts zu befürchten. Aber wer kennt die Weiber!

Nachdem die Sau rosig weiß rasiert, feucht glänzend in der Abendsonne lag, robbte das eine Mädchen mit einem riesigen Messer bewaffnet von unten heraufkriechend dem armen Schwein auf den Bauch. Die andere Magd stand abwartend daneben, bereit, alles, was jetzt aus der aufgeschlitzten Sau herauskam, in danebenstehenden Eimern und Bottichen aufzufangen.

Gebannt sah ich der Ausweidung zu.

Mit beiden Händen den Griff unklammernd, stieß die Magd der Sau das Messer zwischen zwei Brustwarzen in den Leib. Mit einem Fistelton entwich Luft, ein bestialischer Gestank verbreitete sich. Mit kräftigen Bewegungen ließ sie das Messer durch die Speckseiten weiter nach unten gleiten. Dabei schubberte der aus der durchnässten Bluse herausgeplatzte Busen der kräftig zulangenden Magd über den Schweinebauch. Ein erregender Anblick. Zwischen der Brustwarzenreihe der Sau, die wie Kupferbolzen aus der weißen Haut hervorragten, glitschten die gleichfarbigen Busenknöpfe der Magd. Beides weißlich rosa feuchtglänzend und in zitternder Bewegung. Die danebenstehende Helferin langte mit ebenfalls fast schon bloßem Oberkörper tief in das dampfende aufgeschlitzte Tier hinein und zog das Gedärm heraus.

Aber es kam noch nackiger. Durch das fortgesetzte Aufschneiden rutschte die Schlächterin nach hinten immer weiter von ihrem Opfer herunter. Dabei blieb ihr Rock auf dem nassen Schweinekörper kleben. Mehr und mehr Bein, dann die fleischigen Oberschenkel und zuletzt der unbekleidete nackte mächtige Po der Magd kamen zum Vorschein.

Um den weiteren Striptease aus besserem Sichtwinkel verfolgen zu können, stellte ich mich hinter die Schlachtszene, nicht zu dicht, aber dicht genug. Schließlich rutschte der Rock hoch bis zur Hüfte. Jedes Mal, wenn vorn wieder ein kräftiger Schnitt ausgeführt wurde, bebte hinten das große runde schweißglänzende Hinterteil. Das konnte man nicht als Po bezeichnen, das war ein Superprachtding, rosig, glatt und schier, kräftig wie das einer Stute. Und völlig nackt. Wie bei der Feldarbeit beobachtet, trugen die Frauen außer an ihren Tagen keine Unterwäsche. Das war beim Pinkeln einfacher und störte weniger bei den lustbetonten Pausen hinter dem Knick.

Und einen BH zu tragen galt bei den prallen Mädchen eher als Makel, als Zeichen, keinen knackigen Busen mehr vorzeigen zu können.

Eine menstruierende Frau hätten die Bauern übrigens nicht an das zu schlachtende Schwein gelassen. Da zeigten sie sich empfindlich.

Der zur Schau gestellter rosiger Unterleib und die völlige Hemmungslosigkeit, es so zu lassen, zündeten in mir ein kaum zu zügelndes fast tierisches Verlangen, diesen jungen, vor mir auf und nieder federnden kräftigen Mädchenhintern zu packen.

Die Sau klaffte immer weiter auseinander, die Schenkel weiteten sich. Daraus würden duftende schmackhafte Räucherschinken werden. Darüber gestülpt bebten die muskulösen Schinken des Mädchens, als wenn sie sich an der Schweineleiche verging. Allein die Vorstellung, da mitzumischen, trieb meinen Kleinen in die Höhe.

Ungeachtet des mit Blut und Kot verdreckten Umfelds, mit der toten Sau auf der Schlachtbank und der danebenstehenden anderen Magd, provozierten mich dieses leuchtende Prachthinterteil und die nach außen gestellten saftigen Oberschenkel, die wie Leitplanken in eine feuchtheiße Tunneleinfahrt wiesen.

Meine Gedanken müssen wohl auf der Stirn oder in meinen gierigen Augen lesbar gewesen sein. Ich hörte, wie die beiden miteinander tuschelten. Sie ahnten, welche irren Gedanken mir durch den Kopf fuhren. Für die beiden offensichtlich nichts Abwegiges. Die mit der Wanne in der Hand lächelte mir zu, nickte und machte eine eindeutige Blickbewegung auf den Hintern ihrer Kollegin, die zur selben Zeit aufhörte zu arbeiten und ihren Prachtpo in eine herausfordernde wiegende fast kreisende Bewegung versetzte. Einladender konnte kein Willigkeitszeichen sein.

Sollte ich wirklich die Gelegenheit nutzen, diese beiden großen Pfirsichhälften zu besteigen? Aus meiner Hose kam das klare Kommando: „Auf geht's!" Aber mein Kopf machte mir einen Strich durch die Rechnung.

Ich bin wie zuvor beim Heueinfahren weggerannt, habe die verführerische Einladung abgelehnt, bin hinter den Schweinestall gelaufen, habe von fern durch die Büsche das feuchtglänzende Angebot zitternd beobachtet, dabei heftig onaniert und anschließend gekotzt.

Erleichtert in jeder Hinsicht, abgeschlafft und mich ekelig fühlend, bin ich danach stumpf vor mich hinbrütend mit meinen ostpreußischen Arbeitkollegen in die Stadt gekarrt worden. Zu Hause machte Mutter mir im Keller die Zinkbadewanne voll mit heißem Wasser. „Junge, du stinkst nach Schweinestall!"

Sie hatte recht, ich stank nicht nur so, ich fühlte mich so.

Lange wusste ich nicht, ob mich die Szene an der abgestochenen Sau abgestoßen oder sexuell wirklich erregt hatte. Was kontrollierte meine Gefühle? Darüber nachdenkend und bei Freunden und Gleichaltrigen vorsichtig hinterfragend, musste ich feststellen, mit der Sexualität größere Probleme zu haben. Ich bewegte mich stolpernd durch eine fremdartige Materie. Rudolf als Lehrmeister war zu früh aus dem Haus gegangen, mit einer Schwester aufzuwachsen war mir versagt geblieben. Das erschwerte mir jetzt als Nichtmehr-Teenager mehr als zuvor die Einschätzung weiblicher Gefühle, Gedanken, Wünsche und meiner eigenen Bedürfnisse. Ja, in mir machte sich die Auffassung breit, viel zu wenig sensibilisiert zu sein, erotische Signale des anderen Geschlechts zu empfangen.

Zu Hause lag darüber ein Geheimnisschleier, und in der Schule hätte der Biologielehrer niemals gewagt, das Wort Sexualaufklärung in den Mund zu nehmen.

Wenn in familiärer Runde das Gespräch selten genug in diese Richtung abglitt, fanden Mutter und Vater zu diesem Tabuthema nur verächtliche Worte. „Da hat doch die Grete ihren Freund in aller Öffentlichkeit in den Arm genommen und auf den Mund geküsst", wusste Mutter zu berichten. „Und das vor allen Leuten, ohne sich geschämt haben, nee, also!"

Wer mit wem ging, ins Bett hüpfte oder den Partner wechselte, das rauschte als Gerücht schnell durch die Stadt und war auch bei uns am Tisch ein beliebtes Thema. Selbst ließ man sich ja nicht zu solchen Unanständigkeiten hinreißen. „Pfui Deibel!"

Vater beurteilte alles Erotische als hemmungslose Schweinerei, Zügellosigkeiten, die es im Dritten Reich nicht gegeben hat. Er deutete das als Anzeichen der Endzeit. Von Mutter verlangte er, das Haar als züchtigen Nackenknoten zu tragen, und verbot ihr, Rouge aufzulegen oder gar einen Lippenstift anzufassen. Sexualität galt in unserem Haus als ein ekelerregendes Tabuthema und unserm Herrgott ungefällig, schlichtweg eine Sünde.

Ich hasste diese bigotte Betrachtung, diese Scheinheiligkeit, besonders bei meinem Vater. Wenn er geahnt hätte, wie sehr gerade dieses mich pausenlos beschäftigte. Wenn er gewusst hätte, dass ich schon einmal mit einer Frau geschlafen hatte, ja sogar mit seiner Mutter, er hätte mich gewürgt und geprügelt.

So wie er mit seiner Frau umging, konnte ich mir fast vorstellen, von ihm nicht gezeugt worden zu sein.

Ich habe auch zu Hause nichts von meinen Erlebnissen auf Gut Knieselbeck erzählt. Die Eltern hätten mir glatt verboten, dort wieder hinzugehen. War mein untadeliger Vater, was die körperliche Liebe betraf, tatsächlich ein Mönch oder schon ein morsches Stück Holz jenseits von Gut und Böse – oder tat er nur so?

Die Heftigkeit, mit der er in Mutters Gegenwart zwischenmenschliche Beziehungen als widerlich darstellte, wirkte auf mich nicht überzeugend. Seine Reaktionen auf alles, was Mann und Frau zusammenbrachte, schienen überzogen und unehrlich. Dass Mutter dagegen nicht die Zurückhaltendste war, hatte ich erlebt, wenn der leider nun verstorbene Richard im Sommer ihr ein paar Schnäpse eingetrichtert hatte. Dann wurde sie schmusig, was Vater ihr danach tagelang vorhielt. Sie trauerte dem galanten Richard sicherlich heimlich nach.

Meinen moralisierenden Vater vermochte ich lange nicht einzuschätzen. Eines Tages jedoch im fernen Schleswig, auf dem Weg nach einer der Orchesterproben zurück nach Hause, sprach mich ein Schüler aus der Nachbarklasse an, der zufällig in denselben Bus einstieg. Nach einigen Wortplänkeleien erzählte er, dass er in Heide vor einigen Tagen seine Oma besucht hätte. Wie schön für ihn, aber was interessierte mich das.

Er plapperte weiter, ich hörte nicht hin, bis er das Thema wechselte. Er sprach von meinem Vater und meinte, ihn in Heide im Stadtpark gesehen zu haben. Er glaubte, ihn wiedererkannt zu haben. Vor 14 Tagen hätte er mich und meinen Alten als Zuschauer bei einem Fußballspiel gesehen. Ja, ja, das konnte ich ihm bestätigen.

„Der besucht dann und wann in Heide seinen ehemaligen Kriegskameraden Alfred." Mein Busnachbar sah mich grinsend an und meinte: „Blond, Haare hochgesteckt mit rundem Arsch und dicken Titten, das muss ein ganz besonderer Alfred sein." Mir schoss das Blut in den Kopf. Sollte ich ihm eine runterhauen oder dankbar sein für die Auskunft? Stimmte die überhaupt? Ich fing mich wieder, forschte nach Einzelheiten und log ihm vor, ihn sicherlich mit meiner Tante getroffen zu haben.

Seitdem sah ich meinen Vater mit anderen Augen. In mir bohrte die Frage, wer wohl diese Frau sein könnte. Wenn er ein oder zweimal im Monat mit dem Bus nach Heide fuhr, war er stets die Tage zuvor aufgekratzt, ja sogar fröhlich, was Mutter als Vorfreude auf den Besuch beim angeblichen Kriegskameraden deutete. Sie ermunterte ihn sogar, häufiger dorthin zu fahren, und glaubte, so seine oft düster wirkende Niedergeschlagenheit beheben zu können. Sie nahm ihm auch nicht übel, wenn er übers Wochenende dort blieb. Wir Zuhausegebliebenen empfanden die Zeit ohne nörgelnden Haushaltungsvorstand stets als unbeschwerte Feiertage. Mutter lud ihre Freundinnen zum Kaffee ein, und ich konnte mit meiner Clique bis tief in die Nacht ohne morgendliche Beichte außer Haus bleiben.

Ein teuflisches Verlangen wuchs in mir, herauszufinden, was mein Vater in Heide trieb und vor allem mit wem. Nächtelang kombinierte ich, durchsuchte in Gedanken seinen Bekanntenkreis und fand keinen Anhalt.

Neuen Aufschwung, die erfolglosen Recherchen wieder aufzunehmen, veranlasste er selbst. Eines Abends wirkte er nach seiner Rückkehr, statt ein paar wieder aufgewärmte Histörchen von seinem Kriegskameraden zu berichten, in sich gekehrt und muffig. Legte Mutter mal ihre Hand auf seine Schulter, wehrte er sie ab. Wenn die Eltern abends nach dem Essen im Erkerzimmer am Couchtisch schweigend in ihren Sesseln saßen, bot sich folgendes Bild:

Wenn Vater nicht gerade Radio hörte, mit einem Ohr fast in dem Gerät, das in Kopfhöhe neben ihm auf der Kommode stand, dann war er entweder in die Zeitung vertieft oder löste Kreuzworträtsel. Mutter strickte ihm gegenüber stumm vor sich hin, nur das Brummen der Fliegen übertönte die Stille. Stundenlang ging das so, bis er irgendwann aufsprang, die Zeitung fallen ließ und ohne ein Wort zu sagen ins Bett ging. Mutter verzog keine Miene, aber es bedurfte keines besonderen Feingefühls, ihre Wut zu spüren. Ich sagte dann nichts, sondern nahm sie liebevoll in den Arm und streichelte sie. Sie ließ mich gewähren, ja sie genoss die Streicheleinheiten ihres Sohnes.

Nicht nur mein Alter zeigte sich so mürrisch. Den alten Henningsen nebenan hörte ich oft seine Frau anbrüllen, und ein paar Häuser weiter der Lengenberg, ein ehemaliger Kollege meines Vaters, schimpfte ständig vor sich hin. Auffällig viele Ältere der Kriegsgeneration, die entweder aus mir nicht erklärlichen Krankheitsgründen als Frühpensionierte herumliefen oder nach dem Krieg als ehemalige Berufssoldaten in keinen anderen Beruf hineingefunden hatten, haderten mit ihrem Leben. Mein Vater als Ex-Offizier hatte gar nicht erst versucht, umgeschult zu werden oder mit etwas Neuem anzufangen. Offensichtlich konnte die ganze Altersgruppe der Kriegsgeneration des Dritten Reiches sich in der freiheitlichen Demokratie nicht zurechtfinden. Dabei gab es doch im Gegensatz zur Nazi-Zeit jedes vernünftige Maß von Freiheit, Ruhe, Ordnung, wohlwollendste Liberalität weit und breit sowie gute Löhne und gutes Essen. Jedem war sein unbeobachtetes Privatleben zurückgegeben und die Möglichkeit in den Schoß gelegt worden, politisch ungestört das Leben nach seinem Geschmack einzurichten und auf seine Fasson selig zu werden.

In heftigen Diskussionen mit unserem Geschichtslehrer glaubten wir Pennäler die Antwort gefunden zu haben, warum unsere Alten mit den Gegebenheiten der Jetztzeit Probleme hatten. Dabei sah ich ganz deutlich meinen Vater und Leute wie Henningsen und Lengenberg vor mir. Die Einladung an die Kriegsgeneration, nun endlich in Frieden demokratische Freiheiten zu genießen, blieb im Großen und Ganzen unbefolgt. Man wollte gar nicht. Es zeigte sich, dass eine ganze Generation in Deutschland mit dem Geschenk eines freien Privatlebens nichts anzufangen wusste.

Besonders die Jahrgänge um meinen Vater waren daran gewöhnt worden, ihren ganzen Lebensinhalt, alle Energie, alle Anstöße für tiefere Emotionen, für Liebe und Hass, für Jubel und Trauer, aber auch alle Sensationen und jeden Nervenkitzel sozusagen gratis aus der öffentlichen Sphäre und verteilt von diktatorisch lenkender Hand geliefert zu bekommen. Und sie haben diese Bevormundung nicht gespürt, sie sogar dankbar hingenommen, zugleich auch fanatisiert oder stoisch Krieg, Bombennächte, Gefahr, Hunger und Armut.

Nun, da von der parteilichen Führung, von oben keine Weisungen mehr ergingen, standen die Befehlsempfänger ratlos herum, waren enttäuscht von dem neuen System. Eigeninitiative zu entwickeln hatten sie verlernt. Wie man aus Eigenem lebt, dass man sich selbst auf den Weg begeben musste, sein privates Leben schön, lohnend und interessant zu gestalten, um es zu genießen, das hatten sie nie kennen gelernt. So empfanden sie das Aufhören der öffentlichen Spannung und die Wiederkehr der privaten Freiheit nicht als Geschenk, sondern als Beraubung. Sie begannen sich zu langweilen, kamen auf dumme Gedanken, wurden mürrisch und warteten schließlich geradezu gierig auf die erste Störung, den ersten Rückschlag oder Zwischenfall, um die junge Pflanze des Friedens eingehen zu sehen und selbst neue Abenteuer zu starten.

Manche dieser Herren, die in dem neuen demokratischen Deutschland keine berufliche Tätigkeit gefunden oder gar keine Absicht hatten, etwas zu finden, standen auf dem Marktplatz oder vor Kneipen in Grüppchen zusammen und benörgelten alles und jedes, vor allem die missratene Jugend. Ein halbes jahrhundert später als die menschenbevormundende DDR ihr Leben aushauchte, wiederholte sich diese Erfahrung

Mein Vater, auf den exakt diese Beschreibung passte, stand zwar nicht auf dem Marktplatz, aber muffelte zu Hause herum oder reiste eben oft nach Heide. Mir ging es nicht aus dem Kopf, was ich im Bus von dem Plappermaul gehört hatte. Mein daheim geknickt einherlaufender Vater, der seine Frau nur am Rande wahrnahm, der sollte in Heide lustig und lachend mit einer dicktittigen Blondine im Park gesehen worden sein? Blödsinn, konnte nicht wahr sein!

Nächtelang wälzte ich mich im Bett und suchte nach einem Anhalt. Ein Zufall öffnete mir schließlich die Augen.

An einem lauschigen Frühsommerabend lief ich dem Baurat Möller kurz vor seiner Haustür über den Weg. Mit ihm seine jetzt nicht mehr so amerikanisch aufgemachte Tochter, das Ellelein. Ich grüßte, er blieb stehen, sprach mich an und schob mich durch seine Gartentür. „Hab' dich ja lange nicht mehr gesehen, erzähl mal, was macht die Penne. Na, droht schon das Abitur? Was willst du denn mal werden, schon irgendwelche Vorstellungen und Pläne?" Er redete wie ein Wasserfall.

Im Schein der tief über dem Deich stehenden Abendsonne musste ich auf einem Gartenstuhl Platz nehmen. Sein Ellelein holte mir ein Glas Saft. Baurat Möller, gleich alt mit meinem Vater, leitete bereits seit zwei Jahren die Planungsabteilung einer großen hiesigen Baufirma. Er hatte den Zugang zur neuen Zeit gefunden. Ganz offensichtlich störte niemanden mehr die nationalsozialistische Vergangenheit, weder bei ordentlichen Verwaltungsbeamten wie meinem Onkel Walter Schmieder, der seit 1952 als Bürgermeister die Geschicke unserer Stadt erfolgreich lenkte, noch bei Ingenieuren wie Baurat Möller oder anderen ehemaligen tüchtigen Parteigenossen.

Als Möller nach meinen künftigen Berufswünschen fragte, gab ich ihm zu verstehen, dass ein Studium gleich welcher Art nicht in Frage käme, dazu wäre bei uns das Geld zu knapp. Der Baurat sah mich prüfend an. „Na hör mal, dein Vater ist zwar pensioniert, aber im Rahmen der Anerkennung seiner Dienstzeit als sogenannter 131er, so heißt das entsprechende Gesetz, sind seine Bezüge meines Erachtens keineswegs so mager, dass er dich nicht studieren lassen könnte. Als ich ihm vor einiger Zeit anbot, im logistischen Bereich unserer Firma ein gutes Zubrot dazuzuverdienen, hat er nur gelacht und gesagt, seine Freizeit sei ihm wichtiger, er habe ausgesorgt."

338

Während Möller so dahinredete, sah ich Mutter vor mir, wie sie mühsam mit dem zugeteilten Haushaltsgeld über den Monat krebste. Seit Jahren hätte sie ein neues Kleid nötig gehabt und ich besaß als Neuighkeit außer einem blauen Nicki, das war eine Art Sweater, nur ein paar braune Schuhe mit heller Kreppsohle.

Möller hatte noch anderes Überraschendes mitzuteilen: „Übrigens könnte für deinen Vater in ein paar Jahren noch einmal eine Karriere als Offizier drin sein. Wenn auch die gegenwärtigen scharfen politischen Auseinandersetzungen zwischen CDU und SPD wegen der möglichen Wiederaufstellung von deutschen Streitkräften viel Schaum aufwerfen, so wird es doch, wenn man die Entwicklung im Osten verfolgt, am Ende nicht zu umgehen sein. Und dann, mein lieber Junge, wird auch unser Flugplatz wieder eine Rolle spielen. Ob das nichts für deinen Vater wäre? Er zieht wieder in sein Büro ein und die blonde Thora Fredeborg wird wieder seine Sekretärin. Alles wie früher, hahaha.“

Das war das Stichwort. Bisher plätscherten Möllers Worte an meinen Ohren vorbei, jetzt aber stellte ich sie steil auf. Ja, Thora Fredeborg, so hieß Vaters Sekretärin, mit der er geknutscht haben soll. Zum ersten Mal hatte ich damals, das muss Weihnachten 1942 oder 1943 gewesen sein, Mutter wegen dieser Frau toben gesehen. Ob das die geheimnisvolle Blondine in Heide war? Ich tat unbeeindruckt, stellte aber eine für mich höchstwichtige Frage: „Dass mein Vater da wieder anfangen möchte, wage ich zu bezweifeln, und die Sekretärin wird es sicher nicht mehr geben. Oder wohnt die hier in der Gegend?“

Möller dachte nach und meinte: „Sie ist wohl, glaube ich, nach dem Krieg weggezogen, trotz ihrer Attraktivität fand sie hier keinen Job. Ihre Schwester wohnt übrigens gar nicht weit von uns entfernt in der Fischerstraße, ist verwitwet und heißt Frenzen. Aber warum interessiert dich das?“

„Nur so, eben am Rande, vielleicht erzähle ich das daheim“, heuchelte ich. „Mein Vater freut sich sicherlich über die Neuigkeit.“ Innerlich ging die Sonne auf, obwohl sie bereits hinter dem Deich untergegangen war und Möller Anstalten machte, das Gespräch zu beenden. „Komm wieder vorbei, wenn du Lust hast, und grüß deine Eltern schön.“

Mit meinen Gedanken ganz woanders drückte ich ihm artig die Hand, dankte Ellelein für den Saft und eilte davon. Ich glaubte, den Schlüssel zu Vaters Geheimleben gefunden zu haben.

Nicht dass es mich berührte, was er trieb, aber Beweise wollte ich sammeln, um ihm, wenn er wieder fies werden würde, mit meinen Kenntnissen über sein aushäusiges Liebesleben ein Stückchen aus seiner hochgetragenen Moralkrone herauszubrechen. Bei diesem Gedanken durchströmte mich wärmend eine diebische, ja gemeine Freude. Eine herrliche Möglichkeit bot sich an, meinem und Mutters Peiniger ab jetzt Grenzen aufzeigen zu können.

Nachts marterte ich mir den Kopf mit den unterschiedlichsten Strategieentwürfen. Keinesfalls durfte meine sanftmütige Mutter eingeweiht oder gar in die Planungen einbezogen werden. Irgendwie müsste jemand meinem Alten zuspielen, dass sein Sohn herausgefunden hatte, wer der häufig besuchte Kriegskamerad Alfred in Wirklichkeit war.

Es dauerte lange, bis der Groschen fiel und es im Gehirn klingelte.

Ich klopfte an die Haustür in der Fischerstraße. Über dem Briefkasten stand der Name Frenzen. Eine gutgekleidete Dame so um die Vierzig öffnete. Ich stellte mich vor. Ein Lächeln huschte über ihr Gesicht, als sie meinen Namen erfuhr. Was denn der Grund meines Besuches sei. Bei Kaffee und Kuchen log ich ihr vor, dass wir in der Schule für das Vorabitur jeder eine Seminararbeit abzuliefern hätten. Mein frei gewähltes Thema sei „Unser Flugplatz, gestern heute und vielleicht auch morgen“. Die Idee hatte mir das Gespräch mit Baurat Möller eingegeben, als er davon sprach, dass in Zukunft eine militärische Nutzung wieder möglich sein könnte.

Ich sei auf der Suche nach Material, nach Namen, nach Fotos besonders aus der Zeit des Dritten Reiches. Meinen Vater hätte ich schon befragt. Aber es müsste noch andere Zeitzeugen geben. Sie hörte mir andächtig zu, schien interessiert zu sein. Eine gute Gelegenheit, direkter zu werden und eine Frage zu platzieren: „Ich war damals noch zu jung, aber erinnere, dass Vater des öfteren von einem Fräulein Fredeborg gesprochen hat, die seine Sekretärin gewesen sein soll. Ist das nicht ihre Schwester, lebt die noch?“

Sie lachte aus vollem Halse, schlug in die Hände, stand abrupt auf und holte von der Kommode ein silbergerahmtes Bild. „Sieh mal, das ist sie, ein Foto, im letzten Sommer aufgenommen.“ Ich nahm es in die Hand. Es zeigte eine reife Blondine, gut gebaut, eigentlich ein Typ wie meine Mutter, ein bisschen schlanker.

„Natürlich lebt die Thora noch. Sie ist putzmunter!“ Ihre Schwester amüsierten meine Kondolenzgedanken. „Wie kommst du darauf, dass sie nicht mehr leben könnte? Sie wohnt in Heide nahe am Stadtpark. Manchmal besucht sie mich, oft bin ich auch bei ihr, wenn sie nicht gerade Besuch erwartet.“

Plötzlich erstarb ihre Fröhlichkeit. Mir war, als ob sie sich auf die Lippen biss, um nicht mehr auszuplaudern. Mit einem Male wehte so etwas wie ein abweisender Wind durch das gemütliche Zimmer. Ihre bisher freundlichen Augen blickten argwöhnisch. Forschend und kalt klang ihre Frage: „Bist du nicht der Hannes Färber aus der Deichstraße 10? Kann dir denn nicht dein Vater die Flugplatzfragen beantworten? Meine Schwester war doch nur seine Sekretärin, die hat längst die damalige Zeit vergessen. Bitte geh jetzt, frag deinen Vater, ich habe noch etwas anderes zu tun!“

Mit diesen Worten eilte sie aus dem Zimmer, lief weiter zur Haustür und riss sie auf. Kaum konnte ich ihr so schnell folgen. Sie wollte mich loswerden. Mein „Auf Wiedersehen“ kam gar nicht mehr an, da schloss die Tür bereits hinter dem offenbar

340

unbequemen Besucher. Da stand ich. Puderrot im Gesicht war die Frenzen vom Sofa aufgesprungen und hatte mich glattweg rausgeschmissen. Das war der Beweis. Sie wusste mit tödlicher Sicherheit von dem Verhältnis meines Alten mit ihrer Schwester, sonst hätte sie nicht so aufgeregt reagiert.

Meine Absicht hatte gefruchtet. Von ihr würden Thora Fredeborg und mein moralgestrenger Vater umgehend erfahren, dass man ihnen auf der Spur war. Nur, inwieweit mein Wissens reichte, das ahnten sie nicht. Und so war es auch beabsichtigt. Die beiden verfolgen, nein, das fand ich zu albern, aber die weitere Entwicklung abzuwarten, das reizte. Seitdem stichelte ich meinen Alten, wenn er sich gegenüber Mutter und mir zu knauserig verhielt. Er vermutete, dass sein Sohn einiges über sein Parallelleben in Erfahrung gebracht hatte und honorierte mein Schweigen mit bisher nicht gekannten Gefälligkeiten. Auch Mutter profitierte davon. Siehe da, zum Beginn der Sommerferien prangte auf dem Frühstückstisch ein prächtiger Blumenstrauß, dekoriert mit einem größeren Geldschein zur Anschaffung eines neuen Kleides und mir wurde zugesagt, im Herbst den so sehnlich gewünschten blauen Tuchmantel in V-Form zu bekommen.

Mutter schien mit ihrem Mann Frieden gemacht zu haben. Längst innerlich auf dem Wege heraus aus dem Elternhaus, bewegte mich allerdings weiterhin die seit dem Besuch bei Baurat Möller bohrende Frage: Wo ließ mein Alter sein Geld? Das was er für den eigenen Haushalt bewilligte, war ein Bruchteil von dem, was der alte Möller nach dem neuerlichen Pensionsbestimmungen für Vaters Dienstgradgruppe seinen Gästen erklärt hatte. Erst Jahrzehnte später, nach dem Tod meiner Mutter und als mein Vater nach einem Schlaganfall in ein Pflegeheim musste, kam heraus, dass er die Thora schon während der Kriegsjahre und seitdem bis zu seinem Tode verehrt, geliebt und was mich ärgerte, finanziell erheblich unterstützt hatte. Um über dieses Verhältnis Schweigen zu bewahren, profitierte die verwitwete Schwester gleich mit von seiner Großzügigkeit. Kein Wunder, dass die beiden Damen häufig ferne Länder bereisten, von denen die Färbers nur träumen durften.

Während die Nachbarn ihren Lebensstandard in den späteren Jahren mit Autos und anderen Annehmlichkeiten versüßten, verzichteten der scheinheilige Vater und die ihm ergebene Mutter bis auf wenige notwendige Veränderungen im Hause auf ein besseres Leben.

Doch zurück in das Jahr 1953. Es bot Aufregenderes als das Liebesleben der Eltern. Mit dem Deutsch- und dem Geschichtslehrer stritt die Klasse ständig über politische und soziale Fragen. Von einem überspitzten Gerechtigkeitsgefühl getrieben, neigten die meisten von uns Jugendlichen zu linken radikalen Ideen. Diese jedoch kollidierten mit den Entwicklungen im Osten. Der Kommunismus drohte wie eine Welle über den Western hereinzubrechen. Kurz vor den Sommerferien am 17. Juni 1953, unfassbar, walzten in Berlin und in anderen Städten der DDR sowjetische Panzer den Aufstand von Menschen nieder, die lediglich bessere Lebensbedingungen forderten. Der langsam aufkeimende Wohlstand in der Bundesrepublik, dessen erste

Ausläufer auch unsere armselige Region erreicht hatten, schien durch die Nähe der DDR bedroht zu sein. Politik, bisher nur am Rande wahrgenommen, wurde plötzlich in den Oberklassen des Gymnasiums zum Hauptthema.

Die Vorteile und Nachteile des Kommunismus da und die des Kapitalismus hier bestimmten die Diskussion, die die jugendlichen Gemüter erregte, ja die Klasse spaltete. Tiefer spaltete als bisher.

Die Herrensöhne standen natürlich auf Kapitalismus, und die geldlich Minderbemittelten, schon allein der Opposition wegen, versuchten am Kommunismus etwas Gutes zu finden. Am hitzigsten ging es zu beim Thema „Einführung der Wehrpflicht“. Wie der alte Möller schon angedeutet hatte, trat das Für und Wider einer Wiederbewaffnung immer stärker in den Vordergrund. Ein gewisser Erich Ollenhauer, seit 1952 Vorsitzender der SPD, beschimpfte den Bundeskanzler Adenauer wegen dessen Kehrtwende und Meinungswechsels. Bisher hatte der Kanzler, wie schon mal erwähnt, stets die Meinung eines ihm nicht sonderlich sympathischen CSU Politikers namens Franz Josef Strauß vertreten, die da sagte, dass jede deutsche Hand verdorren sollte, wenn sie je wieder ein Gewehr anfassen würde. Mit einem Male, wohl unter amerikanischen Druck geraten, votierte die Regierung für die Aufstellung deutscher Streitkräfte. Von seinem politischen Gegner daraufhin heftig angegriffen, fand Adenauer die entwaffnende, im Kölner Dialekt eingefärbte Antwort: „Wat juckt mich meine Meinung von jestern!“

Ein Schulbeispiel sondergleichen für die Erscheinungsform des Kapitalismus erlebten wir an unserer Schule an einer Mitschülerin der Nebenklasse.

Auf dem Gelände des Flugplatzes hatte neben einer kürzlich dort angesiedelten Jagdwaffenfirma ein Hoch- und Tiefbauunternehmen einige der alten Hallen gemietet, in der Zeitung hochgelobt und gepriesen als endlich erfolgreiche Arbeitsbeschaffung für viele Arbeitslose in unserer Stadt.

Die Tochter des Hoch- und Tiefbauunternehmers, bisher in einem exklusiven Internat zu Hause, zog alle Blicke auf sich, wenn sie morgens mit dem Auto zur Schule gebracht wurde. Wir standen gaffend am Zaun und staunten. Wer besaß 1955 schon ein eigenes Auto und wer wurde damit jeden Tag zur Schule gefahren und wieder abgeholt? Das war auch nicht irgendein Auto, nein, das rosafarbene Gefährt mit Haifischflossenheck, vorn mit chromblitzenden Stoßstangen bestückt, glich eher einer barocken Kutsche. Der Chauffeur trug eine dunkelblaue Uniform, sah aus wie der Page eines Luxushotels in Livree mit goldenen Tressen über der Brust und an der Mütze. Sanft glitt der protzige Cadillac im Sommer als offenes Cabriolet vor die Schule. Der Chauffeur sprang heraus, rannte hinten um den Wagen herum und riss dem Fräulein Helena den Schlag auf mit ehrerbietiger Verbeugung und Mütze in der Hand. Sie schälte sich aus den beigefarbenen Polstern, kam daher in zumeist hellblauen Kleidern, stakste auf hochhackigen weißen Schuhen leicht lächelnd durch die Gasse der sie anstarrenden Mitschüler. Helena blieb nur ein Jahr auf unserer Schule, ein Wesen von einem fremden Stern. Es störte sie nicht, isoliert und von ihren Klassenkameradinnen zwar neidisch beäugt, aber nur am Rande in die Klassengemeinschaft einbezogen zu sein. Jeden Morgen landete die nach dem letzten modischen Schrei gekleidete Helena mit ihrem Raumschiff in unserer grauen Schulwelt und hob nach dem Unterricht wieder ab zu für uns unerreichbaren Gestirnen.

Ihr Vater, ein klobiger Mensch, sommers wie winters schwarz gekleidet, auf dem Kopf einen breitkrempigen Hut, um den Hals einen wehenden weißen Seidenschal, galt in der Stadt als Protagonist des großmäuligen Neureichen. Seine Geschäftsfreunde traf er nicht auf dem stadtnahen kürzlich aufgekauften und palastartig ausgebauten Bauernhof, sondern mitten in der Stadt im Hotel Hamburg.

Lautstark tagte da eine von ihm erlesene Gesellschaft bis in die Nacht. Wenn nach üppigen Gelagen alle Hemmungen fielen, ließ er sich vom Wirt Cremetorten heranschaffen, die er seinen Saufkumpanen an den Kopf warf, an die Decke klatschte oder den Wirt zur Zielscheibe erklärte, der das zerknirscht hinnahm, allein des Verdienstes wegen.

Das plötzlich üppig verdiente Geld hatte diesen Mann versaut. Sein Unternehmen beherrschte für einige Jahre ganz Schleswig-Holstein. Es wurde immer größer. Als dem größten Arbeitgeber der Region krochen die Kommunen und Zulieferfirmen ihm buchstäblich in den Hintern. Doch zwei Jahre später sprach niemand mehr von dem Emporkömmling. Über Nacht verschwand die Firma von der Bildfläche, Konkurs. Helena verließ die Schule, nie wieder ist der rosarote Cadillac gesehen worden.

Für politisch engagierte Pennäler, insbesondere für die Fraktion der Linksempfindenden, war es ein Schulbeispiel für die Verwerflichkeit und Vergänglichkeit kapitalistischer Wirtschaftsformen. Solche Ausbeutertypen wie Helenas Vater bestärkten in jeden von uns Jugendlichen den Wunsch, für eine gerechtere Verteilung auf dieser Welt eintreten zu müssen. Wie die allerdings zu schaffen sei und wie sie aussehen sollte, diese heile Welt, davon fehlte uns Theoretikern jegliche Vorstellung. Wer kannte schon die Tücken des Berufslebens außerhalb der beschützenden Schulmauern?

Ich war tatsächlich der einzige, der nach den Schulferien erzählen konnte, was die Arbeit auf dem Knieselbeckschen Gut an Erkenntnissen gebracht hatte. Die anderen verbrachten ihre Ferien bei nicht weit entfernten Onkeln und Tanten. Als ganz große Sensation erzählte Hans Hermann, der Sohn des Getreidegroßhändlers, vom Baden in der Adria. Wo war das eigentlich? Auf dem Wandatlas der Schule zeigte der Weitgereiste den uns exotisch anmutenden Ferienort.

Meine Ferienerlebnisse fielen bescheidener aus, aber sie bildeten den Grundstock für vieles. Da fällt mir übrigens in Verbindung mit dem Wort Getreidegroßhändler ein, was die Feldarbeit auf den Kornfeldern in Hannes Färber bewirkte.

Im ersten Jahr auf Gut Knieselbeck bin ich außer im Sommer auch zurzeit der Herbstferien beim Ernten des Getreides dabei gewesen. Die Arbeit wurde gut bezahlt. Das Mähen, das Aufsetzen der Hocken und das Abfahren der durch die Hände rieselnden goldenen Körner zu den Siloanlagen nötigten mir allergrößte Hochachtung für das Nahrungsmittel Brot ab. Was für eine lange Kette von Arbeitsgängen von der Saat über das Mehl bis zum Brot!

„Unser täglich Brot gib uns heute." – Nie zuvor ist mir der Inhalt dieses Gebetes deutlicher bewusst geworden. Seitdem ich weiß, wie Brot entsteht, werfe ich selbst das vergammeltste Stück nicht in den Abfalleimer, sondern verfüttere es an die Enten.

Wie entsetzt war ich kürzlich, als ein Bekannter, der in der Nähe des Gymnasiums wohnt, erzählte, dass er jeden Morgen hinter seinem Gartenzaun frische, edel belegte Brotpäckchen einsammeln würde.

Schüler auf dem Weg zur Schule warfen das von ihren Eltern liebevoll zubereitete Pausenbrot über die Hecke, um stattdessen in den Pausen beim nahen Burger King einen fetttriefenden „Doppelwhopper" zu verschlingen oder am Kiosk kiloweise Süßigkeiten zu naschen. Deswegen sind meisten Schüler heutzutage wohl so klopsig und fettleibig.

Meine Erlebnisse auf dem Gut, der Umgang mit den Landarbeitern und ihren Frauen spornte mich an, noch intensiver in meinen Lehrbüchern zu lesen und zu lernen. Nein, als Vorarbeiter auf einem Bauernhof enden, das wollte ich nicht. Landwirtschaft, nein danke!

Um Lebensqualität zu erlangen, ohne schweißnass zu sein, musste ich mich auf den Hosenboden setzen. Eine späte Erkenntnis, aber noch nicht zu spät. Jetzt kurz vor dem Abitur brannte seitdem in der Deichstraße 10 oben rechts bis tief in die Nacht das Lämpchen auf dem Schreibtisch. Da saß einer und paukte, las viel und schrieb, um nur kein Landarbeiter zu werden.

Nichts gegen die Arbeit an der frischen Luft, aber sie war zu hart, zu brutal. Wenn ich an die geilen Mädchen an der geschlachteten Riesensau dachte, an die mir von der kreischenden Kreissäge abgeschnittene und vor die Füße geflogene Hand oder die Geburt auf dem freien Feld, dann kam es mir hoch. Wo immer später eine Kreissäge zu hören war, bin ich geflohen, und einen Kreißsaal habe ich nie betreten.

Ob nicht doch ein Studium nach dem Abitur zu einem weniger blutigen Beruf führen könnte? Arzt zu werden, nein, daran dachte ich nicht im Geringsten. Wenn ich Blut sah, bin ich gleich umgefallen. Einmal hatte der Biologielehrer mich ausersehen, für den Unterricht im Krankenhaus ein Gläschen Blut abzuholen. Vor der Rezeption wurde mir bereits schlecht, und aufgewacht bin ich auf einer Trage im Besucherraum.

Die früher gelesenen Bücher über Archäologie lagen wieder neben meinen Schulheften, das mehrfach gelesene Buch „Götter, Gräber und Gelehrte" von Ceram oder Veröffentlichungen über Luxor, die ägyptischen Grabfunde und Schliemanns Ausgrabungen in Troja.

Mein wachsendes Interesse für moderne Malerei, insbesondere für van Gogh, hatte mich einblicken lassen in das Sozialverhalten dieses während seines Lebens verkannten Künstlers. Wer wusste schon, dass er als Hilfsprediger versuchte, seelsorgerisch für die elenden Grubenarbeiter tätig zu sein. Das bewegte mich und ließ den Wunsch gedeihen, selbst Theologe zu werden.

Am nächsten Tag war das schon wieder vergessen, da sollte es doch besser Betriebswirtschaft sein. Was sollte oder was konnte aus mir werden? Nur noch ein halbes Jahr bis zum endgültigen Schulschluss, dann musste die Entscheidung gefallen sein. Und mir fiel vieles und gar nichts ein. Wie gut hatten es doch meine Klassenkameraden, deren Weg bereits vorgezeichnet war. Papa zahlte das Studium oder welche Ausbildung auch immer, und danach übernahmen die Erben die Zahnarztpraxis, die Rechtsanwaltskanzlei oder das Geschäft.

Ich fühlte mich wie eine arme Sau. Meinen Alten hätte ich würgen können, weil er sein Geld woanders verplemperte. Aber wie hätte ich ohne seine Unterstützung ein Studium finanzieren können. Hätte ich Mutter den Wunsch vorgetragen, sie wäre, um es ihrem Sohn zu ermöglichen, putzen gegangen oder hätte am Hafen in einer Krabbenpulkolonne geschuftet. Meine Mutter führte ohnehin kein erfreuliches Leben, sie damit zu belasten, wäre unfair gewesen. Mit einer Anfrage Vaters Budget anzutasten, kam nicht in Frage, sein Verteilungsschema kannte ich.

Er fragte nur noch sporadisch nach meinen schulischen Leistungen, Mutter dagegen hörte gerne zu, wenn ich ihr erzählte, dass wir Goethes Faust lasen oder ich für die Jahresarbeit alles zusammensuchte, was mit dem Leben und Wirken des Malers Vincent van Gogh zu tun hatte. Sie hatte weder von Faust noch von dem Maler je etwas gehört, nahm aber wissbegierig wie ein Schwamm alles auf, was mir wiederum große Freude bereitete.

Während der zweiten Hälfte der Sommerferien trieb ich mich wieder auf dem Wasser herum. Leider altersmäßig herausgefallen aus der Teenager-Kuttercrew und nicht mehr dabei, als es zur Schleiwoche ging, bot sich im Club die Möglichkeit, auf einer sogenannten Schwertkieljolle. Zu segeln. Ganz etwas anderes als der schwerfällige Kutter.

Im Frühjahr hatte im Schuppen neben dem Kutter, an dem wir arbeiteten, ein 20 qm Jollenkreuzer gelegen. Ein rundspantiges Boot mit Kajüte und zwei Kojen. Als Schwertboot war es erstklassig geeignet, im flachen Wattenmeer zu segeln und bei Ebbe auf einer Sandbank problemlos trocken zu fallen. Dem Jollenkreuzereigner fehlte ein Vorschotmann, und so sprach er mich an, ob ich nicht dann und wann mit ihm segeln möchte. Da ging mir das Herz auf. Was für ein Angebot. Ich habe ihm daraufhin nicht nur beim Frühjahrsputz der „Schwalbe", geholfen, sondern auch im Sommer stets dafür gesorgt, das Schiffchen einsatzbereit zu halten.

Nach mehreren gemeinsamen Segeltörns übergab mir eines abends Dr. Krämer, so hieß der Eigner, bei einem gespendeten Bier im Clublokal seinen Zweitschlüssel zum Segelspind, klopfte mir auf die Schulter und sagte: „Hannes, wann immer du Lust hast und ich keine, kannst du mit der „Schwalbe" segeln".

Ich soll ihm, wie er später einmal durchblicken ließ, mit Tränen in den Augen fest die Hand gedrückt haben. Die „Schwalbe" wurde gepflegt und geliebt. Im herrlichen sonnenreichen Sommer 1955 bin ich allein über das glitzernde Wattenmeer gesegelt, bin stundenlang bei Ebbe auf der einen oder anderen Robbenbank liegengeblieben, habe gelesen oder mich auf dem Bauch heranschleichend den Seehunden genähert. Einmal habe ich ein Mädchen mitgenommen und mich gleich hoffnungslos in sie verliebt. Zum ersten Mal über beide Ohren.

In wen, möchtet ihr wissen? Wer gestern aufgepasst hat, dem wird es einfallen. Erinnert ihr euch an Katja, die Freundin meiner Cousine Käte Tengelmann aus Beckum, die jedes Jahr bei uns in der Deichstraße ihre Ferien verbrachte? Katja, die im vorigen Jahr nach dem Bowleabend der Eltern zusammen mit der angeschwipsten Käte vor Vetter Horst und mir den Schleiertanz präsentiert hatte. Ja, das war die gazellengleiche Katja.

Weitere Einzelheiten werden morgen Abend verraten, wieder hier im Cockpit nach Sonnenuntergang. So, ich fühle mich ausgedörrt, aber einen Gin Tonic habe ich mir doch noch verdient – oder?"

Hannes verschwand unter Deck, man hörte das Eis klirren und ins Glas glucksen. Der Absacker tat ihm sichtlich gut nach all dem Gesagten.

Die nächste Ruderwache übernahm. Auch eine Teil der wachfreien Crew blieb noch ein wenig im Cockpit sitzen und diskutierte über Hannes' Vortrag.

Ins Bewusstein trat zurück, dass um uns schwarzblaues Wasser und weit und breit keine Küste war. Eben aus dem Horizont heraus schob der Mond sein fahlgelbes Licht über das bewegte Meer. In den Segeln stand der Wind und hinter der Jacht rauschte die weiße Hecksee.

Eben sprach Hannes noch von Sandbänken und Wattenmeer – das hier war tausend Meter tiefer Ozean. Wie viele Tage und Nächte würde die Reise noch dauern?

Das Getrenntsein von der lauten, geschäftigen Welt vermittelte von Tag zu Tag verstärkt den Eindruck, bereits seit Monaten unterwegs zu sein.

Doch solange Hannes die Abende verkürzte, würde die Reise nicht langweilig werden.

Der neunte Tag auf dem Atlantik

05. 12. 2006

Der Tag begann mit wenig Wind, dann zulegend, erhebliche Dünung. Letzte Nacht fast Vollmond, heute morgen wunderschöner Sonnenaufgang.

Nach dem atemberaubenden Farbenspiel verzog sich die Sonne hinter einer Regenfront, die Windwechsel brachte und gelegentlich warme Gratisduschen.

Bis zum Abend laufen wir auf Halbwindkurs. Ein ungewöhnlich feuchtwarmer und grauer Tag, der bei einigen Crewmitgliedern aufkommende Ermattungserscheinungen deutlicher hervortreten lässt. Wird die Reise zu eintönig? Es wird lauter über das Essen gemeckert und über die rationierte Einteilung von Trinkwasser. Dem Skipper baumelt neuerdings der Schlüssel vom Kühlschrank am Hosengürtel.

Unser Drei-Sterne-Koch gibt sich alle Mühe, Herbert Carstensen backt selbst Brot und bereitet herrliche Fischgerichte zu, gestern gab es eine frischgefangene Dorade.

Wir hätten auf der langen Reise vielleicht einen Psychologen mitnehmen sollen, aber so lange Hannes abends mit seinen Storys gute Laune verbreitet, kommt mit Sonnenuntergang jede über Tag entstandene Missstimmung wieder ins Lot.

Wie bestellt zur Abendrunde im Cockpit liegen wir wieder auf Vorwindkurs. Der Himmel ist klar, keine Regenwolken mehr. Der Mond beleuchtet uns und Hannes räuspert sich schon. Der Skipper hat ihn zuvor auf die Seite gezogen und gebeten, wegen der offensichtlichen Depression einiger Crewmitglieder heute besonders lustig zu sein.

Er hat den Kopf geschüttelt: „Nee, das kann ich nicht, ich erzähle das, was und wie es aus mir herausquillt!" – Und das tat er denn auch.

„Liebe Segelfreunde, heute Abend wird ein Name im Mittelpunkt stehen:

Sie hieß Katja

Wie ihr an Backbord seht, beleuchtet uns heute Nacht die Säufersonne oder die Laterne der Liebenden. Gestern zum Ende habe ich euch verraten, dass Amor mich im Sommer 1955 mit seinem Liebespfeil schwer verwundete. Um meine Zuhörer nach dem feuchten, grauen Tag heute auf dem Atlantik aufzumuntern, führe ich euch in die Liebeswelt eines Pennälers ein, der nichts anderes mehr um sich sah als grüne Wiesen, duftende Blumen und rosige Wolken. Aber seine Träume umgingen die Realität, die einige Dornenhecken in den Weg stellten.

28

Wie in jedem der letzten Sommer war die liebe Verwandtschaft aus Beckum angereist, dieses Mal mit dem Zug und mit verringerter Mannschaft. Tante Else trauerte um ihren Richard. Sie blieb zu Hause, und die frischverliebte Käte mochte ihren Schatz nicht allein lassen. Sie sagten ab. Nur Horst und Katja besuchten uns, was mich zuerst erfreute und dann doch stutzig machte. Ob die beiden jetzt ein Liebespaar waren und bloß anreisten, um bei uns ohne Aufsicht zu schmusen usw. usw. Ich würde dann und wann als drittes Rad bei Ausflügen als Anstandswauwau geduldet Begleitung sein dürfen. Nee, nicht mit mir! Mit einem Male trübte Traurigkeit meinen Sinn. Hatte die Katja mich nicht im letzten Jahr beim Abschied verheißungsvoll angeschaut? Das in diesem Sommer auszubauen war mein Ziel gewesen, nun hatte Vetter Horst sie mir weggeschnappt. Erstmals träumte ich davon, wie es heute heißt, ein gleichaltriges Mädchen anzubaggern, und schon der erste Fehlschlag. Wie ich mich ärgerte. Ich hasste Horst und Katja, dieses saublöde Liebespaar. Wenn sie nur nicht kommen würden!

Die Ferien in Nordrhein-Westfalen und Schleswig-Holstein überlappten nur um eine Woche. Mir würde ohnehin wenig Zeit bleiben, mich mit dem Besuch zu befassen. Das sollte wohl so sein. Mutter dagegen war in Hochstimmung und konnte gar nicht abwarten, zum Bahnhof zu kommen, um die beiden in ihre Arme zu schließen. Lustlos bin ich mitgeschlendert.

Der Zug lief ein. Aus einem der Abteilfenster, von weitem schon zu erkennen, winkte jemand mit einem Schal. Das konnte nur Horst sein. Dicht vor uns kam der Wagen zum Stillstand. Vetter Horst drohte fast aus dem heruntergedrehten Fenster herauszufallen. Seit weitem hatte er uns auf dem Bahnsteig entdeckt, winkte mit beiden Armen und rief Unverständliches, übertönt vom Krach der quietschenden Räder und der krächzenden Ansage aus dem Lautsprecher. Kaum hielt der Zug, flog die Waggontür auf. Horst warf mit Schwung seinen Koffer auf den Bahnsteig, hüpfte mit wehendem Mantel hinterher, lief auf meine Mutter zu und umarmte sie. Fast schien er sie zu erdrücken. Mutter gefiel es, sie juchzte vor Freude.

„Meine Güte, was war der gut drauf, als wenn er einen sitzen hatte", schoss es mir durch den Kopf. Er redete auf Mutter ein, gestikulierte, sein größer gewordenes Doppelkinn wackelte dabei, und mit den Händen fuchtelte der Dicke in der Luft herum.

Was für ein Auftritt, ganz sein Vater, in dessen Rolle er offenbar geschlüpft war. Ich stand abseits und suchte mit den Augen den Waggon ab. Wo steckte Katja?

War sie das? Ja doch, aber irgendwie verändert. Die Abteiltür stand offen. Die Begrüßungsszene geduldig abwartend musterte sie das überschwängliche Begrüßungstheater auf dem Bahnsteig. Ihre leuchtendroten vollen Lippen zu einem leichten Lächeln verzogen, entdeckte sie mich, winkte und rief: „Nimmst du mir den Koffer ab?" Sie zeigte auf einen prallgefüllten gelben Lederkoffer vor ihren Füßen. Ich hatte sie anders in Erinnerung. Diese junge Dame ähnelte kaum dem unauffälligen zierlichen Mädchen vom letzten Jahr. Sie trug keinen Pferdeschwanz mehr. Ihr Haar, kurz geschnitten, umrahmte das schlanke schöne Gesicht wie eine Wolke, mit einer frechen Locke auf der Stirn. Das war nicht mehr das unbekümmerte Mädchen Katja. Sie war so fremd. Sie anstarrend, fast mechanisch nach dem gelben Koffer greifend, entdeckte ich wohlgeformte Beine in hochhackigen Schuhen, die ihre Waden kegelförmig formten. Darüber umhüllte ein dunkelblaues Kostüm ihre kurvenreiche Figur. In ihrem damenhaften Aufzug ähnelte sie einer Sekretärin, die ihren Chef auf einer Dienstreise begleitete. Später fand ich heraus, dass sie tatsächlich seit dem Frühjahr nach Abschluss der Handelsschule in einem mittleren Betrieb im Büro angefangen hatte. Ihr Papa, der in Beckum in einer metallverarbeitenden Firma als Prokurist tätig war, hatte seine einzige Tochter dorthin vermittelt.

Als sie sich herunterbeugte und mir die Hand reichte, durchzuckte mich bei der Berührung ein Blitz, ein elektrischer Schlag. Glich ihr Busen im vorigen Jahr eher den Zitzen eines Schmalrehs, so drängten jetzt zwei pfundige Größen die weiße Bluse unter der Jacke nach außen.

Horst schwadronierte auf dem Heimweg weiter, mich hatte er nur kurz begrüßt. Katja schwieg vor sich hin und ich schleppte die Koffer. Als letzter Depp im Gefolge kam ich mir vor wie ein Hotelpage. Das bot zumindest die Möglichkeit, die Gruppe von hinten genauer zu betrachten. Ganz vorn Katja. Bei jedem Schritt rollte ihr kleiner apfelförmiger Po im engen Rock von einer Seite zu anderen. Nicht übel! Ihre Schultern waren runder geworden, aus dem hochgestellten weißen Kragen wiegte auf stolzgetragenem Hals das füllige Haar ihres Wuschelkopfes.

Manchmal drehte sie sich um, reagierte auf die eine oder andere Bemerkung von Horst, lachte, zeigte dabei die Perlenkette ihrer Zähne. Zwinkerte sie nicht dabei auch mir zu? Ich glaubte das aus der Blickrichtung erkennen zu können. Oder war das bloße Einbildung, mehr Wunschdenken und hoffnungsvolle Erwartung. Kaum vorzustellen, dass dieses hübsche Mädchen mit dem fülligen Horst schon mal – oder so, na, ich meine ja bloß. Mit dem Kerl?

Schon auf dem Bahnsteig war mir seine käsige Blässe aufgefallen. Ich malte mir aus, Katja und Horst nebeneinander am Strand in Badezeug zu sehen. Der Dicksack würde da seine Wampe nicht verbergen können.

Da konnte ich wohlgefällig an mir heruntersehen. Die Landarbeit hatte mich gebräunt und die Arme sehniger werden lassen. Die Schufterei mit bloßem Oberkörper in der prallen Sonne auf den Feldern hatte nicht nur die Muskeln wachsen lassen, sondern meine Haut fast mulattenbraun eingefärbt. Mal sehen, ob ich nicht schon allein figürlich den Horst bei der Katja ausstechen könnte. Diese Gedanken vertrieben meinen anfänglichen Missmut, nur als Träger engagiert worden zu sein. Es lag an mir, dagegen etwas zu unternehmen.

Abends beim Essen steckte meine Traumfrau in Jeans und T-Shirt. Sie lachte in dem gleichen hellen klingenden Ton wie im vorigen Jahr. Aber ihre körperlichen Reize irritierten. Begehrlich weiblicher war sie geworden, doch als Kumpel schien sie dieselbe geblieben zu sein. Das tat gut, und meine aufgestauten Hemmungen versandeten.

Horst behandelte sie nicht so, als ob er in ihr seine große Liebe sah. Im Gegenteil, er pflaumte sie an, fast klang das wie überhebliches Hänseln. Diese Feststellung verwirrte mich, aber vielleicht war das nur Tarnung, um meine als Moralapostel gefürchteten Eltern nicht zu veranlassen, liebesspieleinschränkende Schutzmaßnahmen zu ergreifen. Sicherlich wäre die Zimmerzuteilung mit Hindernissen versehen worden.

Die folgenden Tage vergingen wie im Sommer davor. Für Horst waren bisher die Abende in den Gartenlauben der Nachbarstöchter das Highlight seiner Ferien bei uns gewesen. So wünschte er sich das auch dieses Mal. Gleich fragte er, wie es der verheirateten Annegret ergangen sei. Bei ihr fanden bis vor zwei Jahren die knutschigsten Paarungstreffen statt. Doch da rührte sich nichts mehr, seit sie, ihr Mann und ihre Eltern weggezogen waren. Auf seine Frage, ob es als Ersatz dafür in der Laube der geilen Gisela bei Danziger Goldwasser umso toller zugehen würde, wusste ich keine Antwort. Mir waren diese Abende zu blöd geworden, außerdem war ich nach der Landarbeit stets so kaputt gewesen, dass mich nichts mehr dahingezogen hatte. Ob ich nicht mit Katja und ihm zumindest zur Begrüßung der alten Clique mitkommen würde. „Na gut", willigte ich widerwillig ein. Nur die Neugier galt es zu befriedigen, ob dort Horst und Katja aus ihrer Reserve herausgehen würden. Die Mädchen kreischten, als sie Horst sahen. Im Licht der Kerzen auf den Tischen und Laternchen in der Laube hockte die mir bekannte Gang zusammen. Statt Danziger Goldwasser stand neuerdings eine Karaffe mit Wasser als Verdünner eines eigentümlich schmeckenden Gesöffs auf dem Tisch, das sich Racke Rauchzart nannte, ein Whisky. Die Mädchen pafften Zigaretten, in einer Ecke hockte Möllers Ellelein. Ja, auch die mir im Gedächtnis gebliebene Gisela hüpfte herum und machte sich gleich über Horst her. Katja und ich hockten nebeneinander und lauschten den Erzählungen, mit denen Horst die Gesellschaft unterhielt.

Gerade als ich vorsichtig ein bisschen näher an Katja heranrutschten wollte, nahm sie meine Hand und sagte: „Komm, lass uns nach Hause gehen, mir ist kalt geworden." Nichts lieber als das. Mit einem unauffälligen Winkewinke verschwanden wir im Dunkeln. Welche Freude, nun mit ihr allein zu sein, und Gewissheit zu haben, dass Horst und Katja keine Liebesbande geknüpft hatten.

Nun sah ich meine Zeit gekommen, mir vorsichtig, zart und langsam einen Traum zu erfüllen. Keine Nacht schlief ich seitdem ein, ohne an sie zu denken. Wenn Horst nicht gerade ein „Date" mit einer seiner Abendbekanntschaften hatte, unternahmen wir wie in früheren Jahren Ausflüge ins Watt, an den Deichen entlang, gingen baden, wo mein fetter Vetter wie erwartet seinen weißen Bauch in die Sonne rollte und mir das Wasser im Munde zusammenlief, wenn ich Katjas schlanken, ich würde sagen, mannequinhaften Körper bewundern durfte. Was sich da alles so in mir regte?

Eines Tages äußerte Horst den Wunsch, dass wir ihn in die Pfarrkirche begleiteten. Am Portal wartete bereits der Organist, begrüßte Horst wie einen alten Bekannten. Was sollte das werden? Er als Katholik in einer protestantischen Kirche, was hatte er vor?

Die beiden stiegen die knarrende Treppe zur Orgelempore hoch. Katja und ich blieben unten im Mittelschiff stehen. Als ich mit offenem Mund nach oben schaute, flüsterte Katja mir ins Ohr: „Du wirst dich wundern, der Horst wird gleich ganz toll auf der Orgel spielen."

Dass er in Beckum, vom Klavierspielen kommend, seit zwei Jahren intensiv Orgelunterricht nahm, wusste ich zwar, aber dass er so fantastisch spielte, wunderte mich sehr. Wir saßen im Gestühl, umrauscht von gewaltigen Tönen. Erst kirchliche Choräle, dann Bachsche Fugen, und zuletzt hottete er heiße Jazzrhythmen, allerdings erst, als der Organist gegangen war.

Donnerwetter, der Horst! Ich war tief beeindruckt. Mit meiner Fiedelei auf der Geige kam ich mir höchst unterlegen vor. Das war´s sicherlich, was die Katja an Horst bewunderte.

Nun, was hatte ich zu bieten. Ob die Binnenländer, besonders natürlich die Katja, mit einer Einladung zum Segeln begeistert werden konnten? Wollt ihr mal segeln? Ja, sie wollten. An einem wunderschönen, schwachwindigen Sommertag zogen wir hinunter zum Segelclub. Horst tat so, als wenn die *Schwalbe* für ihn viel zu klein sei. Ob ich nicht etwas Größeres zu bieten hätte. Mir stank diese blöde Bemerkung.

Katja, obwohl von Segeln überhaupt keine Ahnung, fing gleich an, beim Auftakeln behilflich zu sein. Das fand ich toll. Sie fragte mich, was zu tun sein, während Horst gelangweilt im Cockpit hockte, die Beine von sich streckte und die weitere Entwicklung abwartete.

Das fing ja gut an.

Die Voraussetzungen für einen gemütlichen Segeltörn konnten gar nicht besser sein. Kaum Wind, herrlichstes sommerliches Wetter, blauer Himmel und voraus das glitzernde Wattenmeer.

Katja juchzte, wenn die *Schwalbe* bei einer leichten Brise auf der Seite lag. Horst dagegen empfand die nun einmal bei einem Segelboot unvermeidliche Schräglage als Belästigung. „Mein Gott, musst du denn immer wieder das Boot so schief legen, du willst mich wohl ärgern." Katja, auch ein wenig ängstlich, orientierte sich an meinem Verhalten und schöpfte zusehends Vertrauen, so dass ich ihr schließlich die Pinne in die Hand drückte.

„Komm steuer mal selbst". Sie machte es gar nicht schlecht. Das Steuern gefiel ihr. Horst lehnte dasselbe Angebot ab. „Ich fass das Ding nicht an!" Seine Moserei erreichte den Höhepunkt, als wir mit einsetzender Flut gegen den Wind ankreuzen mussten, um zurückzukehren. „Nun fahr doch endlich geradeaus, dahinten ist doch der Hafen."

Meine Erklärung, dass man unter Segeln ein Boot nur bis zu einem gewissen Winkel zum Wind fahren kann, schien er nicht begreifen zu wollen. Ja, er meinte, er würde es mir mal zeigen, wie das gemacht wird. „Bitte, hier ist die Pinne!"

Nun, es war wenig Wind, also ließ ich ihn, nahm aber selbst die Großschot in die Hand.

Katja wurde kreidebleich: "Der kann das doch gar nicht!"

Horst riss das Steuer herum und hielt auf die Hafeneinfahrt zu. Ergebnis: Der Baum kam mittschiffs, die Segel flatterten.

Jetzt die Pinne auf die andere Seite. Die *Schwalbe* drehte seewärts, Wind fiel in die Segel. Der Baum kam und schlug dem Horst in die Hüfte. Beinahe wäre er über Bord gefallen.

Das Boot drehte wieder zurück „Seht ihr, da ist der Hafen", tönte der Experte. Die Segel flatterten wieder im Wind. Jetzt schlug ihm der Großsegelbaum von der anderen Seite fast an den Kopf, - wir drehten uns im Kreise. – Angewidert ließ er von der Pinne ab.

„Hier habt ihr euern Scheiß, blöde Segelei", kroch in die Kajüte und schmollte.

Komisch, dieses Erlebnis, von ihm vor Blamage empfunden, hat ihn tagelang gequält. Ich hätte ihn vor einem Mädchen bloß gestellt. Weder Katja noch ich sahen das so.

Horst hatte sich seit dem vorigen Jahr grundlegend verändert. Der sonst so lustige Bursche war nur noch muffig. So blieb es auch bis zum Ende der Ferien. Er ging abends seine eigenen Wege und kam oft sehr spät nach Hause. Für mich bedeutete es den freien Weg zu Katjas Herz. Dass Horst nicht, wie von mir anfangs befürchtet, ihr Lover war, wusste ich längst. Aber wie konnte ich sie erreichen? Mit gleichaltrigen Mädchen umzugehen, fiel mir schwer, schon in der Klasse bei den Mitschülerinnen hatte ich Annäherungsprobleme, irgendwie Hemmungen.

Katja liebte meine Erzählungen von Seehunden und den Robbenbänken. Schließlich fragte sie, ob wir nicht dorthin segeln könnten? Nichts lieber als das. Bei einem wiederum herrlichen Sommerwetter, natürlich ohne Horst, glitt die *Schwalbe* auf eine der Robbenbänke zu. Ich hatte eine gewählt, die ziemlich weit draußen lag, wo man im Priel auch baden konnte, ganz allein nur mit Katja und vielleicht einigen zuschauenden Seehunden.

Als der Ebbstrom abklang, saßen wir mit eingezogenem Schwert hoch und trocken. „Jetzt dauert es Stunden, bis wir wieder flott sind. "Sie lächelte und sah mich mit ihren fast grünen Augen träumerisch an: „Ich finde es schön hier, wie auf einer Insel, nur saubere Natur, bei uns im Pütt riecht die Luft ganz anders. Hier könnte ich leben. Ich werde mich erst einmal zum Sonnen ausstrecken, nachher können wir ja ein bisschen herumlaufen, baden, lesen oder die von deiner Mutter eingepackten Butterbrote essen."

Alles was sie vorschlug war mir recht. In mir dröhnten harte Schläge, das Herz bummerte. Was war ich hoffnungslos verliebt und wagte es ihr nicht zu sagen! Nur nichts überhasten, kein Porzellan kaputt machen.

Mit dem Anker und den Segeln beschäftigt, verlor ich Katja für einen Augenblick aus den Augen. Um den Bootsrumpf auf der Sandbank besonders vorn vor dem Kippen zu bewahren, mussten einige Fender unter dem Bug geschoben werden. Als ich unter dem Schiff hervorgekrochen und wieder auf die Beine gekommen war, stand ich plötzlich neben ihr. Sie lag auf einem Badelaken locker und entspannt auf dem Vorschiff, den linken Arm hinter den Kopf gelegt, den rechten ausgestreckt, in den Achselhöhlen kröllten sich zarte Flüschen. Die Augen geschlossen, die auffällig langen dunklen Wimpern wie zugezogenen Jalousien, die schlanke Nase, das ebenmäßige schöne Gesicht umrahmt von lockiger Haarpracht.

Ich konnte mich nicht satt sehen. Um ihre prallen Lippen spielte ein stolzes Lächeln, sie spürte, dass sie betrachtet, begutachtet wurde.

Mein Blick tastete weiter über den nackten Leib. Ihr sanft auf- und abgehender Atem hob und senkte stramme, eng zusammenliegende Halbkugeln, die mit bronzenen Knöpfchen besetzt waren. Noch mehr erhitzte mein Blut der Anblick des von schmalen Hüften beschützten zart aufgebäumten flauschigen Dreiecks zwischen ihren langen leicht angezogenen Beinen. Der Zielpunkt aller Begierde.

Viele Jahrzehnte später als Katja längst nicht mehr durch meine Gedanken ging, entdeckte ich in New York im „Museum of Modern Art" einen liegenden Akt des italienischen Malers Amedeo Modigliani. Es durchzuckte mich. Für dieses berühmte Ölgemälde muss Katja dem Künstler posiert haben. So wie die Frau da lag, so hatte ich Katja im Wattenmeer auf dem Vordeck der *Schwalbe* liegen gesehen.

Wie ich so schweigend dicht neben ihr stand, hätte sie eigentlich mein Herz klopfen hören müssen. Sie tat als ob sie schlief.

In der Ferne schrieen ein paar Austerfischer, die im Tiefflug über den Priel jagten, flimmernde Hitze lag über dem Watt. Die Sonne stach mir ins Kreuz, mein Schatten ruhte auf ihrer Brust. Irgendetwas musste in diese sprachlose Stille gesagt werden. Was nur? Wie wäre es mit einem väterlichen Rat?

"Wenn du weiter so ungeschützt in der Sonne liegen bleibst, wirst du einen fürchterlichen Sonnenbrand bekommen. Hatte meine Mutter dir nicht empfohlen, eine Sonnenschutzcreme mitzunehmen?" Als wenn sie auf die Ansprache gewartet hätte, klappten ihre Wimpern hoch, sie rollte ein wenig über die rechte Hüfte auf mich zu und zeigte ein betörendes Lächeln: „Dann hol mir bitte die Niveadose aus dem blauen Täschchen, das hinten am Niedergang hängt."

Das löste meine starre Beobachterhaltung. Schnell übers Cockpit ins Schiff gelangt und zurückgeplatscht durch das letzte ablaufende Wasser drückte ich ihr die geöffnete Dose in die ausgestreckte Hand.

Jetzt saß sie aufgerichtet auf ihrem Popöchen, ihre schlanken Hände glitten über die Beine nach oben und verteilten bis in die nackten Lenden die weißliche Nivea – übrigens damals das einzige Sonnenschutzmittel - , dann strichen die Finger über das Bauchknöpfchen und bedachten danach den Busen mit kreisenden Bewegungen, die beide steil aufgerichteten Bälle wie Götterspeise federnd schwingen ließen. Das war nicht zum Aushalten!

Zum Glück hatte ich nicht wie Katja alles abgestreift, sondern artig die Badehose angelassen. Das erwies sich jetzt als besonders einengend, wohl auch gut so.

Gerade im Begriff, mich umzudrehen, um im kalten Wasser des Priels Abkühlung zu suchen hörte ich wieder diese sanfte Stimme: „Cremst du mir bitte den Rücken ein." Mich riss es zurück. Den Rücken zugewandt, die Arme seitwärts weggespreizt, wartete Katja auf meine Behandlung. Neben ihr auf dem Bootdeck stand die Cremedose. Wie im Trance nahm ich eine Portion heraus und tupfte sie zwischen ihre Schulterblätter. „Komm nun mach schon, nicht so zögerlich!" Was sollte ich dazu erwidern, also dann nichts wie ran.

Die Schultern bis auf die Oberarme hinaus tüchtig einmassiert. Sie genoss es. Den Rücken hinunter bis fast zum Poansatz eingecremt. Diesen Bereich liebvoll zu streicheln, erhitzte mich weniger. Aber als die Partie dran kam, so etwa in Höhe der Achselhöhle, da brüllte in mir das Verlangen, einfach ungefragt frech unter den Armen durchzugreifen und mit beiden cremigen Händen ihren Busen zu umfassen. Aber in meinem Verstand ging ein rotes Licht an, das bremsend forderte: „Tu es nicht!"

Statt dessen zog ein Liebestrunkener im weiten Umkreis um die in der Mittagshitze bratende *Schwalbe* seine Kreise, stocherte in Muschelhaufen und den Ringelhäufchen der Wattwürmer herum, saß im Schatten des Kajütdaches und blätterte unkonzentriert in einem Buch herum oder lief an der Prielkante entlang bis zum Hauptfahrwasser. So gingen die Stunden der Ebbe schleichend dahin. Über dem Watt hing eine Dunstschicht. Einige der Nachbarsandbänke spiegelten sich wie eine Fata Morgana in der Luft. Ein für die Nordseeküste ungewöhnlicher Sommertag. Doch das beschäftigte einen gewissen Hannes Färber weniger. Seine Gedanken kreisten um Katja. Immer wieder suchte er den Blickkontakt. Zwei Fragen marterten sein Gehirn. Die eine, warum er die sich bietende Gelegenheit nicht ausnutzte und die andere, warum Katja ihn derartig provozierte. Oder spielte sie hier in der Einsamkeit das gefährliche Spiel, ausloten, wie weit ich gehen würde?

Zunehmend ging mir ein Licht auf. Ich stand auf einem Prüfstand. Sie suchte nicht nur Freundschaft mit mir, sondern mehr, aber das zu ihren Bedingungen. Sie wollte keinen schnellen Lover, keinen Quicky, kein kurzes Ferienerlebnis. Sie testete offensichtlich eine längere, verlässliche Verbindung.

Beim Baden kam das noch einmal ganz deutlich heraus.

Aus dem Sand perlten die ersten Wasserläufe, Anzeichen der auflaufenden Flut. „Wir müssen uns klar machen für die Heimfahrt. Jetzt ist die letzte Möglichkeit, im Priel zu baden!"

Auf meinen Zuruf hin schwang sie sich vom Vordeck. Stand da als nackte Verführung auf langen Beinen, warf lässig die Haare in den Nacken und schritt in den Hüften wiegend wie auf einem Modesteg in Richtung Wasser. Ihre Schönheit, die sie unfehlbar von all den Mädchen abhob, die ich kannte, hatte etwas Riskantes. Dessen sich bewusst, spielte sie damit.

Diese sinnlich geschürzten üppigen Lippen, der feste Po, der schwingende Gang und die stolz vorgestreckte Brust! – Zum Verrücktwerden! Sie wusste genau, wie das auf mich wirkte.

Mit einem sportlichen Sprung hechtete Katja ins kühle Nass. Nach dem Auftauchen rief sie herüber: „Komm mit, bleib bei mir, bei dir fühlte ich mich sicherer, - aber doch nicht mit der Hose, wir sind hier ganz allein, keiner sieht uns."

Verlegen warf ich die Badehose ins Cockpit und preschte im Laufschritt an ihr vorbei in die kühlenden Fluten. Sie merkte meine Verlegenheit, kam auf mich zugeschwommen, immer näher, fasste mich an die Schulter, küsste meinen Mund, ganz flüchtig, und mit ein paar Armschlägen war sie wieder auf Distanz, lachte und freute sich.

Die folgenden Tage verbrachten wir beide wie Geschwister, mal mit mal ohne Horst, bis es plötzlich auf dem Bahnsteig ans Abschiednehmen ging. Wie im Fluge waren die letzten glücklichen Tage mit Katja vergangen. Würden wir uns wiedersehen?

Wie am Ankunftstag im blauen Kostüm fremdartig verkleidet, wirkte sie abweisend kühl, irgendwie geschäftsmäßig. Mir tat das weh. Ich muss ziemlich dumm dreingeschaut haben.

Fröhlich noch einmal von der Mutter umarmt, stiegen Horst und Katja in den Zug, rissen das Abteilfenster herunter und schnabbelten letzte Dankesworte für den die wunderschönen Ferien. Äußerlich unbeteiligt und still litt ich neben meiner Mutter stehend und wartete auf die Abfahrt des Zuges. Plötzlich verschwand Katja vom Fenster. Die Abteiltür sprang auf, sie rannte auf mich zu und umarmte den Traurigen. Hatte sie nicht Tränen in ihren grünen Augen? Sie drückte mir eine Muschel in die Hand und flüsterte mit ihrem Mund dicht an meinem Ohr. „Diese Muschel hätte ich auf der Sandbank zerdrückt, wenn du zuviel von mir verlangt hättest. Nimm sie und denk an mich, ich lieb dich, ich schreib dir bald.“

Von inneren Hitzewellen überströmt blieb mein Mund stumm. Sie stand längst wieder am Abteilfenster. Der Zug fuhr an. Ich winkte mit der Muschel in der Hand, bis der letzte Wagen in der Kurve verschwunden war. Mutter betrachtete mich mit leichtem Lächeln und sagte nur: „Mein Jüngster wird erwachsen.“

Die folgende Nacht habe ich nicht geschlafen. Irrsinnige Gedanken plagten mich. Schauer des Glücks durchrieselten den Körper. In Neudeutsch hätte ich jubelnd ausrufen können: „Sie steht auf mich!“ Nein, Hannes Färber stand da mit brennend roten Ohren und schwieg. Unruhige, fragende Wochen gingen ins Land, bis mir eines Abends Mutter mit leichtem Lächeln um die Mundwinkel, aber ohne Kommentar einen Brief in die Hand drückte.

Absender: Katja Zeichner, Beckum. Was mir die Röte ins Gesicht trieb, war ein ganz besonderes Merkmal auf der Rückseite des Umschlags. Der Abdruck eines Lippenstiftkusses!

Hinter verschlossener Tür wurde der Brief gelesen. Inhaltlich nichts Erotisches oder Hoffnungserweckendes, aber zwischen den Zeilen glaubte ich dennoch ein Vibrieren zu spüren, das die Versiegelung ihres ersten Briefes an mich mit einem Kuss bekräftigte. Dieser Brief erschloss mir eine andere Welt. Ich glaubte einen Menschen gefunden zu haben, dem ich alles, aber auch alles anvertrauen konnte.

Schlagartig verschwand der Drang, hinaus zu müssen, abends irgendwo vom Schulalltag Abwechselung zu suchen. Meine Interessen reduzierten sich auf die letzten Segeltage in diesem Jahr, auf Orchesterproben für das Weihnachtsoratorium in Schleswig und auf die Schularbeiten, die ich gar nicht mehr so erdrückend empfand. Bis in die Nacht hinein saß der gewandelte Hannes über Büchern oder schrieb Briefe, mindestens einen pro Woche, an seine Geliebte. Keine der Zeilen verriet, was im Herzen und in den Lenden tobte, aber hinter jedem Wort war es zu vermuten. Die Sehnsucht nach Liebe brachte das Briefpapier zum Glühen.

Katjas Antworten waren verhaltener. Das, was wirklich Bewegte, wurde anfangs zart umschrieben, oft hinter anderen Themen versteckt. Man schrieb sich den

Jugendfrust vom Halse, über unbequeme Leute, Erlebnisse, Gefühle, Berufswünsche, über Bücher und Gedichte, die man gelesen, und Musikstücke, die man gehört hatte.

Aus einem von einem Lederrahmen eingefassten Bild auf dem Tisch strahlten die weißen Zähne und leuchtenden Augen der Katja Zeichner, die der verliebte Hannes nie vor dem Zubettgehen zu küssen vergaß. Was ihn dann in seinen Wunschträumen übermannte, bevor der Schlaf ihn in die Arme nahm, sei hier ausgeklammert.

Zu Weihnachten und zum Jahresende trieften die Briefe von Sehnsüchten, blieben aber im züchtigen Rahmen.

Das neue Jahr begann mit dem Vorabitur. Das Pauken nahm alle Kraft in Anspruch. Der Februar stand im Zeichen der Prüfungen für die Fächer, die damit abgehakt waren. Eine schreckliche Zeit. In Kunstgeschichte konnte gewählt werden zwischen Goethe und dem Expressionisten Vincent van Gogh.

Andere Fächer müssen nicht so beeindruckend gewesen sein. Was da geschah, weiß ich nicht mehr. In der Erinnerung ist geblieben, ungeschoren davon gekommen zu sein und mit einigermaßen zufriedenstellenden Noten die erste Hälfte des Abiturs geschafft zu haben.

Welche Erleichterung!

Nach dieser Anstrengung rückte die Katja wieder in den Mittelpunkt. Im Weihnachtsbrief hatte sie zugesagt, im August wieder zu uns zu kommen. Das bedeutete, die erste Hälfte der Sommerferien wieder auf Gut Knieselbek tüchtig Geld verdienen zu können, um mit Katja schöne Tage zu verbringen, zu segeln und vielleicht dieses Mal draußen auf der Seehundsbank ihr ein wenig näher kommen zu können.

Wie oft hatte Hannes davon schon äußerst intensiv geträumt.

Mitte März kam Katjas Brief an mit englischen Briefmarken frankiert. Mutter Färber merkte das als erste. Was machte das Mädchen in England? In Ripon, nordwestlich der Stadt York würde sie bis Ende Juni eine Weiterbildung als Sekretärin absolvieren. Englische Geschäftskorrespondenz vor Ort zu verbessern, hieß es, sei der Grund für die berufliche Freistellung durch ihre Firma.

Was die Katja schon alles zu sehen bekam, ich dagegen in unserem Nest so langsam versauerte. Ich kam mir ganz erbärmlich vor. Nach dem Abitur würde mich hier nichts mehr halten. Raus aus dem Spießernest!

Dieser Wunsch und Katjas Briefe aus dem unerreichbaren Ripon spornten mich an, den Schulabschluss notenmäßig gut hinzulegen, um auf ähnliche Berufszweige klettern zu können.

Ständig befragten mich die Eltern, wie es in der Schule um mich stünde und ob ich das Abi schaffen würde. Doch dieses Interesse zielte mehr darauf ab, mir eine

Ausbildung schmackhaft zu machen, die von Anfang an mit einem Lehrlingsgehalt die Unabhängigkeit von Vaters Geldbeutel garantierte.

Man konnte neidisch werden, wenn die anderen Klassenkameraden, besonders die unserer „High Society", erzählten, wie ihre Väter bereits die Fäden zogen, um ihren Söhnen in Heidelberg und Kiel Studienplätze zu beschaffen. Vater Jurist, na klar, Sohn Jurastudium. Papa Arzt, na klar, Sohn Medizinstudium.

Das machte mich wütend. Zu Hause gerieten mein Vater und ich seitdem fast jeden Abend aneinander. Ich wusste ja, dass mein Alter keine Verbindungen in der Stadt unterhielt oder je geknüpft hatte. Er machte weder Berufsvorschläge noch gab er Empfehlungen. Ich hätte Lust gehabt zu erfahren, wie eine kaufmännische Lehre abläuft, welche Voraussetzung dieser oder jener Beruf verlangte. Den akademischen Weg einzuschlagen, konnte ich mir sowieso abschminken. „Dafür haben wir kein Geld" oder „Nimm dir ein Beispiel an deinem Bruder, der hat seinen Weg gemacht ohne Abitur."

Wenn es damals Berufsberatungen gegeben hätte oder mein Vater mit mir wenigstens einmal in einen Betrieb gegangen wäre, vielleicht sich selbst einmal Gedanken über verschiedene Berufsbilder gemacht hätte. Nichts von alledem.

Mutter guckte bei derartigen Diskussionen immer ganz traurig und heuchelte Verständnis für die Reaktionen ihres Mannes: „Das muss du verstehen, Hannes, Vater hat es in seiner Jugend sehr schwer gehabt und musste seinen Weg ganz allein gehen." Sie wusste, dass das kein Argument war. Sie und ich wussten außerdem, dass, bedingt durch seine häufigen Reisen zu dem angeblichen Kriegskameraden in Heide, wenig Geld für die eigene Familie übrig blieb. Meine Briefe an Katja schäumten von Wut über meinen Alten. Ihr meinen Frust mitteilen zu können wirkte wie ein Druckventil. Aus dem fernen England tröstete sie mich: Im Sommer würden wir beide ganz in Ruhe über dieses Thema ausführlich sprechen. Sie hätte schließlich ja auch einen Vater und vielleicht könnte der etwas für mich machen.

In dem Maße, wie mir Katja mit ihrer Fürsorge dichter ans Herz wuchs, nabelte ich mich vom Elternhaus ab. Wie freute ich mich auf Katja und ihren Besuch im August. Die Tengelmann-Verwandtschaft aus Beckum ließ lange nichts von sich hören. Horst war im letzten Sommer fast grußlos abgedüst, hatte auch nicht, was die Tengelmanns sonst immer taten, anschließend einen Dankesbrief geschrieben, auf den meine empfindsame Mutter so großen Wert legte. Mit knappen Zeilen teilte die Tante Else zur Osterzeit mit, sie würden im Sommer nicht kommen.

Mein Herz hüpfte, damit war der Störfaktor Horst ausgeschaltet, alle Zeit konnte ich meiner Katja widmen. Horst verschwand aus meinem Blickfeld. Nie wieder gesehen, nie wieder von ihm gehört, bis 25 Jahre später mitten im Gedränge auf der Kaufinger Straße in München ein Berg von Mensch mit einem unverkennbaren Tengelmann-Gesicht vor mir stand. Wir fielen uns in die Arme. „Mensch, Hannes!" „Mensch, Horst!"

Meine Frau staunte: „Wer ist das?" „Das ist der westfälische Feriengast, von dem ich dir so oft erzählt habe."

Ob wir uns nicht zu einem Kaffee irgendwo hinsetzen sollten, meinte meine bessere Hälfte, um ungestört ein wenig zu plaudern. Horst winkte ab: „Kann nicht, kann nicht, bin geschäftlich unterwegs in Versicherungsangelegenheiten, hier meine Karte. Können wir uns nicht morgen sehen, so um 16 Uhr bei mir zu Hause, ob meine Frau da sein wird, weiß ich nicht. Ruft mich heute Abend bitte noch einmal an." Winkend verschwand er in der Menge. Das war ein unerwartetes Wiedersehen.

Meine Frau studierte die Visitenkarte. "Der Gute ist bei der Gerda Versicherung angestellt, gilt, soweit ich weiß als nicht besonders seriös, und weißt du wo der wohnt? Draußen im Stadtteil Haselberge. Aus meiner Kindheit bekannt als nicht sonderlich empfehlenswertes Hochhauswohngebiet. Mich würde schon interessieren, wie dein damaliger Freund dort lebt." Die Neugierde trieb uns am nächsten Tag hin.

Natürlich hatten wir vorher angerufen. Meine Frau wollte denjenigen besser kennen lernen, von dem ich ihr so viele Geschichten aus der Jugend aufgetischt hatte, und ich wollte gern wissen, was aus dem eifrigen Gartenlaubenliebhaber, oft unausstehlichen Querkopf und begabten Orgelspieler geworden war.

Pünktlich zur Kaffeezeit hielt das Taxi vor einem grauen Block, der mit vielen Stockwerken in den Himmel ragte. Rundherum flog Papier und schebberte, vom Wind getrieben, über brüchige Betonplatten. Die Wände des Eingangsbereichs zu dem Wohnblock zierten Plakate und Farbschmierereinen. Überquellende Abfalltonnen stanken vor sich hin und im Flur zum Lift roch es säuerlich. Die Tür zum Lift zeugte von derben Fußtritten, aber der Lift funktionierte. Bei der Fahrt in den 10. Stock wanderten unsere Augen über die Kritzeleien und eingeritzten Sprüche an den Wänden. Einer zotiger und schweinischer als der andere.

Mein Gott, was hat den Horst hierher verschlagen!

Mit überschwänglicher westfälischer Begrüßung nahm er uns in die Arme und führte seine Gäste ins Wohnzimmer. Es duftete nach Kaffee. Auf dem Tisch stand bereits eine Platte mit Bienenstich. Er zeigte darauf und sagte: „Na, erinnerst du noch, wie oft wir bei euerm Bäcker das Zeug geholt haben?"

Kaum hatten wir auf dem Sofa Platz genommen, da fiel im Flur auffallend laut die Haustür ins Schloss. Unser fragendes Aufhorchen wischte Horst mit der knurrigen Bemerkung beiseite: „Das war meine Frau, die muss irgendwo noch einmal hin."

Das eingetretene Schweigen überging der Gastgeber, indem er sich in einen der geblümten Sessel fallen ließ, die Beine von sich spreizte und erschöpft tat. „Lange kann ich nicht bleiben, habe heute Abend eine Verabredung mit der Chefetage. Da muss ich ein paar Damen unterhalten. Die hören gern Witze, und da muss ich mich noch einmal hinsetzen und einige lernen, ich habe da so ein Büchlein."

Von der gesamten Unterhaltung, die wenig Aufschluss über sein gegenwärtiges Leben gab, blieben dieser Satz und ein anderer im Gedächtnis, der von dem Beruf meines Vetters einen widerlichen Geschmack hinterließ. Auf seine Arbeit bei der Versicherung angesprochen, erfuhren wir, dass er Tag und Nacht um seine Weiterbildung bemüht sein musste, dazu sogar seinen Urlaub dransetzte. Jeder Kursus, natürlich selbst bezahlt, brachte im Personalbüro der Gerda-Versicherung Pünktchen. Wenn einer der unteren Angestellten plötzlich mehr Punkte als der Abteilungsleiter nachweisen konnte, schwupp, wechselten von einem Tag zum anderen die Positionen.

Ergebnis: Einer beäugte den anderen, versuchte ihn auszustechen oder mit einer Weiterbildungsmaßnahme zu überflügeln.

In dem Laden herrschte eine frostige Stimmung.

Kein Wunder, dass der einst so lustige, vergnügungssüchtige Horst hektisch geworden war. Seine Augen flimmerten, und aus Frust aß er fast allein die Palette des Bienenstichs in sich hinein. Die Frage meiner Elisabeth, ob er Kinder habe, beantwortete er mit feuchten Augen und einer abwinkenden Geste.

Das abrupte Verschwinden seiner Ehehälfte, die während unseres kurzen Besuches nicht wieder erschienen war, sprach nicht von intaktem Familienleben. Nirgendwo stand ein Blumentopf, weder auf den Fensterbänken noch auf dem trostlosen Balkon. Die lieblose, stillose Zimmereinrichtung, eingerichtet im Stil des „Gelsenkirchener Barock" mit schweren Eichenmöbeln und klobigen Sesseln, zeugte weder von ihm noch von ihr. Nirgendwo eine persönliche Note. In einem beliebig durchschnittlichen Hotel hätten wir es gemütlicher gehabt. Hier lebte offensichtlich niemand. Es schien lediglich eine gelegentliche Schlafstätte zu sein.

Die Unterhaltung schleppte mühselig dahin. Der Wunsch, den Besuch schnell zu beenden, wurde immer zwingender. Als ich schließlich aufstand und meinem Vetter vorheuchelte, anschließend bei Freunden im gegenüberliegenden Stadtteil zum Abendessen eingeladen zu sein, wirkte er erleichtert, machte auch keine höfliche Bemerkung des Bedauerns oder sagte gar, dass wir doch bleiben sollten. Er war froh, dass wir gingen. Musste ja noch Witze für seine Chefdamen lernen. Hatte er das nicht zu Beginn gesagt? Der versiffte Fahrstuhl ratterte nach unten, meine Frau und ich blieben stumm, schüttelten den Kopf, nahmen uns in die Arme und dankten dem Herrgott, nicht so zu leben und nicht den Lebensunterhalt in einer menschenfeindlichen Ausbeuterversicherung verdienen zu müssen.

Vier Wochen später fiel ein schwarz geränderter Brief durch unseren Türschlitz. Horst Tengelmann war im Alter von 37 Jahren an einem Herzinfarkt gestorben. Erschüttert schrieb ich ein Kondolenzschreiben an seine Frau. Den Dank dafür oder eine weitere Mitteilung habe ich nie bekommen.

Als die Tengelmanns zu Ostern 1955 schrieben, dieses Mal den Sommer nicht bei uns an der Küste verbringen zu wollen, hatte ich im Hinblick auf ein ungestörtes

Zusammensein mit Katja gejubelt, aber wer hätte damals gewusst, wie elendig Horst enden würde.

Endlich August!

Mit strahlendem Lächeln hüpfte Katja aus dem Zug. Ein weißes, buntgeblümtes Sommerkleid umspielte ihre Traumfigur. Verlegen hielt ich ihr das kleine, im Garten gepflückte Blumensträußchen hin. Sie ergriff ihn mit Freude und schlang ihre Arme um meinen Hals. „Ein Jahr haben wir uns nicht gesehen, wie sehr hab ich mich nach euch gesehnt, nach frischer Seeluft, nach Urlaub am Meer!"

Das war eine ganz andere Katja als die vom vorigen Jahr im strengen Sekretärinnenkostüm.

Aber eines störte mich. Die Bemerkung von der Freude, „euch" zu sehen, nicht „mich", die tat mir weh. Doch das war schnell vergessen. Mit ihr zog Fröhlichkeit in die Deichstraße 10 ein.

Wie im vorigen Jahr nach der Landarbeit auf dem Gut finanziell nicht von den Eltern abhängig, konnte ich mir leisten, mit meiner Freundin im Bus Tagestouren in die Umgebung zu unternehmen, oder wir segelten wieder hinaus zur Robbenbank, gingen ins Kino und zu den sommerlichen Gartenlaubenfesten, wo die anderen Mädchen jedes Mal nach dem Horst fragten. Ich zeigte ihr im Süden vor der Stadt die Reste meiner Panzersperre. Wir schlenderten über den verlassenen Flugplatz. Zu zweit den herrlichen Sommer verbringend, sie von beruflichen Zwängen und ich von Schularbeiten befreit, plauderten wir über vielerlei, lasen Gedichte, oder ich spielte ihr auf der Geige vor. Wie in einem Traum perlten die Tage dahin. Wunderschön, aber die Nächte quälten mich. Was machte ich verkehrt? Ich liebte dieses Mädchen mit Haut und Haaren, mit jugendlichem Feuer und heißem Begehren. Längst musste sie das gespürt haben. Über ein Jahr, immer intensiver werdend, verbargen sich hinter jeder meiner Briefzeilen die Verehrung und – so blöd konnte sie doch nicht sein – der herzzerreißende Wunsch, mit ihr zu schlafen. Bei älteren Frauen hatte ich die zartesten Anzeichen ihrer Bereitwilligkeit entdeckt, hatte jede richtig eingeschätzt. Bei Katja entdeckte ich nichts. Mit über 20 Jahren fühlte ich mich, durch Sport und Landarbeit gestählt, im Vollbesitz sexueller Potenz, die ich erstmalig bei einer Gleichaltrigen nicht allein der Befriedigung willen, sondern aus tiefster Zuneigung bis zum Anschlag auszuleben wünschte.

Einmal überraschte ich Vater und Mutter in der Küche bei einem Gespräch, als sie über mein Sexualleben diskutierten.

Mein Alter versuchte seiner Frau meine Situation mit Katja zu schildern, in dem er sagte: „Siehst du nicht, dass der Junge ganz verrückt ist. Dem steht der Schwanz bis zur Kinnlade, der denkt an nichts anderes mehr, als das Püppchen zu vögeln". Und nach kurzer Pause ergänzte er: „Und ich wünsch ihm, dass er dass endlich tut."

Wie sollte ich das anstellen? Nachts in ihr Zimmer schleichen? Was würde passieren, wenn sie mich lautstark rausschmeißen würde? Eigentlich nichts, denn erstmalig wusste ich meinen Vater auf meiner Seite. Wenn sie daraufhin abreisen würde, verdammt noch mal, dann sollte das so sein. War das Weib vielleicht frigide oder gar lesbisch?

Einige Tage später inszenierten die Eltern zusammen mit den Henningsen von nebenan und einigen anderen Nachbarn in unserem Gartenhäuschen ein Grillfest. Jeder Gast brachte Kartoffelsalat, Würstchen und Trinkbares mit. Nicht nur die Alten, sondern auch das Jungvolk durfte teilnehmen. Es wurde richtig lustig, nicht zuletzt, weil Schnaps, Whisky und jede Menge Rotwein die Runde anheiterten.

Als sich die Alten in den Armen lagen und „Warum ist es am Rhein so schön" intonierten, griff ich mir eine Flasche Rotwein vom Stelltischchen, nahm Katjas Hand und zog mit ihr in Richtung Gartentor. Sie folgte willig, stellte keine Fragen, legte ihren Kopf an meine Schulter und ließ sich entführen. Ich wagte meine Hand über ihren Rücken unter ihrem Arm hindurch so weit durchzustecken, dass ihre feste warme Brust auf meinen Fingerspitzen lag. Sie machte keine Abwehrbewegung. Ein irrsinniges Gefühl durchströmte mich. Ich hörte mein Herz in den Schläfen pochen und spürte ein eindeutiges Ziehen zwischen den Oberschenkeln.

Um die Gefühle zu dämpfen und zumindest zunächst vom Gedanken an das höchste Ereignis abzulenken, plapperte ich Geschichten, erzählte Erlebnisse von damals. Schließlich standen wir auf dem Deich. Vor dem Schleusenwerk, wo ich als Junge das Förderwerk mit einem eingeschobenem Stamm zum Stehen gebrachte hatte. Kopf und Herz waren ganz woanders, aber der Mund erzählte und erzählte, bis sie ihren Zeigefinger auf meine Lippen legte und dicht an mich heranrückte. Trotz der Finsternis meinte ich, ein besonderes Glühen in ihren Augen zu erkennen.

Vor uns, kaum zu erkennen, beinahe wären Katja und ich darüber gestolpert, lag eine Kuh, die aufgeschreckt auf die Beine kam und davontrottete. Zurück ließ das Vieh einen warmen Platz, eine Ruheplätzchen für uns beide. Sie löste sich aus meinem Arm und streckte sich lang aus.

„Herrlich, so warm wie auf der Robbenbank im Sonnenschein, hier lass uns bleiben", wisperte sie. „Siehst du über der See das Wetterleuchten. Ob es bald Regen geben wird? Mach mal die Rotweinflasche auf." Das Zeug schmeckte gar nicht so übel, Katja lachte: „Davon wird mir überall noch wärmer." Das offenbar herannahende Gewitter interessierte mich nicht.

Ich sah nur sie. Deutlich abgehoben vom dunklen Gras ihr buntes Sommerkleid, ihre Beine bis zum Knie entblößt, ihre Arme, ihr Gesicht und ihre Lippen, die mich wie ein Magnet anzogen. Meine zitterigen Hände glitten über ihren Busen, streichelten den Hals, ihre Wangen, ihren seidigen Beine, den sanften Venushügel und feuchten Flaum.

Was dann geschah, weiß ich nicht mehr. In Erinnerung blieb ein heranbrausender, fast überirdischer Sturm, der alles von uns riss, begleitet von donnerndem Herzklopfen, Dröhnen und Stöhnen. Sie schrie kurz auf als ich in sie eindrang. Mein Atem blieb für eine Schrecksekunde stehen, doch sie presste meine Schultern mit den Händen an sich. „Bleib bei mir, bleib bei mir", brach es aus ihr hervor. Um uns herum verschwand die alltägliche Welt im Rhythmus bisher unbekannter Glückseligkeit. Wie lange Katja und ich in engster Umarmung erschöpft am Deich gelegen haben, mag der Himmel wissen. Irgendwann mahnten zuerst eine Windböe und gleich darauf schwere Regentropfen zum Aufbruch, aber nicht zur Eile.

Bald goss es in Strömen, Blitze zuckten, es donnerte. Keinen von uns störte es, bald klitschnass durchgeweicht zu sein. Katjas Blumenkleid klebte an ihrem Körper und zeigte noch schöner ihre von mir geliebten Formen, die für mich nun nicht mehr tabu waren.

Ein ungeheurer Stolz packte mich. Siegergefühle erwachten.

Wir küssten und drückten uns, wie Betrunkene oder alberne Kinder erreichten die beiden Liebenden die erste Straßenlaterne in der Deichstraße. In ihrem Schein entdeckte ich zunächst Bestürzendes. Ihr Kleid war vom vergossenen Rotwein völlig rot geworden. Katja bemerkte mein Entsetzen und lachte: „Du Dummerchen, was meinst du, was das ist?"

Ich muss saublöd dreingeschaut haben. Sie wurde ganz ernst. „Das sollte dich fröhlich machen, das ist Blut, das Blut einer Jungfrau, du bist der erste Mann meines Lebens." Was sollte ich dazu sagen. Mir wurde klar, warum sie mich so lange hatte warten lassen, sie wollte es nur mit mir machen, sie liebte mich wirklich.

Ein Traum war in Erfüllung gegangen, der Traum, der mir vor Jahren in eisiger Schneenacht auf der Fahrt mit dem Fahrrad von Schleswig nach Hause erschienen war, die Verheißung. Irgendwann die Frau meines Lebens zu finden.

Das klingt nach großen Worten, aber ich schwebte.

Noch enger umschlungen als bisher schlichen wir ins Haus. Sie in den Keller, um ihr Kleid einzuweichen und ich die Treppen hoch in meine Bude. Ein langer Kuss trennte uns. Wie ein Stein muss ich geschlafen haben.

Am nächsten Morgen stand sie in unserem immer noch provisorischen Bad in der Zinkwanne und wusch sich. Nie hätte ich es vorher gewagt, sie zu stören oder gar die Tür zu öffnen. Jetzt tat ich es mit einer Selbstverständlichkeit, ja sie erwartete mich. Stand da splitternackt, einfach nur schön, hochbeinig, ihren Busen steil vorgestreckt. Mich packte wieder irrsinniges Verlangen, die Schlafanzughose hob sich, sie merkte es, kam auf mich zu, küsste mich auf den Mund, gleichzeitig fummelte sie unten mit ihren Händen herum, legte das von ihr Gewünschte frei. Als wenn ich das schon immer so gemachte hätte, hob ich ihren Hintern an und setzte sie auf mich. Dieses Mal kein Schrei, nur wohlig grunzendes Verlangen.

So trieben wir es jeden Morgen bis zu ihrer Abfahrt. Die wenigen noch verbliebenen Tage unseres gemeinsamen Urlaubs verbrachten wir nur zu zweit, jeder andere Mensch wäre störend gewesen. Die bisher zurückhaltende Katja wirkte mit einem

Male wie sexuell ausgehungert. Völlig verwandelt forderte sie mich heraus zu wildesten Spielchen an unterschiedlichsten Orten. Wir beide genossen es in vollen Zügen. Zu Hause habe ich meinen Vater selten so oft verständnisvoll grinsen und zufrieden gesehen. Auch die Mutter wirkte aufgeräumter. Die beiden teilten unser Glück.

Bei dem tränenreichen Abschied auf dem Bahnsteig versprachen wir, uns im Herbst wiederzusehen. Dieses Mal in Beckum. Sie wollte mich, nachdem sie so oft bei uns gewesen war, endlich ihren Eltern vorstellen.

Andere hätten das als eine bedrohliche, fast eheanbahnende Maßnahme empfunden. Nein, ich nicht. Zwar noch Pennäler und beruflich noch nichts erreicht – ich konnte mir für die Zukunft keine andere Frau als Katja vorstellen. Ich war fest davon überzeugt, es gab nur noch sie. Dementsprechend füllten unsere wöchentlichen Briefe Seiten mit hungrigen Liebesspielen, bis ins Detail beschrieben und nachts zwischen die Beine gelegt. Mit Küssen und Siegellack versiegelt, damit niemand außer uns unsere intimsten Gefühle lesen konnte.

29

Eine Woche vor den Herbstferien öffnete ich einen sehr inhaltsvollen Brief. Neben den sehnsuchtsvoll erwarteten Zeilen lag eine Bahnkarte Beckum und zurück.

Glühend stieg es in mir auf. Das würde eine alles entscheidende Begegnung werden. Katja schrieb, dass ihre Eltern mich ja nur von ihren Erzählungen kennen würden und nun darauf bestünden, mich endlich vor sich zu sehen, den blonden Jungen von der Küste.

In die Freude rann ein Wermutstropfen. Konnte ich die bezahlte Bahnkarte einfach so annehmen? Was erwartete man von mir? Na ja, Blumen dort am Bahnhof zu erstehen und, wie mein Vater mir riet, mit tiefer Verbeugung der Dame des Hauses ohne die Papierumhüllung im Hausflur bei der Begrüßung zu übergeben – das erschien mir als die leichteste Übung. Schwieriger dagegen, die Schwelle zu überwinden, weltfremden Leuten mein Herz zu öffnen, denn Kajas Eltern wollten doch bestimmt hören, wie ich zu ihr stehe.

Die Landschaft zog vorbei, der Zug ratterte monoton dahin, die Gedanken kreisten um Katja, und um das, was auf mich zukommen würde. Vor Beckum ragten hohe Kohlefördertürme in den Himmel. Ein grauer Dunst lag über den Häusern. Die Luft roch eigentümlich, irgendwie süßlich und nach Gas. Das also war die Heimat meines geliebten Mädchens.

Beim Aussteigen großes Hallo, Katja flog mir an den Hals und lachte. Hinter ihr stand ein schlanker, hochaufgewachsener Mann in einem weiten dunklen Mantel. Das scharfkantige Gesicht teilweise von einem Schlapphut verdeckt. Er schmunzelte und winkte mich heran. „Also, du bist der Hannes. Hab' schon so viel von dir gehört, schön, dich nun endlich bei uns zu haben."

„Das ist mein Vater", stieß mich Katja an.

Vater Zeichner griff meine Hand und schüttelte sie, strahlte mich an, nahm durch sein lockeres Auftreten alle mich vor dieser ersten Begegnung quälenden Bendenken. Wie lässig Katjas Vater war, ganz anders als mein verklemmter Alter. Katja im Arm und er voraus, schlenderten wir über den Bahnsteig. Unbändiges Glücksgefühl und Erleichterung durchflutete meine Seele.

Ich betrat in Beckum eine andere Welt, man spürte überall Wohlstand. Vater Zeichner fuhr einen auberginefarbenen DKW mit hellen Ledersitzen. Heute nicht mehr vorstellbar, die Türen öffneten sich nach vorn! Damals für mich der Traum von einem Auto. Mit dieser Edelkutsche ging die Fahrt in ein großzügig angelegtes Viertel am Stadtrand. Was in unserer Stadt in den 50er Jahren höchste Seltenheit war, hier stand eine Prachtvilla neben der anderen. Wunderschöne, neu gebaute einzelne einstöckige zumeist weiße Häuser mit großen Fenstern, Balkons und Terrassen, umgeben von großen Rasenflächen, blühenden Büschen und Bäumen.

Vor einer solchen Traumvilla rollte der DKW knirschend über einen Kiesweg und hielt vor der von Säulen getragenen Türüberdachung. Das war keine Haustür, sondern für mich eher ein Schlossportal.

Unser Chauffeur drehte sich hinter dem Lenkrad um und ermunterte seine Turteltauben zum Aussteigen: „Hier sind wir zu Hause, herzlich willkommen, mein Lieber!"

Katja schleppte den Koffer und ich fummelte artig die Blumen aus dem Papier. In der Tür stand bereits erwartungsvoll Katjas Mutter, klein, ein bisschen pummelig, ganz dunkel und mit den gleichen leuchtenden Augen wie Katja.

Auch sie begrüßte mich mit überschwänglicher Freundlichkeit. Es tat richtig gut, so empfangen zu werden. Ich erinnerte mich an meine westfälische Verwandtschaft, die auch in Beckum lebte, die ich übrigens in meiner Verliebtheit völlig zu besuchen vergaß. Die hier waren ebenso fröhlich und unkompliziert. Vielleicht hatte der Herrgott die Menschen in dieser Region anders gestrickt als die steifen Norddeutschen. Wie den verlorenen Sohn verwöhnten die Gastgeber den Freund ihrer Tochter.

In das Haus hineingekommen, erschlug mich bereits der große Flur mit der geschwungenen Treppe in den ersten Stock, ganz in weiß gehalten, an den Wänden goldgerahmte Bilder. Es ähnelte fast der Vorhalle des Gutes Knieselbek. Gleichzeitig trat mir unser enger Flur in der Deichstraße vor Augen. Wo war ich gelandet?

Mutter Zeichner nahm ihr „Jüngsten", wie sie mich gleich betitelte, an die Hand und zeigte mir ihre Schätze. Treppe hoch und ins Schlafzimmer. Schrank und Betten pompös in hellem Schleiflack. Ein riesiger Spiegel zierte die Wand über der „Schönheitskommode", davor zwei bunte mit Seide bezogene Sessel. Die Schranktür flog auf. Die gute Frau in ihrer Küchenschürze langte hinein und holte etwas Pelziges heraus.

„Sieh mal, ein sündteurer Mink, ein Edelnerz. Habe ich gerade zum letzten Weihnachtsfest von meinem Mann bekommen. Ist er nicht schön?" Sie nahm das gute Stück in den Arm und legte es an ihre Wangen. Mir nötigte der Pelzmantel wenig Respekt ab. Weder Wert noch Besitzerstolz vermochte ich richtig einzuschätzen. Außerdem konnte ich mir gar nicht vorstellen, wie sie darin aussehen könnte, so rundlich wie sie war. Sie müsste darin eigentlich wie ein dicker Hamster wirken. Aber ich wäre ja verrückt gewesen, eine abfällige Bemerkung in dieser Richtung zu machen. Also lobte ich das Ding über alle Maßen und pflichtete ihr bei, dass sie darin göttlich aussehe. Von der westfälischen Tante Else wusste ich ja, dass man in dieser Gegend tüchtig mit seinen Gütern und Fähigkeiten auf den Putz haute.

Sie zeigte mir das ganze Haus, vom Keller bis zum Boden, erklärte die Werte der Vasen, der persischen Teppiche und führte mir alle ihre Küchengeräte vor. Die Küche war ihr Reich. Nach der mir wie eine Schlossführung vorgekommenen Einweisung verzog sich Mutter Zeichner in die Küche. Nach dem ihr anerzogenen Rollenverständnis fühlte sie sich dort offensichtlich entsprechend ihren Fähigkeiten am besten aufgehoben. Nur wenn sie gerufen wurde, sah ich sie später in den anderen Räumen, immer wie eingepackt, umhüllt von einer bunten Küchenschürze. Sie schien wie meine Mutter zwar die Seele des Hauses, aber offensichtlich in erster Linie Magd und Küchenfrau zu sein. Sie kochte vorzüglich. Am ersten Abend, mit herrlichen Porzellan eingedeckt, servierte sie Ochsenzunge als Hauptgericht, und Vater Zeichner, ganz der über alles Herrschende, bot mir einen Rotwein an.

Nach dem Essen schickte er die beiden Frauen in die Küche und führte mich in sein Reich ein. Im Herrenzimmer, rundherum mit dunklen Holzpanelen verkleidet, thronte ein breiter Schreibtisch, umstellt von genoppten Ledersesseln im Chesterfieldstil. Hirschgeweihe und der ausgestopfte Kopf eines Wildschweins zwischen gemalten Jagdszenen zierten die Wände.

Der Inhalt einer besonderen Vitrine zog mich an. Vater Zeichner fühlte sich geschmeichelt und öffnete sie mit einem Schlüssel, den der aus der Westentasche fingerte. Aus dem Waffenschrank holte er ein Jagdgewehr heraus, eine zweiläufige Bockflinte, wie der Experte erklärte und drückte sie mir in die Hand. „Hast du schon einmal so etwas in der Hand gehabt?" Aus seinem kantigen Gesicht sahen mich stahlblaue Augen forschend an. Mir fiel die lang zurückliegende Zeit an der Panzersperre ein, und mit einem mich den Rücken stärkenden Stolz nickte ich: „Jawohl, als Pimpf beim Jungvolk konnte ich sogar mit dem K 98 umgehen, aber noch besser mit der Panzerfaust." Ein freudiges Erstaunen glitt über seine harten Züge.

„Donnerwetter, alle Achtung! Ja, so ist es. Ein Mann muss eine Waffe haben, das gibt ein sicheres Gefühl. Aber das habe ich hinter mir. Jetzt gehe ich nur noch zur Jagd, der Hege und Pflege wegen. Ich habe im Sauerland mit Freunden zusammen ein Jagdrevier. In einer einsam gelegenen Hütte treffen wie uns, alles alte Kameraden. Wenn du Lust hast, fahren wir am kommenden Wochenende dahin."

„Wenn Katja mitkommen darf?" „Natürlich, die ist immer dabei. Mutter gibt uns Verpflegung mit und bewacht das Haus. Das wird dir gefallen!"

Um das zu erleben wurde das Wochenende ausgeguckt.

Zu meinem großen Erstaunen hatte sich die ganze Familie auf meinen Besuch eingerichtet. Weder Vater Zeichner noch Katja mussten zur Arbeit. Sie hatten sich frei genommen. Für beide sicherlich leicht zu arrangieren. Schließlich arbeitete Katja in einem der Büros der Firma, die ihr Vater als Teilhaber und Geschäftsführer leitete.

Das war höher einzustufen als die Tegelmanns erwähnt hatten, sie nannten ihn ihn einen Prokuristen. In dieser führenden Position konnte dieser Mann kommen und gehen, wann er wollte.

Schön, Katja den ganzen Tag um sich zu haben. Wann immer eine Gelegenheit bestand, irgendwo an ein ungestörtes Plätzchen zu verschwinden, fielen wir uns in die Arme. Wenn die beiden Alten zur Mittagsruhe in die Betten krochen, verschwanden wir in Vater Zeichners Werkstatt. Dort gab es eine Fensterbank, die gerade so hoch war, dass Katja, von mir daraufgehoben, mit ihrem Popo so hoch saß, dass ich im richtigen Winkel vor ihr stand. Ihre schönen Beine weit gespreizt, war das eine herrliche Stellung, die göttliche Freude bereitete. Hinter dem großen Garten kuschelten wir im Wiesengras und abends im Park auf einer Bank.

Zu Hause bei ihr genüsslich im Bett eine gemeinsame Nacht zu verbringen schied aus technischen Gründen aus. Mein Zimmer mit Bad und allem Drum und Dran befand sich in einem Nebenhaus, wohl sorgfältig von den Eltern ausgesucht, damit ich ihre Tochter nachts nicht besuchen konnte. Auch hier blickten Nachbarn über den Zaun und wussten bereits, dass der Junge aus Schleswig-Holstein nur ein Freund war.

Um schneller und unverzüglich jede Chance zu nutzen, einander nahe zu sein, trug sie unter dem Kleid kein Höschen und ich war auch verdammt schnell. Wie Hungrige sind wir übereinander hergefallen. Katjas Körper strömte einen ganz besonderen Duft aus. Ich küsste sie zu gern zwischen den Beinen und genoss das Aroma ihrer feuchten Schamlippen. Im Schutze der Parkdunkelheit auf der Bank sitzend manövrierte sie mich vor ihr stehend so hin, dass sie meinen erregt Angeschwollenen aus dem Hosengefängnis befreiend direkt vor sich hatte. Sie liebkoste ihn, massierte damit ihre Wangen, glitt mit hungriger Zunge über die Bällchen, bis ich nur noch ein heftiges Saugen und ihre Hände an meinem nackten Hintern spürte. Meine Hände, in ihren Locken vergraben, fielen in den Rhythmus mit ein, bis mein Leib zitternd alles von sich gab, was Katja wie fordernd in sich aufnahm. Erschöpft sank sie danach auf die Bank. Ich küsste ihr feuchtes Gesicht. Tags darauf habe ich mich für ihren Liebesdienst kraftvoll revanchiert.

Ihre Eltern ließen uns einige Tage Zeit, ohne dass, was ich längst erwartete hatte, mich jemand gefragt hätte, wie wir beide uns den weiteren, vielleicht gemeinsamen Weg vorstellen würden. Zwar noch Pennäler, aber das nicht mehr lange, würde ich bald einen Beruf haben, auf den man eine bleibende Beziehung aufbauen könnte. Katja das zu fragen, wagte ich noch nicht. Aber die Tatsache, dass sie und vor allem die Eltern mich so großartig aufnahmen, schien vielversprechend zu sein. Ich fühlte mich wie auf rosa Kissen gebettet. Ob die Zeichners in mir so etwas wie einen Ersatzsohn sahen?

Mit dem Auto fuhr Vater Zeichner uns in der Gegend herum. Eines Tages landeten wir in seinem Betrieb. Donnerschlag, der war größer als ich dachte. Bei der Führung durch die Werkhallen wurde freudig von den Werkbänken herübergewinkt. Die Firma stellte Brotschneidemaschinen für Großküchen und ähnliche Abnehmer her. In der Chefetage angelangt, durfte ich im Drehsessel des Geschäftsführers Platz nehmen.

Wieder dieser forschende Blick auf mich gerichtet und die Frage: „Wie fühlst du dich, möchtest du da einmal an meiner Stelle sitzen?"

Welche Antwort erwartete er?

Nach dem Abendessen dieses Tages verbannte Vater Zeichner seine Frau und Katja ins Nebenzimmer vor einen Flimmerkasten. Zu gern hätte ich das Fernsehprogramm verfolgt, denn es war das erste Mal überhaupt, dass ich dieses höchstmoderne Gerät in einer Privatwohnung sah. Aber der Hausherr zupfte mich am Arm, schloss leise die Tür zum Fernsehzimmer und zeigte zum Platznehmen auf das Sofa vor dem Kamin. In die eingetretene Stille knisterte das Feuer. Ich wartete. Katjas Vater wollte offenbar wichtige Dinge mit mir bereden. Im Vorbeigehen in das Zimmer hatte mir Katja aufmunternd zugezwinkert. Sie wusste demnach, dass ihr Alter mit mir allein sein wollte. Die Sitzung vor dem Kamin war nicht zufällig, alles sorgfältig eingefädelt. Was lief hier und vor allem wer steuerte wen? Bestimmte Katja das Programm?

Vater Zeichner gab sich locker, ich dagegen weniger. Er wollte eindeutig etwas von mir, also hielt ich zunächst den Mund und wartete. Eine Hand legte sich auf meine Schulter: „Möchtest du eine Erfrischung, etwas zu trinken?"

„Nein danke", murmelte ich und stierte ins Kaminfeuer.

Er plumpste gegenüber in den tiefen Sessel, schlug die Beine übereinander, knetete die Hände, dass die Knöchel weiß wurden. Ihm schien unsere Zweisamkeit nicht sonderlich angenehm zu sein. Bisher war er seinem jugendlichen Gast überlegen, fast väterlich entgegengekommen, was jetzt ablief, ähnelte einer Geschäftsbesprechung. Um diesen Eindruck zu überspielen, begann der Abend nicht mit einer Fragestunde, sondern mit einer Lebensbeichte. Vater Zeichner breitete vor mir, dem Fremden, den er erst eine Woche persönlich kannte, sein Leben aus.

Schweigend hörte ich ihm zu und begriff nach und nach, warum dieser Mann gerade mich in sein Haus nach Beckum eingeladen hatte. Obwohl diese Begegnung Jahrzehnte zurückliegt, klingen einige seiner Sätze noch nach. „Katja hat dich hierher eingeladen, weil sie dich liebt, du bist ihr mehr als nur ein Freund. Sie weiß, wo du herkommst, ist ja oft genug bei euch gewesen, hat mir ausführlich von deinen Eltern erzählt, von dem was du kannst, was du magst und wie du charakterlich bist. Ich habe dich eine Woche lang beobachtet, du gefällst mir ebenfalls. Ich mag dich. Ich wollte, ich hätte einen Sohn wie dich. Mit Katja zusammen hättet ihr ein tolles Geschwisterpaar abgegeben. Nun, es hat nicht sollen sein. Dabei wäre für mich in der Firma als Nachfolger ein Sohn zwingend erforderlich."

Bisher hatte ich immer noch nicht verstanden, worauf er hinaus wollte. Vater Zeichner wirkte höchst angespannt und brauchte lange Zeit, um an den Knackpunkt seiner Rede zu gelangen. Mit einem Cognac, den er unentwegt vor seiner Nase im Glas kreisen ließ, blickte er an seinem stillen Zuhörer vorbei ins Feuer und sendete weiter: „Es gibt zwei Gründe, weshalb ich in nächster Zukunft jemanden brauche, den man aufbauen kann, um in das Geschäft einzusteigen. Katja habe ich schon bei mir untergebracht, sie wird später die Buchhaltung übernehmen. Nächstes Jahr werde ich sie für ein halbes Jahr nach England auf eine Spezialschule schicken. Ich selbst bin nicht der Gesündeste, mein Herz kaspert dann und wann, und die Ärzte mahnen mich zur Schonung. Genau das, was ich mir in meiner Arbeit nicht leisten kann.

Und das zweite ist, mich droht, meine militärpolitische Vergangenheit einzuholen. Es gibt da einen gewissen Kundenkreis in den USA, unserem Hauptpartner, der nach Recherchen über meinen Werdegang abgesprungen ist. Und diese Kreise werden in letzter Zeit zum Nachteil der Firma seuchenartig immer größer."

Mühsam war der Erzähler aufgestanden und holte vom Kaminsims ein silbergerahmtes Foto. Als es mir in den Schoß glitt, meinte ich, ihn mit dem Handrücken eine Träne von der Wange wischen zu sehen. Auch wenn das Kaminfeuer ihn rötlich anfackelte, Katjas bisher stolz und aufrechter Vater wirkte mit einem Mal fahl und gebrechlich.

Ich studierte das Foto. Es zeigte einen schneidigen, hochdekorierten Offizier in schwarzer Uniform. Auf dem Stahlhelm die SS-Rune und am Arm die Binde mit dem Aufdruck „Leibstandarte Adolf Hitler".

Unverkennbar das kantige Gesicht, die leicht eingefallenen Wangen, das scharfe Kinn. Das war mein Gegenüber, stramm hochgereckt mit leicht angedeuteter Verbeugung. Jemand, der schräg von hinten fotografiert nur schwer zu erkennen ist, reicht ihm die Hand.

Nach Sekunden kam die Erleuchtung. Ja, ja, natürlich das ist doch, das war doch der Führer, das ist Adolf Hitler, durchzuckte es mich. Den hatte ich schon längst vergessen. Verblasste Kindheitserinnerungen. Irgendwie schien das Bild in meinen Händen schwerer zu werden. Ich drehte es langsam um. Blicke lagen auf mir, lauernd forschend nach einer Reaktion. Im Kamin knisterte das Feuer. Um die eingetretenen Stille zu überbrücken, formulierten meine Lippen halblaut das auf der Rückseite handschriftlich Aufgeschriebene: „Meinem getreuen Standartenführer Arthur Zeichner als bleibende Erinnerung".

Darunter wildes Gekrickel und mit anderer Schrift nachgetragen: „Wolfsschanze, Juli 1944".

Damals bin ich langsam aufgestanden, mit bedächtigen Schritten an den Kamin getreten und habe das Bild zurück auf den Sims gestellt.

Welcher Waffengattung Vater Zeichner im Krieg angehört und welchen hohen Dienstgrad er innehatte, konnte ich sofort zuordnen, aber die Wolfsschanze sagte mir nichts und über den Juli 1944 bin ich während der Schulzeit nicht aufgeklärt worden.

Was blieb mir übrig, als mich anerkennend in Richtung des Gastgebers zu verbeugen. Der Ex-Standartenführer nickte, er meinte mich wohl richtig einordnen zu können und brach das lange Schweigen: „War eine großartige Zeit, leider vorbei." Er schüttelte angewidert den Kopf und fuhr fort: „Jetzt bereitet mir meine Vergangenheit geschäftliche Probleme. Ich weiß, wo dein Vater im Krieg gewesen ist, aber der Glückliche ist pensioniert und kann auf die Republik pfeifen, mir dagegen wollen die Kröten ans Leder, selbst wenn ich anbieten würde, ihnen in den Hintern zu kriechen." Er schob auf dem Glastisch sein Cognacglas heran und goss ein wenig hinein. „Auch einen?"

„Nein, danke."

„Nachdem Katja dich kennen gelernt und mir gesagt hat, dass du ein Bursche aus gutem Schrot und Korn bist, harte Arbeiten nicht scheust, wagemutige Sachen gemacht hast, dich künstlerisch betätigst und kurz davor bist, das Abitur zu machen, ist mir da eine Idee gekommen. Katja meinte herausgehört zu haben, dass du zwar nicht abgeneigt wärst zu studieren, aber deinen Eltern nicht zumuten möchtest, das Studium zu finanzieren.

Wirklich nobel diese Einstellung. Aber da verbaust du dir deinen Lebensweg. Mit Theologie oder Archäologie, was du meinem Töchterchen als mögliche Studienrichtung gedeutet hast, ist kein Blumentopf zu gewinnen."

Vater Zeichner lachte laut auf und schlug sich aufs Knie. „Der Gedanke allein, mein Töchterchen als Pastorenfrau – selten so amüsiert!"

Hier wurde ungefragt ganz offensichtlich über mein Leben entschieden. Hier sollte ich verheiratet werden. Ganz heiß kroch diese Erkenntnis durch alle Glieder. Aber ich wäre dumm gewesen, hätte ich ihm nicht weiter zugehört. Nie zuvor hatte jemand sich so sehr mit mir beschäftigt. Das könnte vielleicht auch etwas Gutes haben, denn welche Alternative gab es für mich armes Schmuddelkind aus dem Norden?

Wie von fern drang mir seine Stimme wieder ins Bewusstsein: „War da nicht auch der Gedanke, Betriebswirtschaft zu studieren?" Ich muss stumm genickt haben. Da wurde Vater Zeichner richtig enthusiastisch. „Na also, das ist doch eine Aussage. Mensch Junge, sieh dich hier bei uns im Kohlenpott um. Überall Baukräne. In den

Zechen stehen die Förderräder nicht mehr still. Die vom Ami und Tommy zerhackten Großstädte erstehen wieder aus dem Schutt. Über kurz oder lang wird die Wirtschaft im Lande wieder blühen, die ersten Anfänge sind zu erkennen. Und wer da jetzt einsteigt, macht das große Geld. Ich merke das deutlich in unserem Betrieb, ständig wächst die Nachfrage. Da ist wieder Geld unter den Leuten."

Er fasste meinen Arm und sah mich ernst an: „Volkswirtschaft, Betriebswirtschaft oder Jura zu studieren, das sind vernünftige Starts, um oben mitmischen zu können. Was soll die Spinnerei mit Archäologie. Das ist beamtetes Sesselpupen, und Theologie mag ja ehrenwert sein, aber was bringt es dir." Hier sprach meine Katja durch ihren Vater. Als einzige Tochter kopfsteuerte sie eindeutig ihren Alten. Diese locker eingefädelte Unterhaltung zielte immer mehr auf den Kernpunkt dessen, wozu ich nach Beckum eingeladen worden war.

Katja machte ihre Zukunftsplanung, mit mir oder ohne mich. Das stand heute und hier zur Debatte. Sie hatte mit voller Unterstützung ihres Vaters vor dem Rückzug ins Fernsehzimmer ihrem Alten die Richtlinie mit auf den Weg gegeben und er, der sie über alles liebte, agierte als Sprachrohr. Ich liebte sie ebenfalls. Nie zuvor bin ich einem Mädchen innerlich so verbunden gewesen.

Aber welche Voraussetzungen brachte ich mit und vor allem, über welche Möglichkeiten verfügte ein Hannes Färber, den Vorstellungen der im Wohlstand sich bewegenden Goldtochter in der Zukunft gerecht zu werden? Ich schüttelte den Kopf und machte eine abwehrende Armbewegung. Wenn Katja darauf pochte, mich studieren zu sehen, dann, dann, ich weiß nicht......?

Mein Herz krampfte. Ich fühlte mich armselig, mit einem Mal elend, unvollkommen, schlichtweg gesagt wie ausgekotzt. Wo war Hannes Färber hingeraten?

Mit Tränen in den Augen würgte ich heraus: „Selbst wenn ich wollte, Studieren kommt für mich überhaupt nicht in Frage. Wie und wo denn? Katja hat Ihnen, wie sie selbst sagten, unsere Verhältnisse geschildert."

„Ach mein Lieber", unterbrach Vater Zeichner. Der hagere Mann mir gegenüber schlug die Beine übereinander und schmunzelte: „Ich glaube ich kenne deine Gedanken, hör gut zu und mach nicht so ein mieses Gesicht. Junge ausgebuffte Betriebswirte mit juristischen Kenntnissen braucht unsere Wirtschaft. Du in deinem Alter und kurz vor dem Abitur, dir stehen alle Türen offen. Ich bin auf grund meiner Vorkriegskenntnisse und mit Hilfe wohlmeinender Kriegskameraden in die heutige Position hineingekommen. Aber wie ich schon erzählte, man will mir meine politische Nähe zum Dritten Reich ans Bein binden und mich ruinieren. Ich werde in dieser Republik keinen Blumentopf mehr gewinnen. Du aber bist jung, intelligent, voll Kraft und Saft. Pass auf, ich mach dir einen Vorschlag – und dann kam aus seinem Munde etwas, was nicht wahr sein konnte, schier unglaublich. „Ich finanzier dir das BWL-Studium, nebenbei kannst du Jura belegen – und wenn du das in möglichst kurzer Zeit abschließt und gut einschlägst, werde ich dich später als Betriebssyndikus bei mir unterbringen, und noch weiter gesteckt, irgendwann kannst mich alten Mann dann ablösen. Studiert wird in Münster, gewohnt wird dort in einer kleinen Bude oder hier. In den Semesterferien arbeitest du in meinem Betrieb und das von der Pike auf, von ganz unten. Und was du klugerweise vermeiden solltest, wäre, vor dem Abschluss der Ausbildung meine Katja zu schwängern. Oder meinst du, ich wüsste nicht, was ihr so treibt?"

Heiße und kalte Schauer liefen mir den Rücken rauf und runter.

Bisher war mir Herr Zeichner unnahbar und fern gewesen. Jetzt, nicht nur durch seine letzte, frei von jedem Vorwurf gemachte Bemerkung, fühlte ich Wärme und Zuneigung. So hatte noch nie ein Erwachsener mit mir gesprochen. Wie ein Echo schallten seine nächsten Wort durch den Raum: „Was hältst du von meinem Angebot?"

Wie betrunken rang ich mich aus dem Sofa, stand vor ihm und sagte nur: „Danke. Es hört sich alles so fantastisch an. Ich glaube, im Bett kann ich das Gehörte durchdenken, überschlafen und erst einmal ordnen. Ich will nicht undankbar sein, nein, nein. Danke noch mal, ja vielen Dank. – Aber ich muss mit mir jetzt erst einmal allein sein."

Als ich dies leise hinstammelte, erfasste er meine hingestreckte Hand, zog sich daran aus dem Sessel hoch, bis wir Brust an Brust aneinander lehnten, und was spürte ich: Er streichelte mir über den Kopf, wie es mein Vater nie getan hatte und sagte: „Gut mein Junge, morgen sehen wir uns beim Frühstück wieder, schlaf gut!"

Die Nacht war furchtbar. Alpträume plagten. Riesige Papierberge türmten sich auf der Straße. Schwarze Uniformen krochen aus den Gräben. Dann plötzlich tauchte Katja auf. Sie segelte auf einem viel zu kleinen Boot durch gewaltige Wellen. Auf ihrem Kopf wehten Haare, nein, das waren Schlangen, und zwischen ihren Beinen glühte höllisches Feuer.

Schweißgebadet und heftig atmend kehrte die Wirklichkeit zurück. Hellwach daliegend sah ich stundenlang den Mond am Fenster vorbei seine Bahn ziehen, irgendwo pfiff ein Zug, sonst gespenstische Stille. Noch einmal zog der Abend mit Vater Zeichner vorbei.

Hatten Wünsche Traumgestalt angenommen oder war das Gehörte wahr? Wie oft erzählten Tante Else, auch Käte und Horst die tollsten Geschichten und Erlebnisse, die sich endlich als erstunken und erlogen herausstellten. Sie strapazierten die Wahrheit unaufhörlich. Schließlich glaubte ihnen niemand mehr in Beckum.

Nein, die Zeichners zählten nicht dazu, das waren andere Beckumer. Er der drahtige Mensch, die Mutter das friedliche Pummelchen und Katja, die auffällig in der Familie den Ton angab. Ich mochte die drei gern. Jedoch so sehr ich Katja liebte, fraß eine eigentümliche Besorgnis an meinem Herzen. Ist sie nicht zu ehrgeizig und bestimmend, würde sie, wenn wir für immer zusammenblieben, nicht meine eigenen Entscheidungen versuchen zu beeinflussen oder gar von vornherein einzuengen?

372

Das Mädchen verfügte über zwei Gesichter. Katja hatte zuerst abwartend verharrt und mich schmerzhaft lange getestet. Jetzt benahm sie sich in der Liebe fordernd, überschwänglich und war im Geschlechtsverkehr fast unersättlich. Sollte ich darauf stolz sein, die bisher Unberührte und sexuell Schlafende geweckt zu haben? Seitdem wir beide auf dem Deich in der lauen Sommernacht wie Trunkene übereinander hergefallen waren, nutzte sie jede Gelegenheit, meinen Kleinen aus der Hose zu holen. Ich gebe es ja zu, ich genoss diese Freuden. Wir vögelten seitdem wie die Karnickel.

Das war die eine Seite dieses Mädchens, in ihrer Erscheinung eher eine vollaufgeblühte Frau, reif, wie eine Frucht, die gepflückt werden wollte. Die andere Seite mahnte zur Vorsicht. Als ich sie einmal im Betrieb anrief, klang ihre Stimme, ganz Geschäftsfrau, unerwartet unterkühlt, fast kalt und herrisch. Meine Stimme erkennend, schaltete sie sofort um auf Wärme, Zärtlichkeit und Begierde. Zwei Seelen wohnten in ihren festen aufreizenden Brüsten.

Zwischen Katjas berechnendem, kühlen Kopf und ihrem Herzen bestand offenbar keine Verbindung. Ihr Hirn schien ein selbstständig arbeitendes Aggregat zu sein. Zwischen Herz und ihrem heißen Schoß dagegen durchpulste die Verbindungskabel ein heftiger Kraftstrom. Vielleicht zeigte sich in ihr die Generation neuer Frauen, vielseitig interessiert, vielseitig verwendbar, vielseitig zu lieben, eben nicht einseitig nur als unselbstständige Hausmütterchen, die als Befehlsempfänger an den Lippen ihrer Männer hing wie meine Mutter und ebenso Mutter Zeichner.

Glückshormone steuerten das Gehirn und die Genitalien. Freude überflutete alle Bedenken. Der aufdämmernde Morgen verjagte die Angstträume. In mir setzte sich die Auffassung fest, unerwartet zu einem Glückspilz geworden zu sein. Ich, das arme Würstchen aus dem Norden war von einer gütigen Fee berührt worden. Es muss eine göttliche Fügung gewesen sein, Katja gefunden zu haben und wenn ich mich anstrengte und seinem Wunsch entsprach, einen finanzkräftigen Schwiegervater, der bereit war, mir alle Tore zu öffnen.

Erschöpft und mit diesen Gedanken muss ich wohl in tiefen Schlaf gefallen sein, denn als es an der Tür klopfte, schien die pralle Sonne durch die Gardinen.

Es war Mutter Zeichners flötende Stimme: „Wie fröhlich bin ich aufgewacht, wie hab ich geschlafen die ganze Nacht!"

Wenn die wüsste, was mich geplagt hat. Und draußen wieder der Singsang: „Wir sitzen schon alle am Frühstückstisch, komm so wie du bist im Morgenmantel!"

Ich hörte sie wegtrabbeln. Schnell ins Badezimmer, durchs Haar gefahren, den Mund gespült und hastig hinunter. Ich wollte doch nicht als Schlafmütze gelten und die Gesellschaft warten lassen. Außerdem galt es, Vater Zeichner fest in die Augen sehen und zu sagen: „Jawoll, es wird wie gestern Abend vorgeschlagen durchgeführt", oder so ähnlich." Das müsste dem alten Standartenführer bestimmt gefallen.

Ich durch die Küchentür. Alle sahen den angeblichen Langschläfer erwartungsvoll an.

Katja sprang hoch, drückte sich an mich, schlang ihre Arme um meinen Hals und küsste mich direkt auf den Mund. Nie zuvor hatte sie das im Beisein ihrer Eltern getan. Sie wusste um meine Entscheidung, bevor ein Wort über meine Lippen gekommen war.

Ich wäre nicht klug gewesen, anders zu reagieren! Es bedurfte gar nicht der Meldung an den ehemaligen Standartenführer. Vater Zeichner und ich nickten uns zu, er winkte mich heran. Gestern zum Abschied hatte er meine Hand gedrückt, heute Morgen fasste ich die seinige. Er schlug freudig ein. Der gestern noch Fahlgesichtige wirkte heute aufgeräumt, hatte rosige Bäckchen und strahlte: „Ich heiße Arthur und mein lieber Hausgeist heißt Martha." Er zeigte dabei auf seine Frau. Mutter Zeichner lachte auf: „Da müssen wir heute Abend Brüderschaft trinken, lieber Hannes, und ein Küsschen bekomme ich auch, ohne geht nicht. Arthur hat bestimmt im Keller einen guten Sekt kalt gestellt. Ganz was Tolles wird es zu essen geben. Ja, Ja, ha, ha."

Katja, die neben der redseligen Mutter saß, streichelte ihren Arm und unterbrach das Gesprudel: „Ist schon gut, Liebes, das wird gefeiert, Hannes und ich wir werden das schon machen, wie Vater vorgeschlagen hat. Alles ist im Lot!"

Sie blitzte mich bei diesem Satz an, und als hätten wir es abgesprochen, hoben wir beiden Männer und Katja zum gegenseitigen Einverständnis die rechte Hand und zeigten den Daumen nach oben. Befreiendes Gelächter folgte. Nur Mutter Zeichners große dunkle Augen fragten: "Was hat das wohl zu bedeuten?"

Katja erklärte: Daumen hoch heißt: „Alles Ok!"

„Und was heißt Okä?"

Vater Zeichner schmunzelte: „Mutter, das heißt soviel wie alles in Ordnung, ist neuerdings als angelsächsische Bereicherung ein Bestandteil der neudeutschen Umgangssprache".

Bis zum Mittag ging die Plauderei, zuletzt standen Sektflaschen auf dem Tisch, und Mutter Martha erhielt ihren Brüderschaftskuss vor dem Abendessen. Wie umgekrempelt war nach diesem Morgen die Stimmung im Hause. Ich war kein Fremder mehr und die Familie Zeichner zu meinem zweiten Zuhause geworden. Erstmalig durfte ich nach dem langen Frühstück mit Katja allein auf ihr Zimmer. Beschwipst vom Sekt und noch im Schlafanzug fiel das Pärchen in das kuschelige Bett.

Vater und Mutter Zeichner schienen nebenan offenbar den gleichen Gedanken gefasst zu haben. Marthas Gejauchze war nicht zu überhören.

30

Das Wochenende stand im Zeichen des versprochenen Ausflugs ins Sauerland. Zwei Freunde von Arthur würden uns abholen, hieß es am Frühstückstisch. Im Flur lagen Sack und Pack, unter anderem zwei eingepackte Jagdflinten. Mutter Martha stand in der Küche und belegte Brote mit dem feinsten Aufschnitt. „Bütterken für meine Lieben", meinte sie lächelnd, als sie die Butterbrote in eine Kühlkiste legte, dazu gekochte Eier, Dosen mit Würstchen und andere Leckereien. Mir wurden knobelbecherähnliche Stiefel angepasst, als Jacke dazu ein Wams aus grünem Loden. Katja sah aus wie eine Bauersfrau, die sich zum Melken einen viel zu großen Pullover übergestreift hatte. Aber die Frau konnte nichts entstellen. Sie sah in allen Klamotten sexy aus.

Draußen goss es in Strömen. Wir warteten in der Küche auf Arthurs Freunde. Beides SS-Kriegskameraden. Die drei teilten sich in der Nähe von Freienohl tief im Wald gelegen eine Jagdhütte und das Revier. Von einem Anstand aus könne man dort zu dieser Jahreszeit auf einer Waldwiese Jahres brunftige Hirsche sehen, meinte Arthur.

Katja blitzte herüber. Unsere Gedanken trafen sich. Waren wir nicht auch brunftig? Sicherlich müsste eine Nacht in einer Waldhütte sehr romantisch werden. Sollten die Großwildjäger mit ihren Flinten doch allein ihrem Vergnügen nachgehen. Katja und ich hatten unausgesprochen eigene Vorstellungen vom Verlauf des Wochenendes.

Da hielt dicht vor der Haustür ein kastenförmiges Auto. „Ein den Briten abgeluchster Landrover", grinste mein Sponsor. Seit der zugesicherten Aussicht, mit seiner Hilfe studieren zu können, nannte ich ihn insgeheim „meinen Sponsor".

„Herbert ist da, Arthur hast du gehört, Herbert ist da!" rief Mutter Martha, die gerade einen Kasten Bier aus dem Keller geholt und neben den übrigen Sachen abgestellt hatte. Sie schnaufte vom schweren Tragen, während Arthur lässig abwartend im Türrahmen stand und dem Dicken zuwinkte, der wie ein Kloß aus der Wagentür fiel und mit ausgebreiteten Armen hereingestürmt kam. Von seinem großkremigen Hut troff das Wasser. „Sauwetter elendes!"

Aber das volle Gesicht strahlte, unterm Kinn blubberten drei Fettringe, als er sprach und Arthur umarmte. Den mächtigen Bauch umspannte ein Gürtel, der wie ein Haltegurt aussah. Ich muss ihn wohl fasziniert angestarrt haben, denn er entdeckte mich als nächstes. „Aha, dat is de Jung aus dem hohen Norden, woll. Und du möchtest mit uns in die wilde Walachei. Dann man los! – Dat Töchterchen kommt auch mit? Wird ja lustig!"

Im Weiterreden griff er an Arthur vorbei zum Flintensack, rannte damit raus, riss die Heckklappe des Wagens auf, warf den Sack hinein, kam prustend zurück und hastete, die übrigen Sachen möglichst trocken zu verstauen. Selbstverständlich, dass ich mit anpackte, was er mir zunickend als ganz großartig anrechnete. Arthur, ganz

Herrenmensch, fasste nichts an, sondern winkte Katja zu sich, lächelte seiner küchenbeschürzten Martha jovial einen kurzen Abschiedsgruß zu und kletterte auf den rechten vorderen Sitz.

Der dritte im Bunde, der unbeweglich und schweigend im Wagen saß, ähnelte in der Gestalt dem Standartenführer, hager, fast dürr. Der Mann blieb das gesamte Wochenende hartnäckig verschlossen, bot mir auch keine Gelegenheit, ihn anzusprechen, schien wohl in einer eigenen Welt zu leben. Als Arthur ihn begrüßte, fiel kein Wort, aber die Art und Weise wie sie sich anschauten, ließ ahnen, dass viele gemeinsame Erlebnisse die beiden verbanden.

Katja und ich krochen auf die harte Rückbank und kuschelten uns zusammen. Der Regen prasselte monoton gegen die beschlagenen Scheiben.

Schließlich brummelte der Motor des klobigen „Landrovers" uns beide in den Schlaf. Erst als auf einem schlammigen Waldweg der Kasten hin und herschaukelte und dunkle Tannen den Regentag in tiefe Dämmerung legten, kehrte wieder Leben ein.

„Gleich sind wir da", räkelte sich Katja neben mir. Kurz darauf stoppte das Gefährt mit einem Ruck. Der Dicke sah in die verschlafene Runde: „Angekommen, meine Dame und Herren!"

Aus dem Wagen heraus platschte man gleich in eine Pfütze. Dunkle hohe Tannen, von Nebelschwaden durchzogen, umstellten den Platz vor einem Holzhaus, dessen regennasse Wände im Scheinwerferlicht glänzten. Mit den geschlossenen Fensterläden wirkte es wie blind, eine Mischung aus Hexenhaus und Geisterschloss.

Der dicke Herbert keuchte als erster die Stiege zur Terrasse hinauf und versuchte das schwere Schloss an der Haustür zu öffnen, die beiden anderen Herren blieben erst einmal im Wagen sitzen. Katja und ich, besonders neugierig, folgten dem Dicken. Aus der Tür schlug ein feuchter, fast moderiger Geruch heraus. Erst einmal alle Fensterläden und Fenster auf! In dem großen Raum lag aufgestapeltes Holz neben dem offenen Kamin. Im Hintergrund war eine gemütliche Sitzecke zu erkennen, und, wie nicht anders zu erwarten, hingen die Wände voller Geweihe und anderer Jagdtrophäen.

Katja zog mich die Treppe hoch. „Komm, ich zeig dir unser Zimmer." Im ersten Stock unter dem Giebel betraten wir ein richtiges Schlafzimmer. Die hochgestellten Matratzen und der zum Lüften weit geöffnete Schrank zeugten davon, dass seit Wochen niemand hier gewesen war.

Gegenüber den Betten stand ein großer Kanonenofen, über den sich Katja gleich hermachte, um Papier und Brennholz hineinzustopfen, das in einem Korb daneben stand. Die Wärme des knisternden Feuers vertrieb schnell die angestaute muffige Luft durch die aufgerissenen Fenster.

Katja hing mir an der Schulter. „Na gefällt es dir hier oben?“ Heute Abend, wenn es schön warm ist, kuscheln wir uns auf einem dicken Fell vor dem Ofen bei Kerzenlicht. Sollst mal sehen, wie schön das wird.“ Sie zog mich zum Schrank. Da lag tatsächlich ein riesiges Eisbärenfell, verpackt in einem Plastiksack Ich half ihr das Monstrum über zwei Stühle vor dem Ofen auszubreiten, um es anzuwärmen.

Sie lächelte verschmitzt. Immer dann formten sich kleine Grübchen neben ihrem schönen Mund. Ich liebte das.

„Das ist unser Reich, keiner von den Alten kommt hier hoch, die haben unten gleich im Nebenraum ihre Bettgestelle. Da geht's ohnehin zu wie beim Kommiss. Die drei kloppen Skat die ganze Nacht und dröhnen sich zu. Hast du die vielen Steinhägerflaschen gesehen? Beim letzten Mal im Sommer ist keiner von denen mit der Flinte nach draußen gegangen. Die haben nur gespielt, gefuttert und hoch die Tassen! Lass dich nicht erschrecken: In vorgerückter Stunde grölen sie alte Kampflieder. Letztes Mal hatte ich mir geschworen, nie wieder hierher zu kommen, aber deinetwegen bin ich mitgefahren, damit du mal Vater von seiner anderen Seite kennen lernst“. Von unten drangen polternde Laute durch die Decke. „Wir sollten mit auspacken helfen“, mahnte Katja. Zur Klärung einiger mir aufgefallenen Besonderheiten wollte ich vor dem Abstieg eine Frage beantwortet haben. „Wer ist eigentlich der Dicke, wie steht er zu deinem Vater, und wer ist der wortkarge andere?“

„Nicht jetzt, erzähl ich dir später!“ Sie zog mich nach unten.

Herbert schleppte Beutel, Jacken, Kästen und Kasten herein, Schweißtropfen auf der Stirn. Wir halfen ihm. Die Bierkästen blieben draußen auf der Terrasse, daneben ein Karton mit der Aufschrift „Steinhäger“. Als ich die Kiste absetzte, hörte ich von innen Arthur rufen: „Bring gleich eine herein, dazu von da oben vom Regal neben dem Kamin vier Schnapsgläser.“ Vater Zeichner und sein Freund saßen in der Sitzecke, während unser Fahrer unermüdlich hin- und herrannte.

„Herbert, wollen Sie auch einen?“, rief Arthur ihm zu, als er wieder mit Lasten vorbeikeuchte. Dieses Mal mit einem Karton, groß wie eine Umzugskiste, die er vorsichtig auf ein Tischchen neben der Sitzecke abstellte.

„Nee, Standartenführer, danke noch nicht, später gern“, und draußen war er wieder. Ich stellte die irdene Schinkenhägerflasche auf den Tisch, dazu die Gläser.

Arthur spürte, dass ich darauf wartete, seinem Freund bekannt gemacht zu werden. Bisher hatten wir noch kein Wort miteinander gesprochen und er blieb auch stumm, als Vater Zeichner mich als Freund des Hauses vorstellte und ergänzend erklärte: „Ist noch zum Kriegsende beim Jungvolk dabei gewesen, war an einer Panzersperre vor seiner zu verteidigenden Heimatstadt mit Panzerfäusten bewaffnet einem Stoßtrupp zugeteilt“. Das klang zwar ein bisschen zu dick aufgetragen, stärkte mir aber das Kreuz.

Diese mich allerdings eher bedrückende Erwähnung der Vergangenheit ließ ein kurzes Aufleuchten über das faltige, harte Gesicht huschen. Er machte die Andeutung des Zunickens und das war es dann auch schon. Arthurs Augenaufschlag folgend war damit die Konversation beendet. Ich füllte drei Gläser, Arthur schob jedem von uns eines zu und Prost!

Still und genießerisch servierte Herbert jetzt, umweht vom Duft brennenden Reisigs und harzigen Tannenholzes, eine Schürze um den massigen Leib geschlungen, die von Martha liebevoll hergerichteten Bütterkens. Dazu ein gutes kühles Dortmunder Union.

Aufgefordert zum Erzählen, berichtete ich ein wenig über meinen bisherigen Werdegang und wie Katja und ich uns kennen gelernt hatten.

Als die Herren ihre Skatrunde aufmachten, erledigten Kaja und ich den Abwasch, zogen uns wetterfest an, und auf ging es eng umschlungen in den Wald, den Weg in der unheimlichen Dunkelheit mit einer Taschenlampe ertastend. Im Wind über uns knackte es mystisch in den Tannen, fremdartige Laute drangen ans Ohr, für Städter völlig ungewohnt. Es regnete nicht mehr. Durch vorbeijagende Wolken schien dann und wann der Mond. Ganz in der Nähe rief ein Kauz oder ein anderer Nachtvogel.

Katja schmiegte sich an mich. „Allein wäre ich nicht hier draußen, aber mit dir fühle ich mich sicher!" Ich drückte sie fester an mich. Ja, so etwas hörte ihr Begleiter gern, wusste ich doch, dass sie ansonsten so selbstständig war und kühle Geschäftsfrau sein konnte. Katja konnte so zart, weich und gefügig sein, aber auch ganz anders. Zum Erreichen des Orgasmus forderten Sinne und Körper oft kämpferisch mit schmerzverzerrtem Gesicht fordernd den Höhepunkt. Sie ritt, wiegte und schrie sich in Ekstase. Was wiederum den Partner animierte und zu Höchstleistungen trieb, ganz nach ihrem Wunsch. Danach brach sie zusammen, wurde kuschelig, anschmiegsam, kroch in ihren Bezwinger hinein mit einer Unterwürfigkeitsgeste, streichelte meinen dahinschmelzenden, erschöpften Verursacher des Vergnügens, lobte und küsste ihn.

Das würde heute Nacht sicherlich wieder so verlaufen. Alle Vorbereitungen dazu hatte Katja vor dem Kamin in unserem Dachzimmer ja schon getroffen. Die Vorfreude allein tat schon gut. Jetzt jedoch dachte ich an etwas anderes.

Weitab von den Alten und abhörsicher stellte ich ihr einige Fragen zu diesem Männertrio. Über ihren Vater glaubte ich einigermaßen informiert zu sein. Wer aber war sein verkniffener Freund und wer der herumwuselnde Dicke?

Katja amüsierte sich über meine Neugierde. „Der Dicke ist Chauffeur meines Vaters im Betrieb, den Job hat er bekommen, weil er im Krieg sein Fahrer und Bursche gewesen ist. Du wirst sowohl die Verbundenheit als auch die Distanz zwischen beiden festgestellt haben. Er heißt Herbert und Sie, und Vater spricht er an mit Herrn Zeichner oder, in vorgerückter Stunde und wenn niemand Fremdes in der Nähe ist, mit Standartenführer. Damit will er seine Ergebenheit und ewige Loyalität bekunden. Seit einiger Zeit bezweifle ich allerdings seine Loyalität. Habe da im Betrieb Feststellungen gemacht, die in eine andere Richtung zielen. Herbert ist nicht ganz koscher. Er kungelt mit Gewerkschaftlern, und einer der Angestellten im Büro meinte, ihn kürzlich auf einer SPD-Versammlung als andächtigen Zuhörer ausgemacht zu haben.

Herbert kennt alle Details über Vaters vorheriges Leben. Da sind offenbar Sachen passiert, die, wie er selbst fürchtet, für ihn und den Ruf der Firma schädigend sein könnten, wenn die ans Tageslicht gezerrt würden. Aber mach dir keine Sorgen, er ahnt, dass das eines Tages geschehen wird. Nicht von ungefähr setzt er auf uns beide als seine Hoffnungsträger. Was Besseres kann uns nicht geschehen.“

Der letzte Satz gab mir einen kleinen Stich ins Herz. Als wenn sie zu ihrem Vorteil damit rechnete, um im Betrieb ihres Vaters an die Spitze zu gelangen.

Katja, schlagartig kalt und karrierebewusst, schien darauf zu warten, dass Herbert oder andere eines Tages über ihres Vaters geheim gehaltene Vergangenheit auspacken würden, was ihr in der Konsequenz den Weg ebnen würde, vielleicht auch mir.

Ich bewunderte diese junge Frau wegen ihrer Zielstrebigkeit. Sie wusste stets genau, wie sie sich verhalten musste. Wie im Alltäglichen so auch im Liebesleben. Ganz anders als die Generation unserer Mütter, die sich von ihren Gebietern degradieren ließen. Die Katja schien auf Kampf programmiert zu sein, aber ich wusste sie zu bändigen. Unter mir ließ sie sich besiegen.

Mal sehen, wie lange das mit uns gut gehen würde. Ich liebte sie so wie sie war. Dieses Mädchen war kein schlabberiges Weichei wie das Ellelein vom Nachbarn am Ende der Deichstraße und andererseits nicht so zotig geil, wie einige der Hühner bei den sommerlichen Gartenlaubenfêten, die Vetter Horst so gern besuchte. Sie war für mich etwas Besonderes.

„Hallo, du Träumer“, unterbrach Katja meine schweigende Nachdenklichkeit. „Wo bist du mit deinen Gedanken?“

„Ich musste an den Dicken denken“, log ich. Was mir die Gelegenheit bot, ihr die Frage nach den anderen, dem unnahbaren Schweiger zu stellen.

„Ach der! Mach dir nichts draus, den kenn’ ich erst seit zwei Jahren, oder besser gesagt, ich kenne ihn nicht. Der stand eines Tages vor der Tür. Zufällig kam ich hinzu. Vater nahm ihn in die Arme, Tränen kullerten ihm dabei über das Gesicht. Dann verzogen sich die beiden für lange Zeit in das Herrenzimmer. Mutter, die den Gast begrüßen wollte, wurde barsch abgewiesen.

Meine spätere Frage nach dem Unbekannten, blieb bis heute unbeantwortet. Der muss wohl in Vaters Regiment ein hohes Tier und in einem Sonderauftrag unterwegs gewesen sein, als ihn die Russen schnappten. Die haben ihn erst 1952 aus dem Gefangenenlager entlassen. Seitdem kümmert sich Arthur um seinen ehemaligen Kampfgenossen. Ich glaube, wir sollten nicht weiter nachforschen. Er stört uns ja nicht".

Schweigend, eng umschlungen und freudig, dass wir keine Probleme miteinander hatten, sahen wir voraus im Licht der Taschenlampe die Jagdhütte aufleuchten. Drinnen ging es hoch her. Die drei nahmen von uns kaum Notiz. Karten knallten auf den Tisch, am Boden kullerte eine Bierflasche vorbei. Zigarrenrauch hing in der Luft. Arthur sah kurz auf und wünschte „Gute Nacht!"

Die Herren wollten nicht gestört sein. Wie schön für uns beide.

Im Vorbeigehen entdeckte ich den Schallplattenapparat auf dem Tisch. Das also war der große Kasten, den der dicke Herbert hereingeschleppt hatte. Das Ding lief. Die Melodie war nicht unbekannt, auch die Sängerin nicht: „Vor der Kaserne, vor dem großen Tor......."

Katja zog am Ärmel „Komm nach oben, wir machen es uns gemütlich!" Im Kanonenofen prasselte das Feuer. Herbert die gute Seele hatte nachgelegt, ja, er muss es auch gewesen sein, der die Matratzen eingeräumt und die Betten bezogen hatte. Meine Güte, was für ein Service! Dicht am Ofen stand eine Flasche Rotwein. Katja grinste.

Eine mollige Wärme füllte den Raum. Rötlich flackerndes Licht spielte an den Wänden. Die einzige Lichtquelle, die Katja zuließ, war der Feuerschein, der durch das leichtberußte Glas der Ofentür auf das Bärenfell fiel, das sie von den Stühlen vor den Kanonenofen gezogen hatte. Darum wie einen Wall zur kalten Seite des Zimmers hin zerrte sie das Bettzeug.

Ich sah abwartend dem verheißungsvollen Treiben zu.

„Das wird unsere Lotterwiese. Es gibt ein Babybild von mir nackedei auf einem Schafsfell. Das werde ich jetzt für uns rekonstruieren."

Jedes Mal, wenn sie etwas Schelmisches oder Besonderes im Schild führte, blitzten ihre Augen, und wieder entdeckte ich die Grübchen in ihren Wangen.

„Hol noch zwei Gläser von unten und irgendetwas Essbares".

Das war nicht die schlechteste Idee, denn der lange Spaziergang an frischer Waldesluft ließ den Magen knurren.

Ich die Stiege runter. Dicker Tabakdunst quoll aus der Tür. Die Skatrunde nahm mich kaum wahr. Sie droschen ihre Blätter vor sich hin, griffen nach der Flasche und pafften dicke Zigarren. Nebenan dödelte von einer Platte ein schnulziges Stückchen. Ich meinte es zu kennen.

In der kleinen Küche schwammen im Topf ein paar Würstchen Vier davon auf einen Teller gelegt, dazu ein Klacks Senf und aus der Kühlkiste einiges von Marthas Eingepacktem. Ach ja, zwei Gläser fehlten noch. Oben angelangt, bot sich ein verführerisches Bild. Katja lag als nacktes Baby auf dem Bärenfell. Neben ihr die geöffnete Rotweinflasche. „Sag, wie gefällt dir deine Kleine?"

380

Ich konnte das Mitgebrachte gar nicht schnell genug absetzen, um das Baby in den Arm zu nehmen. Es war ein ausgewachsenes Baby mit Wuschelkopf, und vom Bauchknöpfchen bis zum Schönsten aller Träume wies ein aufgeplusterter dunkler Flaum einladend den Weg.

Sie half mir aus Hemd und Hose. Kniend vor ihr fluppte mein Kleiner mit glänzend blauerregtem Kopf heraus, aber sie tätschelte ihn nur, nahm ein Würstchen vom Teller und sagte: „Ich beiß' erst mal in die Konkurrenz!"

Nicht genug damit, schlug sie zart mit dem Würstchen auf mein heißes Spitzerl, bog sich zur Flasche hin und füllte beide Gläser mit Wein. Nein, sie sagte nicht Prost oder Willkommen zur gemütlichen Stunde, sondern nahm einen kleinen Schluck, beugte sich vor, stülpte ihren Mund über mein jetzt steil aufgerichtetes Glied und ließ den Rotwein daran langsam herunterlaufen. Da schwanden einem die Sinne. Wenn sie die Regie übernehmen wollte, bitte sehr.

Ich ließ mich in die Kissen fallen. Im Flackern der Ofenflammen vor mir lag sanftes Licht auf ihrem schönen Körper, der Wuschelkopf in meinem Schoß. Ein kurzer Blick von ihr, ein Lächeln aus dunklen sehnsüchtigen weichen Augen unterbrach das Spiel. Dann eine neue Variante. Mit ihren strammen Brustknöpfchen, die auf ihrem vorgestreckten Busen wie Felsspitzen wirkten, strich sie herausfordernd hin und herüber meinen Schaft, der vor dem dunklen Hintergrund im Schein des Feuers noch mächtiger erschien. Mich packte männliches Stolzgefühl. Ich konnte damit zufrieden sein, und sie genoss seine Qualität.

Ihn so im Raum herumstehen lassen, durfte nicht von Dauer sein. Aber gleichzeitig wünschte ich mir, sie zwischen den Schenkeln zu küssen vom Bauchknöpfchen hinab bis in die feuchte Schlucht. Ich glitt über Katja hinweg im 69-Stil, nicht ohne vorher einen Schluck Rotwein zu nehmen und ihr anzudeuten, dass auch mir damit eine Spezialverwendung eingefallen sei.

Sie nickte zustimmend. Aus meinem Munde träufelte der Wein durch ihren Flaum tröpfchenweise zwischen ihre Beine. Sie kicherte, weil er wohl so kühl war. Gleich wieder aufgesogen zusammen mit dem herrlichen Duft ihrer willigen Schamlippen fand meine Zunge den prallen erregten Kitzler. Das brachte ihr Becken in rollende Bewegung. Ich hielt ihre zitternden Oberschenkel fest umklammert und sie die meinigen. Welch traumhafter Genuss!

Dieses Vorspiel war kein Vorspiel mehr. Heißes beidseitiges Verlangen drängte zum Höhepunkt. Meine Lippen spürten das Weichste und Herrlichste dieser Welt. Meine Nase sog den betäubendenden Duft eines erregten jungmädchenhafter Körpers ein, einen Duft, der mit keiner Parfümkreation zu vergleichen war, ein Hauch von Ambra, Frühling und Zärtlichkeit. Plötzlich löste sie ihren Klammergriff und schob mich beiseite. Fast schluchzend kamen ihre Worte, bittend und doch fordernd: „Komm, lass mich nicht länger warten, gib ihn mir."

Ich muss wie eine Feder herumgeschwungen sein. Sie beugte sich hoch, fasste mit beiden Händen mein hartes Glied und ließ es in sich gleiten.

Wie gelöst lag sie vor mir auf dem Bärenfell, die Augen geschlossen, bereit mich wirken zu lassen. Abgestützt auf die Hände, um die schöne Pflanze nicht zu erdrücken, überfiel meinen Körper eine machtvolle wilde Lust. Wie von Sinnen, wie ein Trommelfeuer schwang mein Unterleib auf und nieder. Katja keuchte im Rhythmus dazu, warf den Kopf hin her, verzerrte das schöne Gesicht. Erst leise, dann lauter werdend, bis sie schrie: „ Ja, Ja, Ja. Jaaaa – nicht aufhören, mehr, mehr bitte mehr!“, und dann ein kurzes Aufbäumen: „Ich kann nicht mehr, ich kann nicht mehr!“

Aus höchster Anspannung brach sie plötzlich in sich zusammen, der eben noch bebende Körper erschlaffte unter mir. Bisher hatte ich so etwas nie erlebt. War ich zu grob gewesen?

Tränen quollen aus ihren geschlossenen Augen, meine Lippen tuschten sie weg. Sollte ich kurz vor dem Höhepunkt von ihr lassen? Allein schon bei dem Versuch kam wieder Leben in das Mädchen. Sie presste mich mit beiden Händen wieder tief in sich hinein. „Nein, nein, du Dummerchen. Dieses irre Gefühl möchte ich gleich noch einmal spüren!“ Es bedurfte keiner weiteren Aufforderung.

Was jetzt geschah, hat uns beiden wohl die Besinnung geraubt. Wäre jemand ins Zimmer getreten oder das Haus zusammengebrochen, nichts hätte die Liebenden auf dem Bärenfell von der Vollendung dessen, was sie nun in wilder Begeisterungswonne vereinte, abbringen können. Wir kamen irgendwann gemeinsam am Ende des Weges an. Alle Kraft schien aus mir in sie hineinzuströmen. Ihr weicher Schoß nahm jedes Tröpfchen meiner Liebe in sich auf.

Während wir still, ein wenig noch keuchend und ermattet voneinander ließen, dabei händchenhaltend nebeneinander lagen, kreuzten eigentümliche Gedanken durch mein Hirn. Ob ich sie wohl in dieser Nacht geschwängert hatte? Plötzlich stand das Wort Empfängnis unausgesprochen im Raum. Mein Gott, hatte Arthur nicht dringend genug davor gewarnt, unsere beiden Karrieren dadurch zu versauen? Ob er da unten beim Kartenkloppen unser Begattungsvergnügen mitgehört hatte? Meine Lippen fanden ihren lächelnden Mund. Sie strahlte vor Glück, ich dagegen weniger. Mit dem Ohr am Fußboden horchend, versuchte ich zu erlauschen, was da unten abging. Der Schallplattenapparat lief auf Hochtouren, gerade dröhnte ein Marsch gegen die Decke. Die Alten waren eindeutig mit sich selbst beschäftigt. Gut so!

Das Wort Empfängnis drängte wieder in den Vordergrund. Katja muss wohl meine Gedanken erraten haben, fuhr mir streichelnd mit der schmalen Hand über die Haare und gab die erlösende Antwort: „Ich weiß genau, was dich jetzt plagt, mein Schatz. Ich hab' dich viel zu gern, als dass ich uns beide in Schwierigkeiten bringen würde. Unsere Familie kennt einen befreundeten Arzt, der mir schon vor der letzten Reise zu euch gezeigt hat, wie man einen Pessar einsetzt, ein Verhüterli, würde ein

Schweizer sagen Also keine Sorgen, mein Süßer." Erleichtert fiel der Besorgte in die Betten.

Wir leerten genüsslich die Rotweinflasche und dann ab zum Genesungsschlaf. Das von Katja empfohlene Löffelliegen brachte günstigsten Körperkontakt und gegenseitigen Wärmeaustausch.

Von unten dröhnten Kampflieder herauf, die eine oder andere Melodie erinnerte an die Marschlieder beim Jungvolk. Dazwischen hallten laute Stimmen wie Befehle.

Die hatten bestimmt mehr als eine Flache Rotwein intus. Wohlig kuschelte ich mich an Katja und dämmerte ein. Selten so befriedigt, so entspannt und voller Glücksgefühl.

Es muss gegen drei Uhr morgens gewesen sein, da ließ ein mörderischer Lärm die Jagdhütte beben. Waren das Fanfarenstöße, Paukenschläge oder gar ein militärischer Aufmarsch? Der Krach wallte nicht mehr wie in den späten Abendstunden aus dem Inneren der Hütte von unten nach oben, sondern jetzt donnerte es von draußen herein.

Wo war Katja? Sie lag eingemummelt neben mir, war ins andre Bett gekrochen und schlief fest. Ich schlich mich auf Zehenspitzen ans Fenster, öffnete es leise einen Spalt und blickte in die Runde. Die unteren Fensterflügel standen weit auf. Höllisch laute Marschmusik dröhnte hinaus in die feuchttriefende Nacht. Von innen strahlte helles Licht auf die Terrasse. Der Schein fiel gegenüber auf die kahlen, hohen Stämme der Tannen. Sie glichen den Säulen einer Halle. Musik und Lichteffekte ließen den Platz vor der Jagdhütte wie einen Festplatz, nein wie einen Paradeplatz erscheinen.

Was war los? Was geschah da unten?

Direkt unterhalb der Hauswand standen regungslos zwei Gestalten. Gesichter ließen sich nicht ausmachen. Der Blick fiel von oben auf schwarze Schirmmützen, von den Schultern blitzten silberne Schulterstücke, silbrig auch schimmerte es von den Kragenspiegeln. Mensch, das waren SS-Uniformen!

Zum Klang des alles übertönenden „Badenweiler Marsches", Hitlers Leib- und Magen-Musikstück, hielten da unten zwei Männer stumm ihre rechten Arme ausgestreckt in Richtung Wald. Vom Zimmerlicht geisterhaft angeleuchtet, ragten aus den schwarzen Uniformen weiße, stramm die Finger aneinander gelegte markige Hände in das Dunkel. Die Musik endete, verhallte in der Finsternis. Die plötzlich betäubende Stille währte nur einige Sekunden. Die beiden Gestalten drehten sich mit einer zackigen Bewegung einander zu, immer noch die Hände zum „Hitler-Gruß" erhoben, Hacken knallten.

In scharfem Befehlston schallte es herauf: „Standartenführer, melde Regiment abmarschbereit, Sieg Heil!"

„Danke", war die knappe Antwort des Gegenübers. Das war doch Arthurs Stimme!

Befreiendes Lachen beendete die gespenstische Szene. Man schlug sich auf die Schultern, ging wieder hinein ins Haus. Na, endlich Ruhe? Weit gefehlt. Nach kurzem Gekrächze und Knacken des überlaut eingestellten Schallplattenspielers wurde es noch unangenehmer. Ich hörte eine bellende Stimme, immer wieder unterbrochen von aufheulendem Gebrüll. Hatte ich das nicht schon einmal als junger Pimpf gehört? Ja, natürlich, als Vater fast in den Volksempfänger hineingekrochen war, seine Familie zum schweigenden Zuhören verpflichtete, um begeistert und ungestört der Durchhalterede des Reichspropagandaministers Goebbels zu lauschen.

Ich starrte in die Nacht und fröstelte. Wo war ich hingeraten?

So weich die Hand auch war, die mich vom Fenster wegzog, so bestimmt klang es in ihrer Stimme: „Komm weg da, vergiss es. Seitdem der andere aus der Gefangenschaft zurück ist, machen die Idioten dieses Zeremoniell jedes Mal, wenn sie hier sind. Anfangs musste Herbert sogar, den Stahlhelm auf seinem dicken Kopf, Vaters Kampfgenossen mit dem alten Horch vor die Terrasse fahren, um meinem Alten Meldung zu machen. Irrsinnig komisch!"

Schnell wieder ins Bett. Ich döste lange noch vor mich hin, Katja hielt meine Hand, unten verebbte das Getöse. Katja spürte meine Erregung, kroch dicht an mich heran, nicht aber zum Schmusen, sondern wie jemand, der ein Statement abgeben möchte.

Ein kalter Ton lag in ihrer Stimme: „Ich glaube, er wollte dich heute Nacht testen, ob du das aushältst, nicht den Krach, sondern die Darbietung seiner unverbrüchlichen politischen Einstellung. Du solltest morgen kein einziges Wort zu dem Erlebten äußern. Die von Arthur verherrlichte Nazi-Vergangenheit wird ihm eines Tages das geschäftliche Aus bescheren, und Herbert wird der Denunziant sein, da wette ich drauf. Je früher mein Alter ausscheidet aus der Firma, desto früher sitzen wir in der Chefetage. Lass uns darauf hinarbeiten und unbeirrt zusammenhalten! Alles klar? Je häufiger die Alten diesen Zirkus veranstalten, je früher sind sie weg vom Fenster".

Sie hauchte mir einen flüchtigen Kuss auf die Stirn, warf sich mit einem Ruck auf die andere Seite und schlief gleich ein. Irgendwann muss ich wohl auch eingeschlafen sein.

Krächzende Krähen weckten uns. Wir kuschelten uns immer noch müde unter einer Decke zusammen und horchten. War da unten schon jemand auf den Beinen? Erst als Töpfe und Geschirr klapperten und harziger Duft das Haus durchwehte, wie zu Hause, wenn Mutter mit Tannenreisig das Feuer im Herd anzündete, wurde es lebendig.

„Das ist Herbert, der macht das Frühstück", wusste Katja.

Über dem kleinen Waschbecken im Zimmer fiel die Katzenwäsche mit eiskaltem Wasser nur mäßig aus.

Im unteren Stockwerk zeugte nichts mehr von der gestrigen Walpurgisnacht. Keine Flaschen mehr, keinerlei Unordnung. Selbst der Kasten mit dem Schallplattenapparat war weg. Nur Herbert wuselte herum, sah aus wie gestern, war freundlich wie gestern, wirkte ein wenig zerrupft. Sein Kugelbauch, den dicke Hosenträger in der Hose hielten, schien über Nacht noch runder geworden zu sein.

„Wünsche wohl geruht zu haben, habt Hunger, woll, gibt gleich was. Setzt euch an den Tisch, nee, nicht da, das sitzen die Herrschaften, die kommen auch gleich."

Herrlicher Kaffeeduft und der schon wieder brennende Kamin verbreitete Ferienstimmung und Gemütlichkeit. Katja lehnte sich an mich, schloss die Augen und wisperte: „Schön hier, wenn man das Gestrige vergisst. Wie abgemacht, darüber kein Wort!" Sie legte mir den Finger auf den Mund, bevor sie mich küsste.

Diese andächtige Morgenbegrüßung am Frühstückstisch wurde jäh unterbrochen durch Herberts viel zu lautes Klopfen an der anderen Zimmertür und dazu der Kommandoton: „Melde, das Frühstück ist angerichtet!" Dabei grinste er in unsere Richtung. Er nahm das Ganze offensichtlich nicht so ernst wie die beiden anderen.

Die erschienen dann auch im Türrahmen, fahl und bleich, aber um Haltung bemüht. Arthur lächelte kurz, sein Kollege blieb wie gehabt stumm.

Wortlos begann das Frühstück. Wie bei unserer ersten Begegnung ruhten Arthurs kalte Augen prüfend auf mir. Er wartete ganz offensichtlich auf eine Äußerung seines Feriengastes, auf irgendein Wort. Katja, die ihren Alten sehr gut kannte, hatte mich bestens vorbereitet, versuchte zunächst abzulenken. Sie plauderte vor sich hin, zog den Brotkorb heran und langte hinein: „Einfach super diese Brote von Martha, und Herberts Kaffee, der tut richtig gut."

Katja kniff mich unter dem Tisch ins Bein. Also hielt ich erst einmal die Klappe. Nach einer längeren Pause räusperte sich Arthur. Er blickte mich wieder so forschend an und seine Frage war mehr als zweideutig: „Na, habt ihr beiden Turteltauben in der Waldesruh denn auch schön geschlafen?"

Jetzt zu sagen, gar nichts gehört zu haben, wäre zu dick gewesen, zu stark geflunkert. Ich strahlte ihn an: „Das hat schon manchmal bis nach oben gedröhnt, wenn ihr eure Karten auf den Tisch geblättert habt, und ganz schön lustig muss es zugegangen sein". Dabei nahm ich Katja in den Arm und fuhr fort: „Einen Rotwein hatten wir aus euren Beständen stibitzt, und der muss uns wohl früh in die Kissen gedrückt haben!" Ein Lächeln huschte über Arthurs müde Gesichtszüge. Erleichtert lehnte er sich zurück. Auch Herbert, der lauernd im Hintergrund stehen geblieben war und angestrengt zugehört hatte, kam wieder in Bewegung. Katja streichelte mir anerkennend unter dem Tisch über den Oberschenkel. – Na, dann war ja alles wieder im Lot!

Regen klatschte an die Scheiben. Obwohl die Uhr 11 zeigte, fiel nur wenig Licht ins Fenster. Durch die Tannen wallten wie gestern graue Nebelschwaden.

„Dat ist janz typisch für dat Sauerland, Sauwetter, sagt ja schon der Name, woll, Chef, wir sollten nach Hause fahren", meinte unser Dicker. Arthur und sein Kollege nickten gleichzeitig.

Die sonntägliche Rückfahrt verlief unspektakulär. Martha, überaus glücklich über unsere frühe Heimkehr, servierte ein köstliches Abendessen, mein Abschiedsessen. Morgen sollte es zurückgehen nach Norden.

Danach verlief die Unterhaltung vor dem brennenden Kamin schleppend. Martha fragte neugierig nach Einzelheiten aus dem Sauerland fragte, Arthur hing ein wenig durch und gab sich wortkarg. Erst nach ein paar Gläschen Rotwein wachte er auf.

Katja und ich saßen nebeneinander und hörten ihm andächtig zu.

Die Woche bei den Zeichners hatten mich zum Sohn des Hauses werden lassen. Vor Tagen für Katjas Eltern noch ein Unbekannter, jetzt bereits ein Teil dieser Familie. Katja, mein Schwarm, an meiner Seite und Arthur nochmaliges Versprechen, für mich und damit für uns beide zu sorgen, erzeugten ein nie bisher erlebtes auf Wolken schwebendes Hochgefühl.

Diese Nacht schlief jeder von uns im eigenen Bett zur Erholung von den Strapazen vor dem Kanonenofen in der Jagdhütte. Am nächsten Morgen fuhr Arthur bereits vor dem Frühstück in den Betrieb.

Martha hockte am Tisch, den Kopf in die Hände gestützt, hatte Tränen in den Augen und murmelte, wie traurig es doch sei, „dat ihr Jüngsken nun schon wieder abfahren muss."

Katja mümmelte an einem Brötchen herum und schlürfte still an ihrer Tasse, warf mir dann und wann einen von feuchten Wimpern umrahmten weichen Blick zu, sagte aber nichts.

Ja, der Abschied tat weh.

Als der Zug anrollte, hing ich noch lange aus dem Fenster heraus und winkte, bis mein Glück in einer Kurve außer Sicht kam.

Zum Takt des Gepolters über die Schienen brodelte ein Wirrwarr in meinem Hirn. Die vorbeiziehende Landschaft hinterließ keinen Eindruck. Ich bemerkte auch nicht, wer das Abteil betrat oder verließ.

Zu Hause am Küchentisch kehrte die Wirklichkeit zurück. Mutters Fragen löcherten. Ich erzählte nur Belanglosigkeiten, kein Wort über Arthurs und meine Zukunftsplanung. Mit der Erwähnung, nicht bei der Tante Else in Beckum gewesen zu sein, schwenkte die Fragerei auf ein mir angenehmeres Geleis, obwohl Vater mir bittere Vorwürfe machte, die ach so liebe Verwandtschaft nicht besucht zu haben.

Der Herbst war nahtlos in feuchtkaltes Winterwetter übergegangen. Weihnachten hinterließ keine Erinnerung. Alles zielte auf den Februar 1956, auf das Abitur. Es galt, Arthur nicht zu enttäuschen. Ich musste ranklotzen, um insbesondere in Deutsch und Englisch die Noten hochzustemmen. Lesen, pauken, selbst Aufgaben stellen, Aufsätze schreiben und Spickzettel anfertigen stand auf dem täglichen Programm, das alles andere verdrängte.

Meine Liebe zu Katja und die am Horizont aufleuchtenden beruflichen Chancen veränderten meine Lebenseinstellung. Aus dem gelangweilten Schnösel pellte sich ein Ehrgeizling. Manchmal, wenn ich spät abends über den Büchern hockte, klopfte es an der Tür. Mutter brachte ein Glas heiße Milch mit Honig und dazu ein paar liebevoll zubereitete Schnittchen. Sie wusste, was in mir vor sich ging. Sie war die einzige, der ich am Heiligabend erzählt hatte, was mich mit Katja verband.

Über die bisherigen Schulnoten tröstete der lateinische Merksatz „Ut desint vires tamen est landanda voluntas!", mit dem jeder Pennäler bei schlechten Noten auf den antiken Ovid hinweisen konnte. „Wenn auch die Kräfte fehlen, so ist doch der Wille lobenswert!"

Ich musste erkennen, dass der schlaue Spruch des antiken Römers wenig Abstützung bot. Meine Wut auf die Penne, die Lehrerschaft und auf die versnobte Clique der neureichen Mitschüler ließ sich mit der bei mir einsetzenden späten Selbstkritik nur schlecht unterdrücken. Hätte ich doch früher meinem Willen manchmal mehr eine streberische Richtung geben sollen, statt in der Mathematikstunde eine Strichliste zu führen, wie oft Studienrat „Lenin" – so sah er nämlich aus – das eigentümliche Füllwort „etne" oder „äh, äh" seinen Erklärungen beifügte.

Noch schien Polen nicht verloren. Wieder so ein Spruch, den ich irgendwo aufgeschnappt hatte. Um mehr Zeit zu gewinnen, das Versäumte nachzuholen, galt es meine Hobbys und meine Freizeitgestaltung zu überdenken. Das Fußballspielen interessierte schon lange nicht mehr.

Noch vor dem Abiturmonat Februar ging ein Brief an die Konzertleitung in Schleswig. Schluss mit den zeitraubenden Orchesterproben. Dafür spielte ich lieber zu Hause, wenn mich die Lust dazu überkam. Kinobesuche, nein, gestrichen, auch dazu fehlte die Zeit. Freunde? – Na ja, Kurt traf ich ab und zu außerhalb der Penne. Mit den Klassenkameradinnen verbanden mich lediglich schulische Interessen. Mit einem Male lobten die Pauker meinen Eifer, und Nachbarn meinten, ich sei so ernsthaft geworden.

Abends im Bett trat Katja vor mich hin, ich träumte von ihr, malte mir die tollsten Dinge aus oder saß oft bis nach Mitternacht am wackeligen Schreibtisch. Jede Woche wanderte ein dicker Brief in den Postkasten, Adresse Beckum. Jede Woche übergab mir Mutter vielsagend schmunzelnd einen Brief aus Beckum, der rückseitig neben dem Siegellackverschluss den Abdruck von Katjas lustvollen Lippen erkennen ließ.

Das Ergebnis des Abiturs belohnte für die knochenharte Paukerei. Das Glück und Katjas gute Wünsche begleiteten mich am Tage der ersten Entscheidung. Im Englisch musste das Leben Oliver Cromwells beschrieben werden. Gerade Tage zuvor war mir in der Stadtbibliothek ein Buch in die Hände gefallen, das spannender als der Schulstoff das Leben dieses englischen Staatsmannes beschrieb. In einer Nacht durchgelesen, flossen mir bei der Abiturarbeit die Lebensdaten dieses puritanischen Aufrührers, die seiner Ritter, der „Ironsides", und die Orte der Schlachten gegen König Karl I. aus der Feder. Ingesamt bescherte mir mehr Glück als Können in diesem Fach nach der mündlichen Prüfung die Note „Zwei". Wer hätte das gedacht, wo ich doch in der Quarta wegen mangelhafter Leistungen in Englisch sitzen geblieben war.

Seitdem bin ich übrigens gegen die frühe Dreiteilung des deutschen Schulsystems. Wie viele „Spätzünder" so wie ich bleiben da auf der Strecke, wenn sie bereits im Alter von 10 Jahren bei der Bildungswahl vor die den ganzen Lebenslauf bestimmende Frage gestellt werden?

Als nächstes fürchtete ich mich vor der Prüfung in Deutsch. Nicht dass mir zum Beispiel bei Aufsätzen oder Abhandlungen zu viele grammatische oder Kommafehler unterliefen, es war schlichtweg mein Schreibstil, der meinem alles entscheidenden Pauker missfiel. Andere dagegen überschüttete Dr. Schmidt mit Lobgesängen, so die hinter mir sitzende Elke mit dem herrlichen Nachnamen Putfarken.

Wenn eine Arbeit zurückgegeben wurde, durfte Elke aufstehen und ihren mit Eins ausgezeichneten Aufsatz vorlesen. Was immer das Thema war, Rührseligkeit und Schmalz troffen von ihren Lippen. Ihre Geistesergüsse glichen süßem Honigseim. Wir Jungs wälzten uns, die Hände vors Gesicht geschlagen, in den Bänken, konnten das Lachen kaum unterdrücken. Elkes Mitschülerinnen kicherten. Dem Lehrer dagegen, fast verehrend zu seiner Musterschülerin aufblickend, kullerten Tränen über die Wangen.

An weit auseinandergerückten Schreibpulten saß die Klasse am Morgen des Deutschabiturs in der nur mäßig erwärmten Turnhalle und wartete auf das zu behandelnde Thema. Es würden wie beim Englischen drei zur Auswahl stehen, hatte man uns gesagt. Der einzige Trost bestand darin, dass nicht die Schulpauker, sondern ein neutrales Gremium der Landesschulbehörde die Arbeiten beurteilen würden. Das Warten nagte an den Nerven. Die Atmosphäre glich der eines Gerichtssaals vor der Verkündung eines Todesurteils. Sonst herrschte in der Klasse stets schwirrendes Geschnatter, heute hätte man eine Nadel auf den Boden klirrend aufschlagen hören.

In der Stille glitten die Gedanken davon nach Beckum zur Katja. Ich hörte Arthurs Stimme, erinnerte, was er mit mir vorhatte. Ja, verdammt noch mal, vor dem durfte ich mich nicht blamieren, wenn Katja an meiner Seite bleiben sollte. Heißer Wille stieg in mir auf, alles dranzusetzen, dieses verfluchte Abitur erfolgreich hinter mich zu bringen.

Los, ihr Pauker, her mit euerm Thema, schiebt es endlich durch!

Knarrend öffnete sich die Hallentür, und mehrere dunkel gekleidete Damen und Herren schritten wie bei einer Prozession feierlich durch die Reihen zu den aufgestellten Tischen. Die Prüflinge erhoben sich und hörten eine Vorlesung über alles das, was dazu führen könnte, von der Prüfung ausgeschlossen zu werden, wie Spickzettel oder die Verwendung versteckter Literatur usw. usw. Gelangweilt zuhörend, zitterten wir aufgeregt dem Höhepunkt entgegen, der Verkündigung der drei zur Auswahl gestellten Aufgaben.

Vom Direktor mit langem Titel vorgestellt, stolzierte würdevoll der Abgesandte der Kieler Obersten Schulbehörde, eine große Mappe aufgeschlagen in der Hand haltend, an die Tafel. Die Kreide kreischte beim Schreiben der wie Donnerschläge auf uns niederkrachenden Prüfungsthemen.

Ein Seufzen durchlief die Halle und echote zurück. Einer sah kopfschüttelnd den anderen an. Mein Gott, was haben die alten Säcke da ausgeheckt?

Mein Blick vergrub sich in das Thema „Impressionismus – Expressionismus, Kunst und Wirklichkeit". Das reizte mich. Hatte ich nicht im vorigen Jahr in Kunstgeschichte für den Vergleich Dichtkunst Goethe – Malerei van Gogh eine ganz ansehnliche Benotung bekommen? Warum sollten nicht die noch durchs Gedächtnis schwirrenden Restbestände meines Wissens als Grundstock für dieses Thema dienen.

Als Nebenprodukt des Studierens über van Gogh war ich auf Namen gestoßen wie Monet, Manet, Degas und andere. Und was den Expressionismus betraf, war im Kunstunterricht tagelang das Bild „Der Tiger" behandelt worden, ein Werk von Franz Marc, der zunächst impressionistisch malte und danach expressionistisch zur abstrakten Malerei überwechselte.

Das Ganze ließ sich garnieren mit einem politischen Seitenhieb auf das Dritte Reich. Hitler hatte 1933 diese Art der Malerei als entartete Kunst aus den Museen entfernen lassen. Jetzt wurde sie umso mehr gelobt, ja sogar als Demokratieverständnis hingestellt.

Ohne darin etwas Ideologisches zu sehen, schlug mein Herz für die impressionistische Malerei. Und tut es heute immer noch. Es sind luftige Bilder, die in Flecken von lichten Farben flimmerndes Sonnenlicht und flüchtige Bewegung wiedergeben. Mit Tupfen unvermischt nebeneinander gesetzter Farben und mit einer Rohrfeder gezogen wirkt zum Beispiel van Goghs sonnendurchflutetes Bild „Getreidefeld mit Zypressen" wie ein Werbeplakat für Sommerfrische. Er, Gauguin und Cézanne ließen sich als Vorläufer des Impressionismus in der gestellten Aufgabe nutzen, um hinüberzuleiten zur Malerei des Expressionismus, die mit ihren grellen Farben und ausdrucksübersteigerter Entstellung der Formen die Frage nach Kunst und Wirklichkeit behandeln ließ. Das war eine Aufgabe, die mir gefiel.

Angedacht, Thema gegliedert und in drei Stunden ohne Aufzusehen und ohne Pinkelpause zu Papier gebracht. Durchgelesen, so gut es ging, Kommas gesetzt und abgegeben.

Eine Woche darauf folgte die mündliche Prüfung. Mein Name stand auf der Liste am schwarzen Brett. Das bedeutete entweder eine Befragung, um meine Dauernote „Befriedigend" zu retten, weil die Abiturarbeit keine Gnade gefunden hatte oder gar weil, allerdings kaum zu erwarten, vielleicht sogar ein Hupfer nach oben drin sein würde. Mir sollte es recht sein.

Noch nie bin ich so gelassen gewesen wie an diesem Tage. Was konnte mir schon in der Höhle des Löwen passieren. Ich hatte ein gutes Gefühl.

Wir hockten auf der Bank vor der Aula, manche vornüber gebeugt und das Gesicht in den Händen vergraben. Mehr als mich eine Note tiefer zu setzen, mehr konnten die da drinnen mir nicht antun. Nur das Warten war ätzend. Angst hatte ich nicht.

Da fiel mein Name. Aus der halb geöffneten Tür winkte der Hausmeister: „Färber, kommen Sie", flüsterte er kaum hörbar – erstaunlich, sonst kannten wir nur sein Brüllen und Schimpfen - nahm meinen Arm und führte den Prüfling wie einen Strafgefangenen vor seine Richter.

Unnötigerweise von der protokollierenden Sekretärin nach dem Namen befragt, räusperte sich danach mein Deutschlehrer Dr. Schmidt: „Mein lieber Färber, um Ihnen Mut zu machen, will ich Sie gleich überraschen. Ihre Arbeit hat allerhöchste Anerkennung gefunden. Einige alberne Kommafehler haben dem Ganzen keinen Abbruch getan." Die vor mir an den Tischen sitzenden Grauköpfe nickten dazu.

Das ging herunter wie Honig. Wie schön, dass andere die Arbeit beurteilt hatten und nicht er, der Liebhaber von Elke Putfarkens Schmachtschnulzen. Er sprach weiter: „Da Sie ja offensichtlich so gut in Kunst und Malerei zu Hause sind, werden wir sie dahingehend nicht mehr befragen, aber eines darf ich Ihnen sagen, wenn es Ihnen gelingt, hier und jetzt zufriedenstellend abzuschneiden, wird man Ihnen im Fach Deutsch die Gesamtnote „Gut" ins Abiturzeugnis schreiben."

Mein Körper glühte, der Kopf schien zu platzen. Diese Benotung war mir die gesamte Schulzeit nicht zuteil geworden Mein Gott, wenn die wüssten. Mit nur aufgesetztem Wissen über van Gogh und die anderen, alles nur oberflächlich angelesen, und mit einer riesigen Portion Glück gepaart, hielt mich das Prüfungsgremium nach dem Geschriebenen offenbar für einen Kunstexperten.

Gut, das eine schien abgehakt, aber was würde jetzt auf mich zukommen? Mit einem anderen Thema konnten die mich glatt entlarven. Rechts außen entdeckte ich die vertrocknete Religionslehrerin, wie sie mit dem Deutschpauker tuschelte. Nach

dem Kopfnicken des Direktors erhob er sich, wichtig die Brille auf der Nase zurecht-
rückend las er laut von dem vorgehaltenen Papierbogen:

„Als einziger Überlebender landen Sie auf einer menschenleeren Insel. Kurz
bevor ihr Schiff versinkt, haben sie die Möglichkeit, neben einigen lebensnotwendi-
gen Dingen aus der Bordbibliothek zwei Bücher mitzunehmen. Welche wählen Sie
und warum?

Sie haben fünf Minuten Bedenkzeit, setzten Sie sich dahinten an den Tisch, da
liegen Notizblock und Bleistift, wir rufen Sie auf".

Wie betäubt und in Gedanken weit weg, wie auf Eiern balancierend gelangte ich
an den Tisch. Das Hirn lief bereits auf Hochtouren.

Da kam die Eingebung wie ein Blitz. „Bibel und Goethes Faust!" Diese beiden
Bücher. Die Religionslehrerin animierte mich zu dem einen Buch. Sie als Atheistin
und Mitprüfende in Religionsfragen stellte keine Hürde dar. Sie kannte die Bibel
garantiert weniger als sonst jemand. Da ließen sich frech Bibelstellen zitieren, die
keine waren. Schwach erinnerte ich mich an von Mutter oft zitierte Passagen aus der
Bergpredigt. Daraus ließ sich was machen. Und das andere Buch? Faust! Natürlich!
Was hatten wir zuletzt in Deutsch gelesen? Waren das nicht Kommentare zu Goethes Faust. Vor Monaten sah die Klasse die Vorführung des Urfaust durch ein Mari-
onettentheater, das den armen Professor Faust vor dem Pult zeigte, wie er Himmel
und Hölle in Bewegung setzte, um zu erkennen, was die Welt im Innersten zusam-
menhält, und letztlich doch dem Bösen verfiel. Was ich aus der Bibel erinnerte, war
dazu der Gegensatz. Das Befreiende von dem Bösen und der Inhalt der Bergpredigt,
wo Jesus über Grundlagen und Voraussetzung christlicher Existenz spricht.

Wie das Vorgetragene im Einzelnen aus mir heraussprudelte, ist mir entfallen.
Niemand unterbrach den Redefluss, bis der Oberbehördenmensch abwinkte, nach
beiden Seiten seinen Kollegen das Zeichen gab, mich nicht länger zu quälen. Ihm
aber fiel noch eine Frage ein. „Sie scheinen ja nicht nur gut reden zu können und
über Goethe Bescheid zu wissen, Ihre Kenntnis über die Bibel, - na ja, darüber können Sie mit Ihrer Religionslehrerin diskutieren, aber zum Abschluss möchte ich allerdings von Ihnen aus dem Stegreif ein Gedicht von Goethe hören, egal welches,
wenn es geht nicht unbedingt „Das Heideröslein" oder „Gefunden". Es dürfte
schon etwas Längeres und nicht so Bekanntes sein."

Ganz offensichtlich beabsichtigte dieser Mensch, seinen Prüfling zu demütigen.
Wollte er mir ein Bein stellen? Er meinte wohl, außer dem Gesagten käme da nichts
mehr. Mit süffisantem, hämischem Grinsen, die Hände reibend, reckte der Oberprü-
fer seinen Körper nach vorn und erwartete wohl von dem Befragten ein bedauerndes
Achselzucken.

Ich musste ihn enttäuschen. Ich servierte ihm das Gegenteil.

Mich durchrauschte Erregung, denn gerade einige Tage zuvor war mir in der
Schulbibliothek ein kleines antiquarisch anmutendes Büchlein mit Goethegedichten

in die Hände gefallen. Ausgeliehen und zu Hause durchgeblättert, blieb mein Blick immer wieder auf einem Gedicht hängen, dass von Himmel, Wasser, Wind und Seele sprach. Es rührte mich so sehr, dass es Inhalt eines Liebesbriefes an Katja wurde. Sie liebte den frischen Wind, den weiten Himmel über der Nordsee, das Rauschen des Wassers, wenn wir zusammen segelten, und ich spürte in den Versen den Hinweis auf, wie ich glaubte, uns ewig verbindende Liebe. Die Wildheit unserer Zuneigung, unserer Liebesspiele und die Begierde, mit der wir übereinander herfielen, in den Briefen unbekümmert zu Papier gebracht oder in natura, wann immer wir uns in den Armen lagen und uns mit pochendem Herzschlag ohne Tabus einander hingaben, alles das rauschte wie Wasser über Klippen und endete ermattet als stiller See. Genau so, wie es Goethes Verse ausdrückten. Als wenn dieser Mann das Gedicht nur für uns geschrieben hätte.

Jetzt an Katja denkend brannte jede Zeile in meinem Herzen.

Nun hatte ich alle Fäden in der Hand, denn dieses Gedicht war mir in späten Abendstunden, wenn die Sinne Richtung Beckum entfleuchten, so häufig über die Lippen gekommen, dass ich es nicht nur mühelos auswendig zu rezitieren vermochte, sondern auch gekonnt mit jugendlichem Pathos.

Die fünfköpfige Prüfgruppe schien bereits überzeugt zu sein, von dem vor ihnen stehenden armen Prüfling auf die gestellte Frage ein Kopfschütteln zu sehen. Einige machten bereits Notizen.

Jedes lauter gesprochene Wort füllte die Aula. Von dem Vortrag „Bibel und Faust" auf diese Wirkung eingestellt, gab es jetzt die Möglichkeit, mit Stimme und Kunstpausen den richtigen Effekt zu erzielen.

Aber was hielt mich zurück? Würde ich vor Unbekannten meine intimsten Gefühle preisgeben?

„Na, wie wär's denn, wenn Sie mal anfingen oder fällt Ihnen nichts ein", hörte ich wie aus weiter Ferne mahnend meinen Deutschlehrer. Der Gute war bemüht, mir die letzte Chance zu gewähren.

Mir ging der Mund auf und in die erstaunt eingetretene Stille hörte ich meine ersten Worte. Fast klanglos den Titel des Goethe-Gedichtes genannt „Gesang der Geister über dem Wasser".

Danach fluteten die Verse wie bei einem Deichbruch aus mir hervor, wie von fremden Kräfte gesteuert, mal elegisch, mal im Staccato hämmernd und wieder dahingleitend:

Gesang der Geister über den Wassern

Des Menschen Seele

Gleicht dem Wasser:

Vom Himmel kommt es,

Zum Himmel steigt es,

Und wieder nieder

Zur Erde muss es,

Ewig wechselnd.

Strömt von der hohen,

Steilen Felswand

Der reine Strahl,

Dann stäubt er lieblich

In Wolkenwellen

Zum glatten Fels,

Und leicht empfangen,

Wallt er verschleiernd,

Leisrauschend

Zur Tiefe nieder.

Das Gedicht ist noch länger, aber ich will nicht länger strapazieren und an dieser Stelle Schluss machen!

Das letzte Wort verhallte. Ich lauschte in die Stille. Draußen vor den hohen Fenstern flogen die Schatten kreischender Möwen vorbei. Drinnen im Prüfungssaal knisterndes Schweigen. Unheimlich! Mein Blick war auf die Zuhörer gerichtet. Das anfänglich gezeigte überhebliche Grinsen des Vorsitzenden war schon längst einer staunenden Hochachtung gewichen.

Stolz und Freude erfüllte den Prüfling über die zweifellos gelungene Darbietung und die Frage wuchs, was wohl die Herren jetzt sagen würden. Viele Sekunden vergingen, bis der Direktor, bekannt als kritischer, immer auf Höchstleistungen bedachter Mann, wie mechanisch, erst langsam in Zeitlupe und dann schneller werdend in die Hände klatschte und mir lächelnd zunickte. Die anderen fielen mit ein. Ich machte artig eine kleine Verbeugung und bekam sicherlich einen roten Kopf. In diese anerkennende Geste schnellte der Deutschlehrer von seinem Stuhl, riss die Brille von der Nase und schnaufte, ja er japste sogar, seine Stimme überschlug sich: „Färber, Sie Spätzünder, Sie elender Spätzünder, warum sind Sie nicht früher aufgewacht! Ich lasse Sie an das Kreuz ihres eigenen Intelligenzquotienten nageln!"

Er zeigte auf die Aulatür. „Raus, raus mit Ihnen, wir sprechen uns noch!" Ein größeres Lob hätte der ansonsten wortkarge Mann nicht aussprechen können.

Erst wie gelähmt und dann beschwingter verließ ich die mir zur Bühne gewordene Aula. Vor der Tür flogen die Köpfe der dort wartenden Klassenkameraden herum und sahen ihren Mitprüfling Hannes einen Freudentanz aufführen.

„Wie war es, was haben sie dich gefragt?"

Es brach aus mir heraus, die Frage überhörend: „Ich hab´s geschafft, ich hab´s geschafft!"

Die Lust Einzelheiten zu verbreiten, da stand mir der Sinn nicht nach, sondern vielmehr, die freudige Botschaft so schnell wie möglich meinen Eltern und in einem Brief meinem Schutzengel, der Katja zu überbringen.

In der Deichstraße war niemand zu Hause. Auf dem Küchentisch lag ein Zettel mit Vaters Notiz, dass er zu seinem Kriegskameraden nach Heide unterwegs sei. Mutter war wohl beim Einkaufen. Da quietschte die Gartenpforte. Sie schob das mit Beuteln behängte Fahrrad aufs Haus zu. Ach ja, völlig vergessen, heute war ja Markttag.

Auf dem Flur rumpelte es, die Tür ging auf, sie sah mich, blickte erschrocken, ließ die Beutel fallen, heulte sofort los und umarmte mich. „Ist nicht schlimm, ist nicht schlimm, es gibt Schlimmeres, mein armer Junge", schluchzte sie. Ihre Tränen feuchteten mein Gesicht. Ich drückte sie von mir, sah sie prüfend an und fragte: „Was ist schlimm?"

Keuchend kam es zurück: „Dass du durchgefallen bist!"

„Wer sagt das? Welch ein Blödsinn. Das Gegenteil ist der Fall!"

Über ihr Gesicht huschte ein ungläubiges Erhellen. Die arme Frau sackte auf den Küchenstuhl, machte noch einen Schniefer und berichtete: „Auf dem Markt, gerade als viele Nachbarinnen aus der Deichstraße beim Kartoffelbauern zusammenstanden, hat mich eine Frau Putfarken angesprochen. Ich kannte sie gar nicht, sie aber mich. Ihre Tochter sei deine Klassenkameradin und schon seit Stunden von der mündlichen Prüfung zu Hause, aber mit dir sehe das ganz schlecht aus. Wer spät hereingerufen wird, fällt meistens durch. Das hat sie gesagt und dabei sogar laut gelacht."

Wut sträubte mir die Nackenhaare. Nur weil ich mich immer über ihre Weicheieraufsätze amüsierte, wollte Elke, das kleine Aas, mir eins reinwürgen. Na, warte! Ja, und die Mutter, diese saublöde Ziege, was bildete die sich ein!

Meine Siegesmeldung ließ meiner Mutter einen Stein vom Herzen fallen. Ich durfte mir Rouladen wünschen. Aus dem Keller stahlen wir Vater einen Rotwein und machten uns einen entspannten Tag.

Die Wochenenden traf man mich im Segelclub, längst nicht mehr so häufig wie früher. In den Sommerferien verzichtete ich auf die harte Landarbeit. Die Geigerei in Schleswig hatte ich aufgegeben, stattdessen angeheuert in einer Schülerband, die zum Tanztee jeden Sonntagnachmittag um vier Uhr im Restaurant „Seeterrassen" aufspielte. Dick Mertens dröhnte auf dem Schlagzeug herum, Wille Christiansen bearbeitete das Klavier, einer spielte Saxophon, einer Gitarre, die wasserstoffsuperoxyderblondete und unverschämt kurvenreiche Silvia sang dazu, und ich fiedelte. Wir waren eine tolle Gang mit einem besonderen Sound. Das war echte, handgemachte Musik, ohne elektronische Verstärkung und anderen technischen Firlefanz. Gespielt wurde, was man heute in den Charts finden würde. Vom „Black Smith Blues" bis zum scharfen lateinamerikanischen „Tico Tico" wurde alles geboten. Es machte Spaß und brachte Geld. Dafür erlosch eine liebgewonnene Wochenendgewohnheit, vor Jahren mit Vetter Horst ausgiebig gepflegt. Schluss damit, schon allein deshalb, weil es Katja gab.

Das Vergnügen nannte sich der „Strimel". Eine ganz besondere Art, auf der Straße Mädchenbekanntschaften zu machen. Einmal, sozusagen zum Abgewöhnen, bin ich mit meinem langjährigen Freund Kurt an einem lauen Sommerabend noch einmal mitgeschlendert. „Strimel", ein Begriff, von irgendjemandem erfunden aus den zusammengesetzten Worten „Strich" und „Bummel".

Vorweg gesagt: „Strich" hatte nichts mit Nuttenstrich in einem Rotlichtviertel zu tun, sondern mit dem Trennungsstrich, der als Verkehrstrennung auf der Straße verlief.

Gestrimelt wurde freitags, so etwa von sechs bis sieben Uhr abends auf der Hauptgeschäftsstraße. Nachdem die Schularbeiten erledigt waren oder auch nicht, traf man sich vor dem Hotel Hamburg und promenierte in kleinen Grüppchen jahrgangsweise und natürlich nach Geschlechtern getrennt in angeregtem Gespräch, doch mit wachen Blicken, die nicht den Schaufenstern galten, hinunter zum Hafen, kehrte lässig um und wiederholte das Ganze, bis sich „etwas getan" hatte.

Denn unsere weiblichen Paralleljahrgänge oder ungefähr passenden Damen mit blonden Zöpfen oder dunklen Bubiköpfen, sie waren die eigentliche Attraktion des „Strimels".

Man grüßte sich knapp im Vorübergehen, und wenn Ilse, Gerda oder Annemarie sich aus der eigenen Gruppe am Wendepunkt leicht demonstrativ verabschiedeten, scherte man ohne Verzug und Verlegenheit bei den Mitbummelnden aus und hatte die Chance, auf dem Heimweg die Pennälerliebe zu begleiten. Vielleicht sogar durch den Stadtpark, wobei das Berühren der Hände beim Nebeneinandergehen meist schon des Glücks genug war.

Die gymnasialen Erstklässler, die Sextaner und das andere junge Gemüse gehörten natürlich noch nicht auf den „Strimel". Man erwarb die Reife dafür ungefähr mit der Konfirmation und der Versetzung in die Untersekunda (10. Schuljahr), sozusagen mit dem Beginn des Tanzunterrichts. Wenn man sagen konnte „wir gehen miteinander", wagte sich das Pärchen ohne elterliche Aufsicht an Sonntagen zum Tanztee in die „Seeterrassen", wo ich neuerdings als Stehgeiger auf erhöhter Bühne oft schon mal angeschmachtet wurde. Aber ich wusste mich ja bei Katja in guten Händen und fiedelte lieber als da unten zu tanzen.

Mit stolzgeschwellter Brust, in der Gewissheit, das Abitur in der Tasche zu haben und in Beckum eine feste Freundin zu wissen, lief ich fast unbeteiligt mit Kurt den „Strimel" herunter. Viele der Mädchen, die mir früher so toll vorkamen, empfand ich als gackernde Hühner, einige als Schlaftabellen.

Allein wie sie da einherstolzierten oder an Sonntagen ihre Runden auf dem Tanzparkett drehten, glaubte ich, ihnen mit meinen Liebeserfahrungen hoch überlegen zu sein.

Kurt und ich zogen es vor, in einer der Hafenkneipen beim Bier Zukunftspläne zu schmieden. Er spielte mit dem Gedanken, nach langer innerer Ablehnung nun doch vielleicht in die Berufsrichtung seinen Vaters, in die Forstwirtschaft zu gehen. Ich dagegen schwamm in Unsicherheit, sah mich der Gunst von Katjas Vater ausgeliefert.

Dass ich so herumging, lag daran, dass Katja örtlich so weit entfernt war. Um den Kontakt zu Arthur nicht zu verlieren und mich bei ihm in Erinnerung zu halten, vergaß ich nicht, ihm zum Geburtstag zu gratulieren und hin und wieder artige Briefe an Martha zu schreiben.

Katja war für ein halbes Jahr von Arthur nach England geschickt worden, auf eine Sekretärinnenschule in der Nähe von York. Bis kurz vor ihrer Abreise hatte ich gehofft, sie würde nicht fahren. Aber ehrgeizig wie sie war, wollte Katja dorthin, um ihr Geschäftsenglisch zu verbessern. Sie fehlte mir unsäglich, aber unsere heißen Briefe verbanden uns.

Wenn ich nicht gerade in meinem Kämmerlein saß, an die Geliebte dachte und wieder einmal einen Brief verfasste, rannte ich auf dem Deich herum, um meinen Frust abzulaufen. Wenn die Sehnsucht mich zu sehr plagte, flogen die Gedanken über die Nordsee westwärts und formten Verse, von denen der eine oder andere bei bestimmten Anlässen nach Jahrzehnten plötzlich wieder ins Gedächtnis zurückkehrt. Heute erscheinen sie mir ganz schön gefühlvoll, wenn nicht sogar kitschig, es sind die Ergüsse eines erstmals hoffnungslos Verliebten. Heute überrascht mich, wie weitab vom täglichen Geschehen damals mein Herz und Sinn auf rosa Wolken gebettet waren.

Ich erinnere noch gut den frühen Morgen, als am Beginn eines der an der Küste seltenen lauen Tage die Sonne flach über dem Meer ihr Silber vergoss und das Vorland und die Strände in messingfarbenes Licht tauchte. Mutterseelenallein saß ich, von aller Welt verlassen, erhöht auf der Deichkrone im Gras, blickte über die aufwachende Natur und träumte in die Weite.

Erst holprig und dann in Reimen gelang mir mein erstes Gedicht, das ohne den Gedanken an Katja sicherlich nicht entstanden wäre.

Die Saat

Ein feuchter Hauch weht von Südwest
und lässt die Gräser sprießen.
Der Tau verdampft im Sonnenschein
und Sommer darf es wieder sein
in Lenden und im Herzen.
Der herbe Kuss des Pflugs genügt
und fügt des Ackers Kruste
zu glänzend weichen Schollen,
die willig sich entrollen
voll Hoffnung vor dem Licht.
Die dunkle Furche liegt entblößt
und löst den Duft der Erde,
es breitet sich der warme Schoß
und wird in der Erwartung groß
den Samen zu empfangen.
In dieser Erde möchte ich wühlen
und fühlen ihren warmen Puls,
langsam in die Tiefe sinken,
ihre frische Feuchte trinken
bis sich der Boden drüber schließt.

Mir fielen auch andere, weniger rührselige Zeilen ein, und zwar in Briefen an Arthur. Das waren keine Gedichte oder gar Liebesbriefe, sondern zielbewusst gelenkte Informationen, die ihn auf dem Laufenden halten sollten, wie es um meine weitere Ausbildung stand. Schließlich würde ich ihn bald als meinen Sponsor benötigen.

Ich spickte meine Briefe mit oberflächlich angeeigneten Kenntnissen, die aus geliehenen Büchern stammten. In der Stadtbibliothek erfuhr ich aus volkswirtschaftlichen Werken, was es mit den Thünenschen Kreisen auf sich hatte, was in der Buchhaltung antizipative Posten bedeuteten und garnierte das Ganze mit schlauen Paragraphen aus dem BGB.

Arthurs Antwortbriefe bestätigten, dass diese Masche ihn ernsthaft beeindruckte. Er ging fest davon aus, dass ich bereits mit dem Stoff des künftigen Studiums befasst war.

Übers Jahresende waren die Zeichners von Düsseldorf nach London geflogen, um mit ihrer Katja in einem Hotel Weihnachten zu verbringen. Für mich unfassbarer Luxus, mit einem Flugzeug zu reisen und in einem Hotel Heiligabend zu feiern. Aber wenn ich ranklotzen würde, dann könnte ich in absehbarer Zeit mit Katja auch derartiges unternehmen.

Auch bei uns hatte das Weihnachtsfest die ersten Spuren des Wohlstandes erkennen lassen. Erstmalig nach dem Krieg überraschte ein unvergesslicher Genuss. Vater profitierte von der wieder aufgelebten Freundschaft mit Bauer Claussen aus Hartenholz. Mit einer stocksteif gefrorenen Gans stand er eines Tages in der Küche und präsentierte den langhalsigen Vogel wie einen Karabiner K 98.

Wir Männer bekamen natürlich die Keulen. Gut, dass ich nicht mit meinem Bruder Rudolf teilen musste. Hätte ich natürlich auch getan, aber der weilte nur in Form eines Kartengrußes aus Kanada unter uns. Alles sei bei ihm Ok und Merry Christmas, las Mutter in kauderwelschten Englisch vor. Dabei tupfte sie sich die Tränen von der Wange. Sie dachte an ihn, ich an Katja.

Zurück zu meinem Schulabschluss. Nach der offiziellen Verkündung und Verabschiedung ins angeblich feindliche Leben übergaben die glücklichen Abiturienten ihre Urkunde an die ergriffenen Mütter und Väter, eilten schnellsten Schrittes aus der Aula, im Galopp und in Sprüngen die Treppen hinunter in die Freiheit, blickten erleichtert, wohl schon innerlich distanziert auf das Schulgemäuer und kletterten in einen BMW-Isetta-Kabinenroller.

Jeder der vorbeikam, wurde aufgefordert, einzusteigen.

Überglücklich, der Schule entronnen zu sein, und dankbar für das Geschenk eierte Onke Nissen jetzt mit dem hoffnungslos überladenen Gefährt bis vor das Hotel „Hamburger Hof", wo er uns zur ersten Runde Sekt einlud. Dabei blieb es nicht.

Enthemmt, befreit, erleichtert von der jahrelangen Last, kannte die Großzügigkeit der Schulabgänger keine Grenzen. Paul Peters, der Sparkassendirektorssohn, sonst eher geizig, spendierte eine Lage Bier, andere folgten. Irgendwann aßen wir Gulaschsuppe. Um mich kreisende Spiegel und eine hochgeklappte Klobrille waren das letzte, was später die Erinnerung an den Abend hergab. Dann muss der Faden gerissen sein.

Aus dem Dunst heraus sah ich danach meine Mutter vor dem Bett stehen mit einem feuchten Lappen in der Hand, den sie mir wohltuend auf die Stirn legte. Donnerschlag, tagelang ging es dem Hannes dreckig!

Es dauerte lange, um zu begreifen, nicht mehr zur Schule zu müssen.

Plötzlich blieb viel Zeit, sich ganz anderen Dingen zuzuwenden. Wie konnte man die gewonnene Freiheit sinnvoll nutzen? Sollte ich gleich von der Uni Kiel Studiengangunterlagen anfordern oder erst einmal warten und zur Besinnung kommen? Oder Arthur bitten, gleich nach Beckum ziehen zu dürfen?

In meiner Meldung an ihn über das gelungene Abitur war versteckt diese Frage enthalten, aber darauf hatte mein Gönner noch nicht reagiert. Geld fehlte mir. Das letzte war mit der Sauferei im „Hamburger Hof" draufgegangen.

Zu gern hätte ich mich ein Jahr aus allem ausgeklinkt, wäre nur mit einem Rucksack durch die Welt getrampt, hätte mal hier mal da gearbeitet, um den Lebensunterhalt zu bestreiten, aber was hätte Katja dazu gesagt.

Im August würde sie von England zurück sein und gleich bei uns ihren Urlaub verbringen. Bis dahin musste ich einen Job finden, denn ich wollte nicht mit leeren Händen dastehen und meiner Liebsten auf der Tasche liegen. Am Hafen stellte eine kleine Fabrik Kondensatoren her. Dort bewarb ich mich als Hilfsarbeiter für DM 2,50 die Stunde. Umwallt von ätzendem Dampf einer undefinierbaren Flüssigkeit musste ich Kondensatoren in ein großes Becken eintauchen und auf Dichtigkeit prüfen. Neben mir standen bekopftuchte Weiber, die sich stundenlang mit zotigen Witzen aufgeilten und ihrem neuen jungen Kollegen ihre intimsten Erfahrungen aufdrängten.

Losgelöst vom schulischen Stress krochen die Tage bis zur Rückkehr von Katja dahin. Bisher abgekapselt durch die Vorbereitungen auf das Abitur, waren viele Ereignisse unbemerkt an mir vorbeigestrichen, denen ich jetzt mehr Aufmerksamkeit widmen konnte. Zeitung lesen und mit Mutter am Frühstückstisch diskutieren. Ich hatte das Bedürfnis, manches nachzuholen.

Im Radio tobte fast täglich der Streit der Parteien um die Wiederbewaffnung. Der 1953 wiedergewählte Bundeskanzler Adenauer lieferte sich heftige Wortgefechte mit Erich Ollenhauer, dem Parteivorsitzenden der SPD. Auf niederer Ebene beschimpften sich die Abgeordneten in oft unflätiger Art und Weise. Einer hieß Wehner, dessen Pfeife im Gesicht eher wie eine Türklinke aussah. Dessen Wutausbrüche waren sehr amüsant. Da bezeichnete er seinen politischen Gegner namens Wohlrabe als „Übelkrähe".

Mir war, als wirke mit Beendigung meiner Schulpflicht auch das politische Umfeld verändert auf mich ein.

Die Siegermächte hatten das Besatzungsstatut aufgehoben. Den Großteil der Bevölkerung rührte das wenig. Der aufkeimende Wohlstand interessierte viel mehr. Die international verkündete, jedoch erheblich eingeschränkte Souveränität, die zwar die Besatzungszeit beendete, aber als Folge im Gegensatz zur bisher kategorisch abgelehnten Wiederbewaffnung zur Aufstellung eigener Streitkräfte führte, überdeckte in den Medien zwar alle andere Themen, erzeugte jedoch bei der breiteren

Bevölkerung, die von Soldaten nichts mehr wissen wollte, nur eine ablehnende Resonanz.

Den bundesdeutschen Alltag beherrschten vielmehr Tütenlampen, spindelbeinige Nierentische, Blue Jeans, Petticoats, Hula-Hoop-Reifen, Isettas, Messerschmitt-Kabinenroller und die Befriedigung lang vermisster Gaumengelüste. Als erstes auffälliges Statussymbol der ersten Wohlstandswelle erlebte der VW-Käfer Verkaufsrekorde.

Eine Fresswelle jagte die andere. In den Schaufensterauslagen tobte sich die Werbung aus, im Armenland Schleswig-Holstein lange noch verhalten, aber von den wohlhabenden Kreisen genutzt und deshalb von vielen neidisch beäugt.

So einem amerikanisch nachempfundener Schlitten wie dem „Opel Kapitän" staunend nachzuschauen, weckte nicht nur anerkennende Gefühle in unserem Städtchen.

Als mittelloser Schulabgänger konnte ich nachempfinden, warum bereits die ersten Siedler vor Urzeiten ihren Ort auf den Namen Neidum getauft hatten.

Mutter half ich jetzt oft bei ihren Einkäufen. Da Vater nie Lust zeigte mitzugehen, lieber im Bett blieb, im Garten herumwuselte oder es vorzog, die Schönheiten der Nachbarstadt Heide zu erforschen, blieben wir beide unter uns und kamen uns auch näher. Ich fühlte mich wohl in mütterlicher Nähe und sie sich bei mir. Sie bekochte mich, wir besprachen Bücher oder stritten über Radioprogramme. Ich hatte sie bisher immer für ein wenig dümmlich gehalten, aber im Gespräch blühte sie auf und gab die erstaunlichsten philosophischen Betrachtungen von sich. Ihr schafiges Verhalten Vater gegenüber war wohl mehr eine Selbstschutzmaßnahme.

Wir diskutierten nicht nur über weltliche Themen, sondern auch über religiöse. Ich wusste, dass sie in ihrer eigenen, selbstgehüteten Glaubenswelt lebte. Eher aus Gefälligkeit als aus geistlicher Notwendigkeit begleitete ich Mutter jetzt häufiger an Sonntagen zum Gottesdienst in die Stadtkirche. Nie bat sie mich darum, ihre freundliche Frömmigkeit hatte nie etwas Missionarisches. Sie war eine von den Christen, die ihren Glauben nicht auf der Zunge trugen, sondern praktizierten. Früher war mir das nicht aufgefallen. Deutlicher denn je war mir in letzter Zeit bewusst geworden, wie sie sich in der Braunhemdzeit schützend vor mich und vor Rudolf gestellt hatte, wie sie wortlos Vaters Demütigungen ertrug, ihre freundliche Art, mit den Flüchtlingen im Haus umzugehen, wie sie hilfsbedürftigen Nachbarn half und wie sehr sie in der Stille unauffällig unter Hinteranstellung ihrer eigenen Bedürfnisse unser nicht mit Wohlstand gesegnetes Leben meisterte. Vater sah das als Schwäche und ich lange Zeit als Dämlichkeit, was mir heute noch leid tut.

Die Gottesdienste in der evangelisch-lutherischen Kirche gaben mir nicht viel, obwohl ich andächtig und konzentriert versuchte, den Predigten zu folgen. Die gesungene Liturgie war gewöhnungsbedürftig, aber von dem, was von der Kanzel herunterkam, erreichte kein Wort mein Herz. Mir fehlte schlichtweg das Wissen um

Bibelinhalte. Schließlich schrieb ich mir die vom Pastor angesagten Bibelstellen auf, die der Gottesmann als Bezug seiner Ansprache anführte. Wenn ich sie zu Hause nachlas, wurde der Frust noch größer. Nichts verstand ich. Ob die anderen gläubig zur Kanzel Aufschauenden mehr wussten, belesener waren oder nur aus routinemäßiger Höflichkeit am Sonntag in den Kirchenbänken die Zeit absaßen, wer würde mir diese Frage beantworten?

So oft ich mich ehrlichen Herzens bemühte, die Andachten zu verstehen, um für die Gestaltung des Alltags daraus etwas mitzunehmen, desto mehr empfand der Suchende, hier an seine geistigen und geistlichen Grenzen gestoßen zu sein.

Gottesdienste dienten offenbar nur der Selbstbeweihräucherung überzeugter, bibelfester kirchlich Etablierter. Die Art und Weise, wie unser Pastor da oben von der Kanzel seinen Predigttext herunterleierte, schien für ihn offensichtlich mehr oder weniger eine Routineübung zu sein, der er sich sonntäglich beruflich zu stellen hatte.

Von Gottesdienst zu Gottesdienst wuchsen die Ablehnung und die Wut. Sollte ich meiner Mutter sagen: „Ich gehe nicht mehr mit!"? War Theologie nicht auch eine meiner Studienoptionen gewesen?

Schon allein weil ich davon ausging, dass nur überzeugte Christen den Beruf des Geistlichen anstreben könnten und gerade diese Überzeugung mir fehlte, hatte ich dieses Studium verworfen. Die Frage drängte sich auf: „War unser Pastor ein gläubiger Christ oder tat er nur so? Ein Frömmler, ein gelangweilter Namenchrist, gar ein verkappter Atheist, so eine Type wie meine Religionslehrerin in der Penne?" Wenn ich unten in der Kirchenbank saß, glich mir die Predigt einem verwirbelten Sprachwind, der über den zweifelnden Gottesdienstbesucher Hannes hinwegfegte, an ihm vorbeizog, ihn nicht erreichte. Manchmal musste ich mich dabei ertappen, eingeschlafen vornüber gefallen zu sein. An Sonntagnachmittagen saßen Mutter und ihr kirchlich gefrusteter Sohn oft stundenlang zusammen und redeten über den Gottesdienst. Das brachte mir nicht viel, außer ihrer mich nachdenklich machenden Äußerung, sich nicht an den Mängeln des Bodenpersonals Gottes zu reiben, sondern einfach nur kindlich an ihn und seine Allmacht zu glauben.

32

Eines Tages entdeckten wir beim Markteinkauf auf dem stadtnahen ehemaligen Exerzierplatz ein großes Zelt, kein Zirkuszelt, nein, eines von der Art wie sie früher bei Truppenparaden aufgestellt wurden.

Über dem Eingang hing ein Spruchband mit dem Aufdruck: Missionszelt der frei-evangelischen Gemeinde (Baptisten). Auf kleinen aufgestellten Plakaten in der Stadt und auf Handzetteln lud das Zelt ein zu einer Missionswoche mit allabendlichen Vorträgen zum Thema: „Brauchen wir Gott?"

Wer waren diese Leute? Und was für eine Art, außerhalb einer ehrwürdigen Kirche in einem ausgedienten Militärzelt über Religion, über Gott und Christus zu sprechen? Bisher was ich nur gewohnt, dieses aus einer körpergeschützten Kanzel halbschräg über mir aus dem Munde von Talarbefrackten als Herrschaftswissen vermittelt zu bekommen.

Dieses Mal war ich es, der Mutter bat, am ersten Tag zur Zeltmission mitzukommen. Das Zelt war bereits knackend voll, ganz hinten auf einer der harten Bänke rückten wir mit anderen Besuchern zusammen. Die Vorstellung begann mit einem Lied, das ein kleiner Chor begleitete. Es war eine lustige, fast schmissige Melodie, ganz anders als die lahmen Choräle in der Stadtkirche. Liederbücher gab es nicht. Auf einer Leinwand, durch einen Projektor projiziert, konnte man den Liedtext ablesen.

Dann trat wie erwartet der Pastor oder der Prediger auf. Ein Mann um die Vierzig in einem hellen Anzug ohne Krawatte mit buntem Hemd trat locker und flockig auf ein kleines Podium, hatte nicht Schriftliches in der Hand, von dem er, wie ich es in der Kirche gewohnt war, alles Gesagte sorgfältig abgelesen hätte. Es begann statt mit einer Liturgie mit einer freundlichen, humorvollen Begrüßung. Ohne Umschweife kam er zum Thema. Für ihn war das Sprechen über Religion keine ehrwürdige oder kirchlich hoheitliche Sache, sondern ein Bedürfnis, vor seinen Zuhörern ein Zeugnis abzulegen, wie er mit seinem Glauben an Gott durch den Alltag ging. Der Mann sprach nicht in verklausulierten Gleichnissen oder zitierte ellenlange Bibeltexte. Was er von sich gab, konnte jeder nachvollziehen, traf die Welt, in der wir lebten. Allein der Satz: „Wenn wir Zweifler Gottes Wege und das, was er in dieser Welt geschehen lässt, begreifen würden, gäbe es ihn nicht, dann wäre er Mensch. Der Schöpfer dieser Welt hat eine Dimension, die das menschliche Gehirn nicht ermessen kann. Könnten wir nur einen Stern erschaffen, wären wir gottgleich. Wir sind verglichen mit dem von ihm geschaffenen Universum kleine anmaßende Kreaturen, eigentlich Versager, die doch eigentlich Gottes Ebenbild sein sollten. Wir fürchten uns vor dem Tod, vor dem Aus. Doch dem ist nicht so, unsere Seele ist nicht vergänglich. Der, der uns das Leben gegeben hat, will, dass es mit uns weiter geht, auch wenn die leibliche, die irdische Hülle uns nicht mehr einschließt.“

Derartige Worte hatte ich noch nie gehört. Sie machten mich neugierig. So ganz ohne das Zitieren von Bibelstellen kam der Vortragende nicht aus, aber er langweilte nicht damit. Sich in Gottes Hände fallen zu lassen, nannte er ein Beruhigungsmittel für alle die Menschen plagenden Sorgen und Ängste. Und er wusste auch, durch wen und durch welchen Erkenntnisschritt das zu erreichen war.

Das stand im Johannes 3, Vers 16. Da heißt es: „Also hat Gott die Welt geliebt, dass er seinen eingeborenen Sohn gab, damit alle, die an ihn glauben, nicht verloren werden, sondern das ewige Leben haben.“

Auf dem Weg zurück hing ich meinen Gedanken nach. Mutter neben mir schwieg auch, sie merkte, dass ihr Sohn von dem Gehörten beeindruckt war.

Wer waren diese Baptisten? Um mehr zu erfahren, fanden wir uns jeden Abend dieser Woche in dem Missionszelt ein. Ich spürte, wie in mir eine Veränderung stattfand. Am letzten Abend erfuhr ich, dass in unserem Städtchen ein kleines Häuflein dieser Gläubigen sich an Sonntagen zur Andacht traf. Sollte ich da mal hingehen? Sollte ich Mutter darüber befragen? Eine eigentümliche Unruhe hatte mich befallen.

Eines Abends, Vater lag längst schon im Bett, wir wussten, dass er, wie er abfällig bemerkte, „das Religionsgeschwafel“ nicht ertragen konnte, rückte meine Mutter mit einem Stück Familiengeschichte heraus, die mir neu war: „Weißt du, dass dein Urgroßvater, der Großvater deines Vaters, und seine Familie Baptisten waren und das zu einer Zeit, als man diese Menschen wegen ihres Glaubens als Abweichler, als Dissidenten gesellschaftlich links liegen ließ?“

Mit einem Male erinnerte ich mich an den Tagelöhner Paulchen Kuhn, der vor zwei Jahren auf Gut Knieselbeck verstorben war. Der evangelische Pfarrer hatte es abgelehnt, für ihn im Herrenhaus auf der Trauerfeier zu sprechen. Der Sarg wurde nach Heide überführt, weil die Friedhofsverwaltung von Hartenholz nicht zuließ, den Baptisten Kuhn auf dem evangelischen Friedhof beisetzen zu lassen.

Die schienen doch ganz harmlos zu sein. Warum wurden sie als Sonderlinge behandelt? Was war so unheimlich an ihnen, so undurchschaubar? Und mein Urgroßvater ist auch so einer gewesen? Mutter nickte und erklärte: „Die Familie lebte zurzeit Kaiser Wilhelms I. auf Gut Hemmelmark bei Eckernförde. Er war Schmiedemeister. Fast jeden Sonntag marschierten die Färbers zur ihrer baptistischen Gemeinde nach Schleswig zum Gottesdienst. Zu Fuß, 25 Kilometer. Um fünf Uhr morgens ging es los, um rechtzeitig um 10 Uhr im dortigen Gemeindesaal unter Gleichgesinnten zu sein.“

Was für eine Glaubensüberzeugung muss in diesen Menschen gesteckt haben, nach einer arbeitsreichen Woche an Sonntagen zusätzlich eine derartige Tortur auf sich zu nehmen.

Nie hatte Vater mir davon erzählt. Er war wohl im Dritten Reich, als alle Deutschen einen Ariernachweis erstellen mussten, bei der Ahnenforschung auf die Bezeichnung seiner Vorfahren als Dissidenten gestoßen. Er hielt das offenbar für fast genau so schlimm wie von jüdischer Abstammung zu sein. Zu seinem Vater, dem geschiedenen Mann der aufsässigen Oma Clara, hatte er uns völlig abgeschottet, und von meinem Urgroßvater wusste ich schon gar nichts, hatte allerdings auch nie danach gefragt. Nach Mutters Erzählung erwachte jetzt die Neugier, mehr über meine Vorfahren zu erfahren und vor allem über das, was Baptismus bedeutete.

Es muss im Juli gewesen sein, einen Monat bevor die sehnsüchtig erwartete Katja endlich kommen würde, als ich mich nach Heide aufmachte, um dort an einem freikirchlichen Gottesdienst der dortigen Baptisten-Gemeinde teilzunehmen. Ich wollte mal erleben, ob die wirklich so locker waren wie bei der Zeltmission.

Der Gemeindesaal war nüchtern, nicht zu vergleichen mit der museumsartigen Stadtkirche. Statt eines kunstvoll geschnitzten frühbarocken Altars, umgeben von fürstlichen Epitaphien, zierte die Stirnwand des Saales ein schlichtes großes Kreuz, und links davon auf Augenhöhe mit den Stühlen davor stand ein ebenso schlichtes Rednerpult. Doch das waren nur die äußerlichen Unterschiede zu der mir gewohnten Kirchenumgebung.

Es wimmelte von fröhlichen Menschen, es wurde gelacht, viele Jugendliche drängten sich in die Sitzreihen. Eltern brachten ihre Kinder in ein Nebengebäude zum gleichzeitig stattfindenden Kindergottesdienst.

Wie anders ging es in der zur Stille mahnenden Stadtkirche vor sich, in der zumeist alte Leute demütig einem dem Pastor vorgegebenen Predigttext lauschten, wenig verstanden und danach betreten und schweigend wieder davon trotteten. Kindergottesdienste fanden aus Mangel an Masse gar nicht erst statt.

In Heide in der Baptistengemeinde dagegen pulsierte das Leben. Kaum stand ich im Türrahmen, kam mir jemand entgegen, grüßte und zeigte auf die Jugendgruppe. Dort sollte ich Platz nehmen.

Dem Ablauf des Gottesdienstes fehlte jeder Zwang. Ungewohnt war, dass nach der Predigt nicht der Pastor, sondern einige Gemeindemitglieder beteten. Noch ungewohnter war, dass in den durch die Reihen gehenden „Klingelbüdel" keine Pfennige oder andere Kleinmünzen geworfen wurden, sondern große Scheine, selbst von meiner Nachbarin, der man die kleine Rente ansehen konnte.

Die völlig anders geartete Umgebung sowie die Art und Weise des Gottesdienstes fingen mich so sehr ein, dass ich letztlich der Predigt gar nicht zuhörte, sondern die Leutchen rundherum betrachtete, die ganz anders als die sonntäglichen Besucher der Stadtkirche ihrem Pastor zuhörten. Wie bereits bei der Veranstaltung im Zelt erfahren, wurde den Zuhörern nicht vor der ewigen Verdammnis Angst gemacht, sondern zu christlichem Frohsinn Mut abgefordert. Einen evangelisch-lutherischen Gottesdienst dagegen verließ man als Sünder abgestempelt und mit einem schlechten Gewissen.

Vielleicht sollte ich noch einmal wieder kommen, aber erst einmal wollte ich erfahren, was bei den Baptisten in ihrer Ausrichtung anders war als bei den mir bekannten evangelischen Christen.

Im Ausgang auf einem Büchertisch lagen Traktate und Broschüren, die man kostenlos mitnehmen konnte. Während der Busfahrt nach Hause war das unterhaltsamer Lesestoff.

Als erstes kristallisierte sich heraus, dass das fröhliche Häuflein zur Taufe eine andere als die mir bekannte Beziehung pflegte. Da war zu lesen, dass Baptisten im

Gegensatz zur katholischen und evangelischen Kirche in der Bibel keine Stelle finden, die da lehrt, dass durch Taufe und Abendmahl die Vergebung der Sünden garantiert ist, dass eine Erlösung von Tod und Teufel geschieht und das ewige Leben in Aussicht gestellt wird.

Das klang mir ganz sympathisch, denn wer hat schon als Säugling die Möglichkeit, sich gegen die eigene Taufe zu wehren. Die später im pubertierenden Alter als Bestätigung des frühen Taufvorgangs nachfolgende Konfirmation ist ohnehin ein Hohn, hat nichts mehr zu tun mit der sogenannten Bestätigung der frühen Taufe und ihrem Bekenntnis zu Gott.

Es ist eine alberne Veranstaltung, weil sie heutzutage für die meisten keinen religiösen Hintergrund mehr hat. Von der Geistlichkeit geduldet, ist der oft vom Protz der Eltern begleitete kirchliche Auftrieb der Halbwüchsigen zu einem weltlichen Gesellschaftsakt verkommen, wo es ums Geld geht, oft um viel Geld, das der Konfirmand erwartet von allen Seiten einheimsen zu können. Bei den Baptisten ist die Taufe ein Schritt von Erwachsenen, die für sich selbst und überzeugt von ihrem Glauben darüber entscheiden.

Und was das Abendmahl betrifft, sieht der Baptismus darin lediglich den Hinweis auf den Opfertod Christi und eine Glaubensstärkung für die religiöse Tatsache, dass Christus als Mittler zu Gott für die Sünden der Menschheit sich hat ans Kreuz nageln lassen.

Was mich stark beeindruckte und in der Bezeichnung „freikirchlich" zu finden ist, ist die von staatlichen Geldern völlig unabhängige Administration. Von Kirchsteuern befreit, tragen sich die Baptistengemeinden selbst, finanzieren ihre Pastorenausbildung, bauen ihre Kapellen und Gemeindeeinrichtungen und Kindergärten aus den in ihren Kreisen gesammelten Spenden. Viele geben sogar, wie es die Bibel empfiehlt, den Zehnten ihres Einkommens.

Oh, oh, das war für mich eine Riesenmenge von Nachdenklichem, was mir lange durch den Kopf ging und viele Fragen aufwarf.

Inzwischen war der Sommer über Friesland eingezogen. Das religiös Erlebte trat in den Hintergrund. Eines schönen Morgens stand ein aufgeregter Hannes am Bahnsteig und wartete auf den Zug, der ihm die Katja in die Arme führen würde.

Die lange Zeit der gegenseitigen Entbehrung hatte niemanden von uns verändert, eher noch konnte jeder die Trennung zur Überprüfung nutzen, ob die Verbindung eine echte war. Ja, so empfanden wir es von der ersten Minute des Wiedersehens, bis nach viel zu kurzen 14 Tagen mein Schatz aus dem Abteilfenster winkend nach Beckum entschwand.

Zum zweiten Weihnachtstag und bis einige Tage über Neujahr hinaus wollten wir uns wiedersehen.

33

Der Sommer 1956 zeigte im Norden seine beste Seite. Ein Dauerhochdruckgebiet bescherte fast subtropische Wärme und laue Nächte. Ein Wetter, um Helden zu zeugen. Das Lied der Lerchen erklang über uns, wenn wir am Deich im Gras lagen, dabei die Schäfchenwolken zählten oder aufs glitzernde Wattenmeer hinausblickten, wo zwei Liebende, zu den Sandbänken hingesegelt, nackt wie sie Gott geschaffen hatte die Welt vergaßen.

Wir redeten oft über unsere Zukunft. Sie hatte ganz klare Vorstellungen über meinen weiteren Ausbildungsgang, der im neuen Jahr mit Arthur besprochen werden sollte.

Darauf freute ich mich, das gab Sicherheit.

Sie erzählte von England, machte Witze über britische Gewohnheiten und über die Schlichtheit der dortigen sozialen Verhältnisse, die sie nicht bei der Siegermacht erwartet hätte. Aus vielem klang ein wenig Überheblichkeit heraus.

Nein, dort könnte sie auf Dauer nicht leben, viel zu primitiv, da spürte man deutlich, dass wir Deutschen viel tüchtiger, vor allem fleißiger und pünktlicher sind. Aus Katja hörte ich Arthur sprechen, der hätte als ehemaliger SS-Offizier das gleiche von sich gegeben. Diese Ansichten verursachten in mir ein flaues Gefühl, aber schnell auf ein anderes Thema ablenkend, erschien mir meine Katja wieder als das Non plus Ultra.

Als ich eines Tages über meine Erfahrung mit den Baptisten berichtete, sah sie mich ganz entsetzt an. Aus ihrem schönen Gesicht funkelten zornige Augen, ihre Stimme kickte fast über. Wir gingen gerade händchenhaltend durch den Stadtpark. Sie riss sich wütend los, und mit bebender Stimme, wie ich es nie zuvor erlebt hatte, sprudelte es aus ihr heraus: „Lass die Finger davon, wenn wir zusammenbleiben wollen. Das ist alles Humbug, die wollen nur dein Geld. Was heißt hier Glauben, nur Wissen zählt. Mit der blödsinnigen Vermarktung einer künftigen Welt lenken die dich nur ab. Ist da schon jemand nach dem Tode wieder gekommen und hat erzählt, wie schön es im Himmel ist? Mensch Junge, drei Kilo Gulasch ergeben eine deftige Gulaschsuppe, das glaubt man nicht, das weiß man, darauf kannst du dich verlassen, aber Glauben, Glauben? Was ist das schon!"

Katja schüttelte den Kopf, ihre Löckchen flogen. Schön sah sie aus, wenn sie böse war. Mit Tränen in den Augen nahm sie mich an den Schultern, kam näher, legte ihre nassen Wangen an mein Gesicht, schluchzte und wisperte: „Geh mir nicht verloren an diese Leute. Vater hat Gott im Krieg angefleht, ihm zu helfen. Der Himmel hat sich nicht gerührt. Guck, wenn du dich in der Welt umsiehst, überall nur Unrecht und Unheil. Wo ist denn dieser gütige und allmächtige Gott, wenn man ihn braucht? Komm, wir wollen uns selber helfen und einander vertrauen. Dazu brauchen wir keinen anderen, auch nicht deinen Herrgott." Ich schwieg zu diesem unerwarteten Gefühlsausbruch. Ein Tabu-Thema, das es zu meiden galt, des lieben Friedens willen. Nein, darum streiten wollte ich nicht, dazu liebten wir uns zu sehr und hatten nach der langen Trennung ein viel zu großes Harmoniebedürfnis.

Wie sehr wir uns liebten und bereits ineinander verschmolzen waren, ist mir erst viel später bewusst geworden. Die meisten Spaziergänge zielten daraufhin, ein verschwiegenes Plätzchen zu finden. So der unvergessliche gemeinsame Gang über einen weiten Acker fernab von allem Störenden.

Wir schlenderten unter blauem Himmel durch einen Wiesenrain vollen Kornblumen und rotem Mohn. Links und rechts bis zum sommerlich im Dunst liegenden friesischen Horizont war kurz zuvor umgepflügt worden. Die Sonne spiegelte sich silbrig an der umgebrochenen Scholle, die fast schwarze Erde dampfte, feucht und empfänglich für die neue Saat. Am Wegrand fächelte vom Meer her eine warme Brise durchs verdorrte Gras. Ein Duftgemisch von jodigem Seetang und wilden Blumen zog vorbei, über uns dann und wann kreischende Mauersegler, sonst Stille.

Weit und breit kein Mensch außer uns.

Vor mir im hellen wippenden Trägerkleidchen, weiß mit Streublümchen, suchten Katjas lange wohlgeformte Beine festen Halt auf dem schmalen Stieg, der beide Äcker trennte. Der sie von hinten anblasende Wind formte das Kleid auf ihrem stolzen Rücken und ließ ihren Popo runder und verlangender rollen. Wie von einem Magneten angezogen, streckte ich nach ihr die Hände aus. Ein Blitz durchzuckte meinen Körper bis in die Lenden. Dieses herausfordernde Kleid musste ich ihr ausziehen, jetzt und an dieser Stelle. Sie mag meine Gedanken erraten haben. Sobald ich zu nahe kam, hüpfte sie gickernd ein paar schnelle Schritte weiter, ließ mich aufholen, und weiter ging es mit demselben Gelaufe. Zuletzt rannte sie in zögernden Sprüngen davon, aber immer keck zurückblickend, ob ich noch mitspielte und folgte.

Sie wollte zu Boden gerissen werden, und mir tat es längst schon zwischen den Beinen weh, diese Anmache hielt mein Kleiner auf die Dauer nicht aus.

Endlich erwischte ich sie. Wir stolperten ins Gras. Katja drehte mich auf den Rücken, ich wehrte mich nicht, stellte mich tot, blinzelte aber, um keinen ihrer weiteren Handgriffe zu verpassen. Das vorne mit Druckknöpfen zusammengehaltene Blümchenkleid fiel mit einem Ruck von ihr ab, einen BH trug sie nicht, steil sprossen ihre Busenknöpfchen hervor. Fast andächtig öffnete sie mir den Hosengürtel, fingerte bewusst umständlich am Reißverschluss, ich hob leicht den Hintern, um ihr das Herunterziehen der Hose zu erleichtern. Nur bis zu den Knien gab sie mich frei, wie gefesselt konnte ich die Beine nicht bewegen, dafür aber ließ sie meinen Liebesstock herausspringen, der drohend auf sie zeigte.

Ein aufregendes Bild ist mir davon im Gedächtnis geblieben.

Rundherum die fast schwarzen frischgepflügten Erdschollen. Vor dem dunklen Hintergrund von der Sonne angestrahlt stand das liebste meiner Glieder als himmelstrebende Rakete auf der Abschussrampe.

Mit dem Lächeln der Mona Lisa drückte Katja mit ihren Händen das begutachtete gute Stück nach einem auf die Spitze hingehauchten Kuss in die Falte ihrer strammen Brüste.

An diese Szene musste ich Jahrzehnte später denken, als in Thailand in einem Tempelbezirk Frauen an einen glänzend schwarzen Marmorphallus ihre Brüste rieben, in der Hoffnung schwanger zu werden.

Es war nicht zum Aushalten. Kurzerhand zog ich sie mir mit einem Griff auf die Brust, fasste ihre Hüften und versenkte meinen Dorn in ihre weiche, samtene Feuchtigkeit. Katja seufzte, verharrte nur kurz, bäumte sich wieder auf, sah mir fest und fordernd in die Augen und begann zu reiten, schneller und schneller. Sie schauderte, ja sie zitterte dabei und stöhnte: „Ich möchte schreien, soll ich schreien?"

„Ja, schrei, schrei so laut du kannst, hier hört uns keiner!"

Nie wieder habe ich eine Frau beim Geschlechtsverkehr so schreien hören. Gellend hallte es über den Acker: „Ich will mehr, ich will mehr, ich will mehr!" Sie heulte und winselte schließlich wie ein Wolf, bis der erkämpfte Orgasmus sie schlagartig über mir zusammenbrechen ließ. Ich hatte mir Zurückhaltung auferlegt, was hätte ich auch unternehmen sollen, festgelascht mit der Hose um die Knie. Wie ein Schraubstock wirkte ihr Mäuschen, als es sich befriedigt hartwerdend zusammenzog. Erschöpft lag sie auf mir. Tränen umrahmten ihre weitgeöffneten Pupillen, als ihre Lippen die meinen suchten und dabei murmelten: „Gleich bin ich wieder für dich da", und schmunzelt folgte: „Du sollst ja auch dein Fett haben."

Schweigend sich mit Küssen tupfend, weitab von der Welt, lagen zwei Liebende im Gras, von der wärmenden Abendsonne beschienen und vom Himmel zugedeckt. Wenn sich Katja nach höchster Erregung entspannte, entströmte ihren Poren, wie bereits erstmalig im Laufe der wilden Nacht in der Jagdhütte festgestellt, ein besonderes Parfüm, ein Hauch von Wildheit, eine Mischung von Honigduft und Katze, von Reinheit und nymphomanischer Unersättlichkeit. Tief eingeatmet, meinen Kopf in ihren feuchten Schoß vergraben, heizte dieses Duftmittel ein zu neuen Taten. Dieses Mal wollte ich der Reiter sein und die Sporen geben. Katja genoss es, hielt bei jedem Stoß kraftvoll dagegen. Als ich ermattet über ihr zusammenklappte, breitete sie beide Arme aus und beendete das Spielchen zart lächelnd mit der Bemerkung: „Na, hat der Kleine sein Fett bekommen?"

Später daheim in der Nacht löste sich ein Poet aus ihren Armen, schlich an das kleine Schreibpult und versuchte, das heutige Erlebnis in Versform zu bringen. Das sanfte Licht der Tischlampe fiel auf die Schlafende, die ich beim Schreiben nicht aus den Augen ließ. Sie schlief wie ein Engel. Ihre langen Wimpern schienen zu winken. Leiser Atem wiegte die Bettdecke, aus der ein schlanker Arm mit lässig geöffneter Hand herausragte. Gegen diese gepflegten Hände wirkten die meinen wie Seemannspfoten.

Mich überkam Besitzerstolz. Dieses selbstsichere, hübsche, hingebungsvoll liebende und dabei intelligente Mädchen die Meinige nennen zu dürfen, das war ein Glücksfall. Heute würde man sagen: „Ein Sechser im Lotto!" Diese Gedanken umschwirrten mich, als die folgenden Zeilen entstanden.

Sommerabend

Wie wohlig fächelt mich der Wind,
der durch Frieslands Weiten weht.
Der Abend atmet purpurn aus
und über dunkle Äcker schwebt
ein fiebernder Gedanke.
Wie still ist es am Deich geworden,
der endlos in die Ferne reicht.
Das Land versinkt in tiefem Schlaf
und über satte Wiesen streicht
der Hauch von jungem Leben.
Wie seltsam flüstert es im Schilf,
das in der Strömung wiegt und schwingt.
In Rohr und Halm sind Melodie
und immer deutlicher erklingt
schmeichelnd der Sirenensang.
Wie frei und frisch ist diese Luft,
die durch nichts aufgehalten wird.
Die Nacht schiebt Wolken in das Feld
und zu den blassen Sternen irrt
ein sehnsüchtig heißer Wunsch.
Wie drängend treibt die Flut heran,
füllt Herz mir, Seele und Verstand.
Ein wertvoll Stück Glückseligkeit,
dass ich im Sand die Perle fand.
Nie möcht ich sie verlieren!

In Briefen und gedichteten Liebesgrüßen, die uns während der häufigen Trennungen verbanden, entwickelten wir beide eine bestimmte Schreibkultur, die gegenseitig die Herzen und intimsten Wünsche und Gefühle offen legte.

Ich wusste, dass Katja die Weite des Nordens, die fernen Horizonte, das rauschende Meer und die fernab vom Zechendunst kristallknackig frische Luft über alles liebte, also versuchte ich dieses in meine Zeilen und Sonette einzuflechten.

Unsere gemeinsame Ferienzeit ging viel zu schnell zu Ende, aber wir würden uns ja zum Jahreswechsel wiedersehen. In Beckum sollte dann auch die Entscheidung fallen, ab wann und wo ich die Uni besuchen würde.

Von der Kieler Uni hatte ich mir im Herbst die Immatrikulationsunterlagen zuschicken lassen. Mutter staunte nicht schlecht, als sie mir den großen Umschlag am Frühstückstisch übergab. Bisher hatte ich sie nicht eingeweiht in meine, oder besser gesagt in Katjas und meine Pläne. Jetzt war es an der Zeit, ihr reinen Wein einzuschenken, aber mit der strikten Auflage, nichts Vater anzuvertrauen.

Der hätte zwar begeistert, vielleicht zu begeistert, meinen Studienwünschen zugestimmt, aber schlagartig zu meinen Gunsten Mutters Haushaltsgeld drastisch gekürzt.

Dass ich mit Arthurs Geld die Uni besuchen würde und dadurch wie bei einem Darlehn bei meinem Gönner in ein Abhängigkeitsverhältnis geriet, damit hätte er sich sicherlich nicht abfinden wollen. Und ehrlich gesagt, mir war bei diesem Gedanken auch nicht ganz wohl.

Aber hätte ich Nein sagen sollen?

An einem der vielen fiesen, miesen Novembertage trieb es mich eines Abends aus meinem muffigen Stübchen an die frische Luft. Die vielen Fragen in den Studienunterlagen, gepaart mit den Erwartungen, was mich bald in Beckum auf mich zukommen würde, verbunden mit einem Schuss Heimweh, drehten im Kopf einen wilden Kreisel. Der vor der Haustür ins Gesicht schlagende Regen kühlte ab.

Wie in früheren Tagen trieb es mich zum Hafen hinunter, als die Nähe von Schiffen und Wasser mich gedanklich in die weite Welt hinaustrug. Seit der Bekanntschaft mit Katja war das alles verschwunden. Wo würde ich jetzt sein? Wäre ich bei Onkel Hanny auf der *Silena* geblieben, wäre ich sicher nicht mehr hier, und Katja? Wir wären einander bestimmt nie näher gekommen. So allein mit mir beschäftigt, schreckte mich eine Gruppe auf, die von einem hellerleuchteten Boot herabstieg. Das sah aus wie der Zollkreuzer, der hin und wieder hier einlief, oder war es ein größeres Polizeiboot? Schnittiges Ding. Vorn auf der Back, dem Vorschiff, ragte unter einer Persenning das Rohr eines Geschützes hervor. Nein, das war eines der Boote der neu aufgestellten Bundesmarine. Zum ersten Mal sah ich so etwas in unserem Hafen. Die Meute, die da an Land ging, lachte, alberte und trieb sich zur Eile an. Sie wollten in die nächste Kneipe. Bestimmt hatten die Burschen bereits, wie man bei uns sagte, „einen im Kahn", hatten „vorgetankt", schon an Bord den Abend begossen. Dicht an mir zog die Alkoholfahne vorbei. Einer der in Blau Uniformierten hätte mich in der Dunkelheit beinahe über den Haufen gerannt, er stutzte vor mir, sah mich fragend an und gleichzeitig erkannten wir uns. Das war Füchschen, Achim

Fuchs, mit dem ich bis zum Sitzenbleiben in der Quarta die Schulbank gedrückt hatte. „Du bist doch der Hannes!" Er griff nach meinem Arm. „Komm mit, wir gehen ins Stadtcafé und begießen unser Wiedersehen. Meine Kumpels haben nichts dagegen."

Aufrechte Bürger unserer Stadt verabscheuten dieses Lokal, Vater bezeichnete es als Puff, andere als Proletenschuppen. Davon beeinflusst, hatte ich den Laden nie betreten, jetzt also zum ersten Mal. Ein Mief von Tabaksqualm und Bier schlug uns entgegen.

In dem Laden war schwer was los. Nicht schlüpfrige Mädchen, wie Vater sagte, lungerten da herum. Nein, das war eine deftige Hafenkneipe. In einer Ecke droschen vierschrötige Fischergestalten einen lautstarken Skat, und an dem langen Tresen hatte die Marine Stellung bezogen. Genau da, wo die verblühte, viel zu blonde und überschminkte Frau Wirtin kirschmundig lächelnd das Bier zapfte, drängte sich Füchsen mit mir zwischen seine Kollegen.

„Leute, das ist ein alter Kumpel von mir, der möchte euch mal ein Bier ausgeben." Dabei setzte Füchschen ein so überzeugtes Grinsen in sein freches Gesicht, dass mir mein sich bereits auf den Lippen formende Nein in den Hals rutschte. Schulterklopfend räumte man mir vor dem Tresen einen guten Platz ein. Frau Wirtin hatte den neuen Kunden schon eingepeilt und fragte: „Na Süßer, wie viele sollen's denn werden?" Acht oder neun Uniformierte hoben den Arm.

Das Boot kann von einer Ausbildungsfahrt in der Nordsee. Füchschen, und seine Freunde waren Offizieranwärter. Es wurde eine lange lustige Nacht, die schließlich an Bord mit einem Absacker endete und für mich mit einem ondulierten Heimgang.

Am nächsten Tag besuchte ich Füchschen an Bord. Er zeigte mir „sein" Schiff.

In einer Kammer schliefen sie in jeweils zwei Kojen übereinander. Der Raum war sehr klein, aber gemütlich. Die Enge forderte peinliche Ordnung. Pro Person gab es nur ein kleines Schapp, nicht größer als ein Koffer, und das für die gesamte Kleidung und sonstige Utensilien. Was mir besonders auffiel, war der kameradschaftliche, fröhliche Umgangston. Füchschen in seiner blauen Uniform ähnelte einem Hitlerjungen, dabei war es weniger die Uniform, sondern sein Aussehen. Kurze blonde, fast weizenblonde Haare, strahlende blaue Augen, rot angehauchte Pausbäckchen, ja das war doch der Hitlerjunge Quex, der im Dritten Reich in den Kinos über die Leinwand flimmerte. Füchschen zählte zu den aufgeräumten Typen, immer gut drauf, eben ein Sunny Boy. Liebte leicht anrüchige Witze zu erzählen, berichtete von wilden Stürmen, die er mit „seinem" Patrouillenboot in Ost- und Nordsee bereits abgewettert hätte, zeigte Fotos von anderen Booten und drückte mir kurz vor dem Ablegen mehrere Broschüren und Werbematerial in die Hand mit der Bemerkung: „Hast nicht Lust bei uns einzusteigen? Wir sind ein toller Haufen, da ist immer was los und der große Knüller ist, hier kannst du Karriere machen. Wer da gleich vom Anfang im ersten Glied steht, hat über Jahre stets eine Uniform beim Schneider, um den nächsten Dienstgrad aufgenäht zu bekommen. So schnell wirst du da befördert. In einem der Heftchen steht alles drin. Für dich als bisher Ungedienten ist in Köln die Offizierbewerberzentrale zuständig. Erkundige dich mal!"

Ein scharfer Pfiff von der Brücke des Patrouillenbootes beendete Füchschens Vortrag. Mit einem Klaps auf die Schulter verabschiedete er sich, sprang an Bord und rannte zu dem achteren Leinenkommando. „Alles los und ein!" rief jemand über Deck. Die seit Minuten grummelnden Motoren nahmen einen schärferen Ton an. Leinen flogen an Bord. Füchschen sah ich, wie er sich über die Reling lehnte und einen dicken Fender einholte. Dabei winkte er und brüllte durch den Motorenlärm: „Mach's gut old chap, hope to see you again!" Mit rauschender Hecksee zog das schnittige graue Boot davon und war kurz darauf hinter der Außenmole verschwunden.

Im Schein der Nachttischlampe die Kieler Universitätsunterlagen beiseite geschoben, las ich stundenlang in Füchschens Broschüren und anderen Beilagen. Das war schiere Werbung für seine Truppe.

Ich musste wohl vielerlei in letzter Zeit versäumt haben. Fixiert auf Beckum, auf Katja und auf das geplante Studium, war mir entgangen, was sonst in der Welt geschehen war. Zeitungen zu lesen oder den Nachrichten das Ohr zuzuwenden, zählten nicht zu meinen Hobbys. In der Schule galt als größtes Ereignis der Tod eines gewissen Albert Einstein, der die unverständliche Relativitätstheorie entwickelt hatte, die mir gar nichts sagte oder die Sensation, dass die Lufthansa, von den Siegermächten erlaubt, wieder in die Luft steigen durfte. Andere Neuigkeiten juckten mich nicht. Schon gar nicht die politischen Diskussionen und letzten Entscheidungen über eine Wiederbewaffnung. Zum Bundesgrenzschutz, den offenbar baldigen Seestreitkräften, zu den es Achim Fuchs hingezogen hatte, spürte ich keine Beziehung. Zu jeglicher Seefahrt war mir eine gewisse Abscheu gewachsen, denn der Untergang von Onkel Hannys *Silena*, dem Dampfer, auf dem ich beinahe angeheuert hätte, geisterte mir immer noch durch den Sinn.

Die mir von Füchschen in die Hand gedrückten Werbeunterlagen übten jedoch einen gewissen Reiz aus, um hin und wieder mal hineinzuschauen. Katja schrieb ich nichts von meiner Begegnung am Hafen. Ob sie auch mir alles berichtete, was sie erlebte? Ihre Briefe wirkten in letzter Zeit nicht mehr so unbeschwert, aber das lag wohl daran, dass sie im Betrieb ihres Vaters voll engagiert war. Sie erzählte von Geschäftsreisen ins Ausland. Mehrfach sei sie seit unseren letzten gemeinsamen Sommerferien mit ihrem Alten in Zürich gewesen, hätte dort tolle Leute kennen gelernt. Diese Herrschaften seien für Arthur sehr nützlich, um dorthin Verbindungen aufzubauen, - Vater und Tochter schienen ständig unterwegs zu sein.

Weihnachten kauften die Eltern mir den ersten dunklen Anzug, ein weißes Hemd und zwei Krawatten. Damit ich beim Besuch in Beckum nicht wie Mutter sagte, wie ein Arme-Leute-Kind auffallen sollte. Mich rührte es, wie beide, Vater und Mutter ihre eigenen Wünsche in den Hintergrund stellten, um ihrem Sohn einen guten Berufsstart zu ermöglichen. Nach der Bescherung am Heiligabend habe ich dann meinem Vater meine und Arthurs Pläne vorgetragen, dass ich möglicherweise im nächsten Frühjahr nach Beckum gehen werde, um von dort aus in Münster Volkswirtschaft zu studieren. Ihm gefiel diese Wahl über alle Maßen und spendierte daraufhin eine Flasche Wein. Mich finanziell nicht mehr auf der Tasche liegen zu haben, musste er wohl als eine für ihn nutzbringende Entwicklung betrachtet haben. Ich kannte ihn nur zu gut, um bei dieser Beurteilung falsch gelegen zu haben. Am zweiten Weihnachtstag durch viel Eis und Schnee gefahren und wie es sich für die Bundesbahn gehört, mit viel Verspätung eingetroffen, stand ich mutterseelenallein mit meinem Köfferchen in Beckum auf dem Bahnhof. Eigentlich sollte ich abgeholt werden. Frierend in das nächste Taxi gestiegen, ging die Fahrt zum Gasthof „Goldener Schwan".

Dort vermutete ich zu der Zeit Katja und ihren Verwandtschaftsklüngel, denn sie hatte mir geschrieben, dorthin würde Arthur wie in jedem Jahr um 18 Uhr zum traditionellen Weihnachtsessen einladen. Sicherlich hockten sie jetzt bereits beieinander, versammelt um den Clan-Chef. Im „Goldenen Schwan" angekommen, meinen neuen, etwas von der Fahrt zerknitterten Anzug geradegezupft, kam ich nicht viel zu spät. Man hatte sich gerade an die festlich gedeckte Tafel gesetzt und blickte erstaunt auf den verspäteten Gast. Mich überraschte die riesige Runde.

Von draußen aus der verschneiten Kälte in das Licht schwerer Kristalllüster getreten, blendete die pompöse Aufmachung dieser Gesellschaft. Arthur winkte mich heran, klopfte ans Glas und verkündete wer ich sei. Mit keinem Wort erwähnte er meine Verbindung zu Katja, sondern stellte mich lediglich vor als einen lieben Gast aus dem Norden. Freundliches Lächeln überall, flüchtige Notiz und die Schnatterei wurde fortgesetzt.

Ich empfand die Vorstellung als ein bisschen mager, dafür aber entlohnte mich Katjas erwartungsvolles Lächeln und ihr bezauberndes Kleid, das mehr freigab als verhüllte. Mit den hochgesteckten Haaren erschien sie mir edler als je zuvor. Katjas Schönheit überstrahlte alle anderen Frauen am Tisch. Liebevoll küsste sie mich, wie stolz war ich, neben ihr Platz nehmen zu dürfen. Als erstes lobte sie meinen Anzug: „Donnerwetter, gut siehst du aus. Gefällt mir, steht dir gut. Freut mich, dich so mit meiner Verwandtschaft bekannt machen zu können. Die alle hier wissen kaum was von dir und von uns beiden. Da gibt es manchen Neider und sieh mal die Jungs da drüben." Sie zeigte auf ein paar Wuschelköpfe. „Das sind Söhne aus dem Vorleben meiner Mutter, Leute mit polnischer Kaschuben-Vergangenheit, weißt du aus der Zeit, als nach dem ersten Weltkrieg Polacken als Bergarbeiter ins Ruhrgebiet kamen. Die Burschen gehen allesamt in der Hoffnung schwanger, über mich an die Tröge meines Vaters zu gelangen. Schleimige Verehrer, die möchte ich noch lange über uns nachdenken und zappeln sehen. Deswegen" – sie rückte dichter heran und flüsterte noch leiser – „lass sie wissen, wenn du mit ihnen ins Gespräch kommst, dass du ein weitläufiger Verwandter und mein Lieblingscousin bist. Das wird die Bande furchtbar ärgern!“

Sie schaute mich fast herrisch an, Falten zogen ihre schöne Stirn zusammen als sie eindringlich fragte: „Hast du mich verstanden? Das ist nur ein taktischer Schachzug und mit Arthur abgesprochen.“

Ich begriff diese Heimlichtuerei nicht. Wofür sollte das gut sein? „Und was sagt deine Mutter dazu?“ versuchte ich zu ergründen.

Um Katjas geschminkte Augen zogen Wolken auf. Mit spürbarer Verachtung in der Stimme folgte die Erklärung: „Die schweigt zu allem, was Arthur und ich sagen. Sie hat nicht viel im Kopf. Sie weiß, dass sie nichts beizutragen hat!“

Ein kurzes Lächeln huschte über das Gesicht, damit beendete die Tochter ihre geschäftsmäßig vorgetragene Unterweisung. Schlagartig danach verwandelte die mir bisher so nicht Bekannte wieder in die begehrenswerte Liebende. Wie sie ihre Mutter beurteilte, tat mir weh. Das schwirrte mir noch lange durch den Kopf.

Der Abend plätscherte dahin, nach links und rechts wurden artige Komplimente verteilt, dazwischen köstliche Gerichte gereicht, anfangs Weißwein, später zum Hauptgang dunkler Bordeaux. Geschäftsfreunde trugen witzige Episoden vor und lobhudelnde Gedichte, gemünzt auf Arthur. Martha, seine Frau, bedachte niemand.

Nach dem Dessert waberte dichter Tabakqualm über den Tischen. Je dicker die Herren, desto üppiger die Zigarren. Der Wein tat seine Wirkung, die Witze wurden deftiger, was die eleganten Damen, einige mit goldblond hochgesteckten Frisuren und mit Schmuck übersät, gar nicht störte, ja sie kreischten umso lauter, je ordinärer das Gesagte war.

Katja hielt sich angenehm zurück. Das gefiel mir an ihr. Mal schaute sie mich an, mal kopfschüttelnd zur Decke, besonders, wenn Martha vor Begeisterung aufschrie. Unter dem Tisch drückte mein Schwarm mir die Hand, als wenn sie damit sagen wollte: „Das ist unter unserem Niveau!“ Ich blieb stumm. Mit noch größerem Staunen wahrgenommen, wandelte die feine Gesellschaft ihr Gesicht. Jetzt übergegangen zu Schnapsrunden, hatten die meisten Männer ihre Jacken ausgezogen und die Schlipse gelockert. Ein auffallend Dicker, der eben noch lautstark aufgetrumpft hatte, schlief in einem Sessel draußen im Foyer.

Nur wenige saßen, meistens zu zweit, an der abgeräumten Festtafel und plauderten. In kleinen Grüppchen, getrennt nach Weiblein und Männlein, wurde über Urlaub, das neue Auto, Karriere oder auch Belanglosigkeiten gelacht, geschimpft und frotzelige Witze gemacht.

Mit einem Male kam ich mir völlig überflüssig und fehl am Platze vor. Katja hockte seit längerem mit einer Freundin oder Cousine an einem der Nebentische, beide so ins Gespräch vertieft, dass ich keinen Ansatz fand, Katja für mich zu interessieren.

Schließlich fand ich Kontakt mit einem Gleichaltrigen, der im Hintergrund allein auf einem Sofa saß, neben ihm lehnte ein Krückstock. Er mühte sich aufzustehen, als ich auf ihn zusteuerte. „Nein, komm, bleib sitzen", ich drückte ihn in die Kissen zurück und gab ihm die Hand. „Ich bin der Hannes und du?" – „Ich heiße Eberhard."

Wir fanden gleich Gefallen aneinander. Im Laufe des restlichen Abends erfuhr ich so manches über seine Protz-Mischpoke, wie er seine Verwandtschaft nannte, zu der auch Katja zählte. „Du, das ist eine ehrgeizige Intelligenzbestie, die kann ganz schön kratzig sein."

Und nach einer kurzen Pause, bei der er mich grinsend ansah, wusste er mehr zu berichten: „Gib es zu, du bist ihr Freund von der Waterkant und nicht, wie bei uns erzählt wird, ein aus der Vertiefung herausgeholter ferner Verwandter."

Ich schüttelte den Kopf: „Richtig, das bin ich nicht, habe das auch nie behauptet und verstehe dieses Gerede nicht. Zum ersten Mal als Arthur mich hier heute Abend vorstellte, ist dieser Satz gefallen." Eberhard fiel mir ins Wort: "Frage mal deine Katja im stillen Kämmerlein, was es damit auf sich hat." Nun, das hatte sie mir bereits zum Beginn des Abends zuflüstert, aber das wollte ich ihm nicht anvertrauen. „Ich weiß, dass ich auf jeden Fall ihr Cousin bin, wenn auch nicht sonderlich von ihr beachtet", und mit einem säuerlichen Unterton in der Stimme fuhr er fort: „Bin ja nur ein Krüppel, mit dem sie nichts anfangen kann. - Übrigens, wir werden uns Silvesternacht wieder treffen. Da wird es hoch hergehen. Wenn du dann so nach Mitternacht mal mit der Katja eine Pause einlegst, kann ich dir so manches zeigen, was meine Verwandtschaft in dieser Nacht zum Besten gibt."

Er keuchte ein wenig, schien müde zu sein. „Hilf mir mal aus dem unmöglichen Sofa hier, das ist für mich viel zu weich und zu tief, ich muss nach Hause." Plötzlich stand Katja neben uns, zog mich von Eberhard weg, grüßte ihn kurz, und schon saßen wir auf den Rücksitzen in Arthurs Wagen.

Dass Arthur noch fahrtüchtig war, wagte ich zu bezweifeln, aber das schien ihn nicht zu beeindrucken. „Dein Koffer ist hinten drin." Nur mit Schwierigkeit kam dieser Satz über seine ihm nicht mehr ganz gehorchende Zunge.

Auf meine dumme Frage, wo Martha sei, erntete ich obendrein die eher verletzende und bissige Bemerkung: „Unsere polnische Mama liegt schon längst in den Federn, voll des süßen Weines".

Der Motor heulte auf und stotternd begann die Fahrt durch das menschenleere Beckum.

Auf dem Grundstück der Zeichners glücklich angekommen, blieb das Auto mit einem Ruck vor der Garage stehen, Arthur wankte grußlos ins Haus. Katja zeigte mir meine Bleibe im Nebenhaus, wo ich bereits beim ersten Besuch untergebracht war, fernab von ihrem Zimmer. Sie verstand meinen betrübten Blick, küsste mich unerwartet verheißungsvoll, was mich verleitete, ihr das Kleid über die Schultern herabzuziehen. Doch sie wehrte sich zart aber bestimmt. „Nicht heute, ich bin unpässlich, habe meine Tage", winkte, „Schlaf gut, bis morgen." Die Tür fiel ins Schloss und ich ins Bett.

So gegen 11 Uhr trudelten alle ein, vom Kaffeeduft angelockt, und fielen in die Stühle rund um den Frühstückstisch. Wie damals nach der Nacht in der Jagdhütte wirkte Arthur verkatert und angeschlagen. Martha tat so, als ob sie gestern gar nicht auf einem Fest gewesen wäre. Katja zeigte mir später unter dem aufwändig geschmückten Tannenbaum einige ihrer Geschenke. Ich hatte ihr als Überraschung von meinem zusammengekratzten Taschengeld einen kleinen Goldring gekauft mit einem ganz kleinen Rubin in der Mitte, gedacht als mein Herzblut, das immer in ihrer Nähe sein sollte. An dem dazugehörigen Sprüchlein hatte ich lange gefeilt, als ich ihn nun unter dem Tannenbaum vortrug, ihre Hand ergriff und ihr den Ring über den Finger streifte. Sie war hochgradig überrascht über das Geschenk, lief puterrot an, und ich meinte, sogar feuchte Perlen in ihren dunklen Augen erkannt zu haben.

Ja, ich liebte sie über alle Maßen und spürte in diesem Moment, dass ihre Regung dieselbe war. Geschlafen miteinander haben wir trotzdem nicht. Ich wusste, sie hatte ihre Tage, aber sie vertröstete mich, bis Silvester würde alles wieder wie sonst sein. Darauf freute ich mich.

Der Beckumer Stadtpark sah uns durch den Schnee bummeln. Wir hockten eng umschlungen auf eiskalten Parkbänken, erwärmten uns in überheizten Kinos und schlürften danach heiße Schokolade oder Milchshakes in einer der neuen supermodernen Eisbars.

Dabei ereignete sich in einem der Cafés eine Besonderheit, über die ich später lange nachgedacht habe. Im Hintergrund spielte eine kleine Kapelle gedämpfte Musik, die schwarz gekleideten Mädchen der lautlos vorbeihuschenden Bedienung mit weißem Spitzenschürzchen und gestärktem weißem Stoffdiadem auf dem Scheitel gaben dem Café das Flair der Jahrhundertwende. An der bis zur Decke hinaufreichenden Holztäfelung spielte matt das Licht aus glitzernden Glaskugeln. Katja und ich saßen in dem feinsten Laden Beckums.

Kaum hatten wir Platz genommen, da machte sie mich auf das üppige Tortenbuffet aufmerksam. „Du bist eingeladen, empfehlen kann ich die Stachelbeertorte!" Dazu spendierte sie heiße Schokolade, mein Lieblingsgetränk.

Das neben dem Genießen des lecker schmeckenden Kuchens plätschernde Gespräch erfuhr jäh einen Abbruch, als in der Eingangstür des Cafés der schwere Samtvorhang beiseite rutschte und alle Blicke sich auf eine dort erscheinende Gestalt richteten. Das Stimmengewirr ebbte ab, Stille trat ein. Alle Blicke fixierten die in der Uniform der Heilsarmee eingetretenen Frau.

Katja verbarg ihr Gesicht in den Händen und wisperte: „Meine Güte, die schon wieder. Das ist der Rauschgoldengel von der Bahnhofsmission, die bettelt für die Obdachlosen und die Penner, damit die wieder was zu saufen haben." Ich muss ihr wohl nur halb zugehört haben.

Da stand hochaufgerichtet eine bildhübsche junge Frau. Über den Stirnrand der altertümlich wirkenden schwarzen Haube mit dem dunkelroten Band plusterten sich frech goldene Locken, die ein ebenmäßiges, schmales Gesicht umgaben. Das Faszinierendste jedoch waren ihre großen strahlend blauen Augen, die wie leuchtende Sterne fröhlich über die Kaffeegäste hinwegfunkelten. Sie schwang eine Sammelbüchse in der Hand und ging von Tisch zu Tisch, trug ihren Wunsch vor, für die Armen der Stadt ein Scherflein zu spenden. Zweifellos bettelte sie, aber, wie ich meinte, für einen guten Zweck.

Ich wusste, Katja sah das anders. Als die von spöttischen Bemerkungen begleitete „Bettlerin" an unseren Tisch trat und weniger mir als Katja selbstsicher lächelnd die Sammelbüchse entgegenstreckte, zwang mich eine innere Kraft, etwas zu tun, womit ich Katja garantiert ärgern würde. Ich zückte ein Fünf-Mark-Stück in ließ es scheppernd in die Büchse fallen. Noch bevor dem blonden Lockenkopf ein Danke über die Lippen kam, schlug Katja mir auf die Hand, sprach aber nicht in meine Richtung, sondern giftete die Heilsarmeefrau an. „Eine Unverschämtheit, hier die Leute zu belästigen, Geld zu sammeln unter dem Vorwand, Arme zu unterstützen. Das geht doch alles auf das Konto der Kirche. Da wollen sich die Pastoren und der gesamte Klerus bereichern."

Dass Katja in Sachen Kirche und Religion so heftig ausflippte, hatte ich zwar schon einmal erlebt, aber stets vermieden, dieses Thema wieder zu berühren. Schließlich sahen wir uns so selten, ihre Nähe wollte ich nicht mit Auseinandersetzungen gleich welcher Art belasten und die Zeit dafür vergeuden. Ich gebe zu, ich war zu feige, über strittige Themen mit ihr zu diskutieren oder ihr gar zu widersprechen. Nie hatten wir bisher getestet, wie es um unsere Streitkultur bestellt war, wie kompromissbereit jeder von uns sein konnte. Jetzt schien die Zeit gekommen zu sein. Ich begriff nicht, warum sie so ausfällig wurde und über den Rauschgoldengel herfiel, der milde lächelnd vor ihr stehen blieb. Rundherum widmete man sich wieder den Sahnetorten, der Geräuschpegel zeugte davon, dass niemanden unser weiteres Gespräch interessierte. Katja saß mit angespannten Gesicht und wartete fordernd auf eine Antwort der Heilsarmee; dabei wirkte sie irgendwie hochnäsig, wohl davon überzeugt, der Frau so richtig die Meinung gesagt zu haben. Doch die stellte unerschüttert die Gegenfrage: „Möchten Sie wirklich wissen, warum und für wen ich durch Kneipen und Cafés ziehe? Glauben Sie wirklich an das, was Sie da behaupten?" Ruhig ohne vorwurfsvoll zu sein, mit dunkler, warmen Stimme gesprochen, stand dieser Satz im Raum.

Katja machte eine wegwerfende Handbewegung: „Ach gehen Sie doch!“ Mich beeindruckte diese Frau, und ich mischte mich ein: „Ich möchte es wissen, setzen Sie sich doch und erzählen Sie!“

Katja verwirrte mein Blick, den ich fest auf sie gerichtet hatte. Es war wohl das erste Mal, dass jemand etwas anderes wollte als sie. Sie schwieg verdutzt.

Unser Tischgast nahm Platz, öffnete das Schleifchen unter der altertümlich anmutenden Haube und nahm sie ab. Goldgelb wie bei Rapunzel fiel ihr Kraushaar herunter bis auf die Schultern. Es leuchtete so hell im Licht der Kristalllüster, dass nebenan die alten Damen ein staunendes „Oh“ nicht unterdrücken konnten.

Ich schätzte die Frau auf um die Dreißig. Das bestaunte Haar umrahmte ein ebenmäßiges Gesicht mit vollen, ich würde sagen verlangenden Lippen, darüber eine schmale, elegante Nase, und der Gipfel ihres Charmes waren die besagten strahlend blauen Augen, die jetzt ohne die alberne Haube aus der Bettlerin eine begehrenswerte Schönheit, eine Prinzessin machten. Ihre Figur selbst ließ sich unter der unattraktiven Uniform nicht ohne weiteres beurteilen.

Katja meinte mich von den abtastenden Blicken auf mein Gegenüber abzulenken, indem sie mit plötzlich freundlicherem Ton den Rauschgoldengel zu einem Tee einlud und sie bat, wenn auch in bisschen von oben herab, ein wenig von sich und ihrer Arbeit zu erzählen.

„Ja, das mache ich sehr gern.“

Ich hing an ihren Lippen. Die Frau hatte Zähne wie Perlen, und diese Stimme! Sie klang weich, samtig und strich über die Seele, indem sie sie mit hingehauchter Wärme zudeckte. Mit einem Male entdeckte ich ihre Hände, schlank, mit noch schlankeren Fingern, gepflegt und schön. Ein bildhübsches Weib, viel zu aufregend, um in der Heilsarmee verschlissen zu werden.

Aber weitere Betrachtungen und Gedanken zu entwickeln, verbot nicht nur die Gegenart von Katja, schließlich sollte ich ja zuhören und an nichts anderes denken. Meine Sinne kehrten wieder zu dieser faszinierenden Stimme zurück.

„Früher hätte ich nicht im Traum daran gedacht, die Uniform der Heilsarmee anzuziehen. Um es kurz zu machen: Mit meinem Dienst in dieser selbstlos arbeitenden Institution danke ich meinem Herrgott und den Menschen, die meine Mutter und mich auf der Flucht aus einer aussichtslosen Situation retteten.

Wir lebten bis kurz vor dem Einmarsch der Russen in der Nähe von Sachsenhausen im Brandenburgischen. Als BDM-Angehörige war der Führer mein Ein und Alles. In unserem Haus gingen hoch dekorierte Parteigenossen und Offiziere ein und aus. Meinen Vater sah ich nur selten, und wenn, dann in der schneidigen Uniform der SS.“

Als dieses Wort fiel, zuckte es in Katjas Gesicht, und sie hörte intensiver zu. Goldie sprach weiter.

„Wo er tagsüber steckte, darüber wurde nie gesprochen, ich habe auch nie danach gefragt. Er war Arzt und irgendwo in der Nähe tätig in einem sogenannten Arbeitslager, aber was sollte mich das interessieren. Als 15-Jährige beschäftigten mich die Schule, der Nachbarssohn Enno und beim BDM das Packen von Wintersachen für die Frontsoldaten sowie im Winter 1944/45 das Sammeln von Decken für Ausgebombte in Berlin.

Aus dieser ruhigen Insellage riss mich meine Mutter eines Nachts aus dem Bett, holterdipolter ging es in die Kleider. Mutter hatte einen kleinen Koffer in der einen Hand, mich an der anderen. So stürzten wir aus dem Haus. Über Berlin loderte der Himmel, dazwischen grelle Blitze. Donnergrollen wie bei einem Gewitter begleitete uns bei der hastigen Flucht zum Bahnhof. Aufgeregte Leute rannten hin und her, Soldaten trieben uns zur Eile an in Richtung des Zuges. Irgendjemand hob und schob mich durch ein Abteilfenster. Kinder weinten, Erwachsene schimpften. Endlich ging es los. Mutter fand ich später in der drangvollen Enge des Nachbarabteils, eben gerade noch rechtzeitig, als der Zug mit kreischenden Bremsen stehen blieb. Gewehrfeuer war zu hören.

Herausgedrängt aus dem Zug stolperten die Reisenden in alle Richtungen, Schreie und dazwischen Maschinengewehrsalven. Fremde Uniformen hasteten vorbei. Russische Flüche forderten zum Laufschritt. Neben mir riss einer der Kerle einem Mädchen die Kleider vom Leibe und stürzte sich auf die am Boden Strampelnde. Hinter einem Mauerrest drückte mich meine Mutter zu Boden und hielt mir den Mund zu. So blieben wir liegen, rund herum verebbte langsam gegen Morgen der Lärm. Eine bitterkalte Nacht ging zu Ende.

Aber ich will keine weiteren Details erzählen, nur das Folgende:

Der Weg bis ins Ruhrgebiet und alles, was unterwegs geschah von dem Zeitpunkt an, als uns ein Bauer an der Mauer fand, über die vielen Stationen bis hierher an ihren Tisch, ist begleitet gewesen von erstaunlichen Bewahrungen und unerklärlichen Ereignissen. Als Atheistin erzogen, habe ich in der Not beten gelernt. Ich bin ein ekelhafter Spötter gewesen, dem unverständlicherweise Menschen, ohne Gegenleistung zu erwarten, geholfen haben. Das waren keine Frömmler, die das Wort Gottes auf den Lippen führten, sondern, wie sich herausstellte, praktizierende Christen, die mit mir, einem Fremdling, die letzte Scheibe Brot teilten. Ich habe lange gebraucht, um zu begreifen, woher sie die Kraft hernahmen, so liebevoll zu handeln. Wollen Sie wissen woher? Die folgten einem Vorbild. Sie fanden es im Glauben an Christus, den Sohn Gottes und dessen aufopfernde Tat, für uns, für unsere täglichen Unzulänglichkeiten und unser Versagen, den Tod am Kreuz erlitten zu haben. Er nahm unsere Schuld auf sich, und wer an ihn glaubt, wird nicht verloren gehen, sondern das ewige Leben haben. Lässt sich übrigens in der Bibel nachlesen, im Johannes Evangelium, Kapitel 3, Vers 16. Der Glaube daran lässt mich wissen, niemals ins Bodenlose zu fallen, sondern immer in die Hände Gottes. Ich finde das ungeheuer befriedigend. Natürlich ist mir nicht immer alles gegeben worden, um das ich gebeten habe. Gott lässt sich eben nicht von uns formen, man kann ihm nicht die eigenen Wünsche aufzwingen, dann wäre er menschlich klein und nicht der Herr des Universums".

Mitten in einem Café, umgeben von Kaffeeduft, klappernden Tassen, Gelächter und Gesprächsgeräuschen legte jemand ungeniert und fröhlich ein Zeugnis ab für seinen Glauben. Für mich etwas Ungeheuerliches, denn derartiges hielt ich für etwas Intimes, für etwas, was nicht in die Öffentlichkeit gehörte. Aber was sie sagte, war mir von der Begegnung mit den Baptisten in Heide nicht unbekannt.

Was mochte Katja empfinden, sie, die alles Religiöse verdammte, ja als unangenehm empfand. Sie saß da wie versteinert, hoch aufgerichtet, abweisend, verzog keine Miene und starrte an die gegenüberliegende Wand. Der Blondschopf bemerkte, wie sehr sie Katja verunsicherte und lenkte ein: „Ich möchte Sie beide nicht langweilen, aber sie hatten mich gefragt, warum ich mit der Sammelbüchse durch die Lokale ziehe. Dazu bedarf es einer Grundeinstellung, die sicherlich eine ganz andere ist als die Ihre. Das wollte ich erklären".

Wenn sie doch noch bliebe, diese sanfte, weiche Stimme, diese schöne Lichtgestalt. Ich fühlte mich zu ihr hingezogen. Aber sie machte Anstalten aufzustehen. Da fuhr Katjas Hand vor und machte eine bittendende Geste. Fast tonlos sagte sie: „Aber das kann doch nicht allein der Grund dafür sein, in dieser albernen Uniform herumzulaufen, um für eine gute Sache Geld einzusammeln."

Wieder dieses sanfte Lächeln: „Nein das ist richtig. Das ist lediglich die äußere Autorisierung für mein Tun. Diese Uniform lässt die Gastwirte und die Leute auf der Straße erkennen, wer wir sind und wofür wir stehen. In meiner Berufskleidung würde man mir meine Motivation nicht abnehmen. Ich bin nämlich Ärztin für Gefäßchirurgie im städtischen Krankenhaus. Seitdem meiner Mutter und mir damals so aufopfernd geholfen worden ist, bin ich nicht nur überzeugte Christin, sondern fühle mich auch wie von einem Helfersyndrom geplagt und gezwungen, für andere Menschen zu sorgen und Leid zu lindern. Und noch eins kommt hinzu. Ärztin bin ich geworden, weil mein Vater, wie schon anfangs erzählt, Arzt gewesen ist. Ich habe ihn übrigens seit der Flucht aus Sachsenhausen nie wieder gesehen. Ich wollte ein ganz anderer Arzt werden als er, denn Sie werden sicherlich erfahren haben, was in Sachsenhausen geschehen ist. – Nein?"

Katja schüttelte den Kopf.

„Im KZ Sachsenhausen sind Abertausende Gegner des Dritten Reiches, Juden, Sinti und andere ermordet worden. Die lustige Gesellschaft, die in unserem Haus verkehrte, war aktiv daran beteilt, und federführend ist mein Vater gewesen, der so freundliche SS-Offizier. Wenn Sie das so sehen wollen, leiste ich hier für mein Familie eine Art Sühnedienst, das erleichtert mein Gewissen, obwohl ich in keiner Weise an diesen Gräueltaten schuld bin noch zuvor etwas davon gewusst habe."

Bei diesem Satz bildeten sich Falten auf der Stirn der schönen Frau. Sie wirkte plötzlich müde und älter, griff ihre Haube und band sie hastig um. „Ich muss jetzt gehen". Sie erhob sich. Wieder lag dieser besondere Glanz in ihren Augen.

Katja stand wie mechanisch an ihrer Seite mit auf und fragte flüsternd: „Ihr Vater war hoher SS-Offizier und hat nie erzählt, was er eigentlich machte?"

„Nein, nie, und ich glaube heute, das war gut so."

Zu mir gewandt griff Katja, als wenn sie sich abstützen wollte, an meine Schulter. „Lass uns mit ihr rausgehen, hier ist die Luft so schlecht!" Ich legte hastig einen viel zu großen Schein auf den Tisch und folgte den beiden.

Draußen gaben wir dem Rauschgoldengel die Hand. Zu unser beider Erstaunen ging sie auf ein Motorrad zu, steckte die Sammelbüchse in eine der Seitentaschen, startete das Gefährt, winkte und rief: „Alles Gute, ich muss in die Klinik, habe Spätschicht." In einer blauen Wolke knatterte die Heilsarmee davon. Katja sah ihr mit erstauntem Gesicht nach. Wir murmelten gemeinsam „Was für eine tolle Frau!"

Mehr aus Gewohnheit als aus liebevoller Verbundenheit schlenderten wir händchenhaltend durch die Hauptgeschäftsstraße. Die vorbeieilenden Leute beachtete keiner von uns, jeder hing seinen Gedanken nach. Mal hier mal da knallten Böller oder zischte eine Rakete in den abendlichen Himmel. Übermorgen würde Silvester sein. Schweigend bis vor die Haustür wollte ich Katjas Gedanken zu der Caféhausbegegnung nicht stören. Es schien sie zu beschäftigen.

Längst hatte ich herausgefunden, dass in ihrem Zuhause Religion als Opium für das dumme Volk betrachtete wurde. Kirche und alles, was damit zusammenhing, war für die Familie Zeichner ein rotes Tuch. Vielleicht hatte ja der Rauschgoldengel in diese Mauer der Ablehnung eine Bresche geschlagen, vielleicht.

Ich hatte mich getäuscht. Als Katja den Haustürschlüssel herumdrehte, sah sie mich scharf an und wieder entdeckte ich dieses entschlossene, harte Glimmen in ihren sonst so schönen dunklen Augen, als ihr schöner Mund den unerwarteten Satz freigab: „Kannst du mir sagen, was eine so intelligente Frau dazu verleitet, an einen derartigen Humbug zu glauben. So ein Schwachsinn! Nur weil ihr Alter ein SS-Offizier war, muss man nicht gleich für alle Sünden dieser Welt in Bettlerklamotten herumlaufen, und das als Ärztin, da kann man wirklich nur den Kopf schütteln."

Diese heftige Reaktion schockte mich. „Aber wenn sie damit glücklich ist, lass ihr doch diesen Glauben."

Sie schüttelte angeekelt den Kopf: „Ach, du findest dieses Ausrutscherdenken wohl auch noch gut?" Ich hielt den Mund.

34

Der Nachmittag des letzten Tages des Jahres 1956 war ausgefüllt mit den Vorbereitungen für den großartigen Sivesterabend bei Arthurs Geschäftsteilhaber. Von dessen Haus hatte mir Katja schon seit Tagen vorgeschwärmt. Eine sagenhafte Villa am Stadtrand sei es mit großem parkähnlichem Garten, und hinter dem Haus gebe es einen herrlichen Swimmingpool. Wenn dort Feste gefeiert würden, dann gehe es immer hoch her bis in den frühen Morgen.

Endlich standen wir zur Abfahrt im unteren Flur und warteten auf Martha. Sie war kurz zuvor mit einer Taxe vom Friseur zurückgekommen und glitt nun trotz ihrer Fülle fast schwebend in einem goldig glitzernden Kleid die Treppe herunter, ganz in lang, tief dekolletiert. Um Hals und Handgelenken blinkte es. An ihren Fingern blitzten protzige Ringe. Arthur in seinem steifen Smoking grinste, und auf Katjas Lippen lag ein schmunzelndes, fast verzeihendes Lächeln.

Katjas Körper umspielte ein weiches feuerrotes Kleid, ihre Schultern bedeckte eine Nerzstola. Mit ihren in einer Silberspirale hochgesteckten Haaren erschien sie mir wie eine ferne griechische Göttin.

Draußen hupte mit tiefem Ton ein Auto. Arthur trieb seine Truppe an: „Auf geht's!", und zu mir gewandt: „Du wirst jetzt ein Auto sehen, ein Gefährt mit Seltenheitswert, habe ich damals von Berlin mitgebracht und acht Jahre lang vor den Tommies in einer Scheune versteckt. Es ist unser Firmenwagen für besondere Zwecke. Jetzt pflegt ihn Herbert, den kennst du ja".

Auf dem Kiesweg vor dem Haus stand ein Ungetüm, eine schwarzglänzende Karosse mit Reifen wie bei einem LKW, geschwungenen Kotflügeln, darauf riesige Scheinwerfer. Ein Auto, in das ein VW-Käfer zweimal hineingepasst hätte.

Herbert, seit dem letzten Mal noch dicker geworden, half den Damen auf die sofabreiten Rücksitze. Er selbst war wohl nicht eingeladen, denn sein hellbläulicher Anzug wirkte eher wie eine Uniform. Mir zwinkerte er zu: „Ich fahre heute die Herrschaften und hole euch morgen gegen 10 Uhr wieder ab".

Kaum hatte ich neben Arthur Platz genommen, da hielt mich die Neugier nicht mehr, und ich fragte ihn: „Was ist das für ein großartiger, komfortabler Panzerwagen?

Arthur fühlte sich geschmeichelt, darauf zu antworten: „Ja, mein Lieber, das ist ein Horch, ein Pullmankabriolett, Baujahr 1937, gehörte zuvor zum Fahrpark unseres Führers, den habe ich vor den Besatzern gerettet, nun gehört er mir."

Herbert behandelte das Relikt aus seiner und Arthurs offenbar großen gemeinsamen Zeit wie ein rohes Ei. An staunenden Passanten vorbei fuhr er den Horch durch Beckums Straßen, bis wir vor der von Katja beschriebenen Villa von Arthurs Geschäftspartner zum Stehen kamen. Nie wieder in meinem bisherigen Leben habe ich in einem so komfortablen, leise dahin schnurrenden Auto dieser Größe gesessen.

Mit großem Hallo begrüßten uns die Gastgeber, schwenkten Sektgläser und wirkten schon ein wenig beschwippst. Arthurs Partner hätte sein Bruder sein können, hager hochaufgeschossen und ebenso wie Katjas Vater ein wenig reserviert und unnahbar. Die Frau dagegen gefiel mir von Anfang an. Ein dunkler Wuschelkopf, sicherlich getönt. Ihr auffallendes Kennzeichen waren ein breites fröhliches Lächeln und eine eben so breite, üppige Brust, die wie ein mit Handschlag eingeknicktes Paradekissen aussah. Die lustige Frau drückte mich zur Begrüßung an ihren weichen Busen. Sie freute sich, wie sie sagte, endlich mal ein anderes Gesicht in der ihr bekannten Runde zu sehen.

Nach und nach trafen die anderen Gäste ein. Die Herren zumeist füllige, kräftige Gestalten; laut und polternd nahm man sich in die Arme, klopfte einander auf die Schultern und verfiel gleich in geschäftliche Gespräche. Die mit Schmuck überhäuften Damen rutschten in einer Sofaecke zusammen. Das Ganze ähnelte einer eingepferchten Schafsherde. Anfangs standen Katja und ich allein am Fenster, schlürften Sekt und amüsierten uns über das Getratsche. „Na, wie gefällt es dir hier, ist doch toll, wie die eingerichtet sind". Ohne den Gastgeber zu fragen, schlenderten wir durchs Haus. Sie zeigte mir alles, als wenn sie die Hausherrin wäre.

Für mich, weitaus ärmlichere Verhältnisse gewohnt, tat sich eine Traumwelt auf. Besonders in Erinnerung geblieben sind mir die Einrichtung der Wohn- und Schlafzimmer. Das Bad war so pompös, dass ich es nicht mehr beschreiben kann. Aber die Möbel in der unteren Etage beeindruckten durch ihre Wuchtigkeit.

Der Parkettfußboden mit echten Orientteppichen belegt, fast schon übereinander. In Nischen thronten fast mannshohe chinesische Vasen, daneben standen seidenbezogene Sofas, davor Couchtische aus hellem Marmor, entlang der holzgetäfelten Wände schwere Eichenschränke und schwere wulstige Sessel. Auf alles strahlten üppige tausendkerzige Kristallleuchter. An den Wänden und das Treppenhaus hinauf prangten goldgerahmte Ölgemälde, Friedrich den Großen, Bismarck und einige Schlachtenszenen darstellend.

Mein Kunstlehrer hätte sie als „Farbschinken" bezeichnet. Ich ahnte hier den Versuch, so etwas wie die Inneneinrichtung des Gutes Knieselbek nachzuahmen. Aber dort war alles natürlicher, gediegener. Hier roch es nach Neureichtum, dem der anerzogene Geschmack abging. Mir gefiel dieser Protz nicht. Er wirkte unecht. Aber hätte ich das Katja sagen dürfen? Ob sie sich tatsächlich in dieser Umgebung wohlfühlte? Viel später wusste jemand eine treffende Bezeichnung für diesen Wohnungsstil und nannte es „Gelsenkirchener Barock". Erstaunlicherweise brachte niemand der Gäste sein Jungvolk mit. Zumindest ein Teil war in dem Alter, dass sie Kinder in meinem Alter haben müssten. Hatten sie auch, aber die feierten den Jahreswechsel auf ihre Art und Weise fernab ihrer Eltern.

Ach wie froh war ich, als Eberhard plötzlich neben mir stand. Mühsam auf seinen Stock gestützt, was ich bewusst nicht wahrnahm, fiel er mir fast in den Arm: „Prächtig, dich zu sehen. Erinnerst du dich an mich? Wir trafen uns im „Goldenen Schwan", du und deine weitläufige Cousine."

Dabei grinste er süßsäuerlich. Ich überging diese mich ärgernde Bemerkung, freute ich mich doch, wenigsten ihn heute Abend als gleichaltrigen Partner neben mir zu haben. Kaum redeten wir miteinander, strebte Katja hinüber zu den älteren Herren, die über Börsengeschäfte plauderten.

Eberhard stellte mir einige der Leute vor: „Da drüben, der mit den grauen Schläfen, der Katja so tief in die Augen schaut, das ist mein Alter, den sehe ich manchmal wochenlang nicht. Er nennt sich Sozialdirektor der Bochumer Gussstahlwerke, aber sozial verhält er sich nur in seinem Betrieb, ich merk nichts davon. Mein Bruder, der hudelt heute Nacht zu Hause mit seiner Pussi rum, der versteht es, ihm die Piepen aus der Tasche zu ziehen, dem hat er zu Weihnachten ein VW-Cabrio geschenkt. Der ist ja auch sein Kronprinz und als sein Nachfolger im Gespräch. Sieh mal was ich als Weihnachtsgabe bekommen habe!" Wut schimmerte in seinen Augen, als er mir seinen Krückstock zitternd vors Gesicht hielt. „Hier diesen Stock mit einem Silberknauf, ganz was Edles."

Ich versuchte ihn vom Thema abzubringen und fragte: „Und wo ist denn deine Mutter?"

„Da drüben zwischen den gackernden Hühnern die Superblonde". Wie drohend zeigte er mit seinem Stock dahin.

Ein Glöckchen klingelte und brachte die Gesellschaft zur Ruhe. Der Hausherr klatschte in die Hände: „Meine Damen und Herren, ich darf Sie zu Tisch bitten". Eine Schiebetür, von einem Küchenmädchen aufgeschoben, glitt beiseite. Ein prächtig gedeckter Tisch endete an der gegenüberliegenden Wand. Der Weg führte ins Schlaraffenland. Das Licht dreiarmiger silberner Tischleuchter spiegelte sich auf dem Porzellan und dem vielteiligen Besteck beiderseitig der Teller.

Katja, die ich an meiner rechten Seite erwartete, wurde von dem Hausmädchen nach einer Liste links von mir postiert. Mich verwies sie an die Dame des Hauses. Auch nicht schlecht! Ich eilte ihr entgegen, bot meinen Arm an, den sie süßlich lächelnd annahm, und begleitete den molligen Wuschelkopf zum Stuhl rechts neben mir. Als Katjas Tischherr schob der Herr Sozialdirektor ihr den Stuhl mit einer übermäßig theatralischen Geste unter den Hintern. Katja sah mich kurz an, zog eine Grimasse, wandte sich dann sofort ihrem Nachbarn zu und säuselte ein Danke. Mit meinem Wuschelkopf ging das einfacher. Der saß schon und faltete gerade die Serviette auseinander, die als Kunstwerk, wie ein Halbmond zusammengeknifft, den Teller zierte.

Von der Vorspeise bis zum Dessert jagte eine Köstlichkeit die andere. Unbeschreiblich! Erst floss der Weißwein, dann der Rotwein in Strömen. Später Port und Madeira. Irgendwann gab es Kaffee und für die noch hungrigen Damen, zumeist für die Fülligsten, eine hochtürmige Sahnetorte mit Nüssen und Stachelbeeren.

Ich staunte. Wohin aßen die das alles hin?

Die einzelnen Gänge des reichhaltigen Menüs beendeten flotte Sprüche, schaumige Reden und deftige Witze. Je weiter der Abend fortschritt, desto mehr fielen die Hemmungen und Hüllen. Einige Reden sprühten vor Geist, andere waren bissig, richteten sich gegen die Regierung, gegen Geschäftsfreunde, gegen Geschäftspraktiken von Konkurrenten. Bösartige Empfehlungen wurden gegeben. Ich hatte bisher immer an honorige Geschäftsleute geglaubt, an Wirtschaftsweise, an königliche Kaufleute, wie man sich Hamburger Reeder vorstellte.

Diese Denkweise wurde mir an diesem Abend gründlich ausgetrieben. Staunend erfuhr der angehende Student der Volkswirtschaft, wie schofelig hier die Wirtschaftsbosse über einander redeten und wie sie mit illegalen Mitteln einander auszumanövrieren gedachten. Mir kribbelte es im Bauch. Das war also unsere neue Elite?

Damit die Frauen, die offenbar von all dem, was am Tisch erzählt und vorgetragen wurde, kein Wort verstanden, auch etwas zu lachen hatten, würzten immer zotiger werdende Witze die Atmosphäre.

Katja neben mir wehrte sich hinhaltend gegen die intensiver werdende Umarmung durch ihren Tischherrn, der seine Smokingjacke bereits ausgezogen, und mein Wuschelkopf war dazu übergegangen, mir mit der schwerberingten linken Hand unter dem Tisch den Oberschenkel zu streicheln, während sie oberhalb des Tisches vorgab, sich gelangweilt nur ihrem Nachtisch zu widmen.

Hilfesuchend fand ich den Blickkontakt mit Katja, die das offenbar längst bemerkt hatte. Sie beugte sich zu mir herüber und flüsterte: „Flirte ruhig mit ihr. Sie zieht in unserem Betrieb hinter den beiden Männern unauffällig die Personalfäden. Ich brauche ihre Sympathie, wenn ich Chefsekretärin werden will, hilf mir dabei". Mit einem hingehauchten Küsschen endete diese Befehlserteilung.

Aber was sollte das bringen? Als krönenden Abschluss des Abends wollte ich mit Katja im Bett landen und nicht mit der Dicken neben mir. Zumindest brauchte ich mich nicht mehr zu zieren, als das eifriger reibende Händchen meinem Kleinen näher kam, der sich nicht weigerte, zu reagieren. Also glitt meine Hand auch unter den Tisch, während ich wortlos die Birne Helene in dem Dessertschälchen auseinandernahm. Was ertastete ich da? Erstaunlicherweise lag das lange Kleid bis über die Knie hochgerafft, und meine zögerlich suchende Hand wurde gleich heftig gegriffen, zwischen ihre Beine geführt und an einer feuchten Stelle festgeklemmt. Ich muss sie leicht verwirrt angeschaut haben. Ihr glattes, fülliges Gesicht zeigte fröhliche Zufriedenheit. Der Wuschelkopf strahlte mit leicht geröteten Wangen. Die Frau musste mal sehr schön gewesen sein. Sie war immer noch attraktiv. Vielleicht beschleunigte mich der Wein. Es gab ja den Spruch, dass man sich Frauen auch schöntrinken kann. Katjas Personalsteuerin mit ihren wohl proportionierten Formen wirkte eher mütterlich, als dass sie eine harte Geschäftsfrau verkörperte. Sie gefiel mir mehr und mehr, warum auch nicht, schließlich hatte Katja mir ja einen Freifahrschein gegeben. Und so fummelten wir lustig weiter. Wo sollte das enden? Unter dem Tisch wurde es fordernder, darüber eher unterkühlt. Unser gemeinsames Gespräch blieb unverfänglich. Sie lobte Katja und fragte mich, nach dem Verwandtschaftsgrad. Da war wieder diese dämliche, von wem immer auch verstreute Behauptung, ich sei ein entfernter Verwandter. Ja richtig, war es beim letzten Mal im „Goldenen Schwan" nicht sogar Katja gewesen, die diesen Blödsinn verbreitet hatte?

Was sie damit wohl bezweckte? Die Begründung, damit ihre Vettern zu ärgern, war wenig glaubhaft. Wuschelkopf interessierte das nur am Rande, aber sie fragte dennoch und fixierte mich mit ihren verlangenden Blicken: „Aber so verwandt seid ihr nicht, dass ihr nicht miteinander schlafen dürft, aber wieder doch so verwandt, dass der junge Mann auch mal auf anderen Wiesen weiden darf. Oder?"

Auf das eindeutige Angebot zu antworten, blieb mir erspart, weil gerade in diesem Moment der Hausherr lautstark in die Hände klatschte und darauf hinwies, dass in einigen Minuten das neue Jahr beginnen würde.

„Zieht euch warm an, gleich beginnt auf der Terrasse das Feuerwerk. Unser Mädchen wird draußen den Sekt servieren!"

Wuschel und ich lösten die untertischige Verbindung. Das Kleid glitt beim Aufstehen wieder zu ihren Füßen. Bevor ihr herbeieilender Mann ihren Pelzmantel über die Schultern legte, zischte sie mir mit der Miene höchster Zuversicht zu: „Warte, mein Lieber, bevor heute der Hahn dreimal gekräht hat, werde ich dich entsaftet haben!", wandte sich ab und verschwand mit den anderen auf die Terrasse. Letzteres hatte ich noch nie gehört, konnte mir aber vorstellen, was sie mit mir im Schilde führte. Das Weib war heiß und ordinär.

Ich suchte Katja, fand sie und knuschelte mich an sie. Wir prosteten uns zu. Im Lichte der Fackeln wurde sie noch schöner. In der eleganten Nerzjacke leuchtete ihr schmales Gesicht, und das lange rote Kleid offenbarte mehr als es verhüllte. Leicht zu den Hüften ansteigend, zeigte es Kleid die sanfte Wölbung ihres Pos. Ich konnte es nicht lassen, darüber zu streicheln, sie antwortete mit kreisenden Bewegungen und ermunterte mich höher zu gleiten bis unter die Nerzjacke und ihren Busen fest zu umfassen.

Nun war ich schon einige Tage hier und hatte immer noch nicht mit ihr geschlafen. Das kluge Ding spürte mein wilde Entschlossenheit und wisperte: „Hast dir wohl Appetit bei deiner Nachbarin geholt, sollst auch nicht mehr lange warten, lass uns erst das Feuerwerk abwarten. Ich habe auch Hunger darauf." Und ihren Wunsch bestätigend fühlte ich ihre Hand an meiner empfindlichsten Stelle, wo seit langem schon erheblich Unruhe herrschte.

Das Feuerwerk dauerte mir viel zu lang. Alle riefen Ah und Oh, wenn wieder ein Feuerschweif in den Himmel zischte und über dem Haus bunte Lichtkugeln zerplatzten. Eberhard, den ich seit dem Essen nicht mehr gesehen hatte, humpelte von einem Blumenkasten zum anderen, wo er die in leeren Sektflaschen stehenden Raketen zündete. Es machte ihm großen Spaß, für jede seiner Feuerwerkerleistung beklatscht zu werden. Mich berührte es unangenehm und er tat mir leid, ihn so mühsam auf seine Krücke gestützt zur Belustigung der Menge wie Quasimodo herumhüpfen zu sehen. Schon aus diesem Grund ließ ich mich willig von Katja durch die Terrassentür ins Zimmer ziehen. „ Komm, lass uns gehen, oben gibt es ein gemütliches Fremdenzimmer ganz allein für uns beide. Im Vorbeigehen griff sie aus dem Kühler eine Sektflasche und deutete auf ein Tablett: „Nimm zwei Gläser mit!"

Das erinnerte mich an den Beginn der bisher wildesten Nacht mit ihr in der Jagdhütte im Sauerland. Ach wie lange war das schon her!

Ein viel verheißender Anblick, wie sie mit wiegenden Hüften vor mir in dem ihren Körper umschmeichelnden Kleid die Treppe hoch ging. Oben in dem Zimmer angekommen, riss sie das Fenster auf. Böller knallten, Kometenschweife fuhren über Beckums Himmel. Ich ließ den Sektkorken knallen. Während wir mit den Gläser anstießen, aneinandergelehnt die körperliche Nähe suchten und in den bewegten Nachthimmel sinnierten, bohrte nur ein Verlangen in meinem Hirn. Seit Tagen drohte ich zu platzen.

Ruckzuck fielen die Hüllen, und wir beide genossen bei dem schimmernden Licht der rötlichen Nachtischlampe alles das, wonach ich mich gesehnt hatte. Engumschlungen war sie die Göttin der Zärtlichkeit und Hingabe, weit entfernt von der gezeigten, mich fast betrübenden Kühle der letzten Tage. Wie schon mehrfach festgestellt, lebten in dieser bezaubernden Schönheit zwei Wesen. Sie konnte süß sein wie Honig, weich wie ein Flaum, dann wieder im Alltag sauer wie eine unreife Stachelbeere und hart wie Stahl. Eine faszinierende Frau.

Sie war genießerisch grunzend neben mir eingeschlafen. Zum ersten Mal hörte ich ein zartes Schnarchen. Das konnte sie also auch. Behutsam strich ich ihr eine ihrer aufmüpfigen Locken aus der Stirn und murmelte leise: „Ein Geschenk Gottes, mit dir zusammensein zu dürfen." Ich glaubte an diese göttliche Fügung, sie sicherlich nicht, aber das wusste ich ja. Wohlig ermattet sank ich bei diesen Gedanken in den Schlaf. In der Unteretage rumorte es, störte aber nicht.

Plötzlich flog krachend die Tür auf, neben mir schoss Katja in die Höhe. Ich starrte auf eine Erscheinung, die, im wehenden Morgenmantel hereingefegt, vor den Betten stand und uns beide mit großen Augen anstarrte. Es war mein Wuschelkopf mit verschmiertem Lippenstift und verrutschtem Augen-Make-up, barfuß und mit wild zerzaustem Haar. Leicht alkoholisiert, enthemmt und außer Atem brach es aus ihr heraus: „Gibt es denn niemanden in diesem Haus, der es mir besorgen kann, da unten aus den alten Kämpfern ist nichts mehr herauszuholen, alles Schlappschwänze." Mit einer wegwerfenden Handbewegung, die sie fast aus dem Gleichgewicht brachte, blickte sie wütend auf die offenstehende Tür. Und noch mehr sprudelte sie heraus: „Verdammt noch mal, ich brauche einen deftigen Fick. Den hole ich mir jetzt hier!"

Katja grinste und stieß mich an: „Du bist gemeint, du weißt, wie wichtig diese Frau für mich ist, ich habe nichts dagegen, besorg es ihr, aber richtig, dass mir keine Klagen kommen!"

Eine andere Reaktion hätte ich erwartet, zum Beispiel Entrüstung oder eine diplomatische Lösung, mit der Katja die bereits halb ausgezogene Hausherrin freundlichst aus dem Zimmer hinauskomplimentiert hätte.

Wuschelkopf hatte mir die Bettdecke weggerissen. Fast drohend und doch bettelnd stand sie da. Sowohl die Überraschung über den unerwarteten Besuch von Katjas aus den Fugen geratener Personalchefin als auch Katjas Aufforderung, ihrer Karriere wegen das zu tun, was ich bisher immer abgelehnt hatte, nur mechanisch des Sex wegen eine Frau zu vögeln oder, wie Wuschelkopf forderte, zu ficken, zwangen mich, Gedanken und Gefühle zu sortieren.

Der Wecker zeigte vier Uhr, Katja und ich mussten also schon seit ein paar Stunden nicht mehr mitbekommen haben, was da untern gelaufen war oder gar noch lief.

Um erst einmal Luft zu bekommen, drängte ich mich an der fordernden Walküre vorbei. Ich stand auf und horchte an der Tür. Sowohl aus den Nebenzimmern als auch von unten hörte man quiekendes Gelächter oder kurze Schreie, wilde Flüche und Gläsergeklirr. Bei den Alten herrschte offenbar noch Leben oder so etwas Ähnliches, vielleicht die Reste einer ausklingenden Sauforgie.

Ohne zuvor etwas angezogen zu haben, stand ich wieder vor meinem Bett, aber das war schon belegt. Wuschelkopf hatte den seidenen Morgenmantel fallen lassen und saß auf der Bettkante ohne zugedeckt zu sein. Ein nackter Fleischberg, riesig, verglichen mit der hinter ihr feixend aufrecht in den Kissen sitzenden schlanken Katja, die sich köstlich amüsierte.

Wuschelkopf gickerte. Wollüstig betrachtete sie meinen Kleinen, der uninteressiert und, da von der Katja zuvor gefordert, lustlos herunterbaumelte.

Derartiges war mir noch nie geschehen. Warum nicht jetzt, und das mit Katjas Absegnung. Wuschelkopf griff meine Oberschenkel. Ihr weiches volles Gesicht und ihren viel zu rot geschminkten Mund trennten nur wenige Zentimeter von meinem Baumel, der langsam aber stetig den Kopf hob. Diese große, massive Frau, die zwar dick war, deren Formen aber einen Rubens begeistert hätte, zog mich magisch an. Liebevoll massierte ihre eine Hand meinen wieder erwachenden Schaft und die andere das Übrige zwischen den Beinen. Sie blickte an mir hoch und beugte sich vor. Ich griff ihren Wuschelkopf, spürte ihre Lippen, ihre kreisende Zunge und die damit aufkommende Kraft. Katja blieb nicht untätig. Sie streichelte Wuschelkopf den Rücken und nickte mir zu.

Was wollte ich mehr. Wieder in vollem Saft und mit unbändigem Willen, diese reife Frau zu besteigen, legte ich Wuschelkopf sanft in die Kissen und drängte ihre säulenförmigen Beine auseinander. Ihr schwerer Busen mit den dunklen Brusthöfen

428

spreizte sich, fiel aber gar nicht weit auseinander. Die herrlich festen Hügel konnte man umarmen. Ohne Mühe verschwand mein höchst erregtes Glied in ganzer Länge in weichem warmen Untergrund, ohne großen Widerstand zu spüren.

Mit leichtem Wiegen bestimmte sie den Rhythmus unseres engen Zusammenseins. Katja lag daneben und genoss offenbar das Bild. Sie griff dann und wann an Wuschelkopfs Busen, streichelte meinen Po und lag zuletzt keuchend neben uns. Das machte mich noch verrückter. Beseelt von dem Gedanken, die kräftige Frau unter mir in eine andere Stellung zu bewegen, stieg ich ab.

Willig folgte Wuschelkopf der Aufforderung, sich auf die Knie zu stützen. Diese Stellung hatte ich noch nie probiert. Damals zu Hause durch das Erkerfenster als Voyeure hatten Rudolf und ich bei Fräulein Hellblink diese von ihr oft mit ihren Kunden praktizierte Stellung bewundernd beobachtet.

Wuschelkopf war diese Position offenbar nicht unbekannt. Vor mir leuchtete ihr riesiger weißer Hintern und nach vorn auf einem gebeugten Unterarm abgestützt, streichelte sie mit der anderen Hand liebevoll meine Bällchen. Als ich tief in sie eindrang, tiefer als sonst, dazu mit beiden Händen bei jedem Stoß die schwingende Brüste anfassend, stöhnte, jammerte und klagte mein Wuschelkopf und machte mich noch wilder. War das schön!

Ihr gefiel das Geschaukel, und ich staunte über mich selbst, das bereits seit längerem ohne Kräfteverlust durchzuhalten. Das war es offensichtlich, was der Wuschel lange entbehrt hatte. Sie gab nicht auf, ihre lüsterne Drohung wahr zu machen, mich entsaften zu wollen. Sie keuchte und kämpfte, ihre Schreie wurden spitzer. Würde sie mich schaffen oder ich sie?

Mit einem Plumps sackte der bebende Wuschel zusammen und drückte mich aus ihren feuchten Gefilden. „Junge, du hast mich geschafft." Befriedigt wälzte sie sich auf den Rücken. Ich aber kniete zu ihren Füßen mit all meiner Pracht in voller Kraft und Saft. Sollte ich selbst Hand anlegen? Kaum hatte ich diesen Gedanken gefasst, ergriff Katja mein Ding mit fordernder Geste und zog mich zu sich herüber, drehte sich schnell herum und zeigte mir ihren Po. Was für ein Anblick im Vergleich zu Wuschels Massen! „Mach es mir wie bei Thea, ich hab es schon lange nicht mehr ausgehalten, euch zuzusehen." Ich fasste Katjas Hüften und glitt in sie hinein. Gleich fanden wir den Takt der Freude, schließlich waren wir ein eingespieltes Paar. Ihr Chef hieß Thea, aha!

Gleich robbte die Wuschel-Thea heran, um uns mit kräftigen Worten zu beschleunigen. Wir brauchten nicht lange und sackten danach wie erlöst in die Kissen.

Zu dritt unter der wärmenden Decke spürte ich zwei Hände zwischen meinen Beinen. Von links und von rechts trafen sich Katjas und Wuschels Hände, die wie dankbar segnend auf meinem Erschlafften ruhten. Ich hielt mich stille und lauschte der flüsternden Unterhaltung der beiden.

„Dank dir, Katja, dass du mir deinen Strammsack für ein Weilchen ausgeliehen hast. Es soll dein Schade nicht sein. So ein williger Cousin ist doch was Schönes. Ich glaube, wir sind ein gutes Team." Ob die Katja nicht endlich mal diesen Blödsinn mit dem Cousin richtigstellen würde? Ich vögle auf Teufel komm heraus auf ihrer Personalchefin herum, nur um die Karriere meiner Geliebten zu unterstützen, und sie sagt nicht, dass wir ein wirkliches Paar sind. Bevor mir dazu etwas über die Lippen kam, muss wohl der Schlaf über uns drei gekommen sein.

Licht fiel durch die zugezogenen Gardinen. Wo war ich? Der Kopf brummte. Links, ins Betttuch eingeschlagen, schlief tief und fest Katja, neben mir gähnende Leere. Der Wuschel war verschwunden. Ich schälte mich leise aus der Bettdecke. Über dem Stuhl lag Theas Morgenmantel; den zog ich ihn an und ging auf Zehenspitzen auf die Suche nach einem Badezimmer. Auf dem Flur waberte der Geruch von Zigarren und Alkohol.

Im Treppengeländer steckte ein rosa Mieder, und auf den Stufen lag ein BH für eine Supergröße. Im Vorbeischleichen hörte ich aus einem der Zimmer heftiges Geschnarche dringen.

Daneben stand die Tür zu einem der Badezimmer offen.

Ein eigentümlicher Geruch schlug mir entgegen. Meine Suche jedoch galt irgendeinem Mundwasser oder und vielleicht einem Rasierapparat. Beides stand auf einem Regal. Eine Dusche verführte, trotz des Lärmpegels die mir anhaftenden unterschiedlichen Gerüche der beiden Damen loszuwerden. Das Duftgemisch aus süßlichem Parfüm, aufreizendem Moschus und ein wenig schweißigem Iltis passte nicht mehr in diesen nüchternen, grauen Morgen.

Erfrischt aus der Dusche steigend, fiel mein Blick in die Badewanne.

Daher also rührte der komische Geruch. Hochgespritzt bis zum Wannenrand hatte einer der Gäste in die Wanne gekotzt. Es musste einer der älteren Herrschaften gewesen sein, denn oben auf der Matsche blinkten die Zähne eines Vollgebisses dem Betrachter entgegen. Mir drohte übel zu werden, nichts wie weg.

Wieder zurück in unserem Zimmer, Katja schlief immer noch, zog ich mich erst einmal an, lief aber weiter sockfuß durch das wie betäubt daliegende Haus.

In der Küche würde es sicherlich etwas Essbares zu finden sein.

Mit einem Hebelzug an einer großen gewölbten Tür schwang die Tür eines Kühlschranks auf. So eine Kücheneinrichtung war damals für Normalbürger und besonders für eine Hausfrau das Höchste aller Wünsche. Wer hatte schon so etwas Exklusives. Hier in dieser Villa fehlte es an nichts So wie draußen in der Garderobe die Pelzmäntel der Damen hingen, die irgendwo im Haus verstreut mit ihren Freunden oder vielleicht sogar Ehemännern ihren Rausch ausschliefen, so mangelte es auch in der Küche nicht an Luxus. Der Kühlschrank bot eine reiche Palette an Essbarem. Das Hausmädchen hatte wohl nach Mitternacht noch Kanapees serviert,

430

diese kleinen runden Brotscheiben mit überbordendem leckeren Belag. Davon war reichlich viel übrig geblieben. Keine albernen Schnittchen mit Salami oder Schinken, nein das Feinste vom Feinen, Hummerschwänzchen, Lachs, Kaviarperlchen auf Wachteleiern und andere undefinierbare Schweinereien.

Allein vor diesem Schlaraffenland-Kühlschrank, pickte ich mir die apartesten Stückchen heraus, fand in der Ecke den Sektkasten, vielleicht war es auch Champagner, den Unterschied kannte ich nicht, aber schmecken tat das Zeug, selbst an diesem Morgen.

So saß ein müder Hannes Färber einsam in der vom Hausmädchen blitzsauber hinterlassenen Küche, starrte auf die Scheiben, an denen nasser Schnee herunterrutschte. Dahinter zog der erste Tag des neuen Jahres herauf, grau wie eine Betonwand. Ein Kanapee verlangte nach einem nächsten. Die Dinger waren köstlich. Hatte ich wieder eins aus dem Kühlschrank stibitzt, dann trieb mich die Neugierde zu weiteren Entdeckungen durch das Haus.

Aus einem der beigefarbenen Sofas tropfte Rotwein. Die dazugehörige Flasche lag zwischen den Kissen. Auf dem Tisch im Esssalon sah es aus wie nach einem Kampf. Umgestürzte Gläser und Kerzenleuchter, dazwischen Servietten. Eine aus dem Aschbecher gefallene Zigarre schwamm in einem Teller. Immer wieder stolperte man über verstreut herumliegende Damenschuhe. An einem Wandleuchter hing eine Jacke, und über den Stühlen baumelten Schlipse und voluminöse Damenschlüpfer. In dem sogenannten Herrenzimmer entdeckte ich vor einem wuchtigen Schreibtisch den ersten Menschen dieses Jahres. In einer ungewöhnlichen Verpackung, eingerollt in einem Teppich, ruhte der Herr des Hauses hingestreckt am Boden. Ob Wuschel ihn so gefesselt hatte? Oben aus der Rolle hing sein Kopf heraus, dem jemand liebevoll ein Schuh als Kopfkissen untergelegt hatte, unten heraus ragten nackte Beine.

Die nächste entdeckte Schnapsleiche fand ich in einem der klotzigen Sessel. Es war Eberhards Vater, der Herr Sozialdirektor, zugedeckt mit einem Mantel. Das war doch meiner, mein Weihnachtsgeschenk vom letzten Jahr, den ich hütete wie meinen Augapfel und der jetzt als Hilfsbettdecke herhalten musste. Von wem auch immer vom Flurhaken geholt, deckte er jetzt den massigen Leib des heftig Schnarchenden zu, der mit offenem Mund einen erbärmlichen Anblick bot. Wenn den seine Angestellten so sehen würden!

Sollte ich ihm den Mantel wegziehen? Mit einer labberigen Schießer-Doppelripp-Unterhose bekleidet, ruhte sein riesiger nackter Bauch als flache Fettschürze auf den gespreizten Oberschenkeln. Die Füße steckten in hohen Socken, die von Wadenstrapsen gehalten wurden. So also sah ein Wirtschaftsboss des deutschen Wirtschaftsaufschwungs aus. Nicht besonders nachahmenswert!

Wo aber steckten Martha und Arthur?

Genug des Betrachtens der Nachwehen eines sicherlich später von allen Beteiligten gepriesenen High-Society-Festes! Es zog mich nach Hause, erst einmal zu den Zeichners. Herbert war nicht um 10 Uhr gekommen, wohl auch irgendwo in der Nacht versackt. Katja ließ sich überzeugen, den Weg mit einem Taxi zurückzulegen.

Der Neujahrstag verlief wie im Dämmern mit einem ausgedehnten Nachmittagsschlaf und abends mit wortlosem Sitzen vor der Fernsehscheibe. Katja lag in meinem Arm, und die zerzauste Martha schlang schmatzend tütenweise Chips in sich hinein. Über den gestrigen Abend fiel keine einzige Bemerkung.

Wo Arthur sich aufhielt, wusste niemand, schien auch niemanden in der Familie zu interessieren. Mich dagegen umso mehr, denn um 11 Uhr am folgenden Morgen fuhr mein Zug, und bisher hatte der Hausherr mir keinerlei Andeutungen von einem Studium in Münster oder ähnlichem gemacht. Hatte er nicht beim letzten Mal mit den tollsten Angeboten um sich geworfen und mir die steilste aller Karrieren versprochen, mit ihm als Sponsor?

Ich hoffte auf den kommenden Morgen.

Nach getrenntem Schlaf trafen wir uns am Frühstückstisch, unruhig und unzufrieden mit so manchem. Martha sabbelte wie ein Buch, nervte mit Witzchen, die keine waren.

Katja rührte klimpernd mit dem Löffel den Kandis im Tee, und ich wartete auf Arthur. Doch der kam nicht. Schließlich rückte Martha mit der Nachricht heraus, ihr Mann sei schon früh in den Betrieb gefahren und wünsche mir alle erdenklich Gute.

Auf dem Bahnsteig war die Umarmung der Liebenden zwar herzlich gemeint, aber nicht sonderlich überzeugend. Katja schien untertemperiert zu sein, sie lächelt mir zu, als der Zug anfuhr, aber nach einigen Metern sah ich nur noch ihren Rücken, den offenen wehenden Mantel und ihre wippenden Locken. Good bye Beckum.

Wer im Abteil neben mir saß oder wer kam oder ging, ich merkte es nicht, meine Gedanken kreisten um das Erlebte. Der Einblick in das Leben der Wirtschaftsmanager, ihre gehässigen Gespräche am Tisch über die Konkurrenz und andere Kollegen, die wilden, zügellosen Feiern, bei denen es offenbar an der Tagesordnung war, kreuz und quer zu vögeln – alles das verunsicherte mich. Sollte das die Welt sein, in die ich hineinstudieren sollte?

Außerdem: was sollte das dumme Gequatsche, mich als den weitläufigen Verwandten aus dem Norden hinzustellen? Katja im letzten Sommer noch so herrlich frei und unkompliziert, verbarg etwas vor mir, aber was? Katjas harte Bemerkungen über die Ärztin, den Rauschgoldengel, dann wieder ihre weiche anschmiegende Art, gefolgt von abweisender Kälte, mir auf all das einen Reim zu machen, wollte mir nicht gelingen. Spät in der Nacht, nach langer Rumpelfahrt und einem dreistündigen

Aufenthalt in Hamburg, fiel ich meiner Mutter in die Arme. Sie duftete nach Schlaf und Geborgenheit. Sie strich mir über den Kopf und stellte keine Fragen.

„Schlaf gut, mein Junge, willkommen zu Hause!"

Während der letzten halben Stunde war keinem der Zuhörer entgangen, wie sehr es den Vortragenden hineingezogen hatte in seine Vergangenheit. Seine Stimme war hektischer, ergriffener geworden. Als Hannes jetzt abbrach und sich schweigend sein Lieblingsgetränk reichen ließ, sprach ihn niemand an, als er am Cockpit vorbei nach vorn zum Bug ging, um in der Dunkelheit allein zu sein.

Der zehnte Tag auf dem Atlantik.

06. 12. 2006

Nikolaustag. Zum Frühstück gab es für jeden eine Tafel Schokolade. Smut Carstensen fuhr heute seine Ruderwache mit angeklebtem Bart und Nikolausmütze, dazu bloßen Oberkörper. Trotz des Windes ist es sehr warm. 25 Grad.

Nach Hannes gestrigem Vortrag fand die Crew nur schwer in die Koje.

Bis in den Nachmittag viel Wind. Schiff rollt sehr stark, von Hand gesteuert. Jeder kam mal ran, war anstrengend. Abends abgeflaut, Automat wieder eingeschaltet.

Position 38 Grad 15,4 Min West, 20 Grad 0,2 Min Nord.

Von Tag zu Tag bricht die Dunkelheit schneller herein.

Über der „Esperanza" tanzte der Regulus, der größte Stern im Sternbild des Löwen, kreisförmig um die Mastspitze, achteraus sprühte phosphoreszierend das Meeresleuchten im Heckwasser. Lichtpunkte begleiten die schwarze Nacht mitten auf hoher See. Nach Hannes Abtritt verbreitete gestern das plötzliche Schweigen so etwas wie Einsamkeitsgefühl. Er war gleich nach seinem obligatorischen „last drink" unter Deck verschwunden, während vorn auf dem Vorschiff eine Gruppe über das Gehörte diskutierte. Das gleiche achtern im Cockpit bei der Ruderwache.

Manchen hatte die heutige Geschichte an die eigene Jugend erinnert, an die erste Liebe und was dazugehörte. Unserm Klaus war die Erzählung zu deftig, andere fanden sie belebend und vor allem ein ablenkendes Mittel, um dem langsam heranschleichenden „Seekoller" zu begegnen. Manchem schien die Reise zu lang zu werden.

Bis zur Mittagszeit absolute Flaute, erst gegen 14 Uhr aufkommender Schiebewind, Fahrt sechs bis sieben Knoten.

Heute Morgen drehte als erster unser Smut durch, ihn hatte der Koller gepackt, er lag in der Koje und weinte, er wolle aussteigen, ihm sei die Seefahrt zu langweilig geworden. Außerdem spüre er, dass keiner seine aufreibende Arbeit ernsthaft anerkenne. Einige würden neuerdings nörgeln.

Seit gestern gibt es zum Trinken rationiertes Wasser aus den eingelagerten Mineralwasserfla-
schen. Im Trinkwasser des Tanks haben sich Algen gebildet, und trotz des chemischen Zusatzmit-
tels schmeckt es faulig.

Als Erfolgsmeldung verkündete heute der Navigator, dass exakt die Hälfte der Strecke ge-
schafft sei. Diese gute Nachricht verbreitete gute Laune. Außerdem wurde angeordnet, mehr wohl
als Beschäftigungstherapie, alle Schoten auszuwechseln. Außerdem wurde die gesamte Crew in der
Zeit der morgendlichen Flaute angeseilt und einzeln ins Wasser geschickt, um das Unterwasser-
schiff so weit wie möglich von Entenmuscheln und Seepocken zu reinigen.

Damit das Schiff wieder schneller würde und bald Barbados am Horizont auftauchte!

Diese Arbeit lenkte ab von unsinnigen Gedanken und machte obendrein einen Riesenspaß.

Entspannt und wieder guten Mutes nahm die Crew kurz nach Sonnenuntergang im Cockpit
den für die Abendvorstellung gewohnten Platz ein.

Hannes hatte beim Abendessen geulkt, er würde heute weniger sexuell Anheizendes, sondern
mehr über schweißtreibendes Männerleben berichten.

Bisher ging es bei den Vortragsabenden an Deck gleich zur Sache. Heute war das anders.
Hannes meinte, er müsste dieses Mal wohl eine besondere Einleitung zum neuen Thema geben. Und
so begann er:

„Vielleicht sollte ich für den Rest der Reise einiges auslassen, dass Ganze raffen
oder weniger geschwätzig sein. Aber das ist nicht der Grund für den Vorspann mei-
ner heutigen Story. Mit dem heutigen Abend beginnt die Darstellung eines neuen
Lebensabschnitts. Nach der sich anbahnenden Trennung von Katja wieder in der
Realität angelangt, brannte mehr denn je die Frage, welche Berufsausbildung für
Hannes Färber möglich sein könnte.

Deshalb für den folgenden Vortrag die Überschrift:

Marine als Berufswahl

35

Es begann im Frühjahr 1957. An die Scheiben klatschte Schneeregen. Der neue Tag kroch bleiern herauf, dämmerte grau. Das Bett miefte warm. Das Haus schlief noch. Seit Tagen quälten bizarre Alpträume den Schlaf des Erschöpften. Die Spukgestalten der Dunkelheit verschwanden im Morgengrauen, blieben aber tagsüber wie Schatten an mir kleben. Seit der Rückkehr aus Beckum schreckten sie mich. Jede Nacht dasselbe.

Unter dem Dach der Deichstraße verwandelte sich nachts das kleine Zimmer meiner Jugend und ersten zarten pubertären Mädchenkontakte zum abgedunkelten Kinosaal. Heiße Wunschfilme, zuckende Schreckensbilder und Horrorszenen flimmerten über die Leinwand. Immer wieder jagte ich schlaftrunken hoch mit der einen Frage: „Katja, wo bist du?" Nichts – keine Antwort, nur das gleichtönende Trommeln des Regens auf den Fensterscheiben, der die nächsten Angstträume akustisch untermalte.

Durch das hineinzuckende Licht der Straßenlaterne schwebte, flatternd wie ein Laken, eine Gestalt erst unter der Decke, dann an den Wänden entlang. Aus dem Dunkel kam Katja daher, lachte hysterisch, um mir gleich darauf engelsgleich als Lichtgestalt ihre weißen Brüste entgegenzustrecken und sanft dabei zu lächeln. Wann immer Traurigkeit oder Unzufriedenheit aufkam, wandelte sie jeden Verdruss in Freude, nahm mich Verzweifelten an die Hand und ließ beide Seelen verschmelzen. Ich war nicht mehr ich. Ohne sie lief nichts mehr, selbst das Träumen versagte.

Schlagartig wechselte die Szene.

Donnernde Paukenschläge vertrieben meine heiß geliebte Traumgestalt. Vor nebelumrankten Tannen zuckten im Scheinwerferlicht die Bajonette vorbeimarschierender SS-Kolonnen. In den Ohren dröhnte der Badenweilermarsch. In dieses Getöse hinein brüllte aus einem vorbeirasenden Horch Arthurs dicker Fahrer „Sieg Heil, Sieg Heil!" Hinter ihm her flog ein Rauschgoldengel, der mit einer Sammelbüchse rasselte, gescheucht von Katja, von deren zerrissenem Kleid Silbermünzen tropften.

Wieder Filmriss. Neue Bilder. Schrill lachend hüpfte der verkrüppelte Eberhard im Smoking auf einem Tisch herum, zerschlug Gläser und Teller mit seinem Krückstock, zog die Hose herunter und pinkelte auf die eben vom Hausmädchen servierte Lachsplatte. Er schrie, feixte, rotierte um die eigene Achse, immer schneller, bis er mit einem Feuerwerksdonnerschlag im Kamin verschwand. Noch einmal schneller Szenenwechsel.

Im schwarzen Jagdzimmer, umgeben von Hirschgeweihen, hockte mit hagerem bleichem Gesicht bewegungslos in schwarzer Uniform eine Gestalt, die Katjas Vater glich. Blicke aus glühenden Augen durchbohrten schmerzhaft meine Brust. Über

seinem Kopf schwebte ein breites Brett, auf dem in gotischer Schrift tief einge-
schnitzt ein Spruch zu entziffern war: „Unsere Ehre heißt Treue", und kleiner darunter: „Leitspruch der SS seit 1925".

Schweißnass im Bett hockend verbrachte ich so manche Nacht. Ich fühlte mich
gerädert, hilflos, erbärmlich.

Was war los? Gar nichts. Überhaupt gar nichts. Gähnende Leere. Körper und
Geist lahmten. Das Essen schmeckte nicht mehr.

„Hast du dich schon mal bei den Zeichners bedankt für die schönen Tage in
Beckum?" Mit dieser penetranten Frage löcherte mich Mutter am Frühstückstich. Sie
wird es auch heute wieder tun.

„Ja, ja, ich mach' es schon."

Seit der Rückkehr aus dem Schlaraffenland plagten den Liebeskranken Irrsinns-
gedanken und Minderwertigkeitsgefühle. Immer wieder versuchte ich mir vorzustellen, was wohl aus Katja und mir werden würde. War ich wirklich derjenige, der zu
dieser Frau passte? Ein Nordlicht aus ärmlichen Verhältnissen, bisher nur zu Hause
und in der Schule herumgehockt, ohne selbstständig einen Berufsanfang angedacht
zu haben, ohne jegliche Vorstellung, was aus mir werden könnte. In welcher Welt
müsste ich angesiedelt sein, wie wohlhabend müsste ich sein, um eine anspruchsvolle
Frau befriedigen zu können. Bisher schien mir das als jugendlichem Liebhaber kein
Problem zu sein, wenn es um die körperliche Befriedigung, modern gesagt, ums
Poppen ging.

Darüber hinaus verlangte Beckum höhere Werte, nicht charakterliche, sondern
knallharte materielle. Diese immer stärker ins Bewusstsein rückende Tatsache riss
einen Graben auf. Katja lebte auf großem Fuß, umgeben von Wohlstand und blendenden Karriereaussichten. Die Zeichners schwelgten in Saus und Braus, verfügten
über alles. Wie passte ich, das von ihr ausgesuchte Wesen, in ihr Schema?

Suchte sie den Gegensatz, reizte sie das noch unverdorben Natürliche, oder war
es lediglich eine erfrischende Urlaubsbekanntschaft, die fernab von der geldraffenden
Geschäftigkeit der Beckumer Gesellschaft einen gewissen Erholungswert vermittelte?

Es dauerte lange, aber irgendwann hatten die zermürbenden Nachtgeister den
Träumenden wach geklopft.

Wo ich hinsah, wussten offenbar Gleichaltrige und alle Älteren, wie ihr Lebensweg vorgezeichnet war. Und bei mir? Was sah ich? Eine dunkle Röhre ohne
Lichtschein, ein schwarzes Loch, ein Moorloch mit glänzender Oberfläche, das seine
wahre Tiefe verbarg.

Seit dem Abitur verfloss ein Jahr, ein Jahr voller Hoffnungen, ein Jahr mit
Schmetterlingsgefühlen im Bauch, wenn ich an Katja dachte, an unsere von ihrem
Vater angedeutete Zukunft. Was war davon geblieben? Leere Versprechungen?

Ich hockte verschwitzt in meinem zerwühlten Bett und nahm übel.

Hätte ich vor Jahren bei Onkel Hanny angeheuert, wäre ich wie er mit Mann und Maus schon längst mit seinem Dampfer abgesoffen und läge vor Christiansö auf 30 Meter Tiefe.

Immer wieder kamen mir diese Gedanken. Stattdessen von den Eltern mehr oder weniger zum Abitur geprügelt, schien mir dieses Schicksal manchmal die bessere Lösung.

Arm wie eine Kirchenmaus ohne Zukunftsperspektive, unzufrieden, sich selbst nicht mögend, blickte ein käsiges Gesicht jeden Morgen in den Spiegel unseres engen Badezimmers. Hier gab es keine glitzernden Armaturen, Duschen, keine Whirlpoolanlage wie in der Villa Zeichner.

Was hatte ich von einem Abitur. Studieren! Das ich nicht lache. Vater machte bereits drohende Anmerkungen, wenn ich die Unterhaltung in diese Richtung zu steuern versuchte. Dafür sei kein Geld da – „und damit basta!"

Mit bissigen Hinweisen auf seinen Schwager, den von mir bewunderten Onkel Walter Schmieder, der seit fünf Jahren als Bürgermeister für die Stadt segensreich tätig war, empfahl er mir, dort mal vorzusprechen, ob nicht in der Verwaltung ein Pöstchen für mich frei sei, als Bote.

Nein, das auf keinen Fall, schon gar nicht bei der Verwandtschaft. Mutter sagte gar nichts dazu, für meinen Vater blieb es die einzige Empfehlung. Was aus mir werden sollte, schien ihm schnuppe zu sein.

Zum ersten Mal erwuchs in mir der Wunsch, meinem Elternhaus den Rücken zu zeigen. Hatte es Bruder Rudolf nicht schon vor Jahren getan? Es brauchte ja kein Beruf in der Fremde zu sein, der ein Abiturzeugnis verlangte, einfach nur Geld verdienen und so anfangen, wie mein alter Kumpel aus der Volksschule. Kuddel erlernte das Maurerhandwerk. Er, der mir damals am Hafenkiosk als armer Gymnasiastensau, wie er es nannte, ein Bier spendiert hatte, hatte es geschafft. Als Polier einer renommierten hiesigen Baufirma lebte er am Stadtrand in einem erstaunlich großen Bungalow. Verheiratet, zwei Kinder, fuhr der Volksschüler einen silberfarbenen VW.

Ich dagegen konnte zwar mein dürftiges Abiturzeugnis vorzeigen, hatte aber keinen blauen „Hunni", wie man einen 100 DM-Schein nannte. Die paar in der Kondensatorenfabrik verdienten Kröten waren in Beckum großzügig unters Volk geschmissen, verplempert worden. Ich war ein Nichts, ein absoluter Versager.

Ums Haus heulte Sauwetter. Wenn es heute so bliebe, würde ich mich bei Egon in der Hafenkneipe besaufen, einfach so, dazu reichten die Piepen.

Wie vermisste ich plötzlich den Zwang der Schule. Verrückt! Jahrelang wurde die Freiheit ersehnt, jetzt fehlte mir mit einem Mal der tägliche Stress. Der Schulfrust hatte etwas Gutes, man wusste woran man war, aber jetzt? Niemand kannte mich mehr, alle rannten geschäftig vorbei. Ich dagegen irrte ziellos umher und hasste jeden

Tag, der da kam. Niemand zwang mich morgens aufzustehen. Vater las seine Zeitung oder war nach Heide unterwegs. Mutter verrichtete meistens stumm ihre Hausarbeit, ging zum Markt, zu Freundinnen oder sonntags zum Gottesdienst.

Meine ehemaligen Klassenkameraden sah ich dann und wann. Winke, winke, keine Zeit, nein, keine Zeit. Besonders die Herrensöhne und –töchter. Sie studierten in Kiel und bereiteten die ihnen von Papa befohlene Karriere vor.

Die nächtlichen Angsträume sagten es: „Du bist ein dämlicher Nasenbohrer, ein Versager, ein Garnichts, nicht einmal ein erbärmliches Würstchen".

Eine Mischung aus kommunistischem Neidgefühl, Wut und Ekel über die Neureichen und ihre Gesellschaft, dann wieder über meine Lethargie, Feigheit und Unfähigkeit, endlich zu erkennen, unter allem Vorhergegangenen einen Schlussstrich ziehen zu müssen, zerfraß meine Seele.

Wer trat mir endlich mal in den Hintern und beschleunigte mich zu irgendeiner entscheidenden Tat? Sollte ich weiter auf Arthurs Brief warten, dass nun alles mit meinem Studium in Münster in die Wege geleitet sei, oder war es an der Zeit, das Schicksal selbst in die Hand zu nehmen?

Katja würde mich nicht hängen lassen. Sicherlich würde bald ein Brief kommen und alles erklären. Mein Herz schmerzte, wenn die Gedanken zu ihr flogen.

Durch diese Gedanken zogen von Tag zu Tag dunklere Fäden.

Ja, wenn die Erinnerung an Beckum, an die tollen, protzigen Erlebnisse wie auf einer Kinoleinwand auftauchten, schien neben kopfschüttelndem Staunen der Zorn zu wachsen. Mir war eine Erfolgswelt vorgeführt worden, der ich noch nie begegnet war. Was aber konnte der Abiturient als Gegenleistung, als Gastgeschenk anbieten?

Die innere Distanz zu dem Erlebten nahm zu. Die ehemals mit hochwertigem, zärtlichen Vokabular bedachten Beckumer Geschehnisse erfuhren höhnische Würdigungen mit ordinären Wortschöpfungen weit unter der Gürtellinie. Das wirkte befreiend.

Was ich bei den Zeichners als wohlig empfunden hatte, zog ich nun mit herausgebrüllten Wutausbrüchen in den Dreck. Ja, mit meiner naturgegebenen, bisher einzigen Qualität war ich da erfolgreich aufgetreten. Im Vollbesitz meiner 22 Jahre frischen Schwanzeskraft hatte ich den vor mir auftauchenden weißen riesigen Hintern der Direktorsgattin ergriffen und meinen Leuchtstab in ihre butterweiche Pflaume versenkt. Und das unter Aufsicht meiner Herzallerliebsten um ihrer Karriere willen. Mit Entsetzen plagte die Erinnerung. Noch gellten mir Katjas Anfeuerungsworte in den Ohren: „Gib's ihr, gib's ihr!" Vielleicht sollte ich schnell mal wieder nach Beckum fahren, wenn dort eine Fete läuft, wo die fettleibigen Generaldirektoren froh sind, wenn ihre Gattinnen von einem kräftigen Nordlicht so richtig durchgefickt werden. Vielleicht wäre damit eine Karriere zu machen.

Doch Schluss damit. Schluss mit Beckum. Schluss mit Katja. Und dennoch. Seit zwei Wochen lief ich jeden Morgen zum Briefkasten. – Nichts!

Natürlich hatte ich mich brieflich bedankt für die überaus schönen und erlebnisreichen Tage, dabei Marthas Küche und Arthurs Großzügigkeit gelobt. Dabei letztlich mit einem kleinen Satzschlenker auf meine Studiengelüste hingewiesen.

Bisher wurden immer Briefe geschrieben, Telefonieren stand nie zur Diskussion. So etwas tat man nur in Notfällen. Wer verfügte in unserer Gegend in den 50er Jahren über den Luxus eines Telefonanschlusses? Das einzige Telefon, als Statussymbol in unserer Straße bewundert, besaß Nachbar Henningsen.

„Ob ich mal ganz kurz telefonieren dürfte, nach Beckum, wirklich nur ganz kurz?"

„Aber nicht so lange, das kostet viel Geld", mahnte der alte Henningsen.

Martha nahm den Hörer auf und tat verwundert. „Ach du bist es, wo steckst du denn, mein Jungchen?"

Ohne dem Anrufer eine Chance zu einer Antwort zu geben, plappert sie los wie ein Wasserfall, erzählte vom fürchterlichen Wetter und dass sie allein sei. Da ließ sich einbrechen.

„Ich hätte gern gewusst, wo die Katja ist, wie es ihr geht."

Stille auf der Beckumer Seite. Dann zögerlich: „Nun, die ist seit zwei Wochen mit Arthur weg von hier, von Düsseldorf nach Buenos Aires oder so ähnlich geflogen. Das soll wohl in Argentinien sein. Die bleiben bestimmt einen Monat da. Arthur hat alte Kriegskameraden dort ausfindig gemacht und will mit denen eine Filiale aufbauen. Katja ist immer dabei, das weißt du ja, aber sie wird dir sicherlich bald schreiben".

In der Zimmertür stand Henningsen und machte eine unverständliche Geste, dass ich aufhören sollte. Noch ein paar Freundlichkeitsfloskeln, und das Gespräch war beendet. Daher das lange Schweigen. Mein Gott, sie fliegt durch die Welt und ich Blödmann warte auf Post.

Höchste Zeit, selbst flügge zu werden. Der alte Gedanke gedieh aufs Neue: Ich musste aus der Deichstraße, aus dieser Stadt heraus, irgendwohin, weit weg. Dieser befreiende Gedanke bekam feste Nahrung, als Vater und Mutter mir einige Tage später abends eröffneten, dass ich mein Zimmer aufgeben und wieder in die Rumpelkammer müsste.

Oma Schmieder aus der Bahnhofstraße würde zu uns ziehen. Sie sei zu gebrechlich geworden, um allein den Haushalt in der Stadt führen zu können. Ihr Sohn der Bürgermeister könnte das nicht übernehmen, aber meine Mutter als Tochter schien sich über diese Pflegeaufgabe sogar zu freuen. Zu Oma Hedwig hatte es mich nie so recht hingezogen, sie war eine unauffällige, aber liebe Frau, die still dahin lebte. Vater kalkulierte bereits die Rente des neuen Hausbewohners mit ein. Außerdem hatte Schwager Bürgermeister zugesagt, einen monatlichen Zuschuss zu leisten, und zwar auf das Konto, über das meine Mutter nicht verfügen konnte. Mutter erhielt zwar eine geringfügige Erhöhung des Haushaltsgeldes. Gleichzeitig wurde dem faulen Sohn nur allzu deutlich gemacht, er solle endlich eine einträgliche Arbeit finden, wenn er weiterhin beabsichtige, seine Beine unter Vaters Tisch zu stecken. Wo, das überließen meine Eltern mir selbst, eine Empfehlung gaben sie nicht.

Die Suche begann. Auf die westfälische Zusage brauchte ich sicherlich nicht mehr zu warten. Von Arthur, dem ewiggestrigen Nazi, abhängig zu werden, schien ohnehin nicht die Lösung zu sein. Aber um Katja würde ich kämpfen.

Nun auf zu neuen Ufern. Ich wollte mein Leben ab jetzt selbst in die Hand nehmen.

Eisiger Ostwind fegte ums Haus. Hinter den Hecken schob der Schnee bizarre Hügel zusammen und umzog die Häuser mit geschweiften Wellen. Was der Wind an weißer Pracht auf den kahlen Feldern auffegte, sammelte er hinter der kleinsten Hürde, den Knicks und Garteneinzäunungen.

Keinen Hund hätte man bei diesem Wetter auf die Straße gejagt, aber ein Hannes Färber stapfte, von Flocken umwirbelt, durch die einsamen Straßen, einen Schal um den Kopf geschlungen, freiwillig zum Hafen hinunter. Ziel: Egons Kneipe.

Da saß man im Warmen am Tresen. Von der Decke baumelte ein vertrockneter Kofferfisch, dem jemand mit der Zigarette ein Loch in den prallen Bauch gebrannt hatte. Allerlei Utensilien von Schiffen zierten die braun verräucherten Holzwände, und auf der Fensterbank war eine kunstvoll verzierte Kogge vor Anker gegangen.

Die Attraktion bei Egon aber stellte ein Graupapagei dar, der angekettet an einer Stange neben dem Bierhahn jeden neuen Gast mit lautem Gezeter begrüßte, dann schlagartig schwieg, wie abgeschossen zusammenfiel und listig zur Tür blinzelte.

Wieder klappte die Tür auf, alle Anwesenden warteten auf die Begrüßungsformel des Papageis, der sofort laut und verständlich loslegte. „Komm rein du Penner, komm rein du Penner!"

Dieses Mal drängten vom Schnee überzuckert zwei Zöllner herein. „Mein Gott, ist das ein Winterwetter, nicht zum Aushalten", bemerkte der eine lachend, als er den Papagei kreischen hörte und die Mütze auf den Haken hängte.

Die Stimme kam mir bekannt vor. Natürlich, das war doch Hanno Hagebutt, mit dem ich bis zum Sitzenbleiben in der Quarta in derselben Klasse die Schulbank drückte. Folglich war es ihm ein Jahr früher vergönnt gewesen, die Penne zu verlassen.

Unsere Blicke trafen sich. „Heh Alter, was machst du denn hier?"

„Das frag ich dich" rief der Neuankömmling herüber und fand seinen Weg an den Tresen.

„Mich hat es zum grünen Zoll verschlagen, seit fast einem Jahr bin ich dabei. Heute durfte ich im Gefolge des Zollinspektors Meyer beim Schiffsausrüster hier gleich nebenan eine Spirituosenprobe ziehen." Dabei nickte Hagebutt vielsagend seinem Vorgesetzten zu, der ein paar Plätze weiter am Tresen bereits ein Bier in der Hand hielt und zu dem Gehörten grinste.

Der dickleibige Wirt, der einäugige Egon, stellte zwei große Biere vor uns auf. „Prost Jungs!" Nachdem der erste Durst gestillt war, interessierte mich, was der Hanno weiter zu berichten hatte.

„Wie geht das so bei der uniformierten Behörde, wie läuft der Dienst?"

Als Segler war mir der Zoll immer ein rotes Tuch gewesen. Beim Schiffsausrüster durften in braune Tüten verpackte zollfreie Waren wie Schnaps, Zigaretten, Schokolade usw. eingekauft werden, die unter Aufsicht eines wichtig tuenden grünen Beamten des Zolls an Bord kamen und erst außerhalb der Drei-Meilen-Zone vernascht wurden. Jeder an der Küste missachtete diese Vorschrift. Es gab sogar im Segelclub ein Boot, das war extra für Touren gebaut worden, um die Zollbestimmungen zu unterlaufen. Es hatte eine Kajüte, war also nicht offen, was zollrechtlich als Voraussetzung für den Empfang von unverzollten Gütern galt, verfügte über geringen Tiefgang und eine große Breite, um über das Watt dem nachts kontrollierenden Zollkreuzer zu entgehen. Das Boot war stets ausgebucht.

Die Beamten hörten zwar bei Ebbe von der auf einer Sandbank liegenden stadtbekannten „Säuferschute" lustiges Gejohle, wenn der Scheinwerfer ihres an die Fahrrinne gebundenen Kreuzers die winkende, Flaschen schwingende Gesellschaft erfasste, aber um ein Zollvergehen nachzuweisen, dazu kamen sie mit ihrem Schiff nicht dicht genug heran.

Überhaupt hatte die Küstenbevölkerung seit jeher den Hang zum Schmuggeln. Wie konnte jemand von hier zu dieser Behörde gehen und den grünen Rock anziehen? Trotz dieser Vorurteile fand ich den Zoll mit einem Mal nicht mehr so schlecht. Wenn jemand wie der pfiffige Hanno da seine berufliche Zukunft sah, warum war das eigentlich nicht auch eine Perspektive für Hannes Färber? Ob das nun für einen Menschen von der Küste ehrenrührig war oder nicht, sollte mich nicht jucken. Da war Seefahrt mit drin, eine sicheres Beamtengehalt und, wie Hanno sagte sogar das Ziehen von Spirituosenproben, befohlener Alkoholgenuss auf Staatskosten.

So fragte ich meinen grün uniformierten ehemaligen Klassenkameraden zur vorgerückten Stunde, sein Chef war längst pünktlich mit Dienstschluss gegangen, wie das Zöllnerleben am hiesigen Hauptzollamt so ablief.

Zöllner Hanno, leicht beschwiemelt von weiß ich dem wievielten Bier, mir ging es nicht anders, überraschte mit einer erstaunlichen, unerwarteten Aussage: „Es gibt herrliche Döntjes zu erzählen, aber im Großen und Ganzen ist der Zoll ein dröger, verknöcherter Laden. Um ehrlich zu sein, ich spiele mit dem Gedanken, da in den Sack zu hauen."

„Waaas – und warum?

„Die Aufstiegschancen sind beschissen, und man hat nicht den Eindruck gemäß dem Schulabschluss gefördert zu werden. Fast ein dreiviertel Jahr habe ich bei einem Zollhauptsekretär Briefe mit Marken beklebt, sie gestempelt, als Bote zur Registratur gebracht und Kaffee gekocht.

Das ist der Innendienst. Im Außendienst lassen sich zwar lustige Episoden erleben, aber wenn du des Öfteren im Winter um vier Uhr morgens im zugigen Hafen um die Boote herumschnüffeln musst, verebbt die Freude am Zöllnerdasein.

Dafür zahlt mir der Arbeitgeber Zoll monatlich DM 175,--. Davon gebe ich meiner alleinstehenden Mutter die Hälfte, weil ich zu Hause wohne. Seit zwei Wochen gehe ich mit einer ganz anderen Sache schwanger. Soll ich dir's verraten?“

Ich rückte dichter an ihn heran. Wir vergaßen die Kneipe um uns herum und Hanno sendete: „Nach langem Hin und Her haben wir Deutschen seit Januar wieder Streitkräfte, hast du das nicht im Radio gehört oder in der Zeitung gelesen?

In dem kleinen Rheinstädtchen Andernach wurde die Bundeswehr mit großem Tschindara und Bummdara aus der Taufe gehoben, ein mickeriges Häuflein, die Marine gefiel mir uniformmäßig noch am besten. Unser Bundesopa, der Bundespräsident, der Theo Heuß, grummelte etwas zur Aufstellung der Truppe, was so ähnlich klang wie: "Nun siegt mal schön!" Das Ganze wirkte trotz des großen Presserummels holperig und wenig überzeugend, aber ich glaube, wer sich jetzt zu dem Verteidigungsverein meldet, hat die besten Aufstiegschancen. Auf jeden Fall besser, als in einem Zollamt jahrelang bei DM 175,-- zu versauern.

Die Unterlagen habe ich mir von der Offizierbewerberzentrale in Köln schon besorgt, also für mich käme nur die Marine in Frage. Überleg mal, Schnellbootfahren, U-Boot oder was Größeres und endlich weg aus diesem Kaff. Willste nicht mit?“

Im Zigarettendunst kreiste an der Decke der ausgetrocknete Kofferfisch. Hanno hatte mit einem Wink Egon veranlasst, noch zwei weitere Biere vor uns aufzubauen. Wir schwiegen uns an.

Eine völlig neue Welt öffnete ihre Pforten. So blöd war der Vorschlag nicht.

„Kannst du mir die Anschrift geben, die von der Anmeldestelle?“

„Kann ich sofort mein Lieber, fahre ich seit Tagen in der Brusttasche meiner Zöllneruniform mit mir herum.“

Er fummelte mehrere leicht zerknitterte Seiten, heraus und drückte sie mir in die Hand. „Schau dir das mal an!“

Plötzlich drängelte Zöllner Hagebutt und stürzte das Bier herunter. „Mensch, ich muss nach Hause, morgen geht es wieder früh raus, ich fahr nämlich auf dem Zollkreuzer mit, für mich ein Highlight. Vor dem Vortrapp-Tief liegt ein gestrandeter Frachter, der vollgestopft sein soll mit geschmuggelten Zigaretten. Vielleicht ist es meine letzte Aktion, bevor ich meinem Chef die Kündigung auf den Tisch haue.

Aber zum Abschluss serviere ich noch zwei schöne Histörchen aus meinem Zöllnerleben, hör zu!

Wenn die größeren Fischdampfer frühmorgens einlaufen, warten am Kai die Frauen der Besatzung, die nach dem Anlegen an Bord gehen und kurz darauf erstaunlich schwanger wieder an Land gehen. Natürlich haben die in ihren Klamotten unverzollte Waren versteckt. Wir als Männer dürfen aber nur die Taschen kontrollieren, da ist selbstverständlich nichts zu Verzollendes drin.

Die Frauen amüsieren unsere Hilflosigkeit, sie frotzeln und machten dumme Bemerkungen. Irgendwie musste man den Damen doch an die Wäsche kommen können.

Eines Tages gab ein Denunziant den Tipp, dass an einem bestimmten Morgen die Frauen jede Menge Butter in ihren Kleidern an Land bringen würden, und zwar nicht pfundweise, sondern in klotzigen Gebinden.

Da kamen sie auch schon, mit gespreiztem schwerfälligem Gang in weiten Mänteln, viele Butterpakete sicherlich zwischen den Beinen festgebunden.

Die Damen wurden in einen grünen Kleinbus gebeten und zur Untersuchung durch weibliche Beamte ins Hauptzollamt gebracht. Dick vermummt saßen vierzehn Frauen, die nichts ausziehen, nicht die Mäntel ablegen wollten oder konnten, zwei Stunden in einem absichtlich überheizten Raum. Ich durfte sie mit Kaffee bedienen und vertrösten, dass die untersuchende Beamtin später eintreffen würde. Das ging so lange, bis den Schmugglerinnen die Butter auf dem Leibe schmolz, flüssig wurde, an den Beinen herunterlief und zwischen den Füßen in einer ranzig stinkenden Fettlache endete.

Und zum Abschluss unseres Wiedersehens die Erklärung, vorher mein Chef und ich heute herkamen. Wie schon zu Beginn gesagt, nebenan aus dem Zolllager des Schiffausrüsters, von der einzigen Tätigkeit, die den Dienst beim Zoll erträglich macht. Zwei Fässer mit Samos mussten von uns auf ihren korrekten Inhalt hin geprüft werden.

„Hagebutt, passen Sie auf, wie das vor sich geht!"

Mit behördlicher Miene setzte mein Chef die Prüfflasche unter den kleinen Hahn des Fasses und ließ so viel von dem duftenden Wein einlaufen, dass er eben den Boden bedeckte, roch am Flaschenhals, hielt das Glas gegen das Licht, schüttelte den Inhalt, kostete, kaute den Wein durch wie ein Kellermeister und spie ihn aus in einen Eimer. Der Zollinspektor nickte befriedigt: „Konstatiere Samos, ja Samos. Hagebutt, schreiben Sie diese Feststellung in das Prüfungsprotokoll, Datum, Uhrzeit usw."

Dieselbe Prozedur beim zweiten Fass.

Kurz vorm Gehen hielt der Oberzöllner seine Eleven am Arm fest. „Nun gehen wir noch einmal zurück.“

„Warum?“

„Das zeige ich Ihnen, Hagebutt.“

Mit verschmitztem Lächeln hielt der Ältere noch einmal die Prüfflasche unter den Hahn und ließ sie bis zum Rand volllaufen. „Was Sie vorher erlebt haben, war im Sinne des Gesetzgebers, was jetzt folgt, ist zwar nicht zolleigentümlich aber menschlich“. Er leerte die Flasche in einem Zuge.“

Mit einem tiefen Zug leerte Hanno sein restliches Bier, rutschte vom Stuhl und schlug mit der flachen Hand auf den Tresen: „So mein lieber Hannes, das war's für heute, wir sehen uns!“ An der Tür, mit seiner Zollschirmmütze schon wieder ganz dienstlich, rief er lächelnd: „Denk an die Papiere, hoffe, wir sehen uns bald irgendwo anders!“

Alles was danach geschah, lief ab wie ein abspulender Faden.

Hanno Hagebutt wollte zur Marine. Sollte ich auch? Wie im Trance füllte ich gleich an Egons Tresen die mir gegebenen Formulare aus, legte wie gewünscht einen zu Hause nachts noch handgeschriebenen Lebenslauf dazu. Am nächsten Morgen war ich bereits um sechs vor dem Postamt; ein brauner Umschlag mit der Anschrift „Offizierbewerberzentrale Köln“ verschwand in dem Schlitz.

Mit wackeligen Beinen, wild kreisende Gedanken im Kopf, stolperte ein übernächtigter Hannes Färber wieder ins Bett. War die Entscheidung richtig? Was würde Katja dazu sagen?

Kaum über die Schwelle wedelte mir Mutter eine Postkarte um die Nase. „Deine Katja hat geschrieben, sieh mal, sieh mal.“

Mein Gott, das war auch überfällig, denn nach dem unergiebigen Telefonat mit ihrer Mutter hatte das große Schweigen eingesetzt. Jetzt hastig die Zeilen überflogen.

„Liebster Hannes. Bin in Argentinien, werde bis zur Geschäftseröffnung meines Vater noch einen Monat hier bleiben. Sonst alles Ok. Liebe Grüße an Deine Eltern“. - Das war alles? Man konnte die nichtssagende Karte drehen wie man wollte. Abgestempelt in Buenos Aires vor 14 Tagen, aber keinerlei Adresse. Was war mit der Katja los? Mutter schwieg und sah mich an, in mir stieg eine Mischung von Wut und Stolz auf. Die Karte hätte zu keinem besseren Zeitpunkt kommen können. Jawoll, die Entscheidung, zur Marine zu gehen, war richtig.

Entsetzt starrte Mutter mich an, als ich die Karte demonstrativ vor ihren Augen in tausend Fetzen zerriss, in den Mülleimer warf und lossprudelte: „Die nächste Post wird wichtiger für mich sein als diese blöde Karte. Ich habe mich bei der Bundeswehr als Offizieranwärter beworben, und zwar bei der Marine, das kannst du meinem Alten sagen, wenn er nachher aus dem Bett gefunden hat.“

36

Von der Fahrt nach Köln erinnere ich nur noch, dass es fürchterlich kalt war. Es zog im Zugabteil, die Fenster überkrustet mit Eis, überall zischte und dampfte es. Eingehüllt in meinen blauen Lieblingsmantel, eine Pudelmütze über beiden Ohren, ratterte ich dem Einstellungsgespräch, den Tests und der medizinischen Untersuchung entgegen. Während ich so warm eingepackt vor mich hinträumte, tauchten längst verschollen geglaubte Bilder der Erinnerung auf, untermalt vom gleichmäßigen Rattern des Zuges. Da stand der kleine Hannes Färber mit einer Panzerfaust in der Hand hinter einem Erdwall. Ich meinte bei dem Zischen der Heizung vorbeifliegende Geschosse angreifender britischer Jäger zu hören, dann der Knall des explodierenden Geschützzuges und zerfetzte Leiber vor den Augen der Hitlerjungen. Ich sah den zerbrochenen Bomber auf der Wiese, über den die Kiebitze flatterten. Dazwischen Mutters Gejammer als ich ihr eröffnete, zu den Soldaten zu wollen: „Du wirst im nächsten Krieg umkommen. Lies die Zeitung, die Russen werden uns bald alle überrennen. Geh da nicht hin. Und wenn du Christ sein willst, dann darfst du kein Gewehr in die Hand nehmen". Beim Abschied hatte sie geweint, was mir in der Seele Leid tat.

Wusste ich wirklich, was da auf mich zukam?

Die werden sicherlich Fragen stellen, warum ich zur Bundeswehr wollte. Zu dem, was der Hanno angeführt hatte, von wegen der schnellen Beförderung und Beamtensicherheit, würde das Einstellungskomitee oder wie die hießen sicherlich nur müde lächeln.

Welche überzeugende Begründung für den Berufswunsch könnte man anführen?

In letzter Zeit diskutierten Politikerrunden in Radiosendungen über das Grummeln im Ostblock. Die UdSSR betrieb eine gegen den Westen gerichtete aggressive Politik. In Polen und in Ungarn begehrte das Volk auf gegen die sowjetische Bevormundung. Am Nil liebäugelte die Regierung mit dem Kreml, was die Briten und Franzosen veranlasste, knirschende Zähne zu zeigen.

Auch wenn im Bundestag die Opposition lautstark gegen eine deutsche Wiederbewaffnung argumentierte, so schien die Aufstellung eigener Streitkräfte, eingebunden in die NATO, militärpolitisch nicht das Verkehrteste zu sein, um der Bedrohung aus dem Osten zu begegnen.

Selbst in mir bisher politisch uninteressierten Menschen wuchs diese Erkenntnis.

Der 17. Juni 1953, der Aufstand in der benachbarten DDR, hatte die Gefährlichkeit des kalten Krieges erwiesen. Es kam also darauf an, Deutschland rasch aufzurüsten. Gedanklich formulierte mein Hirn stückweise die Antworten auf derartige Fragen, die mit Bestimmtheit gestellt würden. Brav hatte ich einige Daten gelernt.

Am 7. Juni 1955 wurde die bisherige Dienststelle Blank in das Ministerium für Verteidigung ungewandelt. Am 12. November überreichte der Verteidigungsminister Blank den ersten 101 Freiwilligen die Ernennungsurkunden.

Ich wusste, wann die Bundesrepublik Mitglied der NATO geworden war. Ob das oberflächlich Erlernte reichen würde?

Ich weiß nicht mehr, wohin der vor dem Kölner Bahnhof wartende Sammelbus die auf dem Vorplatz wartende Schar junger Leute hinkarrte. Irgendwann, nach seitenlangem Ausfüllen von Formularen, standen wir halbnackt in Reihe vor weiß kleideten Herren, die an uns herumfummelten.

Freundliche, aber doch schon als Kommandotöne zu erkennende Aufforderungen dirigierten den Haufen durch die Einstellungsprüfung. „Machen Sie mal ein paar Kniebeugen", oder „Hose runter, vorbeugen!" Zivilgekleidete ältere Herren winkten am Ende jeden einzelnen vor ein Gremium, das wie bei einem Gerichtsverhör Fragen stellte. Übrigens, ich habe diese Herren nicht viel später in Uniform wiedergesehen, alle in blauem Tuch mit goldenen Knöpfen und vielen Goldstreifen am Arm. Da ich mich zur Marine beworben hatte, war ich also in das entsprechende Zimmer gewiesen worden.

Keine der von mir gelernten Daten und Fakten wurden abgefragt, sondern vielmehr, wie ich mit meinen Eltern, mit Schulkameraden, mit Freunden beim Sport harmoniere, was meine Hobbys sind usw. Als das Gespräch schon gelaufen schien, geschah etwas Besonderes.

Einer der Prüfenden, der bisher nur zugehört und leicht süffisant grinsend meiner Vernehmung zugehört hatte, beugte den Oberkörper vor, räusperte sich, strich mit der Hand über das schüttere Haar und hob zu einer offenbar für ihn sehr entscheidenden Frage an. Eine Geste, wie beim Abitur der affige Oberschulrat.

„Sagen Sie mal, was verstehen Sie unter Demokratie?"

Danach fiel er in seinen Stuhl zurück, verschränkte die Arme vor der Brust, blickte nickend seine Kollegen an und dann wieder mich: „Also was können Sie mir berichten?"

Diese Art der Befragung rührte in mir den Oppositionsgeist wach.

Dieser Kerl, ein alter Sack, der sicherlich im Dritten Reich ganz vorn mitgemischt hatte, was wusste der von Demokratie, bestimmt nicht mehr als ich, dem die Pauker in der Penne kein Wort darüber beigebracht hatten. Woher auch, die hätten sich aufs Glatteis begeben, diese alten Nazis! Der Fragesteller gehörte doch auch zu dieser Generation. Saublöde Frage, selbst keine Ahnung, aber hier den dicken Wilhelm markieren. Nee, nicht mit Hannes Färber.

Unsere Augen trafen ineinander. Wut floss durch meine Adern. Scheißegal, ob jetzt meine Antwort mir den Zugang zur Marine verwehren würde.

Noch heute freue ich mich darüber, was mir damals eingefallen ist. Und zwar: „Ich kenne die Institutionen der Demokratie und die damit verbundenen Grundrechte. Das habe ich mir nach dem Abitur anlesen müssen. Weder das Elternhaus noch meine kriegsgedienten Lehrer haben mir das Wesen der Demokratie erklärt, vermittelt oder sie selbst praktiziert. Wie Demokratie gelebt wird, das wird mir hoffentlich in der Marine von meinen Vorgesetzten vorgelebt werden."

Diesem Statement folgte Schweigen in der Runde. Man sah einander betroffen an, einige flüsterten miteinander, bis der am ältesten Aussehende aufstand, mit väterlich segnender Geste zur Tür winkte und sagte: „Herr Färber, vielen Dank, das war's auch schon, bleiben Sie so, wie Sie sind, Sie werden von uns hören."

Damit war der Bewerber Färber entlassen und machte eine artige Verbeugung. Von aller Prüfungsangst befreit. Innere Freude kroch in mir auf. Zur Belohnung wurde das letzte Taschengeld geplündert und vor Abfahrt des Zuges durch die winterliche Nacht nach Norden in dem Bahnsteigkiosk die dickste aller Bockwürste verputzt, heruntergespült mit einigen süffigen Kölsch.

Vier Wochen später klingelte es morgens Sturm an der Haustür. Draußen stand Hanno Hagebutt, nicht mehr im grünen Zollwams, sondern im schlichten Zivil des Bürgers. Als ich ihn hereinließ, hielt er mir einen braunen Umschlag unter die Nase und jubelte: „Die haben mich genommen, die haben mich genommen. Haste auch einen Brief gekriegt? Am 1. September soll ich mich in Wilhelmshaven melden, bei der 1. Schiffsstammkompanie."

Er zog bedröppelt wieder ab, denn zu großem Palaver war ich nicht aufgelegt. Die Freude konnte ich nicht mit ihm teilen. Die Kölner hätten mir doch wenigsten eine offizielle Absage erteilen können.

Ein paar Tage später fiel in der Deichstraße 10 ein brauner Umschlag durch den Briefschlitz, wurde hastig aufgerissen – da ging es einem Hannes Färber nach schnellem Durchlesen genau so wie Hanno Hagebutt. „Hurra, angenommen. Meldung bei derselben Einheit wie der Hanno zum 1. September in der Ebkeriege-Kaserne Wilhelmshaven".

Wir trafen uns abends in Egons Kneipe und haben uns tierisch betrunken „Auf Matrosen ohe, in die wogende See!" Selbst der Papagei soll am Ende vom Bierhahn gefallen sein, so duhn war der von den ihm eingeflößten Schnäpsen. Irgendjemand hatte sogar Egons Prachtstück, den armen trockenen Kofferfisch, der über dem Tresen hing, abgefackelt. Saubande!

Bis zum 1. September schwappte die Zeit nutzlos dahin.

Der Umzug mit Oma Schmieders Habseligkeiten von der Bahnhofstraße in die Deichstraße brachte ein wenig Abwechslung. Ihr Sohn der Bürgermeister erschien nur einmal, als meine Mutter und ich die letzte Fuhre mit dem Handkarren, dem Bollerwagen abholten. Vater selbst nahm an dem Umzug nicht teil. „Ist ja deine Mutter", hatte er zu seiner Frau gesagt.

Oma Hedwig saß meistens vor dem Gartenhäuschen, eingehüllt in Decken, und schälte Kartoffeln. Mein Zimmer war nun ihrs, und ich schlief wieder einmal in der Rumpelkammer. Aber die Zeit war abzusehen. Bald würde ich endlich andere Tapeten sehen.

Wie die Geier waren Omas alte Nachbarn über die aufgegebene Wohnung hergefallen, um die angebotenen Möbel, Teppiche, Bilder und was sonst zurückblieb herauszuschleppen.

Über dem Herd hatten die Großeltern ein bis zur Decke reichendes Regal, gefüllt mit allerlei Zinngeschirr, Tellern, Bechern und Krügen.

„Wohin sollen wir mit dem Plunder!" wütete Vater, als wir mit einer Fuhre dieser heute unbezahlbaren Antiquitäten zu Hause ankamen, griff in die Kiste und warf den gesamten Inhalt in die Mülltonne. Oma Hedwig schwieg dazu mit Tränen in den Augen, Mutter wagte nicht aufzubegehren, und ich hatte weder Verständnis für das eine noch für das andere. Zinn bedeutete mir nichts und das verschnörkelte Geschirr schon gar nichts.

Ein Teesamowar überlebte, pflegt heute als einziges Stück das Andenken an Oma Schmieder. Es steht als Zierstück auf unserem Bücherschrank, liebevoll Hedwigs Dröppelminna genannt. Hätten wir doch damals Omas Herdschmuck nicht so achtlos weggeworfen!

Mit Hanno Hagebutt zusammen verging die Wartezeit am schnellsten. Nicht allein, dass wir bei Egon Bierchen stemmten, sondern auch in Gesprächen von unserer gewohnten Umgebung Tag um Tag innerlich Abschied nahmen.

Als Flüchtling kannte er zwar die Stadt erst seit den letzten Kriegstagen, sah sie aber doch als seine Heimat. Wenn wir auf dem Deich saßen und überm Watt die Möwen und Austernfischer kreischend vorbeiflogen, erzählte Hanno seine Erinnerungen an die Flucht und ich meine wenigen Erlebnisse aus der Hitlerjungenzeit. Beschämend, wie verschont wir Eingesessenen davongekommen waren und wie fürchterliche Zeiten er und seine Familie, aus dem Osten kommend, durchlebt hatten. Sein Vater hatte die Strapazen nicht überstanden.

Jetzt strebten wir beide ein gemeinsames Ziel an.

Bei der Diskussion über die Berufswahl entstand immer wieder die Frage, warum gerade wir beide zur Marine wollten. Er und ich waren aus der Abiturklasse die einzigen, die es zur Bundeswehr gezogen hatte. Klassenkameraden, die davon hörten, waren voll des Spotts. Ein Studienrat, den ich ohnehin nicht leiden konnte, sagte mir ins Gesicht: „Ja, ja Färber, da gehören Sie auch hin. Sie vermögen ja sowieso nur befehlsgemäß in engen Grenzen zu denken!"

In der Erinnerung empfand damals keiner von uns, ein blutrünstiges Kriegshandwerk erlernen zu müssen, um bei der nächstbesten Gelegenheit einen unliebsamen Gegner über den Haufen zu schießen. Selbst die Begründung, auf Grund der außenpolitischen Lage zum Schutze des Vaterlandes ein Handwerk zu lernen, das die Demokratie gegen den herandrängenden Bolschewismus verteidigen könnte, wäre als Äußerung eines Jugendlichen wohl unehrlich und überzogen gewesen. Wäre uns als Argumentation sicherlich gar nicht eingefallen. Es lockten zu Beginn nicht Karriere oder andere Zukunftspläne, es war schlichtweg die Sehnsucht nach dem Abenteuerspielplatz, der mir durch das Ende des Krieges in der Hitlerjugend und an der Panzersperre weggenommen worden war, und bei Hanno die Enttäuschung über seine spießigen Zollkollegen.

Die Werbebroschüre des Verteidigungsministeriums vermittelte den Eindruck, dass bei der Bundeswehr mit viel Aktion an der frischen Luft die vermissten Jugenderlebnisse und Versäumnisse gegen gute Bezahlung nachzuholen seien. Das lockte und zog. Obendrein die Freude, endlich das elterliche Nest verlassen zu können.

Vater nahm kommentarlos meine Mitteilung hin, am 1. September endgültig das Haus zu verlassen, Oma lächelte dazu, und Mutter zerdrückte eine Träne mit der bittenden Bemerkung: „Aber du besuchst uns doch häufig.“

Im Hintergrund lauerte die Frage, wie es mit Katja weitergehen würde, und tauchte immer wieder quälend auf. Am Tage, als ich mit Hanno unterwegs war, abgelenkt von Erwartungen und der Beschäftigung mit dem Thema Marine, plagten die Fragegeister nicht, aber des Nachts, wenn die Dunkelheit ins Herz kroch, schwirrten sie wie Fledermäuse durch die Seele.

Hundert Mal gelesene Briefe lagen wie Blei in den Händen.

„Liebster Hannes, ich vermisse so sehr Deine Küsse, ich spüre Deine Wärme auf mir und in mir.“ Ein anderer Brief, überdeckt mit Lippenstiftabdrücken, lobte meinen Hannes, wie er sie glücklich gemacht hatte: „In Gedanken gleiten meine Lippen über sein erhobenes Haupt.“

Wenn jemand wöchentlich derartig heiße, für die Liebe überschäumend dankbare Briefe schrieb, warum war diese Quelle plötzlich versiegt?

Wie Wertpapiere, versteckt in Schuhkartons, wurden sie gehütet.

Im Schutze der Dunkelheit zog ich mir ihre schriftlichen Offenbarungen ins Bett, las und las einen Brief nach dem anderen, bis die Sehnsucht nach dem geliebten Weib mir die Kehle einzuschüren drohte. Schmerzen würgten in der Brust.

Oft heulte der Liebekranke vor sich hin, Tränen verwischten die Handschrift. Ratlosigkeit und Hilflosigkeit standen als Schatten neben dem Bett. Was tun? Was bloß tun? Drüben von Henningsen aus noch einmal in Beckum anrufen?

Nee, der Geizling würde wieder auf die Telefonkosten hinweisen, und außerdem, Martha Zeichner, ach Martha die dumme Nuss, die würde wieder nichts wissen oder vorgeben, Katjas Adresse nicht zu kennen. Diese verdammte Ungewissheit, diese Leere!

Verzagtheit wechselte mit Zorn. Blödsinnige Verdächtigungen drückten auf die Seele. Manchmal, wenn mich beim Lesen der Schlaf übermannt hatte, brannte morgens noch das Nachttischlämpchen. Das zerwühlte Bett lag voller zerknitterter Briefe, und ein feuchtes Taschentuch klagte an, dass ich wieder Hand an mich gelegt hatte.

In vorgerückter Stunde, wieder mal mit Hanno bei Egon versackt, muss ich wohl dem Kneipenwirt mein Elend gebeichtet haben. Die mir von ihm zugeschobene Adresse erfüllte besondere Wünsche. Von einer Telefonzelle am nächsten Tag angerufen, meldete sich eine süße Stimme, die noch süßere Hoffnungen weckte.

In der Rosengasse wurde der Kunde hereingebeten in ein halbdunkles Zimmer, überall Plüsch und zugezogene weinrote Vorhänge, es roch nach 4711. Sie kroch gleich an mir hoch, zeigte weiß gepuderte Titten und ihren viel zu roten Mund.

„30, und du kannst alles von mir haben. Möchtest du nackt ficken, soll ich dir erst einen blasen?" säuselte das kleine Luder, klapperte mit den aufgeklebten Wimpern und fummelte bereits an meinem Hosenstall.

Wieder draußen an der frischen Luft, würgte es mich in der Kehle. Es schien egal zu sein. Ob ich Katjas Briefe las oder mich bei einer Nutte entlastete, mir war gleichermaßen schlecht und übel. Kotzen hätte ich können.

Der Sommer ging dahin. Beckum schwieg. Das einzige, was gut tat, war das Segeln, mal mit Hanno, mal ohne.

An einem wunderschönen, fast windstillen Sonnentag lag das Boot bei Ebbe auf dem Watt. Ich hatte es trocken fallen lassen und döste im Cockpit, hing den Gedanken nach, die zurückführten in glücklichere Zeiten, als Katja hier mit mir im Priel badete als begehrenswerte nackte Venus. Dem Lichtwunsch folgte die finstere Vermutung. Ob sie in Argentinien am Strand auch so herumläuft, vielleicht sogar mit einem Eingeborenen? Himmel, Arsch und Zwirn, verdammte Scheiße, das müsste doch herauszukriegen sein!

Wieder dieser Schmerz in der Brust.

Leicht eingeschlafen im säuselnden Sommerwind, der über den Deich wehte, gaukelten flimmernde Bilder über das Watt. In dem glänzenden Wasserspiegel des Priels meinte ich Katjas Gesicht zu entdecken. Eine einlullende Brise tätschelte mein Gesicht.

Ach Katja, wärst du doch jetzt bei mir".

Hannes kramte in seiner Hosentasche herum, holte ein Notizbüchlein hervor, setzte sich die Brille auf – ungewohnt ihn so zu sehen – , lächelte ein wenig verlegen und wandte sich wieder seinen Zuhören zu :

„Ich hab mich für diesen Abend vorbereitet und möchte euch eines meiner holperigen Jugendgedichte vortragen. Wie war ich doch zerrissen, romantisch verliebt und gleichzeitig zutiefst wütend und enttäuscht. Udo Lindenberg muss wohl um meine Gemütsverfassung gewusst haben, wenn er singt: „Ich hab dich überhaupt nicht lieb...." Und doch spüren lässt, das es genau umgekehrt ist – oder dass er sich selbst was vormacht.

Auf einem Stückchen Papier sammelten sich damals meine Gedanken, überschrieben mit der Frage: „Wo bist du?"

Im Lichte einer Taschenlampe las Hannes den Text vor:

Wo bist du?

Bist du noch da?

Ich bin noch da,

so nah war ich schon lang nicht mehr,

bei dir du ewig junges Meer.

Ich glitt auf dir in vollem Wind,

bis wir dort angekommen sind,

wo alle Segel fielen.

Geht es dir gut?

Mir geht es gut,

so wohl ging's mir schon lang nicht mehr.

Nach wilder Fahrt auf deinem Meer

ganz still im Hafen liegen,

an deine Brüste schmiegen,

die wohlig sich entspannen.

Ist dir auch warm?

Mir ist so warm,

so herrlich war's schon lang nicht mehr

nach einem Sommersturm im Meer

auf einer Sandbank auszuruh'n

und fest umschlungen nichts mehr tun

als Liebe sich zu schenken.

Denkst du daran?

Ich denk daran,

doch hoffe ich schon lang nicht mehr,

dass unser Ausflug auf das Meer
endlich zu einer Küste führt,
die meine Seele ewig rührt
und weich mich in die Arme schließt.

Fühlst du es noch?
Ich fühl es noch,
doch spüre ich den Puls nicht mehr
die Flut, den Atem aus dem Meer.
Ich liege fest auf tiefem Grund
und küsse deinen fernen Mund
mit Tränen auf den Lippen.

Das Gedicht sollte zusammen mit einem beherrscht nüchternen, aber liebevollen Brief an die Beckumer Adresse gehen, um zumindest das lange Schweigen zu klären. Daraus wurde nichts, denn eines Nachts riss es den Träumer und immer noch Hoffenden aus dem Schlaf mit einer blitzartig erleuchtenden Idee.

Natürlich, das war's, Eberhard der Krüppel müsste Auskunft geben können.

Der kannte seine Mischpoke, auf die er nicht gut zu sprechen war, weil sie ihn ständig wegen seiner Behinderung hintanstellte, ihn hänselte und als Familienclown behandelte.

Letztes Silvester, als es in der Direktorenvilla drunter und drüber ging, dort kreuz und quer gevögelt wurde, hatte mir Eberhard nach Mitternacht so manches erzählt, wie seine versnobten Kreise miteinander verkehrten. Er kannte sie alle und jedes Detail. Der würde sicherlich auch herausfinden, was bei den Zeichners in letzter Zeit vorgefallen war.

Er mochte mich und ich ihn, er würde mir reinen Wein einschenken.

Der befreiende Gedanken war so erlösend und faszinierend, dass noch in derselben Nacht viele Hilfe suchende und erregte Zeilen mehrere Briefbögen füllten, die am nächsten Morgen im Laufschritt hingebracht beim Postamt landeten.

Die Antwort ließ nicht lange auf sich warten.

Mutter, die stets als erste den Postboten hörte und alle Briefe abfing, den Absender studierte und den Inhalt aller Karten bereits kannte, bevor es zur interfamiliären Verteilung kam, stolperte freudestrahlend in meine Kammer, schwenkte den Brief und rief: „Beckum hat geschrieben, na nun wirst du dich freuen!" Natürlich hatte sie seit Wochen meine Bedrückung gespürt, ahnte wohl auch, worum es ging, stellte aber keine Fragen.

Ich riss ihr den Brief aus den Händen. Wer schrieb da? Das war nicht Katja Handschrift!

„Hallo du liebeskrankes Nordlicht, brauchst mich wohl als Detektiv?"

Das war typisch Eberhard, der Zyniker, der schonte niemanden und kam gleich auf den Punkt. Was aber in den nächsten Zeilen aus dem Brief hervorquoll, glich einer haushohen Welle, die über den Strand aller Erwartungen brandete und alles begrabend überrollte.

„Du blöder verliebter Gockel, hab ja gar nicht gewusst, dass du der Katja das Vögeln beigebracht hast, bist ja gar nicht mit ihr verwandt. Hab mich schon gewundert, wie du immer mit ihr rumgemacht hast."

Da verschlug es einem die Sprache. In meiner Verzweiflung hatte ich Krüppel Eberhard mein Herz ausgeschüttet, ihm geschrieben, was mich quälte, alle Details meiner Beziehung zu Katja, und was tat er, er machte sich darüber lustig.

Oder meinte er es ganz anders und erwies sich als ehrlicher Freund? Es kam noch dicker.

Was in den nächsten Zielen stand, stürzte mich verblendeten Hornochsen in den seelischen Abgrund. Eberhard berichtete Unglaubliches.

„Lieber Hannes, dein Täubchen tanzt dir schon seit Monaten auf der Nase herum. Ich weiß ja nicht, wie es ist, wenn man vor lauter Verliebtsein mit Blindheit geschlagen ist, denn welches Mädchen lässt mich schon ran an ihr Pfläumchen. Aber dir hat man wohl die Augen verbunden. Als Lafette deines Schwanzes muss der angeblich Verwandte aus dem Norden wohl das Denken aufgegeben haben, sonst hätte er längst bemerken müssen, dass er bei den Zeichners längst ausgeplant ist. Du armes Schwein! Du fragest nach der Wahrheit."

Es kam noch dicker: „Katja ist in Argentinien, um dort ihren Verlobten zu knutschen." Der Boden bebte mir unter den Füßen. Eine Kralle griff mir in die Brust. Ich brüllte aus Leibeskräften und trommelte mit den Fäusten an die Wand.

Wie lange der Schmerz den Liebeskranken hat toben lassen, heute weiß ich es nicht mehr, aber aus dem Dunkel der Erinnerung spüre ich noch den sanften Handdruck meiner Mutter auf den Schultern und wie ich meinen Kopf heulend in ihrem Schoß verbarg.

Ich schämte mich meiner Tränen nicht, als mir spät in der Nacht Eberhards Brief vielleicht zum hundertsten Male des Unglaubliche vor Augen führte.

Katja hatte ihre Liebe von mir genommen und einem anderen geschenkt. Einfach so. Die nassen Augen lasen weiter:

„Wenn deine Nymphomanin in einigen Tagen in Beckum mit ihrem Alten eintrifft, wird ihr neuer Beschäler dabei sein. Angeblich ein dunkelhaariger, rattenscharfer Diplomingenieur, deutscher Abstammung und, wie nicht anders zu erwarten in unseren Kreisen, aus der Familie eines alten Nazis, dem es rechtzeitig nach Kriegsende gelungen war, mit einigen anderen SS-Kameraden nach Argentinien zu fliehen.

Übrigens kennengelernt haben die beiden sich im Herbst letzten Jahres in Zürich. Arthur Zeichner traf da mit einigen Kriegskameraden aus Buenos Aires zusammen, um mit ihnen über eine Firmengründung in Argentinien zu sprechen. Hier in Deutschland scheint dem Herrn Standartenführer nämlich der Boden zu heiß zu werden. Mein Alter weiß Bescheid.

Er meint, man munkelt, dass irgendwelche linkspolitischen Kräfte der Firma an den Kragen wollen. Katja war ja, wie du schriebst, in Zürich dabei und ihr neuer Macker muss wohl der Sohn eines der neuen Geschäftspartner sein.

Seitdem darfst du dir dessen gewiss sein, dass du einen Lochschwager hast. Von deiner geliebten Katja bist du auch Silvester nur als Vögelersatz geduldet worden.

Ganz gezielt haben die Zeichners die Kunde gestreut, dass du der weitläufig Verwandte aus Schleswig-Holstein bist. Junge, lass den Kopf nicht hängen, weder den auf deinem Hals, noch den da unten. Mit Mädchen ist das so wie mit Straßenbahnen. Alle 10 Minuten kommt die Nächste. Du bist doch ein prächtiger Kerl, was soll ich von mir sagen. Als Gehandicapter kann ich nur in den Puff gehen. Katja mag wohl einen tollen Eindruck auf dich gemacht haben, aber sie konnte auch kalt wie Hundeschnauze sein. Lass sie sausen! Vielleicht sollte das so kommen. Such dir ein neues Vögelchen.

Eines kann ich dir versprechen, wenn die beiden sich offiziell verloben, werden wir sicherlich zur Feier eingeladen. Dann werde ich mich an Herrn Dipl. Ing. heranmachen und ihm unterschieben, dass Katja parallel zu ihm von einem strammen Burschen beschlafen worden ist. Mal sehen, wie der Kerl reagiert.

Ich freue mich schon darauf, da wird eine Bombe hochgehen und die Splitter werden alle Zeichners treffen."

Der Brief endete mit noch ein paar beschwichtigen Worten und frechen Zoten, aber heilend wirkte er nicht, eher verwirrend. Wortkarger denn je kroch ich durch die Straßen, vermied es, Mutter in die fragenden Augen zu sehen, vermied Egons Kneipe, den Kontakt mit Hanno Hagebutt, ging nicht mehr ins Kino, sondern schlich am Deich herum und suchte die Stelle, wo Katja und ich zum ersten Mal in Liebeslust miteinander verschmolzen waren.

„Keine Lust auf einen kleinen Schlag ins Watt?" fragte eine Stimme hinter mir, als ich mich im Geräteschuppen wieder fand. Die Tür zum Spind, wo Schoten, Schäkel, Blöcke und sonstiger Zubehör der „Schwalbe" lagerten, stand offen, ich davor, die Stimme eben wirkte wie ein Wecker. Wie war ich hierher gekommen? Meine Hand hielt die Signalpistole, die stets ungeladen in einer Schatulle lag, aber jetzt durchgeladen war mit einer Patrone.

Nasskalt klebte das Hemd, ich fror plötzlich. Zitternd zogen die Finger die Patrone aus dem Lauf und legten sie wieder ins Fach.

Ich muss wohl wie närrisch aus dem Segelclubgelände hinausgerannt sein, bin gelaufen und gelaufen, bis die Schläfen zu platzen drohten.

Die folgende Nacht schien endlos und schwarz wie eine unterirdische Grotte. Bleiern zog der Morgen herauf und die Erkenntnis von einem zerronnenen Traum. Jedoch nicht nur das. Hass und Wut allem Weiblichen gegenüber waren an die Stelle dessen getreten, was ich bisher von Mädchen und Frauen gehalten hatte.

Liebe und Sex, Sex oder Liebe, irgendwie musste ich da etwas durcheinander gebracht haben. Hatte ich Gehirnloser kein Gespür, oder war ich einem gewissen Körperteil verfallen, maß meinem Schniedelwutz eine zu hohe Bedeutung zu, war immer nur auf der Suche nach spaltbarem Material gewesen. Liebe, ja Liebe musste wohl etwas anderes sein.

Ohne eine Schwester aufgewachsen, war mir das andere Geschlecht immer als etwas Besonderes vorgekommen. Streiten tat man sich mit Brüdern oder Kameraden, selbst mit guten Freunden, aber nicht mit den Gezopften.

Im fortgeschrittenen Alter konnte man sich in das geschlitzte Geschlecht verlieben, sie vögeln oder sittsam Kinder zeugen, aber die zart Besaiteten anzubrüllen, wie es mein Vater des öfteren mit Mutter tat, das konnte, das wollte ich nicht. Nicht, dass mein Herz jetzt wegen der erlittenen Schmach nach Rache schrie, aber eines baute mich auf, ein Gefühl, eine Abneigung gegen jede Gefühlsduselei. Dieses dumme Gequatsche von Liebe, von ewiger Treue, ja bis der Tod euch scheidet — alles Schwachsinn!

Als Hanno Hagebutt und ich uns am Tag, bevor es nach Wilhelmshaven zur Marine ging, am Bahnhof trafen, jeder mit einem Karton unterm Arm und einem abgeschabten Koffer, war die von Eberhard versprochene Berichterstattung eingetroffen, über den Verlauf der von ihm angekündigten Vorstellung des verlobten Paares. Der Lümmel suhlte sich in den Zeilen mit diebischer Hinterhältigkeit und Genugtuung, die auch ich als Sieg genießen sollte. Ihm sei es gelungen, den Laden auffliegen zu lassen.

Der Brief strotzte von diabolischer Freude über den Erfolg.

„Es begann in der Villa Zeichner mit einem großartigen Empfang. Auf dem Rasen vor dem Haus unter weißen Zelten drohten die Tische zusammenzubrechen von dem Aufgetafelten, nur das Beste, und dazu selbstverständlich literweise Champagner. Alles, was Rang und Namen in Beckum hatte, zeigte Gold und Geschmeide, gewagte Dekolletees und irrsinnig farbige großkrempige Hüte. Mittelpunkt war natürlich Katja, bildhübsch, du wärst durchgedreht, und neben ihr im weißen Smoking der glutäugige Argentinier Juan, mit Nachnamen Meyer, geerbt vom Vater, dem gutdeutschen Parteigenossen Meyer.

Mit Küsschen und Hurra, mit Tusch der angeheuerten Theaterkapelle und Schulterklopfen der Elternpaare wurden dann Katja und Juan vorgeführt. Mutter Meyer, tief in Schwarz mit einer Mantilla auf ihrem grauen Haupt, hielt dabei die Hand eines katholischen Priesters, den sie zu dieser Veranstaltung für den Segensspruch verpflichtete hatte. Eine sehr gläubige Frau, übrigens ihr Sohn ebenfalls. Das wurde betont.

Ich sollte zum Abschluss, wie am Silvester anschließend das Feuerwerk zünden, aber vorher bot sich die Gelegenheit, Juan auf der Toilette abzufangen.

Wir plauderten beim Pinkeln, dabei schob ich ihm stückweise unter, was so von Katja und dir in Beckum gemunkelt wurde. Seine Erregung und Neugierde wuchs. Schließlich habe ich ihm deinen Brief gezeigt, in den er erst stehend, dann auf der Brille sitzend andächtig und immer roter im Gesicht mit hervorquellenden Augen hineinstierte. „Kann ich den behalten?", prustete er heraus. „Stimmt das alles?" Ich nickte. Er sprang auf und rannte auf den Rasen, ich kam kaum hinterher. Gläser fielen um, es klirrte. Er lief nicht zu Katja, sondern zu seiner Mama, griff die Erstaunte, schleppte sie in Richtung Gartentor, drehte sich immer wieder um und schrie: „Una puta, una puta!" Sie ist eine Hure, sie ist eine Hure!

Wie Fest und Feier endeten, kannst du dir vorstellen. Traurig, ha ha!

Seitdem herrscht Schweigen bei den Zeichners.

Es grüßt dein Detektiv Eberhard."

Im Zug fing einer an, Witze zu erzählen. Wie bei einer Zündschnur zischte der nächste gleich hinterher. Jeder wusste einen noch besseren. Ein Flachmann mit Hochprozentigem ging rum. Noch bevor die ersten Schrebergärten von Wilhelmshaven auftauchten, brüllte die Offizieranwärtercrew aus den heruntergelassenen Zugfenstern heraus: „Hamburg am Elbestrand, Kiel an der Waterkant. Wer kennt denn Schlicktown nicht, den Arsch der Welt."

Später lernte man andere ebenso liebenswerte Bezeichnungen für Wilhelmshaven kennen, eine davon war dem Bahnhof gewidmet, damals ein heruntergekommenes Aushängeschild für die Stadt. Im Winter und bei Sturm ein grässliches, zugiges, dunkles Schienenende. Auch unser Zug endete in „Novosibirsk".

Beim Aussteigen aus dem olivfarbenen Bus vor einem Häusergeviert verstummte die Fröhlichkeit. Eine Gruppe älterer Herren in Marineuniformen erwartete die Meute. Einer hatte mehr Goldstreifen am Arm, andere weniger, einige Winkel oder Haken.

Eine Mischung von Empfehlungen, Aufforderungen und Befehlen schäumte den Aussteigenden entgegen. Zum ersten Mal nach der Zeit bei der Hitlerjugend stand ich wieder in einem Haufen Gleichgesinnter, dieses Mal locker aufgereiht in Marschkolonne vor einem demokratischen Flaggenmast. Oben wehte im kühlen

Herbstwind Schwarz-Rot-Gold. Das offenbar zu unserem Empfang frisch aufgezogene Tuch zeigte Bügelfalten. Blütenfrisch wie wir.

Alles, was da vorn zur Begrüßung erzählt wurde, würde man auf einem Informationsblatt nachlesen können, also brauchte ich nicht hinzuhören. Mein Blick glitt an den Kasernenwänden entlang, über das Pflaster, tastete die Gesichter der künftigen Kameraden ab, mit denen ich mehrere Jahrzehnte beruflich zu tun haben würde.

Danach die Vorgesetzten. Wie werden die sich aufführen, wie uns junge Burschen behandeln?

Sicherlich nach dem Alter zu urteilen alle im Dritten Reich gedient und im Verständnis ihrer Zeit militärisch gedrillt. Ob das die gefürchteten Eierschleifer waren?

Ein komisches Gefühl, in eine Gemeinschaft einzusteigen, die das verpönte Kriegshandwerk erlernen wollte und doch irgendwie einer Klosterbruderschaft glich. Matrosen oder Mönche? Eingesperrt für die ersten drei Wochen. Wie bitte?

„Es gibt keinen Landgang, bis Sie, meine Herren, gelernt haben, in Uniform vernünftig zu gehen und zu grüßen."

Das fing ja gut an, erschütterte aber niemanden, schließlich verkündete das der Kompaniechef keinen Wehrpflichtigen, sondern Freiwilligen. „In einer unverbrüchlichen Marinekameradschaft auf Gedeih und Verderb werden Sie von hier aus eingehen in die vielen vor Ihnen bewährten Offiziercrews.Ihre Ausbildung beginnt an dieser Stelle in der Ausbildungseinheit mit dem Namen 1. Schiffsstammabteilung 1. Kompanie!"

Danach verstummte der Uniformierte, sah prüfend und zugleich väterlich den schweigenden Haufen junger Leute vor ihm an.

Über uns knisterte die Flagge im aufkommenden Wind.

Er grüßte knapp, und nach der Bemerkung an den neben ihm stehenden Leutnant: „Kaiser, machen Sie weiter!" knirschten seine Schritte über den Kiesweg davon.

Aufgeteilt in drei Züge, diese weiter unterteilt in vier unterschiedlich starke Gruppen, fand ich mein weiteres Dasein in der 6. Gruppe des 2. Zuges, geführt von dem freundlich dreinschauenden Leutnant Otto Kaiser und dem bärbeißig wirkenden Gruppenführer, dem unvergessenen Maaten Heinrich Blexner.

Bei der Einweisung in die so genannten Stuben, eher wohl Zellen, erwachten wieder Klostergefühle. Der spiegelblanke Linoleumfußboden roch nach Wachs. An der Tür der kahlen Stube 105 standen fünf Namen, einer davon Färber. Drinnen fünf Feldbetten, zwei davon übereinander, daneben fünf schmalbrüstige Spinde. In der Mitte des leichtgrün gestrichenen Raumes ein großer Tisch. Noch sehe ich die tiefgrüne, mit einem schwarzen Band umfasste Hartplastikplatte vor mir. Stahlbeine, wie die Stühle. Darüber baumelte als einzige Beleuchtung eine milchige Glaskugel.

Die ersten Tage gingen vorbei wie im Flug. Neue Eindrücke prasselten wie Hagel nieder. Morgens das Wecken mit der Bootsmannspfeife. Auf dem Korridor erst lockend, dann gellend quetschte der Bootmann der Wache aus einer handgroßen tabakpfeifenähnlichen Metallhülse Töne heraus, die jeden Toten aufgeweckt hätten. Kurz nachdem die Geweckten aufrecht im Bett saßen, flogen krachend die Türen auf und jemand brüllte:

„Reise, reise, aaaaauuuuuufstehn!!"

Bettenbauen nach dem Waschen, alles gemeinsam, fast im Gleichtakt in der Gruppe, die Bundeswehrwolldecke scharf gezirkelt rechteckig ganz exakt am Fußende zusammengelegt, im Spind mit Lineal ausgerichtet die Uniform und ziegelsteingroß geschichtet die Unterwäsche. Wer weniger ordentlich verfuhr, tat es nur einmal. Der nach dem Frühstück inspizierende Spieß, ein Polterer, stets ein Notizbuch in der Hand, in das er, durch die geschlossenen Zähne zischend, den Namen des ihm auffällig Gewordenen notierte, rauschte dieser Mensch jeden Morgen und abends noch einmal wie ein tobendes Unwetter durch die Korridore.

An der Tür mit der Meldung begrüßt: „Matrose Färber meldet Stube 105 aufgeklart und gelüftet", riss er, wenn ihm etwas nicht passte, ohne ein Wort zu sagen die Klamotten aus dem Spind und warf sie auf den Boden.

Man glaubte, der arme Hauptbootsmann stand ständig unter Hochdruck-Heißdampf. Eines Tages fand er auf seinem Schreibtisch ein Fläschchen Baldrian, von einem Witzbold aus der Crew aus einer Apotheke besorgt, mit einem Zettelchen: „Zur baldigen Genesung!"

Am Anfang ergriff die Stubengemeinschaft ein Gemisch aus Hass und Staunen, später stellte jeder fest, dass der Spieß zwar bewusst übertrieb, seine brutale Erziehungsmethode aber letztlich Früchte zeigte. Wir lernten Ordnung halten.

Was die Kleidung betraf, war niemand mit Designer-Garderobe angereist oder frönte irgendeinem Markentrend. Derartige Ideen oder Wünsche waren uns Jugendlichen damals fremd. Niemand besaß mehr als Hemd und Hose, eine billige Jacke und ein Paar ausgelatschte Schuhe, die als Zivilsachen im Hintergrund des Spinds verschwanden. Davor sammelte sich von Tag zu Tag ein neues Uniformteil.

Gleich am nächsten Tag fuhr ein Bus zum ersten Mal mit uns Matrosen zur Kleiderkammer. Alle einheitlich gekleidet in dunkelblaue, unansehnliche Trainingsanzüge. In der Innenstadt, in einer riesigen Kaserne, einem Überbleibsel aus der Kaiserzeit, warteten wir in langer Schlange in einer hohen Halle, die Regale bis an die Decke voll gestopft mit Uniformen in den Farben dunkelblau, grau und oliv.

Jeder glaubte, nun den „Kieler Knabenanzug" zu empfangen, Klapphose mit Schlag, Hemd mit Exerzierkragen, Knoten, Tellermütze mit Band „1. Schiffsstammabteilung", dazu ein Colani, eine Dreivierteljacke für die kalten Tage.

Nichts von alledem. Heeresuniformen passten der dickleibige Kleiderkammerbulle und sein magerer Assistent uns an. Die Hose steckte in Leinengamaschen, darunter geschnürte hohe Stiefel. Die Jacke ein Witz, ein kurzes Affenjäckchen mit großen Revers, dazu ein Leinenkoppel. Der Blechanker im Eichenlaubkranz unter der Kokarde an der Schirmmütze gab den einzigen Hinweis, bei der Marine zu sein. Als nächstes, ausstaffiert für den Buschkrieg, empfing jeder eine olivfarbene Exerzieruniform, gekrönt von dem Stahlhelm, einem bleischweren Topf mit einem besonderen Innenleben. Das bestand aus einem glänzenden Plastikhelm.

„Matrose Färber, Kopfgröße?"

„Weiß nicht..." – „Lauter, ich versteh nix!"

Ich brüllte: „Das weiß ich nicht, hab nie einen Hut gesehen!"

„Kopf her!"

Mit Wucht haute der Kleiderkammerflegel einem den Helm auf den Schädel und grinste: „Passt, wackelt und hat Luft – der nächste!"

Die typischen Marineklamotten gab es erst, als der Chef Kapitänleutnant Gustav Zwölf nach drei Wochen „Kasernenarrest" jeden an ihm hatte vorbeidefilieren und grüßen lassen.

„Mann, heben Sie den Arm an, strecken sie die Finger und verdammt noch mal, den Daumen ran. Spieß, notieren sie, kann an Land, aber keinen Unfug machen, will keine Klagen hören. Wer in Zivil an Land geht, bekommt Ärger. Ist das klar."

Gustav war in Ordnung, hinter seinem Kommandoton steckte eine gute Seele, er mochte uns und liebte seinen Beruf. Jeder bestand die Landgangsprüfung. Nach langem schmachtendem Eingesperrtsein in Ebkeriege überschwemmten wir, einheitlich im Matrosenanzug verkleidet, die Stadt.

Der erste Tag, besser der erste Abend außerhalb des Kasernenbereichs bis zum Zapfenstreich um 23 Uhr blieb unvergesslich. Wilhelmshaven, die freundlichste Marinestadt der Bundesrepublik, begrüßte ihre blauen Jungs mit Einladungen aller Art. In mancher Kneipe gab es Bier bis zum Abwinken. Seit 1853 lebt Wilhelmshaven von der Marine, jedes Mal zerstört, jedes Mal wieder auferstanden und empfänglich für die neue Marinegeneration. Mein erster Tagesausflug zusammen mit Hanno Hagebutt endete in der Kneipe vor dem Kasernentor, bei der Wirtin mit der rauen Stimme: „Na, Jungs, was soll´s denn sein?" Seit langem plagte mich der Wunsch, endlich mal Bockwurst satt zu essen. Erstmalig verfügte ich über ein Gehalt, ganze 200,-- DM, davon abzüglich 80,-- DM für die Truppenverpflegung. Diesen Wunsch, diesen Heißhunger endlich zu stillen, das konnte sich Matrose Färber nun endlich leisten.

Asta, so hieß die Wirtin, erfüllte jeden Wunsch, also auch Würstchen bis zum Anschlag, zum Spülen Bier und Klaren. Hanno machte mit, aber nach dem zehnten

Würstchen gab er auf, ich erst nach dem achtzehnten. Ist mir übrigens bestens bekommen, aber dieses Gewaltessen blieb eine Ausnahme.

Die Bezeichnung unserer kleinen Kompanie als „1. Schiffsstammabteilung" entsprach nicht der Dimension des kleinen Haufens, aber für manchen waren es Menschen genug. Schwierig für die meisten, die vielen neuen Eindrücke im Zusammenleben mit den unterschiedlichsten Gleichaltrigen und Vorgesetzten zu verkraften und vor allem zu lernen, sich anzupassen.

Das fing bereits auf kleinstem Raum an, als Training für die noch engeren, späteren Bordverhältnisse. Bewusst nannte die Marine die wahllos zusammengestellte Wohngemeinschaft in der Kaserne „die Stube". An Bord „die Kammer" genannt.

Die fünf Burschen auf Stube 105 konnten unterschiedlicher nicht sein. Eckehard, Förstersohn aus der Paderborner Gegend, der Ähnlichkeit hatte mit dem Schauspieler Hardy Krüger, fiel auf als Kraftpaket, seine starken Unterarme passten durch keinen Uniformärmel. Er sprach wenig und wartete ab, was auf ihn zukam.

Ganz anders dagegen Matrose Silbermann, unser Schönling. Abends, wenn der Spieß mit den Gruppenführern noch einmal durch die Räume ging, sollten wir bereits stramm im Bett liegen, nicht aber Silbermann. Bei ihrer ersten Visite, Silbermann mit nur einem kleinen Höschen bekleidet, ansonsten nackt mit verschränkten Beinen in Meditationshaltung auf dem Tisch hocken zu sehen, löste außer Erstaunen keine Reaktion aus. Als kurz darauf durch den Kasernenbereich der Ruf erscholl: „Ruhe im Schiff, Licht aus", erlosch über Matrose Silbermann die Glaskugel. Er meditierte still weiter, seine Wohngemeinschaft schlief. Der Kamerad Silbermann, neugierig nach seinem rituellen Verhalten befragt, meinte, er müsse zum Schutze seiner Individualität vor dem Schlafen in Meditationshaltung den Tagesablauf noch einmal überdenken. Komisch, aber er störte niemanden. So ölte der Sonderling seinen Adoniskörper jeden Abend mit wohlriechender Minze ein, hockte als glänzender Buddha mit verklärtem Blick auf dem Tisch und wartete provozierend auf die Tagesabschlussronde.

Seine Stubenkollegen lagen grinsend in den Betten oder standen in strammer Haltung vor dem Spind. Knurrend umkreiste der inspizierende Spieß die geölte Tischdekoration und verließ kopfschüttelnd Stube 105. Bewundernswert, wie Silbermann das durchhielt.

Er lenkte die Unteroffiziere so ab, dass ihnen in unserer Bude die größte Unordnung nicht aufgefallen wäre. Zum anderen merkte man den alten Hasen an, wie sie grübelnd nach einer Möglichkeit suchten, diesen, wie sie sagten, affigen Blödsinn auszumerzen.

Silbermann genoss die Hilflosigkeit seiner Vorgesetzten, die ihn belauerten, um ihm auf andere Weise eine Bein zu stellen. Guru, wie ein Spitzname für ihn schnell gefunden war, bot jedoch keine Angriffsfläche, zeigte im Dienst Übereifer, zackig im Formaldienst, beim Schießen mit guten Ergebnissen und auch sonst ohne Tadel.

Abend für Abend steigerte er seine Zeremonie, ganz offensichtlich, um den Spieß zu ärgern. Saß entweder in einem ausgelegten Kreis von Blumen oder steckte sich Rosen zwischen die Zehen. Als eines Abends seine Locken in einem zur Stirn hin zugebundenen rosa Haarnetz steckten, verlor der Spieß die Fassung und schrie Heinrich, den Gruppenführer an: „Maat Blexner, nehmen Sie dem Kerl die Arschfickerhaube ab, ich werde wahnsinnig! Bin ich hier in einem Schwulenabteilung oder in einem Männerpuff?" Donnerte die Tür zu und verschwand.

In derselben Nacht schrillten um Mitternacht die Alarmglocken. Mit Gebrüll hetzten die Unteroffiziere die Kompanie, die gesamte Offizieranwärtercrew aus den Betten. Anzug oliv, gefechtsmäßig mit Stahlhelm wurde befohlen, Antreten im Kasernenhof in fünf Minuten, aber zack, zack! Bis morgens früh um vier marschierten, zuletzt stolperten die müden Krieger über Frieslands Ziegelsteinstraßen. Vorneweg im Jeep die Gruppenführer.Alle wussten, diese nächtliche Störung verdankte die Truppe dem Silbermann.

Guru wollte sich nicht ändern, wir ihm nicht länger zubilligen, die Stimmung zu drücken. Er kündigte und ging zum Heer, soll später zur Luftwaffe gegangen sein.

Die zweithöchste Aufmerksamkeit in der Stubenrunde galt unserem Spargel. Dürr, hoch aufgeschossen und bleich, dem Typ eines breitbeinig daherkommenden Matrosen überhaupt nicht entsprechend. Das war unser Olaf mit dem schönen Nachnamen Jungmann.

Seine linkische Fortbewegungsweise, er rollte mit den Hüften wie ein Weib, brachte ihm gleich den Spitznamen „Jungfrau Olli" ein. Marschieren bereitete ihm die größten Schwierigkeiten. Seine Beine nicht im Gleichtakt zu bewegen irritierte seine Nebenmänner, außerdem schlenkerten die Arme neben dem Körper anders als normal.

Maat Blexner bemühte sich erst mit Freundlichkeit, später mit Brüllen darum, ihm den Passgang abzugewöhnen. „Sie latschen wie ein Kamel!" Wenn Olaf die Anschnauzerei zu viel wurde, giftete er zurück: „Ich möchte Sie darauf hinweisen, dass mein Vater Kapitän zur See gewesen ist."

Mit diesem Schnack war er bereits am ersten Tag dumm aufgefallen, jetzt erntete er den Lacher von allen Seiten, was die ausbildenden Unteroffiziere dazu veranlasste, unsere empfindliche Jungfrau noch härter anzufassen.

Passgänger Olaf verfügte über eine nie wieder gesehene Befähigung. Wenn er abends in mikroskopisch kleiner Schrift seitenweise in einer DIN A3-Kladde seine Tageseindrücke zu Papier brachte, dann schrieb er wie normale Menschen den Text mit der rechten Hand, aber notierte gleichzeitig dazu mit der linken Hand in Stenographie auf der gegenüberliegenden Seite, wie er sagte, den Kurzinhalt des rechten Textes.

Der Mann verfügte offenbar über zwei getrennte Gehirnhälften. Wir in seiner Wohngemeinschaft versuchten als sportliche Herausforderung ihm nachzueifern und fingen mit beiden Händen an zu kritzeln. Hoffnungslos, diesem Phänomen war niemand gewachsen.

Völlig anders kam Stubenkamerad Schlieper daher. Sein Vater wollte ihm einen riesigen Bauernhof im Niedersächsischen vermachen, dem entkam er rechtzeitig durch die Flucht zur Marine. In Ulli mit Händen wie Klodeckel lebte eine Seele wie in einem gutmütigen Gaul. Nichts brachte den Kerl aus der Ruhe. Nie nahm er etwas übel. Sein größtes Problem blieb, nach dem Schießen den Karabiner zu reinigen. Entweder verbog er mit seinen kräftigen Fingern selbst die festesten Teile oder, wo Feingefühl verlangte, mit Schräubchen oder Federn zu hantieren, fielen sie aus seinen klobigen Pfoten.

Darüber lachte Ulli nur, jeder half ihm gern.

Fuchsteufelswild reagierte der Gemütliche jedoch, wenn man an seine Koje, an sein Bett heranging und den dort auf der Wolldecke liegenden Plüschtiger anfasste.

Bei einem Dorffest, verriet er, hätte seine verflossene Freundin ihn an einer Bude erstanden. Seitdem schlief der Bursche mit diesem hässlichen, halbmetergroßen ringelgeschwänzten viel zu gelben Ungeheuer, das jeden Vorbeigehenden mit aus dem Billigplüsch herauspoppenden Glasaugen anstarrte.

Den einzigen Norddeutschen der Stube 105 vorzustellen erübrigt sich. Über Hannes Färber ist bisher ausreichend viel berichtet worden. Zur Gruppe gehörten noch zwei Kameraden aus der Nachbarschaft, der Nachbarstube, die mit uns zwar dienstlich verkehrten, aber in ihrer Freizeit gemeinsam ihre eigenen Wege gingen.

Sie glaubten etwas Besseres zu sein. Nicht allein, dass die beiden ständig zusammengluckten, sondern sie bildeten auffälligerweise auch über die Gruppe und sogar über den Zug hinaus einen Freundeskreis. Die Abgehobenheit dieser Clique von den anderen Crewkameraden demonstrierte das Tragen eines bei einem Juwelier angefertigten Armkettchens.

Während ich mich rundherum wohl fühlte, mit dem gegenwärtigen Zustand voll ausgelastet war, nicht an den nächsten Morgen dachte oder gar die Karriere in der Marine vor Augen sah, fand sich die Clique zu geheimen Sitzungen zusammen und plante ihre Zukunft.

Offenbar wurden da von den Matrosen bereits die Admiralsposten untereinander aufgeteilt.

Eine weitere Besonderheit der Kompanie war der so genannte Fliegerzug. In dem Bewerbungsbogen hatte ich zwar gelesen, dass Seeluftstreitkräfte aufgebaut werden sollten, aber da hätte ich ja gleich zur Luftwaffe gehen können. Jetzt in der 1. Schiffsstammabteilung, wo alles auf die schwimmende Marine hinzielte, gab es einen Zug, der nach der Grundausbildung zur weiteren Ausbildung in die USA verschwand.

Keiner der Vorgesetzten erklärte uns Unbedarften, weshalb die Marine in die Luft gehen wollte, und auch die künftigen Marineflieger hielten sich von uns allen zurück, als ob sie gar nicht zu unserem Haufen gehörten.

Gerüchte und Halbwahrheiten machten die Runde: „Übrigens die fliegenden Kavaliere kriegen eine irre hohe Fliegerzulage!" „Und die dürfen zur Ausbildung nach Florida."

Da wuchsen bereits im Anbeginn ungewollte Animositäten zwischen Crewkameraden, die Jahrzehnte später, in höheren Stäben tätig, sachlich erforderlich zu fällende Entscheidungen stark emotional beeinflussten.

Ein um die andere Woche trafen hohe Dienstgrade aller drei Teilstreitkräfte ein. Mal wurden wir im Formaldienst vorgeführt, mal verschwanden die Herren mit prallen Aktentaschen im Konferenzraum. Oft war die Folge, dass am nächsten Tag wieder ein Kamerad morgens bei der Musterung fehlte. Dabei fiel ein schlaksiger Matrose aus dem Fliegerzug auf, der, von der Marine abgeworben, in der Luftwaffe eine steile Karriere machte und dort den höchsten Dienstgrad erreichte. Mir ist bis heute schleierhaft geblieben, wie die Personalsteurer bereits in einem Matrosen die Fähigkeit erkannten, zu höchsten Ehren aufsteigen zu können.

Oder gab es da andere Kräfte, Verpflichtungen und Steigbügelhalter?

Die meisten Offizieranwärter, erst ein paar Wochen in Wilhelmshaven, berührten diese Vorgänge nur am Rande. Todmüde fielen die an der frischen Luft über den Parcours Gescheuchten Abends wie Säcke in die Koje und fluchten, wenn nach Mitternacht die Alarmglocke zum Nachtmarsch hochschreckte.

Überall Lärm. Der Strom war abgeschaltet. Die Stubentür flog auf und Heinrich Blexner brüllte: „Heraustreten zum Abmarsch". In stockdunkler Nacht rannte einer den anderen über den Haufen. Ein Stahlhelm kullerte unter den Tisch. „Verdammt, wo sind meine Stiefel, Mensch tritt mir doch nicht auf die Hand!" Bei den ersten nächtlichen Störungen entstand ein wildes Durcheinander. Ein ganz Übereifriger glaubte draußen schneller in die Stiefel zu kommen, wurde aber durch den Befehl zum Antreten davon abgehalten. Nach einigen Kilometern ist er umgefallen, er hatte sich die Füße blutig gelaufen, seine Stiefel standen am nächsten Morgen einsam vor dem Treppenaufgang in der Kaserne. Der Strammsack lag mit bandagierten Füßen im Krankenrevier.

Nach mehreren dieser unangenehmen Nachtvorstellungen glaubte Jungfrau Olli ein System herausgefunden zu haben, die Ruhestörer überlisten zu können.

Zunächst erbrachte seine Ermittlung, dass jedes Mal pünktlich nachts um halb eins der Alarm ausgelöst wurde. Zuvor brannte im gegenüberliegenden Block in der Waffenkammer Licht. Da mussten alle nach der Musterung hin, um das Gewehr zu empfangen. Blieb also Zeit, vorher im Schnellverfahren die anderen zu wecken und in die Klamotten zu steigen.

Seitdem stellte Olli seinen Wecker auf 24 Uhr, zog die Gardine beiseite und checkte. Eines Nachts war es so weit.

Wispernd hörte ich Ollis Stimme: „Kommt hoch, drüben brennt Licht!" Wie ein Lauffeuer lief die Meldung durch die Gänge. Auf Zehenspitzen schlichen die Melder von Tür zu Tür.

Noch lag die Kaserne in tiefem Schlaf, aber vor den Spinden herrschte Emsigkeit. Das Anziehen des Kampfanzugs geschah in dunkler angespannter Stille.

Dass nur nicht der Stahlhelm auf den Boden schepperte oder ein Stuhl umfiel. Sicherlich standen die Unteroffiziere schon sprungbereit unten vor dem Treppenaufgang.

Eckehard, der Stubenälteste, tastete nach dem Wecker: „Noch zwei Minuten. Alles klar?" Das Schweigen zeugte von Zustimmung.

Der phosphoreszierende Zeiger der Armbanduhr schob auf halb eins zu. Zwei Meter von der Tür entfernt, mit angezurrtem Stahlhelm, fest in den Stiefeln, das Koppel umgeschnallt, Schulter an Schulter leicht nach vorn gebeugt wartete Stube 105 in der Dunkelheit auf den schrillenden Alarm.

Auf dem Gang knarrten Schritte. Aha, das musste Heinrich sein, der genüsslich darauf wartete, gleich die Tür aufzureißen.

Furchtbar laut, aber erlösend von der Spannung, zerriss die Alarmglocke die Nachtruhe. Die Tür flog auf, aber zu seinem Weckgebrüll blieb dem Gruppenführer keine Zeit. Wie von einem Rammbock wurde er umgelegt, seine Lieben stürmten über ihn hinweg, trampelten ihn nieder. Auf dem Korridor großes Gerenne, Gestoße, Flüche und Gelächter.

Irgendjemand kommandierte: „Licht an, Licht an!"

Als im Innenhof die Beleuchtung aufflammte, stand die Kompanie bereits in Reih und Glied, stumm und leise grinsend, davor völlig fassungslos der Chef und die Zugoffiziere. Japsend keuchten die Unteroffiziere heran. Dieses Mal war ihre Truppe schneller gewesen.

Den Herren unbegreiflich, wo war der Verräter?

„Zur Waffenausgabe nach hinten weggetreten!"

Müde fiel das Licht aus dem Fenster der Waffenkammer auf den Rasen, jeder von uns wusste, dieses Licht war unser Freund und blieb das unentdeckte Warnsignal bis zum Abschiedsabend, als der Crewälteste dem Chef, dem uns bis dahin ans Herz gewachsenen Gustav Zwölf, beichtete.

Natürlich klappte das Warnsystem nicht immer, besonders nicht, wenn unerwartet gleich in zwei Nächten hintereinander Frieslands Holperstraßen plattgetreten wurden.

Die Märsche hatten es in sich, da blieb es nicht beim bloßen Dahinlatschen, sondern bei beliebten Einlagen wie „Flieger von links!" sprang die Meute in den Straßengraben und landete im Wasser, in Brombeerhecken oder Brennnesseln.

Durch taunassen Klee zu robben war eine andere Variante, besonders beliebt, wenn Kühe muhend auf der Wiese den unbekannten olivfarbenen Kriechtieren den Weg freigaben, der meistens in warmen Fladen endete.

„Verdammte Scheiße noch mal!" Dieser Aufschrei beschrieb den Sachverhalt absolut treffend.

Einer dieser strapaziösen Nachtmärsche ist mir in besonderer Erinnerung geblieben.

Kurz vor Dienstschluss grollte ein Gewitter über die Marschen. Selbst auf dem Schießstand mussten die Übungen mit dem Karabiner A1, einem kurzen amerikanischen Schnellfeuergewehr, eingestellt werden. Der Sturm fegte Wasserkaskaden durch die Luft, es goss stundenlang in Strömen.

Niemand rechnete nach diesem Unwetter mit einer Nachtübung. Olli vergaß den Wecker zu stellen. Prompt trat das Unvorhergesehene ein. Dieses Mal überraschten uns die Ausbilder, man sah ihren freudigen Mienen an, dass sie es genossen.

Wie immer fuhren ein VW-Bully als Aufsammler der Fußkranken und der Chef mit einem Jeep dem nächtlichen Wanderverein voraus. Nach stundenlangem Marsch vor einem Deich anhaltend, traf die Truppe auf den Kreis seiner Offiziere, die heftig mit ihm diskutierten. Warum ging es nicht weiter?

Auf die Deichkrone zum Abwarten beordert, hockte die Kompanie müde aufgereiht wie die Schwalben auf den Stromdrähten und betrachtete die Bescherung. Im ersten Tageslicht erkennbar, wälzte sich eine braune Flut vorbei. Die Maade, ein ansonsten harmloser, wenig Wasser führender Bach konnte hier normalerweise auf einer kleinen Holzbrücke mit einseitigem Geländer überschritten werden.

Das Brückenteil in der Mitte fehlte, vom Gewittersturm und den Wassermassen weggerissen.

Abseits beratschlagten die Ausbilder offensichtlich den Rückzug. Oben auf dem Deich beriet man leise über eine andere Lösung. Von Mann zu Mann lief der Plan.

„Wenn der Crewälteste die Order ausruft: „Sprung auf marsch, marsch und rüber", dann springen wir geschlossen in die Maade und nehmen drüben auf dem Deich Aufstellung. Mal sehen, was unsere unentschlossenen Herren dazu sagen werden".

Die mitmarschierenden Unteroffiziere steckten ebenfalls im Kampfanzug, im Licht der aufgehenden Sonne strahlten die weißen Hemden der Offiziere. „Vielleicht hätten sie ja noch weiße Handschuhe anlegen sollen" meckerte jemand.

Die Truppe fand es schon recht affig. Wir keuchten und robbten durch den Dreck, und die Herren Offiziere standen als Beobachter in ihren blauen Marineuniformen abseits, um keine Dreckspritzer abzubekommen. Als einziges Zugeständnis an die nächtliche Übung trugen sie zur Ausgehuniform olivfarbene Hosen und glänzend geputzte Seestiefel, auch Knobelbecher genannt.

Endlos schien die Verhandlung über den weiteren Verlauf des Marsches zu gehen, als ohne Vorwarnung durch die Stille des Morgens ein Schrei zu einer wilden Tat aufforderte.

„Auf, auf, rüber auf die andere Seite!"

In breiter Front, so wie die Kompanie am Uferrand gesessen hatte, brach der Sturm los. Den Karabiner hoch über dem Kopf haltend planschte, schwamm, wälzte sich die Meute mit Gebrüll durch den Schlamm. Der Bach war nicht tief, teilweise reichte das Wasser nur bis zur Brust. Drüben krochen und stiegen klatschnasse Gestalten, vom anhaftenden blaugrauen Kleiboden besudelt, die Böschung hoch. Befreiendes Gelächter, dann Stille. Wieder brav in Reihe hockten die Amphibien auf der Deichkrone, bloß jetzt auf der anderen Seite. Drüben standen abwartend die schirmbemützten, weißbe-hemdten, blaubetuchten Herren im Kreise der Gruppenführer und staunten, bis der Chef mit erregter Stimme herüberrief: „Kommen sie sofort zurück, sonst wird das ein Nachspiel haben!" Keine Reaktion auf der anderen Seite.

Dann versöhnlicher: "Machen sie keinen Scheiß, wir müssen zurück". Schweigen und keine Bewegung bei uns.

„Wir fahren jetzt zurück, die Unterführer werden zu Ihnen stoßen!"

Was sollte das denn, Leute wie Heinrich Blexner wollten sie in den Bach schicken und sie selbst im Auto zurück zu Mutti ins Bett?

Ganz klar, die Offiziere hatten Bedenken, mit ihren feinen Uniformen – von dieser Art besaßen sie sicherlich nur eine – zu uns durchs Wasser und den Dreck zu kommen. Aber genau das wollte die Meute sehen. Erst als Einzelstimme, dann im immer lauter werdendem Chor riefen die nassen Krieger: „Feigling, Feigling, wasserscheu, wasserscheu..............."

Die Wirkung blieb nicht aus.

Nach ein paar Minuten zeigte Gustav Zwölf Beweglichkeit. Aus dem offenbar in tiefes Nachdenken versunkenen Häuflein seiner Getreuen trat er auf den Schilfgürtel zu, ja er stieg ins Wasser, immer tiefer. Die goldenen Armstreifen, die Kolbenringe seiner Kapitänleutnantswürde und die Goldknöpfe verschwanden in der schmutzigen Brühe, er winkte mit der Schirmmütze. Ein Bild für die Götter. Als er fast schon drüben am anderen Ufer war, folgte ihm der Rest der bisher Zurückgebliebenen. Die Kompanie war aufgesprungen und begrüßte die Neuankömmlinge mit einer „Standing Ovation". Nie wieder haben seitdem die Ausbilder andere Klamotten getragen als ihre Truppe, nicht weil sie vielleicht mal ins Wasser hätten müssen, sondern weil die Message verstanden worden war, nicht bei Märschen elitär anders gekleidet aufzutreten.

Der gemeinsame Heimmarsch mit den triefenden Offizieren vorneweg wurde zu einem verbindenden Erlebnis. Der Schlamm krustete auf den Uniformen und Gesichtern, die alle fröhlich strahlten. In den Stiefeln quietschte das Wasser. Bröckchenweise fiel von den Kampfanzügen die grau angetrocknete Kleierde der Maade auf die Straße. Als ob eine vorbeigetriebene Schafsherde ihre Perlen hinterlassen hätte.

Die nasskalten Hosen schabten beim Marschieren die Knie wund, und manche Blase an den Füßen musste später mit brennendem Jod behandelt werden.

Voraus über Wilhelmshaven, stieg die Sonne auf. Die Stimmung ebenso. Selten ist ein Ausmarsch so fröhlich gewesen. Wir begriffen, warum man Wilhelmshaven auch Schlicktown nannte. Heute Nacht hatte jeder mit dem den zähen Schlick der Nordseestadt Bekanntschaft gemacht.

Von vorn durch die Reihen ging die Aufforderung: „Ein Lied!" – Frühmorgens wenn die Hähne krähen zieh'n wir zum Tor hinaus und mit verliebten Augen schau'n die Mädchen nach uns aus....."

Na, die sollten uns Dreckgesuhlten hier sehen!

Hinten beim letzten Mann angekommen, schrie mit hoher Fistelstimme unser Kleinster: „Achtern eingepickt und bemuust."

Was das heißt, ist nur von Seefahrterprobten zu verstehen und nur schwerlich in mehreren Sätzen zu erklären. Deshalb sei gesagt, dem Sinn nach bedeutet es ungefähr dasselbe wie „Verstanden!"

Singen macht die Lungen frei. Es gab extra im Dienstplan eine Rubrik „Singen". Von dem Ort der Schlammschlacht bis vor das Kasernentor folgte ein Lied dem anderen, das ganze erlernte Repertoire. Verklebt und verdreckt, aber glücklich über den gelungenen Streich, die Vorgesetzten bewegt zu haben, mit uns in den Bach zu springen, endete der Marsch mit einer Musterung vor dem Flaggenmast. Gustav Zwölf in seiner vom Kleimatsch versauten ehemals blauen Uniform glich einem Wildschwein, das sich im Sumpf gesuhlt hatte. Verschmiert und erdfarben. Das weiße Hemd war grau, fleckig und verdreckt. Er, seine Offiziere und wir eine einheitliche Masse, sehr sympathisch.

Erstmals gab es eine Gemeinsamkeit vom Matrosen bis zum Kompaniechef: das Bedürfnis der Reinigung. Für den gesamten Nachmittag wurde eine so genannte „Wasch, Putz- und Flickstunde" außerplanmäßig angesetzt.

Kurz vor dem Kommando „Nach hinten weggetreten!" überraschte der Chef mit der Ankündigung, dass heute Abend um 19 Uhr im Esssaal ein Kameradschaftsabend mit allen Dienstgraden stattfinden würde. „Erscheinen ist Pflicht, kein Landgang, Anzug 1.Geige (Matrosenanzug mit Exerzierkragen und Knoten), Freibier bis zum Abwinken auf Kosten des Hauses."

Ein begeistertes Raunen rauschte durch die Menge.

Bestand bisher zu den Unteroffizieren, besonders zu den Zugoffizieren und zu dem Oberboss eine innere Entfernung, ja Berührungsängste, so brachte dieser gemütliche Männerabend die Chefetage und das Fußvolk einander näher. Nicht weil das Bier in Strömen floss, sondern weil Gespräche in wechselnden kleinen Runden Aufschluss gaben über Schwierigkeiten der Ausbildung.

Die im Anfangsjahr der Bundeswehr noch spärlichen Weisungen aus Bonn, lückenhafte Dienstvorschriften und Erlasse ließen zwar viel Raum für individuelle Auslegungen, schafften aber bei den Ausführenden Rechtsunsicherheiten.

Durfte man junge Leute drillen, galt es in einer Demokratie als entwürdigend, einen Soldaten durch den Dreck robben zu lassen, ihm bei einer Fehlleistung 20 Kniebeugen abzuverlangen? Lächerlichkeiten lähmten Entscheidungen wie zum Beispiel die Frage: Sollten die Hände beim Strammstehen lang gestreckt an der Hosennaht liegen oder ballte man eine Faust?

Was war demokratischer? Das eine oder das andere?

Das gespendete Bier löste manchen Zungenkrampf. Sowohl die unsicheren Vorgesetzten, als auch die unbedarften Matrosen erfuhren ungeahnte Antworten.

Gustav Zwölf und seine Mannen hörten an diesem Abend, dass wir als Freiwillige nichts dagegen hätten, härter angefasst zu werden, dass niemand z.B. hinterfragen würde, ob beim Schießen der Anschiss „Hacken runter" nach dem Grundgesetz erlaubt sei oder nicht.

Kurz vor Mitternacht lallten die Zungen, aber es reichte immer noch zu zwei Liedern. Das eine ist in keinem heutigen Liederbuch mehr zu finden, ist mehr ein Kneipen- als ein Marschlied und passte wunderbar zum Abschluss dieses Verbrüderungsabends.

Es hat folgenden Text:

Kameraden, wann sehen wir uns wieder

Kameraden, wann kehren wir zurück,

wann setzen zum Trunke wir uns nieder

und genießen ein traumhaftes Glück?

Gefolgt von dem fast wie Wellenrauschen klingenden Refrain:

In der Kneipe am Moor

singt und spielte einer vor,

klirren Gläser und klampfen

die Gesellen, sie stampfen

zu dem Saa-ang,

und der Klang

lässt die Männer rauschen.

Der eine liebt Gin oder Wodka,

der andre liebt irgendein Weib

der Dritte liebt Schwerter und Kämpfe,

doch in einem sind alle sich gleich

In der Kneipe am Moor…. Usw. usw.

Das letzte Lied „Guten Abend, gute Nacht….", einmal mit Text und einmal gesummt, dabei Hand in Hand im Kreis stehend, verbindet uns heute noch. Wann immer sich die Crew trifft, mit oder ohne Ehefrauen, zum Ende eines gemütlichen Beisammenseins oder zum Abschluss eines Balls wird dieses Lied gesungen und jeder denkt zurück an Wilhelmshaven.

Todmüde in die Koje fallend, spürte wohl mancher, am heutigen Abend in der Marine angekommen zu sein, seine berufliche Heimat gefunden zu haben.

Der abschließende Kontrollgang des Wachhabenden durch die Stuben war wohl mehr eine Farce, begleitet von undienstlichen, eher väterlichen Ermahnungen, wenn es denn sein müsste, doch freundlicherweise ins Klo und nicht in den Stahlhelm des Bettnachbarn zu kotzen. Das durch die Gänge hallende „Ruuuuh im Schiff, Licht aus" verhallte zu später Stunde für viele ungehört.

Der gepflegte, stilvolle Saufabend war der erste, der alle spüren ließ, nicht mehr fremd zu sein, dem Wort Kamerad einen sinnvollen Wert beizumessen und in den Vorgesetzten nicht gleich einen Sadisten zu sehen.

Das gemeinschaftliche Wagnis und die Entscheidungsfreudigkeit, nicht nur die Maade überwunden zu haben, sondern auch Mut gezeigt zu haben, die Vorgesetzten in die Pflicht zu nehmen, wirkte auf alle wie ein Aufbruchsignal. Seitdem wuchsen Crew und Ausbilder wie eine Familie zusammen.

Wer allerdings glaubte, mit dem Kameradschaftsabend den Zustand von Friede, Freude, Eierkuchen erreicht zu haben, wurde eines Besseren belehrt. Schließlich wollten ja die meisten härter angefasst werden. Nur zu freudig setzten die Unteroffiziere diesen Wunsch in die Tat um. Die bisher eher sanften, verständlichvollen Herren ließen wie gewünscht eine härtere Gangart spüren, allerdings immer mit einem Schmunzeln im Gesicht.

Am unangenehmsten empfand ich die sinnlose Übung, genannt „Flagge Lucie".
Meistens nachts exerziert als Ersatz für den Marsch und natürlich in voller Finsternis. Die bösen Vorgesetzten pflegten dazu das Licht abzudrehen.

Es begann wie gehabt mit dem Befehl: „Heraustreten im Kampfanzug!" Wenn
alle unten im Hof angetreten standen, folgte die Inspektion. „Mann, Sie haben da
noch einen Knopf auf, zumachen!"

Nach Stillgestanden, Meldungen an den Kompaniechef und Rührt euch folgte
der nächste Verkleidungsvorgang: „In fünf Minuten Heraustreten in Anzug Ausgehuniform!" Und so ging es weiter, pausenlos hintereinander. In fünf Minuten Wechsel
in den Wachanzug, einmal in marineblau, in heeresgrau, in oliv, in Stiefeln oder
Schuhen, mit Schirmmütze, Schiffchen oder Stahlhelm, zuletzt schweißüberströmt
im Turndress, einmal in kurzen, einmal mit langen Hosen. Und das alles in stockfins-
terer Nacht.

Man wollte uns zur Ordnung erziehen, nachts sollte man genau wissen, wo die
Klamotten lagen, und schnell sollte man sein.

Eine Schinderei, auf der Stube lagen anschließend Berge von Hemden, Hosen
und sonstigem. Zum Einordnen wurde anschließend gnädigerweise eine Stunde gewährt. Und das Ganze lobte die Marine als „Flagge Lucie zeigen".

Was immer das alte Flaggensignal aus der Seefahrt bedeutet haben mag, ist mir
entfallen, als Erinnerung an den blitzschnellen Kostümwechsel hat es im Gedächtnis
einen bleibenden Platz gefunden.

Diese als blödsinnige Schinderei empfundene Übung hinterließ ihre Rillen. Wer
je einen Kasernenhof erlebte, kennt die „Flagge Lucie".

Im ersten Antikriegsfilm „08/15" nach 1945 präsentierte der Schleifer Patzeck
dieses Zeremoniell als Abschreckung vor allem Militärischen. Mein dementer Opa
wiederholte zuletzt ständig den Ausruf seines ihn peinigenden Feldwebels, der er da
hieß. „Kommt ihr mir in die Tester Berge, werde ich euch schleifen, dass der Arsch
blutet!"

Wo immer diese Berge gelegen haben mögen, erinnerte er nicht, hatte auch alles
andere vergessen, aber nicht die Schleiferei und den dazu passenden Ausspruch.

Die Flagge Lucie hatte bei uns eine erschreckende Wirkung.

Weniger Nervenstarke und sanfte Gemüter waren dieser Schnelligkeit und
Übersicht fordernden Anspannung nicht gewachsen. Waren sie bisher allen Anforde-
rungen der Grundausbildung gerecht geworden, warfen sie jetzt buchstäblich das
Handtuch. Wie ich später selbst erfahren habe, wären sie in kniffligen Situationen an
Bord sicherlich auch gescheitert. Die Flagge Lucie, so dämlich sie daherkam, ähnelte
einem psychologisch aufgemachten Nerven-Leistungstest und wirkte entsprechend.

Denen, die übrig blieben, hat es nicht geschadet. Nach der Beschimpfung der
Vorgesetzten und nach dem Fluchen gedieh das sich gerade entfaltende Pflänzlein

des Zusammengehörigkeitsgefühls weiter. Während der letzten Wochen in Wilhelmshaven geriet die junge Crew in ein Wechselspiel der Gefühle. Traurige und lustige Ereignisse lösten einander in rascher Reihenfolge ab.

Unser größter Sportler, Matrose wie wir, Niedersachsenmeister im Zehnkampf, der Zigaretten mied, keinen Tropfen Alkohol trank, jeden Abend auf dem Sportplatz zu finden war und früh ins Bett ging, starb über Nacht an Krebs.

Ein Schauer durchlief die Kirchenbänke beim Anblick des in der Garnisonskirche aufgebahrten Sarges. Dass der Tod schon früh nach uns greifen würde?

Eine Woche später sah man von der Empore der Kirche wieder viele Matrosenkragen in den Reihen sitzen. Dieses Mal zu einem freudigen Ereignis. Einer der Marineflieger aus dem ersten Zug heiratete, bevor es zur fliegerischen Ausbildung hinüber ging in die Staaten. Jetzt als Ehefrau durfte die Frau mit oder erhielt eine saftige Trennungsentschädigung. An so etwas Praktisches dachten offenbar nur die schnellen Flieger.

Und überhaupt: Wer kannte schon Amerika, wer von uns konnte sich vorstellen, wie es da drüben im Land der Cheeseburger und des Kaugummis aussah. Mit einer viermotorigen Propellermaschine, Typ Convair, würden die Burschen über den Teich fliegen. Wer von uns hatte schon einmal im Flugzeug gesessen. Niemand.

Die Ausbildung sollte in Florida in traumhafter Umgebung in Pensacola bei der US-Navy stattfinden.

Staunen und Neid befiel die Zurückbleibenden, und das umso mehr, als die Amerikareisenden den Rest der Crew, uns künftige Seeleute, höhnisch als „Fishheads" bezeichneten.

Wer bei Seestreitkräften zumindest zu Beginn einen Abenteuerspielplatz suchte, fand seine Befriedigung, suchte aber bald nach mehr. Bevor man jedoch mit einem Jet durch die Lüfte jagte oder haushohe Wellen mit einer Fregatte durchpflügte, verlangte die Grundausbildung das, was die Marine den Marinebuschkrieg nannte. Also doch die pubertären Indianerspiele in freier Wildbahn. Und die wurden in Wilhelmshaven reichlich angeboten.

Die nicht immer amüsanten Nachtmärsche gehörten dazu, waren aber nur eine Facette des gesamten Quälkrams. Auf den Wiesen in Augenhöhe mit den Maulwurfhaufen und im Wald der Tarnungwegen robbten Marinesoldaten mit erdverschmierten Gesichtern durch den Dreck. Wofür sollte das gut sein, an Bord würde das wenig nützen? Marine im Buschkrieg, weit und breit kein Wasser und kein Schiff, da hätte man doch zu den Stoppelhopsern zum Heer gehen können, oder?

In einem großen Wald- und Heidegelände setzten wir, die ehemaligen Hitlerjungs, das fort, was 1945 nicht zu Ende gespielt worden war und jetzt nachgeholt werden durfte. Obwohl erwachsener geworden, blieb die Empfindung, an einem Wiederholungslehrgang teilzunehmen. Was damals als vormilitärische Ausbildung galt, firmierte jetzt als Maßnahme, tapfer die Bundesrepublik zu verteidigen. Hatte der Bundespräsident nicht selbst die Zielsetzung vorgegeben mit der Empfehlung: „Nun siegt mal schön!"

Also, wenn das Staatsoberhaupt das so meinte, wollten wir ihn auch nicht enttäuschen! Die Indianerspiele im Brakeler Busch boten erfreulicherweise auch Möglichkeiten, jugendlichen Unfug zu treiben, der allerdings nie verborgen blieb.

Wir vermuteten einen Verräter.

Was immer die Truppe in dem Übungsgelände veranstaltete, stets wussten die Zugführer davon. Als getestet werden sollte, wie hoch ein Stahlhelm fliegen kann, wenn man ihn mittels einer verdämmten Sprengladung als Rakete in die Luft jagte, war gleich kurz darauf ein Unterführer zur Stelle und kannte bereits die Übeltäter.

Wir staunten stets, woher die Zugoffiziere ihre Kenntnisse bezogen, denn in dem unübersichtlichen Gelände blieb einem der Gesamtüberblick durch Tannen und Buschwerk versperrt. Wir kannten den über allem thronenden Hochsitz, doch der galt als tabu. Bis jemand den Spieß dort hochklettern sah. Er glaubte unentdeckt geblieben zu sein und strunzte anschließend mit dem ihm angeborenen Ein- und Überblick, immer zu wissen, wo die Marinebuschkrieger herumgekrochen seien.

Wenn Blau und Rot aufeinander stießen, wurde nicht nur der Karabiner hochgehalten und Piff und Paff geschrieen, sondern nebenbei handgranatenähnliche Knaller geworfen, die mit Blitz und Donner auseinander flogen. Ganz schön laut! Eines Tages sprachen sich die Parteien heimlich ab, das Endgefecht am Hochsitz zu entscheiden. Es galt für beide Seiten, dem Spieß da oben eine Lektion zu erteilen.

Abends zuvor waren zwei dicke Knallerpakete aus nicht abgegebenen Restbeständen vorheriger Übungen zusammengebunden und nach Dienst mit Fahrrädern zum Hochstand gebracht worden. Eines davon fand seinen Platz auf dem Dach des Hochsitzes, eines davon getarnt unter dem Fußboden. Vorweg sei gesagt, die Dinger hatten keine Sprengwirkung, weil sie wie Silvesterknaller in Papphülsen steckten, aber die Dinger krachten und blitzen ohrenbetäubend.

Zwei Luntenfäden führten hinter der Eiche, an der der Hochsitz montiert war, nach oben.

Der Übungstag begann mit dem üblichen Aufeinanderzukriechen, mit Schreien und Befehlen, bis der Kreis um den Hochsitz geschlossen war. Kracher flogen und detonierten, Pulverschwaden zogen durch die Tannen Unter dem Hochsitz mimten zwei erbitterten Nahkampf. In Wirklichkeit zündeten sie die Lunte, die zischend nach oben loderte. Der Gefechtslärm übertönte das Geräusch.

Da niemand nach oben schauen durfte, meinte der gute Spieß weiterhin unentdeckt zu sein, bis fast vulkanartig in lichter Höhe zwei Donnerschläge alles übertönten. Dann Schweigen, keine Bewegung. Sprachlose Gesichter sahen nach oben: Mein Gott, haben wir unsern Spieß umgebracht?

Zwei Unteroffiziere rannten herbei, starrten die Leiter hoch. Einer brüllte: "Wer hat da obenhin einen Knaller hingeworfen und warum, da sitzt der Spieß!"

Kopfschüttelnd reagierte die Truppe, und das Gemurmel war eindeutig. „Was macht der denn da oben, das hat niemand gewusst, der Hochsitz durfte doch in die Übung nicht mit einbezogen werden, nee, nee!" – die Truppe grinste inwendig.

Die Schuldfrage blieb offen.

Oben knarrte die Brettertür des Hochsitzes, schwerfällig taumelnd tastete sich eine Gestalt rückwärts die Leiterstiege herab. Unten angekommen, wandte der Spieß der Truppe das Gesicht zu. War er das? Schwarz um die Nase herum, nur die Augen blickten weiß und fassungslos. Er schlug sich an die Ohren und brüllte: „Ich hör nix, ich hör nix", sprang dabei von einem Bein auf das andere. Sah er nicht aus wie der Lehrer Hempel, dem Max und Moritz die Pfeife mit Pulver gestopft hatten?

Neben Traurigem, wie dem Tod unseres Sportlers, dem Erfreulichen, wie der Heirat des Fliegermatrosen, und den lustigen Einlagen stellten sich skurrile Ereignisse ein, die deutlich offenbarten, wie unterschiedlich und sehr individuell gestrickt die jungen Kerle waren, die nach außen hin durch die Uniform so einheitlich wirkten.

Da gab es Muttersöhnchen, die ohne elterliche Hilfe in der Fremde versagten, und andere, die zu Hause so kurz gehalten worden waren, dass sie die nun gewonnene Freiheit missbrauchten, die Kaserne nie pünktlich zum Zapfenstreich erreichten und erst frühmorgens, von der Polizei aufgesammelt, sturztrunken angeliefert wurden.

Obwohl, wie behauptet wurde, die Küche bei der Zubereitung der Truppenverpflegung „Hängolin", ein Sodapräparat, ins Essen mischte, um den Sexualdrang zu dämpfen, schienen einige Kameraden dagegen absolut immun zu sein.

In der Nachbarschaft der Kaserne ratterten tagsüber die Webstühle einer Tuchfabrik. Jedes Mal, wenn die Kompanie vorbeimarschierte, rissen die bekopftuchten Frauen die Fenster auf und geilten die Truppe mit scharfen eindeutigen Posen auf. Da bei nächster Gelegenheit zuzugreifen, war die logische Folge.

Zu der Zeit lag das Kasernengelände noch frei, war nicht umzäunt, keine Wache kontrollierte den Zugang. Außerdem luden im Gelände leer stehende unverschlossene Schuppen zu schummerigen Schäferstündchen ein.

Wie nicht anders zu erwarten, nahm die Vögelpartnerschaft Schiffsstammabteilung – Tuchfabrik bordellartige Formen an.

Als eines Tages einem der Zugführer eine Leistungsliste der willigen Damen in die Hände fiel und dabei einer der Crewkameraden als Zuhälter und Kondomverteiler hochging, schlug Gustav Zwölf zu. Es blieb nicht nur bei einfachen Disziplinarstrafen, sondern führte zur Kündigung des Dienstverhältnisses der Entdeckten – also Rausschmiss.

Da die Kaserne und besonders die Munitionsbunker nach militärischem Brauch und Bedürfnis bewacht werden mussten, zog jeden Abend ein Wachzug auf. Nach Ausgabe der Parole begann die nächtliche Routine. Dazu gehörte die so genannte Ronde. Ein Posten wanderte mit seinem Karabiner mit acht Schuss im Magazin der geschulterten A 1 rechts herum und einer links herum. Neuerdings waren auch die Vögelschuppen zu kontrollieren, immer in der Hoffnung, jemanden zu erwischen und nach der Parole zu befragen.

Um das Kasernengelände und auch innerhalb gab es gemauerte Gräben, in denen am Tage Heizungsmonteure die aus Kriegszeiten herrührende Fernheizungsrohre erneuerten. Das war weniger für uns als für die auf den benachbarten Wiesen grasenden Kühe der Abgrenzungszaun.

Eines Nachts, es war stockfinster und windstill, fand eine Kuh unmittelbar an einem dieser Gräben ein gefälliges Plätzchen. Sie wiederkäute, schmatze, rülpste und furzte.

Matrose Dorsch, ein marineverständlicher Name, wir tauften ihn englisch übersetzt „Cod", machte gerade die Linksronde.

Was waren das für eigentümliche Geräusche, die an sein wachsames Ohr drangen? Cod hielt inne, umkrampfte den Kolben seines Karabiners, schlich ein paar Schritte vorwärts, die Gewehrmündung auf den nahen Schmatzer gerichtet.

Wieder dieses stöhnende Geräusch, als wenn jemand eine schwere Last bewegte. Ein großfleckiges Gebilde wälzte sich stöhnend auf den Graben zu. Unter einer weißschwarzen Decke versteckt schien ein Feind die Kaserne zu bedrohen.

Im Dorschkopf rasselten die Alarmglocken. Jetzt galt es, hier und an dieser Stelle in dieser gefährlichen Situation der nur an ihn gerichteten Forderung gerecht zu werden, die Bundesrepublik Deutschland tapfer zu verteidigen.

Ratsch, ratsch. Waffe durchgeladen. Cods Angstschrei zerriss die Nachtstille: „Parolää!"

Die Kuh verstand kein Wort. Fühlte sich wohl gestört. Die spätere Untersuchung fand nicht heraus, ob sie versucht hatte, sich zu erheben. Noch einmal: "Paroläää!!" Jetzt mehr wie ein hysterischer Aufschrei.

Noch bevor der aufgeschreckte Rechtsrondengänger auf dem Schauplatz erschien, hämmerte es acht Mal durch die Nacht. Helles Entsetzen. Seit Ende des Krieges war hier kein Schuss mehr gefallen, und jetzt diese Salve. In allen Kasernenstuben flammte Licht auf. Was danach geschah, würde Seiten füllen. Mit Häme fiel die damalige Presse über den Vorfall her, der bundesweit die Medien beschäftigte. Cod konnte sich mehrere Tage nicht auf der Straße sehen lassen und seine Kuh lag sicherlich zum Verkauf im Schlachterladen.

Zum Ende der Grundausbildung war die Kuh vergessen, Cod genoss es, als Zufallsscharfschütze gelobt zu werden. Als Highlight der ersten Phase der Ausbildung verabschiedeten der väterliche Gustav Zwölf und seine Mannen die Kompanie mit einem zünftigen Kameradschaftsabend. Am nächsten Tag wurden die frisch beförderten Gefreiten an die technische Marineschule in Bremerhaven zu einem Lehrgang verlegt.

Jetzt war die Matrosenuniform nicht mehr so kahl. Am Oberarm glänzte ein kurzer, schräg gestellter goldener Streifen, darüber der fünfzackige Stern, der uns als Offizieranwärter erkennen ließ. Mann, waren wir stolz!

Aus einem zusammen gewürfelten Haufen von Pennälern, abgebrochenen Studenten und Lehrlingen anderer Berufe zu einer Einheit zusammengeschweißt, fühlten wir uns bärenstark, zu jeder Zeit gemeinsam jeden befestigten Kiosk oder jedes verbarrikadierte Scheißhaus im Sturm zu nehmen. Wir fühlten uns als Seeleute.

Marschieren durch Dick und Dünn, kutterpullen oder segeln bei jedem Wetter, Indianerspiel im Brakeler Busch und singen bei Asta in der Eckkneipe, um die Luft aus den Flaschen zu lassen. Aus Weicheiern waren Männern geworden – zumindest empfand mancher das so.

Mit diesem Kraftgefühl ging es in den ersten Weihnachtsurlaub.

Zu Hause bin ich demonstrativ nur in Uniform durch die Straßen gegangen, schon allein aus dem Grund, dass vor allem ehemalige Klassenkameraden daran Anstoß nahmen. Zur Bundeswehr gegangen sein galt als charakterlicher Makel.

Zur Weihnachtszeit gastierte ein Hamburger Ballett im großzügig ausgebauten Stadtkino. Es gab weihnachtsgerecht „Nussknacker“. Mutter lud mich ein, sie zu begleiten, natürlich in Uniform. Kein noch so auffälliges Kleid oder andere edle Garderobe zog an diesem Abend so viele Blicke auf sich wie die blaue Marineuniform. Ich ging wie auf Eiern. Ein älterer Herr mit wallendem grauem Haar, auch sonst im Gesicht zugewachsen, starrte mich mit großen Augen durch seine kreisrunden Brillengläser an und zischte: „Wie vereinbaren Sie das junger Mann, einerseits blutrünstige mörderische Gedanken in ihrem Herzen zu bewegen und gleichzeitig der Kunst ihre Zuneigung zu geben?“

Mir fiel lediglich die Antwort ein: „Ich habe damit keine Probleme.“ Allerdings muss ich zugeben, dass diese Frage mich lange bewegt hat.

Am zweiten Weihnachtstag drückte mir die Mutter ein Paket in die Hand mit der Bemerkung, es sei bereits seit Wochen im Hause, Absender Beckum. Plötzlich zuckte das Bild von Katja vor den Augen. Sie hatte ich längst vergessen. Überhaupt waren meine Gefühle für Frauen und Sex wie abgestorben, zwischen den Schenkeln herrschte Totenstille.

Sollte ich das Paket öffnen, alles wieder hoch kochen lassen? Sinnlos! Beim Schütteln knisterte es im Inneren. Sicherlich schickte sie meine Briefe und sonstige schmerzhaften Erinnerungen zurück.

Nein, ich wollte das Zeug nicht mehr sehen.

Im Garten auf einem Haufen Schnee mit Brennspiritus übergossen und gezündet, flackerte ein Weihnachtsfeuer in der Nacht. Schluss damit. Herausgerutscht aus den Flammen, nur leicht angesengt, lag am nächsten Morgen ein Umschlag neben dem Aschenhaufen. Es waren meine Liebesgedichte. Ich habe drauf gepinkelt.

In Egons Kneipe fanden Hanno und ich uns in Uniform akzeptiert. Alte Hasen spendierten eine Runde nach der andern. Je später der Abend, desto gruseliger wurden ihre Kriegsgeschichten. Einer der Alten empfahl, unbedingt zur U-Bootwaffe zu gehen, eine anderer wollte wissen, ob immer noch wie bei der Wehrmacht tierisch gedrillt einem die Eier abgeschliffen würden.

Wieder diese in einem Militärgehirn verankerte Angstpsychose!

Bevor es wieder losging in Richtung Bremerhaven, lud Mutter den Hanno und mich ein zu einem deftigen Essen. Es gab Gulasch, und wir futterten uns satt. Vater glänzte wie so oft durch Abwesenheit. Gefragt, wo er denn stecken würde, grinste Mutter vielsagend und meinte: „Bei seinem Kriegskameraden in Heide".

Als wir beide uns, den Seesack geschultert, auf den Weg zum Bahnhof machten, habe ich Hanno aufgeklärt, wer der Kriegskamerad sei. Der staunte nicht schlecht.

Die Technische Marineschule in Bremerhaven bestand im Frühjahr 1958 aus einem einzigen Block und einigen Werkstätten innerhalb eines amerikanischen Ghettos. Ursprünglich deutsche Kasernen, aber seit Kriegsende von den Amerikanern besetzt. Nun war die noch junge Bundesmarine zwar heimgekehrt in ihre eigene Anlage, aber, wie der neue Kompaniechef spitzzüngig bemerkte, Gäste im eigenen Hause, sozusagen als Waffenbruder geduldet.

Uns störte das weniger, ja, nach Dienst genossen wir das amerikanische Leben, sei es in der Cafeteria bei Cheese- oder Hamburgern, im Windy-Corner-Club, wo der Bourbon-seven-up, immer mit viel Eis, einen „Appel und ein Ei" kostete. Häufig im muffigen Kino, das nach Babypampers und Popcorn roch, weil die Mütter mit Kurlern im Haar und Säuglingen im Arm neben uns knallharte Western oder ruhmreiche Amikriegsfilme sahen. Nur das Einkaufen im BX gestattete man uns nicht. Im Windy-Corner-Club protzte das glitzernde, großartige und als Vorbild dargestellte Amerika. Für einen deutschen Jungen, dem die ärmlichen Nachkriegsverhältnisse noch fest im Gedächtnis saßen, wurde es zur Begegnung der besonderen Art. An den Wänden prangten große Fotos von der atemberaubenden Landschaft jenseits des Atlantiks, daneben Poster von Elvis Presley, der gerade in Deutschland irgendwo bei Mannheim seinen Wehrdienst absolvierte. Als er im Herbst letzten Jahres auf einem Truppentransporter in Bremerhaven ankam, von den Amis „The Port of Embarcation for US-forces" bezeichnet, hätte man die ganze Stadt schreien hören können. Tausende von Fans seien beim Anblick seines Hüftschwungs ohnmächtig geworden. Das berichtete ein farbiger Sergeant, der „superstolz" auf den größten Sohn seines Landes war.

Kein Wunder, dass im Club aus den Lautsprechern nur Rockmusik dudelte. Klein-Amerika befriedigte alle Gelüste. Die Bar bot diverse Getränke an. In einem „Office" lagen Tennis- und Golfschläger herum. Schallplattengeräte standen kostenlos zur Verfügung. Im ersten Stock befanden sich mehrere Fernsehzimmer und ein kleines Lesezimmer, das von Amerikanern allerdings kaum genutzt wurde. Zwei große Kasernenblöcke beherbergten einen Festsaal, das schon erwähnte Kino, eine Kirche, einen Kindergarten, die Schule und ein Hospital. Die unverheirateten jungen Ami-Soldaten, die Gis, lebten in den Nachbarblöcken, die Familien in einer etwas abseits liegenden Wohnsiedlung. Diese hatte man sorgfältig unterteilt in ein Viertel für Farbige und Spicks, wie sie ihre eingewanderten Latinos nannten, und davon durch eine Grünanlage abgesetzt residierten in dem feineren Viertel die Weißen. Auch hier ließ sich an der qualitativ Staffelung der Unterbringung der Unterschied feststellen, wo Offizier- und wo Unteroffizierfamilien untergebracht waren.

Um das Ganze herum schützte ein hoher Stacheldraht mit nur einer Öffnung zur deutschen Welt die amerikanische Insel. Das war die Wache, die uns und auch ihre eigenen Landsleute nur lasch und oberflächlich kontrollierte, aber die Gewissheit gab, in Klein-USA zu Hause zu sein.

Viele junge amerikanische Soldaten, die den Kontakt mit den Germans nicht scheuten, staunten, dass Deutsche sich in der englischen Sprache artikulieren konnten. Ein Leutnant, der mit seiner Familie seit vier Jahren hier im Ghetto lebte, hatte offenbar gar keine Ahnung, wohin es ihn verschlagen hatte. Nie war er bisher außerhalb des Ghettogeländes gewesen, nur einmal dienstlich in „Haidölbörg". „Oh yes I remember the castle and German beer, just great".

Die amerikanische Kommandantur hielt ihre Schäflein ohne Mühe fest im Gatter. Ohnehin interessierte die fremde Welt da draußen nur die wenigsten. Uns als Exoten in ihrem Compound begegneten sie jedoch mit größter Freundlichkeit.

Für junge Deutsche, die erstmals mit der viel gepriesenen US-Zivilisation hautnah in Kontakt gerieten, gab es kein aufregenderes Erlebnis, als auf heimischem Boden in Klein-USA ein- und ausgehen zu können. Alles erschien größer als bisher gehört oder gesehen, die Kühlschränke, die Waschmaschinen, die Autos. Und Geld spielte bei den Amis keine Rolle. Wo man hinsah, Überfluss und Wohlstand. Damals lag die Währung bei 4,20 DM für einen Dollar.

Was kostete die Welt?

Wenn der deutsche Waffenbruder den Pfennig umdrehte, schmissen die gleichaltrigen US-Dienstgrade mit den Scheinen herum und ließen die Puppen tanzen. Selbst die kleinsten Unteroffiziere fuhren riesige Schlitten, chromglänzend, himmelblau, babyrosa oder quittengelb. Unser Kompaniechef parkte seinen alten DKW ganz beschämt hinter dem Stabsgebäude.

Auf Dauer musste diese enge Nachbarschaft Neid und Missgunst erzeugen. Die ersten Wochen fühlte man sich in dieser fremden Welt recht wohl. Jeden Abend gab es Programm. Windy Corner als eine „Open mess", zugänglich für alle Dienstgrade, ließ keine Langeweile aufkommen und überhäufte seine Gäste mit Varietedarbietungen, Zauberkünstlern, Happy Hour, mit Steakessen „on the House", Bingo und „Floorshows", wo zweifelhafte Damen mit angedeutetem Striptease so etwas ähnliches boten wie in einem Fronttheater. Ein unerwartet angetroffenes Schlaraffenland für uns junge Mariners.

Darüber geriet der eigentliche Dienst, zu dem unsere Crew hierher versetzt worden war, fast in den Hintergrund.

Schon der erste Tag riss die in Wilhelmshaven erlernte Disziplin vom Sockel. Angetreten als kleines Häuflein auf dem großen Geviert, umgeben von den Ami-Kasernen. Ein Leutnant ließ die Marineeinheit zur Meldung an den Chef strammstehen. Zackig ging die Blickrichtung auf den Herannahenden.

Leicht humpelnd, eingezwängt in eine viel zu enge Uniform, rollte ein kleiner Dicker heran. Mindestens so alt wie unser sportlicher Gustav Zwölf, nicht wesentlich älter als die vorbildlichen Wilhelmshavener Zugoffiziere und jetzt dieses. Alle grinsten.

Nach der Begrüßung fiel jegliche militärische Haltung von uns ab. Der Respekt vor dem Vorgesetzten sackte ab auf Null.

Was war geschehen? Der Dicke schickte uns nach der Musterung zurück auf die Stuben mit der Bemerkung an seinen Leutnant: "Emil, lass die da wegtreten", drehte sich um und humpelte zurück ins Stabsgebäude.

Mit einem Male war die straffe Grundausbildungshaltung wie weggeblasen. Mit Marine hatte das, was wir täglich taten, außerdem nichts zu tun. Es ging zu wie in einer metallverarbeitenden Lehrlingswerkstatt oder einer Berufsschule. Auf dem Lehrplan standen autogenes Schweißen, Schmieden, Fräsen, technisches Zeichnen, Formeln lernen und jeden erlernten Handgriff seitenweise beschreiben. Als Krönung drückte man jedem Lehrgangsteilnehmer ein U-Eisen in die Hand, einen Eisenklotz von 10 x 10 cm mit zwei u-förmigen Beinen oder Seiten. Die Aufgabe lautete, die U-Seiten gleichlang und so glatt und eben zu feilen, dass das Eisenstück, mit der Wasserwaage getestet, absolut plan war.

Zunächst belächelten wir die Aufgabe, nach Tagen allerdings verfluchten und beschimpften wir sie; niemandem gelang es. Entweder stand eine der Seiten zu hoch, oder man hatte irgendwo eine Vertiefung hineingefeilt.

Jonny Steinbrück, mein Nachbar an der Werkbank, sammelte eines Tages kurzerhand um sich herum die eisernen Ärgernisse ein und fuhr damit nach Nordenham zu seinem Vater, der in der firmeneigenen Werkstatt der dortigen Werft das gewünschte Ergebnis maschinell innerhalb von einigen Minuten herstellte.

Am nächsten Tag mussten die Unteroffiziere anerkennen, dass die Werkbänke 18 bis 24 ihr U-Eisen-Projekt erfolgreich abgeschlossen hatten und jetzt zum Schmieden von Meißeln abrücken konnten.

Aus einem Stück rostigen Eisens sollte ein Werkzeug geschmiedet werden. Nachdem es in der Feueresse glühend gemacht war, dröhnten an mehreren Ambossen die Hammerschläge, um den Meißel zu formen. Diese ungewohnte Arbeit forderte ihren Tribut. Manches zartes Pennälerhändchen zeigte danach dicke Blasen.

Es waren nicht die Schmerzen, die einen ärgerten, sondern das Unvermögen, aus einem lausigen Stück Eisen diesen verfluchten Meißel herzustellen. Denn fast jedes Mal, wenn zum letzten Schliff das schon fast fertige Werkstück in die Esse gesteckt wurde, glühte und sprühte die Spitze weg. Was bedeutete das? Wieder ganz von vorn anfangen.

Auch das ging vorbei. Geblieben ist die Hochachtung vor denen, die diese Tätigkeit beruflich betreiben.

Für die Tätigkeit in der Marine, für die gewünschte Karriere als Seeoffizier kam mir der Lehrgang an der Technischen Marineschule eher albern und unnütz vor. Schon allein die Dienstbekleidung. Man hing in einem übergroßen Blaumann als Arbeitsanzug, den Kopf zierte eine eingebeulte Gleisarbeitermütze. Versengte Augenbrauen, verkohlte Haare, Brandwunden an den Unterarmen und Blasen an den Händen, die eher den Pfoten eines Maulwurfs glichen, krönten diesen handwerklichen Abschnitt der Marineausbildung.

Da blieb einem am Abend wirklich nur noch der Windy-Corner-Club, der allerdings nach und nach jedem von uns fad, langweilig, schließlich zu eintönig wurde. Adieu amerikanische Lebensart. Das bisher verschmähte deutsche Bremerhaven lockte mehr und mehr. Bratwurst statt Hamburger und Bier statt „Long drinks".

In kleinen Grüppchen bummelte man nach Dienst durch die Straßen und erkundete die Lokalitäten der Stadt. Zuerst in Uniform, jedoch das führte in verschiedenen Kneipen zu Pöbeleien und einmal zu Handgreiflichkeiten mit Fischern.

Es ging so rau zu, dass der Wirt die Polizei zur Hilfestellung rief, um die Parteien auseinander zu bringen. Es ist übrigens das einzige Mal geblieben, dass ich mich in einer Kneipe geprügelt habe. Obwohl unsere Clique siegreich hervorging, blieb Bremerhaven der Ort, wo es angeraten schien, seine Marineangehörigkeit nicht herauszustellen und in der Öffentlichkeit besser in Zivil aufzutreten, übrigens ganz im Gegensatz zu Wilhelmshaven.

37

Wie eine Erlösung wurde die Versetzung nach Kiel zum Schulgeschwader empfunden. Endlich Seefahrt!

Im Zug herrschte Hochstimmung. In Hamburg-Altona auf dem Bahnsteig futterte die Crew den Würstchenkiosk leer. Hier gab es die längste Bockwurst Norddeutschlands. Bis zum Tirpitzhafen in Kiel war damit der Hunger gestillt. Da lag sie nun, die schwimmende Bundesmarine.

Die Flotte bestand am Anfang aus zusammengestoppelten Fahrzeugen: vom Seegrenzschutz übernommene ehemalige kanadische Fischtrawler und Kutter, von den Briten zurückgegebene, mit Kohlen angetriebene Minensucher aus deutschen Kriegsbeständen und anderes Kleinvieh. Ein Vielmastenzirkus. Alle grau gepönt und stramm in Päckchen liegend, für uns das Schönste was es gab, zumindest nach Bremerhaven. Das Geschwader bestand aus den beiden großen Dampfern *Treene* und *Stör* sowie sechs so genannten „BYMSEN", auf denen wir als frisch beförderte Seekadetten gebimst werden sollten. Aber die Bezeichnung kam nicht daher, sondern war übernommen worden von der Royal Navy. Die hatte diese Fahrzeuge im Krieg als Hilfsminensucher eingesetzt, als „British Yacht Minesweeper" (BYMS).

Statt sie abzuwracken, schenkte die Besatzungsmacht die uralten Holzfahrzeuge den Deutschen. Im Mannschaftsdeck von UW 3, einem dieser nach Diesel, Teer und feuchtem Holz miefenden Hilfskriegsschiffe, teilte mir der Decksälteste, der Hauptgefreite Niebuhr, die unterste von drei Kojen zu und einen Spind von der Größe einer Zwerghundehütte.

Von der Segelei an enge Verhältnisse gewöhnt, fühlte ich mich bald zu Hause, fand schnell Kontakt zur Mannschaft, aber keinen Draht zum Kommandanten, einem arroganten Burschen, der ständig herumbrüllte und seine drei Kadetten besonders auf dem Kieker hatte.

Oberleutnant zu See Stradtke war ein Arschloch, ja, das war noch höflich ausgedrückt. Ständig um seine Karriere bemüht, nach oben buckelnd und nach unten tretend, wollte er aus seinen Kadetten die Besten des Geschwaders machen. Das ständige Bemühen der Offizieranwärter, aus dem Fadenkreuz dieses ehrgeizigen Menschen zu entweichen, fand Beifall in der übrigen Mannschaft und wurde liebevoll und listig unterstützt.

Dieser Beistand gelang nicht immer. Während des Unterrichts im dunklen Mannschaftsraum musste ich wohl eingeschlafen sein, als von oben durch die Luke des geöffneten „Skylights" ein donnerndes Gewitter herunterprasselte. „Färber, Sie Schlafmütze, sofort melden Sie sich bei mir an Oberdeck!"

Taumelnd, noch leicht benommen vom Eingeduseltsein schwankte ich den Niedergang hoch und stolperte an Deck, geblendet von der Sonne. Da stand der Kommandant, breitbeinig, die Hände in die Hüften gestemmt, sah mich mit hochrotem Kopf an und brüllte gleich wieder los: „Melden Sie sich nebenan beim Wachoffizier auf der *Treene* und bitten sie ihn, in den Mast klettern zu dürfen, äh, äh... und wenn Sie oben angekommen sind, dann möchte ich von Ihnen laut und deutlich hören: „Ich bin der faulste Seekadett der Flotte. Verstanden?"

Rundherum hatten Dutzende zugehört und feixten. Ich stramme Haltung angenommen und ebenso laut gebrüllt: „Verstanden, ich bin der faulste Seekadett der Flotte." Und im Laufschritt von Bord über die Pier an Deck der gegenüberliegenden *Treene.*

Im Vorbeilaufen an Kameraden und anderen Marineangehörigen begleiteten mich Zurufe wie „Nimm es nicht so ernst", „Bleib gleich da oben" oder „Pinkel denen von oben aufs Haupt".

Der Wachhabende der *Treene* hatte das Theater mitbekommen, grinste, nickte, ohne gefragt worden zu sein, und zeigte auf die Mastspitze: „Dann nix wie los!"

Das Hochklettern an dem Stahlmast erforderte keine große körperliche Leistung. Links und rechts konnte man die Füße wie bei einer Steigleiter auf angeschweißte Vorsprünge stellen. An der Topplaterne angelangt, festgehalten und auf einer Saling stehend musste der disziplinar Behandelte erst einmal nach Luft schnappen. Eine herrliche Aussicht über den Hafen entschädigte für die Strafe. Unten sah ich viele helle Punkte. Das waren die Gesichter, die den Kletterakt verfolgt hatten, die verschiedensten Dienstgrade, die stehen geblieben waren, emporblickten und nun auf mein Konzert warteten. Es herrschte erwartungsvolle Stille.

Ich suchte Stradtke. Da stand der Quälgeist. Immer noch an derselben Stelle, selbstsicher und laut palavernd. Er meinte wohl, mit seiner erzieherischen Maßnahme Maßstäbe zu setzen. In der Hand hielt er ein von der Brücke geholtes Megaphon, setzte es an den Mund und tönte in Richtung Mastspitze: „Wird's nun bald, ich hör' nix."

„Warte du Schweinehund", zuckte es mir durch den Sinn, „ich werde dich bis auf die Knochen blamieren." Und hob mit meinem Geheul an, schrie aus Leibeskräften so laut, dass selbst auf der weit entfernten Mole die Leute zusammenrannten und zum Mast starrten, wo der Seekadett Färber fleißig über den Kieler Marinehafen sein Sprüchlein anstimmte: „Ich bin der faulste Seekadett der Flotte. Ich bin der faulste Seekadett der Flotte. Ich bin der faulste...... usw.".

Nie habe ich später wieder so viel Aufmerksamkeit auf mich ziehen können. Mir machte es sogar Spaß, die Leute unter mir auf diese Weise zu unterhalten. Einige klatschten Beifall, andere lachten. Blitzlichter leuchteten auf. Ferngläser sah ich auf mich gerichtet.

Stradtke schien es offenbar mulmig zu werden. War er zu weit gegangen? Wie er da stand, umringt von Offizieren, die heftig mit ihm und miteinander diskutierten, spürte ich, wie mein Stern aufging und seiner unter, und das umso mehr, als der Geschwaderkommandeur aus seiner Kammer an Deck stürzte, zuerst Stradtke anfauchte und dann mir zuwinkte, als wollte er sagen: „Aufhören, runterkommen!"

Genau das wollte ich nicht, übersah jedes Zeichen und schrie weiter, immer wieder denselben Satz.

Interessant, wie die Szene da unten eine Wende vollzog. Erst Schweigen, andächtiges Lauschen, was ich zu brüllen hatte, gefolgt von Staunen und jetzt zunehmend der Wechsel zu tumultartigen Gruppenbildungen. Wohl das erste Anzeichen, dass die Ausbilder insgesamt ein ungutes Gefühl beschlich, vielleicht sogar Peinlichkeit.

Das wiederum gefiel mir.

Aus luftiger Höhe auf die Turmuhr der Christus-Kirche geschaut, hemmte meine Schreierei den Dienstbetrieb bereits seit 10 Minuten. Müde war ich immer noch nicht und heiser auch nicht. Also weiter so. „Ich bin der faulste Seekadett der Flotte! „Ich bin der.....“

Was juckte mich, was da unten diskutiere wurde. Der Blick schweifte über die Förde, über den Hafen bis hin zur Wache. Dabei öffnete der Mund schon automatisch die Kiefer und sonderte das Verslein in unverminderter Stärke ab.

Am Tor zur Hafeneinfahrt herrschte plötzlich aufgeregtes Gerenne. Durch die Wache fuhr ein kleiner Konvoi dunkler Limousinen direkt auf das Schulgeschwader zu und blieb am Brückenkopf stehen. Keine 200 Meter entfernt, von hier oben gut zu sehen, entstiegen den Kutschen hohe und höchste Offiziere. Die vielen Goldstreifen an den Armen leuchteten herüber. Unter mir hatte niemand die Ankunft bemerkt. Wie bald mit Bestürzung unten registriert, nahte der Flottenchef, der rein zufällig auf der Durchreise von Bonn nach Flensburg dem Geschwader einen Überraschungsbesuch abstatten wollte. Ein besseres „timing“ hätte ich mir nicht wünschen können. Erst als der Admiral mitten unter meinen Zuhörern stand, nahm ihn seine Umgebung wahr. „Was soll das da oben?“ wird er wohl gefragt haben.

Über ihm vom Mast präsentierte Seekadett Färber in rhythmischen Abständen mit unverminderter Lautstärkestärke den befohlenen Spruch. Was für eine Begrüßung!

Am Mast hochgekrochen japste unter mir der Bootsmann der *Treene*, griff mir ans Hosenbein und keuchte: „Mensch Mann, kommen Sie runter. Befehl von ganz oben, sofort aufhören. Sie sollen sich beim Flottenchef melden.“

Unten angekommen, ein wenig weich geworden von der ungewohnten Klettertour baute ich mich vor der Vaterfigur auf: „Seekadett Färber meldet sich von der Mastspitze zur Stelle.“

Der Admiral lächelte leutselig und fragte mit bäriger Stimme: „Wie war die Luft da oben?“

„Ausgezeichnet, Herr Admiral.“

„Fühlen Sie sich wohl im Geschwader?“

Was sollte diese Frage, was konnte man darauf antworten? Meinen Kommandanten vor ihm in die Pfanne hauen, nee, das wollte ich nicht, wäre wohl auch selbstzerstörerisch gewesen.

Ich glaube, mir ist damals etwas Vernünftiges eingefallen.

„Wenn ich nicht jeden Tag in den Mast muss, bin ich auch weiterhin ein glücklicher Seekadett!"

Rundherum befreiendes Gelächter. Selbst der verlegen dreinschauende Stradtke lächelte erleichtert. Der goldbetresste Seebär schüttelt mir die Hand. Ich durfte abtreten.

Tagelang winkten mir fremde Geschwaderangehörige zu, wenn sie den Schreier erkannten. Stradtke dagegen ging mir aus dem Weg.

Die Besatzung auf UW 3, aufgestockt um uns drei Seekadetten, setzte sich aus Leuten zusammen, die bis auf mich nicht an der Küste zu Hause waren. Kommandant Stradtke kam aus dem Ruhrpott. Die anderen sprachen Dialekte, die nördlich von Hannover als Fremdsprache empfunden wurden, lediglich der Smut stammte aus einem Heidedörfchen bei Lüneburg. Als Schleswig-Holsteiner zählte Seekadett Färber zu den Seltenheiten an Bord.

Je weiter die Heimat von der See entfernt lag, desto seebäriger und breitschultriger war das Gebaren. Abends unter Deck holte Obergefreite Muckefuck sein Akkordeon hervor und spielte die abgedroschenen Shanties wie „Ick hevv mol een Hamborger Veermaster sehn" oder „Dor fohr vun Hamborg mol so'n ohlen Kassen, mit Nomen heet de Magelhan." Alle sangen und schunkelten. So wurde bei Bier und Köm die Seefahrt als lustig empfunden. Jeden Abend im Hafen lief fast das gleiche Programm im Mannschaftsdeck ab.

Stradtke war selten an Bord, und die Unteroffiziere steckten abends ihre Nasen in eine der nahen Kneipen.

Die Fischer in meinem Heimatstädtchen, jeder, der an der Küste aufgewachsen war, sowie alle, die in der rauen Handelsschifffahrt hart arbeiteten, sahen die Seefahrt mit anderen Augen. Mein kürzlich in der Ostsee mit seinem Frachter verschollener Onkel Hanni hätte bestimmt über diese romantisierende Gefühlsduselei milde gelächelt.

Als Kind von der Küste spürte ich bald, dass die graue Marine keine Anlehnung an die Handelsschifffahrt suchte. Sie meinte elitär zu sein und lebte in dem von wem auch immer erteilten geschichtlichen Auftrag, der Hüter deutscher Seegeltung zu sein.

Diese anfänglich im jugendlichen Eifer gemachte Feststellung sollte in den kommenden Berufsjahren vielfach ihre Bestätigung finden.

Die im Hafen und an Land eingenommene Pose erfuhr allerdings manchen Knick, wenn draußen auf dem Meer Neptun das Geschehen diktierte. Da waren Romantik und Träumen von der Südsee nicht gefragt, sondern Seebeine und Seetüchtigkeit.

Daran arbeitete das Schulgeschwader und war bemüht, auf See Seeleute aus uns zu machen. Nicht weit hinaus aufs Meer, aber oft bis an die Grenze des wettermäßig Erträglichen. Zur Einzelausbildung, um insbesondere den Seekadetten Seemannschaft beizubringen, und als Geschwader, um das Brückenpersonal für das Evolutionieren, für das positionswechselnde Fahren im Verband zu schulen. Als spannend empfand ich das Verbandsfahren, wenn die sechs BYMSEN entweder aufdampften, um nebeneinander in einer Linie zu fahren, oder danach mit Flaggensignalen aufgefordert wurden, wieder zurückzuscheren, um in Kiellinie ihre Formation einzunehmen. Eine fast zirzensische Nummer.

Bei der Geschwaderübung peitschte Stradtke der Ehrgeiz, alles richtig und schnell auszuführen. Damit war er persönlich so sehr gefordert, dass seine Aufsicht über die Seekadetten hintenangeriet. Das gab Luft und Muße, mal ungestört aufs Klo zu gehen oder in einer ihm nicht einsichtigen Ecke auszuruhen.

Je schlechter das Wetter und je höher der Seegang, desto kleinlauter die Befehle. Die alten Holzfahrzeuge ächzten und knarrten. Aus der Maschine wehte ein übler Dieselgestank über Deck, mittags gepaart mit dem Küchenmief. UW 3 taumelte von einer Seite zur anderen. Gischtwasser flog bis an die Brücke. Da hing so mancher der gestrigen Sänger an der Reling und opferte den Fischen die letzte Mahlzeit. An einem dieser elendigen Seetage stand ich mit Cläuschen Golau am halbgeöffneten Schott der Kombüse und wartete, dass die große Terrine mit Erbsensuppe herausgereicht würde.

Um uns peitschte der Regen, die See wühlte grau im Heckwasser, man musste Halt suchen, um nicht von der Schaukelei umgeworfen zu werden. Als der heute eingeteilte Backschafter zur Bedienung der Unteroffiziere wartete ich befehlsgemäß auf den Pott mit der dampfenen Suppe. Dem vor mir stehenden Cläuschen, seit Stunden seekrank, weißgrünlich im Gesicht und leise rülpsend, drückte der Smut die bis zum Rand gefüllte Terrine für den Kommandanten in beide Hände. Da hielt es Cläuschen nicht länger. Er stierte in die Suppe, hielt den dampfenden Pott unter die Nasse, und alles, was er bisher beherrscht unterdrückt hatte, leerte in das Mittagessen von Stradtke. Er würgte und kotzte herzerbarmend auf Erbsen und Würstchen. Der Smut ließ ihn gewähren. Als nichts mehr kam, griff er kurz entschlossen nach der Terrine, schleuderte sie über Bord und mäkelte: „Magst den Alten wohl nicht, wa?“

Die Herumstehenden sahen Cläuschen verständnisvoll nach, als er mit der nächsten gefüllten Terrine, die Arme weit vom Körper gestreckt, über das schwankende Deck balancierte, um Stradtke das Mittagessen auf der Kammer zu servieren.

Der Smut war ein beliebter Mann, zumindest im Hafen und an ruhigen Seetagen. Bei Seegang zog dagegen manches Besatzungsmitglied vor, dem auf den Magen schlagenden Küchendunst zu entfliehen, der Kombüse fern zu bleiben und lieber trocken Brot zu nagen. Der einzige, der ständig an den Kochkünsten nörgelte, war ein Bayer, ein muskulöses Untier, er soff wie ein Loch und aß Unmengen, obwohl es ihm angeblich bei dem niedersächsischen Koch nicht schmeckte.

Dass er nie seekrank wurde, galt als Wunder. Ja seine Mannschaftskameraden bestaunten diese Standfestigkeit, die auch Stradtke zu loben wusste. Wenn jemand den Teller wegen heranschleichenden Unwohlseins missmutig beiseite schob, rückte der Kraftprotz näher heran und griff nach der Portion mit der Bemerkung: „Wer net saufen ko, kann a net fressen.“

Einmal hatte der Smut Kartoffelsalat auf norddeutsche Art angerichtet. Unten im Mannschaftsdeck saß man friedlich beieinander und futterte. Es schmeckte gut, nur der Bayer übte heftige Kritik: „Des is a Fraß, den koaner nie nicht herunterkriegt“ stieß den Topf beiseite und schrie nach dem Smut.

Als Hauptgefreiter konnte er sich herausnehmen, nach dem Koch zu rufen, der brav den Niedergang herunterkletterte und nach dem Grund der Beschwerde fragte. Bevor der ahnte, was man von ihm wollte, sprang der Essensverweigerer auf, nahm den vollen Topf und stülpte ihn dem Smut über den Kopf. Würstchen und Kartoffelsalat rutschten auf den Fußboden, und der Topf flog im hohen Bogen durch das Deck.

Den Niedergang hinauf hörte man das Getrappel des Davoneilenden.

„Du bist ein Schwein, das hat der Smut nicht verdient.“ Diese Meinung brandete dem Flegel entgegen, der beim nächsten Mal in der Kombüse auf eigene Rechnung seinen heimischen Kartoffelsalat anrichtete und uns als Versöhnungsgeste einlud, davon zu kosten. Er musste ihn allein essen, wie gut der bayrische Kartoffelsalat auch immer geschmeckt haben mag.

Wenn auch manches Dienstliche wohl wegen der Inhaltslosigkeit nicht im Gedächtnis haften geblieben ist, sind mir dagegen Ereignisse der besonderen Art fotografisch deutlich wie gestochen erhalten geblieben. Da ich den Ehrgeizling Stradtke „liebte“, sind mir seine schwachen Stunden auch heute noch gegenwärtig. An einem der Schlechtwettertage, ich durfte gerade im muffig warmen Brückenhaus Ruder gehen, stürzte ölverschmiert einer der Maschinisten herein. „Der Schornstein brennt, der Schornstein brennt!“

„Maschine Stopp!“ Stradtke sprang die Stiege herunter, drehte auf halber Strecke um, kam wieder hereingestolpert. Dunkler Rauch zog über das Vorschiff. Der Brückenmaat griff nah dem Sprechgerät und informierte das Führungsschiff.

Stradtke brüllte mit sich überschlagender Stimme in den Funkraum: „Senden Sie SOS!“, rannte wieder raus und schrie: „Wasserschläuche anschlagen, Mannschaft Rettungswesten anlegen.“ „Smatting“, - das war der für die Decksarbeiten zuständige Unteroffizier - , „lassen Sie das Rettungsboot klar machen!“

Stradtke produzierte eine Hektik, die selbst beim kleinsten und unerfahrenen Matrosen unangemessen gewesen wäre.

Mit dem Kommandanten irrte der Dienstälteste der Unteroffiziere, ein gediegener, vertrauenserweckender rothaariger Stabsbootsmann auf dem Schiff herum, immer bemüht, den durchgedrehten Kommandanten zu beruhigen.

Das Geschrei über einen Seenotfall musste widerrufen werden, Es mangelte an der Dramatik. Die Verkleidung des durch den Schornstein führenden Abgasrohres hatte wegen Überhitzung angefangen zu schwelen. Konnte schnell gelöscht werden.

Aus dem Dunst schwankte ein Schwesterschiff heran, die UW 2. Da die See ruhig war, ging sie längsseits. Leinen flogen herüber. Fender quietschten. An der Reling herzliche Begrüßung. „Mein Gott, wie seht ihr aus, wie eine Kohlenschute, schwarz und ölig!"

Erst jetzt fiel auf, dass der Ruß aus dem Schornstein unsern Dampfer mit schwarzen Flocken eingedeckt hatte. Sie klebten überall, selbst die Gesichter waren verschmiert.

Als Hilfe und Abschleppschiff blieb die UW 2 zunächst neben der UW 3 liegen. Zu der Besatzung gehörte Hanno Hagebutt, der schon von Ferne winkte und auch gleich zu mir an Bord rüberkletterte. Stradtke stand nicht weit weg, als Hanno mir auf die Schulter klopfte und bewusst in Richtung des Kommandanten lachend ausrief: „Du bist ja nicht nur der faulste Seekadett der Flotte, sondern ab heute sogar der Dreckigste!" Ganz in weiß gekleidet, ein herrlicher Kontrast zu uns Kohlengestalten, hievten die Smuts des Nachbarschiffes einen riesigen Pott mit heißen Würstchen an Deck der UW 3. Mit Heißhunger fiel die Besatzung darüber her. Der Bayer soll zehn Stück verdrückt haben. Bevor das Schleppmanöver angesagt wurde, gab es noch heißen Kaffee. Tat das gut!

Hanno und ich verabredeten, abends in Kiel gemeinsam einen Zug durch die Gemeinde zu machen. „Aber dusch dich vorher!" Dann begann das Schleppmanöver. Eine dicke Leine verband beide Schiffe. Im Schneckentempo ging es zurück. Währenddessen war Reinschiff für die gesamte Mannschaft angesagt. Unermüdlich wurde die UW 3 mit P 3, einem beizenden Reinigungsmittel, von oben bis unten eingeschäumt und abgewaschen, wir gleich mit, pitschnass und frierend.

Hanno konnte sich glücklich preisen, er war an Bord des wohl angenehmsten Schiffes versetzt worden. Sein Kommandant galt als Unikum, ein ganz anderer Mensch als z.B. Stradtke.

Für Stradtke gab es nur die Marine, für den Kapitänleutnant Pfeiffer, den Chef von Hanno, stellte die Marine so etwas Ähnliches dar wie eine Abwechslung zu seiner bisherigen beruflichen Tätigkeit. Später an Land erzählte mir Hanno beim Bier die Lebensgeschichte dieses Mannes und wie es an Bord von UW 2 zuging.

Auffällig, dass der große, breitschultrige Mann, wenn er beim Ablegemanöver gütig von der Nock nach unten lächelnd seine Befehle gab, eher einem Gutsherren glich als einem drahtigen Marineoffizier.

Pfeiffer trug an Bord eine Fantasieuniform, heute undenkbar. Statt der offiziellen Schirmmütze thronte auf dem auffallend blonden Haar eine weitaus kleinere Prinz-Heinrich-Mütze mit allerdings weißem Bezug. Ein weicher Duffle-Coat, damals ganz groß in Mode, eine Dreiviertel-Jacke mit Kapuze, blau eingefärbt, vorn Knebelverschlüsse aus Horn, besetzt mit den Schulterstücken seines Dienstgrades, ließ ihn aussehen wie einen behäbigen Handelsschiffskapitän oder Lotsen auf einem 300.000-Tonnen-Tanker.

An Bord hatte jeder eine bestimmte Funktion für ein bestimmtes Manöver. Legte das Schiff an, so war z.B. Seekadett Färber verantwortlich, am Vorschiff die Fender auszubringen. Bei Reinschiff morgens nach der Musterung hatte mir Stradtke nach meiner Vorstellung im Mast der *Treene* die Rolle zuschreiben lassen, das Kommandantenklo zu reinigen mit Schrubber und einem Mittel, ich glaube es hieß „Lysol". Es roch nach Krankenhaus. Eine Funktion, die mir ermöglichte, von innen abzuriegeln und ein paar Minuten auszuruhen. Diese nicht sonderlich beliebte Tätigkeit nannte man an Bord die des „Schiffsgärtners".

Hanno war Pfeiffers Schiffsgärtner, aber der Job beinhaltete etwas ganz anderes als der meinige, etwas völlig Unseemännisches.

Nach dem Anlegen, für die Zeit, die UW 2 im Hafen vertäut lag, bestand Hannos Auftrag darin, aus einer Last im Vorschiff, der so genannten Piek, Kästen mit eingepflanzten blühenden Geranien zu holen, sie vor die Bulleyes, den beiden Fenstern der Kommandantenkammer zu hängen und zu pflegen.

Höchst ungewöhnlich für ein Kriegsschiff, aber typisch für „Kaleu" Pfeiffer, der noch andere liebenswerte Marotten pflegte. Bei der Morgenmusterung an Deck und Meldung mit Blickrichtung zum Kommandanten stand rechts außen neben der angetretenen Besatzung Pfeiffers Foxterrier „Hindemith". „Die Augen links!" – Hindemiths Schnauze schwenkte nach links. „Augen geradeaus!" –Hindemith zuckte geradeaus. „Rührt euch!" – Hindemith setzte sich auf seinen Hintern und hob die rechte Pfote, die der in die Hocke gehende Kommandant freundlich schüttelte.

Weil er seinen Foxel „Hindemith" nannte, dachten seine drei Seekadetten daran, ihm zum Abschied eine Schallplatte mit den Werken Hindemiths zu schenken. Das wäre jedoch, wie sich an einer beiläufigen Bemerkung des Kommandanten feststellen ließ, voll in die Hose gegangen. Der Mann war ein Hundenarr, aber die Musik des atonalen Hindemith hasste er wie die Pest.

Pfeiffers UW 3 glich eher einer Lustjacht, die ihm die Marine ausgeliehen hatte. Wie Hanno berichtete, lief das dienstliche Geschehen ab wie bei Stradtke und den anderen Kommandanten, aber eben lustiger, wohl auch weniger militärisch.

Eines Tages wehte in der Saling von UW 2 eine rote Flagge mit Halbmond und Stern, die türkische Nationale. Was sollte das bedeuten? Türkischer Besuch an Bord? Ja, es war der Marineattaché der türkischen Botschaft in Bonn, ein dicklicher Fregattenkapitän, die Uniform mit Gold und Orden übersät. Pfeiffer, der die Marine als sein Hobby betrachtete, nutzte seine BYMSE nebenbei zur Pflege der Privatinteressen, lud Kunden seines daheim gelassenen Betriebes zu einer genüsslichen Seefahrt ein, um Verträge einzuheimsen. Dieses Mal winkte ein Rüstungsgeschäft.

Pfeiffers Betrieb lieferte seit Jahren Kühlaggregate an die türkische Marine. Er und sein türkischer Kollege waren über die Geschäftsverbindungen nebenbei auch gute Freunde geworden. So ergab sich, dass der Herr Atay ein paar Tage an Bord von UW 2 mitfuhr.

Für die Besatzung ein Highlight.

An diesen Tagen meldete der Wachhabende seinem Kommandanten bei der Morgenmusterung Besatzung und Schiff einsatzklar in fließendem Türkisch, rechtzeitig einstudiert, herzlich beklatscht von dem neben Pfeiffer stehenden türkischen Offizier.

„Asker emir ve. Görüslerinize hazirdir Komutuanim, sola bak!" – „Besatzung stillgestanden. Zur Meldung an den Kommandanten, die Augen links!"

Selbst Hindemith reagierte, offensichtlich verstand er türkisch.

Pfeiffer, unkonventionell, nicht so reserviert wie seine deutschen Offizierkameraden, brachte es fertig, den hochrangigen Yussuf Atay in die Kombüse zu stecken und für die gesamte Besatzung türkische Gerichte kochen zu lassen. Dazu gab es hochprozentigen Raki.

Für Hanno traurig, für mich eine Erlösung – auf halber Strecke der ersten Bordausbildung tauschten die Seekadetten ihre Schiffe.

Wir von den BYMSEN wechselten von *Treene* auf *Stör* und umgekehrt. Vor dem Wechsel musste unsere UW 3 in Friedrichsort in einen Trockendock. Das Unterwasserschiff sollte gereinigt und gestrichen werden. Eine Schwerstarbeit, mit viel Dreck verbunden, natürlich eine hervorragende Beschäftigung für die drei Seekadetten.

Beim Einlaufen in das Dock und auch als die aus dem aufgetauchten Dock abgelaufenen Wassermassen an der aufgebockten „BYMSE" den mit Muscheln und Seepocken überkrusteten Unterleib freigaben, ahnte niemand, was auf uns zukam. Auf Brettern, von den Unteroffizieren von der Reling abgeseilt, hing man zu zweit vor der Bordwand und schabte den Dreck ab. Nasse Muschel- und Farbreste spritzten durch die Gegend, von oben wurde gemeckert, und einige Meter weiter unten rannte der ansonsten friedlich Stabsbootsmann herum und trieb zur Eile an. An dem gesäuberten und über Nacht abgetrockneten Teil wurde bereits mit Farbe hantiert, ein bösartiges Gemisch, versetzt mit Kupfervitriol, rot, giftig und kleckernd.

Gerade glitt Hand über Hand an einem Tampen vom Deck aus ein vollen Farbtopf in Eimergröße den rotbeferkelten Malern zu, als just zu diesem Moment unter ihnen der zur Arbeit anfeuernde Stabsbootsmann stand. Die breite Scheuerleiste des Schiffes muss wohl plötzlich im Wege gewesen sein, vielleicht war es auch Unachtsamkeit, jedenfalls blieb der Pott hängen, kippte über, und der gesamte Inhalt traf an den Malern vorbei in einer roten Kaskade dem guten Oberstaber voll ins Gesicht.

Eben noch in seiner besten blauen Uniform, jetzt ein roter Feuerwehrmann, die Mütze vom Kopf geschlagen, kaum wieder zu erkennen, wischte er, tobte gurgelnd, spuckend und fluchend über die Planken des Trockendocks.

„Scheiße, Scheiße, so eine Sauerei, verdammte Unzucht. Himmel Arsch und Zwirn!"

Betroffenes Schweigen rundherum. Der Gute tat allen wirklich leid, dumme Bemerkungen fielen nicht, obwohl es urkomisch war.

An Deck klappte eine Tür, das Kommandantenschapp. Stradtke, der über Papieren brütete, hatte das Geschrei gehört und war an die Reling gestürmt, überblickte das Geschehen und meinte sachverständig, jovial seinem rot beschmierten Oberstaber zuwinkend: „Dann lassen Sie die Farbtöpfe doch nicht immer so voll machen!", drehte um, zog die Tür seiner Kammer hinter sich zu und war verschwunden.

Der Vorfall verführte dazu, erst einmal eine Pause einzulegen. Die Unteroffiziere wischten an ihrem Ältesten herum, und die Arbeitstiere fanden Zeit für eine Zigarette oder zu einer Sitzung auf einer der zahlreichen Toiletten oben auf dem Trockendock. An Bord hingen an allen Klotüren Warnzettel mit dem Hinweis „Gesperrt!"; denn die Ladung wäre auf den Boden des Docks geklatscht oder im schlechtesten Fall den armen Jungs auf den Malerbrettern vor die Brust. Ich saß gerade bei weit geöffneter Tür auf der Brille, genoss die Aussicht über den Hafen und sah zu, wie gegenüber auf den Malerbrettern die Arbeit weiter ging. Der Oberstaber hüpfte bereits wieder unter dem Schiff herum.

Jetzt dirigierte er gerade die Verlegung eines der Hängebretter nach achtern, als Stradtke seine Kammer verließ und achtern auf der Kommandantentoilette verschwand. Unter dem Schiff bemerkte es niemand. „Mensch", durchfuhr es mich", sein Klo war doch auch gesperrt, aber das schien ihn nicht zu stören, oder der Alte muss so in Gedanken gewesen sein, dass er vergessen hatte, im Trockendock zu sein.

Keine dreißig Sekunden später schoss aus der Bordwand ein Wasserstrahl heraus und landete im hohen Bogen genau auf dem sich verfärbenden Haarschopf und den Schultern des heute schon so heftig Gebeutelten. Bruchteile von Sekunden erstarrt und dann die Fassung verlierend, mechanisch mit der Hand etwas Weiches Braunes von der Brust abwischend, geriet jemand außer sich, schrie die ganze Welt zusammen.

Es gab kein Schimpfwort unterhalb der Gürtellinie, das er ausließ, bis nach minutenlangem Toben Stille eintrat und zwei Männer, sprachlos geworden einander tief in die Augen sahen. Oben an der Reling stehend im blütenweißen Hemd Stradtke, unten farbverschmiert, durchnässt mit einem Klopapierstreifen um den Hals der zweite Mann an Bord.

Erstmalig zeigte der Kommandant Bedauern und schlug sich an die Brust: „Mea culpa mein Lieber, die Uniformreinigung übernehme ich. Ja, ich gebe zu, ich bin das soeben von Ihnen genannte Arschloch." Welche Erkenntnis, dachte wohl jeder in der Besatzung. Selten ist bei einer Äußerung von Stradtke so heftig zustimmend von allen Seiten genickt worden.

Mit diesem Erlebnis endete für mich die Bordzeit auf UW 3. Im Mannschaftsdeck verabschiedeten wir drei Seekadetten uns zünftig jeder mit einem Kasten Bier und einer Buddel Köm. Auf UW 2 bei Hanno Hagebutt verlief das stilvoller. Sein Kommandant hatte von einem Partyservice edle Kanapees anfahren lassen, dazu gab es Sekt.

Monate später machte die Runde, dass Kaleu Pfeiffer der Marine Adieu gesagt hatte. Man wollte ihn nach dem Bordkommando ins Führungsministerium nach Bonn schicken.

„Nee, zu Haus habe ich selbst einen Schreibtisch, und der bringt mehr ein. Tschüss ihr Lieben, seht zu, wie ihr klar kommt!"

Stradtke dagegen endete grausig, aber typisch für ihn. Die Marine versetzte ihn zum Flottenkommando, aber auf eine Stelle, die ihm nicht die so heiß ersehnte Beförderung brachte. Einen Tag nach Dienstantritt fand ihn der Hausmeister im Keller erhängt an einem der Heizungsrohre. Selbstmord!

38

Der Wechsel auf die zwar größeren, aber engen Ausbildungsschiffe änderte manches.

26 Kadetten lebten im Vorschiff auf kleinster Fläche, was besonders beim Schlafen höchste Rücksichtnahme erforderte. Bei einer Deckenhöhe von zwei Metern schaukelten, röchelten, schnarchten und pupsten die Schlafenden jeweils in zwei Hängematten übereinander. Dazu röhrten die Ventilatoren. In See dröhnten und zitterten die Bodenplatten vom Geräusch der Maschine, die Wellen klatschten gegen den Stahlrumpf, und hin und wieder plumpste jemand aus der Hängematte an Deck, weil er sich in der anfangs ungewohnten wackligen Liegestatt zu heftig umgedreht hatte. Man musste schon todmüde sein, um schlafen zu können

Wer direkt unter der Decke schlief, wo für den Unterricht und die Mahlzeiten die Backs, so hießen die Klapptische und die Bänke, verzurrt waren, litt unter dem blauen Licht der Notbeleuchtung. Die Betroffenen fanden Abhilfe. Von einigen Wurstscheiben, abends noch einmal nach dem Landgang aus der Kombüse geholt, blieben zwei übrig als Lichtschutz für die Augen.

Man wurde zum Überlebenskünstler. Jeglicher Individualismus ging in dem Gedränge unter. Mal länger zu schlafen war nicht drin. Durchdrang der Ton Bootsmannspfeife, erst mit kurzem Locken, dann durchdringend schrill, die viel zu kurze

Nacht, rollten 26 schlaftrunkene Gestalten aus der Hängematte. Wer nicht gleich herauskam, den kippte der weckende Bootmann heraus.

Selten, dass eine Nacht ruhig verlief oder der Morgen nicht mit einer Überraschung begann. Das sowohl im Hafen als auch in See: Harmlos noch der Scherz eines Schelms, der auf die Wurstscheiben endes Notlichtschläfers eine Tube Senf ausgedrückt hatte. Der Betroffene, sein Schlafzeug und alles, was ihn umgab, waren kinderkackgelb besudelt. Übler eine andere Feststellung. Entlang der Wand, übereinander wie Schließfächer auf einem Bahnhof, allerdings nicht verschlossen, hatte jeder Seekadett seinen Spind. Mein Schlafnebenmann fand eines Morgens einen seiner Stiefel im unteren Spind bis zum Rand mit einer eigentümlichen Flüssigkeit gefüllt. Ein spät zurückgekehrter Landgänger musste wohl im Suff die Toilette nicht gefunden haben.

An Bord der beiden Schulschiffe konzentrierte sich alles auf die Seekadetten. Gemeinsamkeiten mit der Stammbesatzung wie auf den BYMSEN gab es nicht. Das Erziehungsziel lautete offenbar: Aus verwöhnten Muttersöhnchen Kerle formen, die seefest, ordentlich, zuverlässig, mutig, teamfähig, verantwortungsbewusst und hart gegen sich selbst sind. An Offizieranwärtern, als Seekadetten an Bord weniger als Nichts, durfte jeder Unteroffizier seine Befehlsgewalt erproben. Jedem fiel dabei etwas anderes ein

Heroische Tugenden wurden auf die unterschiedlichsten Methoden eingepaukt. Nicht immer sehr menschlich. Als Leidender begriff ich damals den Sinn der Sache nur mühsam, und dennoch bedauere ich heute, dass das heutzutage Jugendlichen nicht mehr vermittelt wird.

Weitab von der Küste auf der ersten Auslandsfahrt einer deutschen Marine nach dem Kriege, fernab von den kritikfreudigen Medien, hobelten die Ausbilder an den Seekadetten herum, bestrebt, nach der Heimkehr Musterknaben der Nachkriegsoffizierausbildung vorführen zu können.

Bundesrepublikanische Richtlinien waren dem Gesetzgeber bisher nicht eingefallen, also orientierte sich die Schiffsführung an den Erziehungswerten und Normen des Dritten Reiches. Wir Freiwillige, in den Hinterköpfen noch den Drill aus den Jahren der Hitlerjugend, ließen uns nicht schrecken.

Im stickigen, lauten Maschinenraum die Flurplatten zu schrubben oder Öl aus der Bilge zu wischen galt als härteste Arbeit. Vom Dieselmief umweht, vom Seegang von einer Seite auf die andere geworfen, lief einem oft die Galle aus dem Leib. Der Maschinist, breitbeinig über dem auf den Knien Kriechenden stehend, höhnte grinsend: „Junge, wenn der braune Ring kommt, muss du ihn runterschlucken." Dabei hielt der Quälgeist dem armen Seekranken eine üppig mit Speck belegte Schnitte hin: „Kannste haben, beiß mal rein!" Über dem Eimer mit dem aufgewischten Dieselöl entleerte dann die Seele ihre Qualen.

Die Heizer waren brutal, die ganze „Gang" in der Maschine galt als ein besonderes und einflussreiches Völkchen. Sie wussten, wenn ihr Technikerboss oben auf der Brücke den Herren Seeoffizieren verkünden würde: „Die Maschine streikt", dann wäre jeder weitere Befehl zum Weiterfahren sinnlos. Niemandem außer uns dazu abgeteilten Seekadetten gestattete das Volk des Orkus, in ihr Reich vorzudringen.

Der Kommandant tolerierte offenbar deren Eigenarten und drückte manches Auge zu. So beim Einladen der Zollwaren in Kiel. Vorne stand der IO, der erste Offizier, und hakte die Liste ab, dann ging es im Laufschritt mit den Kisten und offenen Kartons nach achtern zur Zolllast. Auf dem Weg über Deck dorthin passierte man das offen stehende Schott zur Maschine.

Da stand eine dunkle Gestalt, die jeden Seekadetten mit bösem Blick stoppte, nach einer Flasche, nach Zigaretten, Dosen, Schokolade oder einigen Butterpaketen griff und sie blitzartig den Niedergang nach unten in sicher wartende auffangbereite Hände fallen ließ. Schlichtweg geklaut! Darüber zu krakeelen wäre später bestimmt mit Prügel belohnt worden.

Es gab keine Arbeit, zu der die Kadetten nicht herangezogen wurden. Kartoffeln schälen, Latrinen reinigen, auf den Knien mit einem Sandstein das angefeuchtete Holzdeck schrubben, selbst dann, wenn die See über die Reling klatschte. Den Unteroffizieren in deren Messe die auf den Boden geworfenen Kippen auflesen oder als Backschafter seinen Kameraden das Essen von der Kombüse bis ins Kadettendeck tragen, die Unteroffiziere bedienen und mit Anklopfen an der Offiziermesse die Mahlzeiten reichen.

Auf der *Treene* war für die Dauer der Auslandsfahrt der Kommandeur eingeschifft, ein Kapitän zur See, als lästiger Badegast, wie einer der Brückenobermaate bissig bemerkte. Dieser Mensch war dienstgradmäßig so weit von uns Seekadetten entfernt, dass man ihn nur selten zu Gesicht bekam. Als der Seegang tobte, blieb er ohnehin tagelang verschwunden. Nur unser Kleinster begegnete ihm jeden Tag in der Kapitänskammer. Deo, so genannt, weil er wegen seiner frühen Glatze einem Deostift ähnelte, beneidete niemand um seine Tätigkeit. Er musste seinem Herrn Hosen und Hemden bügeln, die Schuhe putzen, die Toilette reinigen, das Bett herrichten und natürlich auch auf besonderem Tablett die gewünschten Leckereien reichen, die die beiden Köche des Dreieinhalb-Sterne-Hotels zauberten. Das waren an Bord geachtete Könner, die selbst bei stärkstem Seegang für unser leibliches Wohl sorgten.

Auf der windgeschützten Leeseite der Kombüse empfing man das Gewünschte. Wie aber über das wild schwankende Deck, vom Wind gezerrt und von sprühender Gischt durchnässt, das nächste schützende Schrott oder die nach oben führende Treppe des Ruderhauses erreichen, ohne dabei das in beiden Händen Gehaltene zu verlieren?

Jeder bedauerte den „Boy" des Kommandeurs. Der Alte, offenbar nie seekrank, forderte zu den unmöglichsten Zeiten ein Glas Tee oder eine Tasse mit Kakao. Also musste sein Aufklarer, wie es im Marinejargon heißt, sich etwas einfallen lassen, um das Gesöff unversehrt durch die Schaukelei bis an den Bestimmungsort zu transportieren. Selbst nach drei Anläufen klappte das nur unzureichend. Entsprechend fiel der Kommentar aus: „Schwache Leistung, fehlen wohl noch die Seebeine!" Das wurmte unseren Deo.

Später, nach der Bordzeit im Schulgeschwader, erzählte Deo, wie er nach langem Grübeln eine Lösung gefunden hatte, das strahlende Lob seines Alten genießen zu können. Aus dem Blick des Smuts heraus, noch im Windschatten der Kombüse, nahm er aus der Tasse einen kräftigen Schluck, behielt ihn im Mund und rannte so mit der halbvollen Tasse bis unmittelbar vor die Kammertür, spuckte die Tasse wieder voll, klopfte an und servierte. Gewusst wie!

Dem neben der eigentlichen Ausbildung aufgetragenen Servicedienst stellte das Wetter nicht nur dem armen Deo tückische Hürden in den Weg.

Auf dem Weg von der geschützten Leeseite über das offene Deck bis an das Vorschiff gab es keinen Schutz vor überbrandenden Wellen und dem Wind. Seit mehreren Tagen blies es mit Windstärke acht aus Nordwest, genau gegenan. Die *Treene* stampfte, zitterte und rollte unkoordiniert von einer Seite auf die andere. Wenn der Steven hart in die Wellen einsetzte, droschen Bruchteile von Sekunden später grüne Wassermassen in das Versaufloch. Das war der freie Decksteil zwischen dem hohen Vorschiff und den Aufbauten. Da musste man durch, wenn es hieß: „Backschafter Kadettendeck zur Kombüse, Essen fassen!"

Als das Wetter sich am ekeligsten aufführte, war ich dran.

Hin zur Kombüse, kein Problem, aber wie zurück? Die erste Lieferung bestand aus dem Standardgetränk, heißem Kakao.

Aus dem Windschatten heraus erst einmal die Schiffsbewegung beobachtet: Jetzt hob der Bug an, legte über nach Backbord, rollte zurück, schien zur Ruhe zu kommen. Das war die Gelegenheit. Mit zwei großen gefüllten Porzellankannen in Vorhalte preschte ich durch den Wind, fest das geöffnete Schott im Vorschiff als Ziel im Auge. Ach du heiliges Blechle! Es sollte nicht sein. Die *Treene* holte über. Der eifrige Backschafter landete krachend neben der Tür an der Wand. Scherben klirrten im vorbeirauschenden Wasser und polterten durch die Speigatts.

Von der einen Kanne existierte nur noch der Griff, fest umklammert in der Hand. Und die andere Kanne? Durch ein kleines kreisrundes Loch mitten auf dem Bauch strullte im hohen Boden der Kakao. Die nächste Welle abgewartet und zurück zur Kombüse. Der Smut winkte schon von weitem, zeigte nach außenbords und rief: „Schmeiß weg, schmeiß weg!" Der folgende Versuch glückte.

Als nächste Aufgabe galt es, eine Barkasse, das ist ein großer tiefer Deckel eines ovalen Topfes, turmhoch gefüllt mit geschnittenen Brotscheiben, von der Kombüse hinüber durch das besagte gegenüberliegende Schott zu bringen.

Mit beiden Händen unter der schweren Barkasse bis an die Ecke des Brückenhauses nach vorn an der Wand entlanggerutscht. So, nun abwarten. Eine annähernd ruhige Schiffsbewegung verleitete, über Deck zu laufen. Schon der erste Schritt bewies die Fehlentscheidung. Vom Sturm herausgerissen, klatschten die Brotscheiben wie Ohrfeigen ins Gesicht, flatterten wie Herbstlaub davon, um gleich von einer überkommenden Welle durch die Speigatts in die See gewaschen zu werden. Drüben lagen noch drei Scheiben drin. Wieder zurück zur Kombüse. „Bitte noch einmal.“

Wortlos schoben die Köche eine zweite, voll gefüllte Barkasse über die Kante der Halbtür. Dieses Mal den Brotpacken mit einem Handtuch festgedrückt. Dasselbe Manöver.

Die *Treene* stampfte gerade in eine schwere Welle, zu beiden Seiten stiegen am Bug die Brecher auf, Gischtfahnen wehten über das Schiff, das zu stehen schien. Die eine Hand auf das Handtuch gepresst, die andere Hand unter die Barkasse, und nichts wie los. Wieder verkehrt. Über den hohen Steven drosch die grüne See an Deck, riss den Brotholer von den Beinen und ihm den Pott aus den Händen. Die Bezeichnung Versaufloch konnte nicht treffender sein. Scheppernd rollte die leere Barkasse an der Reling entlang. Klitschnass und durchweicht meldete sich Seekadett Färber knurrend beim Smut und bat um eine dritte Ladung.

Irgendwann kannte man die Kniffe, wie dem Seegang zu begegnen sei. Das alles geschah bei einem Frühjahrssturm in heftigem Schneetreiben in der nördlichen Nordsee.

Für manchen Seekadetten, der noch nie so etwas erlebt hatte, brachte diese Sturmfahrt das Ende der Karriere. Seekrankheit kann apathisch machen, unfähig, einen klaren Gedanken zu fassen. Einen Kameraden legte der Schiffsarzt oben in den vom Schornstein gewärmten Vorratsraum, den Kopf nach draußen in der frischen Luft. Da lag er drei Tage mehr tot als lebendig, die Beine festgebunden an einer Stange, mit einer Plane zugedeckt, den Kopf so gestützt, dass er, wann immer er sich übergeben musste, nicht erstickte. Wir fütterten ihn mit Wurzeln und trockenem Brot. Es blieb nicht lange drin.

Unter Deck beim Unterricht in dem kleinen Schlafraum plagte die Seekrankheit besonders. Die gezurrten Hängematten lagen verstaut in einem großen Kasten entlang der Bordwand. Wer Freiwache hatte, lag schlafend auf den eisernen Bodenplanken, einen Schuh als Nackenstütze. Das angenehmere Liegen in den Hängematten war nur nachts erlaubt.

An einer besonderen Übung schieden sich die Geister. Es war hauptsächlich eine Probe des Mutes, aber auch die Verlässlichkeit und des gegenseitigen Vertrauens. Das war das alarmmäßige Aussetzen des Rettungsbootes, des Kutters.

Auf dem Kutter war jedem ein Platz zugeteilt, am Tage im Hafen praktisch und theoretisch durchexerziert. Von den Davits ausgeschwenkt hielt das Rettungsboot nur für kurze Zeit in Höhe der Reling, jeder sprang hinein, und weiter ging es an der Bordwand herunter, vorn und achtern die Haken ausgeklinkt, von der *Treene* abgesetzt und „Klar bei Ruder". Nach einer Ruderrunde, zum Gleichtakt angetrieben von einem Unteroffizier, wieder ran an die Haken und hochgehievt zurück an Bord.

Hört sich an wie eine Paddeltour auf dem heimischen Baggersee.

War's aber nicht. Einmal fand die Übung in einer grausigen Nacht bei grausigstem Wetter statt. Auf einer Position nordwestlich von Schottland in Höhe der Hebriden, nahe Stornoway schaukelte die *Treene* durch die lange Dünung des Atlantiks.

Der Sturm hatte abgenommen, die See zeigte keine weißen Kämme mehr, dafür schneite es. Eine unbeschwerte Nacht schien es zu werden. Viele schliefen nach langer Zeit endlich mal wieder tief und fest. Leise summten die Ventilatoren. Am Rumpf rauschte gleichmäßig das Wasser vorbei. Richtig kuschelig diese Nacht, endlich mal Ruhe.

Da brach es herein wie der jüngste Tag. Alarmglocken schrillten, überall grelles Licht, Dazu das Gebrüll: „ Backbord und Steuerbord Kutter aussetzen!"

Wer seine Schuhe nicht fand, stürmte barfuß den Niedergang hoch. Drängelei vor den Spinden, Pullover drüber oder Jacke. Mütze auf oder keine. Der eine oder andere stand wie festgewurzelt schlaftrunken neben der Hängematte, wurde mitgerissen und rannte im Schlafanzug über Deck. An der Leine, die den Kutter vom Schiff wegzog, wartete schmunzelnd die Stammbesatzung, ausgeruht und warm eingepackt. Und wir armen Schweine? Die meisten fast nackt, und das bei Temperaturen um Null. Eine Schneeböe fegte über das Schiff.

Die letzten Seekadetten fielen fast kopfüber in den Kutter, der bereits abgefiert wurde. Riemen ins Wasser und rudern. Vergessen die Kälte, der Schweiß tropfte von der Stirn. Im Schneegestöber geriet die *Treene* schnell außer Sicht. Für manchen Binnenländer jetzt weit draußen auf dem Meer die Situation von Schiffsbrüchigen.

Mein Vordermann sprang plötzlich auf, ruderte nicht mehr und schrie in die Dunkelheit: „Ich will zurück, die Idioten lassen uns hier allein, ich will nicht absaufen, Hilfe, Hilfe!" Angesteckt von dem Panikmacher fielen zwei weitere in das Gejammer mit ein.

An ein koordiniertes Rudern des 10-Riemen-Kutters war nicht mehr zu denken. Völlig aus dem Takt schaukelte die Nussschale dahin, keine Bewegung mehr. Die Kälte kroch von unten hoch. Als einer der Durchdreher drohte, den Riemen über Bord zu werfen, griff der Kutterführer ein. Der bisher abwartende Obermaat sprang auf und stieß dem jetzt herzzerreißend Weinenden an die Brust. Alle glaubten, er würde wilde Flüche absondern, nein im Gegenteil. Besänftigend und überzeugend fiel im Schneegestöber der unvergessene Satz: „Keine Sorge, ich bringe dich zu deiner Mama zurück, mein Süßer!"

Kaum gesagt, tauchten querab die Lichter der *Treene* auf. Auf dem Radar hatte die Schiffsführung die ausgesetzten Kutter jeder Zeit im Auge gehabt. Die drei verzweifelten Kuttergäste standen nach der Heimkehr in Kiel zusammen mit den Dauerseekranken auf der Pier und durften der Marine Adieu sagen.

Eine harmlosere, aber nicht sonderlich beliebte Übung war das Morsen. Zunächst übte man das Morsealphabet mit Handlampen unter oder an Deck von Mann zu Mann.

Einige Hilfsmittel halfen, den Strich-Punkt-Code ins Gehirn einzutasten. Di-da-didi. Kurz-lang-kurz-kurz stand für „Ich liebe dich". Das galt für den Buchstaben „L", und für „F" didi-da-di, leicht zu behalten, hieß es „Ficke du sie".

Vorzugsweise bei Regen und Sturm hetzten die Ausbilder die Seekadetten zur Aufstellung entlang der Reling, während vom anderen Schiff in weiterer Entfernung die Topplaterne Morsezeichen herüberblickte. Irrsinnige Wortschöpfungen kamen da heraus wie z.B. „Hottentottentittenattentat".

Wofür diese Spielerei?

Im kriegerischen Ernstfall bestand die Gefahr, dass der Gegner Sprechfunk- und Funkverkehr auffangen könnte. Die visuelle Informationsübermittlung schloss das aus. Das leuchtete selbst einem Seekadetten ein.

Eines Morgens in der Irischen See, voraus lag die Insel „Isle of Man", Gelächter und großer Lärm auf dem Achterdeck. Eine riesige Heringsmöwe hing mit den Füßen in einer dünnen Wurfleine fest. Sie kämpfte, schlug mit den Flügeln und hackte mit dem Schnabel wild auf alles ein. Seit Tagen hatte ein Möwenschwarm das Schiff begleitet. Offenbar hatten die britischen Möwen ihren ehemals alliierten Fischtrawler wiedererkannt und warteten auf Abfälle, die die Smuts ihnen reichlich zuwarfen.

Ein beherzter Bootsmann, geschützt mit dicken Handschuhen, befreite den großen Vogel, zog in aus dem Gewirr der Leine, ließ ihn aber nicht fliegen, sondern presste die Flügel fest an. Ein anderer kam mit einem Farbtopf und Pinsel angerannt.

Was sollte jetzt geschehen?

Mit der Erklärung: „Weil die Tommies uns bei dieser Auslandsfahrt nicht in ihre Häfen lassen, machen wir Ihnen jetzt ein Geschenk!"

Mit schwarzer Farbe entstand auf dem weißen Bauchgefieder ein übergroßes Hakenkreuz. In die Luft geworfen segelte die Möwe kreischend davon. Ob das ein witziger Scherz war?

Auf jeden Fall werden in den nächsten Tagen englische Fischer gestaunt haben, als zwischen den anderen Möwen ein seltsamer Vogel mit dem verhassten Emblem des ehemaligen Gegners über dem Heckwasser ihrer Kutter kreiste.

Diese beiden deutschen Bootsleute waren sicher nicht von der Küste, denn diesen majestätischen Gefiederten mit ihren klugen Augen und ihrem reinlichem Federkleid tut man kein Leid an, weil in jeder Möwe die Seele eines ertrunkenen Seemanns weiterlebt.

Aber die wenigsten in dem Geschwader kamen von der Küste!

Nach den ungewohnt vielen Seetagen stieg die freudige Erwartung, den ersten Hafen anzulaufen. Nach der Umrundung Englands hieß es Kurs Frankreich. Dieser ersten nach 1945 von der neuen deutschen Marine durchgeführten Auslandsfahrt sollen schwierige diplomatische Verhandlungen vorausgegangen sein. Obwohl jetzt gemeinsam in der NATO, hielt Großbritannien 1958 die Zeit für noch nicht gekommen, deutsche Kriegsschiffe in ihren Häfen zu begrüßen, selbst unsere kleinen ehemaligen Fischtrawler nicht. Aber um die Insel herumzuschippern wurde erlaubt. Ganz anders bei den Franzosen. Da hieß es auf Transparenten „Herzlich willkommen"

Als die Hafenmauern und die ehemaligen deutschen U-Bootbunker von Brest hoch vor uns aufragten, muss manchen der Kriegsgedienten an Bord ein eigentümliches Gefühl beschlichen haben. „Leute, hier waren wir mal mit Schlachtschiffen."

Wir erlebten den Besuch ungezwungener. Die Jungs der Kadettenanstalt in Lanvioc Poulmic nahmen uns auf wie alte Freunde, veranstalteten ein Tanzfest mit eingeladenen Schülerinnen eines Lyzeums. Seit Monaten völlig entwöhnt, umfasste mein Arm zuerst zögernd die Hüfte eines Mädchens, zart und gebrechlich wie ein Reh, rothaarig mit großen dunklen Augen. Unsere Wangen berührten sich, ich spürte ihren warmen Atem. Sie tanzte wie eine Feder.

In Gedanken nahm das Verlangen Gestalt an. Ach Chéri, wenn du wüsstest!

Bevor es zum Plaudern kam, holte ein Bus die lustige Mädchentruppe ab. Au revoir!

Ein wenig traurig entschädigte die gute französische Küche für die allzu schnelle Trennung.

Tags darauf verschwand Brest am Horizont. Als nächstes Ziel erlebte die Crew die Stadt Gent. Nach einem abendlichen Empfang im Rathaus fiel wohltuend ein Schwarm von Stewardessen der belgischen SABENA über die uniformierten Gäste her. Zu gern hätten unsere Offiziere mit ihnen angebändelt. Jedoch aussichtslos. Die reifen Damen zogen es vor, von knackigen Seekadetten aufs Hotelzimmer geführt zu werden. Von dieser „One-Night-Stand-Aktion" ist lediglich im Gedächtnis geblieben, dass das dick aufgetragene Make-up von Yvonne wie eine braune Maske am Hals endete und sich fremdartig dunkel zum Körperweiß abhob. Aber darum ging es beim Tête-à-tête ja auch nicht.

Vor dem Auslaufen am nächsten Tag beherrschte ein ganz anderes Thema die Schiffsführung. Brav hatten die Offiziere dem Bürgermeister von Gent in der ihnen vom Verteidigungsministerium befohlenen schlichten Ausgehuniform ihre Aufwartung gemacht. Uns Seekadetten im Hintergrund fiel dabei auf, wie elegant dagegen die zivilen Gastgeber und vor allem die belgischen Offiziere in Abenduniformen, ähnlich einem Frack, erschienen waren, die Brust übersät mit Orden, goldenen Kordeln, Schärpen, seiden glänzende Biesen an den Hosen. Einige, offensichtlich tätig als Parlamentäre und Adjutanten, trugen weiße Handschuhe und als Zeichen ihrer Funktion einen Degen mit Elfenbeingriff.

Unsere Offiziere dagegen sahen erbärmlich aus, wie eben mal in Arbeitskluft vorbeigekommen, um Hallo zu sagen. Die Kommentare in den Zeitungen fielen entsprechend aus. Von Arroganz und nicht gebührlichem protokollarisches Auftreten war die Rede. Die Belgier sprachen von Beleidigung, nicht wissend, dass die verantwortlichen Politiker der Bundesrepublik bei der Einkleidung ihrer Soldaten mit der Schlichtheit der Uniform unterstreichen wollten, nicht anknüpfen zu wollen an die Tradition und Konvention vorangegangener Zeiten. Damit glaubte man der Demokratie zu dienen.

Nicht nur in der Offiziermesse an Bord entbrannte über das Erlebte eine heftige Diskussion. Sie ist bis heute nicht ab geschlossen.

Viel später und Teil um Teil ist in den späteren Jahren die Uniform – wir nannten es: „aufgemotzt" worden. Hier ein paar Orden, da eine dicke Kordel, ein smokingähnlicher Gesellschaftsanzug.

Die Nichtkriegsgedienten an Bord und vor allem die jungen Besatzungsmitglieder berührten die belgischen Zeitungsartikel weniger, sie dachten eher an die schönen Stunden mit den willigen Stewardessen.

Müde und zerschlagen, aber rundherum in den Lenden zufrieden und wohlig begann am nächsten Tag der Dienst auf der Brücke. „Seekadett Färber meldet sich auf der Brücke".

Der IIWO, der zweite Offizier, ein vom Grenzschutz Übernommener, führte die *Treene* Kurs Nord unterhalb der Küste von Belgien und Holland. Die ehemaligen Grenzschützer glaubten von der Seefahrt mehr zu verstehen als alle anderen Menschen auf der Welt. So auch der unfreundliche Oberleutnant Wagner, ein hagerer Vertreter dieser Gattung, mit Pferdegesicht, schütterem blonden Harr und wasserblauen Augen, die vor Erregung aus den Augenhöhlen herauszufallen drohten. Wenn er das Sagen hatte, verbreitete sich auf der Brücke vom Navigationstisch bis zum Funkraum, beim Rudergänger, am Maschinentelegraphen und draußen in den Nocks bei den Ausgucks vibrierende Kampfstimmung. Nach zwei Stunden am Steuerrad abgelöst, hing ich in der Backbordnock, bewaffnet mit einem Fernglas, um im vor uns wabernden Nebel Entgegenkommer oder Mitläufer auszumachen. Innen gleich neben der Tür lief das Radargerät, an dem mit nur kurzen Unterbrechungen der aufgeregte Oberleutnant herumhantierte.

Ganz anders als der fickerige Wachoffizier reagierte der ältere Obermaat Kinkel, zuständig für die Überwachung des Rudergängers. Übrigens, es war derselbe, der vor Schottland nachts unseren Kutter geführt hatte. Den Mann, ehemaliger Fischer, umgab die Aura der Gelassenheit. Ein Vertrauen erweckender Bursche, Seemann durch und durch. Wir Seekadetten sahen in Kinkel den ruhenden Pol und denjenigen, der in Wirklichkeit mit wenigen Worten das Schiff führte.

Der Nebel zog den Vorhang zu, das Vorschiff verschwand im nässenden Grau. Oberleutnant Wagner verbarg angestrengt sein Gesicht tief in der lichtschützenden Gummihutze des Radargerätes. Seine heiser ausgestoßenen Befehle zu ständig wechselnden Kursänderungen zeugten von zunehmender Unsicherheit. Wie gut, dass uns der gediegene Fischer Kinkel zur Seite stand. Wagner ließ die *Treene* mit kleinster Fahrt vorwärts kriechen. Rundherum dröhnten Schiffshörner. In der Enge zwischen Dover und Calais, wo wir inzwischen angelangt waren, war neben dem dichten parallel laufenden Schiffsverkehr auf die kurskreuzenden Fähren zu achten. Obermaat Kinkel und Seekadett Färber erkannten zu selben Zeit voraus in einem Nebelloch zunächst eine graue, dann deutlicher schwärzer werdende Wand.

Beeindruckt von dem unerwartet auftauchenden Gebilde stieß ich den Wachoffizier an: „Entgegenkommer voraus, voraus ein Riesending!"

Oberleutnant Wagner, wie von einer Tarantel gestochen, riss es vom Radargerät los, er stierte noch mal mit seinen Basedowaugen auf den flimmernden Schirm und tobte mit sich überschlagender Stimme: „Lassen Sie diese dummen Witze, im Radar ist nichts. Außerdem was erlauben Sie sich, mich anzurempeln. Haben Sie nicht gelernt, eine ordentliche Meldung zu machen. Wie heißen Sie überhaupt?"

Während der Schimpfkanonade flitzte plötzlich Kinkel an uns vorbei, stieß den Rudergänger vom Rad, drehte hart Steuerbord und langte gleichzeitig in den Maschinentelegraphen „Volle Fahrt voraus!" Die *Treene* erzitterte, der Bug schwang nach rechts.

Diese Eigenmächtigkeit des Unteroffiziers brachte den Oberleutnant vollends zur Raserei: „Sind Sie wahnsinnig geworden, wer gibt hier die Befehle, raus hier, raus hier!"

Kinkel schwieg, drehte das Schiff zurück auf Kurs und nahm den Hebel zurück auf kleine Fahrt. Dabei zeigte er nach Backbord. Jetzt zog parallel, keine 50 Meter entfernt, durch den Nebel die haushohe Wand eines riesigen Tankers vorbei, der uns, wenn wir auf Kurs geblieben wären, Bug auf Bug gerammt und garantiert zermalmend untergepflügt hätte.

Sprachlosigkeit im Ruderhaus. Mein Gott, wäre Kinkel nicht gewesen!

Draußen auf der Treppe heftiges Getrappel. Keuchend stand der Kommandant vor uns: „Was war hier los?"

Der einzige Kommentar Wagners zu Kinkels unkonventionellem Handeln war der: „Auf dem Radarschirm ist er aber nicht gewesen."

Das war Blödsinn, das wusste jeder. Angewidert schüttelte der Alte den Kopf und polterte wieder die Treppe herunter.

Wagner, der offensichtlich wusste, auch beim Kommandanten nicht beliebt zu sein, schwieg. Kein Wort der Anerkennung an Kinkel, kein Wort des Dankes kam ihm über die Lippen, aber die leuchtenden Augen des Brückenpersonals entschädigten unseren Lebensretter.

Wagners Verhalten und dämliche Reaktion ging wie ein Lauffeuer durch die Decks, er hatte bei allen verschissen. Nicht so bei der höheren Marineführung. Später traf ich den Versager in Bonn als Konteradmiral.

39

Bis zum Ende der Reise geschah nicht Spektakuläres mehr.

In Kiel wurde noch einmal Reinschiff gemacht, wurden die Klamotten gepackt, und ab ging es an die Marineschule in Mürwik zur Offizierausbildung. Die Marine darf sich glücklich schätzen, seit Kaisers Zeiten diesen repräsentativen Gebäudekomplex zu besitzen, der mittelalterlichen Marienburg in Ostpreußen nachempfunden, die Alma Mater ihres Offiziernachwuchses.

Von dem hohen Ufer an der Flensburger Förde blickte die ehrwürdige Schule auf das Schulgeschwader herab, dass vor Anker gegangen war. Fast zu Tränen gerührt pullten dieses Mal die Ausbilder ihre Seekadetten in den Kuttern an Land.

Vorbei die Zeit in Hängematten und dem kleinen stinkigen Schlafdeck. Hohe Flure, lange Gewölbegänge, schwere eichene Türen öffneten sich zu geräumigen Zimmern. Vier Mann, die Paarungen standen bereits auf den Türschildern, bezogen einen Wohnraum und ein nicht mehr schaukelndes Schlafzimmer, daran angrenzend ein großzügiger Sanitärbereich, den man mit der nächsten angrenzenden Gruppe zu teilen hatte. Aus den Fenstern ging der Blick über die Förde bis hinüber zum dänischen Ufer.

Herrlich hier, eine Mischung aus Kloster und Universität. Auf jeden Fall wieder eine Schule, dieses Mal mit einem fordernden Lehrstoff, der oft nur mit nächtlichen Büffeln einverleibt werden konnte.

Bevor bei der Begrüßung durch den Kommandeur, einem Admiral, darauf hingewiesen wurde, dass jetzt der Ernst des Lebens beginne, galt es, die Schule selbst und die Umgebung zu erkunden.

Fähnriche der Vorcrew, die seit Tagen an den Abschlussarbeiten der Offizierhauptprüfung saßen, führten die Neuankömmlinge durchs Haus. Nichts wurde ausgelassen.

Nach den nüchternen Kasernen und den beengten Verhältnissen an Bord beeindruckte der burgähnliche Backsteinbau mit seinen Gewölben und Bögen. Dann die Ehrenhalle und Aula. Holzgetäfelt bis zur ebenfalls bemalten kunstvollen Holzdecke, Parkettfußboden, riesige schmiedeeiserne Leuchter. An den Wänden prangten gewaltige, Respekt einflößende Ölgemälde. Flaggenschmuck neben Gedenktafeln und auf Sockeln stehende Büsten hervorragender verblichener Seehelden mahnten zum Schweigen.

Hier erinnerte schmerzhaft die Geschichte daran, dass die deutsche Marine zwar siegreich an vielen Schlachten teilgenommen hatte, aber bisher am Ende alle Kriege verlor.

Fragen dazu könnten im Lehrfach „Seekriegsgeschichte" gestellt werden, nörgelte der aufsichtshabende Gruppenoffizier. Damit basta. Als wenn er Gedanken lesen konnte. Im so genannten Remter, Ess- und Lehrsaal für spätere Tanzkurse mit Damen und Kurse für gutes Benehmen am Tisch, empfingen die Seekadetten am zweiten Tag die Urkunden zur Beförderung zum Fähnrich zur See.

Der erste Tag überhäufte uns mit immer neuen Eindrücken. Allein in den vielen verwinkelten Gängen und Stockwerken die richtigen Türen zu den Lehrsälen zu finden, bereitete große Schwierigkeiten.

Nachtmärsche, die berüchtigte Umzugsorgie „Flagge Lucie" oder Kutteraussetzen bei Nacht und Nebel gehörten der Vergangenheit an. Zumindest ließ sich derartiges nicht dem umfangreichen Lehrplan entnehmen. Sehr beruhigend.

Keine Hängematten mehr. Endlich mal in einem nicht schwankenden Bett ausschlafen können.

Großes Entsetzen, als in der zweiten Nacht an die Türen gepoltert wurde und schrille Befehle durch die hohen Gänge schallten. „Heraustreten zur Musterung. Anzug Erste Geige!"

Damit war natürlich die nagelneue Ausgehuniform gemeint. Seit einigen Tagen, seit der Beförderung zum Fähnrich, gab es den Kieler Knabenanzug nicht mehr, sondern Jacke, weißes Hemd und Schirmmütze.

Vor den Spiegeln im Bad stieß fluchend einer den anderen. Den Schlips durch den Kragen zu zwängen und dabei dieses lose, widerspenstige Gebilde mit den Knöpfchen am Hemd zu befestigen, stellte ein schier unüberwindbares und zeitraubendes Problem dar. Wohl in Vorkriegsbeständen gefunden, hatte die Marine uns Hemden der Großväter angedreht mit abnehmbaren Kragen, vorn und hinten anzuknöpfen, gestärkt, steif wie Sperrholz.

Auf dem Korridor wieder der Befehl zum Antreten. Also raus. Egal wie man aussah.Draußen formierte sich der Haufen im schwachen Licht des Innenhofes. Ein trauriges Bild künftiger deutscher Seegeltung. Einige hatten ihre Mütze nicht gefunden. Cod, der Kuhschütze von Wilhelmshaven, stand barfuß neben mir. Ich selbst hatte auf den Kragen verzichtet und trug den Schlips auf nackter Haut. Einigen war der Kragen vorn aufgeplatzt und hing gespreizt wie ein kleines Engelflügelchen im Nacken. Ein kleiner untersetzter Kapitänleutnant, eigentlich viel zu jung für seinen Dienstgrad, brüllte herum, ließ die nächtlich Aufgescheuchten stramm stehen. „Was sind sie für ein Sauhaufen. Was sehe ich da für Fantasieuniformen. So soll ich Sie dem Kommandeur melden? Wahnsinn, in fünf Minuten stehen Sie wieder hier. Dieses Mal einheitlich in Sportklamotten. Weggetreten!"

In den Zimmern die Ausgehuniform hingeworfen, schnell in das Sportzeug. Das ging leicht.

Nachdem die Meute, beschleunigt von lässig herumstehenden Oberleutnanten und deren bissigen Bemerkungen, dem im Innenhof wartenden Kapitänleutnant zugetrieben worden waren, führte der Marsch durch den angrenzenden stockfinsteren Wald zum noch dunkleren Sportplatz.

Hier mitten auf dem Platz, man konnte die Hand nicht vor Augen erkennen, sollte die Meldung an den Kommandeur erfolgen.

Der Kapitänleutnant, nur der Stimme nach vor uns stehend auszumachen, befahl: „Zur Meldung an den Kommandeur stillgestanden. Augen rechts!"

Ein Ruck ging durch den Haufen, Ich spürte den Atem meines Nebenmannes, ansonsten nächtliche Stille.

Das Geräusch von Schritten erstarb. Aus einiger Entfernung hallte herüber: „Herr Admiral, ich melde Lehrgang zur Nachtmusterung angetreten!"

Als knappe Antwort eine dunkle Stimme, offenbar die des Kommandeurs: „Danke."

Ein Minute verstrich, eine weitere, Unruhe kam auf. Hinter mir wisperte jemand: „Ich glaube, da hat uns jemand verscheißert."

„Halts Maul, das ist System, die wollen unser Durchhaltevermögen testen."

Nach fünf Minuten glaubte niemand mehr daran. Ganz eindeutig, die Vorcrew hatte uns einen Streich gespielt. Durch Wolkenfetzen fiel Mondlicht auf den Platz. Außer den Gefoppten, kein weiterer Mensch auf dem Platz zu sehen. Doch da am Baum, stand da nicht einer im dunklen Sportdress? Da musste einer von den anderen sein, ein Beobachter. Mit Kampfgeschrei wurde der Davonrennende eingeholt und umgerissen, jeder durfte an ihm sein Mütchen kühlen. Der schrie unentwegt: „Hören Sie auf, ich bin ihr Sportoffizier, der Kaptänleutnant Krages". Da half ihm nicht. „Der andere hat auch den Dienstgrad heraushängen lassen." Der arme Kerl musste noch manchen Knuff einstecken.

Im hell erleuchteten Korridor stand ein kleines Kistchen, gefüllt mit Schlüsseln, alle Zimmernummern entfernt, darauf ein Zettel mit der freundlichen Aufforderung. „Nun sucht mal schön." Es dauerte bis in die Morgenstunden, bis jeder den passenden Schlüssel gefunden hatte.

Bei der Morgenmusterung wurde mit Genugtuung zur Kenntnis genommen, dass der Sportoffizier auf der Stirn ein Pflaster trug und irgendwie verquollen aussah. Nicht unverdient, schnell machte die Runde, das der „Kaleu Krages", übrigens als ein Pfundsbursche im Gedächtnis geblieben, einem der Vorcrew das Kapitänleutnantsjackett geliehen hatte.

Nachdienstlicher Anlauf und Ruhepunkt blieb das Kaminzimmer. Rundherum noch der erhaltene Glanz der kaiserlichen Marine, aber die Möblierung bundesrepublikanisch einfach und stillos. Eine kleine Kantineneinrichtung machte das Kaminzimmer zu einem Reservat ausschließlich für Fähnriche, wo man auch einmal unbeobachtet von Vorgesetzten tiefer ins Glas schauen konnte.

Es müssen wohl drei Tage nach der Ausschiffung gewesen sein, als in gemütlicher Runde jemand damit anfing, über die persönlichen Erlebnisse im Schulgeschwader zu erzählen.

Eine Story folgte der anderen, jeder wusste etwas dazu beizusteuern, noch eins draufzusetzen. Die Geschichtchen klangen immer fantastischer und unglaubwürdiger, je häufiger der Kantinenwirt eine neue von wem auch immer bestellte Runde Bier auffuhr.

Auffällig nur wie unser Kleinster, der anfangs schallend mitgelacht hatte, plötzlich in tiefe Trauer verfiel. Alle merkten es. „Deo, was ist los?"

„Ich glaube, ich habe Scheiße gebaut, die werden mich aus der Marine rausschmeißen." Deo senkte sein kahles Haupt wie ein Büßer fast bis auf die Tischkante.

„Komm erzählt, wo und welchen Blödsinn hast du verzapft?

Fast unter Tränen sprudelte es aus ihm heraus: „Ich hab', bevor wir die *Treene* verließen, meinem Alten heimgezahlt für all die fiesen Demütigungen an Bord." Dass Deo als Aufklarer des Geschwaderkommandeurs zu leiden hatte, war niemandem entgangen. Nur zu oft hatte der arme Kleine im Kameradenkreise darüber geklagt. Was konnte der friedliche, bescheidene, nie laute Deo seinem Kapitän wohl als Abschiedsgeschenk angetan haben?

„Los Deo, nimm mal einen tüchtigen Schluck und erzähl!"

Deo seufzte: „Seitdem ich hier bin, fürchte ich, sobald ich einen der Gruppenoffziere auf mich zukommen sehe, zum Admiral bestellt zu werden. Nach langem Nachdenken ist mir nämlich etwas ganz Besonderes eingefallen. Am letzten Tag in Kiel geruchsfest eingepackt, wanderten zwei Kisten Sprotten mit auf die *Treene*, und unmittelbar als wir hier in Mürwik von Bord gingen – ich war allein in der Kammer des Alten – wanderten die Sprotten wie von Geisterhand verteilt zwischen alle Hemden, in die Unterhosen, in die Strümpfe, ins Bett, hinter das Kopfkissen, unter die Matratze, unters Bett, in die Jacken- und Hosentaschen, in die Schuhe, ins Zahnputzglas, überall dahin, wo Herr Kapitän irgendetwas hingelegt oder aufgehängt hatte. Da er ja von Kiel vor unserem letzten Auslaufen für eine Woche in Urlaub gefahren ist und sicherlich bisher niemand seine Kammer betreten hat, muss der vergammelte Räucherfisch jetzt bestialisch stinken. Mensch, was hab' ich für ein schlechtes Gewissen!" Kurzes staunendes Schweigen, dann aufheulendes Gelächter und begeistertes Händeklatschen: „Deo, du bist nicht mehr der Kleinste, du bist der Größte. Da kommt nichts nach, der Fiesling wird eher nachdenklich geworden sein."

Das war letztlich die einhellige Meinung des Zuhörerkreises und siehe da, Deo wurde nicht, wie er befürchtete, für seinen Racheakt am Arsch gefasst, wie er es ausdrückte.

Die Abende im Kaminzimmer verloren in dem Maße das Interesse, wie in der nahen Stadt Flensburg kurvenreiche Zielscheiben entdeckt wurden. Von dem Streifzug durch die neuen Jagdgebiete zurück in der Marineschule die Treppen hoch in das Gewölbe, wo in einem matt erleuchteten Schapp sitzend der Fähnrich der Wache die Rückmeldung notierte, wanderte der Blick eines jeden Landheimkehrers sehnsüchtig und verlangend auf die große Glastür des Seitenflügels.

Weshalb wohl? Hinter der Glastür lag das Paradies.

Für ein paar Jahre als Provisorium hausten in dem Seitenflügel die „P-Hasen", 300 Mädchen der hiesigen Pädagogischen Hochschule. Gleichalt mit uns, gebärfähig, einige wohl auch besonders willig und deshalb begehrenswert. Als Ergebnis dieses gemeinsamen Daches sind heute noch viele Freunde meines Jahrgangs mit ehemaligen P-Hasen verheiratet.

Der Möglichkeit, nachts unerkannt durch die Glastür einzuschlüpfen, um mit der Erkorenen in deren Schlafgemach zusammenzukommen, standen allerdings fast unüberwindbare Hindernisse im Wege.

Der Bezähmer der militärischen Seite, der Kommandeur, und sein Gegenüber, der Rektor als Hüter der ihm anvertrauten Jungfrauen, ersannen drakonische Strafen. Suspendierung vom Dienst, der glatte Rausschmiss, Geldstrafen, und eine breite Skala von disziplinaren Maßnahmen für den, der in flagranti erwischt wurde.

Als Hausherr übernahm die Marine die Aufgabe des moralischen Wachhundes. Damit machte man den Bock zum Gärtner.

Der Fähnrich der Wache, selbst einer von denen, die gern da drüben hineinwollten, hatte stets ein waches Auge auf jeden zu werfen, der den Griff der Glastür bewegte.

Unentdeckt hineinzukommen und dennoch den armen Wachhabenden nicht in Verlegenheit zu bringen, half ein einfaches Ablenkungsmanöver: Während gleich mehrere lautstark den Zustand von Betrunkenen spielten, dem wachhabenden Lehrgangskameraden die Aussicht versperrten, schlüpfte, wie zuvor abgesprochen, der wartende Mr. X mit dem Kopfkissen unter dem Arm unbeobachtet hinüber ins Paradies.

Das Verbot und die Androhung von Strafen reizten umso mehr. Ebenso der „Fähnrich der Ronde", der befehlsgemäß mit Einbruch der Dunkelheit draußen um die Schule schlich, übersah jeden anzuprangernden Vorfall, wenn einer seiner Crewkameraden durch eines der ebenerdigen Fenster hineinschlüpfte.

Vor dem kirchenportalähnlichen Haupteingang reckte ein überlebensgroßer nackter Bronzejüngling seine Arme in den Himmel, ein Relikt aus dem Kulturschaffen des Dritten Reiches. Wenn die Mädchen im Vorbeigehen kichernd und verstohlen das überaus stattliche Gemächte des athletischen Knaben bewunderten, wirkte die Gestik dieser Skulptur in Verbindung mit uns strammen Offizieranwärtern wie eine Lebensbornempfehlung.

Eines Morgens drang Lärm bis in den Remter, wo gerade gefrühstückt wurde. Ein Neugieriger rannte hinaus, kam gleich wieder zurück: „Leute, kommt raus, nicht zu glauben, das müsst ihr sehen."

Teller klapperten, Getrappel, alle drängten durch das Eingangsportal und umstellten das Rasenstück mit der Bronzefigur, die vom hohen Sockel im hohen Bogen pinkelte. Der nach unten gestreckte Arm zeigte ein Schild mit der Aufschrift „Und ich war doch drüben!" Um den Zeigefinger der in den Himmel weisenden Hand gewickelt wehte ein üppiger rosa BH im frischen Morgenwind.

Die durcheinander bellenden Befehle der Gruppenoffiziere, endlich an dem Kerl das Pinkeln abzustellen und die Insignien seiner Untat herunterzuholen, gingen im Gelächter unter. Viel später erst gelang das dem Hausmeister mit angestellten Leitern. Allerdings den hohen Bogen vermochte er nicht zu bremsen. Drei Stunden lang lief das Wasser.

Verdächtigt wurde die Vorcrew, die nach der Seeoffizierhauptprüfung in den nächsten Tagen die Schule verlassen würde.

Ich konnte es nicht sein lassen, mit meinen Stubenkollegen an der Figur zu untersuchen, wie die Technik des Pinkels bewerkstelligt worden war. Die Burschen hatten dem Jüngling die oberste Stelle des Schädels angebohrt und ein Loch in die Eichel des monströsen Penis gedrillt und mit einem Streichholz verstopft. Das war verknüpft mit einer Angelschnur, die kurz vor Dienstbeginn vom Dickicht der nahen Rhododendronbüsche aus herausgezogen wurde; danach liefen die Wassermassen aus, die der hohlen Bronzefigur in sicherlich mühseliger Arbeit des nachts einverleibt worden waren.

Ich habe mich übrigens an der Jagd nach den P-Hasen nicht beteiligt, nicht aus Angst, disziplinar gepackt zu werden, sondern weil mir die Enttäuschung mit Katja noch zu tief in den Knochen saß. Wenn dann und wann meine Hormone verrückt spielten, ließ ich mich von ihnen in Flensburg in eine kleine Gasse schieben; legte das Honorar der Nutte auf den Tisch und baute den Druck ab. Danach in einer deftigen Fischerkneipe zwei Bockwürstchen gefuttert und zwei große Bier inhaliert, darauf einen Aalborg Aquavit, und die Welt war wieder in Ordnung. Das hört sich brutal und primitiv an, ist es auch, tat aber gut.

Was den Unterricht betraf, glichen Methode und Stoffbehandlung dem gerade entwichenen Gymnasialelend. Die burgähnliche Anlage im zeitfremden neogotischen Stil flößte zwar historische Ehrfurcht ein, ließ aber keinen Zweifel daran, dass hier die höhere Lernfabrik der neuen Marine eingezogen war.

Eine Unzahl von Fächern stand auf dem Lehrplan, interessante und hochgradig langweilige, zumindest was meine Beurteilung betraf. Mathematik war wieder gefragt, aber anders verpackt und mit Begriffen behaftet, die eigentlich nur ein guter Lateinschüler zu deuten vermochte: In der Astronomischen Navigation wälzte man Ephemeridentafeln, schwelgte in Logarithmen, suchte die scheinbare Sonnenbahn, die Ekliptik, bestimmte die Deklination, den Winkelabstand des Gestirns.

Das Lehrfach Navigation fand nicht nur im Lehrsaal statt, sondern auch unter dem Sternenzelt. Manche Nacht verbrachten die eifrigen Schüler auf einem Motorsegler, der mit uns in klaren Nächten hinausfuhr, um mit dem komplizierten Sextanten übungsmäßig die Schiffsposition zu bestimmen. Das nannte man „Sterneschießen".

Mein Lieblingsstern wurde der Beteigeuze.

Das Sternbild des Orion, zu dem der Beteigeuze gehört, hat mir nicht nur die Navigation zum Lieblingsfach werden lassen, sondern auch meine Sehnsüchte inspiriert. Jedes Winterhalbjahr zieht der Orion in nördlichen Breiten mit seinem gewaltigen Trapez über den Himmel. Über 1000 Lichtjahre von uns entfernt funkeln seine Sterne ihr Licht zu uns herab. Diese Weiten, diese Fernen, diese Ewigkeiten.

Was sind wir dagegen armselige Erdenwürmer!

Da die Fahrten außerhalb der Drei-Meilen-Zone stattfanden, bot die Zolllast unverzollte Zigaretten und Spirituosen an. Natürlich sehr begrenzt. Nur ein Flasche. Um das zu kompensieren, galt es hochprozentig einzusteigen. Ich sehe noch die bauchige Fasche mit dem wasserähnlichen Inhalt vor mir. Den Flaschenhals zierte eine leuchtend rote Banderole. Und unter dem Etikett stand 75 %. Vorzüglich zum Mischen von Cocktails, aber pur nur mit einem hastigen Runterwürgen zu überleben. Wie bei einem Säbelschlucker fuhren die 75% wie ein scharfer Degen durch die Kehle.

Neben dem Motorsegler lagen im Hafen der Schule eine Vielzahl von Segelbooten, Motorbarkassen und Kuttern, an denen die Fähnriche ihre Kräfte auslassen konnten. Unter Aufsicht der Gruppenoffiziere, von denen nur wenige Segelerfahrung mitbrachten, wurden die Boote bewegt. Es tat schon weh, ein Segelmanöver des Vorgesetzten bereits im Ansatz in die Hose gehen zu sehen und dafür wegen des mit allem Respekt vorgetragenen sanften Verbesserungsvorschlages lauthals angebrüllt zu werden. Die Strafe erfolgte zumeist auf dem Fuße. Der Brüllende wurde vom Wind widerlegt. An Wochenenden durften Fähnriche, die einen Segelschein vorweisen konnten, mit einer frei gewählten Crew auf der Förde segeln, allerdings mit der unverständlichen Einschränkung, keinen Vertreter des anderen Geschlechts an Bord nehmen zu dürfen.

Dieser Befehl reizte, dagegen zu verstoßen und Mädchen außer Sichtweite der Marineschule einsteigen zu lassen. Hanno und ich verstanden das bestens zu arrangieren. Kassierten dafür eines Tages jedoch einen disziplinaren Verweis jeweils mit dem Text: „Hat veranlasst, dass eine Privatfrau auf einer Dienstjacht mitsegelte."

Später ist dieser idiotische Befehl übrigens aufgehoben worden.

Unvergessen sind die Segeltouren auf den beiden damals schon alten Admiral's Cuppern „Ostwind" und „Westwind" geblieben. Schiffe über 20 m lang, mit einem 28 m hohen Mast und fast 200 qm Segelfläche an einem Mast ließen am Ufer die Leute stehen bleiben. Wie tropische Falter segelten sie dahin. Wegen ihrer Größe schwer zu manövrieren, besonders bei Anlegemanövern, weil diese Schiffe über keinen Motor verfügten.

Damit gekonnt umzugehen fehlte es der Marine an seemännischer Kompetenz. Bei einer Institution, die sich der Seefahrt verschrieben hatte, eigentlich verwunderlich. Nur selten gelang es, eine fachkundige Segelcrew zusammenzustellen. Nur einmal bot sich für mich die Gelegenheit, außerhalb der engen Förde, draußen auf offener See dabei zu sein, sogar als Rudergänger.

Mit 16 Knoten Geschwindigkeit überholte der elegante Segelriese einen russischen Frachter. Ein tolles Erlebnis.

Diese Ende der 30er Jahre gebauten Jachten mit ihren klassischen Linien und schlanken Formen verkörperten Ästhetik pur. Sanft schwingend in den Hüften gleich einem weiblichen Modemodel, das alle Blicke auf sich zieht, glitten sie durch die Wellen.

Die herbeigesehnten Sommerferien veranlassten viele Kameraden, dem Schulstress zu entfliehen. Sie entflohen in südliche Gefilde, z. B. nach Bayern, woher die meisten Marinebegeisterten kamen.

Ein kleines Völkchen blieb zurück. Das waren die Segelbegeisterten.

Leider durften wir die Jachten nicht zu langen Törns benutzen. Aber eine kleine Crew mit Hanno und mir fand einen Ausweg. Über eine Adresse in Schleswig bot sich die Möglichkeit, eine 32-Fuß-Jacht zu chartern.

Gleich Kontakt aufgenommen, in den Zug gesetzt und ab nach Schleswig. Die Idee war, erstmal das Schiff die Schlei hoch in die Ostsee und nach Flensburg zu segeln, um es im Hafen der Marineschule für eine 14-tägige Fahrt durch die dänische Inselwelt auszurüsten.

Der Eigner, ein vertrauenerweckender Mann, zog die Hälfte des Chartergeldes ein, gab noch ein paar Ratschläge, winkte und verschwand. Leinen los, und schon fasste ein leichter Westwind in die Segel und trieb die *Ayesha* auf der Schlei der Ostsee entgegen.

Wir waren zu viert. Busenfreund Hanno, Mecki, Blacky und ich.

Sonnenschein und wachsend gute Laune begleiteten den ersten Tag. Was den Vercharterer veranlasst hatte, dieses Boot nach der geheimnisvollen Lieblingsfrau

Mohammeds zu benennen, wurde der auf lustige Ferien eingestimmten Crew erst nach und nach offenbar.

Das Geheimnis lüfte das Schiff wie einst Ayesha ihren Schleier erst in der Bewegung, beim Segeln. Im Hafen in Ruhestellung machte die Jacht einen seetüchtigen Eindruck, am zweiten Segeltag, sozusagen beim zweiten Hinsehen, kamen daran leichte Zweifel auf.

Es war ein altes Holzschiff, liebevoll gepflegt, aber unter der Farbe weich. Es zog tüchtig Wasser. Alle drei, vier Stunden, wenn der Wind das Schiff auf die Seite legte, musste einer unter Deck, um aus der Bilge eingedrungenes Wasser abzuschöpfen, das bereits die Bodenbretter schwimmen ließ. Eine Lenzpumpe gab es nicht. Diese ständige Feuchte verursachte einen muckeligen Gruftgeruch, der nur mit dem Duft von Bratkartoffeln zu überdecken gewesen wäre, aber der verrostete Petroleumkocher protestierte hartnäckig dagegen. Er streikte. Auf diesem Schiff ohne Motor gab es keine Elektrik. Auf Schiffen dieser Größe heute unvorstellbar.

Die für die Wanten vorgesehenen Positionslampen, Petroleumleuchten, konnten an Bord nicht gefunden werden. Ein Bordklo war nicht installiert, Wer sein so genanntes Geschäft verrichten wollte, musste den Hintern über die Reling halten. Kurz gesagt, eine Jacht, die heutzutage von niemandem gechartert worden wäre. Doch für uns nicht Verwöhnte der Himmel auf Erden. Die erste Nacht verbrachte *Ayesha* mit ihren Verehrern im kleinen Hafen Schleimünde. In der einzigen Kneipe dort bestellte jeder „Strammen Max" mit gebratenen Eiern und Speck, darüber viel Bier. Das machte satt und müde. Letzteres war Voraussetzung zumindest für einen Auszulosenden, die Nacht im Schlafsack an der frischen Luft zu verbringen. Unter Deck fehlte eine Koje.

Nach frühem Aufbruch vor dem einsetzenden Nieselregen begann der nächste Tag mit stärker werdendem Südwest, der in der Flensburger Bucht unangenehme Böen und bockige Wellen bescherte. Der Wind nahm zu, steigerte sich zu Sturmstärke. Also reffen. Wo ist die Reffkurbel.

Niemand wollte unter Deck, um sie zu suchen, denn da unten wurde man durchgeschaukelt mit dem Ergebnis, kotzen zu müssen. Hanno opferte sich. Das zwingend notwendige Werkzeug ließ sich nicht finden. So eine Scheiße auch, hätte man das Ding doch in Schleswig schon suchen sollen. Da fiel eine Bö ein und drückte die *Ayesha* bis an die Bulleyes der Kajüte unter Wasser. Ein berstendes Knacken hallte durchs Schiff. Was war das?

Der Mast gebrochen? Der Blick hinauf beruhigte, nein, der nicht. Dafür sprang Hanno aus der Kajüte heraus und schrie: „Wir haben Wassereinbruch, irgendeine Planke muss gebrochen sein."

Tatsächlich schoss neben dem Kiel aus langem Spalt grünes Wasser wie eine Fontäne ins Innere. Jedes Mal, wenn das Schiff überlegte, klaffte der Spalt auf. Entsetzen! Was dagegen tun?

Bodenbretter weg. Eimer her. So gut wie möglich eine Kette bilden und schöpfen, schöpfen.

Als Nächstes das Großsegel runter, denn nur beim Überliegen durch den Segeldruck verbreiterte sich der Spalt und ließ das Wasser in Massen einströmen. Jeweils drei Mann schufteten. Kalt war niemandem mehr. Angst- und Arbeitsschweiß wetteiferten miteinander, gekühlt von überkommendem Spritzwasser. Jetzt nur noch unter der Fock tanzte die *Ayesha* beim Kreuzen hoch am Wind einen schwerfälligen Bauchtanz. Ständig klatschte der Bug heftig in die See. Bei zwei Mitseglern sank die Begeisterung gegen Null, sie hingen über der Reling und würgten den „Strammen Max" heraus.

Plötzlich warf Blacky, unser Rheinländer unter Deck den Eimer weg, schmiss sich auf die durchnässte Koje und heulte: „Ich will nicht mehr, ich kann nicht mehr. Lieber Gott, wenn ich hier lebend herauskomme, ich verspreche dir, nie wieder ein Segelboot anzufassen!"

Er jammerte und jammerte. Nur brachte uns das nicht sicher an Land. Das Häufchen Elend war nicht dazu zu überreden, weiter mitzuarbeiten. Also ließen wir ihn unter Deck toben. Alle Argumente, dass er bei der Marine sei und vielleicht eines Tages viel ernstere Situationen erleben wird, steigerten eher seine Angst. Er wimmerte und schlug um sich.

„Ich will lieber sterben! Lasst mich doch sterben!"

Wir anderen kämpften weiter gegen das eindringende Wasser, gegen den stürmischen Südwest und mit der *Ayesha*, die uns immer unsympathischer wurde.

Selten so freudig begrüßt, tauchte in den Abendstunden zwischen zwei Schauern endlich der Turm der Marineschule auf.

Todmüde, die Hände voller Blasen, hungrig und kaputt, aber glücklich, den rettenden Hafen erreicht zu haben, stolperte die erschöpfte Crew mit Knickebeinen über den Steg.

Gott sei Dank kam gleich der Hafenmeister, der das Unheil sofort erkannte und die mürbe *Ayesha* mit Taljen unterfing und so vor dem Sinken bewahrte.

Aus den Segelferien wurde nichts. Verständlicherweise!

Ein richterliches Nachspiel verknackte den Eigner zur Rückzahlung der Chartergebühr, und wenn ich mich recht erinnere, ist er auch wegen Betruges belangt worden. Er hätte das Schiff gar nicht verchartern dürfen, die Versicherung hatte bereits zwei Jahre zuvor abgelehnt, das Schiff zu versichern, weil es mürbe, verfault und überhaupt nicht mehr seetüchtig war. Bei unserer Fahrt zerbrach am Kiel eine der Bodenwrangen, mit anderen Worten ein Wirbel des Rückgrats eines Schiffes. Wir hätten absaufen können.

Wieder festen Boden unter den Füßen, verbreitete der von der nassen Seefahrt erschütterte rheinländische Mitsegler, dass er das alles vorausgesehen hätte. Hanno und ich hätten die Wetterlage völlig unterschätzt und verantwortungslos gehandelt. Wir gingen unter als die Unerfahrenen und er brillierte als Held.

Kein Wunder, dass die Marine ihn später zu einem ihrer höchsten Admirale beförderte.

Trotz der bitteren Erfahrung blieb der Segelsport mein liebstes Hobby. Tätigkeiten in muffigen Räumen beklemmten meinen Freiheitsdrang.

Fächer wie Dampfkunde, Elektrotechnik und Technik allgemein streiften mein Inneres nur am Rande. Oft lag es wie auf der früheren Penne wohl daran, wie der Lehrer den Lehrstoff vermittelte. Die Marineschule hatte zivile Lehrer angestellt, die entweder als Fachleute wie an einer Universität distanziert frontal lehrten oder sich bemühten, in kleinen Zirkeln das Nichtverstandene an den Mann zu bringen.

An der Elektrotechnik scheiterte manches Verständnis. Da gab es nur Begreifen oder Kopfschütteln. Ein ziviler Lehrer versuchte diese Kluft zu überwinden. Eines Morgens stand die sprachlose Meute in einem der Hörsäle staunend vor einem aus Drähten, Voltmetern, Anzeigegeräten, Reglern, Widerstandsmessern und anderen Gebilden errichteten Turm. Aus dem Drähtegewirr kletterte mit Schweißperlen auf der Stirn und hochrotem Kopf der hochgelehrte Elektrotechniker. Er habe fast die ganze Nacht an dieser Konstruktion gearbeitet, sie erfülle die Grundlagen eines Radargerätes. Nun sollten wir die Funktionen der einzelnen Elemente deuten und erklären. Alles war schon einmal im Unterricht erklärt worden, aber wer erinnerte sich und wer hatte wirklich immer andächtig zugehört? Schweigen. Der Gute vorne wurde sichtlich unruhig.

„Also, meine Herren, fangen wir mal ganz oben an. Was sehen wir da. Ich sage es Ihnen. Es ist ein Kondensator." Tatsächlich, ja, das war ein Kondensator, gut zu erkennen. In einer Halterung und ganz schwarz. Unruhe im Saal. Aha! Das Nicken seiner Zuhörer frischte die Gesichtszüge des übernächtigten Erbauers dieser Anlage auf. Er witterte Erkenntnis und Wissen.

„Nun, was ist das für ein Kondensator?"

Doch die Zuhörerschaft war bereits wieder in apathisches Zurücklehnen versunken. Hätte er die Frage gestellt, welche Funktion dieser Kondensator wohl haben könnte, wäre was nun geschah, sicherlich nicht eingetreten.

Noch einmal hallte seine Frage in die Stille: „Dieser Kondensator da oben, was ist das für ein Kondensator?"

Niemand reagierte. Keiner wusste es.

Da knackte es auf halber Höhe der mittleren Sitzreihe. Der schlaksige Fähnrich Ungerer kletterte aus der Bank, brauchte lange, bis er stand, genoss die bewundernden Blicke seiner Kameraden und die freudig erwartungsvolle Geste des Lehrers.

In breitestem Bayrisch nach oben auf die Drähtepyramide zeigend entkam ihm der Satz: „I sags mal, des is a schwoarzer Kondensator!"

510

Sagte es und fiel wieder in die Bank zurück.

Für den armen Lehrer da vorn brach eine Welt zusammen, er schlug die Hände vors Gesicht und verließ kopfschüttelnd den Hörsaal, hinter ihm brandete schallendes Gelächter.

Übrigens fand bei der späteren Abschlussfeier die Versöhnung statt.

Albernheiten, Entgleisungen, selbst dumme Witze schrieben die Erzieher unserer unausgegorenen Jugendlichkeit zu, empfindlich allerdings horchten die Kriegsgedienten auf, wenn Fragen zu undurchsichtigen Flottenereignisse und seekriegsgeschichtliche Themen des Dritten Reiches im Unterricht hochkamen. Die verdrießliche Mimik, säuerliche Gesichter mit einer Mischung von Erbostsein und Ablehnung, sowie die abwehrende Gestik der Lehrenden ließen es ratsam erscheinen, lieber den Mund zu halten und nicht weiter nachzubohren. Wer wollte schon den eigenen Schulabschluss gefährden. Literatur über den verlustreichen U-Bootkrieg, den sinnlosen Einsatz deutscher Schlachtschiffe und die Rolle des Großadmirals Dönitz als Hitlers Nachfolger gab es noch nicht auf dem deutschen Buchmarkt. Also wurde dieser Geschichtsabschnitt vernebelt.

Nur bruchstückweise wusste die Nachfolgegeneration von dem Geschehen. Die Söhne höherer Offiziere schienen mehr zu wissen, hatten aber offensichtlich von ihren Vätern einen Maulkorb umgehängt bekommen. Sie gaben ihr Herrschaftswissen nicht preis.

So hörte der bundesrepublikanische Marinenachwuchs im Fach Seekriegsgeschichte lediglich vom Prinzen Adalbert, dem preußischen Begründer der deutschen Seegeltung, und bis zum Erbrechen jede Einzelheit über die ruhmreiche Skagerrakschlacht von 1916.

Allerdings wurden nicht der politische Hintergrund und die Auswirkungen dieses zweifellos geschichtlich beachtenswerten Seegefechtes behandelt, sondern Kleinigkeiten, ob die Sicht beim Aufeinandertreffen der britischen und kaiserlichen Flotteneinheiten durch Dunst, diesiges oder gar nebliges Wetter entscheidend beeinträchtigt gewesen sei.

Dass die deutsche Flotte des I. Weltkriegs letztlich im Scapa Flow durch Selbstversenkung von der Oberfläche verschwand und protestierende Hungerleider wie die Matrosen Reichpietsch und Köbis die Revolution und das Ende des Kaiserreiches einläuteten, wurde mit keinem Wort erwähnt. Da half nur das heimliche Selbststudium.

Die Seekriegsgeschichtslehrer unterdrückten jede Diskussion über die unglückliche politische Verquickung des Großadmirals Dönitz mit dem Dritten Reich. Geschwiegen wurde über die irrsinnigen U-Bootverluste und z. B die sinnlose Opferung des Schlachtschiffes *Scharnhorst*.

Dieses Abschotten vor der jüngsten unliebsamen Geschichte warf ein Licht auf die Zusammensetzung der Offiziere. Überaus kritisch, wenn auch lange geschichtlich im Dunkel gehalten, blickten die ersten Offizieranwärterlehrgänge auf die Herren, die vor ihnen standen. So mancher wurde als konservativer Wichtigtuer entlarvt, fachlich minderbemittelt und menschlich nicht sonderlich hochwertig. Ganz eindeutig waren viele wieder in die Marine eingetreten, weil sie nach 1945 nirgendwo zivilberuflich Fuß gefasst hatten und jetzt, endlich wieder in ihrem Metier, auf die Schnelle eine himmelstrebende Karriere erwarteten.

Eine negative Auslese, sollte man meinen. Viele gelangweilte Grundschullehrer, frustrierte Staubsaugervertreter, Schuhverkäufer oder gescheiterte Existenzen kehrten zur Marine zurück. Es gab aber auch einige wenige, die aus Überzeugung und Begeisterung hochbezahlte Posten in der Industrie aufgaben, um im besten Sinne des Wortes dem neuen Deutschland dienen zu wollen. Aber dazu zählten die wenigsten.

Auf der Offizierschule, der Alma Mater der Marine, hätte man eine Auswahl der besten erwartet; dem war nicht so. In den naturwissenschaftlichen Fächern überragten die Kenntnisse der Schüler die der meisten Lehrenden. Kein Wunder, das junge Volk mit dem noch frischen Gymnasialabschluss war den alten Kämpfern überlegen, die des Nachts stundenlang, mühsam und haareraufend ihre Unterrichtsstunden für den nächsten Tag vorbereiteten.

Sicherlich aus heutiger Sicht als unfair zu deklarieren, nutzten die Fähnriche ihre Chance, die Vorgesetzten aufs intellektuelle Glatteis zu führen.

Ungeschoren blieben die wenigen Lehrer, die freimütig vor dem Lehrsaal bekannten, nicht mehr in der Materie heimisch zu sein und uns aufforderten, gemeinsam die Sache anzugehen.

Das kam an, das imponierte. Zielscheiben mancher Gehässigkeit und Hinterfotzigkeit allerdings wurden diejenigen, die ihre Unfähigkeit mit der Befehlsgewalt ihres Dienstgrades zu überdecken versuchten.

Von kleinen Zettelchen abgelesen, schamhaft in der hohlen Hand gehalten, gerieten oft unverständliche Lehrsätze oder Formeln an die Wandtafel. Einst mutige Kriegsgediente, sich jetzt wie ertappte Pennäler Gebärdende, hatten sie bei der nächtlichen Vorbereitung eine Zeile übersehen. Von den Schülern schnell entdeckt, folgte aus der Menge die süffisante Frage nach dem Fehler. Die Reaktion war stets verblüffend. Mit Beschimpfungen, Beleidigungen oder Wutausbrüchen wurde der mitdenkende Hinterfragende niedergebrüllt. Hört sich schlimm an, geschah jedoch sehr häufig.

Andere in die besser nicht zu berührende jüngste Geschichte hineinreichende Ereignisse anzusprechen führte zu ebenso eigentümlichen Begebenheiten. Aus dem Fach „Schiffsbaukunde" ist die Reaktion des lehrenden Oberbaurats im Gedächtnis geblieben. Als ihm die simple Frage gestellt wurde, warum der einzige während des Krieges je gebaute deutsche Flugzeugträger nach dem Stapellauf mit Schlagseite liegen blieb, kollabierte der Mann. Diese harmlose Frage trat eine Lawine los. Das Anrühren eines missglückten nationalsozialistischen Rüstungsprojektes führte zu einem emotionalen Vulkanausbruch.

Der Ingenieur, hauptamtlich für die Konstruktion dieses Schiffes verantwortlich gewesen, hatte bisher verschwiegen, ja verheimlicht, dass der Flugzeugträger eine Fehlkonstruktion gewesen war. Vielleicht hatte er gehofft, die Nachkriegsgeneration würde dies, was er offenbar als seine persönliche Schmach empfand, nie erfahren. Nun, als mit der Frage der Geheimnisschleier zerriss, geschah etwas Ungeheuerliches, was niemand beabsichtigte, der arme Mann schrie auf, sackte zusammen, wurde weggetragen und ist nie wieder zum Dienst erschienen. Wie muss der gute Mann damals von der politischen Führung für sein angebliches Versagen gequält worden sein. Warum wollte er es vor uns verbergen? Wir hätten ihn verstanden. Manchem schweigenden Vorgesetzten saß die Vergangenheit drückend im Nacken.

Nach so viel Nachdenklichem und nicht immer zu verstehendem allzu Menschlichem kehrte schnell die Lust zurück, wieder einmal Schabernack zu treiben, und dieses Mal den Admiral, den Schulkommandeur, mit einem Streich zu überraschen. Nein, nichts Böses, aber etwas Besonderes sollte es schon sein.

In einem klotzigen Backsteinbau, errichtet auf wuchtigen Granitquadern gegenüber dem Haupteingang der Schule, residierte der Admiral. Da seine Familie noch in Kiel wohnte, fuhr es übers Wochenende dorthin, die Villa lag allein und unbeaufsichtigt, der Schlüssel zur Haustür hing am Bord in der Fähnrichswache.

Noch bevor die Mehrzahl der Fähnriche, aus dem Wochenendurlaub zurück, wieder Leben in die Schule brachten, war in der Dämmerung des sommerlichen Abends im Inneren des Nordhofes von fleißigen Händen das Schlafzimmer des Admirals aufgebaut worden. Unter freiem Himmel stand die Einrichtung auf ihrem Platz, exakt wie drüben in der Admiralsvilla. Tisch und Stühle, Schrank und Teppich. Selbst die Bilder, befestigt an einer Stange, hingen in der richtigen Höhe, und das Nachttischlämpchen beleuchtete das aufgeschlagene Bett. Rundherum die dunklen Mauern der Schule und das Rauschen des nahen nächtlichen Waldes.

Schnell lief die Kunde von dem verlegten Admiralschlafzimmer durch die Korridore. Aber es blieb still, alle warteten gespannt auf eine Reaktion. Es muss wohl fast Mitternacht gewesen sein, als die Alarmglocke rasselte: „Heraustreten in Ausgehuniform!“

Zum Laufschritt angetrieben, überall fröhliche Gesichter, selbst die Gruppenoffiziere zeigten gute Laune, führte der Weg in den Nordhof. Ein herrliches, gemütliches Schlafzimmer lud unter sternenklarem Himmel zur Nachtruhe ein. Aber weit gefehlt.

Der gesamte Fähnrichslehrgang wurde in Dreierreihe als Viereck, als menschlicher Schutzzaun um die Ruhestätte des Admirals formiert und danach von den sich verdrückenden Gruppenoffizieren stehen gelassen.

Es dauerte fast 10 Minuten, bis in die nächtliche Stille im Hintergrund eine Tür quietschte. Bekleidet mit einem Morgenmantel und im Pyjama betrat ein älterer Herr durch eine Lücke der Herumstehenden das Freiluftschlafzimmer, hängte den Mantel in den Schrank, winkte jovial in die Menge und meinte lächelnd: „Meine Herren, bewachen Sie mich gut, wir sehen uns morgen wieder. Gute Nacht!" – legte sich ins Bett und löschte das Licht.

Es wurde die längste Nacht. Die Beine schliefen ein, das Kreuz schmerzte. Einer stützte den anderen, man zählte die Sterne und wartete auf das Sonnenlicht, während durch die Stille säuselndes Admiralsschnarchen die Herumstehenden immer müder werden ließ.

Nie ist ein Morgen so herbeigesehnt worden. Der Bewachungswall bröckelte. Einige hockten bereits auf der Erde. Endlich klingelte auf dem Nachttischchen der Wecker. Der Schulkommandeur stieg aus den Federn, gähnte demonstrativ laut, stand auf, winkte seiner Umgebung zu und rief: „Vielen Dank meine Herren, dass Sie mich so gut bewacht haben!" Kaum war er hinter der Tür des Schulgebäudes verschwunden, zerstob die übermüdete Meute.

Neben dem fordernden Unterricht bot die Marineschule ein Pflichtprogramm, das die unterschiedlichsten Begabungen erkennen ließ und sie förderte.

Der Sport hatte eine große Bandbreite. Segeln, Fußball, Judo und Boxen. Boxen mit riesigen 16-Unzen-Handschuhen. Nach der dritten Runde lehnten die meisten Kämpfer mit blutenden Nasen erschöpft aneinander und bekamen die Arme nicht mehr hoch.

Eleganter gelang das Umarmen beim Tanzkursus mit ausgewählten Flensburger Damen.

Besuche fremder Marinen unterbrachen den Schulstress. Majestätisch lag eines Morgens die *Savarona*, die türkische Staatsjacht, gleichzeitig Kadettenausbildungsschiff, in der Förde vor Anker.

Jede der Stubengemeinschaften bekam ein paar türkische Kadetten zugeteilt und sollte ihnen alle Wünsche erfüllen. Nach dem ermüdenden Herumstreifen durch die Cafés der Umgebung, wo nach Anweisung den muselmanischen Kameraden kein Tropfen Alkohol angeboten werden durfte, endete der Ausflug in der Schule im Kaminzimmer, dem offizierfreien Rückzugsgebiet der Fähnriche. Nun ungestört und unter uns, baten die Gäste, endlich mal etwas Hochprozentiges trinken zu dürfen. Um ganz sicher vor möglichen Kontrollen zu sein, wurde der Rum oder Cognac nicht im Glas, sondern in Coca-Cola Flaschen mit Strohhalm serviert.

Anschließend die bleischweren türkischen Kameraden zurück an Bord der *Savarona* zu bringen artete in Sanitätertätigkeit aus.

Ob die Jungs an Bord Schwierigkeiten bekamen? Von wegen Verstoß gegen den Koran? Weit gefehlt, als blonde große Fähnriche kleine hilflose Bündel an den türkischen Vorgesetzten vorbei trugen, grinsten diese nur und lallten freundlich winkend.

Wohl ebenfalls gerade von deutschen Gastgebern abgefüllt und zurückgebracht worden, war die Schiffsführung selbst gelähmt. Niemand nahm an diesem Abend niemandem etwas übel, dafür war einigen viel zu übel.

Mit großem Gewinke und ein paar Salutschüssen verließ die *Savarona* am nächsten Tage die Flensburger Förde.

Mit dem nahenden Herbst verfiel die Offizierausbildung in eine härtere Gangart. Für dumme Streiche blieb keine Zeit mehr. Hanno Hagebutt und ich fuhren im Winterhalbjahr an Wochenenden oft mit der Bahn nach Hause. Quer durch Schleswig-Holstein zu gelangen, gilt auch heutzutage noch als zeitaufwendiges Unternehmen.

Weniger, um bei den Eltern die schmutzige Wäsche abzugeben und herumzuhocken – vielmehr suchten wir beide die Stätten früheren Frohsinns auf, so z. B Egons Kneipe, aber auch die Lokale, wo sich die Schönen der Stadt zum Tanztee trafen.

Wie es in der Seemannssprache heißt, hatten Hanno und ich in Uniform „bei den Frauen einen Schlag". Schließlich im Tanzunterricht der Marineschule bestens geschult, brillierten wir beide mit unseren Künsten. Bei dem reichlichen Angebot fiel die Wahl nicht schwer.

Isabel hieß die kleine Zahnarzttochter, die mir sehr gut gefiel, dunkelhaarig, auffallend grüne Augen, steilbusig, lag gut im Arm, ganz süß und schmusig.

Erinnerungen an Katja kamen auf, nein, der Vergleich hinkte, verdammt noch mal, dass mir die Frau aus Beckum wieder durch den Sinn schwirrte. Ähnelte Isabel ihr? Ja, ein wenig.

War doch längst abgehakt.

Nein, verlieben wollte ich mich nicht. Nein, nicht noch einmal dieses Theater. Heiße Briefe und sehnsüchtige Gedichte schreiben. Was für ein Aufwand, um einem Mädchen unter den Rock zu fassen.

Isabel brauchte so etwas auch gar nicht. Wir haben nicht lange mit dem Du gewartet. Schon beim zweiten Tanztee durfte ich ihren runden Po anfassen, was wiederum bei ihr den Mechanismus auslöste, mir ihren Bauch an meiner empfindlichsten Stelle zu reiben. Vorzeitig sind wir in den Stadtpark entschwunden und auf einer Bank in rhythmische Bewegung geraten.

Isabell wurde an den Wochenenden ein fester Bestandteil der Freizeitbeschäftigung.

Hanno machte mit der Karoline herum, so nannte er es, nichts Festes, wie er sagte, aber es machte Spaß. Ich konnte ihm antworten mit dem Spruch: "Mit Isabel, da geht es immer schnell!"

Die kleine Scharfe hatte nicht viel im Kopf, dafür viel Gefühl zwischen den Beinen. Da wurde nicht viel geredet, sondern gehandelt. Sie brauchte es, ich brauchte es. Schlichtweg ein stadtbekanntes zärtliches, kuscheliges „Hasifikationsfickerchen" – mit diesem Kosewort bedachte ich sie, und sie akzeptierte es. Gar nicht die dümmste Bezeichnung, wie sich bald herausstellte, galt sie doch in der Stadt als schnell wechselnder Wanderpokal. Zur körperlich wohltuenden, zeitlich sicherlich begrenzten Lustbefriedigung bestens geeignet.

Warum sind wir eigentlich nicht früher auf den Gedanken gekommen, zu Hause die Wochenenden zu verbringen? Diese Frage haben wir uns bei den sonntäglichen Rückfahrten oft gestellt. Als Gäste unserer Heimatstadt konnte es einem nicht besser ergehen.

Mutter bekochte Hanno und mich, freute sich über den Besuch. Nach dem reichhaltigen Essen fand jeder im Haus ein Plätzchen zum Mittagsschlaf, und dann ging es wieder los zum Zug durch die Gemeinde.

Während der Fahrt mit Bahn und oder Bus von Flensburg rüber zur Westküste und zurück traf man auf die unterschiedlichsten Fahrgäste. Die Westküstler gaben sich zumeist zugeknöpft und mürrisch, an der Ostseeseite wurde es lustiger und lebhafter.

Auf der Rückfahrt von den sonntäglichen Familienfeiern, bei denen mit Schnaps und Rum nicht gegeizt wurde, kam mit jedem neuen Zusteigenden mehr Leben in die damals primitiven Verkehrsmittel. Da gab es noch Abteile der 3. Klasse mit knallharten Holzbänken, und die überfüllten Busse auf den Nebenlinien waren alt, eng, muffig und stammten bestimmt noch aus Kriegsbeständen.

Bundeswehrangehörige genossen Vorteile. Soldaten und Hunde zahlten die Hälfte. Jede Wochenendfahrt wurde zum Erlebnis, aber eine Besonderheit fiel auf.

Je näher Flensburg heranrückte, desto auffälliger wandelte die durcheinanderschwirrende Unterhaltung ihren Tonfall, Sprechweise und Mundart.

Das deutsche „S" klang viel schärfer, typisch für die skandinavischen Sprachen. Die zu einer Apfeltorte angebotene Schlagsahne zu verweigern, galt nicht als „Sünde", sondern als „Szünde".

Vom Deutsch-Dänischen bestimmt, sprach man in Flensburg und Umgebung zu meiner Fähnrichszeit einen kuriosen Dialekt, heute fast erloschen, das „Petuhtanten-Deutsch", ein Deutsch mit dänischer Grammatik. „Ich hab' Frau Christiansen auf'n Rücken (von hinten) die Toosbystraße runter gehen szehen."

Oder: „Szoll ich von Szie mal ein Foto nehmen?"

Woher kam die Bezeichnung Petuh?

Um 1900 gab es im Sommerhalbjahr auf den Schiffen, die auf der Flensburger Förde zwischen den kleinen Ausflugshäfen verkehrten, eine Dauer- oder Netzkarte, mit der man überall hinfahren konnte, damals „Partout-Karte" genannt. Die Damencliquen, die an Bord bei Kaffee und Kuchen ihre nicht anwesenden Nachbarn durchhechelten, verhunzten das Wort Partout zu „Petuh" in der ihnen eigentümlichen Sprache, die es nur in Flensburg gab. Folgerichtig nannte der Volkmund die ausschließlich aus gesetzten älteren Frauen bestehenden Dauerfahrgäste die Petuhtanten.

Meistens wohl Witwen, die offenbar ihre Männer unter die Erde „gesabbelt" hatten, denn über Petuhonkel schweigt die Literatur.

Nirgendwo bot sich bessere Gelegenheit, diesem von den Eingeborenen geliebten Idiom, dem Petuhtanten-Deutsch, zuzuhören als an Wochenenden in den überfüllten Zügen.

An der Marineschule war schon oft darüber geredet worden, aber niemand von uns Quietschern (Nicht-Flensburger) hatte bisher eine dieser Damen zu Gesicht bekommen oder sie in freier Natur erlebt.

Eines Sonntagabends kam die große Chance.

Da die Züge an jeder Milchkanne hielten, so auch in Dollerup, überflutete kurz vor Flensburg ein wild durcheinanderschnatterndes Damenkränzchen die Abteile. Zielsicher steuerten zwei recht massiv wirkende Frauen mit schaukelnden weitkrempigen Riesenhüten auf dem hochtoupierten Haar auf unsere Fensterplätze zu. Mit der Handtasche wedelnd, den Schirm in drohender Haltung, beanspruchte die eine meinen Platz. Sie spitzte den Mund und flötete: „Mein Chuter, das will ich Szie sagen, das is mein Platz, Szie szitzen auf."

Hanno ging es genau so. Frechheit eigentlich. Aber die Art und Weise und vor allem das endlich mal gehörte Petuhtanten-Deutsch waren so entwaffnend, dass Hanno und ich ohne Gegenwehr rückten, um zwei dicken Hintern den Weg frei zu geben. Entschädigend dafür war die nachfolgende laute Unterhaltung der beiden resoluten Damen, die unbekümmert den von außen mitgebrachten Redeschwall fortsetzten. Alle rundherum schwiegen und lauschten.

„Was Szie nicht sagen bloß, Thomsen chibt szein Laden auf."

Die andere Petuhtante: „Nee, szag das – wofür das denn?"

Dazu ihre Zuhörerin: „Och, er kann wohl nich zugange kommen und Szie is scha szo nehrig. (geizig). Ohauehaueha, da kann ich scha schon gar nich chegenan! Ich kam da szonst immer chanz cherne, aber neulichst – nun szolln Szie doch mal hörn: Was die Frau Thomsen is, szie is szelbst in Laden und szagt szo richtig nett: Was szoll es szein, Frau Knutzen? Tscha, ich szag: Szoll ich wohl 'n paar aufe Makrelen haben? Mag ich cherne mal, auch wenn ein da den chanzen Nachmittag noch auf essen tut. Da kommt der Thomsen rein und szagt szo söt: Augenblick, ich hol welche. Un was meinen Szie, er kam wieder mit? Mit szue. Nee, ich szag: Mein Chuter, ich szoll cherne ne aufe haben. Und was meinen Szie, er szagt? Makrele is Makrele! Wenn ein szo andershaftig is, szoll er szich nich wunnern, wenn szein Laden nich chehen tut."

„Aufe" Makrelen sind aufgeschnitten geräucherte. Wer an der Küste wohnt, kennt das. Aber es fielen auch Bezeichnungen, die Rätsel aufgaben. Das weitere Gespräch der Petuhtanten, die bis zum Flensburger Bahnhof fast ohne Luftzuholen das Abteil unterhielten, war gespickt mit Vokabeln, deren Bedeutung erst durch Nachfragen bei Alteingesessenen geklärt werden konnte.

So zum Beispiel „Aggewars" heißt Mühe, Anstrengung, oder „Eule" steht für Handfeger und „Leuwagen" für Schrubber.

Zwischen auffälligen Petuhtanten waren wir nur selten eingezwängt, aber des Öfteren bot der letzte Teile der Reise die Gelegenheit, mit einem Menschenschlag Bekanntschaft zu machen, der auf dem Lande dieser Gegend das Sagen hat, den Angeliter Bauern. Sie sind wohlhabend, stets auf der Suche, Grund und Boden zu vermehren durch frühzeitige Heiratsversprechen, fast wie in Anatolien. Zumeist wohlhabende Landwirte, politisch Hitlers ergebenste Parteigenossen und das über dessen Tod hinaus. Sie versteckten nach Kriegsende viele der gesuchten Nazigrößen auf ihren Höfen. Zum Beispiel den Oberschergen Himmler. Sie „snacken" ein eigenständiges Plattdeutsch, züchten eine eigene Kuhrasse, das braune Angeliter Rind, und sind ein stolzes Völkchen. So lange man als Städter nicht versucht, in ihre Kreise einzudringen, sind sie äußerst liebenswürdig und nach einigen Schnäpsen sogar redselig.

Auffällig für diesen Landstrich im nordöstlichen Schleswig ist beim Sprechen ihre hohe Stimmlage, der Ton in der Kehle klingt gequetscht. Das hat seinen besonderen Reiz, nie wirkt es grob. Mit „Schiet" meinen sie zwar dasselbe, was es auf hochdeutsch bedeutet, aber es tönt handwarm und versöhnlicher.

Zur Adventszeit, als die Landarbeit ein wenig ruhte, saßen Hanno und ich auf dem Weg zurück nach Flensburg Knie an Knie mit Bauern zusammen, vom Sonntagsausflug zu Verwandten oder vielleicht gerade von einer erfolgreichen Heiratsvermittlung zurück. Ungewollt hörten wir der in Plattdüütsch geführten Unterhaltung zu.

Die Männer, hager, die ungewohnte Krawatte um den sehnigen Hals gewürgt, kurz vorher noch beim Friseur gewesen und die Köpfe hoch geschoren, ließen ihre schweren abgearbeiteten Hände im Schoß ruhen. Daneben fülliger, die Beine breit gestellt, im hoch geschlossenen schwarzen Kleid die Mutti, die sich schlafend stellte, aber jedes Mal ihren Mann anzischte, wenn er versuchte, sich eine Zigarre anzuzünden. „Korl, du schasst doch nich smöken, hett de Quacksalber Di doch seggt!"

Als sie ihn beim dritten Rauchversuch ertappte, entriss sie dem armen Kerl die edle Havanna und warf sie durch das runtergekurbelte Abteilfenster hinaus. Er

518

seufzte nur, sie guckte ihn böse an, zeigte eine siegreiche Miene und sagte nur ein Wort „Dä!" Was offenbar so viel bedeutete wie „Siehste!"

Die Nachbarn störte das eheliche Gezeter nicht. Die beschäftigte ein anderes Thema. Laut und hochstimmig unterhielten sich zwei Bauern über ihre Vermögensverhältnisse und endeten mit dem Satz: "Tscha, vi sünd jo ganz modern worn, Peer har vi all verköfft. Traktor und Auto fohrt vi nu." Als uniformierte Exoten zwischen den Bauern sitzend, wurden wir unvermeidlich in die Unterhaltung einbezogen. Ein älterer Herr mit listigen kleinen Augen musterte bereits seit einer halben Stunde meine blaue Uniform, jeden einzelnen Knopf, blickte von den Schuhen bis ins Gesicht und dann wieder herunter, wechselte über zu Hanno. Da dasselbe. Irgendwann beugte es sich vor und formulierte die wohl lange vorbereitete Frage: „Sünd Se bi de Füüerwehr oder sünd Se Paster oder so? Ick bünn bi de Füüerwehr, aber mien Uniform süht anners ut. Na, wat sünd Se dann nu?"

Die Frage war leicht zu beantworten. „Weder noch, wir sind nicht bei der Feuerwehr und Pastoren sind wir auch nicht. Wir sind Fähnriche an der Marineschule Mürwik".

Staunen glitt über das Gesicht unseres Gegenübers. Rundherum plötzlich Schweigen. „Wat, wi hebbt allwedder een Marine? Heff ick nix von hört."

Eine der bäuerlichen Frauen legte jedem von uns eine Ihrer schwieligen Hände aufs Knie: „Kreegt Se dor ok genoch to eeten?"

Nun ja, mit dem Speiseplan an der Schule stand jeder von uns auf Kriegsfuß. In Menge und Qualität weit entfernt von der Bordverpflegung. Zum Scheußlichsten zählte der Wurstsalat. Die abends liegen gebliebene Fleischwurst stand am nächsten Tag in Streifen geschnippelt, in angedicktem Joghurt schwimmend, wieder auf dem Tisch. Und das Woche um Woche.

Fast aufstöhnend und kopfschüttelnd erfuhr die Bäuerin von unserem Leid. Sie reagierte sofort. Wohl auf der Fahrt zu städtischen Verwandten, griff sie in eine prall gefüllte Tasche und zauberte Köstlichkeiten hervor, die sie uns unter Beifall der Mitfahrenden in den Schoss legte und an die Brust drückte. Eine Seite Speck, Mettwürste, Gläser gefüllt mit Leberwurst, Schwarzsauer, Sauerfleisch und anderem.

In Flensburg angekommen, verabschiedeten sich die Beschenkten mit dankbarem Händeschütteln und dem hier üblichen „Moin, moin" von ihren Gönnern.

Kurz vor Mitternacht brachte die letzte Straßenbahn einen Pulk von Wochenendurlaubern bis fast vor die Marineschule. Vor der Stube, wo Willy Kohlenfeld sicherlich schon tief schlief, blieb Hanno stehen. „Sollen wir ihm nicht etwas von unseren Köstlichkeiten abgeben?"

Willy wachte am nächsten Morgen neben einer Mettwurst und einem Glas Sülze auf. Für ihn eine kleine Entschädigung von Unbekannten, die eine Woche zuvor nachts aus seinem Spind heraus den von seinen Eltern geschickten Schmalztopf geleert hatten.

Beim letzten Abschied von Isabel hatte sie mich gebeten, beim nächsten Mal in Uniform zu kommen. Ihre Eltern hätten darum gebeten und mich nachmittags zum Kaffee eingeladen.

Na, was zog da herauf?

Der Kalender zeigte den Samstag vor dem dritten Advent, als der Zug im eisigen Schneegestöber schnaufend zum Stehen kam. Isabel wartete bereits, aber wie sah sie aus! Die Haare züchtig nach hinten gebunden, kaum Make-up, wenig Lippenstift. Gekleidet in ein hochgeschlossenes Kleid und umwallt von einem langen dunklen Mantel. Überhaupt keine Ähnlichkeit mehr mit der kurzberockten, auffälligen Tanzmaus. Mich durchzuckte es. Ähnelte dieses verwandelte Geschöpf nicht meiner zerbrochenen Liebe aus Beckum, der Katja?

Sapperlot, was für wirre Gedanken kreisten mir da plötzlich durch den Kopf, als sie ihren Arm einhakte und mir mit geschlossenen Augen sehnsüchtig den Mund zum Kuss anbot. „Die Eltern freuen sich auf dich." Ein eigentümliches Lächeln umspielte ihre Lippen.

Schnell im Blumenladen am Bahnhof ein kleines Sträußchen Rosen erstanden, in unverfänglichem Orange und dazu ein wenig Schleierkraut, und ab ging es in einem Taxi in Richtung Stadtpark.

Wir Jungs aus der Deichstraße kannten diesen Stadtteil nicht. Hier wohnten zu allen Zeiten die Wohlbetuchten. Heute fuhr Hannes Färber dahin, eingeladen von einem Zahnarzt, im Arm dessen Tochter. Isabels Eltern empfingen mich wie einen längst Bekannten. In dem eleganten Haus fehlte es offenbar an nichts. Meine Augen schweiften umher. Hier also wohnte Isabel. Eher die geschützte Umgebung höherer Töchter. Dabei hatte sie auf mich bisher nicht den Eindruck einer wohlbehüteten Tochter gemacht. Sollte ich mich getäuscht haben? Heute wirkte sie bescheiden, zurückhaltend, irgendwie weich, eben ganz anders.

Bei Kaffee und vorzüglichem Kuchen saßen wir uns gegenüber. Ihrer Mutter erzählte ich Döntjes aus meinem kurzen bisherigen Marineleben, und der Vater sah sich bemüßigt, seine Kriegsgeschichten aufzuwärmen.

Die sonst immer lustige plappernde Isabel hörte schweigend zu, in ihren Augen schwamm der Glanz eines abgrundtiefen Sees oder war es das Leuchten eines Laserstrahls, der den massiven Tisch durchbohrte und anheizend zwischen meine Schenkel gerichtet war.

Mir schwante Unheimliches. Das Mädchen liebte mich ernsthaft und das, was hier ablief, war offensichtlich die von ihr arrangierte Vorstellung des künftigen Schwiegersohns.

Irgendwann war die erste elterliche Prüfung zu Ende. Die sympathischen Alten wollten ins Kino, und wir gaben vor, ein wenig spazieren gehen zu wollen.

Mit einer Borgward Isabella rollten sie aus der Garage und winkend an uns vorbei. Ich glaubte, mit einer abrupten Kehrtwendung im Sinne Isabels zu ihr nach Hause streben zu können, um endlich damit zu beginnen, was wir immer taten, wenn das Wochenende uns vereinte.

Sie jedoch zögerte, schüttelte den Kopf. „Lass uns noch ein wenig die frische Luft genießen." Sie, die sonst schnell zur Sache kam, zeigte mit einem Male Verschiebeverhalten, als wenn es um eine ernsthafte Operation ginge. Zuvor am Tisch die geilen Blicke und jetzt diese Verzögerungstaktik. Wir sprachen nicht viel, hielten uns aber eng umklammert. So schlichen zwei schweigende Gestalten durch das wieder einsetzende Schneegestöber, in das sich Regen mischte, typisch norddeutsches Winterwetter.

Als vom nahen Kirchturm das Abendläuten herüberschallte, kam plötzlich Leben in das an mich sich schmiegende Geschöpf : „Komm, lass uns nach Hause gehen, mich friert." Welch frohe Kunde, nicht eiliger als das.

Zum ersten Mal in ihrem Zuhause, in ihrem Zimmer. Alles in rosa, sogar die Volants des Himmelbettes pink. Poster von Elvis an den Wänden. Plüschtiere auf den Regalen. Ein Schallplattenspieler hauchte zärtliche Weisen in den Raum. Es duftete nach blumigem Parfüm. Nur Bücher waren nicht zu sehen. Mit Literatur hatte Isabel nichts am Hut, aber das hatte ich ja schon früher festgestellt. Stattdessen hatte der Herrgott ihr andere Qualitäten gegeben, die über einen gewissen Zeitraum einen jugendlichen Liebhaber höchlichst befriedigten. Schneeregen wischte über die Fenster. Das machte das Kuscheln bei abgedimmtem Licht und in der wohligen Wärme noch erotischer.

Das Weibchen bog mir ihren makellosen Leib entgegen, und ihre Pfirsichbrüstchen schienen vor Reife zu platzen. Mir schwanden die Sinne. Mitten im höchsten Wirbel der Gefühle hielt sie abrupt inne, packte meine Schultern und murmelte, dann deutlicher und fordernd: „Ich will ein Kind von dir!"

Dieser Satz fiel genau hinein in den Moment, als durch die Fenster der Lichtschein eines am Haus vorbeifahrenden Wagens fiel. Das konnten nur die Eltern sein, vom Kino zurück auf dem Weg in die Garage.

Verdammt, das kleine Aas hatte alles so eingefädelt, dass wir im Bett erwischt werden sollten. Sie wollte mich einfangen. Deswegen wohl auch der Zeitgewinn mit dem Spaziergang im Park. Die Taktik wäre aufgegangen, wenn nicht der Scheinwerfer den Plan zunichte gemacht hätte.

In unserer Kleinstadt und bei dem Vater, der in der Gesellschaft kein Unbekannter war, bedeutete das für einen jungen, heiratsfähigen in flagranti erwischten Mann, das es kein Entrinnen gab von der Verpflichtung, die gerade gebumste Tochter zu heiraten.

Noch nie so schnell in die Klamotten gesprungen, meinen Hocherregten in die Hose gezwängt, enteilte ich der Stätte kurz zuvor genossener Freuden, draußen schnell abgekühlt vom peitschenden Schneeregen.

Am nächsten Tag bei Tageslicht folterten mich die Gedanken, ob meine Reaktion richtig gewesen war. Das Ansinnen war schmeichelhaft gewesen, eine Familie zu gründen ein erstrebenswerter Wunsch, über so etwas hatte Katja nie mit mir gesprochen Die Tochter eines wohlhabenden Zahnarztes zu heiraten, wäre nicht das Schlechteste gewesen. Ich als kleiner Fähnrich, bald auch nur mit einem mickerigen Leutnantsgehalt, und sie mit einer sicherlich saftigen Mitgift?

Nee, die Flucht von Isabel galt nicht den Eltern, sondern dem Tanzmäuschen. Eine Bindung an Isabel erschien mir viel zu verfrüht. Die Vermutung mit dem Einfangetrick bestätigte am Abend der Rückfahrt nach Flensburg die zufällige Begegnung mit einer alten Freundin aus der Gartenlaubensommerzeit in der Deichstraße. Die früher als geile Gisela verschriene junge Frau beugte sich über meine Schulter, als Hanno und ich wegen der Zugverspätung neben dem Bahnhof in der Milchbar auf die Abfahrt warteten. Gisela, verheiratet, seriös geworden, elegant, kaum wieder zu erkennen, mit einem kleinen Jungen auf dem Arm, begrüßte mich überaus herzlich.

Es gab viel zu lachen über gemeinsame frühere Erlebnisse, bis sie zum eigentlichen Thema kam. „Ich habe gehört, du bist jetzt zusammen mit der Isabel?"

„Warum fragst du?"

„Ich weiß nicht, ob ich dir etwas anvertrauen soll, ich will dir nicht wehtun oder so", flüsterte sie mir ins Ohr.

Hanno spürte Heimlichkeiten, rückte demonstrativ zwei Stühle weiter und nickte uns zu: „Redet mal, ihr beiden!"

Neugierig geworden, machte ich der Gisela Mut, weiter zu plaudern. Sie rückte noch dichter heran, dabei sorgfältig absichernd, dass niemand zuhören konnte: „Vorige Wochen war ich beim Gynäkologen, zufällig traf ich da beim Hineingehen deine Isabel, die gerade auf dem Weg hinaus war. Isabel war gut drauf und sprudelte gleich darauf los, ich kenne sie von früheren Tanztees. Sie hat mir viel von dir erzählt, sie schwärmte von ihrem Fähnrich. Warum Sie denn beim Doktor gewesen sei, versuchte ich neugierig zu erfahren.

„Und weshalb ist sie da gewesen?", fragte ich misstrauisch geworden. „Ja, nun pass gut auf!

Sie habe sich das Pessar entfernen lassen und gleichzeitig vom Frauenarzt erfahren, dass genau am nächsten Wochenende, wenn du kommst, ihre Empfängnisfähigkeit am höchsten sei. Na ist das keine Information für den Lover?"

Gisela grinste und freute sich über mein fassungslos staunendes Gesicht. Vom Pessar als Verhüterli wusste ich von Katja. Was da mir sonst noch unterbreitet wurde, untermauerte den gehegten Verdacht.

Vom Bahnhof herüber wurde der einlaufende Zug gemeldet. Hanno zog mich vom Stuhl: „Komm, wir müssen los!" Gisela erschrak über den heftigen Kuss, denn ich ihr auf den Mund drückte. „Danke, du hast mir meine Zukunft gerettet. Mach's gut, bis dann."

Die Bummelfahrt nach Flensburg verlief recht wortkarg. Kurz vor der Marineschule verlangte der Durst nach einigen Wochenendabschlussbieren in der „Seewarte". Beim letzten erfuhr Hanno meine Story und den Entschluss, zunächst nicht mehr nach Hause fahren zu wollen.

Lediglich über die Weihnachtstage sah man den braven Sohn bei Vater und Mutter unter dem Tannenbaum. Er blieb zu Hause, mied alle Lokale, Kneipen und andere Orte der Lustbarkeiten, um Isabel ja nicht zu begegnen.

Aus Feigheit, die Flucht vor ihr rechtfertigen zu müssen, oder aus Freude, den Absprung vor einem unentrinnbarem Schicksal noch rechtzeitig geschafft zu haben? Es war wohl eine Mischung aus beidem.

Oh, diese Weiber, man sollte stets vor ihnen auf der Hut sein!"

In die jetzt einsetzende Pause drang ins Bewusstsein, auf dem Wasser im Atlantik zu sein. Hannes machte die Geste, seinen Vortrag abgeschlossen zu haben.

„Leute , Schluss für heute. Morgen geht es mit der Marine weiter!"

Beifall begleitete ihn, als er sich ins Cockpit zu den anderen setzte.

Das laue Nachtwetter, und weil offenbar noch keiner müde war, überfielen sie ihn mit Fragen.

Bei manchem hatte der Vortrag lange nicht angeschlagene Saiten anklingen lassen, selbst gemachte, ähnliche Erfahrungen wachgerufen und Erinnerungen geweckt.

So blieben diejenigen, die nicht zu Wache zählten, im Cockpit sitzen und diskutierten über das soeben Gehörte.

Der elfte Tag auf dem Atlantik.

07. 12. 2006

Mit zunehmendem Vordringen nach Südwesten in die wärmeren Regionen werden die Temperaturen an Bord während des Tages immer unerträglicher. Die Sonne brennt erbarmungslos herab. Alle Luken sind auf. Der von achtern schiebende Passat bläst durch alle Decks, bringt aber nur wenig Kühlung.

Die Tagesroutine ist dem Klima nach und nach angepasst worden. Tagsüber wird gefaulenzt und geschlafen. Erst mit dem beeindruckenden Sonnenuntergang kommt Leben ins Schiff. Warme Mahlzeiten gibt es nur noch, wenn die Dunkelheit angebrochen ist, gegessen wird an Deck. Mit der erträglicheren Nachtkühle wachen die Lebensgeister auf.

So wie seit Tagen die Etmale einigermaßen gleiche Distanzen bringen, werden wir voraussichtlich in acht bis neun Tagen Land riechen. Dementsprechend gesteigert ist die Laune.

Wenn abends abgebackt ist, Tassen und Geschirr abgewaschen sind, genießt die Freiwache den grandiosen Sternenhimmel, klar und unendlich, ungetrübt vom Industriestaub. Wie weiß gesprenkelt treten Gestirne hervor, die man sonst von Land her nicht zu sehen bekommt. Der Orion steht mit Einbruch der Dunkelheit schon weit im Norden. So viele Nächte hat das mächtige Sternbild über uns gewacht, jetzt verabschiedet es sich langsam von der „Esperanza" als Zeichen dafür, dass die Reise bald zu Ende geht. Die Sterne des Orion, die Hannes als die seinigen beanspruchte, werden verschwunden sein, wenn er sich, wie er gestern verkündete, am letzten Tag der Atlantiküberquerung in die Bütt stellen wird.

„Danach ist der Orion weg und ich auch", meinte der Gute.

Die wettermäßig begünstigten Abendveranstaltungen im Cockpit dauern immer länger.

Ein Genuss, draußen in der Wärme zu sitzen. Wie wäre es jetzt in dieser Jahreszeit in der Nord- oder Ostsee auf einer Jacht zu sein?

Bis tief in die Nacht schließen sich an die Vorträge von Hannes Diskussionen an, offenbar, weil er einen Themenkreis anzusprechen beginnt, der manchen der Crew selbst beschäftigt wie Erfahrungen mit der Politik, Berufsfindung, Dienstzeiten bei der Bundeswehr, wie Wehrpflicht, unangenehme Vorgesetzte usw.

Was wird uns Hannes heute bieten? Ah, da steht er ja schon hinter der Steuersäule und fängt an:

„Ich überschreibe das, was ich mir heute Abend vorgenommen habe, mit der Headline:

Zeit der ersten Bewährung

40

Mit dem Vorsatz, seltener nach Hause zu fahren und mehr Vorbereitung zu treiben für den erfolgreichen Abschluss der Seeoffizierhauptprüfung, begann das neue Jahr bei klirrender Kälte. Mit der Selbstgeißelung, den Kopf von schmachtenden Gedanken an das andere Geschlecht zu entleeren, gelang es tatsächlich, Freiräume für intensiveres Denken und lernendes Handeln zu schaffen. Zumindest für die bevorstehenden sechs Monate bis zur Prüfung. Ach, es gab so viel Versäumtes nachzuholen!

Bücherwälzen und Sport standen auf dem Programm, vielleicht mal ein kleines Bier drüben in der „Seewarte" zu tanken oder im Fähnrich-Kaminzimmer am Cafeteriatresen eines der vertrockneten, dick panierten Schnitzel zu verdrücken, wenn die magere Truppenverpflegung wieder einmal den Magen knurren ließ oder zum hunderttausendsten Mal der widerliche Wurstsalat unberührt auf den Tischen herumstand.

Die Zeit bis zum Prüfungsmonat Juni flog nur so dahin. Dann kam der Tag, an dem wir wieder wie einst die Pennäler an weit von einander aufgestellten Tischen hockten und viele Seiten beschrieben, dieses Mal scharf beäugt von militärischem Aufsichtspersonal.

„Wer mogelt oder abpinnt, fliegt raus!"

Dieses Mal ging es nicht um einen Schulabschluss, der anschließend einen Fächer von Möglichkeiten offen ließ, sondern hier galt es, die erste Stufe eines beruflichen Werdeganges zu erklimmen, auf einer nach oben enger werdenden Leiter, wo mancher der anfangs lieben Kameraden später in lichter Höhe mit Ellenbogenstößen die Karriere erkämpfte.

Von draußen, angeregt durch Sonnenschein und Frühlingsgefühle, drangen Vogelgezwitscher und Kreischen der „P-Hasen" der Pädagogischen Hochschule in die Lehrsäle. Das lenkte furchtbar ab. „Kann denn nicht jemand die Fenster schließen!"

Zum Ausgleich zu den von Wänden eingeengten und abgeschotteten Prüfungen fanden als gut besuchte Abschlussvorstellungen in der Sporthalle vor Publikum Darbietungen statt, mit denen die Marine ihren Gästen vorführen wollte, welch stattlicher Offiziernachwuchs mit uns an dieser Schule herangebildet worden war.

In unangenehmer Erinnerung sind Reck- und Barrenturnen sowie quälige Bodenübungen geblieben. Keiner nahm dagegen die damals exotisch wirkenden Judokämpfe ernst, die mit theatralischem Gehabe zelebriert wurden. Die beiden Kämpfer sprachen sich nämlich vorher ab. Erst schmeißt du mich und danach ich dich.

Bei den Boxkämpfen allerdings ging es rauer zu.

Von einigen boxbegeisterten Gruppenoffizieren und dem sadistischen zivilen Sportlehrer zum absoluten Höhepunkt der Veranstaltung erklärt, flossen vor der versammelten Presse oben im Ring Schweiß, Rotz und Blut, beklatscht von den Zuschauern.

So etwas Brutales hatten Heer und Luftwaffe an ihren Offizierschulen nicht im Programm. Dementsprechend staunte die eingeladene Generalität nicht schlecht, wie die Fähnriche im Ring mit Begeisterung aufeinander eindroschen.

Einigermaßen nach Gewichtsklassen eingeteilt, die Hände in die dicken Boxhandschuhe gezwängt, die einem so groß wie Fußbälle erschienen, stand man sich über drei endlos erscheinende Runden gegenüber. Zuletzt so erschöpft und ausgepowert, das keiner mehr Kraft zu einem gezielten Schlag hatte. Trotz vieler Trainingsstunden schafften die bleiernen und kraftlos am Körper herunterhängenden Arme es kaum noch, den Gegner bis zum erlösenden Gong zu klammern. Um dem Geschehen Würze zu geben, kam es zu witzigen Paarungen. Große gegen Kleine. Da sehe ich den lang aufragenden Ludwig im Ring, der im Kampf die Arme wie Windmühlenflügel kreisen ließ, und seinen Kontrahenten, den kleinen geduckten Klaus, der wie ein bissiger Terrier dagegen anlief. Schon während der ersten Boxübungen erkannte das ausrichtende Trainerteam, dass mit ungleichen Paarungen die Zuschauer am meisten zu begeistern waren.

Der kleine Klaus erlitt nämlich immer sehr schnell Nasenbluten, was ihn selbst nicht beeindruckte und seinen Kampfstil nicht beeinträchtigte. Alle Welt sah ihn jedoch als schwer gezeichnet und staunte über den nicht erlahmenden Kampfgeist. Die breitflächigen Boxhandschuhe verteilten den üppig fließenden roten Saft sowohl bei ihm als auch beim langen Ludwig über alle Körperteile. Ein nicht zu unterschätzender spektakulärer Effekt! Klaus gewann alle Herzen und natürlich auch am Ende den Kampf.

„Don Quichotte gegen Sancho Pansa bei der Marine." So lautete am nächsten Tag als Aufmacher die Überschrift des Artikels in der Regionalzeitung. Mit Bild und Kommentar des Siegers: „Alles nicht so schlimm!"

Nicht erwähnt in der Gazette wurden die Fußballspiele zum Abschluss der Sportprüfungen, sie waren auch nicht so aufregend wie die Boxvorführungen.

Der Lehrgang endete im ehrwürdigen Traditionssaal mit der Aushändigung der Urkunden, dort, wo vor einem Jahr die erste Einweisung stattgefunden hatte. Fünf von 68 mussten wiederholen, sie hatten es nicht geschafft.

Das galt in der Marine nicht als Beinbruch, soll doch einer von ihnen in den folgenden Jahren mit Papas politischer Hilfe aus Bonn kurz darauf an den Lehrgangsbesten vorbei im Schnellverfahren nach oben katapultiert worden sein!

Das Programm der Abschlussfeier, von den Fähnrichen in ihrer eigenen Messe und Cafeteria selbst organisiert, musste der Schulführung vorgelegt werden. Alle Punkte wurden genehmigt, nur unser freches Ansinnen, die Mädchen von nebenan dazu einzuladen, fand keine Duldung. Nichtsdestoweniger oder vielleicht deswegen endete das Fest als großes Besäufnis.

Einen der eingeladenen älteren Lehroffiziere fand man am nächsten Morgen oben herum mit Mütze und Jackett ordentlich uniformiert, aber untenherum nur mit langer Unterhose bekleidet und barfuß vor dem Schulportal schlafend auf der Bank sitzen. Andere Teilnehmer stolperten leicht zerzaust im Laufe des Tages aus den unteren Fenstern der P-Hasen ins Freie.

Der Befehl, nicht nach drüben zu gehen, war wohl eher als Herausforderung verstanden worden, ihn zu ignorieren. Der Flur vor der Cafeteria glich einem Schlachtfeld, zerschlagene Gläser und breitgetretene Frikadellen bildeten gefährliche Tretminen. Die täglich vorgeheißte Flagge auf der Turmspitze der Schule konnte nicht hochgezogen werden, weil da oben die Gitarre von Hanno Hagebutt an der Flaggleine baumelte und im Winde drehte. Niemand konnte sich erklären, wie die da hingekommen war.

Das Abschlusszeugnis der Marineschule war nach dem Abitur entscheidend, denn als Berufsqualifikation bedeutete es den ersten Schritt auf dem selbst gewählten Lebensweg. Das geschafft zu haben galt als überzeugende Bestätigung für die Berufswahl. Kein Wunder, dass nach dem erfolgreich abgeschlossen Lehrgangs auf den Putz gehauen wurde. Und das war ausgiebig getan worden, aber danach wurde auch der Schaden behoben.

Ohne von oben dazu aufgefordert zu sein, zogen am Nachmittag des nächsten Tages verkaterte, fast ausgenüchterte Fähnriche mit Besen, Putzlappen und Eimern durch die Korridore, reinigten jede Ecke und säuberten die vollgekotzten Toiletten.

Am Abend trat der Crewälteste, frischrasiert und in Ausgehuniform, vor den Schulkommandeur: „Herr Admiral, der Offizieranwärterlehrgang meldet Marineschule Mürwik aufgeklart, gesäubert und gelüftet."

Er erntete ein Schmunzeln und väterliches Schulterklopfen.

Bevor die Crew auseinander lief, um auf die unterschiedlichsten Bordkommandos verteilt zu werden, wurde zur Entlassung eine Abschlussmusterung angesetzt. Seit Tagen liefen die Vorbereitungen. Das Stammpersonal baute auf dem Rasen zwischen der Schule und der großen Treppe hinunter zum Hafen eine Tribüne für geladene Gäste auf, davor das Rednerpodium, zu beiden Seiten je zwei Flaggenmasten. Drei Tage vor dem großen Ereignis fuhren olivfarbene Busse vor, die sowohl den gerade neu eingetroffenen Nachfolgelehrgang als auch uns in die Stadt zu einem Depot karrten. Zur Musterung sollte nämlich, weil es so schön warm geworden war, in der marinespezifischen schneeweißen Sommeruniform angetreten werden. Diese Extrauniform wurde nun angepasst.

In der Marineschule füllten indes pausenloses Marschieren und Antreteübungen den Tag. Im Trainingsanzug auf dem Sportplatz formiert und in Dreierreihen bis vor das Rednerpult auf eine genau mit Fähnchen abgesteckte Position und wieder zurück, erinnerten diese Showeinlagen an den Formaldienst in Wilhelmshaven. Die Augen links oder auch rechts, stillgestanden, Rührt euch und wieder Abmarsch. Noch mal das Ganze.

Die Gruppenoffiziere wirkten aufgeregt, einige hielten Papiere in den Händen, die immer wieder studiert wurden, offensichtlich das Drehbuch der großen Veranstaltung. Der Inspekteur der Marine höchstpersönlich würde kommen, Generäle der anderen Truppengattungen und auch der Flottenchef.

Abends auf den Stuben und in der Fähnrichmesse gab es nur ein Thema: Die Musterung.

Ganz unauffällig und abseits von dem Durcheinandergerede hockte ein kleines Häuflein zusammen und beriet, ob man nicht zum Abschluss einen Streich aushecken sollte – dazu würde das bevorstehende geballte Auftreten der Admiralität besonders geeignet sein,.

Auf einem konspirativen Treffen erfolgte die Aufgabenverteilung. Zunächst sollte das Gelände und die Möglichkeiten sondiert werden.

Mit in den engsten Kreis einbezogen, hatte ich die beiden Kanonen genauer anzuschauen, die von der erhöhten steinernen Galerie oberhalb der Gästetribüne ihre Rohre über den Hafen richteten. Die schwerfälligen Veteranen aus der Zeit des deutsch-dänischen Krieges müssen bereits seit der Jahrhundertwende dort auf ihren Lafetten gestanden haben, friedlich und harmlos, leicht angerostet. Meine Aufgabe lautete, festzustellen, ob aus diesen alten Dingern noch geschossen werden könnte.

Andere erhielten ähnliche Aufgaben. Einige weitere geheime Sitzungen legten den Durchführungsplan minutiös fest. Nichts drang nach außen. Uns Wissende ergriff bereits diebische Freude, alle Vorbereitungen deuteten auf einen Supergau.

Mit strahlendem Wetter begann der große Tag.

In einem Hubschrauber landete um 10 Uhr der Inspekteur. Auf die Uhr gesehen, ja, die Zeit entsprach unserem geplanten Ablauf. Schwarze Limousinen fuhren durchs Tor. Die Gästetribüne füllte sich. Schneeweiß gekleidete Matrosen leiteten elegant gekleidete Damen und die Vertreter der Stadtverwaltung auf ihre Plätze. Aus den Fenstern des rechten Gebäudeflügels hingen die neugierigen „P-Hasen" und beäugten kichernd das Geschehen. Über allem wölbte sich ein blassblauer Junihimmel, ein leichter Wind ließ die Flaggen auswehen. Vom Hafen drang Möwengeschrei herauf. Gegenüber reckte die der Marienburg ähnliche Fassade der Schule ihren Turm in die Höhe. Fast wie eine Filmkulisse für ein vaterländisches Fest.

Die steifen nagelneuen weißen Uniformen kratzten, ungewohnt die weißen Handschuhe. Rundherum alle in weiß. Wie eine Schafsherde standen die Fähnriche auf dem Sportplatz herum und warteten auf den Abmarsch vor die Tribüne, alle ein bisschen nervös.

Besonders nervte bei den Eingeweihten die Frage: Wird der geplante Streich gelingen?

Endlich der Befehl zur Aufstellung und Abmarsch, vorneweg das extra von Kiel angereiste Musikkorps. Zu den zackigen Klängen der Marschmusik „Gruß an Kiel" marschierte die Truppe los, ein stattlicher Haufen. Schätze mal, mit den Neuankömmlingen, unserer Crew und den Stammoffizieren der Schule waren es wohl an die 200 Marinesoldaten.

Mit Halt und Wendung nach links endete der Marsch, wie zuvor so oft durchexerziert, vor der Tribüne. Wie üblich Kommandos hin und her, mit Meldungen an den Lehrgangsleiter und dann weiter hinauf bis zum Schulkommandeur warteten wir geduldig auf das weitere Geschehen.

Voraus ein wenig nach links das Rednerpodium, dahinter die Stuhlreihen, besetzt mit der ebenfalls in weiß gekleideten Admiralität, in Grau die Generalität des Heeres und in lichtem Blau die der Luftwaffe. Dahinter, in Stufen auf der Tribüne hochgehend, leuchteten als bunte Tupfer die Damen und in Dunkel ihre Herren.

Darüber ragten drohend die schwarzen Rohre der beiden alten Kanonen über den Mauerrand der Galerie hinaus.

Von niemandem bemerkt, aber bei genauerem Hinsehen deutlich zu erkennen, klebten vor den Mündungen helle Pappdeckel. Hinter mir wisperte jemand: „Wir stehen absolut richtig."

Eine Rede folgte der anderen. Vom langen Stehen und der Wärme übermannt, fielen mal hier mal da Fähnriche vornüber. Man konnte das Plumpsen hören. Herbeieilende Sanitäter schleppten die Bewusstlosen auf Bahren in ein nahe stehendes Zelt. Die Veranstaltung störte das nicht. Der Moment des großen Ereignisses rückte unaufhaltsam näher.

Jetzt sprach mit tiefer freundlicher Stimme der Inspekteur, ein Mann mit hagerem Gesicht und auffallend buschigen Augenbrauen. Er lobte die Schule, unseren Lehrgang, die freiheitlichen Möglichkeiten der Demokratie, redete und redete. Der Lautsprecher kickste dann und wann. Müdigkeit schlich den Stehenden in die Knochen. Nur nicht gähnen!

Gläubig blickten dagegen die umstehenden Offiziere zu ihrem höchsten Chef auf. Sie hingen an seinen Lippen. Wir dagegen warteten auf das Ende der Veranstaltung, besser gesagt auf das Stichwort.

Die Ansprache endete mit den Worten: ....und nun wünsche ich Ihnen, meine Herren, und unserer Marine, Glück, gute Seefahrt und alleweil eine Handbreit Wasser unter dem Kiel!"

Den Angesprochenen, die als einzige in Blickrichtung auf das Schulgemäuer standen, entging nicht, wie bei den letzten Sätzen des Admirals ein Blondschopf in geduckter Haltung hinter einer der Kanonen in Stellung gegangen war.

Jetzt fiel das lang ersehnte Stichwort. In dem Moment als die letzten Worte des Vortragenden verhallten, trat, wie zuvor so oft geprobt, einer der Offiziere neben das Rednerpult und rief erregt mit sich überschlagender Stimme: „Der Bundesrepublik Deutschland ein dreifaches Hoch!"

Dazu hatten wir die Schirmmützen abzunehmen und sie bei jedem Hoch nach rechts hoch zu reißen und laut zu brüllen „Hurra, hurra, hurra." Von den Mauern zurück echote jeder einzelne Schrei wie eine Tonwelle über die Menge und den Hafen. Fasziniert von dem Bild der einheitlich Mützen schwingenden Formation waren einige der Gäste begeistert aufgesprungen.

Was sie nicht sahen, geschah über ihren Köpfen. Es sollte sie Sekunden später überraschen und wieder auf die Stühle drücken. Denn beim ersten „Hurra" erschien eine Hand mit brennender Lunte über dem Zündloch der ersten Kanone, beim zweiten „Hurra" über der anderen.

Die Mützen noch hochgereckt und den Blick auf die Mündungen der bisher schweigenden alten Kanonen gerichtet, drohten wir Eingeweihte in dem jetzt losbrechenden Ungewitter fast in die Knie zu gehen. Ein harter Donnerschlag, weitaus stärker als erwartet, zerriss die Stille, kurz darauf ein zweiter. Spitze Schreie von der Tribüne.

Aus beiden Geschützmündungen loderten Flammen. Für Bruchteile von Sekunden schwand die Sicht. Ein weißlicher Regen, gemischt mit rosaroten Teilchen sprühte nieder, beregnete die weißen Uniformen, klatschte aufs Rednerpult, übergoss die Reihen der Stabs- und Flaggoffiziere, verschonte Gott sei Dank die Gästeriege gleich unterhalb der Galerie.

Erstaunlich die Reichweite der Ladung, fast 50 Meter.

Pulvergeruch drang in die Nasen. Und was spürte die Zunge? Schnell identifiziert, auch von den bisher Unwissenden: es schmeckte nach säuerlicher Dickmilch und Fleischwurst. Aha, deshalb hatte heute Morgen der Koch nach den fünf angeblich geklauten, mit dem verhassten Wurstsalat gefüllten Marmeladeneimern gesucht!

Ohne mit der Wimpern zu zucken, rührte sich niemand von den Angetretenen. Alle grinsten und ließen ungerührt die weiße Soße von der Uniform abtropfen. Die Wurststückchen glitschten bröckchenweise vom Mützenschirm und den Schulterstücken.

Hier keine Bewegung, aber vorn bei der Chefetage herrschte Aufruhr. Kaum, dass der Donner verhallt und die Sicht durch den milchigen Schleier nach vorn auf die Tribüne wieder frei wurde, bot die Szene ein bühnenreifes Bild.

Die beiden Luftwaffenstabsoffiziere waren beim ersten Knall im großen Satz von den Stühlen gesprungen und hatten sich bäuchlings auf den Rasen geworfen. Ergebnis: An der Vorderseite der Uniform klebte grünes Gras, und der Rücken zeigte eine schmierige weißliche Färbung. Auf den vom Wurstsalat nicht getroffenen

Bankreihen gleich unter der Galerie lagen erschreckte Frauen in den Armen ihrer sprachlosen Ehemänner. Nur der Heeresgeneral sprang herum, schimpfte und fuchtelte mit den Armen in der Luft, starrte dabei wie hypnotisiert auf den gelblichen Rauch, der den beiden Kanonenmündungen entquoll. Ganz anders der Schulkommandeur Flottillenadmiral von Wangerland und der Inspekteur aus Bonn, beide von oben bis unten bekleckert mit Wurstschnipseln und klitschnass. Sie saßen breitbeinig auf ihren Stühlen, tuschelten miteinander und lachten, blickten danach zu uns herüber und machten eine Geste, die zu verstehen war wie: Toller Streich!

Die übrigen Offiziere, Unteroffiziere und Gäste dagegen blickten entsetzt hinter sich und hinauf zu den Kanonen, die zu lächeln schienen und offenbar genossen, nach einem Jahrhundert Ruhe endlich wieder bestimmungsgerecht eingesetzt worden zu sein.

Der zweite Blick galt den reinigungsbedürftigen Uniformen. Und wie sah der Rasen aus?

Als wenn Hunderte von Betrunkene sich übergeben hätten. Überall troff eine schmierige Flüssigkeit herunter, gespickt mit rosa Fleischwurstschnipseln. Die klebten überall.

Alle Uniformen, vom Admiral bis zum Fähnrich, mussten anschließend in die Reinigung gegeben werden.

Nach dem ersten Entsetzen und Fluchen wich die Verbitterung. Vom Schulkommandeur und dem vergnügt wirkenden Inspekteur animiert, endete die Veranstaltung mit humorvollen Bemerkungen und schmissiger Militärmusik.

War doch gar nicht so schlimm, irgendwie sogar intelligent und witzig. So die Kommentare vieler der Älteren: Da hatte der scheidende Offizierlehrgang als Abschiedsstreich einen ganz besonderen Einfall gehabt.

Am Abend soll es in der Kommandeursvilla hoch hergegangen sein. Die Admiralität habe, so hieß es am nächsten Tag nach der Abschiedsmusterung, die eingeladenen, von der unerwartet feuchten Veranstaltung tief beeindruckten Herren von Heer und Luftwaffe mit mehreren Salven scharfer Getränke getröstet. Lobend hätten die Heeresoffiziere schließlich am Morgengrauen die artilleristische Leistung hervorgehoben, die anwesenden zivilen Gäste geschont zu haben.

Seitdem hat, sicherlich von höchster Stelle angeordnet, an der Marineschule Mürwik nie wieder Wurstsalat auf dem Speisezettel gestanden.

Als große Ehrung erschien einige Tage später zur Verabschiedung der Fähnriche der Verteidigungsminister. Aus Bonn angereist, schritt Franz Joseph Strauß in Begleitung des ersten Inspekteurs der Marine Vizeadmiral Friedrich Ruge die Front ab. Was waren wir beeindruckt von dem hohen Besuch! Dass man uns so viel Aufmerksamkeit widmete!

Anschließend Aufstellung zu einem Familienfoto. Vor der Treppe unterhalb der beiden Kanonen, die Tage zuvor Wurstsalat über den Rasen verspritzt hatten, durfte die Offizieranwärtercrew, um den Verteidigungsminister geschart, in die Kamera lächeln. Stolz und Ehrfurcht bebten in unserer Brust.

Wie haben die Marineoffiziere und selbst wir damals den Joseph verehrt und unseren höchsten Chef, den Kanzler Adenauer!

Es waren schließlich unsere Brötchengeber. Erst viel später wandelte das politische Geschehen auch die parteipolitische Einstellung allerdings nur weniger Marineoffiziere.

41

Zwei Tage nach dem viel belachten Abgang unserer Crew griff der militärische Alltag zu.

Mit der Versetzungsverfügung zum „1. Hafenschutzgeschwader“ in der Hand hockte ich im Zug Richtung Altstadt. Mit mir 11 weitere Kameraden. Hanno Hagebutt fuhr nach Wilhelmshaven zu einem der Schnellbootgeschwader. Wäre ich ja auch gern hingegangen, die Schnellboote galten als schneidiges Kommando. Ich beneidete ihn. Dem Hafenschutzgeschwader, bestehend aus fischkutterähnlichen Fahrzeugen, haftete die Bezeichnung an, ein lahmer „12-Masten-Zirkus“ zu sein. Sicherlich nicht das ersehnte Spitzenkommando, aber Seefahrt und frische Luft würde es da auch geben. Viel besser als das Hocken in Lehrsälen wie bisher, Bordkommando war Bordkommando.

„Passt scho“, bemerkte neben mir der Andi aus Tirschenreuth, der ebenfalls zu demselben Verein versetzt worden war.

Sack und Pack vor dem Stabsgebäude in Altstadt am Hafen abgestellt. In der Schreibstube drückte man mir die Mitteilung in die Hand: „Ihr Schiff liegt in Neuhofen in der Werft. Die da wissen, dass Sie kommen, fahren Sie mal hin!“

Ein Dienstfahrzeug mit Fahrer, ein olivfarbener VW, brachte mich nach Neuhofen. Immerhin, für den Fähnrich ein Dienstfahrzeug, ein guter Beginn.

Hinter dem Werfttor begann die Suche nach meinem Schiff.

Was, das soll mein Bordkommando sein? Aufgebockt in einem Slip lag ein Schiffswrack, teilweise unter Planen verdeckt. An der Steuerbordseite fehlten die Planken, wurden wohl erneuert. Durch die offenen Spanten fiel der Blick auf die Maschine. Kein Mensch weit und breit zu sehen: Ich also die anlehnte Leiter hochgeklettert und über das Deck geirrt.

Zurück bei der Leiter, wurde ich auf einen an die Reling geklebten Zettel aufmerksam. Darauf stand flüchtig hingekrickelt: „Willkommen, Herr Fähnrich, der Alte kommt erst in einer Woche. Wir sind gegenüber vom Werfttor im Seestern“.

532

Im Seestern, in einer Kneipe? Ein eigentümlicher Dienstort für die Besatzung eines Marinefahrzeuges. Was sollte man davon halten?

Einsam und verlassen stand ein grübelnder Fähnrich, von der Marineschule noch umweht von hehren Gedanken deutscher Seegeltung auf allen Meeren, und betrachtete sein erstes Bordkommando. Da lag ein auf marinegrau gequälter Fischkutter auf dem Trockenen. Genauer gesagt, ein KFK, ein Kriegsfischkutter. Ähnelte das Ding nicht einem gestrandeten Wal, den Bauch übersät mit Seepocken, die Flanken aufgerissen? Beim Blick durch die Spanten, die bleichen gebogenen Rippenknochen, sah der im Dunkel liegende Motor aus wie die Eingeweide dieses Meeressäugers.

Auf der Hagen-Werft zu Hause bin ich oft als Junge um Schiffe dieser Größe herumgelaufen, wenn sie auf den Slip gezogen waren. Wie oft bin ich in den Ferien, der Landarbeit überdrüssig, auf Fischer Lornsens *Freya* zum Dorschfang mit hinausgefahren. Vielleicht wusste die Marine von meinem Fischervorleben und hatte mich deshalb an Bord eines der Schiffchen des Hafenschutzgeschwaders versetzt. Die Neugierde trieb mich unter den dicken Bauch des hölzernen Wals. Die bronzene Schraube zeigte feine Löcher. Von den am Rumpf nahe dem Motorwellenaustritt angebrachten Opferanoden waren nur noch kaum erkennbare Reste vorhanden, waren wohl seit Monaten nicht erneuert worden sein. „Schlamperei!" hätte Fischer Lornsen kopfschüttelnd gesagt. Die teure Schiffsschraube war hin. Wäre zu verhindern gewesen.

Zur Erklärung: Zwischen ungleichen Metallen am Schiffsrumpf wie eiserner Welle und Bronzeschraube entsteht im salzigen Seewasser ein galvanischer Strom, der das weichere Metall auffrisst. Opferanoden aus Zink werden deshalb dem Seewasser sozusagen als Fraß angeboten, die sich zu Gunsten der anderen Metalle, z.B. der Bronzeschraube, verzehren.

Dieses Wissen war „homemade", auf der Marineschule dagegen als seemännische Kenntnis unerheblich nicht gelehrt worden, jetzt aber vor Ort wichtiger als das Wissen um Trigonometrie, Logarithmen und Sterneschießen mit dem Sextanten.

Ich fing an, den Dampfer, so zerrupft er da vor mir lag, ins Herz zu schließen. Meine zivil angeeigneten seemännischen Kenntnisse schienen hier ein gutes Startkapital zu sein. Diese Erkenntnis stärkte mir, der ich eben noch verunsichert dagestanden hatte, das Kreuz. Es galt, auf eigene Faust mehr über diesen Werftlieger zu erfahren. Schließlich war er ja ab sofort mein Schiff.

Der kleine Zeiger der Werksuhr am gegenüberliegenden Gebäude zuckte gerade auf zehn nach drei; genauer 15:10 Uhr. Durch die Fenster der danebenliegenden Werkstatt blitzen die Funken eines Schweißgerätes. Wenigstens da schien ein Mensch zu arbeiten, also nichts wie hin. Der ließ sich nicht stören, sondern zeigte zur Tür mit Wink nach links auf das Kontorhaus und das Werksbüro.

Angeklopft, ein mürrisches „Herein", und durch dichten Zigarrenqualm erkannte ich einen Menschen, wohl der Chef, der gelangweilt auf das Ende des heutigen Arbeitstages wartete.

Brav stellte ich mich vor und brachte gleich danach die Frage an, was zurzeit mit der W 8 geschah, so hieß mein neues militärisches Zuhause. Endlich war ich an der richtigen Adresse.

Der Bärbeißige räkelte seinen schwerfälligen Körper in einem abgeschabten Ledersessel, paffte einen Ring in die Luft, grinste und fragte gehässig in überhöht deutlichem Hochdeutsch: „Sie sind wohl der Neuzugang und wollen wissen, was mit Ihrem Schnellboot geschieht? Dat waar ik di vertellen mien Jung", grunzte und fuhr fort: „Platt kanst ni verstohn wa?"

Jetzt galt es aufzutrumpfen und ihm zu beweisen, dass ein Fähnrich auch Platt snacken konnte: „Ick bünn vun de Westküst un bannig veel oppn Kutter fohrt, nu seggt Se mol, wat deiht de Werft an de

W 8. De süht jo dordig vergammelt ut, de Schruuf is twei und de Zinkanoden sünd futsch!"

Ihm fiel das Kinn herunter, ruckartig saß er gerade, zog viel zu stark an der Zigarre, hüstelt, schlug mit der flachen Hand auf den Schreibtisch, und dann kam es lachend aus ihm heraus: „Sie sind der erste Marinemensch, der mich und offenbar sogar was von Schiffbau versteht. Gehen Sie mal rüber in den „Seestern", da sitzt ihre künftige Besatzung, alles Quietscher, Ruhrpöttler, Schwaben, Württemberger, Bayern. Der Kommandant ist ein Berliner und sein Assi, der Ingenieur, stammt aus Kissingen. Keen Oos is vun hier boben!"

Schweigend pausierte er, musterte mich und in Hochdeutsch fort: „Die Chefetage an Bord und das Brückenpersonal, die Unteroffiziere, sind seit Tagen in Urlaub. Nur die armen Schweine, die Lords, hocken den ganzen Tag herum in der auch von unserem Personal genutzten Kneipe, wo sie ihr Essen bekommen, die Kombüse von W 8 wird nämlich auch von uns repariert."

„Was machen die denn den ganzen Tag?", unterbrach ich ihn.

„Ein älterer Hauptgefreiter, Kahl heißt er, lässt den Haufen morgens vor dem Dampfer antreten, sie machen Sport, immer wieder Waffenreinigen, und danach wird gegammelt, Fernsehen bei uns im Gemeinschaftsraum oder Saufen drüben im „Seestern" wie jetzt seit mittags."

„Kommt denn von Altstadt von der Geschwaderführung niemand rüber und kontrolliert?", wollte ich wissen. „Nö, ich hab noch keinen bei mir im Büro gesehen, Sie sind der erste. Sehen sie mal zu, wie Sie Zucht und Ordnung in Ihre Quietscher kriegen!"

Mein Gott, was für ein Beginn. Die Konfrontation mit der Besatzung stand mir noch bevor. Bisher war ich in der Marine immer nur Schüler und Befehlsempfänger

534

gewesen, jetzt mit einem Male mit dem Problem der Menschführung betraut; da schlich das schaudernde Gefühl am Körper hoch, gleich ohne Vorwarnung vom Trockenen ins kalte Wasser gestürzt zu werden.

Auf der Marineschule hatte der Pfarrer im lebenskundlichen Unterricht mal von der hohen Kunst der Inneren Führung gesprochen. Ein gewisser General Graf von Baudissin habe das zum Leitfaden demokratischer Menschenführung erklärt. Was aber im Einzelnen damit gemeint war oder gar Regeln für die Anwendung in der Praxis vermochte der Geistliche nicht zu vermitteln. Das einzige, was von Baudissin geblieben war, klang eher albern, zumindest was den Gebrauch im militärischen Leben betraf. Man sollte nicht sagen: „Möller, machen Sie das mal!" Auch nicht: „Gefreiter Möller, machen Sie das mal!", sondern höflich bittend mit freundlichem Gesicht wie bei einem Verkaufsgespräch sollte man den Untergebenen motivierend ansprechen: „Ach, Herr Gefreiter Möller, würden sie das bitte mal machen." Diese am Schreibtisch erarbeiteten Floskeln blieben der Truppe fremd. Irgendwo fand man im Laufe der Zeit die goldene Mitte, und außerdem bestimmte das jeweilige Betriebklima den Ton und letztlich die Anrede.

Uns als der ersten Marinenachkriegsgeneration, von der Bundesmarine selbst gestrickt, missfiel diese schleimige Form der Anrede. Die jeweils so Angesprochenen fühlten sich eher verscheißert. Von oben nach unten brauchte man den Nachnamen, das klang kameradschaftlich. Geriet das Wörtchen „Herr" davor, war sicherlich mit einem Anschiss zu rechnen.

Nur zu deutlich hatte der Werftchef das Führungsproblem angesprochen. Hier in der Werft war die Besatzung arbeitslos – oder doch nicht ganz? Hatten wir bei Aufliegen der „Freya" zu Hause in der Hagen-Werft nicht als Besatzungsmitglieder dem Werftpersonal zur Hand gehen müssen, warum also nicht auch hier?

Ich spürte, über mich hinauszuwachsen zu müssen, und, ermuntert von der mir vom Werftchef entgegengebrachten Sympathie, wollte ich nun wissen, was die Werft an der W 8 in welchem Zeitplan durchzuführen gedachte. Er zählte eine lange Liste auf. Mich interessierte, was noch zu tun war und präsentierte meinen Vorschlag: „Ich möchte gern, dass die Besatzung am Schiff mitarbeitet, und zwar unter Anleitung der Werft." Er nickte zustimmend und sagte: „Morgen kommen die bereits angepassten Planken in die Dampfkiste und werden gute drei Stunden gekocht. Danach können Ihre Leute beim Aufbiegen auf die Spanten mit von der Partie sein, keine schlechte Idee."

Er sog wieder an der Zigarre und sah mich lauernd an. Dann kam die Frage: „Na, Dampfkiste, sagt Ihnen das was?"

Darauf hatte ich gewartet, das As konnte ich ihm auf den Tisch legen. Hatte nicht Fischer Lornsen bei der Reparatur seines Schiffes erklärt, dass die im Heckbereich 6-7 cm dicken Planken drei Stunden in der Dampfkiste weich gekocht werden müssen, um sie geschmeidig mit Schraubzwingen an die Spanten zu fügen? Das zuckte mir jetzt durch den Kopf.

„Dampfkiste, ja, schon, drei Stunden bei einer Plankenstärke von 6 bis 7 cm, das kommt hin. Wenn meine Leute" – er grinste, als mir, dem eben eingetroffenen Fähnrich, das Wort „meine" über die Lippen flutschte – „wenn meine Leute da mitmachen, sollte die Werft Arbeitzeug, also Blaumänner und beim Anpassen der feuchtheißen Planken Isolierhandschuhe stellen."

Durch den Zigarrenqualm sahen mich Augen an, in denen man eine Mischung aus Erstaunen, Hochachtung, Zweifel und Freude erkennen konnte. Sekundenlang herrschte Schweigen. Der Qualmer legte die Zigarre in den Aschbecher, stütze sich am Schreibtisch hoch, kam auf die Beine, um den Tisch herum, klopfte mir auf die Schulter und mit fast väterlicher Stimme, die mich zum Aufstehen veranlasste, fielen die Worte: „Junge du bist in Ordnung" – kleine Pause -, „und so ein Seemann heuert bei der Marine an, nee" – wieder kleine Pause – , „wir kriegen deinen Dampfer wieder in Fahrt und ich helf dir dabei, du bist kein Quietscher, hättst auch bei mir in der Werft anfangen können. So, nu mutt ik na Huus."

Winkend und schon abgewandt rief er noch: „Morgen acht Uhr hinter der Werkstatt Blaumännerempfang für deine Jungs. Tschüüs!"

Draußen an der frischen Luft und in der Abendsonne wirkte die W 8 im Hintergrund schon viel freundlicher. Vor der Begegnung mit „meinen" Leuten" fürchtete ich mich auch nicht mehr. Mit der unerwarteten Anerkennung der Werft im Rücken ließen sich sicherlich die nächsten Tage einvernehmlich und dienstplanmäßig bestens gestalten. Den mir genannten Dienstältesten, den Hauptgefreiten Kahl, würde ich bestimmt gleich erkennen.

Also auf in die Höhle des Löwen. Drüben auf der anderen Straßenseite lag das Hauptquartier der W 8, der „Seestern".

Was sage ich bloß? Die ersten Worte konnten entscheidend sein. Nur nicht als künftiger Vorgesetzter zu bräsig auftreten, aber auch nicht zu kleinlaut. Wenn die da drinnen alle stockbesoffen sind? Was dann? Sollte man gleich zu Beginn zum Wirt gehen und eine Runde Bier bestellen? Das wäre Einschmeicheln oder würde gar als arschkriecherisch empfunden werden. Nein, lieber nicht!

Mir fiel nichts Vernünftiges ein. Je näher die Kneipe heranrückte, desto flatteriger wurden die Beine.

Sollte ich mich vielleicht erst morgen vorstellen? Nein, nein, nicht feige sein! Nicht ohne Grund klebte an der Reling der Hinweiszettel. Die Burschen in der Kneipe warteten sicherlich schon auf mich, auf ihren Fähnrich, in der Hierarchie der zweite Mann nach dem Kommandanten. Und der glänzte durch Abwesenheit. Ohne jegliche Einweisung, ohne jegliche Ahnung, auf was ich jetzt stoßen würde, riss ich beherzt die Kneipentür auf. Umweht von einem von innen herauswehenden Gemisch aus Zigarettenmief, Bierdunst und Schweiß entdeckte der neue Gast hinten in dem dunklen Raum an einem runden Tisch, wohl dem Stammtisch, eine lustig palavernde Zecherrunde. Unverkennbar Marineleute, an den Uniformen zu erkennen, denen der Wirt gerade eine Runde Bier vorsetzte.

Das konnte nur W 8 sein, und der grauhaarige mit den drei goldenen Balken am Oberarm seines Kieler Knabenanzuges musste der Hauptgefreite Kahl sein. Schlagartig Stille. Und in diese Stille hinein tönte mir entgegen: „Nu gugge mal do, da gommd unsre Gagerlake!"

Diese Bezeichnung für Seekadetten und Fähnrichen kannte ich aus dem Schulgeschwader. Offizieranwärter, die in kürzester Ausbildungszeit an den Unteroffizieren vorbei zu Vorgesetzten befördert wurden, erweckten Neid und Missgunst bei den dienstgradmäßig Zurückbleibenden, nicht bei allen, aber bei vielen. Irgendwann muss wohl jemand diese hasserfüllte Bezeichnung „Kakerlake" für Offizieranwärter erfunden haben, für ein an Bord neben Ratten als höchst unangenehm empfundenes Ungeziefer. Und das jetzt mir.

Schallendes Gelächter begleitete den schwäbischen „Gagerlaken"-Ausruf. Da konnte einem schon die Zornesader schwellen, aber Wut darüber schien der falsche Ratgeber zu sein. „Cool bleiben", würde man heutzutage empfehlen. Beherrscht wäre wohl besser.

Zumindest klärte die Begrüßung die Fronten und gab mir das Stichwort. „Als erstes hätte ich eigentlich so etwas Ähnliches wie Guten Tag erwartet, übrigens die Kakerlake hat einen Namen und damit Sie den nicht vergessen, schreibe ich den mal dort drüben auf die Tafel.

Der neben den Tisch wie angewurzelt stehende Wirt wagte nicht, die Biere vom Tablett zu nehmen, verfolgte nur mit den Augen mein weiteres Tun.

Neben dem nahen Tresen an der Wand hing eine schwarze Tafel, umrahmt von einer Bierreklame, darunter angehängt ein Brettchen, von der ein Stück Kreide herüberleuchtete.

Die nahm ich mir und schrieb in großen Lettern: „Die Kakerlake von W 8 heißt Fähnrich zur See Hannes Färber!" Nur das Kreidekratschen echote durch den Raum.

Nach meinem Text fiel mir noch ein weiterer Satz ein: „Übrigens, ich hätte gern zur Begrüßung eine Runde Bier geschmissen, sogar einen Korn dazu, aber ein Bier, in dem eine Kakerlake schwimmt, wird Ihnen sicherlich nicht gefallen."

Der einzige, der dazu grinste war der ältere Hauptgefreite, er gefiel mir auf den ersten Blick und unsere Blicke trafen sich: „Sie sind der Hauptgefreite Kahl?"

„Jawoll Herr Fähnrich."

„Kommen Sie doch bitte mit und zeigen Sie mir an Bord meine Kammer."

„Jawoll Herr Fähnrich."

Zurück blieben die Kneipe und der sprachlose Rest der Besatzung.

Kahl und ich gaben uns erst einmal vor der Tür die Hand. Gemeinsam schleppten wir das Gepäck die Leiter hoch an Deck und in meine enge Kammer im Vorschiff.

Bevor er sich abmeldete, um wieder zum „Seestern" an sein Bier zu gelangen,
gab ich ihm mit auf den Weg, wozu der Werftchef eingewilligt hatte: „Morgen sieben
Uhr Musterung vor dem Schiff, Anzug Arbeitsdrillich. Es wird am Schiff gearbeitet.
Weitere Details morgen. Guten Abend."

Kahl wuchs steil empor, haute die Hacken zusammen, strahlte und salutierte:
„Guten Abend Herr Fähnrich. Bis morgen."

Der gute Kahl war ein Überbleibsel aus dem letzten Krieg. Den fast 40-Jährigen
hatten sie als Hauptgefreiten in den Matrosenanzug gesteckt, der wirklich nur für
blutjunge Marineangehörige angemessen ist. Der gestandene grauhaarige Mann, als
19-Jähriger als einziger aus einem sinkenden U-Boot entkommen, glaubte in der
Bundesmarine wieder anknüpfen zu können. Viel später traf ich ihn zum Obermaaten befördert. Mit "Wäsche vorn". Mit Schlips und Kragen sah er altersgerechter
uniformiert aus.

Die nächsten beiden Wochen lernte die Besatzung ihr Schiff kennen. Von morgens bis abends schabten eifrige Hände Rost, Muscheln und Seepocken vom Rumpf,
halfen dem Werftpersonal, die dampfenden Planken mit Schraubzwingen an die
Spanten zu biegen, lernten das Kalfatern, hörten zum ersten Mal etwas über galvani-
sche Ströme und ihre zerstörerische Wirkung auf die Schiffschraube, die golden
glänzend, neu montiert, als nächstes von Zinkanoden zu schützen war.

Mit Pinsel und Quast aufgetragen deckte Kupfervitriolfarbe das Unterwasserschiff. Die Gesichter bespritzt und die Blaumänner, die Schutzkombis, bekleckert
mit Farbe und Muschelresten, stand die Besatzung in den Pausen um ihren Fähnrich
herum, der vom ersten Tag an wie die anderen am Schiff mitgearbeitet hatte.

Die gemeinsame Arbeit schweißte zusammen. Bereits am dritten Tag bat der
Gefreite Vögele vor der ihm zunickenden Besatzung um Entschuldigung für die
„Gagerlake".

Hin und wieder umkreiste der Werftchef unsere Arbeitsstätte, dann mischten
sich Farb- und Teerdünste mit dem Qualm seiner Havanna. Je beschmierter und
dreckiger die uns geliehenen Blaumänner aussahen, desto mehr schien ihm unsere
Mitarbeit zu gefallen.

„Haut rein Jungs, sieht gut aus. In einer Woche sollt ihr wieder in den Bach.
Morgen kommt übrigens euer Alter, mal sehen, was er sagt."

Obwohl ich ihn stets mit Herr Schrader ansprach, nannte er mich Hannes und
„mien Jung". Für einen Norddeutschen keine gefühlsduselige Verniedlichung, sondern eher eine Wertschätzung. Und er meinte es sicherlich auch so.

Am Tage bildete die Besatzung eine geschlossene Interessengruppe, abends nach Dienst ging ich meine eigenen Wege. Kumpeln mit den Mannschaftsdienstgraden galt als der Disziplin abträglich. Das lag mir auch nicht. Außerdem war das anschließende abendliche Hocken und Bierchentrinken im „Seestern" nicht mein Ding.

Andere Ziele lockten.

An der Lübecker Bucht begann die Saison. Auf den Promenaden der benachbarten Kurorte zeigte man Beine, die leichte frühsommerliche Abendbrise ließ die Kleidchen aufwehen und beschleunigte Glückshormone. Der Sommer schien schön zu werden. Irgendwie zuckte hier und da das Verlangen, mal wieder etwas Weibliches zu umarmen oder vielleicht auch ein wenig mehr.

Als Kontrastprogramm zu der zwar befriedigenden Drecksarbeit zog es den Fähnrich, gewaschen und in frischfröhlichem Zivil, abends von der Werft fort.

Dann kam der Vormittag, als der Kommandant erschien. Vorsichtig hatte ich die Besatzung ein wenig ausgehorcht, wie der Alte nun sei. Von allen wurde Kapitänleutnant Vallery als gemütlich, nicht zu streng und väterlich beschrieben worden; er sei der dienstälteste Kommandant im Geschwader.

Einige waren gerade dabei, die letzte Farbschicht auf die neuen eingesetzten Planken zu pinseln, als wir einen olivfarbenen Opel durch das Werftor rauschen und vor Schraders Büro halten sahen.

Ein etwas fülliger Uniformierter, der mit seiner weißen Mütze beim Aussteigen im Türrahmen hängen blieb, mühte sich aus dem Wagen, sah kurz herüber zur W 8 und verschwand beim Schrader. Mehr als sonst mahnte ich die Gang, jetzt geschäftig und eifrig zu tun, das müsste dem Alten imponieren. Keiner stand arbeitslos herum. An den Aufbauten hingen angeseilt zwei, die malten. Am Bug zog gerade jemand die Linien nach für die Schiffsbezeichnung W 8. Der Gefreite Vögle kratzte Farbreste vom Kiel, und Matrose Fullmeyer schleppte Farbtöpfe herbei. Die übrige Gang half mir, die neuen Opferanoden in Schraubennähe ans Unterwasserschiff zu nageln, dabei immer ein Auge auf die Tür des Werftbüros gerichtet.

Dann kamen sie. Schrader mit der unvermeidlichen Zigarre und Kaleu Vallery breit grinsend, wohl bestens unterrichtet über den fast fertigen Zustand seines Schiffes.

Sie steuerten auf unsere Gruppe unter dem Heck zu.

Von weitem zeigte Schrader auf mich und rief: „Das ist mein Bootsbaumeister, und die übrigen, das ist Ihr Verein, die dem Meister Färber begeistert geholfen haben, die W 8 in vorbildlichem Zustand zu versetzen!"

Vallery musterte die ihm Bekannten. Mir nickte er anerkennend zu. Da standen wir nun, die Arbeitskombis mit grauer und roter Farbe beschmiert, Teerflecken auf der Brust vom Kalfatern, verölte Gesichter, schmutzig und lächelnd.

„Sieht alles ganz gut aus", meinte der einzige Uniformträger weit und breit und sah suchend um sich. „Sollte nicht der Neue, der Fähnrich, an Bord sein, wo ist der?"

Schrader lachte aus vollem Halse: „Der steht vor Ihnen."

Nun war es an mir, wie gelernt, eine militärische Meldung zu machen: „Herr Kaleu, Fähnrich zur See Färber meldet sich mit Wirkung vom 15. März an Bord der W 8 versetzt."

Nie zuvor hat wohl ein so verdreckter, farbbekleckster, wohl auch nach Schmierfetten und anderen Werkstoffen stinkender Offizieranwärter dem Vallery eine Meldung gemacht.

Über Vallerys rundliches Gesicht huschte ein Lächeln. Er tippte mit dem Zeigefinger kurz an den Mützenrand und blinzelte seinen Neuzugang mit leicht zusammengekniffenen Augen an: „Sie sind also der Färber, na, denn kommen Sie mal mit an Bord!"

Zwei Treppchen hoch residierte er in seinem Hochheiligtum, stets nur mit Anklopfen zu betreten und nur zu besuchen, wenn er den Klingelknopf betätige und an die jeweilige Stelle das Zeichen „Kilo" morste. Das bedeutete „Zur Kommandantenkammer kommen". Das schrillte wie „Lang-Kurz-Lang". Kaleu Vallery sah wohl in seiner Kammer sein Refugium, aber als Mittelpunkt des Schiffes unterhalb der Brücke war es die Anlaufstelle für vieles. Hier wurde getadelt, gelobt, wurden Dienstpläne geschmiedet, über den wöchentlichen Speisezettel diskutiert, Gäste empfangen, schluchzenden Müttern mitgeteilt, dass der gesuchte Matrose nicht zur Besatzung gehöre, oder dem Zollbeamten so lange die Zigarre verweigert, bis er die Einwilligung gab, die Zollast im Hafen zu öffnen. Am kleinen Tisch saßen zu jeder Mahlzeit neben dem Kommandanten der Obermaschinist, der einzige Portepeeunteroffizier an Bord, und für fast ein Jahr jetzt dazu der Fähnrich Färber.

Die Kammer war mit Mahagoniholz ausgeschlagen, dazu Ledersofas, der kleine Schreibtisch, daneben, wie in den alten Friesenhäusern als Alkoven zwischen den Schränken eingelassen, die zugehängte Koje. Eine stinkgemütliche Kapitänshütte!

Hier konnte man sich wohl fühlen, und Vallery? Sein erster Eindruck auf mich? Wie die Besatzung erzählte, er schien ein umgänglicher Mensch zu sein. Was er wohl von seinem Fähnrich hielt? Na, das würde er in der ersten Unterhaltung versuchen herauszufinden, und der Schrader wird ihm bestimmt auch noch einiges erzählen. Bestimmt Positives, damit konnte ich wohl rechnen.

„Hier ist ne Zeitung, da setzen Sie ihren Blaumann mal drauf, sonst versauen Sie das Edelsofa."

Mit dieser Empfehlung holte er aus einem kleinen Schapp eine fast noch volle Flasche Tullamore Dew, dazu zwei Gläser, fragte gar nicht erst, sondern füllte beide bis fast zum Rand, sah mich an und sagte freundlich: „Willkommen an Bord".

Ein bisschen zögerlich, ein wenig abwartend prostete ich ihm zu, nahm einen kleinen Schluck, während er das Glas ansetzte und in einem Zug leerte, danach tief seufzte, den letzten Tropfen vom Kinn wischte und meinte: „Das tat gut, habe lange drauf verzichten müssen, meine liebe Frau sieht im Alkohol den Teufel, zu Hause herrscht diesbezüglich Trockenheit wie in der Wüste.“

In seiner ungezwungenen Art erinnerte er an Lornsen, meinen früheren Fischkutterkapitän. Na ja, die W 8 war im Prinzip schiffsmäßig nichts anderes, und Vallery kam mir entgegen wie ein offenes Scheunentor. Schiff Ok, und zwischen dem Alten und mir schien von Anfang an die Chemie zu stimmen.

Es dauerte nicht lange, bis ich alles über ihn und er alles über mich wusste. Der Abend endete spät nach Mitternacht schwankend an der Reling zum Luftschnappen und zum Überbordpinkeln. Zu spät erkannten wir beide, dass die W 8 ja immer noch in der Helling an Land lag. Es platschte da unten so komisch.

Morgens steckte in der Brusttasche meiner dreckigen Arbeitskombi ein Zettel, eine von Vallery handgeschriebene Liste mit den mir aufs Auge gedrückten Verantwortlichkeiten. Damit gab es an Bord letztlich nichts wofür ich dem Alten nicht Rechenschaft abzulegen hatte. Der Fähnrich, immerhin auf dem überschaubaren klitzekleinen Kriegsschiff der zweithöchste Dienstgrad, war nichts anderes als das Mädchen für Alles. Mir gefiel diese Rolle.

Zwei Tage später rutschte unser Dampfer ins Wasser. Vom Slip befreit, drehte die W 8 mit Werftchef Schrader an Bord einige Testrunden im freien Wasser. Danach ging es ab zum Heimathafen Altstadt. Dort großes Hallo und Winken. Kaum festgemacht, rief ein Läufer vom Kai zur Brücke hoch: „Kapitänleutnant Vallery gleich zum Geschwaderchef. Einsatzbesprechung!“

Kapitänleutnant Vallery, kurz Kaleu Valley genannt und vom Hauptgefreiten Kahl immer viel zu laut und fast schon peinlich übertrieben militärisch bei der Morgenmusterung und Meldung der Besatzung als „Kleu“ begrüßt, hatte eine besondere Stellung im Geschwader. Er war der „Ärger Karl“. Für eine Landratte ein nicht zu deutender Begriff. „Ärger Karl?“ Selbst noch nie gehört.

Der Fähnrich vom Schiff nebenan wusste es. Hervorgegangen aus der Abkürzung Ä. K., was „Ältester Kommandant“ bedeutete, war diese Bezeichnung entsprechend verhunzt worden.

Hatten wir bis jetzt nur in der Werft im Dreck gelegen, begann in Altstadt das eigentliche Bordleben auf einem Marinefahrzeug. Da wurde wieder strammgestanden, zackig gegrüßt. Hin- und hergerannt. Morgens und abends Flaggenparade. Das Deck geschrubbt. Nun aber war Fähnrich Färber nicht mehr Schrubbender wie zu Seekadettenzeiten, sondern Beaufsichtigender. Ja, ja, ein kleiner Unterschied sollte schon sein.

Mit einem wichtigen braunen Umschlag in der Hand schnaufte Vallery, von der Einsatzbesprechung kommend, wieder aufs Schiff, rief mich und die Unteroffiziere in seine Kammer, wo wir eng gedrängt erfuhren, für 14 Tage im Fehmarn-Belt taktische Nahaufklärung betreiben zu sollen. Was das im Einzelnen bedeutete, wussten die Alteingefahrenen. Mich würde man in See, sozusagen vor Ort einweihen.

Außer dem Oberbootsmann, dem Obermaschinisten aus Kissingen, waren die übrigen Maate und Obermaate nicht am Werftort, sondern erst in Altstadt zurück aus dem Urlaub wieder an Bord erschienen. Da nun die Truppe endlich wieder vereint war, nahm Vallery den ersten Abend im Heimathafen zum Anlass, seinen Fähnrich einzuführen und befahl: „19 Uhr kurze Vorstellung des Neuzugangs im Mannschaftsdeck, Anwesenheit Pflicht!“

„Vergessen Sie nicht, mindestens einen, besser zwei Kisten Bier mitzubringen und eine, besser zwei Flaschen Hochprozentigen“, hatte mir der Kissinger Oberheizer nach dem Mittagessen zugeraunt.

Ein guter Tipp! Kaum war abends die Bierlast vor dem Schott und Niedergang des Mannschaftsdecks abgestellt, schleppten die Gefreiten den Stoff strahlend unter Deck und platzierten ihn auf der großen Back, dem Tisch.

Vallery hielt ein launige Ansprache, vergaß nicht zu erwähnen, dass erstmalig ein Mann mit Fischkuttererfahrung von nördlich der Elbe an Bord gekommen sei, was bei den mir bisher unbekannten niederen Unteroffizierdienstgraden offensichtlich leichte Verunsicherung aufkommen ließ, die schnell versiegte, als der Hauptgefreite Kahl vortrat und nach einigen Begrüßungsworten einen Willkommenstrunk anbot. Er grinste zu auffällig, als dass ich nicht ahnen musste, hier einem besonderen Test unterzogen zu werden.

Er bot mir ein Zahnputzglas, zu drei Vierteln gefüllt mit einer wasserklaren Flüssigkeit.

Was Kahl, der Decksälteste, nicht wissen konnte: Ich erkannte die Flasche, aus der er den Fusel ausschenkte. Dieses verteufelte Gesöff erinnerte an die Navigationsfahrten in Mürwik, wo man von Bord nur eine Flasche mitnehmen durfte, und jeder daher den stärksten, den 75% kaufte.

Wenn er auch mit der Hand beim Einschenken das Etikett verdeckte, die rote Halsbanderole und die besondere Form der Flasche verrieten den Inhalt. Den zu trinken, bedurfte es einer besonderen Technik. Nicht im Mund halten, sondern nur mit einem Sturzschluck durch die Röhre in den alles vertragenden Magen kippen, das vermied prustenden Husten, wildes Keuchen und Japsen nach Luft.

Ich wusste, was in meinem Glas war, die Banditen herum, deren Blicke erwartungsvoll auf den Fähnrich gerichtet waren, hatten bestimmt Wasser in ihren Gläsern.

„Na, denn Prost und auf eine gute Bordgemeinschaft. Prost, Herr Fähnrich!“

Mit einem Schluck heruntergestürzt, brannte es wie Feuer. Nur keine Wirkung zeigen, auch wenn die Tränen in den Augen standen. Kurz geschüttelt, Glas auf die

Back gestellt, nach hinten gegriffen, eine meiner mitgebrachten Schnapsflaschen daneben postiert und den Blick auf die schweigende Runde gerichtet.

Was erwarteten die? Eine verzögerte Wirkung oder dass ich gleich tot umfallen würde?

In diese Stille hinein bat ich den Hauptgefreiten Kahl um sein Glas und um seine Flasche. Weiterhin sprachlos, langsam und zögerlich rückte er die rotkappige Flasche heraus. Ein wenig bleich geworden streckte er sein Glas entgegen, das ich ihm mit seinem Stoff dreiviertelvoll einschenkte. Die anderen Gläser füllte ich mit meinem Schnaps.

„Nun, meine Herren, als Gegenleistung meine Runde. Zum Wohle!"

Der arme Kahl schluckte und schluckte, völlig verkehrt, falsche Taktik, wand sich wie ein Aal, zelebrierte exakt den Veitstanz, den alle eigentlich von mir erwartet hatten.

Mit Kahl habe ich zur gegenseitigen Versöhnung anschließend ein löschendes Bier getrunken.

Der Abend verlief locker und fröhlich, die Tatsache, den Teufelstrank mannhaft geschluckt zu haben, brachte mir den Ruf ein, ein ganz toller Hecht und Getränksmann zu sein. In Wirklichkeit litt ich jedes Mal furchtbar, wenn die Grenze des Erträglichen überschritten worden war.

Auf jeden Fall legten dieser „Bekanntmachabend" und wohl auch die gemeinsame Arbeit in der Werft einen gewissen Grundstein der Anerkennung und eines natürlichen Respekts. Ehrlich gesagt, das gefiel mir. Von einer Gagerlake war keine Rede mehr. An Bord heimisch geworden und einigermaßen mit dem Umfeld vertraut, galt es das Geschwader kennen zu lernen. Wer waren die anderen Marineangehörigen? Auf welche Einheiten waren die Crewkameraden versetzt worden, die mit mir von der Marineschule hierher gekommen waren? Was hatten sie erlebt, während ich zwei Wochen lang fern des Heimathafens als „Werftgrandi" verdreckt unter dem Schiff gelegen hatte? Mit großem Hallo traf man den einen und anderen, tauschte die ersten Erfahrungen aus.

Im Geschwaderstab liefen die letzten Vorbereitungen für einen so genannten „Tag der offenen Tür". Die junge Bundesmarine, immer noch in Parlamentsdebatten von der Opposition in Frage gestellt, wollte vor die Öffentlichkeit treten. Überall wurde an den Schiffen geputzt und gestrichen. Zu diesem Anlass lag das gesamte Geschwader im Hafen, der 12-Masten Zirkus.

Diese seltene Chance nutzte die Geschwaderführung, die Fähnriche bei einer Lagebesprechung im Offizierheim vorzustellen. Danach geschah die Aufgabenverteilung zur Durchführung des Tages der offenen Tür, und als letztes erlebten die Neuankömmlinge eine groß angelegte Einsatzbesprechung.

Der Geschwaderkommandeur eröffnete den Reigen, wies auf die hohe Einsatzbereitschaft hin, zählte die Schiffchen auf und erklärte die in der westlichen Ostsee gestellte Aufgabe. Auf Grund der düsteren außenpolitischen Großwetterlage sollten wir wachsam sein, in der westlichen Ostsee jedes Schiff des Warschauer Paktes möglichst namentlich erfassen und melden. Irgendwie bedrückend klang seine Stimme, sie zitterte. Der Herr Kapitän erzeugte mit seinen Worten eine Atmosphäre, als ob die Welt unmittelbar am Vorabend des Dritten Weltkrieges stand.

Kaleu Vallery stieß mich an und murmelte: „Nicht zu ernst nehmen, macht er immer so, er zittert, weil er nüchtern ist. Pfundskerl, aber ein Säufer vor dem Herrn!" Und nach kurzer Pause fuhr er fort: „ Gleich kommt's noch dicker. Der S 2 wird auftreten und die Feindlage darstellen, hält sich für den wichtigsten Mann, wir nennen ihn den Oberverdachtschöpfer."

Da stand er auch schon hinter dem Pult, machte einen Bückling in Richtung des abtretenden Kommandeurs, entrollte eine große Ostseekarte, dazu eine Weltkarte, Tafeln mit Statistiken und eine, die Freund- und Feindflotteneinheiten gegenüberstellten. So etwas hatten wir noch nie erlebt; zunächst erweckte der Vortragende großes Interesse und erzeugte Anspannung; die ließ jedoch bald nach, so dass die Blicke gelangweilt schweifen konnten.

Was waren das für Offiziere, die um mich herumsaßen?

Zwischen uns Fähnrichen als dem ersten Nachkriegsnachwuchs und den meisten hier fehlte mehr als eine Dekade, in der es in Deutschland keine Soldaten, keine Streitkräfte mehr gegeben hatte, keine Marine. Zwar hatten wir diesen Altersbruch schon zuvor im Schulgeschwader und auch auf der Marineschule festgestellt. Dort war das aber weniger auffällig gewesen, weil man zu den Vorgesetzten im Schüler-Lehrer-Verhältnis stand. Die Pauker damals auf dem Gymnasium waren ja auch erheblich älter gewesen. Jetzt hingegen, da wir als Offizieranwärter und in der freudigen Erwartung waren, demnächst zum Leutnant befördert zu werden, galt es für beide, für die neue und für die alte Offiziergeneration, einander näher zu kommen und dabei einen Generationsgraben elegant zu überspringen.

Obwohl viele der Kriegsgedienten gleich nach der Kapitulation in maritimen Organisationen der Alliierten Unterschlupf gefunden hatten, spürte doch jeder den Unterschied zwischen der Kriegsmarine des Dritten Reiches und der demokratischen Bundesmarine, und das sowohl ideologisch als auch was das Zeitverständnis betraf.

Die Existenz dieses Grabens, bereits an der Marineschule als altersbedingte Kluft empfunden, trat jetzt noch auffälliger hervor. Bei den vor mir Sitzenden sah man auf manch schütteres Haar und manche grauen Strähnen. Beim Anblick unserer jungen Gesichter wäre einem Außenstehenden der Gedanke gekommen, hier hätten einige Väter ihre Söhne mitgebracht.

Vallery neben mir und auch die übrigen Kommandanten und ebenfalls die älteren Unteroffiziere an Bord, alle waren wieder eingestellte Kriegsgediente. Hinzu kamen die jüngeren Bootsleute und Maate vom Seegrenzschutz oder von der LSU, der „Labour Service Union", der von Amerikanern eingerichteten Nachkriegsminensuchflottille.

Die Verschmelzung des Seegrenzschutzes mit der kurz zuvor aufgestellten Bundesmarine geschah im Sommer 1956. Warum nicht schon zum 1. Januar 1956, als die Bundesmarine aus der Taufe gehoben wurde? Es war kein Geheimnis, dass einigen Parlamentariern der Seegrenzschutz zu militärisch, vielleicht sogar zu rechtslastig erschien, so dass bei der Vereinigung mit der jungfräulichen Bundesmarine antidemokratische Gene hätten Oberhand gewinnen können.

Die verunsicherte Öffentlichkeit wartete auf den Wahlausgang 1957. Gerüchte liefen durch die junge Truppe, dass bei einem Wahlsieg der SPD, der Partei Ollenhauers, möglicherweise nicht nur der Seegrenzschutz, sondern auch die eben aufgestellte Bundesmarine wieder aufgelöst werden könnten.

Trotz dieser Unkenrufe, trotz politischer Hasstiraden gegen die Wiederbewaffnung gab es genügend Interessierte, die in den neuen Streitkräften dienen wollten. Da gab es Offiziere, die, vor zwei, drei Jahren erst aus kanadischer oder russischer Kriegsgefangenschaft entlassen, bereits wieder die Uniform der jungen Bundesmarine trugen. Viele von ihnen wollten ans erlernte Handwerk anschließen. Anderen spukte das Hakenkreuz weiterhin im Kopf herum, wiederum andere hatten mehr als ein Jahrzehnt die Gelegenheit gehabt, der Segnungen des Kommunismus teilhaftig zu werden und wollten aus Überzeugung zur Demokratie ihren Verteidigungsbeitrag leisten. Zu Beginn der Bundeswehr dürfte die letzte Gruppe wohl die kleinste gewesen sein.

Jahrzehnte später beschrieb der renommierte Geschichtsprofessor Salewski die Personalsituation bei der Aufstellung der bundesrepublikanischen Streitkräfte wie folgt: „Die letzten Wehrmachtssoldaten waren gerade aus Sibirien gekommen. Manche zogen sich schnell um, schüttelten den Staub von Workuta aus ihren zerfetzten Wehrmachtsuniformen und meldeten sich freiwillig bei der Offizierbewerberzentrale in Köln-Porz zur Bundeswehr."

Ob auch denen beim Einstellungsgespräch dieselbe Frage gestellt worden war wie mir: „Was bedeutet Ihnen Demokratie?"

Bei abendlichen Gesprächen in den Kreis der älteren Offiziere einbezogen, hörten wir nie zuvor gehörte Beurteilungen der jüngsten Geschichte. Themen wie Widerstand gegen Hitler, 20. Juli 1944, Bürger in Uniform oder Kadavergehorsam, angeprangert in dem damals Kinokassen füllenden Antikriegsfilm „Nullacht Fünfzehn" von Kirst, kamen auf den Tisch.

Gespräche, vom Elternhaus gemieden, in der Schule unterschlagen und auf der Marineschule tunlichst umgangen, schwirrten durcheinander. Da saß der erste frisch in der Demokratie gebackene Offiziernachwuchs umrahmt von alten Helden und hörte staunend zu. Wo waren wir hingeraten? Was wurde da nicht alles erzählt?

Die Kriegsmarine zu Hitlers Zeiten sei nie politisch gewesen, riefen die einen. Die Admirale Raeder und Dönitz hätten voll Stolz das goldene Parteiabzeichen getragen, wussten andere. Habe nicht Dönitz auf der Marineschule Mürwik bis in die letzten Tage hinein ohne Not Hitlers Heldentaten gepriesen, sei er, der höchste Marinechef, nicht selbst von Hitler als dessen Nachfolger bestimmt worden. Ja, er habe aber auch die Marine aufopfernd dafür eingesetzt, Flüchtlinge über die Ostsee in den Westen zu bringen.

Wie passte das alles zusammen?

Alle die hohen Dienstgrade, die jetzt meine Vorgesetzten waren, mussten doch im Dritten Reich wichtige Schlüsselstellungen innegehabt haben, und das sicherlich nicht als überzeugte Demokraten. – Und jetzt waren sie es plötzlich? Hatten die alle eine ideologische Kehrtwendung um 180 Grad durchgeführt? Glaubhaft oder als Angepasste, als Karriereristen?

Fragen über Fragen.

Der honorige Vizeadmiral Friedrich Ruge, der mit dem Hitler ergebenen Dönitz bis in die letzten Kriegstage zusammengearbeitet hatte, schritt jetzt als erster Inspekteur der Bundesmarine die Fronten ab. Niemand wusste oder hatte je gehört, dass der Admiral Wagner, dem wir als einem der Ehrengäste bei der Marineschulabschlussfeier mit Wurstsalat die Uniform versaut hatten, in einer Denkschrift die Richtlinien einer zukünftigen demokratischen „Bürger-in-Uniform-Marine" niedergelegt hatte.

Und dann immer wieder die Diskussion über Wert und Unwert des neuerlichen Konzepts der Menschenführung, über die Baudissin-Vision der „Inneren Führung", die nicht ernst genommen und in den verräucherten Kommandantenkammern als „Inneres Gewürge" verlacht wurde.

Die am Ende zumeist in Alkohol ertränkten Unterhaltungen über diese Themen langweilten schließlich. Weitaus bodenständigere, näher liegende und irdischere Probleme galt es zu bewältigen. Wenn es um Menschführung ging, bezogen die älteren Offiziere weiterhin und auf deren Empfehlung auch viele der Jüngeren ihrer Kenntnisse aus dem 1936 erschienenen Buch mit dem Titel „Der Marineoffizier als Führer und Erzieher". Das war was Handfestes!

Eine, wenn man sie so bezeichnen sollte, demokratische Version der rechtslastigen Lektüre, deren marineblauer Einband das Hakenkreuz zierte, gab es nicht.

„Füchschen" vom aufgelösten Seegrenzschutz kam mir in Erinnerung, der mir, als ich noch auf der Schulbank schmorte, die Ohren vollgesaust hatte mit der Empfehlung, mich nach dem Abi bei der Marine zu bewerben. „Seefahrt vom Feinsten!", hatte er mir vorgeschwärmt. Das war doch einer von denen, die dem untergegangenen Dritten Reich ein wenig nachtrauerten. Der musste doch in einem dieser Geschwader stecken, die von der Bundesmarine übernommen worden waren.

Langes Herumfragen brachte die Erkenntnis, dass eine kürzlich aufgestellte Marinefliegergruppe Leutnant zur See Fuchs mit anderen in die fliegerische Ausbildung nach England geschickt hatte, nach Linton-on-Ouse, zur Nr.1 Training School der Royal Airforce.

Waas? Jetzt auch in England? Da war doch bereits in Wilhelmshaven nach der Grundausbildung ein ganzer Zug nach Pensacola in den USA zur fliegerischen Ausbildung geflogen worden.

Mein Wunsch, eines Tage zu den U-Booten versetzt zu werden, bröckelte. Die Vorstellung, statt durchs Wasser zu pflügen auch darüber hinwegdonnern zu können, nahm plastische Formen an. Aber der Flirt mit dem anderen Metier war schnell vergessen. Lieber wollte ich doch Seemann sein, und die W 8 sollte jetzt meine Heimat werden.

Die kleine Welt des 12-Masten-Zirkus vereinnahmte mich. Die große Politik blieb draußen. Oppositionsführer Erich Ollenhauer verlor die Wahl, Konrad Adenauer gewann sie zum dritten Mal und Franz Joseph Strauß garantierte die Zukunft des Militärs. Ganz schlichte und andere Themen beschäftigten Kaleu Vallery und seinen Fähnrich. Da mussten für die Verpflegung Eier eingekauft werden. Heutzutage würden sie über eine zentrale Organisation beschafft; damals spazierte der Fähnrich, auch dafür zuständig, mit dem Smut über den Wochenmarkt und kaufte Eier und Gemüse ein.

Nahte das Wochenende, lagen die Boote im Heimathafen, fiel ab Freitagmittag Ruhe wie ein Leichentuch über das Geschwader. Die Älteren und Verheirateten verschwanden zu ihren Familien. Zurück blieben die Mannschaften und die Fähnriche.

Für mich gab es nichts Schöneres. Herr aller Reußen auf meinem Dampfer, saß ich allein in der gemütlichen Kommandantenkammer, lud Kameraden ein, wurde vom Smut versorgt, konnte an Land gehen, wann ich wollte. Es gab keine jammernde Mutter, die ein zu spätes Nachhausekommen beim Frühstück beklagte, keinen Vater, der herumknurrte.

Als ich eines Nachts, es muss wohl Mitternacht gewesen sein, zusammen mit Fähnrichskollegen anderer Schiffe von einem Zug durch die Gemeinde zurückkam, hörte man aus der Kombüse meiner W 8 großes Gelächter und Gelärme, das über den Hafen schallte. Das Schott stand offen und die Tür des großen Kühlschranks auch. Der Herd, ich glaube, das Herzstück der beliebten Schiffseinrichtung hieß Sakebrenner, schnurrte. Der Koch, umringt von Bierflaschen schwingenden Gestalten, schlug reihenweise Eier in die brutzelnde Pfanne.

Nach dem Abendbrot die Kücheneinrichtung zu nutzen war strengstens untersagt, aus Brandschutzgründen. Für hungrige Spätheimkehrer lagen stets Wurst, Butter und Brot in der Kombüse, aber Herd und Kühlschrank galten als tabu. Was da an

Bord ablief, sah allerdings ganz anders aus. Niemand ahnte, dass es einen stillen Betrachter dieser untersagten Lustigkeit gab. Es wäre unklug gewesen, da einzuschreiten.

Zum Mittag des nächsten Tages, es war ein windstiller ruhiger Sonntag, reichte mir der Smut in der Kommandantenkammer das Gericht gemäß Speiseplan. Auf dem Tisch dampften Salzkartoffeln, Spinat und zwei Eier. Sah gut aus, schmeckte wie immer vorzüglich. Während ich genüsslich beim Bierchen danach saß, klopfte es am Schott, nachdem ich, wie vom Vallery gelernt, „Kilo" (Lang-Kurz-Lang) an die Kombüse geklingelt hatte.

„Hat gut geschmeckt Smut, wie viele Leute waren wir denn heute zum Mittagessen?"

„Mit Ihnen zusammen waren wir zehn, Herr Fähnrich."

Ich fing an, ihm vorzurechnen: „Hm, das wären zwanzig Eier gewesen."

Der Smut nickte, lächelte, schien beeindruckt von meinen Rechenkünsten. Danach jedoch verfielen seine bisher fröhlichen Gesichtszüge.

„Dann müssten vom gestrigen Einkauf noch 40 Eier übrig sein!"

Verlegen stammelte er: „Eigentlich schon, ja, doch, vielleicht, kann sein", oder so.

„Wir können ja mal nachsehen"

Auf dem Achterdeck räkelten sich einige Mannschaftsdienstgrade in bunten Hawaihemdchen an der Reling in der Sonne. Wochenendroutine. Ihre Unterhaltung erstarb, als sie uns beide in die Kombüse gehen sahen. Im Eierregal des Kühlschranks lagen einsam und verlassen vier dieser Exemplare. Betretenes Schweigen beim Smut.

„Mensch Smut, die anderen müssen über Nacht davongeeiert sein. Da müssen Sie gleich morgen den Bestand wieder auffüllen. Ist doch kein Problem. Nur teurer wird es werden. Rechnen Sie mal aus, wie viele fehlen, und für jedes Ei, das komischerweise gestern um Mitternacht aus dem Kühlschrank verschwunden ist, wird die Bordkasse mit 50 Pfennig aufgefüllt. Ihre Kameraden werden Ihnen sicherlich dabei helfen. Alles klar?"

„Jawoll Herr Fähnrich!"

Zurück in meiner Kammer vor dem Mittagsschläfchen überkam mich ein angenehmes Gefühl. Vielleicht war der Vorfall nicht beeindruckend, aber zum ersten Mal war ich mit der Herausforderung konfrontiert worden, als Vorgesetzter disziplinar tätig zu werden, und das ganz allein, ohne vom in diesen Dingen erfahrenen Kaleu Vallery Ratschläge einzuholen. Und ich meinte, die von mir gefundene Lösung des Problems sei doch sehr human gewesen.

Übrigens lag zum Abendbrot die gewünschte Summe, vom Smut hingezählt, in der Kommandantenkammer auf dem Tisch. Nie wieder ist darüber geredet worden, nie wieder hat es während meiner Bordzeit auf W 8 nach Dienst in der Kombüse Fressgelage gegeben. Es gab ein größeres Ereignis, das alle Aufmerksamkeit erforderte.

Der „Tag der offenen Tür" zog mit Federwölkchen und sommerlichen Temperaturen herauf. Bevor die Tore des Stützpunktes für die Bevölkerung geöffnet wurden, mussten die Besatzungen in Ausgehuniform bootsweise zur Geschwadermusterung antreten.

Die Stimme des Kommandeurs zitterte schon wieder. Ich dachte dabei an die erklärenden Worte meines Kommandanten. Vallery stand neben mir, hatte zur Feier des Tages einen neuen weißen Mützenbezug mit Stahlband aufgezogen, dass die Mütze steif wirkte wie ein Flugzeugträgerdeck.

Was der Geschwaderchef Kapitän Ebersfelder seiner Truppe damals zur Durchführung des Besuchstages verkündete, ist mir entfallen, was aber Valley uns mitteilte, blieb unvergessen. Warum? Weil am Ende genau das eintrat, was er sich verbeten hatte. An die Mannschaftsdienstgrade gewandt, an die „Lords", wie die Mannschaftsdienstgrade selbst gern genannt sein wollten, erging die Warnung: „Also, dass mir da keine Klagen kommen, keiner fasst die kleinen Mädchen an wenn sie an Bord sind, nicht auf der W 8. Gnade euch Gott, wenn es anschließend Ärger gibt!"

Der sonst so Vergnügliche machte dazu ein bitterböses und entschlossenes Gesicht. Er hatte wohl schlechte Erfahrungen mit Damenbesuch an Bord gemacht.

Trotz der schlechten Presse der Bundeswehr – oder vielleicht gerade deswegen – hätte ein Informationstag nicht besser ausfallen können. Die Schiffe wurden von den herbeiströmenden Besuchern buchstäblich geentert. Überall Gedränge, vom Maschinenraum bis hinauf aufs Signaldeck, wohin ich geflohen war.

Unten an Deck erkannte ich Crewkamerad Cod, der beim Nachbargeschwader auf einem der Patrouillenboote fuhr.

„Heh, Cod, komm hoch zu mir in die schwindelnde Höhe, hier ist die Luft besser!"

Er winkte und zeigte auf eine neben ihm stehende Frau: „Das ist meine Verlobte, kann die mitkommen?"

„Was für eine Frage!" Indem ich mich vorbeugte und steil von oben nach unten schaute, fiel mein Blick auf einen zarten Scheitel, zu dessen beiden Seiten kastanienbraune Haare in Wellen auf die Schultern wallten. Gab es damals schon Wellaform? Wie von Cod anempfohlen, trug sie einen züchtigen hellblauen Hosenanzug.

Es sammelte sich nämlich jedes Mal eine feixende Traube von neugierigen Lords unter der Treppe und schaute sehnsüchtig hoch, wenn über ihren Köpfen die Mädchen mit wippenden Sommerkleidchen die offenen steilen Bordleitern hinaufkletterten.

Wie die da unten die Blicke nach oben richteten, so gespannt sah ich Cods Verlobter von oben entgegen. Hochkonzentriert, immer gleichzeitig mit beiden Händen das Geländer fassend, schwang sie den Aufgang hoch. Wellaform glänzte rötlich in der Sonne, aber viel verlockender gab jeder Schwung den Blick frei auf zwei Pfirsiche und den Ansatz eines champagnerfarbenen BHs, der in der Mitte von einem schillernden Knöpfchen zusammengehalten zu sein schien. Sehr erregend! Sie wiegte näher, das andere Getümmel um mich herum interessierte nicht mehr.

Voll Erwartung, was unter der Haarpracht Schönes sein würde, blockierte ich auf dem Signaldeck den Aufgang. Auf der letzten Stufe, frei vom Geländer ergriff sie meine Unterarme, als ich ihr die Hände zur Hilfeleistung entgegenstreckte. Sie blieb wie festgewurzelt stehen. Ihre Fingerspitzen bohrten sich krampfartig in meine Haut. Cod hinter ihr wartete geduldig. Unsere Blicke verschwammen ineinander. Ihr anfängliches Lächeln schwand dahin. Ihre leuchtenden Bernsteinaugen nahmen dunkle Farbe an, die Iris verfärbte sich zu einem tiefen goldenen See. Es wurde still um uns beide. Stumm standen wir voreinander, nur Zentimeter voneinander entfernt – rundherum schlugen Blitze ein. Wie von einem einengenden Gürtel geschnürt drohten uns die Kehlen zugedrückt zu werden. Im Bauch und tiefer flatterten mir lang nicht mehr gespürte Gefühle.

Eine irrsinnig attraktive junge Frau stand da vor mir. Der Boden dröhnte.

Mit einem Seufzer glitten ihre Hände von den meinen: „Ich heiße Eike!“

„Ein schöner norddeutscher Name!“ Mit fiel nichts Besseres zur Begrüßung ein, und ich keuchte: „Ja und übrigens ich heiße Hannes.“ Als sie ihre Hände von meinen Armen nahm, glaubte ich einen sanften Druck gespürt zu haben, kaum zu merken, aber mir mehr sagend als eine Umarmung.

Ob Cod diese für uns beide erderschütternde Begegnung wahrgenommen hatte? Zumindest überspielte er seine Wahrnehmung, redete und redete, was wie Wasser an meinen Ohren vorbeilief. Meine Gedanken umkreisten einen hellblauen Hosenanzug, dem ich an diesem Tag noch zweimal herüberlächelnd zuwinken konnte.

Spätabends, es war wieder Ruhe eingekehrt, kehrte die schöne Eike in meine Phantasiewelt zurück Die Lords schabten auf der Pier den Müll zusammen. Ich lag in meiner Kammer auf der Koje und ließ den Tag Revue passieren.

Sollte ich meinem Herzen einen Tritt geben und versuchen, diesen Augen noch einmal zu begegnen? So wie unsere Blicke ineinander versanken, Zuneigung in Bruchteilen von Sekunden aufflammte und zu spüren war, dass zwischen zwei Menschen alles total stimmte, das musste mehr sein als die in Kitschromanen beschriebene Liebe auf den ersten Blick. Oder?

Blödsinn! Vielleicht war ich nach langer Enthaltsamkeit oder wegen mangelnder Gelegenheit einfach nur scharf wie ein persische Streitaxt und lechzte insgeheim danach, jedes beliebiges Mädchen, das mir oben auf dem Signaldeck in die Arme gefallen wäre, bei der nächst passenden Gelegenheit tüchtig durchzukneten.

Nein, nein, bei Eike beschlichen mich ernstere, höhere, ja heilige Gefühle.

Ein kalter Luftzug strömte durch das geöffnete Bulleye in die Kammer. Das kleine Lämpchen auf dem klitzekleinen Schreibtisch beleuchtete eine eben angebrochene „Jonny Walker". So ein Zahnputzglas guten Whiskys könnte die Gedanken ordnen.

Gedacht und auch getan.

Da knirschten Schritte auf der Schwimmpier. Kurz darauf funkelten zwei dunkle Augen wie Irrlichter durchs Bulleye. Das Gesicht, nur vom Messingrahmen des runden Bulleyes umrahmt, ließ nicht schnell erkennen, wer da draußen stand, wohl aber die zitterige Stimme. „Ah, Fähnrich Färber, sehe Sie noch auf den Beinen, na, wie ist Ihnen denn der Tag der offenen Tür bekommen? Na, und ein schöner Schluck zur Feier des Tages steht auch schon parat." Dabei huschte sein Blick an mir vorbei und blieb an der Flasche kleben.

Konnte ich meinen Kommandeur draußen stehen lassen? Nein, natürlich nicht. Fähnrich Färber heuchelte Begeisterung und bat ihn an Bord. Den Weg kannte Ebersfelder, und ruckzuck saß er auf der Bettkante, hatte ein Zahnputzglas in der einen Hand und in der anderen den „Jonny Walker". Irgendwann erstarb die oberflächlich geführte Unterhaltung.

Ich lag flach neben ihm auf der Koje und dachte an Eike. Er leerte in kurzen, schnellen Zügen die Flasche und wünschte lallend „ne gute Nacht".

Die Kammertür klappte zu. Das war der Kommandeursbesuch. Durchs geöffnete Bulleye drang von der Schwimmpier das Geräusch davonschlurfender Schritte.

Schlafen war nicht drin. Wallendes kastanienbraunes Haar strich durchs Gemüt. Sollte ich dem Cod seine Verlobte abspenstig machen? Wie ihre Augen mir in die Seele geblickt hatten. Zufall oder Absicht? Nee, einem Kameraden die Frau auszuspannen, das wäre schofelig. Vom Hirn bis zur aufgeblühten Reizstelle zwischen den Beinen fiel in derselben Nacht die Entscheidung: Cod sollte mit seiner Wellaform glücklich werden!

Wir haben uns später auf Marinebällen und Crewfesten dann und wann getroffen. Cod und seine Ehefrau. Wann immer Eike und ich uns begrüßten, legte sie wie beim ersten Mal an Bord ihre Hände auf meine Unterarme und ich meinte, wieder den viel versprechenden Zuneigungsdruck ihrer Finger zu spüren. Dabei huschte das Lächeln der Mona Lisa über ihre Lippen.

Die Routine des nächsten Tages ließ die bewegende Begegnung schnell vergessen. Beim Frühstück erzählte ich dem Vallery nichts davon, wohl aber von dem späteren Besuch des Kommandeurs. Er meinte: "Das macht der oft so. Sie haben das einzige Bulleye nach Backbordseite. Wenn Schiffe mit dieser Seite im Hafen fest gemacht haben und in der Kammer Licht brennt, kann ihn keiner abwimmeln. Machen Sie vor das geöffnete Bulleye dicke Pappe, dann bleibt er Ihnen vom Halse."

Mein Histörchen und andere frivole Geschichtchen vom gelungenen Besuchertag gingen in Lachen unter. Einhellig beurteilte man den „Tag der offenen Tür" als gelungene Veranstaltung, bis ein paar Tage später Polizei vor W 8 auftauchte und den Kommandanten zu sprechen verlangte. Vallery bat die Herren in die Kommandantenkammer und mich als Gesprächszeugen gleich dazu. Was war der Grund des Besuches?

Und dann kam es dicke. Wovor Vallery am stärksten gewarnt hatte, das schien eingetreten zu sein. Abends noch hatte er seiner Besatzung gedankt für die gute Disziplin, für die Mitarbeit und dafür, dass der „Tag der offenen Tür" nicht zum „Tag der offenen Hose" umfunktioniert worden war. Genau das warf man einigen seiner Mannschaftsdienstgrade jetzt vor: Sie hätten im Maschinenraum an dem besagten Besuchertage eine Orgie gefeiert; dabei seien anschließend einige Mädchen vergewaltigt worden. Dabei zielte der Vorwurf der vernachlässigten Aufsichtspflicht auf den Kommandanten. Vallery tobte.

Erst nach vielen Wochen, nach zermürbenden Vernehmungen, Beschuldigungen, eidesstattlichen Erklärungen, hundsgemeinen Presseveröffentlichungen ging die Affäre aus wie das „Hornberger Schießen", rutschte unsere W 8 aus der richterlichen Schusslinie.

Die Beweislage vermochte nicht den Maschinenraum der W 8 als Lusthöhle eindeutig festzulegen. Außerdem entpuppten sich die Kläger als eine Clique stadtbekannter Feger, an Bord der Schiffe vielfach durchgevögelt worden waren. Bei zweien hatte es gezündet. Mit der Behauptung, sie seien vergewaltigt worden, suchten sie nun nach Alimentezahlern.

Derartiges an Bord erleben zu können, davon war während der gesamten Offizierausbildung und auch zuletzt auf der Marineschule Mürwik kein Wort gefallen. Der viel gepriesene Begriff „Training on the Job " bedeutete offenbar auch, selbst in den kniffligen Situationen ohne vorherige Vorwarnung oder Einweisung eigene Erfahrungen sammeln zu müssen.

42

Endlich rückte der Tag heran, an dem die Seefahrt beginnen sollte. Nicht weit hinaus, aber mit einer Verlegung in ein kleines Fischernest auf der Insel Fehmarn. Von hier aus erfolgte im Wachwechsel mit anderen Hafenschutzbooten die Überwachung des Fehmarnbelts und die Absicherung des nahen Luftzielschießplatzes Todenbüll.

Keine aufregende Aufgabe und schon gar nicht eine Herausforderung an die auf der Marineschule gelehrte Astronomische Navigation mit Sextanten, der HO 249, den Ephemeriden-, den Gestirnsberechnungstafeln und anderen hochgeistigen Navigationshilfsmitteln, nein, hier wurde einfachstes terrestrisches Seemannshandwerk verlangt wie Seekarten lesen, Dreieckspeilungen nehmen und bei sauigstem Regenwetter rechtzeitig die Seezeichen erkennen. Viele meiner jetzt in dieses Geschwader versetzte Kameraden hatten nur eine theoretische und oberflächliche Ahnung von dem, was sie an Bord erwartete. Kein Wunder, denn die seit jeher von Seegeltung auf allen Meeren träumende Deutsche Marine hatte, obwohl auf engste NATO-Seegebiete beschränkt, ihrem Nachwuchs wenig über die terrestrische Navigation beigebracht.

Viele der Süddeutschen, die ohnehin die Seefahrt romantisiert sahen, gerieten in Schwierigkeiten. Wie oft habe ich im Stillen dem Fischer Lornsen und den Lehrern im heimischen Segelclub dafür gedankt, mir das handwerkliche Wissen der Navigation schon früh vermittelt zu haben.

Die von Jugend an gelernte Seemannschaft und die Erfahrung im Führen von kleineren Booten erwiesen sich in diesem Küstengeschwader als höherwertiger als manches, was die Marine bisher in Hannes Färber hineingestopft hatte.

Der Fähnrich blieb nicht lange der einzige Norddeutsche an Bord. Ein Obermaat war zur W 8 versetzt worden, der als Seemännische Nr. 1, auch Smatting genannt, mit all dem zu tun hatte, was Farben, Leinen, Fender und sonstige Arbeiten an Deck betraf.

1953 nach dem Aufstand in der DDR aus Saßnitz in den Westen „gemacht", genoss er bei Kommandant Vallery die doppelte Anerkennung, dem dortigen System den Rücken zugekehrt zu haben und zum anderen als ehemaliger Fischer wirklich sein Handwerk zu verstehen.

Wie ich fand der Gute schnell heraus, ausschließlich von Quietschern umgeben zu sein, was ihm schnell das Kreuz breiter werden ließ, von jedem Tag mehr. Mich vermochte er offenbar, schon weil der Dialekt fehlte, landsmannschaftlich nicht einzuschätzen.

Jeden Freitag war Treffen der Funktionäre in der Kommandantenkammer zur Festlegung des Dienstplans der nächsten Woche. Über Deckschrubben, Propellerwelle Fetten, über den Speiseplan bis hin zur Einkaufsliste der Zollwaren wurde diskutiert.

Wenn das Thema „Seemannschaft" zur Debatte stand, gewährte Vallery seinem neuen Smatting vertrauensvoll die Durchführung jedes Vorschlags, sowohl was den Arbeitsumfang als auch was den Zeitaufwand dazu betraf.

Was dem einen zeitlich zu viel zugestanden wurde, fehlte meistens zeitlich den anderen. Mir, dem der Kommandant die Koordination des Ganzen aufs Auge gedrückt hatte, missfiel die Bevorzugung des Saßnitzers. Es dauerte nicht lange, bis eine Gelegenheit heraufzog, dem sich allmächtig dünkenden Obermaaten einen Stopper vorzusetzen.

Es ging um die Arbeitszeit für das Leinenspleißen an vier neuen Fendern. Kostengünstig hatte der Obermaat vier gebrauchte Autoreifen angeschafft. Das war lobenswert. Die Reifen waren jeweils an zwei Stellen durchgebrannt worden, und durch die Löcher sollte nun ein Tampen gezogen und dreikardelig verspleißt werden.

Vallery nickte zustimmend und nickte auch, als der Smatting zur Durchführung dieser Arbeit dreieinhalb Stunden auf den Dienstplan gesetzt haben wollte. Keiner in der Runde widersprach.

Seit längerem war mir aufgefallen, dass der Obermaat, wenn er mit seinen Lords an Deck arbeitete, viele Ruhepausen einlegte, mit denen er bei den Mannschaftsdienstgraden natürlich Sympathiepunkte sammelte. Da verhielt er sich wie der Vormann auf einem Fischkutter, und da kam er ja her. Zeit herausschinden nannte man das.

Vallery empfand das offenbar nicht so und wollte gerade zum nächsten Punkt der Tagesordnung übergehen. Mich dagegen wurmte es gefährlich. Der junge Unteroffizier verscheißerte uns doch alle. Ich erhob die Hand: „Einspruch, mit dem für Montag angesetzten Spleißen geht der gesamte Vormittag drauf, ich brauche ab 10 Uhr alle Mann, die vom Schiffsausrüster angelieferten Zollwaren an Bord zu verstauen. Außerdem, für vier Spleiße dreieinhalb Stunden anzusetzen, das ist doch lächerlich." Vallery schaute mich verdutzt an, der Obermaat schluckte, die andern grinsten. Zu Vallery hingewandt, empörte sich die Seemännische Nr. 1: „Der Fähnrich weiß nicht, wovon er redet!"

Der Kommandant tat amüsiert, blickte mich an und fragte: „Nun, was können Sie dagegenhalten?"

Eine solche Chance, den Saßnitzer in seine Schranken zu weisen, würde nicht so schnell wieder kommen. „Herr Obermaat, holen Sie doch mal einen der Autoreifen, dazu ein Hanftau und einen Marlspieker oder Pricker. Bringen Sie ein bisschen Klebeband mit!"

Der Angesprochene schaute in die Runde, zögerte. Vallery stimmte zu, die anderen schwiegen. Niemand fiel mir ins Wort oder hielt den Aufstehenden zurück. Kopfschüttelnd stolperte er nach draußen an Deck. Aus dem Vorschiff, aus der Piek herbeigeschafft, wurde mir der Reifen vor die Füße gerollt.

Wie oft hatte ich bei Fischer Lornsen Leinen gespleißt, ja selbst Fender aus Autoreifen gefertigt. Einmal in Helgoland eingeweht, nutzte der Skipper die unfreiwillige Liegezeit, von der Besatzung 12 derartige Fender zusammenbasteln zu lassen.

Jetzt galt es schnell und zügig zu arbeiten. Alle Augen der in der engen Kammer Sitzenden verfolgten jede meiner Handbewegungen. Das Tau durch die beiden Löcher gezogen, genug, damit ein großzügiges Dreieck bis zum Spleiß entstand, dann die drei Stränge, die Kardeele, aufgebrochen, jedes Ende mit Klebeband fixiert, den konisch geformten, vorn spitzen Marlspieker zur Hand und damit die drei freien Enden in etwa 20 cm des Taus hineingeflochten. Ruckzuck nach 10 Minuten die

554

Flechtstelle mit dem Fuß festgerollt und fertig. Der einzige, der anerkennend und strahlend mit der flachen Hand auf den Tisch schlug, war der Obermaat: „Herr Fähnrich, das haben Sie nicht zum ersten Mal gemacht. Entschuldigen Sie meine dumme Bemerkung von vorhin." Die anderen murmelten.

Meine Erwiderung fiel ebenso so freudig und versöhnlich aus: „Geschenkt, geschenkt und vergessen, aber in den Dienstplan bitte eintragen: „Vier Reifen spleißen eineinhalb Stunden, einverstanden?" „Jawohl Herr Fähnrich!"

Seitdem sind wir beide bestens miteinander ausgekommen.

Am Montag pünktlich um 10 Uhr fuhr der Schiffsausrüster vor. Der Smatting hatte, wie gewünscht, pünktlich alle seine Leute auf die Pier beordert, die unverzollten Köstlichkeiten an Bord schleppen zu lassen. An der Deckspforte, dem Zugang zum Schiff, stand der grüne Zöllner und beäugte jede vorbeigetragene Last. Meine Aufgabe bestand darin, am Schott des großen Raum unterhalb der 2 cm Flugabwehrkanone stehend, die eingelagerten Waren auf einem Kontrollzettel abzuhaken. Alles gute Sachen, ausreichend für eine längere Seefahrt.

Was da alles vorbeigereicht wurde, Fleisch, das in den Gefriertruhen verschwand, Würste, Geflügel, Schnaps und Whisky in Kisten, Zigarren, Zigaretten stangenweise, Schokolade, die feinsten Delikatessen in Dosen und Kanistern. Schätze verschwanden da im Juliusturm. Waren wir ein Kriegsschiff, wenn auch ein kleines, oder ein Luxusliner?

Knarrend fielen die Vorreiber, die großen Hebel, von außen zu. Der Zöllner hängte ein großes Vorhängeschloss davor, überreichte dem Fähnrich mit behördlicher Miene den Schlüssel und dem Kommandanten die abgestempelten Zollpapiere mit angehängtem Lieferschein. Danach fummelte er aus seiner abgewetzten Aktentasche Draht und Werkzeug heraus. Eine Bleiplombe mit Zollsiegel verschloss das Tor zum Juliusturm, oben drauf bewacht von der

2 cm Flak.

Nach diesem hoheitlichen Akt trat der Zollbeamte in die Mitte der Herumstehenden und verkündete fast pastoral: „Meine Herren, ich möchte Sie darauf aufmerksam machen, dass dieses Siegel erst außerhalb der Hoheitsgewässer, außerhalb der Drei-Meilen-Zone erbrochen werden darf. Verstöße dagegen ahndet der Gesetzgeber nach Paragraph, Paragraph...... usw. usw. aber das wissen Sie ja schon alles."

Die fast feierliche Atmosphäre rundherum wirkte beeindruckend. Ich erinnerte mich an ein weitaus lockereres Prozedere im Schulgeschwader. Ob die Zollbestimmungen inzwischen schärfer und die Bestrafungen wegen Missbrauchs härter geworden waren? Diese Weise des Zeremoniells erlebte ich zum ersten Mal in der Bundesmarine. Ja, an Bord der W 8 und im gesamten Hafenschutzgeschwader rangierten Disziplin und Paragraphengehorsam an erster Stelle. Peinlichst achtete jeder Vorgesetzte darauf, der damals der jungen Bundeswehr zumeist nicht freundlich gesonnenen Presse keinen Stoff für aufreißerische Artikel zu geben. Zu den beliebtesten Negativthemen gehörte „Zollvergehen bei der Truppe“. Deshalb wohl das Gehabe und Getue sowohl des Zöllners als auch des Kommandanten.

Nach dem amtlichen Händedruck mit dem Grünen hätte man annehmen können, er wäre gleich mit der Aktentasche unter dem Arm davongeradelt. Aber Irrtum, er steuerte auf das Schott der Kommandantenkammer zu, gefolgt von Vallery, der mir zuwinkte, ihm zu folgen. Die steife grüne Mütze an den Haken hängend und die Uniformjacke aufknöpfend, fiel Jacobsen plumpsend auf das weiche Kommandantensofa, sah mich prüfend an und fragte Vallery: „Ist das Ihr Neuer, kennt er sich aus, ist er eingeweiht?“

Der Kommandant log, was die zweite Hälfte seines Satzes betraf: „Ja, ist er, und er kennt sich gut mit den Zollgepflogenheiten aus“.

Mit zufriedenem Lächeln, gleichzeitig aber auch etwas suchend blieb der Grüne mit den Augen am vergnügt dreinschauenden Vallery hängen, der mit den Schultern zuckte und entschuldigend bemerkte: „Lieber Herr Jacobsen, ich hätte Ihnen gern etwas angeboten, aber es ist wirklich nichts mehr auf Lager. Wie Sie wissen, ist die Lieferung erst heute gekommen.“

An mir blieben beider Blicke hängen. „Hat nicht der Fähnrich den Schlüssel für den Juliusturm?“ fragte der Zöllner.

Vallery schmunzelte: „Hat er, hat er!“

Dann wieder der Grüne ganz geschraubt: „Tja, es gäbe da ein Verfahren, eine mögliche Possibilität wäre da possibel, meine behördliche Autorität zu nutzen, eine Ausnahmegenehmigung hinsichtlich der Zollbestimmungen zu erteilen, wenn im Zugzwang einer Notwendigkeit die Gegebenheit es erforderlich macht z.B. eine Versiegelung zu erbrechen.“

Der Mensch, der diesen blödinnigen Satz absonderte, schaute mich an, fragend und auffordernd zugleich. „Und wer verplombt anschließend wieder das Schloss?“, wehrte ich mich.

„Das lass man meine Sorge sein, mein Lieber, mach ich, wenn ich gehe“, meinte Jacobsen.

Vallery rieb sich die Hände und erteilte sofort den Auftrag: „Fähnrich Färber, ein Kästchen mit den Havannas und eine Ballantine!“

Lustig ging es zu. Aus dem geöffneten Bulleye zog bläulicher, angenehm duftender Qualm über den stillen Hafen. Bei einer Whiskyflasche blieb es nicht. Zu später Stunde servierte der Smut Lachsbrötchen, Lachs aus dem Zolllager.

Beim Abschied strich Jacobsen den Restbestand der Havannas ein, und eine Ballantine verschwand in seiner Aktentasche. Auf der Pier konnte er sein Fahrrad nicht finden, schwankend und singend soll er an der Wache vorbeigetorkelt sein.

Der Juliusturm blieb unverplombt.

Dieser Ablauf der Einlagerung von Zollwaren im Hafen erfuhr noch manche Wiederholung, sowohl bei den anderen Schiffen als auch auf der W 8. Und immer wieder lief dasselbe Zeremoniell ab. Stets wieder präsentierte Jacobsen seinen verkorksten Satz mit der möglichen Possibilität der possiblen Anwendung seiner behördlichen Autorität. Wenn ich Zöllner Jacobsen sah, musste ich an Hanno Hagebutt denken und unsere erste Begegnung zu Haus in Egons Kneipe, als er als Zöllner hereinkam. Wie mochte es dem guten wohl gehen bei den Schnellbooten in Wilhelmshaven?

An nächsten Morgen hätte ich ihm das Schiff um sechs Uhr seeklar zu melden, trug mir Vallery zum Abschied des Saufabends auf, der bei dieser Befehlsausgabe bereits in der Unterhose neben mir stand und eine ungeheure Fahne ausatmete, meine war sicherlich nicht viel geringer, ein Höllendunstgemisch aus unverzolltem Zigarrenrauch, Alkohol und Fisch.

Tags darauf nahm ich im Ruderhaus auf der Brücke, ungefrühstückt, mit leichtem Schleier vor den Augen, die Seeklarmeldungen der Unteroffiziere für die verschiedenen Abschnitte entgegen, bullerte danach an das Kommandantenschapp, wo mir der noch wirrhaarige, rasierschaumumkränzte Vallery öffnete und muffig meine Klarmeldung entgegennahm.

Eine Stunde später voraus graue See und ein regenverhangener Himmel. Mein erster „Fronteinsatz" auf der W 8.

Der kreisrunde Regenwischer surrte in der Frontscheibe, unten im Schiffsbauch rummelte die Maschine, ansonsten morgendliche Stille. Der Rudergänger starrte auf den Kompass, Vallery räkelte sich auf dem Lederstuhl hinter dem Radargerät. Der Brückenobermaat stocherte mit dem Zirkel auf der Seekarte herum und zeichnete mit dem Bleistift einen viel zu dicken Kursstrich östlich von Fehmarn auf eine Position zu, wo wir auf eine „Krake", einen DDR-Bewacher stoßen sollten. Der Funker holte gerade den Wetterbericht ein und aus dem Maschinentelegrafen kitzelte der Obermaschinist läppische 8 Knoten heraus. Bereits auf den Goldzahn gesetzt, war damit schon die Höchstgeschwindigkeit erreicht. Mehr bot das Schlachtschiff nicht, lächerlich und enttäuschend für ein Marinefahrzeug.

Hanno Hagebutts Schnellboot donnerte mit über 30 Knoten durch die See, Fähnrich Färbers eben nur mit lausigen acht! Lornsens Fischkutter in Neidum machte immerhin 12. Meine lästerliche Bemerkung, ob die Maschine kastriert worden sei, erregte keine Heiterkeit, eher Betroffenheit.

Wie bald festzustellen war, erforderte die Aufgabenstellung in dem engen Einsatzgebiet der westlichen Ostsee keine schnelleren Einheiten. Nach Stunden dümpelnder Fahrt tauchte voraus die Silhouette eines grauen Kriegschiffs auf. Die DDR-Krake. Das einem westlichen Minensucher ähnliche Fahrzeug mit der Typbezeichnung „Krake" war doppelt so groß wie die W 8. Vallery wurde lebendig, zeigte nach drüben und verteilte Ferngläser: „Wir drehen zwei Runden um ihn herum, keine provozierenden Gesten. Alles notieren, was auffällig ist."

Es prickelte, die Spannung stieg. Für mich die erste Begegnung mit dem Klassenfeind. Schließlich befanden wir uns im so genannten Kalten Krieg. Komisch, die da Deutsche wie wir und doch so weit weg und fremd.

Die Krake lag unbeweglich in der See. Aber an Deck und überall auf dem Schiff herrschte ameisenhafte Tätigkeit, ausgelöst durchein röhrendes immer wieder einsetzendes Getröte. „Alarm, Alarm!" Vallery bemerkte die Unruhe seines Fähnrichs und flüsterte: „Immer wieder dasselbe, die machen gefechtsklar, als wenn der große Orlog, der nächste Weltkrieg gleich losbricht."

Gut durchs Fernglas festzustellen, flog auf der Krake vom Geschütz die Persenning herunter, Was da herumrannte, trug Stahlhelme. Dann plötzlich Ruhe, keine Bewegung mehr, nur die besetzte Kanone schwenkte ihren Lauf drohend auf die W 8. Jetzt, keine 30 m mehr entfernt, ließen sich da drüben Einzelheiten erkennen. Die uns zugewandeten Gesichter zeigten kein Mienenspiel, stumm und starr, die Hände auf dem Rücken vergraben – Winken verboten – , bloß die Augen verfolgten den bedrohlich näher kommenden Westler, dabei blieb unsere 2-cm-Flak, die lächerliche Musspritze, eingetucht, also wirklich keine Gefahr oder Provokation.

Hinter mir konnte der aus Saßnitz „herübergemachte" Decksobermaat nicht unterdrücken, halblaut die gespenstisch anmutende Szene da drüben zu kommentieren: „Die dürfen das Maul nicht aufmachen, Winken schon gar nicht, sonst kriegen die Ärger mit dem Politoffizier an Bord."

Mit kleinster Fahrt glitt die W 8 an einem Totenschiff vorbei. Tot, ja so schien es. Ein wenig auf Distanz gegangen. Vor dem nächsten Anlauf schleppte der Funker, begleitet vom Gelächter der anderen, einen schwarzen Kasten in die Brückennock. Ich als Neuling staunte: „Was ist das und was soll das?"

„Herr Fähnrich, das ist eine Fernsehkameraimitation, das Neueste auf dem Markt, selbst gebastelt. Sie sollen gleich mal sehen, was das Ding die da drüben durcheinanderwirbelt. In dem Moment, wo dieses Teil auf dem Geländer der Brückennock erscheint, wird die tote Krake lebendig, passen Sie mal auf."

Das Ding sah ziemlich echt aus. In Heimarbeit aus allerlei ausgedienter Fotoausrüstung zusammengebaut, mit draufgesetztem Puschelmikrofon und mit einem auffälligen fernrohrartigen Objektiv besetzt. Das Objektiv bestand aus dem Deckel eines Weckglases.

Wieder tuckerte die W 8 an der in Erstarrung liegenden Krake vorbei. Wieder dieselben leeren Gesichter. Genau querab angelangt, rief, wie vorher abgesprochen, jemand von außen bewusst übermäßig laut aber unverständlich einen Befehl ins Ruderhaus. Gleich darauf hob der Funker sein Aufnahmegerät demonstrativ hoch in Richtung auf die Krake. Gebannt folgte ich dem folgenden Schauspiel. Als wenn jemand da drüben in die Hände geklatscht hätte, stürmte das Deckspersonal fluchtartig durch alle offenen Schotten ins Schiffsinnere. Die Schiffsführung, eben noch dicht gedrängt in der Brückennock, verschwand schlagartig ins Ruderhaus. Knallend flog die Tür ins Schloss.

Das Geschütz schwenkt nach vorn in Stellung Null und die beiden behelmten Kanoniere sprangen aus ihren Sitzen hinter die Munitionskästen in Deckung, die Hände über dem Kopf.

Jetzt wirklich ein Totenschiff, menschenleer.

Die Kamera verschwand in der Funkbude. Die W 8 dampfte weiter in Richtung des Fehmarnbelt-Feuerschiffs. Wunderbare Gerüche aus der Kombüse lenkten das Interesse weg von der Krake. Ob die Kameraden mit der roten Feldpostkarte da drüben heute auch Eisbein mit Sauerkraut auf ihren Tellern fanden?

Zu den Erlebnissen der Bordzeit zählte noch mancher Krake-Besuch. Dieser DDR-Bewacher, später nach dem Mauerbau dem 13. August 1961 noch um ein weiteres Schiff verstärkt, hatte die unrühmliche Aufgabe, Menschen abzufangen, die über See versuchten, in den Westen zu gelangen.

Sicherlich bestand die Besatzung aus besonders verlässlichen und regimeergebenen DDRlern, damit sie nicht selbst der Versuchung anheim fielen. Deshalb auch die stets finsteren Mienen, wenn eine Bundesmarineeinheit vorbeifuhr.

Manchmal konnte man einen Zuruf nicht unterdrücken. Vallery winkte einmal dem Krake-Kommandanten zu und rief: „Herr Kamerad, sagen Sie Ihren Jungs, es gibt keine Ostfront mehr.“

Als ich einmal Wache hatte und Vallery in der Koje schlief, zeigte uns die Krake-Besatzung beim ersten Vorbeilaufen provozierend den Rücken. Beim zweiten Passieren erfüllte mir der Funker den Wunsch, mit größter Lautstärke die Musik von „Star and Stripes“ hinüberzuschallen. Wieder nur die Rückenansichten. Kurzer Fingerzeig, die Musik unterbrach, und in diese Pause hinein erlaubte ich mir, den Landsleuten da drüben zuzurufen: „Liebe Genossen, dreht euch um, ihr marschiert in die falsche Richtung!“

Keine Antwort.

Wenn wir mal, was sehr selten vorkam, auf polnische Einheiten stießen, wurde, wie international üblich, der Flaggengruß ausgetauscht und hinübergewinkt. Bei unseren Landsleuten unterblieb diese Geste. Traurig!

Nach kurzer Zeit sogar überaus langweilig. Auch die nächste Aufgabe, die der Taktischen Aufklärung, bot wenig prickelnde Anreize für ein erfülltes Marineleben.

Kam ein Schiff über die Kimm, das in der flachen westlichen Ostsee ohnehin an den Seeschifffahrtsweg gebunden war und dem Tonnenstrich folgen musste, so bedurfte es keiner großen Manöver, um dicht heranzufahren und alles das zu notieren, was zu Hause bei unserem Oberverdachtschöpfer, dem Feindlage-Sicherheitsexperten, abliefert werden musste.

Die Marine hätte stattdessen auf dem stationären Feuerschiff eine Wache aufziehen lassen können, um die Namen und den Heimathafen russischer Frachter aufzuschreiben, die an dieser Stelle zwischen der Bundesrepublik und Dänemark hindurch fuhren. Nachts den oberhalb der Brücke russischer Dampfer in lateinischer
Schrift angebrachten Schiffsnamen mit dem Scheinwerfer abzutasten war untersagt.
Das bedeutete, mit Einbrechen der Dunkelheit untätig neben dem Fahrwasser da-
hinzudümpeln und auf den Morgen zu warten.

Selbst bei gutem Tageslicht war manches der Handelsschiffe seiner Feststellung
entkommen. Die fuhren alle viel schneller als die Wachboote des Hafenschutzgeschwaders. Aus einem ehemaligen Kriegsfischkutter, und das waren diese Fahrzeuge
nun einmal gewesen, ließ sich kein Rennboot machen. W 8 kam fast immer zu spät.
Ärgerlich, blamabel!

Ob es da nicht eine pfiffige Lösung gab, den Geschwindigkeitsnachteil aus-
zugleichen? Vallery und ich knackten an dem Problem. Mein Vorschlag wurde gleich
verworfen. Der Kommandant lehnte ab: „Zu kompliziert!"

Ob ich dennoch es einmal versuchen könnte. Ich muss ihn wohl angefleht haben, schließlich gab er nach. Meine Idee war, die Nachtfahrt zu aktivieren, nicht
arbeitslos neben dem Feuerschiff zu liegen und gelangweilt um Mitternacht öltrie-
fenden Seelachs zu futtern, dick mit Sauerfleisch belegte Brote zu stauen und literweise starken Kaffe zu trinken. Die Uniformknöpfe sangen bereits in den Knopflö-
chern, so sehr drängte der dicker werdende Bauch nach außen.

Der Plan sah vor, nachts das aufzuklärende Schiff abzuwarten und im gegebenen Augenblick weit vor dem Bug im Winkel von 90 Grad auf dessen Kurslinie zu-
zusteuern. Wie auf der Marineschule aus der Geschichte der Skagerrakschlacht 1916
gelernt, ein "Crossing the T" herbeizuführen, dabei die geringe eigene Geschwindigkeit zu nutzen, um exakt den Zeitpunkt zu erreichen, knapp hinter dem Heck des
Zieles durchzulaufen.

Aus Gegnerpeilung, Standortbestimmung und geschicktem Umgehen mit den
mickerigen acht Knoten musste ein Verfahren kombiniert werden, das zum einen
den Handelschiffskapitän auf seiner turmhohen Brücke nicht in die Verlegenheit
brachte, anzunehmen, gleich von uns grauem Winzling gerammt zu werden. Zum
anderen jedoch wirkte die Taktik nur bei geringem Sicherheitsabstand. Das Heck des
zumeist doppelt so schnell wie wir fahrenden „Gegners" musste so dicht wie möglich passiert werden, damit der kurz einzusetzende Scheinwerfer den Schiffsnamen
deutlich anzustrahlen vermochte.

Sozusagen „arschal" den Hintern des Iwan auszuleuchten, dagegen dürfte
nichts einzuwenden sein.

„Das Ding hat einen bösen Haken", grummelte Vallery „achtern auf dem Heck
des Iwans stehen nur kyrillische Buchstaben. Wer von uns kann die schon lesen?

Alles blieb beim Alten. Zunächst. Von einem dieser Einsätze zurück in Altstadt, ließ ich mir vom Oberverdachtschöpfer Tafeln mit russischen Buchstaben besorgen. Auf einer Musterung wurde die neue Kriegslist vorgestellt, unter Deck begann bei allen Dienstgraden eifriges Malen und Lernen kyrillischer Zeichen. Die Schwaben, Württemberger und Ruhrpöttler zeigten nie vorher bemerkte Begeisterung und drängelten, nachts zu den Wachen eingeteilt zu werden.

Fiebernd sah die Besatzung dem ersten Nachteinsatz entgegen. Selbst der Kommandant, anfangs noch skeptisch, ließ sich von der gehobenen Stimmung anstecken und entwickelte Lerneifer. Abends, durchs Bulleye beobachtet, sah man ihn kyrillische Buchstaben üben. Eines Tages war es so weit.

Wieder in See, wieder in Höhe des Feuerschiffs Fehmarn-Belt lauerte die W 8 auf den ersten Gegner. Die besten Russischkenntnisse zogen auf, durch Tests ausgewählt, es fehlte nur noch das passende russische Schiff. Die Nacht kroch herauf. W 8 surrte vor Erregung, niemand blieb unter Deck, selbst die Freiwache verzichtete heute auf die warme Koje.

Hauptgefreiter Kahl, der altgediente U-Bootmann, bat, auf die Brücke kommen zu dürfen. Vallery stimmte zu. Kahl, das Fossil aus Kriegsmarinetagen, war immer gut für einen Schnack, so auch jetzt: „Wird wohl eine Nacht der langen Messer", meinte er. „Kommt mir vor wie vor einem Torpedoangriff, Angriff, Ran, Versenken." Rundherum Grinsen. Ja, es lag Spannung in der Luft, ganz anders als sonst, allen schien das Unternehmen zu gefallen. „Endlich ist mal was los." So die Kommentare.

Obwohl eine Julinacht, war es für die Jahreszeit viel zu kalt, ein leichter Ostwind wehte, im zunehmenden Seegang schaukelte die W 8 auf der Stelle. Tiefhängende Wolken verhängten die Sterne, nur die Leuchtfeuer rundherum funkelten oder blitzten, sonst undurchdringliche blauschwarze Nacht. Vallery ordnete an, alle Lichter im Ruderhaus auf ein Minimum zu dimmen.

Meldung vom Radar: „Von Gedser kommend auf uns zulaufend ein großer Pott, Größe wohl um die 150.000 Tons, Distanz 10 Meilen, Geschwindigkeit 17 Knoten."

Ran an die Seekarte, mit den Daten ließ sich was anfangen. Vallery studierte meine „Angriffskizze": „Ok, auf geht's. Ich geh in die Nock an den Peildiopter und rufe Ihnen die Werte zu. Färber, jetzt sind Sie dran, Sie haben das Ganze erfunden, ich halte mich da heute raus, aber machen Sie keinen Scheiß!" Letzteres klang freundlich und ermunternd.

Es dauerte nicht lange, bis im Osten in breitem Abstand die Positionslichter eines großen Schiffes deutlicher wurden. Alle auf der Brücke hatten Block und Bleistift zur Hand. Die Erregung wuchs, als wenn Jäger auf dem Hochstand das ahnungslos heranwechselnde Wild erwarteten. Noch machte die W 8 keine Fahrt durchs Wasser. Einer der Unteroffiziere wartete neben Vallery mit dem Scheinwerfer in Bereitschaft.

Die Toplaternen des Herannahenden verschoben sich. Aha, er dreht leicht nach Steuerbord.

Vallery unterbrach die Stille: „Peilung wandert stärker aus." Also wie erwartet Kurswechsels bei ihm um ein paar Grade von uns weg.

Das war der Startschuss.

Dem am Ruderrad wartenden Gefreiten Vögele lief bereits vor Anspannung das Wasser von der Stirn. Am Maschinentelegraphen stand der Obermaschinist höchstpersönlich, den Blick auf mich geheftet. Mir klopfte das Herz bis zum Halse. Lampenfieber wie früher beim ersten Geigenkonzert. Aber hier sollte nicht gegeigt und nichts vergeigt werden. Also weg mit dem albernen Fracksausen, bitte mehr Konzentration! Zureden half.

Eine halbe Meile trennte uns von dem riesigen Zossen, der immer höher aufwuchs. Das Deck hell erleuchtet. Näher herandröhnend mahlten seine gewaltigen Propeller durchs Wasser. Auch die W 8 verfügte über einen Propeller, winzig klein dagegen.

Fast flüsternd zum Obermaschinisten mein erster Befehl, vielleicht ein wenig zittrig: „Halbe Fahrt voraus!", und an Vögele gewandt: „Kurs Null eins Null."

Die W 8 sprang an und drehte auf Kurs. Vom Rudergänger kam krächzend:„Null Eins Null liegt an." Mit dem Glas vor Augen bestätigte ich: „Recht so!"

Ein tief liegender Tanker, sicherlich mit Öl von Leningrad unterwegs rüber nach Kuba zum Fidel Castro, schnaubte da heran. Das Kitzlige an dem Heranstaffeln war das Abwägen zwischen der Annäherungsgeschwindigkeit und dem Winkel, denn der Goliath lag noch immer an Steuernbord, also rechts von uns. Die W 8, der kleine David, sah ihm kühn ins Gesicht, als er immer näher mit seiner in die Schwärze der Nacht weiß aufleuchtenden tosenden Bugwelle heranrauschte.

Kurzes Zögern. Als klar war, dass er vorbeifahren und die Peilung auswandern würde, kam der große Moment. Jetzt galt es, zu beweisen, dass Nachtaufklärung möglich war.

Es brach aus mir heraus: „Allez allez, Maschinenleistung auf den Goldzahn. Attacke, Attacke, Kurs beibehalten. Hinein in das schäumende Bier!"Waren wir auf einem Schnellboot oder simulierten wir, wie Kahl sagte, einen U-Boot-Angriff?

Die Stimmung an Bord war danach. Genau im Winkel von 90 Grad zum Kurs des Tankers stampfte die kleine W 8 auf die haushohe Bordwand zu, die vor unserm Bug schneller und schneller nach links, nach Backbord zog, ja, uns anzusaugen schien. Als wenn unsere Geschwindigkeit zunahm. Vallerys und ich wechselten einen schnellen Blick. Noch war das Heck nicht vorbei, vielleicht 50 m noch bis zum Tanker.

Immer bedrohlicher wuchs, schwach zu erkennen, die Bordwand voraus in den Nachthimmel. Runter mit der Fahrt oder gar abdrehen, zuckte es mir für Bruchteile

562

von Sekunden durch den Kopf. Nein Blödsinn, bloß nicht. Das erste „Crossing the T" muss sitzen, sonst ist alle Vorbereitung umsonst, nie wieder würde ein derartiges Manöver stattfinden, ich bin doch nicht feige.

Rudergänger Vögele, jetzt schweißgebadet, sah mich mit angstgeweiteten Augen an. „Draufhalten Vögele, draufhalten, vertrauen Sie auf die Gagerlake!"

Diese Bemerkung machte ihm sichtlich Spaß. Sie erinnerte ihn an unsere erste Begegnung.

Voraus die hochaufwachsende Heckkante, dahinter Dunkelheit und da hinein. Durchgeschüttelt von der Bugwelle des Supertankers geriet W 8 gleich danach in sein brodelndes aber gleichmäßiges Heckwasser. Links jetzt des Tankers Hintern.

„Scheinwerfer! " Vallery schrie es aus vollem Halse.

Tastend rutschte der Lichtstahl über das breite Heck, das breiter als unser Schiffchen lang war, eifrige Hände malten Buchstaben. Die einen krickelten den Schiffsnamen, andere den Heimathafen. Einige erfassten die ersten oder nur die letzten drei Kyrillen.

Der Scheinwerfer erlosch.

Kleiner werdend ließ uns das eben noch so breite Tankerheck in der Dunkelheit zurück. „Maschine halbe Fahrt!" Das war eine erleichternde Anordnung.

Mir fiel ein Stein vom Herzen, aber ehrlich gesagt, stolz auf das gelungene Unternehmen war ich schon. Vallery klopfte mir anerkennend auf die Schulter. „Gut gemacht, Färber, keinen Scheiß gebaut, ein bisschen riskant, aber nächstes Mal bin ich dran", und in die Runde gefragt: „ Und wie hieß der Dampfer?"

„Wolgastern, Heimathafen Odessa" schallte es ihm vielstimmig entgegen. „Schwieriger Schiffsname, alle Achtung".

Rundherum große Freude.

Zu Hause im Geschwader staunte der Bearbeiter der „Lage Rot", unser Oberverdachtschöpfer, nicht schlecht, eine Meldung zu bekommen, die den Zeitpunkt 00:45 Uhr trug.

Ich durfte mich bei einer Tasse Kaffee erholen, Kaleu Vallery übernahm das Kommando und führte seine W 8 für den Rest der Nacht unter die Küste von Fehmarn.

Zur Belohnung und weil im Eifer des Gefechts versäumt worden war, um Mitternacht den üblichen Mittelwächter zu servieren, brutzelte der Smut Steaks für alle, und mit Erlaubnis des Alten gab es dazu eine Flasche Bier. Danach bis auf die Brückenwache „Ruhe im Schiff!"

Die bisher eher unattraktive Ostblock-Schiffsaufklärung im Fehmarn-Belt erfuhr durch unser Nachtunternehmen eine sportliche Note und fand danach bei anderen Kommandanten manchen Nachahmer. Offiziell wurde die angewandte Taktik jedoch nicht erlaubt.

„Zu gefährlich" hätte der Geschwaderchef genörgelt.

Neben Krake-Besuchen und der Fehmarn-Belt-Fahrerei beinhaltete die wöchentliche Einsatzroutine die Bewachung des schon erwähnten großen Luftziel-Schießgebietes Todenbüll.

Wenn an der Küste die Flak ballerte, patrouillierte ein einsames Wachboot seewärts außerhalb der herunterfallenden Geschosse und warnte Fischer und Segler. Bei starkem Seegang auszuharren, schlug manchem auf den Magen und an windflauen Tagen stundenlang auf jemandem zu warten, um ihm zuzurufen, nicht in das Schießgebiet einzulaufen, verlangte nach Selbstbeschäftigung und Beschäftigungstherapien. Die Notwendigkeit des Rostklopfens, Anstreichens und Deckschrubbens erschöpfte sich bald und verlangte nach anderem. Wie wäre es ausnahmsweise mit dem Versuch, den Kopf anzustrengen, das Allgmeinwissen abzuklopfen oder Ähnliches zu unternehmen, um nicht bei der guten Bordverpflegung einen noch dickeren Fettwanst sich anzufressen?

Vallery fand die Lösung. Sein Fähnrich sollte den Schulmeister und beim Frühsport den Vorturner spielen. Da in See niemand davonlaufen konnte, bastelten Vallery und ich für die Mannschaftsdienstgrade den Lehrstoff zusammen für die Fächer Rechnen, Deutsch und Erdkunde. Nach der Morgenmusterung erstmal Gymnastikübungen an Deck und danach Vermittlung geistigen Wissens. Vallery, der Obermaschinist und ich, wir alle drei bar jeglicher pädagogischer Lehrvermittelungsfähigkeiten brüteten über einen anzufertigenden Fragebogen, einen Quiz, um überhaupt festzustellen, wen wir als Schüler vor uns hatten. Ungewollt rutschten wir als Militärs in eine Rolle, die uns weder zustand, noch gewünscht war. Mittels einem von der Schiffsführung, von Laien aufgestelltem Intelligenztest mutete die Obrigkeit zu, herauszufinden, was die potentiellen Unteroffiziere an den Hauptschulen unserer Republik gelernt hatten. Es ging letztlich darum herauszufinden, wer von den jungen Dienstgraden als geeignet befunden werden konnte, auf die Unteroffizierschule geschickt werden zu können.

Das Ergebnis löste Erschrecken aus. Da die meisten Jungs nicht auf den Kopf gefallen waren, musste es wohl an den Lehrern und dem Lehrstoff gelegen haben. Zunächst sah der selbstproduzierte Test vor, das heimische Umfeld, die Hobbys und Berufsziele abzufragen. Abgesehen von verheerenden Schreibfehlern wurden Inhalte und Satzkonstruktionen geboten, die im Stillen belacht, Witzseiten hätten füllen können. Im Gedächtnis ist der eine oder andere verkorkste Satz geblieben wie:

Meine Tante schenkte mir beim Abschied zur Marine eine Sparbüchse. Sie war ein Schwein, hatte zwei Schlitze. Hinten eins fürs Papier und vorne für das Harte."

Noch einen zweiten: „Wir gingen mit unserer Lehrerin am Krankenhaus vorbei, da wo die Mütter ihre Kinder gebären. Eine Gebärmutter schaute aus dem Fenster und winkte uns freudig zu."

Weitere Quizfragen berührten die unterschiedlichsten Bereiche. Alle dazu erarbeiteten Fragen waren sehr irdisch angesiedelt, nichts Hochfliegendes. Zu beantworten als Einzelfrage oder von Vallery vorgeschlagen als „Multiple Choice", galt es, von drei angebotenen Lösungen die richtige anzukreuzen.

Was verbindet der Nord-Ostsee-Kanal? Alberne Frage! Sollte man annehmen. Das Angebot bestand aus drei Lösungen: Ostsee und Nordsee, Nordsee und Atlantik, Atlantik und Pazifik. Alle Möglichkeiten fanden ihre Abnehmer.

Rechenaufgaben offenbarten tiefe Löcher des Nichtwissens.

„Ein Zug fährt mit 50 Stundenkilometern-Geschwindigkeit eine Strecke von 200 Km. Wann erreicht er sein Ziel?" Oder: „Drei Eier kosten 60 Pfennig, was kosten vier?" Antworten zumeist Fehlanzeige. Fragen zu stellen nach Adenauer oder dem Namen des amtierenden Verteidigungsminsters, wer war Goethe oder Schiller, führten ins Leere. Bismarck kannten einige als eingelegten Hering.

Neben dem Borddienst erwuchs dem Fähnrich Färber hier die mühselige Aufgabe, an allen Ecken und Kanten Nachhilfe zu leisten. Eine Tätigkeit, weit entfernt von der Tagesroutine, die bei der Besatzung nicht nur auf Sympathie stieß, aber letztlich wohl auch Frucht brachte.

43

Das zur Ablösung auftauchende Wachboot ließ die Sinne umschalten. Nein, die Fahrt führte nicht nach Hause, sondern in einen kleinen Hafen auf Fehmarn. Damals noch eine Insel ohne Brückenanbindung zum Festland. Dementsprechend einsam, für Touristen ein Geheimtipp. Die meisten arbeitsfähigen Bewohner verdienten in und um Lübeck ihren Lebensunterhalt. Dicht am Einsatzgebiet gelegen nutzte das Hafenschutzgeschwader die kleine Anlegestelle als Zwischenstation. Verlassene baufällige Schuppen, der Rest einer Werft und ein leerstehendes Getreidesilo zeugten von einst besseren Tagen. Nicht sehr einfallsreich trug der kleine Ort den Namen Dorf. Leben rührte sich erst in Dorf, wenn eines der Wachboote einlief und Seestiefel über das holperige Pflaster hallten.

Im Hafen traf die einlaufende W 8 auf die dort liegende W 5, die am nächsten Morgen zum Krake-Besuch eingeteilt war. Großes Hallo bei beiden Besatzungen. Diese Menschenballung versprach in den beiden Ortskneipen und dem Bäcker gute Umsätze. Gierig beäugt erregten die bunten Kleidchen und wehenden Blondschöpfe einiger Touristinnen gar manches ausgehungerte Seemannsgemüt. Die Sensation, zwei Marineschiffe zu sehen, zog viele Feriengäste an. Mehrere Male hatte ich das Vergnügen, mit der W 8 in Dorf zu liegen. Die erste Begegnung mit diesem als Sündenbabel bald erkannten Hafen, hinterließ den stärksten Eindruck. An diesem A-bend schwebte über dem Hafen sanft die Nacht herein, ein selten in diesen Breiten erlebter weicher Sommerabend. Der Smut konnte beim Servieren des Abendessens die Äußerung nicht verkneifen: „Ist doch ein Wetter zum Helden zeugen, eine küssi-ge Nacht!" Das Schott,- Entschuldigung, die Tür zur Kommandanternkammer stand offen, während wir aßen. Leicht fächelte von See der Wind herein.

Es lag eine besondere Stimmung in der Luft. Man glaubte, Hormone brummen zu hören.

Jeder hing seinen Gedanken nach. Hier in die Einsamkeit verschlagen und dazu an diesem schönen Sommerabend ohne weibliche Anlehnungsmöglichkeit, ja das ließ die Seele seufzen. Statt der sonst so lebhaften Unterhaltung am Tisch nur Geschirr-klappern, bis Vallery demonstrativ die Schweigsamkeit unterbrach. Er ließ den Löffel lautstark in den Teller fallen. Seine Tischgäste schreckten hoch.

„Meine Herren, wir sind gleich um 19 Uhr nebenan auf der W 5 zu einem Ge-burtstag eingeladen. Färber, Ihr Kamerad Nickel, der Berliner, hat eingeladen zu seinem Geburtstag. Alle Mann nebenan aufs Deck."

Das Geburtstagskind verteilte bereits Bierflaschen, als die W 8-Delegation ein-traf.

„Herzlichen Glückwunsch" – „Ja schon, gut, hier ein Bier und prost." Der Gerstensaft war herrlich kühl und hieß „Berliner Kindl". Vallery spendierte eine Flasche Schnaps als Bierverdünner, wie er es nannte.

Nickel, das Berliner Kindl, brachte über 100 kg auf die Waage, kein Fett, alles Muskeln, ein Berg von einem Kerl. Auffällig an ihm waren seine hervortretenden Backenknochen und die wulstigen Lippen, was ihm den Spitznamen, der „Kampf-karpfen" einbrachte. Aber wehe, jemand nannte ihn so, da konnte der Bursche aus-rasten.

Aber feiern mit ihm machte Spaß. Nickel glich einem nicht aus der Ruhe zu bringenden Teddybären, ganz das Gegenteil von seinem Kommandanten, der mit flackerndem Blick übernervös nie ruhig saß und selbst beim Biertrinken hin- und herhopste.

Bevor Nickels Geburtstag an Bord in einem Besäufnis endete, zogen Gelächter und herüberklingende Musikfetzen die Aufmerksamkeit auf sich. Gegenüber den Schiffsliegeplätzen leuchteten die Lichter von Persons Pinte, einer der Ortskneipen.

Da schien es hoch herzugehen. Der Geräuschpegel stieg und stieg. Ob die Ge-burtstagsgesellschaft da nicht den Abend fortsetzen sollte?

Vallery und Nickels Kommandant fanden die Idee gut, und schon war die Truppe auf dem Weg in Richtung Kneipe, vorne weg der stämmige Teddybär.

Vor dem Kneipeneingang angekommen, setzten Bedenken ein: Sollen wir uns zwischen die sicherlich angesäuselten Mannschaftsdienstgrade mischen oder hinüber zur Konkurrenz, zu Freddy Jark, dem anderen Gastwirt, gehen.

Die Entscheidung fiel durch den Hauptgefreiten Kahl. Die Kneipentür flog auf: Heraus schoss der leicht Schwankende, bremste abrupt ab, sah uns und wedelte mit einem geräucherter Aal in der Faust: „Meine Herren, heute wieder ganz frisch, die schmecken, und Weiber sind da drin, eine williger als die andere!“

Kaum hatte er den Satz zu Ende gebracht und in den Aal gebissen, da schwang die Tür wieder auf.

Zwei junge Frauen torkelten heraus, nahmen uns, die wir fasziniert Kahl und die beiden anstarrten, gar nicht wahr. Die eine zog mit der einen Hand das Hosenbein der kurzen Shorts beiseite und strullte im Stehen auf das Pflaster. Während es plätscherte, griff die andere Hand nach dem kauenden Kahl, strich aufreizend mit gespreizten Fingern über den Aal und schrie gellend in die Nacht: „Hör auf zu fressen, Jonny, fick mich, fick mich!“

Die Geburtstagsgesellschaft wollte da offensichtlich nicht zusehen und strebte auseinander, einige kehrten an Bord zurück. Ich folgte denen, die zu Freddy Jark gingen.

Da war lange nicht so viel los wie bei Person, aber spät wurde es auch. Neben dem frisch gezapften Bier, das es nicht an Bord gab, servierte Freddy „Jämmerlinge“.

Was das war? Ein Fehmarner Gesöff!

Ein kleines Glas, gefüllt mit klarem Schnaps, und über den Rand gelegt eine salzige Sardelle. Der hineingeschlürfte Fisch schmeckte süßlich und der Schnaps verlor seine Schärfe. Oder das andere Gesöff „Bommerlunder mit Pflaume“. Fruchtig, trinkbar und lustig machend. Was das Zeug allerdings förderte, war ein steigendes Hungergefühl. Immer deutlicher tauchten geräucherte Aale vor meinen Augen auf, und im Innersten meines schmutzigen Herzens dachte ich an die von Kahl erwähnten willigen Weiber.

Warum durfte ein Fähnrich nicht auch in diese Richtung denken? Unauffällig trollte ich mich von den anderen, von Freddys Kneipe weg. Gerade vor Person´s Kneipe angekommen, flog wieder die Tür auf. Na, noch einmal das pinkelnde Weib? Nein, Nickel stolperte durch den Türrahmen. In seinen Armen trug er seinen Kommandanten aus der Kneipe, dem die Arme schlapp herunterhingen. Der Lastenträger, selbst leicht glasig dreinschauend und nicht fest mehr auf den Beinen, entdeckte mich und grinste: „Der Alte ist hin, und in fünf Stunden sollen wir auslaufen.“

Nickel, der im nüchternen Zustand seinem ihm ganz offensichtlich unsympathischen Chef aus dem Wege zu gehen versuchte, trug jetzt den vom bacchantischen Trinkgelage Erschlagenen fast liebevoll an die Brust gedrückt aus der Gefahrenzone.

Ein Bild für die Götter, wie der hochgewachsene Berliner mit seinem mickerigen Kommandanten auf dem Arm davonwankte; sicherlich brachte er ihn auch in die Koje.

Ich sah den beiden nach.

Was der Kampfkarpfen da tat, verstand ich unter Kameradschaft. Eben auch jemandem helfen, den man nicht mochte.

Freiherr von Lotter-Sunden hieß der nicht beliebte Oberleutnant, der die W 5 führte. Dünn wie ein Spargel mit einem vertrockneten faltigen Gesicht und darüber ein hoch geschorener dürftiger Haarputz. Für sein Äußeres konnte der Mann nichts, aber seine Anlegemanöver galten als gefährlich. Wenn Lotter-Sunden in welcher Hafeneinfahrt auch immer mit seiner W 5 erschien, stürzten auf den Hafenliegern Menschen an Deck, um durch zusätzlich ausgebrachte Fender Rammschäden möglichst gering ausfallen zu lassen.

Und wenn LS, so sein Kürzel, festsaß, wer wurde als Schuldiger beschimpft? Nickel! Dabei hatte er das Manöver gar nicht gefahren, sondern stand nur unbeteiligt stumm im Hintergrund und bewegte missbilligend seine Karpfenkiemen.

Von See her führte in die Ortschaft Dorf hinein eine schmale betonnte Rinne als Fahrwasser etwa drei Seemeilen durch sandige Untiefen. Fast jedes Mal geriet Lotter-Sunden beim Ein- und Auslaufen aus der Fahrrinne und saß stundenlang auf einer der Sandbänke fest. Aus Sicht seines Fähnrichs Nickel ein unmöglicher Seemann, Alkohol vertragen konnte er auch nicht, und stänkern tat er immer. Nickel war nicht zu beneiden.

Aus Persons offenen Kneipenfenstern schallte ungeheurer Lärm über die ländliche Idylle. Schier unmöglich, drinnen durch die Rauchschwaden bis an den Tresen durchzudringen. An den Tischen hingen knutschende Pärchen, einige bereits im fortgeschrittenen Stadium.

Für die Lords und manche der weiblichen Feriengäste bot der heutige Abend das richtige Programm. Aber ob ich noch einen Aal bekommen würde?

Beim Versuch, Blickkontakt zu dem Mann am Tresen zu bekommen, streifte mein Blick ein Lächeln. Noch einmal hingeguckt. Offensichtlich zusammen mit den Eltern saß eine junge aparte Frau keine zwei Meter entfernt an einem Tisch.

Ich lächelte zurück, war jedoch mehr an dem Räucheraal interessiert und kämpfte weiter, den Wirt am Ausschank zu erreichen.

Endlich, den in Packpapier eingewickelten fetttriefenden Aal in der Hand, ein Glas Bier in der anderen, eingequetscht und fast erdrückt von den Herumstehenden, fand ich den Weg heraus aus dem kreischenden und lachenden Getümmel. Wohin nun?

Wieder dieser fragende, einladende Blick von der Schönen am Tisch. Sollte ich mich zu den dreien setzen?

Noch sortierte ich die Gedanken, da griff mir plötzlich jemand an den Kragen, und eine schon mal gehörte Stimme schrie: „Jonny fick mich, Jonny fick mich." Verdammt noch mal, war die Unersättliche denn vorhin nicht von Kahl gebumst worden, oder brauchte sie es schon wieder?

Jetzt drängte die nicht mal unattraktive Blondine mich an die Wand, das Augen-Makeup verrutscht, der Lippenstift verschmiert. Dichter und dann tiefer kroch sie in mich hinein, ihre Zungenspitze aufgeilend durch ihren Kussmund kreisend.- Wohin mit dem Aal, wohin mit dem Bier und wie entkam ich dieser Umklammerung, die bereits in der Unteretage stattfand?

Die aufmerksam gewordene Menge betrachte die Szene mit hohen Erwartungen. Ich kannte sie alle, zumeist Unteroffiziere, die jetzt erleben wollten, was der Fähnrich mit der Blonden anstellte. Einige klatschen bereits Beifall.

Nun, so nüchtern war ich auch nicht mehr. Hätte ich dieses vollbusige Weib in einem anderen Zustand kennen gelernt, vor allem ohne Zuschauer, wäre ich sicherlich auf ihr Angebot eingegangen. Aber so?

Hilfe suchend über den Scheitel der emsiger fummelnden Blondine hinwegblickend, entdeckte ich zwischen den interessierten Gesichtern den grauen Kopf von Kahl, der besonders lüstern dreinschaute.

In meiner Not fiel mir nichts Besseres ein als zu brüllen: "Hauptgefreiter Kahl, übernehmen Sie, das ist ein Befehl!" Alle lachten, und unter aufbrausendem Beifall kam Kahl, die Arme schwingend, auf uns zu und befreite mich von dem Klammergriff der Dame, die er, ihm willig ergeben, durch die Tür nach außen schleppte.

Die Arme immer noch weit gespreizt, links den Aal und rechts das Bierglas, bemerkte ich, wie an dem wieder ins Blickfeld geratenen Tisch der Schönen sich der ältere Herr erhob und auf mich zuging: „Affäre gut gemeistert, Kompliment, aber nun kommen Sie mal an unsern Tisch, damit Sie endlich Ihren Aal verzehren können." Nahm mich am Arm und schon saß ich da, wo die Schöne mich wohl schon seit längerem hinhaben wollte.

Aus Hannover kommend, verbrachten sie den Sommerurlaub zum ersten Mal auf der Insel. Bisher sei es geruhsam und wie die Tochter – aha also doch die Tochter – feststellte, todlangweilig gewesen, viel Sonne, viel Gegend, sonst nichts bis heute Abend.

Mit einem Male, als die Mariner wie Heuschrecken über den Ort hergefallen sei, wäre endlich Leben in der Bude. So lustig sei es hier noch nie gewesen. Die beiden Alten hörten meinen Erzählungen andächtig zu, aber im Innersten keimte der Wunsch, sie würden endlich gehen und ihre Tochter zurücklassen. Eigentlich entsprach die Tischdame nicht meinen Schönheitsvorstellungen, zu hager, mit der auf den Scheitel hochgeklappten Sonnenbrille wirkte sie wie eine Emanze mit dem ausgehenden Signal: Ich bin euch allen überlegen!

Sicherlich eine gestandene Frau, Sportlehrerin, die krusseligen Haare zum Pferdeschwanz gebändigt, einige Jahre älter als ich, hoch gewachsen, ein fast hartes, schmales Gesicht, aus dem, von der Seite spürbar, ihre Augen abtastend an meinem Körper auf und nieder spazierten. Die Frau trug ein bonbonfarbenes Kleid, Seide oder gar Chiffon, hauchdünn, eng anliegend. Ob sie einen BH trug? Wohl auch kein Höschen. Diese Feststellung, dazu ihr Lächeln, wenn sich unsere Blicke trafen, und zuletzt die deutliche Berührung ihres Knies mit dem meinen, das erweckte Hoffnungen.

Alle Glocken läuteten und übertönten den Kneipenlärm. Vater und Mutter, kaum mehr wahrgenommen, sagten Adieu, wir blieben zurück, aber nicht lange. Am Schiff vorbeischlendernd holte ich von Bord meine hellblaue Leinenjacke, es war kühler geworden. Ihre halbnackten Schultern wärmte eine Stola.

Der Weg führte in die Dunkelheit, aus dem Ort heraus auf den Deich, liegende wiederkäuende Kühe mussten umgangen werden. Von draußen auf der See zeigte der Mond mit seinem silbernen Finger auf uns. Längst hielten wir uns an den Händen, aber keiner sagte ein Wort. Dabei wollten wir beide nur das eine, einer musste die Initiative ergreifen. Wie lange noch wollten wir tatenlos durch das taunasse Gras wandern?

Eine Kuh hatte Einsehen, sie mühte sich auf die Beine und bot ihren Liegeplatz an. Ich zog die Schöne dorthin. Erinnerungen an Katja kamen hoch. Am Deich in Neidum hatte auch ein Rindvieh sein Plätzchen aufgeben müssen. Wir setzten uns in das wohlig angewärmte trockene Gras.

Was dann geschah, sprengte alle Erwartungen. Nicht ich, sondern sie begann mit dem Eroberungsfeldzug. Nicht, wie akademisch empfohlen mit Kuss und dann abwärts, nein, sie zog mir die Hose vom Leib. Sie kam gleich zur Sache.

Mit kräftigen Händen ergriff sie meinen längst aufgestellten Liebessstock, rutschte mit ihren heißen Lippen daran rauf und runter, lutschte wie besessen fast schmerzhaft das Spitzerl. Lange nicht mehr so verwöhnt worden, rauschten Wonnewellen durch den Leib. Ich wagte nicht, sie anzufassen. Wollte sie mich hinrichten? Kaum gedacht, sprang das durchtrainierte Weib auf, wie vermutet ohne BH, kein störendes Höschen, das Kleid wie einen Schal um den Hals geschlungen, setzte sich auf mich und ritt und ritt mit Seufzen und Stöhnen. Mit ihren kleinen Brüsten, hart wie stählerne Bocciakugeln in den Händen, versuchte ich ihre fordernden Stöße abzufangen. Hoffentlich würde ich durchhalten und nicht schlapp machen.

Abgelenkt zu Gunsten des längeren Durchhaltens blieb mein Blick an ihrer im Haar wippenden hochgeklappten Sonnenbrille hängen. Im Rhythmus hüpfte das Ding mit. Das ihr auf den Rücken scheinende Mondlicht ließ es aufblitzen.

Was sie trieb, schien erst die Kür zu sein, wann kam die Pflicht? Ich konnte mich beherrschen und den Stock bewahren. Endlich brach sie auf mir zusammen.

Aha, die Kür wäre geschafft. Jetzt sollte sie mir zubilligen, die Pflicht zu übernehmen.

Der Mond beschien einen glänzenden muskulösen Leib, mit endlos langen Beinen, an der wesentlichen Stelle sanft umwaldet. Sie lächelte, führte meine Hände über ihren strammen Busen und wartete auf den endlich fälligen Kuss. Der wäre beinahe erstickungstödlich verlaufen. Sie krallte sich förmlich an meine Brust, drohte mit ihren Lippen Mund und Nase zu überdecken, küsste wie eine Verdurstende, der man nach langer Dürre ein Glas Wasser reichte.

Nach Luft japsend, drückte sie als Nächstes meinen Mund auf ihre Brüste, die ich fast befehlsgemäß abzuküssen hatte. Sie übernahm das Kommando, ich ließ mich gerne führen. Die Welt taumelte, mir schwanden die Sinne. Nein, Ausruhen ließ sie nicht zu. Zitternd erwartete der aufbäumende Schoß nach der vor ihr arrangierten Orgasmusvorspeise jetzt den Hauptgang. Wer hätte dieses Signal nicht verstanden. Verrückt gemacht und wild entschlossen, brauchte ich dazu keine besondere Einladung. Seit Monaten nicht mehr so herausgefordert, brach in mir alles los, was lange nicht mehr abgefragt worden war. Je mehr die Schöne klagte, desto wahnsinniger muss ich auf ihr getobt haben, bis zum Zusammenbruch, den wir beide gemeinsam erwischten. Das Dessert bestand aus langem, engen Aneinandererschmiegen unter der weißen wärmenden Stola, so lange, bis die Kälte des Morgengrauens zum Abbruch und Aufbruch zwang.

Händchen haltend fanden wir den Weg zurück in den Ort. Alles schlief. In den Kneipen brannte kein Licht mehr, Stille, nur vom Hafen her hallten Geräusche herüber.

Auf die Uhr geschaut: „Meine Güte, in zwei Stunden ist Auslaufen! Ich muss an Bord!" Sie nickte stumm. Ein flüchtiger Kuss trennte uns. Sie ging einfach so davon, kein Winken, wiegte in den Hüften. Noch einmal ein Blick, ein Lächeln? Etwas gewartet. Nein. Vorbei.

Mit einem Mal begriff ich. Das Aas hatte mich benutzt, um ein akutes Bedürfnis zu stillen, als ob sie vor dem Zubettgehen eine Zigarette rauchen oder noch einen Whisky trinken wollte. Nichts von Zuneigung. Sie wollte mal wieder ihren Hormonhaushalt in Ordnung bringen, dazu war ich ihr zufällig in die Finger gefallen.

Nun, ich konnte mich nicht beklagen, ich hatte ebenfalls davon profitiert. Mit meiner Gefühlswelt stand nach diesem „One Night Stand" wieder alles zum Besten.

Auf der W 8 leuchtete in der Kommandantenkammer bereits die Schreibtischlampe.

Der Smut kam mit Kaffee und dem Frühstück vorbei. „Gehen Sie rein, ich deck für Sie gleich mit, aber vorsichtig, der Alte ist sauer. Der Obermaschinist ist noch nicht aufgetaucht. Die beiden Heizer sind losgeschickt worden, ihren Oberheizer an Land zu finden."

Klappern und metallisches Schlagen auf das Kopfsteinpflaster polterte näher. Auf einem zweirädrigen Karren, fast leblos trotz der Schüttelei, lag der Obermaschinist. Mit vereinten Kräften zerrten ihn die Lords an Bord und verpackten ihn in der Koje. Die beiden Gefreiten riefen mir Verdutzten beim Vorbeischleppen des halb Toten zu: „Herr Fähnrich, die Maschine ist klar zum Auslaufen, das können wir auch ohne ihn."

Mit dieser Meldung machte ich Vallery sichtliche Freude und unterdrückte gleichzeitig damit dessen Frage, wo ich denn herkäme. Alles andere lief trotz der durchzechten Nacht wie geschmiert. Bis auf den sonst stets pünktlichen, verlässlichen und ansonsten immer Alkohol meidenden Maschinisten gab es keinen Ausfall. Der schlafende Ort durfte weiter schlafen, wir aber tuckerten durch die Rinne seewärts in den Morgen. Selbst der vor uns ausgelaufene LS war dieses Mal nicht quergeschlagen und liegen geblieben, aber einige Meilen vor uns bot die W 5 ein eigentümliches Bild. Hoch über dem Mast hing eine große Blase.

Vallery versuchte mit dem Fernglas auszumachen, was es sein könnte, griff dann kopfschüttelnd zum Funksprechgerät und fragte: „W 8 an W 5, Kommandant an Kommandant, was fahren Sie da im Mast?"

Niemand antwortete, aber die Blase verschwand. Später im Heimathafen machte die Story die Runde, dass irgendein lustiger Vogel im Suff einen riesigen Coca-Cola-Sonnenschirm aufgespreizt in den Mast montiert haben soll, so hoch, dass im nüchtern Zustand kein Mensch da oben hingelangt wäre. Die Schiffsführung, also LS, hatte bis zum Anruf von W 8 nichts davon bemerkt.

Vallery konnte sich darüber schütteln vor Lachen, er empfand das als Gag. LS aber soll dem Übeltäter finsterste Disziplinarstrafen angedroht haben. Nicht wegen des eingegangenen Kletterrisikos, sondern weil Freiherr von Lotter-Sunden meinte, der Trunkenbold habe ihn persönlich damit lächerlich machen wollen.

Gut, dass ich bei Vallery fuhr! Der arme Nickel.

Die Morgenluft kühlte die heiße Stirn. Brav tuckerte die W 8 in Sichtweite der Küste auf südwestlichem Kurs. Kurs Heimat! Angestrahlt spiegelte von Land her ein Fenster die hinter uns aufgehende Morgensonne zurück. Der blaue Himmel versprach einen schönen Sommertag. Leicht aufbrisender Ostwind jedoch wehte einen eigentümlichen Geruch heran, es roch nach Kuhstall, und das meilenweit von jedem Bauernhof entfernt.

Je höher die Sonne stieg, desto angenehmer erwärmte sie mir den Rücken. Das tat gut. In der Nock umfächelte der frische Wind die heiße Stirn. Wind und Sonne stellten die Lebensgeister nach und nach wieder auf feste Beine. Wo aber kam bloß der immer intensiver werdende Geruch her, eher schon Gestank? Aus dem Ruderhaus hinter mir trat Vallery in die Nock, hielt die Nase in die Luft und sagte leise: „Ich rieche Kuhscheiße. Was riechen Sie?"

„Ja, muss wohl Kuhscheiße sein, aber woher?" Besseres fiel mir nicht ein.

572

Der Kommandant sprach leiser: „Gehen Sie mal schnell von der Brücke und wechseln Sie ihr Jackett."

Ich ahnte: mit der Schönen zwischen den Kühen und nach dem Nachtausflug die Uniform nicht gewechselt .... oh, oh!

In der Kammer dann die Bescherung entdeckt. Auf dem ganzen Rücken bis hinein in die Schulterstücke klebte wie ein getrockneter Panzer fingerdick der Verdauungsgang einer Kuh. Bei der jetzt aufkommenden sommerlichen Wärme strapazierte das die Geruchsnerven. Es war so eklig, dass die Leinenjacke kurzentschlossen über die Reling in die See wanderte, hinter den Scheiben des Ruderhauses vom Brückenpersonal amüsiert verfolgt.

Als ich in blütenweißem kurzärmligem Sommerhemd wieder auf der Brücke erschien, gab es zu all dem keinen Kommentar. Hätte ich mir auch verbeten.

W 5, Gott sei Dank vor uns eingelaufen, und die W 8 waren die letzten, die in Altstadt an der Pier festmachten. In einer Stunde sollte große Musterung in Ausgehuniform sein.

Was denn nun schon wieder. Konnte uns die Chefetage nicht mal in Ruhe lassen? Der Geschwaderchef, erstaunlicherweise dieses Mal nicht mit zittriger Stimme, was hinter mir mit der Bemerkung bedacht wurde: „Er hat sicherlich vorgetankt!", hielt eine Rede, die immer neugieriger machte und zuletzt darin gipfelte: „Ich habe die große Freude, im Auftrag des Verteidigungsministeriums die in mein Geschwader versetzten Fähnriche mit Wirkung vom 1. des letzten Monats zu Leutnanten zur See zu befördern".

Ein donnerndes dreimaliges Hurra echote von den Gebäuden wider, dann gab es die Urkunden, und danach ging es an Bord. Gestern bis zum Morgengrauen hoch die Tassen, jetzt schon wieder. Dieses Mal auf Kosten der neu gebackenen Leutnante.

Jeder Fähnrich hütete bereits seit längerem im Spind eine Uniformjacke mit dem ersten dicken goldenen Streifen. Die schnell anzuziehen und zum Umtrunk bei Vallery in die Kommandantenkammer zu gehen und zu den Mannschaften und den Unteroffizieren in deren Messen, war geübte Gepflogenheit. Was einem aber einen heißen Stoß durch den Leib jagte, war die erste gepfiffene Seite.

Was das ist?

Betritt oder verlässt ein Offizier ein Kriegsschiff, so ist international protokollarisch festgelegt und üblich, dass von dem Bootsmann der Wache auf einer Bootsmannspfeife, einer Art Trillerpfeife, ein ganz bestimmtes Signal gepfiffen wird.

Bei mir war es der Smatting. Und da es das erste Mal war, auch üblich, drückte ich ihm die Hand und in diese einen „Heiermann", ein Fünfmarkstück.

Der Sprung auf die erste Stufe der Offizierränge veränderte nicht den Charakter, stärkte aber das Kreuz. An Bord veränderte das nichts, Anerkennung hatte ich mir mit meinem täglichen Verhalten erworben. Ich fühlte mich wohl auf W 8, so wohl, dass die Besuche bei den Eltern in Neidum seltener wurden.

Tage später lud die Offizierheimgesellschaft ein zu Umtrunk und Tänzchen. Dieses Mal ging die Feierei auf Kosten der älteren Offizierkameraden. Die hatten ihre tief dekolletierten Muttis und geschlechtsreifen Töchter mitgebracht.

Wer je erfahren hat, was Pflichttänze bedeuten, wird wissen, wie so ein Abend über die Bühne geht. Musik mit Schindara bumdara, Wiener Walzer und Slow Fox, und das zu der Zeit, als Elvis the Pelvis mit den Hüften wackelte und wir alle wild Boogie und Rock and Roll aufs Parkett legten. Stattdessen absolvierten wir befehlsgemäß einen Gähnabend, umrahmt mit artig freundlicher Konversation zur Unterhaltung der Damen. Sehr anstrengend!

Vallery mit Frau, sehr lieb, hatte aus Lübeck zwei seiner drei Nichten herbeordert. Die eine herb und hochbeinig und bohnenstangig dünn, ohne die geringste Auswirkung auf meine Gefühle, die andere züchtig, scheu wie ein Reh, aber nicht ohne Liebreiz. Ein Blümchen, das gerade Knospen entwickelte. Brav wie auf der Marineschule im Tanzkurs gelernt traten die jungen Leutnante an, ließen kein Mädchen an den Tischen sitzen und drehten ihre Pflichtrunden.

Natürlich mussten auch die Frauen der Kommandanten bewegt werden. Da sehe ich vor mir den eifrig tanzenden Deo. Deo meinte an diesem Abend den ersten Meilenstein der weiteren Karriere setzen zu müssen. Er bemühte sich auffällig, die Tanzlust der fülligen Kommandeursgemahlin zu befriedigen. Alle Augen folgten dem Paar, wenn es auf der Tanzfläche erschien. Sie trug ein trägerloses, bei jeder Bewegung knisterndes glänzend dunkles Kleid, das vorne herum über dem Busen eine Pelzpaspelierung zierte. Ihre Brüste drückten die Pelzkante wie eine schäumende Bugwelle nach außen. Neben mir hörte ich jemanden stöhnen, wenn sie wie rieselnder Regen vorbeirauschte: „Mein Gott, hat die Frau mörderische Titten!"

Das zu betrachten war nicht das Beeindruckendste, sondern wie Deo mit der Frau tanzte. Deo der Kahlköpfige tanzte so eng und schmusig, das ihr dunkles Kleid und seine Uniform farbmäßig einen großen Fleck ergaben. Dem kleinen Tänzer passte die Nasenspitze genau in die Falte ihrer fußballgroßen halb entblößten Brüste, dazwischen lag sein polierter Kopf, dessen hohe Stirn weit nach hinten bis zu dem spärlichen Haarkranz reichte. Dieser tonsurartige Rest der ihm verbliebenen Haarpracht hatte dieselbe Farbe und Breite wie die Pelzpaspelierung ihres Abendkleides. Ein verwirrender Anblick. Da bewegte sich eine Frau mit drei Brüsten. Sensationell! Auch dieser Tanzabend ging einmal vorbei.

Wie von Vallery nachdrücklich gewünscht, brachte ich seine Nichten zum Bahnhof. Die kleinere, hübschere, die jedes Tänzchen mit hochroten Wangen absolvierte, stolperte auf dem Weg über irgendetwas, beabsichtigt oder auch nicht, ich bot ihr meinen Arm an, in den sie sich freudig einhängte. Später berichtete mir Vallery, die ältere Nichte hätte zu Hause getobt, dass ich ihr die jüngere Schwester vorgezogen hätte.

Nein, mitnichten wollte ich mit Vallerys Nichten Weiteres unternehmen. Dazu blieb auch keine Zeit. Zum Abschluss meiner Bordzeit in diesem Geschwader sollte es durch den Nord-Ostsee-Kanal zu einer größeren Übung mit anderen Einheiten der Flotte in die Nordsee gehen. Erstmalig durfte da mit der Flak auf ein Seeziel geschossen werden. Aufregend!

Nach dem faden Tanzabend endete der Tag zunächst im Offizierheim in einer Herrenrunde mit Fortsetzung an Bord in den verschiedenen Kommandantenkammern. Feuchtfröhlich ging es bis in den Sonntagmorgen hinein. Danach lag Schweigen über dem Hafen, Sonntagsroutine, erst gegen Abend wachten die Lebensgeister wieder auf.

Friedlich ruhte das Geschwader im Licht der letzten Strahlen der untergehenden Sonne an der Pier. Im Mast des Wachbootes wehte bereits das Vorbereitungssignal zur Flaggenparade. Überall auf den Vorschiffen bei der Gösch und hinten am Heck nahmen Lords die Flaggleinen in die Hand und warteten auf den Durchführungsbefehl, die Flaggen einzuholen. Der Bootmann der Wache, mit umgeschnalltem Koppel blickte bereits auf die Uhr, wedelte nervös mit der Bootmannspfeife.

Er wartete auf den Leutnant der Wache, der mit der Batteriepfeife das Flaggenzeremoniell anzupfeifen hatte, aber wo steckte der? Hilfesuchend entdeckte mich der Unteroffizier: Was tun, weiter warten?

Zum Donnerwetter, wo bleibt der Wachoffizier? „Wer ist denn heute dran?" „Der Leutnant Küter".

„Ach der Deo", rutschte es mir heraus. In Gedanken sah ich ihn mit der Kommandeuse tanzen. Den glatten Kopf so tief über beide Ohren in der Schlucht ihres bombastischen Busens vergraben, dass er nichts mehr sah oder hörte. Er Foxtrott tanzend und sie langsamen Walzer.

Ob er mit ihr versackt war und noch nicht wieder auf den Beinen?

Ich winkte dem nervöser werdenden Unteroffizier zu rief dabei: „Geduld, Geduld!", rannte unter Deck, holte meine Batteriepfeife, stellte mich neben den Bootmann.

Ein schriller Pfiff zerriss die Abendstille und ich brüllte: „Zur Flaggenparade stillgestanden!"

Den nachfolgenden Befehl schon auf den Lippen, krachte hinter uns auf der Landseite eine Tür der Wasch- und Sanitärräume gegen die Wand, und gleich darauf schrie eine hohe Fistelstimme: „Hol nieder Flagge!"

Alle Köpfe schwangen herum. Alle Augen trafen auf eine eigentümlich hockende Gestalt, die, offensichtlich selbst erschrocken, wie versteinert wirkte.

Es war tatsächlich Deo. Hinter ihm sah man in eine Toilette. Der Batteriepfiff muss ihn aus tiefen Träumen von der Klobrille weggerissen haben. Vom Druck der ehrgeizigen Pflichterfüllung nach draußen getrieben, saß er abgeknickt in klassischer Kackhaltung mit blankem Hintern und auf die Fußknöchel heruntergerutschten Hosen gute fünf Meter vor der offenen Toilettentür.

Leutnant Deo, eine Witzgestalt deutscher Seegeltung.

Neben mir prustete und keuchte der Bootmann, immer noch warteten die amüsierten Lords auf das Trillern der Bootmannspfeife, das nicht klappen wollte. Schließlich gab ich mit der Hand nach allen Richtungen das Zeichen, die Flaggen wurden eingeholt.

Deo, langsam seine unglückliche Situation begreifend, rutschte, im Entengang rückwärts watschelnd, in unverändert geknickter Stellung ins Klo zurück, schloss leise die Tür und ward bis zum nächsten Tag nicht mehr gesehen. Ob er auf dem Klo in tiefe Scham versunken übernachtet hat, ist nicht überliefert.

Der große Tag rückte näher, an dem das Geschwader in die Nordsee auslaufen sollte.

Als gern gesehener Gast besuchte der Zöllner wieder die einzelnen Schiffe. Zollwaren über Zollwaren stapelten sich auf der Pier. Nachdem Jacobsen seinen bekannten albernen Schnack von der möglichen Possibilität der possiblen vorzeitigen Öffnung des Zolllagers abgesondert hatte, war einer der kriegsentscheidendsten Schritte zum Auslaufen in mir bekannte Gewässer getan. Vielleicht würden wir sogar das heimatliche Neidum anlaufen.

Nach der üblichen Morgenmusterungen der Besatzung meinte Vallery, dass vor den längeren Seetagen einige der Mannschaftsdienstgrade unbedingt zum Friseur müssten: „Die verheddern sich sonst mit ihren Pennermähnen in den Festmacherleinen.“

Ein Unteroffizier raunte mir zu: „Der Wunsch bleibt unerfüllt. Die Jungs haben zum Monatsende keinen Penny mehr auf der Naht. Wollen Sie wissen, wo deren Geld verschwindet? Nee, nicht mit Versaufen. Ohne dass die Jungs zum Schuss kommen, knöpfen ihnen gleich zu Monatsbeginn im Hamburger Hof Damen des horizontalen Gewerbes den Sold ab. Sauerei, - ist aber so. Reden mit denen bringt nichts.“

Der nächste Erste fiel auf den folgenden Freitag. Unter der Woche blieben viele der Lords an Bord. Am Zahltag dagegen hörte man bereits am frühen Abend das Grölen aus den nahe liegenden Kneipen. Auf den Schiffen Stille, nur die Lüftung summte, und aus den Radios dödelten auf Langwelle abgedroschene Schlagerweisen. Zum Abendbrot gehörte mir die Kommandantenkammer ganz alleine. Vallery, der Obermaschinist und die verheirateten Unteroffiziere besuchten übers Wochenende ihre Familien.

Durch das offene Schott gut zu hören, ging es auf dem anderen Ufer bereits lustig zu. Durch die Bäume hindurch leuchtete die Lichtreklame vom "Hamburger Hof". Ob da drüben unseren Lords bereits wieder die Piepen abgeknöpft wurden? Waren die so blöd, den Mädchen ihr Geld sonstwohin zu stecken und trotzdem unbefriedigt davon zu troddeln?

Was verdiente ein Matrose? 200 DM, abzüglich 80 DM für Unterkunft und Verpflegung. Das erinnerte ich noch gut, als ich selbst als Matrose damit auskommen musste. Von dem Leutnantsgehalt von 600 DM wurden ebenfalls 80 DM einbehalten. Damit gelangen keine großen Sprünge. Mal eine Fahrkarte nach Hause war drin oder einige zivile Kleidungsstücke in Altstadt erstanden bei einem Großhandel, „Outlet" genannt.

Einiges an neu angeschafftem Zivil hing im engen Spind, zwei bunte Hawaihemden, ein grau kariertes Jackett und eine graue Hose und zum Uniformhemd ohne Schulterklappen eine rotbunte Krawatte. Zur dunklen Uniformhose passten auch die bunten Hemden. Das ganze nannte man „Univil".

Als Jahre später meine Frau diese Klamotten in einem Koffer fand, hat sie die Sachen angewidert in den Müll geworfen. „So etwas Hässliches und Billiges hast du damals angezogen? Wenn ich dich damit kennen gelernt hätte, wäre ich gleich davongelaufen."

Von zu Haus keine gute Garderobe gewohnt, hielt Leutnant Färber seinen zivilen Aufzug für das Höchste und Eleganteste.

Wieder schallte eine Lachsalve über den Hafen. Ja, im „Hamburger Hof" ging es heute hoch her. Wie im Pütt, wenn Lohntag war. Ob außer dem eifrigen Wirt die Lübecker Nutten schon tüchtig kassierten?

Sollte ich mal nachsehen? Nein, nicht aus Neugierde oder gar schlimmer. Aus reiner sozialer Fürsorge für die Untergebenen. So konnte man es doch nennen — oder? Als Offizier in einen Mannschaftsschuppen zu gehen und das nach Feierabend, wo die Lords unter sich sein wollten, schien nicht ratsam. Da angepöbelt zu werden oder möglicherweise in eine Schlägerei zu geraten würde mich dienstlich ruinieren.

Locker im Hawaihemd mit einem Bier in der Hand stand ich eine Stunde später am Tresen im „Hamburger Hof". Schiet auf die Bedenken. Im schummerigen rötlichen Licht glich das Etablissement einer Mischung aus gutbürgerlicher Kneipe und Nachtbar. An einem Tisch wurde gerade fettiges Bauernfrühstück gereicht, als hinten auf der Bühne eine nackte Schönheit ihren kleinen Tanga einladend in die johlende Menge warf.

Schräg drüben hockten meine Lords zusammengedrängt an einem Tisch, und wie vermutet fummelte eine Wasserstoffsuperoxyd-Erblondete an einem der Jungs herum, während die anderen den Vorgang lechzend verfolgten. Plötzlich stand Kahl vor mir, musterte mich abschätzend und wohl auch missbilligend: „Sie hier?"

„Na und? Trinken sie 'n Bier mit, Sie sind eingeladen", war meine Reaktion. „Mensch Kahl, ich weiß, was hier los ist, und wollte wirklich mal sehen, wer die Jungs pleite macht. Sie sind doch ein gestandener Mann, können Sie die Jungs nicht beeinflussen, statt hier von den Nutten ausgenommen zu werden nach Lübeck in den Puff zu fahren und nach einem richtigen Bums entlastet wieder an Bord zu kommen. Die hauen doch hier für nichts und wieder nichts ihr mickeriges Salary auf die Back."

Der alte Hauptgefreite griente. „Leutnant, das sagen Sie denen mal selbst!" Und schon preschte er weg zum Mannschaftstisch. Kurz darauf umringten mich bekannte Gesichter und hörten meiner Empfehlung willig zu, nachdem ich eine Runde Bier springen ließ.

„Für jeden, der Montag zum Auslaufen mit kurzen Haaren zur Musterung erscheint und einen Fahrschein für morgen Sonnabend nach Lübeck vorweisen kann, gewähre ich Wochenendausgang bis 23 Uhr."

Großes Hallo brach los. Vögele, der Gefechtsrudergänger, brüllte in den Saal, schon leicht angeduhnt: „Leute, seht mal, unser Leutnant ist hier. So ist das bei uns an Bord, wo wir sind, ist der auch. Und wo sind eure Offiziere? Alle auf ihren Muttis zu Hause. Ha ha!" Im Hintergrund dudelte eine Musikbox, ständig gefüttert mit Groschenstücken, wenn gerade auf der Bühne keine Hintergrundmusik für die Stripperin lief.

Einer der Gefreiten drängte durch die vor dem Ausschanktresen bis zur „Jukebox", wie der Schallplattenspieler auch genannt wurde, und kam strahlend zurück: „Herr Leutnant, ich weiß, dass sie den Chris Howland gern hören, ich hab ihnen mal ne Platte aufgelegt."

Da sang schon der Chris mit bewusst englischem Akzent…."Fraulein von Isar und Rhein…." Kaum wahrzunehmen bei dem Krach, keiner außer den mich eng Umstehenden hörte hin, aber als plötzlich mit einem lauten Blubb die Scheibe ihren Geist aufgab, trat friedhofartige Stille ein.

Mittlerweile hatten alle Gäste des Lokals mitbekommen, dass mir die Musik gewidmet war. Folglich starrten jetzt alle auf das Hawaihemd des verkleideten Leutnants. Dabei blieb es nicht. Längs des Tresens tat sich eine Gasse auf. Das eine Ende zeigte die beleuchtete, schweigsame Jukebox, am anderen Ende stand der Leutnant von

W 8. In die Stille krähte der vorlaute Vögele: „Unser Leutnant bringt das Ding schon wieder zum Laufen."

Ich hätte dem Kerl den Hals umdrehen können, denn von der Apparatur dieser Elektrik verstand ich nun wirklich nichts.

Mir blieb nichts übrig. Alle Blicke nötigten mich hin zu dem Automaten. Auf dem Weg dorthin flehte ich innerlich: „Lieber Gott hilf mir, gib die Eingebung, dieses vermaledeite Gerät wieder in Bewegung zu setzen."

Vor dem Musikkrüppel angelangt und dabei dicht umdrängt von Neugierigen, entdeckte ich auf den ersten Blick, dass um die Nadel herum ein aufgestautes, dichtes Staubknäuel den Lauf gestoppt hatte. Also packte ich die Jukebox links und rechts am äußeren Rahmen wie ein Stier bei den Hörnern und wackelte das Ding mit aller Kraft hin und her... und siehe da, staune und höre.... Das Fraulein von Isar und Rhein tönte wieder durch den auflebenden Krach der Kneipe. Vögele und seine Freunde jubelten, ich aber verschwand schnell durch die Menge nach draußen. Puh, das war ein Erlebnis der besonderen Art. Mal sehen, ob die Lords mein Angebot über den Haarschnitt und die Bahnfahrt in den Puff bis zum Auslaufen ins Manöver umsetzen würden.

Am Montagmorgen zur Musterung stand außer dem älteren grau behaarten Hauptgefreiten Kahl das gesamte junge Volk mit blank geschorenen Glatzköpfen auf dem Vordeck angetreten, dazu bewegte der Wind einen unterhalb der Schleife auf dem Matrosenknoten angesteckten Fahrschein der Bundesbahn.

Vallery staunte. Sein Kommentar: „Es geschehen noch Zeichen und Wunder. Da muss man nur einmal grob werden, schon spurt die Bande, aber von Kahlscheren war nicht die Rede gewesen", und an mich gewandt: „Leutnant Färber, haben Sie das angeordnet?"

Ich setzte an, aber unser Jüngster aus Gelsenkirchen sprach für die Mannschaft und rief: „Herr Kaleu, dat is von wegen die stürmische Nordsee, damit uns da nich de Wind de Haare von Kopp reißt, allet freiwillig, woll."

„Ihr seht aus wie russische Kriegsgefangene", erwiderte der Kommandant. Die Jungs feixten und grinsten in meine Richtung.

Jahre danach verlangte ein so genannter Haarerlass, lange Haare unter dem Stahlhelm in ein Netz zu stecken, und noch viel später wiederum liefen die jungen Leute in der Truppe als Skinheads herum.

44

Die Fahrt des gesamten Geschwaders von 12 Schiffen durch den Nord-Ostsee-Kanal – von Land her ein kriegerischer Anblick – verlief ohne Höhepunkte. Selbst Oberleutnant Lotter-Sunden blieb mit seiner W 5 im Kielwasser des Vordermannes, fuhr nicht in die Kanalböschung oder rammte gar in Brunsbüttel das Schleusentor.

Ab Cuxhaven gifteten regnerische Böen über die kleinen Schiffe. Das Tidenwasser schäumte olivfarben, ganz anders als die reinlich wirkende Ostsee. Eine andere Art der Seefahrt kündigte sich an.

Erste Septemberstürme fegten über die See. Auf und nieder stampfte der 12-Masten-Zirkus durch die steiler werdenden Wellen. Ungemütlich, die Nordsee zeigte ein feindliches Gesicht. Der Smut lag seekrank danieder. Viele schienen dankbar, dass es nichts zu essen gab. Heimlich verschwand mal der eine, mal der andere von der Brücke und kotzte achtern ins Fahrwasser. Mir ging es auch nicht sonderlich gut. Draußen im Freien in der Nock zu stehen und den Blick weit weg auf den abendlich verschwindenden Horizont zu richten dämpfte die aufkommende Übelkeit.

Nach der Wachablösung stellte ich mir einen Eimer neben die Koje.

Am nächsten Tag wehte es immer noch. In Lee vor Helgoland traf die Flotte zusammen, das erste Aufgebot der Nachkriegsmarine. Ein Räumbootgeschwader, einige Schnellboote – ob Hanno Hagebutt dabei war? – große Minensucher, uralte, kriegsgediente Kohlendampfer. Das sah alles nicht sehr gewaltig aus, war aber immerhin der Anfang und das erste gemeinsame Seemanöver der jungen Bundesmarine.

Der erste Befehl lautete: „Geschwaderweise und getrennt in verschiedenen Seegebieten Evolutionieren im Verbande“.

Dieses positionswechselnde Fahren im Verband fand ich im Schulgeschwader als Kadett faszinierend. Nach dem Seekriegsgeschichtsunterricht an der Marineschule, wo das Formationsfahren der Skagerrakschlacht glorifiziert worden war, mutete diese Exerzierart jetzt in Anbetracht der modernen Waffentechnologie archaisch und sinnlos an. Einfach nicht mehr zeitgemäß. Würden im Ernstfall Kriegsschiffe dicht gedrängt wie ein Entenschwarm operieren? Genau so wenig wie Marschkolonnen auf dem Gefechtsfeld. Was hier zelebriert wurde, glich dem Marschieren im Formaldienst. Linksum, Rechtsum, Geradeaus und Schwenken oder im Gänsemarsch hintereinander in Kiellinie, nicht zu Fuß, sondern zu Schiff.

Allein die Bezeichnung Evolutionieren klang wie kaiserlicher Sprachgebrauch, vom Duden als „allmählich fortschreitende Entwicklung“ erklärt. Die Allmählichkeit, ja die traf zu.

Bis aus einer Kiellinie alle 12 ehemaligen Kriegsfischkutter zu einer Front nebeneinander und querab zu einer Linie aufgedampft waren, verging bei 8 Knoten Höchstgeschwindigkeit mehr als eine Stunde. So schleppte der Tag die Stunden dahin.

Vallery, kaum ansprechbar, hielt einen so genannten Knochen in der Hand, ein besonders geschliffenes Glas mit Griff. Durch die Prismen gepeilt, konnte man damit den Abstand zum Neben- oder Vordermann besser abschätzen. Das Evolutionieren beschäftigte nur ein kleines Team, den Kommandanten, den Rudergänger und den Obermaschinisten am Maschinentelegrafen. Die anderen hockten gelangweilt herum, warteten auf irgendein Ereignis, lasen oder schliefen.

Erfreulicherweise beglückte uns der scharfe Nordwest nicht mehr, die Schaumkronen verschwanden, der Seegang aber blieb noch lange und ließ die Boote rollen.

Aus Übungsgründen lief kein Radar, wäre auch zur Abstandsbestimmung zu hilfreich gewesen. Am Kartentisch stand niemand und verfolgte oder notierte die häufigen Kurswechsel. Vallery, besessen, die neu geforderten Positionen so schnell wie möglich einzunehmen, vertraute auf seinen Geschwaderchef, der den ganzen Haufen in nördlicher Richtung von Helgoland wegführte.

Der Navigationsobermaat schlief beim Funker nebenan auf der Couch.

Mir war das unheimlich. Warum nicht ungefragt die Manöver in die Seekarte einzeichnen? Navigation war mein Steckenpferd, an Seekarten zu arbeiten machte mir Spaß, dazu den Stromatlas zu befragen, der Auskunft gab über Strömungen und Gezeitenwechsel in der Nordsee. So verging Stunde um Stunde. Der Smut, von den Toten auferstanden, brachte das Mittagessen ins Ruderhaus, später Kaffee und belegte Brote.

Mittlerweile glich die Nordsee einem spiegelblanken Ententeich, aber unangenehme Nässe und Kühle krochen durch die offen stehenden Schotten der Brücke.

Seit einer halben Stunde trottelte das Geschwader hintereinander in Kiellinie mit durcheinander schwankenden Masten auf Nordkurs dahin. War der Geschwaderchef da vorne auf dem Führungsboot müde geworden oder hatte er keine Lust mehr zu weiteren Veränderungen, zum Evolutionieren? Sinn und Zweck dieses Formalexerzierens mit Schiffen leuchtete mir ohnehin nicht ein, erinnerte an Nelson und an die Skagerrakschlacht. Aber was weiß ein Leutnant schon?

Weder das emsige Dreigestirn – der unermüdliche Vallery, der bereits zwei Mal abgelöste Rudergänger und der Oberheizer am ständig hin und herklingelnden Maschinentelegrafen – noch wir, die nutzlos Herumstehenden, merkten, wie von der Seite eine dichte Nebelbank heranschlich.

Wie mit einem Schlag fiel ein graues Tuch über das Schiff. Kein Vordermann, niemand achteraus, nichts mehr zu sehen. Selbst das eigene Vorschiff verschwand wie im Dampf einer Waschküche. Was nun? Betroffenes sahen wir einander an.

Da knisterte und knackte es bereits in der bisher schweigsam gebliebenen Funksprechanlage. „Kommandeur an alle, Übung wird abgebrochen. Maschinen Stopp. Ärger Karl, übernehmen Sie und führen Sie das Geschwader zurück östlich Helgoland-Düne. Radar bleibt aus.“

Ohne auf einen Befehl zu warten, riss der Obermaschinist den Telegrafen auf Stopp. Wie von einer Tarantel gestochen, sprang Vallery von der Nock ins Ruderhaus, eilte an den Navigationstisch: „Mein Gott, mein Gott, wo sind wir. Hab überhaupt keine Ahnung. Wo ist Bosche, der Navmaat, wo ist er bloß. Ich soll das ganze Geschwader zurückführen. Zwei sind hinter uns und neun vor uns. Ein Scheißschlamassel ist das, eine elefantöse Scheiße. Und Radar soll aus bleiben. So ein Blödsinn in dieser Situation. Verdammt noch mal!“

Hochrot im Gesicht mit irrlichternden Auge stolperte Vallery durchs Ruderhaus von einer Nock zur andern und versuchte nach achtern und nach vorn in den Nebel starrend etwas zu erkennen, dann zurück an den Navigationstisch, riss dem herbeigeeilten Navigationsmaat den Stechzirkel aus der Hand und stocherte mit zitternden Hand auf der Seekarte herum.

„Was ist da für eine Eintragung, das Kreuz da?“, bellte der Aufgeregte und sah mich fragend an: „Färber, was ist das?“

„Unsere Position, zumindest das Beste, was wir haben, fünf Minuten alt!“

Vallery, sichtlich erleichtert und wieder der ruhige Alte: „Na, wenn das man stimmt, aber wenn das stimmt, treffen wir uns heute Abend vor Helgoland Düne zum kleinen Whisky“. Seine neu gewonnene Zuversicht erzeugte fröhliche Stimmung. Die lahme Langeweile wechselte im Nu zu eifriger Betriebsamkeit. Vallery riss den Sprechfunk aus der Halterung: „Hier W 8, Geschwader hört auf mein Kommando. Kleine Fahrt, vier Knoten über Backbord drehen auf Kurs Kilo Korpen 180. Durchführung und Bestätigung!“

Vallery, im Innersten wohl seiner Sache nicht so ganz sicher, aber nach außer der Souveräne, hatte nach dem neuen NATO-Signalbuch die Kursangabe gemacht, die uns auf die von mir empfohlene Tonne Sellebrunn nördlich von Helgoland zurückführen sollte.

Gott sei Dank hob der Nebel ein wenig den Schleier, so dass die zwei hinter uns Schippernden in die Kiellinie einfädeln konnten. Jedes Schiff fuhr, damit der Nachfolgende nicht zu dicht aufkam, an einer 50 m langen Leine eine rote Boje achteraus im Fahrwasser, so dass der Ausguck am Bug des Nächsten einen Anhalt hatte.

Mir wurde mulmig. Ob das, was ich da aus Langeweile als Navigation eingezeichnet hatte, stimmte? Immer wieder nachgerechnet, aber es gab kein anderes Ergebnis. Nun mit vier Knoten gerechnet, einbezogen den Zeitverlust durch das Hin- und Hergesäge bis die Kiellinie auf Gegenkurs gebracht war, mussten es 45 Minuten sein, vielleicht 50, bis diese vermaledeite Tonne Sellebrunn voraus auftauchen müsste.

Vallery saß im Sessel vor dem toten Radargerät, schmunzelte spitzbübisch und meinte wie vor Monaten vor Fehmarn: „Nun man los, Färber, dann führen Sie mal und zeigen dem Geschwaderchef zur Begrüßung die Tonne Sellebrunn.“

Was für ein Auftrag, mir schlotterten die Hosen. Das letzte belegte Brötchen schien mir im Halse stecken geblieben zu sein. Mit zitternden Händen noch einmal den Stromatlas gewälzt. Dem war zu entnehmen, dass vor einer Stunde die Tide gewechselt hatte und in unserem Seegebiet leicht ostwärts setzte. Mit dem gegenwärtigen Kurs 180 Grad würden wir also von der Zieltonne abgedrängt werden.

Ich wagte den Befehl: „Rudergänger, neuer Kurs 185!“ Er quittierte und verbesserte. Ob das reichen würde oder war es zu viel?

Mit der dahinperlenden Zeit rangen Zweifel und Zuversicht miteinander. Minuten gediehen zu Ewigkeiten. Mein Blutdruck stieg, schließlich führte ich, wenn auch nicht als letztlich verantwortlicher Kommandant, aber von Vallery indirekt in die Verantwortung gestellt, den ganzen 12-Masten-Verein in wer weiß welche vielleicht irrsinnige Richtung. Was für eine Blamage, wenn wir die saublöde Tonne nicht finden würden. Vallery spürte meine Unruhe und das in mir aufsteigende Misstrauen. Wohltuend war sein Schulterklopfen, weniger dagegen seine Bemerkung: „Wenn es kracht, dann ist das der Fels von Helgoland. So klein ist die Insel nicht, dass wir sie verfehlen könnten".

Ich hing in der Nock, wischte die Nässe vom Fernglas. Jeder an Bord wusste, der Leutnant führt das Geschwader. Furcht vor dem Versagen und Stolz, vielleicht erfolgreich zu sein, wallten als heißes Gemisch durch die Adern. Heiß und kalt lief es den Rücken rauf und runter. Den alles durchnässenden Nebel spürte ich nicht mehr. Zum unsichtigen Wetter kroch aufkommende Dunkelheit heran.

Schwerfällig, wie einzelne Hammerschläge zuckte der Sekundenzeiger über das Zifferblatt. Noch fünf Minuten, Ewigkeiten. Voraus schien es durchsichtiger zu werden, dann wieder dichter, Scheiße! War das die Tonne? Nein, Halluzinationen. Die Augen versuchten Hunderte von Metern voraus über die Wasseroberfläche zu gleiten. Ich glaubte schon Sternchen zu sehen.

Jetzt waren genau 45 Minuten vergangen, voraus nichts, nichts außer grauem Wasser und einer hellgrauen Wand. 48 Minuten vorbei, immer noch nichts. Vallery stand jetzt neben mir, das Fernglas unermüdlich vor Augen. Alle schwiegen. Nur die Maschine sang ihr eintöniges Lied. Voraus hörte man die Bugwelle klatschen.

Die fünfzigste Minute. Eiskalt kroch es mir über den Rücken. Übelkeit stieg auf. Mensch, dass ich so danebenliegen konnte. Vallery und sein Leutnant sahen einander schulterzuckend in die Augen.

Da – der unvergesslich helle Schrei unten vom Deck. Einer der an der Reling lehnenden Lords rief und zeigte querab auf eine vorbeidümpelnde Tonne mit der breiten Aufschrift Sellebrunn, keine 30 Meter entfernt. Großer Jubel brach los.

Ich hätte den Burschen da unten küssen können und die Tonne gleich dazu.

Hätten wir schon das GPS als Navigationsmittel gehabt, alle Aufregung wäre gar nicht erst aufgekommen. Damals war das anders, da gab es statt Satteliten- nur handgemachte Navigation.

Für mich bedeutete der Jubelschrei das Ende einer erschöpfenden Strapaze. Seitdem hatte ich bei Vallery ein Stein im Brett. Dass ich jedoch mit keiner seiner, wie er meinte, bezaubernden Nichten anbändeln wollte, hat er mir nie verziehen.

Einer der nächsten Seemanövertage stand im Zeichen der Einzelbootausbildung.

Erstmalig wurde die 2-cm-Oerlikon Flak vom der beschützenden Persenning befreit und daran geübt.

Extra dafür waren zwei Waffenmechaniker von der Waffenschule eingeschifft worden, um uns Laien für das Schießen vorzubereiten. Da sie immer verhüllt gewesen war, ahnte niemand von der Besatzung, wie die unverkleidete Mussspritze aussah. Die beiden Waffenmixer turnten an dem Ding herum, schmierten, putzten und werkelten. Jetzt wurde Ernst gemacht.

Unter Deck theoretisches Pauken der Vorschriften und der Bedienungsanleitung, danach Einteilung der Schützen und Anleitung zum Einsetzen der Munition sowie Richtübungen.

Von der Brücke bestand über die aufgesetzten Helme mit eingebautem Kopfhörer Verbindung zwischen dem Schützen und dem Kommandanten. Aufregend, aufregend! Das Ganze sah gefährlich aus.

Alle fieberten dem nächsten Tag entgegen, dem Beschießen der Schleppscheibe.

Ganz eigentümlich. Im Morgengrauen des im Licht der aufgehenden Sonne rötlich aufleuchtenden Helgoländer Sandsteinfelsens lagen auf der bleiernen See kleine graue Käfer, die alle eines gemeinsam hatten. Vorne ragte ein Stachel in die Luft, das lange dünne Rohr einer 2-cm-Kanone, der großartigen Bewaffnung unseres Geschwaders. Heute nun sollte für die meisten der erste Tag sein, zu sehen und zu hören, was aus diesem dünnen Rohr herausfliegen würde.

In der Kommandantenkammer fiel nach langer Diskussion die Entscheidung, wer von den Besatzungsangehörigen an der Kanone stehen sollte. Geübt hatten alle. Das Los fiel auf einen Unteroffizier und einen Mannschaftsdienstgrad, die mit Hilfe des Waffenpersonals auf den großen Moment vorbereitet wurden, ein Magazin verschießen zu dürfen. Dann kam der Aufbruch. Anker auf. An der mittlerweile vertraut gewordenen Tonne Sellebrunn vorbei tuckerte die Flotte in der oft exerzierten Kiellinie dem Ereignis entgegen. Eine knisternde Stimmung herrschte auf W 8.

Keiner wusste, wie laut es sein würde, wenn das Ding da oben auf dem Juliusturm loshämmerte. So klein das Kaliber der Flak auch war, in der Dimension wirkte das Geschütz viel zu groß für den kleinen Dampfer.

Heute sollte jeder erfahren, was es bedeutete, auf ein Ziel zu schießen und hoffentlich auch zu treffen. Im Abstand von 500 Metern würden wir eine auf einem Floß verankerte Scheibe passieren. Vor unserem Geschwader fuhren die kleinen Minenräumer, die so genannten R-Boote. Sie schritten als erste zur Tat. Wie über den störend knackenden Sprechfunk zu verfolgen war, passierten die jetzt das Ziel. Feuererlaubnis für die ersten. Da, deutlich zu hören, das Dong, Dong, Dong der Salven.

Bisher mit neugieriger Spannung erwartet – doch jetzt durchfuhr mich plötzlich so etwas wie ein Angstgefühl. Idiotisch vielleicht, und warum? Die Erinnerung aus Kindheitstagen war wachgerüttelt.

Ich wähnte mich mit einem Male im Unterstand der Panzersperre, die wir als junge Pimpfe zum Schluss der letzten Kriegstage verteidigen sollten. Das ferne Dong, Dong hatte denselben bedrohlichen Klang wie damals das der über uns hinweg schießenden englischen Jagdbomber, die die *Hörnum* vernichteten.

Hatte ich bisher das Marinedasein als lustige Seefahrt gesehen, empfand ich zum ersten Mal, was es bedeutete, Soldat geworden zu sein, ein Mensch, der mit todbringenden Waffen zu tun hat.

Meine Gedanken kreiselten, das Dong Dong kam immer näher.

In der Luft lag Qualm, es roch nach Pulver. Der gleiche Geruch wie an der Panzersperre. Neben mir nahm irgendwann Vallery das Mikrofon in die Hand und sprach mit der Kanone. „Ziel auffassen, Feuer frei!"

Das Floß sah schon ziemlich zerrupft aus. Jetzt zeigte das schwarze Rohr querab auf dem Juliusturm lüstern in die Richtung des Ziels.

Aus der Mündung Feuerschweife, begleitet von metallisch hartem Schlagen. Die W 8 zitterte und schüttelte sich, als wollte sie sich zerlegen. Das Ruderhaus dröhnte. Beißender Qualm zog vorbei. Spritzer in der Ferne rund um die Zielscheibe. Nach Sekunden endete die Ballerei. Die vorsorglich vor die Ohren gehaltenen Hände sanken herab. Das war's also gewesen.

Befriedigtes Lächeln rundum, auch manch befreiender Seufzer, denn mit diesem Höhepunkt endete das Manöver in der Nordsee. Für mich zugleich das Ende der Bordzeit, denn nach der Umrundung Dänemarks und mit dem Einlaufen und Ausschiffen in Flensburg begann für unsere Offiziercrew ein Lehrgang an der dortigen Torpedoschule.

Noch aber wackelte das Geschwader durch die Nordsee, Kurs Heimat. Dieses Mal in lockerer Formation nordwärts in Richtung des wettergefürchteten Skagerraks. Aber oh Wunder, die See blieb spiegelblank, die Sonne wärmte, ein herrlicher Herbsttag auf See. In Sichtweite von Tyborön Leuchtfeuer kam ein hellblauer Fischkutter entgegen. Vallery holte den Smut auf die Brücke und fragte ihn, ob nicht ein Fischgericht möglich sei, wenn der Fischer uns aus seinem Fang etwas verkaufen würde. „Kein Problem, Herr Kaleu."

„Na denn mal näher ran, Rudergänger", und an den Signäler gewandt: „Morsen Sie den Entgegenkommer mit der Waterlampe an, dass wir was von ihm wollen!"

Die Bugwelle des Fischkutters sackte zusammen, er stoppte. Von vorn war nicht auszumachen, ob er Deutscher oder Däne war, die am Bug angebrachte Nummer ließ keine Nationalität erkennen. Aber mit dem Fernglas herangeholt, stand da eine bekannte Gestalt neben dem Steuerstand. Die flache Schippermütze, knollige

Nase im rötlichen Gesicht, umrahmt von einem Bart, groß und wärmend wie ein Fußsack – das konnte nur Fischer Lornsen aus Neidum sein. Ja, jetzt erkannte ich die Registrierungsnummer NU 16 am Bug. Kein Zweifel, das war Lornsen, mit seiner hellblauen *Freya*. Jetzt mussten die schon so weit von zu Hause auf Fischfang gehen, um reichlich Dorsche zu fangen. Ob er überhaupt einen ertragreichen Tag gehabt hatte?

Umschwärmt von lungernden Möwen schien er gerade mit seiner Besatzung die Fische auszunehmen. Ich sagte Vallery zunächst nichts davon, Mann und Schiff gut zu kennen.

Nun lagen W 8 und die *Freya* nur einige Meter voneinander entfernt. Unten auf seinem Deck stand Lornsen, von oben berlinerte Vallery herunter: „Sagen Se bester Mann, habn Se nich einige Dorsche oder Ähnlichet für uns. Dat soll Ihr Schade nicht sein, mein Lieba."

Lornsen, die gute Seele, aber ein Polterer, versteckte die Hände in den Taschen. Wenn er jemanden nicht mochte, nahm er eine abweisende Haltung ein. So auch jetzt. Ihm gefiel offenbar nicht, von oben, wie er meinte, herablassend angesprochen zu werden und das in einem Dialekt, der fernab von seinem geliebten Plattdüütsch war.

Und da bellte er auch schon los: „Ik bünn doch keen Fischhöker. Een Haifisch künnt Se hebbn", drehte Vallery den Rücken zu und wollte schon wieder Gas geben.

Ich von der Brücke zur Reling runter. Nun standen Lornsen und ich in Augenhöhe, das musste ihm sympathischer sein.

„Skipper Lornsen, ik bünn Färber, kennt Se mi nich mehr?"

Er fuhr herum, musterte die ihm gegenüberstehende uniformierte Gestalt, verzog langsam das Gesicht, schlug mit sich den Händen auf die Oberschenkel und wurde redselig: „Mien Jung, wat mokst du denn bi düsse dorde Vereen, bi düsse blaue Trachtengrupp? Dat kann ik nich in Kopp kregen, du und bi de Mariners. Dat is ja liek as dreemol dree mokt söben!"

Das sagte er immer, wenn etwas ihn verwunderte. Immer noch der Alte. Warum sein ehemaliger Fischerjung bei der Marine gelandet war, fand eine einfache Antwort: „Jo, dat is so, mi mokt dat Spoß!"

Ich freute mich, ihn so unverhofft wieder zusehen. Das weitere plattdeutsche Wortspiel zielte darauf ab, ihm einige frische Fische abzuhandeln, und er fing an: „Na denn man to und nu mien Frooch, wat wullt ji hebben?"

Nun wieder ich: „Wi dach an Dörsch, so för 'n Mohltied för neengtein Mann." Darauf fragte er listig: „Und wat sall ik dorför kreegen?"

Meine Antwort: „Ik dach an twee Buddeln Rum, kann og Whisky sein. Eeen Rum, een Whisky. Ok?"

"Ok!"

586

Während dieser Unterhaltung dümpelten beide Schiffe keine 10 Meter voneinander in der See. An Bord der *Freya* nahm niemand von der Besatzung Notiz von dem grauen Besuch. Da blitzten die Messer durch die Dorschleiber, die mit Schwung geworfen die Kisten füllten. Um die ins Wasser geworfenen Fischeingeweide, den „Kütt", stritten kreischend die Möwen. Ganz anders auf der W 8. Außer unserm Smatting, dem Saßnitzer, und mir staunten meine küstenfremden Landsleute über das offenbar erstmalige Erlebnis, einen Fischkutter bei der Arbeit zu sehen.

Oben in der Nock hingen Vallery und das Brückenpersonal über die Brüstung, und unten an Deck in respektvollem Abstand warteten einige Lords auf das weitere Geschehen.

Handelseinig geworden mit Lornsen, winkte ich den Smut und andere heran. An zur *Freya* hinüber geworfenen Leinen hangelten zwei Körbe mit Dorsch zur W 8 und zurück mit der gewünschten Entlohnung.

Lornsen winkte noch einmal knapp und rief: „Tschüss, ik mutt gau maken, ik mutt no Hus."

Abends in der Messe bemerkten der Kommandant und der Obermaschinist: Sie hätten gar nicht gewusst, dass ihr Leutnant so gut Dänisch sprechen würde. Wie bitte? „Nein, das war Plattdüütsch. Das spricht man hier an der Küste, wo wir zur See fahren." Diese Unkenntnis berührte mich unangenehm. Manchmal beschlich einen das Gefühl, dass mancher Mariner nicht nur dieses nicht wusste, sondern auffällig viele bei den Mannschaftsdienstgraden keine Ahnung hatten, in welchem Seegebiet sie zur See fuhren.

Die Seefahrt mit dem Geschwader zurück in deutsche Gewässer verlief ohne Schwierigkeiten. Beim Einlaufen in die Flensburger Förde wehte eine ungewohnt fremdartige Duftwolke entgegen. Eine Mischung aus Benzin, Pommes frites, gedüngten Feldern, eine Prise Moschus und Schweiß, eben Landluft. Menschengeruch. Nicht mehr die Reinheit der See. Das mag vielleicht schwülstig klingen, es war aber so. Der Obergefreite Federer aus Stuttgart neben mir hob die Nase in den Wind und fragte keck: „Herr Leutnant, ich rieche Weiber, sind Sie auch schon scharf?"

Wer kennt an der Küste nicht das Verslein der von See her nach Kiel heimkehrenden Seeleute, wenn sie des Ehrenmals Laboe ansichtig werden: „An Backbord kommt Laboe in Sicht, der Seemann prüft sein Sackgewicht." Dieser Spruch und wohl auch die mehrwöchige manöverbedingte Enthaltsamkeit hatte nicht nur den Obergefreiten irgendwo gepackt, als die süßliche Brise von Land her die einlaufenden Schiffe umwehte, auch wenn es nicht die Einfahrt von Kiel war. Auffallend übermütig gebärdeten sich die Süddeutschen, weil sie in der Nordsee eine härtere Gangart der Seefahrt kennen gelernt hatten. Ein Norddeutscher wäre dem erst verfallen, wenn er das Kap Hoorn umsegelt hätte.

45

Mit dem Anlegen in Flensburg endete meine Bordzeit, es sollte die erste und letzte sein. Vallery und seine Jungs bedauerten meinen Abgang, und mir fiel der Abschied auch sehr schwer. Zu Erinnerung übereichte der Funker im Namen des Mannschaftsdecks ein selbst gemaltes Bild der W 8, umschäumt von haushohen Wellen, eine dramatische, wenn auch nicht erlebte Darstellung

Vallery und sein Leutnant saßen noch eine Weile bei einem Abschiedswhisky zusammen. Die viel zu schnell abgelaufene Bordzeit zog noch einmal vorbei.

Die liebgewordene Atmosphäre der gemütlichen Kommandantenkammer, wo ich als kleiner Leutnant mitresidieren durfte, der gute Kontakt zur Besatzung, die viel zu üppige Verpflegung und meine enge Koje – ade, ade. Ich drückte allen die Hand, grüßte beim letzten Gang von Bord noch einmal zurück. An der Reling aufgereiht stand die Besatzung von W 8. Auf Kommando von Vallery schallte ein dreifaches Hurra über den Hafen.

Dem guten Vallery bin ich in meiner gesamten Marinezeit nie wieder begegnet, ebenso wenig auch den mir von ihm ans Herz gelegten Nichten.

Wie einst in der Werft mit Koffer und Seesack angekommen, so schlenderte ich auch jetzt zusammen mit anderen abgemusterten Crewkameraden zu nächsten Bushaltestelle. Ziel war als folgende Ausbildung ein Torpedolehrgang im Marinestützpunkt.

Keine halbe Stunde später stand ich in einem mit vier Stahlbetten ausgestatteten Raum. Vier Spinde, vier Stühle, gestreifte Vorhänge und drei Crewkameraden, die wie ich müffig ihre neue Umgebung betrachteten. Jeder hatte auf seine Weise an Bord das Machtgefühl des Befehlserteilenden kennen gelernt und ausgelebt. Die auf den Schiffen genossenen Freiheiten und Vergünstigungen, einfach weg. Mit einem Male waren wir wieder Schüler, Lehrgangsteilnehmer an der Torpedoschule.

In der Erinnerung an diese Schuleinrichtung ist nur zurückgeblieben, dass die Torpedos aus den USA kamen. Uralte Vorkriegsmodelle, nicht zu vergleichen mit den hoch entwickelten Unterwasserwaffen, mit denen die Kriegmarine ihre Ziele knackte. Technische Generationen lagen dazwischen. Beim Schießen von einem Schnellboot fuhren die klobigen Ami-Aale meistens in den Meeresboden. Entsprechend sank auch das Interesse der Lehrgangsteilnehmer auf den Grund.

Der Frust über diesen sinnlos erscheinenden Lehrgang ließ manchen auf dumme Gedanken kommen. Davon gab es den einen oder den anderen oder beide zusammen. Hoch die Tassen und oder Mäuse drücken. In Flensburg ließ sich manche Bekanntschaft mit den dortigen „P-Hasen", den angehenden Lehrerinnen, wieder beleben.

Beim Einlaufen in die wohlbekannte Stadt hatte der Obergefreite Federer den Landmief richtig eingeschätzt. Manches während der Seefahrt Aufgestaute verlangte nach Entlastung.

Gott sei Dank war der Lehrgang schnell abgehakt, aber in Kiel wartete bereits der nächste. Für mich eine grausame Vorstellung, wieder und gleich noch einmal auf einer Schulbank Platz nehmen zu müssen, obendrein in einer Technischen Schule. Über ein halbes Jahr lang mit Motoren und Elektrotechnik zu kämpfen und Schularbeiten abliefern zu müssen, - nicht unbedingt mein Ding.

Wieder auf Mehrmann-Stuben untergebracht, beschlich einen das Gefühl, erneut als Matrose zur Grundausbildung versetzt worden zu sein. Noch karger als in Flensburg. Blechspinde und auf den dürftigen Matratzen große Rostflecke, einige der Bettlaken hatten Löcher.

Alles wirkte lieblos und unpersönlich, ernüchternd. Ein eigentümlich muffiger, fast süßlicher Geruch wehte den Eintretenden entgegen. Selbst bei geöffnetem Fenster blieb der schon mehr als Gestank zu bezeichnende Geruch im Raum hängen. Beim ersten oberflächlichen Absuchen auf und unter den Betten oder auf den Schränken ließ sich die Quelle der Belästigung nicht orten. Tagelang blieb es so, als dann die Heizung ansprang, verschlug der penetranter werdende Gestank den Atem. Die Wachmeisterei wimmelt jede Beschwerde mit der Bemerkung ab: „Dann lüften Sie doch länger".

Mit der Hilfe der Kameraden von den anderen Stuben beschloss die Stubengemeinschaft, den Feind generalstabsmäßig auszuhebeln. Lage, Auftrag, Durchführung. Auf den Knien kriechend, jeden Zentimeter des Bodens und der Wände absuchend, die Nase schnüffelnd in jede Ecke steckend, wurde schließlich das Stinktier entdeckt.

Ganz einfach. Eine Klappe, in eine der Wände eingelassen, ließ den Zugang zu einem Schacht vermuten, vielleicht der Zugang zu einem Sicherungskasten. Der Schnüffeltest wies auf diese kleine Tür. Einen Schlüssel dazu? Wieder zuckte die Wachtmeisterei mit den Schultern: „Haben wir nicht."

Also Aufbrechen mit dem Taschenmesser, da bestätigte sich die Vermutung, der Schweinehund war geortet.

Aber was war das? Von Schimmel und Pilzen überzogen, schimmerte ein Berg von verwestem Fisch auf einer großen Schale, betäubend stinkend wie Nervengas. Vor uns und vor langer Zeit musste hier jemand aus welchen Gründen auch immer seine Abendverpflegung gehortet, versteckt und vergessen haben.

An welchen Ort der Marineausbildung waren wir geraten?

Die Lehrmeister, alles kriegsgediente Offiziere, bewiesen ehrlich Mühe, den Lehrstoff begreiflich zu vermitteln. Der Chef, hager, knochig und trocken, wirkte wie jemand, der am Tage des Kriegsschlusses mit seiner abgeschabten Lederaktentasche von hier aus dem Büro nach Hause gegangen war, dort 10 Jahre sein Wiedereinstellung abgewartet hatte und nun mit der Aktentasche an seine Schule zurückgekehrt war.

Die Leutnantschüler trafen ihn nur zum Mittagessen. Um uns Benimm beizubringen, nutzte er das gemeinsamen Essen zur Belehrung über Essmanieren. Schnell von uns als Messer-und-Gabel-Kursus bezeichnet. Jeder musste mindestens einmal neben ihm Platz nehmen, um, von ihm mit Argusaugen beobachtet, seine Kinderstube in Sachen Tischsitten vorzuweisen. Unangenehm, bei jedem zum Munde geführten Bissen den testenden Blick von der Seite zu spüren und rundherum das dumme Grinsen der nicht beteiligten Kameraden.

Kapitän Feddersen verlangte bei dem hoheitsvollen Akt des Mittagessens, dass mit weißem Uniformjackett am Tisch Platz genommen wurde. Vielleicht, weil man zum Höhepunkt des Tages anders auftreten sollte als in der Motorenhalle mit dem verölten Blaumann.

Eines Tages saß Leutnant Pocher neben seinem hohen Chef. Es gab Erbsensuppe mit Einlage, einem Würstchen mit einem Saitling, der den schmackhaft erscheinenden Inhalt wie mit einer undurchschneidbaren Plastikfolie umhüllte.

Pocher, immer wieder bestrebt, seinen auf ihn einredenden höchsten Vorgesetzten anzuschauen, ließ sich vom Essen ablenken – das war wohl auch so von dem Essmanierenerzieher beabsichtigt – , kämpfte und fuhrwerkte wie wir alle mit Messer und Gabel in der Erbsensuppe herum, um dieser verdammten widerspenstigen Knackwurst an die Pelle zu gehen. Das Gesicht höflich und unverwandt dem mit ihm sprechenden Kapitän zugewandt, zog er dabei den Teller unbewusst dichter und dichter an die Tischkante heran.

Alle ahnten, was kommen musste, da war's auch schon geschehen. Mit einem Klatsch klappte der Teller dem guten Pocher an die Brust. Die grüne Suppe schwappte ihm bis an den Schlips, troff von dem weißen Jackett, dampfende Erbschen rollten von den Schulterstücken die Arme herunter. Die verdammte Wurst kullerte dem Armen über den Schoß und plumpste unter den Tisch.

Eisiges Schweigen im Saal. Pocher stierte bewegungslos geradeaus, feuerrot im Gesicht, Messer und Gabel aufrecht in Abwehrhaltung steil in den Fäusten umklammernd.

Würde es ein Donnerwetter geben? Kapitän Feddersen war als unbeherrschter Mensch gefürchtet. Was aber jetzt geschah, sprengte alle Erwartungen. Die folgenden Minuten wurden zum negativen Lehrbeispiel in Sachen Menschenführung à la Baudissin, der ebenfalls entsetzt aufgehorcht hätte.

Statt beschwichtigend seinen armen verunglückten Leutnant zu trösten, sprang Feddersen auf, stieß seinen Stuhl um, warf die Serviette mit theatralisch dramatischer Geste in seinen Teller und donnerte über die Tischgemeinschaft hinweg: „Bin ich hier in einem Saustall?"Die Lehroffiziere und alle anderen Anwesenden verstanden diesen Ausbruch als kollektive Verunglimpfung; aber er schraubte seine Beschimpfung in den höheren Diskant und schrie: „Bin ich hier im Wald zusammen mit Wildschweinen? Das sind Esssitten wie bei den Hottentotten. Bei welchen Eltern sind Sie denn aufgewachsen? Wird da auch so gefressen? Was da heute in der Marine als Offiziernachwuchs herangezogen wird, hätte man früher in Strafbataillone gesteckt. Selbst das Primitivste ist Ihnen offenbar unbekannt."

Ihm stand der Schaum vor dem Mund, die Augen funkelten, er zitterte vor Wut, bellte, bellte, bis er schließlich seine Hasstirade abbrach und mit einer abwertenden Handbewegung steifen Schrittes den Esssaal verließ. Krachend fiel die Tür ins Schloss.

Lähmendes Entsetzen. Was war das eben?

„Ich glaube, er hat Recht, wir sind im Wald", kam als erste Reaktion von meinem Gegenüber. Selbst wer an diesem Lehrgang bisher Gefallen gefunden hatte, verlor zu dieser Stunde und an diesem Mittagstisch die Lust, an der Schule Interesse und Leistung zu zeigen.

Bei den weiteren gemeinsamen Pflichtessen straften die Teilnehmer Feddersen mit eisiger Kälte und Schweigen. Um nicht in die Verlegenheit zu kommen, angeschissen zu werden, legte man zum Beispiel beim Dessert, wenn die steinerne Birne beim besten Willen nicht zu teilen war, einfach den Löffel daneben und verzichtete.

Weder der Unterricht noch die Unterbringung gefielen.

Im Frontalunterricht mit wenigen Unterlagen, vieles musste mitgeschrieben werden, gingen die Stunden dahin; anschließend Pauken auf den Stuben.

Einzige Abwechslung bot das Arbeiten an den Maschinen, an Schiffsmotoren in einer zugigen Halle. Allerdings wurden immer wieder dieselben Handgriffe exerziert. Umringt von seinen Schülern in Arbeitskluft, stand mit blütenweißem Hemd in seiner blauen Uniform der zuständige Lehroffizier neben dem donnernden Dieselmotor und versuchte gegen den Lärm anzuschreien, um die Handhabung eines Messgerätes zur Überprüfung des Ventilspiels zu erklären. Heißes Öl sprühte herum, oben auf dem Motor hämmerten und flatterten Hebelarme in langer Reihe, Stößel federten und zittern. Denen näherte sich die Hand des Lehrers mit fächerförmig angeordneten dünnen Blechscheibchen, um damit die Abstände zwischen Kipphebel und Ventilschaft zu prüfen. Da gab es gewisse Toleranzen oder auch nicht.

Weshalb der Kapitänleutnant stets seine beste Uniform anzog, wenn er bei diesem Vorgang die Messleere mit wildlederbehandschuhten Händen vorführte, war nicht zu verstehen, genau so wenig wie die Notwendigkeit, diese motortechnische Überprüfung bis ins Detail während des Lehrgangs mindestens zwanzig Mal durchzuexerzieren. Jeder sehnte das Ende herbei.

Nach Dienstschluss flüchtete die hungrige Leutnantscrew in Zivil mit der Linie Vier von der Wik in die Kieler Innenstadt, trank und aß sich satt, denn die Truppenverpflegung war ohnehin das Letzte. Kantinenmassenfraß aus Dosen, weit entfernt von der Bordverpflegung. Selbst auf den kleinen Einheiten des Hafenschutzgeschwaders gab es im Vorschiff neben dem Ankerkasten einen Verschlag, wo die Köche frisches Gemüse aufbewahrten, Wurzeln in einer Sandkiste vergruben und anderes mehr. Hier an der Schule glich die Verpflegung ihrem Chef, dem gedankenlosen, trockenen und faden Kapitän Feddersen. Als ich gerade mal wieder an die abwechslungsreiche Kost der W 8 dachte, flatterte ein Brief auf den Tisch, unterschrieben von allen Angehörigen des letzten Bordkommandos. Dass die noch an mich dachten, irgendwie rührend. Die wussten wohl, in welche Richtung meine Gedanken ausschwärmten und machten mir den Mund wässerig. Da stand unter anderem zu lesen: „Herr Leutnant, der Smut hat so gut gewirtschaftet, dass es Weihnachten an Bord gebratene Gans satt zu essen geben wird."

Eingeladen war ich nicht, wäre wohl auch nicht hingefahren.

Wohin wohl der Smut anschließend die vielen Gänsegerippe entsorgt hat? Solche Fragen stellen sich erst heute. Diese Gedanken wären damals niemandem gekommen.

Zu meiner Zeit flog alles Nutzlose über Bord. Leere Kartons, Kisten, Flaschen, Dosen, Essensreste, Müll, Putzlappen, Farbreste, Säuren und Ölrückstände. Jedes Schiff, Bundesmarine oder Handelsschiff, zog draußen außer Sicht des Landes im Kielwasser als Dreckschleppe oft eine Müllhalde hinterher.

Wo an der Schule der Dreck blieb, da konnte Feddersen sich seine Gedanken machen.

Unter der Woche zogen wir in kleinen Cliquen durch Kiel. Spät abends, wenn die Großstadt erstarb und die Bürgersteige hochgeklappt wurden, mancher Kneipenwirt kein Bier mehr ausschenken wollte und keine Straßenbahn mehr fuhr, schmerzte der lange Heimweg. Nur zu oft einander stützend und manchmal mit viel zu lauten Liedern oder auch Klagen, wenn sich jemand darüber beschwerte, dass die Stadtgärtner wieder einmal dem Trunkenbold einen Busch in den Weg gepflanzt hatten.

Irgendwann gingen mir diese Ausflüge, diese Streifzüge durch die Gemeinde, so lustig sie auch manchmal waren, auf den Geist.

Es machte kein Spaß mehr. Der Besuch bei den Eltern stand mal wieder an. Zu Hause nahm ich keine Veränderung wahr, außer dass Mutter und Oma Schmieder, die Bestandteil des Haushalts geworden war, mich liebevoll umhätschelten. Der liebe Junge auf Besuch, da kam Freude auf. Für Vater schien besonders wichtig zu sein, ob ich auch mit den Vorgesetzten klar käme, und er riet, ja keine Widerreden zu geben. Mit anderen Worten, immer brav zu kuschen und nie anderer Meinung zu sein. Damit sei er immer gut gefahren. Bei mir heftiges Kopfschütteln. Das wollte ich nicht. Da war genau das, was er mir über die Jahre vorgelebt hatte, was ich hasste wie die Pest. Diese unterwürfige Haltung eines ergebenen Untertans vor Vorgesetzten, die einen Stern mehr als er auf den Schulterstücken trugen, vor schwarzen Roben und weißen Kitteln.

In mir rebellierte der Oppositionsgeist, wenn Vater warnend seine Weisheiten verkündete. Fügen ja, aber nicht um jeden Preis. Natürlich: gerade nur seine Pflicht zu tun, nicht aufzufallen, die Vorgesetzten nicht zur Arbeit zu veranlassen, das machte angenehm und versprach Sicherheit. Aber wer von uns Jungen wollte das? Wir, die ersten Leutnante der Bundesmarine, glaubten in respektvoll geübter Aufmüpfigkeit ein Qualitätszeichen der Demokratie zu sehen.

Wir ähnelten wohl bereits den späteren so genannten 68-igern.

Erst viele Jahre später hat die Nachkriegsgeneration im Rückblick manchen Irrtum einsehen müssen, erkennen müssen, manchen unserer Kriegsgedienten Unrecht getan zu haben und als junge Pseudo-Revoluzzer viel zu vorlaut und zu vollmundig gewesen zu sein. Aber so wie die Generation meines Vaters wollte ich meinen Berufsweg nicht gehen, nur immer allein auf dem Pfad der Pflicht wandelnd, sondern wollte auch mal daneben treten und beherzt Irrtümer begehen.

Ein Spruch von Friedrich Schiller, der in diese Richtung zielt, ist mir bis auf den heutigen Tag Antriebsfeder meines Handels geblieben. Da heißt es: „Wo viel Freiheit ist, ist viel Irrtum, doch sicher ist der schmale Weg der Pflicht." – Für mich zu schmal!

Die Unzufriedenheit mit dem technischen Lehrgang, mit dem Schulkommandeur, mit der Verpflegung, den stallartigen Unterkünften ließen Zweifel an der Berufswahl aufkommen, führten zu nachdenklichen Diskussionen und ausgedehnten Zechtouren.

Nach einem Wochenende in Neidum bei der Familie mit Schmusekurs, was Mutter und Großmuter betraf, und den gewohnten Wortgefechten und weltverbessernden Betrachtungen, was Vater betraf, drückte mir Mutter beim Abschied ein Brieflein mit dem Inhalt einer wohlmeinenden Empfehlung in die Hand. „Wie wär es, wenn du mal meine Freundin in Kiel besuchst und sie an einem Sonntag zum Gottesdienst begleitest. Sie gehört der dortigen Methodisten-Gemeinde hat, die in der Luisenstraße eine Kapelle hat."

Als Unternehmen im völligen Gegensatz zu den bisherigen Sauftouren, deren ich überdrüssig geworden war, schien mir das Angebot einladend. Warum nicht?

Am folgenden Sonntag saß ich auf einer harten Kirchenbank neben der tags zuvor ausfindig gemachten Jugendfreundin meiner Mutter.

Der Saal war gefüllt mit erstaunlich vielen Jugendlichen. Singen und die Darbietung eines großen Chors machten den Gottesdienst zu einem erfreulichen Ereignis. Wenn der Chor vor der Gemeinde zu einem Lied Aufstellung nahm, blieb mein Blick an einer Sopranstimme hängen, nein, nicht an der Stimme, sondern an der Sängerin. Glich sie nicht meiner ersten zarten Liebe in Schleswig, der Cello spielenden Irina aus Kasachstan? Aus dem runden hingebungsvoll singenden Gesicht leuchteten große dunkle Augen, so groß, dass sie fast herauszukullern drohten. Die junge Frau war figürlich nicht elegant gebaut, aber wohl proportioniert, die Beine hätten vielleicht schlanker sein können, ein paar hochhackige Pumps würden sicherlich die Waden besser formen.

Wenn sie die vollen Lippen öffnete, sah man makellose Zähne.

Mein Gott, ich hörte ja gar nicht mehr zu, was der Chor sang. Da klang schon der Schlussakkord, und die angenehme Ablenkung verschwand aus dem Blickfeld.

Der Pastor sprach den Segen, ich hörte kaum hin; meine Gedanken kreisten um ganz etwas anderes, sehr Weltliches. Der Traum endete, als die Bekannte meiner Mutter mich anstieß und freundlich lächelnd einlud, mit zu ihrer Familie zum Mittagessen zu kommen. Sie hätten ein offenes Haus und heute seien auch andere Gemeindemitglieder am Tisch. Ein lustiges Völkchen traf da zusammen.

Und wer stand plötzlich vor mir, die schöne Sängerin.

Noch ihren hellen Sopran im Ohr, erlitt das Ohr gleich darauf einen Schock. Aus dem Munde der Kulleräugigen, die mich gar nicht wahrnahm, quoll ein Sprachsalat, der aus dem tiefsten Ostpreußen stammen musste. Vokabular und Sprechweise erinnerten an meine Tagelöhnerzeit auf dem Gut, als jeden Morgen ostpreußische Flüchtlinge und dazwischen ich als einziger Einheimischer zu Landarbeiten in Neidum abgeholt wurden. Grete Waitschies hieß die Frau. Von allen Herumstehenden das Gretchen genannt. Nach kurzer Zeit wusste ich alles über sie.

Geschieden, fünf Jahre älter als ich, wohnte im Nebenhaus oben unter dem Dach in einer Mansarde, beschäftigt in der Buchhaltung einer Kieler In- und Exportfirma. Alles ganz gediegen, aber ihr Dialekt – unmöglich. Erstaunlicherweise störte er umso weniger, je länger man hinhörte. Das Ostpreußische passte zu ihrem slawischen Typ. Es war ein Alleinstellungsmerkmal von dem „Jreetchen aus Kenichsbarch". „Woher bitte?" „Aus Königsberg!"

Nach dem gemeinsamen Mittagessen suchte ich ihre Nähe, sie war offen und freundlich und stimmte einem gemeinsamen Spaziergang zu. Bei Torte und heißer Schokolade im besten Café der Stadt entdeckte ich, wie angenehm ein Sonntag dieser Art sein konnte. Zunächst gab es nur spärliche Treffen, nach 14 Tagen durfte ich mir ihre Mansardenwohnung ansehen und wiederum ein paar Tage später nach einem sonnabendlichen Barbesuch - eine Nachtbar mit Striptease hatte sie noch nie erlebt – leerten wir anschließend die von mir mitgebrachte Weinflasche auf ihrem Sofa.

Draußen heulten die ersten frühherbstlichen Stürme übers Dach, in der kleinen gemütlichen Wohnung bullerte ein Gasofen, der kuschelige Wärme ausstrahlte. Sie saß dicht neben mir, ich roch 4711, blickte verstohlen von der Seite in ihren Ausschnitt. Gar nicht so übel! Die Unterhaltung lief ganz normal, es ging um Alltäglichkeiten. Unter dem Vorwand, aus einem Kästchen noch etwas Salzgebäck zu holen, verschwand sie. Um die Zeit zu überbrücken, griff ich nach einer Zeitung und blätterte ein wenig darin herum, bis ein Räuspern mich hochblicken ließ.

Die drei neben dem Sofa stehenden Tütenlämpchen strahlten ein Vollweib an, rund und schön, nackend wie die Stripperin im Nachtlokal, als das letzte Tüchlein gefallen war. Weiße glatte Haut, zwischen den Schenkeln kaum wahrnehmbarer rötlicher Flaum. Die eine Hand am Türrahmen, ein Bein angewinkelt, die linke Schulter lasziv wippend mir zugewandt. So wartete sie, lächelte sinnlich herausfordernd, dazu das Klimpern ihrer maikäferhaften Wimpern als Umrahmung ihrer leuchtenden noch auffälliger gewordenen großen Augen.

Mir schoss es durch den Leib bis in die Lenden. Wie ein Taschenmesser klappte Begierde auf. Automatisch breitete der Sofasitzende die Arme aus und sehnte die Nacktheit herbei. „Ach Jreetchen, komm in meine Arme, wenn du wüsstest, wie lange ich auf diesen Moment gewartet habe.‟

Sie gab mir keine Chance das Weitere mitzugestalten, erdrückte mich mit ihrer Fülle. Aus der beim ersten Eindruck eher verklemmt erscheinenden jungen Frau brach ein Vulkan hervor. Die heißen Lavamassen ihrer Küsse drohten den Atem zu nehmen, fuhren durch die aufspringenden Hemdknöpfe, eifrige Finger leisteten Vorarbeit. Der Gürtel flog auf, kraftvoll riss sie an den Hosenbeinen. Weg mit allem, was noch stören konnte.

Sie stoppte abrupt an ihrem Ziel, dunkle Augen steiften kurz meinen Blick, dann versank ihr Gesicht dort, wo ich es am liebsten hatte. Ich spürte ihre Lippen. Wenn bei den Gottesdiensten ihr singender Mund die Töne formte, wusste niemand, an welch andere Qualitäten dieser Lippen ich gerade dachte.

Aus dem ersten kuscheligeren Zusammensein erwuchs die feste Größe weiterer angenehmer Freizeitbeschäftigung. Selbst die unterkühlte Stadt Kiel und der triste Schulbetrieb erschienen mit einem Mal in einem anderen Licht. Am Tage konzentrierten Jreetchen und ich uns auf unsere beruflichen Tätigkeiten, und abends machten wir es uns in ihrer kleinen Wohnung gemütlich.

Selbstverständlich besuchte ich seitdem jeden sonntäglichen Gottesdienst in der Luisenstraße. Frau Meyer, so hieß die Jugendfreundin meiner Mutter, schrieb nach Neidum, was für ein guter Junge ich doch sei. Über Jreetchen muss keine Zeile geschrieben worden sein, sonst hätte ich es sicherlich schnellstens erfahren.

Das lag an der Grete selbst. Mich hatte sie gebeten, nach außen hin weder durch Gesten noch mit Worten zu zeigen, dass wir uns gut verstanden.

Außerhalb ihrer Wohnungstür wirkte sie abgeklärt, fast abweisend, tat manchmal so, als ob sie gar nicht den Blickkontakt mit mir suchte. Wir fassten uns auch nie an den Händen oder lächelten uns in der Öffentlichkeit zu. Sobald jedoch die Haustür hinter uns schloss, kroch sie in mich hinein, suchte Wärme und rieb ihren warmen Leib verlangend an dem meinen. In Sekunden lagen die Klamotten auf dem Boden verstreut und wir fielen über einander her. Jedes Mal erfand sie andere Stellungen. Kletterte an der Garderobenwand auf eine Apfelsinenkiste, hob die Arme, erfasste zwei Garderobenhaken und glitt in meine steil aufragende Erregtheit hinein.

Am wildesten packte der Orgasmus das Jreetchen, wenn sie vor mir kniend von hinten geliebt wurde. Ihren weiß wie Lackfarbe schimmernden Po zu küssen und danach ihre schweren Brüste, von hinten umgreifend, in den Händen zu wiegen, erregte mich genau so wie sie. Wir beide genossen die tiefen Stöße während sie mit einer Hand streichelnd nach meinen Bällchen griff.

Selten dass ein Wort fiel. Ihr Dialekt passte auch gar nicht zu unserem Tun. Einmal signalisierte Jreetchen Erschöpfung mit dem Satz: „Komm, Briederchen, lass dem Lorbass weinen!" Danach der schlagartig abknickenden Libido noch einmal auf die Beine zu verhelfen bedurfte schon höchster Konzentration.

Die Art und Weise unserer wortkargen, oft wortlosen, beiderseits jedoch als genüsslich empfundenen Begegnungen machte nachdenklich, denn nicht ihr breites Ostpreußisch konnte der Grund für die mangelnde Gesprächsbereitschaft sein. Warum hielt sie, wenn ich ihre Lippen suchte, die großen Kulleraugen krampfhaft geschlossen? Warum erlebte sie einen viel gefühlsintensiveren Höhepunkt, wenn ich sie von hinten umfasste?

Auch fiel mir zu später Stunde das Drängen auf, mit dem sie mich wieder aus der Wohnung haben wollte. Je näher wir uns kamen, desto verlangender suchten diese Fragen nach einer Antwort. Eine unsichtbare Trennwand blieb im Raum stehen. War sie eine dieser typisch osteuropäischen Frauen, denen man nachsagt, sie würden einem den Leib schenken, aber nicht ihre Seele? Meine fast schon vergessene kasachische Cellospielerin hatte mir diese Weisheit vermittelt. Gehörte Jreetchen auch dazu? Irgendwann brach dann in meinen Armen der Damm. Tränenreich ließ sie ihre Vergangenheit herausfluten. Auf der Flucht mit ihren Eltern im klirrenden Winter 1944/45 holten russische Truppen den Flüchtlingstreck ein. Sie, damals 17-jährig, wurde in eine Scheune geschleppt und von unzähligen Soldaten vergewaltigt, draußen hämmerten Maschinengewehre hämmerten.

Verletzt und innerlich zerbrochen, wohl auch länger bewusstlos in der Kälte gelegen, fand sie morgens um die Scheune nur Tote, darunter ihre Eltern.

Irgendwie sei sie nach Westen bis ins zertrümmerte Hamburg gelangt, inzwischen im dritten Monat schwanger. Auf einem Küchentisch bei Kerzenlicht haben Gutmeinende ihr den Fötus abgetrieben. Sie überlebte diesen grausamen Eingriff.

Ein methodistisches Ehepaar, dass in der Altonaer Bahnhofsmission Gestrandete und Obdachlose betreute, wurde ihre Rettung. Sie päppelten die abgemagerte, an Leib und Seele Heruntergekommene mit viel Liebe und geistlichem Zuspruch wieder auf. In diesem Kreise lernte sie einen freundlichen, gut aussehenden Mann kennen, der ihr versprach, den Himmel auf die Erde zu holen. Sie verliebten sich und heirateten. Und damit begann das Problem.

Ihre anfänglich zurückhaltende Hingabe, was das Sexuelle betraf, deutete der Ehemann als wohlerzogene christliche Keuschheit. Er selbst, tief religiös, fast schon frömmlerisch, stammte aus methodistischem Hause und fasste sie nach der Trauung wochenlang nicht an.

Jreetchen lag in meinen Armen, erzählte und erzählte: „Immer wenn er zutraulich wurde, sah ich die geilen Blicke der russischen Soldaten, glaubte ihre derben Hände zu spüren. Übelkeit stieg auf. Ich drohte innerlich zu erfrieren, musste mich von meinem Ehemann abwenden. Wie konnte ich ihm mein Verhalten erklären? Hätte ich ihm erzählen sollen, brutal von mehreren schlitzäugigen Kirgisen vergewaltigt worden zu sein? Er, der glaubte, eine Jungfrau geheiratet zu haben, hätte mich in seiner gläubigen Einfalt abgestoßen. Natürlich hätte ich alles vor unserer Ehe beichten sollen. Hätte, hätte!

Ich war zu verliebt, ich wollte ihn schonen, aber jetzt war es irgendwie zu spät. Also Mund halten und weiter leiden. Der Gute sprach von reichem Kindersegen, von gottgewolltem Wachsen einer Familie. Ich ließ ihn schließlich an mich heran, spürte wenig. Wir liebten uns im Dunkeln oder ich betrank mich vorher. Nur wenn sich kein Gesicht über mich beugte und ich mich auf meine körperlichen Gefühle konzentrierte, kam so etwas wie Freude auf.

Als ich ihn immer wieder mit der Mitteilung enttäuschte, meine Tage bekommen zu haben, nötigte er mich nach zwei Jahren schließlich zu einem Frauenarzt. Das Urteil war vernichtend. Diagnose: Ich hatte durch eine Abtreibung Schäden erlitten, die einen Kindersegen ausschlossen. Helmut, so hieß er, verließ mich noch am selben Tag, ohne noch einmal mit gesprochen zu haben. Die Scheidung war Formsache.

Meine methodistischen Freunde jedoch hielten zu mir, vermittelten mich nach Kiel zu den Meyers. Da hast du mich gefunden, und hier möchte ich bleiben, ohne diesem mir liebgewordenen Kreis Schwierigkeiten zu bereiten, möchte auch nicht, dass sie von unserem Verhältnis wissen.“

Warum letzteres? Ihr schien es peinlich zu sein, unsere Bekanntschaft vor ihren religiösen Freunden zu offenbaren. Wie war das zu begreifen? Verstehe jemand die Frauen. Nach dem ersten längeren Gespräch durfte ich häufiger nachts bei ihr bleiben. Es war bequem, morgens nach dem Frühstück direkt von ihr auf der Schulbank zu landen. So stellte ich mir ein eheliches Verhältnis vor. Doch irgendwo fehlte unserer Verbindung das Herz. Nachdem die letzten Praktiken ausgereizt waren, versickerte meine Begeisterung. Nicht weil ich das ostpreußische Marjelchen weniger reizvoll fand, sondern weil sie mich nicht durch ihre Seelenmauer hindurch ließ. Die Frau mit den großen traurigen Augen blieb weiterhin schweigsam, stellte keine Fragen, verweigerte mir, die Tiefen ihres Inneren auszuloten. Wir lagen nach stürmischem Beischlaf eng umschlungen und ermattet in ihrem großen Bett. Danach verpufften bei ihr die Glückshormone. Jreetchen wurde nie abweisend, lag aber wie abwesend neben mir. Ohne Gewissensbisse hätte ich aufstehen und mit einem Abschiedskuss für immer gehen können. Zu gern teilte sie mit mir das Körperliche, stets jedoch mit dem Signal verbunden, jederzeit damit aufhören zu können. Ich brauchte mich nicht verpflichtet zu fühlen, bei ihr bleiben wollen. Sie hätte keine Szene gemacht, keine Träne vergossen. Abschiedsbrief, nein danke. Ein hingehauchtes „Es war schön mit dir" wäre ausreichend gewesen. Leise die Tür geschlossen und auf Nimmerwiedersehen. Für einen Lover auf Zeit eigentlich eine feine Sache, nicht befürchten zu müssen, die Frau zu schwängern, und von ihrer Seite keine Absichten, den Lover halten zu wollen.

Der Idealzustand des „Freien Manövers". Meine Gefühlswelt aber litt. Unser Verhältnis nahm einen Aggregatzustand an, der zwischen Gasförmigem und Festem schwankte. Das sorgsame Ausschließen des Wortes Liebe, der Phrase „Ich liebe dich" und die Vermeidung von Zukunftsplänen vermittelten eine gewisse Leichtigkeit in der Gewissheit, kein Stückchen der eigenen Freiheit aufgegeben zu haben. Liebte ich diese Frau?

An der Technischen Marineschule liefen die letzten Unterrichtsstunden. Statt der erwarteten Versetzungen zu einem neuen Kommando, traten eines Tages hochrangige Uniformierte vom Verteidigungsministerium in Bonn vor den Lehrgang mit der Verkündung: Alle würden auf Fliegertauglichkeit untersucht werden. Das personelle Aufkommen für die aufgestellten Seeluftstreitkräfte sei zu spärlich, deshalb sollten alle diejenigen, die gesundheitlich die flugmedizinischen Erfordernisse erfüllen, zur fliegerischen Ausbildung versetzt werden. Nur Fliegen sei schöner!

Großes Erstaunen überall, im Allgemeinen wie beim Einzelnen.

Alle um mich herum stellten die Frage: „Was soll das?"

Auf diese Bemerkung waren die Herren aus Bonn vorbereitet: Marineflieger über See als Bestandteil der Flotte, kein Problem, wer fliegt, wird zwischendurch auch mal ein Bordkommando bekommen, so vielseitig ist die Luftwaffe nicht.

Hatte ich nicht schon einmal mit der Seefliegerei geliebäugelt, als in Wilhelmshaven die Kameraden des 1. Zuges zur fliegerischen Ausbildung in die USA flogen?

Eine völlig neue Perspektive tauchte auf. Es konnte eigentlich nur besser kommen, besser auf jeden Fall als der Gammellehrgang mit Herrn Kapitän Feddersen, seinem Tischsittensyndrom und seinen geliebten Motoren.

Wo würde die fliegerische Ausbildung stattfinden?

Wie und wo passte da mein Jreetchen hinein?

Zum Abschluss des Lehrgangs servierte die Schule ein unerwartetes Erlebnis. Auf Staatskosten fuhren die Leutnante zur Besichtigung eines Rüstungsbetriebes nach Heidenheim zu den Voigt-Schneider-Werken. Dort produzierte man schon zu Kriegszeiten den Antrieb für Minenräumboote, einen Antrieb, der unter dem flachen Rumpf mit vier kreisenden Messern oder gleich großen Turbinenschaufeln die Schiffe geradeaus trieb, aber auch die erstaunliche Möglichkeit bot, seitwärts zu traversieren.

Die Werksleitung vermutete in uns die kommende Generation der Ingenieuroffiziere und ließ es an der Beköstigung und Unterbringung nicht mangeln. Selten so teuer geschlafen und in den edelsten Restaurants das Feinste vom Feinsten diniert. Hinter jedem von uns als vermutete potentielle Motoreneinkäufer stand ein Kellner und reagierte auf jedes Fingerschnippen. Der besten Rotwein wurde bis zur Neige gekostet. Neben mir schaufelte der Uwe mit weit geöffneter Hand die teuren Havanna-Zigarren aus dem Kästchen und pfropfte beide Innentaschen der Uniformjacke damit voll, bis er aussah, als trüge er eine Schwimmweste unter dem Jackett.

Waren wir in Kiel zuletzt durch Liebschaften und unterschiedliche Nachdienstschlussgewohnheiten als Crew auseinander gefallen, so brachte der Besuch in Heidenheim mit all seinen Annehmlichkeiten die Crew wieder zusammen. Natürlich haben wir bei der Besichtigung des Betriebes artig zu all den Erklärungen sachverständige Kommentare abgegeben, mehr wohl als Dank für die abendlichen lukullischen Gelage.

Zurück in Kiel begann das gesundheitliche Prüfverfahren für die Auswahl als Marinepiloten.

Hier brach Hannes seinen heutigen Vortag ab.

Jemand reichte ihm wie jeden Abend den Gin Tonic. Die nächste Ruderwache zog auf.

Es war spät geworden, aber die warme Nachtbrise lud ein, noch nicht schlafen zu gehen. Hoch über dem Mast überstrahlte der Vollmond das Deck und ließ mit seinem Licht die Sterne am dunklen Himmel verschwinden. Die Zuhörer schwiegen. Besonders die Geschichte mit dem Jreetchen bewegte die Gedanken.

In die plötzlich eingetretene Stille mischte sich der Atlantik hinein.

Die „Esperanza" rauschte weiter ihrem Ziel entgegen.

Jan Becker, Aufgewühltes Wasser

Carola Hartmann Miles-Verlag

Politik, Gesellschaft, Militär

Rüdiger Schönrade, *General Joachim von Stülpnagel und die Politik,* Berlin 2007.

Uwe Hartmann, *Innere Führung. Erfolge und Defizite der Führungsphilosophie für die Bundeswehr,* Berlin 2007.

Dietrich Ungerer, *Militärische Lagen. Analysen – Bedrohungen – Herausforderungen,* Berlin 2007.

Klaus M. Brust, *Söldner – Ausverkauf der Exekutive,* Berlin 2007.

Ingo Werners, *Fahren, Funken, Feuern. Hinweise für die Einsatzvorbereitung,* Berlin 2010.

Peter Heinze, *Bundeswehr „erobert" Deutschlands Osten,* Berlin 2010.

Reinhard Schneider, *Neuste Nachrichten aus unseren Kolonien. Pressemeldungen von den Aufständen in Deutsch-Ostafrika und Deutsch-Südwestafrika 1905-1906,* Berlin 2010.

Dieter E. Kilian, *Politik und Militär in Deutschland. Die Bundespräsidenten und Bundeskanzler und ihre Beziehung zu Soldatentum und Bundeswehr,* Berlin 2011.

Hans Joachim Reeb, *Sicherheitskultur als kommunikative und pädagogische Herausforderung – Der Umgang in Politik, Medien und Gesellschaft,* Berlin 2011.

Reiner Pommerin (ed.), *Clausewitz goes global. Carl von Clausewitz in the 21st Century,* Berlin 2011.

Hans-Christian Beck, Christian Singer (Hrsg.), *Entscheiden – Führen – Verantworten. Soldatsein im 21. Jahrhundert,* Berlin 2011.

Dieter E. Kilian, *Adenauers vergessener Retter – Major Fritz Schliebusch,* Berlin 2011.

Ingo Pfeiffer, *Gegner wider Willen. Konfrontation von Volksmarine und Bundesmarine auf See,* Berlin 2012.

Eberhard Birk, Heiner Möllers, Wolfgang Schmidt (Hrsg.), *Die Luftwaffe zwischen Politik und Technik. Schriften zur Geschichte der Deutschen Luftwaffe, Bd. 2,* Berlin 2012.

Eberhard Birk, Winfried Heinemann, Sven Lange (Hrsg.), *Tradition für die Bundeswehr. Neue Aspekte einer alten Debatte,* Berlin 2012.

Holger Müller, *Clausewitz' Verständnis von Strategie im Spiegel der Spieltheorie,* Berlin 2012.

Dieter E. Kilian, *Kai-Uwe von Hassel und seine Familie. Zwischen Ostsee und Ostafrika. Militär-biographisches Mosaik,* Berlin 2013.

Angelika Dörfler-Dierken, *Führung in der Bundeswehr,* Berlin 2013.

Peter Heinze, *Berliner Militärgeschichten,* Berlin 2013.

Cornelia Fedtke, Kai-Uwe Hellmann, Jan Hörmann, *Migration und Militär. Zur Integration deutscher Soldaten mit Migrationshintergrund in der Bundeswehr,* Berlin 2013.

Reihe: Jahrbuch Innere Führung

Uwe Hartmann, Claus von Rosen, Christian Walther (Hrsg.), *Jahrbuch Innere Führung 2009. Die Rückkehr des Soldatischen,* Eschede 2009.

Helmut R. Hammerich, Uwe Hartmann, Claus von Rosen (Hrsg.), *Jahrbuch Innere Führung 2010. Die Grenzen des Militärischen,* Berlin 2010.

Uwe Hartmann, Claus von Rosen, Christian Walther (Hrsg.), *Jahrbuch Innere Führung 2011. Ethik als geistige Rüstung für Soldaten,* Berlin 2011.

Uwe Hartmann, Claus von Rosen, Christian Walther (Hrsg.), *Jahrbuch Innere Führung 2012. Der Soldatenberuf zwischen gesellschaftlicher Integration und suis generis-Ansprüchen,* Berlin 2012.

Uwe Hartmann, Claus von Rosen (Hrsg.), *Jahrbuch Innere Führung 2013. Wissenschaften und ihre Relevanz für die Bundeswehr als Armee im Einsatz,* Berlin 2013.

Einsatzerfahrungen

Kay Kuhlen, *Um des lieben Friedens willen. Als Peacekeeper im Kosovo,* Eschede 2009.

Sascha Brinkmann, Joachim Hoppe (Hrsg.), *Generation Einsatz, Fallschirmjäger berichten ihre Erfahrungen aus Afghanistan,* Berlin 2010.

Schwitalla, Artur, *Afghanistan, jetzt weiß ich erst… Gedanken aus meiner Zeit als Kommandeur des Provincial Reconstruction Team FEYZABAD,* Berlin 2010.

Erinnerungen

Blue Braun, *Erinnerungen an die Marine 1956-1996,* Berlin 2012.

Harald Volkmar Schlieder, *Kommando zurück!,* Berlin 2012.

Harald Volkmar Schlieder, *Opa Willy. 1891 Dresden – 1958 Miltenberg. Von einem, der aufsteigen wollte. Eine sächsisch-deutsche Lebensgeschichte in Frieden und Krieg,* Berlin 2012.

Harald Volkmar Schlieder, *Mein Vater – Musiker und Offizier. 1918 Dresden – 1998 Miltenberg,* Berlin 2013.

Reinhart Lunderstädt, *Aus dem Leben eines Hochschullehrers. Persönlicher Bericht,* Berlin 2012.

Wulf Beeck, *Mit Überschall durch den Kalten Krieg. Mein Leben für die Marine,* Berlin 2013.

Dieter Minkewitz, *Aus dem Tagebuch eines Nachrichtensoldaten. Mit dem Panzer-Pionier-Bataillon auf den Schauplätzen des Krieges,* Berlin 2014.

Jan Becker, *Aufgewühltes Wasser. Band 1: Die Flut,* Berlin 2014.

Monterey Studies

Uwe Hartmann, *Carl von Clausewitz and the Making of Modern Strategy,* Potsdam 2002.

Zeljko Cepanec, *Croatia and NATO. The Stony Road to Membership,* Potsdam 2002.

Ekkehard Stemmer, *Demography and European Armed Forces,* Berlin 2006.

Sven Lange, *Revolt against the West. A Comparison of the Current War on Terror with the Boxer Rebellion in 1900-01,* Berlin 2007.

Klaus M. Brust, *Culture and the Transformation of the Bundeswehr,* Berlin 2007.

Donald Abenheim, *Soldier and Politics Transformed,* Berlin 2007.

Michael Stolzke, *The Conflict Aftermath. A Chance for Democracy: Norm Diffusion in Post-Conflict Peace Building,* Berlin 2007.

Frank Reimers, *Security Culture in Times of War. How did the Balkan War affect the Security Cultures in Germany and the United States?,* Berlin 2007.

Michael G. Lux, *Innere Führung – A Superior Concept of Leadership?,* Berlin 2009.

Marc A. Walther, *HAMAS between Violence and Pragmatism,* Berlin 2010.

Frank Hagemann, *Strategy Making in the European Union,* Berlin 2010.

Ralf Hammerstein, *Deliberalization in Jordan: the Roles of Islamists and U.S.-EU Assistance in stalled Democratization,* Berlin 2011.

Ingo Wittmann, *Auftragstaktik,* Berlin 2012.

<u>Neue Reihe: Standpunkte und Orientierungen</u>

Daniel Giese, *Militärische Führung im Internetzeitalter – Die Bedeutung von Strategischer Kommunikation uns Social Media für Entscheidungsprozesse, Organisationsstrukturen und Führerausbildung in der Bundeswehr,* Berlin 2014.

<u>**www.miles-verlag.jimdo.com**</u>